詹姆斯·乔伊斯

詹姆斯·乔伊斯（1882—1941）

爱尔兰作家、诗人，二十世纪最伟大的作家之一，现代派文学奠基者，以其“意识流文学”的思想和实践，对包括塞缪尔·贝克特、托马斯·品钦、威廉·博罗斯在内的诸多作家产生了深远影响。代表作有长篇小说《尤利西斯》《芬尼根的守灵夜》《青年艺术家的画像》，短篇小说集《都柏林人》。

长篇小说《尤利西斯》讲述的是青年诗人斯蒂汾寻找一个精神上象征性的父亲和布卢姆寻找一个儿子的故事。通过对一个人一天日常生活和精神变化的细致刻画，揭示了人类社会种种复杂微妙的情感。《尤利西斯》作为意识流小说的代表作，被誉为二十世纪最伟大的小说之一。

译　者

金　隄　(1921—2008)，浙江吴兴（今湖州）人。毕业于昆明西南联合大学外文系，先后在美国驻华新闻处、北京大学英语系、北京中央军委机关、《中国建设》英文杂志社、南开大学和天津外国语学院任职，多年从事文学翻译工作。英译汉作品有《绿光》《女主人》《神秘的微笑》《尤利西斯》等；汉译英作品有沈从文《中国土地》、白居易《白马集》、《赵一曼传》（合译）等。

出版说明

人民文学出版社从上世纪五十年代建社之初即致力于外国文学名著出版，延请国内一流学者研究论证选题，翻译更是优选专长译者担纲，先后出版了“外国文学名著丛书”“世界文学名著文库”“二十世纪外国文学丛书”“名著名译插图本”等大型丛书和外国著名作家的文集、选集等，这些作品得到了几代读者的喜爱。

为满足读者的阅读与收藏需求，我们优中选精，推出精装本“名著名译丛书”，收入脍炙人口的外国文学杰作。丰子恺、朱生豪、冰心、杨绛等翻译家优美传神的译文，更为这些不朽之作增添了色彩。多数作品配有精美原版插图。希望这套书能成为中国家庭的必备藏书。

为方便广大读者，出版社还为本丛书精心录制了朗读版。本丛书将分辑陆续出版。

人民文学出版社

2015 年 1 月

新版前言

人民文学出版社希望我在这新版《尤利西斯》出版之际，介绍一下今年我在都柏林接受爱尔兰翻译协会荣誉会员称号的情况，我想借这机会谈一谈这次盛会给我的最主要感受。

在三月三十一日授予荣誉的典礼上，爱尔兰翻译协会主席希勒女士(Ms. Annette Schiller)代表协会授予我荣誉会员证书，宣读授予荣誉的目的是“表彰其创造性的学术成就，尤其是将詹姆斯·乔伊斯之《尤利西斯》译为中文，为爱尔兰与欧洲文化作品增添世界性意义”。我国驻爱尔兰大使沙海林博士发表热情洋溢的讲话，除介绍我的翻译理论著作和其他译作外，还特别强调拙译《尤》书对中爱文化交流所起的推动作用。他们的讲话均获得全场爱尔兰翻译工作者热烈的掌声。这一场面使我深深感到，我们文学翻译工作者日日夜夜伏在案头，仿佛眼睛里只有两种文字，实际上我们不仅是面对广大的译文读者，同时也还需要满足世界上原著后面的文学爱好者的热情的期盼，实实在在是在直接参与世界文化交流的伟大事业。

从这个角度看中文版《尤利西斯》，我才开始明白，当初还只有英文的《U》，没有中文的《尤》，为什么北京的研究所朋友在七十年代就那么积极地来天津再三动员我试译，北京和天津的出版社与刊物在八十年代就那么热心发表和出版，台湾的出版社在八十年代末又一下子就决心出全译本，虽然那位老板在订合同时非常担心我当时年纪已经不小，很有可能艰巨任务难以完成(这是我和玉若一九九三年去台湾参加首发仪式，他在机场接我们时发现我不用搀扶而亲口告诉我的)；尤其是为什么好些国际学术界的友人和学术机构，他们本来根本不认识我，只是听说我译了《尤》书一章或三四章，就那么积极热情地投入那么多力量，多少年来一直支持我完成这一译事。我在原来的序言和其他文章中提名感谢这些人物和机构，一直都认为这是我的幸运，现在才明白，那么多互不相识的人在不同的时间地点为同一本书出力，即使有人也许有这样那样其他的考虑因素，他们也都是有一个共同的认识的，这就是我这次在都柏林的仪式上才开始体会的重要真理。

但是一个最基本的因素，还是中文的《尤》在中文读者眼中究竟表现了什么。如果中文读者从拙译中所见与原文读者所见大相径庭，那么爱尔兰译协所说的“世界性意义”就难说了。在这方面，从八十年代以来已有一些热心的读者写过很好的评论，有赞许也有批评，我还希望听到更多的意见，这是对我最大的帮助。但是有一方面过去我还从来没有提到过，那就是多少万我不认识的读者的意见。去年我回国讲学期间，意想不到几次听到了这样的声音。其中最出意料之外的，是在一个演讲会之后若干热烈提问者之中，有一位的发言使我一时之间不知道如何回答，因为她的“提问”中实际上没有提任何问题。她的发言相当长，主要是以《尤》第十七章表面上似乎十分枯燥的文字为例，说明她读了拙译，才明白真正的《尤利西斯》是那么生动有趣，内容是那么丰富而细致。

“真正的《尤利西斯》”——这正是我所追求的目标。那个会场上的发言，正和另外一些我间接听到的声音不谋而合。我深深感谢会场上的发言人和那些素未谋面的读者，让我听到了一点原来仿佛是沉默的广大读者的声音，也更使我明白了这个重要事实。

从九十年代中期以来我多次回国演讲，每次会场都是座无虚席，有几次人们甚至挤在会场之外；像刚才提到的那个会场就是连所有的过道地毯上都坐满了人，在演讲会主席陪我进入会场的时候，一路都需要人们站起来让我们通过。我当时每次所感到的，都只是这种热烈场面引起的亲切兴奋情绪，是一种游子返乡受到欢迎的心情，仿佛那是生活乐趣的一个内容，所以十年来不论谈话写文章都从未提及。现在我才体会到，这正是中国的广大读者早已对这次爱尔兰译协所说的“世界性意义”心领神会，他们的衷心欢迎正和远在欧洲西端的欣喜情绪遥相呼应。我相信，像这样的读者不可能对译文没有其他意见，非常希望他们和其他许许多多素不相识的读者都能充分提出来，帮助我尽可能充分地达到“真正的《尤利西斯》”这个目标。

在这方面，我曾多次听到抱怨的声音，说许多书店里都买不到拙译；若是这样，对于想看这书而看不到的读者而言，这里讲的东西文化交流就只能是一句空话。我非常感谢这次人民文学出版社再出新版，希望能解决这个问题。我借这个机会，改正了二〇〇一年精装版内还存在的一些谬误，但是那仅是平时注意到的一些，没有来得及进一步仔细校核，我相信一定还有可以改进的地方。译文中的任何不能表达原文真情的地方，都是妨碍文化交流充分实现的因素，我殷切希望所有的新老读者朋友，发现任何问题都帮我指出，我一定不辜负读者的厚意，尽力改进，使拙译在东西文化交流的伟大事业中切切实实发挥作用。

金隄

2005 年 6 月

目　录

序

〔美〕魏尔登·桑顿

欣悉金隄教授的中译本《尤利西斯》即将问世。这是一项非常重要的文学成就,广大读者可以因此读到英语文学丰富遗产中一部最伟大的小说了。

几年来,我有幸和金定期会面,谈论翻译中出现的各种问题。我们的讨论大部分涉及原文的许多细节——有时涉及非常微小的细节——也谈论乔伊斯小说中比较重大的方面,还有翻译理论的各种问题。我曾津津有味地拜读过金关于《尤利西斯》的意义和翻译的论文,受益匪浅。

尽管我不懂中文,但是我可以证明金隄教授对这本内容庞杂之书的原文和精神,有着细微而深刻的理解。一个在截然不同的文化中生长的人,竟能对这部西方经典著作了如指掌,我对此感到十分惊讶。

我研读这部小说已有多年,而且特别细心地检查了原文,为我的《〈尤利西斯〉的引喻:注释目录》(1968)一书做准备。然而,金从方方面面苦心钻研原文,一次又一次提出了许多我以前从未想到过的问题,使得我们的会面让我既受启迪又感愧疚。有时在我们的讨论中,我对金提出来的某一问题以为微不足道,或者认为是具有西方文化的人一目了然的,到头来却发现他提出了我过去从未想到过的实质性问题!

在两种语言的交流和转变这一令人着迷的过程中,我很高兴一直是一位密切观注者。金的译著能否成为经典的《尤利西斯》中译本,只有时间可以证明。但是,种种征兆是吉祥的,因为在金隄教授身上我们看到一个人难得的兼备条件:精通两种语言,谙熟《尤利西斯》,彻底的投入以及正视翻译上无数挑战的认真态度。我的确很难想象另一种译本能像金的译本那样忠实于乔伊斯虚构的各种目的,不管大的还是小的。

在一九九二年十一月的伦敦《泰晤士报文学增刊》中，约翰·科格雷夫评论《乔伊斯之探》（剑桥大学出版社，1992年）一书时，提到了金隄教授的论文《翻译〈尤利西斯〉：东方与西方》，认为他“对《尤利西斯》中文翻译问题的讨论，突出强调了乔伊斯文体的表达方式。他无疑是为数不多的在翻译中呈现原著面貌的作者之一”。我敢断定，即使对研究这部小说数十载的人来说，他的译本也提供了无以数计的阐释。

一九九三年六月十六日

于美国北卡罗来纳大学教堂山

文　心译

一部二十世纪的史诗
——译者前言

一九二二年二月二日，爱尔兰作家詹姆斯·乔伊斯四十岁生日那天，法国巴黎出版了他写的一部英语小说，这就是当时在英、美、爱尔兰都无法出版的《尤利西斯》。这部七百多页的巨著，顿时在国际上引起强烈的反应，其中既有五体投地的热烈赞赏，也有毫不留情的全盘否定。一部小说的出版引起如此轰动，这在文学史上是少有的，而更罕见的是这一轰动并不随着时间的推移而消失，或至少转入一个时期的默默无闻，却在几十年期间获得越来越多的爱好者，成为英语文学史中最突出的一部小说，往往被赞为“二十世纪最伟大的英语文学著作”。

拙文《西方文学的一部奇书》①已比较详细地介绍这部著作的传奇性经历，本书附录《乔伊斯年谱》中亦已简列其前后事项，现借全译本在中文读者面前出现的机会，特就其艺术上的二重性作一讨论。

乔伊斯在一九二〇年书信中曾称《尤利西斯》是“一部两个民族（以色列和爱尔兰）的史诗”，然而就其艺术形式与基本内容而言，又是一部十足的现代小说，这两种不同性质如何在一部著作同时体现，可能是理解和欣赏这一巨著的一个关键。

*　　　　*　　　　*

最明显的史诗标志，是它的巨大篇幅、历史背景和独特的书名。任何人看了这部小说并发现其中并没有一个名叫“尤利西斯”的角色之后，都必然要问一问：这个命名的用意何在？

读者提这个问题，正符合乔伊斯的意图。尤利西斯就是希腊的荷

---

① 载天津百花文艺出版社拙译《尤利西斯选译》（1987），原载北京《世界文学》1986 年第 1 期。

马史诗《奥德赛》(或译《奥德修记》)中的英雄奥德修斯,这个希腊人名在拉丁文中称为“尤利西斯”,英文是跟着拉丁文走的。乔伊斯以此为书名,就是要读者想到这位希腊英雄和以他命名的荷马史诗。不仅如此,他在创作过程中,每一章的章目都是《奥德赛》中的人、地名或情节(见本文“附录”)。这些章目在他发表小说时都已经取消,我的全译本既要尽量反映原著风貌,当然也照样不用,下文还要论及不用章目的含义。但乔伊斯在取消的同时,却又通过友人和评论家透露了这些章目,显然又是立意要这些不在书内的史诗人物、地点继续起某些作用。

典故是自古以来中国文人爱用的手法之一,其作用不仅在于类比,常常是进一步借一个人们已经熟知的文化背景来烘托自己的作品,从而达到词句凝炼而内涵丰富生动的效果。乔伊斯正是运用了这个手法,并且把它发展到空前广泛而复杂的程度。单是书名,就使读者不能不想到那位古代英雄如何离家在外打仗十年后又飘泊十年,克服种种艰险终于返回家园的事迹,不由自主地要在《尤》书主人公的经历中寻找类比,并且进而使本来十分松散的小说结构从荷马史诗获得一个框架。尽管乔伊斯那些虽废犹存的章目并不和《奥德赛》的结构一致,有些章目甚至是奥德修斯从未到过的地方(如第十章的“游动山崖”),但结构上的类比作用仍是全书可见的。尤其是乔伊斯把全书十八章分为三大部,第一部(一至三章)总题《忒勒玛基亚》,第二部(四至十五章)总题《尤利西斯的漂泊》,第三部(十六至十八章)总题《回家》,更使小说和《奥德赛》贴近,进一步加深了史诗的色彩。

然而,不论是人物或是结构的类比,对《尤利西斯》只能赋予或增加史诗的外形和情调。史诗的一个特点是题材往往不限于个人经历,而涉及重大的民族性问题。在这一点上,乔伊斯生前录制的一张唱片非常有意义。制片人请他朗诵《尤利西斯》,他挑选的段落是第七章人们在报社编辑部内议论文章长短时马克休教授转述演说家泰勒的一席即兴演说。据了解,泰勒确有其人,并且在一九〇一年确实曾经作过这么一次即席演说,因其词句透辟而传颂人口。乔伊斯向来以文采自傲,有人在《尤》书快要完成的时节问他“当今英语大师有谁”这一问题时,他能泰然回答“除了我以外,不知道还有谁”,而这位当仁不让的大文豪在选择自己作品中的代表性段落时，没有挑自己费尽心血写成并且也受到评论家和读者击节赞赏的精彩文字，偏偏用了这一段别人的演说词，显然是有其深意的。听着乔伊斯以刚劲有力的嗓音朗诵这一寓言似的演说，考虑到这是他亲自朗诵《尤》书独一无二的选段，人们不禁要联想到他论《尤》书是“两个民族的史诗”的话，从而认识到这个演说，表面上虽是小说角色议论文章好坏而提到的例子，实质上正是“史诗”关键所在。这篇演说热情洋溢地赞诵了古希伯来人从埃及的奴役状态中毅然出走的精神，正好抒发了爱尔兰民族求解放的决心，从而使散在小说各处许许多多爱尔兰民族斗争历史事实和犹太民族受欺凌的情节，由此而能纲举目张，形成了与史诗形式相当的史诗内容。

*　　　　*　　　　*

《尤利西斯》尽管有如此鲜明的史诗特征，它的文字、情节及其众多的人物，却都表现了十足地道的现代小说的性质。乔伊斯是一个创作态度极其严肃的作家。他在少年上学时期，校内神父赏识他的优异成绩而向他提供接受天主教圣职的机会，但他毅然拒绝，就是因为他决心献身艺术。他认为，宗教的作用是“用一个机械的天堂”哄人，只有通过艺术才能正视人生。照他自己的说法：“艺术是生活的最集中的表现。”（《英雄斯蒂汾》）他崇拜易卜生，说他“高出莎士比亚一头”（虽然他也嫌易卜生的创作有些简单化），就是因为易卜生的戏剧是针砭社会中的现实问题的作品。

乔伊斯心目中的现实问题，和他所喜爱的史诗形式并无矛盾。泰勒演讲的主题，正符合乔伊斯早已公开申明的追求“祖国的精神解放”这一写书目的。但是如果书中出现大量的古代史诗人名和地名，尤其是以每章章目的形式贯穿全书，必然将大大冲淡作品的现实主义，不是加强而反倒是削弱了它能为“祖国的精神解放”产生的作用。由此可见，乔伊斯虽有章目而不用，并非一般的字句推敲，而是突出小说的现实意义的重要措施。

任何对于反映现实生活的艺术作品有兴趣的读者，完全可以将荷马撇在一边，将《尤利西斯》从头至尾当做剖析现代社会精神状态的小说欣赏。应该说明的是，虽然第十五章中出现了许许多多稀奇古怪的人物和情节，那只是乔伊斯为了表现人的下意识活动而作的独特创造，《尤》书的整个故事中没有一般小说中常用的曲折情节和吊胃口的“悬念”。这并不是因为乔伊斯没有这类情节可用，而是他从原则上反对用出人意料或是耸人听闻的情节吸引读者。他认为猎奇是新闻界的事，不是小说家的任务，而小说家的任务是表现人的本质。实际上，如果他不是根据自己这个艺术原则，如果他也愿追随流行小说写去，戏剧性强的情节几乎俯拾即是。例如，布卢姆的妻子莫莉开始有外遇，并且就在这一天第一次在家中与情人幽会，这在十六年夫妻生活中当然是一件大事，一般的小说家遇到这样的“三角关系”，可以写出许多刺激性的场面，但是《尤》书中不但没有直接描写莫莉和情人相会的情景，而且连布卢姆早晨究竟从莫莉了解到什么情况也没有直接交代，而只是让读者从布卢姆下午的思想活动中看到，早晨夫妻谈话必曾提及约会时间是四点钟。读者只能想象：布卢姆所了解的内容大概不止于此，否则他不能那么肯定下午的约会要出事，而且为此而整天痛苦。

《尤利西斯》之所以受到那么多文学评论家和读者的赞赏以致热爱，被尊为二十世纪最伟大的英语文学著作，主要就在于它以极其精湛准确的语言，栩栩如生地刻画了一个城市内的人、时、地，使读者对一些人物获得在英语文学中空前深入而全面的理解，并在种种貌似平凡的事件中，甚至在滑稽可笑的日常生活中，表现了人的高贵品质究竟何在。

* * *

为了既有史诗的概括力，又能准确地反映现实，乔伊斯在《尤》书中运用了许多创造性的文学手段。在他以前，已经有作家在作品中用“内心独白”直接表现人物的思想活动，乔伊斯匠心独运地将它和生动灵活的叙述结合为一，形成全面表现人物性格的意识流，从而创造了英语文学中最全面也最深入的人物形象。但意识流仅是乔伊斯所用手法之一，与此同时他还大量运用典故，其中不仅有史诗性质所涉及的希腊神话，还有许多其他典故，包括爱尔兰和其他国家历史事件和人物、古今哲学思想、宗教传统和宗教理论、古典和当代文学著作（尤其是莎士比亚、弥尔顿、但丁、福楼拜、歌德、王尔德、叶芝、雪莱、拜伦等名家）、各种民间传统等等……可以说他涉及了一切对西方文明社会、对人们的思想感情产生了影响的文化领域，这正是他所表现的社会形象特别丰富真实的一个原因。

不言而喻，这样的书有些地方不是一看就能懂的，尽管它是一部喜剧性很强的小说。《乔伊斯传》的作者艾尔曼（Richard Ellmann）在一部专论《尤》书的著作中说，“在有趣的小说中，它是最难懂的，在难懂的小说中它是最有趣的”，一语道破了它要求读者费一点力气才能充分欣赏而又确实值得费力去琢磨体味的特点。但它的难懂，还不仅因为典故繁多因而读者需有广泛的背景知识，还有文字方面的原因。乔伊斯写《尤》书，对自己文字的要求比写《都柏林人》和《写照》时高得多。他从不满足于一般的通顺或是典雅，而是一字一句力求达到最适合当时情节和具体人物性格的最佳效果。与乔伊斯差不多同时的著名诗人艾略特（T. S. Eliot）曾赞叹乔是弥尔顿之后最伟大的英语大师，却也曾埋怨《尤利西斯》文体变化过多，说它成了“文体的反面”，意思大概是说一个作家总有自己的文体，所谓的“文如其人”，变化那么多岂非否定了自己？然而，深入研究或反复欣赏此书的读者发现，书中变化多端的文体并非卖弄文采，而是处处都有具体作用；生僻的字眼和独特的词句结构（包括一些似乎不通或是莫名其妙的字句）也是如此，都需要反复揣摩方能体味其中深意。

理解是欣赏的钥匙。我们中文读者要和英语读者一样体味这部巨著的内容，首先必须拥有和他们一样的背景知识，因此我的译文配了相当数量的注释。这些注释绝大部分是根据西方文学研究界的考据又加上自己的研究而写，也有一些是我根据自己的调查研究加上热心人提供的材料而编写的，相信对读者会有帮助。在某种意义上说，因为原著并没有注，译作加注平添了一种学术著作似的外形，并不符合原著的纯小说外貌。但如不加注，译品实质上更不符原著的精神，因为我们中文读者缺乏原作者认为读者理当知道的背景，势必在原著并无晦涩之意的地方也感到无法理解，巧妙的既不巧妙，深刻的也无从深刻，连可笑的地方也不会可笑了。显然,适当的注释是必要的,问题是给什么样的注释。由于《尤》书是西方文学界最热心研究的作品之一,对书中许多疑难处如何理解是众说纷纭的,我在注释中尽量做到客观提供必要的背景知识,避免引入片面的一家之言而误导读者。

我的目的是尽可能忠实、尽可能全面地在中文中重现原著,要使中文读者获得尽可能接近英语读者所获得的效果。由于语言的不同,绝对相同的效果是不可能的,但是译者追求与不追求等效,产生译品是很不一样的。例如,原著各章并无标题,如果中译本各章加上标题,就可能起到上文所说破坏气氛的作用。又如,乔伊斯小说中的对话,一律不用英语文学作品中常用的引号,而采用法国式的破折号,标明说话人的词语插在其中,这种格式在英语读者也是不习惯的,因而给他们也造成一种特殊印象,如果我们不保留这种格式,改用中文读者熟悉的引号,必然就会失去这种特殊风格。这一些仅仅是形式,保持原著风格比较容易办到,但是忠实反映原著全貌,这是一个需要从形式到内容全面贯彻的艺术原则和决心。

这个原则和决心,在《尤》书这样文采奇特而又准确生动的复杂原文面前,自然是困难重重的。由于两种语言牵涉到两种不同的文化背景,译文表面上的"对等"有时貌合神离,对于中文读者所产生的效果可能完全不符合原文意图,因此翻译中常常需要作一些文字上的调整变化。这些调整变化自然要力求灵巧,但这决不能以追求脱离原文意图的流畅为目标,而都必须是以准确为目标的灵巧,以便更好地适应新的语言环境,使中文的读者效果更接近英文的读者效果。不论变与不变,处处都是为了更忠实地表现原著的人物形象、机智巧妙和复杂涵义,也就是以中文环境中的最大可能,用乔伊斯式的艺术想象和创造性文学语言,再现原著的精神实质和艺术风貌。这一番苦心的实际效果如何,还有待读者的指正。

金隄

一九九三年四月于美国北卡

全国人文学科研究中心

附　录：《尤利西斯》写作章目与荷马史诗《奥德赛》主要典故

（章目根据乔伊斯本人透露，典故说明系译者添加）

第一部：忒勒玛基亚（Telemachia）

（一）：忒勒玛科斯（Telemachus）。荷马典故：忒为希腊岛国伊塔刻王奥德修斯之子，在奥离家二十年期间已长大成人，因父未归母受求婚者纠缠而受折磨，后由女神雅典娜引其出海寻父。

（二）：涅斯托耳（Nestor）。荷马典故：涅为隔海邻国国王，在特洛伊战争中为希腊军中年事最高的将领，以深谙世故、知识渊博著称，忒勒玛科斯渡海后首先向他请教，他热心提供他所了解的战后其他希腊将领情况，但对奥德修斯十年未归缘故并不了解。

（三）：普洛透斯（Proteus）。荷马典故：普为海神波塞冬助手，善于变形。忒勒玛科斯离涅斯托耳后去斯巴达，斯王墨涅拉俄斯叙述本人自特洛伊回希腊途中，曾在埃及沿海岛屿搁浅，幸获普洛透斯女儿帮助，得以捉住形态变幻无穷之普洛透斯，迫使其提供脱身方法以及其他希腊将领消息，其中包括奥德修斯困在另一海岛情况。

第二部：尤利西斯的飘泊

（四）：卡吕普索（Calypso）。荷马典故：卡为海中岛屿仙女，奥德修斯战后率船队返航途中历经艰险人船均失，只身漂至此岛，卡喜爱奥，愿奥永留其岛，然奥思家心切，与卡同居七年后获神帮助，扎木筏离岛。

（五）：吃落拓花的人（The Lotus-Eaters）。荷马典故：在奥德修斯航程初期，某次遇风暴时登陆，发现该地人以落拓花为食品，此花味甘如蜜，吃后忘却一切，奥所派水手吃后便忘掉侦察任务，不愿回船，奥不得不遣人找回。

（六）：哈得斯（Hades）。荷马典故：哈得斯为冥王，亦指他所统治的阴间。奥德修斯根据喀耳刻（见十五章章目）提供的劝告，去哈得斯向预言家阴魂探问前途命运。奥在哈得斯除达此目的外，见到许多其他已死人物。

（七）：埃俄罗斯（Aeolus）。荷马典故：埃为风神，奥率船抵其岛上，见其宫殿四周日夜风声不绝。奥临行时，埃赠一大牛皮袋，内封一切逆风，因此奥航行十分顺利，但水手以为牛皮袋内必为贵重物品，于船即将到家时窃解其封，顿时狂风破袋而出，将船刮回埃岛，埃恨奥不成器而拒绝再予帮助。

（八）：勒斯特里冈尼亚人（Lestygonians）。荷马典故：勒斯特里冈尼亚人为吃人生番，奥失风神帮助后率船队泊在该族海边，被发现后损失惨重，仅奥本人所驾船舶逃脱。

（九）：斯库拉与卡律布狄斯（Scylla and Charybdis）。荷马典故：斯库拉为六头女魔，雄踞海峡一边山顶，每过一船必攫食六名水手。卡律布狄斯为对岸大岩洞，每日吞吐海水三次，吞吐时毁灭一切途经此处船舶，奥航行至此，遵照喀耳刻嘱咐，贴近斯库拉而过海峡，牺牲六人。

（十）：游动山崖（The Wandering Rocks）。荷马典故：喀耳刻为奥讲述航行路线时说明，船过赛壬海滩后，可在二路线中选取其一。其一为游动山崖，不仅船舶经过会被粉碎，即飞鸟亦被夹住尾巴；第二即斯库拉与卡律布狄斯。奥选后者，故未经游动山崖。

（十一）：赛壬（Sirens）。荷马典故：赛壬为海妖，美貌善歌，航海者闻其歌声必受诱惑而触礁身亡。奥遵循喀耳刻劝告，事先将船员耳朵用蜡封死，同时命人将自己捆在桅杆上不得动弹，因而船过赛壬岸边时奥虽受其音乐诱惑却不能左右船舶行程。

（十二）：库克罗普斯（Cyclops）。荷马典故：库克罗普斯为独目巨人族，散居山洞，奥德修斯航行初期到此，率部分人员进入一巨人山洞，巨人即攫食二人，奥用计以木棍戳瞎其独眼方得逃出。但独眼巨人为海神之子，因而此后奥航海困难更多。

（十三）：瑙西卡（Nausicaa）。荷马典故：奥德修斯独自驾木筏离卡吕普索后，筏被风浪击散，奥漂至一岛，遇岛上公主瑙西卡与侍女来河口洗衣嬉戏，被带回宫中，瑙父招待奥并遣人驾船护送返回伊塔刻。

（十四）：太阳神牛（Oxen of the Sun）。荷马典故：奥德修斯船过斯库拉与卡律布狄斯后，到达太阳神之岛，上有太阳神宠爱之牛群。喀耳刻已告奥万勿伤神牛，奥亦已令船员起誓，然久困此岛绝粮之后，船员乘奥熟睡之际宰牛数头，太阳神大怒，求天神以雷电将奥船击毁，奥方孤身飘泊至卡吕普索岛上。

（十五）：喀耳刻（Circe）。荷马神话：喀美貌而有魔法，能将人变为禽兽。奥德修斯在航程初期损失大部船只后到达喀岛，分一半水手上岛侦察，不料除一人逃回以外全部在享受喀耳刻酒食之际变成了猪。奥获神助破其魔法，救出同伴后，与其同居一年并生育子女，最后在其帮助下继续历险。

第三部:回　　家

（十六）:欧迈俄斯（Eumaeus）。荷马典故:奥德修斯回伊塔卡后,根据雅典娜指点,化装赴牧猪人欧迈俄斯家,欧虽未识出,但仍热情招待。忒勒玛科斯从大陆归来亦未回宫而先来欧家探问消息,从而父子在此相会并策划回宫杀敌团圆方法。

（十七）:伊塔刻（Ithaca）。荷马典故:伊塔刻为希腊西岸岛屿,因其国王奥德修斯战后十年未归而无音信,许多有野心的王公贵族来向其妻求婚,并霸占王宫逼婚。此次奥归国在牧猪人处与儿子商议后分别回宫,奥仍化装为乞丐,终在儿子与忠仆配合下将逼婚者全部杀死。

（十八）:珀涅罗珀（Penelope）。荷马典故:珀为奥妻,在奥十年无音信情况下坚持等候,虽无力将求婚者逐出,却能用计尽量拖延。奥化装进宫后珀未即认出,入睡醒来方知逼婚者均已被杀,但仍怀疑来者是否真为奥德修斯,经考验证实后欢庆团圆。

“小花”如何？

——再版前言

（一）问

《尤利西斯》被评为二十世纪最佳百部英语小说之首，对于世界上以中文为母语而对乔伊斯著作并不太熟悉的文学爱好者，很可能引起这样一个问题：这一部小说如此受人赞赏、受人推崇，它的艺术性自然是非同一般的，我们通过自己的文字能欣赏到吗？

这个问题不是一句话能说清的。从大的方面说，我们是幸运的。如果没有七十年代后期的改革开放，我们很可能直到今天还没有一部中文的《尤利西斯》。其实这恐怕不是“很可能”，而简直是不可避免的。首先，在介绍外国文学方面举足轻重的社科院外国文学研究所，恐怕就不会编那部重要的《外国现代派作品选》，主编袁可嘉就不会在一九七八年到天津去找我，我也不会在一九七九年迟迟疑疑开始我这艰难的历程，当然更谈不到八十年代的选译本和九十年代的全译本。可是，我们现在不但有我的全译本，还有急起直追而来的另一个全译本，读者不仅可以看到中文的《尤利西斯》，还可以选择，起码可以亲自看一看，“奇书”究竟奇在哪里，不至于对英语世界文坛的这个顶峰只见一片云雾。

然而，从认真讲究艺术的角度看，乔伊斯在这部巨著中那种看似信笔乱写而实际用意深刻的构思，读来幽默生动而谈笑之间入骨三分的人物刻画，仿佛天马行空而到处互相呼应的情节安排，以及他那变化多端而无不恰如其分的文体——这一切都是通过他那处处极其准确的文字表现出来的，在我的中文译本中都没有走样吗？我在拙译前言中说：“我的目的是尽可能忠实、尽可能全面地在中文中重现原著，要使中文读者获得尽可能接近英语读者所获得的效果。”我以这样一个明知难于完全实现的理想为目标，究竟在多大程度上再现了原著的神韵？

（二）“尽可能”

这是分量很重、要求很高的三个字。如果有一段译文大体上还可以令人满意，但是有一些地方不太准确，或是读者理解中有一些原文读者所没有的障碍，不论在内容、精神、韵味之间的哪一方面，只要有可能换上一个更全面、更准确的译法而同时能排除这个障碍，就是没有做到“尽可能”。这些本是我在具体翻译过程中不断琢磨的问题，但是在长达一千多页的译文中，难免留下没有琢磨透的，这就是没有达标的缺陷。

这个目标是否定得过高？我在一篇答复质问而写的文字①中提到，这本是我在多篇论文中论述的等效翻译的理想，是我认为所有文学翻译工作者都应该争取的目标。我认为，虽然难于百分之百实现，然而确实是可以争取的。这一点，我们如果拿它和钱锺书先生所论的翻译理想比较，就可以看得相当清楚：

> 文学翻译的最高理想可以说是“化”。把作品从一国文字转变成另一国文字，既能不因语文习惯的差异而露出生硬牵强的痕迹，又能完全保存原作的风味，那就算得入于“化境”。②

钱锺书先生这段现在已经成为翻译界名言的话，我在写《论翻译》之初曾经仔细学习，对我追求的等效方针有很大影响。可是我感到这个最高理想虽然美妙，却远远超过了可以实现的目标。“化”字本身比较笼统，但是钱老两方面的界定都是硬性的：不是尽可能不露痕迹，而就是不露；不是尽可能保存原著风味，而是完全保存。正是因为这个缘故，我虽然在《论翻译》中已经引用钱老这段话前后的内容，却从来不敢直接应用这段话本身，也没有用过“化”这个概念。现在看来，如果说钱老的“化”是十全十美的理想之花，那么我为等效翻译提出的目标

---

① 《〈尤利西斯〉原著的韵味何在？》，现收拙著《等效翻译探索》增订版（中国对外翻译出版公司，北京，1998）附录第197—217页。

② 钱锺书：《林纾的翻译》。原载《旧文四篇》（上海古籍出版社，1979）；现收《钱锺书散文》（浙江文艺出版社，1997）269页。

可以说是“小化”。小就小在三个“尽可能”。等效虽然已经是不容易实现的高标准,但只是在三个互相制约的“尽可能”范围之内争取。例如,假定有一段话要做到完全不露出翻译的痕迹就不能不影响它的精神实质和韵味,那就情愿让文字稍稍露出一点翻译的痕迹。所以说只能算是“小化”。和十全十美的理想之花比,只是“小花”。

拙译人民文学版一九九四年四月开始发行后不久,据记者报道,当时还健在的钱老看了拙译之后曾有充分肯定的表示①。钱老不仅对于中外文学博大精深,而且是极少数原来就熟悉《尤利西斯》原著的中国学者之一,再加上他对文学翻译的深入研究,我想没有人会不同意,他是最有资格评论《尤利西斯》译稿质量的行家,所以我看到这个报道,尽管其中并没有提供更多的细节,顿时感到幸遇知音。我当然明白,钱老那句肯定拙译的话说得比较重,这是一代宗师对后学的鼓励,并且也只是通读之后的印象,并不等于他没有发现可以改进的地方,所以次年(1995)我正好回国讲学和参加研讨会,非常希望有机会面聆教诲。我当然不会提钱老自己的“最高理想”的“化境”,而是想请他谈谈他对“小化”的看法,尤其想请他指出拙译中的一些倾向性问题。知音的指点总是最中肯的,何况钱老这样学贯中西而又才华绝代的知音。

不幸,我到北京的时候,杨绛女士示知钱老已经病重住院,不能见客。我和钱老只有若干年前的一面之缘(虽然是一次非常值得珍贵的畅谈),没有可能在那样的情况下再说什么。现在,我只能在深切的悼念之中埋怨自己没有及时行动,丧失了一个非常难得的进一步请教和深入探讨的机会,留下一个无法弥补的遗憾。惟一可以说的是,文学作品尤其是巨著的翻译,不同的翻译方针必然会产生截然不同的译品;拙译并没有敢以钱老创立的“化境”为目标,而是以等效翻译的“小化”为目标,钱老读后能充分加以肯定,应该可以认为这不仅是肯定了拙译的效果,同时也是肯定了等效翻译的方针,说明了这“小化”目标是和他一贯追求的“化境”文学翻译理想并不相左,至少在方向上是一致的。这对于这个“小化”目标所体现的等效翻译原则,实在是一个有力的支

---

① 余海波:《〈尤利西斯〉:南北大战情未了》(北京《中华读书报》1994年6月1日)。

持。

（三）知　音

值得庆幸的是，两岸三地文化界和国际上对拙译的热烈欢迎，在某种程度内体现了广大读者的肯定，而国内外客观公正的评论和赞许拙译译文效果的文章内，往往也指出作者认为可以改进的译法。所有这些热情的表态，都使我深受鼓舞，加强了继续努力的决心和信心，而这些知音的指点，也正是我曾经希望从钱老获得的帮助。每一个这样的指点，都有利于我重新考虑某段译文，即使往往只涉及一两个字，也可以缩小达标的差距。

这次的修订再版，就是在许多知音的热情支持下继续努力而跨出的一步。修订处散见全书，除了个别整句变动和增加几条注以外，多半是一两个字的修改。其中我最早注意到认为非改不可的，是译文中有一些似乎古怪不通的文句和一些明显的错别字，编者没有按我的要求和我商量，而是按常规"改正"，反而损害了乔伊斯苦心创造的人物形象和其他微妙效果，我一九九四年夏初在瑞士见书就写信向编者提出意见，也获得了诚恳的道歉，但是这些"错中错"都比较微妙，显然不能因此而紧急改版，只好积累下来等待时机。

然而，积累至今，需要修订的绝大多数是我自己造成的错误和欠妥处，包括数年来我自己逐渐发现的又加上知音指点的。在这方面，去年秋天我到天津讲学后为这次再版征求意见，更获得了一些热情的支持，尤其是专门研究翻译的青年学者王振平先生为此将拙译重新逐字逐句通读一遍，提出了许多很好的改进意见，对我有很大的帮助。素未谋面的评论家王友贵先生，也应邀将他在过去研究过程中发现的问题提供给我，使我重新考虑并且改进了一些难点的译法。还有不少改进，就是受国内外报刊积极评论拙译的文章中所提意见的启发。我在欧、美、澳洲各地讲学，尤其是在香港、台湾、天津等地多次演讲，听讲的学者兴致勃勃地积极参与讨论，在许多方面开阔了我的思路。所有这些热心的同行和读者，都不仅关心具体的译法，而且对等效原则的运用非常感兴趣，所以他们的积极参与不仅对提高这部名著的翻译质量起了很好的作用,而且也有助等效翻译理论的发展。这样的事例数以百计,现在仅举其中之一,借以说明这一个过程。

(四) 小　例

在令人眼花缭乱的第十五章内,有一处表现的是西方文化中称为“黑弥撒”的场面,其所以“黑”,是因为和正常的“弥撒”恰恰相反。对God(天主)的呼声,反过来是Dog(狗),于是在场面上出现的呼声就是拖长了的Dooooooooooog! 乔伊斯充分利用英语的特点,创造了这样一个怪词,在颠倒的同时也表现了露骨的亵渎,这个怪词怎么翻译,在这一段内就是一个重点。

不用等效观点,“忠实”的译法也许有两种。一种是忠于Dog的词义,译成“狗”。这样,亵渎的含义可能有,但是从上下文看不出它和“天主”的关系,所以亵渎的对象不明。另一种办法是忠于“天主”的颠倒,译成“主天”。可是这样的颠倒,不仅没有亵渎的含义,反而是更进一步颂扬天主,说它不仅是天上的主,而且是天的主宰。这两种译法,都是只看原文的字面意义,不考虑它的精神实质,所以译文的效果和原文效果相左,甚至完全相反。

按照等效翻译的观点,Dog这种既颠倒而又亵渎的精神内容和韵味,正是原文在这里的关键,在翻译中必须重视,必须尽可能忠实反映,而“狗”这个动物倒是无关重要的。所以,我放弃“狗”,利用“猪、主”谐音,把Dooooooooooog译成了“猪猪猪猪猪天”。

一九八七年的选译本出版以后,我在耶鲁大学善本图书馆研究期间利用他们的优越藏书条件,对比研究了当时已经出的其它语种译本,发现那些译者都只顾颠倒,不管亵渎,虽然没有像“主天”那样完全违反原著精神,也基本上忽略了它。于是我把我的译法和其他各语种译法并列,纳入一九八九年我在费城国际乔伊斯研讨会上发表的论文,作为运用等效翻译原则的一个典型例子,向与会的乔学家宣读,结果获得听讲的二百余位学者的热烈掌声,演讲结束时我受到从未经历过的全场起立长时间鼓掌,论文收入研讨会论文集在英国发表后,英国的评论家也认为深得乔伊斯著作的精髓和神韵。

然而,拙译有一个显著的不确切处。原文 Dooooooooooog 中有十一个 o,表示拖长的呼声,我认为中文"猪"字的音节单纯,没有办法像 Dog 那样在中间拆开再插入那么多表示拖长的音素,要表示"猪"就得说"猪"这整个字,所以只能用重复的办法。可是整个字比单个音素的分量重得多,如果照样重复,势必产生畸形效果,为了避免那种畸形,我将"猪"字重复次数减半,希望这样可以使译文不至于产生过分超过原文的效果。但是,五次的重复,韵味终究和一个拖长很不相同。

我的自我安慰是,这一点韵味差异,总比迁就词义而丢失精神实质强,总算在汉语的具体条件下作到了"尽可能",所以在全译本中也仍然保留这个译法,全译本出齐以后的一九九六年初,还在香港城市大学的一次演讲中,将它作为调节译文效果的例子作了比较深入的讨论。而正是在那次会上,一位听讲的学者使我明白了,我还没有做到"尽可能"。

"我可不可以提个建议?"那位先生在挤满听众的礼堂中间站起来大声说,"这个问题可不可以利用中文特有的韵母来解决?"

他的话使我豁然开朗(所以我直到今天还记得他在人群中站起来说话的情景)。是啊,为什么不利用韵母呢?显然,我在翻译过程中的思路并没有像我一贯主张的那样完全摆脱原文文字的束缚,所以没有启动中文的全部"可能性"!

这次修订中,已经将十五章这个怪字 Dooooooooooog 改译为:

猪乎乎乎乎乎乎乎乎乎乎乎天!①

这例具体而微,虽然仅涉及一个字的译法,却反映了等效翻译的全过程。首先是深入理解原文的精神实质,充分估计它对原文读者的效果;然后摆脱原文形式的束缚(可惜没有完全摆脱!),在译文中设计"尽可能"逼近原文的效果;而在完稿以后,且慢高兴,再认真琢磨琢磨,尽量征求征求意见,具体到这个实例是我幸获知音的建议,使我消除了原译的缺点,同时保留和发扬了原译的优点,向真正的"尽可能"又靠拢一步。

---

① 见本书 692 页。

（五）衷心的感谢

像这样的实例,在这次修改中占了相当的比例。我感到它们一方面说明等效翻译的“小花”目标适合文学翻译的实际,所以尽管有人反对,广大读者是欢迎的,而这个目标中所包含的绝不封门的态度,也正是它的活力所在。许多知音的热情响应,使这种不断改进的活力起了作用,因而今天能有一个更好一点的版本。我愿借此机会向所有的读者,特别是向提意见的知音表示衷心的感谢,并且希望继续获得这样的帮助。这次修改虽然解决不少问题,肯定仍未做到处处“尽可能”,欢迎读者再提意见,促使“小花”理想全面实现!

最后,这次再版虽然文字改动不大,却需要全部重排,并且精装、平装同时发行,全靠人民文学出版社投入大量的人力物力,我深深感谢聂震宁社长、任吉生副总编和其他热心人的热情支持。

金隄

二〇〇〇年九月于西雅图

第　一　部

一

仪表堂堂、结实丰满的壮鹿马利根从楼梯口走了上来。他端着一碗肥皂水，碗上十字交叉，架着一面镜子和一把剃刀。他披一件黄色梳妆袍，没有系腰带，袍子被清晨的微风轻轻托起，在他身后飘着。他把碗捧得高高的，口中念念有词：

——Introibo ad altare Dei. ①

他站住了，低头望着幽暗的盘旋式楼梯，粗鲁地喊道：

——上来，啃奇！上来吧，你这个怕人的耶稣会修士！②

他庄严地跨步向前，登上圆形的炮座，环顾四周，神色凝重地对塔楼、周围的田野和正在苏醒过来的群山作了三次祝福。这时他看见了斯蒂汾·代达勒斯，便朝他弯下身去，迅速地在空中画了几个十字，同时一面摇晃着脑袋，一面在喉咙里发出嘟嘟哝哝的声音。斯蒂汾·代达勒斯瞌睡未醒，心情不大畅快，扶着楼梯口的栏杆，冷冷地望着那张摇头晃脑嘟嘟哝哝为他祈祷的马脸，望着那一头并未剃度的淡黄头发，头发的纹路和色调都和浅色橡木相似。

壮鹿马利根掀起镜子，往碗里窥看了一眼，又麻利地盖好。

——回营！他厉声喝道。

然后他又用布道者的腔调说：

---

① 拉丁文："我登上天主的圣坛。"这是天主教神父主持弥撒开场用语。

② 耶稣会是天主教内以治学严谨闻名的修士会。根据乔伊斯另一小说《艺术家青年时期写照》（即《一个青年艺术家的肖像》，以下简称《写照》），斯蒂汾自幼在耶稣会办的学校上学。

——啊,亲爱的人们,这是地道的基督女:肉体与灵魂,血液与创伤。① 请奏缓乐。请闭上眼睛,先生们。稍候。白血球略有问题。全体肃静!

他侧过脸去瞅着天空,吹了一声打招呼的口哨,缓慢而悠长,然后凝神听着回音,露出一口雪白整齐的牙齿,白牙中间这里那里还有一些金点在闪闪放光。金口的人。宁静的晨空中,传来两声尖锐有力的啸鸣回答了他。

——谢谢,老伙计,他兴致勃勃地说。很不赖。关上电门吧,劳驾!

他跳下炮座,一面将梳妆袍的下摆收拢来裹住双腿,一面向观看他的人投去严肃的眼光。阴影中的丰腴脸膛,阴沉沉的鸭蛋形下颚,都使人想起中古时期一位庇护艺术的高级教士。他的嘴边浮起了一片和蔼可亲的笑容。

——绝大的讽刺!他欢快地说。你的姓名荒谬得很,古希腊人!”②

他以友好的开玩笑姿态指了指,哈哈笑着转身走向护墙。斯蒂汾·代达勒斯跨上楼顶,困不滋滋地跟在他后面走了几步,在炮座的边沿上坐了下来,同时继续望着他,看他把镜子支在护墙边沿上,把刷子伸进碗里蘸一下,然后把脸颊和脖子都涂上皂沫。

壮鹿马利根的欢快的声音接着又说。

——我的姓名也是荒谬的。玛拉基·马利根,两个扬抑抑格的音步。倒是有一点希腊韵味,是不是?跳跳蹦蹦,高高兴兴,正是壮鹿的意思。③ 咱们俩得到雅典去。怎么样,要是我能从姑妈那里挤出个二十镑来,你去吗?

他把刷子放下,兴高采烈地大声笑着说:

---

① 耶稣临终前在最后晚餐席上给他的十二门徒分面包传酒时曾说,这就是他的身体和血液;天主教圣餐仪式中均重复此语以示圣餐所用的面饼与酒即圣体的一部分。马利根将基督名称 Christ 加词尾变成一个女人名字似的词 christine,可能与本书第十五章描写的亵渎基督的“黑弥撒”(以裸女为祭坛)有联系。

② 代达勒斯由希腊姓氏“代达罗斯”略作变动而成,古希腊传说中的代达罗斯是最著名的巧匠,曾制造双翼粘在身上飞出囚宫。

③ 马利根的本名是“玛拉基”;“壮鹿”是他的绰号,原文为 Buck,泛指公鹿、公山羊等雄性动物。

——去不去呀？这个半生不熟的耶稣会修士！

他住了嘴，仔细地刮起脸来。

——你告诉我，马利根，斯蒂汾安静地说。

——告诉什么，宝贝儿？

——海因斯还要在这个碉楼里住多久？

壮鹿马利根从右肩上露出已经刮干净的那一边脸颊。

——天主呵，他实在讨厌，是吧？他坦率地说。笨重的英国佬。他认为你不是绅士。天主呵，这些该死的英国人，钞票多得撑破口袋，吃的多得撑破肚皮。就因为他是牛津出身。你知道吗，代达勒斯，你倒是真正的牛津风度。他弄不明白你是怎么回事。嘿，我给你取的名字最妙：啃奇，像刀刃。

他小心翼翼地刮着下巴。

——他整夜都在说胡话，闹一只什么黑豹，斯蒂汾说。他的枪套在哪儿？

——可悲的疯子！马利根说。你吓坏了吧？

——我是吓坏了，斯蒂汾加重语气说，他的恐惧情绪又上来了。黑夜在这野外，跟一个素不相识的人在一起，还老说胡话，哼哼唧唧闹什么开枪打黑豹。你跳下水去救过人的命，我可不是英雄好汉。要是他还要在这儿住下去，我走。

壮鹿马利根瞧着剃刀上的肥皂沫皱皱眉头。他跳下来，急急忙忙地在裤子口袋里掏什么。

——讨厌！他粗声粗气地喊叫。

他走到炮座旁边，将手伸进斯蒂汾的上衣口袋里说：

——把你的鼻涕布借咱们使使，擦剃刀。

斯蒂汾听任他掏出一块又脏又皱的手帕，提着一角抖弄了一会儿。壮鹿马利根干净利落地擦好剃刀之后，端详着手帕说：

——诗人的鼻涕布！咱们的爱尔兰诗歌有了一种新的艺术色彩：鼻涕青。几乎可以尝到它的味儿了，是不是？

他又登上护墙去眺望都柏林海湾，淡淡的橡木色头发在轻轻飘动。

——天主呵！他安静地说。阿尔杰[1]把海洋叫作伟大而又温柔的母亲，可不真是！鼻涕青的大海。使人阴囊紧缩的大海。Epi oinopa ponton.[2]啊，代达勒斯，那些希腊人呀！我得教教你。他们的作品得读原文才行。Thalatta！Thalatta！[3] 海确是我们伟大而又温柔的母亲。过来看。

斯蒂汾站起身走到护墙边。他倚在墙上俯视水面，看到一艘邮船正驶出国王镇[4]的港口。

——咱们的强大的母亲！壮鹿马利根说。

他那双有所探索的灰色眼睛，突然从海面上转到斯蒂汾的脸上。

——姑妈认为你母亲是你害死的，他说。所以她不许我和你来往。

——她是有人害死的，斯蒂汾阴沉沉地说。

——见鬼，啃奇，壮鹿马利根说。你母亲临终的时候要求你，你跪下不就得了？我和你一样超脱，可是你想想，你母亲用她的最后一口气求你跪下为她祈祷，你居然拒绝了。你这人有一点儿邪……

他收住话头，在另一边的脸颊上又薄薄地涂上一层皂沫。他微微翘起嘴唇，露出宽大为怀的笑容。

——可是扮相多妙啊！他喃喃自语似的说。啃奇，扮相最妙的假面哑剧演员！

他不作声了，专心一意地刮起脸来，剃刀匀称地移动着。

斯蒂汾弯起一只胳膊支在粗糙的花岗石上，手掌托着前额，目光滞留在自己那件发亮的黑上衣袖子上，盯着已经磨破的袖口。一阵痛苦，一种还不是爱情的痛苦，在折磨着他的心。她，默默无声地，死后曾在他的梦中出现，她那消瘦的躯体上套着宽大的褐色寿衣，散发出一种蜡和檀木混杂的气息；她俯身投来无言的谴责，呼吸中隐隐地传来一股沾

---

① 阿尔杰农·斯温伯恩（Algernon Swinburne，1837—1909），英国诗人。马利根用的是昵称。

② 古希腊文，意为“在葡萄酒般幽暗的海面上”，是荷马史诗中常见的字句。

③ 古雅典希腊文，意为“海！海！”，这是古代一支希腊军队冲破包围到达海边时的欢呼声。

④ 国王镇（Kingstown）是都柏林的一个海港区，现已改名丹莱里（Dun Laoghaire）。

湿的灰烬气味。他的目光越过自己的褴褛衣袖望着海,刚才被旁边那个营养充足的嗓音赞为伟大而温柔的母亲的大海。海湾的边缘和海平线相接而形成一个大圆环,环内装着一大盆暗绿色的液体。她的病床旁边有一只白磁小盆;她死前一阵阵地大声哼着呕吐,撕裂了已经腐烂的肝脏,呕出浓浓的绿色胆汁,就是吐在这只盆里。

壮鹿马利根又擦剃刀。

——呵,可怜的小狗子!他口气和善地说,我得给你一件衬衫,几条鼻涕布。那条二手货裤子怎么样?

——挺合身的,斯蒂汾答道。

壮鹿马利根细心地刮着嘴唇底下的凹处。

——绝大的讽刺,他满意地说。应当说是二腿货。天主知道原来是什么生梅毒的色鬼穿过的。我有一条挺漂亮的裤子,细条儿,灰色的。你穿上准帅。我不是开玩笑,啃奇。你穿整齐了真他妈的够好看的。

——谢谢,斯蒂汾说。灰的我不能穿。

——他不能穿,壮鹿马利根对着镜子里自己的脸说。规矩终归是规矩。他自己害死了母亲,可是灰色的裤子却不能穿。

他利索地关上剃刀,用手指上的触须轻轻地抚摸着光滑的皮肤。

斯蒂汾把目光从海面上,移到那张丰腴而有一双灵活的烟青色眼睛的脸膛上。

——昨天晚上和我一起在船舰酒店的那位老兄,壮鹿马利根说,他说你有神麻症。他在癫狂园①,和康诺利·诺曼在一起。神经失常麻痹症!

他手拿镜子在空中挥舞了半个圆圈,对着现在已经光芒四射普照海面的太阳,闪闪放光地发布了这条新闻。他翘起刮得干干净净的两片嘴唇,露出两排亮晶晶的白牙齿哈哈大笑起来,整个健壮结实的躯体都在颤动。

——看看你自己的尊容吧,他说,你这个吓人的诗人!

---

① 这是都柏林西北区里奇蒙德疯人院的俗称。

斯蒂汾伸头看了看举在面前的镜子,镜面已破,歪歪斜斜有一道裂纹。头发都乍着。这就是他和别人眼中的我。是谁为我选的这张脸?需要清除虫子的小狗子。它也在问我。

——我从女佣人房里偷来的,壮鹿马利根说。她活该。姑妈总是给玛拉基找相貌平常的佣人。免生诱惑。而且她的名字叫做乌尔苏拉①。

他说着又笑起来,同时从斯蒂汾正在自我审视的目光前抽走了镜子。

——凯列班在镜中找不到自己面容时的狂怒,他说。要是王尔德还活着,能看到你这副尊容,那才有意思呢!②

斯蒂汾伸直身子,指着镜子辛酸地说:

——这就是爱尔兰艺术的象征。一面仆人用的破镜子。

壮鹿马利根突然伸出胳膊,挽住了斯蒂汾的胳膊绕着碉堡的楼顶走起来,他塞在口袋里的剃刀和镜子发出互相磕碰的声音。

——啃奇,这么逗你是不公平的,是不是?他和善地说。天主知道,你的精神力量比他们谁的都强。

又是一挡。他怕我的艺术的锋刃,正如我怕他的。笔,阴森森的钢。

——仆人用的破镜子!把这话告诉楼下那个牛家伙,敲他一个畿尼③。他的钱多得发臭,还认为你不够绅士的格儿。他老头子是靠卖贾拉普泻药给祖鲁人发的财,要不就是别的什么伤天害理的坑人把戏。天主哪,啃奇,只要你和我联合起来,咱们没准儿还能把这个岛国治一治。给它来一个希腊化④。

---

① 乌尔苏拉为基督教早期圣女,以倡导贞洁著称。

② 爱尔兰作家王尔德(Oscar Wilde,1854—1900)在他的著名小说《道莲格雷的画像》序言中说:“十九世纪人们对现实主义的憎恶,是凯列班在镜中见到自己面容时的狂怒。十九世纪人们对浪漫主义的憎恶,是凯列班在镜中见不到自己面容时的狂怒。”凯列班是莎士比亚《暴风雨》中的丑陋的妖精。

③ 畿尼为英国旧金币,值二十一先令(比英镑多一先令)。

④ “希腊”指未受基督教影响的古希腊。

克兰利[①]的胳膊。他的胳膊。

——想一想,你居然不能不向这些猪猡们要施舍!我是惟一知道你的价值的人。你为什么不能更信任我一些呢?我有什么叫你不顺心的地方呢?是海因斯吗?他要是再在这里吵咱们,我就把西摩找来,咱们好好儿地摆布他一顿,比他们捉弄克莱夫·肯索普还厉害些。

在克莱夫·肯索普的房间里,阔少爷们的喊叫声闹成一团。都是白脸儿的[②];个个笑得捂着肚子,互相搂着抱着。啊唷,我可受不了啦!奥布里,你告诉她这消息得婉转些![③] 我要死了!他身上的衬衫已经被剪成一条一条的拍打着空气,他还跌跌撞撞地绕着桌子又是蹦又是跳,裤子脱落在脚上,毛德琳学院的埃兹手里拿着裁缝的大剪子追在他屁股后面。脸上涂金似的全是橘子酱,神色像是受了惊的小牛犊。我不要脱裤子!你们别对我耍你们的牛疯!

从敞着的窗口扬出去的喊叫声,惊动了庭院里的夜空。一个耳聋的园丁,身上围着围裙,脸上戴着马修·阿诺德的面具[④],在阴暗的草地上推他的修草机,仔细地注视着乱飞的草茎。

我们自己[⑤]……新的异教文化……昂发楼斯[⑥]。

——让他住着吧,斯蒂汾说。除了晚间以外,他也没有什么不好。

——那么,到底是怎么一回事呢?壮鹿马利根不耐烦地说。咳出来吧!我对你是很坦白的。你对我究竟有什么意见呢?

两人站住了,遥望着远处的布莱岬角,兀秃秃地凸起在水面上像一条沉睡的鲸鱼的鼻尖。斯蒂汾轻轻地把胳膊抽了出来。

---

① 克兰利曾是斯蒂汾同窗好友,后已疏远,事载《写照》。

② 指英国人,因为爱尔兰人大多脸色发红。

③ 这是一句歌词,原歌曲表现战士在战场牺牲时对母亲的怀念。

④ 马修·阿诺德(1822—1888),英国文艺评论家。

⑤ “我们自己”即爱尔兰语的 Sinn Fein(新芬),是十九世纪末叶爱尔兰民族运动的一个口号,以恢复爱尔兰固有文化为目标。马利根与此运动有联系。(此后“新芬”成为争取民族独立的政治运动。)

⑥ 昂发楼斯(omphalos)为希腊文“肚脐眼”。古希腊人称某些圣地为昂发楼斯,意为天下的中心。十九世纪一种神秘学说视肚脐眼为灵魂所在地,以凝视自己的肚脐为修道方法。

——你要我告诉你吗？他问。

——要，是什么？壮鹿马利根答道。我想不起来有什么事儿。

他说话时盯着斯蒂汾的脸。一阵微风拂过他的前额，轻轻地拨弄着他的尚未梳整的淡黄头发，在他的眼睛中扇起了焦灼的银色火星。

斯蒂汾从自己说话的声音中感到一种压抑：

——你记得我母亲死后我第一次去你家的情况吗？

壮鹿马利根迅速地皱了一下眉头说：

——什么事儿？什么地方？我记不住事情。我只记得思想和感触。为了什么？究竟是怎么一回事儿，天主呀？

——你在沏茶，斯蒂汾说，你走过楼道去添开水，这时候你母亲陪一个客人从客厅里出来。她问你谁在你房里。

——怎么样？壮鹿马利根说。我说什么来着？我忘了。

——你说，斯蒂汾答道，咳，代达勒斯呗，他妈妈挺了狗腿儿啦。

壮鹿马利根脸上泛起一阵红晕，使他显得更加年轻可亲了。

——我是那么说的吗？他问。其实，又有什么关系呢？

他不安地抖动一下，摆脱了自己的窘迫心情。

——而且，死，不论是你母亲，还是你，还是我自己的死，有什么呢？他问道。你只看见你母亲的死。我在慈母医院和里奇蒙德疯人院，天天看他们挺腿儿，又在解剖室里开膛破肚。本来就是猪狗一般的过程嘛，不折不扣的。根本就是无所谓的事儿。你母亲临终时要求你跪下为她祈祷，你不愿，为什么？那是因为你身上有那种该诅咒的耶稣会脾气，不过是颠倒过来的罢了。对我来说，这一切全是绝大的讽刺，猪狗一般的过程。她的脑叶已经停止运行。她把医生叫作彼得·悌士尔爵士[①]，在被子上摘毛莨。迁就着她一点儿，凑合过去也就完了。你对她临终前的最后一个要求拒之不理，可是我没有像花钱雇来的拉路哀特殡仪公司送葬人那么呜呜咽咽，你却又生我的气。荒谬！我很可能说了那样的话，可是我并不是存心侮辱你母亲的亡灵。

他越说气儿越壮了。斯蒂汾捂着那句话在他的心灵上留下的伤

① 英国十八世纪戏剧作家谢立丹的喜剧《造谣学校》(1777)中的一个人物。

口,冷冷地说:

——我并不是考虑你对我母亲的侮辱。

——那你考虑什么呢?壮鹿马利根问。

——对我的侮辱,斯蒂汾答道。

壮鹿马利根一下子把身子转了过去。

——咳,你这个人真叫人没办法!他叹口气说。

他绕着栏杆快步走了过去。斯蒂汾站在原地,眼光越过平静的海面,盯住了远处的岬角。海面和岬角都模糊了。眼睛里的脉搏在跳动,遮住了他的视线,他感到双颊在发烧。

碉楼里传出了一声喊叫:

——马利根,你在上边吗?

——我来啦,壮鹿马利根回答道。

他转身对斯蒂汾说:

——看看大海吧。它管什么侮辱不侮辱?把洛尤拉①扔在一边,啃奇,下去吧。英国佬要吃他的煎肉早餐了。

他下到脑袋齐楼顶处,又站住了转过头来说:

——别成天嘀咕这件事儿了。我这个人不值一提。别再闷闷不乐了。

他的脑袋消失了,但是楼梯口传来了他一步步走下去时大声吟唱的声音:

——别再闷闷不乐,苦忆着
爱的奥秘叫人心酸,
因为弗格斯统率着铜车。②

树林的荫影默默无声地在宁静的晨空中游动,从楼梯口移向他正眺望的大海。水面如镜,从岸边一直向外伸展,在轻捷的光脚的踢动下

① 洛尤拉(St. Ignatius of Loyola,1491—1556)是耶稣会的创始人。

② 这是爱尔兰诗人叶芝(W. B. Yeats,1865—1939)著名诗歌《谁与弗格斯同去》中的诗句,原为叶芝一八九二年发表的戏剧《伯爵夫人凯瑟琳》中的一支歌曲,乔伊斯曾赞为“世界上最美的抒情诗”。下段中的“树林的荫影”“朦胧海洋的白色酥胸”均出自此诗。

泛着白色。朦胧海洋的白色酥胸。交缠的重音节,成双成对的。一只手在拨弄竖琴,琴弦交错着共发和音。白色波浪般交合的词句,在朦胧的海潮上闪闪放光。

一大片云缓缓移来,渐渐将太阳完全遮住,将海湾投入深绿色的阴影中,一大盆苦水,卧在他的脚下。弗格斯的歌曲:我在家里,压低了深沉悠长的和音独自唱着。她的房门敞着:她要听我的歌声。我内心悚然而又哀伤,默默地走到她的床边。她在她那不成样子的床上哭泣。斯蒂汾,就是为了这一句:爱的奥秘叫人心酸。

如今,在哪里了?

她的秘藏:在她的上了锁的抽屉里,有一些旧羽毛扇子、带流苏的舞会记录卡,上面洒着麝香粉,还有一串廉价的琥珀珠子。她小时挂在家里向阳窗前的一只鸟笼。她看过当年老罗伊斯演出的童话剧《恐怖大王特寇》,和别人一起笑着听他唱:

> 我正是
> 最喜欢
> 摇身一变
> 无影无踪看不见

幽灵的欢乐,收藏起来了,带着麝香味儿。

> 别再闷闷不乐,苦忆着。

和她的那些小玩意儿一起,收藏在大自然的记忆中了。往事的情景围攻着他的苦忆的思绪。在她接近圣事的时候,她那杯从厨房的水管下接来的水。一个阴沉的秋晚,壁炉架上,一个挖去果心塞上红糖为她烤着的苹果。她那修长的指甲,因为给孩子们的衬衣掐虱子,被血染成了红色。

在一个梦中,她曾默默无声地来到他的面前,她的消瘦的身子上穿着宽大的寿衣,散发出一种蜡和檀木的气息;她俯身对他说了一些无声的秘密话,她的呼吸中隐隐地带着一股沾湿的灰烬气味。

她那呆滞的目光从死亡中凝视着,要动摇我的灵魂,要使它屈服。就是盯着我一个人。灵前的蜡烛,照出了她的痛苦挣扎。幽灵似的烛光,落在受尽折磨的脸上。她嗓音嘶哑,大声喘息着,发出恐怖的哮吼声,而周围的人都跪下祈祷了。她的目光落在我身上,要把我按下去。Liliata rutilantium te confessorum turma circumdet;iubilantium te virginum chorus excipiat. ①

食尸鬼!吞噬尸首的怪物!

不,母亲!放了我,让我生活吧。

——啃奇啊,喂!

楼里响起了壮鹿马利根的呼唤声。接着,沿着楼梯上来了,又是一声呼唤。仍在为心灵的呐喊而颤抖的斯蒂汾,听到了身后有温煦的阳光在流动,空气中有友好的说话声音。

——代达勒斯,下来吧,挪挪步子吧。早饭好了。海因斯为昨晚上吵醒咱们的事道歉啦。都妥啰。

——我来了,斯蒂汾转过身来说。

——下来吧,为了耶稣,壮鹿马利根说。为了我,也为了咱们大伙儿。

他的头刚下去又转了回来。

——我把你说的爱尔兰艺术的象征告诉他了。他说非常聪明。你挤他一镑,好吗?我的意思是一个畿尼。

——我今天上午领钱,斯蒂汾说。

——是学校那档子吗?壮鹿马利根说。多少?四镑吧?借给咱们一镑。

——你要的话,斯蒂汾说。

——四个金光闪闪的元首②,壮鹿马利根兴高采烈地叫起来。咱们可以来它一顿足以吓坏德望最高的德鲁伊德们③的痛饮了。四个全能的元首!

---

① 拉丁文祈祷文(天主教为人送终时用):愿光辉如百合花的圣徒们围绕着你;愿童女们的唱诗班高唱赞歌迎接你。

② "元首"指一种铸有英王坐像的英镑金币。

③ 德鲁伊德(Druids)是包括古爱尔兰人在内的凯尔特民族中一个阶层,包括祭司、方士、法官、诗人等。

他一面手舞足蹈地踩着石楼梯蹬蹬蹬走下去，一面用伦敦方言怪声怪气地唱起来：

——普天同呀同庆祝，
白酒、啤酒、葡萄酒！
加冕日来
加冕日
普天同呀同庆祝
庆那个加冕日！①

和煦的阳光在海面上欢跳。镀镍的刮脸水碗在护墙上闪着反光，被遗忘了。我干吗要把它带下去呢？要么，让它在这儿呆上一天吧，被遗忘的友谊，怎么样？

他走过去，把小碗捧了起来，手上感到了金属的凉意，鼻子里闻到插着刷子的肥皂水发出的粘湿的气味。我在克朗高士捧香炉②，也是如此。我已成另一人，但又仍是同一人。也是一名仆人，侍候仆人的人。

在楼内阴暗的穹顶起居室里，壮鹿马利根正在壁炉边忙碌，他的仍穿着梳妆袍的身影麻利地来回挪动，黄色的炉火一时被他挡住，一时又亮了出来。两束柔和的日光柱，透过靠近楼顶处的两个枪眼，投射在屋内的石板地上。在两束光柱相会处，空气中悬着一大股子煤烟和锅里冒出来的油烟，在浮动，在打转。

——呛死人了，壮鹿马利根说。海因斯，把那扇门打开，好吗？

斯蒂汾把刮脸水碗放在小柜上。一个坐在吊床上的高个子站起身来，走向门道，把内门拉开了。

——你拿着钥匙吗？那人问。

——代达勒斯拿着，壮鹿马利根说。老爷子呀，可把我给呛死了。

---

① 这是英国国王爱德华七世在一九〇二年加冕以前市上流行的歌谣。按英国当时有一种钱币（即克朗）上的图形是王冕，因此有人戏称发薪日为“加冕日”。

② 斯蒂汾幼年在天主教耶稣会主办的克朗高士森林学堂上学时，曾在弥撒仪式中服务。

他眼睛仍旧盯着锅，大声地吼道：

——啃奇！

——就插在锁里，斯蒂汾走进去说。

钥匙在锁眼里发出刺耳的摩擦声，转了两次，沉重的大门打开了，放进了舒心的阳光和明亮的空气。海因斯站在门口向外眺望，斯蒂汾把自己的立着的旅行包拖到桌子边，坐下等候。壮鹿马利根把煎好的东西抛进旁边的盘子里，然后端着盘子和一把大茶壶走到桌子边，往桌上一蹾，如释重负似的叹了一口气。

——我都要融化了，他说，活像一枝快那个的蜡烛……可别说了！这事儿一个字也不能提了！啃奇，醒醒吧！面包，黄油，蜂蜜。海因斯，进来吧。吃的弄好啦。主呵，请您保佑我们和您的这些恩赐吧。糖在哪儿？啊呀，爷儿啊，没有牛奶。

斯蒂汾从小柜里取来了面包、蜂蜜罐和黄油盒。壮鹿马利根一肚子别扭地坐了下来。

——这算是哪一档子事儿呀？他说。我叫她过了八点来的。

——咱们可以喝不加牛奶的，斯蒂汾说，他渴了。小柜里有个柠檬。

——咳，你和你那一套巴黎风尚都见鬼去吧！壮鹿马利根说。我要沙湾①牛奶。

海因斯从门道里走进来，安静地说：

——那女人提着牛奶上来了。

——天主保佑你！壮鹿马利根从椅子上跳起来大声说。坐下，茶壶在这儿，斟茶吧。糖在袋子里。就这样，我没法对付这些倒霉的鸡蛋。

他把盘子里的煎肉胡乱切开，分摊在三个碟子上说：

——In nomine Patris et Filii et Spiritus Sancti. ②

海因斯坐下斟茶。

---

① 沙湾为都柏林一个港口区，碉楼即在此区海边。

② 拉丁文：以圣父、圣子、圣灵的名义。

——我给你们一人放两块,他说。可是我说,马利根,你沏的茶可够浓的,是吧?

壮鹿马利根一边把面包切成大厚片,一边学着老太太哄孩子的口气说:

——我沏茶水就真沏茶水呀,格罗根老大娘是那么说的啰。我撒小水就真撒小水。

——老天爷,这是茶水没错,海因斯说。

壮鹿马利根继续切着面包学老太太:

——卡希尔太太呀,我就是这个主意,她这么说。卡希尔太太答腔了:您哪,看天主的份儿上,您可千万别把两种水都沏在一个壶儿里啦!

他用刀尖挑着,给两个同伴各送了一块厚面包。

——海因斯,他十分认真地说,这就是你可以收进你集子里去的民俗了。邓德拉姆的民俗和鱼神①,五行文字,十页注释。命运女神姐妹印于大风年。②

他转过脸,扬起了眉毛,露出疑惑不定的神气,用一种细细的嗓音向斯蒂汾:

——你记得吗,大兄弟,格罗根老大娘的茶壶和尿壶是在哪部经书里提到的,是凯尔特轶事,还是吠陀奥义书?

——恐怕都不是吧,斯蒂汾严肃地说。

——真的吗?壮鹿马利根也用同样严肃的口气说。请问,你的根据何在?

——按我的想法,斯蒂汾边吃边说,这事不在凯尔特轶事之内,也不在凯尔特轶事之外。格罗根老大娘,恐怕是玛丽·安③的本家吧。

壮鹿马利根喜笑颜开。

---

① 邓德拉姆(Dundrum)是古爱尔兰竞技地点,鱼神是爱尔兰史前民族之一敬奉的海神。但马利根显然也指下注涉及的邓德拉姆。

② 一九〇三年二月爱尔兰曾遭受一场特大风灾,叶芝在该年出版的一部书上注明出版于"一九〇三大风年",该书出版者为叶芝姊妹;出版地点为都柏林近郊的邓德拉姆村。

③ 玛丽·安是爱尔兰民谣中一个样子像男子汉的女人。

——妙！他愉快地眨着眼睛，露出雪白的牙齿，做出娇里娇气的声音说。你真是那么认为吗？实在是妙！

然后他突然脸色一沉，一边又使劲切面包，一边粗鲁地用嘶哑刺耳的声音吼叫起来：

——老玛丽·安儿呀
她才不理那碴儿呀，
她一把撩起那个衬裙儿呀……

他往嘴里塞了一大块煎肉，一面嚼着一面还在哼。

门道暗了一下，进来了一个人。

——牛奶，您哪！

——进来吧，您哪，马利根说。啃奇，拿奶壶。

进来的是一个老妇人，走到斯蒂汾身边才站住。

——今儿早上天儿多美呵，您哪，她说。荣耀归天主。

——归谁？马利根瞅了她一眼说。嗳，敢情是。

斯蒂汾转过身去，从小柜里取出奶壶。

——这岛上的人，马利根漫不经心地对海因斯说，总喜欢把那位包皮收集家①提在嘴上。

——要多少，您哪？老妇问。

——一夸脱②，斯蒂汾说。

他看着她把奶灌进量杯，然后又从量杯倒入奶壶，浓浓的纯白的奶，不是她的。衰老干瘪的乳房。她又量了一杯，最后还添上一点饶头。神秘的老人，来自朝阳的世界，也许是一位使者。她一面灌奶，一面夸奶好。黎明时分，葱绿的牧场，她蹲在性情温和的母牛旁边，一个坐大蘑菇的女巫③。她的布满皱纹的手指敏捷地挤着，母牛奶头一注一注地喷着奶。它们围着她哞哞地叫，它们熟悉她，这些闪着露珠丝光

---

① 按《圣经·旧约·创世记》记载，上帝要求亚伯拉罕的男性后代统统割去包皮。

② 夸脱即四分之一加仑，是英制常用液体容量单位。下文的“品脱”为二分之一夸脱。

③ 坐大蘑菇是爱尔兰神话中传统的精灵形象。

的牲口。牛中魁首，穷老太婆，都是她自古以来的名称①。模样卑贱的神仙，一个四处奔波的老妪，侍候着征服她的人和寻欢作乐出卖她的人，他们都占有她而又随意背弃她，这个来自神秘的清晨的使者。是来侍候人还是来谴责人，他说不清，但他也不屑于求她的恩惠。

——真好，您哪，壮鹿马利根边说边往各人杯里斟牛奶。

——尝一尝吧，您哪，她说。

他听她的话喝了一口。

——我们吃的东西要是都这么好，他略微提高一些声音对她说，咱们这国家就不会这么到处都是烂牙齿、烂肚肠了。住的是泥沼，吃的是劣等食物，街道上铺满了尘土、马粪、结核病人吐的痰。

——先生，您是学医的大学生吧？老妇人问。

——是的，您哪，壮鹿马利根答道。

——您瞧瞧，她说。

斯蒂汾以轻蔑的心情，默默地听着。老太婆俯首敬重的是大声对她说话的人，给她正骨的人，给她医药的人；对我是看不上眼的。她也敬重将来听她忏悔、给她涂油准备入土的人，涂全身而不涂妇女下身不洁部位②，用男人身上的肉而不按天主形象制成的，蛇的引诱对象③。她也俯首听着现在和她大声说话的人，那说话声使她闭上了嘴，睁着迷惑不解的眼睛。

——您懂得他说的话吗？斯蒂汾问她。

——先生，您讲的是法国话吗？老妇人对海因斯说。

海因斯又对她说了一段更长的话，说得蛮有把握的。

---

① “牛中魁首”指爱尔兰牛，因牧草丰盛而特别壮美，爱尔兰文学中曾以此象征爱尔兰。“穷老太婆”也是神话中的爱尔兰的形象，但是她在真正的爱国志士面前的形象是妙龄美女。一说爱尔兰文学过去以这些形象代表爱尔兰，是因为英帝国统治者禁止提到爱尔兰。

② 按《圣经·旧约》记载，上帝曾说妇女分娩及行经时不洁。天主教规定妇女临终行涂油礼时不涂生殖器官周围部分。

③ 按《圣经·旧约》记载，男人是上帝按他自己的形象制成，而女人是上帝由男人身上抽一根肋骨制成的。第一个女人夏娃受蛇的引诱，吃了上帝禁人食用的果子并给男人亚当吃，从此脱离混沌无知状态，并因此被逐出天堂，这被视为人的最早的罪孽。

——是爱尔兰语，壮鹿马利根说。您有点盖尔血统吗？①

——我就觉得是爱尔兰语，她说，听声音有点像。您是从西部来的吗，先生？

——我是英国人，海因斯回答。

——他是英国人，壮鹿马利根说，他认为我们在爱尔兰就应该说爱尔兰语。

——敢情是应该，老妇人说。我自己都不会说，可不好意思啰。听人家懂行的人说，这是一种呱呱叫的语言呢。

——岂止是呱呱叫，壮鹿马利根说。完全是妙不可言。啃奇，给咱们再斟点茶吧。您呐，也来一杯吧？

——不啦，谢谢您，先生，老妇人说着，将牛奶桶的提把套在手腕子上，准备走了。

海因斯对她说：

——您带着账单吗？马利根，咱们最好把她的账付了吧，是不是？

斯蒂汾又把三个茶杯斟满了。

——账单吗？先生？她站住了说。这个嘛，是七个早晨一品脱两便士的是七个二嘞一先令零两便士再加这三个早晨一夸脱四便士的是三夸脱是一先令②。这就得一先令加一先令二嘞两先令二，您哪。

壮鹿马利根叹一口气，先将一块两面都涂着厚厚的黄油的带皮面包塞进嘴里，然后伸出两条腿，在裤子口袋里摸索起来。

——该付就付，痛痛快快的，海因斯笑着对他说。

斯蒂汾又斟满了一杯，一点点茶加上浓浓的牛奶，只泛出了淡淡的茶色。壮鹿马利根掏出一枚两先令的银币，用手指翻弄着叫喊起来：

——奇迹！

他把银币放在桌面上推给老妇人，同时口中说着：

——莫再向我要什么了，我的人儿，

① 爱尔兰原来的语言是盖尔语的一系，在爱尔兰西部保留较多。

② 按当时英国币制：一先令合十二便士。

我能给的都已经给了你。①

斯蒂汾把银币放在她的不甚痛快的手中。

——我们欠着两便士,他说。

——不忙,您哪,她说着收下了银币。不忙。早安,您哪。

她屈膝行礼后出去了,背后跟随着壮鹿马利根的温柔的吟诵声:

——我心上的心儿呵,哪怕还有一星星,
那一星星也会献在你的脚前。

他转向斯蒂汾说:

——说真格儿的,代达勒斯,我可精光了。快到你那档子学校去,给咱们弄点儿钱来吧。今儿个诗人们可得来他个酒醉饭饱了。爱尔兰指望着今天,人人都要各尽其责。②

——这倒提醒了我,海因斯站起身说。我今天得去你们的国立图书馆。

——先游泳,壮鹿马利根说。

他转向斯蒂汾,和蔼可亲地问:

——今天是你每月一洗的日期吗,啃奇?

然后他对海因斯说:

——这位不卫生的诗人拿定主意,每个月只洗一次。

——整个爱尔兰都受着海湾潮流的刷洗,斯蒂汾一边说,一边将蜂蜜注在一片面包上。

海因斯这时在屋角里,正把一条领巾松松地系在他那网球衫的敞口领子周围。他说:

——我打算收集你的言论,如果你允许的话。

对我说话呢。他们洗了又洗,擦了又擦。良心的谴责。内疚。可

---

① 这是斯温伯恩的诗句,马利根下面接着念的仍是此诗。

② 英国名将纳尔逊在战胜拿破仑的大海战(1805)前曾对部下说:“英国指望着今天,人人都要各尽其责”,此语后曾编入歌词。

是这儿还有一点血迹。①

——仆人的破镜子是爱尔兰艺术的象征,这话就有意思得很。

壮鹿马利根在桌下踢踢斯蒂汾的脚,用热心的口气说:

——你等着听他谈的哈姆雷特吧,海因斯。

——是呀,我是要听的,海因斯仍是在对斯蒂汾说话。刚才那个可怜的老婆子进来的时候,我正想这事儿呢。

——我的言论能卖钱吗?斯蒂汾问。

海因斯哈哈一笑,从吊床钩子上取下了自己的灰色软帽,说:

——我可不知道,说实在的。

他缓步走出门去了。壮鹿马利根弯过身凑近斯蒂汾,粗声粗气地说:

——你这个笨蛋!你干吗说那话?

——怎么?斯蒂汾说。问题是要弄钱。从哪儿弄?是从卖牛奶的老太婆那儿,还是从他这儿。是瞎碰,我看。

——我帮你把他打足了气,马利根说,可是你倒来了一副讨厌的怪样儿,你那一套耶稣会的冷讽热嘲,倒霉泄气!

——我看是希望渺茫,斯蒂汾说。她和他,哪一边都指不上。

壮鹿马利根发出一声悲剧式的叹息,伸手搭着斯蒂汾的胳臂。

——指我这边吧,啃奇,他说。

突然,他又口气一变说:

——大实话对你说吧,我觉得你的看法是对的。他们别的还有什么?管屁用!你为什么不能像我这样耍着他们呢?让他们全都见鬼去吧。咱们出去吧,这档子。

他站起身,严肃地解开腰带,脱掉梳妆袍,听天由命似的说:

——马利根的衣服剥掉了。

他把口袋里的东西都掏在桌子上。

——你的鼻涕布在这儿呐,他说。

---

① 这是一句台词,出自莎士比亚《麦克白》,麦克白夫人怂恿丈夫杀人后幻觉自己手上总有血迹。

他装上硬领，系上不老实的领带，不断地说着它们，骂着它们，又对他那条垂在外边的表链嘟哝两句，他双手伸进自己的衣箱里头乱翻了一阵，口里叫唤着干净手帕。天主啊，是什么角色就得有什么打扮。我要戴紫褐色的手套，穿绿色的靴子。矛盾。我自相矛盾吗？很好，那我就自相矛盾呗[①]。墨丘利式的玛拉基[②]从他的说话的手上，飞出了一块软疲疲的黑东西。

——你的拉丁区[③]帽子在这儿呐，他说。

斯蒂汾拣起来，戴上了。海因斯从门口喊着他们：

——你们两位，走吗？

——我好了，壮鹿马利根答应着向门口走去。走吧，啃奇。你把我们剩下的都吃完了吧，大概。

他又显出一副听天由命的神气，一面姿态庄重地向外走，一面用深沉的、几乎是凄凉的声音说：

——他往前走，就遇见了巴特利。[④]

斯蒂汾把倚在一边的白蜡手杖取在手中，跟在他们后面走出了门。他们两人下梯子，他就拉上笨重的铁门，上了锁，把巨大的钥匙放进里面的口袋。

壮鹿马利根下完梯子后问道：

——你带上钥匙了吗？

——我拿着呢，斯蒂汾说着走到了他们前面。

他在前面走，听到壮鹿马利根在后面用大浴巾抽那些蹿得最高的羊齿或是草茎。

——下去，您哪！好大的胆子，您哪！

海因斯问道：

---

① 这两句引自美国诗人惠特曼的诗。

② 墨丘利是罗马神话中的天神使者，而玛拉基这一名字（马利根的本名）来自《圣经》，在希伯来文中也是“使者”之意。同时，英语中“墨丘利”一词可指水银，可表活动多变之义。

③ 拉丁区是巴黎艺术家和学生聚居的地区。

④ 马利根刚才脱梳妆袍时说“衣服剥掉”已开始套用《圣经》中记载耶稣遇难情景，这里是继续摹拟《圣经》叙事口吻。

——你们住这碉楼，付房租吗？

——十二镑，壮鹿马利根说。

——付给军事国务大臣，斯蒂汾转回头补充说。

他们站住了一忽儿，海因斯对碉楼端详一阵之后说：

——冬天够荒凉的，我看是。你们是把它叫做马泰楼[①]吗？

——是比利·皮特[②]叫修的，壮鹿马利根说。那时海上有法国人。不过我们这一座是**昂发楼斯**。

——你对哈姆雷特有什么看法？海因斯问斯蒂汾。

——不行，不行，壮鹿马利根发出了痛苦的喊叫声。我现在可接受不了托马斯·阿奎那[③]，接受不了他造出来立论的五十五条理由。等我肚子里有了几品脱再说吧。

他转向斯蒂汾，一面把自己身上那件浅黄色坎肩的两个尖端拉整齐，一面说：

——啃奇，你至少得要三品脱才能对付，是不是？

——反正已经等了那么久，斯蒂汾无精打采地说，再等一等也无所谓。

——你激起了我的好奇心，海因斯和蔼地说。是一种表面自相矛盾的论点吗？

——才不呢！壮鹿马利根说。我们早就不希罕王尔德和那些表面矛盾的论点了。其实很简单。他用代数证明，哈姆雷特的孙子是莎士比亚的祖父，他自己又是他亲生父亲的鬼魂。

——什么？海因斯说着向斯蒂汾伸出了一个指头。他自己？

壮鹿马利根把浴巾绕过脖根，像牧师的圣带似的挂在胸前，纵声大笑起来。他俯身凑近斯蒂汾的耳朵说：

---

① 马泰楼（Martello）原是地中海法属科西嘉岛上一个海岬，岬上曾建海防碉堡。十九世纪初爱尔兰沿海修碉堡即沿用此名。

② 皮特（1759—1806）在十八九世纪相交之际英法两国进行战争（即拿破仑战争）期间任英国首相。

③ 托马斯·阿奎那（Thomas Aquinas，1225？—1274），意大利神学家、哲学家，是天主教的学术权威，斯蒂汾接受了他对文艺的许多观点。

——唷,啃奇老爹的幽灵！杰菲特寻父！①

——我们在早上总是困倦的,斯蒂汾对海因斯说。而且说起来话头也不短。

壮鹿马利根又往前走,同时扬起了双手。

——只有神圣的品脱,才能打开代达勒斯的话匣子,他说。

——我的意思是,海因斯一面和斯蒂汾跟在后面走,一面向他解释,这个碉楼和这一带的这些悬崖,不知怎么的使我想到了埃尔西诺。临空探出在海面上的那个山崖②,是不是？

壮鹿马利根突然回头望了斯蒂汾一眼,但是没有说话。在这明亮而沉默的一瞬间,斯蒂汾看到了自己的形象,穿一身灰尘仆仆的廉价丧服,夹在两个服装鲜艳的人之间。

——那个故事奇妙得很,海因斯说着,又使他们停下了脚步。

淡蓝色的眼睛,像刚被风冲洗干净的海面,还更淡些,眼神坚定而谨慎。他,海洋的统治者,向南眺望着海湾。海面空荡荡的,明亮的天边只有邮轮的一缕轻烟隐约可辨,还有一只孤帆在马格林海涂附近顶风转向航行。

——我在什么地方看到过一种从神学角度解释的说法,他若有所思地说。圣父圣子概念。圣子力求与圣父协调一致。

壮鹿马利根立刻摆出了一副活跃欢笑的面容。他高兴地张开形状周正的嘴巴,露出一种疯狂欢乐的表情,他眼中的精明通达的神色已经突然收敛一空,不断地望着他们眨眼。他左右晃动着洋娃娃脑袋,把他那顶巴拿马草帽的帽檐晃得不断地颤动,开始用一种心满意足、傻里傻气的平静声音吟诵起来:

——我这个小伙子最蹊跷,

---

① 英国十九世纪小说《杰菲特寻父》中孤儿杰菲特自述寻父几乎成狂,逢人便猜是其父亲。

② 这是莎士比亚《哈姆雷特》中提到一处悬崖的诗句;上句“埃尔西诺”为丹麦海港,即该剧剧情发生的地点。

我妈是犹太人，我爸是只鸟①。
我和那老木匠②不是一路，
所以到髑髅岗③传我的门徒。

他念到这里，竖起了食指表示告诫。

——谁要是认为我不是真神，
我变的葡萄酒就没有他的份，
只有等那酒再次化成水，
还得要小心它没有变小水。

他迅速地拉一下斯蒂汾的手杖作为告别，一直向悬崖凸出处跑去，两只手还像鱼鳍或翅膀那样在两侧扑打着，仿佛准备腾空而起似的。同时他还在念：

——再见吧，再见！你们要记确凿，
让人人都知道我死而又复活。
我天生有能耐——自然能飞天，
橄榄山④上风正美——再见吧再见！

他在他们前头跳跳蹦蹦，拍打着翅膀似的双手，轻捷地往山下的四十步潭⑤奔去。他的墨丘利帽子在劲风中不断地抖动，风中还传来他的短促欢快的鸟叫声。

海因斯听着，发出了一种有所戒备的笑声。他和斯蒂汾并排走着说：

——咱们不该笑吧，我看是。他该算是亵渎神明了。我自己倒是不信教的，这么说吧。不过他是一种快活的情调，这就显得没有什么恶

---

① 据《圣经·新约》，马利亚系童女，由上帝圣灵受孕而生耶稣，后耶稣受洗时圣灵以鸽子形象降在他身上，同时天上有声音传下说："你是我亲爱的儿子。"

② 木匠约瑟夫是马利亚的丈夫。

③ 髑髅岗是耶稣被钉上十字架的地点。

④ 橄榄山在耶路撒冷附近，据《圣经·新约》记载，耶稣遇难复活后在此升天。

⑤ 四十步潭是沙湾的一个男子专用海滨游泳场，因当地原先驻军第四十步兵营而得名。

意了,是不是？他这首叫什么题目？是《木匠约瑟夫》吗？

——耶稣逗乐之歌,斯蒂汾回答说。

——唷,海因斯说,你过去听过吗？

——每日三次,饭后,斯蒂汾不动声色地说。

——你不信教吧,是不是？海因斯问。我指的是狭义的信教。从无到有的创造,奇迹,以及具有实体的上帝。

——照我看来,信教无所谓广义、狭义,斯蒂汾说。

海因斯站住了,掏出一个光溜溜的银盒子,盒上镶着一颗亮晶晶的绿宝石。他用拇指揿开盒子让烟。

——谢谢你,斯蒂汾说着取了一支。

海因斯自己也取了一支,拍的一声关上盒子,放回侧边的口袋,又从坎肩口袋里取出一个镀镍的打火盒子,也揿开了,自己先点着烟,然后两手拢成一个罩子,把冒着火苗的火绒捧给斯蒂汾。

——不错,当然,他说着,两人又接着往前走。信就信,不信就不信,是不是？以我个人来说,要我相信一个有实体的上帝,我接受不了。我看,你也不同意吧？

——你在我身上看到的,斯蒂汾说时心绪是阴沉不快的,是一种可怕的离经叛道思想。

他继续往前走着等对方说话。他的白蜡手杖曳在身旁,杖端的包头轻轻地在路面摩擦,跟着他的脚后跟发出丝丝的声音。是我的跟班,跟在我身后叫唤:斯蒂乙乙乙乙乙乙汾！弯弯曲曲的一条线,沿着小路。他们今天晚上摸黑回来,就会踩着它了。他想要钥匙。钥匙是我的。我付的房租。现在我吃他的咸面包。把钥匙也给他吧。一切。他会开口要的。他的眼神已经说了。

——不管怎么说,海因斯开始说话了……

斯蒂汾转过脸去,看到那冷冷地打量他的眼光倒不是完全没有善意的。

——不管怎么说,我认为你是有能力摆脱思想束缚的。你是你自己的主宰,我觉得。

——我是一仆二主,斯蒂汾说。一个英国的,一个意大利的。

——意大利的？海因斯说。

一个疯狂的女王，衰老而不肯松手。对我下跪。

——还有第三个，斯蒂汾说，他要我干各种杂活。

——意大利的？海因斯又说。你指什么？

——一个是大英帝国，斯蒂汾答道。他的脸上泛起了红晕。一个是神圣罗马普世纯正教会。①

海因斯摸着下唇弄掉了一些烟丝，才又开口。

——我很理解这一点，他镇静地说。一个爱尔兰人，就难免有这种想法，我敢说。我们英国人感到我们对你们不大公平。看来这要怪历史。

那些威风凛凛的名称，在斯蒂汾的记忆中响起了胜利的铜钟：**et unam sanctam catholicam et apostolicam ecclesiam**：②仪式和教义都缓缓地发展变化，正如他自己那半生不熟的思想，一种星辰演变过程。在为马尔塞鲁斯教皇谱写的弥撒中③，象征十二使徒的各种嗓音融合为一，高唱赞许的歌声；在这歌声背后，在勇于战斗的教会中，时刻警惕着的天使将异端头子们解除武装轰走。一大帮子散布邪说的，都歪戴着主教冠冕逃走了：佛提乌④和那一伙冷嘲热讽的人，其中包括马利根，还有毕生反对圣子与圣父同体的阿里乌⑤，还有否认基督肉身的瓦伦廷⑥，还有那个在非洲提出了微妙邪说的撒伯里乌斯⑦，他认为圣父本身就是自己的儿子。正是马利根刚才对这个外来人说的嘲笑话。无聊

---

① 即天主教。“纯正”亦可译“使徒”，意谓该教会系由耶稣使徒彼得亲自创建。

② 拉丁文，天主教弥撒经文的一部分，来自公元四世纪宗教会议所定条文，意为“信奉惟一的神圣的普世纯正教会”。

③ 十六世纪新教兴起时，天主教教会斥之为邪说，为此特别强调不许标新立异，甚至规定在教堂中只许用单调音乐，直至一五五五年左右比较开明的教皇（包括马尔塞鲁斯二世）命音乐家谱写复合旋律的弥撒，一五六五年开始演奏，方证明纯洁并非必需单调。

④ 佛提乌（Photius）是九世纪康士坦丁堡大主教，主张圣灵仅出于圣父，并与教皇争权。佛被罗马教会视为死敌，因其分裂行动最后导致十一世纪的另立东正教。

⑤ 阿里乌（Arius，256？—336）宣称耶稣既为上帝所创造，就不可能与上帝一体。

⑥ 瓦伦廷（Valentine）系二世纪神学家，宣称耶稣只有精神而没有肉体。

⑦ 撒伯里乌斯（Sabellius）系三世纪神学家，宣称圣父、圣子、圣灵仅是同一事物的三个不同名称或不同表现。

的嘲笑。织风的人,肯定都只能获得空气。在冲突中,米迦勒①的大队天使永远手执长矛盾牌保卫教会;那些敢于对抗的人只能被吓倒,被解除武装,一败涂地。

听着,听着! 经久不息的掌声。Zut! Nom de Dieu!②

——当然,我是一个英国人,海因斯的声音在说,我的感觉是英国人的感觉。我也不愿意看到我的国家落入德国犹太人的手中。③ 那恐怕是我们的一个民族问题,在目前。

悬崖边缘站着两个人,在眺望着,一个是生意人,一个是弄船的。

——在往阉牛港的方向开呢。

弄船的以不无蔑视的态度向海湾北部点了点头。

——那外边就是五英寻④,他说。一点来钟涨潮的时候,就会在那边漂上来了。到今天已经九天了。

淹死的人。在空旷的海湾里,一只帆船在曲曲折折地航行,在等待水面上浮起一团胖膨臌的东西,翻过来是一张肿胀的脸,阳光下一片蓝白色。我来了。

他们沿着弯弯曲曲的小路下到了水湾边。壮鹿马利根站在一块大石头上。他已经脱掉外衣,领带没有用夹子,不断地飘到肩头上拍打着。在离他不远的水面上,有一个青年扶着岩石尖端,在深邃如胶冻的海水中,慢慢地浮动着两条青蛙似的绿腿。

——你弟弟跟你在一起吗,玛拉基?

——在西米斯呢。在班农家。

——还在那儿吗? 我收到了班农的一张明信片。他说他在那儿遇上了一个甜妞儿。他把她叫作照相女郎。

——是快照吧,啊? 一拍即得。

壮鹿马利根坐下解靴带。在离岩石尖端不远的水面上,冒出了一

---

① 米迦勒为《圣经》所载保卫天堂的大天使。

② 法语:见鬼去吧! 以上帝的名义!

③ 当时欧洲反犹思想已在英、德等国出现,表现形式之一是各国互相指责与对方有关的犹太人造成本国各种问题。

④ 英寻是水深单位,一英寻合六英尺。

个上了年纪的人,脸膛红通通的,吐着水。他爬上岩石,头顶和周围的一圈花白头发上都是亮晶晶的水,胸膛和肚皮上更是一道道地流着,腰间围着的黑布贴在身上,也还有一注注的水冒出来。

壮鹿马利根挪开一点让他爬上岸,同时给海因斯和斯蒂汾使了一个眼色,伸出拇指,虔诚地在前额、嘴唇和胸前画了三个十字。①

——西摩回城了,那青年又扶着岩石尖端说。放弃医药,要干陆军了。

——啊,见天主去吧!壮鹿马利根说。

——下星期就要去熬了。你认识卡莱尔家那个红头发姑娘吧,叫莉莉的?

——认识。

——昨天晚上和他在栈桥上难舍难分的。她老爹钱多得发臭。

——她有事儿了吗?

——那最好问西摩。

——西摩是个血淋淋的军官了!壮鹿马利根说。

他一面脱裤子,一面自己点点头。站起来之后,他又引用俗话说:

——红头发的女人像山羊,会顶!

他有所警觉似的打住了,伸手到随风拍打的衬衫下面摸了摸自己的肋部。

——我的第十二根肋骨没有了,他喊道。我是 Uebermensch.②没牙的啃奇和我,两个超人。

他扭动身子脱掉衬衫,扔到后边他堆衣服的地方。

——你在这儿下吗,玛拉基?

——对。腾出点儿地方,让人也在床上躺下吧。

青年在水中一推岩石漂了出去,随后伸展胳膊,干净、利索的两下子就游到了小湾中央。海因斯在一块石头上坐下抽烟。

---

① 这是天主教神父做弥撒时诵读福音之前做的姿势。

② 德文:超人,这是德国哲学家尼采(Friedrich Nietzsche,1844—1900)宣扬的不受传统基督教道德规范约束的人。按《圣经》故事,上帝从第一个男人亚当身上取一根肋骨造夏娃,因此马利根认为缺一根肋骨是超人的一个标志。

——你不下？壮鹿马利根问。

——呆一会儿，海因斯说。刚吃下早饭不行。

斯蒂汾转过身去。

——我走了，马利根，他说。

——把钥匙给咱们吧，啃奇，壮鹿马利根说。压一压我的内衣。

斯蒂汾把钥匙交给他。壮鹿马利根把它横在他那一堆衣服上面。

——还要两个便士，他说，好喝它一品脱。扔在那儿。

斯蒂汾在那一堆软东西上扔了两个便士。穿衣，脱衣。壮鹿马利根站直了，双手合在胸前，庄严地说：

——偷窃穷人的钱，等于借钱给主①。琐罗亚斯德如是说。②

他的结实丰满的身体插进了水里。

——我们回头和你会面，海因斯说。

这时斯蒂汾已经在上坡，海因斯转身看着他露出了笑容，他是在笑野性未驯的爱尔兰人。

牛角，马蹄，英国佬的微笑。

——船舰酒店，壮鹿马利根大声叫喊着。十二点半。

——好，斯蒂汾说。

他沿着弯弯的小路走上山坡。

Liliata rutilantium.
Turma circumdet.
Iubilantium te virginum.③

岩壁的一个龛儿里是牧师的花白光轮，他规规矩矩地在那里面穿衣服。今天晚上我不在这里睡了。回家也不行。

海面上传来了一声喊他的呼唤，音质优美，拖得长长的。他正拐弯，招了招手。又一声呼唤。一个光溜溜的棕色脑袋，海豹的，浮现在

---

① 《圣经·箴言》中说："向穷人行善等于借钱给主，主会偿还他的善行。"

② 《琐罗亚斯德如是说》是尼采于一八八三年发表的著作，尼采在其中借用古波斯先知琐罗亚斯德的名义提出了超人说。

③ 拉丁文，系上文所引送终祈祷文的片段：光辉如百合花。/圣徒们围绕。/高唱赞歌的童女们……你。

远处的水面,圆冬冬的。

篡夺者。

二

——你说，科克兰，什么城市请他？

——塔林敦[①]，老师。

——很好。后来呢？

——有一个战役，老师。

——很好。在什么地方？

孩子的茫茫然的脸转过去问白茫茫的窗户。

是记忆的女儿们编造的寓言[②]。然而，即使不和记忆编造的寓言一样，也还是有一定的事实的。那么，是一句不耐烦的话了，是布莱克那过分的翅膀[③]的一阵扑击。我听到整个空间的毁灭，玻璃稀里哗啦地砸碎，砖瓦纷纷倒塌，而时间则成了惨淡无光的最后一道火焰。那样的话，我们还剩下什么呢？

——我忘了地点，老师。公元前二七九年。

——阿斯库伦[④]，斯蒂汾说着，朝血污斑驳的书上的名字和年代瞥了一眼。

——是的，老师。他还说：再打这么一个胜仗，我们也就完了。[⑤]

---

① 塔林敦即今意大利南部城市塔兰。公元前三世纪初罗马军队进逼时，塔林敦向希腊北部伊庇鲁斯的国王皮洛士（公元前319—前272）求援。

② “记忆的女儿们”典故来自英国诗人布莱克（1757—1827）的《最后审判的景象》：“寓言或讽喻是由记忆的女儿们编造的。想象是受灵感的女儿们包围的……”按照希腊神话，九位掌管各种文艺（包括历史、诗歌等等）的女神，都是大神宙斯和记忆女神所生的女儿。

③ 布莱克主张听任自己的想象力自由驰骋，主张以过分的行动去抵消另一种过分，他说：“鸟飞不愁高，只要它用的是自己的翅膀。”

④ 阿斯库伦在今意大利南部，皮洛士战胜罗马军队的两个战役之一在此进行。

⑤ 这是皮洛士在阿斯库伦之役的胜利之后说的话，因为他在这一战役中损失了大批精兵良将。由此人们把得不偿失的胜利称为“皮洛士的胜利”。

这话人们记住了。头脑处于一种迟钝的轻松状态。陈尸遍野的平原,将军站在小山头上,手扶长矛,向部属讲话。任何将军对任何部属。他们都洗耳恭听。

——你,阿姆斯特朗,斯蒂汾说。皮洛士到头来怎么样?

——皮洛士到头吗,老师?

——我知道,老师。问我吧,老师,科明说。

——等一下。你说,阿姆斯特朗。你知道皮洛士是怎么一回事吗?

阿姆斯特朗的书包里整整齐齐地放着一袋无花果冻夹心蛋糕。他不时把蛋糕放在掌心里搓成小卷儿,悄悄地塞进嘴里。嘴唇上还沾着蛋糕屑呢。他的呼吸中带有甜丝丝的儿童气息。富裕家庭,大儿子当上了海军,一家人都很得意。道尔盖[①]的维柯路。

——皮洛士吗,老师?皮洛士就是栈桥[②]。

哄堂大笑。并不欢乐的尖声怪笑。阿姆斯特朗环顾同学,露出一个傻笑的侧影。呆一会儿,他们体会到我管教不严,想到他们的爸爸缴的学费,笑声还会更大些。

——现在你说说,斯蒂汾用书捅一下孩子的肩膀说,栈桥是什么?

——栈桥啊,老师,阿姆斯特朗说,是伸到水里的东西。一种桥呗。国王镇栈桥[③],老师。

又有几个人笑了:不欢乐,但有含意。后排有两个人在交头接耳。是的。他们是知道的:从没有学习过,可也从来不是外行。全都如此。他怀着妒羡的心情注视着一张张脸庞:伊迪丝、爱瑟尔、格蒂、莉莉[④]。同一类型的人:呼吸中也带着红茶和果酱的甜香味,手臂上的镯子在挣扎中发出吃吃的笑声。

——国王镇栈桥吗,斯蒂汾说。是的,一座失望的桥梁。

---

① 道尔盖是都柏林的一个滨海郊区,即学校所在地。

② “皮洛士”(Pyrrhus)读音似英语的 pier(栈桥,或凸码头)后续拉丁字尾 us,再加上刚才听老师问“皮洛士到头”,更促使这个糊涂学生张冠李戴,以为是谈海边的栈桥。

③ 国王镇有东西两大凸码头伸入海中,形成一个人造的港湾,离学校所在地道尔盖不远,常有青年男女在此幽会。

④ 伊迪丝等全是女孩子的名字,而这里却是一个男校,所以她们不是课堂中的学生。

这话使他们凝视的目光中露出了困惑的神色。

——怎么呢，老师？科明问，桥不是架在河上的吗？

可以收进海恩斯的小册子里去。这里可没有人听。今天晚上放怀痛饮、神聊，妙语如剑，可以刺透他罩在思想外面的锃亮的甲胄。那又怎么样呢？无非是一个在主子的宫廷上逗人发笑的小丑，受了宽容也遭到鄙视，在宽宏大量的主子跟前赢得一声夸奖而已。为什么他们都愿意扮演这样一个角色呢？不完全是为了那和蔼的抚摩。对于他们也是一样，历史成了老生常谈，他们的国土成了当铺。

假定皮洛士没有倒在阿尔戈斯老妪手下①，或是裘力斯·凯撒没有被人刺死②呢？事实是无法按主观愿望抹掉的。时间已经给它们打上烙印，它们已经被拴住了，占据着被它们排挤出去的那些无穷无尽的可能性的地盘③。但是，那些可能性既然从未实现，还说得上可能吗？还是只有成为事实的才是可能的呢？织风的人，织吧。

——给我们讲一个故事吧，老师。

——讲吧，老师。讲个鬼故事。

——这该从什么地方开始？斯蒂汾打开另一本书问。

——别再哭泣，科明说。

——那么你朗诵，塔尔博特。

——故事呢，老师？

——呆会儿，斯蒂汾说。朗诵吧，塔尔博特。

一个肤色黝黑的学生打开书，敏捷地把书支在自己的书包盖底下。他一榾柮一榾柮地朗诵起来，眼睛偶尔瞅一瞅书本。

——别再哭泣，悲伤的牧羊人，别再哭泣，
你们哀悼的莱西达斯并没有死去，

---

① 皮洛士死于公元前二七二年阿尔戈斯巷战中，当时有一个老妇人从屋顶上扔下一片瓦来，把他从马背上砸下，他才被人杀死。

② 罗马帝国的独裁者凯撒于公元前四十四年被罗马贵族杀死。许多历史学家认为此事是罗马长期动乱的起因。

③ 指古希腊哲学家亚里士多德关于可能性的理论：事情发生之前，具有各种各样的可能性，而在其中的一个可能性变成了现实之后，其它的可能性就全被排除了。

尽管他已经沉到了水面底下……[1]

那么，一定是一种运动了，可能性因为有可能而成为现实[2]。在急促而含糊的朗诵声中，亚里士多德的论断形成了，飘出教室，飘进圣日内维也符图书馆[3]内的勤奋、肃静的空气中。他曾经一夜又一夜地躲在这里读书，这里不受巴黎的罪恶的侵袭。在紧挨着他的座位上，有一个文弱的暹罗人[4]在钻研一本战略手册。为我周围的头脑提供了并继续提供着养料：头顶上是一些用小铁栅围起来的放电灯，伸出微微扑动着的触须；而在我头脑中的暗处，却是一条底层世界的懒虫，它不愿动弹，怕亮光，慢慢地挪动着龙一般的带鳞的躯体[5]。思想是关于思想的思想[6]。宁静的明亮。灵魂的某种意义说来就是全部存在：灵魂是形态的形态[7]。突如其来的、巨大的、白炽的宁静：形态的形态。

塔尔博特一遍又一遍地背诵着：

——凭借履波如夷的他[8]的亲切法力

凭借履波如夷的他……

——翻过去吧，斯蒂汾静静地说。我看不到什么了。

——您说什么，老师？塔尔博特向前倾着上身，单纯地问。

他的手翻过一页书。他想起来了，于是又坐直身子继续朗诵。履波如夷的他。他的影子也投射到这里，笼罩在这些怯懦的心灵上，在嘲笑者的心灵上和嘴唇上，在我的心灵上和嘴唇上。笼罩在把一枚纳贡的银币拿给他的那些人的热切面容上。将属于凯撒的交给凯撒，将属

---

① 此系出自英国诗人弥尔顿为溺死的同窗所写的悼念诗《莱西达斯》(1638)。

② 亚里士多德曾多次论述，潜在的可能性变为现实的过程就是运动。

③ 圣日内维也符图书馆在巴黎，晚上在此读书的几乎全是学生。

④ 暹罗即今泰国。

⑤ 布莱克在《天堂与地狱的结合》中说，知识传播过程是在地狱里一个印刷所中进行的，其中共有六个洞窟，第一窟中有一些龙样的人和龙在清理垃圾和掏土挖洞。

⑥ 亚里士多德在《形而上学》中提出，关于思想的思维是基本的推动力。

⑦ 亚里士多德在《论灵魂》中说："正如手是工具的工具，头脑(灵魂)是形态的形态……"意思是说一切事物都只有通过头脑的活动才能认识。

⑧ 指耶稣。据《圣经·新约》记载，耶稣曾在风浪中踏着水面走到离岸很远的船上。

于上帝的交给上帝①。一道从深色的眼睛中射出来的长久的目光，一句谜语般的句子，供教会的纺织机织了又织。可不是吗。

猜一猜，猜一猜，朗的罗，
我爸爸给我种子让我播②。

塔尔博特把书合上，滑进书包。

——都朗诵完了吗？斯蒂汾问。

——完了，老师。十点钟打曲棍球，老师。

——半天儿，老师。是星期四哪。

——谁会猜谜语？斯蒂汾问。

孩子们收书的收书，装笔的装笔，铅笔嗒嗒作响，纸张窸窸窣窣。他们一边绑着、扣着书包，一边挤成一团，兴高采烈、七嘴八舌地说：

——老师，猜谜语吗？老师，我猜！

——我猜，我猜，老师。

——来个难的，老师。

——这个谜语是这样的，斯蒂汾说：

公鸡打鸣儿
天空透蓝色儿
天上有钟儿
敲响了十一点儿
可怜的灵魂儿
该归天儿了。

——是什么？

——老师，怎么说的来着？

---

① 据《新约》记载，在耶稣讲道时，有些人设圈套企图使他触犯罗马王法，问他向罗马政府交纳税金是否违背教义；耶稣不直接回答，而叫他们拿来一枚纳税的银币，指着银币上铸的凯撒头像，说“将属于凯撒的交给凯撒，将属于上帝的交给上帝”。

② 这也是一个谜语。这是头两句，后两句是：
种子是黑的，地儿是白的。
你猜到这个谜语，我就给你喝的。（谜底：写信。）

——再说一遍,老师。我们没听清。

谜语重说了一遍,孩子们的眼睛睁得更大了。沉默了一会儿之后,科克兰说:

——老师,是什么?我们猜不着。

斯蒂汾回答的时候,嗓子里有些发痒:

——是狐狸在冬青树下埋葬自己的奶奶①。

他站起身来,发出一阵神经质的大笑,而孩子们的回音是一片扫兴的嚷嚷声。

门外有人用棍子敲门,同时在走廊里喊:

——曲棍球!

孩子们立即散开,纷纷穿过桌椅,有侧着身子挤过去的,有从上边跳过去的。很快人都走光了,从贮藏室传来棍棒的撞击声、乱哄哄的脚步声和说话声。

只有萨金特没有走,他捧着一本打开的练习本,慢慢地走上前来。乱成一团的头发,瘦骨嶙峋的脖子,都标志着他的迟钝;模糊的镜片后面是两只无神的眼睛,仰望着,乞求着。他的脸灰暗而无血色,面颊上有一块新抹上去的墨水,枣子形,还湿漉漉的呢,像蜗牛的窝儿似的。

他捧上练习本。页头上标着**算术**二字,字下面是斜斜的数目字,最底下是一个曲里拐弯的签名,带圈的笔划都是实心的;另外还有一团墨水渍。西里尔·萨金特:名字加图记。

——老师,戴汐先生叫我全部再抄一遍,他说,还要交给您看。

斯蒂汾摸着练习本的边。徒劳无功。

——你现在会做了吗?他问。

——十一题到十五题,萨金特回答说。戴汐先生叫我照着黑板上抄的,老师。

——你自己会做吗?斯蒂汾问。

——不会,老师。

---

① 这是爱尔兰的一个取笑谜语的谜语,意思是说有些谜语是无法猜的,但一般把谜底说成狐狸埋葬自己的妈妈,斯蒂汾改说奶奶,显然与当时的思想状态有关。

又丑，又没出息：细脖子，乱头发，一抹墨水，蜗牛的窝儿。然而也曾经有人爱过他，在怀里抱过他，在心中疼过他。要不是有她，他早就被你争我夺的社会踩在脚下，变成一摊稀烂的蜗牛泥了。她疼爱从自己身上流到他身上去的孱弱稀薄的血液。那么那是真实的了？生活中惟一靠得住的东西[①]？他母亲平卧的身子上，跨着圣情高涨的烈性子的高隆班[②]。她已经不复存在：一根在火中烧化了的小树枝，只留下颤巍巍的残骸，檀木和沾湿了的灰烬的气味。她保护了他，使他免受践踏，自己却还没有怎么生活就与世长辞了。一个可怜的灵魂升了天：而在闪烁不已的繁星底下，在一块荒地上，一只皮毛中带着劫掠者的红色腥臭的狐狸，眼中放射出残忍的凶光，用爪子刨着地，听着，刨起了泥土，刨了又听，听了又刨。

斯蒂汾坐在孩子旁边解题。他用代数证明莎士比亚的阴魂是哈姆雷特的祖父。萨金特歪戴着眼镜，斜眼瞅着他。贮藏室里有球棍的磕碰声，球场上传来了发闷的击球声和喊叫声。

练习本页面上的代数符号在演出一场字母的哑剧，它们头上戴着平方形、立方形的古怪帽子，来回地跳着庄严的摩利斯舞[③]。拉手，交换位置，相对鞠躬。就是这样：摩尔人的幻想的产物。阿威罗伊、摩西·迈蒙尼德[④]也都已经不在人间，这些在容貌举止上都是深沉的人，用他们的嘲弄的明镜对准世界，照出了它那隐蔽的灵魂。这是一

---

① 斯蒂汾的朋友克兰利曾规劝他对母亲要体贴，并说："在这个臭粪堆似的世界上，不管别的东西怎么靠不住，母亲的爱总是靠得住的。……"事载《写照》最后一章。

② 高隆班（543？—615）是爱尔兰著名僧侣和圣人，以学问高深和布道热心著称，曾不顾其母反对而外出传道。同时"高隆"在拉丁文和爱尔兰语中是"鸽子"的意思，因此斯蒂汾有可能借此影射第一章涉及的圣灵使马利亚受孕而生耶稣的《圣经》事迹。

③ 摩利斯舞是一种禳灾祈福的舞蹈。"摩利斯"一词来自"摩尔人"；摩尔人是非洲西北部柏柏尔人与阿拉伯人混合的一个民族，在公元八世纪入侵西班牙，代数也是经摩尔人传入欧洲的。

④ 阿威罗伊是十二世纪的阿拉伯哲学家、医学家，摩西·迈蒙尼德是十二至十三世纪的犹太哲学家、医学家，二人对亚里士多德哲学思想有深入研究，对中世纪西方思想界（包括斯蒂汾信服的十三世纪天主教哲学家阿奎那）产生了重大的影响。

种在明亮之中放光而又不为明亮所理解的深沉①。

——现在懂了吗？第二道自己会做了吧？

——会了，老师。

萨金特用长大而颤巍巍的笔划抄录着数字。他一面不断地期待着老师开口指点，一面忠实地临摹那些多变的符号，他那灰暗的皮肤下隐隐地闪烁着羞愧的色调。Amor matris：主生格和宾生格②。她用自己的孱弱的血液和清淡发酸的奶汁喂养了他，并且把他的襁褓布藏在人们看不见的地方。

有些像他，我这个人；也是这么瘦削的肩膀，也是这么叫人看不上眼。在我旁边弯着腰的就是我的童年。太遥远了，想用手摸一下或是轻轻碰一下都够不着了。我的是远了，而他的呢，像我们的眼睛一样深奥莫测。我们两人心灵深处的黑殿里，都盘踞着沉默不语、纹丝不动的秘密，这些秘密已经倦于自己的专横统治，是情愿被人赶下台去的暴君。

题做好了。

——很简单，斯蒂汾说，同时站起身来。

——是的，老师，谢谢您，萨金特回答说。

他用一张薄薄的吸墨纸把刚写的字迹吸干，拿着练习本走回自己的座位。

——快去拿上球棍，出去找同学们吧，斯蒂汾一边说，一边跟着孩子的笨头笨脑的背影向门口走去。

——是，老师。

在走廊里，听到了球场上喊他名字的声音。

——萨金特！

——快跑，斯蒂汾说。戴汐先生在喊你了。

他站在门廊里，望着落后学生急急忙忙奔向争夺场，场上这时只

① 按《新约·约翰福音》(詹姆士王钦定本)，上帝即生命，而生命即光，“光在黑暗中放亮，而不为黑暗所理解。”

② 拉丁文“母亲之爱”，按主生格讲是“母爱”；按宾生格讲是“对母亲的爱”。

听见一片尖着嗓子吵闹的声音。孩子们分好了拨儿,戴汐先生迈着戴鞋罩的脚,跨过一簇簇的草丛走过来。他刚走到房前,吵吵嚷嚷的声音又起来了！而且又在喊他了。他扭回了怒气冲冲的白色八字胡。

——又怎么啦？他反复地大声喊着,也不听人家究竟在说什么。

——先生,科克兰和哈利戴分在一边了,斯蒂汾提高嗓门说。

——请你在我书房里等一下,戴汐先生说,我把这里的秩序整顿好就来。

于是,他又大惊小怪地回头向球场走去,一面扯着苍老的嗓子厉声喊道:

——怎么回事？又是怎么回事了？

孩子们的尖嗓子从四面八方冲着他叫嚷:他们蜂拥而上,把他团团围住,他那没有染好的蜜色头发,被耀眼的阳光漂成了白色。

书房里空气陈浊,烟雾弥漫,室内摆设的黄褐色皮椅,发出一种磨损了的皮革的气味。第一天他在这里和我讨价还价时,就是这个样子。起始如此,现在仍是如此。墙边柜子上仍摆着那盘斯图亚特钱币,泥沼里的等外宝物①:永将如此。在褪了色的紫红丝绒的餐匙盒里,舒舒服服地卧着曾向一切非犹太人布道的十二使徒②:无穷无尽③。

门外传来一阵急促的脚步声,走过门廊的石板地,进了走廊。戴汐先生吹着稀疏的八字胡子,走到大桌子边才站住。

——首先,咱们小小的财务结算,他说。

他从上衣口袋里,掏出一个用细皮条扎住的皮夹,啪的一声打开,

---

① 斯图亚特是英国王室,一六〇三至一七一四年间统治英国。其中的詹姆斯二世于一六八八年在英国被黜后逃到爱尔兰,次年用劣金属铸币,使爱尔兰币大为贬值,但是这些不值钱的硬币后来成为稀有物品,有人加以收藏。

② 十二使徒指匙柄上的人像。据《新约》记载,耶稣原来要求他的使徒们只向犹太人传教,但后来使徒们根据彼得直接从上帝获得的启示,决定也向非犹太人展开传教活动。

③ "起始如此……无穷无尽",这些散在本段各处的词句出于天主教礼拜仪式中诵唱的《小荣耀颂》:"荣耀归于圣父、圣子、圣灵;起始如此,现在仍是如此,永将如此,无穷无尽。"

取出两张钞票小心翼翼地摊在桌子上,其中一张还是由两个半张拼接起来的。

——两镑,他说着,又把皮夹扎好,收了起来。

现在他该动他的金库了。斯蒂汾的不好意思的手,轻抚着堆在冷冷的石钵里那些各式各样贝壳:峨螺、子安贝、花豹贝:这个旋涡形的像埃米尔的头巾,这个扇形的是圣詹姆斯扇贝①。老朝圣者的宝藏,死的珍宝,空壳。

在台面呢的柔软绒面上,落下一枚崭新的金镑,亮晶晶的。

——三镑,戴汐先生转动着手里的小小储蓄盒说。这种东西,有一个真方便。瞧,这是放金镑的,这是放先令的。放六便士的,放半克朗的。这里是放克朗②的。瞧。

他从盒子里倒出两个克朗,两个先令。

——三镑十二先令,他说,你看一看,我想没有错。

——谢谢您,先生,斯蒂汾说着,腼腆地急急忙忙把钱敛成一堆,一古脑儿塞进了裤子袋里。

——根本不要谢,戴汐先生说。这是你应得的报酬。

斯蒂汾的手又自由了,又去摸那些空壳。也是美的象征和权力的象征。我口袋里有了一小把:被贪婪和苦难玷污了的象征。

——钱不能这样装,戴汐先生说。不定在哪儿掏东西带出来,就丢了。你就是买上这样一个机器好。你会觉得非常方便的。

得回答点什么。

——我要是有一个,那也常常是空的,斯蒂汾说。

同一间房间,同一个时辰,同样的智慧:我也还是我。已经三次了。我身上已经在这里套上了三道箍。怎么样?我可以立刻把它们挣断,如果我愿意的话。

——这是因为你不存钱,戴汐先生伸手指着说。你还不懂得金钱

---

① 圣詹姆斯神祠在西班牙,是中世纪欧洲朝圣胜地之一。该祠采用扇贝作为标志,朝圣者佩带以为纪念。另外,贝壳也象征金钱。

② 克朗、先令都是英国当时通用的钱币,按当时英国币制,一镑合二十先令,一先令合十二便士。克朗是一种值五先令的银币。

的意义。钱就是权。将来你活到我这个年龄就懂了。我明白，我明白。少壮不晓事嘛[1]。但是，莎士比亚是怎么说的来着？只消荷包里放着钱。

——伊阿古[2]，斯蒂汾自言自语地说。

他把视线从静止不动的贝壳上，移向老人那双盯着他的眼睛。

——他懂得金钱的意义，戴汐先生说。他会赚钱。不错，是一个诗人，可也是一个英国人。你知道什么是英国人的骄傲吗？你知道你能从英国人嘴里听到的最自豪的话是什么话吗？

海洋的统治者。他那冷如海水的眼睛眺望着空荡荡的海湾：要怪历史；也用同样的目光看待我和我说的话，倒是心平气和的。

——认为自己的帝国有永远不落的太阳，斯蒂汾说。

——才不是呢！戴汐先生大声嚷道。那不是英国人的话，是一个法国的凯尔特人说的。[3]

他用储蓄盒轻轻地敲打着大拇指的指甲盖。

——我来告诉你他们最爱吹嘘什么吧，他庄严地说。我不该不欠。

好人，好人。

——我不该不欠。我一辈子没有借过一个先令的债。你能有这样的感觉吗？无债一身轻。你能吗？

马利根，九镑，三双短袜，一双粗皮鞋，几根领带。柯伦，十个畿尼。麦卡恩，一个畿尼。弗雷德·赖恩，两先令。坦普尔，两顿午饭。拉塞尔，一个畿尼；卡曾士，十先令；鲍勃·雷诺兹，半个畿尼；凯勒，三个畿尼；麦克南太太，五个星期的饭钱。我这一小把不顶事。

——眼下还不能，斯蒂汾回答说。

戴汐先生笑了，流露出富足快乐的心情。他把储蓄盒放了回

---

① “少壮不晓事”是一个谚语的开端，谚语劝人从早积攒，以免老来匮乏。

② 伊阿古是莎士比亚悲剧《奥瑟罗》中的坏蛋。“只消荷包里放着钱”是他教唆别人干坏事时说的，见该剧第一幕第三场。

③ “日不没国”是一种夸耀帝国幅员的说法，从纪元前五世纪的波斯帝国以来的各大帝国时期都有，说法大同小异，但是据考证没有一个说法是“法国的凯尔特人”提出来的。

去。

——我知道你不能,他兴高采烈地说。但是将来你必须有这种感觉才行。我们是一个慷慨的民族,但我们也必须公正。

——我怕这些堂皇的字眼,斯蒂汾说,这些话给我们造成了那么多的不幸。

戴汐先生有好一会儿神情严厉地瞪着壁炉上方,瞪着墙上那位穿苏格兰花格短裙、身材魁伟、器宇轩昂的男人:威尔士亲王艾伯特·爱德华①。

——你认为我是一个老顽固,老保守党,他的若有所思的声音说。从奥康内尔②时期以来,我亲眼目睹了三代人的历史。我记得四六年的大饥荒③。你知道吗,奥伦治协会④早就鼓动废除联合议会了,比奥康内尔的鼓动,比你们教派的高级教士们把他斥为政客⑤还早二十年呢!你们芬尼亚分子⑥对有些事情是记不住的。

---

① 艾伯特·爱德华(1841—1910)在维多利亚女王时期是威尔士亲王,英国王储,在小说涉及的一九〇四年,他已经成为英王爱德华七世。

② 奥康内尔(1775—1847)是著名的爱尔兰民族运动领袖,因发动信奉天主教的广大人民群众争取爱尔兰天主教合法地位而被爱尔兰人称为"救星"(除北爱尔兰情况特殊外,绝大多数爱尔兰人信奉天主教)。政治上他主张废除英、爱联合议会,建立独立的爱尔兰议会。

③ 从一八四五年起,爱尔兰的马铃薯生产连年遭灾,而马铃薯是当时爱尔兰劳动人民的主食,因此造成一八四六至一八四七年的大饥荒,饿殍遍野,瘟疫流行。这是爱尔兰历史上一次极大的灾难,人口因而锐减。

④ 奥伦治协会是十八世纪末年由英国殖民者在爱尔兰北部建立的宗教、政治团体,主要宗旨是维护在北爱尔兰占优势的新教的利益,反对天主教势力,并反对脱离英国。据考证,该协会在最初成立时,确曾反对将爱尔兰议会并入英国议会,但是当时的爱尔兰议会完全由信仰新教的英国殖民者把持,所以他们那时反对联合议会,和后来爱尔兰人民要求废除联合议会(即作为一种争取民族解放的民权运动)显然意义完全不同。

⑤ 爱尔兰的天主教主教都支持奥康内尔,虽有少数对他所采取的做法有意见,但并没有人把他"斥为政客"。

⑥ "芬尼亚协会"是一个爱尔兰民族主义组织,主张通过武装暴动脱离英国。该组织成立于一八五八年,最活跃的时期是十九世纪六十年代,至七十年代后逐渐消亡。斯蒂汾当然不可能是这一组织的成员。

流芳百世，功德无量，永垂不朽[①]。光辉的阿尔马郡的钻石会厅里，悬挂着天主教徒的尸体[②]。嘶哑着嗓子、戴着假面具、拿着武器，殖民者的誓约[③]。黑色的北方，真正地道的《圣经》[④]。短发党倒下去[⑤]。

斯蒂汾做了一个简短概括的手势。

——我身上也有反叛者的血液，戴汐先生说。母系的。但是我的祖先是投票赞成联合议会[⑥]的约翰·布莱克伍德爵士。我们全是爱尔兰人，全是国王的子孙。

——够呛，斯蒂汾说。

——Per vias rectas[⑦]，戴汐先生神情坚决地说，这就是他的格言。他投的是赞成票，并且是特地穿上他的长统马靴，从当郡的阿兹骑马到都柏林来投票的[⑧]。

---

① 引自奥伦治协会纪念英王威廉三世的祝酒辞："纪念伟大的好国王威廉三世，他流芳百世，功德无量，永垂不朽。他拯救了我们……"该协会以威廉三世为号召，因为英帝国征服爱尔兰的殖民事业是在他任英国国王期间（1689—1702）完成的。此人在继承英国王位之前是奥伦治亲王，被称为"奥伦治的威廉"。

② 阿尔马郡在爱尔兰北部，这一带的英国殖民者曾在十八世纪大举迫害天主教徒，企图把他们全都逐出该郡。最严重的一项事件是一七九五年的"钻石之战"，他们屠杀了拒绝外迁的天主教徒二三十人，奥伦治协会即在这一事件之后建立。

③ 从十七世纪初开始，英国将爱尔兰北部大批土地没收，赐给英国殖民者，接受者必须宣誓忠于英王，承认英王不仅是国家元首，同时也是宗教领袖。此政策使爱尔兰当地信奉天主教的人民实际上沦为农奴。

④ 新教牧师布道时均穿黑袍。新教强调《圣经》本身的重要性，这是和强调仪式的天主教的主要区别之一。

⑤ "短发党"指爱尔兰民族主义者，他们在一七九八年起义时曾剪短发以示向往法国革命。"短发党倒下去"是奥伦治派反对爱尔兰独立的歌曲词句。

⑥ 指一八〇〇年五月爱尔兰议会表决是否并入英国议会一事。当时即便在由英国殖民者把持的议会中，反对联合的力量也是十分强大的，英国用了公开贿买和封官许愿的手段才使议案通过。戴汐所说的爵士在历史上确有其人，是联合以前的爱尔兰议员，但是事实上他坚决反对联合。见本页注⑧。

⑦ 拉丁文：走直路。

⑧ 阿兹是爱尔兰北部当郡地区的一个半岛。当郡是英国在爱尔兰的殖民中心之一，历史上的约翰·布莱克伍德是该郡的议员之一，在酝酿联合议会时英国许他晋升爵位，要他投票赞成联合，但他拒不接受。他家的一个后代曾在一九一二年致乔伊斯的信中提到此事说："请记住，约翰·布莱克伍德是在正要穿上他的长统马靴到都柏林去投反对票时死去的。"

啦尔—德—啦尔—德—啦
崎岖的道路通向都柏林哪。

一个脾气暴躁的绅士，骑着马，穿着贼亮贼亮的长统马靴。有点小雨啊，约翰爵士。有点小雨，阁下……小雨！……小雨！……两只长统靴颠呀颠的，一直颠到都柏林。啦尔—德—啦尔—德—啦，啦尔—德—啦尔—德—啦底。

——这倒提醒了我，戴汐先生说。有一件事可以请你帮帮忙，代达勒斯先生。请你找几个你在文学界的朋友。我这里有一封给报界的信。你坐一下。我把结尾的一段抄完就行了。

他走到窗边的书桌前，把椅子往前拖了两下，望着打字机滚筒上的信纸，念了几个字。

——坐下吧。对不起，他转过头来说，*事属常识，无可非议*。一会儿就完。

他挑起两道粗眉，盯着放在肘边的原稿，一面嘟嘟囔囔地念着，一面开始慢慢地戳打字机上的僵硬的钢键，有时还转动滚筒，用橡皮擦掉打错的字，吹两口气。

斯蒂汾面对着仪表堂堂的亲王肖像，无声无息地坐了下来。四周墙上的画框里，恭恭敬敬地站着如今已经不复存在的骏马的形象，马头全都顺从地扬在空中：黑斯廷斯勋爵的*御敌*、威斯敏斯特公爵的*飞越*、博福特公爵的*锡兰*，一八六六年巴黎大奖①。骏马上骑着小精灵似的骑手，静候着信号。他看到了他们为国王的旗号赛跑的速度，随着不复存在的观众的欢呼声而欢呼。

——句号，戴汐先生吩咐他的字键说。*然而，及时公开讨论这一极其重要的问题……*

克兰利带我去找发财捷径，在溅满泥水的驯马车之间钻来钻去，寻找可能获胜的号码；赌注经纪人各占一方地盘，大声地招揽主顾；五颜

① “御敌”、“飞越”、“锡兰”都是曾在重要赛马中赢得大奖的名马。“巴黎大奖”是法国最盛大的赛马活动，每年一次，一八六六年的大奖即由“锡兰”获得。希腊史诗中的涅斯托耳也以爱马著称。

六色的泥浆地上,一股强烈的食堂气味。**美叛逆！美叛逆！**大热门,一赔一;冷门票,一赔十①。我们追随着马蹄和色彩缤纷的骑装、骑帽,匆匆路过骰子摊、扣碗摊②,还路过一个脸上肉嘟嘟的妇女,一个肉店老板娘,正渴不及待地啃着一大块橙子。

从孩子们的球场那边,传来了尖嗓子的喊叫声和一阵滚动的哨子声。

又进了一球。我就在他们中间,在他们挤成一团、混战一场的身体中间。这就是生活的拼搏。你是说那个妈妈的宝贝疙瘩,那个外罗圈腿的,似乎有点反胃的孩子吗？拼搏。时间受了惊吓,弹跳起来,一回又一回。疆场上的拼搏、泥泞和酣战声,战死者临终的呕吐物冻成了冰块,长矛勾出血淋淋的肚肠时的狂叫声。

——好了,戴汐先生站起来说。

他一面用大头针把纸别在一起,一面向桌子边走来。斯蒂汾站了起来。

——我写得很简明扼要,戴汐先生说。谈的是口蹄疫问题。你看一看吧。关于这个问题,人们是不可能有两种意见的。

拟借贵报一角宝贵篇幅。自由放任原则在我国历史上曾多次。我国牧牛业。我国各项老工业之道路。利物浦集团操纵戈尔韦③建港计划。欧洲大火。粮食运输通过海峡狭窄水道④。农业部门绝对彻底的麻木不仁。恕我引经据典。卡珊德拉⑤。由一个不过尔尔的女流之辈⑥引起。言归正传。

---

① “美叛逆”是一匹马的名字。该马一九〇二年在都柏林附近的一次赛马中获胜。斯蒂汾回忆的下赌注办法正是那一次的实际情况。

② “扣碗”是类似押宝的赌博。三个小碗倒扣在地上,猜哪一个扣着小球或豆子。

③ 戈尔韦是爱尔兰西部一个大港,在十九世纪五十年代中曾有人企图把它发展成为一个国际航运中心,但开办航线后连遭事故,于六十年代以失败而告终。但据考证,此事并无“利物浦集团”插手。

④ “欧洲大火”指欧洲大战。戴汐的意思大概是,如果戈尔韦建港计划没有被破坏,那么万一欧洲发生大战,粮食运输就可以不必通过爱尔兰东部易受战火威胁的海峡,而可以用直达大西洋的戈尔韦港。

⑤ 卡珊德拉是希腊神话中特洛伊国王的女儿,她能预言凶祸却无人听信,因此不能阻止凶祸发生。

⑥ “不过尔尔的女流之辈”是英国谚语用词,指水性杨花的女人。戴汐意指海伦。参见49页注②。

——我够干脆的，是吧？戴汐先生在斯蒂汾看信时插嘴问他。

口蹄疫。人称科克配方。血清与病毒。免疫马匹百分比。牛瘟。下奥地利慕尔斯代戈御用马群。兽医外科。亨利·布莱克伍德·普赖斯先生。自献良方颇可一试。事属常识，无可非议。极其重要的问题。确系抓住要害。承蒙慷慨提供贵报版面，谨致谢意。

——我要这封信见报，让人们都看到，戴汐先生说。你等着瞧吧，下次再闹牛瘟，他们就要对爱尔兰牛实行禁运了。然而这种病是可以治好的。人家实际上就治好了。我的表弟布莱克伍德·普赖斯来信说，奥地利的牛瘟，就都是由当地的牛医治疗的，并且治好了。他们主动表示愿意到这里来。我正在部里想办法。现在我要试试公开宣传。我是困难重重呵，周围尽是……阴谋诡计，尽是……后门势力，尽是……

他伸出食指，老气横秋地敲击着空气，为下边的话作准备。

——注意我的话，代达勒斯先生，他说，英国是落在犹太人手里了。钻进了所有的最高级的地方：金融界、新闻界。一个国家有了他们，准是衰败无疑。不论什么地方，只要犹太人成了群，他们就能把国家的元气吞掉。这些年来，我一直在注意，问题越来越严重。情况再明白不过了，犹太商人已经在下毒手了。古老的英国快完了。

他快步向一边走去；在经过一束宽阔的阳光时，他的眼睛活了起来，呈现出蓝色的生命。接着他又转身走了回来。

——快完了，他说，如果不是已经完了的话。

> 婊子的满街招呼
> 将织下老英格兰的裹尸布①。

他走到那道阳光中间站住了，两只眼睛若有所见似的在阳光里瞪得滚圆，神色严厉。

——凡是商人，斯蒂汾说，不管是不是犹太人，都要贱买贵卖，难道不是吗？

---

① 这两行诗引自布莱克的《清白的征兆》。原诗有关段落抨击英国当时允许公开卖淫和赌博的制度。

——他们戕害光，[1]犯下了罪孽，戴汐先生严肃地说。你看吧，连他们的眼睛里面都是黑的。正是因为这个缘故，他们直到今天还在地球上四处流浪。

在巴黎证券交易所的台阶上，金色皮肤的人们伸出戴宝石戒指的手指报着行情。鹅群的嘎嘎乱叫声。他们成群结队地在圣殿里转悠[2]，声音嘈杂，模样古怪，脑袋上戴的是不得体的大礼帽，脑袋里装的是密密匝匝的计谋。全不是他们的：这些衣着，这种言谈，这些手势。他们的圆圆的、迟缓的眼睛否定了这些话，这些热烈而不冒犯人的手势。他们知道周围聚集着敌意，知道自己的热忱全是白费事。白白地耐心积攒、贮存。时间肯定会把一切都冲散的。路边堆积的财货：一经劫掠，全都易手了。他们的眼睛懂得流浪的岁月；含辛茹苦的眼睛，懂得自己的骨肉所受的凌辱。

——谁不是这样的呢？斯蒂汾说。

——你是什么意思？戴汐先生问。

他朝前跨了一步，站在桌子旁边。他的下颌歪向一边，疑惑不定地张着嘴巴。这是老年的智慧吧？他等着听我的。

——历史，斯蒂汾说，是一场噩梦。我正在设法从梦里醒过来。

球场上又传来孩子们的一阵叫喊声。滚动的哨子声：进球了。要是噩梦像劣马似的[3]尥蹶子，踢你一脚呢？

——造物主的规律可由不得我们，戴汐先生说。人类的全部历史，都向着一个大目标走：体现上帝。

斯蒂汾翘起大拇指，指向窗户说：

——那就是上帝。

呼啦！啊哎！呜噜咴嚏！

——什么？戴汐先生问。

---

① 意指犹太人不信耶稣并要求将他在十字架上钉死。按《约翰福音》，耶稣即光。

② 据《圣经·新约》，耶路撒冷的圣殿里原来有许多人在做买卖和兑换银钱，后来都被耶稣赶走。

③ 英语的“噩梦”（nightmare）是一个复合词，其中后半部分（mare）与“母马”（mare）同形。

——街上的喊叫声，斯蒂汾耸耸肩膀回答。

戴汐先生用手指捏着鼻翼，低头往下面看了一忽儿才把鼻子放开，抬起头来。

——我比你幸福，他说。我们犯过许多错误，有过许多罪孽。一个女人把罪孽带到了人间①。为了一个不过尔尔的女流之辈，就是墨涅拉俄斯的那个跟人私奔的老婆海伦，希腊人同特洛伊打了十年的仗②。一个不忠实的妻子把外人带进了我们这个岛国，那就是麦克默罗的老婆和她的情夫，布雷夫尼的王爷奥鲁尔克③。巴涅尔也是因为一个女人才倒了霉④。许多错误，许多失败，但是惟独没有那一种罪孽。我现在已经是风烛残年的人了。但是，我还要为正义而战斗到底。

因为厄尔斯特⑤将要战斗，
为正义而战决不会错。

斯蒂汾举起了手里拿着的信。

——这个，先生……他开始说。

——我可以预见，戴汐先生说，你在这里是干不长的。你天生不是当教师的材料，我觉得。也许我错了。

——倒是当学生的，斯蒂汾说。

那么在这里你还能学到什么呢？

---

① 指《圣经·旧约》所述夏娃偷吃“善恶知识树”的禁果，导致亚当、夏娃被上帝逐出乐园，开始过劳碌辛苦的人间生活。

② 指希腊史诗《伊利亚特》所述特洛伊王子帕里斯拐走希腊斯巴达国王墨涅拉俄斯的夫人海伦，从而引起特洛伊战争。

③ 戴汐这里所说涉及爱尔兰十二世纪的历史，但是颠倒了人物。历史事实是，爱尔兰的一个小国伦斯特的国王麦克默罗拐走另一个小国布雷夫尼的国王奥鲁尔克的妻子，从而引起争端，麦克默罗被逐出爱尔兰后引来英国军队，这就是英国入侵爱尔兰的开始。

④ 巴涅尔(1846—1891)是爱尔兰自治运动的领袖，他是新教徒，但是能得到整个民族的拥护，被称为“爱尔兰的无冕之王”。他在一八八九年因与有夫之妇相好而失去领袖地位，爱尔兰民族运动也因此受到重大挫折。

⑤ 厄尔斯特即爱尔兰北部六郡的总称，这两句话出自十九世纪的一个英国政治家之口，他在竞选时煽动厄尔斯特反对爱尔兰自治的情绪说了这些话，后来成为爱尔兰北部反对爱尔兰自治、反对天主教的战斗口号。

戴汐先生摇摇头。

——谁知道呢？他说。要学习，就得虚心。而生活就是伟大的教师。

斯蒂汾又把手里的几张纸抖了抖。

——关于这封信……他开始说。

——对，戴汐先生说。你手里拿的是两份。看你能不能设法让它们马上见报。

《电讯》。《爱尔兰家园》。

——我去试试，斯蒂汾说，明天给您回音。我跟两位主编有一面之交。

——那就行了，戴汐先生兴致勃勃地说。昨天晚上我已经给国会议员菲尔德先生写了信。牧牛业贸易协会今天在城标饭店开会。我请他把我的信提交给会议。你想想办法，看能不能把它弄到你那两种报纸上去。是什么报纸？

——《电讯晚报》……

——那就行了，戴汐先生说。时间要紧。现在我得给我表弟写回信了。

——早安，先生，斯蒂汾说着把信放进了口袋。谢谢您。

——不谢，戴汐先生一面翻着书桌上的文件找东西，一面说。我年纪虽然老了，倒还是喜欢跟你交交锋的。

——早安，先生，斯蒂汾又说，并对他弯着腰的背影鞠了一个躬。

他出了敞着门的门廊，走上用砾石铺的林荫小路，这时又听到操场上学生们的喊叫声和球棍的噼啪声。他走出大门，门柱顶端高踞着狮子：没有牙齿而仍张牙舞爪的东西。可是我还是愿意助他一臂之力的。马利根准会给我起一个新的外号：阉牛之友派诗人。

——代达勒斯先生！

追上来了。不至于又有什么信吧，我希望。

——等一下。

——我等着，先生，斯蒂汾说着，在大门口转回了身。

戴汐先生站住了，大口大口地喘着气。

——我就说一句话,他说。爱尔兰,人们说她很光荣,是惟一的从来没有迫害过犹太人的国家。你知道吗?不知道。你知道这是为什么吗?

他冲着明亮的空气,威严地皱着眉头。

——为什么呢,先生?斯蒂汾问着,开始有些忍俊不禁了。

——因为爱尔兰从来没有放他们进来过①,戴汐先生严肃地说。

一团笑咳从他喉咙里蹦出来,后面喀啦啦地带着一长串痰。他迅速转过身去,咳着,笑着,同时抬起两只手在空中摇晃着。

——她从来就没有放他们进来过,他夹着笑声,又提高嗓门重复了一遍,同时还用两只戴鞋罩的脚使劲地跺着砾石路面。就是这么一回事!

在他的富于智慧的肩膀上,太阳光透过星罗棋布的树叶,掷下了许多亮晶晶的圆片,跳动着的金币。

---

① 事实上爱尔兰从很早的时期起就有犹太人,十三世纪也驱逐过他们,从十七世纪起又来了不少。十八、十九世纪期间还有明确的立法行动帮助犹太人归化。一九〇四年公布的爱尔兰人口统计中包括犹太居民将近四千人。

三

可见现象的无可避免的形态:这是最低限度,即使没有其他。通过眼睛进行的思维。我在这里辨认的,是一切事物的标志:海物、海藻、正在涨过来的潮水、那只铁锈色的靴子。鼻涕青、银灰色、铁锈色:颜色的标记。透明性的限度。但是他又加上:在物体中。① 那么,他对事物的认识,是先知其为物体,后知其颜色的。通过什么途径?用脑袋撞的,肯定。别忙。他是秃顶,又是一个百万富翁,这位 maestro di color che sanno. ②透明性在其中的限度。为什么是其中?透明性,不透明性。可以伸进你的五个指头去的是豁口,伸不进去的是门。闭上你的眼睛试一试。

斯蒂汾闭上眼,听着自己的靴子踩在海藻和贝壳上的喀嚓喀嚓声。你这么对付着也走过去了。是的,一次跨一步。用短促的时间,跨越短小的空间,一段又一段。五、六:这就是 Nacheinander. ③一点也不错,这也就是有声现象的无可避免的形态。睁开眼吧。不,耶稣!如果我从一个临空探出的山崖上摔下去,那就是无可避免地摔过 nebeneinander④ 去了。我现在在黑暗中进行得很顺利。佩带着我的白蜡佩剑。用它敲击着吧:他们的办法。我的两只脚上穿着他的靴子,靴子上面是他的裤子,nebeneinander 听来是实的:是造物者捶打出来的。我这样在沙丘的海滩上走,是否将会走入永恒?喀、嚓、喀、嚓。海上的野生钱

---

① “他”指亚里士多德。斯蒂汾在思索亚里士多德的论述(认识与形状、色彩、声音等特征的关系)。

② 意大利文:“哲人的大师”。这是但丁在《神曲》中对亚里士多德的颂词。

③ 德文:“先后关系”。德国戏剧家莱辛(G. F. Lessing,1729—1781)论美学时曾指出,诗所处理的事物之间是先后关系,雕刻与绘画中的事物则是相邻关系,这也是听觉与视觉印象的区别。

④ 德文:“相邻关系”,参见本页注③。

币。戴汐夫子全认识。

你愿来沙丘吗
牝马玛德琳？

韵律就来了，你瞧。我听得出。节奏整齐，抑扬顿挫。不对，**牝马玛德琳**跑快了。

现在睁开你的眼睛吧。行。等一下。会不会一切已经消失？如果我睁开，发现自己已经永远地陷入那黑色的不透明之中了呢。Basta①！究竟是否看得见，马上就看见了。

看见了。没有你，始终照样存在：永将如此，无穷无尽。

Frauenzimmer②：她们小心翼翼地从莱希高台街走下来了，下完台阶又挪着八字脚下坡，一脚脚地陷在带淤泥的沙中。她们和我、和阿尔杰一样，来看我们的强大的母亲来了。第一位沉甸甸地晃着她的收生婆提包，另一位用一把粗大的雨伞捅着沙滩。自由区③来的，出来干她们一天的营生来了。弗洛伦丝·麦凯布太太，布莱德街深受悼念的已故派特克·麦凯布的未亡人。正是她那帮子中的一个把我拽了出来，哇哇地叫着开始了生命。从无到有的创造。她的提包里是什么东西？流产儿，拖着脐带，闷在红色的毛绒里头。人的脐带全都是连着上代的，天下众生一条肉缆。正是因此，才有一些神秘教派的僧侣。你愿学神仙吗？那就凝视自己的昂发楼斯吧。喂！我是啃奇。请接伊甸园。甲子零零一号。

原人亚当的配偶和伴侣：希娃，赤裸裸的夏娃。她没有肚脐眼④。凝视吧。光洁无瑕的肚皮，涨大了，像一块绷着精制皮面的圆盾。不对，是洁白成堆的粮食，⑤光彩夺目的不朽庄稼，从永恒长到永恒⑥。孕

---

① 意大利文：够了！

② 德文：原指上流社会妇女，现常有“邋遢女人”等贬义。

③ “自由区”是都柏林南部一个贫民窟的别名。

④ 希娃是希伯来语，即夏娃；她不应有肚脐眼，因为她并不由娘肚出生。

⑤ 《圣经·旧约·雅歌》第七章中曾赞美女人的腰如“一堆麦子，周围有百合花”。

⑥ 英国诗人特拉赫恩（Thomas Traherne，1637—1674）遗著《沉思的篇章》中描绘童年时期心目中的乐园时说：“庄稼是光彩夺目的不朽的小麦，不用收割也不用播种。我认为是从永恒长到永恒的。”

育罪孽的子宫。

在罪孽的黑暗中孕育，我也是。是制成而不是生成的。[①] 由他们俩，一个是嗓音与眼睛和我相同的男人，另一个是呼吸中带有灰烬气味的女鬼。他们互相拥抱，一合一分，完成了主宰配对者的意愿。这主宰在人世开始之前已经有了要我存在的意愿，现在不会要我不存在，永远不会。他的法则是永恒的。那么，这就是圣父圣子一体性所在的神圣实体了？可怜的好阿里乌，他能到什么地方去验证他的结论呢？不幸的异端创导者，毕其一生都在为这个同体变体宏伟犹太人大新闻问题斗争。背时的异端创始人！他是在一个希腊厕所里断气的：无疾而终。头戴镶珠的主教冠冕，手扶主教权杖，端坐在宝座上不再动弹，一个失去了主教的主教区的原主教，主教饰带已经僵硬翻起，下身已经凝块。[②]

风在他四周欢跳，凉丝丝、活泼泼地扑在身上。来了，海浪。大群大群抖着白色鬃毛的海马，嚼着亮晶晶的风驭马勒，曼纳南[③]的战马群。

我不能忘了他给报界的信。那以后呢？船舰酒店。对了，这钱得悠着花，得像个听话的小傻瓜那样。对，非那样不行。

他的脚步放慢了。到了。我去不去赛拉舅妈家呢？我那同体父亲的声音。你们最近见到你们那个艺术家大哥斯蒂汾的影儿了吗？没有？不至于上斯特拉斯堡高台街他赛丽[④]舅妈家去了吧？怎么他就不能飞高一点儿呢，嗯？你你你你你说说，斯蒂汾，赛门姑夫好吗？唉，天主也得掉眼泪，我就结了这么一门亲！孩鸡们在干干干草阁阁阁楼上玩儿呢。开账单的小个子酒鬼和他那个吹短号的兄弟。体面的游艇船

---

① 四世纪基督教宗教会议论证三位一体时，说耶稣与万物不同，“是生成而不是制成的”。

② 阿里乌（见27页注⑤）实际上并未担任主教，但其他在三位一体问题上持异说者有任主教的。阿里乌在厕所内突然死亡一事（估计由于肠癌）曾被渲染为上帝对他的惩罚。

③ 曼纳南（Mananaan）是爱尔兰神话中的海神，和希腊神话中的普洛透斯一样善变。

④ 赛丽为赛拉的昵称。

夫!① 还有斜眼的沃尔特,对他老子说话还“您哪、您哪”的,一点儿也不假。您哪。是,您哪。不,您哪。耶稣都掉眼泪了:谁挡得住呢,基督哪!

我在他们那门窗紧闭的小平房外,拉了一下好像生了哮喘病的门铃,等着。他们以为是要债的,先从暗处窥看一下。

——是斯蒂汾,您哪。

——让他进来。让斯蒂汾进来。

门栓抽开,沃尔特欢迎我。

——我们还以为是别人呢。

里奇舅舅垫着枕头、盖着毯子坐在大床上,两腿屈膝形成一个小山包,他在这小山包上伸出了一只健壮的前臂。胸膛是干净的。他的上半身洗过了。

——早,外甥。坐下来散散步。

他把腿上的写字板推在一边。他就是在这块板上起草他的成本账供高富大爷和沙普兰·坦底大爷过目的,也是在这里整理许可证、搜查证、通知携物出庭的传票。在他的秃脑袋上方,挂着一个泥沼橡木框,镶的是王尔德的诗《让她安息吧》。他嗓子里发出的嘘嘘声很容易使人误会,沃尔特听见又回来了。

——有事吗,您哪?

——告诉妈,给里奇和斯蒂汾来两杯麦芽。她在哪儿?

——在给克丽西洗澡呢,您哪。

爸爸带着睡觉的宝贝疙瘩。

——不用了,里奇舅舅……

——喊我里奇就行。让你的矿泉水见鬼去吧。丢人。外士忌!

——里奇舅舅,真的……

——快坐下,要不我凭着老鬼头的名义把你揍下去了。

沃尔特歪斜着眼睛找椅子,白找。

——他没有东西坐,您哪。

① “体面的游艇船夫”是十九世纪末年一出音乐喜剧中的人物。

——他是没有地方放，你这个笨蛋。把咱们的奇彭代尔椅子搬进来。你想吃点什么吗？这儿可用不着你们那些倒霉的满不在乎的架子。美美的来一盘肉片煎鲱鱼，怎么样？真的吗？更好。我们家里除了腰疼片以外什么都没有。

All'erta！①

他哼了几小节费朗多的 aria de sortita. 斯蒂汾，这是整个歌剧中最精彩的一曲。听。

他又发出了乐调悠扬的嘘嘘声，中间夹着细细的吸气声，两手还捏成拳头把蒙着毯子的膝盖当大鼓敲。

这里的风舒服些。

门庭衰败，我家，他家，各家。你对克朗高士那帮子绅士们说，你的一个舅父是法官，另一个舅父是陆军将官。出来吧，斯蒂汾。美不在那里头。也不在马什图书馆②那空气沉滞的阅览室里，你在那里阅读了约阿基姆长老的日渐褪色的预言。③ 为谁？总教堂大院的百首群体。从群体中，曾有一个憎恨人类的人跑出来进了疯狂林，他已经成了"咴嗯姆"④，马鼻子喷着气，两个眼球像星星，鬃毛在月光下喷着沫。长圆的马脸，坦普尔、壮鹿马利根、老狐狸坎贝尔、灯笼脸。长老神父，愤怒的教长，他们是出了什么问题，弄的头脑里着火？唉！Descende，calve，ut ne nimium decalveris⑤ 在他的受到威胁的脑袋上，只有一圈灰白的头发，看他我⑥从祭坛上爬下（descende！），捧着一个圣体匣，睁着蛇怪眼

---

① 意大利语："警惕！"即下文"费朗多的 aria di sortita（出场歌）"开始的歌词。歌剧内容涉及一分崩离析的家族，因此引起斯蒂汾下文"门庭衰败"的感叹。

② 马什图书馆是都柏林最古老的公共图书馆，在下文提到的总教堂大院内（因此斯蒂汾联想到斯威夫特），存有珍贵的宗教书籍。

③ 意大利神学家约阿基姆（Joachim of Floris，1145？—1202）曾预言世界末日即将到来。

④ "咴嗯姆"是《格利佛游记》中拥有超过人类智慧的马类，该游记作者斯威夫特（Jonathan Swift，1667—1745）借此表示他对人类已经绝望。按斯威夫特为都柏林圣派特里克总教堂的教长（因此下文称"愤怒的教长"）。

⑤ 拉丁文："下去吧，秃头的，要不把你弄得更秃了。"这是乔伊斯对约阿基姆著作中文字略加修改而形成的戏言。按天主教某些修士会要求剃顶。

⑥ 斯蒂汾自己在教会学校内学习时，学校曾希望培养他担任圣职（事载《写照》）。

睛的。下来吧,秃光头! 在祭坛两侧的兽角周围,唱诗班在帮着重复这威胁,在唱和那些哼着拉丁文的挂名教士们,他们挺着塞饱了精美白面的大肚皮,穿着法衣,雄赳赳地走动着,都是剃光了头顶抹着油的,都是阉割了的。

在这同一时刻,邻街也许正有另一个教士在把它举起来。玎玲玎玲! 隔着两条街的地方,又一个教士正在把它锁进圣体箱里。玎玲玎玲! 在一个圣母小教堂里,还有一个教士把圣体整个儿地贴在自己的脸上。玎玲玎玲! 放低、举高、挪前、退后。奥卡姆大师①想到了这一点,渊博无比的大学者。在一个典型的雾蒙蒙的英国早晨,基督圣体的完整性问题像一个精灵似的触痒了他的脑筋。他捧着圣体下跪时,听到耳堂里的第一次铃声(他在举起他的圣体)和他的第二次铃声交鸣,而在他起立的时候,他(我现在是在举起了)又听到他们的两个铃子(他在下跪了)在双音交鸣。

斯蒂汾老弟,你是永远成不了圣徒的。圣徒之岛②。你曾经是圣洁得了不得的,是吧? 你曾经向神圣童贞女祈祷,求自己不长红鼻头。你在盘陀道上曾经向魔鬼祈祷,要前面怕路湿弄脏衣服的矮胖寡妇把她的裙子撩得更高些。O si,certo!③ 你为了那个出卖灵魂吧,出卖吧,一个婆娘围腰挂着的染色布条。还有呢,说吧,不止那一些呢! 在豪斯电车顶层上,独自对着雨水叫喊:**裸体女人! 裸体女人!** 那是怎么一回事,嗯?

有什么怎么的? 她们的作用不正在于此吗?

每天晚上看七本书,每本看两页,嗯? 那时我年轻。你对着镜子向你自己鞠躬,煞有介事似的跨上一步接受欢呼,眉飞色舞的。太妙了,这个倒霉白痴! 太妙了! 没有人看见:谁也不能告诉。你曾经打算写一批书,用字母当书名。你读了他的 F 吗? 读了读了,可是我更喜欢

---

① 奥卡姆(Occam,1300? —1349?)英国哲学家、神学家,曾论证世界各地教堂内的许多圣体何以都能代表耶稣的身体。

② 爱尔兰曾出现许多著名布道人,因此在中世纪曾获此名称。

③ 意大利文:啊,真的,确实如此!

Q. 不错，可是 W 才妙呢。对，对，W. 你还记得你那些《显形篇》吗[①]？写在长圆形绿纸上，深刻而又深刻，要人家在你万一去世时印送全世界各大图书馆，包括亚历山大城[②]，记得吗？几千年，一大纪之后会有人上图书馆去研究它们的。米兰多拉的皮柯[③]的派头。不错，很像鲸鱼[④]。这些篇章出自一位久已不在人世者之手，读来令人深感惊讶，人与人之间竟能如此通气，而此人……

他脚下已经不是颗粒状的沙子了。他的靴子又踩到一根潮湿的桅杆，咔嚓一声开裂了，还有蛏子，有砾石在咯吱咯吱叫，不计其数的砾石受着浪潮的拍打，被船蛆蛀透了的木头，覆灭了的无敌舰队[⑤]。一汪汪浑浊的泥沙地，只等他的脚踏上去就往下陷，那里散发出污水的腐臭，是闷在人灰粪堆底下的海火中的烂海草。他小心翼翼地绕了过去。在凝结成块的泥沙中插着一个啤酒瓶，一半陷在泥里。奇渴岛的哨兵。岸边有一些破烂的桶箍，沿着陆地是黑压压一大片迷魂阵似的网子；再远处是一些涂写着粉笔的后门，海滩高处绷着一根晒衣绳，上面挂着两件上了十字架似的衬衫。陵森德[⑥]；一些棚屋，一些棕色皮肤的舵手和老水手。人的甲壳。

他站住了。我已经走过了去赛拉舅妈家的路口。我是不去了吧？看样子是不去了。周围没有人。他转向东北，跨上比较瓷实的沙地，朝鸽子楼[⑦]的方向走去。

——Qui vous a mis dans cette fichue position?

---

① 《显形篇》是乔伊斯本人青年时期写的特写性的片断小品，均以三言两语的素描表现某种情趣或心理状态。

② 古希腊亚历山大大帝（公元前 356—前 323）在埃及所建，后成为古希腊文化中心。

③ 皮柯（Pico della Mirandolla，1463—1494），意大利哲学家，以年轻博学而自命不凡，于二十三岁时发表论文《论天下一切可知事物》。

④ 这是《哈姆雷特》中波洛涅斯应付哈姆雷特说的话。不论哈说天上的云是什么形状，波都同意。

⑤ 十六世纪西班牙“无敌舰队”被英国击败后又遭风暴，许多船舰沉没在爱尔兰沿海一带。

⑥ 陵森德是利菲河出海口南岸附近的渔民聚居区。

⑦ 鸽子楼原是一个碉楼，现为电站，在利菲河南岸东端伸入海湾中的防波堤上。

——C'est le pigeon, Joseph.[1]

休假在家的派特里斯，和我坐在麦克马洪饮料店，他用舌头舐着热牛奶。他是巴黎的大雁[2]凯文·伊根的儿子。我爸是只鸟；胖嘟嘟的兔子脸，伸出鲜红的嫩舌，舐着甜甜的热牛奶。兔子式的舐法。他希望买彩票中头奖。他谈女人的天性是从米歇莱书中看来的。他还一定要寄给我列奥·塔克西先生的《耶稣传》。他借给一个朋友了。

——C'est tordant, vous savez. Moi je suis socialiste. Je ne crois pas en l'existence de Dieu. Faut pas le dire à mon père.

——Il croit?

——Mon Père, oui.[3]

唏噜丝。他舐着牛奶。

我的拉丁区帽子。天主呵，是什么角色就得有什么打扮。我要戴紫褐色的手套。你那时是大学生，是吧？那么你对付的是哪一科呢？理化生[4]，知道吗？物理、化学、生物。对啦。你和一些打着饱嗝的马车夫挤在一起，吃着最廉价的炖牛肺，埃及的肉锅[5]。说话得用最漫不经心的口气。我在巴黎那阵呀，米歇道[6]嘛，常去。对，口袋里还常带着用过的入场券，以防万一什么地方杀了人你被捕时证明你不在场。依法办理。一九〇四年二月十七日夜晚，曾有两名见证人见到该犯。是另一人干的：另一个我、帽子、领带、外衣、鼻子。Lui, c'est moi[7]，你

---

① 法语："是谁把你弄得这么狼狈的？""鸽子弄的，约瑟夫。"这是下文提到的《耶稣传》中耶稣母亲的未婚夫约瑟夫发现她怀孕时的对话。

② "大雁"是十七世纪以来爱尔兰政治流亡者的通称。

③ 法语："你知道吗，逗乐极了。我自己是社会主义者。我不信上帝的存在。可别和我父亲说。"
"他信吗？"
"我父亲吗，信。"

④ 巴黎医学院医预简称。

⑤ 据《旧约·出埃及记》，以色列人在摩西率领下出埃及后，在旷野中挨饿时埋怨摩西，说不如在埃及还能见到肉锅。

⑥ 巴黎塞因河左岸一条大街，全名"圣米歇尔大道"，当时有许多大学生与文化人光顾的饮食店。

⑦ 法语：他，即我。

仿佛还挺美。

大摇大摆，高视阔步。你是在学谁走路？忘了，一个被剥夺者。手里拿着母亲的汇票，八先令，面对邮局的门，守门的对着你砰的一声把门关上了。饿，牙疼。Encore deux minutes，① 看钟。非取不可。Fermé. ②看家狗！拿一枝大筒子霰弹枪，一枪把他打个血肉模糊、粉身碎骨，人溅满墙全是铜纽扣。满墙碎片切里卡拉又都归还原处。没有打伤？嗨，没什么。握手。明白我的意思吗，明白了吗？嗨，没什么。握一握。嗨，就那么回事儿没什么。

你打算创造奇迹，对吧？追随烈性子的高隆班，到欧洲传道。菲亚克尔和司各脱③坐在天堂里的三脚凳上哈哈大笑，手里大缸子里的啤酒都洒出来了，笑声中夹的是拉丁文：Euge！ Euge！④ 你在纽黑文的泥泞的码头上拖着自己的旅行包，叫脚夫得花三便士，假装自己说不好英语。Comment?⑤ 你带回来的收获多丰盛：Le Tutu，五期翻烂了的 *Pantalon Blanc et Culotte Rouge*⑥，还有一份蓝色的法国电报，奇文共赏：

——毋病危速归父。

姑妈认为你母亲是你害死的。所以她不许。

马利根的姑妈我要祝她酒，
请听我叙一叙其中根由；
她一家大小事靠她操持，
里外里出不了一点差池。⑦

在大石块垒成的南堤岸前，他踏在波纹状沙滩上的脚步忽然发出了骄傲的节奏。他对岸边垒的那些巨人脑袋般的石头投以睥睨的目

---

① 法语：还有两分钟呢。
② 法语：关门了。
③ 高隆班（见38页注②），菲亚克尔和司各脱都是中古时期爱尔兰传道人。
④ 拉丁文：干得好！干得好！
⑤ 法语：怎么？
⑥ 法文杂志《芭蕾短裙》《白裤子和红马裤》。
⑦ 这是当时一首爱尔兰嘲讽歌曲，斯蒂汾改换了其中名字。

光。海上,沙上,石岸上,到处是金光。有太阳,有苗条的树,有柠檬色的房屋。

巴黎乍醒,柠檬色的街道上铺着毛糙的阳光。空气中飘着她祭献的晨香,青蛙绿的苦艾酒,面包圈的湿润的蕊儿。小白脸儿刚从他老婆的情人的老婆的床上起来,裹着头巾的主妇已经开始活动,手里拿着一小碗醋酸。在罗荳,伊冯娜和马德兰在重造她们的滚坏揉乱了的美容,金牙咬着酥皮点心,嘴巴染上了乳蛋羹的黄汁。走在她们身旁的,是欢乐的讨她们欢心的巴黎面孔男仕,头发鬈曲的情场老手。

午间的沉睡。凯文·伊根一面用油墨染黑了的手指卷他的炸药烟卷,一面啜他的绿仙①,和派特里斯啜白的一个样。在我们周围,人们正在狼吞虎咽地用叉子把作料浓厚的豆子往喉咙里送。Un demi setier!② 亮锃锃的大壶里冒出一股热气腾腾的咖啡蒸气。她是按他的吩咐为我服务。Il est irlandais. Hollandais? Non fromage. Deux irlandais, nous, Irlande, vous sa vez? Ah, oui!③ 他以为你是要荷兰干酪。你的餐后用品。你知道这个词儿吗?餐后用品。我从前在巴塞罗那认识一个人,一个古怪家伙,他就把它叫做餐后用品。好吧,slainte!④ 在那些石桌面之间,带酒味的呼吸和嘟嘟哝哝吞食东西的声音缠成一团。我们那些残留着调料的盘子上空,凝聚着他的酒气,从他的嘴唇之间出来的绿仙尖牙。谈爱尔兰,谈达尔卡西亚人⑤,谈希望,谈阴谋,又谈现在的阿瑟·格里菲斯⑥、A. E⑦、天书、好的引路人。想把我也套上轭,和他共驾一套,共同的罪行成为共同的基础。你和你父亲是一个模子脱的。嗓音一模一样。他那红花粗斜纹衬衫上的西班牙流苏,在为他的秘密

---

① 即绿色苦艾酒,该酒因性烈被称为下文提到的“绿仙尖牙”,一九一五年后巴黎已禁用。

② 法语(巴黎土语):来一小杯浓咖啡!

③ 法语:他是爱尔兰的。荷兰的?又不是要干酪。两个爱尔兰人,我们,爱尔兰,明白吗?哎,对了!

④ 爱尔兰祝酒辞:祝你健康!

⑤ 达尔卡西亚人是古爱尔兰一个王族。

⑥ 格里菲斯(Arthur Griffith,1872—1922),爱尔兰民族运动领导人,“新芬”运动的创始人。后为爱尔兰独立后第一任总统。

⑦ A. E即George William Russell(1867—1935),爱尔兰著名诗人、作家和经济学家。

簌簌颤动。德流蒙先生，名记者德流蒙，你知道他把维多利亚女王叫做什么吗？黄牙老婆子。长 dents jaunes 的 Vieille ogresse.[①] 美女茉德·戈恩[②]、la Patrie[③]、米耶优耶先生、费利克斯·福尔，你知道他是怎么死的吗？[④] 一些放荡的人。乌普萨拉[⑤]澡堂里的 froeken[⑥]，bonne à tout faire，[⑦]给裸体男人搓澡。她说：Moi faire，tous les messieurs.[⑧]我说：这一个 monsieur 就是不要。风俗太不像话。洗澡是最不公开的事。我连我的兄弟，我的亲兄弟，也不允许，最轻狂的事儿了。绿眼睛，我见到你了。尖牙，我感到了。轻狂的人们。

蓝色的导火索在两手之间发出致命的火光，烧得很旺。散烟丝着火了，火焰冒着辛辣的烟，照亮了我们这个角落。他戴着破晓出击帽，[⑨]帽下一张颧骨突出的粗犷的脸。总会长[⑩]脱身的真实情况。化装成一位年轻的新娘，老弟，披着纱，捧着橙花，坐马车从马拉海德路出去的。真是这样，确实的。谈一些损失了的领导人、一些被出卖的人、惊险逃脱的。化装，急中生智，消失了，不在这儿了。

被爱人抛弃的人。想当年，我还是个棒小伙子呢，告诉你。哪天我给你看我的照片。真是的，不说假话。他爱着她，为了她的爱，和他的部族继承人理查·伯克上校[⑪]一起在克拉肯威尔[⑫]的墙脚下来回徘徊，

---

① 句中两个法文词组即“黄牙”与“老婆子”。据说吃人的牙齿发黄。

② 戈恩（Maud Gonne，1866—1953）是著名的爱尔兰美女，后成为革命家，在巴黎流亡。

③ 法国政治刊物《祖国》，其十九世纪末年主编米耶伏耶（Lucien Millevoye）曾与戈恩同居。

④ 福尔（Félix Faure，1841—1899）在任法国总统期间猝亡，据说死于性生活无度。

⑤ 瑞典西南部城市。

⑥ 瑞典语：姑娘。

⑦ 法语：干杂活的女工。

⑧ 法语：我给所有的先生都搓。

⑨ 破晓出击派是奥伦治协会（参见43页注④）前身之一，因经常在清晨向天主教住户发动进攻而得名。

⑩ 指詹姆斯·斯蒂芬斯（James Stephens，1824—1901），爱尔兰芬尼亚协会创始人，于一八六六年在都柏林被捕后越狱，一八六七年逃亡美国。

⑪ 伯克是美国军官，同时也是爱尔兰芬尼亚协会成员，曾于一八六七年劫狱救出芬尼亚领导人，后本人被捕在伦敦入狱。

⑫ 克拉肯威尔是伦敦禁卫最森严的监狱，一八六七年十二月伊根的原型（约瑟夫·凯西）被监于此，芬尼亚协会曾用炸药爆破狱墙营救他和伯克。

猫着腰看到复仇的火焰把他们抛在雾中。玻璃稀里哗啦地砸掉,砖瓦纷纷倒塌。他躲在欢乐的巴黎,成了巴黎的伊根,没有人找他,除了我以外。他每日的历程:那间阴暗的排字房、他的三家酒店、晚上他在蒙玛特尔睡几个小时的窝儿,黄汤路,镶着一些已经消失了的人的相片,沾满苍蝇屎的。没有爱,没有祖国,没有妻子。她呢,男人流亡在外,倒也轻松自在,葬心路的女太太,金丝雀,两个男房客。桃红的脸,横条儿的花裙,小姑娘似的活泼。被人抛弃的,并非绝望的。你告诉派特你见到了我,好吗?我原来是想给可怜的派特找一份工作的。Mon fils,①法兰西的军人。我教他唱**基尔肯尼的小伙子们都健壮爱热闹**。你知道那支老曲子吗?我教了派特里斯。古老的基尔肯尼:圣肯尼斯,"硬弓子"建在诺尔河畔的城堡②。曲子是这样的。**哎呀,哎呀**。他呀,纳珀·坦迪他拉着我的手呀。③

哎呀,哎呀,基尔肯尼呀,
小伙子们……

瘦弱的手,摸着我的手。是人们忘了凯文·伊根,而不是他忘了他们。锡安啊,我们思念你。④

他已经走近水边,湿沙拍打着他的靴子。清新的空气迎面吹来,发出狂欢的竖琴声,狂野的气流带着光明的种子。唷,我并不打算一直走到基什灯船那儿,是不是?他突然站住,这时两只脚已经开始慢慢地陷入颤动的土壤。回身吧。

他转过身,目光扫过南边的海岸,而同时两脚在新的脚窝中又已经开始慢慢下陷。碉楼里,冷森森的穹顶房间在等待着。从枪眼里射进来的光柱在不断地移动,正和我的双脚慢慢地、不断地下陷相同,在日

---

① 法语:我的儿子。

② 基尔肯尼是爱尔兰东南部的一个城市,由六世纪著名传教士圣肯尼斯在此建修道院而得名,"硬弓子"是十二世纪在此称王的彭布罗克伯爵的外号。

③ 纳珀·坦迪(Napper Tandy,1740—1803)是爱尔兰革命家,"哎呀……拉着我的手呀"出自一首反抗英国殖民统治的歌曲。

④ 锡安(Sion 或 Zion)为耶路撒冷犹太圣殿所在,象征犹太祖国、天堂,因而为《圣经》诗歌中犹太人在流亡中歌颂的对象。

晷盘似的地面上爬向黄昏。蓝色的黄昏,夜幕降落,深蓝色的夜晚。他们在黑暗的穹室内等待着,一桌子没人管的盘子,周围是他们的推向后面的椅子和我的方尖塔形的旅行包。谁来收拾?他拿着钥匙。今天的夜晚来临时,我就不在那里睡了。沉寂的碉楼,关闭的门,封住了他们的失去视觉的躯体,黑豹大人和他的猎犬。喊一声:没有回答。他把脚从吸住它的沙中拔出,沿着大石块堆成的防波堤往回走。全占着吧,全归你吧。我的灵魂跟我一起走,形态的形态。我就是这样,深更半夜在月光下,在山岩顶的小路上踽踽独行,银貂在身,耳边是诱惑人的艾尔西诺涨潮声。①

海潮在跟着我呢。我可以在这里看它涌过。然后走普尔贝格路到那边的岸滩。他爬过苔草和鳗鱼似的海草,找一块凳子似的石头坐下,把白蜡手杖插进了一条石缝里。

一具肿胀的狗尸,四肢耷拉着卧在泡叶藻上。它前头是一艘陷入沙中的船的舷边。Un coche ensablé,②路易·菲约对高基埃散文的评语。这些沉重的沙子,就是被潮汐和风滞积在这里的语言。而这一些呢,死去的建设者所垒的石堆,成了鼬鼠繁殖的场地。可以埋藏金银。试一试吧。你不是有一些吗。沙子和石头。沉积着岁月的重量。拙蛮公的玩物。你小心点儿,砸在脑瓜子上可受不了。我是实打实的大巨人,滚来这些实打实的大顽石,垫高了我好走。非否分,我闻到爱伊兰人的血腥。③

远处一个黑点,逐渐看得清了,是一条活狗,从沙滩那边跑过来了。主啊,是不是要来咬我?尊重它的自由。你不能主宰别人,也不能当别人的奴隶。我有手杖。坐好。更远一些的地方有人影,两个,正背着头顶白花的潮水走向岸滩。那两位玛利。她们已经把它塞到蒲草丛中去

---

① 在《哈姆雷特》中,哈姆雷特的父亲被谋杀篡位后,阴魂在艾尔西诺海边山上出现,见到的人说他的胡子如银貂,山岩下是危险的海潮。

② 法文:“一辆陷在沙中的马车”。菲约是十九世纪法国政论家,反对浪漫主义,而高基埃是十九世纪法国浪漫主义作家,词藻华丽,为菲约所不齿。

③ 爱尔兰童谣云:非、发、否、分,/我闻到英国人的血腥,/管他是死人还是活人,/我要磨他的骨头做我的饼。

了。眯儿逮！看见你们了。不对，那条狗。它跑回去找他们了。是什么人？

湖上人①的炮船来找战利品，就是开到这里登上海滩的，船头像血盆大口，在熔化了的锡镴似的拍岸浪花中半隐半现。丹麦海盗胸前挂着亮晶晶的战斧项链，而玛拉基则戴上了金脖套②。一大群厚皮鲸鱼，在炎热的中午时分困在浅滩上喷水挣扎。③ 于是，从饥饿的樊笼似的城池中，一大片穿马甲的矮人蜂拥而出，我的祖辈，手执剥皮刀奔跑着，往上爬着，砍着脂肪丰富的青绿色鲸鱼肉。饥荒、瘟疫、杀戮。我身上有他们的血液，我的冲动来自他们的欲念。利菲河冻冰④，我就在他们中间活动，我，被妖精偷换留下的替身，在那些哔哔剥剥喷溅着火星的松脂火堆之间。我不理人，人也不理我。

狗吠声冲着他过来了，停住了，又跑回去了。敌人的狗。我只能站住，脸色苍白，默不作声地守着。Terribilia meditans.⑤浅黄色的坎肩，时运的宠儿，看着我的恐惧发笑。你渴望的是什么，是他们犬吠般的喝彩声吗？骗子们：自有其过程。布鲁斯的兄弟⑥，绸服骑士托马斯·费茨杰拉德⑦；约克的假嗣子珀金·沃贝克⑧，穿一条绣白玫瑰的象牙色绸裤，红极一时的人物；还有兰伯特·西姆内尔⑨，一个下人，在一群奴婢和供应商的簇拥下戴上了王冠。全是国王的子孙。骗子的天堂，自古至今。他曾经抢救溺水的人，而你却遇上一条狗叫都要发抖。可是，

---

① 湖上人指公元八世纪入侵爱尔兰的挪威人。

② 丹麦海盗继上述挪威人之后入侵爱尔兰，而玛拉基（Malachi，948—1022）是坚持抵抗的爱尔兰国王，曾获丹麦酋长作盔甲用的金脖套为战利品。

③ 一三三一年都柏林海边曾有大群鲸鱼困在沙滩，被饥民捕杀数百条。

④ 利菲河曾在十四和十八世纪两度冻厚冰，人们能在冰上游戏。

⑤ 拉丁文：想着恐怖的事。

⑥ 布鲁斯指十四世纪初苏格兰王罗伯特·布鲁斯，其弟爱德华入侵爱尔兰后称北爱尔兰王，被爱尔兰人斥为“假冒者”而杀死。

⑦ 托马斯即第十代基尔代尔伯爵（1513—1537），于代理爱尔兰总督期间起兵反英失败而被英王亨利八世处决。

⑧ 沃贝克（1474？—1499）冒充约克公爵，在爱尔兰贵族支持下争夺英国王位失败而死。

⑨ 西姆内尔也是十五世纪冒充贵族觊觎王位的人，一四八七年在爱尔兰贵族支持下自立为王，后进攻英国被俘。

在圣米歇尔大教堂讥讽圭朵的贵人们,实际上是在自己家里。什么样的家。① 我们不愿听你那些深奥的老古董。他办的事你办得到吗?近旁就有一只船,有救生圈。Natürlich②,是为你准备的。你办得到还是办不到?九天前在姑娘岩下溺死的人。他们现在正在等他。真心话咳出来吧。我倒是想的。我愿意试试。我游泳不太行。水冷而软。在克朗高士,我把脸伸进脸盆里,泡在水里。看不见了!我后面是谁?快出去,快!看见了吗,潮水从四面八方涨上来了,涨得很快,沙滩低洼处很快就淹没了,椰子壳的颜色。脚下踩到实地就好了。我希望他的命还是归他,我的命归我。快溺死的人。死亡的恐怖,使他的人性的眼睛对我尖声叫唤。我……和他一起下沉……我没能救她。水:痛苦的死亡:完了。

一个女人,一个男人。我看到她的裙子了。用别针别起来的,肯定是。

他们的狗绕着一个逐渐缩小的沙堆缓步小跑,东嗅西嗅的。是在寻找什么前世丢失的东西。突然,像一只善于蹦跳的野兔似的,它放倒耳朵疾驰而去,原来是追逐一只低空掠过的海鸥的影子。那男人吹一声尖锐的口哨,传到它那低垂的耳朵里,它立刻转身往回蹦,蹦到近处,才又闪动着四条小腿颠跑。橘黄底子上一头壮鹿,走态,天然色,无角。它跑到花边似的潮水边缘站住,两只前蹄固定不动,耳朵指向海面。它抬起嘴鼻,对着哗哗的浪潮汪汪大叫。成群结队的海象,冲着狗脚蜿蜒而来,旋转着,绽出许多冠顶,九个中有一个,冠顶又哗哗地裂开,四散洒下,从远而近,从更远处,波浪推波浪。

拾乌蛤的。他们往海水里走几步,弯腰浸一浸他们的口袋,又提起口袋走回海滩。狗呜呜地叫着奔向他们,抬起前脚站直,用脚掌拍拍主人,又四脚落地,又抬起前脚站直,做出哑巴狗熊献媚的姿态。他们不理睬它,一直往沙干的地方走,它就跟在他们身边,嘴里伸出一条狼舌

① 据意大利薄伽丘的《十日谈》,曾有人在教堂墓地中讥讽诗人圭朵不愿和他们来往,圭朵说:"先生们,你们在自己家里,可以随意对待我。"圭朵走后人们方醒悟圭朵把他们比作死人。

② 德文:自然,当然。

头，红红的喘着气。它的花斑点的身子慢慢地走在他们前面，然后又小牛犊似的蹦蹦跳跳地跑了开去。死狗躺在它跑的路上。它站住了，嗅着，小心翼翼地绕了一圈，兄弟，凑近些又嗅一嗅，又绕一圈，又用迅速的狗动作把死狗全身又湿又脏的皮子嗅了一遍。狗头颅，狗气味，两眼低垂，走向一个大目标。啊，可怜的小狗子！这就是可怜的小狗子的身子。

——叫花子！滚开，狗杂种！

狗听到这喊声，垂头丧气地回到主人身边，主人抬起没穿靴子的脚，狠狠地踢了他一脚，把它踢得翻到了沙埂的另一边，倒是没有受伤，垂头丧气地跑了。接着它又绕了回来。没有看见我。它没精打采地顺着堤边溜了一回，晃荡了一回，凑近一块石头闻一闻，对着它抬起一只后脚撒了一泡尿。接着它向前小跑一段，又对另一块石头跷起一条后腿，没有闻，就迅速、短促地滋了一泡。穷人的简单乐趣。然后它先用两只后脚扒开沙子，又用前脚拨弄着，挖着。找它埋在那儿的什么吧，它的奶奶吧。它在沙子里生了根，拨弄一阵，挖一阵，又停下来对着空中听一阵，然后又用爪子急急忙忙刨一阵，可是很快又停止了，一只豹，一只黑豹，野合的产物，掠食死物的。

昨夜被他吵醒之后，是接着做原来的梦吧，是不是呢？等一等。敞着的门厅。娼妓的马路。记起来了。哈仑·阿尔·拉希德[①]。记的不离儿了。那人领着我，说着话。我不感到害怕。他拿着一个瓜，凑在我脸上。笑着：奶油水果香。这是规矩，他说。进。来。红地毯已经铺开。你来看看是谁。

他们背着口袋，费力地走着，这两个红埃及人。[②] 他的裤脚卷起，两只发青的脚拍打着湿漉漉的沙子，他的毛茸茸的脖子上勒着一条暗砖色的围巾。她迈着女人步子跟在后面：流浪汉和跟他流浪的女人。[③]她背着战利品。她的光脚面上有一层沙子和贝壳渣结成的硬壳。被风

---

① 拉希德（763—805）是巴格达著名伊斯兰国王，常喜欢微服出访，他的统治时期是巴格达的一个鼎盛时代，《天方夜谭》中许多故事都出于这一时期。

② 即吉卜赛人（有人认为吉卜赛人来自埃及）。

③ 均出自十七世纪黑社会歌曲《流浪汉夸流浪女》。

吹得皮肤开裂的脸上飘着头发。尾随着夫君当内助，远行去京城①。等黑夜遮掩了她身体上的缺陷，她蒙着她的棕色披肩，在一条常有狗拉屎的拱顶道上招呼人。她养的汉子正在黑坑的奥劳克林酒馆款待两个皇家都柏林火枪团的。亲一亲，照着流浪汉的好话操，啊唷，我的俏娘们儿②！她的衣服褴褛发臭，里面却是妖女般的白皮肤。芬伯莱巷那一夜：制革场的气味。

白白的小手红红的嘴，
你那个身子真叫美。
躺下和我睡一觉，
黑夜里又搂又亲嘴。③

阴沉的取乐方式，按特大肚皮阿奎那的说法。Frate porcospino④. 未堕落时的亚当，骑着不发情。让他嚷他的：你那个身子真叫美。这语言比他的语言丝毫不次。修道士的词儿，穿在线上的玛利亚念珠切切嚓嚓；流浪汉的词儿，口袋里的粗糙金块嗒啦嗒啦。

现在正走过去。

斜眼看了我的哈姆雷特帽一眼。要是我突然是光着身子坐在这儿呢？我并不是。走过全世界的沙滩向西跋涉，背后有太阳的喷火剑追着，走向黄昏的国土⑤。她背负重载，一脚又一脚，一步又一步，趔趔趄趄，蹒跚而行。由月亮拽起来的潮汐随在她的身后向西移动。她身上也有潮汐，分成千万股的，血，不是我的，oinopa ponton，葡萄酒般幽暗的海。瞧这听从月亮差遣的婢女。在睡梦中，湿淋淋的标志唤醒了她，叫她起来。新婚床、产床、终老之床，点着幽灵蜡烛。Omnis caro ad te veniet.⑥他来了，苍白的吸血鬼，他的眼睛穿过暴风雨，他的蝙蝠飞过海洋，血染海洋，嘴对着她的嘴接吻。

---

①②③ 均出自十七世纪黑社会歌曲《流浪汉夸流浪女》。

④ 意大利文："豪猪修士"，因为阿奎那的话有时尖锐刺人。"阴沉的取乐方式"是他对沉湎邪念者的评语。

⑤ 据《圣经·创世记》，上帝将亚当、夏娃逐出乐园之后，在乐园外置一旋转喷火的剑防守乐园。

⑥ 拉丁祈祷文（安灵弥撒的一部分）：一切肉体都归向您。

这儿。钉住那个家伙,怎么样?我的本子。用嘴吻她。不行,必须是两张嘴。粘得牢牢的。嘴对着她的嘴接吻。

他的嘴唇翕动着,接纳着无血肉的空气嘴唇:嘴对着她的口宫。宫,孕育一切的子宫,葬送。他的嘴做出发音的口型,然而送出来的是未成词句的气流:喔依哈:瀑布般轰鸣的行星,球形的,烈火熊熊,轰啊轰啊轰啊轰啊轰啊。纸。是钞票,可恨。老戴汐的信。这里。承蒙慷慨谨致谢意最后一点空白我撕了。他转过身去,背对着太阳,俯身就着远处一块石头当桌子,歪歪斜斜地写起来。这是第二次忘记拿图书馆柜台上的纸片了。

他弯腰的身影落在石块中间,有个边缘。为什么不是无边无际,直达最远处的星星?它们隐藏在这个光源的后面,在明亮之中闪光的深沉,仙后座中的小星,许多个世界。我坐在那儿,手中拿着他的白蜡占卜杖,脚上穿着借来的草鞋,白天傍着苍白的海水,无人看见,而在紫色的夜晚,在一穹神秘的星辰之下徘徊。我扔出这个有边缘的身影,无可避免的人形,又召它回来。如无边无际,它还算是我的吗,我的形态的形态?在这里,有谁在观察我?有任何地方的任何人会读我写的这点文字吗?白纸上留下的标记。用你的最悠扬的歌喉,唱给某地的某人听。克劳因的好主教①,从他的铲形帽子下取出了圣殿的纱幕:空间的纱幕,幕上描绘着彩色的图像。拿稳了。平面而有色彩的:对,就是这样。我见到的是平面,然后想距离,近、远,平面是我见到的,东面、反面。啊,现在见到了!通过体视镜,突然后退凝成立体了。咔嗒一声,解决问题。你认为我的话深沉。我们的灵魂里有深沉处,你不觉得吗?悦耳一些吧。我们的灵魂由我们的罪孽受到了羞耻的创伤,因而更紧密地依偎我们,女人依偎自己的爱人,越偎越紧。

她信任我,她的手是温柔的,眼睛上长长的睫毛。我太无聊,非要把她从纱幕里弄出来,弄到哪儿去?进入无可避免的可见现象中的无可避免的形态。她,她,她。什么样的她?霍奇斯菲克斯书店橱窗前的

---

① 爱尔兰克劳因主教乔治·伯克利(George Berkeley,1685—1753)论述:人仅看见事物的平面形象,深度距离等须凭主观思维判断。

处女,星期一进去打听你计划写的字母书之一。你对她投以锐敏的眼光。手腕上套着遮阳伞的提手带子。她住在利森公园,忧愁而生活精致,是个才女。你这些话去说给别人听吧,斯蒂维[1]:那种一拍即合的。敢说她身上穿的是那种天主诅咒的紧身内衣,脚上是用疙疙瘩瘩的毛线织补的黄色长袜子。谈谈苹果点心吧,piuttosto.[2]你的头脑哪里去了?

抚摸我吧。温柔的眼睛。柔软的柔软的柔软的手。我在这儿很寂寞。啊,快抚摸我吧,现在。什么字是人人都认识的字?我独自在这里,静静的。也很悲哀。抚摸,抚摸我吧。

他把涂写了一些字的纸片和铅笔都塞进一个口袋,把帽子拉下来蒙住眼睛,仰身在有尖棱的石头上躺了下去。我这个动作像凯文·伊根,他点头打瞌睡,安息日的睡眠。Et vidit Deus. Et erant valde hona.[3]阿啰! Bonjour![4] 欢迎你,如迎五月的鲜花。他在帽荫下,透过孔雀般颤动着的睫毛望着南行的太阳。我遇上了这个热烘烘的场面。潘的时刻,农牧神的中午[5]。在胶汁浓厚的蛇根木、渗着乳液的果实中间,在黄褐色的水面上浮着阔叶的地方。痛苦是遥远的。

别再闷闷不乐,苦忆着。

他的目光苦苦地盯着自己的宽头皮靴。一头壮鹿的破烂儿,nebeneinander.他数着皱皮面上的皱纹。这里头原来是另一个人的温暖的脚窝。一只踩着三拍子节奏敲击地面的脚,我不爱的脚。可是,那回爱丝特·奥斯华尔特的鞋穿到你脚上,你却喜欢得很。我在巴黎认识的女郎。Tiens, quel petit pied![6] 忠实可靠的朋友,情同手足:王尔德的

---

① 斯蒂维是斯蒂汾的昵称,斯蒂汾大学时一同学喜用此称呼称他,该同学曾叙述一农村妇女主动邀他同睡的经历,事见《写照》第五章。

② 意大利文:还不如。

③ 拉丁文:"天主看到了。一切都非常好。"此典出于《圣经·创世记》,表示上帝对自己创造的世界十分满意,此后即是完全休息的安息日。

④ 法语:"日安。"前面的"阿啰"是法国式的"哈啰"(你好)。

⑤ 潘(Pan)是希腊神话中半人半山羊的神,司农牧,性活泼,中午喜睡眠。

⑥ 法语:唷,多小的脚!

不敢直呼其名的爱情。[①] 他的胳膊,克兰利的胳膊。现在他要离开我了。该怪谁?我就是我。我就是我。要就全要,不要就全不要。

公鸡湖水满了,一大汪一大汪地往外溢,把沙滩上的水塘都盖上了一层金绿色,还在不断地涨,不断地流。我的白蜡手杖会漂走的。我要等一等。不,会通过的,冲刷着低处的石头通过,打着漩涡通过。这事最好快一点结束。听:四个词组的波浪语言:西苏、赫尔斯、尔西依斯、乌乌斯。水在海蛇群、腾立的马群、岩石群之间激奋地诉说着。到了岩石杯子里,水稀里胡噜、丝里胡噜地翻腾着,滚入大桶才有了界域。势能耗尽了,它的言语才告一段落。它潺潺地流过去,宽阔地流过去,水面上漂着成片的泡沫,绽开了花朵。

在上涨的潮水下面,他看到扭曲盘绕的海草懒洋洋地抬起头来,不情不愿地摆动着胳膊,撩起了自己的衬裙,在低声耳语的水中摇晃着展开了羞答答的银色叶面。日以继夜,夜以继日,抬起身来,被水漫过,又落下去。主啊,她们可疲乏了,在听到耳语的时候,她们叹息了。圣安布罗斯[②]听到了,这种由草叶和波浪在等候中发出的叹息声,等候着自己的时机完全成熟,diebus ac noctibus iniurias patiens ingemiscit. [③]无端地聚集起来,又白白地放出来,流出去,还原:月亮的远影。她也已倦于见到情人们,一些好色的男人,她,一个一丝不挂地在她的庭院内放射光辉的女人,招来了水的劳役。

那外边就是五英寻。你父亲卧在足有五英寻的深处。[④] 一点钟的时候,他说的。发现时已淹死。都柏林沙洲,高潮时分。潮前头推过来散散的一溜杂物、扇形的鱼群、无聊的贝壳。一具盐白色的尸体从裂流中浮起,一步一冒头,一步一冒头,海豚似的向陆地泅来。在那儿呐。快钩住。拉。尽管他已经沉到了水面底下。钩住了。现在好办了。

一袋死尸气,泡在腐臭的盐水中。从他那扣着的裤门襟缝隙里,飞

---

① “不敢直呼其名的爱情”是王尔德朋友诗中描绘二人之间感情的词句,王尔德因此被控犯同性恋,但王尔德辩说这是真挚友谊。

② 圣安布罗斯(340? —397)系米兰主教,擅长作曲,善于在音乐中阐发宗教情绪。

③ 拉丁文(圣安布罗斯语):日夜为其冤屈呻吟。

④ 此句系莎剧《暴风雨》中台词。

快地钻出一串吃饱了海绵状珍馐的小鱼。天主变人变鱼变北极黑雁变羽床山。我活着,呼吸的是死的气体,踩的是死的尘埃,吞食的是从一切死物取来的带尿味的下水。他被僵直地拽上船来的时候,在舷边仰天呼出他从绿色坟墓中带来的秽气,麻风鼻孔对着太阳哼哼。

这是海中蜕变,棕色的眼睛成了盐绿。海死,这是人所知道的死亡方式中最温和的一种。海洋老爹。Prix de Paris①:谨防假冒。一试便知。我等亲身经历,惬意万分。

行了。我渴了。起云了:没有什么乌云吧,有吗?雷暴。他周身通明地降落下来,骄傲的智力闪电,Lucifer, dico, qui nescit occasum.②没有。我的蛤蜊帽、我的拐杖、还有我的他草鞋。③ 走向何方?走向黄昏的国土。黄昏自有其下落。

他抓住白蜡手杖的把儿,顺手戏耍着轻轻地抡了两下。是的,黄昏自会在我身上找到自己的下落,没有我也行。所有的日子都有一个头。对了,下星期哪一天星期二吧是最长的一天。在新的欢乐的一年中呀,妈妈,仑一吞一铁得尔地一吞。丁尼生老爷,绅士风度十足的诗人④。Già.⑤给黄牙老婆子的。还有德流蒙先生,绅士风度的记者⑥。Già.我的牙很糟。不知道为什么。摸一摸。那一颗也快掉了。空壳。我想这笔钱是不是该用来找个牙医生?那一颗。没牙的啃奇,超人。不知道是什么原因,也许有什么意义吧?

我的手帕。他扔给我了。我记得。我拾起来了吗?

他伸手在口袋里掏了一阵找不到。没有,我没有拾。买一条吧。

---

① 法文:巴黎大奖。

② 拉丁文:"我说,永不陨落的晨星。"按"永不陨落的晨星"是天主教赞复活节蜡烛的颂词,实指耶稣,但在《圣经》中,亦曾将因骄傲而被打出天堂降入地狱的魔鬼比作晨星(Lucifer),将其陨落比作闪电。

③ "蛤蜊帽、拐杖、草鞋"是中古时期朝圣信徒常用的服装,《哈姆雷特》中奥菲利娅发疯后歌唱时以此象征坚贞的爱情。

④ 丁尼生(1809—1892)是英国维多利亚时代桂冠诗人,但部分诗作讲究技巧而题材琐小。其诗《五月王后》描绘一姑娘被选为五月王后后的兴奋心情,此诗曾被谱成乐曲,其中反复唱道:"在新的欢乐的一年中,妈妈,明天是最疯狂最快乐的一天。"

⑤ 意大利文:"已经",在此或作"够了"讲。

⑥ 即把维多利亚女王叫做"黄牙老婆子"的法国记者。

他把自己从鼻孔里抠出来的鼻涕干,小心翼翼地放在一个石棱儿上。就这样,谁愿意看就看吧。

后边。也许有人。

他转过脸,回首后顾状。一艘三桅船的桅杆桁架正在半空通过,帆都是卷在横木上的,返航溯流而上,无声地移动着,一艘无声的船舶。

第　二　部

四

利奥波尔德·布卢姆先生吃牲畜和禽类的内脏津津有味。他喜欢浓浓的鸡杂汤、有嚼头的肫儿、镶菜烤心、油炸面包肝、油炸鳕鱼卵。他最喜爱的是炙羊腰,吃到嘴里有一种特殊的微带尿臊的味道。

这时他正轻手轻脚地在厨房里走动,一面在隆背托盘上整理她的早餐用品,一面就想到了腰子。厨房里的光线和空气都是冷冰冰的,但是室外已经处处是温煦的夏晨。使他感到想吃东西。

煤块发红了。

再加一片黄油面包:三、四;行了。她不喜欢盘子太满。行了。他转过身去,从壁炉架上取下水壶,煨在炉火边。水壶傻乎乎地蹲在那儿,向外伸着嘴。一会儿就可以喝一杯茶了。很好。口干了。

猫翘着尾巴,僵硬地绕着一只桌子腿打转。

——喁嗷!

——噢,你在这儿呐,布卢姆先生从炉火前转过身来说。

猫咪咪地回答了他,又僵硬地绕一只桌子腿打了一转,同时仍咪咪叫着。她在我的书桌上走,也是这样子的。呜呜。挠一挠我的头吧。呜呜。

布卢姆先生好奇地、温厚地望着它那灵活的黑身子。一身干干净净的:皮毛光滑发亮,尾端有一小块白花斑,眼睛闪着绿光。他双手按着膝盖,对着它弯下腰去。

——猫咪要牛奶,他说。

——姆喁嗷! 猫叫道。

人们总说它们笨。它们懂我们说的话,比我们懂它们的多。它要懂的都能懂。也有报复性。残酷。它的本性。怪,耗子从来不叫。好像还喜欢似的。不知道我在它眼里是什么样儿。大楼那么高? 不对,它能跳过我。

——还怕小鸡呢,这猫,他嘲笑说。怕雏鸡儿。我从来没有见过像猫咪这么笨的猫咪。

——姆库嗯嗷!猫大声叫。

它仰起头,眨动着热切而害羞缩小的眼睛,对他露出乳白色的牙齿,呜呜地发出哀怨的长叫声。他看它眼中的两条黑缝贪馋地越收越小,最后整个眼睛成了两颗绿宝石。然后他走到柜子前,取出汉隆送奶人刚给他灌满的奶罐,斟出一小碟温热起泡的牛奶,慢慢地放在地上。

——咕呜!——猫叫着奔来舔奶。

它轻轻地沾了三下,才开始舐食;在灰蒙蒙的光线中,他看它的胡须像铜丝似的发亮。要是剪掉胡须,它们就不能逮耗子了,不知道是不是真的。为什么呢?在黑暗中也许放光,尖尖上。要不,在黑暗中起一种触须作用,也许。

他听着它咂咂咂咂舔食的声音。火腿鸡蛋,不。天这么干旱,鸡蛋好不了。需要洁净的清水。星期四:也不是巴克利有好羊腰的日子。用黄油一煎,洒上一点胡椒。还是到德鲁咖兹买一只猪腰吧。趁着壶里煮水的工夫。它舐得慢些了,最后把碟子舔干净了。它们的舌面为什么这样糙?布满孔眼,便于舐食。没有什么它能吃的东西吗?他四面望了一望。没有。

他踩着发出轻微吱嗝声的靴子,上楼走进门厅,在卧室门边停了一下。她也许想吃什么好吃的吧。早上她喜欢薄片面包抹黄油。不过也许,偶然的。

在空荡荡的门厅里,他轻声轻气地说:

——我到街口一趟。一分钟就回来。

他听自己的话说完之后,又说:

——你早饭不想要点什么吗?

回答他的是一声瞌睡懵懂的轻哼:

——嗯。

不。她不要什么。这时他又听到更轻的一声深沉叹息,热乎乎的。她翻了一个身,床架子上的铜圈已经松了,叮叮当当地乱响。这毛病非治不可了，真的。可惜。老远地从直布罗陀运来的。她原来懂的一点西班牙语现在全忘了。不知道她父亲花了多少钱。古老的式样。想起来了！当然。是在总督府拍卖时买的。快槌敲定的。讨价还价可是一点也不含糊的，老忒迪。对，您哪。是在普列符纳。我就是行伍出身，您哪，而且我引以为荣。不过他还是有头脑的，所以才能搞那次邮票抢购。那可是看得够远的。

他伸手从最上面一个木栓上取帽子，下面挂着绣有他的姓名开头字母的厚大衣，还有他从失物招领处买来的二手货雨衣。邮票：背面带胶的图片。我敢说，好多军官都参与了。肯定是这样的。帽里顶端那块汗渍的商标在对他作无声的宣示：普拉斯托帽庄高级礼巾。他对帽檐衬皮的内部迅速地瞅了一眼。白纸片。没有问题。

在门前台阶上，他伸手到后面裤袋里摸大门钥匙。没有。在昨天换下来的裤子里。得拿。马铃薯倒是在。衣橱吱吱格格响。没有必要吵她。刚才她翻身的时候就是还没有睡醒。他很轻很轻地把门拉上，又拉紧一点，让门下端刚够上门槛，虚掩着。看来是关着的。反正我就回来，没有问题。

他躲开七十五号地下室的松动的挡板，过街走对面亮处。太阳已接近乔治教堂的尖塔。今天恐怕会热。穿这种黑色衣服更热。黑颜色对热起传导、反射（还是折射？）作用。可是我不能穿那套浅色的去。成了野餐会了。他走在路上感到温暖而愉快，眼皮多次安详地落下。博兰的送面包车，每天用托盘送新鲜的，但是她情愿吃隔夜的面包、烤馅饼，烘得黄黄的、热热的。使你感到年轻。东方的某个地方：清晨：破晓出发。赶在太阳的前头旅行全球，抢先一天的行程。老是赶在前头，年龄按理永远不会老，一天也不会增长。沿着岸滩走，异邦他乡，来到一个城门口，有守卫的，也是一个老行伍，留着老忒迪式的大八字胡，倚着一杆长矛，好长的家伙。漫步街头，两旁都撑着天篷。街上来往的人都缠着头巾。黑山洞似的地毯铺子，盘腿坐着的大汉子，恐怖大王特寇，抽着盘圈的烟管。街上到处是叫卖声。茴香水，冰镇果汁饮料。整天的溜达。兴许遇见一两个强盗。遇见就遇见吧。太阳快下山了。寺院的阴影投射在廊柱间：祭司手中拿着一个纸卷。树林一阵颤动，信号,晚风。我走过。金色的天空渐渐发暗。在一家门道里,有一个母亲在观察我。她用他们的奥秘的语言,召唤孩子们快回家。高墙:墙后传来琴弦的声音。夜空,月亮,紫色的,莫莉的新吊袜带的颜色。琴弦声。听,一个姑娘在敲击一架那种叫什么的乐器:扬琴。我走过。

实际情况很可能完全不是这样。从书里看来的玩意儿:沿着太阳的路线走。书名页上有一个光芒四射的太阳。他觉得有趣,微笑起来。阿瑟·格里菲斯谈《自由人报》[①]社论花饰:自治的太阳是从西北方升起来的,从爱尔兰银行背后的小胡同里升出来的。他脸上仍浮着会心的微笑。巧妙的提法:自治的太阳从西北方升起。

他走近拉里·奥鲁尔克食品店。地下室的格栅里冒着疲软的黑啤酒味。大门敞着,食品柜台往外送着一股股混和着姜、茶末、饼干糊的气味。还是挺不错的一家,正在城内交通线的尽头。比如那头的莫莱食品店吧,位置就不佳。当然,如果他们在北环路上开辟一条电车路线,从牛市一直通到码头,产业价值马上就会直线上升了。

窗帘上端露出个秃脑袋。精明的老家伙。拉他的广告可没门儿。不过他对自己的那一行倒是精通的。瞧,他就在那儿,可不吗,我的大胆儿的拉里[②]呀,没穿外衣,倚在糖箱上看那个扎着围裙的伙计用水桶墩布擦地。赛门·代达勒斯学他眯起眼睛的模样儿可神了。你知道我要对你说什么吗?是什么,奥鲁尔克先生?你知道是怎么一回事儿吗?俄国人啊,只能是日本人早上八点钟的一顿早餐罢了。[③]

站住了说两句吧:也许可以提一下葬礼吧。狄格南去世了,多可惜呵,奥鲁尔克先生。

他在转入多塞特街的时候,神采奕奕地向门道里边问好:

——您好,奥鲁尔克先生。

——您好。

---

① 《自由人报》是都柏林一家日报,主张爱尔兰自治,但立场温和保守,其社论花饰为爱尔兰银行大楼后一个太阳;该楼在一八〇〇年英爱议会合并前为爱尔兰议会大厦,背向西北。

② 店主名字"拉里"亦为喜剧性歌曲中的人名。

③ 日俄战争(1904—1905)当时正在进行。

——天气多美呀,您哪。

——不假。

他们是什么地方弄来的钱?从利特里姆郡上来的时候,不过是一些红头发的小伙计,涮瓶子,攒剩酒。然后,转眼之间就变了样,成了亚当·芬勒特、丹·塔隆[1]那样的脚色。而且,还有竞争呢。谁都要喝。要出难题,可以问怎样才能找到一条路线,要穿过都柏林而遇不上一家酒馆。靠节约是办不到的。也许靠赚醉汉的。上三杯,记五杯。能有多少呢,这儿一先令,那儿一先令,零零碎碎的。从批发商进货的时候也许可以。跟推销员演双簧。你把老板对付好,咱们分成,明白吧?

在黑啤酒上耍那一招,一个月能弄多少?就说是十大桶货吧。就算他弄百分之十吧。不,不止,十五吧。他走过圣约瑟夫国立学校。孩子们闹声喧天。窗户都敞着。空气新鲜有助记忆。要不就是带着调子唱。人呀手呀足呀刀呀尺……是男学生吧?是。野猪岛、黄牛岛、白牛岛[2]。地儿理。还有我的。布卢姆山。[3]

他在德鲁咖兹橱窗前站住,望着一串串的香肠、花式肠,黑白相间的。十五乘以。一些没有算好的数字在他的脑中泛起了白色,他感到有些不痛快,就让它们淡了下去。一节节塞满了肉料的发亮的肠子抓住了他的目光,他宁静地呼吸着熟猪血的温热而带香料的气味。

在一个柳树花样的盘子里,有一只还在渗血的腰子:最后一只了。隔壁的姑娘站在柜台前,他就站在她旁边。她会不会也买腰子?她正照着手上的纸条念要买的东西。皮肤糙了,洗涤苏打。还要一磅半丹尼香肠。他的目光落到了她的健壮的臀部上。那一家姓伍兹。不知道是干什么的。妻子老了一些。新鲜血液。不许人追。胳膊很有劲。抽打着搭在晾衣绳上的地毯。她可是真抽,乖乖。抽一下,歪着的裙子就摆一下。

雪貂眼的猪肉店掌柜用长斑的手指掐下几节香肠,包上。和香肠一样红的手指。都是好肉,像一头关在厩内育肥的小母牛。

---

① 芬勒特和塔隆都是都柏林著名的食品酒类商人、政客。

②③ 都是爱尔兰地名。

他从那一叠裁好的纸上取了一张：太巴列湖①畔，基内雷特模范农场。可成理想冬暖休养地。摩西·蒙蒂菲奥里②。我原来就想他是。农舍，四周有围墙，模糊的放牧牛群。他把那张纸放远一些：有意思：再放近一些看，标题，模糊的放牧牛群，纸张在瑟瑟作响。一头白色的小母牛。那些日子早上在牛市，牲口在围栏内哞哞地叫，烙上印记的绵羊，牛羊粪啪嗒啪嗒掉在地上，饲养员们穿着底上有平头钉的大靴子在牛羊粪堆之间转悠，伸手拍一拍肥壮的牲畜屁股，这是头等肉，手里还拿着带树皮的枝条。他很有耐心地斜拿着那张纸，紧紧地控制着自己的感官和意志，柔和的目光凝视着目标不动。歪斜的裙子在摆动，抽打一下摆动一下，一摆一摆又一摆。

猪肉店掌柜嚓嚓从纸叠上取两张纸，把她要的头等香肠包上，做了一个红色的怪脸。

——齐了，我的小姐，他说。

她大胆地笑着，伸出粗壮的腕子给他一枚硬币。

——谢谢您，我的小姐。找一先令三便士。您呢，要点什么？

布卢姆先生赶紧指了一下。要是她走得慢，还可以追上去跟着她走，跟在她的摆动的臀部后面。一大早，看着舒服。快点儿吧，该死的。晒草得趁着太阳好呀。她在铺子外面的阳光中站了一忽儿，懒洋洋地向右边走去了。他哼着叹了一声：人们就是不理解。手都被苏打洗糙了。脚趾甲上也结了硬壳，破烂的棕色修女服，对她是双层保护。漠不关心的态度刺痛了他的心，削弱了他的兴致。是别人的：在埃克尔斯巷，一名下了班的警察和她搂搂抱抱的。她们喜欢大个儿。大香肠。哎呀呀，警察先生，我在树林中迷了路。③

——三便士，您哪。

他伸手接过湿润软嫩的腰子，顺手放进侧面口袋，然后从裤子口袋

① 太巴列湖即加利利海，在今以色列境内，当时以色列尚未建国，一些犹太事业家在此筹建犹太人聚居地。

② 蒙蒂菲奥里（1784—1885）为英国著名事业家，曾为犹太人争取社会权利及殖民巴勒斯坦出力。

③ “警察先生”和“树林迷路”分别出自流行歌曲和儿童故事。

里掏出三枚铜板,放在带刺的橡皮盘子上。铜板在盘子上被扫了一眼之后,一枚一枚地滑进了钱柜。

——谢谢您,先生。下回再来。

狐狸眼中闪现了一星热切感谢的火光。他在片刻之后就收回了凝视的目光。算了:还是算了吧!下回再说。

——早安,他一面走开一面说。

——早安,先生。

无影无踪了。走了。怎么回事?

他沿着多塞特街往回走,一边认真地阅读。Agendath Netaim①:移民垦殖公司。向土耳其政府购买荒沙地,栽种桉树。绿荫、燃料、建材均为上乘。雅法以北,橘树林、大片瓜田。你付八十马克,公司为你植树一杜南②,橄榄树、橘子树、杏树、或是香橼树。橄榄树较便宜,橘子树需用人工灌溉。你每年可获一批产品寄到你处。你的姓名作为终身业主登入会册。可预付十马克,余额按年分期付清。柏林西 15 区真诚街 34 号。

不行。可是这中间的主意倒是有点名堂的。

他望着银白色的热空气中形影模糊的牛群。蒙着银粉的橄榄树。宁静而漫长的日子:修剪、成熟。橄榄是装瓶的,是吧?我从安德鲁斯公司买的还剩着一些呢。莫莉吐掉了。现在知道味道了。橘子是用薄棉纸裹上装筐的。香橼也是。不知道可怜的项缘是不是还活着,还住在圣凯文广场。还有马司田斯基,弹着那把老齐特尔琴。我们那时候的夜晚过得够愉快的。莫莉坐着项缘的藤椅。握在手中很舒服,凉丝丝、光溜溜的水果,握在手中,送到鼻子边,闻闻它的香味。就那样,芬芳浓郁、野性的香味。总是如此,年复一年。也卖得起价钱,莫依塞尔告诉我的。阿巴托斯小街:愉悦路:愉快的往事。必须是没有一点毛病的才行,他说。老远运来的:西班牙、直布罗陀、地中海、黎凡特③。大

① 希伯来文:“移民垦殖公司”。这是二十世纪初期帮助犹太人在巴勒斯坦(当时属土耳其帝国)定居的一个企业。

② “杜南”为以色列土地单位,合一千平方米。

③ 即地中海东部地区,包括中、近东。

筐在雅法的码头边排成了行，核对的人拿着小本打钩，搬运的壮工们穿着肮脏的粗蓝布工作服。那位姓什么的出来了。您好？没看见。刚有一点认识，不打招呼又不合适，别扭。他的背影像那个挪威船长。不知道今天会不会遇见他。洒水车。引雨。地上如天上。

一大片云缓缓地移来，渐渐将太阳完全遮住了。灰蒙蒙的。遥远的。

不，不是那样的。一片荒地，光秃秃的不毛之地。火山湖，死的海：没有鱼类，没有水草，深深地陷入地内。没有风能掀起这里的波浪，灰色的金属，雾蒙蒙的毒水。人们说是天上落下来的硫黄雨：平原上的城市：所多玛、蛾摩拉、以东①。全是死的名字。死的海，在一方古老的灰色的死的土地上。现在已成古老。那一方土地生育了最古老的民族，第一个民族。最古老的人民。一个伛偻的老妇人从卡西迪酒店出来横过马路，手里抓着一个小酒瓶的瓶颈。最古老的人民。在世界各地流浪，天涯海角，从被俘到被俘，在各处繁殖、死亡、出生。现在它横在那里，再也不能生育了。死了：衰老的女性生殖器，大地的灰不溜秋的沉穴。

荒无人烟。

灰色的恐惧感烧灼着他的肉体。他把传单叠起塞进口袋，转身进了埃克尔斯街，快步走向家里。冷油流进了他的血管，使他的血液发凉：衰老使他僵硬，全身罩了一件盐外套。唉，反正我现在是在这儿呢。早起嘴臭，形象恶劣。起床的时候下错了边儿。桑多健身操还是得做，从头再来。从双手向下开始。斑斑驳驳的褐色砖房。八十号仍没有租出去。这是为什么？估价仅二十八镑。托尔斯、巴特斯比、诺思、麦克阿瑟②；客厅窗户上全是招贴。眼痛贴的膏药。热茶的清香多美，黄油在锅里嗞嗞响着发出的气味多好闻！挨近她在床上睡得暖烘烘的丰满肉体，多舒服。对。对。

迅疾、温暖的阳光从巴克莱街跑来了，穿着小巧的凉鞋，沿着明亮

---

① 据《圣经·旧约·创世记》，所多玛、蛾摩拉等城市有罪，因而上帝降硫黄雨将其毁灭。“以东”系《创世记》中人名。

② 这是四家房产公司的名字。

起来的人行道,轻捷地奔过来了。奔跑着,她奔跑着来迎接我了,一位金发迎风飘扬的女郎。

门内地板上有两封信和一张明信片。他弯腰拾了起来。玛莉恩·布卢姆太太。① 他的原已加快的心跳立即放慢了。粗壮的笔迹。玛莉恩太太。

——波尔迪!

他进卧室时半闭眼睛,在暖和的黄色幽光中向她那头发蓬松处走去。

——信是给谁的?

他扫了一眼信件。马林加。米莉。

——一封信是米莉给我的,他细心地说。另一张明信片是给你的。还有一封你的信。

他把她的明信片和信放在斜纹布床罩上靠近她腿弯处。

——你要我把窗帘拉起来吗?

他轻轻拉动窗帘,使它半卷起来,同时眼睛的余光见她对信封扫了一眼,把它塞在枕头底下了。

——这样行了吧?他转身问她。

这时她正支着胳膊肘看明信片。

——她收到东西了,她说。

他等着,她把明信片放在一边,又慢慢地蜷缩进被窝,舒服地叹了一口气。

——茶快点吧,她说。我渴坏了。

——水壶开了,他说。

但是他还停留了一下,清理椅子上的东西:她的条子布衬裙、穿过的内衣,他都抱了起来放在床脚头。

在他下楼梯去厨房的时候,她又叫了:

——波尔迪!

---

① “莫莉”是“玛莉恩”的昵称,亲友间适用。莫莉婚前的正式姓名是“玛莉恩·忒迪”,这也是她现在的艺名。按当时西方社会习惯,婚后社交场合的正式名称应完全从丈夫姓名,即应称“利奥波尔德·布卢姆太太”。

——怎么？

——把茶壶烫一烫。

可不开了:壶嘴一股蒸汽笔直地上升。他把茶壶用开水烫过涮过,放进四满匙的茶叶,然后倾侧着水壶将开水注入。他把沏好茶的壶放在一边待它出味,同时将开水壶从火上取下,把平底锅压在烧红的煤块上坐平,看着锅上那块黄油滑动、化开。在他打开包腰子纸的时候,猫蹭着他的腿咪咪叫着表示饥饿。给它太多的肉,它就不逮老鼠了。说是它们不吃猪肉。犹太教规。给你吧。他把沾血的纸扔给猫,把腰子放进嗞嗞发响的黄油锅中。胡椒。他从缺口鸡蛋杯里取了一些胡椒,绕着圈子从指缝间抖了下去。

然后他拆开信,先对信笺末尾瞅了一眼,才从头浏览。感谢:新绒帽:科格伦先生:奥威尔湖野餐:青年学生:一把火鲍伊岚的海滨女郎。

茶沏开了。他往自己的护须杯里斟茶,露出了笑容:冒牌的德比王冠磁器,小傻瓜米莉送的生日礼物。她那时才五岁。不对,等一下,四岁。我给她的那串仿琥珀项链,她弄散了。将一张张包货纸折起来放在信箱里当作她的信。他一面斟茶,一面微微地笑着。

米莉·布卢姆呀你是我的心肝,
你是我的镜子我日夜地看。
我宁愿要你没有一分钱,
不愿要凯蒂的毛驴加花园。

可怜的古德温教授。糟老头儿。不过老家伙还是个挺有礼貌的人。他总是按老派的规矩,鞠着躬送莫莉下台。他的大礼帽里还藏着一面小镜子呢。那天晚上米莉把它拿到客厅里来了。唷,你们看我在古德温教授的帽子里找到了什么呀!我们那个笑呀。性的特征,那么早就出现了。调皮的小鬼,这妮子。

他用叉子插进腰子,把它翻了一个个儿,然后把茶壶放在托盘上。在他端起盘子来的时候,盘子中间隆背处嘭的一声凹了下去。东西全了吗,黄油面包四片、糖、茶匙、她的奶油。全了。他把大拇指钩进茶壶把,端着盘子上了楼梯。

他用膝盖顶开房门，将盘子端进去放在床头的椅子上。

——你怎么这么半天，她说。

她把一只胳膊肘支在枕头上，一骨碌翻起身来，床上的铜活丁零冬隆响成一片。他镇静地俯视着她的丰满的身子，眼光落在两团柔软的大乳房之间，像母山羊奶头似的斜顶在睡衣内。她那半卧的身子上升起一股热气，在空气中和她斟茶的香味混在一起。

一个拆过的信封，从带窝儿的枕头底下露出了一点头，他在转身往外走的时候，稍停了一下拉挺床罩。

——谁来的信？他问。

粗壮的笔迹。玛莉恩。

——嗳，鲍伊岚，她说。他要送节目单来。

——你唱什么？

——和 J. C. 多伊尔合唱 Là ci darem，①她说，还有《爱情的古老颂歌》。

她的正在喝茶的丰满嘴唇一抿，笑了。薰过那种香，第二天有一点陈腐的气味。像坏了的香精水。

——你要我把窗子打开一点儿吗？

她正叠起一片面包往嘴里送，先问道：

——葬礼是几点钟？

——十一点吧，我想，他回答说。我没有看到报纸。

他顺着她手指指着的方向，从床上拎起了一只裤腿，是她穿过的内裤。不对？又拎起一根曲曲弯弯的灰色吊袜带，带上还缠着一只长袜，袜底发亮，皱皱巴巴的。

——不是的：那本书。

另一只长袜。她的衬裙。

——一定是掉下去了，她说。

---

① 意大利语歌词，全句为 Là ci darem la mano（咱们那时将携手同行），为莫扎特歌剧《唐·乔凡尼》中一段二人对唱。“携手同行”等句为唐·乔凡尼勾引村姑时的唱词。

他到处摸着。Voglio e non vorrei.①不知道她那个词的发音对不对：Voglio.床上没有。一定是滑到地上去了。他弯腰掀起床边的档头。果然是掉在那儿了，那书摊开着倚在橘黄色图案的便盆凸起处。

——给我看，她说。我做了一个记号的。有一个词儿要问你。

她不用把儿端起杯子喝了一口茶，麻利地在毯子上擦擦手指，用头发卡子顺着一行行的文字找那个词儿。

——转回什么？他问。

——在这儿呐，她说。这是什么意思？

他俯身下去，看着靠近她那光洁发亮的大拇指指甲的地方。

——轮回转世？

——对。别故弄玄虚，究竟是什么？

——轮回转世，他皱着眉头说。希腊说法。从希腊来的。说的是灵魂转移。

——嗳，去你的！她说。给咱来点儿明白话！

他斜睨着她眼睛里那分嘲讽神气，不禁莞尔一笑。眼睛仍是这么年轻。第一天的晚上，猜字游戏之后。海豚仓②。他翻了几页脏兮兮的书页。《马戏明星红宝》。好呵。插图。凶恶的意大利人，手里拿着马鞭。地上光着身子的，想必是明星红宝了。还算有点善心，给了她一条单子。**恶魔马菲置之不理，一声咒骂，把受害者推倒在地。**这一切，全都是残忍心理的表现。用了药的动物。亨格勒马戏团的高空吊杠。只能转头望别处。人群都张大嘴巴看着。你把脖子摔断，我们把肠子笑断。往往全家干这一行。从小去骨，就能转世。就是说我们死后仍活着。我们的灵魂。是说一个人死后的灵魂，狄格南的灵魂……

——你看完了吗？他问道。

——看完了，她说。里面没有什么色情的东西。那个女的是不是一直都爱着第一个男的？

---

① Vorrei e non vorrei(意大利语：我愿意又不愿意)是莫莉将表演的莫扎特歌剧女角唱词，表现了她受诱惑时的矛盾心理。这里第一个词错为 Voglio，把虚拟的“我愿意”变成了直截了当的“我要”。

② 海豚仓是都柏林西南城郊的一个地区，莫莉婚前住家在此。

——没有看过。你要换一本吗?

——要。再借一本保罗·德·科克的。他这个名字好听。

她又斟茶,看着茶水从壶嘴注入杯子。

卡佩尔大街图书馆那本书该续借,不然他们要通知我的保证人卡尼了。投胎:这个说法行。

——有的人相信,他说,我们死了之后又用另一个肉体接着活下去,生前也有生命。他们把这叫做投胎。说是我们都是千万年以前就已经在地球上或是别的星球上生活了。说是我们自己忘掉了。有的人还说自己记得前世的情形。

在她的茶水中,沉滞的奶油像凝固起来的螺旋体似的打着转。最好再给她提一下那个词儿:轮回转世。最好能举个例子。例子吗?

床头墙上挂着《仙女出浴图》。复活节那一期《摄影集锦》附送的赠品:精彩的彩色艺术杰作。加奶以前的茶水。有一点像她散着头发的样子:苗条一些。我花三先令六配的框子。她说挂在床头好看。裸体的仙女:希腊:比方说,那时候活在世界上的所有的人。

他合拢了书。

——轮回转世嘛,他说,是古代希腊人的说法。他们认为,比方说吧,人可以变成动物或树木。譬如说,他们叫作仙女的。

她搅糖的茶匙停住了,眼睛盯着前方,缩起了鼻子吸气。

——有煳味,她说。你是不是在火上坐着什么?

——腰子!他突然叫了起来。

他急忙把书往里边口袋一塞,脚尖还在破便盆架上绊了一下,慌慌张张地冲着有煳味的方向跑去,下楼梯的腿活像一只受惊的鹳。一股刺鼻的烟从平底锅的一侧猛冲上来。他把叉子尖插到腰子底下,把它铲起来翻了一个身。只烧煳了一点儿。他把它从锅上颠到一个盘子上,然后把所剩不多的酱色汤汁浇在腰子上。

可以喝茶了。他坐下来,切下一块面包,抹上黄油。他把烧煳的那点肉切下扔给猫,然后叉了一块放进嘴里,细嚼着品尝那软嫩的肉味。火候恰到好处。喝一口茶。然后他切下一些小方块的面包,拿一块蘸了汤汁送进嘴里。提到一个青年学生和一次野餐,是怎么一回事?他把信铺在旁边抹平，又拿一小块面包蘸了汤汁送进嘴里，一边吃一边慢慢地看信。

最亲爱的阿爸：

非常感谢您的可爱的生日礼物。我戴上正合适。人人都说我戴上这顶新绒帽，把谁都比下去了。妈的那盒可爱的夹心巧克力也收到了，我也给她写。可爱得很。我现在在照相店可顺利了。科格伦先生给我和太太照了一张。洗出来就寄。昨天生意好极了。天气好，那些肉长到脚后跟的都出来了。我们星期一要和几个朋友到奥威尔湖举行剩菜野餐。请把我的爱给妈，还要给您一个大吻和感谢。我听见他们在楼下弹钢琴了。星期六格雷维尔纹章饭店要开音乐会。有一个青年学生晚上有时来玩，姓班农的他叔伯家还是什么的是了不起的人家，他喜欢唱鲍伊岚（我差点儿写成一把火鲍伊岚）那首海滨女郎的歌。请对他说傻闺女米莉向他致敬。现在我必须结束了。给你最真心的爱。

你的真心女儿米莉

又：请原谅写得乱太匆忙。再见。——米

昨天满十五。巧，正好是十五号。她离家后的第一个生日。离别。还记得她出生的那天，夏天的早晨，急忙跑到登齐尔街去敲桑顿太太家的门，把她从床上喊起来。一个快活的老太太。她接生的孩子可少不了。她一开头就知道可怜的小茹迪活不成。唉，天主是善良的，先生。她马上就知道了。他要是活着，现在该十一岁了。

他神情茫然，惋惜地盯着那句附言。请原谅写得乱。匆忙。楼下钢琴。出壳了。在 XL 咖啡馆，为手镯的事吵了一架。不吃蛋糕，不说话，不看人。作料盒子。他把另外几小方面包泡在汤汁里，吃着一块接一块的腰子。每星期十二先令六。不算多。不过也不算是最差的了。杂耍场舞台。青年学生。茶已经凉了一些，他喝一口送下吃的东西。然后他再看信：两遍。

这事儿嘛，她自己能照顾自己的。可是万一不行呢？不，并没有发生什么事。可能性当然是有的。不管怎么说，等有了事情再讲。难驯的野性。抬着她的细腿跑上楼梯。命运。正在成熟。有虚荣心：很严重。

他带着疼爱而忧虑的笑容，盯着厨房的窗户。那天我在街上，偶然看到她正在拧自己的脸，要把脸蛋拧红了。有一点儿贫血。吃奶的时间太长。乘坐爱琳之王号①游基什那天。老掉牙的旧船，颠得厉害。一点儿也不胆怯。她的淡蓝色的头巾，随着头发一起在风中飘扬。

带酒窝的脸蛋儿，
头发都是一卷卷儿，
你的脑袋直打旋儿。②

海滨女郎。撕开了口的信封。手插在裤袋里，今天车夫休息，唱着歌。一家人的朋友。打旋旋儿，他说。灯光绰约的码头，夏天的夜晚，乐队。

那些女郎们，女郎们，
那些可爱的海滨女郎们。

米莉也唱。年轻的唇触：初吻。现已成为遥远的过去。玛莉恩太太。看信，这时斜倚着了，数数自己的头发有几股，面带笑容编辫子。

一种烦躁不安和遗憾的感觉轻轻地沿着他的脊梁骨往下爬，越爬越显沉重。会发生的，会的。阻止。没有用的：无法可想。姑娘的轻柔甜蜜的嘴唇。也会发生的。他感到背上那爬动的烦躁不安扩大了。现在采取什么行动都是没有用的。嘴唇被吻，吻人，被吻。丰满的发黏的女人嘴唇。

她在外地倒好：不在近旁。忙着自己的事。想养一条狗消遣。也许去旅行一趟。八月银行假期，来回仅两先令六。可是还有六个星期。也许可以弄一张新闻界乘车证。要不，通过麦考伊。

猫舔干净了全身的皮毛，又转过来找那张沾肉的纸，嗅了一会儿之后，大模大样地向门边走去。回过头来，看着他叫了一声。要出去，遇到门就等一等，迟早会开的。让它等一会儿吧。躁动了。有电。空中有雷电。而且它刚才背着炉火搓洗耳朵来着。

---

① 爱琳即爱尔兰，为爱尔兰诗歌中常用的名称。爱琳之王号是都柏林海湾中一艘游艇。

② 这几行与下边两行都出自《海滨女郎》，即米莉信中所谓“鲍伊岚那首”，实际上是当时一首流行歌曲。

他感到有些沉重，饱满，然后肚肠有些松动。他站起身，松开了裤带。猫向他叫。

——喵！他回答它。等我拿好东西。

沉重感：今天天气会热。爬这一段楼梯太麻烦了。

报纸。他大便时喜欢阅读。希望我正那个的时候没有什么蠢家伙来敲门。

他从桌子抽屉里找到一份旧《文萃》，折叠起来夹在腋窝下，走到门边，打开了门。猫轻巧地连纵几下，上了楼。哦，原来是想上楼去，蜷成一团卧在床上。

他听一下，有她的声音：

——来吧，来吧，猫咪。来吧。

他从后门进了园子，站住了听一听隔壁园子里的动静。没有响声。也许正在晾衣服。婢女在园子里。晴朗的早晨。

他弯下腰去察看细细的一溜长在墙边的留兰香。在这里修一个凉亭。红花菜豆。爬山虎。这块地，要整个儿施它一次肥，癞癞疤疤的。蒙着一层硫肝。没有粪肥的土壤全是如此。家庭肥料。混合土壤，那是什么呢？隔壁园子里养鸡：鸡粪倒是上好的追肥。不过最好的还是牛，特别是喂油饼的牛。牛粪覆盖。女用羊羔皮手套用它最妙。以脏除脏。灰也是如此。改良整块地的土质。那边的角落里种豌豆。生菜。那时就老有新鲜蔬菜吃了。不过园子也有毛病。圣灵降临节刚过那天，这里就出现了那只蜜蜂或是绿头苍蝇。

他继续往前走。咦，我的帽子在哪里？一定是挂回木栓上了。要不，在落地衣帽架上。怪，我怎么就没有印象呢。衣帽架太满。四把雨伞，她的雨衣。拾起信件。德拉戈理发店里的门铃响了。巧得很，那时我正想到。他的衣领上边是擦了发蜡的棕色头发。刚洗过，梳理过。不知道我今天上午是不是还来得及洗个澡。塔拉街。詹姆斯·斯蒂芬斯[1]就是浴室售票处的人弄走的，据说。奥布赖恩。

德鲁咖兹那家伙的嗓音倒是够洪亮的。移民什么来着？齐了，我

---

① 参见62页注⑩。

的小姐。积极分子。

他踢开茅房的破门。小心一点儿，别把参加葬礼穿的裤子弄脏了。他低头躲开门上的低矮过梁，跨了进去。茅房里一股发霉的灰浆气味。他把门留一点缝，在陈旧的蜘蛛网中间解开了吊带。在坐下以前，他先仰头从一条板缝里对邻居的窗户窥看了一眼。国王在账房里①。没有人。

他坐上凳架，把报纸摊在褪下了裤子的膝头，一页页地翻看。要一篇新鲜的，不费事的。不用着急。再停留一忽儿。本报获奖小品：《马察姆的妙举》。作者菲利普·波福依先生，伦敦观剧俱乐部。稿酬每栏一畿尼已付作者。三栏半。三镑三。三镑十三先令六。

他安静地看着报，同时约束着自己，看完第一栏，又在开始放松而仍有抗拒的情况下接看第二栏。看到中间，他的抗拒全部停止，听任自己的大肠舒展开来，静静地卸下了负担，同时他仍在看报，耐心地看着，昨天的轻微便秘今天已经没有了。希望它不是太大，又引起痔疮。没有，正合适。好。嘿！大便干燥。神仙树皮，一丸即通。生活有可能是那样的。并不使他觉得感动或是同情，但是倒还干脆利索。这时节有什么都登。清淡季节。他在从下面升上来的自己的气味中静静地坐着，继续看他的报。写得利索，确实的。**马察姆常常想起自己把爱笑的妖女弄到手的那一着妙棋，她现在……**开端和结尾都很正经。**手拉着手**。够意思。他把已经看完的内容又扫了一眼，在感到自己下面在静静地流水的同时，对于写了这篇东西并且收入了三镑十三先令六的波福依先生产生一种善良的羡慕心情。

也许也能凑一篇小品文哩。利·莫·布卢姆夫妇合著。找一条谚语，编上一则故事。哪一条呢？有一个时期我常把她在梳妆的时候说的话记在我的袖口上。不喜欢同时梳妆。刮脸刮破了皮。咬着下嘴唇扣她裙子上的挂钩。给她记时间。9：15。罗伯茨付你钱了吗？9：20。格瑞妲·康罗伊穿什么？9：23。我中了什么邪，怎么会买这把

① 此句与前面“婢女在园子里”均出自童谣：国王在账房里，数他的金钱。/王后在客厅里，吃她的蜜饯。/婢女在园子里，晾她的衣服。/飞来一只黑鸟，咬掉了她的鼻子尖。

梳子的？9：24。我吃了包心菜肚子发胀。她的漆皮靴子上有一点灰尘：麻利地换着脚往穿长袜的腿肚子上蹭鞋口。在义售市场跳舞会上，梅氏乐队演奏了庞奇埃利的时辰舞，舞会之后早上。你说说是怎么一回事：晨时、午时、接着来的是暮时，然后是夜晚。她刷着牙。那是第一晚。她脑子里仍在跳舞。她的扇子骨儿还在喀哒喀哒响。那个鲍伊岚是个阔佬吧。他有钱。怎么啦？我注意到他跳舞的时候，呼吸中有一种浓郁好闻的味道。哼曲子没有用了。直接提吧。昨晚那音乐有点特别。镜子在阴影中。她拿她的带柄手镜顶着丰满晃动的乳房，在毛坎肩上使劲蹭。仔仔细细地照着镜子。眼边有纹。总弄不好。

暮时，穿灰色纱服的姑娘们。然后是夜晚，穿黑色，带匕首，蒙着只露眼睛的假面具。富有诗意的构思：粉红，然后金黄，然后灰色，然后黑色。可是也符合生活。白昼：然后是黑夜。他毫不犹豫地把获奖作品撕下一半，擦了屁股；接着拉上裤子，吊好吊带，扣上扣子。他拉开摇摇晃晃的茅房门，跨出阴暗，到了开阔处。

他感到肢体已经轻松凉快，仗着明亮的日光仔细审视自己的黑裤子：裤脚、膝头、膝后片。葬礼是几点钟？最好查一查报纸。

半空中有一声吱嘎，一声深沉的嗡嗡。乔治教堂的钟。黑黝黝的铁钟，响亮地报告时辰了。

嘿啃！嘿啃！
嘿啃！嘿啃！
嘿啃！嘿啃！

差一刻。又来了：空中回荡着后随的泛音。三度和音。

可怜，狄格南！

五

沿着排列在约翰·罗杰森爵士码头边上的起重机，布卢姆先生在清醒地步行，走过了风车巷、利斯克亚麻籽榨油厂、邮电局。这个地址也可以用。又走过了海员之家。他转身离开码头边早晨特有的喧嚣，走进了莱檬街。在布雷迪村口，一个拾破烂的男孩子手挽废物桶，懒洋洋地抽着一截烟屁股。一个年龄更小、前额有湿疹瘢的女孩，手里拿着一个变了形的桶箍，无精打采地望着他。告诉他，抽烟长不大。唉，随他去吧！他反正没有如花似锦的前程。守在酒馆外面，等着把爹弄回家。回家吧，爹，妈等着呢。这是清闲的钟点，那儿不会有多少人。他横过汤森德路，又在严峻的贝塞厄尔面前走过。厄尔，不错，他的家：Aleph，Beth①. 又走过尼科尔斯殡仪馆。是十一点。还有时间。肯定是康尼·凯莱赫把这笔生意给奥尼尔弄去的。闭着眼睛哼着他的小调。康尼。有回在公园哪，黑夜里遇见她呀。真是那个妙呀。警察局暗探哪。她把名字住址全说了呀，哼着我的土啦仑、土啦仑、呔。嘿，没有问题是他弄去的。给他办一个便宜的葬礼，找一个叫什么的地方。哼着我的土啦仑、土啦仑、土啦仑、土啦仑。

在韦斯特兰横街，他在贝尔法斯特东方茶叶公司的橱窗前站住了，看了一看锡纸包装上的文字：精选混合茶，最佳质量，家庭用茶。有一点热。茶。得从汤姆·克南那里要一些。不过，在葬礼上不能跟他提这事。他一面继续神情淡漠地看着橱窗，一面脱下帽子，静静地闻着自己的头发油味，悠悠然地抬起手来抚摸一下前额和头发。今天上午很热。透过半垂的眼帘，他的目光落在那顶高级礼巾内的帽檐皮圈的小

---

① 贝塞厄尔（Bethel）是一所楼的名字，原系《圣经》中地名，意为“上帝之家”。在希伯来语中，El（厄尔）是“上帝”，而Beth（贝塞）是“房子”，也是希伯来语的第二个字母，在字母表中排在第一个字母Aleph之后。

小帽花上。在那里呢。他的右手从头上下来，伸入帽盆，指头很快就在皮圈后面摸到一张卡片，把它转移到了坎肩口袋里。

真热。他的右手又一次伸到头上，更悠悠然地摸一摸额角和头发。然后他戴上帽子，放宽了心，又去看商标：精选混合茶，采用最佳锡兰品种。远东。一定是个可爱的地方：人间的乐园，懒洋洋的大叶子，可以躺在上面漂游，仙人掌、花香蜜酒、还有他们叫做蛇形藤的。不知道是不是真那样。那些僧伽罗人，成天在太阳地里晃晃悠悠的，dolce far niente，[①]连手都不用抬。一年睡六个月。天气太热，架都懒得吵。气候的影响。嗜眠症。懒散之花。主要靠空气养活。氮。植物园的暖房。敏感花卉。睡莲。花瓣太疲乏。空气中有睡觉病。走着玫瑰花瓣铺的路。设想在那地方吃肚子、牛蹄冻。我在什么地方的图片里看到的那人，在哪儿来着？对了，是在死海里头，仰卧着，还撑着一把遮阳伞看书哩。想沉也沉不下去：盐分太浓。因为水的重量，不对，水内物体的重量，等于什么的重量来着？要不，是容量等于重量还是怎么的？是一条定律，说的是诸如此类的话。高中，万斯教课，把指节捏得嘎吱嘎吱的响。大学课程。捏指节课程。说重量，重量究竟是什么东西呢？每秒每秒三十二英尺。物体下落定律：每秒每秒。一切东西都向地面下落。地球。重量就是地球的吸引力。

他转身向马路对面缓步走去。她拿着香肠是怎么走的？有一点像这样。他一边走，一边从侧面口袋里取出折叠着的《自由人报》，打开，卷成小棍儿似的一长条，走一步在裤腿上敲一下。闲散的模样：不过是路过，顺便进来看一看。每秒每秒。意思是说每一秒钟中的每秒数。他从街沿冲邮局门里扫了一眼。晚点邮箱。在此投邮。没有人。进。

他隔着铜栅把卡片递了进去。

——有我的信吗？他问。

邮局女职员在一个格子里找信件，他盯着一张绘有各兵种列队前进的征兵招贴画看着，同时，把他的那根小棍的一端顶在鼻子底下，闻着新印棉浆纸的油墨味。大概还没有回信。上次说过头了。

---

① 意大利语：甜美的无所事事。

女职员从铜栅里递回卡片来了,还有一封信。他谢了她,迅速地看了一眼打字的信封。

本市
韦斯特兰横街邮局交
亨利·弗腊尔先生

还是回了。他把卡片和信都放进侧面口袋,又去看列队前进的士兵。老忒迪的团队在哪里?被抛弃的兵。在那儿呢:熊皮帽、翎毛。不对,这是掷弹兵。袖口是尖的。那儿才是呢:皇家都柏林火枪团。红上衣。太鲜艳了。怪不得女人们都跟着他们转。军服。招兵、训练都容易些。茉德·戈恩的呼吁信,要求晚上不许他们上奥康内尔大街:对咱们的爱尔兰首都是一种耻辱。现在格里菲斯的报纸也是这个意思:整个军队都被花柳病拖垮了:海外帝国也好,瓶内帝国也好。半生不熟的样子,这些人:好像着了催眠似的。向前看!原地踏步!左、右、贝德、爱德。国王自己的部队。从没有见过他穿救火队员或是警察制服。共济会是没有问题的。①

他缓步走出邮局,转向右边。谈:能解决问题吗?他把手伸进口袋,用食指摸着信封的封盖,把它一截儿一截儿地拆开了。女人会听吗,我想没有什么用。他用手指把信抽出,然后把信封在口袋内揉成一团。里面有别针别着什么东西:也许是照片。头发?不是。

麦考伊。快点摆脱。耽误我的事。这时候不愿有人。

——你好,布卢姆。去哪儿?

——你好,麦考伊。哪儿也不去。

——身体怎么样?

——很好。你怎么样?

——活着呗,麦考伊说。

他的眼睛望着黑领带、黑衣服,放低声音恭敬地问:

——是不是有什么……我希望不是出了什么事儿吧?你穿着……

——噢,不是的,布卢姆先生说。可怜的狄格南,你知道。葬礼在

---

① 当时的英王爱德华七世在一九〇一年继位以前曾参加英国共济会并担任领导职务。

今天。

——可不是吗,可怜的人。就是今天。什么时候?

不是照片。也许是一枚纪念章。

——十一点,布卢姆先生回答说。

——我一定设法赶去参加,麦考伊说。十一点,是吧?我昨天晚上才听说。是谁告诉我的?霍洛汉。你认识蹦跶汉吧?

——认识。

布卢姆先生的眼睛盯着马路对面,格罗夫纳大饭店门前停着一辆外座马车。搬运夫正在把旅行包举到行李架上去。女的静站在那儿等着,男的,丈夫,兄弟,有些像她,摸着口袋找零钱。翻领大衣,式样挺时髦,今天这样的天气穿着热一些,看样子是绒的。她双手插在大衣的贴口袋里,不在意的样子。和那次马球比赛遇到的高傲角色差不多。女人总是俨然不可侵犯的,可是你一搔到她的痒处,情形就不同了。漂亮不漂亮,看行动怎么样。不动声色,实际快顺从了。正派的夫人,勃鲁托斯是一个正派的人①。占有她一次,她就不这么挺呱呱的了。

——我和鲍勃·窦冉在一起,他的周期性的纵乐又到了,还有那个叫什么名字的,班塔姆·莱昂斯。我们就在那边不远的地方,康韦公司。

窦冉、莱昂斯在康韦公司。她伸出一只戴手套的手去摸头发。进来了蹦跶汉。润润喉咙。他把头稍稍向后仰着,通过低垂的眼帘看到那颜色鲜明的小鹿皮手套在阳光中闪闪发亮,上面有编织的圆片。今天看得清楚。也许是空气中有水分就看得远。说着什么呢。纤细的手。她从哪一边上车?

——他说:真叫人伤心呀,咱们的可怜的朋友派迪。哪个派迪?我问。可怜的小个子,派迪·狄格南呀,他说。

下乡:大概是上布罗德斯通火车站。棕色的高统皮靴,飘着靴带。挺匀称的脚。他在折腾那点零钱干什么哟?看见我在看她了。什么时

① 勃鲁托斯是莎士比亚剧本《裘力斯·凯撒》中杀死凯撒的贵族领袖,安东尼在凯撒遇害后的演说中先说勃鲁托斯“正派”,转而抨击他杀凯撒的动机。

候都在留心着别的男的。留一个后步。一张弓要两根弦。

——**怎么回事？**我说。**他出了什么事儿？**我说。

傲气:富有:长统丝袜。

——是呀,布卢姆先生说。

他向麦考伊的喋喋不休的脑袋侧面挪过去一点。马上要上车了。

——**他出了什么事儿？**他说。**他死了**,他说。而且,真的,他的眼泪也来了。**派迪·狄格南吗？**我说。我听到他的话都不能相信。我上星期五,要不是星期四还和他在一起呢,在拱廊。**对**,他说。**他过去了。星期一死的,可惜呀。**

看！看！丝光,阔绰的袜子,雪白的。看！

一辆沉重的电车当当地响着铃子过来了,正好挡住。

完了。咒死你这个闹哄哄的扁鼻头。有一种被关在门外的感觉。天堂在望,无法入内。事情总是这样的。不迟不早。尤斯塔斯街那个门厅里的姑娘吧,是星期一吗,正在整理她的吊袜带,她的同伴偏偏就把她遮起来了。互相关心嘿。好吧,你还张大着嘴巴看什么呢？

——是呀,是呀,布卢姆先生叹了一口闷气说。又少了一个。

——百里挑一的,麦考伊说。

电车过去了。马车向环线桥驶去,她那戴着华丽手套的手扶着钢栏杆。一闪一闪的,她帽子上的飘带在阳光中发亮,一闪一闪的。

——太太想来挺好吧？麦考伊换了口气说。

——挺好,布卢姆说。好得很,谢谢你。

他信手把那卷报纸打开,漫不经心地看起来:

家里缺了李树牌罐头肉
还像个家么？
不像家。
有它才是安乐窝。

——我太太刚接到一个聘约。还没有完全讲定。

又是旅行包的一手。可以奉告,这一手无效。我不奉陪,对不起。

布卢姆先生以不慌不忙的友好态度转动着大眼睛。

——我妻子也是,他说。她二十五号在贝尔法斯特演唱,厄尔斯特会堂的一次盛大演出。

——是吗?麦考伊说。好事儿,老兄。是谁操办的?

玛莉恩·布卢姆太太。还没起呢。王后在卧室里,吃她的蜜饯。没有书。她的大腿边摆着发黑的人头牌,七张一排。黑女,红男。信。猫,毛茸茸的一团黑球。从信封上撕下来的碎纸条。

爱情的。

古老的。

颂。

歌。

传来了爱—爱情的古老的……

——这是一种巡回性质的,你明白吗,布卢姆先生周到地说。颂嗡嗡歌。他们组织了一个委员会。投资分股,收益分成。

麦考伊扯着嘴边的胡子茬儿点点头。

——是呀,是呀,他说。是个好消息。

他转身要走。

——是呀,看到你身体好很高兴。他说。断不了见面。

——对,布卢姆先生说。

——我说呀,麦考伊说。你在葬礼上把我的名字写上,行吗?我是想去的,可是你瞧,我可能去不了。沙湾有个溺死的也许会起来,只要找到尸体,验尸官和我都得到场。我不在的话,你就把我的名字添上,行吗?

——我给你办,布卢姆先生说着,挪动身子准备走了。没有问题的。

——好,麦考伊高兴地说。谢谢你,老兄。我只要有可能一定去。好吧,凑合着。写上 C. P. 麦考伊就行。

——一定办到,布卢姆先生坚定地说。

那一招没有把我蒙住。出其不意。手到擒来。我那种就好。是我特别欣赏的旅行包式样。皮料。包角,铆边,双动拉杆锁。鲍勃·考利去年把包借给他参加威克洛划船比赛音乐会,那包从此就音信全无了。

布卢姆先生缓步朝不伦瑞克大街的方向走去,脸上带着微笑。我太太刚接到一个。细嗓子、雀斑脸的女高音。能削干酪的鼻子。也挺不错的:唱个小民歌什么的。缺乏性格。你和我呀,你知道吗,乘的是一条船。套近乎。叫你浑身不舒服。难道他就听不出差异来吗?恐怕多少是他愿意那样。我可是总感到不对劲。我想着,贝尔法斯特该让他明白过来了。希望那边的天花不至于严重了。估计她是不愿意再种牛痘的。你的妻子和我的妻子。

不知道他会不会是想拉我的皮条?

布卢姆站在街角,眼光掠过五颜六色的广告牌。坎特雷尔与科克伦公司的姜汁牌酒(芳香型)。克列利公司夏季大减价。不,他一直走了。唷,今晚是《李娅》。班德曼·帕尔默夫人①。我愿意再看她演这一出。昨晚她演哈姆雷特。扮演男角。也许他本来就是女的。所以奥菲丽亚才自杀的。可怜的爸爸!他常提到凯特·贝特曼演这出戏的情形。在伦敦阿黛尔菲戏院外面等候进场就等了整整一下午。那是我出生的前一年:一八六五年。还在维也纳看黑丝朵丽。是叫作什么的来着,原来的名称?是莫森索尔编的剧②。《瑞钗尔》,对吗?不对。他常提那一场,瞎眼老人亚伯拉罕认出了声音,伸手摸他的脸。

内森的声音!他儿子的声音!我听到的声音是内森的,他抛弃了他父亲,使他父亲悲痛难熬,死在我的怀中,他抛弃了父亲的家,抛弃了父亲的上帝。

每一个字都是那么深切,利奥波尔德。

可怜的爸爸!可怜的人!我幸好没有到房间里面去看他的面容。那一天啦!唉呀!唉呀!嘿!说起来,也许对他倒是最好的。

布卢姆先生转过街角,在马车停车场那些低垂着脑袋的马旁边走过。再想也没有用了。到了挂饲料袋的时候了。遇见麦考伊那家伙白

---

① 帕尔默夫人为美国著名女演员,当时在都柏林演出。按当时习惯,女演员有时演男角,因此有下文演哈姆雷特事。

② 莫森索尔(1821—1877)原著的德文剧本名《黛波拉》,被译为英文后方改名《李娅》。下文提及的内森是剧中叛亲叛教(犹太教)迫害本族(犹太)人民的坏蛋。

耽误时间。

他走近一些，听见了金黄色的燕麦被咬碎的声音，马的牙齿在悠然地咀嚼。它们的带斑点的大眼睛望着他走过，周围是混合着燕麦香的马尿味。它们的理想乐土。可怜，这些任人摆布的角色。长鼻头塞进了饲料袋，就什么也不管不顾了。嘴里太满，说不了话了。不过总算是有吃有住。还阉割了呢：两爿屁股之间晃着一截黑胶似的软疲疲的东西。尽管如此，也许倒还是幸福的。看样子是一些好牲口，可怜。不过嘶鸣起来有时怪讨厌的。

他把信从口袋里抽出，卷进手中拿着的报纸里面。这儿说不定会正好遇上她的。小巷子安全些。

他走过了车夫棚。行踪无定的车夫生活倒也特别。不论是什么气候，什么地方，预定的还是搭乘的，都由不得他们自己。Voglio e non.①我喜欢偶或给他们一支香烟。应酬应酬。在他们驾车经过的时候喊一两声。他哼着：

La ci darem la mano

La la lala la la.②

他拐进坎伯兰路，走了几步之后在车站墙边背风处站住了。没有人。梅德木料场。成堆的檩条。一些断垣残壁，一些公寓楼。他小心翼翼地迈着步子，跨过了一个跳房子图，图上还摆着一块被遗忘的跳石。不踩线犯规。木料场附近蹲着一个孩子，在独自一人玩弹子，握着女人拳练射球。一只精明的花猫，一座会眨眼的狮身人面像，伏在自家的温暖的窗台上，观察着。不惊动他们才好呢。穆罕默德为了不惊醒猫，割掉了一块袍子。打开吧。我上那位老太太办的幼儿学校时，我也玩过弹子。她喜欢木犀草。埃利斯太太的学校。先生呢？他翻开了报纸里的信。

一朵花。我想是。一朵压扁了花瓣的黄花。这么说是没有生气啰？她说什么？

---

① 意大利文："要不要"，系谬误歌词，参见 88 页注①。

② 意大利语歌词，为莫莉预定演唱的歌剧片段，见 87 页注①。

亲爱的亨利：

我收到了你上一封信，多谢你。你不喜欢我上一封信，我很抱歉。你为什么还装一些邮票在内？我非常生你的气。我真希望罚一罚你。我把你叫做淘气孩子，是因为我不喜欢另外那个司。请你告诉我，那个词究竟是什么意思？你这个可怜的小淘气，你在家里是不快乐吗？我真希望能帮助你。请你告诉我，你觉得可怜的我怎么样？我常常想到你的可爱的姓名①。亲爱的亨利，咱们什么时候才能见面呢？你不知道我多想你。我还从来没有对一个男人产生过对你的这种感情。我觉得很别扭的。请你写给我一封长信，多说一些。记着，你不写我会罚你的。好了，你现在知道了，你这个小淘气，你不写我会怎么你的了。啊，我是多么渴望见到你呀。亨利亲爱的，不要拒绝我的请求，别让我等极了。那时我会把一切告诉你。再见，淘气的宝贝。我今天脑袋疼得很，请立即回信给你的渴望着的

玛莎

又，请告诉我你妻子用什么香水。我想知道。

他严肃地把花从别针上拉下，闻了闻它那几乎没有的香味，放进胸口口袋里。花的语言。她们喜欢它，是因为别人听不见。要不，用一束毒花把他打倒。然后，他缓缓地走着又看了一遍信，时不时还喃喃自语一两声。生你的气郁金香宝贝男花你不我罚你的仙人掌请你可怜的毋忘我多么渴望紫罗兰亲爱人玫瑰花咱们很快就银莲花见面一切淘气的夜茎妻子玛莎香水。看完之后，他才从报纸中取出，放回侧面口袋里。

微弱的喜悦心情使他咧开了嘴。和第一封信不同了。不知道是不是她自己写的。表现了一种愤慨态度：我这样的好人家闺秀，人品端庄的。可以找一个星期天，念珠礼拜之后见面。谢谢：不了。通常的爱情纠纷。然后逐街寻找。跟和莫莉吵架一样难受。雪茄可以起镇定作用。麻醉性的。下次再进一步。淘气孩子：罚你：怕人说，当然。残酷，为什么不？至少试一试。一次来一点儿。

他的手仍在口袋里，用手指摸着信，拔下了别针。大头针吧？他把

① 布卢姆化名“亨利·弗腊尔”（Henry Flower），“弗腊尔”即“花”，与“布卢姆”（Bloom）同义。

它扔在路上了。从她衣服上的什么地方取下来的:都是用别针别的。真怪,她们老有那么多别针。玫瑰花,没有不带刺儿的。

两个带都柏林平舌腔调的嗓音在他脑子里嗡嗡作响。在空街的那天晚上,那两个邋遢女人在雨中互相挽着胳臂。

啊呀呀,玛伊利她裤衩上丢了别针呀。
她没有个法子呀,
别住它,
别住它。

它? 裤衩。脑袋疼得很。大概是她的玫瑰日子。要不就是整天坐着打字打的。眼睛老盯着,对胃神经不好。你妻子用什么香水。这是怎么回事,谁弄得明白?

别住它。

玛莎,玛利。① 我在什么地方现在记不清了看过那幅画,著名古画或是骗钱的赝品。他坐在她们家里,说着话。神秘的。空街那两个邋遢女人也会听的。

别住它。

一种舒心的夜晚感。不再流浪了。完全放松了:安静的傍晚:一切放手。忘却。谈谈你到过的地方吧,奇风异俗。另一位呢,头上顶着坛子在准备晚餐:水果、橄榄、刚从井里打来的可口的凉水,就像阿什顿的墙洞里那么彻骨的凉。下次再去看小马赛,一定得带一个纸杯子。她静静地听着,睁着温柔的黑色的大眼睛。说给她听:说了又说:一切。然后,一声叹息:沉默了。长久、长久、长久的休息。

他走到铁路拱桥底下时取出信封,迅速撕成碎条,撒在路上。那些碎条飘飘摇摇地散开了,然后在湿润的空气中沉了下去:一阵白片飞扬,归于一派沉沦。

亨利·弗腊尔。一张一百镑的支票,你也能用同样的方式撕毁。简简单单的一张纸片。艾弗勋爵有一回在爱尔兰银行兑了一张七位数

---

① 按《圣经·新约》,耶稣途经两姐妹玛莎与玛利家,玛莎忙着干活,玛利却坐在耶稣脚边听他讲话,此事曾被著名画家用作题材。

字的支票,一百万。让你看看黑啤酒里能生出多少钱财。[1] 可是另一个兄弟阿迪朗勋爵每天不能不换四次衬衣,他们说。皮肤上长虱子,还是别的什么虫子。一百万镑,等一下。黑啤酒两便士一品脱,四便士一夸脱,八便士一加仑,不对,一先令四便士一加仑黑啤酒。一先令四除二十:十五左右。对,正好。一千五百万桶啤酒。

我说什么桶来着?加仑。可也有一百万桶左右了。

一列进站火车开来,在他头上轰隆轰隆,一节车皮一节车皮地压过。他脑袋里尽是大啤酒桶在互相碰撞:桶里面是黑糊糊的啤酒在翻滚搅动。突然桶塞开了,黑糊糊的液体流出来了,汇成洪流,浩浩荡荡地覆盖了整个平原上所有的泥洼,一大片懒洋洋地打着转的酒液,上面浮着阔叶的泡沫花。

这时他走到了万圣教堂的敞着的后门。他走进门廊,脱下帽子,从口袋里取出卡片,又塞进帽檐皮圈后面。糟。刚才可以打打麦考伊的主意,也许他能弄一张去马林加的乘车证的哩。

门上仍是那张通告。十分可敬的耶稣会神父约翰·康眉布道,宣讲彼得·克拉弗圣徒与非洲传道事业。格莱斯顿[2]几乎已经完全失去知觉的时候,他们还为他改信天主教作祈祷呢。新教也是如此。要神学博士威廉·J. 沃尔什[3]改信真正的宗教。要拯救中国的千百万人。不知道他们对不信天主的那些中国佬是怎么个讲法。不如给一两鸦片。天朝臣民。在他们听来是胡说八道。他们的神菩萨侧卧在博物馆里。手托着脸颊,自在着呢。香烟缭绕的。不像 Ecce Homo.[4]荆冠,十字架。圣派特里克三叶草[5],好主意。筷子吗?康眉:马丁·坎宁安认识他:挺有气派的。遗憾,莫莉要参加唱诗班的事没有找他,找了那个看来糊涂实际精明的法利神父。他们学的就是那一套。他不会出去戴着蓝眼镜淌着

---

① 艾弗与阿迪朗均属吉尼斯家族,该家族拥有吉尼斯啤酒厂。

② 格莱斯顿(1809—1898)曾四度担任英国首相。

③ 沃尔什是天主教的都柏林大主教。

④ 拉丁文:“瞧,这人。”这是耶稣被捕后,罗马总督彼拉多指着头戴荆冠的耶稣说的话。

⑤ 圣派特里克为五世纪在爱尔兰建立教会的著名教士,曾用三叶草说明三位一体,后来三叶草即成为爱尔兰国花。

汗珠子给黑人施洗礼的,是不是?镜片子闪着光,倒是会吸引他们的。喜欢看他们坐成一圈,努着肥厚的嘴唇听得出神的样子。静物画。像舔牛奶似的舔进去了,我想。

神圣的石头发出冷森森的气味,召唤着他。他踏上已经磨损的台阶,推开弹簧门,轻手轻脚地进了后堂。

正在进行着什么活动:什么团体吧。很空,可惜。挨着个什么女郎坐着,倒是挺妙的地方。谁是我的邻人呢①?整小时地挤在一起听悠缓的音乐。午夜弥撒上那个女人。七重天。妇女们脖子上套着紫红色的领圈,低头跪在长椅座前。有一拨人跪在圣坛栏杆前。牧师在她们前头走过,口中念念有词,手中拿着那东西。他在每个人面前都停一下,取出一份圣餐,甩掉一两滴什么(是浸在水里的吗?)之后,熟练地放进她的嘴里。她的帽子和脑袋沉了下去。然后又下一个:一位小老太太。牧师弯腰放进她嘴里,自己口中仍不断念念有词。拉丁文。又下一个。闭上你的眼,张开你的嘴。是什么? Corpus.②身体。尸首。用拉丁文是个好办法。先把人们镇住。垂死收容所。她们仿佛并不嚼:吞下去了。真是特别:分吃一具尸体。怪不得吃人生番乐于接受。

他靠边站着,看她们的没有眼睛的假面具一张接一张地沿着通道过去,然后各找各的座位。他也走向一张长椅,在靠边处坐了下去,手里抱着帽子和报纸。这些直筒子,我们还不能不戴,按理说帽子应当是依照我们自己头脑的形状做的才合适。她们散坐在他的周围,仍然套着紫红色的领圈,低着头,在等它在肚子里化开呢。跟那种马佐饼③差不多吧:就是那种面包:不发酵的祭神用品。你看她们。我敢说它使她们感到幸福。棒棒糖。真是这样。对了,它叫做天使面包。这中间还是大有文章的,一种天主的王国就在你身体中的感觉。第一批领圣餐的人。手法高超,一个子儿一大块。产生一种家人团聚的感觉,全堂一

---

① 据《圣约·新约》,耶稣讲道时强调爱邻人应如爱自己,有人问他"谁是我的邻人",他就讲了一个撒马利亚人路遇遭盗劫受伤者即热心照顾的故事。

② 拉丁文:"身体。"在天主教圣餐仪式中,牧师每发一片圣饼都要说这就是耶稣的身体。

③ 马佐饼是犹太教在逾越节吃的粗面饼,不发酵。

致，人人同心。这是她们的感觉。我能肯定。不那么孤单了。咱们都是一家人。出来的时候就有一点狂。压力松开了。问题是你得真信。卢尔德神效，忘却水，诺克显灵，雕像流血①。坐在那边忏悔室附近的那个老头儿睡着了。怪不得有打鼾的声音。盲目的信仰。安睡在天国来到的怀抱中②。缓解一切痛苦。明年这时再醒来吧。

他看牧师把圣餐杯收藏起来，放在深处，对它跪了一跪，他那镶花边的袍缘底下露出了一只灰不溜丢的大靴底。万一他丢了里头的别针呢？那他可就不知道怎么办了。后脑壳一片秃。背上有字：I. N. R. I.？不对：I. H. S. 有一次我问莫莉，她说是：我有罪。不对，是：我受罪。另一个呢？铁钉钉进③。

找一个星期天，念珠礼拜之后见面。不要拒绝我的请求。蒙着面纱，拿着黑提包来了。在苍茫暮色中，背着光。她有可能就在这里。脖子上围着带子，背地里却照样干着另外那件事。他们的性格。那个出卖无敌会④的家伙，他每天早晨都，他叫锴里吧，都领圣餐。就是这个教堂。彼得·锴里。不对。我想到彼得·克拉弗了。丹尼斯·锴里。想一想吧。家里有妻子，有六个孩子。可是一直在策划着杀人。这些装模作样的人，说他们装模作样最合适，那神情总像是在躲闪着什么似的。他们也不是正道的买卖人。不，不，她不在这里头：花：不，不。咦，那信封我撕掉了没有？撕了，在桥下。

牧师正在涮圣爵，接着他一仰脖子把剩酒干了。葡萄酒。喝这个

---

① 卢尔德（在法国）、诺克（在爱尔兰）都是十九世纪中天主教信徒见到圣母显灵的地点，人们因此相信卢尔德的泉水有奇效。雕像流血指表现耶稣在十字架上受难的雕像流出血来的奇迹。

② 《安睡在耶稣的怀抱中》是一首宗教颂歌；"天国来到"是祈祷文的一部分。

③ I. N. R. I. 是钉在耶稣受难的十字架上的拉丁字简写，代表"犹太人的王，拿撒勒的耶稣"，I. H. S. 代表"人类救星耶稣"。莫莉把拉丁字母当作英文看，I. H. S. 就变作"I have sinned"（我有罪）或"I have suffered"（我受罪）。I. N. R. I. 变成"Iron nails ran in"（铁钉钉进）。

④ 无敌会是芬尼亚协会中一个派别，以行刺作为反对英国殖民统治的手段，于一八八二年五月在凤凰公园总督官邸附近刺死两个英国殖民政府主要官员，此事即有名的"凤凰公园杀人案"。詹姆斯·锴里是此案中被捕的无敌会成员，在法庭出卖同伙造成多人受害，后被无敌会杀死。

显得气派,要是喝他们常喝的就差劲了,吉尼斯黑啤酒啦,什么节制饮料惠特利牌都柏林啤酒花苦味酒啦、什么坎特雷尔与科克伦公司姜汁啤酒(芳香型)啦。一点儿也不让人们喝:是祭神酒:只能给那个。聊胜于无吧。一场虔诚的骗局,不过也很有道理:不然的话一个比一个厉害的老酒鬼们都来蹭酒喝了。不成样子了,整个儿气氛。很有道理。这是说,完全是有理的。

布卢姆先生回头望唱诗班。不会有什么音乐了。可惜。不知道这里是谁的风琴?老格林他懂得怎样叫风琴说话,发颤音:人们说他在加德纳街拿五十镑一年呢。莫莉那天的嗓子很好,罗西尼的《圣母伫立》。先是伯纳德·沃恩神父讲道。基督还是彼拉多①?基督,但是请你别一讲就是一整夜的,我们受不了。人们要的是音乐。蹭脚声全停了。小针落地都能听见。我对她说的,要把声音送到那个角落。我能感觉到它在空气中的震颤,丰满的,人们都仰望着:

Quis est homo!②

那古老的圣乐,有一些实在是精彩。墨卡但丁:最后七句话③。莫扎特的第十二弥撒:其中的 Gloria.④古时那些教皇是热衷于音乐的,还有艺术、雕刻、各种各样的图画。例如,还有帕莱斯特里纳。⑤ 在那个期间,他们是非常痛快的。也有益健康,诵读经文,按时作息,然后酿酒。本笃会酒。查尔特勒绿酒。不过,他们在唱诗班里用太监,那未免有些过分了。是什么样的一种嗓音呢?听过自己的浑厚的男低音之后,听它一定是一种奇特的感受。鉴赏家。估计他们此后就不会感到那个了。一种平静。没有烦恼。他们发胖吧,是不是?贪吃,高个子,长腿。谁知道?太监。也是一种解决办法。⑥

---

① 彼拉多是审判耶稣的罗马帝国总督。

② 拉丁文歌词:“有何人!”系《圣母伫立》中女高音唱词片段,全句表示任何人见到圣母站在十字架旁的痛苦都不能不流泪。

③ 意大利作曲家墨卡但丁(1795—1870)曾为耶稣钉上十字架后死前七句话谱曲。

④ 拉丁文:“光荣。”系赞美上帝的颂歌首词。

⑤ 帕莱斯特里纳(1525—1594),意大利作曲家,奉马塞勒斯教皇命令谱写复合旋律,从而打破了教会音乐一律单调的局面。

⑥ 过去天主教唱诗班中曾采用割势办法保持童音。

他看到牧师跪下去吻神坛，然后转过身来祝福全场的人。人们都在自己身上画了十字站起身来。布卢姆先生左右张望了一下，也站了起来，望着眼底下那一片帽顶。是站起来听福音了，当然。然后所有的人又跪下了，他也悄悄地又坐了下去。牧师把那东西擎在面前走下神坛，和他的助手互相用拉丁文一问一答。接着，牧师跪下念一张卡片：

——天主呵，您是我们的庇护所，是我们的力量……

布卢姆先生伸长了脖子去听他念的话。是英语。扔骨头给他们了。我还隐约记得。你有多少日子没有望弥撒了？光荣、无瑕的处女。她的配偶约瑟夫。彼得和保罗。[①] 能听懂说的是什么，兴趣就大些。了不起的组织工作，确实的，进行得像钟表一样。忏悔。人人要求。那时我把一切都告诉你。补赎。请惩罚我吧。他们手中有强大的武器。比医生和律师还厉害。女人急着要。我唏唏唏唏唏唏。你嚓嚓嚓嚓嚓吗？你为什么那样呢？她低下头去看戒指，想找个借口。回音回廊，墙壁有耳。丈夫知道会大吃一惊的。天主开了一个小小的玩笑。然后她出来了。悔恨只在皮肤上。娇艳的愧色。到神坛前作祷告。万福马利亚，神圣的马利亚。花束，香烟缭绕，蜡烛在熔化。遮掩了她脸上的红晕。救世军也模仿，却更招摇。悔过的妓女发言。我是怎么找到主的。罗马那帮人准是一些死不松手的角色：他们操纵着一切。钱不也都是他们敛去的吗？遗赠也是：暂请教区牧师全权处理。请为我的灵魂安息公开做开门弥撒。修士院、修女院。弗马纳的那场遗嘱官司，牧师就出庭作证。想难倒他可办不到。不论什么问题，他都对答如流。为了我们的神圣的母亲教会能享有自由和崇高地位。教会的博士们：他们已经把全套神学都编排周全了。

牧师在祈祷：

——神圣的大天使米迦勒，请您在冲突的时刻保护我们。请您保护我们不受魔鬼的阴谋诡计之害（我们恭求天主管住他！）；天使长呵，请您务必借助天主的神威，将撒旦抛入地狱，并将其余游荡世间戕贼灵魂的恶鬼也一起投入地狱吧。

---

① 处女（圣母）、约瑟夫、彼得和保罗都是上文牧师开始念的祈祷文的组成部分。

牧师和他的助手站起身来,走了。结束了。妇女们还不走:感谢恩赐。

挪挪地儿吧。嗡嗡修士。也许就要端着盘子转过来了。请付复活节会费。

他站起身。嘿。我坎肩上的这两个扣子一直开着的吗?女人们看着有趣。决不告诉你。可是我们呢。对不起,小姐,有一点点儿(嗬嗬!)一丁点儿(嗬嗬!)绒絮。要不然,她们的裙子背后开了钩。月亮依稀可见。你不说,她们生气。你为什么早不告诉我呢。可就是喜欢你不整齐。幸好刚才没有再往南走。他一面规规矩矩地扣好扣子,一面沿着座位之间的通道走出大门,到了亮处。他的眼睛一时看不见东西,在冷森森的黑色大理石水钵旁边站了一会儿,前后两个做礼拜的人正偷偷地把手伸进低潮的圣水中去。电车;一辆普雷斯科特洗染厂的车子;一位穿丧服的寡妇。我自己也穿着丧服,所以注意到。他戴上了帽子。几点了?过一刻。还有不少时间。不如把美容剂配了。是什么地方?对了,上次的地方。林肯里的斯威尼。药房很少有搬迁的。他们的绿色的、金色的标志瓶太笨重,挪动不易。汉密尔顿·朗氏公司,大水年就建立了。胡格诺墓地就在那儿不远处。哪天去看看。

他沿着韦斯特兰横街往南走。可是处方是在另外那条裤子口袋里。唷,大门钥匙也忘了。这场葬礼讨厌。哎,可怜的人,可不能怪他。上次配方是什么时候来着?等着。我兑散了一枚金镑,我记得。准是月初,一号或是二号。嗳,他可以在配方簿里找到的。

药剂师一页又一页地翻着。他似乎发出一种沙土中收干的气味。萎缩的头颅。老了。对点金术的追求。炼丹师们。药物先是使你精神兴奋,接着就起催老的作用。这以后就是嗜眠症了。为什么呢?反应。一夜之间就是一生。逐渐改变了你这个人。整天在药草、软膏、消毒剂中间生活。他有这么多的蜡石百合花瓶。研钵、杵。Aq. Dist. Fol. Laur. Te Virid. ①光这气味,就够把你治了,像牙医的门铃。抽鞭子的大夫。他应当给他自己治一治。糖浆或是乳剂。第一个采草给自己治病

---

① 瓶上拉丁文标签:蒸馏水(Aq. Dist)、月桂叶(Fol. Laur)、绿茶(Te Virid)。

的人，是要有一点胆量的。草药。得小心。这儿可有不少可以把你放倒的东西。试验：石蕊试纸从蓝变红。氯仿。鸦片酊剂过量。安眠药。春药。鸦片糖浆止痛剂对咳嗽不利。会堵住毛细孔，也会堵痰。惟有毒药能治。在最意想不到的地方偏能找到特效药。大自然是巧妙的。

——大约两星期以前吗？先生？

——对，布卢姆先生说。

他在柜台边等着，吸着刺鼻的药味，干燥带尘土味的海绵和丝瓜瓤气味。要把病痛说清楚，得费不少时间。

——甜杏仁油、安息香酊剂，布卢姆先生说，还有橙花水……

确实有效，使她的皮肤细白如蜡。

——还有白蜡，他说。

衬托出她眼睛的深色。被单盖到鼻子边，露出眼睛望着我，西班牙风韵的，带着她特有的体香，我在扣我袖口上的链子。那些偏方往往是最好的：草莓治牙：荨麻加雨水：燕麦片据说要泡乳酪。滋养皮肤的油膏。老女王的儿子中有一个，是奥尔巴尼公爵吧，只有一层皮肤。利奥波尔德，对。① 我们有三层。再加上瘊子、炎肿、丘疹，那就更麻烦了。可是你还要一种香料呢。你妻子用什么香水？Peau d'Espagne.②那橙花水真新鲜。这些肥皂很好闻。纯凝乳肥皂。还有时间到转角处洗个澡。哈马姆澡堂。土耳其浴。按摩。肚脐眼里攒满了泥垢。要是由一个好姑娘洗就更好。另外我也想。对，我。在洗澡盆里。奇怪的欲望，我。水对水。正事和取乐相结合。可惜没有时间按摩。那样的话整天都感到清新。葬礼是相当阴沉的。

——对了，先生，药剂师说。那回是两先令九。您带瓶子来了吗？

——没有带，布卢姆先生说。请你配上。我回头来取，我还要一块这种香皂。是什么价钱？

——四便士，先生。

布卢姆先生取一块送到鼻子前。甜香的柠檬蜡。

---

① 维多利亚女王幼子利奥波尔德（奥尔巴尼公爵）患血友病。

② 法文：西班牙皮肤。

——就要这一块，他说。总共三先令一便士。

——对，先生。药剂师说。您回头来取的时候一起付就行，先生。

——好，布卢姆先生说。

他缓步走出药房，腋下夹着报纸卷，左手拿着凉爽纸包着的香皂。

在他的腋窝边，出现了班塔姆·莱昂斯的手和说话声：

——哈啰，布卢姆。有什么最佳新闻？是今天的吗？给咱们看一眼。

老天爷，又把小胡子剃掉了。长而冷峭的上唇。为了显得年轻些。他的样子有一点儿傻。比我年轻。

班塔姆·莱昂斯用他那指甲发黑的黄色指头打开了报纸卷儿。也该洗了。去掉刺眼的污秽。早安，您用了佩尔氏香皂吗？肩膀上有头皮屑。头皮该擦擦油。

——我想看看今天参赛的那匹法国马，班塔姆·莱昂斯说。他小舅子的，在哪儿呢？

他沙沙地翻动着双折的报纸，下巴在高耸的衣领上边不断地蹭。须癣。领子太紧会掉毛发的。不如把报纸给他，摆脱了他。

——你拿着吧，布卢姆先生说。

——阿斯科特。金杯赛。[①] 等一下，班塔姆·莱昂斯嘟哝着说。等半忽儿。最高极限第二。

——我正要扔了，布卢姆先生说。

班塔姆·莱昂斯突然抬起眼睛，吃力地斜睨着他。

——你说什么？他尖声说。

——我说你可以拿着，布卢姆先生回答说。我本来就正想扔了。

班塔姆·莱昂斯继续斜睨着，犹豫了一忽儿，接着把摊开的报纸塞回布卢姆先生的怀中。

——我冒个险吧，他说。拿着，谢谢。

他急急忙忙地往康韦公司那边去了。兔子尾巴，快跑吧。

---

① “金杯赛”为当日下午三时在英国伦敦附近阿斯科特举行的马赛。报载消息中列举参赛马名，法国马“最高极限第二”为其中之一。另一马名“扔扔”。

布卢姆先生把报纸又叠成整齐的方形,微笑着把香皂放在里面,那家伙的嘴唇,蠢相。赌博。近来公然成风。勤杂工也偷了钱去押个六便士。肥嫩大火鸡抽彩。三便士一顿圣诞晚餐。杰克·弗莱明盗用公款赌博,然后潜逃美洲。现在开旅馆了。他们都一去不复返。埃及的肉锅。

他心情愉快地走向洗澡堂的寺院式建筑。使你想到清真寺院,红砖墙,伊斯兰尖塔。哦,今天是学院运动会。他瞅着学院院门上的马蹄形招贴:一个骑自行车的运动员,像下了锅的鳕鱼似的躬着身子。太次,这广告。要是做成圆的,像个车轮呢?然后,一条条的轮辐:运动会、运动会、运动会:大大的中心圆盘:学院。那样才显眼。

喏,霍恩布洛尔在门房口站着呢。得保持着关系:说不定会点个头进去转一圈的。您好吗,霍恩布洛尔先生?您好吗?先生。

真是理想的天气。一辈子都是这样多好。打板球的天气。在遮阳伞下坐坐。交换再交换。出局。这儿的人打不好球。六次击球鸭蛋。可是,布勒上尉在基尔代尔街俱乐部一记斜打的狠球,把一扇窗子都打破了。到唐尼布鲁克赶集还在行些。麦卡锡一上场呀,咱们就砸破那么多脑袋呀①。热浪。长不了。不断地流逝呀,生命的长河,在我们经历的生命长河中,它比什啊啊么都宝贵。②

现在可以痛痛快快地洗个澡:一大盆清水、清凉的搪瓷、温和适度的水流。这是我的身体。

我预见自己的苍白的胴体在水中伸开躺下,赤条条的卧在一个暖烘烘的子宫内,涂上一层喷香的肥皂,轻轻地搓洗着。他看到自己的躯干和四肢被水托着,拍着细浪轻轻浮起,柠檬黄的;肚脐眼,肉的蓓蕾;看到自己那一簇蓬松凌乱的深色鬈毛浮了起来,漂在那蔫软的众生之父周围,一朵懒洋洋漂浮着的花。

---

① 歌词,出自一首描绘狂饮胡闹场面的歌曲。

② 歌词,出自十九世纪爱尔兰歌剧。

六

马丁·坎宁安第一个把戴着丝质大礼帽的脑袋伸进吱咯作声的马车,敏捷地登上去坐好。跟着上去的是帕尔先生,他小心翼翼地弯着高大的身躯。

——上来吧,赛门。

——您先上,布卢姆先生说。

代达勒斯先生忙戴好帽子,一面上车一面说着:

——上来了,上来了。

——都齐了吗?马丁·坎宁安问。来吧,布卢姆。

布卢姆先生登上车,坐在剩下的座位上。他随手把车门带上,又重新打开,使劲撞了两次,把门撞紧了才放手。他伸出一只胳膊,套进车侧的拉手吊带,神情庄重地从敞开的车窗里望着马路边那些挂着帘子的窗户。有一个窗帘拉开了一点儿:一位老太太在窥视。鼻子在窗玻璃上挤成一片扁白。在感谢上苍这次没有把她带走。特别得很,她们对死尸这么有兴趣。喜欢送我们走,来的时候太麻烦她们了。这个活儿似乎挺适合她们。躲在屋角里,偷偷摸摸的。穿着软底便鞋,轻声轻气、蹑手蹑脚的,怕惊醒他呢。然后,准备入殓。给他打扮。莫莉和弗莱明太太铺床。再往你那边拉过去一点儿。我们的裹尸布。谁知道死后谁来摸你?洗身子,洗头发。她们大概还给剪指甲,剪头发。用信封装一点儿留下。以后还照样长呢。不洁的活儿。

都在等着。谁也不说话。多半是在装花圈。我怎么坐着一块硬东西?对了,香皂:裤子后边口袋里。最好给它挪挪地方。等一等,得找一个合适的时机。

都在等着。过了一忽儿,前面传来了车轮转动的声音;接着是更近的车轮声;然后是马蹄声。车身震动了一下。他们的马车开始走了,吱吱咯咯，摇摇晃晃的。后面也响起了马蹄声和车轮吱咯声。马路旁一樘樘挂着帘子的窗户过去了，九号的半掩着的门，门环上披着黑纱，也过去了。步行速度。

他们仍然默默地抖动着膝盖，直到拐了一个弯，马车沿着电车轨道走了，才说起话来。蹦屯威尔路。快一些了。在隆起的大卵石路面上，车轮不断地格登格登，车门框子里的玻璃震得发疯似的一片山响。

——他带咱们走哪条路？帕尔先生向两边车窗外张望着问。

——爱尔兰镇，马丁·坎宁安说。陵森德。不伦瑞克大街①。

代达勒斯先生望着窗外点点头。

——还是这种老章程好，他说。我很高兴这个办法还有人用。

车中的人一时间都看着车窗外的行人纷纷举帽。致敬呢。马车经过沃特里巷后离开了电车道，路面比较平坦了。布卢姆先生眺望着，看见一个体态轻盈的年轻男子，身穿黑色孝服，头带宽檐帽子。

——代达勒斯，刚过去一个您的人，他说。

——谁？

——令郎，您的继承人。

——在哪儿呢？代达勒斯探过身来说。

马车这时正路过一些公寓房子，房前的路面刨起了大沟，旁边是大堆大堆的土，马车在拐角处猛地倾侧了一下，又转回到电车道上行驶，车轮子又咕隆咕隆地热闹起来。代达勒斯先生缩回身子说：

——那个马利根坏小子跟他在一起吗？他的影子！

——没有，布卢姆先生说。就他自己。

——可能是去看他的赛丽舅妈去了，代达勒斯先生说，古尔丁那一帮。开账单的酒鬼。还有他那宝贝疙瘩闺女克丽西，生来就会认爹的小神童。

布卢姆先生淡淡一笑，望着陵森德路。华莱斯兄弟瓶厂；道铎桥。

里奇·古尔丁和他的律师提包。他所谓的古尔丁—考立斯—沃德

---

① 这条大街一直通到市中心。下文代达勒斯所说的“老章程”，就是指送葬时选择通过繁华地区的路线，以便让更多的人看到出殡。

律师事务所[1]。他开的玩笑现在有些泄气了。从前他可真是逗乐。有一个星期天的上午，他头上顶着房东太太的两顶帽子，跟伊格内修斯·盖莱赫两人在斯塔墨大街上大跳其华尔兹舞。整夜在外面胡闹。现在他可自食其果了，他的腰背疼恐怕够他受的。老婆给他烙腰背[2]。他还以为吃点儿药片就能治好。全是面包渣儿做的。大约百分之六百的利润。

——他结交的那一伙人都不是玩意儿，代达勒斯先生恶狠狠地说。那个马利根，是个坏透了的双料坏蛋，一肚子的坏水。他的名字已经臭遍了都柏林全市。总有那么一天，凭着天主和圣母的帮助，我要下决心写一封信给他那老娘还是姑妈还是什么的，不叫她傻了眼才怪呢！我要她的屁股痒[3]，你等着瞧吧！

他提高了嗓门，盖过车轮的嘈杂声叫嚷着：

——我决不能让她那个杂种侄儿毁了我的儿子。他爸爸是个站柜台的，在我表哥彼得·保罗·麦克斯威尼的铺子里卖纱带。由了他才怪呢！

他住了嘴。布卢姆先生环顾车内，眼光从他的怒气冲冲的八字胡转到帕尔先生的温和的脸上，又落到马丁·坎宁安的眼睛和胡子上，看到他正在神情庄重地摇着头。任性的人，喜欢大吵大闹。一心为儿子。他也有理。传宗接代的事。小茹迪要是没有死的话。看着他长大。家里有他说话的声音。穿一套伊顿服，在莫莉身边走着。我的儿子。他眼睛里的我。会有一种异样的感觉。从我身上分出去的。也是一种机缘。准是雷蒙德高台街那天上午的事，她在窗口，看到勿作恶墙边[4]有两条狗在那个。还有一个军曹抬着头傻笑。她那天穿的是那件奶油色长袍，撕了个口子她始终没有缝上的那一件。给咱们来一下，波尔迪。

---

① 古尔丁仅是考立斯—沃德律师事务所的一个会计（所以上面代达勒斯说他是“开账单的”）。

② 爱尔兰土法以烙铁之类热铁器治腰背疼。

③ 此典出于莎士比亚《亨利四世（下）》第二幕，福斯塔夫在一个婆娘带人逮捕他时威胁她说：“滚开，贱婆娘……我要你的屁股痒！”

④ “勿作恶”是雷蒙德高台街附近当时布卢姆家对面墙上写的劝人为善的话。

天主哪,我受不了了,我要。生命就是这样开始的。

肚子大了。只好不接受格雷斯东斯音乐会的邀请。我的儿子在她肚子里。他要是活着,我可以帮他求上进。那是一定的。帮他立业。还可以学德语。

——咱们晚了吗?帕尔先生问。

——晚了十分钟,马丁·坎宁安看着表说。

莫莉。米莉。一模一样,就是小一号。喜欢说小子们说的野话。朱庇特大老朱哪!上有天神下有小鱼儿哪!可是,究竟还是个好闺女。快成大人了。马林加。最亲爱的阿爸。青年学生。可不是吗,也是大姑娘了。生命,生命。

马车倾斜了一下,又歪了回来,四个人的身子都跟着左右摇晃。

——康尼怎么不给咱们套一辆宽敞些的?帕尔先生说。

——本来倒是可能的,代达勒斯先生说,只可惜他得了斜眼病。明白我的意思吗?

他闭上了左眼。马丁·坎宁安开始掸掉大腿底下的面包渣儿。

——天主在上,这是什么玩意儿?他说。是面包渣儿吗?

——看样子,不久以前有人在这儿野餐了,帕尔先生说。

四个人都抬起大腿,不高兴地察看座位上发了霉的无扣皮座套。代达勒斯先生扭着鼻子,皱着眉头,瞅着底下说:

——除非是我完全弄错了……马丁,你看怎么样?

——我看也是,马丁·坎宁安说。

布卢姆先生放下了大腿。我洗了澡还不错。脚上干净,舒服。可惜这双袜子弗莱明太太补得不太好。

代达勒斯先生听天由命地叹了一口气。

——归根到底,他说,这是世界上最自然的一件事情。

——汤姆·克南露面了吗?马丁·坎宁安轻捻着胡子尖儿问。

——来了,布卢姆先生回答他,他在后面,跟内德·兰伯特和哈因斯在一起。

——康尼·凯莱赫自己呢?帕尔先生问。

——已经到公墓去了,马丁·坎宁安说。

——我今天早上遇见麦考伊了，布卢姆先生说。他说他设法来。

马车突然站住了。

——出了什么事？

——挡住了。

——到哪儿了？

布卢姆先生把头探到窗外。

——大运河，他说。

煤气厂。据说还能治百日咳呢。幸好米莉从没有得过。那些孩子多可怜！咳得全身抽搐，蜷成一团，脸上青一块紫一块的。真糟糕。比较起来，她总算没有得过太厉害的病。光得了麻疹。亚麻籽儿煮水。猩红热，流行性感冒。为阴间招募人员。别错过了机会。那儿是狗家①。可怜的老阿索斯！好好照顾阿索斯，利奥波尔德，这是我的遗愿。您的嘱咐，一定照办。对坟墓里的人，我们是服从的。临终留下的潦草手迹。它很伤心，从此衰老下去了。沉静的畜生。老人养的狗常常如此。

他的帽子上溅了一滴雨，把头缩进车内，看见瞬息即过的一阵雨点洒在灰色的石板路上。稀稀落落的。怪。像是漏勺漏下来的。我就思量着要下。记起来了，我的皮靴都吱吱咯咯响了。

——变天了，他安详地说。

——可惜没有晴到底，马丁·坎宁安说。

——乡下需要雨，帕尔先生说。太阳又出来了。

代达勒斯先生眯着眼睛，透过眼镜望着那个若隐若现的太阳，对天空发出了一个无声的咒骂。

——就跟娃娃屁股一样没有准儿，他说。

——又走了。

马车的僵硬的轮子又转动起来，他们的身子轻轻地摇晃着。马丁·坎宁安捻胡子尖儿的动作快了一些。

——汤姆·克南昨儿晚上妙极了，他说。帕迪·伦纳德当面就学

---

① “狗家”指都柏林防止虐待动物协会所办的狗猫收容所，在大运河边。

着他玩儿。

——马丁,把他的话都引出来吧,帕尔先生热心地说。赛门,你等着,听听他怎么评论本·多拉德唱的《短发的少年》吧①。

——妙极了,马丁·坎宁安神气活现地说。马丁哪,这一支简单的民歌,在他嘴里一唱,实在是到家了,尽我一生阅历,从来没有听到过这么犀利的唱法。

——犀利的,帕尔先生哈哈笑着说。他谈音乐真是没有比。还有什么回顾性的编排。

——你们看了丹·道森的演说吗?马丁·坎宁安问。

——我没有看,代达勒斯先生说。登在哪儿?

——今天早晨的报纸上。

布卢姆先生从里面的口袋里取出了报纸。那本书我得给她换。

——不,不用,代达勒斯先生赶紧说。回头再说吧。

布卢姆先生的目光顺着报纸边往下溜,看讣闻栏里的一个个名字:卡伦、科尔曼、狄格南、福西特、劳里、瑙曼、佩克——哪一个佩克?是在克罗斯比—阿莱恩律师事务所工作的那一个吗?不对,厄勃赖特教堂司事。报纸磨破,油墨字迹很快就模糊了。小花的启示。伤逝。亲属不可名状的悲痛。久病不愈,终年八十八岁。周月追思弥撒:昆兰。愿仁慈的耶稣拯救他的灵魂。

亨利遁迹已经月
灵魂安息在天堂
全家痛哭失亲人
祈求相会在上苍

我把信封撕掉了吗?撕了。她的信在洗澡堂里看完之后放在哪儿了?他拍拍坎肩口袋。在这儿呢,没有问题。亨利遁迹。别叫我等急了。

国立中学。梅德木料场。马车停车场。现在只剩两辆了。脑袋一

---

① 《短发的少年》是一支有名的爱尔兰爱国主义歌谣。

颠一颠的。肥得像壁虱。头上骨头太重。一辆拉着客人跑了。一小时以前我还走过这儿呢。车夫们举了举帽子。

在布卢姆先生的车窗前,突然有一个弯着腰的扳道夫在电车杆子旁边站直了身子。怎么不能发明个自动化的东西呢?车轮自己就可以,方便多了。可是那样的话,这个人就失业了吧?可是,那样的话,另外却有人获得了制造新设备的工作吧?

安悌恩特音乐堂。那里现在没有节目上演。一个穿浅黄色套服的男人,袖子上缠着黑纱。有限的悲伤。轻孝。也许是姻亲。

他们经过了阴森森的圣马可教堂,穿过了铁路桥,路过了女王剧院:默默无言。海报:尤金·斯特拉顿,班德曼·帕默夫人。今儿晚上能去看《李娅》吗?不知道行不行。我说了我。要不然看《基拉尼的百合花》?埃尔斯特·格兰姆斯歌剧团。巨大变化。鲜艳的下周节目海报,浆糊还没有干呢。《布里斯托尔号船上趣事》。马丁·坎宁安能弄到欢乐厅的票。得请人喝一两杯。横竖得花钱。

他下午来。她的歌咏节目。

普拉斯托帽庄。菲利普·克兰普顿爵士喷泉雕像纪念碑。这是谁?

——您好?马丁·坎宁安说着,举手到额前敬了一个礼。

——他没有看见咱们,帕尔先生说。不,看见了。您好?

——谁?代达勒斯先生问。

——一把火鲍伊岚,帕尔先生说。瞧,在亮他的发型呢。

就这么巧,我正想到。

代达勒斯先生俯过身去打招呼。回答他的是红岸餐厅门边一顶圆盘形草帽闪了闪白光:衣冠楚楚的身影,过去了。

布卢姆先生端详起自己的指甲来,先看左手,后看右手。不错,指甲。她们,她,是不是在他身上看到了什么别的?有吸引力。都柏林最坏的坏蛋。他就是靠这个混日子。她们有时候凭感觉能识别一个人。直觉。但是,这种类型的人。我的指甲。我正看着指甲呢:修剪得整整齐齐的。然后,独自琢磨着。身体有一点儿松软。我注意到,因为我记得原来的。什么原因造成的?估计是肉减少了,皮肤的收缩赶不上。

但是体态没有变。体态仍旧一样。肩膀。臀部。丰腴的。跳舞晚会前换衣服。内衣在后面两股之间塞进去了。

他十指交叉,双手塞在两膝之间,感到一种满足,用无所用心的目光环顾他们的脸。

帕尔先生问:

——巡回演出怎么样了,布卢姆?

——嗯,很好,布卢姆先生说。我听到的情况很不错。是一个好办法,您瞧……

——你自己去吗?

——唔,我不去,布卢姆先生说。实际情况是,我得去克莱尔郡办点私事。您瞧,这办法的意思是把主要的城镇都走到了。一个地方赔,另一个地方赚,就补上了。

——确是这样,马丁·坎宁安说。眼下玛丽·安德森就在北方。你们有一些好手吗?

——路易斯·沃纳操持她的巡回演出,布卢姆先生说。有的有的,我们全是顶呱呱的。J. C. 多伊尔,约翰·麦考马克,我希望,还有……实际上都是拔尖儿的。

——还有夫人,帕尔先生笑着说。压轴的。

布卢姆先生分开双手,做了一个谦恭和顺的手势,又合了起来。史密斯·奥布赖恩①。有人在那儿放了一束花。女人。准是他的忌日。祝你忌日快乐。马车绕着法雷尔的雕像②急转弯,使他们的膝头不由自主地默默地聚成了一团。

靴:一个衣衫灰暗的老头儿,站在人行道边上叫卖他的货物,张着嘴:靴。

——靴带,一便士四根。

不知道他为什么被除了名。原来他的事务所在休姆街。就在和莫莉同姓的那位沃特福德郡检察官忒迪办公的楼房里。这顶大礼帽就是

① 指街头的奥布赖恩雕像。奥布赖恩是爱尔兰民族主义领袖之一,死于一八六四年六月十六日,因此这一天正是他的忌日。

② 法雷尔是十九世纪爱尔兰雕刻家,奥布赖恩像就是他雕刻的。

那时候留下来的。当年生活像个样子,如今只留下了这些残迹。也服丧呢。一落千丈,可怜虫!像守灵夜的鼻烟似的,被人踢来踢去①。奥卡拉汉是山穷水尽了。

还有夫人。十一点二十。起了。弗莱明太太已经来打扫了。哼着乐曲弄头发呢。Voglio e non vorrei,不对:vorrei e non.②细看自己的头发梢儿有没有分叉的。Mi trema un poco il.③美得很,她唱到 tre 这个音节的嗓音:如泣如诉。鸫鸟。画眉。歌喉婉转的画眉,正是这个意思。

他的目光轻轻扫过帕尔先生相貌堂堂的脸盘。靠近耳根的地方有些花白了。还有夫人:笑着说的。我也报以笑容。笑一笑,管大用④。也许仅仅是礼貌而已。挺好的人。有人说他有外遇,谁知道是不是真的?对于当妻子的,可不是有趣的事。可是人们又说,是谁说的来着,并没有肉体。按一般情理说,这样的关系很快就会过去的。对了,是克罗夫顿有一天晚上碰到他送给她一磅臀尖。她是干什么的来着?朱里饭店的酒吧女招待吧。要不然,是莫伊拉饭店的?

他们在身披巨大斗篷的救星⑤脚下经过。

马丁·坎宁安用胳膊肘碰了碰帕尔先生。

——茹本的后代⑥,他说。

一个黑胡子的高个儿,弯腰拄着一根拐棍,步履蹒跚地绕过埃尔夫里大象牌雨衣商店的拐角,一只弯曲的手放在后脊梁上,张开手心对着他们。

——保留着他祖传的全部英姿,帕尔先生说。

---

① 守灵夜中许多人为了抵消室内的不良气味,都大量使用鼻烟,因此爱尔兰人以"守灵夜的鼻烟"比喻过多过剩的东西。

② 关于歌词中一字之差的含义,参看 88 页注①。

③ 这也是意大利语歌词,紧接上句,意为"我的心跳得快了一点"。

④ "笑一笑,管大用"原是一首美国流行歌曲,意思是说人在心情不好的时候不要满面愁容,打起精神笑一笑,心情就会好得多。

⑤ "救星"即爱尔兰民族英雄奥康内尔,其铜像立在奥康内尔大桥桥头。

⑥ 茹本(旧译"流便")是《圣经》中人物,古以色列十二族的始祖之一。坎宁安这样说,是因为他这时见到的人名叫茹本·J.岛德,是一个律师和高利贷者。

代达勒斯先生望着蹒跚而去的背影，语调温和地说：

——愿魔鬼挑断你脊梁骨上的大筋！

帕尔先生用手挡住对着车窗那一边的脸，笑得直不起腰来。这时马车正经过格雷[1]的雕像。

——咱们都到那儿去过，马丁·坎宁安概括一切地说。

他和布卢姆先生目光相遇，又捋捋胡子说：

——呃，差不多都去过吧。

布卢姆先生突然热心起来，望着同车人们的脸说：

——人们都在传说一件特别有趣的事儿，茹本·J和他儿子的事儿。

——是船夫那事吗？帕尔先生问。

——就是。特别有趣吧？

——怎么一回事？代达勒斯先生问。我没有听说。

——事情涉及一个姑娘，布卢姆先生开始讲了。他决定把他送到马恩岛上去，免得他出事，可是正当他们俩……

——什么？代达勒斯先生问。是那个不可救药的坏小子吗？

——就是他，布卢姆先生说。爷儿俩正要上船去，他倒想淹死……

——淹死巴拉巴[2]！代达勒斯先生大声嚷道。基督在上，我真希望他淹死了才痛快呢！

帕尔先生用手掩着鼻孔，哼哼哼地笑个不停。

——不是他，布卢姆先生说，而是儿子自己……

马丁·坎宁安不礼貌地打断了他的话说：

——茹本·J爷儿俩正在河边码头上走着，准备上船去马恩岛，忽然小骗子自己跑开，翻过堤岸跳进了利菲河。

——天主哪！代达勒斯先生发出了惊恐的喊声。他死了吗？

——死？马丁·坎宁安大声说。他才不死呢！一个船夫拿来一根篙子，钩住他的裤子把他捞了上来，半死不活地弄到码头上老头子的面

① 约翰·格雷（1816—1875）是一个信奉新教的爱尔兰爱国主义社会活动家。

② 巴拉巴是一个犹太名字。在英国戏剧家马洛的诗剧《马耳他的犹太人》（1589）中，主角巴拉巴非常有钱，设下陷阱要把敌人诱入大锅烫死，结果自己反而落锅而死。

前。全城的人有一半都在那儿看热闹。

——可不是吗,布卢姆先生说。可是最好玩的是……

——茹本·J呢,马丁·坎宁安说,给了船夫两个先令,算是救他儿子一条命的报酬。

帕尔先生的手掌下发出了一声闷哑的叹息。

——一点儿也不假,马丁·坎宁安强调。一副英雄派头。一枚两先令的银币。

——特别有趣,是不是?布卢姆先生殷勤地说。

——多付了一先令八便士,代达勒斯先生板着脸说。

帕尔先生忍不住扑哧一声,马车里荡漾着轻轻的笑声。

纳尔逊纪念塔①。

——李子一便士八个!一便士八个!

——咱们还是让人看着严肃一些的好,马丁·坎宁安说。

代达勒斯先生叹了一口气。

——这话是不错,他说,不过可怜的小派迪②也不会不让咱们笑一笑的。他自己就说了许多逗乐的话。

——主饶恕我!帕尔先生用手指抹着眼泪说。可怜的派迪!一星期以前我见到他,他还一点儿病也没有呢,谁想到今天就会这样坐马车送他了。他离开咱们走了。

——这个小个儿是少有的正派人,代达勒斯先生说。他去得很突然。

——衰竭,马丁·坎宁安说。心脏。

他悲伤地敲敲自己的胸膛。

红通通的脸,着火似的。威士忌灌的太多。治红鼻头的偏方。拼命地喝,一直喝到鼻头变成灰黄色为止。为了鼻头改变颜色,他可花了不少钱。

---

① 霍·纳尔逊(1758—1805)是著名的英国海军统帅,主要功勋是战胜拿破仑的法国海军。他在都柏林街上的纪念塔,高达一百二十一英尺,上有他的雕像,后于一九六六年被毁。

② 派迪为昵称,即派特里克,是死者狄格南的名字。

帕尔先生忧伤地凝视着车外缓缓而过的房子。

——他死得很突然,可怜的人,他说。

——这是最好的死法,布卢姆先生说。

他们睁大了眼睛瞪着他。

——不受罪,他说。一转眼,全完了。就像睡着了死过去一样。

没有人说话。

这半边是死的,这条街。白天景况萧条:地产代理人、无酒旅馆、福尔克纳铁路旅行指南、公务员预备学校、吉尔书局、天主教俱乐部、盲人习艺所。为什么呢?总有点原因吧。太阳,或者是风。晚上也冷冷清清。打零工的,当婢女的。在已故的马修神父①的庇护下。巴涅尔纪念碑基石。衰竭。心脏②。

几匹前额装饰着白色羽毛的白马,飞奔着从圆房子那一边的街角转过来了。一口小小的棺材,疾驰而过。急着入土呢。一辆送葬马车。未婚的。结过婚的用黑色。单身汉用花马。修女用棕色。

——可惜,马丁·坎宁安说。一个小孩子。

侏儒似的脸,紫红色的,全是皱纹,小茹迪就是那样。侏儒似的躯体,像油灰那样疲软,装在一只衬着白布的松木匣子里。丧葬互助会付的款。每周一便士,保证一方草皮。我们的。小小的。要饭的。孩子。毫无意义。大自然的一个失误。婴儿如果健康,根源在于母亲。不健康的话,根源在男人③。但愿下次运气好些。

——可怜的小家伙,代达勒斯先生说,已经远离尘世了。

马车现在是在爬拉特兰广场的坡,走得更慢了。骨头响。石头路。穷光蛋。无人领④。

---

① 马修神父(1790—1861)因在爱尔兰灾荒中行善而负盛名,他的雕像也立在这条街上。

② 巴涅尔纪念碑的底座早已建好,但当时尚无雕像。巴死因复杂,主要由于受打击,但医生诊断为"心脏病发作"。

③ 这是一种古希伯来传统观念。

④ 这些片断词句来自一首题为《穷光蛋乘车》的歌曲,有关歌词为:破车石头路,/震得骨头响。/原是穷光蛋,/尸体无人领。歌曲最后说,即使是穷光蛋的尸体,也该小心照顾,因为上帝会认领他的。

——年华方盛,马丁·坎宁安说。

——最糟的还是自杀的人,帕尔先生说。

马丁·坎宁安敏捷地掏出怀表,咳嗽一声,又把它放了回去。

——给家里人造成的耻辱最大,帕尔先生又说。

——一时的精神错乱,当然,马丁·坎宁安断然地说。咱们对这种事不能太苛刻了。

——人们说,干这种事的人是懦夫,代达勒斯先生说。

——那就不是咱们能判断的了,马丁·坎宁安说。

布卢姆先生刚想说话,又闭上了嘴。马丁·坎宁安的大眼睛。目光躲着我哩。通情达理的人,富有同情心,这人。有头脑。相貌像莎士比亚。总能为人说句好话。这儿的人对那种事和杀害婴儿都是毫不留情的。不许用基督教的葬礼。过去他们还在坟墓上打进一根木桩去刺透他的心脏。惟恐他的心碎得还不够。然而,有时候,那样的人也会后悔的,可惜为时已晚。在河底捞到的时候,手里还拽着芦苇不放呢。他看了我一眼。他那个酒鬼老婆可真是要命。一次又一次地为她把家里东西置办妥当,可是她差不多每个星期六都把家具当掉,等他去赎。把他的日子弄得不像样子,好像受了神的处罚。就是一块岩石,也受不了这样的折磨啊。星期一早晨,又重新开始。又去用肩膀顶车轮。代达勒斯告诉我,有一天晚上他在场:主呵,她那模样儿准是够瞧的。酩酊大醉,抱着马丁的雨伞乱蹦乱跳。

> 他们管我叫亚洲的瑰宝,
> 亚洲的瑰宝,
> 日本歌伎。①

他的目光躲开了我。他知道。骨头响。

验尸那个下午。桌子上,贴着红色标签的瓶子。旅馆里的房间,墙上挂着狩猎的画片。闷热的空气。阳光透过百叶窗的缝隙投射进来。

---

① 这几行歌词出自当时流行的歌剧《日本歌伎》。

验尸员的大耳朵被阳光照着,毛茸茸的。旅馆工人作证。起初以为他还睡着呢。然后看到他脸上有一道道黄色的东西。已经滑到了床脚边。结论:用药过多。意外事故致死。一封信。致吾儿利奥波尔德。

再也没有痛苦了。再也不会醒了。无人领。

车声辚辚,马车沿着布莱辛顿大街疾驰。石头路。

——咱们现在跑出速度来了,我想,马丁·坎宁安说。

——天主保佑,可别把咱们扣在马路上了,帕尔先生说。

——希望不至于吧,马丁·坎宁安说。明天德国有一场大赛。戈登·贝内特国际汽车赛。

——可不是吗,老天爷,代达勒斯先生说。那可是值得看一看,说真格的。

在他们拐进巴克莱街时,水库附近的一架街头风琴迎面送来一阵欢快热闹的杂耍场音乐,随后又在车后送着他们。这儿有谁见到凯利了吗?凯旋的凯,胜利的利[①]。《扫罗》中的死亡进行曲[②]。他也是坏蛋,跟老安东尼奥没有两样。他把我扔下了孤身一人[③]。足尖立地旋转。慈母医院。埃克尔斯街。我家就在那里头。大医院。还有个绝症病房。倒是会给人鼓劲儿。圣母收容所,专收垂死的人。停尸房就在下面,方便。赖尔登老太太就是在那儿去世的。那些女人,样子真可怕。用缸子喂食,用调羹擦嘴。然后,用屏风把床挡住,等她咽气。那个年轻学生挺不错,我那次让蜜蜂蜇了,就是他给我包扎的。据说现在他转到产科医院去了。从一个极端到另一个极端。

马车急冲冲地拐过弯,突然站住了。

——出了什么事?

一群打了烙印的牛,分成两边在车窗外面经过,哞哞地叫着,蔫不唧唧地挪着带脚垫的蹄子,慢慢地挥动尾巴拍打着敦实而骨头突出的臀部。在牛群的周围和中间,到处都是涂了红赭色记号的绵羊,不住地

---

① "这儿有谁……胜利的利"是歌词,出自一首叙述一个女人寻找失踪情人爱尔兰青年的歌曲。

② 《扫罗》是德国音乐家韩德尔的一部清唱剧,其中的《死亡进行曲》常被杂耍场选用。

③ 这两句引自另一首类似上述寻找凯利的歌曲。

发出恐惧的咩咩声。

——外迁户，帕尔先生说。

——嚯！赶牛的一面大声吼着，一面挥动长鞭，啪啪地打在牛身上。嚯！出来！

星期四，没有错。明天是屠宰日。怀着牛犊的。卡夫的售价是每头二十七镑左右。大概是运送利物浦的。老英格兰的烤牛肉①。他们把肥嫩的牛都买走了。而且这样一来，宰剩的东西也没有了：那许多生料——皮、毛、角。一年合计，不是小数。单打一的牛肉贸易。屠宰场的副产品，可制皮革、肥皂、人造黄油。不知道在克朗西拉卸次肉的办法现在还用不用。

马车又动了，在牲口群中继续前进。

——我不明白，布卢姆先生说，市政府为什么不能铺一条电车道，从花园口直到码头？那样一来，所有的牲口都可以用车运上船了。

——也就不会堵塞大道了，马丁·坎宁安说。一点儿也不错。他们真该这么办。

——可不是吗，布卢姆先生说，还有一件事，我也常想。应该有像米兰市的那种市政殡仪电车，你们知道吧。把路线延长到公墓门口，设置专门电车，殡车、送葬车一应俱全。你们不明白我的意思吗？

——哼，那是见鬼的神话，代达勒斯先生说。还要普尔门软卧和高级餐车呢。

——康尼也就没有什么盼头了，帕尔先生也说。

——怎么呢？布卢姆先生把脸转向代达勒斯先生问。难道不比并排坐着颠个没完合适些吗？

——这个，也有一点道理，代达勒斯先生承认。

——而且，那样的话，马丁·坎宁安说，像邓菲路口殡车翻倒把棺材扣在路上的事，也就不会有了。

——那一回真可怕，帕尔先生脸色悚然地说，尸首都横在路上了。

---

① 英国人爱吃烤牛肉，并且引以为荣。有一首英国歌曲就叫做《老英格兰的烤牛肉》，夸耀英国人因为爱吃烤牛肉，所以身强力壮，勇敢正直。

可怕！

——邓菲路口领先，代达勒斯先生点点头说。戈登·贝内特杯。

——赞颂归于天主！马丁·坎宁安虔诚地说。

嘭！翻车了。棺材摔在路上。崩开了。派迪·狄格南弹射出来，穿一套过于肥大的棕色衣服，直挺挺地在尘土中翻滚。红脸已经变成灰白色。嘴松开了。在问出了什么事儿呢。给他闭上是完全正确的。张着嘴模样怕人。内部腐败也快。把所有的开口处都给闭上，这样好得多。对，也堵上。用蜡。括约肌松了。全都封闭起来。

——邓菲到了，帕尔先生在马车向右拐的时候报告。

邓菲路口。停着一些送葬的车辆，在浇他们的哀愁。路边小憩片刻。开酒馆的绝妙地点。估计我们回来的时候会停下车来，喝一杯祝他健康。大伙儿宽一宽心。长生不老液。

然而，万一真有此事，怎么办？那么一折腾，譬如说有一颗钉子伤着了他，他会不会流血呢？可能流，也可能不流，我想。看伤在什么地方。血液循环停了。然而碰上动脉，也许还能渗出一点儿来。入葬用红色就好些，深红色。

他们默默地坐在车内，沿着菲布斯堡路往前走。迎面过来一辆空的殡车，是从公墓回来的：马蹄得得，显得很轻松。

克罗斯根士桥：皇家运河。

河水哗哗地流过闸门。一条驳船正在下降，船上站着一个汉子，他身边是一摞一摞的泥炭。船闸边的纤道上，有一匹缰绳松弛的马。布加布出航①。

他们的眼睛都望着那汉子。在这条水流平缓、水草丛生的河道上，驾着他这条筏子，用一根纤绳拉着，经过苇子坑，滑过泥潭、淤泥堵口的瓶子和腐臭的死狗，从爱尔兰的内地向海边漂来。阿斯隆、马林加，穆伊谷②，我可以沿着运河步行去看米莉。要不，骑自行车去

① 《布加布出航》是一首歌谣，内容是嘲笑一艘运泥炭的名叫“布加布”的驳船，驾船的以为历经艰难困苦，航行在波浪滔天的海洋中，实际上是做梦，运河中水平如镜。

② 这是爱尔兰皇家运河上从西至东的三个城市，中间的马林加（布卢姆的女儿米莉所在地）距都柏林五十英里。

也行。租一匹老马,倒也安全。雷恩拍卖行那天拍卖的时候就有一匹,不过是女佣的。发展水路运输。詹姆斯·麦堪①的癖好,就是给我摆渡。经济实惠。旅途舒坦。船上住宅。可以宿营。还有运灵船。走水路上天堂。兴许我就那么办,不写信。突然来到,莱克斯里,克朗西拉②。一个船闸又一个船闸地往下落,直到都柏林。运来了中部沼泽地带的泥炭。致敬。他举起棕色草帽,向派迪·狄格南致敬。

接着,出殡队伍过了布赖恩·波劳马酒店。快到了。

——不知道咱们的朋友福格蒂③现在景况怎么样,帕尔先生说。

——最好问汤姆·克南,代达勒斯先生说。

——那是怎么回事?马丁·坎宁安说。置之不理,把他急哭了,是吧?

——故人已远去,代达勒斯先生说,思念犹在心④。

马车向左拐进了芬葛拉斯路。

右边是石工场。最后一段路了。在一条坎子上,挤满了默默无声的人像,白色的、悲伤的。有的安静地伸出双手,有的跪着哀悼,有的指着远方。还有残肢碎块,砍下来的。一片白色,无声的招揽。全市最佳石像。丹南尼纪念碑石像雕刻建筑工场。

过去了。

在教堂司事吉米·吉尔里家门前,一个老流浪汉坐在路边侧石上,嘟嘟哝哝地脱下一只巨大的乌秃秃的开口靴子,倒出靴子里的土块和石子。经过了一生的跋涉。

接着,一座座阴暗的花园过去了,一幢又一幢阴暗的房子。

帕尔先生指着一幢房子。

---

① 麦堪原是爱尔兰大运河公司的董事长,经营大运河水系的船舶运输。此人已于四个月前即一九〇四年二月去世。

② 莱克斯里在利菲河上,都柏林以西十一英里;克朗西拉在都柏林西郊皇家运河上。

③ 福格蒂曾在《都柏林人》中出现,是一个食品杂货店老板,克南在他的铺子中赊购,欠债未清。

④ 这是十八、十九世纪爱尔兰墓碑上、讣文上常用的两句话,并曾被编成一首歌曲。

——那就是蔡尔兹被人谋杀[1]的地方,他说。最后那幢。

——可不是吗,代达勒斯先生说。叫人毛骨悚然的案子。是西莫·布希[2]给他开脱的。谋杀亲兄。人们是这么说的。

——检察官拿不出证据来,帕尔先生说。

——只有旁证,马丁·坎宁安说。这是法律界的一条格言:宁可错放九十九个罪人,不可冤枉一个好人。

他们都望着。谋杀人的地方。阴森森地过去了。门窗紧闭,无人居住,花园里杂草丛生。整个儿地方都完了。冤枉定罪。凶杀。凶手留在被害者眼睛里的影子[3]。人们爱读这些。花园中发现男人脑袋。女人穿的衣服是。她的遭难情节。最新暴行。杀人凶器。凶手仍在逃。线索。一根鞋带。需要开棺验尸。杀人真相即将大白。

这马车里太窄巴。她也许会不喜欢我那样事先不通知,突然来到吧。对女人,得小心翼翼的才行。只要有一次撞见她们的狼狈相。永远不会原谅你的。十五了。

前景公墓的高高的栏杆,在他们的视野中细浪翻腾,缓缓流过。幽暗的白杨树林,疏疏落落的白色人像。人像逐渐增多,树林间白色雕塑成群,川流不息的白色的人像和残块,默默地将各种徒劳无功的姿态留在空间。

车轮的钢圈嘎吱一声擦在道边侧石上,停了。马丁·坎宁安伸出一只手臂,拧转车门上的把手,用膝头把门顶开。他跨下车子,帕尔先生和代达勒斯先生随着也下了车。

现在挪一挪那块肥皂吧。布卢姆先生的手敏捷地解开裤子后边口袋上的扣子,把已经粘在纸上的香皂挪到里边装手帕的口袋里。然后他把另一只手里的报纸放回衣袋,跨下马车。

小小的送葬行列:一辆大马车,三辆普通马车。全都是援例照办。

---

① 一八九八年,七十六岁的托玛斯·蔡尔兹在家中被杀,其弟塞缪尔报案后被怀疑为凶手并被检察官提出公诉,成为都柏林轰动一时的命案。一八九九年开庭,因无证据而判无罪。

② 布希是当时的一个著名律师。

③ 西方的一种迷信,认为杀人犯的形象会留在被杀者的视网膜上。

抬棺的人、金色的缰绳、安灵弥撒、放炮。死的排场。最后一辆马车的后面，站着一个推车卖水果点心的小贩。那一些是果馅糕，都粘在一起了。死人吃的糕点。喂狗的硬饼干。谁吃？送葬回来的人。

他跟在同车人的后边。他后面是克南先生和内德·兰伯特，再后面是哈因斯。康尼·凯莱赫站在打开了门的灵车旁边，取出车上的两个花圈。他把其中的一个递给了男孩。

刚才给小孩送葬的车辆到哪里去了？

从芬葛拉斯村那边来了一套马，步履艰难、沉重费劲地拖着一辆大车，车上装着一大块花岗岩。在肃穆无声的丧葬气氛中，只听见大车吱吱嘎嘎的声音。走在马前的大车夫敬了一个礼。

动灵柩了。他虽然死了，还是比我们先到。马扭过头来，歪着头上的羽毛看棺材。无神的眼睛：脖子上的马轭卡得太紧了，压迫着血管还是怎么的。它们是不是知道自己每天拉出来的是什么？每天送葬的总有二三十起吧。新教徒另有杰罗姆山公墓。世界各地，每分钟都有葬礼。整车整车地埋下去，加快速度。每小时成千上万。全世界，太多了。

大门里出来了两个送葬的人：一个妇人带着一个女孩。是一个下巴尖瘦、相貌凶悍的女人，讨价还价寸步不让的那种类型，帽子是歪的。女孩脸上带着泥土和泪痕，拉着妇人的臂膀，仰脸看她有没有要哭的意思。鱼脸，毫无血色，发青的。

殡殓工把灵柩抬上肩，进了大门。死沉死沉的。刚才我从洗澡盆里跨出来，也感到自己重了一些。僵了的先走，亲友随后。最后是康尼·凯莱赫和男孩，都拿着花圈。他们旁边那人是谁？对了，他的内弟。

大家都跟着走。

马丁·坎宁安压低了声音说：

——刚才你在布卢姆面前谈自杀，把我急坏了。

——怎么回事？帕尔先生也小声地说。为什么？

——他父亲就是服毒的，马丁·坎宁安悄悄地说。在恩尼斯①开

---

① 恩尼斯是爱尔兰克莱尔郡一个小镇。

王后饭店的。刚才你也听见了,他说他要到克莱尔去。忌辰。

——唷,天主！帕尔先生低声说。这是我第一回听到。服毒的？

他回过头去看了一眼。后面的人正跟着他们往大主教陵墓方向走。若有所思的黑眼睛。正在说话呢。

——他保了险吗？布卢姆先生问。

——我相信是保了,克南先生说。但是保单抵押了不少钱。马丁正在设法把小子送到亚坦①去。

——他留下了几个孩子？

——五个。内德·兰伯特说他打算想办法把一个姑娘弄进托德②去。

——够惨的,布卢姆先生温厚地说。五个小孩子。

——妻子可怜,打击太大了,克南先生说。

——真是的,布卢姆先生也说。

他到底还是输了。

他低头看着由自己涂油擦亮的皮鞋。她的命比他长。丧夫。他这一死,对她是关系重大的,跟对我不一样。两个人,总有一个命长。明白人说的。世界上女人比男人多③。安慰安慰她吧。你的损失是无法弥补的。我希望你快点跟着他去吧。只有印度教寡妇才那样。她会另嫁别人的。嫁他？不会。然而以后的事谁知道？自从老女王④逝世以后,守寡不那么时兴了。用炮车拉。维多利亚和艾伯特。弗洛葛莫的纪念、哀悼。然而,到头来她还是在帽子上插了几朵紫罗兰。内心深处终究还是虚荣。一切为了一个虚影子。女王配偶并没有王位。她的儿子才是实的⑤。寄希望于新的东西,不像她老是等着重温旧梦。往事是永远不会再来的。总有一个要先走的:独自一人躺在地下;不能再睡

---

① 亚坦是都柏林北边的一个村子,附近有一个儿童救济院。

② “托德”指“托德—本士公司”,是都柏林一个经营绸布衣帽的企业。

③ “明白人……女人比男人多”出自歌曲《三女一男》。

④ 维多利亚女王(1819—1901)中年丧夫之后,长期哀悼,坚持守寡四十年。她在温莎王宫附近的弗洛葛莫建陵安葬其夫艾伯特亲王,以便每日扫墓。女王去世后,按照她的遗愿举行军事葬礼,灵柩用炮车运送,遗体最后与艾伯特亲王合葬在弗洛葛莫。

⑤ 指维多利亚的王位由长子威尔士亲王继承。

她的热被窝了。

——你好吗，赛门？内德·兰伯特握着他的手，轻轻地说。有好一阵子没见到你了。

——再好也没有。科克这个城市①的人都好吗？

——复活节星期一那天，我去看科克公园赛马了，内德·兰伯特说。还是老规矩，六先令八便士。在迪克·泰维家过的夜。

——迪克是个实在人，他好吗？

——对天全敞着了，内德·兰伯特回答道。

——啊唷，神圣的保罗哪！代达勒斯先生用压抑着的惊诧语气说。迪克·泰维秃顶了？

——马丁打算发起，凑一点钱给孩子们，内德·兰伯特指着前面说。一个人几先令。让他们能凑合着对付到保险金算清的时候。

——不错，不错，代达勒斯先生含含糊糊地说。前边那一个是最大的男孩吗？

——是，内德·兰伯特说，跟着他舅父。后边是约翰·亨利·门顿。他已经认了一镑。

——他敢情会认的，代达勒斯先生说。我跟可怜的派迪说过多次，他对那份工作应该上心才对。在这个世界上，约翰·亨利就不能算是最坏的了。

——他是怎么丢掉工作的？内德·兰伯特问。杯中物，还是怎么的？

——不少好人的通病，代达勒斯先生叹了一口气说。

他们在停尸房小教堂的门前站住了。布卢姆先生站在拿花圈的男孩后边，低头正好看到他的梳理整齐的头发，崭新的衣领，里面是小细脖梗儿，脖梗上有一道凹沟。可怜的孩子！他父亲那时候他在场吗？两人都没有知觉。临到弥留之际，回光返照，最后一次认人。种种心愿，如今不了了之。我欠奥格雷迪三先令。他能理解吗？殡殓工把灵柩抬进了小教堂。哪一边是他的头？

---

① 科克是爱尔兰南部一个港口，“科克这个城市”是一首夸耀该市吃喝玩乐的歌曲。

稍停片刻后，他跟在别人后面走了进去。帘子挡住的光线，弄得他不住地眨眼。灵柩停放在圣坛前的灵架上，四角点着四根黄色的大蜡烛。总是在我们前头。康尼·凯莱赫在灵柩的两个前角各放一个花圈，然后向男孩示意，叫他跪下。送葬的人也各自找祈祷座跪了下去。布卢姆先生站在后面靠近圣水器的地方，看着别人都跪下了，才从口袋里取出那张报纸，小心地铺在地上，屈右膝跪了下去。他把黑礼帽轻轻地放在左膝上，用手扶着帽檐，虔诚地弯下了腰。

一个助祭士捧着一只盛什么东西的铜钵，从一扇门后面走出来了。他后面是身穿白袍的牧师，一只手整理着披在袍上的圣衣，另一只手托着一本小书顶在蛤蟆肚子上。谁来念经呀？有我白嘴鸦①。

两人在灵架边站住，牧师打开他的小书，开始用流利的老鸹嗓音朗诵起来。

关采神父。早知道了，他的名字像棺材。Dominenamine.②嘴巴的轮廓显得有些霸道。发号施令的。肌肉发达派的基督徒。谁要是敢斜眼看他一眼，那就等着倒霉吧：是牧师。你就叫彼得③。像一只草肥水足的羊，横里长，快撑破了，代达勒斯说。挺着个大肚皮，好像是一只药死的小狗。那位老兄倒是真有一些逗趣儿的词儿。嘿：横里长，撑破肚皮。

——Non intres in judicium cum servo tuo, Domine.④

用拉丁文为他们祈祷，可以使他们感到身价高些。安魂弥撒。穿绉纱的哭丧人⑤。黑边信纸。名字列入祭坛名单。这地方凉飕飕的。得吃好的才行，坐在那里头，怪阴暗的，一坐就是一上午，磕着两个脚后跟等候下一位请进。眼睛也像蛤蟆。是什么东西把他胀成这样的？莫

---

① 这两句脱胎于自古传下来的童谣《知更鸟》，说的是一只知更鸟被杀死，各种鸟都纷纷来帮忙。其中有关的一段是：谁来当牧师？/“我来，”白嘴鸦说，/“带着我的小书，/我来当牧师。”

② 神父念拉丁文，这里可能是 In nomine Domini（以天主的名义），布卢姆听不太清。

③ “彼得”这词的原意是岩石。据《圣经·新约》，耶稣认为门徒西门像岩石一样可靠，可以担任建教重任，所以对他说“你就叫彼得”，从此西门改名彼得。

④ 拉丁祈祷文，意为“主呵，请勿追究您仆人的所作所为”。

⑤ 指受雇参加葬礼送丧的人，常穿廉价的黑绉纱丧服。

莉吃了包心菜就会发胀。也许是这地方的空气特别。看来到处都是秽气。这些地方准是秽气充斥,地狱似的。拿屠夫们说吧,他们身上的味儿就像生牛排。谁跟我说的来着?默文·布朗。圣维尔堡大教堂地下灵堂里那台古老风琴可真漂亮一百五十[1]有时候他们不得不在棺材上钻窟窿,把秽气放出来烧掉。一股气往外冲:发蓝色的。那玩意儿,吸上一口就能要你的命。

膝盖跪疼了。啊唷。这样还好些。

牧师从小孩捧着的铜钵里,抽出一根顶端带圆球的小棍儿,在灵柩上晃了几晃,走到另一头,又晃几晃。然后他又走回原处,把小棍放回钵里。你安息以前怎么样,今后也就怎么样。都是明文规定的:他不能不照办。

——Et ne nos inducas in tentationem.[2]

助祭士用尖尖的嗓音诵唱着祈祷文中的答词。我常想,家里用小男仆倒不错。用到十五岁左右。再大当然……

圣水吧,我想是。从中洒出安眠。他干这个活儿,准是够厌烦的吧,成天冲着人们拉来的尸体晃那玩意儿。要是他能看见自己洒圣水的对象,那有什么害处呢?每天每天,都有一拨儿不同的:中年男子、老年妇女、小孩子、死于分娩的产妇、留胡子的男人、秃头的生意人、胸脯小得像麻雀似的痨病姑娘。一年到头,他对所有这些人都作同样的祈祷,洒同样的水:安眠吧。现在轮到了狄格南。

——In paradisum.[3]

说的是他即将进入天堂,或者已经进入天堂。对什么人都是这一句话。够腻人的活儿。可是他也不能不说些什么。

牧师合上小书走了,后边跟着助祭士。康尼·凯莱赫打开边门,挖墓工人进来抬起灵柩,抬到外边装上小拉车。康尼·凯莱赫把一个花圈交给男孩,另一个交给他舅父。人们都跟在他们后面,走出边门,来

---

① 圣维尔堡大教堂是都柏林最古老的教堂之一,教堂内大风琴为著名上品,“一百五十”大概指琴管数。

② 拉丁祈祷文:不要使我们遭受诱惑。

③ 拉丁文赞词:“进入天堂。”这是准备下葬时唱的颂歌的开端。

到外面温和而朦胧的空气中。布卢姆先生最后出来,一边走一边又把那张报纸叠好,放进口袋里。他神情肃穆地盯着地面,直到灵柩小车拐向左边之后才抬起头来。铁轮子磨在砂砾上,嘎嘎地发出尖锐的叫声;一群皮靴跟在小拉车后面踏出一片沉滞的脚步声,走进了一条两旁都是坟墓的夹道。

哩呀啦呀,哩呀啦呀啰。主呵,我可不能在这儿哼小曲儿呢。

——奥康内尔纪念塔,代达勒斯先生环顾四周说。

帕尔先生抬起温厚的目光,仰望着圆锥形高塔的尖顶。

——老丹·奥①,他说,人是在自己的人民中间安息了,心脏却埋在罗马②。赛门,这儿埋葬着多少颗破碎的心呵!

——她的墓就在那边,杰克,代达勒斯先生说。我也快到她身边去趴下了。请天主随时把我带走吧!

他情绪激动,眼泪夺眶而出,脚下也跌跌绊绊的了。帕尔先生扶住了他的胳膊。

——她现在的地方更好,他安慰他说。

——我想也是,代达勒斯先生软弱无力地倒抽了一口气说。我想,只要有天堂的话,她就是在天堂里。

康尼·凯莱赫从队伍中出来,跨到路旁让送葬的人们缓缓地在他身边走过。

——伤心的场合,克南先生有礼貌地打开了话头。

布卢姆先生闭上眼睛,悲哀地点了两下头。

——别人都戴上帽子了,克南先生说。我想咱们也可以戴了吧。咱们是最末尾。这公墓可是一个不好对付的地方。

他们戴上了帽子。

——神父先生的祈祷文念得太快了,您说是不是?克南先生不满意地说。

布卢姆先生看着那机灵的充血的眼睛,严肃地点点头。眼内隐藏

---

① “丹·奥”是丹尼尔·奥康内尔的简化,这是亲切的称法。

② 奥康内尔于一八四七年赴罗马朝圣之后在归途中逝世,心脏葬在罗马,尸体运回都柏林葬于此公墓内。

着秘密,寻找着秘密。是共济会[1]的,我想,可也不一定。又在他旁边了。咱们是最末尾。同舟共济了。希望他说点别的。

克南先生又说:

——杰罗姆山公墓用爱尔兰教会的仪式,比较朴素一些,还更有感染力,我不能不说。

布卢姆先生表示了谨慎的同意。当然,语言上未必如此[2]。

克南先生庄严地说:

——**我就是复活,我就是生命**。[3] 这话触及了人的心灵深处。

——是这样,布卢姆先生说。

对你的心灵也许如此,可是对于那位脚尖冲着雏菊躺在六乘二英尺里头的先生,有什么价值?那是无法触及的了。情感所在之地。破碎的心。无非就是一个泵罢了,每天抽送成千上万加仑的血液。有那么一天堵住了,你也就报销了。这地方到处都有这些玩意儿:肺呀、心呀、肝呀。生锈的老泵而已,不是还怎么的?复活,生命。人死了,就是死了。所谓末日的说法[4]。到一座座的坟墓上去敲门,把他们统统喊起来。拉撒路,出来吧!他晚出来一步,就失业了[5]。起来吧!末日到了!于是人人都东翻西摸,到处寻找自己的肝哪、肺哪等等一切零碎玩意儿。那一天早上都得找齐了,把自己凑个全乎。脑壳里就是一英钱的粉末。一英钱合十二克。金衡制[6]。

康尼·凯莱赫跟他们并排走了起来。

---

① 共济会是一个标榜互助友爱的帮会组织,因实行一些秘密的仪式而被天主教教廷视为非法。

② 爱尔兰教会是新教,仪式用英语进行,不用拉丁文。

③ 这是新教安葬仪式用语(英语),引自《圣经·新约》中耶稣的话。

④ 据《圣经·新约》,耶稣曾宣称,凡是信他的人,在世界末日到来时,他都能叫他们复活。

⑤ 拉撒路是《圣经·新约·约翰福音》中的人物,此人死后四天,耶稣站在墓门口喊"拉撒路,出来吧!"他又活了。由于英语《圣经》中用的是古色古香的语言:"出来吧"不说 come out 而说 come forth,与 come fourth(第四个来)完全同音,因此人们常开玩笑说:第五个来就找不到工作了。

⑥ 金衡制是英美一种专门用于衡量金、银、宝石的重量单位,每英钱合二十四谷(格林)。"克"为公制重量单位,每克约合十五谷半。

——一切都进行得呱呱叫，他说。怎么样？

他的眼睛慢吞吞地转向他们。警察式的肩膀。哼着你的土啦仑，土啦仑。

——该办的都办到了，克南先生说。

——怎么样？嗯？康尼·凯莱赫说。

克南先生给了他肯定的答复。

——在后面跟汤姆·克南一起走的那人是谁？约翰·亨利·门顿问道。这人面熟。

内德·兰伯特回头看了一眼。

——布卢姆，他说，从前的，不，我说的是现在的女高音玛莉恩·忒迪女士。她是他妻子。

——啊，不错，约翰·亨利·门顿说。我可有些时候没有见到她了。那是个好看的女人。我跟她跳过一回舞，是哪阵儿来着，十五啊十七个美妙春秋以前的事了。在圆镇的马特·狄龙家。搂在臂弯里可是够味儿的，她那时候。

他又转回头去，越过其他的人望着后面。

——他是个什么样的人？他问。是干什么的？那时候他不是文具业的吗？我记得，有一天晚上我跟他滚木球闹过别扭。

内德·兰伯特笑了一笑。

——不错，他说，那时候他是在威士敦·希利公司。吸墨纸推销员。

——天主在上，约翰·亨利·门顿说，她嫁这么一个不起眼的角色干什么？当年她风流得很呢。

——现在也不差呀，内德·兰伯特说。他现在干一点儿兜揽广告的事儿。

约翰·亨利·门顿的大眼睛瞪着前方。

小拉车拐进了一条小路。一个身材魁梧的人被堵在草地上，举起了帽子致意。挖墓工人都举手触帽。

——约翰·奥康内尔，帕尔先生高兴地说。他是从来不忘记老朋友的。

奥康内尔先生默默地和每个人握了手。代达勒斯先生说：

——我又来拜访你了。

——我的好赛门，公墓管理员低声说。我根本不希望你来光顾我。

他又向内德·兰伯特和约翰·亨利·门顿致意，然后在马丁·坎宁安旁边跟他们一同走起来，背后还摆弄着两把长钥匙。

——你们都听说了吗，他问他们，空街的墨尔开的事儿？

——我还没有呢，马丁·坎宁安说。

几顶大礼帽一齐向那边倾斜过去，哈因斯也将耳朵凑近了一些。管理员把两只大拇指塞在金表链的圈里，望着他们的空漠的笑脸，用平稳持重的语调讲了起来。

——这是人们传说的，他说。有一天晚上，雾很大，两个醉汉到这儿来看望一个朋友的坟墓。他们说要找空街的墨尔开，打听到了埋葬的地点。两人在雾中摸了半天，倒是摸到了坟墓。一个醉汉逐字辨出了墓石上的名字：特伦斯·墨尔开。另一个醉汉却不断地眨着眼，瞅着遗孀请人立在墓前的救世主雕像。

管理员自己也抬起头，眨着眼瞅一瞅他们正走过的一座陵墓。接着，他又说：

——他盯着圣像眨了半天眼睛，说：*怎么他娘的一点儿也不像他呢！*又说：*怎么说也不是墨尔开，谁雕的也不行。*

人们报以微笑，他退到后面去和康尼·凯莱赫说话。凯莱赫交给他一些票据，他一面走一面翻阅。

——这都是有目的的，马丁·坎宁安向哈因斯解释。

——我知道，哈因斯说，我懂。

——为的是叫人心里轻松一下，马丁·坎宁安说。纯粹是好心肠，没有别的。

布卢姆先生欣赏着公墓管理员的宽厚、富态的身材。人人都愿意和他保持友好关系。正派人，约翰·奥康内尔，真正的好人。挂着钥匙，正像岳驰公司广告里画的那样：不用担心谁溜号。从来也没有放行的票儿。人身保护。那个广告的事，葬礼之后就得去办。那天我写信给玛莎让她撞上，我写了一个信封作掩护，地址是写了鲍尔士桥吧？希望没有被他们扔进死信处。胡子可以刮一刮了。花白的胡子茬儿。须发见白,那是第一个迹象。脾气也暴躁起来了。花白中间见银丝[①]。给他当老婆不知是什么滋味。我纳闷他当年是怎么有本事向人家姑娘求婚的。出来吧,到坟场来生活吧。那也算是对她的一种引诱?开始也许真能使她感到兴奋呢。向死亡求爱。暮影幢幢,遍地躺着死人。坟山黑影成片,墓地都张大了口[②],还有丹尼尔·奥康内尔是后代吧我想准是是谁来着常说他是个善于繁殖的怪人不管怎么说是天主教台柱黑黢黢的庞然大物像个大巨人。鬼火。墓穴里的秽气。得设法转移她的注意力,否则根本不可能有孩子。女人特别敏感。上床之后,给她讲个鬼故事催眠。你见过鬼吗?嘿,我见过。那是一个漆黑漆黑的夜晚。时钟正打十二点。可是,只要把情绪培养好,她们照样会接吻的。在土耳其,墓地里还有妓女。不论什么事,只要年轻都能学到手。在这里说不定能找到个年轻寡妇呢。男人们喜欢这个。墓碑丛中的恋爱。罗密欧[③]。寻欢作乐添点儿作料。在死亡中享受生命。相反相成。叫可怜的死人看着眼馋。饿汉闻到烤肉的香味。心里火烧火燎的。喜欢吊人的胃口。莫莉愿意在窗口干。不管怎么说,他有八个孩子。

他这一辈子见到入土的人可不在少数,一大片又一大片的,都躺在他周围。神圣的场地。要是竖着埋,那就省地方了。坐着或跪着都是办不到的。站着?万一有个塌方,说不定他的脑袋就露了出来,一只手还指着呢。这地方准是像蜂窝似的了,密密麻麻的全是长方形的穴。他倒是弄得非常干净,草地修得一崭平,边角都整整齐齐的。甘布尔少校[④]说杰罗姆山就是他的花园。可不是吗。都是安眠花才好呢。中国公墓里的罂粟花大极了,出的鸦片最好,马司田斯基告诉我的。植物园就在近旁。血渗入土壤,滋生了新的生命。人们说的犹太人杀基督教

---

① 十九世纪有一首流传甚广的歌曲,叫《金发中间见银丝》,是歌颂年事渐老的夫妇之间的爱情的。

② 典出莎士比亚《哈姆雷特》第三幕第二场(哈姆雷特已下决心杀仇人):此刻正是妖巫猖狂的深更半夜,墓地都张大了口,而地狱正在将毒气喷向人间。

③ 在莎士比亚悲剧《罗密欧与朱丽叶》中,罗密欧最后是在朱丽叶的墓中见到她的。

④ 甘布尔少校是另一公墓(杰罗姆山公墓)的负责人。

儿童①,也是这个意思。每人都有个价。完好无损的肥胖尸体一具,绅士身份,一贯讲究饮食,对果园有奇效。价格优惠。计新近去世的审计、会计师威廉·威尔金森尸体一具,三镑十三先令六。致谢。

我敢说这儿的土壤一定是肥透了,里头尽是尸肥,骨头呀,肉呀,指甲呀。尸骨存放场。可怕。腐烂变质,都发绿、发红了。土壤潮湿。腐败速度快。又老又瘦的费事一些。然后成了板油似的、乳酪似的东西。然后开始变黑,流出糖浆般的东西。最后,发干了。骷髅蛾②。当然,那些细胞还是什么的是仍旧活着的。挪挪位置。基本上是永生。没有食料,把自己当食料。

然而,准会滋生不计其数的蛆虫吧。土壤里头准有成团的蛆虫在打转转。真叫人头晕目眩。海滨的这些漂亮的小妞儿们。看样子,他对于这一切倒还感到挺愉快。眼见这么些人都比他先走,使他产生一种强大感。不知道他对于人生是如何看法。还喜欢说个笑话,开开心。有一个笑话讲的是一张公告。斯波钦今日凌晨四时上天,现已晚十一时(关门时间),尚未到达。彼得。死人们自己呢,男的反正也喜欢偶或听人说个笑话,女的喜欢探问时新式样。来个鲜美的梨子,要不来一杯女用五味酒,热乎乎的,又辣又甜。挡挡潮气。人总得笑笑才行,所以这样比较好。《哈姆雷特》中的掘墓人③。表现了对于人心的深刻理解。关于死人,至少两年之内不敢说他的笑话。De mortuis nil nisi prius. ④先得出了丧期。很难想象他的葬礼将是什么样子的。好像是开玩笑似的。能看到自己的讣告就能长寿,人们说的。使你获得二次呼吸。多得一期生命。

——明天你有几个?管理员问。

——两个,康尼·凯莱赫说。十点半,十一点。

---

① 基督教徒中自古以来有一种传说,说犹太人杀基督教儿童取血在宗教仪式中使用。

② 一种大飞蛾,背上有形似头颅骨的花纹,因此而得名。

③ 莎士比亚的《哈姆雷特》第五幕中,两个挖墓工人(由丑角扮演),说了许多疯疯癫癫但又似有深刻含义的话。

④ 布卢姆想要引用的拉丁文谚语,大概是 De mortuis nil nisi bonum(谈到死人只许说好话),但记错一个字,变成了“除了从前,不许谈死人”。

管理员把票据放进口袋。这时小拉车已经停住,送葬的人分成两路,小心翼翼地绕过旁边的坟墓,走到墓穴的两边。挖墓工人在灵柩上套好带子,把它抬到墓穴前,棺材头靠着墓穴的边沿放下。

安葬了。我们是来埋葬凯撒的①。他的三月中或是六月中②。他可不知道谁来参加,也不在乎。

咦,那边那个穿雨褂的怪模怪样的瘦高个儿是谁?咦,这个人是谁呢,我很想知道。咦,这个人是谁呢,我倒是愿意破费点儿什么弄弄清楚。总是这样的,莫名其妙地就出现了一个做梦也想不到的人。人可以一辈子孤身一人生活。真的,这是可能的。甚至可以给自己挖墓,可是死后不能不靠别人盖土。人人如此。只有人才埋葬。不对,还有蚂蚁。这是人人都首先注意的事。死人要埋葬。比方说,鲁滨孙·克鲁索是符合现实的吧,可也得星期五来埋他③。要说呢,其实每个星期五不是都埋葬一个星期四吗?

> 唷,可怜的鲁滨孙·克鲁索!
> 你怎么能够这样做?④

可怜的狄格南,这是他在地面上的最后一觉了,躺在匣子里。说实在的,想到有这么多死人,似乎确是浪费木材。全让虫子蛀透了。人们应该能发明一种漂亮的尸架,安装着那么一种活动板,一滑就滑下去了。然而他们也许不愿意躺在别人用过的家伙里下葬吧。这些人挑剔着呢。请将我送回故土安葬。来自圣地的一抔泥土⑤。只有死胎才能和妈妈同棺入土。我明白其中的缘故了。我明白了。为的是使他尽量

---

① 在莎士比亚悲剧《裘力斯·凯撒》中,罗马独裁者凯撒被共和派贵族刺杀以后,安东尼在凯撒的尸体前对民众发表演说,一开始说的就是"我是来埋葬凯撒的,不是来赞美他的"。然而演说的实际内容是对凯撒的颂扬,从而扭转了民众的情绪。

② "月中"是古罗马历法中一种计时办法,各月略有不同。三月中是凯撒遇刺日(3月15日),六月中是狄格南去世的日子(6月13日)。

③ 在笛福所著《鲁滨孙飘流记》中,最后结局是鲁滨孙带着名叫"星期五"的土著人离开孤岛回到英国,并无"星期五"埋葬鲁滨孙一事。

④ 这两句打油诗脱胎于一首英国童谣。

⑤ 按犹太人风俗,死后最好葬在巴勒斯坦,因为该地土壤有特殊的神圣性。不能做到的话,也要有一抔该地泥土放入棺中随葬。

受到保护，甚至在入土之后。爱尔兰人的家，就是他的棺材①。藏在地下墓穴中，裹上防腐香料，木乃伊也是如此。

布卢姆先生拿着帽子站在最后，数了数脱掉了帽子的脑袋。十二。我是十三。不对，穿雨褂的那家伙才是十三。死亡的数目。他是从哪个缝里钻出来的？刚才在小教堂里还没有他呢，我敢起誓。无聊的迷信，什么十三不十三的。

内德·兰伯特这套衣服的料子不错，柔软的花呢。颜色略带紫红。我们住在隆巴德西街那时候，我也有这么一套来着。从前他爱打扮。常常一天换三套。我那套灰色的，该让梅夏士翻个面儿了。嘿，原来是染过的。他老婆我忘了他没有结婚要不他的房东太太该帮他把这些线头摘摘干净才对。

灵柩由跨在墓架上的工人缓缓地放入墓穴，看不见了。工人们都爬上来，出了墓穴，大家又都脱帽。二十个。

默哀。

如果忽然之间我们都变成了别人呢。

远远的有一头驴在叫。雨。② 没有这样的驴。据说，死驴是见不到的。对于死亡感到羞耻。它们会躲起来。可怜的爸爸也去了。

清风习习，在脱了帽的脑袋周围细语。喃喃细语。墓前的男孩双手捧着花圈，默默地凝视着黑洞洞的墓穴。布卢姆先生挪到了身材魁伟、待人热情的管理员后面。剪裁合身的礼服。也许正在估量这些人，看下一个该轮到谁了吧。唉，不过是长时间的安息罢了。再也没有感觉了。只是那一下子有感觉。准是挺不舒服的。起初是难于相信。一定是弄错了：是另外一个人吧。到对门那一家去问问看。等一下，我愿意。可是我还没有。然后就是幽暗朦胧的临终房间了。他们要光亮③。你周围有人在压低了声音说话。你想见牧师吗？然后是东拉西扯，说胡话了。瞒了一辈子的隐私，都在胡话中抖出来了。临死的挣扎。他的睡眠不自

---

① 英国谚语：英国人的家，就是他的堡垒。

② 爱尔兰风俗认为中午驴叫要下雨。

③ 德国诗人歌德临终时，最后说的话是“亮些！再亮些！”

然。按一按他的下眼皮。看看他的鼻子是不是发尖下巴是不是下陷脚心是不是发黄[①]。把枕头抽掉,搬到地上去干吧,反正他是完蛋了[②]。在那张描绘罪人之死的画中,魔鬼让他看一个女人。只穿着一件衬衫的他,拼命地想拥抱她。《露西亚》最后一幕[③]。**难道我再也见不到你了吗?** 乓!断气了。终于完了。人们谈论一阵你的事情,也就忘了你。别忘了为他祈祷呵。做祈祷的时候得惦记着他点儿呵。甚至巴涅尔也是如此。常春藤纪念日[④]已经逐渐被人淡忘。然后,都跟着去了:一个接一个地下了坑。

我们现在是在为他的灵魂得到安息而祈祷。祝你安康,祝你不下地狱。换换空气,挺不错的。跳出生活的油锅,跳进炼狱[⑤]的火坑。

他是不是想到过有一个坑在等待着他呢?据说,你在阳光下打寒战,就是你想到了。有人在你的墓上走过了。是在通知你作准备了。快了。我的就在那边,靠近芬葛拉斯的那头,我买的那一块墓地。妈妈,可怜的妈妈,还有小茹迪。

挖墓工人们拿起铁锹,把大块大块的土坷垃往坑里扔,砸在棺材上。布卢姆先生扭过了脸不看。万一他一直没有死,怎么办?啊呀!天哪,那可糟了!不,不会的:他已经死了,当然。当然他已经死了。星期一他就死了。应当有一种法律,规定扎一下心脏,以免弄错,要不在棺材里装个电钟或是电话,留一个呼救气孔那样的东西。遇难信号旗。三天为期。夏天放这么久,时间好像长了一些。还是利利索索,弄清确实没有了就关死的好。

土块砸得缓和些了。已经开始被人遗忘了。眼不见,心不念。

管理员往旁边挪了几步,戴上帽子。够了。送葬的人都松动了,一个一个不动声色地戴好了帽子。布卢姆先生也戴上帽子。他看见那个

① 欧洲的一种风俗,认为人死时会鼻子发尖、下巴下陷、脚心发黄。

② 这是法国小说家左拉的小说《大地》(1887)中描写的一个场面。

③ 《露西亚》是十九世纪的一出意大利歌剧,描写一对恋人因两家有仇而不能结合,女主人公露西亚因被迫嫁人而发疯致死,男主人公自杀。

④ 巴涅尔死后,拥护他的人每年到他的忌日都佩带常春藤的叶子以作纪念。

⑤ 按照天主教等教义,只有完全纯洁的人死后才能直接进天堂,罪大恶极的直接下地狱,其余的人先进炼狱受磨炼后再入天堂。

魁伟的身影正在熟练地穿过错综复杂的墓间阡陌。他在这凄凉的场地上穿行,很安详,很有把握。

哈因斯在笔记本上记着什么。对了,人名。可是他对这些人不是都认识吗? 不,来找我了。

——我记一下名字,哈因斯小声说。您的教名是什么? 我弄不太清。

——利,布卢姆先生说。利奥波尔德。您把麦考伊的名字也写上吧,他托我的。

——查利,哈因斯一边写一边说。我知道。他在《自由人报》干过。

不错,后来他才在陈尸所找到工作的,在路易斯·伯恩手下。尸体解剖,对大夫们很有价值。原来只是推测,解剖尸体才能弄清实情。他是一个星期二死的。不能不跑。收了几份广告费,携款潜逃。查利,你是我心爱的人①。因此,他才托我。好,没有关系。我给你办了,麦考伊。谢谢你,老朋友,承蒙你关照。乐得做人情,不花一个子儿。

——还要请问你,哈因斯说,你认识那个人吗,那个穿,那边那个穿……

他回过头去张望。

——雨褂。对,刚才我看见他了,布卢姆先生说。现在到哪儿去了?

——于郭,哈因斯说着,匆匆地记下了。我不认识他。这是他的姓名吧?

他东张西望地走了。

——不对,布卢姆先生说。他扭过身子去想拉住他。喂,哈因斯!

没有听见。怎么回事? 那人到什么地方去了? 无影无踪了。哼,这可真是。这儿有谁见到了吗? 凯旋的凯,胜利的利,会隐身术哩。我的主啊,那人究竟到哪儿去啦?

---

① 有一首苏格兰民歌叫《查利是我心爱的人》,歌中"查利"指十八世纪争夺英国王位的查尔斯·斯图尔特。

第七个挖墓工人走到布卢姆先生旁边,来取一把没有人用的铁锹。

——唷,对不起!

他敏捷地让开了。

褐红色的泥块,湿漉漉的,从墓穴里露出来了。升起来了。快满出来了。一个湿土坷垃堆成的坟头,升高了,又升高了一些,挖墓工人才停下手里的铁锹。人们又一次脱帽片刻。男孩把花圈倚在一个角上立着,他舅舅也把他那个花圈倚在一块土坷垃上。挖墓工人戴上帽子,拿着带泥的铁锹向小拉车走去。然后在草地上轻轻地磕打锹头:干净了。其中有一个弯下腰去捡锹把上的一簇长草。另一个离开了伙伴们,独自扛着武器慢慢地往前走了,武器的尖端闪着蓝光。墓前还有一个,在默默地卷着抬棺材的带子。他的脐带。孩子的舅舅转身要走的时候,往工人那只空着的手里塞了一点什么。无声的感谢。别难过了,先生:费心啦。摇头。我懂。一点小意思,你们自己喝一杯。

送葬的人慢慢地散开了,在曲折迂回的墓间小道信步而行,偶或还站住了看一看墓上的名字。

——咱们绕道去看一看首领①的坟墓吧,哈因斯说。咱们有时间。

——很好,帕尔先生说。

他们转向了右边,脚步跟思想一样缓慢。帕尔先生以惶惑而茫然的声调说:

——有人说他根本不在这个坟墓里。说棺材里全是石头。说他有朝一日还会回来的。

哈因斯摇摇头。

——巴涅尔是回不来了,他说。他就在坟墓里,他的整个儿肉身。愿他的遗体享受安宁!

布卢姆先生无人注意,沿着一个小树林踽踽独行,路旁是悲哀的天使、十字架、断头的石柱、家庭墓室、满怀希望仰天祈祷的石头、爱尔兰祖国的心和手②。不如把这些钱花在慈善事业上周济活人,还更实际

---

① “首领”是爱尔兰人为了表示对巴涅尔的敬爱而采用的盖尔族老式称呼。

② 《爱尔兰祖国的心和手》是一首歌颂爱尔兰的歌曲。

些。为灵魂的安息而祈祷。谁还当真？埋掉完事。像滑槽卸煤一样。干脆集中在一起，可以省点时间。万灵日①。二十七号我去给他扫墓。给园丁十个先令。他给墓地清除杂草。他自己也老了。拿着大剪子修整灌木，猫着腰。离死亡的大门不远了。作古。与世长辞②。仿佛是他们自己主动似的。实际上都是被铲走的，没有一个例外。挺腿儿了。不如说说他们是干什么的，还有点意思。某某某，车轮工匠也。鄙人兜销软木地毯。鄙人破产，每镑偿还五先令。要不，是一个掌勺的妇女。舍间擅长爱尔兰炖肉。谁写的那首诗，华兹华斯还是托马斯·坎贝尔③，应该叫乡村教堂墓地赞歌。按照新教的说法，叫做进入休息。老大夫墨林的说法是，太医生召唤他回老家。对了，他们把它叫做上帝的园地④。惬意的乡村住所。粉刷一新。理想的地点，可以安安静静地抽一口烟，看看《教会时报》。结婚启事，他们总是不知道把它弄漂亮些。石栓上挂着生锈的花圈，青铜箔做的花叶。这种办法比较实惠。话又得说回来，真花有诗意。这种永不凋谢的，叫人有些腻烦。不表达什么意义。万年花。

一只鸟驯顺地栖在一棵白杨树枝上。像假鸟似的。有点像市参议员胡珀送给我们的结婚礼物。嚯！纹丝儿不动。它知道这里没有弹弓来射它。动物死了更可怜。小傻瓜米莉用厨房里的大火柴盒子埋葬小死鸟，还在墓上放了一个雏菊花环，铺上一些碎瓷片。

那是圣心⑤：露在外面的。掏出心来给人看。应该靠边一点，红色的，画得真像一颗心才行哪。爱尔兰就是信奉这个，诸如此类的东西。看样子一点也不愉快。为什么这样难过？是不是怕鸟来啄，像捧着一

---

① “万灵日”是天主教节日（12 月 2 日），教会在这一天为全体尚在炼狱中的灵魂做祈祷。

② “作古”“与世长辞”都是墓碑上的词句。

③ 英国诗人托马斯·格雷（1716—1771）有一首著名的诗，题为《哀歌——写于乡村教堂墓地》，诗中涉及身份各异的死者生前的活动。

④ “上帝的园地”是英国对教堂墓地的一种传统称呼。

⑤ “圣心”指耶稣的心脏。十七世纪一个法国修女（死后被追认为圣徒）宣称耶稣对她显示了他的心脏，表明了他对人的热爱，因而应该对圣心做礼拜。

篮水果的男孩似的,可是他说不用,鸟应当会怕孩子的。那是阿波罗①。

有多少呵!所有这些人都曾经在都柏林走动过。已故的信徒们。你们的现在,就是我们的过去。②

再说,又怎么记得住这么多人?眼神、走路的姿势、说话的声音。要说声音,倒是可以的:留声机。可以在每一个坟墓里装一部留声机,或是放在家里也行。到了星期天,晚餐之后。放一放可怜的老爷爷的片子吧。喀啦啦啦喀!你们好你们好你们好我非常高兴喀啦喀非常高兴又见到你们好你们好非常喀尔普嘘斯。可以让你再听到声音,就像照片可以让你见到容貌一样。要不然,时间一久,譬如说过个十五年吧,你就记不住长相了。比方说谁呢?比方说我在威士敦·希利公司那阵子死的一个人吧。

得吱吱脱勒!石子滚动的声音。等一下。站住!

他盯住一座石砌的地下墓穴,仔细看了一回。有一个什么动物吧。等着。来了。

一只肥胖的灰色老鼠,步履蹒跚地沿着墓穴的边沿爬过去了,是它带动了石子儿。老油子:老爷爷了,熟门熟路的。老家伙在石壁底板下面找到一条缝,扭动灰色的身躯,钻了下去。倒是一个埋藏金银财宝的好地方。

谁住在这里?罗伯特·埃默里遗体安葬。罗伯特·埃米特是打着火把埋在这里的吧,是不是?③ 在巡视呢。

尾巴也下去了。

---

① “阿波罗”,可能是布卢姆记错了名字。古希腊有一写实派画家名叫阿波罗多卢斯(Apollodorus),但画葡萄出名的是另一个古希腊画家邱克西斯(Zeuxis),他画一个男孩拿着葡萄,竟能引得飞鸟来啄食,但画家本人对此并不满意,说自己还没有把那男孩画活,否则鸟不敢来啄。

② 这是墓碑上常用的词句,下面往往还有另一句:我们的现在,就是你们的将来。

③ 墓碑上的名字罗伯特·埃默里使布卢姆想起了罗伯特·埃米特。后者是爱尔兰爱国志士,一八〇三年起义抗英失败后被殖民当局按叛国罪处死,盛传尸体被人盗出安葬,但不知究竟安葬在何处,至一九〇三年一百周年时仍未确定。前景公墓是人们传说中的可能葬地之一。

有这么一个家伙,不用多久就能把一个人解决了。把骨头啃得一干二净,不论是谁。对它们说来是家常便饭。尸体,无非就是放坏了的肉。原是的,那么干酪是什么呢?牛奶的尸体。我在那本《中国游记》里看到,中国人说白种人身上的气味像死尸。火葬比较好。教士们坚决反对。挖自己的墙脚。成批烧化,经营荷兰炉子。瘟疫时期。用生石灰高温坑销毁。毒气处死房。从灰烬到灰烬①。或是海葬。帕西人的肃寂塔②是在什么地方?喂鸟。土葬、火葬、水葬。据说淹死最舒服。一瞬间看到自己一生的经历。然而被人救活不妙。空葬可是办不到。从飞行机器里往外送。每次新下去一个,不知道他们是不是也辗转相告。地下信息网。我们还是从它们那儿听来的呢。这也不足为奇。对于它们,这是饱餐一顿的机会。他还没有完全死去,苍蝇就来了。已经得到了狄格南的消息。它们根本不在乎死尸的气味。尸体已经要解体,盐白色,松散疲软的,气味、滋味都和生的白萝卜差不多。

大门在前方闪烁了一下:还敞着呢。又回到人间来了。这地方可呆够了。每来一次,都更走近了一步。上次来这里,是辛尼柯太太的葬礼。可怜的爸爸也是。爱可以夺去人的生命。③ 甚至还有我在报上看到的那件事,半夜拿着灯去扒坟头找新入土的女尸或者甚至已经腐烂的还有流脓的墓疮。想一想,真叫人起一身鸡皮疙瘩。我死后来和你相会。我死后鬼魂来找你。我死后的鬼魂来缠住你。人死后,另外还有一个名叫阴司地狱的世界。我不喜欢另外那一个司,她信里说。我也不喜欢。还有好多东西要看,要听,要感受呢。感受到身边有热乎乎的生命。让他们在长蛆的床上睡他们的长觉吧。这一场他们还甭想拉我参加。热乎乎的被窝:热乎乎的、血气旺盛的生活。

马丁·坎宁安从旁边的一条小径上出来了,正神情严肃地和人说

---

① 按照《圣经》,上帝造人的原料就是尘土。《圣经》中还多次提到人原本是尘土与灰烬。因此,有的基督教葬礼祈祷文中有"从灰烬到灰烬"等词句。

② 帕西人是古代从波斯移居到印度的民族,在印度仍坚持信奉祆教,并保持自己独特的风俗习惯,人死后将尸体送进"肃寂塔"听任飞禽啄食。

③ 辛尼柯太太是乔伊斯短篇小说集《都柏林人》中的一个人物,因得不到爱情的温暖而自暴自弃,终于酗酒丧生。

着话。

是个律师,我想。我见过他。门顿,约翰·亨利,律师,宣誓和作证的经办人。狄格南原来就在他的事务所工作的。很久以前了,马特·狄龙家。好客的马特。热闹的晚会。冷鸡肉、雪茄烟、坦塔罗斯酒柜①。真是金子一般的心。对,是门顿。那晚上在草地木球场上,因为我的球滚了内线,他就发火了。我是纯粹偶然的运气:偏心球。他为什么这么恨我。一见堵心。莫莉和芙洛伊·狄龙手挽着手站在紫丁香树下笑。男人总是这样的,有女人在旁边就容易感到丢脸。

他的帽子边上瘪下去一块。大概是马车。

布卢姆先生在他们旁边说:

——对不起,先生。

两人站住了。

——您的帽子有一点儿压瘪了,布卢姆先生用手指着说。

约翰·亨利·门顿瞪眼望着他,有一忽儿没有任何动静。

——那儿呢,马丁·坎宁安也帮着指出。

约翰·亨利·门顿脱下礼帽,顶起凹陷的地方,细心地用衣袖把帽子的丝绒面拭顺,然后又戴到头上。

——现在好了,马丁·坎宁安说。

约翰·亨利·门顿的脑袋向下动了一下,表示领了情。

——谢谢,他冷冷地说。

他们又继续向大门走去。受了冷落的布卢姆先生有意落后几步,以免听见他们的谈话。是马丁在定调子。像这样一个笨蛋,马丁完全可以随意摆布,他还不知道是怎么一回事儿呢。

牡蛎眼睛。没有关系。以后他明白了,也许就后悔了。那样他才心服。

谢谢。咱们今天的架子可真不小!

---

① 坦塔罗斯原是《奥德赛》中一个人物,尤利西斯在地狱中见他泡在水中而永远喝不到水,站在果树下而永远吃不到水果。现指一种装有机关的酒柜,柜中酒瓶可望而不可即,需要打开机关才能取出。

七

在海勃尼亚[1]都市中心

在纳尔逊纪念塔前,电车纷纷减速、改道、换线,又各自驶向黑岩、国王镇和道尔盖、克朗斯基、拉思加和特伦纽尔、帕默斯顿公园和上拉思芒斯、沙丘草地、拉思芒斯、陵森德和沙丘碉楼、哈罗德十字路口等方向。嗓子嗄哑的都柏林联合电车公司报时员,大声地报着这些去向:

——拉思加和特伦纽尔!

——走啦,沙丘草地!

右边左边,在平行的轨道上铿铿锵锵叮叮当当地响着,一辆双层车和一辆单层车各自从轨道尽头转入下行线,并排滑行着。

——开车,帕默斯顿公园!

戴王冠的

在邮政总局的大门廊檐下,擦皮鞋的招呼着主顾,擦着鞋。王子北街上停着一些朱红色的皇家邮政车,车身两侧标着代表今上的字母 E. R.[2],人们正大声喊叫着将各式各样的邮包往车上抛,发往本市的、外地的、本国的、外国的信件、明信片、邮简、包裹、保险的、预付邮资的,形形色色。

---

① “海勃尼亚”即爱尔兰,文学作品中常用此名。

② E. R. 即 Edward Rex(爱德华王),为当时英国之王爱德华七世的拉丁文称号。

新闻界人士

穿大皮靴的马车夫推着大桶,沉甸甸地从王子仓库滚出来,哐当哐当地装上啤酒厂的平板车。啤酒厂的平板车上,哐当哐当地装上了由穿大皮靴的马车夫从王子仓库推出来的沉甸甸的大桶。

——在这儿呢,红脸默里说。亚历山大·岳驰公司。

——请你剪下来,好吗?布卢姆先生说。我拿到《电讯晚报》去。

拉特利奇办公室的门又吱格一声。戴维·斯蒂芬斯出来了,小小的个子披一件大斗篷,鬈发上顶着一顶小毡帽,斗篷下面挟着一卷报纸,国王的信使。

红脸默里的大剪刀干净利索地嚓嚓嚓嚓四下,从报纸上剪下了广告。剪刀加浆糊。

——我从印刷车间穿过去,布卢姆先生拿起剪下的方块说。

——当然啰,假如他要一小段的话,耳朵后面夹着一支铅笔的红脸默里顶真地说,咱们可以给他弄一小段的。

——对,布卢姆先生点点头说。我把这一点揉进去。

咱们。

沙丘奥克兰的威廉·布雷登阁下

红脸默里用剪子碰一碰布卢姆先生的胳膊,悄声地说:

——布雷登。

布卢姆先生转过身去,看见穿制服的门房正举起头上那顶带字母的帽子,一个身材魁伟的人从《自由人周刊与全国新闻》和《自由人报与全国新闻》两大阅报栏之间走了进来。吉尼斯啤酒桶在沉甸甸地滚动。那人仪表不凡地走上楼梯,开路的是一把雨伞,一副胡子镶边的庄严容貌。穿着绒面呢的背脊一步又一步地往上升:背脊。他的脑子全都在他的后脖子里头呢,赛门·代达勒斯说。后面堆着一厚条一厚条的肉。脖子是一层一层的肥褶,肥肉,脖子,肥肉,脖子。

——你觉得他的脸像不像救世主？红脸默里小声地说。

拉特利奇办公室的门悄悄地响了：咿：克哩。他们安门总是两扇对着的，通风。这边进，那边出。

救世主：胡子镶边的鸭蛋脸：黄昏时分的谈话。玛利、玛莎。雨伞剑开路，走向脚灯前：男高音马里奥。

——像马里奥，布卢姆先生说。

——不错，红脸默里表示同意。可是，人们说马里奥和救世主就是一模一样的呢。

耶稣马里奥，脸上红扑扑的，紧身上衣瘦长腿，手按着心，演出《玛莎》①。

> 归来吧，我失去的人儿呀，
> 归来吧，我心爱的人儿呀！

权杖与笔

——大主教今天上午来了两次电话，红脸默里神情严肃地说。

两人望着膝部、腿部、靴子先后消失。脖子。

一个送电报的敏捷地跨进来，将一封电报摔在柜台上，急匆匆地扭头就走，只留下一声：

——《自由人》！

布卢姆先生慢吞吞地说：

——说起来，他也是咱们的救星之一呀。

带着温顺的笑容，他掀起柜台活板，走进侧门，走上热烘烘、黑黢黢的楼梯和过道，两边的板壁不断地震动着。可是他能挽救发行量吗？轰隆隆，轰隆隆。

他推开一扇玻璃弹簧门，跨过地上散乱的包装纸走了进去。他穿过一排铿锵作响的滚筒机，走向南内蒂的校样间。

---

① 《玛莎》为十九世纪德国轻歌剧，下引歌词为剧中男主人公思念女主人公玛莎唱词。

哈因斯也在:大概是葬礼报导。轰隆隆。轰。

真切哀讣
都柏林一最受尊敬市民
泯灭于世

今晨派特里克·狄格南先生遗体。机器。人缠在里头,可以把人碾成粉末。统治着今天的世界。他的机器也在不停地运转。和这些一样,已经失控:煽动着。不断地转,不断地撕扯。那只老迈的灰色耗子,一个劲儿地扒着扯着往里钻。

一份大报如何产生

布卢姆先生在工长消瘦的身子后面站住了,端详着一个亮晶晶的头顶。

奇怪,他就从没有见到过他真正的祖国。爱尔兰就是我的祖国。学院草地区的议员。他大声疾呼,全力鼓吹真干活的工人立场。周刊要行销,主要靠广告和特写,不能靠公报里那些老掉牙的新闻。安妮王后逝世。① 公元一千多少年官方发布。地产位于廷纳亨奇男爵领地,罗森纳利斯镇区。依法为有关方面提供材料,显示巴利纳出口骡子与母驴数量。自然界情况。卡通栏。菲尔·布莱克的《派特与牛》,每周一篇。托比叔叔的娃娃栏。乡巴佬问答栏。请问编辑先生:治肠胃气胀有何妙方?我倒是喜欢这一角。教别人,自己也学到不少。口气亲切。人物周刊。几乎全是图片。金黄色的沙滩,体态优美的游泳人。世界最大气球。两姊妹同时成婚,双喜临门。两位新郎彼此相望开怀大笑。库普拉尼,也是印刷业。比爱尔兰人还爱尔兰。

机器铿锵铿锵,三拍子。轰、隆、隆。万一他忽然中风,没有人知道

① 这是英国十八世纪周刊《旁观者》将人所共知的安妮王后(1665—1714)逝世消息作为新闻发表所用词句。

怎么关机器，它们就会没完没了地铿锵下去，一遍又一遍，翻来覆去地印下去。全成了瞎胡闹。需要清醒的头脑。

——怎么样，排进晚版吧，市政委员，海因斯说。

过些日子就该称他市长大人了。长约翰在支持他，据说。

工长不回答，只是在纸角上画个付印就向一个排字工人做手势，默默地把稿纸从肮脏的玻璃挡板上递了过去。

——对，谢谢，海因斯说着要走。

布卢姆先生挡着他的路。

——你要领款的话，出纳正要去吃午饭，他用拇指指着身后说。

——你领了吗？海因斯问他。

——嗯，布卢姆先生说。动作快点，你还能逮住他。

——谢谢，老兄，海因斯说。我也去找他要一票。

他急匆匆地往《自由人报》的方向去了。

我在梅尔酒店借给他三先令。三个星期了。第三次暗示。

兜销员工作实况

布卢姆先生将剪报摆在南内蒂先生的办公桌上。

——对不起，市政委员，他说。这条广告，您瞧。岳驰公司的，您记得吗？

南内蒂先生对剪报打量了一下，点点头。

——他要登七月份，布卢姆先生说。

工长的铅笔对着它过来了。

——可是等一下，布卢姆先生说。他要变动一下。岳驰，您明白吗？他要在上边加两把钥匙。

机器声音嘈杂得要命。他听不见。南南。钢铁的神经。也许他明白了我的。

工长转过头来耐心地听着，然后抬起一支胳膊，慢慢地把手伸进自己的羊驼绒上衣腋下搔起痒来。

——像这样，布卢姆先生把两根食指交叉在上端说。

让他首先把这一点弄明白了。

布卢姆先生的目光从自己的十字交叉的手指上，移到工长的灰黄色的脸上，我想他大概有一点黄疸病，又看到那边那些驯顺的大卷筒将大卷大卷的纸张往机器里送。铿里康，铿里康。放出来的纸有多少英里长。最后的结果怎么样呢？哎，包肉，裹东西：各种各样的用途，一千零一种。

他一面把他要说的话语巧妙地分段插进机器声的间隙中，一面在疤痕累累的桌面上迅速比划着。

钥匙(岳驰)院

——这样的，您瞧。这里是两把钥匙相交。一个圆圈。然后这里写名称。亚历山大·岳驰，经售茶叶、酒类。等等。

是他的业务，最好不要对他说三道四的。

——您自己知道的，市政委员，按他的要求就行。然后，上边圆弧形的加铅条字体：钥匙院。您明白了吗？您说这个主意好吗？

工长把搔痒的手挪到下面肋部，又在那儿静静地挠起来。

——主要的一点，布卢姆先生说，是钥匙院。您知道，市政委员，曼恩岛议会。影射地方自治①。从曼恩岛来旅游的，您知道。醒目，对吧？能办到吧？

也许可以问问他，Voglio 那个字究竟该怎么念才对。可是万一他不知道，岂不让他难堪？还是不问好。

——可以办到，工长说。有图样吗？

——我可以弄来，布卢姆先生说。基尔肯尼的一份报纸上登过。他在那里也有一家。我这就去找他问一问。怎么样，您可以那样办，再加上一小段，吸引人们的注意。您知道，就是通常的那种。高级有照酒家。正孚众望。等等。

---

① 曼恩岛在爱尔兰海中，也属于英国，但享有自治权，该岛的下议院以相交的钥匙为院徽。

工长想了一想。

——可以办到,他说。叫他续登三个月的。

一个排字工人给他送来一张软疲疲的长条校样。他开始默读校对。布卢姆先生站在旁边听着嘈杂的机器轰隆声,望着排字工人们默默地在各自的活字分格盘前工作。

校正错别字

拼写得有把握才行。校对热。马丁·坎宁安今天早上忘了给我们出他的拼写比赛难题。小贩受窘下面是个君,看他丑酉旁是鬼态是太心百出;公墓围墙口里有韦,草头苇子围在外头。无聊,是不是?说公墓围墙当然只是为了苇子。

他扣上他那顶高帽子的时候我可以说。谢谢。我应当说一说帽子旧了还是怎么的。不。我可以说。现在看起来跟新的一样了。那时看他的尊容吧。

嘶溜。第一台机器的最下一层往前推出一块活板,嘶溜一声送出第一批叠好的报纸。嘶溜。像人似的,嘶溜一声打招呼。是在用最好的声音说话呢。那扇门也是嘶溜一声,要求你关上它。每样东西都有它自己的语言。嘶溜。

著名教会人士偶或撰稿

工长突然递回长条校样,同时说:

——等一下。大主教的信呢?要在《电讯报》上转载的。那个谁呢?

他顺着他那些声音嘈杂而不作回答的机器,四面张望着。

——蒙克斯吗,您哪?制版箱那边一个人问。

——对。蒙克斯在哪儿?

——蒙克斯!

布卢姆先生拿起剪报。该出去了。

——那我就去取图样，南内蒂先生，他说。我知道您会给它排一个好地方的。

——蒙克斯！

——在，您哪。

续登三个月。先得费点口舌才行。不管怎么得试一试。把八月份揉进去：好主意：马展月。鲍尔士桥。旅游的多，看马展。

日班组长

他在排字间内继续往前走，迎面遇见一个老头儿，弯腰驼背的，戴着眼镜，围着围裙。老蒙克斯，日班组长。他这一辈子，一双手处理了多少希奇古怪的材料：讣告、酒店广告、演说、离婚官司、发现溺水死者。现在他快走到尽头了。一个清醒的、严肃认真的人，银行里有一点储蓄吧，我估计。妻子做得一手好菜，什么都洗得干干净净的。女儿在客厅里踩机器。朴素实在的姑娘，容不得胡闹的。

逾越节宴会时分

他站住了一下，看一个排字工人的麻利的排铅字动作。先得倒着看文字。他的动作很快。这一定需要相当的练习才行。**南格狄·克里特派**。可怜的爸爸拿着他的哈加达书[1]，倒指着念给我听。逾越节。次年到耶路撒冷。啊呀，真是的。真不容易呀，领咱们出了埃及的国土，又进入奴役状态，哈利路亚[2]。Shema Israel Adonai Elohenu.[3]不

① 哈加达书为犹太教逾越节家宴用书，主要叙述犹太人出埃及经过。希伯来文写法自右至左。

② “哈利路亚”为希伯来语，意为“赞颂天主”。按犹太民族记载出埃及一事均曰“脱离奴役状态”。

③ 希伯来语：“听着，以色列，主——我们的上帝。”这是犹太教日常祷词开端，并非逾越节颂词。

对,这是另一段。然后是那十二个兄弟,雅各的儿子们。然后是羊羔和猫和狗和棍棒和水和屠夫。然后是死神杀屠夫,屠夫杀牛,狗杀猫。听起来有些冒傻气,可是你仔细考虑一下呢。说的是世道,可就是一个吃一个。生活其实就是这么一回事。他干这活多利索。熟能生巧。他的手指上仿佛长眼睛似的。

布卢姆先生通过走廊,走出机器轰鸣圈,到了楼梯口。现在我怎么办?搭电车走不少路,也许到那里他正好不在。不如先打个电话给他。号码?和项缘的门牌号码一样。二八。二八四四。

香皂再现仅此一回

他沿着墙外的楼梯往下走。这些墙上是什么家伙用火柴画得这么乱七八糟的?看样子像是打什么赌。这些工厂里老有很浓的油污气味。隔壁汤姆公司我在那里的时候总有一股子温热胶水的味道。

他掏出手绢扑扑鼻子。香橼柠檬味?对了,我塞在那里的香皂。这个口袋里容易丢。他在放回手绢的时候取出香皂,放进裤子后边口袋里,扣上了扣子。

你妻子用什么香水?我现在还可以回家:电车:忘了东西。就看一眼:准备:打扮。不。这里。不。

从《电讯晚报》办公室里突然传出来一阵尖啸的笑声。我知道那是谁。有什么新鲜事儿?进去一下,打个电话。是内德·兰伯特。

他轻手轻脚走了进去。

爱琳,银色海洋中的绿宝石

——幽灵在走动,麦克休教授满嘴饼干,对那积着尘垢的窗玻璃轻声嘟哝。

代达勒斯先生站在空壁炉旁边,睁眼望着内德·兰伯特等待回答的脸,没好气地问他:

——折磨人的基督,你这样不会在屁股上犯心口疼么?

内德·兰伯特坐在桌子上，接着往下念：

——**或是，请看那曲折蜿蜒、波纹回旋的小溪，任凭山石阻挡，它仍潺潺而流，奔向浪涛汹涌的蔚蓝色海神世界，沿途有绿苔覆盖的河岸相伴，有温柔体贴的西风吹拂，有灿烂明媚的阳光照射，有森林巨人的枝叶临空，将荫影披覆在小溪那沉思的胸膛上。**这一段怎么样，赛门？他从报纸上端看着他问。呱呱叫吧？

——他换酒了，代达勒斯先生说。

内德·兰伯特笑着，拿报纸打着自己的膝盖，又说一遍：

——**沉思的胸膛，树叶临空屁露。**啊唷！啊唷！

——色诺芬①望马拉松②，代达勒斯先生又看一眼壁炉之后，转过身去对着窗户说，马拉松望海洋。

——行啦，站在窗前的马克休教授喊叫着说。这货色我再也不要听了。

他把原已咬成新月形的淡饼干吃掉，又饥饿难熬地去咬另一只手里那一块。

装腔作势的玩意儿。鼓鼓囊囊，没有东西。内德·兰伯特今天休息了，看来是。参加一次葬礼，一天就乱了。他是有人的，据说。副大法官老查特顿是他的亲戚，大两辈还是三辈的。快九十了，据说。准备他逝世后发表的文告恐怕早就写好了。就活着，气气他们。他自己还可能先走呢。约尼，腾出点儿地方给叔叔。赫奇斯·艾尔·查特顿阁下。我敢说，他少不了抖抖索索地写个一张两张支票帮他付账的。到他挺腿儿的时候，准可以落上一笔的。哈利路亚。

——再抽一次风，内德·兰伯特说。

——是什么？布卢姆先生问。

——新发现的西塞罗③片段，马克休教授像煞有介事地说。《我们的美好的国土》。

---

① 色诺芬（公元前434？—前354），希腊历史家。

② 马拉松系希腊一平原，公元前四九〇年希腊军队在此战胜波斯军队。拜伦《哀希腊》中感叹现代希腊的沉沦时曾说山岳望马拉松，马拉松望海洋。

③ 西塞罗（公元前106—前43），罗马政治家，著名演说家。

一语中的

——谁的国土？布卢姆先生单纯地说。

——非常中肯的问题，教授在咀嚼间隙中说。重点放在谁字上。

——丹·道森的国土，代达勒斯先生说。

——是他昨天晚上的演说吗？布卢姆先生问。

内德·兰伯特点点头。

——可是，你们听听这一段吧，他说。

布卢姆先生的后腰被门把儿撞了一下，有人推门进来。

——对不起，杰·J. 奥莫洛伊说着走了进来。

布卢姆先生敏捷地挪开身子。

——我请你原谅，他说。

——你好，杰克。

——进来。进来。

——你好。

——你好吗，代达勒斯？

——不错。你自己呢？

杰·J. 奥莫洛伊摇摇头。

可　悲

他本来是青年律师中最能干的一个。走了下坡路，可怜的人。那种潮红是寿命到头的标志。他是危在旦夕了。这回不知道是什么事。愁钱吧。

——或是去攀登那林立的山峰吧。

——你的脸色有些特别。

——主编见得着吗？杰·J. 奥莫洛伊望着里边的门说。

——一点问题也没有，马克休教授说。见得着也听得着。他在他的密室里会莱纳汉呢。

杰·J.奥莫洛伊缓步走到斜面桌子前，开始从后向前翻阅粉红色的资料。

业务衰落了。一个本来可以成功的人。失掉了雄心。赌博。欠了赌债。自食其苦果。原来菲茨杰拉德律师事务所常常给他介绍需要聘请律师的好主顾。头戴假发，是为了显示他们的灰色物质。露出脑子给人看，和葛拉斯内文的雕像一个意思。他大概还和盖布里埃尔·康罗伊一起给《快报》写一些稿子。挺有学问的角色。迈尔斯·克劳福德是在《独立报》上开始的。这些报人有意思得很，得到一点什么地方需要人的风声马上就转变航向。随风转。翻手为云，覆手为雨。都不知道该听他们的哪一段。他们说东你就信是东，可是回头就变了西。在报纸上光着脑袋拼命，可是过一会儿风平浪静，马上又是亲亲热热友情为重了。

——啊，你们无论如何得听一听这一段，内德·兰伯特求他们。或是去攀登那林立的山峰吧……

——华而不实！教授没有好气地说。夸夸其谈的空话，够了！

——山峰，内德·兰伯特还是继续念，巍巍然耸立云际，可以荡涤我们的灵魂，可以说……

——荡涤他的嘴巴吧，代达勒斯先生说。神圣、永恒的天主啊！怎么？他作这场演说，能得点儿什么吧？

——可以说，荡涤在无可比拟的爱尔兰档案的全景之中；尽管有其它素负盛名的胜地同样受人夸赞，她的娇美确是天下无双，看那郁郁葱葱的树丛、绵延起伏的平原、青翠欲滴的大片牧草，沉浸在我们爱尔兰黄昏特有的神秘绝尘、苍茫柔和的暮色之中……

——月亮，马克休教授说。他忘了哈姆雷特。

他的乡俚语言

——那暮色笼罩着一望无际的远景，只待那皎洁的月球冉冉升起，放出她那光彩四射的银辉……

——啊唷！代达勒斯先生脱口而出，一声绝望的呻吟。臭屁不值！

行了,内德。人生太短促了。

他脱掉大礼帽,不耐烦地吹着八字胡,同时伸开耙形手指,用威尔斯办法梳起头发来。

内德·兰伯特把报纸扔在一边,高兴得咯咯地笑个不停。过一会儿之后,马克休教授那张胡子拉碴戴着黑框眼镜的脸上,突然爆发出一阵嗄哑吼叫似的大笑。

——夹生的老道!他喊道。

韦瑟勒普如是说

现在成了白纸黑字,自然可以加以嘲笑,但是那样的货色出笼的时候可是像热气腾腾的蛋糕,受欢迎着呢。他本来就是面包糕点业的①,不是吗?所以他们把他叫做夹生的老道。不管怎么说,把自己的窝弄得舒舒服服的了。女儿和内地税务所那个有汽车的主儿订了婚。钩得牢牢的了。殷勤招待。敞门迎客。大宴大请。韦瑟勒普总是这么说的。抓住肚子最牢靠。

里屋的门猛的一下打开,伸出了一张绯红的尖脸,顶着一脑袋羽毛似的头发。那双果断的蓝眼睛扫了他们一眼,粗鲁的嗓音向他们发问:

——怎么回事?

——假绅士亲自出场!马克休教授神气十足地说。

——去你的吧,你这个倒霉的老教书匠!主编说,算是跟他打了招呼。

——走吧,内德,代达勒斯先生戴上帽子说。这么一折腾,我非得喝一杯不行了。

——喝一杯!主编喊叫道。弥撒以前不供酒。

——很有道理,代达勒斯先生一面往外走,一面说。来吧,内德。

内德·兰伯特从桌子上滑了下来。主编的蓝眼睛悠悠地转向布卢姆先生的隐约含笑的脸庞。

---

① 丹·道森(参见第六章)是国会议员,曾任都柏林市长,靠制造面包发家。

——你也和我们一起去吗,迈尔斯?内德·兰伯特问道。

重大战事追忆

——北科克民兵!主编高声叫着,大步向壁炉架走去:我们每次都是胜利的!北科克和西班牙军官!

——在什么地方,迈尔斯?内德·兰伯特问着,若有所感似的对他的鞋尖望了一眼。

——在俄亥俄!主编大声说。

——可不,没错,内德·兰伯特应和着说。

他一面向外走,一面悄悄地对杰·J.奥莫洛伊说:

——初期蹦跳症。病情可悲。

——俄亥俄!主编仰着绯红的脸,以最高声部的音调放声唱起来。我的俄亥俄!

——标准的扬抑扬音步!教授说。一长、一短、一长。

听吧,风吹竖琴

他从坎肩口袋里取出一卷牙线,截下一段,熟练地在他那一对又一对能够共鸣的脏牙齿之间拨动起来。

——乓澎,澎澎。

布卢姆先生见途中已无障碍,就向里屋走去。

——就一下子,克劳福德先生,他说。我只要打一个电话,是广告的事。

他走了进去。

——今天晚上那篇社论怎么样?马克休教授走到主编身边,一手稳稳地搭在他的肩上问。

——不会有什么问题的,迈尔斯·克劳福德比较平静地说。你不用担心。哈啰,杰克。没有问题。

——你好,迈尔斯,杰·J.奥莫洛伊说。他放开手,让手上那几页材料又滑回了卷宗里。那件加拿大诈骗案今天上吗?

里屋电话响了。

——二八。不对。二零。四四,对。

鹿死谁手

莱纳汉从里面的办公室出来了,手中拿着一些《体育报》传单。

——谁要金杯奖准赢绝对没错的消息?他问。权杖,骑手奥马登。

他把传单扔在桌子上。

从走廊里传来了一阵光脚报童跑进来的脚步声和尖叫声,房门忽然大开。

——嘘,莱纳汉说。我听见了脚皮声。

马克休教授大步跨到房门口,一把抓住一个缩成一团的报童的衣领,其他报童都争先恐后地奔出走廊,跑下台阶去了。那些传单被这阵风刮得窸窸窣窣地飘了起来,软软地在空中晃着蓝色的草体字样,飘到桌子下面才落了地。

——不是我,先生。是那个大个子推的我,先生。

——把他扔出去,关上门,主编说。刮飓风了。

莱纳汉开始从地上拾那些传单,两次弯腰的时候都哼着。

——等着赛马号外呢,先生,报童说。是派特·法雷尔推了我一把,先生。

他指着正在门框边窥看的两张面孔。

——就是他,先生。

——滚吧,马克休教授粗鲁地说。

他把孩子推出,砰的一声碰上了门。

杰·J.奥莫洛伊在喀啦啦啦地翻资料,一面寻找一面还嘟哝着:

——下接第六页,第四栏。

——是的,这儿是《电讯晚报》,布卢姆先生在里间办公室打电话。老板在……?对,《电讯》……去哪儿了?噢!哪家拍卖行?……噢!知道了。不错。我会找到他的。

引发相撞事故

他挂断时,铃又响了一次。他快步走进外屋,和正捡了第二张传单直起腰来的莱纳汉相撞了。

——Pardon, monsieur,①莱纳汉说着一把抓住了他,还做了一个鬼脸。

——是我的错,布卢姆先生说。他听任他抓着。把你撞疼了吗?我有点急事。

——膝盖,莱纳汉说。

他做了一个滑稽鬼脸,一面摩弄着膝盖一面哀声地说:

——Anno Domini② 积累多了。

——对不起,布卢姆先生说。

他走到门边,刚拉开一点又停住了。杰·J. 奥莫洛伊正在啪嗒啪嗒翻那本厚资料。走廊里回荡着蹲坐在台阶上的那一群报童中发出的歌声,两个尖细嗓子,一只口琴:

——我们是韦克斯福德的孩儿们
　打起仗来豁出命去干。③

布卢姆下

——我往单绅道跑一趟,布卢姆先生说,是岳驰公司这份广告的事。我得把它定下来。他们说他在那边的狄龙商行。

一时之间,他犹豫不决地望着他们的脸。一只手支着脑袋倚在壁炉架边的主编,突然伸出一支胳臂往外一挥。

——走吧!他说。世界在你前面呢。

---

① 法语:请原谅,先生。

② 拉丁文:"吾主之年",其缩写 A. D. 即"公元"。

③ 出自十八世纪末爱尔兰民歌《韦克斯福德的孩儿们》。

——一忽儿就回来,布卢姆先生说着,匆匆地走出去了。

杰·J. 奥莫洛伊从莱纳汉手里接过那些传单,轻轻地吹开,一言不发地看起来。

——他会弄到那份广告的,教授说。他透过黑框眼镜,从半截子窗帘的上边瞭望着。瞧那些小鬼跟着他学。

——我看。在哪儿？莱纳汉喊叫着也跑到了窗前。

街上随从行列

两个在半截子窗帘上张望的人都露出了笑容,他们看见一大串报童跟在布卢姆先生后边,一个个都做着滑稽动作,最后的一个还迎风牵着一些模拟风筝的白蝴蝶结,像一条白尾巴似的在空中摇摆。

——看这些小瘪三成群结队地跟着他的样子,莱纳汉说,真是乐死人。啊呀,我的笑筋呀！模仿他的大平足,他那走路姿势。活灵活现。逮得了百灵鸟。

他开始滑动脚步,在房内跳起马祖卡舞来,动作敏捷地做着夸张的姿势。在他滑过壁炉到达杰·J. 奥莫洛伊处时,伸手接住了他交还他的传单。

——怎么回事？迈尔斯·克劳福德突然惊问。另外那两个人到哪里去了？

——谁？教授转身说。他们到椭圆酒室去喝一杯了。派迪·胡珀也在那儿,和杰克·霍尔一起。昨天晚上来的。

——那就走吧,迈尔斯·克劳福德说。我的帽子呢？

他一踱一踱地走进了后面的办公室。他撩开上衣叉口,抖响后边口袋里的钥匙。接着那串钥匙在空中叮当一阵,又发出和木头碰撞的声音,他锁上了办公桌的抽屉。

——他相当严重了,马克休教授低声说。

——看来是这样,杰·J. 奥莫洛伊说。他沉吟着取出一个烟盒。但是看来如此并不一定真是如此。谁的火柴最多？

和平的卡洛美①

他敬一支烟给教授,自己也取了一支。莱纳汉赶紧为他们擦一根火柴,依次帮他们点着了烟。杰·J.奥莫洛伊又打开烟盒请他抽。

——谢啦 Vous②,莱纳汉说着取了一支。

主编从里面办公室出来了,脑门上斜扣着一顶草帽。他神色严厉地指着马克休教授,以歌声宣告:

——引诱你的是地位和荣誉。
迷住了你的心窍,是那帝国的领土。③

教授咧嘴笑了笑,又闭上了他的长嘴唇。

——怎么样?你这个倒霉的老罗马帝国!迈尔斯·克劳福德说。

他从敞着的烟盒里取了一支烟。莱纳汉一面敏捷而殷勤地为他点烟,一面说:

——都别说话,听我的崭新谜语!

——Imperium romanum④,杰·J.奥莫洛伊温和地说。和不列颠帝国或是不列克斯顿相比,它听起来显得高贵一些。那些词儿不知怎么使人想到火中的油脂。

迈尔斯·克劳福德猛烈地对着天花板喷出他的第一口烟。

——正是如此,他说。咱们就是油脂。你和我就是火中油脂。咱们的命还比不上地狱中的雪球。

罗马当年的气派

——等一下,马克休教授竖起两根安静的爪子说。咱们不能让词

---

① 卡洛美是美洲印第安人在典礼中尤其是庆祝和平时用的大型烟斗。
② 法语:您。
③ 歌词,出于十九世纪轻歌剧《卡斯蒂尔的玫瑰》。
④ 拉丁文:罗马帝国。

语左右咱们了，不能受词语声音的影响。我们想到罗马，那帝国，那统治，那专横。

他摊开演说姿势的手臂，露出又脏又破的衬衫袖口，停顿了一下又说：

——什么是他们的文明呢？巨大的，我承认；然而是污浊的。排污：下水道。犹太人进了原野，登上山顶说：**此地合宜。我们建造一座耶和华祭坛吧**。罗马人呢，和追随其足迹的英国人一样，不论涉足哪一处新的海岸（从未到达我国海岸），一心只知排污。他披着他的罗马大袍，环顾四周说：**此地合宜。我们修个厕所吧**。

——他们也真修，莱纳汉说。而咱们古代的祖先呢，根据咱们在吉尼斯第一章①上看到的，他们喜爱的是流水。

——他们是大自然的世家，杰·J. 奥莫洛伊喃喃地说。可是咱们也用罗马的法律。

——而庞修斯·彼拉多②是罗马法的先知，马克休教授接着他说。

——你们知道税务法官派里斯那回事吗？杰·J. 奥莫洛伊问。是皇家大学宴会上的事。一切都正在顺利进行……

——先得听我说谜语，莱纳汉说。你们准备好了吗？

身材高大的奥马登·伯克先生，穿着一身宽敞的灰色多尼戈尔粗呢料，从走廊里进来了。他后边是斯蒂汾·代达勒斯，进门的时候脱下了帽子。

——Entrez, mes enfants!③ 莱纳汉说。

——我是陪人来求情的，奥马登·伯克先生以富有音乐性的声调说。老于世故的，领着初出茅庐的，来见臭名远扬的。

——欢迎，主编伸出一只手说。进来。你的老爷子刚走。

---

① 吉尼斯是都柏林最著名的啤酒厂。“吉尼斯”（Guinness）读音近似《圣经》中的“创世记”（Genesis）。

② 见第108页注①。

③ 法语：进来吧，孩子们！

？？？

莱纳汉对所有人说：

——都别说话！哪一出歌剧像一条铁路？思一思，想一想，琢磨一琢磨，猜一猜。

斯蒂汾把打字信稿递了过去，还指了一下题目和署名。

——谁？主编问。

撕掉了一块。

——加勒特·戴汐先生，斯蒂汾说。

——那个老痞子啊，主编说。谁撕的？他急了？

扬着火焰似的快帆
从暴风雨的南方
他来了，苍白的吸血鬼，
嘴压在我的嘴上。

——你好，斯蒂汾，教授说着走到两人旁边，从他们的肩头上张望着。口蹄疫？你改行了……？

阉牛之友派诗人。

大闹大饭店

——您好，先生，斯蒂汾涨红了脸回答。不是我的信。加勒特·戴汐先生要我……

——嘿，我认识他，迈尔斯·克劳福德说，原先也认识他老婆。天底下最不讲理的蛮婆娘。耶稣哪，她可真有口蹄疫，没错儿！那天晚上在金星嘉德大饭店，她把一盆汤全泼在侍者的脸上了。啊唷唷！

一个女人把罪孽带到了人间。为了海伦，墨涅拉俄斯的那个跟人私奔的老婆，整整十年希腊人。布雷夫尼的王爷奥鲁尔克。

——他老婆死了吗？斯蒂汾问。

——嗳,分开过了,迈尔斯·克劳福德一面说,一面浏览着打字的信稿。御用马群。哈布斯堡①。还是一个爱尔兰人在维也纳的城墙上救了他的命呢,你们可别忘了!爱尔兰的特尔康内尔的伯爵马克西米利安·卡尔·奥唐奈②。现在他又派王嗣来任命英王为奥地利陆军元帅③。那边总有一天要出麻烦。大雁们。真的,每次都是。你们可别忘了!

——问题在于他忘不忘,杰·J. 奥莫洛伊静静地说。他在转动着一块马蹄形的镇纸。救王爷的命是会落好的活儿。

马克休教授对着他发话了。

——如果不呢?

——我告诉你们是怎么一回事吧,迈尔斯·克劳福德说。有一天,一个匈牙利人……

失败的事业
高贵侯爵被提及

——我们总是忠于失败的事业的,教授说。在我们看来,成功了,才智也就完了,想象力也就没有了。我们对于成功的人从来不是忠诚的。我们为他们服务。我教的是吵吵嚷嚷的拉丁文。我说的是一个以"时间即金钱"这条格言为最高思想境界的民族的语言。物质统治一切。Dominus!④ 主!精神何在?吾主耶稣?索尔兹伯里勋爵⑤?西区⑥俱乐部里的沙发座位。然而希腊人呢!

---

① 哈布斯堡是十九世纪至二十世纪初叶统治奥匈帝国的王室。

② 奥唐奈(1812 年生于奥地利)为爱尔兰流亡贵族后裔,在奥匈帝国宫廷任副官,曾在一八五三年皇帝遇刺时击倒凶手,被皇帝称为救命恩人。

③ 此事发生于一九〇四年六月初,按一九〇三年英王访问奥地利时曾宣布任命奥匈帝国皇帝为英国陆军元帅。

④ 拉丁文:"主",可表示各种"主人"含义,包括所有者、统治者等。

⑤ 英国贵族称号"勋爵"(Lord)与"主"为同一词。索尔兹伯里勋爵(1830—1903)为英国保守党领袖,曾三任首相。

⑥ 指伦敦西区,英国著名富人聚居处。

KYRIE ELEISON![1]

他的黑框眼睛一亮,露出明朗的微笑,长嘴唇也更长了。

——希腊人! 他又说了一遍。Kyrios![2] 金光闪闪的字眼! 闪米特人[3]和撒克逊人都没有这样的元音。Kyrie! 光辉四射的才智。我应该教希腊文才对,那才是头脑的语言。Kyrie eleison! 造厕所、修排污管道的人是决不会成为我们精神上的主宰的。我们臣服于那种原来普及欧洲而终于在特拉法尔加覆灭的骑士精神[4],臣服于那个在爱戈斯波塔米和雅典舰队一起沉没的精神王国[5],而不是帝国。是啊,是啊,都沉没了。皮洛士错信了一个梦兆,作了最后一次挽救希腊命运的努力。忠于失败的事业。

他离开了他们,大步向窗边走去。

——他们敢上阵,奥马登·伯克阴沉地说,可是他们总是倒下。

——呜呜呜,莱纳汉发出了哭泣的声音。都是因为他在日场的后半场挨了一块砖头。可怜的、可怜的、可怜的皮洛士。[6]

然后,他凑近斯蒂汾的耳边小声说:

莱纳汉的五行打油诗

——有一个大权威名叫马克休
戴一副眼镜黑幽幽。
他反正一大半是见神见鬼,
戴不戴岂非都是事儿一回?

---

① 希腊文祈祷词:主呵,请宽恕我们!

② 希腊文:主宰、保护者。按 Kyrios 与 Kyrie 系同词的不同格式。

③ 指西南亚各民族,包括阿拉伯人与犹太人。

④ 一八〇五年拿破仑海军在西班牙特拉法尔加海角被英国海军击溃。

⑤ 雅典为古希腊文化主要代表,公元前四〇五年雅典舰队在斯巴达袭击下全军覆灭,雅典自此衰落。

⑥ 参见第 32 页注⑤。

这奥妙我不懂，你可琢磨得透？

为萨卢斯特①戴孝，马利根说的。他妈妈挺了狗腿儿啦。

迈尔斯·克劳福特把信稿塞进侧面口袋里。

——没有什么问题，他说。剩下的我回头看。没有什么问题。

莱纳汉伸出手表示抗议。

——可是我的谜语呢？他说。哪一出歌剧像一条铁路？

——歌剧？奥马登·伯克先生的斯芬克斯脸上又出现了谜。

莱纳汉得意地宣布：

——《卡斯蒂尔的玫瑰》②。明白其中的奥妙吗？一行行的铸钢。嘿！

他轻轻捅了一下奥马登·伯克的脾部。奥马登·伯克先生知趣地往后一倒，扶着雨伞做出一副惊喘的模样。

——救命呀！他叹着气说。我感到一阵强烈的虚弱。

莱纳汉踮起脚尖，迅速地挥动那些传单，沙沙地给他扇脸。

教授从资料架那边绕回来，冲着斯蒂汾和奥马登·伯克先生的松散领带挥挥手。

——巴黎今昔，他说。你们两人的模样好像是巴黎公社的人。

——好像是炸开巴士底监狱的好汉，杰·J.奥莫洛伊用安静的嘲笑口气说。要不然，也许是你们两人合作杀的芬兰总督？你们的模样真像是你们干的。博布里科夫将军③。

——我们不过是想想而已，斯蒂汾说。

群 英 会

——群贤毕至，迈尔斯·克劳福德说。法律界、古典研究

---

① 萨卢斯特（公元前86—前34），罗马历史学家，凯撒的支持者。

② 见169页注③。按此剧剧名原文为The Rose of Castille，谐音rows of cast steel（一行行的铸钢）。

③ 博布里科夫将军是一八九八至一九〇四年间沙俄驻芬兰的总督，对芬兰实行残酷的俄罗斯化高压政策，于一九〇四年六月十六日上午（都柏林时间清晨）被刺死。

界……

——赛马界，莱纳汉插嘴说。

——文学界、新闻界。

——要是布卢姆在的话，还有斯文的广告艺术界。

——还有布卢姆夫人，奥马登·伯克先生又添上。歌咏艺术女神。都柏林的大红人。

莱纳汉大声咳了一下。

——嗨！他用特别柔和的声音说。来一点新鲜空气吧！我在公园里感冒了。园门没有关上。

"你能行！"

主编将一只神经质的手搭在斯蒂汾的肩膀上。

——我要你给我写点东西，他说。写一点带刺儿的。你能行。我从你脸上看得出。**在青年的词汇中**……①

从你脸上看得出。从你眼睛里看得出。你这个游惰偷懒的小坏蛋。②

——口蹄疫！主编轻蔑地叫骂起来。奥索里的波里斯的民族主义大会。全是扯淡！吓唬老百姓！给他们来一点带刺儿的。把我们都写进去，叫它的灵魂不得翻身！圣父、圣子、圣灵以及杰克斯·麦卡锡。

——我们都可以提供素材，奥马登·伯克先生说。

斯蒂汾抬起眼睛，望着那露出一股不管不顾的勇猛神情的目光。

——他想把你拉进记者帮，杰·J.奥莫洛伊说。

---

① 英国戏剧《里奇流》(1838)剧中人曾说："在青年的词汇中……没有'失败'这样的字眼。"

② 斯蒂汾幼时即已近视，一次眼镜摔破不能做功课，监学的神父不分青红皂白加以斥责和体罚，见《写照》第一章。此段词句即神父斥责用语。

大名鼎鼎的盖莱赫

——你能行，迈尔斯·克劳福德又说了一遍，还握着拳头加强他的语气。等一分钟吧。咱们就要把整个欧洲都吓傻了，正如伊格内修斯·盖莱赫过去常说的，那时他还在游荡，还在克莱伦斯饭店台球房当记分员呢。盖莱赫，那才是记者呢。那才是一支笔呢。你知道他是怎么样一举成名的吗？我来告诉你，那是有史以来最出色的新闻报导。时间是八一年，五月六日，那是无敌会时期，凤凰公园杀人案件，你还没有出生吧，我估计①。我给你看。

他推开人们，走到资料桌前。

——你看这儿，他翻着资料说。《纽约世界报》来电要求发专电。记得那时候吧？

马克休教授点点头。

——《纽约世界报》，主编兴奋地把草帽往后一推说。出事地点。体姆·凯利，或是卡瓦纳，我说的是。约·布雷迪等等那一帮子。剥羊皮怎么赶的车②。全部路线，明白吗？

——剥羊皮，奥马登·伯克说。菲茨哈里斯。他现在是车夫茶棚的老板，人们说，在巴特桥那头。是霍洛汉告诉我的。你认识霍洛汉吗？

——蹦蹦跳跳扛着走的那一位，是吧？迈尔斯·克劳福德说。

——可怜的格姆利也在那边，据他说，在给市里看石子。守夜的。

斯蒂汾惊讶地转过身去。

——格姆利？他说。真的吗？是我父亲的一个朋友，是吧？

——甭管格姆利，迈尔斯·克劳福德生气地大声说。让格姆利看住石头，别放它们跑了。你瞧这儿。伊格内修斯·盖莱赫怎么办？我来告诉你。天才的灵感。立刻发出电报。有三月十七日的《自由人周

---

① 无敌会行刺事件实际上发生在一八八二年，参见第107页注④。

② 本段所提人物均为参与凤凰花园行刺的无敌会成员。"剥羊皮"是绰号，传说此人（菲茨哈里斯）曾杀羊还酒债。

刊》吧？对。找到了吧？

他把资料掀回若干页，伸出一根指头指住一个地方。

——就拿第四页，假定是布兰森牌咖啡广告吧。找到了吧？对。

电话铃响了。

远方传音

——我去接，教授说着进去了。

——B 是园门。好。

他的指头抖动着，从一个地点跳到另一个地点。

——T 是总督府。C 是行刺地点。K 是诺克马隆门。

他脖子上堆着的厚肉像公鸡垂肉似的来回晃动，坎肩里面没有浆好的衬胸一下子翘了出来，他粗鲁地把它塞了进去。

——喂喂？这是《电讯晚报》。喂喂？……你是谁？……对……对……对。

——从 F 到 P 是剥羊皮赶车制造假象的路线，印契科、圆镇、风亭、帕默斯顿公园、拉内拉赫。F、A、B、P. 明白了吗？X 是上利森街的戴维酒店。

教授来到了里间门边。

——布卢姆的电话，他说。

——叫他下地狱吧，主编毫不犹豫地说。X 是伯克酒店，明白吗？

巧妙，非常

——巧妙，莱纳汉说。非常。

——热盘子端上去了，迈尔斯·克劳福德说，整个血淋淋的事件。一场你永远醒不过来的噩梦。

——我看见的，主编得意地说。我当时在场。迪克·亚任夫，那个心肠最好的该死的科克郡人，科克全郡托天主的福能喘气的没有一个能比得上他，他和我两个人在场。

莱纳汉对一个空气人一鞠躬,然后宣告:

——夫人呀,我呀人夫。人能胜天胜能人。

——历史!迈尔斯·克劳福德大声说。王子街老太婆①是第一个到场的。为了这件事情,人们又掉眼泪又咬牙。靠一张广告。是格雷戈尔·格雷设计的。这事可成了他的一块垫脚石。后来派迪·胡珀和托帕说,托帕把他弄到《金星报》去了。现在他跟布卢门菲尔德干了。这就是新闻界。这就是才干。派亚特,他是他们的老祖宗。

——唬人报道之父,莱纳汉附和道,克里斯·卡利南的姻兄。

——喂喂?你还在吗?对,他还在这儿。你自己过来吧。

——现在你到哪儿去找这样的一位记者,嗯?主编叫喊着说。

他把合订本材料随手一放。

——绝巧顶妙,莱纳汉对奥马登·伯克先生说。

——非常能干,奥马登·伯克先生说。

马克休教授从里面的办公室出来了。

——说起无敌会,他说,你们有没有注意到,有几个小贩上了法庭……

——可不!杰·J.奥莫洛伊兴致勃勃地说。达德利夫人②走过花园回家,路上去看看去年那场大风刮倒的许多树,想买一张都柏林风景卡片。没想到那明信片是纪念约·布雷迪或是老大或是剥羊皮的。就在总督官邸外面,想想!

——他们搞的不过是针头线脑,迈尔斯·克劳福德说。呸!新闻界、法律界!在现在的法庭上,哪里去找像怀特赛德,像艾萨克·巴特,像口才出众的奥里根那样的角色去,嗯?哎,扯他妈的淡。呸!尽是些半便士的货色。

他的嘴巴不说话了,却继续在作神经质的抽搐,扭动着嘴唇表示蔑视。

会有人喜欢和这副嘴唇接吻吗?你有什么根据?那么你为什么那

---

① 王子街老太婆即《自由人报》。关于"老太婆"象征爱尔兰事,参见第18页注①。

② 爱尔兰总督(1902—1906)达德利伯爵的夫人。

样写呢?

韵脚和情理

嘴上,南方。嘴上和南方是不是多少有一点什么关系呢?或许南方就是在嘴上?总有一些吧。南方、猖狂、夸张、逃荒、灭亡。韵脚:两个人服装相同,模样相同,成双成对。

……………………………la tua pace

…………………………che parlar ti piace

Mentre che il vento, come fa, si tace.①

他看到她们是三个一组的,姑娘们三个三个地走来,穿绿的、穿玫瑰色的、穿红褐色的,互相搂着,per l' aer perso②,穿紫红的、穿深红的,quella pacifica oriafiamma③,金色火焰中的金色,di rimirar fè più ardenti④. 可是我的呢,一些腿脚不便的老头儿,在朦胧的黑夜中嗟悔着当年:嘴上、南方:葬送、子宫。

——亮一亮你的观点吧,奥马登·伯克先生说。

无需另觅

杰·J. 奥莫洛伊露出苍白的笑容,接受了挑战。

——我的亲爱的迈尔斯,他扔掉香烟说,你曲解了我的话。以我现时了解的情况而言,我并不认为法律界整个儿都是值得辩护的,可是你的科克腿⑤却把你带上了岔道。为什么不提亨利·格拉顿、弗勒德、狄摩西尼和埃德蒙·伯克呢?伊格内修斯·盖莱赫我们都知道,也知道

① 但丁《神曲·地狱篇》中的诗句(意大利文),行末用韵三字为:和平、喜悦、安静。

② 但丁意文诗句:通过黑色的空气。

③ 但丁意文诗句:那和平的金色的火焰。

④ 但丁意文诗句:“以更加炽热的目光注视着。”按但丁诗中叙述他在天堂的金色火焰中见到圣母马利亚。

⑤ 主编是科克郡人,同时“科克”(cork)也是软木之意。

他的查珀里佐德老板①——出版廉价报刊的哈姆斯沃思,还有他那位出版包厘②市井报纸的美国老表,更不用提《派迪·凯利预算周报》、《皮尤纪事》和我们那位警惕心特别高的朋友《斯基勃林雄鹰》啦。何必请出怀特赛德那样一位法庭雄辩家呢?当天的报纸就够当天用了。

联想古昔往事

——格拉顿和弗勒德都曾经为这份报纸撰稿,主编对着他的脸叫喊。爱尔兰志愿军③。你还有什么说的?一七六三年创刊的。卢卡斯大夫。今天你还有像约翰·菲尔波特·柯伦那样的人吗?呸!

——说这个嘿,杰·J.奥莫洛伊说,例如王室法律顾问布希,他就行。

——布希吗?主编说。唔,行,布希行。他身上有这个气质。肯德尔·布希,我的意思是西莫·布希。

——他早就该当法官了,教授说,要不是……算了,不说了。

杰·J.奥莫洛伊转过身,安静而缓慢地对斯蒂汾说:

——我认为,我这一辈子听到过的最精炼的圆周句之一就是从西莫·布希嘴里说出来的。当时审的是蔡尔兹杀兄案。布希是他的辩护律师。

而向我的耳内灌注④

说来也怪,他是怎么发现这个情况的呢?他是在睡眠中死去的呀。还有,那个双背禽兽的情节呢?

---

① 查珀里佐德在都柏林以西,是英国发行畅销报刊的哈姆斯沃思(1865—1922)的故乡。

② 纽约贫民窟之一,美国《纽约世界报》发行人普利策曾要求该报报人面向包厘(亦译鲍厄里)。

③ 爱尔兰志愿军系一七七八年为预防法国入侵而建,后曾支援格拉顿一七八二年争取爱尔兰议会独立的斗争。

④ 莎剧《哈姆雷特》中哈父阴魂向哈说明自己系遭兄弟谋杀,凶手为篡夺其王位与王后,趁其在花园内午睡之际将毒药注入耳内。

——他说什么？教授问。

ITALIA, MAGISTRA ARTIUM①

——他谈论有关证据的法律原则，杰·J.奥莫洛伊说，讲了罗马司法原则，比较了先前的摩西律以牙还牙的原则。他说到了梵蒂冈的米开朗琪罗的摩西雕像。

——啊。

——他用了几个精当贴切的字眼，莱纳汉为他打开场白。都别说话！

静场。杰·J.奥莫洛伊掏出了他的香烟盒。

虚假的沉寂。很普通的事情。

使者若有所思地掏出火柴盒子，点燃了自己的雪茄。

此后我曾多次回忆那一段奇特的时光，感叹正是那一个小小的动作，那一个微不足道的擦火柴的动作，确定了我们两个人此后一生的道路。

一句精炼的圆周句

杰·J.奥莫洛伊接着塑造着字句说：

——他说那雕像：那一座凝聚着音乐的石像，那一个头上长角②令人心悸的神性的人形，那永恒的智慧与先知的象征，如果说雕刻家用想象力或手在大理石上镌造的那些灵魂超凡或是能使灵魂超凡的形象有值得永生的话，它就值得永生。

他挥动一只细长的手，添加了回音和降落。

——好！迈尔斯·克劳福德立刻说。

——神灵的启示，奥马登·伯克说。

---

① 拉丁文：意大利，艺术的女神。

② 由于《圣经》翻译中的谬误，中古时期人们都以为摩西头上长角，米开朗琪罗及其他艺术家均按此塑造其形象。

——你觉得好吗？杰·J.奥莫洛伊问斯蒂汾。

斯蒂汾的血液受语言和手势的感染，涨红了脸。他从烟盒里取了一支香烟。杰·J.奥莫洛伊又将烟盒举给迈尔斯·克劳福德。莱纳汉照旧给他们点上烟，又取得了他的战利品。他说：

——多巴斯谢巴斯。

德行高超的人

——马根尼斯教授那天和我谈到你，杰·J.奥莫洛伊对斯蒂汾说。你对那一群玄妙派，那些蛋白石静悄悄的诗人们，那位奥秘大师A.E，①究竟是什么样的看法？那一套都是那个姓勃拉瓦茨基的女人闹起来的。她可是个手段高明的老婆子。A.E告诉一个访问他的美国佬，说你曾有一天在半夜之后去找他问心理意识的层次。马根尼斯认为你一定是在戏弄A.E。他是一位德行最高的人，马根尼斯。

谈我。他说了什么？他说了什么？他说了我什么呢？别问。

——不要，谢谢，马克休教授对烟盒摇摇手说。等一等。我说一点。我听过的最出色的演说，是约翰·F.泰勒在学院历史学会上的一次发言。在他前面说话的是现任上诉庭庭长菲茨吉本法官先生，那天辩论的论文是一篇主张复兴爱尔兰语的文章，当时还是一个新的题目。

他转向迈尔斯·克劳福德说：

——你是认识杰拉尔德·菲茨吉本的。你可以想象他讲话的腔调。

——有人传说，杰·J.奥莫洛伊说，他现在和蒂姆·希利一起当三一学院的产业委员呢。

——他找了一个围口水兜的小宝贝儿作伴，迈尔斯·克劳福德说。说下去。怎么样了？

——请注意，教授说，那篇发言表现了一种炉火纯青的演说家风

---

① A.E即拉塞尔，为十九、二十世纪之际爱尔兰文艺复兴运动中的主要人物之一，诗人，信奉勃拉瓦茨基夫人(1831—1891)倡导的通神学。

度，彬彬有礼而居高临下，滔滔不绝而用词精炼，对于那个新兴的运动不说是倾注天谴的怒火吧，也是倾注了高傲者的凌辱。当时运动还是刚刚开始。因为我们弱，所以就没有价值。

一时之间，他闭上长而薄的双唇，但是又急于继续，伸出一只手在眼镜前展开，用颤抖的拇指和无名指轻扶一下黑色的框架，对准了新的焦点。

即席演说

他用阴沉沉的声调对杰·J. 奥莫洛伊说：

——你得明白，泰勒是从病床上爬起来参加会的。我不信他事先准备了发言稿，因为会场里连一个速记员都没有。他的脸又黑又瘦，周围蓬蓬松松一圈胡子，脖子上随便地围着一条领巾，那样子看起来好像他已经是（虽然实际上他并不是）奄奄一息的人了。

说到这里，他的视线缓缓地从杰·J. 奥莫洛伊移到斯蒂汾的脸上，然后又立即投向地上寻找着什么。他一低头，他那未经研光的衬衫领子在后面翘了起来，露出被衰败的头发蹭上的污渍。他一面继续寻找着，一面说：

——菲茨吉本说完之后，约翰·F. 泰勒就站起来回答。简单地说，就我的回忆所及，他的发言是这样的。

他坚定地抬起了头。他的眼睛又作了一番思索。两只无计可施的蛤蜊在厚重的镜片中游动，在寻找出路。

他开始了：

——主席先生，女士们，先生们：刚才听到我那位博学的朋友对爱尔兰青年的教导，我不禁深感钦佩。我感到似乎已经离开本国，到了一个遥远的国度，已经不在现代，而是处在很久以前的一个时代中，仿佛置身于古代的埃及，正在聆听一位埃及的大祭司教训青年摩西。

听的人都将烟卷夹在指间听他讲，一缕缕青烟袅袅上升，和他的演说一起绽开花朵。我们的香烟缭绕上升。崇高的词句要来了。注意。你自己能不能动手来一点呢？

——我仿佛听到那位埃及大祭司提高了声音,用的是同样傲慢,同样盛气凌人的语调。我听到了他的话,并且从他话中的含义获得了启示。

前人所示

我获得启示,受腐蚀者未必不善良,盖因绝顶善良与无善可言者均不可能遭受腐蚀也。唉,你该诅咒!那是圣奥古斯丁。①

——你们犹太人为何不接受我们的文化、我们的宗教、我们的语言?你们是一个游牧无定居的部落;我们是一个强大的民族。你们既没有城镇,也没有财富;我们的城镇中有繁忙的人群,我们还有大批配备着三排桨、四排桨的大船,满载各式各样的货物,航行在已知世界四面八方的海洋。你们是刚刚脱离原始状态:我们却拥有文学、僧侣、悠久的历史,以及整套的政治组织。

尼罗河。

幼儿、汉子、雕像。

婴儿玛丽们跪在尼罗河畔,蒲草的摇篮②:一个在战斗中善于随机应变的男子汉:石角、石须、石心。

——你们拜的是一个局限一地不为人知的偶像,我们的庙宇却宏伟而神秘,供奉着伊希斯和俄赛里斯,何露斯和阿蒙·拉。你们受的是奴役、威慑和鄙视:我们拥有雷电和海洋。以色列是弱小的,人员稀少:埃及是一支强大的队伍,装备着令人胆战心惊的武器。你们被人称作流浪汉和卖苦力的:我们的名字威震全世界。

一个闷哑的饿嗝切断了他的话。他勇敢地提高声音盖过了它:

——但是,女士们,先生们,如果青年摩西当时听从了这一套观点,如果他在这种高傲的教导前低下了脑袋,丧失了斗志,丢掉了主心骨,

---

① 圣奥古斯丁(354—430)为基督教思想家,主张凡是存在的事物都有其善处。本段斯蒂汾所引词句出于其《忏悔录》(397)。

② 据《圣经·出埃及记》,摩西出世正值以色列人在埃及受压迫最甚之时,一切以色列男婴均须溺毙,三个月的摩西由母亲和姐姐藏在蒲草篮子内而获救。

那他就决不会率领神选的民族脱离奴境,也不会在白天追随云柱[①]了。他决不会到西奈山顶的雷电阵中去和神明对话,也决不会满脸放射着灵感的光芒从山顶下来,怀中抱着用亡命者的文字镌刻着律条的石板。

他停止了,眼望着他们,享受着一时间的沉静。

不祥之兆——对于他!

杰·J.奥莫洛伊不无遗憾地说:

——然而,他却在尚未到达天主许诺的国土之前就去世了。

——病虽缠绵,人们亦曾多次预感其不久人世,但届时仍不免惊愕,莱纳汉说。伟大前程已成史迹。

走廊里响起了一大群光脚板奔跑的声音,啪嗒啪嗒地上了楼梯。

——那才是口才呢,教授说。无人反驳。

随风而去。穆拉格马斯特和历代王都塔拉的那些人群。连绵多少里的耳朵。声嘶力竭的民族保护者的言语随风四散。他的声音庇护着一个民族[②]。已经消逝的音波。阿卡沙秘录[③],记载着一切地方任何地点发生的所有一切。要爱他,赞颂他:再也不要提我。

我有钱。

——先生们,斯蒂汾说。作为议程单上的下一个项目,我是否可以建议本院现在休会?

——你真使我惊诧不已。这不会是法国式的客套吧?奥马登·伯克先生问。据我看来,这钟点在古代的客店,用比喻的语言说吧,正是那酒瓮最令人惬意的时辰。

——事不宜迟,应即付诸表决。凡同意者请曰然,莱纳汉宣布。反

---

① 按《圣经·出埃及记》,摩西率领以色列人离开埃及时,上帝白天用云柱、晚上用火柱为他们引路。

② 一八四三年奥康内尔曾举行特大集会(最大两次在塔拉山和穆拉格马斯特;塔拉山大会参加者估计达数十万以至一百万人),号召爱尔兰人民团结一致争取建立独立的爱尔兰议会。

③ 通神学认为阿卡沙是一种一般人感觉不到的神秘星光,其中记录着太初以来一切人的活动、思想和感觉。

对者请曰否。我宣布此案通过。具体目标酒棚为何……？我投票赞成穆尼酒店！

他一边领头先走，一边还在谆谆告诫：

——咱们将坚决拒绝饮用烈性饮料，如何？对，坚决不。无论其如何不。

紧跟在他后面的奥马登·伯克先生把雨伞往前一捅以示同盟：

——来你的吧，麦克德夫！①

——有其父必有其子！主编拍拍斯蒂汾的肩膀说。咱们走。我那些倒霉钥匙哪儿去了？

他在口袋里乱摸一阵，掏出了已经揉皱的打字信纸。

——口蹄疫。我知道。没有问题的。给发表。在哪儿呢？没有问题的。

他把信纸塞回口袋，走进里间办公室去了。

姑存希望

杰·J.奥莫洛伊要跟他进去，却先悄悄地对斯蒂汾说：

——我希望你这辈子能看到它发表出来。迈尔斯，等一下。

他也走进里间办公室，并且随手关上了门。

——来吧，斯蒂汾，教授说。不赖吧，是不是？有预见。Fuit Ilium！② 多风的特洛伊遭了劫。人世间的王国。地中海的主人如今成了贱民。

第一个报童啪嗒啪嗒地从他们后边的楼梯上跑下来，冲上街道大声喊叫起来：

——赛马号外！

都柏林。我还有许多、许多东西需要学。

---

① 麦克德夫为莎剧《麦克白》中人物，麦克白在获知麦克德夫已注定执行其死刑时说此话。

② 拉丁文："伊里昂曾经存在！"系罗马诗人维吉尔史诗词句，表示特洛伊已被希腊军消灭。伊里昂即特洛伊。

他们向左转，沿着修道院街走。

——我也若有所见，斯蒂汾说。

——是吗？教授说着跳了一下，凑上他的脚步。克劳福德会跟上来的。

另一个报童飞快地冲过他们旁边，一面大声喊叫着：

——赛马号外！

可爱的脏兮兮的都柏林

都柏林人。

——两位都柏林的维斯太贞女①，斯蒂汾说，年纪不小而心地虔诚，住在棼伯莱巷，一位住了五十年，另一位住了五十三年。

——那地方在哪儿？教授问。

——在黑坑附近，斯蒂汾说。

潮湿的夜晚，散发着饥饿的面团的气息。倚着墙。她蒙着绒布披肩，披肩下的脸上闪烁着油脂的光。狂乱的心。阿卡沙秘录。快，心肝儿！

上吧。敢作敢为。要有光②。

——她们要上纳尔逊纪念塔顶去看都柏林的景色。她们用一个红铁皮的信箱式储蓄盒，攒下了三先令十便士的钱。三便士和六便士的她们都晃出来了，一便士的是用一把小刀拨弄出来的。两先令三的银币，一先令七的铜币。她们戴上帽子，穿上最好的衣服，还各自带了雨伞，以防万一下雨。

——两位明智的处女，马克休教授说。

原样的生活

——她们在马尔伯勒街上凯特·柯林斯小姐开的北城餐室，买了

① 维斯太为罗马掌管灶火的女神，神庙中有六名女祭司，均为处女，任期三十年。

② 据《圣经·创世记》，这是上帝创造世界时说的第一句话。

一先令四便士的杂碎肉冻,四片面包。到了纳尔逊纪念塔,她们又向塔前一个女孩买了二十四枚熟李子,为了吃碎肉冻时解渴。在入口处,她们交了两个三便士给那位守十字转门的先生,然后就慢慢地往上爬那螺旋形的楼梯,一面爬一面不断地哼着,互相鼓励着,怕着黑,喘着气,一个问另一个拿着碎肉冻没有,赞颂着天主和圣母,嚷着要回下去,从墙洞里张望着。荣耀归于天主。她们没有想到塔有这么高。

她们的名字一个叫安妮·卡恩斯,一个叫弗洛伦丝·麦凯布。安妮·卡恩斯有腰疼病,她擦一位太太给她的卢尔德矿泉水,那位太太从一位苦难会神父那里弄到了一瓶。弗洛伦丝·麦凯布每星期六晚饭时吃一只猪脚,喝一瓶双 X 啤酒。

——否定,教授说着点了两次头。维斯太处女。我能看到她们的形象。咱们的朋友怎么还不来?

他转回了身子。

一群报童正奔下台阶,向四面八方跑去,不停地喊叫着,挥动着手中的白色报纸。紧接着,迈尔斯·克劳福德也出现在台阶上了,帽子像光环似的围着他那张绯红的脸。他正在和杰·J. 奥莫洛伊说话。

——来吧,教授挥舞着胳臂喊叫。

他又和斯蒂汾并肩走起来。

——不错,他说。我看到她们的形象了。

布卢姆归来

在《爱尔兰天主教周报》和《都柏林便士周报》报馆附近,气喘吁吁的布卢姆先生被卷进了一阵狂奔报童的旋风中间。他喊叫道:

——克劳福德先生!等一下!

——《电讯报》!赛马号外!

——什么事?迈尔斯·克劳福德停了一步说。

一个报童冲着布卢姆先生的脸叫嚷:

——拉恩芒斯大惨案!风箱咬孩子!

见 主 编

——就是这份广告的事，布卢姆先生说。他噗嗤噗嗤地喘着气，一面从口袋里掏出那张剪报，一面从报童群中向台阶那边挤去。我刚才和岳驰先生谈过了。他愿意再登两个月，他说。以后他看情况。但是他要求《电讯报》星期六粉红版上也给他来一段，吸引人们的注意。他还要求从《基尔肯尼人民周报》复制，要是不太晚的话，我和南内蒂市政委员说过了。我能在国立图书馆找到的。钥匙院，您明白吗？他叫岳驰。利用姓名谐音。但是他基本上已经答应了续登。不过他要求稍微给他捧捧场。我怎么和他说呢，克劳福德先生？

吻 吾 腚

——请你告诉他，他可以吻我的屁股，好吗？迈尔斯·克劳福德说，还挥舞着手臂加强语气。告诉他，这是马厩内部消息。

有一点火气。小心暴风。都上街喝酒去了。臂挽着臂。远处鹰架似的是莱纳汉的游艇帽。他那一套吹拍。我纳闷会不会是那个年轻的代达勒斯带的头。今天脚上倒是一双好靴子。上回见到他的时候，他是露着脚后跟的。刚才不知道在哪里走了泥地。粗心大意的角色。上午他在爱尔兰镇是干什么？

——这个，布卢姆先生收回了眼光说，要是我能把图样找来，我看是值得给他一小段的。他会登这份广告的，我想。我就告诉他……

吻吾超爱腚

——他可以来吻我的超级爱尔兰屁股，迈尔斯·克劳福特转回头来大声喊。他愿意什么时候来都行，你告诉他。

布卢姆先生站在那儿琢磨着他究竟是什么意思，正要露出笑容，他却已经跨着抽筋似的大步走了。

筹措款项

——Nulla bona[1],杰克,他说。他把手举到下巴那儿比着。我是一直陷到这儿了。我自己也在钻铁箍。就在上星期,我还在到处找人给我保一笔账呢。对不起,杰克。实在是心有余而力不足。只要我有一点儿办法筹措,我怎么也会帮忙的。

杰·J.奥莫洛伊板着脸,一声不响地跨着步。他们赶上了前面的人,和他们并排走着。

——她们吃完了碎肉冻和面包,用包面包的纸擦了擦二十个指头,就往靠近栏杆的地方挪过去。

——你用得着的,教授对迈尔斯·克劳福德解释说。两位都柏林老姑娘登上了纳尔逊纪念塔顶。

这擎天柱子!
——蹒跚一号如是说

——有新意,迈尔斯·克劳福德说。可以发排。赶上皮匠的达格尔会。两个老妖婆,是吧?

——可是她们怕塔会倒,斯蒂汾继续讲。她们眺望着那些屋顶,争论着哪个教堂在哪儿:拉恩芒斯的蓝色圆顶、亚当夏娃堂、圣劳伦斯、奥图尔教堂。但是她们看着看着觉得头晕,于是撩起了裙子……

两位略略越轨的女性

——且慢,迈尔斯·克劳福德说。可不能诗兴大发不顾一切。咱们这儿可是在大主教辖区之内。

---

① 拉丁文,执法人员用语,表示欠债人无财物可出售抵债或作抵押。

——垫着条纹衬裙坐了下去,仰头瞅着那位独把儿奸夫的雕像[1]。

——独把儿奸夫!教授叫起来。说得好!我明白。我明白你是什么意思。

女士赠都柏林市民

飞降弹丸高速陨石,信念

——仰着脑袋,脖子发酸,斯蒂汾说。她们太累了,不愿抬头看也不愿低头看,连话都懒得说了。她们把那袋李子放在两人中间,一枚又一枚地吃起李子来,嘴上流出李子汁时用手绢擦,吃了李子就慢慢地从栏杆间隙向下面吐核。

他突然发出一阵年轻的大笑,算是结束了。莱纳汉和奥马登·伯克听见笑声,回头招呼了一下,又继续领头穿过马路向穆尼酒店走去。

——完了?迈尔斯·克劳福德说。她们总算没有太过分。

哲人迎头痛击傲海伦。

斯巴达人咬牙。

伊塔刻人誓死拥珀。

——你使我想到安提西尼[2],教授说,他是哲人高尔吉亚的弟子。人们评论他说,谁也不知道他最怨恨的是别人还是他自己。他是一个贵族和一个女奴生的孩子。他写了一部书,在书中把美的桂冠从阿戈斯人海伦的头上摘下,给了苦命的珀涅罗珀。

苦命的珀涅罗珀。珀涅罗珀·富贵。[3]

---

① 纳尔逊(见第124页注①)曾在海战中损失一臂,又曾与英国驻那不勒斯公使夫人有染,形成轰动一时的桃色新闻。

② 安提西尼(公元前444?一前370),古希腊哲学家,主张人以品德为重,因此伊塔刻王后珀涅罗珀(尤利西斯妻)比斯巴达王后海伦更美。

③ "富贵"即"里奇"(Rich)。珀涅罗珀·富贵或里奇系十六世纪英国贵妇人,不忠于丈夫。

他们准备横过奥康内尔大街。

喂喂，总机！

八条线路上的电车，都在各自的轨道上挺着毫无动静的集电器站住了，不论是开往或是来自拉思芒斯、拉思梵汉、黑岩、国王镇和道尔盖、沙丘草地、陵森德和沙丘碉楼、唐尼布鲁克、帕默斯顿公园和上拉思芒斯，全都纹丝不动，因电流短路而沉静了。出租马车、轻便马车、送货车、邮政车、布劳汉姆式的私人马车、满载矿泉汽水，瓶子在板条箱里哐当哐当响着的平板车，——哐当哐当地奔驰着，马蹄嘚嘚，迅速地。

何名？——此外——何处？

——可是你把它叫什么呢？迈尔斯·克劳福德问。她们是在哪里买的李子？

维吉尔式，老师说。学生
热中摩西老人

——把它叫作，等一等，教授说。他拉开长嘴巴琢磨着。叫作，我想一想。叫作：Deus nobis hæc otia fecit.①

——不，斯蒂汾说。我把它叫作《登比斯迦山望巴勒斯坦》②或是《李子的寓言》。

——我明白了，教授说。

他发出富有含义的笑声。

——我明白了，他又说了一次，兴致更高了。摩西与神许的国土。是咱们给他的启发，他对杰·J.奥莫洛伊补充说。

---

① 拉丁文："上帝为我们创造安宁。"罗马诗人维吉尔诗句。

② 据《圣经·申命记》，摩西率领以色列人出埃及后，本人却按照上帝意旨在到达目的地迦南之前去世，去世前登上比斯迦山遥望了迦南（今巴勒斯坦）全境。

今日六月艳阳下
众目所瞩霍雷肖①

杰·J. 奥莫洛伊侧目向雕像投去疲惫的一瞥,没有答腔。

——我明白了,教授说。

他在约翰·格雷爵士②的人行岛上站住,从歪扭的微笑网眼间瞅着高处的纳尔逊。

缺手不扫兴,裙衩更动心。
安晕晕然,弗洛踉踉跄跄
——然而焉能责怪她们?

——独把儿奸夫,他说着露出了沉重的笑容。我觉得很有意思,我承认。

——两位老姑娘也觉得很有意思的,迈尔斯·克劳福德说,万能的天主知道事实如此。

---

① 霍雷肖是纳尔逊将军的名字。

② 见第 123 页注①,其雕像在街心。

八

椰子糖、柠檬鞭、黄油球。一个棒糖似的姑娘,正在为一位公教弟兄会的修士舀着一勺勺的各色奶油。什么学校的招待会吧。对胃不好。国王陛下御用糖果蜜饯公司。上帝。保佑。我们的①。高踞宝座嘬枣味糖锭,把红色的糖锭都嘬白了。

一个神色忧郁的青年会青年守在格雷厄梅·莱蒙公司的热烘烘的糖气中间,他往布卢姆先生手中送了一张传单。

推心置腹的谈话。

羊羔……我? 不对。

羊羔的血。②

他一面看传单,一面由着自己的迟缓脚步走向河边。你获救了吗?一切的人,都是用羊羔的血洗过的。上帝愿意要遭受血的磨难的人。出生、牉合、殉难、战争、奠基修庙、牺牲、烧肾祭神、德鲁以德祭坛。先知以利亚来了。复兴锡安教堂的约翰·亚历山大·道伊博士来了③。

来了! 来了!! 来了!!!

热诚欢迎人人参加。

有利可图的把戏。去年是托里和亚历山大④。一夫多妻。他老婆自会加以制止的。是在哪儿看到的广告呢,伯明翰一家公司,发亮的耶稣受难像。我们的救世主。半夜醒来,看到他在墙上,挂着。佩珀的鬼

---

① 典出英国国歌第一句:上帝保佑我们的仁慈国王。

② 基督教称耶稣为“上帝的羊羔”。

③ 锡安原为耶路撒冷城内圣地(见63页注④),道伊(1847—1907)为美国传教士,自称先知以利亚再世,于一九〇一年在芝加哥附近建立锡安城作为宗教基地,后于一九〇六年被控在锡安城实行专制统治、宣扬一夫多妻等罪行。

④ 两个美国宗教复兴倡导者,曾于一九〇三年到英国、爱尔兰等地活动。

魂上台效果。铁钉钉进。

准是用磷光体弄的。比方说做饭留下一点鳕鱼吧。我就能看到那上头发出蓝色的银光。那晚上我到厨房食品间里去了。不喜欢里头那股子等着往外冲的混杂气味。她要什么来着？是马拉加葡萄干。想西班牙了。那时候茹迪还没有出生呢。是磷质发光现象,那蓝绿蓝绿的东西。对大脑很有益处的。

在铜像前的巴特勒公司转角处,他沿着单绅道的方向望了一眼。代达勒斯的女儿仍旧在狄龙拍卖行外边呢。一定是在卖一些旧家具吧。她的眼睛像他,一眼就看出来了。来回徘徊等着他。一个家庭,没有了母亲就散了。他有十五个孩子。差不多是一年生一个。这是他们的教义规定的,否则教士就不给那可怜的女人做忏悔,不给她赦罪。繁殖吧,成倍地增长吧。① 你听说过这种主张吗？吃光耗尽,扫地出门。他们自己是不需要养家活口的。享受的是膏粱甘旨。他们的酒库和食品贮存室。我倒愿意看看他们在赎罪日是怎样禁绝食物的。十字饼。吃了一顿饭,还要准备一点斋食,以免他在祭坛上倒下。找一个给这些人管家的人,只要你有办法从她嘴里掏出真情来就行。可就是休想掏出什么来。就和从他口袋里掏钱一样难。对自己好。从不请客的。一切为了孤家寡人。看着他的酒呢。你得自带面包和黄油。可敬的教士吗:缄口为妙。

老天啊,那可怜孩子的连衣裙已经破得不成样子了。脸色也是营养不足的。土豆加人造黄油,人造黄油加土豆。要到以后才会觉出来的。布丁好不好,吃时方知道。体质损坏了。

正当他跨上奥康内尔大桥的时候,一大团烟从桥栏杆底下冒了上来。啤酒厂出口烈性黑啤酒的驳船。英国。海上空气会使它发酸的,我听人说。等哪天通过汉考克弄一张通行证,看看啤酒厂,倒是有意思的。厂里自成一个世界。大缸大缸的黑啤酒,非常壮观。也有耗子进去。灌足啤酒浮在面上,胀得像牧羊犬那么大。硬是灌黑啤酒灌死了。真是一醉方休。想一想吧,你喝的就是那个！耗子:大缸子。咳,当然

① 这是《创世记》中天主造人之后对人类说的第一句话,也是天主教反对节制生育的主要依据。

啰,假如我们一切都知道的话。

他往桥下望去,只见两岸巉岩似的码头之间正盘旋着一些海鸥,扑动着强健的翅膀。外边天气恶劣。假如我纵身跳下去呢?茹本·J的儿子肯定喝了一肚子这种污水。多付了一先令八便士。唔——。主要是他说这些话的神情滑稽好玩。也懂得讲故事的窍门。

它们盘旋得更低了一些。在找食呢。等着。

他对着它们中间,扔下去一团揉皱的纸球。以利亚来了每秒三十二英尺。一点也不。纸球不受理睬,落在涌浪后边起伏了一下,沿着桥墩漂到桥下去了。不是什么大笨蛋呢。那天我在爱琳之王号上,扔下那块搁陈了的蛋糕,可就在船后五十码的尾流中叼住了。是靠机智生活的。它们扑动着翅膀,盘旋着。

饿急了啊,海鸥
展翅飞翔在桥头。

诗人就是这么写的,用相似的音。可是莎士比亚就不用韵:无韵诗。靠文字的节奏。思想。严肃的。

哈姆雷特,我是你父亲的阴魂
被判决若干时在地面游荡。

——苹果一便士两个!一便士两个!

他的目光扫过地摊上那些堆得整整齐齐的发亮的苹果。这个季节,准是从澳大利亚来的。亮晶晶的果皮,用布、用手绢擦的。

等一下。那些可怜的鸟。

他又一次站住,花一便士从卖苹果女人的摊上买了两块班布里饼,将那松脆的面饼掰碎,向利菲河里扔去。看见了吧?海鸥们默不作声地扑了过去,两只,接着,所有的海鸥都从空中扑下来掠食了。全吃了。一口也没有剩下。领略了它们的贪婪和机灵的他,把手上的饼屑都抖了下去。这是它们没有料到的。吗哪。[1] 吃鱼的鸟,它们的肉也像鱼,

---

① 按《圣经·旧约·出埃及记》,古以色列人逃出埃及之后在沙漠中挨饿时,天降食物于旷野,状似霜粉,味如蜜饼,以色列人称之为“吗哪”,意近“是什么东西”。

一切海鸟、海鸥、瓣蹼鹬。安娜利菲[1]的天鹅有时会泅到这里来炫耀一番。谁会喜好什么,真是难说。天鹅肉不知是什么滋味。鲁滨孙·克鲁索就不能不把天鹅当食物。

它们微弱地扑动着翅膀继续盘旋。我可不再扔了。一便士够多了。我得了什么感谢呢?连叫都没有叫一声。它们还传播口蹄疫呢。你喂火鸡要是尽用栗子面,火鸡肉的味道就像栗子。吃猪就像猪。可是咸水鱼的味道怎么倒不咸呢?那是怎么一回事呢?

他的眼光顺着河水寻找答案,却看到了一艘划桨的小船用锚停泊在那里,随着糖浆似的涌浪,懒洋洋地摇晃着船上一块粉刷过的木板。

基诺裤

十一先令

好主意,这广告。不知道他是不是向市政府交租金的。可是话又说回来了,水怎么能归你所有呢?水在不断地流,时时都在变动,在我们经历的生命长河中。因为生命就是一种流体。各种各样的地点,都是可以做广告的。绿房子[2]里曾经到处都有一个专治淋病的江湖医生的招贴。现在总也见不着了。严守秘密。海·弗兰克斯医生。不费他一个子儿,和舞蹈教师马金尼的自我广告一样。找一些人把它们粘贴起来,或者干脆自己跑进去解扣子的时候悄悄地贴上就行。见机行事。也正是地方。**不准招贴。不住招贴。**遇上个患淋病烧得火辣辣的家伙。

假如他……?

啊唷!

哎?

不……不。

不,不至于。我相信不至于。他总不至于吧?

不,不。

---

① "安娜利菲"即"利菲河"(在爱尔兰语中意为"生命之河"),常指利菲河上游。

② 都柏林公共厕所均为绿色房屋。

布卢姆先生抬起神情忧虑的眼睛,继续往前走。不要再想那事了。一点过了。港务局房顶上的报时球已经落下来了。邓辛克①时间。罗伯特·鲍尔爵士那本小书非常有趣②。视差。我总弄不清究竟是什么意思。那边有位牧师。也许可以问问他。这词是从希腊文来的吧:平行、视差。她把它叫作转回来世,我告诉她是灵魂的转移。哎,去你的。

布卢姆先生对着港务局的两个窗口笑"哎,去你的"。归根结底,她还是有她的道理的。大字眼,说的也不过是普通事物,就是听起来不同而已。她说话倒不是耍俏皮。有时候不留情面。我只是心里想想的事,她却直截了当,脱口就来了。然而,也难说。她常说,本·多拉德的嗓子是低音大桶。他的两条腿像大桶,而听他的嗓音就像是通过大桶出来的。这个说法可是够俏皮的。人们常喊他大洪钟。那就远不如喊他低音大桶巧妙了。胃口大得像大海鸟。能吞掉整条的牛腰肉。灌起烈性麦芽酒来从不嫌多。低音大桶,明白了吧?哪一方面都恰当。

一列穿白罩衣的人缓缓地沿着街沟向他走来,他们身上都挂着广告牌,牌上都披着紫红色的缎带。大减价。和上午那位牧师一样,他们:我们有罪,我们受罪。他看着他们头上那五顶白色高帽子,上面写着鲜红的字:威、士、敦、希、利。威士敦·希利公司。希落后一步,从前胸板下摸出一块面包塞进嘴里,一边走一边嚼着。我们的主食。一天三先令,沿着街沟走,一条又一条的大街。勉强餬口,面包加燕麦稀粥。他们不是鲍伊:不是,是麦格莱德广告公司的人。也不会招来什么买卖的。我给他出主意,弄一辆透明的展览车,里面坐两个漂亮女郎写信,摆着记录本、信封、吸墨纸。我敢打赌,准能一炮打响。漂亮女郎写字,立刻就吸引人的注意了。人人都想知道她在写什么。假如你盯住一个空处看,就会有二十个人围上你的。都爱凑热闹。女人也一样。好奇心。盐柱③。他不采纳,当然是因为他自己没有先想到。还有我建议的墨水瓶,带一块黑赛璐珞做的假墨渍。他的广告主意都像登在讣告底下的李树牌罐头肉,冷肉部。这是封顶的货色。什么货?我们的信

---

① 邓辛克天文台在都柏林郊区。

② 鲍尔(1840—1913)为爱尔兰天文学家,著有若干通俗天文书籍。

③ 《圣经·创世记》中罗得妻子因受好奇心驱使,回首一望即化成盐柱。

封。哈啰,琼斯,哪儿去？我没工夫,鲁滨孙,忙着去买惟一靠得住的堪塞尔牌墨水橡皮,贵妇街八十五号希利公司出售。我现在总算脱离了那一摊。到那些修道院去收账,可真是受罪的活儿。特兰奎拉修道院。那位修女倒是够好看的,脸蛋儿长得真甜。小小的脑袋,蒙着头巾正合适。修女？修女？我从她的眼神中看得很清楚,她是失恋的人。和那样的女人,是很难讨价还价的。那天上午,我打搅了她的祈祷。可是也正高兴和外界有所接触。我们的大日子,她说。卡尔梅勒山圣母节。名字也是甜的:卡拉梅尔糖。她是知道的,我从她的神情看出她是知道的。如果她结过婚,她就会不一样了。估计她们是真缺钱。然而还是吃什么都用最好的黄油炸。她们可不用猪油。吃滴油,心口疼。她们喜欢里里外外都用黄油。莫莉撩起了面纱尝味道。修女吗？当铺老板的女儿派特·克拉菲。人们说,带刺铁丝网是一位修女发明的。

利拖着沉重的脚步过去了,他才横过威斯特摩兰街。漫游者自行车商店。今天有自行车赛。那是多久以前的事啦？菲尔·吉利根去世的那一年。我们那时住在隆巴德西街。等一等:那时在汤姆公司。威士敦·希利公司的工作,是我们结婚那年找的。六年。十年前了。他是九四年死的不错阿诺特公司大火。瓦尔·狄龙是市长。格伦克里宴会。市参议员罗伯特·奥赖利在旗子倒下以前,把葡萄酒全折在自己的汤盘里了。伯特伯特都灌进了议员肚子。响得连乐队的演奏都听不见了。我们已经享用,愿天主。米莉那时还是个小娃娃。莫莉那天穿那套像灰色的衣服,装饰着编织青蛙的。男式做工,暗扣。她不喜欢它,因为她在唱诗班塔糖山野餐那天第一次穿,我就扭伤了脚踝。倒好像那事有什么似的。老古德温的高帽子上被人弄上了发黏的东西。苍蝇也野餐。她穿的衣服还从来没有那样处处合身的,肩膀、臀部,像戴手套一样。刚开始丰满起来。那天吃的是兔肉饼。人们的目光都跟在她身子后面转。

幸福。那时比现在幸福。舒心的小房间,红色的墙纸。多克瑞尔公司的,每打一先令九便士。那晚上给米莉洗澡。我买的是美国香皂:接骨木花的。她的洗澡水散发着温馨的气味。她全身抹上肥皂,那样子好玩得很。身材也好看。现在照相了。可怜的爸爸就曾经跟我谈他的达盖尔式银版照相室。祖传的兴趣。

他顺着街沿石走着。

生命的长河。那个每次经过都要斜着眼睛往里头瞟的家伙,教士模样的,叫什么名字来着?眼力不济事,女人。到项缘的圣凯文广场去过。彭什么的。彭登尼斯吗?我的记忆力现在有些。彭……?当然,是多少年以前的事了。电车的嘈杂声音大概也。哎,既然他连天天见面的日班组长的名字都记不住嘛。

巴特尔·达西唱男高音,那时他刚露面。排练之后送她回家。自命不凡的家伙,打了蜡的八字胡。送给她《风从南方来》那首歌曲。

那晚风大,市长官邸晚餐厅还是橡木厅内举行古德温音乐会之后我去接她,分会那时正开会解决彩票事件。他和我在后面。我手上拿着她的乐谱被风刮走,挂在高中的栏杆上。还幸好,没有。那样一件事,可以把她整夜的情绪都毁了的。古德温教授挽着她的胳臂走在前面。腿脚都不稳了,可怜的老酒鬼。他的那些告别音乐会。真正的最后一次登台。兴许是多少个月,兴许是永不①。还记得她竖起了风雪领,对着风哈哈大笑的样子。记得那一阵狂风,在哈考特路转角。呼噜哗!把她的里外裙子全翻了起来,她的皮毛围巾几乎把古温德老头儿闷死。刮得她满脸通红。记得一到家就捅开火,把羊肉条煎热,加上她爱吃的查特尼调料,让她吃夜宵。还有温热的香甜酒。我从壁炉边,能看到她在卧室里解她的紧身胸衣的束腰褡:白色的。

窸窸窣窣,她的胸衣柔软地坠落在床上。总是带着她的体温的。她摆脱那些束缚,心里总是痛快的。坐在那里摘她的头发卡子,一直坐到快两点。米莉睡在小床床上,盖得严严的。幸福。幸福。正是那天夜间……

——唷,布卢姆先生,你好?

——唷,你好吗,布林太太?

——发牢骚没有用。莫莉近来怎么样?好久好久没见到她了。

——再好也没有,布卢姆先生高高兴兴地说。米莉在马林加找到

---

① 此句引自一惜别歌曲。

了工作,你知道。

——真的吗?对她不是太好了吗?

——不错。在那地方的一家照相馆。着了火一样的兴旺。你的人都好吗?

——全吃着面包呢,布林太太说。

她有几个?看样子下面还没有。

——我看你穿黑的。你不是有什么……?

——不是,布卢姆先生说。我刚参加了一个葬礼。

可以预料,整天都断不了的。谁死了,什么时候,怎么死的?没完没了。

——唷,这可是,布林太太说。希望不是什么近亲吧。

让她慰问一下也好。

——狄格南,布卢姆先生说。是我的一个老朋友。他死得很突然,可怜的老伙计。心脏问题,我相信是。今天上午的葬礼。

> 你的葬礼将明天举行
> 你那时将从黑麦地里来。
> 滴得儿滴得儿,达姆达姆
> 滴得儿滴得儿……①

——丧失老朋友是伤心的事,布林太太的女人眼睛忧愁地说。

这事谈够了。只需要,不动声色地:丈夫。

——你家掌柜的呢?

布林太太抬起了她的一双大眼睛。这倒是没有失去。

——哎,别说了!她说。他这人,连响尾蛇见到他都会吓一跳的。他现在在那里头呢,带着他的法律书,想弄清诽谤问题的法律呢。他简直要了我的命。等我给你看一样东西。

一股仿甲鱼热汤的蒸气,掺和着新烤果酱松糕、果馅卷饼的香味,从哈里森公司里边溢出来。浓郁的中午气息,刺激着布卢姆先生的食

① 这些歌词出自两首互不相干的歌曲。

道顶端。点心得做得地道，用黄油、上好面粉、德梅拉拉蔗糖，不然他们就着热茶尝得出来的。要不，是从她身上来的？一个光脚的流浪儿，站在格栅上吸着那气味。用这办法煞一煞饥饿的折磨。这样，是好受还是难受？一便士一顿的饭①。刀叉都是用链条拴在桌子上的。

她打开了手提包，碎皮拼花的。别帽子的簪子：这类东西应该有一个套子。在电车里可以刺人的眼睛。翻来翻去地找。敞着口。钱币。请取一枚吧。她们哪，丢掉六便士就要大吵大闹了。吵得天翻地覆。丈夫也肝火上升。我星期一给你的十先令哪里去了？你是不是给你弟弟一家人买吃的了？脏手帕：药瓶。掉出来的是一颗锭剂。她是在……？

——一定是新月出来了，她说。他到这时候总是不行的。你知道他昨天晚上干什么了吗？

她的手停止了翻找，两只眼睛定定地望着他，睁得大大的，露出惊慌的神色，然而仍带着一丝笑意。

——干什么了？布卢姆先生问。

让她说。眼睛正视着她的眼睛。我相信你的话。信任我吧。

——半夜把我弄醒了，她说。他做了一个梦，一个噩梦。

消化不。

——他说，黑桃 A 走上楼梯来了。

——黑桃 A！布卢姆先生说。

她从手提包里取出一张折叠着的明信片。

——你看一看，她说。他今天上午收到的。

——什么呀？布卢姆先生接过明信片说。卜一？

——卜一：上，她说。有人在捉弄他。不管那人是谁，太可耻了。

——真是的，布卢姆先生说。

她接回明信片，叹了一口气。

——他现在正去找门顿先生的事务所。他要起诉，要索赔一万镑，他说。

---

① 都柏林一慈善机构于冬季廉价供应穷人的饭食。

她又折起明信片，塞回她那零乱的手提包里，咔的一声扣上了搭扣。

还是她两年前穿的那一身蓝哔叽连衣裙，料面已经发白了。已经过了它的鲜亮时期。耳边飘着小绺头发。陈旧的小绒帽：三颗老葡萄球，使它还不致太使人难受。带穷酸味的体面。她原来对穿着是很讲究的。嘴边出现了皱纹。只比莫莉大一岁左右。

一个路过的女人瞥了她一眼。看那眼中的神色吧。残酷的。女人是不容人的。

他沉静地看着她，把他自己的欠缺感收在眼后不露出来。辛辣的仿甲鱼汤牛尾汤咖喱鸡汤气味。我也饿了。她的衣服垫边处有一点糕饼屑：脸颊上沾着一抹白糖似的面粉。馅料丰富的大黄酥皮饼，馅内有多种果品。当年的宙细·鲍威尔。在卢克·多伊尔家，很久以前的事了。海豚仓，字谜游戏。卜一：上。

换个话题吧。

——你有时见着波福依太太吗？布卢姆先生问。

——米娜·皮尤福依吗？她说。

我想到菲利普·波福依了。观剧俱乐部。马察姆常常想起那一着妙棋。我拉了链子吗？拉了。最后一个动作。

——对。

——我在回来的路上刚去问过她生了没有。她在霍利斯街的产科医院。霍恩大夫收的她。已经痛了三天了。

——唷，布卢姆先生说。这可受罪了。

——是呀，布林太太说。家里还有一屋子的娃娃呢。是个大难产，护士对我说。

——唷，布卢姆先生说。

他以沉重的怜悯的目光吸收了她的消息。他的舌头弹出同情的声音。啧！啧！

——这可受罪了，他说。可怜的人！三天！她可受大罪了。

布林太太点点头。

——她是星期二开始痛的……

布卢姆先生轻轻地碰了一下她的胳膊肘鹰嘴突,要她注意:

——小心! 让这人过去。

一个瘦骨嶙峋的人,跨着大步顺街沿石从河边走来,一面走一面透过一只挂有粗线的单眼镜,目不斜视地盯着太阳光。他戴着一顶小小的帽子,像瓜皮似的紧扣在脑袋上。随着他的脚步晃荡的,是他胳臂上挽着的一件叠起的风衣、一根手杖、一把雨伞。

——瞧他,布卢姆先生说。他总是绕到路灯柱子外边去走的。瞧!

——这是谁呀,我可以问吗? 布林太太问。他有神经病吗?

——他的名字叫做卡什尔·博伊尔·奥康纳·菲茨莫里斯·蒂斯德尔·法雷尔,布卢姆先生笑着说。瞧!

——这一串真够长的,她说。丹尼斯也有一天会像这样的。

她突然打住了。

——他来了,她说。我得跟着他去。再见。给我问莫莉好,好吧?

——好的,布卢姆先生说。

他望着她从行人中间穿过,向店铺门前走去。丹尼斯·布林身上穿一件窄巴的礼服大衣,脚下一双蓝色帆布鞋,窸窸窣窣地从哈里森公司里走出来了,胸前捧着两部沉重的大书。海风刮来的。和以前一样。他听任她赶上了他,并没有什么感到意外的表示,还将自己的灰白乌暗的大胡子转向她这边,摇晃着松动的下巴,认真地说起话来。

疯狂。精神错乱了。

布卢姆先生接着又轻松地往前走。他还能看见前方阳光中那顶紧贴脑袋的小帽子和晃晃荡荡的手杖雨伞风衣。还派头十足的哩。瞧他! 又拐出去了。也是一种在世界上生活的方式。还有那另一位胡子拉碴穿那一身衣服的老疯子。她跟他一起可不好过。

卜一:上。我敢起誓,不是阿尔夫·伯根,便是里奇·古尔丁写的。我敢打赌,是为了给苏格兰酒店里的人制造个笑料。去找门顿事务所了。那双牡蛎眼睛盯着明信片端详。够教神仙们开心的。

他走过《爱尔兰时报》。也许那里还有一些应征信等着哩。我都愿意写回信。倒是一种可供罪犯利用的联络办法。暗号。他们现在吃午饭呢。那里头那位戴眼镜的职员不认识我。哎,留在那里文火炖吧。

看了四十四封,也够啰嗦的了。征聘能干女打字员协助绅士从事文字工作。我把你叫做淘气心肝儿,是因为我不喜欢另外那个司。请你告诉我,是什么意思。请告诉我,你妻子什么香水。告诉我,世界是谁创造的。她们就想得出那些个问题来问!还有另外那一位,丽西·特威格。我的文学活动有幸获得杰出诗人 A. E(乔·拉塞尔先生)的赞许。她只顾拿着一本诗喝她的乏茶,没有工夫做一做自己的头发。

这家报纸登小广告,比别家都强得多。现在扩大到外省了。厨师兼管事,厨灶优良,另有女仆。酒柜征聘灵活男招待。正派姑娘(天主教)愿考虑水果或猪肉商店工作。詹姆士·卡莱尔的功劳。六分半的红利。买科茨公司股票赚了一大票。小心谨慎。狡猾的苏格兰老财迷。尽登捧场新闻。吾岛仁慈而备受爱戴的总督夫人。现在又买下了《爱尔兰农田周报》。芒卡谢尔夫人产后已完全康复,昨日骑马参加了沃德联合会猎狐队拉绶思放猎大会。狐肉不可食。也有为肉打猎的。恐惧增汁,肉就变嫩,可口了。跨马而骑。用男式骑马姿势。负重女猎人。她是不骑侧鞍或是后鞍的,她才不呢。会合时第一个到,捕杀时亲临现场。壮得像传种的母马,这些玩马的女人有一些是。大摇大摆地在代客养马的马厩里来回走动。一仰脖子就灌下一杯不搀水的白兰地,你还来不及张嘴说话呢。今天上午格罗夫纳饭店那一位。抬腿就上了车,稀松平常。骑马敢跳石墙或是五道栏的大栅门。我想那个扁鼻头的司机是有意捣乱。她有一点像谁来着?嗳,对了!米丽亚姆·丹德雷德太太,在谢尔本饭店卖给我那些旧披肩、黑内衣的。离了婚的西裔美国人。我翻弄那些衣服她毫不在意。仿佛我是她的晾衣架。在总督招待会上也见到了她。是公园管理员斯塔布斯把我和《快报》的惠阑带进去的,吃头面人物剩下的东西。正式茶点。我把蛋黄酱当作奶蛋冻加在李子上了。那以后她的耳朵准得跳上几个星期。对她得像一条牛才行。天生的花魁。管孩子的事可没有她的份儿,谢谢。

可怜的皮尤福依太太!丈夫是卫理公会的。疯癫之中还是颇有理性的呢①。在教育奶品社吃藏红花甜面包喝牛奶和苏打水的午餐。基督教青年会。吃饭看着秒表,每分钟嚼三十二下。可是他的羊排络腮胡子照样地长。据说他是有来头的。西奥多有一个堂兄弟在都柏林城堡工作。每个家庭都有个体面的亲戚。他给她的是耐霜型逐年生。我在三人快活酒店,看到他在外面光着脑袋一个劲儿地走,他的大儿子用网兜背着一个。一个个哭哭啼啼的。可怜的女人!然后,一年又一年的,整夜随时得奶孩子。自私着呢,这些滴酒不沾的人。狗占牛槽。我的茶里只要一块糖,麻烦你。

他在舰队街的路口站了一会儿。午饭时间了。罗氏酒店六便士的?得到国立图书馆去查那份广告呢。伯顿饭店八便士的。这好一些。顺路。

他继续往前走,路过了博尔顿公司的威斯特摩兰街门市部。茶叶。茶叶。茶叶。我忘了从汤姆·克南那儿弄一些。

嘶。啧,啧,啧!三天,想一想,额头上盖着浸醋的头巾,挺着她的大肚子躺在床上呻吟。啊唷!简直可怕!婴儿脑袋太大:钳子。在她肚子里,躬着腰一个劲儿地乱顶,摸着黑找出口。要是我,可得要了我的命。莫莉那时幸好轻轻松松地就过来了。他们应该发明个防止的办法。剧痛中来到的生命。蒙眬入睡法:维多利亚女王用过。她生了九个。下得够勤的。老太太把靴子当房,孩子太多。② 可能他有痨病吧。是时候了,该有人动动这脑筋了,别尽说些屁话,怎么说的来着,什么沉思的胸膛那光彩四射的银辉。一些骗傻瓜的废话。他们要弄大产院整个过程无痛苦很容易办到的收了那么多税,每生一个孩子给五镑复利直到二十一岁,百分之五合一百零五先令算镑数要乘二十烦人③十进位鼓励人存钱储蓄一百一十加点零头二十一年,要用纸笔才算得清数目很可观你想不到的。

---

① 典出莎剧《哈姆雷特》:波洛涅斯听哈姆雷特的一些表面疯癫而实际讽刺的话后作此感叹。

② 英国童谣云:有一个老太太把靴子当房,/孩子太多不知怎么办才好;/没有面包只能灌汤,/各打一顿屁股送上床。

③ 按当时英国币制,每镑合二十先令。

死胎当然不在内。连登记都不登记的。白费事一场。

两个在一起的样子好玩,两人都挺着大肚子。莫莉和莫伊塞尔太太。妈妈会。痨病暂时消退,以后再回来。她们生完以后,样子突然变了,人显得扁了。眼神宁静了。心情轻松了。桑顿老太太是一位开朗高兴的老人。我的这许多小宝宝,她说。她喂他们以前,先把软食匙在自己的嘴里放一放。嘿,好吃好吃。她的手是老汤姆·沃尔的儿子挤坏的。他的首次登台亮相。脑袋像个获奖的大南瓜。爱吸鼻烟的墨林大夫。什么钟点都有人去敲门叫醒他们。看天主的面上吧,大夫。老婆阵痛了。然后,该付账了,却一拖好几个月。为尊夫人接生费用。人们没有一点感恩思想。医生是人道的,大多数是。

爱尔兰议会大厦巍峨的大门前,飞翔着一群鸽子。它们的餐后嬉戏。咱们往谁的身上撒?我挑那个穿黑的家伙。看家伙吧。你交好运了。从半空中拉,一定有趣得很。阿普琼、我自己、还有欧文·戈德堡,在古斯草地爬到树上装猴子玩。他们把我叫做鲭鱼。①

从学院街口里头,一批警察排成单列纵队出来了。雄赳赳的。脸上冒着吃饱饭的热气,头盔上冒着汗,拍打着警棍。腰带下面刚塞了一肚子汤肥料足的午餐。警察的差事常常并不苦。② 他们分成小组,敬礼之后,各组走向自己的巡逻地段去了。放出去吃草了。最好的攻击时刻是吃饭时间。肚子塞满了正好下拳。另一队队形不规则的,绕过三一学院的栅栏回警察局去了。奔他们的槽头去了。准备迎击骑兵③。准备迎击馅儿饼吧。

他在汤米·穆尔④的行为不端的指头下横过了马路。他们把他立

---

① 据爱尔兰作家 Peter Costello 介绍,布卢姆上高中时常穿一件蓝绿条纹毛衣,因此同学们喊他"鲭鱼"。

② 十九世纪末一歌剧中有歌词曰:警察的差事并不美。

③ 这是当时步兵作战口令之一。

④ 汤米(即托马斯)·穆尔(1779—1852)为爱尔兰著名诗人,其雕像立于三一学院附近,雕像下有一公共便池。曾有人著文《汤姆·穆尔的不端行为》,指责穆尔某些著名诗篇系剽袭法文及拉丁诗品,实为翻译。

在便池上边是有理的：水的汇合[①]。女人也应该有地方才行。往糕点铺里跑。整理一下我的帽子。**全世界没有一个山谷**。朱丽娅·茅肯爱唱的著名歌曲。她的嗓子保养得很好，直到最后。她是迈克尔·鲍尔弗的学生吧？

他望着队列最后一人的宽阔的制服背影。一些不好对付的主顾。杰克·帕尔知道内情：父亲是便衣。谁要是被捕的时候给他们添麻烦，他们就在监牢里狠狠地治他。话又得说回来，他们的活儿是这样的活儿，尤其是那些年轻的马路神，实在也不能责怪他们。约·张伯伦在三一学院接受学位那天，[②]那个骑警可耍够了威风。说真格儿的，耍够了！他的马蹄子咔嗒嗒咔嗒嗒地追着我们在修道院街上跑。幸好我的脑子还没有乱，一头钻进了曼宁酒店，要不然我可倒了霉了。他可是真冲过来啊，好家伙。他准是摔在石头路面上把脑袋摔破了。我本来不该卷进那群医学院学生中间去的。还有那些戴方帽子的三一学院大一生。自找麻烦。可是我也认识了那个年轻人狄克逊，我挨蜂蜇就是他在慈母医院给我治的，现在他在霍利斯街了，皮尤福依太太正在那儿。轮中有轮[③]。现在我的耳朵里还有警笛响呢。人人逃窜。他为什么单追我呢。要逮我。就是在这地点开始的。

——支持布尔人！[④]

——德威特[⑤]好！好！好！

——吊死约·张伯伦！把他吊上酸苹果树！

---

① 穆尔曾有一诗赞美都柏林以南两河合流的山谷，题为《水的汇合》。该诗第一行为：全世界没有一个山谷有这样的美。

② 约（瑟夫）·张伯伦（1836—1914）为十九世纪末至二十世纪初英国殖民大臣，制订帝国主义政策甚力，反对爱尔兰自治，推行南非殖民战争，因此他一八九九年来都柏林三一学院接受荣誉学位时，爱尔兰民族主义者在附近示威并举行支持南非人民的大会，遭到警察镇压。

③ 《圣经·以西结书》中先知以西结叙述所见神人形象有翅有轮，轮中又有轮，能向任何方向行驶。因此"轮中有轮"表示复杂巧妙。

④ 南非战争（即布尔战争）于一八九九年开始，南非的两个布尔人共和国抵抗英国以张伯伦为代表的殖民政策，最后于一九〇二年遭到残酷镇压。爱尔兰军队曾被英国殖民政府遣往南非作战，但爱尔兰民族主义者同时曾组织志愿军支持布尔人。

⑤ 德威特（1854—1922）为布尔军队领导人，以英勇善战著称。

傻小子们:初生之犊,成群结队的,把嗓子都喊破了。醋山。[1] 黄油公会乐队[2]。要不了几年,他们中间有一半人都会当上治安法官、公务员的。战争一来,又都乱哄哄地参军了:还是同样的这些人。不怕把高高的绞架上。[3]

没法知道和你说话的人究竟是个什么样的人。康尼·凯莱赫的眼神就有些像哈维·达夫[4]。譬如说那个锴里,名字叫彼得还是丹尼斯还是詹姆斯的,他就出卖了无敌会。实际上还是市政府的人。怂恿毛头小伙子们去干,探消息,自己却一直从城堡里领取秘密任务费。快把他扔了,烫手。那些便衣就总是追婢女。穿惯了制服的人,一眼就看出来了。挤在后门上揉弄她一阵。然后,下一道菜就来了。那位来做客的先生是谁?少爷说了什么吗?钥匙孔眼里窥看。囮子。年轻气盛的学生子,缠着她熨衣服的肥胖胳膊胡闹。

——这些是你的吗?玛利?

——我不穿这样的衣服……住手,要不我向太太告你。半夜都不回家。

——好时光快到了,玛利。你等着瞧吧。

——嘿,去你的好时光快到吧。

酒吧女招待也是。烟草店姑娘们。

詹姆斯·斯蒂芬斯[5]的主意最好。他了解他们。十人一组,有人出卖的话,不能波及本人小圈子以外的人。新芬。你退,你挨刀子。隐蔽的手。别退。行刑队枪决。狱卒的女儿把他弄出了里奇蒙德监狱,从勒斯克出的海。在白金汉宫旅馆过夜,就在他们鼻子底下。加里波第[6]。

---

① 醋山在韦克斯福德郡,一七九八年爱尔兰人曾在此起义被镇压。

② 该乐队参与了支持布尔人的示威大会。

③ 爱尔兰歌曲《天主保佑爱尔兰》云:不怕把高高的绞架上,/不怕去疆场闯一闯;/为了亲爱的爱尔兰,/我们心甘情愿地把命丧。

④ 达夫为十九世纪一出戏剧中的一个角色,以农民面目出现,实为警方暗探。

⑤ 斯蒂芬斯(参见第62页注⑩)于十九世纪中叶组织芬尼亚协会时采用秘密结社办法,十人一组,各组互不通气。

⑥ 加里波第(1807—1882),意大利民族统一运动领袖,英勇善战,亦曾流亡国外。

你必须有一种魅力才行:巴涅尔。阿瑟·格里菲斯是个耿直的人,但是缺乏带动群众的魄力。要不,高谈阔论,歌颂可爱的祖国。糊弄人的玩意儿。都柏林糕点公司茶室。辩论会。论共和制是最好的政治制度。论语言问题应比经济问题优先。利用你的女儿们把他们哄到家里。用酒肉把他们灌足了,塞饱了。米迦勒节大鹅。这一块肚皮带着百里香作料好,给你吧。趁着它还不太冷,再来一夸脱的鹅油吧。吃不饱的积极分子。给一便士的面包,就跟着乐队走一趟。切肉的人忙得喘不过气儿来。知道别人会付账,吃得最香。一点也不讲客套。把那些杏子端过来吧,我说的是桃子。那不太遥远的将来的一天。自治的太阳从西北方升起。

他走着走着,笑容消失了,一片乌云缓缓地遮住太阳,将三一学院的傲慢的前脸蒙上了一层阴影。一列列的电车交错驶过,进来的,出去的,铿啷铿啷。无用的言语。一切照旧,日复一日的:一队队的警察出来又进去;电车开进来又开出去。那两个疯子到处游荡着。狄格南被拉走了。米娜·皮尤福依挺着大肚子躺在产床上,呻吟着等人从她肚子里拽出一个孩子来。每秒钟都有地方有一个人出生。每秒钟都有一个人死去。我喂鸟以来有五分钟了。已经有三百个人挺了腿儿。同时又有三百个人出生,洗掉血,所有的人都是在羊羔的血里洗过的,声嘶力竭地喊着妈哇哇哇。

整城的人都在消逝,又有整城的人在出现,在消逝:又有别人出现,逝去。房屋,一排排的房屋,街道,铺了多少英里的路面,成堆的砖、石头。易手。这个主人,那个主人。房地产的业主是从来不死的,人们说。他走了,自有别人来顶他的缺。他们花黄金购置了产业,可是他们照样拥有那么多的黄金。其中必有欺诈之处。积累成城,一代代地损耗。沙中金字塔。靠面包加洋葱①修建的。奴隶中国长城。巴比伦。大石块古迹。一些圆塔②。其余瓦砾,大片的郊区建筑,偷工减料盖的。克尔万③的蘑菇房屋,用焦渣造的。挡挡风雨,过个夜。

---

① 面包加洋葱是西方古代奴隶常吃的伙食。

② 巨石与圆塔均为爱尔兰古迹。

③ 克尔万为都柏林营造商人,承建大批廉价房屋。

谁也没有什么了不起的。

这是一天中最不好的时刻。活力。无聊,阴沉;我讨厌这个时刻。有一种被吞食而又被呕吐出来的感觉。

院长公馆。可敬的萨文博士:罐头三文鱼。封在那里头,严实着呢。可不愿意住在那里头,倒贴我钱也不愿。希望今天有肝,有咸肉。真空状态,天怒人怨。

太阳缓缓地摆脱了乌云,将对面沃尔特·塞克斯顿金银店橱窗里的银餐具照得闪闪放光。约翰·霍华德·巴涅尔从橱窗前走过,视而不见的样子。

正是他:兄弟①。一个模子脱的。让人难忘的脸。这可是巧合。通常你几百次地想到一个人也不见得遇到他。像是在梦游的样子。没有人认识他。今天市政府一定有会议。人们说,他自从当上市政典礼官之后,从来没有穿过典礼官的官服。查利·博尔杰那时,出来可总是骑着高头大马,戴着翘角帽,挺胸凸肚的,扑着粉,脸上刮得干干净净。瞧,他走路的这副愁眉苦脸的样子。吃了个臭鸡蛋。水煎荷包活见鬼。我难受。伟人的兄弟:他哥哥的弟弟。他要是骑上市府的战马还是够神气的。进都糕点②大概是去喝他的咖啡,下他的象棋去了。他哥哥就是把人当卒子用。让他们全都走上绝路。不敢说他一句话。用他的眼神就把人们镇住了。那就是魅力:名气。一家子都有一点神经质。他妹妹疯子梵妮和姐姐迪金森太太,驾着绯红马具的车子到处跑。身子笔直的,像外科医生马德尔。可是在南米斯郡选举中,戴维·希伊击败了他。③ 谋个奇尔腾区的差事④,任个退休公职吧。爱国者宴会。在公园里大啃橙子皮⑤。赛门·代达勒斯在人们把他弄进议会去的时候

---

① 约翰·霍·巴涅尔为已故民族英雄巴涅尔之弟。

② 即都柏林糕点公司茶室。

③ 约翰·巴涅尔曾任南米斯郡国会议员,于一九〇三年被希伊击败后方任市政典礼官。

④ 奇尔腾区在英国,曾因盗匪横行而专设皇家管理处,该处在盗匪消灭后成为安置冗员的机构,常有下台国会议员在此任职。

⑤ 亲英的奥伦治协会(见第43页注④)名称中的奥伦治(Orange)一词亦指橙子,因此爱尔兰民族主义者吞吃橙子以示敌忾。

说,巴涅尔会从坟墓里爬出来,把他从下议院里拉出去的。

——说到那一条双头章鱼,它的一个头是世界应到而未到的尽头,而另一个是用苏格兰口音说话的头。它的八腕……

两个人沿着街沿石,从布卢姆先生的后面走来,越过了他。大胡子,自行车。年轻妇女。

他也到这里来了。这可真是巧合了:第二个。事件未到之前影子先到。曾获杰出诗人乔·拉塞尔先生的赞许。这位跟他一起走的,可能就是丽西·特威格。A. E:这两个字母是什么意思?也许是词首字母。艾伯特·爱德华、阿瑟·埃德蒙、阿方萨斯·埃布·埃德·埃尔埃斯快①。他说什么来着?世界尽头带苏格兰口音的。八腕:章鱼。奥秘的玩意儿:象征派。滔滔不绝。她是洗耳恭听。一语不发。协助绅士从事文字工作。

他的眼光跟随着那位穿手织粗呢衣服的高个儿后影,大胡子、自行车,旁边是听他说话的女人。从素食餐馆来。只吃蔬菜水果。别吃牛排。你要是吃了,那头牛的眼睛就会死死地盯着你看,永世不放松。他们说是有益健康。然而气胀水多。我试过。整天跑厕所。像得了膨胀病那么糟。整夜做梦。他们为什么把他们给我上的那盘菜叫做坚果牛排呢?坚果派。水果派。意思是让你感到吃的是牛后座。荒谬。也咸。他们煮的时候放了苏打。害得你整夜守着水管。

她的长袜子松松散散地落在脚踝上。我讨厌这种样子:多不雅观。这些舞文弄墨、虚无缥缈的人,他们都是这样的。梦幻似的,腾云驾雾,象征派的。他们是美学家。很有可能是那种食物你瞧产生的那种脑波,诗的。比方拿一名大吃爱尔兰红烧肉吃得汗透衬衫的警察来说吧,你就休想从他脑子里挤出一行诗来。连什么叫诗也不知道。必须有某种情绪才行。

梦幻似的云雾似的海鸥

---

① A. E 为拉塞尔笔名,而这些名字的简写都是 A. E;第一个是英国国王,第二个是贵族,第三个名字最后一个词"埃斯快"(Esquire)为英国上流社会对绅士的尊称,大体相当于"先生",词首字母凑巧也是 E。

招手在波浪浑浊的桥头。

他在纳索街口横过马路，在耶茨父子公司的橱窗前站了一会儿，看看望远镜的价钱。要不，到老哈里斯的店里，和小辛克莱谈一谈？挺有礼貌的青年。大概正吃午饭吧。我那副老镜子非修不可了。戈尔兹镜片六个畿尼亚。德国人到处都在发展。优惠销售，夺取贸易。削价抢生意。也许在铁路失物招领处能碰上一副。人们忘在火车里和衣帽间里的东西，可真是惊人。他们在想什么呢？女人也那样。难于相信。去年坐车去恩尼斯，就捡到了那位农人女儿的手提包，在利默里克换车的时候交还给她的。还有无人认领的钱。那边银行屋顶上放着一块小表呢，测试这些望远镜用的。

他的眼帘下垂到了虹膜的底边。看不见。如果你想象着那儿有表，你看着就几乎像有一块似的。看不见。

他转过身来，站在两方天篷之间伸直右胳膊，对着太阳张开了右手。我好几次都想试试这个了。不错，完全的。他的小手指指尖挡住了太阳的圆盘。一定是光线在这里聚集的缘故。假如我有一副黑眼镜的话。有意思。我们住在隆巴德西街的时候，人们谈太阳黑子谈了好多。实际上是大极了的爆炸。今年将有一次全蚀：秋天的什么时候。

我想起来了，那球降落报的是格林威治时间。钟是由邓辛克天文台用电线控制的。我得找一个月的第一个星期六，出去看一次才好。①假如我能请人介绍一下乔利教授的话，或是能打听到一些有关他家的情况也行。那办法是可以起作用的：人听了总是感到受用的。完全意料不到的恭维。贵族以出身于某个国王情妇系下为荣。女祖宗。给他添点油加点醋。脱脱帽子，走遍全国。可不能进去就愣头愣脑，脱口而出说些明知道不该说的话：视差是怎么回事？请这位先生出去。

啊。

他的手又垂下了。

总弄不清究竟是怎么一回事。浪费时间。一些气体的球，一个个打着转，相交、相超越。同一个调子，永远不变。气体：然后固体：然后

---

① 邓辛克天文台在郊区，每月第一个星期六对外开放一次。

是世界，然后冷却：然后成一个漂流的死壳，凝固的岩体，就像那块椰子糖一样。月亮。一定是新月出来了，她说。我相信是新月了。

他往前走，过了克莱尔服装商店。

等一下。我们那天晚上是满月，两星期前的星期日，现在正是新月了。沿着托尔卡河散步。费尔菲尤的月色，那样就很不错了。她在哼着乐曲。五月的年轻月亮熠熠生辉，爱人哪[1]。他在她的另一边。臂、肘。他。萤火虫的灯笼闪着亮光，爱人哪。接触。手指。问。答。同意。

算了。算了。是那样就是那样了。必然性。

布卢姆先生呼吸加快而步伐放慢，走过了亚当大院。

一声安静些别激动，他的眼睛注意到了鲍勃·窦冉的瓶子肩膀，这条街大白天。他的一年一度的纵乐又到了，麦考伊说。他们喝酒，为的是说什么或是干什么，或是 cherchez la femme.[2]到空街去找野鸡和帮闲的胡闹，然后一年到头规规矩矩的像个法官。

果然。我就估计如此。踅进帝国酒店去了。进去了。他就是喝点白苏打水好。在惠特布雷德在此办女王剧院之前，这里是派特·金塞拉开竖琴歌舞厅的地方。淘气成精。仿效戴恩·布西考尔特那一套，圆圆的月亮脸，戴一顶撑边女帽。三个活泼的小姑娘放学了[3]。时间过得多快啊，是吧？撩起裙子，露出里面的红裤子。酒客们喝着酒，喷着酒沫哈哈大笑，呛得喘不过气来。加把劲儿呀，派特。粗俗的红色：供酒鬼们取乐的：哄堂大笑，烟雾腾腾。脱掉那顶白帽子吧。他的眼睛像烫过的一样。现在他到哪里去了？在什么地方要饭吧。竖琴呀，是你当年害得我们都挨了饿。

我那时比现在幸福。可那时候那人是我吗？或者说，我现在是我吗？那时我二十八。她二十三。我们从隆巴德西街搬出来那时候，情形发生了一些变化。自从有过茹迪以后，怎么也提不起兴致来了。时间是没有办法找回来的。好像用手抓水一样。你希望回到那时候去

---

① “爱人哪”出自歌曲《五月的年轻月亮》。

② 法语：“寻找女人。”法语原指寻找问题的根源，因为事端起因往往是女人。

③ 此句为歌剧《天皇》中歌词。

吗？那时刚刚开始。你希望吗？你这个可怜的小淘气，你在家里是不快乐吗？想给我缝纽扣呢。我得写回信。在图书馆里写吧。

格拉夫顿街上，铺面前都撑着五颜六色的天篷，那花花绿绿的景象撩拨着他的感官。在炙人的石头路面上，印花细布、丝绸女士、华丽老太太，马具叮当、马蹄嘚嘚。那女人穿着白色长袜的腿脚好粗。希望来一场雨，给她溅上一腿泥才好呢。乡下来的肉婆子。那些肉长到脚后跟的都出来了。女人肉一多，脚总是那么臃肿的。莫莉显得有些重心不稳。

他不紧不慢地走过布朗·托马斯丝绸店的橱窗。缎带的瀑布。轻柔的中国丝绸。一口斜置的钵，从钵口喷出一道血色府绸的洪流：光彩熠熠的血。是胡格诺们带来的。La causa è santa.①那合唱真雄壮。嗒啦。必须用雨水洗。迈耶贝尔。嗒啦：嘭、嘭、嘭。

针插。我早就闹着要买一个了。到处乱插。窗帘里头就插着针。

他露出了一点左前臂。刺破的地方：快好了。今天反正不买了。得转回去取那美容剂。也许，等她的生日吧。六七八九月八号。差不多还有三个月。可是她也许还不喜欢呢。女人不爱拣大头针。说是分爱。

亮晶晶的各种绸缎、挂在精细铜栏杆上的衬裙、铺成辐射状的长丝袜。

回去是没有用的。无法避免的。把一切都告诉我。

高声说话的嗓音。阳光和煦的丝绸。叮叮当当的马具声。全都是为了一个女人，家、房子、丝纲、银器、味道浓郁、带着雅法异香的水果。移民垦殖公司。世界的财富。

一种暖烘烘的人体丰满感向他迎头扑来。他的头脑顺从了。拥抱的香味向他全身袭来。他的肉模糊地感到饥饿，他默默地渴望着倾心动情。

公爵路。到了。必须吃东西了。伯顿饭店。吃了情绪会好些。

---

① 意文歌词：“这事业是神圣的。”出自十九世纪德国作曲家迈耶贝尔所作歌剧《胡格诺们》，描述法国新教徒胡格诺派在十六世纪遭受屠杀的事件。

他在康布里奇公司旁边拐弯时,仍没有摆脱被追逐感。叮叮当当,马蹄嘚嘚。香喷喷的身子,热烘烘的,丰满的。全身被吻遍了,顺从了:在茂密的夏田里,在揉乱压平的草地上,在滴水的公寓楼道里,在长沙发上,在吱嗝作声的床上。

——杰克,爱人!

——宝贝!

——吻我,雷吉!

——我的人!

——爱人!

他推开伯顿餐厅的门时,心还怦怦地跳着。一股强烈的气味,憋住了他的颤动的呼吸:刺鼻的肉汁、稀烂的蔬菜。看牲口喂食。

人,人,人。

有的高踞在酒柜边的凳子上,帽子推在背后,有的坐在桌子边,大声喊叫着还要免费面包,唏哩胡噜地喝着汤,大口大口地吞着泥浆似的菜,鼓着眼睛,擦着唇边胡子上的汤水。一个面色苍白如板油的年轻人,用餐巾擦着他的杯子刀叉和汤匙。换一批细菌。一个围着染了汤水的婴儿口水布的人,咕噜咕噜地用大勺往脖子里灌汤。有一个人把没有嚼烂的软骨吐回盘子里:没有牙齿去嚼嚼嚼。明火炙烤的羊排。急急忙忙,想赶紧把这顿饭吃下去。忧伤的酒鬼眼睛。一口咬多了,嚼不动。我也是这样的吗?要用别人看我们的眼光看自己才行①。饿汉是怒汉。使劲用牙,用颚。别!唷!骨头!在小学生学的诗中,爱尔兰的最后一位异教徒国王科马克②就在波因河南岸的斯莱底噎住了。不知道他吃的是什么东西。会蹦会跑的吧。圣派特里克使他接受了基督教。然而吞不下去。

——烤牛肉加包心菜。

——红烧肉一份。

---

① 典出苏格兰诗人彭斯(Robert Burns,1759—1796)的诗《致虱子:在教堂见某女士帽上有虱子而作》。

② 科马克为爱尔兰传闻中人物,于公元三世纪建立爱尔兰王国并第一个接受基督教信仰。

人的气味。斯佩顿锯末、甜兮兮热烘烘的纸烟烟雾、一大股难闻的气味,其中混合着口嚼烟草味、泼洒出来的啤酒味、啤酒似的人尿味、以及发酵过头的气味。

他感到一阵恶心。

在这里吃东西是难于下咽的。有一个家伙在磨刀擦叉,准备把面前的东西吃个精光,有一个老的在剔牙。有一点痉挛,饱了,反刍。事前和事后。饭后祷告。看看这景象,又看看那景象。用撕成小块的面包蘸着,把红烧肉的汤汁也吃掉。干脆用舌头舔盘子吧,老弟! 走。

他环顾踞在柜边的和坐在桌子边的吃饭人,收紧了自己的鼻翼。

——这儿来两杯黑啤酒。

——腌肉加包心菜一份。

那家伙用刀子挑着一堆包心菜往嘴里塞,仿佛生死在此一举似的。好功夫。叫我看着揪心。不如用他的三只手吃还安全些①。撕成一片片的。已成他的第二天性。生下来嘴里就有把银刀②。这话说得俏皮,我想。也许并不见得。银意味着生来富有。生下有刀。可是这样一来,典故没有了。

一个腰上胡乱地围着块东西的侍者,咔嗒咔嗒的在收集黏兮兮的脏盘子。执行官罗克站在酒柜台前,正在吹他的缸子面上浮起来的酒沫。高高的:吹下去溅落在他的靴子边一片黄水。一位吃饭的将两肘都放在桌上,立着刀叉等添菜,眼光越过他面前那一方弄脏了的报纸,直勾勾地盯着送菜升降器。另外一位满嘴塞着东西的,正在对他说些什么。听得够专心的。饭桌上的谈话。我青期一在恩奇乞银行煎了他。是吗? 真的吗?

布卢姆先生犹豫不定似的,伸出两根指头摸着嘴唇。他的眼睛表示:

——不在这儿。找不到他。

走。我恨吃饭邋遢的人。

---

① 孩子用手吃东西时大人会说:"用三只手才吃得快呢!"

② 英国谚语原为"生下来嘴里就有银匙",指生在富贵人家,自小生活优裕。

他向门边退去。到戴维·伯恩那里随便吃点吧。点一点饥。能对付就行了。早饭吃得不错。

——这儿要烤肉加马铃薯泥。

——黑啤酒一品特。

人人只顾自己,拼老命。大口吞。大把塞。大口吞。填料。

他走到外面空气干净处,回头向格拉夫顿街走去。不是吃就是被吃。杀!杀!

设想一下若干年后也许会出现的公共伙食。人人拿着粥盆、饭盒,急急忙忙来分菜饭。就在街上吃掉。例如约翰·霍华德·巴涅尔、三一学院院长,凡是从娘肚子出来的都来了,别提你们的院长们和三一学院院长[1]、妇女儿童马车夫、教士牧师大元帅、大主教,都来了。从艾尔斯伯里路来的、从克莱德路来的、从工匠村来的、从北都柏林联合收容所来的,市长大人坐着他的华丽大马车,老女王躺在她的躺椅式软轿上。我的盘子是空的。咱们用的都是市府饮料杯,你先请。和菲利普·克兰普顿爵士喷泉一样。[2] 用你的手帕擦掉细菌。下一位又用他的手帕重新擦上去一批。奥弗林神父准能叫他们都学兔子跳。[3] 照样要吵架。人人为自个儿。孩子们争着刮锅底。需要有一个像凤凰公园那么大的汤锅才行。用大鱼叉去捞锅里的整片儿的肉、整条的后腿。讨厌四面都是人。她把它叫做城标饭店客饭。一汤、一肉、一甜点。你都不知道你嚼的是谁的思想。然后,那么多盘子、叉子由谁来洗呢?也许到了那时候大家都吃药片当饭了。牙齿越来越糟了。

说到底,素食还是有些道理的,地里长的东西味道好当然蒜是臭的那些摇手风琴的意大利佬的气味脆的是葱头蘑菇块菌。动物也受痛苦。禽类要拔毛开膛。牛市上那些可怜巴巴的牲口,就等着斧头去劈开它们的脑袋。哞。可怜的发着抖的牛犊。哞。站都站不稳的牛崽子。冒着泡,吱吱地发着声音。屠宰桶里晃动着的牛肺。我们要钩子

① 此句系歌词讹变,参见注③。

② 当时该喷泉纪念碑下有公用饮水杯。

③ 典出十九世纪歌谣《奥弗林神父》,歌中云:别提你们三一学院的院长和院士们……/奥弗林神父准能叫他们全都学兔子跳!

上挂的那块胸脯肉。啪嗒。骷髅加骸骨。剥了皮的羊倒挂着，睁着玻璃眼，羊鼻头上蒙着血纸，果酱似的鼻涕流在锯末上。该扔的、下脚往外送。别揉坏了那些肉，小伙子。

他们说治痨病要用新鲜的热血。血总是需要的。潜藏的。趁它还在冒热气就舔起来，黏稠如糖的。饿坏了的鬼魂。①

呵，我饿了。

他走进了戴维·伯恩的酒店。规矩的酒店。他从不闲聊。有时候也请人喝一杯。每隔四年逢闰年。② 有一次还帮我兑了一张支票。

这回要什么？他抽出了表。我想一想。啤酒混合饮料？

——哈啰，布卢姆，坐在角落里的长鼻头弗林说。

——哈啰，弗林。

——情况怎么样？

——好得很……我想想。我要一杯勃艮第葡萄酒，还要……我想一想。

架子上放着沙丁鱼。看着它就差不多尝到它的味道了。三明治吗？火腿的后代在那儿，加上了芥末夹面包③。罐头肉。家里缺了李树牌罐头肉——还像个家么？不像家。多蠢的广告！摆在讣告底下。全上了李树。狄格南的罐装肉。吃人生番愿意要，加点柠檬就米饭。白种人传教士的肉太咸。像腌猪肉。估计精华部位得归酋长享用。因为使得勤，肉恐怕会老。他的老婆们挨个儿等着看效果。**从前有个挺尊贵的黑老头儿。他吃下了是怎么了可敬的麦克特立格尔的那个儿。**有它才是安乐窝。天知道里面是些什么原料。大网膜、发霉的肚子、气管，掺假搅碎。要找肉可是个难题。犹太食物规矩。肉与奶不可同食。那就是卫生制度，照现在的说法。赎罪日斋戒是春季内脏大扫除。和

---

① 荷马《奥德赛》中叙述奥德修斯（即尤利西斯）游地狱时，鬼魂均来争舔他宰羊放出的血。

② 英语教孩子记每月天数的顺口溜之一，在交代二月有二十八天之后说："每隔四年逢闰年，二十八天加一天。"

③ 典出十九世纪美国一首关于三明治的逗趣诗，利用英文"三明治"（Sandwich）前半词与沙漠中的"沙"（sand）词形相同，而"火腿"（ham）与非洲沙漠中《圣经》所说人类三祖先之一 Ham 词形相同。

平与战争,决定于某人的消化情况。各种宗教。圣诞节吃火鸡、吃鹅。屠杀无辜①。吃喝作乐。然后是挤满门诊室。头上扎着绷带。干酪是消化一切而留下了自己。长螨的干酪。

——你有干酪三明治吗?

——有的,您哪。

还愿意要几颗青果,如果他们有的话。我喜欢意大利的。来一杯好勃艮第,可以消除那个。滑润作用。来一盘美味的拌生菜,清凉如黄瓜,汤姆·克南会调理。拌出来有劲道。纯橄榄油。米莉端给我的那盘小牛排,配着一小枝欧芹。要一头西班牙洋葱。天主造食物,魔鬼造厨师。魔鬼式螃蟹肉。

——太太好吗?

——挺不错,谢谢……那么,要一份干酪三明治。戈尔贡佐拉的,有吗?

——有,您哪。

长鼻头弗林啜着他的掺水烈酒。

——这些日子还唱么?

看看他的嘴巴。简直能对着自己的耳朵吹口哨。偏偏还有大耳朵配着。音乐。他懂多少音乐?和我的马车夫差不多。不过还是告诉他的好。没有害处。免费广告。

——她约定了这个月底要作一次大巡回演出。你听说了吧,也许。

——没有。哎,那是时髦事。谁操持的?

侍者端来了。

——多少钱?

——七便士,您哪……谢谢,您哪。

布卢姆先生将三明治切成细条。**可敌的麦克特立格尔呀。**比这糊里糊涂软冬冬的玩意儿好对付。**他的那五百个老婆呀,这回是个个称心如意呀。**

---

① 火鸡和鹅都是无辜的。同时,按《圣经·新约》耶稣诞生时犹太王希律企图杀死婴儿耶稣,为此而屠杀了治下地区两岁以内的全部男婴。天主教根据这一情况,将圣诞后第三天定为《圣无辜节》。

——要芥末吗,您哪?

——谢谢。

他将一条条的面包揭开,各抹上一摊黄色的芥末。**称心如意呀**。有了。**他的那个是越来越长个儿呀**。

——操持?他说。这个么,是一种合股性质的,明白吧。投资分股,收益分成。

——对了,我想起来了,长鼻头弗林说着,把手伸进口袋去搔裤裆里面。是谁告诉我的来着?是不是一把火鲍伊岚在里头掺合哪?

一股热气掺着火辣的芥末味,一下子扑在布卢姆先生的心头。他抬起眼皮,和令人厌恶的时钟打了个照面儿。两点。酒店的钟快五分。时间在过去。针在挪动。两点。还不到。

他的横膈膜这时渴求着升了起来,沉了下去,又更长时间地更渴求地升了上来。

葡萄酒。

他闻着香味,啜了一口提神的饮料,一面使劲叫自己的喉咙快咽下去,一面小心地放下酒杯。

——是的,他说。实际上他就是组织者。

不怕:没有头脑的。

长鼻头弗林吸着鼻子,搔着痒。跳蚤正在饱餐一顿呢。

——他交了好运,杰克·穆尼告诉我的,迈勒·基奥在那场拳击赛中又打败了波托贝罗兵营那个当兵的。天主哪,他把那个小伙子弄到了卡洛郡,他告诉我……

希望那一滴露水别滴到他的酒杯里去。没有,吸回去了。

——整了将近一个月,老兄,才大功告成。吮鸭蛋,天主哪,没有命令不许停。不许沾酒,明白吗?哎,天主哪,一把火可是个毛多的家伙。

穿提花衬衫的戴维·伯恩从后边柜台那里走上前来了,一边走一边用餐巾把嘴唇擦了两下。脸红如鲱鱼。笑容可掬,满脸是如此等等。① 欧防风根上的油太多了。

---

① 典出歌剧,原句是"笑容可掬,满脸是真心诚意"。

——他本人上来了，还撒着胡椒呢，长鼻头弗林说。你能给我们提一匹金杯赛看好的吗？

——我没有缘分，弗林先生，戴维·伯恩回答道。我从不下注赌马。

——你做得对，长鼻头弗林说。

布卢姆先生吃着他那切成一条条的三明治，新鲜、干净的面包，带着辛辣难闻好吃的芥末味，还有绿干酪的脚味。他一口口地啜着他的葡萄酒，顿间感到舒畅了。这可不是洋苏木①。这个天气去掉了寒意，味道更厚。

挺安静的酒吧间。那柜台用的是好木料。刨得挺讲究。那曲线好看。

——那名堂我是决不问津的，戴维·伯恩说。毁了多少人哪，那些马。

酒商的赌局奖券。特许出售啤酒、果酒、烧酒以供在本店饮用。正面我赢，反面你输。

——你这话不假，长鼻头弗林说。除非你知道内情。如今已经是没有不做手脚的比赛了。莱纳汉能弄到一些好信息。今天他透露了权杖。热门是津凡德尔，霍华德·德·沃尔登勋爵的，在埃普森获奖的。骑手是莫内·坎农。我两星期以前本来可以赢圣阿曼特的一比七的。

——是吗？戴维·伯恩说。

他走向窗边，拿起小额收支账簿看起来。

——真的，不骗你，长鼻头弗林吸着鼻子说。那是一匹难得的好马。它老爹是圣弗鲁斯昆。罗思柴尔德的这匹小母马呀，是耳朵里塞着棉花在一场暴风雨中跑赢的。蓝上衣，黄帽子。倒霉倒在大个儿本·多拉德和他那匹约翰·奥冈特。都是他让我改的主意。真的。

他听天由命地举起杯子喝了一口，用手抚摸着玻璃杯上的槽花。

——真的，他叹一口气说。

布卢姆先生站着，嚼着嘴里的东西看他叹气。长鼻头木脑袋。我

① 有人说有些葡萄酒用洋苏木染色。

是不是告诉他莱纳汉那马？他已经知道了。让他忘掉吧。再去再输。傻瓜和他的钱财①。那滴露水又下来了。他要是吻一个女人，鼻头是冷的。然而也许她们倒喜欢。扎人的胡子她们喜欢。狗的冷鼻头。城标饭店那位肚子咕噜咕噜叫的赖尔登老太太那条斯凯㹴狗。莫莉把它搂在怀里亲热。嘿，那条汪汪汪叫的大家伙！

酒浸湿化软了卷起来的面包芯、芥末、一时有些令人恶心的干酪。好酒。因为我不渴，所以更能尝到它的好味道。当然是洗了澡的缘故。只吃一两口东西就行了。六点钟光景就可以。六点。六点。那时，时间就过去了。她。

葡萄酒的柔火使他的血管发热了。正是我特别需要的。刚才真是别扭。他的眼睛悠悠然地看着架子上那一层层的罐头：沙丁鱼、颜色鲜艳的龙虾大螯。什么希奇古怪的东西人都弄来吃。从贝壳、海螺里头用针挑出来，从树上弄，法国人从地下挖出蜗牛来吃，从海里用钩子装上饵料钓出来。笨鱼，一千年也学不乖。把不知道的东西往嘴里放是危险的。毒莓。犬蔷薇果。圆圆的，你以为是好东西。鲜艳的颜色就是警告你小心。一个传一个，都知道了。先喂狗试试。受气味或是形状吸引。使人垂涎的果实。冰棍。奶油。本能。比方说橘树林吧。需要人工灌溉。真诚街。是这样，但是牡蛎呢。样子难看，像一摊痰。脏兮兮的壳。撬开也麻烦得很。是谁发现的？垃圾、污水是它们的饲料。香槟就红岸牡蛎。对于性有效果。春……今天上午他在红岸餐厅。他会不会是桌上老牡蛎床上新鲜肉也许他不对六月没有 R 不吃牡蛎②。可是有人就是喜欢吃不太新鲜的东西。变质的野味。坛子兔肉。首先你得逮得住兔子呀。中国人吃存了五十年的鸭蛋，都变成蓝的绿的了。一顿饭三十道菜。每道菜都没有害处，吃下去却会混合起来的。用这个主意，可以设计一篇下毒疑案小说。那个利奥波尔德大公是不是不对的要不然是奥托是哈布斯堡王族？要不然是谁，常吃自己的头皮的？全城最省钱的午餐。当然，是贵族们，然后别人也都跟着学时髦。米莉

---

① 谚云：傻子和他的钱财分手快。

② 西谚云：在没有 R 的月份不宜吃牡蛎。六月的字母(june)中没有 R。

也石油加面粉。生的糕点我自己也喜欢。他们捕获的牡蛎,一半都扔回海里,为了抬价。便宜了没有人买。鱼子酱。要气派。贺克白葡萄酒得用绿玻璃装。豪华的盛会。某贵夫人。扑了粉的胸脯露珍珠。名流。精华中的精华。他们要有特别的菜,摆架子。隐士吃豆子饭抵制肉的刺激。要了解我,来和我一起吃饭。皇家鲟鱼①行政长官,屠夫关采由大人授权处理森林鹿肉。给他送回半只母鹿。我看见过主事官官邸楼下厨房区内摆出来的那些吃的。戴白帽子的厨师,像犹太教教士似的。火烧鸭子。波纹形包心菜 à la duchesse de Parme.②菜单上写明也好,免得你吃了什么东西都不知道。投料太多,反而会把肉羹弄坏。我就有过亲身经历。在羹里又加上了爱德华兹脱水汤料。为了他们吃好的,把鹅都填傻了。龙虾是活活煮死的。轻轻松松用一些松鸡吧。在高级饭店当侍者倒是蛮不错的。小费、晚礼服、半裸体的女士们。杜必达小姐,我是否可以引诱您再来一点儿柠檬鳎鱼片?真的,肚皮大。而她也真的肚皮大了。估计这是一个胡格诺派的姓氏。基林尼村就有一家杜必达小姐,我记得。杜 de la③ 法国的。她吃的鱼,可能就是穆尔街的老米盖·汉隆手掐鱼鳃掏尽鱼肠赚了大钱的鱼,连在支票上写自己的名字都不会,还以为他在描什么风景呢,歪扭着嘴巴。大米的米盖子的盖汉子的汉,大皮靴似的字认不了一筐,偏偏拥有五万镑。

玻璃窗上粘着两个苍蝇,嗡嗡地粘在一起。

有劲头的葡萄酒咽下,颚间留下暖意。勃艮第的葡萄,在榨酒器内挤碎。是太阳的热能。似乎触及了一个秘密的回忆告诉我。触及了他的感官,润湿了记起了。我们藏在豪斯山头的野蕨丛中,下面是沉睡的海湾:天空。静寂无声。天空。海湾在狮子头那边是紫色的。在德鲁姆莱克那边是绿色的。在萨顿的方向又泛起了青黄色。海底的田地,隐隐发褐色的田埂上长着草,湮没的城镇。她那一头头发枕着我的上

---

① 十四世纪一英王曾宣布英国海域鲟鱼均为王室所有。

② 法文:巴尔默公爵夫人式。

③ “杜”即 Du,在法文中为阳性名词前表示从属关系的虚词,相当于 de le,而在阴性名词前在相似情况下即应为 de la。

衣,我的手衬在她脖子后面,被石楠丛中的蠼螋蹭着,你会把一切都扔给我的。奇妙啊！她的抹了软膏的手,清凉而柔软的,摸着我,爱抚着我:她的眼睛望着我凝视不动。心花怒放的我伏在她身上,丰满的嘴唇满满地张开,吻在她的嘴上。美啊。柔软地,她把一口茴蒿籽蛋糕塞进我嘴里,热烘烘的,嚼碎了的。一口略带异味的哺食,她含在嘴里嚼过的,带着唾液的甜酸味儿的。欢乐:我吃了下去:欢乐。青春的生命,她努起嘴唇给我的。柔软的、暖烘烘的、黏乎乎的胶浆嘴唇。她的两只眼睛是花朵,摘我吧,心甘情愿的眼神。落下几粒石子。她静卧不动。一头山羊。没有人。豪斯峰高处杜鹃花丛中,一头母山羊正在稳步走过,还掉着葡萄干似的粪粒儿。她藏在野厥间,发出温暖怀抱中的欢笑声。我狂野地伏在她身上,吻着她:眼睛、她的嘴唇、她的伸长的脖子跳动着的、她那修女纱衬衫里面的丰满的女性胸脯、高耸的肥乳头。火热的我伸过舌头去。她吻我。我受吻。毫无保留地委身的她,揉弄着我的头发。她接受了吻,又吻我。

我。而现在的我。

粘在一起的苍蝇嗡嗡地叫着。

他的低垂的眼光,顺着橡木板上那沉静的纹理移动着。美:曲线蜿蜒:曲线就是美。体态优美的女神,维纳斯、朱诺:全世界爱慕的曲线。裸体女神立在圆厅里,图书馆博物馆里,任人观赏。有助消化。她们不在乎什么样的男人看她们。谁都可以看。从不说话。我指的是对弗林这等人从不说话。设想她按照皮格马利翁和盖拉娣娅①,她的第一句话说什么呢？凡夫俗子！马上叫你老实了。和仙长们会餐,畅饮玉液琼浆,金碟子,全是仙品。不像咱们吃的六便士午餐,煮羊肉、胡萝卜、白萝卜、一瓶奥尔索普啤酒。玉液琼浆,喝着电灯光想象是它吧:仙食。可爱的女人形体,雕成朱诺式的。神仙的美。而咱们呢,从一个窟窿塞进食物,从后面一个出来:食物、乳糜、血液、粪便、泥土、食物:不能不像给火车头添煤那样不断地喂。她们没有。从来没有注意过。今天我要

---

① 希腊神话,塞浦路斯国王皮格马利翁善雕刻,钟情自己所雕美女像,爱神接受其祷告而将生命赋予雕像,成为美女盖拉娣娅。

看一看。管理员不会看见的。弯下腰去,掉了什么东西。看看她到底有没有。

来自他膀胱里的静悄悄的点滴信息,需要去那个不那个那边去那个。是凡夫的需要他把酒连渣喝干然后举步,她们也委身凡人,自己有男性感,和凡夫情人睡觉,她就让一个青年玩了,走向院子里。

在他的靴子声音消失以后,戴维·伯恩从他的账簿那里说:

——他现在到底是干什么的?不在保险业吗?

——早就不干那一行了,长鼻头弗林说。他现在给《自由人报》拉广告。

——我和他面熟,戴维·伯恩说。他是出了事儿吗?

——事儿?长鼻头弗林说。我没有听说呀。怎么呢?

——我注意到他穿着丧服。

——是吗?长鼻头弗林说。可不吗?他真穿着呢。我刚才还问他家里是不是都好呢。你说得对,天主哪。他真穿着。

——我看到哪位先生出了那样的事儿,戴维·伯恩厚道地说,我是从来不提那碴儿的。白惹人重新想起来。

——反正不是老婆,长鼻头弗林说。前天我遇见他,他正从亨利街上约翰·怀斯·诺兰老婆开的爱尔兰农庄奶品店里出来,手上捧着一罐奶油,给他的内掌柜买的。她的营养足着呢,我告诉你。烘面包加鸽肉。

——他在给《自由人报》干?戴维·伯恩说。

长鼻头弗林噘起了嘴唇。

——他不是靠找广告买的奶油。这事你不用怀疑。

——怎么呢?戴维·伯恩放下了账簿走过来问。

长鼻头弗林耍把戏似的舞弄着手指,在空中作了几个迅速抛接的动作,眨了眨眼。

——他在会,他说。

——你说的是真的吗?戴维·伯恩说。

——一点也不假,长鼻头弗林说。自古公认的自由会社①。光明、

① 共济会自称其仪式为自古传下被普遍接受的,并称自由人均可入会。

生命、爱,天主哪。他们帮衬着他。告诉我的是一位——唔,我可不说是谁。

——是实事儿吗?

——嗨,是个好会,长鼻头弗林说。遇到你不行的时候,他们真支持你。我就知道有一个千方百计想参加的。可是他们的门把得严得要命。天主哪,他们不许妇女参加是做对了。

戴维·伯恩又笑又打哈欠又点头,三合一:

——咦咦咦啊啊啊哈!

——有过一个女的,长鼻头弗林说,她藏在一台大钟里头偷看他们究竟在干什么。可是要命的,他们嗅出了她的味儿,当场就让她宣誓入会,当上了高级会员。那是多纳雷尔的圣莱杰家的一位姑娘。

戴维·伯恩打足了哈欠,眼眶里带着泪水说:

——真是实事儿吗?他倒是一个正派安静的人。我常在这里看到他,可是从来没有一次见他——你知道——出圈儿。

——万能的天主也没法把他灌醉的,长鼻头弗林断然地说。大伙儿闹得稍微过分一点,他就开溜了。刚才你没见他看表吗?噢,你没有在。你如果向他提出喝一口,他的第一件事是掏出表来,看看该喝什么。敢对着天主说,他真是那样的。

——有些人就是那样的,戴维·伯恩说。他是个靠得住的人,我说。

——他的人头儿倒是不太次,长鼻头弗林吸着鼻子说。他肯出力帮助别人,这是人人都知道的。魔鬼有长处,也得承认他。哎,布卢姆是有他的优点的。可是有一件事,是他绝对不干的。

他用手在酒杯旁边比划着签字的模样。

——我知道,戴维·伯恩说。

——决不留白纸黑字,长鼻头弗林说。

派迪·伦纳德和班塔姆·莱昂斯进来了。后面是汤姆·罗奇福德,一只诉苦的手按在暗红色的坎肩上。

——好,伯恩先生。

——好,先生们。

他们在柜台前站住了。

——谁请？派迪·伦纳德问。

——我反正是喝，长鼻头弗林回答他。

——哎，要什么？派迪·伦纳德问。

——我要一瓶姜汁汽水，班塔姆·莱昂斯说。

——怎么回事？派迪·伦纳德失声叫道。从什么时候开始的，天主在上？你要什么，汤姆？

——排水系统怎么样？长鼻头弗林啜着酒问。

作为回答，汤姆·罗奇福德把手按在胸骨上，打了一个嗝。

——我是不是麻烦您给我一杯清水，伯恩先生？他说。

——没有问题，您哪。

派迪·伦纳德打量着他的两位酒友。

——怪事一桩，他说。瞧瞧我请的客！凉水和姜汁水！两个见到擦在腿上治伤疼的威士忌都会去舔一舔的家伙！他袖筒里藏着一匹要夺金杯的劣马呢。手到擒来。

——津凡德尔是吧？长鼻头弗林问。

汤姆·罗奇福德拿着一张扭曲的纸片，把纸上一些药面抖进刚送到他面前的水杯里。

——该死的消化不良，他未喝先说。

——小苏打很管用，戴维·伯恩说。

汤姆·罗奇福德点点头，喝了下去。

——是津凡德尔吗？

——别露风声！班塔姆·莱昂斯眨着眼睛说。我准备独自下它个五先令。

——你这人要是还有点意思，你就告诉我们完事，派迪·伦纳德说。是谁给你的消息？

布卢姆先生正向外走，举起三个指头打了个招呼。

——再见！长鼻头弗林说。

另外那几位都转过头去。

——就是他给我的，班塔姆·莱昂斯压低了声音说。

——呸！派迪·伦纳德轻蔑地说。伯恩先生，您哪，我们在这以后还要您的两小杯詹姆森威士忌，加一瓶……

——姜汁汽水，戴维·伯恩彬彬有礼地说。

——对，派迪·伦纳德说。给小宝宝来个奶瓶。

布卢姆先生一面向道森街走去，一面用舌头把牙齿舔干净。必须是绿色的东西：譬如说，菠菜吧。那样就可以用伦琴射线照射了。

在公爵胡同，一条贪吃的㹴犬把一口骨骨节节吞不下去的食物呕吐在大卵石路面上，可是吐完之后又重新津津有味地去舔。饮食过度。享用完毕，原物奉还。先甜点后小菜。布卢姆先生小心翼翼地绕了过去。反刍动物。它的第二道菜。它们动的是上腭。汤姆·罗奇福德的那项发明不知道是否可以派上什么用场？对着弗林的大嘴巴讲解他的发明，白费时间。人瘦嘴长。应该有一个会堂或是什么地方的，发明家可以到那里头去自由自在地搞发明。当然那样的话又会有各种各样的怪人来纠缠不清了。

他哼着唱段，以庄严的回荡音拖长了各小节的末尾：

——Don Giovanni, a cenar teco
M' invitasti. ①

舒服一些了。勃艮第葡萄酒。提起了我的精神，很好。谁是第一个造酒的人？情绪低沉的家伙吧。借酒壮胆。国立图书馆找《基尔肯尼人民周报》，现在得去了。

在威廉·米勒卫生设备商店的橱窗里，一些光洁干净的马桶在静候着，把他的思绪又拉了回来。能办到的：一路追踪下去。吞下一颗针，有时候隔了几年才从肋部出来，周游全身改变胆管脾脏喷出肝胃液肠道盘旋如管道。可是那个可怜虫却不能不成天站在那里，敞着肺腑内脏让人看。科学。

——A cenar teco.

---

① 莫扎特歌剧唱词（意大利语）：“唐·乔凡尼，和你晚餐/你邀请我。”按乔凡尼在仇敌死后曾得意地对其雕像扬言邀其同进晚餐，剧将结束时雕像果然来赴宴，并宣布乔末日已到。

Teco① 这个字是什么意思？也许是今晚。

——唐·乔凡尼，你邀请我
今晚来此晚餐，
达朗达朗达姆。

唱得不对劲儿。

岳驰：只要能叫南内蒂同意就是两个月。那就是两镑十大约两镑八。哈因斯欠我三先令。两镑十一。普雷斯科特洗染厂的货车在那边呢。我要是弄到比利·普雷斯科特的广告：两镑十五。大约五个畿尼了。运道不错。

可以给莫利买一条那种样子的丝衬裙，和她那双新吊袜带一样颜色的。

今天。今天。不想。

到南方旅游吧。到英国海滨名胜怎么样？布赖顿、马盖特。月下栈桥。水面荡漾着她的歌声。那些可爱的海滨女郎们。在约翰·朗氏酒店外面，一个睡眼蒙眬的闲汉子倚在那里，心事重重地咬着一只长痂的指节。巧手工人待雇。工资便宜。伙食随意。

布卢姆先生在格雷糖果店的陈列着果馅糕点的橱窗前转弯，走过了可敬的托马斯·康奈兰的书店。《我为何脱离罗马教会》。雀巢会的妇女们支持他。据说她们在马铃薯遭灾期间给穷苦孩子们施粥，叫他们改信新教。街对面爸爸去的那个教会是要穷苦犹太人改教的。同样的诱饵。我们为何脱离罗马教会。

一个青年盲人站在那里，用他的细竿子敲击着街沿石。街上不见电车。要过马路。

——你是要过去吗？布卢姆先生问。

盲青年不回答。他的墙壁脸上微弱地皱起了眉头。他犹豫不决地转动着头。

——你现在是在道森街，布卢姆先生说。对面是莫尔斯沃思街。

---

① 意大利语：和你。

你是不是想过去？路上现在没有障碍。

细竿子颤巍巍地向左边移动过去。布卢姆先生的视线顺着竿子的方向看去，又见到了洗染厂的货车停在德拉戈理发店门前。上午我看到了他那打蜡的头发，那时我正。马低垂着脑袋。车夫在朗氏酒店里。解渴呢。

——那边有一辆货车，布卢姆先生说，不过是停着的。我陪你过街。你是不是要去莫尔斯沃思街？

——是的，青年回答。南弗雷德里克街。

——来吧，布卢姆先生说。

他轻触一下他的瘦削的臂肘，然后搀了他那疲软无力而有视觉的手，领他向前走。

对他说些什么吧。最好不要居高临下的。他们会不信任你的话的。说点日常话头吧。

——雨没有下起来。

没有回答。

上衣上有了污渍。吃喝大概流口水。到他嘴里味道全不一样。起初还必须有人用汤匙喂才行。像小孩子的手，他的手。像米莉小时的手。敏感。很可能是在根据我的手估量我是什么样的人。不知道他有没有姓名。范。可别让他的竿子碰着马腿：疲乏的马，打瞌睡呢。对了。没有碰着。牛后：马前。

——谢谢您，先生。

知道我是男的。嗓音。

——现在对吧？左边第一个路口拐弯。

盲青年敲击一下街沿石，恢复了感觉，收回竿子往前走去了。

布卢姆先生跟在无眼脚的后面走着：直边的粗人字呢套服。可怜的年轻人！他怎么有可能知道那边有一辆货车的？一定是有一种感觉。也许是他们的前额上有视觉：一种体积感。重量或是大小，一种比黑暗更黑的东西。如果有一件东西挪走了，不知道他会不会察觉。感到有一块空白。他那样敲击着石头摸索各处的道路，对都柏林一定有一种奇特的印象。他要是不拿那根竿子，能走直路吗？没有血色的、虔诚的脸,像一个正要受戒当教士的人。

彭罗斯！这是那个家伙的名字。

看看,他们能学到多少本事！手指认字。钢琴调音。要不我们惊讶他们有头脑。同样的,一个畸形人或是驼背人说出些我们可能说的话,我们会认为他聪明。其他感官当然更。绣花。编篮子。人们应该帮助他们。莫莉的生日可以买一个针线篮。恨针线活。也许会不高兴的。人们把他们叫作暗人。

嗅觉也一定更强。四面八方都来气味,聚成一团。每条街道都有不同的气味。每个人也不同。还有春天、夏天:各式各样气味。味道呢？据说,闭着眼睛或是感冒头疼就不能品酒。还有,据说在黑暗处抽烟就不感到享受。

和女人吧,比方说。看不见,就不那么害羞了。那一位从斯图尔特医院门口走过的姑娘,把头抬得老高的。看我吧。我是穿戴整齐的。看不见她,准会有一种异样感觉的吧。心目中自有一种模样的吧。说话声音、身体温度:当他的手摸到她身上的时候,准是有一种和见到她的形状、曲线差不多的感觉吧。他的手抚摸着她的头发吧,比方说。假定是黑色的,比方说。好。我们就称之为黑。然后摸她的白色的皮肤。也许感觉就不同。白色感。

邮局。必须回信。今天事多。寄一张邮汇票给她吧,两先令的,半克朗的。请接受我的小小礼物。这里还正好有一家文具店。等一下。想一想。

他伸出一根指头,轻轻缓缓地捋着耳朵上边向后梳的头发。再捋一遍。细细的稻色纤维。然后他的手指轻柔地抚摸右颊的皮肤。这地方也有绒毛。并不太光滑。肚皮是最光滑的地方。周围没有人。他走进弗雷德里克街去了。也许是到莱文斯顿舞蹈学院去调钢琴。可能是整理我的背带。

在走过窦冉酒馆的时候,他把手伸进坎肩和裤子之间,轻轻拉开衬衫,捏了捏一块松软的肚皮。可是我知道它是白中带黄的颜色。要在黑暗中试试,看是怎么样。

他抽出手来,把衣服拉好。

可怜的人。还很小呢。可怕。真可怕。他看不见,会做什么样的梦呢?他的一生就是一场梦。生来就是这样,有什么公道可言?纽约那么多的妇女儿童郊游会餐,全都烧死淹死了。① 一场浩劫。业②,他们说是你因为前世所作的罪孽而转世,投胎转回来世。真是的,真是的,真是的。同情是当然的:可是,不知怎么的,使人感到难于亲近。

弗雷德里克·福基纳爵士走进共济会的会堂里去了。庄严得像特洛伊大主教。刚在厄尔斯福高台街吃完他的好午饭。法律界老朋友聚会,开一大瓶。聊一聊法官们的事迹、审讯的案情以及蓝衣学校的掌故③。我判了他十年。我估计,我喝的那酒他恐怕连闻都不屑一闻。他们要的是陈年老酒,瓶子上满是尘垢,标着年代。对于记录官法庭应如何主持公道,他自有他的主张。老头儿的心肠是好的。警察指控单上塞满案件,制造犯罪记录提高百分比:他叫他们向后转。对放高利贷的毫不留情。把茹本·J狠狠地训了一顿。那可真是一个人们所谓的龌龊犹太佬。这些法官是有权的人。一些头戴假发、脾气暴躁的老酒鬼。爪子发胀的老熊。愿上帝饶恕你的灵魂④。

哈啰,公告。迈勒斯义市。总督大人阁下。十六日。就是今天。为默塞尔医院募集资金。《弥赛亚》首演也是为它。对。韩德尔⑤。出去一趟,到那儿看看怎么样:鲍尔士桥。顺便可可以看看岳弛。用不着像蚂蟥似的死钉住他不放。去多了人家不欢迎。肯定可以在门口遇到认识人的。

布卢姆先生走到了基尔代尔街。首先我必须。图书馆。

阳光下草帽一闪。棕黄色皮鞋。翻边的裤子。是他。是他。

---

① 当日都柏林报载美国纽约发生客轮着火烧死一千余人惨案,死者均为某教会组织郊游的妇女儿童。

② 业即 Karma,梵语指行为;按印度哲学,人的行为将对来世产生影响。

③ 福基纳爵士(1831—1908)长期担任都柏林主要法官(被称为记录官),同时任都柏林英国统治阶层蓝衣学校董事,著有一书记载法庭及该校史迹,逝世后于一九〇八年出版。

④ 法官宣判死刑用语。

⑤ 韩德尔(1685—1759),德国音乐家,后入籍英国,其名作《弥赛亚》清唱剧于一七四二年在都柏林首演,收入即捐献当时成立不久的默塞尔医院。

他的心脏轻轻地悸动起来。向右转吧。博物馆。女神。他向右边转了过去。

是他吗？几乎可以肯定。不要看了。酒上脸了。我为什么？太急了。是的，是他。那走路的姿势。没有看见。没有看见。继续走。

他跨着生风的大步向博物馆大门走去，同时抬头往上看了一眼。漂亮的建筑物。托马斯·达恩爵士设计的。没有跟着我来吧？

也许没有见到我。他的眼戗光。

他呼吸急促如同短叹。快。冷森森的雕像：那里是安静的。再有一分钟就安全了。

没有。没有见到我。两点过了。大门到了。

我的心脏！

他的眼睛搏动着，定定地盯住了乳脂色的石头曲线。托马斯·迪恩爵士，希腊式建筑物。

我在找东西。

他的手匆匆忙忙，动作很快地伸进一只口袋，掏出来，看过的没有叠好的移民垦殖公司。我放哪儿了？

忙着找呢。

他把公司快快塞了回去。

下午，她说。

我是在找那个。对，那个。所有的口袋都找一找。手绢。《自由人》。我放哪儿了？啊，对了。裤子。钱包。马铃薯。我放哪儿啦？

赶快。步子平静些。马上到了。我的心脏。

他的手寻找着那个我放在哪儿了终于在后裤袋里找到香皂还得去取美容剂微温的纸粘住了。啊香皂在那儿！对了。大门。

安全了！

九

文雅的贵格会友[1]图书馆长轻声轻气地安慰他们说：

——而且，咱们还有《威廉·迈斯特》中那些无价之宝的篇章呢，[2]不是吗？一位大诗人谈论另一位心曲相通的大诗人。一个犹豫不决的灵魂，奋起抗击无穷的忧患，而内心又矛盾重重，真实生活就是如此。

他踩着吱嗝作声的牛皮靴，用五步舞姿跨上一步，又用五步舞姿后退一步，在庄严的地板上。

一个无声的工友推开门，微微地对他打了一个无声的招呼。

——就来，他说着就吱吱嗝嗝地开始往外走，然而仍在流连。优美而并不干练的做梦人，遇到严酷的现实就只有惨败。歌德的论断，人总是感到十分正确的。宏观分析都是正确的。

他两脚分析吱嗝作声，踩着宫廷舞步走了。秃脑瓜到门边，挺热心地把大耳朵整个儿送过去接受工友的话：听清了：出去了。

剩下两个。

——巴利斯先生在死前十五分钟还活着[3]，斯蒂汾讥笑着说。

——你找到了那六名勇敢的医科生了吗？约翰·埃格林顿以年长者的挖苦口气问。你不是要创作《失乐园》[4]叫他们记你的口授吗？他把它叫做《撒旦的悲哀》。

---

① 贵格会（The Quakers）即公谊会或教友派，为基督教内一派，拒绝《圣经》与教会权威，主张教友直接接受神意，提倡和平。

② 德国诗人歌德散文小说《威廉·迈斯特》中有若干篇章描写主人翁迈斯特用德文编译并演出莎剧《哈姆雷特》的过程。

③ 巴利斯为法国十六世纪大将，战死后其部下曾作此语表示赞扬，但其后此语被视作典型空话。

④ 英国诗人弥尔顿双目失明后创作长诗《失乐园》，全部用口授，由几个女儿与一些青年协助笔录而成。

微笑。克兰利式的微笑。

首先他摸她的痒处
接着他拍她的别处
然后他将女用导管插进
只因他是一名医科生
快乐的老医科……①

——我觉得,你要是写《哈姆雷特》,需要增加一名才行,神秘的头脑喜欢七。WB② 称之为亮晶晶的七个。

他的红脑袋凑近他那台灯的绿灯罩,眼睛闪着光,在暗绿色的阴影中寻找那张大胡子脸,一位奥拉夫③,眉目圣洁的。他低声笑着:三一学院工读服务生的笑:无反应的。

乐队似的撒旦,流了许多路得的
天使眼泪。
Ed egli avea del cul fatto trombetta. ④

他抓住了我的蠢事不松手。

克兰利有十一名真正的威克洛人就能解救祖国。缺牙的凯瑟琳,她的四块美丽的绿田,外人占了她的家⑤。再来一人向他致敬:ave, rabbi:⑥廷纳黑里的十二人⑦。他在幽谷的荫处呼唤着他们。⑧ 我的灵

① 引自一首由马利根原型 Gogarty 所写而未发表的淫诗《医科生狄克和医科生戴维》。

② WB 即叶芝(William Butler Yeats),其诗《摇篮歌》(1895)中提到七颗星。

③ 奥拉夫(Ollav)是古爱尔兰博学能诗的夫子。

④ 前两行采用《失乐园》中描写撒旦堕入地狱的诗句,后一行意大利文(把他的屁股当喇叭用)系但丁《神曲》描绘地狱中一名恶魔队长的诗句。

⑤ 凯瑟琳为爱尔兰神话中女王,在叶芝剧本《胡里痕的凯瑟琳》(1902)中以缺牙老妪形象出现,四块绿田指古爱尔兰四省,外人指英帝国。

⑥ 拉丁文:"你好,大师"。据《圣经·新约》,这是犹大出卖耶稣时向他致敬所用语言,耶稣因此被认出而被捕。

⑦ 廷纳黑里为威克洛郡一市镇。乔伊斯的朋友伯恩(即小说中的克兰利)曾说只要有十二个有决心的人就能解救爱尔兰,而这十二人都可以在威克洛郡找到。按耶稣门徒人数亦为十二。

⑧ 《在幽谷的荫处》是一九〇三年首演的爱尔兰剧作家辛格的独幕剧,描绘威克洛山村中一妇女摆脱羁绊到峡谷中呼唤情人追求青春的解放。

魂的青春,都给了他,夜复一夜。一路顺风。祝你猎运亨通。

马利根收到了我的电报。

蠢事。干下去吧。

——我们爱尔兰的青年诗人们,约翰·埃格林顿埋怨说,还没有创造出一个可以在世界上和萨克逊佬莎士比亚的哈姆雷特比美的人物,虽然我对他也只是钦佩而已,和老本一样①,并非偶像崇拜。

——所有这些问题都是纯学术性的,拉塞尔从阴影中发出启示。我指的是哈姆雷特究竟是莎士比亚,还是詹姆士一世,还是埃塞克斯。是教士们对耶稣的史实性的探讨。艺术必须能为我们启示一些思想,一些无形的精神本质。一件艺术作品的至高无上的问题,是它源于多深的生活。古斯塔夫·莫罗②的画,画的就是思想。雪莱的最深刻的诗,哈姆雷特的言语,都能使我们的头脑接触到永恒的智慧,就是柏拉图的观念世界。其余的一切,全都是学生子说给学生子听的猜测。

A. E 告诉一个访问他的美国佬。嗬! 可要了我的命!

——学者们起初都是学生子,斯蒂汾以超级的礼貌回答道。亚里士多德原来就是柏拉图的学生子。

——而且一直都是,我们这样希望吧,约翰·埃格林顿庄重地说。我们可以看到他挟着毕业文凭的标准学生模样。

他望着现在露出了笑容的胡子脸,又笑了起来。

无形的精神。父、道、圣息。众人之父、天人。③ Hiesos Kristos,④美的法师,每时每刻在我们身上受难的逻各斯⑤。这实在就是它。我是祭坛上的火。我是献祭用的黄油。

---

① "老本"指本·琼森(Ben Johson,1572? —1637),莎士比亚的好友,也是著名诗人和剧作家,在其为一六二三年的莎氏戏剧全集所作序言中申明"不作偶像崇拜",在赞扬莎氏成就的同时指出了一些弱点。

② 莫罗(Gustave Moreau,1826—1898)为法国画家,其作品对法国象征主义诗人影响甚大。

③ A. E(拉塞尔)信奉的通神学(参见第 182 页注①)以"父、道、圣息"为三位一体。"众人之父"指耶稣,"天人"指亚当。

④ 希腊文:耶稣·基督。

⑤ 逻各斯(logos)为希腊哲学、神学用语,指支配宇宙的神理,即道。

邓洛普、贾奇——他们之中最高贵的一个罗马人[1]——A. E、阿尔瓦尔[2]、避讳不可提的名字,在天堂称为:K. H[3],他们的大师,此人的真面目对于里手并非秘密。大白会[4]的弟兄们都在守望着,随时准备助以一臂之力。基督领着他的新娘姊,沐着光的,由具有灵魂的处女生育的,忏悔的索菲娅[5],去了大悟层。奥秘的生活,不是常人能享有的。常人必须首先将坏业消除。库珀·奥克利太太有一次窥见了咱们的十分卓越的 H. P. B 师姐[6]的基元。

唷!去你的吧!Pfuiteufel![7] 你不该看,太太,人家女士露基元你实在不该看。

贝斯特先生进来了,高大、年轻、柔和、灵巧。他姿势文雅地托着一本笔记本,新而大,洁净而亮堂。

——用那位标准学生子的眼光来看,斯蒂汾说,哈姆雷特那些琢磨自己的王子灵魂后事的思绪,那一段既不现实、又无意义、而且毫无戏剧性的独白,是和柏拉图一样浅薄的。

约翰·埃格林顿怒气上升,皱着眉头说:

——说实在的,不论谁拿亚里士多德来和柏拉图作比较,我听了都受不了。

——在那两位之中,斯蒂汾问道,哪一位会把我驱逐出他的共和国呢?

亮出你的匕首定义来吧。马性者,一切马匹之本性也。他们崇拜

---

① 邓洛普、贾奇均为在欧美通神协会中占重要地位的爱尔兰人;“他们之中最高贵的一个罗马人”是莎剧《裘力斯·凯撒》中安东尼对布鲁特斯死后赞词,因布鲁特斯并非个人争权夺利。

② “阿尔瓦尔”为古罗马祭司团,有十二名终身成员,其中包括皇帝;通神协会的核心组织亦为十二人,有时亦沿用此名。

③ K. H 为一西藏人,被通神协会奉为大师。

④ 大白会为通神协会中人对其世界性组织的称呼之一,因成员均属雅利安人种。

⑤ 按通神学说法,在基督以前的洪荒时期中索菲娅(智慧)企图上升反而堕入混沌,忏悔后由基督施以光的洗礼方获拯救。

⑥ H. P. B 即倡导通神学的勃拉瓦茨基夫人(Helen Petrovna Blavatsky)。

⑦ 德语诅咒语:见鬼!

的是升降流和伊涌①。上帝:街上的嘈杂声:走动很勤。空间:你反正不能不看到的存在。他们跟在布莱克的屁股后面匍匐而行,钻过比人的红血球还小的空间通向永恒,而这一植物世界仅是它的一个影子。②要把握住此时此地,未来一切都是由此投入过去的。

贝斯特先生向他的同事走过来了,和蔼可亲。

——海因斯走了,他说。

——是吗?

——我给他看了朱斑维尔③的书。你们不知道吗,他对海德④的《康诺特情歌》相当热心。我邀他来听这里的讨论,他不来。到吉尔书局去买那本诗去了。

快跳出去吧,我的小书,
去和那麻木不仁的公众相处;
你的文字不能随我心意,
是那瘦削难看的英语。⑤

——他叫泥炭烟熏醉了,约翰·埃格林顿说。

我们英国人感到。内心有愧的盗贼。走了。我抽了他的烟。亮晶晶的绿宝石,镶在海洋戒指上的一块翡翠⑥。

——人们不知道情歌可以有多大的危险性,拉塞尔的金蛋⑦深奥莫测地告诫说。世界上的思想运动造成了革命,而思想运动的起源,却

---

① 升降流和伊涌均为通神学和诺斯替教(Gnosticism)术语,升降流指宇宙星辰的运动,伊涌指神所溢出的精神力量。

② 布莱克曾在其诗《弥尔顿》中说,每一个小于人的血球的空间都通向永恒,而植物世界仅是永恒的一个影子。

③ 朱斑维尔(Jubainville,1827—1910)为法国学者,著有关于爱尔兰神话的专著,由贝斯特译为英文在都柏林出版(1903);按贝斯特实有其人,自一九〇四年起任都柏林国立图书馆助理馆长。

④ 海德(Douglas Hyde,1860—1949)为爱尔兰文艺复兴创始人之一,其《康诺特情歌》于一八九五年出版。

⑤ 此诗为海德于一八九四年出版的《早期盖尔文学史话》结束语的一部分,但其中第二行"麻木不仁"一词为斯蒂汾改写,原诗为"文质彬彬"。

⑥ "镶在海洋戒指上的一块翡翠"是爱尔兰诗人柯伦(1750—1817)对爱尔兰的赞词。

⑦ 金蛋是通神学术语,指思维体。

是山坡上农民心里的梦幻和憧憬。对于他们,地球不是一块可以开发的土地,而是有生命的母亲。学院内和表演场上稀薄的空气产生的是六便士小说,杂耍场歌曲。法国在马拉梅①的作品中创造了最美的颓败之花,但是可人意的生活,却是只有心灵受苦者才能获得启示的,荷马的费阿刻斯人的生活。②

贝斯特先生听了这话,以不得罪人的脸色转向斯蒂汾。

——你不知道吗,马拉梅写了一些极妙的散文诗,我在巴黎的时候斯蒂汾·麦肯纳常给我朗诵。有一篇是关于《哈姆雷特》的。他说:il se promène, lisant au livre de lui-même③,你不知道吗,**看着一本写他本人的书**。他描述了一个法国城镇演出《哈姆雷特》的情形,你不知道吗,一个边远城镇。他们还作了广告呢。

他那只空着的手,优雅地在空中比画着小小的字样:

Hamlet
ou
Le Distrait
Pièce de Shakespeare④

他对着约翰·埃格林顿的重新皱起来的眉头,又说了一遍:

——Pièce de Shakespeare,你不知道吗。法国味儿十足。法国观点。Hamlet ou……

——心不在焉的乞讨者,⑤斯蒂汾加上去一个结尾。

约翰·埃格林顿笑了。

---

① 马拉梅(Stephane Mallarmé,1842—1898)为法国十九世纪后期主要象征派诗人。

② 费阿刻斯人之岛为荷马史诗中奥德修斯(尤利西斯)漂流最后所经岛屿,居民生活富裕幸福。

③ 法文:他踯躅而行,看着一本写他本人的书。

④ 法文: 哈姆雷特
或名
苦恼的人
莎士比亚戏剧

⑤ 《心不在焉的乞讨者》是英国"帝国主义诗人"吉卜林(Kipling,1865—1936)所写的一首诗,为英国派往南非进行布尔战争的军人募捐。

——对，我想是这么回事，他说。是一些挺好的人，没有问题，可是对某些事情的看法却是目光短浅得要命。

夸张了凶杀，既华丽而又呆滞。

——灵魂的刽子手，按照罗伯特·格林①对他的评论，斯蒂汾说。他不愧为屠夫之子，往掌心里啐上一口唾沫就绰起了战斧。为了他父亲的一条命，九个人送了性命。我们的在炼狱中的父亲。② 穿咔叽军服的哈姆雷特们开枪是不犹疑的。第五幕那血流满地的大屠杀，正是预示了斯温博恩先生歌颂的集中营③情景。

克兰利从远处观战，而我则是他的哑巴随从。

对那些凶残敌军的窝内老幼
我们宽大为怀……

在英国佬的微笑和美国佬的吼叫之间。一边是魔鬼，另一边是深海。

——他把《哈姆雷特》说成一出鬼戏，约翰·埃格林顿为贝斯特先生解释。他像《匹克威克外传》④中那个胖小子，想把咱们吓得心惊肉跳。

听！听！听哟！

我的肉听到了他的声音：心惊肉跳地听到了。

如果你曾经⑤

——什么是鬼魂呢？斯蒂汾说着，自己感到来了劲头。一个人由于死亡，由于外出，由于改变生活方式而隐入不可触及状态，就成了鬼

① 格林与莎士比亚同为伊丽莎白时代作家，对莎颇有微词。

② 《圣经·新约》中记载规定的祈祷词开头为“我们在天上的父亲”（指上帝），而《哈姆雷特》第一章中哈父阴魂自称尚在炼狱中。

③ 指英国在南非拘留的布尔人，即下文所引斯温博恩诗句中的“凶残敌军”和“窝内老幼”。

④ 英国著名小说家狄更斯的成名作。

⑤ 《哈姆雷特》第一幕第五场哈父阴魂向哈透露被杀害情节前的痛苦呼声。

魂。伊丽莎白时代的伦敦距离斯特拉特福[1],和腐败的巴黎距离贞淑的都柏林不相上下。从拘魂所回到已经把他忘掉的世界上来的那个鬼魂,他是谁?哈姆雷特王是谁?

约翰·埃格林顿动了动瘦削的身子,向后一靠准备裁判。

升起了。

——时间是六月中旬某天的这个时辰,斯蒂汾说着,迅速地环顾一周以求他们倾听。河边的戏院,已经升起了旗帜。在近邻的巴黎花园中,狗熊萨克尔森在熊栏中嗥叫[2]。一些曾经跟德雷克[3]一起航海的水手,也在买站票的观众[4]中间大嚼其香肠。

当地风光。把你所知道的一切都揉进去。让他们都参与进来。

——莎士比亚离开了银街那胡格诺家的房子,沿着河边的天鹅棚走来。可是他并不停留,并不去喂那头赶着一群小天鹅到芦苇丛中去的母天鹅。埃文河的天鹅[5]另有所思。

情景勾勒。伊格内修斯·洛尤拉[6],赶紧来帮助我吧!

——开戏了。一名演员在阴影中出场,披一套宫廷壮汉穿旧不要的盔甲,身材匀称而嗓音低沉。他就是鬼魂,国王,是国王而又不是国王,而演员就是莎士比亚,他一生中所有并非虚妄的年代中都在研究《哈姆雷特》,就是为了演幽灵这一角。他对隔着蜡布架站在他面前的青年演员伯比奇,喊着名字招呼他说:

哈姆雷特,我是你父亲的亡灵,

要他注意听。他是在对儿子讲话,他的灵魂的儿子,青年王子哈姆雷特,也是对他的肉体的儿子哈姆内特·莎士比亚,那儿子已在斯特拉特

---

① 莎士比亚家乡为英国埃文河畔斯特拉特福。

② 巴黎花园为伦敦演出莎士比亚戏剧的地球戏院附近一处养熊的公园,其中一头名叫萨克尔森的狗熊曾在另一莎剧中被提及。

③ 德雷克(Sir Francis Drake,1540—1596),英国著名航海家和海军将领。

④ 伊丽莎白时代戏院中一部分场地售廉价站票,小贩可在其中随意走动出售各种食物。

⑤ 本·琼森在纪念莎士比亚的诗中曾把他称为“埃文河的可爱的天鹅”。

⑥ 洛尤拉曾论述,在思考神圣人物(如耶稣或圣母)或罪孽时,都需要首先构想具体情景。

福去世，从而使那位与他同名的人得到永生①。

演员莎士比亚本人由于外出而成鬼魂，打扮成由于死亡而成鬼魂的墓中丹麦王的模样，是否可能就是在想着亲生儿子的名字说话呢（如果哈姆内特·莎士比亚在世，他正好是哈姆雷特王子的孪生兄弟）？我想要明白，是否有可能，是否有理由相信：他并没有根据那些前提推出或是并没有预见其符合逻辑的结论：你就是被剥夺了权利的儿子；我就是被谋害了性命的父亲；你母亲就是有罪的王后安·莎士比里，原姓哈撒韦的？

——可是，对一个伟大人物的家庭生活这样勾深索隐，拉塞尔不耐烦地开了腔。

是你在那儿么，好样儿的？②

——只有教区管事才会对此有兴趣的。我的意思是说，重要的是剧本。我的意思是说，在我们读到《李尔王》的诗句的时候，诗人的生活究竟如何对我们有什么关系？维利埃·德·利勒③说过，要讲生活，那是可以让我们的仆人代劳的。向演员休息室里探头探脑，收集流言蜚语，打听诗人喝的是什么，诗人欠了多少债。我们有《李尔王》，而这是不朽之作。

贝斯特先生听了，脸上露出赞同的表情。

> 曼纳南呵，发你的大水吧，
> 用波涛把他们淹没，
> 曼纳南·麦克李尔……④

怎么样，你小子，你肚子饿的时候他借给你的那一镑钱呢？

唷，那时我需要。

---

① 莎士比亚的儿子名哈姆内特（Hamnet），与Hamlet只差一个字母，一五八五年二月二日生，于一五九六年八月夭折。

② 哈姆雷特见过其父阴魂后，要求同伴对此严守秘密，此时听见阴魂在地下扬声支持他，便对地下作此语。

③ 德·利勒（Villiers de l'Isle，1838—1889），法国诗人、剧作家。

④ 典出拉塞尔于一九〇二年发表的诗剧，剧中德鲁伊德法师祈求海神曼纳南降灾。

这一块诺布尔①你拿去吧。

去你的吧！你那镑钱一大半都花在教士的女儿乔治娜·约翰逊的床上了。良心的内疚。

你打算归还吗？

自然要还的。

什么时候？现在吗？

这个么……不是现在。

那么，什么时候呢？

我不该不欠。我不该不欠。

别忙。他是波因水北岸来的人②。东北角上。你欠着的。

等着。五个月了。分子全换了。我现在是另一个我了。拿一镑钱的是另一个我。

废话。废话。

可是，生命原理，形态之形态③，我还是我，因为我记得，在不断变化的形态中。

那个作了孽又祈祷又斋戒的我。

一个由康眉从戒尺下救出来的孩子。④

我，我和我。我。

A. E，我欠你。

——你是企图推翻三个世纪的传统吗？约翰·埃格林顿以责难的口气问。起码，她的亡灵是永远地安息了。她是在出生以前就已经死了，至少对文学界说来是如此。

——她的死，斯蒂汾反驳道，是在她出生六十七年之后。她是看着他出世又看着他去世的。她接受了他最初的拥抱。她为他生育了儿

---

① 诺布尔为英国十五世纪钱币，约三分之一镑。

② 拉塞尔来自北爱尔兰，而北爱尔兰居民主体为信奉新教的英国殖民者，即戴汐认为以“我不该不欠”为荣的人。

③ 生命原理(entelechy)为亚里士多德术语，使潜在之物成为现实；关于灵魂为“形态之形态”参见第35页注⑦。

④ 斯蒂汾幼年在校遭监学神父冤枉责打(见175页注②)，向校长康眉神父申诉后方获雪冤。

女，而当他寿终正寝的时候，是她把便士放在他的眼睛上使他合眼的。

母亲弥留之际。蜡烛。镜子蒙上了单子。把我领进这世界的人卧在那儿，眼皮上盖着铜片，几朵廉价的花朵。Liliata rutilantium.①

我独自哭泣。

约翰·埃格林顿瞅着他那灯里的缠成一团的亮虫。

——全世界都相信，他说，莎士比亚是一步失策，然后尽其所能地用最快、最好的办法摆脱了它。

——胡扯！斯蒂汾不客气地说。一个有天才的人是不会失策的。他的差错都是自愿的，并且正是通向新发现的门户。

通向新发现的门户开了，进来了贵格教友图书馆长，脚步轻柔吱嗝，光着脑袋，竖起了耳朵勤谨奉迎。

——一个尖刻的女人，约翰·埃格林顿尖刻地说，是不能成为一扇通向新发现的有用门户的，按我们的推想来说。苏格拉底从赞西珀②那里获得了什么有用的发现？

——辩证法，斯蒂汾答道。还从他母亲学了如何把思想接到世界上来③。至于他的另一个妻子媚托（absit nomen!④），苏格拉底提亭的魂外之魂，他从她那里学到了什么，那是永远没有人能知道的，不管是男人还是女人。但是接生婆的学问也好，床头婆的训话也好，都没有能使他免受新芬执政官们的攻击和他们的一杯毒芹⑤。

——可是安·哈撒韦呢？贝斯特先生以安静的口气说，健忘地。是呀，咱们似乎把她忘了，和莎士比亚本人一样。

他的目光从沉思者的胡子移到责难者的头颅，在提醒他们，在并无恶意地批评他们，然后又移向红通通的罗拉德派⑥光脑袋，无罪而受非难的。

---

① 拉丁文：光辉如百合花（见13页注①）。

② 苏格拉底之妻，以凶悍闻名。

③ 苏格拉底的母亲为接生婆。

④ 拉丁文：此名免存！

⑤ 苏格拉底被雅典的执法官们以“不敬神”的罪名判处饮毒芹的死刑。

⑥ 罗拉德派为英国十四至十六世纪宗教改革派，曾长期受排挤迫害，情形类似后来的贵格会。

——他有一分真才气，斯蒂汾说，而并没有一分坏记性。他吹着口哨跋涉去京城，吹的曲调是《我辞别了一位姑娘》，提包里装着一份记忆。如果不能靠地震确定它的时间，我们总该知道哪里会有可怜的野兔坐在窝里，有猎犬群的吠叫，有装饰华美的马笼头，有她的蓝色窗户。那一份记忆，《维纳斯和阿都尼》，①是伦敦每一位水性杨花女人卧室里都有的书。悍女凯瑟琳不讨人喜欢吗？霍滕修却说她年轻貌美②。《安东尼和克莉奥佩特拉》的作者是一位热烈的朝圣者③，你们是否认为他眼睛长在脑壳后面，所以选了全沃里克郡内最丑的妞儿和他睡觉？好：他离开了她，赢得了男人的世界。但是他的童子妇女都是一个童子的妇女④。她们的生活、思想、言语都是男人给她们的。他选得不好吗？我看他是被挑选者。如果说别人有意志的话，安可是一个有主意的女人。没有错，责任在她。是她招呼的他，甜甜的二十六。⑤ 那位俯身就着少年阿都尼的灰眼睛女神，那位屈尊赐爱以期一涨的，是一个不怕羞的斯特拉特福姑娘，和一个比她小的情人在谷田里打滚。

我呢？什么时候轮到？

来吧！

——黑麦田，贝斯特先生生气勃勃、兴致勃勃地说，他举起了他的新书，兴致勃勃地，生气勃勃地。

然后，他低声吟诵起来，碧眼金发人人欣赏：

——在那一片片的黑麦田上
俏丽的乡人们就地当床。⑥

巴黎：讨得欢心的欢乐人。

---

① 《维纳斯和阿都尼》为莎士比亚最早的长诗，叙述古典神话中爱神维纳斯追求美少年阿都尼失败的故事；上述地震、野兔、猎犬、马笼头、蓝色窗户（眼睛）均见该诗。

② 凯瑟琳和霍滕修均为莎士比亚早期喜剧《驯悍记》中主要人物。

③ 《热烈的朝圣者》是署名莎士比亚的一本诗集，出版于十六世纪末年，人们对其作者是否真是莎翁有怀疑。

④ 莎士比亚时代戏剧中女角均由男童扮演。

⑤ 莎士比亚与安·哈撒韦结婚时，莎仅十八岁，哈二十六岁。

⑥ 引自莎剧《皆大欢喜》中插曲。

一个穿手织粗呢衣服的大胡子高个儿，从灯影中站了起来，露出了他的合作表的真容。

——恐怕我该到《家园报》去了。

往何处去？可以利用的地盘。

——您走啊？约翰·埃格林顿扬着活跃的眉毛问。今天晚上在穆尔[1]家里见得着您吗？派珀要来。

——派珀！贝斯特先生颇有派头地说。派珀回来了吗？

彼得·派珀比劈白果劈开了一批又一批的带皮的白果。

——不知道我能不能去。星期四。我们有会。假如能走得早的话。

道森楼内的瑜珈灵室[2]。《伊希斯真容》[3]。他们的巴利文书籍[4]，我们想送去当铺的。他盘腿坐在伞下，将一种阿兹台克[5]的逻各斯置于王位，其作用超于感觉，为其普世灵魂，超级伟大灵魂。忠实的神秘主义派围绕着他等候灵光，他们已成熟，已可入门为弟子。路易·H.维克托里。T.考尔菲尔德·欧文。他们的眼神有莲女们侍奉，他们的松果体炽热放光。他心中充满了神，坐在宝座上，芭蕉树下的佛。收纳灵魂的吞噬者。男灵魂、女灵魂、林林总总的灵魂。鬼哭神嚎地被吞了进去，回转着，打着旋涡，他们在痛苦哀悼。

处于纯净的微小状态的
一条女灵魂，在此躯壳内
居住了若干年。[6]

——据说我们的文坛即将出现一件新事，贵格会友图书馆长说，友

---

① 穆尔（George Moore，1852—1933）爱尔兰小说家、诗人、剧作家，当时最重要的文人之一。

② 都柏林的通神学会每星期四在道森楼开会。

③ 通神学派创始人勃拉瓦茨基夫人的著作，被奉为该派经典。

④ 巴利文为古锡兰（今斯里兰卡）文字，为梵文之一支，勃拉瓦茨基夫人在《伊希斯真容》中以巴利梵文为古代神话渊源。

⑤ 阿兹台克为墨西哥民族，勃拉瓦茨基夫人认为该族所奉神道与古巴比伦、古埃及所奉神道相同，其“逻各斯”是一致的。

⑥ 引自上述维克托里（十九世纪末叶爱尔兰文人）的诗，系为一女童逝世而作。

好而真诚地。据传闻,拉塞尔先生正在收集一批我们的青年诗人的诗①。我们都在热切盼望着呢。

热切地,他将目光投向那圆锥体灯光,圆锥体内是三张在灯光下发亮的面庞。

看着这景象。记住。

斯蒂汾的眼光往下移,落在一顶宽边无头的旧帽子上,帽子顶在他那白蜡手杖的把上,悬在他的膝盖上边。我的头盔和宝剑。用两根食指轻触。亚里士多德的实验。② 是一顶还是两顶?必然性者,其余可能性均被排除之谓也。因此上,一顶帽子就是一顶帽子。

听着。

年轻的科拉姆、斯塔基。乔治·罗伯茨管出版业务。朗沃思准备在《快报》上好好捧一捧场。噢,是吗?我喜欢科拉姆的《赶牛的人》。对,我认为他是拥有那种叫做天才的怪东西的。你真的认为他有天才吗?叶芝欣赏他的一行诗:**正如一只希腊花瓶立在原野上**。是吗?我希望今天晚上你能去。玛拉基·马利根也去。穆尔要他把海因斯也带去。你们听到米切尔小姐说穆尔和马丁③的笑话了吗?她说穆尔是马丁的私生子。特别巧妙,是不是?他们使人想到堂·吉诃德和桑丘·潘沙。咱们的民族史诗还没有写出来呢,照西格森大夫的说法。穆尔正是其人。都柏林的愁容骑士。穿藏红花格短裙的吗?奥尼尔·拉塞尔吗?一点也不错,他必须说咱们的古朴语言才行。还有他的杜尔西妮娅呢?詹姆斯·斯蒂芬斯在写一些巧妙的速写。咱们重要起来了,看样子。

考狄利娅。Cordoglio. ④李尔的最孤独的女儿。

独自向隅。现在用上你的最漂亮的法国亮漆吧。

---

① 拉塞尔所编青年诗人诗集《新歌集》(1904 年都柏林出版)。

② 亚里士多德论触觉时曾谓交叉二指接触一物时会有二物的错觉。

③ 马丁(Edward Martyn,1859—1923)为一富有的爱尔兰学者,曾慷慨资助许多爱尔兰文化事业。马丁比穆尔年轻,并且从不接近女人,但在与穆尔的交往中异常宽容。

④ 考狄利娅为莎剧《李尔王》中李尔王的受误解的小女儿。Cordoglio 为意文,音近"考狄利娅"而意为"深沉悲哀"。

——多谢您了,拉塞尔先生,斯蒂汾站起来说。如果蒙您把信交给诺曼先生……

——没有问题。如果他认为重要,信就可以上报。我们的读者来信太多了。

——我理解,斯蒂汾说。谢谢。

天主报答你。猪报。阉牛之友派。

辛格也答应我给《丹娜》①写一篇文章的。我们能有读者吗?我的感觉是会有的。盖尔语协会要一些爱尔兰文的东西。我希望您今天晚上能参加。把斯塔基也带去。

斯蒂汾坐下了。

贵格会友图书馆长离开了正在互相告别的人,走过来了。他的假面具上泛起了红晕说:

——代达勒斯先生,你的观点非常能说明问题。

他吱吱格格地来回踱着,踮起脚尖向天上凑近一只软木鞋底的高度,然后在嘈杂的外出声的掩盖下低声说:

——这么说,你的看法是她对诗人不忠?

神色惊愕的脸在问我。他是为什么走过来的?出于礼貌,还是有内心之光?②

——凡是有和解的地方,斯蒂汾说,原先必然是有分裂的。

——对。

基督福克斯③穿着皮裤子,藏在枯萎的树杈间躲避围捕。他没有女伴,在逃亡中只是踽踽独行。他倒是获得了妇女们的信仰,善心的女人们,一个巴比伦妓女、一些法官太太、豪放的酒店老板娘。狐狸与鹅④。而在新地⑤,却有一个松弛而不贞的身体,它一度是俏丽的,甜美

① 《丹娜》为一九〇四至一九〇五年间在都柏林出版的杂志,主编即约翰·埃格林顿。参见第251页注③。

② “内心之光”为贵格会术语,指心中有基督。

③ 福克斯(1624—1691)为贵格会创始人,自称直接从上帝获得启示,因反对英国国教而备受迫害,曾多次逃亡和被捕。

④ “狐狸与鹅”为一互相追逐的游戏,按“福克斯”这姓氏词意为“狐狸”。

⑤ 新地为莎士比亚后期在故乡斯特拉特福的住宅。

新鲜如肉桂,如今树叶凋零,枝干枯裸,内心害怕窄湫的坟墓,而且未获宽恕。

——对的,那么你认为……

人走了,门关了。

一时间,这严谨的拱顶斗室落入休憩状态,在温暖沉思的空气中的休憩。

一盏维斯太灯①。

他在这里思考一些并不存在的事情:凯撒如果相信了预言家的话而没有送命的话,可以做出什么事情来;②没有发生而可能发生的事情;有可能发生的事情作为可能而存在的可能性;无人知悉的事情:阿喀琉斯在妇女群中生活时用什么名字③。

我周围尽是装进了棺材的思想,罩着木乃伊匣子,用文字的香料浸泡着。透特④,图书馆之神,鸟神,月形冠冕。我听到了埃及那位大祭司说话的声音。**在装满泥板书的彩色厅堂内**。

它们静止不动。一度曾经是有生命的,在人们的头脑中。静止的:但是它们还带着一种死亡的刺激,在我耳边讲述一些伤感的事情,促我帮它们实现遗愿。

——肯定的,约翰·埃格林顿沉思着说,在所有的伟大人物中间,他是最神秘的一个。我们只知道他生活过,有过痛苦。甚至连这一些也并不清楚。别人能受我们的疑问⑤。其他的一切均在云雾之中。

——但是《哈姆雷特》是有非常浓厚的个人色彩的,不是吗?贝斯特先生辩说。我的意思是说,是一种私人文件,你不明白吗,涉及他的私生活的。我的意思是说,我根本不在乎什么谁被杀死啦,你不明白

---

① 罗马维斯太女神庙中火种须保持不灭,参见第187页注①。

② 在莎剧《裘力斯·凯撒》中,一个预言家曾警告凯撒提防"三月中",凯撒不信,后果然于"三月中"被杀死。

③ 希腊神话史诗中的希腊英雄阿喀琉斯曾被母亲化装送至邻国,混在王宫妇女群中躲避战争。

④ 古埃及神,司学术、发明、魔术等,形象常为鸟首戴月形冠。

⑤ 阿诺德赞莎士比亚的十四行诗(1844)中云:莎士比亚,莎士比亚,你和生活一样难懂。/别人能受我们的疑问,你却丝毫不沾。

吗,谁有罪啦……

他把一本无罪的书支在办公桌边缘,发出挑战的微笑。他的私人文件,原文的。Ta an bad ar an tir. Taim in mo shagart. ①翻成英国佬的话吧,小约翰。

小约翰·埃格林顿说:

——根据玛拉基·马利根告诉我们的情况,我是准备听一些悖论的,可是我可以预先告诉你,如果你想动摇我认为莎士比亚就是哈姆雷特的信念,摆在你面前的可是一项严峻的任务。

容忍我吧。

他皱着眉头,邪恶的眼中闪着严峻的冷光;斯蒂汾抵挡着那眼光中的毒素。一条蛇怪。E quando vede l' uomo l' attosca. ②布鲁乃托先生,我感谢你用的字。

——正如我们或是丹娜娘娘③,斯蒂汾说,一天又一天地把我们的身体织了又拆,我们身上的细胞挪来又挪去,艺术家的形象也是织了又拆。同时,虽然我的躯体已经一遍又一遍地用新的材料重新织过,可是我右乳房上的肉痣仍然长在我出生时它长的地方;同样的,通过那位不安宁的父亲的阴魂,显现的是那位不成活的儿子的形象。在想象力强烈的那一瞬间,当我的头脑处于雪莱所说的煤炭略红状态时,原来的我就是现在的我,也就是我将来有可能形成的我。因此,到了未来,在过去的妹妹来到时,我也许就能见到现在坐在这里的我,然而是通过将来的我的映影而看到的。

霍索恩登的德拉蒙德④帮助你翻过了这道坎儿。

——是的,贝斯特先生发出了年轻的声音。我感到哈姆雷特是相当年轻的。他的仇恨可能是来自父亲,但是和奥菲利娅相处的那些场

---

① 爱尔兰语:“小船上了岸。我是牧师。”第一句为爱尔兰语初级课本用语,其编者为一牧师。

② 意文:“它看人一眼就能毁人”,为意大利作家布鲁乃托·拉蒂尼对传说中动物“蛇怪”(Basilisk 亦称“王蜥”)的描述。

③ 丹娜为凯尔特神话中的主要女神,曾被称为“爱尔兰诸神之母”。

④ 德拉蒙德(William Drummond,1585—1649)为苏格兰诗人,曾论述人与未来、过去的关系。

面肯定是儿子的。

揪住了母猪耳朵,可是逮错了一头猪。他和我父亲一路。我和他儿子一路。

——那颗痣将是最后消失的,斯蒂汾笑道。

约翰·埃格林顿做了一个绝非讨好的鬼脸。

——如果那就是天才的胎记的话,他说,天才就成了市场上的药品了。莎士比亚晚年的剧本,勒南①特别欣赏的那一些,抒发的都是另一种精神。

——和解的精神,贵格会友图书馆长抒发说。

——和解是不可能发生的,斯蒂汾说,除非本来有过分裂。

说过了。

——如果你想知道《李尔王》、《奥瑟罗》、《哈姆雷特》、《特洛伊罗斯与克瑞西达》等剧中的痛苦经历是由于什么事件投下的阴影,你只要看一看这阴影是在什么时候、什么情况下消散的。泰尔的亲王佩里克利斯在惊涛骇浪中翻了船,像又一个尤利西斯似的备受艰辛,是什么东西把这样一个人的心肠化软了的呢?

脑袋,罩在红色圆锥筒内的、备受撞击的、被盐水蒙住了眼睛的。

——一个孩子,一个女孩子,被人送到了他的怀抱中,玛林娜②。

——诡辩家们倾向于走怀疑著作者的僻径,这是一个常数,约翰·埃格林顿发现。大路是乏味的,但是它们通向城镇。

好咸肉:发了霉。莎士比亚,培根年轻放荡时代的产物③。玩数字把戏的人走的是大路。一些寻找伟大真理的人④。什么城镇呢,大师

---

① 勒南(Ernest Renan,1823—1892)为法国作家、评论家,赞扬莎晚期剧本为"成熟的哲学戏剧",并曾为莎剧《暴风雨》编一续集。

② 玛林娜为莎剧《泰尔亲王佩里克利斯》中亲王的女儿,在海船遇难时出生,当时保姆以为产妇已死而将婴儿送到亲王怀中。

③ 培根(Francis Bacon,1561—1626)为英国著名学者。在怀疑莎剧作者并非莎士比亚的议论中,若干论者认为只有培根的才学经历方能写出如此伟大的剧本,莎剧为培根"年轻放荡"的产物,假借莎名而已。按"培根"原文词义为咸肉。

④ 主张培根为莎剧作者的论据之一为数码:论者云培根书信文件中暗藏一系列数码,据此可在莎剧字句中找到培根为作者的论据。

们？含糊不清的名字：A. E，伊涌[1]；马吉，约翰·埃格林顿[2]。太阳之东，月亮之西[3]：Tir na n-og. [4]二人脚蹬靴子、手执拐棍。

> 此去都柏林多少哩？
> 三个二十再加十，您哪。
> 掌灯时分能到否？[5]

——布兰代斯先生[6]认为，斯蒂汾说，那是末期的第一部剧本。

——是吗？那么悉尼·李先生[7]，或是按照某些人的意见他的名字是赛门·拉撒路先生，他又是怎么说的呢？

——玛林娜，斯蒂汾说，是暴风雨的孩子，米兰达是一个奇迹，珀蒂塔是失去的人[8]。他所失去的，又还给了他：他女儿的孩子。**我最亲爱的妻子**，佩里克利斯说，**和这位姑娘很像**。一个人若非爱过她的生母，有可能爱这女儿吗？

——作公公的艺术，贝斯特先生开始喃喃自语。L'art d'être grandp……[9]

——对于一个拥有那种叫做天才的怪东西的人来说，本人的形象是一切经验的基准，不论是物质的还是道德的。这样一种情景是会使他有所触动的。与他同一血统的其他男性的形象会使他产生反感。他们的形象，他会认为是老天有意丑化他本人而作的预示或是再现。

贵格会友图书馆长的和善的前额上，泛起了红光熠熠的希望。

——我希望代达勒斯先生能充实他的理论，以使公众增长见识。

---

① 拉塞尔笔名 A. E 源自 Aeon（伊涌）。参见第 239 页注①。

② 约翰·埃格林顿为马吉（W. K. Magee，1868—1961）所用笔名。

③ 典出斯堪的纳维亚神话故事，叙述一王子被其后母化为白熊并囚于太阳之东，月亮之西，终由其所爱姑娘救出。

④ 爱尔兰文："青春园。"爱尔兰神话中的海岛乐园。

⑤ 典出童谣《此去巴比伦多少英里》。

⑥ 布兰代斯（George Brandes）为一八九八年出版的《莎士比亚传》作者。

⑦ 李（Sidney Lee）为一九〇八年出版的《莎士比亚传》作者，原名拉撒路。

⑧ 米兰达、珀蒂塔为莎剧《暴风雨》《冬天的故事》中女主角。

⑨ 法文。法国大作家雨果曾发表诗集 L'art d'être grandpère，即《作（外）祖父的艺术》（1877），贝斯特引述至此被打断。

同时，我们也应该提到另一位爱尔兰评论家萧伯纳先生。我们也不应该忘记弗兰克·哈里斯先生。他在《星期六评论》上发表的论莎士比亚的文章，实在是非常出色的。奇怪的是，他也为我们描绘了一种和十四行诗中的黑女士不顺心的关系。获得垂青的竞争者是彭布罗克伯爵威廉·赫伯特①。我承认，如果诗人不能不遭到冷遇的话，这种冷遇似乎应该属于——怎么说好呢？——一种我们认为不该发生的情况。

他适当地住了嘴，在他们之间举着一颗顺从的脑袋，一枚海雀蛋，他们群起追逐的大奖。

他对她用古色古香的语言②，说了许多庄严的丈夫话。你爱吗，密丽安姆？你爱你的男人吗？

——也许如此，斯蒂汾说。歌德有一个说法，是麦吉先生喜欢引用的。小心你年轻时立下什么愿望，因为你到中年时真会实现的。对于一个 buonaroba③，一个人人都能驶入其中的海湾，一个少女时代即已声名狼藉的宫廷女侍，他为什么要找一名小贵族去为他求爱呢？他本人是一位语言的贵族，而且他已经成了浪荡绅士，已经写过了《罗密欧与朱丽叶》。为什么呢？他对自己的信心已经夭折。他曾经在一片谷田里（黑麦田里，我应该说）被压倒，此后在自己的心目中就再也不会成为一个胜利者了，也不可能以胜利的姿态玩那嘻嘻哈哈躺下去的把戏了。做出一副唐·乔凡尼的派头是无济于事的。第一次伤了元气，再拼也拼不回元气来了。野猪的獠牙已经伤及要害，爱心流血不止。④悍女即使被制服，也总还有女人的无形武器。我从那些词句中感到，他受到一些肉的驱策，使他产生了新的情欲，这是当初的情欲的一个影子，使他对自己的理解也蒙上了一层阴暗。一种类似的命运在等待着他，两次狂暴混在一起，搅成一团旋涡。

---

① 关于莎士比亚十四行诗中所歌颂的“黑女士”究竟为何人何事，研究界有各种不同意见，其中一种说法为莎爱慕一宫廷女侍，遣友赫伯特即彭布罗克伯爵前去交际，结果该女士垂青赫伯特，因而莎未达目的。

② 贵格会中人在熟人间常用比较古老的英语。

③ 意文：普通东西。莎士比亚时代用此词指艳俗女人。

④ 在《维纳斯和阿都尼》（参见第 246 页注①）中，阿都尼摆脱维纳斯纠缠后在狩猎中被野猪咬死。

他们听着。我向他们的耳朵内灌注。

——灵魂已经受过致命的打击，毒药灌进了熟睡着的耳朵内。但是，在睡眠中被害死的人，是不可能知道自己如何被杀的，除非他们的灵魂在后世从他们的创造者获得这一知识。下毒的事，以及促成下毒的双背禽兽事，哈姆雷特王的阴魂都是不可能知道的，除非他的创造者赐给他这知识。正是因为这个缘故，他的言语（他的瘦瘠难看的英语）总是转向别处，转向后边的。施暴力者与受暴力者，要的不要的，跟随着他从鲁克丽丝的蓝圈象牙球，到伊慕倩那长着五点黑痣的酥胸[①]。他为了对自己隐藏自己，他积累了一个又一个的创造，终于倦于创造，回了老家，像一条舔着自己的老伤口的老狗。但是，因为失即是得，他却以完整无损的人格进入了永恒，既未从他自己写下的智慧受益，亦不接受他所揭示的规律的约束。他的脸甲掀起来了[②]。他现在已是一个鬼魂，一条阴影，埃尔西诺山岩旁的风还是什么的，海洋的说话声音，这声音只有一个人的心里才能听见，那人即是他的阴影的实体，与父亲同体的儿子。

——阿门！门口传来了一声应答。

我的冤家呀，你找到我了吗？

幕间休息。

一张流里流气的脸庞，却阴沉沉的像教区监督似的，壮鹿马利根走了进来，然后以丑角的轻快转向他们迎接他的笑脸。我的电报。

——如果我没弄错的话，你是在谈论那气体脊椎动物吧？他问斯蒂汾。

他亮着浅黄色的坎肩，兴高采烈地向他们挥动他的巴拿马草帽，仿佛丑角耍弄小棒似的。

他们对他表示欢迎。Was Du verlachst wirst Du noch dienen.[③]

---

① 鲁克丽丝为莎早年长诗《鲁克丽丝受辱记》女主人公，强奸犯潜入其室内时见到其乳房"如象牙球，上有蓝圈"；伊慕倩为莎剧《辛白林》女主人公，坏蛋窥见其左胸有痣，借此捏造曾与之有染。

② 莎剧《哈姆雷特》中哈友向哈叙述见到哈父阴魂时说："他的脸甲是掀起的。"

③ 德文谚语：笑归笑，服务归服务。

冷嘲热讽派:佛提乌、冒牌玛拉基、约翰·莫斯特①。

他,自己生下了自己,中间夹上圣灵,自己派自己来当救赎者,在他自己和别人之间,他,受了他的妖孽的欺弄,被剥光衣服又挨了鞭打,被钉在十字木架上饿死,活像蝙蝠钉在谷仓大门上,他,让自己埋入地下又站立起来,下地狱救人之后才上天,在那里坐在自己的右手边,坐了这一千九百年,然而将来有一天还要回来毁灭一切生者与死者,但那时所有生者已经成了死者。

拉丁文颂歌:愿荣耀归于至高处之天主。

他举起双手。纱幕落下了。啊,鲜花!获得许多、许多、许多的钟声铃声。

——是的,不错,贵格会友图书馆长说。一场非常有意义的讨论。我相信,马利根先生肯定也有一套关于那个剧本和莎士比亚的理论。生活的一切方面都是应该获得反映的。

他不偏不倚地向一切方面微笑着。

壮鹿马利根茫然失措地思索着。

——莎士比亚吗?他说。我好像听说过这个名字呀。

他的面容松开,阳光明媚地微笑起来。

——可不是吗,他恍然大悟,眉飞色舞地说。就是那个写出作品来像辛格的家伙吧②。

---

① 莫斯特(Johann Most,1846—1906)为无政府主义者,曾于一九〇二年撰文嘲笑基督教三位一体等概念,其文内容略似下段所述。

② 叶芝曾夸爱尔兰剧作家辛格(J. M. Synge,1871—1909)为又一埃斯库罗斯(公元前五六世纪间希腊大悲剧家),在爱尔兰文坛传为笑谈。

贝斯特先生转脸对着他。

——海因斯找不着你,他说。你有没有遇见他?他回头在都糕点和你见面。现在他到吉尔书局去买海德的《康诺特情歌》了。

——我是从博物馆穿过来的,壮鹿马利根说。他到这里来了吗?

——诗人的同胞们,约翰·埃格林顿接茬说,对于咱们的奇谈妙论也许有一些厌倦了吧。我听说昨天晚上有一位女演员演出了都柏林第四百零八场的哈姆雷特。瓦伊宁就说那王子是个女人。还没有人来考证他是爱尔兰人吗?我相信巴顿法官已经在找线索了。他(殿下,不是阁下)是凭着圣派特里克的名字起誓的。

——最漂亮的是王尔德写的那一篇,贝斯特先生举着他的漂亮笔记本说。那一篇《W.H 先生写照》①,他在其中论证了那些十四行诗是一位身穿绣丝的威利·休斯写的。

——是为威利·休斯写的吧,是不是?贵格会友图书馆长问。

要不然是休依·威尔斯?威廉他自己先生②。W.H:我是谁?

——我是想说为威利·休斯写的,贝斯特先生顺口修改了词句。当然全是扑朔迷离的,你不知道吗,休斯啦、休思啦、绣丝啦,色彩鲜艳啦,可是他写来却顺理成章,他的典型手法。这正是王尔德的风格,你不知道吗。轻松的笔触。

他微微笑着,目光轻触着他们的颜面掠过。碧眼金发的少年。驯化的王尔德风格。

你贼俏皮。你已经用戴汐大师的金币,喝了三盅威士忌。

我用掉了多少?哎,几个先令吧。

请一伙报人。体液,湿的和干的③。

俏皮。你的五大斗才智,你都愿拿出去换他那炫耀于人的青春华

---

① “W.H 先生”系莎士比亚十四行诗集卷首献诗所献的对象,因仅有 W 和 H 二字母,引起各种猜测。王尔德主张之威利·休斯为莎剧团中一少年演员,其姓名 Willie Hughes 词首亦为 W.H。

② 莎本人名字词首亦为 W(William),而英文中他自己(himself)词首为 H。

③ 西方古生理学认为人的体液成分决定人的脾气秉性,乔伊斯于一九一二年所写讽刺诗中曾说“爱尔兰人的体液,湿的和干的”使他们向巴涅尔眼中扔石灰。

装。欲望获得满足的神态。

还有好多呢。我就让你要她吧。交配季节到了。老天爷,给他们一个凉快的发情期吧。是呀,尽情和她交颈吧。

夏娃。赤裸裸的麦堆肚皮上的罪孽。一条蛇缠住了她,吻中有毒牙。

——你认为仅仅是迷惑人的吗？贵格会友图书馆长在发问。嘲弄人的人,即使在他最认真的时候也决不会受到严肃对待的。

他们严肃地谈论着嘲弄者的严肃性。

壮鹿马利根的脸色又沉重起来,斜眼把斯蒂汾打量了一番。然后他摇晃着脑袋走到近处,从口袋里抽出一份折叠着的电报。他扭动着灵活的嘴唇念了念,又浮起了新的欢笑。

——电报！他说。奇妙的灵感！电报！教皇的训谕！

他坐在没有亮灯的办公桌上,兴高采烈地朗诵起来:

——*感伤主义者,那是希望享受成果而不愿承担其严重责任的人*①。签名:代达勒斯。你是从什么地方发的？窑子吗？不对。是学院草地。你把四镑都喝掉了吗？姑妈要去拜访你那位无体父亲了。电报！下修道院街船舰酒店玛拉基·马利根收。你这名无可比拟的假面哑剧演员呀！你这个教士派头的啃奇人呀！

他兴致勃勃地把电报连同封套往口袋里一塞,憋着爱尔兰土腔,哭诉起来:

——俺跟你说的没错呀,蜜糖先生哪,海恩斯他捎了进来呀,他跟俺俩是又纳闷又傻了眼啦。俺们念叨的是断头台上那一杯呀,俺琢磨,托钵僧喝了也会上劲的呀,哪怕他好色淘空了身子呢。俺们就那么老老实实地在康纳里那搭儿等呀等的,一个钟头儿两个钟头儿三个钟头儿呀,直盼着一个人来那么几品脱哪。

他哀号起来:

——俺们就在那儿干等呀,啊呀呀,没曾想你倒给俺们寄了你那些个大杂凑来,害得俺们舌头拖出三尺长,活像那想喝一口喝不着、渴得

① 典出英国小说家梅瑞狄斯的名著《理查·弗维莱尔的苦难》(1859)。

快死过去的教士哪。

斯蒂汾笑了。

敏捷地，壮鹿马利根弯下腰，作出警告的姿势。

——流浪汉辛格[1]正在找你，他说。他要杀死你。他听说了，你对着葛拉斯图勒他家的大门尿了一泡尿。他正穿着他的粗皮靴到处找呢，要你的命。

——我！斯蒂汾叫了起来。那是你对文学的贡献呀。

壮鹿马利根得意洋洋地往后一仰，对着那幽暗的窃听天花板大笑起来。

——要你的命！他笑道。

一张粗野的怪兽型脸，和我在圣安德烈艺术路[2]吃牛肺杂碎，对我开了战。用词论词换词，palabras.[3]我相[4]对派特里克。他在克拉马树林里遇见了一个半人半羊神，挥舞着一只酒瓶。C' est vendredi saint![5] 要杀爱尔兰人。他遇见的是他自己的游魂。我遇见的是我的。我在树林里遇见了一个蠢人[6]。

——利斯特先生，一个工友在微开的门边叫唤。

——……人人都能从中找到自己所需要的东西。譬如，马登法官先生在他那本《威廉·陈默少爷的日记》中，就找到了那些狩猎用语……[7]怎么样？有什么事？

——来了一位先生，您哪，工友说着走上前递过来一张名片。《自由人报》来的。他要看去年的《基尔肯尼人民周报》资料。

——可以，可以，可以。那位先生是……？

他接过那张积极的名片，看了一眼，没有看见，放下没有再看，然后

---

① 剧作家辛格常自称流浪汉。

② 巴黎一街道，上有廉价餐馆。

③ 西班牙文：言词。

④ 我相（Oisin）为盖尔族传闻中三世纪英雄诗人，在爱尔兰人心目中代表基督教在五世纪由圣派特里克传入以前的文化。

⑤ 法语：今天是圣周五（即耶稣受难节）。

⑥ 莎剧《皆大欢喜》中一角色遇见疯疯癫癫的小丑后作此语。

⑦ 该法官认为从莎剧内容可断定剧作者熟悉狩猎活动，必是贵族出身。

望着，问着，吱嗝着，问着：

——他是……？噢，在那儿呢！

踩着活泼的加里亚德舞步，他走了，出去了。在日光照亮的走廊里，他口齿伶俐，认真热情，克尽职责，一位十分正直、十分和蔼、十分诚恳的贵格派。

——这位先生吗？《自由人报》的？《基尔肯尼人民》？没有问题。您好，先生。《基尔肯尼……》我们有，肯定……

一个耐心等待着的人影在听他说话。

——所有重要的地方报纸……《北方辉格报》、《科克考察报》、《恩尼斯科西导报》。一九〇三……请您……埃文斯，你领这位先生……请您跟这位工友……要不，请允许我……这边走……请，先生……

口齿伶俐地，认真负责地，他带路向所有的地方报纸走去，他那急匆匆的脚步后面，跟随着一个弓腰的幽暗人影。

门关上了。

——犹太佬！壮鹿马利根叫起来。

他跳起来，抓住了名片。

——他叫什么名字？艾基·摩西？布卢姆。

他利嘴利舌地接着又说。

——包皮收藏家耶和华不在了。我刚才在博物馆里碰见了他。我是去向泡沫生的阿芙罗狄蒂[①]致敬的。从未为祈祷而扭动的希腊嘴唇。我们必须每天向她顶礼。**生命的生命呀，你的嘴唇点燃了。**[②]

突然，他转向斯蒂汾：

——他认识你。他认识你的老头子。啊，我担心，他比希腊人还希腊呢。他的苍白的加利利眼睛[③]，盯住了她的股间凹沟。维娜斯 Kallipyge.[④]啊，那下腹部的威力啊！**神追处女隐处**[⑤]。

---

① 希腊女神阿芙罗狄蒂即罗马神话中的维纳斯，传说生于海中泡沫。

② 雪莱《解放了的普罗米修斯》诗句。

③ 加利利为耶稣出生的省份。

④ 希腊文：臀部优美的。

⑤ 马利根利用斯温伯恩诗句引起谐音歧义。

——我们愿意再听一些，约翰·埃格林顿在贝斯特先生的赞同下宣布。我们开始对莎太太发生了兴趣。直到现在为止，我们很少想到她，要想到也只当她是一位贤惠的葛丽赛尔达，一位安守闺房的珀涅罗珀。

——高尔吉亚的弟子安提西尼，斯蒂汾说，把美的桂冠从阿戈斯人海伦头上取下，不让墨涅拉俄斯王爷那位娘子，那匹曾经供二十位英雄睡在里面的特洛伊木制母马再戴在头上，交给了苦命的珀涅罗珀。他在伦敦生活了二十年，而在那期间，他有一段时间的薪资收入相当于爱尔兰的大法官。他过的日子是阔绰的。他的艺术，不仅是沃尔特·惠特曼所说的封建艺术，而是富足有余的艺术。现烤的鲱鱼馅饼、绿缸的干葡萄酒、蜂蜜酱、玫瑰糖、蛋白杏仁糖、醋栗鸽子、蜜饯海刺芹。沃尔特·雷利爵士①被逮捕的时候，身上的东西值到五十万法郎，其中包括一副精致的紧身胸衣。放高利贷的女人伊莱莎·都铎②的内衣，多得可以和示巴女人比美③。他在那里晃荡了二十年，一边是夫妻之爱及其正当的欢愉，另一边是寻花问柳之情及其淫亵享乐。你们知道曼宁厄姆讲的故事④，一位士绅太太看了迪克·伯比奇演出的《理查三世》之后邀他去和她同床，莎士比亚在旁听见了毫不无事生非，不动声色地就去抓住了母牛的犄角。等伯比奇来敲大门的时候，他从阉鸡的被窝里大喊：**征服者威廉比理查三世来得早**⑤。还有那位快活的小妇人菲顿夫人，骑上去哇哇大叫，还有他那位娇滴滴的小鸟儿珀涅罗珀·富贵夫人⑥，干净的高贵女人适合演员，还有河岸边那些野鸡，一便士一次。

---

① 雷利（Sir Walter Raleigh，1554—1618）为莎士比亚时期英国探险家及政治活动家，素喜豪华衣饰。

② 都铎为英国王室，莎士比亚时代的女王伊丽莎白一世即为该王室末代国君。伊莱莎为伊丽莎白昵称。

③ 示巴女王为《圣经·旧约》中提到的富豪。

④ 指莎士比亚传记中摘引或提及曼宁厄姆日记的内容。

⑤ “征服者”为英王威廉一世称号；威廉原为法国诺曼底公爵，一〇六六年渡海征服英国后称王。莎士比亚亦名威廉。理查三世为十五世纪英王。

⑥ 菲顿与富贵均为莎士比亚时期社交场妇女，分别被后世评论家疑为莎十四行诗中“黑女士”原型，参见191页注③。

皇后道[1]。Encore vingt sous. Nous ferons de petites cochonneries. Minette? Tu veux?[2]

——上流社会的最上层了。还有牛津的威廉·戴夫南特爵士的母亲,[3]常备金丝雀葡萄酒以待公雀。

壮鹿马利根翻起虔诚的眼睛作祈祷:

——玛格丽特·玛利·杂交鸡有福了!

——还有有六房妻室的哈利的女儿[4]。还有绅士派头的诗人丁尼生老爷歌咏的,来自邻区的其他女友们。但是,在这整整的二十年期间,你们认为斯特拉特福那位苦命的珀涅罗珀,在那些钻石窗棂子后面干些什么呢?

干了又干。干下的事。在脚镣巷花卉专家杰勒德的玫瑰园内,他在踱着,金棕色头发已见花白。一株天蓝色的风铃草,如像她的血脉。朱诺眼睛似的眼皮,紫罗兰。他踱着。生命总共只有一次。一个身体。干吧。只管干吧。在远处,在淫欲污秽的恶浊气味中,手伸到了白皙之上。

壮鹿马利根猛敲约翰·埃格林顿的办公桌。

——你怀疑谁?他提出质问。

——假定说,他是十四行诗中的失意情人。一次失意又二次失意。而那宫廷浪女人不要他,却是为了一个贵族,他的亲亲吾爱。

不敢直呼其名的爱情。

——你的意思是说,他是英国人,约翰·坚定·埃格林顿插嘴说,所以爱贵族吧。

老墙,突然出现蜥蜴。我在夏朗东观察过。

——看来是这样,斯蒂汾说,他愿意为他效劳,也为其他一切未经耕耘的奇特子宫效劳,这是圉人对种马的神圣职责。也许,他和苏格拉底一样,母亲也是接生婆,不仅妻子是悍妇。然而她,那个轻浮的浪女

---

① 巴黎塞纳河右岸一繁华街道。

② 法语:加二十苏吧。咱们来玩一些邪门儿的小勾当。小宝贝儿,愿意吗?

③ 戴夫南特(William Davenant,1606—1668)为英国诗人、剧作家,传说为莎士比亚私生子。

④ 哈利为亨利昵称。亨利八世有六妻,伊丽莎白女王即由其第二妻所生。

人，倒并没有背弃床头的誓言。在那阴魂的头脑里，有两个切齿之恨：一是背信弃义，一是她的欢心竟落到那个蠢家伙身上，亡夫的兄弟。可爱的安，我相信，是个床头浪。一次追人，下次还会追人的。

斯蒂汾在椅上猛然转了一个身。

——需要提出证据的是你们而不是我，他皱着眉头说。如果你们否认他在《哈姆雷特》第五场中是给她打上罪恶的烙印的话，那么你们告诉我，为什么从她嫁给他到给他送终，整整三十四年工夫从来没有提到过她？所有那些妇女都是看着自己的男人躺倒、下世的：玛利，她的好男人约翰；安，她的可怜的好威伦，他就是那么死给她看了，心里为自己先走直冒火；琼，她的四个兄弟；朱迪丝，她丈夫和她所有的儿子；苏珊，也是她丈夫，而苏珊的女儿伊丽莎白呢，用她老爷的话说吧，是杀了第一个去嫁第二个的[①]。对了，有一次提到过。他在京城伦敦过他的阔绰日子那些年间，她有一次为了还债，向她父亲的牧羊人借了四十先令。这些，你们去解释吧。也要解释一下他的最后作品，他在其中向后代提到了她。

他面对着他们的沉默。

于是埃格林顿对他：

　　　　　　你指遗嘱，
我相信那已经有法理学家解释过。
她本来就有权获得习惯法规定的
寡妇财产。他的法律知识是渊博的，
据我们的法官们说。

　　　　　　撒旦嘲弄了他，
嘲笑者：

　　　　因此他在初稿中
根本不提她，而不忘记
遗赠外孙女、两个女儿、

① 此句提到的人均为莎士比亚家中的人：玛利为莎母，约翰为莎父，安为莎妻，琼为莎妹，朱迪丝为莎次女，苏珊为莎长女。《哈姆雷特》第三幕剧中剧伶后为表示自己忠于夫君，曾宣称：“只有杀死第一个丈夫的人，才会嫁第二个。”

姊姊、以及他的许多老友
在斯特拉特福的，在伦敦的。
因此他才在有人劝他时，我相信，
添上她的名字，留给她那张
次好的
床。
Punkt.①
留下给她
他的次好
留下给她
他的好床
次于最好
留下的床。
打住！

——俏丽的乡人们那时的动产很少，约翰·埃格林顿发表他的看法说。其实现在也不多，如果咱们的农民戏剧是符合典型情况的话。

——他是一位阔绰的乡绅，斯蒂汾说。他有一套纹章，在斯特拉特福有地产，在爱尔兰大院有一所房子，他还是一名拥有股票的资本家、法案推动者、什一税承包人。如果他希望她此后余生的夜晚都能安然鼾睡，他为什么不把他最好的床留给她呢？

——床显然是有两张，一张最好的，一张次好的，次好的最好先生②好好地说。

——Separatio a mensa et a thalamo③，壮鹿马利根又好一层，赢得了一些微笑。

——古人提到一些有名的床，其次的埃格林顿皱起了额头，露出床笑。让我想一想。

---

① 德文：句号（或"项目"）。
② 贝斯特（Best）词义为"最好"。
③ 拉丁文："分用膳食、卧室"。按英国十九世纪中叶以前一般不许离婚，只许分居。

——古人提到,斯蒂汾说,那位司塔甲拉学童和秃顶异教圣人①在流亡中去世之前,解放了他的奴隶们并赐给他们财产,对他的前辈作了献礼,立下了遗愿要葬在他的亡妻尸骨旁边,并且嘱咐亲友善待一位老情妇(莫忘了内尔·格温·赫辟丽丝),让她住他的别墅。

——你是说他是那么死的吗?贝斯特先生不甚关心地问。我的意思是……

——他是狂饮醉死的,壮鹿马利根接上去说。麦芽美酒一夸特,就是国王也喜爱②。哎,我必须告诉你们,道登是怎么说的!

——怎么说的?贝斯特·埃格林顿问。

威廉·莎士比亚股份有限公司。人民的威廉。有意者请联系:……海菲尔德楼 E. 道登③。

——妙!壮鹿马利根赞叹道。我问他,有人指责诗人犯鸡奸罪,他是怎么看的。他举起了双手说:**我们只能讲,那个时代的生活是十分红火的**。妙!

娈童。

——美感把我们引入了歧途,美揪心贝斯特对丑自在埃格林顿说。

坚定的约翰的回答是严厉的:

——这话是什么意思,可以让博士给我们讲。一块蛋糕,你不能又吃又拿。

你这么说吗?他们是要把美的桂冠从我们,从我头上抢走吗?

——还有财产感,斯蒂汾说。他的夏洛克④是从他自己的大口袋里掏出来的。他是一个麦芽商放债人的儿子,自己也是谷物商放债人,在饥荒暴乱时期还囤积着十托德的谷物。向他借债的人,无疑就是切特尔·福斯塔夫⑤提到的那些称赞他办事公道的各色重要人物。他曾

---

① 亚里士多德出生于马其顿的司塔甲拉。

② 莎剧《冬天的故事》插曲歌词。

③ 道登(Edward Dowden,1843—1913)为爱尔兰著名教授、学者,曾论证莎士比亚的人民性。

④ 莎剧《威尼斯商人》中犹太高利贷主。

⑤ 切特尔(Henry Chettle,约 1560—1607)为英国剧作家和出版家,曾因其出版物有损莎士比亚名誉而著文道歉。福斯塔夫(Sir John Falstaft)为莎剧中多次出现的肥胖喜剧人物,据传以切特尔为原型。

经对一位演戏的同事提出诉讼,索取几袋麦芽的价款,并且每一笔贷款都要索取他那一磅肉的利息。要不然,奥布里的看马工、催场人①,怎么能那么快就发了财?不论什么事件,到了他的手上都能派上用场。夏洛克是和女王御医洛佩斯事件之后的反犹风配合的,那犹太医生上了绞架还分尸,人还没死他的犹太心就被掏了出来②;《哈姆雷特》与《麦克白》,和一个喜欢烤巫婆的苏格兰二把刀哲学家登上王位有关③。溃败了的无敌舰队,成了他在《爱的徒劳》中的笑料。他的那些历史剧,都是乘着一股马弗京式的狂热潮流④张帆鼓风的戏装彩船。沃里克郡审了耶稣会修士,我们就有了一个守门人的支吾搪塞论⑤。海业号从百慕大返航归来,于是勒南赞赏的剧本就写出来了,里面有我们的美国老表派齐·凯列班⑥。那些甜丝丝的十四行诗是跟着锡德尼⑦的十四行来的。至于说到仙女伊丽莎白,也就是胡萝卜色的贝丝,那位授意写了《温莎的风流娘儿们》的粗犷处女⑧,那就让哪位阿尔马尼⑨先生钻到脏衣筐的深处去终身摸索其深藏的含义吧。⑩

我认为你干得很不错。就是把神学逻辑学语言学什么学都混成一

---

① 奥布里(John Aubrey,1626—1697)及其后一些人著作中曾记述有关莎士比亚出身贫贱的传闻,其中包括最早在戏院门口看马及在后台帮助提词人催场。

② 一五九四年女王医生洛佩斯被控接受西班牙贿赂图谋毒死女王,当即被判处极刑。

③ 一六〇三年继承英国王位的詹姆斯一世原为苏格兰王,对巫术十分注意,曾写书加以论述。

④ 十六世纪末英国击败西班牙无敌舰队后扩张主义情绪高涨,情况略似后来南非战争马弗京战役后英国大事庆祝而在英国人民中掀起的热潮。

⑤ 一九〇五年英国天主教爆炸国会阴谋败露后,受审高级教士之一在法庭辩称“为天主谋取更大荣耀”而以假乱真是有理的;莎剧《麦克白》中一守门人酒醉应门时说敲门人是个随意支吾搪塞的人,不管说真话假话都敢起誓。

⑥ 海业号于一六〇九年自英国航向美洲时遭难,船员在荒岛生活十月后方遇救返英,据研究,莎剧《暴风雨》系受此事启发而作;凯列班为《暴风雨》中丑陋妖精;派齐为派特里克的昵称,而派特里克为爱尔兰人常用名。

⑦ 锡德尼(Sir Philip Sidney,1554—1586)为英国诗人、学者,其《爱星者和星星》为英国最早的十四行组诗。

⑧ 伊丽莎白女王为英国诗人斯宾塞(E. Spenser,1552? —1599)在其长诗《仙后》中通过仙后形象歌颂的对象;女王头发颜色发红,据信莎剧《温莎的风流娘儿们》系由女王授意而写。

⑨ 阿尔马尼为伊丽莎白时代英国俚语,指德国。

⑩ 福斯塔夫在《温莎的风流娘儿们》中企图偷情被骗躲入脏衣筐内,后筐被扔入河内。

大堆。Mingo, minxi, mictum, mingere. ①

——你拿出他是犹太人的证据来吧,约翰·埃格林顿激他,显然是有所期待。你们的教务长可认为他是神圣罗马教会的。

Sufflaminandus sum. ②

——他是德国制造出来,斯蒂汾答道,给意大利丑闻涂法国清漆的高手。

——一位有一万个头脑的人,贝斯特提醒他。柯尔律治说他有一万个头脑。

Amplius. In societate humana hoc est maxime necessarium ut sit amicitia inter multos. ③

——圣托马斯呢,斯蒂汾开始说……

——Ora pro nobis,④修士马利根一屁股坐了下去,抱怨地哼着。

然后他用嚎丧的调子喊叫起来:

——Pogue mahone! Acushla machree!⑤ 我们今天可是毁了呀!我们肯定是毁了呵!

人们都报以微笑。

——圣托马斯呢,斯蒂汾笑着说,我喜欢读他的大肚皮原著,他谈乱伦的观点,和马吉先生提到的维也纳新学派⑥不同。他的说法是睿智而奇特的,把乱伦比作感情上的一种贪婪。他的意思是说,这原来可能是某个外人渴望得到的爱情,却悭吝不舍,给了血统相近的人。基督教徒骂犹太人贪婪,而犹太人倒是一切民族之中最喜欢通婚的。指责

---

① 拉丁文"小便,尿"的动词变位的四种形式。英语中表示混合的词(mix, mingle)与此接近。

② 拉丁文:"我应受抑制"。按琼森评论莎士比亚时曾说莎有时过于流畅,应受抑制。

③ 拉丁文:宽了。在人的社会中,人群之间的友好关系是极端重要的。(按圣托马斯用拉丁文写作。)

④ 拉丁文:为我们祈祷吧。

⑤ 爱尔兰语:"吻我屁股吧! 我的心脏的脉息呀!"按《我的心脏的脉息》为爱尔兰诗人柯伦赞美爱尔兰的诗。

⑥ 指奥地利心理学家弗洛伊德(Sigmund Freud, 1856—1939),即上文埃格林顿(马吉)所说"博士"。

的人是生了气。基督教的律令使犹太人积攒了财富[1](犹太人和罗拉德派一样,风暴正是庇身处),也把他们的感情用钢箍加固了。这些究竟是罪孽还是美德,到了世界末日的审判时非人老爹[2]会告诉我们的。可是,一个对于他称为债权的东西抓得如此之紧的人,自然也会对他称为夫权的东西毫不松手的。不论是什么微笑先生邻居朋友,谁也休想觊觎他的牛、他的老婆、他的用人、他的婢女,或是他的毛驴。[3]

——或是他的母驴,壮鹿马利根唱和着。

——文雅的威尔[4]遭到了粗暴的对待,文雅的贝斯特先生文雅地说。

——哪一条尾儿呀?壮鹿马利根笑眯眯地插科打诨。我们都搞糊涂了。

——生命的威力,约翰·埃格林顿发表他的哲理性看法。对于威尔的遗孀,苦命的安,那就是死亡的威力。

——Requiescat![5] 斯蒂汾作了祈祷。

那蓬勃的生命威力何在?
它早已消逝……[6]

——她小殓之后直挺挺地僵卧在那张次好床上,烦恼的王后,即使你能证明那时代的一张床和现今的一辆汽车一样希罕,并且床上的雕刻也是七个教区之内有口皆碑的。她在老年交上了一些福音传道师(其中之一曾住在新地,喝了一夸特由镇上付款的白葡萄酒,至于他睡哪一张床则无关紧要不必问了),并且听人说了她有灵魂。她阅读或是听人给她读了他的宗教册子,觉得比《风流娘儿们》强,晚上坐在约

---

① 基督教不许放款取利,犹太教无此戒律。

② “非人老爹”是布莱克在《致非人老爹》(To Nobodaddy)等诗中对上帝的称呼。

③ 《圣经·旧约》所载摩西十诫中的第十诫:“不可觊觎邻人的妻子;不可贪图邻人的房屋、他的田地、或是他的用人、或是他的婢女、他的牛、或是他的驴、或是你邻人的任何所有。”

④ 威尔即威廉。

⑤ 拉丁文:安息吧。

⑥ 出自拉塞尔(A. E)诗《小路歌声》。

且盆上放水的时候就思索着《为信徒裤子找钩环扣》和《最有灵性的鼻烟壶,以供最虔诚的灵魂打喷嚏之用》。[①] 维纳斯已经扭动嘴唇做祈祷了。良心的谴责:内疚。这是一个淫逸生涯已告困乏而寻求神助的年代。

——历史表明情况确是如此,inquit Eglintonus Chronolologns.[②] 各个时代互为更迭。但我们曾获得权威性的教导[③],一个人的最狠的仇敌是自己家里屋里的人。我感到拉塞尔是正确的。我们对于他的妻子、父亲有什么兴趣?我要说,只有家庭诗人才是在家庭中生活的。福斯塔夫就不是一个家庭男子。我感到,那位胖骑士是他的最高创造。

他是瘦的,向后一仰。你退缩,你不认家里人,那些不好办的好人。他退缩,和不信神的人共进晚餐,偷酒杯。是厄尔斯特的安特瑞姆郡[④]一位大爷教他干的。斋戒日来此找他。马吉先生,您哪,有位先生要见您。我吗?他说是您父亲呢,您哪。把我的华兹华斯递给我。进来了马吉老马修,一位粗犷、粗鲁、粗毛蓬松的乡巴佬,穿一条紧身裤,挡着用纽扣连上的盖片,布袜上沾着十个森林的泥污,手里拿着野苹果树棍儿。

你自己的呢?他认识你的老头子,丧妻的人。

我从欢乐的巴黎,匆匆赶回她那污秽不堪的死窝,在码头上接触到他的手。嗓音中带着新的温暖,说话了。鲍勃·肯尼大夫给她看的。眼光中对我有深厚的关怀。但并不理解我。

——说到父亲,斯蒂汾明知无望而仍坚持着说,那是一个不能不要的祸害。他写那剧的时间是在他父亲死后几个月期间。他那时已经生活了三十五年,nel mezzo del cammin di nostra vita,[⑤]积累了五十年的经

① 二书均为十七世纪英国清教徒出版物,其中第一册宣传宗教慈善事业,第二册书目略有变动。

② 拉丁文:编年学家埃格林顿引证。

③ 指耶稣(参见《马太福音》)。

④ 安特瑞姆郡在爱尔兰北部的东北角,该郡沿海有一地区以埃格林顿家族姓氏马吉为地名,称马吉岛。

⑤ 意大利文:"在我们的生命历程的中途",系但丁《神曲·地狱篇》首行。按但丁自称《神曲》为其三十五岁时有感而作。

验,头发已经开始花白,两个女儿都已到待嫁年龄。如果你们认为他是那位从维滕贝格回来的面上无须的学生,那么你们必须把他那位年已七旬的老娘当作淫荡的王后了。否。约翰·莎士比亚的尸体并未深夜行走。他在一小时又一小时地腐烂又腐烂。他已经解除父亲身份安息了,把那个玄妙地位安排给了他儿子。薄伽丘的卡兰德里诺①是第一个也是最后一个感到自己怀孕的男子。一个人之成为父亲,如果说是有意识地从事生育的话,那是人类所不知道的现象。世代相传的神权,从独一无二的生身之父到独一无二的子嗣,这根本就是一种玄妙的事态。教会的基础就是建立在这一个神秘事态上,而不是建立在狡猾的意大利人设计出来蒙骗欧洲群众的圣母身上。这个基础是不可移动的,因为它正像世界的基础一样,宏观世界也好,微观世界也好,完全是一个真空。它立足于虚无缥缈,立足于荒诞无稽。Amor matris,主生格与宾生格,也许是生活中惟一靠得住的东西②。父子关系也许是一种法律上的虚构。谁是儿子应该爱他,或是他应该爱儿子的父亲呢?

你在胡扯些什么乱七八糟的东西?

我知道。闭上你的嘴。滚开。我有我的道理。

Amplius. Adhus. Iterum. Postea. ③

你是遭天谴,不能不这样吗?

——他们之间的隔阂,是出于一种肉体上的耻辱,而且是如此之常见,所以在记载世上罪恶的编年史中,只见各种各样其他乱伦等等兽行,却几乎不提这种分裂。子与母、父与女、姐妹同性恋、不敢直呼其名的爱情、孙子辈与祖母辈、囚犯与锁眼、王后与大壮牛。未出生的儿子损害了美容:出生以后他带来痛苦,分化感情,增加烦恼。他是一个新的男性,他的成长是他父亲的衰老,他的青春是他父亲的妒嫉,他的朋友是他父亲的仇敌。

我在王爷街④想到的。

---

① 《十日谈》中一男人,听信恶作剧者戏言而认为自己怀孕。

② 参见第 38 页注①与第 39 页注②。

③ 拉丁文辩论用语:而且。迄今。再者。此后。

④ 巴黎红灯区一街道。

——什么是他们之间的自然联系呢？一瞬间的盲目发情。

我是一个父亲吗？如果我是呢？

萎缩不稳的手。

——非洲人撒伯里乌是一切异端邪说创导者中最微妙的，他认为圣父本人就是他自己的儿子。阿奎家的斗牛狗[①]无话不能说，就批驳了撒伯里乌。假定无子之父不成其父，则无父之子岂能为子？当拉特兰培根索桑普顿莎士比亚[②]动笔，或是在这出错中有错的喜剧中的另一位同名诗人动笔写作《哈姆雷特》之时，他不仅是他本人儿子的父亲，而且因为他已经不是儿子，他实际上是并且也自我感觉是整个民族的父亲，也是他本人的祖父的父亲，也是他的尚未出生的孙辈的父亲，而他的孙辈却同样从未出生，因为按照麦吉先生的理解，大自然是厌恶完美的[③]。

埃格林顿眼睛闪亮如天空，抬头一瞥透着喜悦。高兴的眼光，欢乐的清教徒，透过弯弯曲曲的野蔷薇林屯。

奉承。难得的。但是要奉承。

——本人是自己的父亲，儿子马利根自言自语地说。等一下。我怀孕了。我头脑里有一个尚未出生的孩子。帕拉斯·雅典娜！[④] 一出戏！这出戏来得正好！[⑤] 让我分娩吧！

他伸出两只助产手，捧住了自己的肚皮脑门。

——至于他家里的人，他母亲已经在阿登森林中留名。[⑥] 她的死，使他写出了《科里奥拉努斯》中的沃伦尼亚场面。[⑦] 他的幼子的死，就

---

① 托马斯·阿奎那属天主教多明会，而该会名称（Dominican）与拉丁文“天主的狗”（Domini canis）相近。

② 拉特兰伯爵、培根（见252页注③）和索桑普顿伯爵均曾被人疑为莎剧真正作者。

③ 麦吉于一九〇一年以约翰·埃格林顿为笔名发表的论文中曾提出这一观点，认为完美的艺术品等都是在自然条件已经停滞的条件下产生的。

④ 雅典娜（Pallas Athena）为希腊神话中智慧善战女神，出生时从主神宙斯前额中跃出。

⑤ 这是《哈姆雷特》中哈准备借用戏剧表演刺探僭位叔父时的独白。

⑥ 莎母本姓阿登，而阿登森林为莎剧《皆大欢喜》中乐园名称。

⑦ 科里奥拉努斯为古罗马英雄人物，个性极强，但笃孝，因而其母沃伦尼亚能左右其行动。

是《约翰王》中阿瑟小公爵去世的场面。黑衣王子哈姆雷特，就是哈姆内特·莎士比亚。《暴风雨》《泰尔亲王配力克里斯》《冬天的故事》等剧中的姑娘们是谁，我们是知道的。埃及的肉锅克莉奥佩特拉，以及克瑞西达，以及维纳斯①，这些女人是谁我们可以猜。但是他家里的另一个成员是有案可查的。

——剧情深化了，约翰·埃格林顿说。

贵格会友图书馆长踮起脚尖快挪贵步跨进来了，贵格面具，贵格速度，贵格侩客儿。

门关上了。囚房。白昼。

他们听着。三个。他们。

我你他他们。

来吧，开饭。

斯 蒂 汾

他有三个兄弟：吉尔伯特、埃德蒙、理查。吉尔伯特老年时告诉一些骑士，他有一回从收票先生手里弄到一张入场券，不要钱真的，他在伦嫩瞅见他那个写戏的老哥威尔先生演一出摔跤的戏，把对手背在背上呢。那吉尔伯特的灵魂都塞满了戏院里的香肠。他是没有踪影了，可是埃德蒙和理查却都是在好威廉的作品中留下了名字的。

马吉格林约翰

名字！名字有什么关系？

贝 斯 特

有一个是我的名字，你不知道吗。理查。我希望你为理查说句好

① 均为莎士比亚笔下的淫荡女人。

话，你不知道吗，看在我的面上。

（笑声）

壮鹿马利根

（轻柔，渐弱）

随后那医科生狄克开了口哪
对他的伙伴医科生戴维呀……①

斯蒂汾

他有三大黑心人，三个大坏蛋：伊阿古、驼背佬理查、《李尔王》中的埃德蒙。其中的两个用的就是坏小叔的名字。不仅如此，最后那出戏的写作时间，和他兄弟埃德蒙在南瓦克卧病不起的时间很近或是完全一致的。

贝斯特

我希望是埃德蒙挨棍子。我不愿意跟我同名的理查……

（笑声）

贵格会友利斯特

（恢复原速）但是，盗窃了我的好名声的人……

斯蒂汾

（节奏加快）他自己的名字威廉，他是作为一个好名字分藏在不同

---

① 见第236页注①。

剧本里的，这里一个跑龙套的，那里一名小丑，正如意大利古代的画家，把自己的面容嵌在画布的某一个暗角里。他在十四行诗集中露过它，那些诗里有的是威尔。他同冈特的约翰一样[①]，很宝贵自己的名字，不下于他靠吹拍弄到手的家族纹章，黑斜条上金矛，加钢放银光，honorificabilitudinitatibus[②]，更胜过他编写国内最大的沙沙戏所获的荣誉。名字有什么关系吗？在我们的童年时期，别人说我们叫什么名字我们就写什么名字，但是我们还是免不了向自己提出这样的问题。他降生的时候天上升起了一颗星，一颗昼星，一条火龙。那颗星白昼独自在天空中闪闪发亮，晚上比太白金星还亮，夜间在仙后座的德尔塔小星上端放光，那横卧的星座，正是他的名字在星星之间的缩写[③]。他穿过午夜沉睡的夏田，踽踽独行，从绍特里[④]、从她的怀抱中归来时，他的眼睛就望着低垂在熊星座东侧天边的他那个星座。

两人都满足了。我也是。

不告诉他们，星光熄灭的时候他是九岁。

从她的怀抱中。

等着人家来向你求爱并且把你赢到手吧。咳，不中用的家伙。谁来向你求爱？

观察天空吧。Autontimorumenos.[⑤]Bous Stephanoumenos.[⑥]你的星座何在？斯蒂汾，斯蒂汾，把面包切匀了。S. D.：sua donna. Già：di lui. Gelindo risolve di non amare S. D.[⑦]

——那是什么呢？代达勒斯先生？贵格会友图书馆长问。是天象吗？

---

① 冈特的约翰为莎剧《理查二世》中国王的叔父，曾利用自己的名字说了许多俏皮话。

② 拉丁文长字，意为“满载荣誉”，曾被莎士比亚用在喜剧《爱的徒劳》中。

③ 仙后星座为 W 形，而 W 为莎士比亚名字威廉的第一个字母。

④ 绍特里为莎妻婚前所居村庄。

⑤ 希腊文：自己折磨自己的人。

⑥ 希腊文：“斯蒂汾，牛灵魂。”此系《写照》中斯蒂汾少年同学嘲笑斯蒂汾用语。

⑦ 意文：“S. D：他的女人。实在的：他的。Gelindo 决心不爱 S. D. ”其中 S. D 可以是斯蒂汾·代达勒斯名字的缩写，亦可代表意文“他的女人”，而 Gelindo 可为人名，亦可作“冷人”解。

——夜间一颗星,斯蒂汾说。白云一柱云[①]。

还有什么要说的?

斯蒂汾的眼光落在自己的帽子、手杖、靴子上。

Stephanos[②],我的王冠。我的宝剑。他的靴子,把我的脚形都毁坏了。买一双吧。袜子有窟窿了。手帕也是。

——你充分发挥了名字的作用,约翰·埃格林顿承认说。你自己的名字也是够怪的。我想,它也说明你这种奇妙的幽默吧。

我、麦吉、马利根。

神奇的巧匠。飞鹰般的人。你飞翔了。飞向何处?纽黑文——迪耶普,[③]统舱乘客。巴黎往返。麦鸡[④]。伊卡洛斯[⑤]。Pater, ait. [⑥]溅落入海,随波翻滚。你是麦鸡。麦鸡的命。

贝斯特先生热心而安静地举起书来说:

——很有意思,因为我们在爱尔兰古代神话中,你们不知道吗,也看到这种兄弟题材的。正是你说的情况。莎士比亚三弟兄。在格林童话中也是这样的,你们不知道吗?结果总是老三和睡美人结婚,取得最好的收获。

贝斯特弟兄之中最好的。好,更好,最好。

贵格会友图书馆长蹦着蹦着走过来了。

——我愿意知道,他说,你是说哪一个弟兄……我理解,你的意思是说她和他的弟兄之一有染……但是也许我的问题提得过早了?

他欲言又止,环顾众人,终于作罢。

门口来了一个工友叫他。

---

① 关于云柱含义,参见第185页注①。

② 希腊文:“斯蒂汾”,希腊词义为王冠或花环。

③ 纽黑文为英国南部港口,迪耶普为法国北部港口,二者之间有横渡英吉利海峡的轮渡。

④ 麦鸡扑翼而飞,不能达高空,传说原为希腊巧匠代达罗斯之侄,被代从高山推下,半空中由女神雅典娜接获并变为飞鸟,但仍心有余悸而不敢高飞。

⑤ 伊卡洛斯为代达罗斯之子,在随其父飞出囚宫后过于兴奋,飞近太阳,翅膀被太阳烧毁而坠海死亡。

⑥ 拉丁文:父亲,他叫喊。

——利斯特先生！迪宁神父要……

——唷，迪宁神父！马上。

敏捷地，上，上，吱吱格格地上，他马上就走了。

约翰·埃格林顿击剑。

——来吧，他说，让我们听听你对理查和埃德蒙有什么说的。你是把他们留在最后的，是吧？

——我感到，斯蒂汾回答道，要求你们记住那两位高贵的亲人里奇老叔和埃德蒙老叔，似乎是要求过高了。兄弟是容易忘掉的，像雨伞一样。

麦鸡。

你的兄弟在哪里？药剂师公会。我的磨刀石。他，然后是克兰利、马利根，现在又是这几位。言论，言论。但是要行动。言见诸行。他们的嘲笑是对你的考验。要行动。要接受行动。

麦鸡。

我听厌了我说话的声音，以扫的声音①。我愿用我的王国换一杯酒②。

说下去。

——你们会说，被他选取剧作素材的史料中，原来就有这些名字。他为什么偏偏挑选这一些，而不挑选别的呢？理查，一个驼背的下流杂种，向丧夫的安求爱（名字有什么关系？）追求她并且获得了她，一个下流的风流寡妇③。征服者理查是老三，在被征服者威廉之后来了。那一出戏的其余四幕，只是勉强挂在那第一幕后面的东西。莎士比亚的敬上风尚是人间守护神④，他写的所有的国王都受此荫庇，惟有理查例

---

① 按《圣经·旧约·创世记》记载，以扫为长子，但其权利被其弟夺去，其父失明后的祝福亦被其弟冒充获得，待其父听出以扫嗓音时已无法挽回。

② 莎剧《理查三世》中篡位的理查最后战败又失马，在战场上大叫“我愿用我的王国换一匹马”。这是他在剧中最后的一句话。

③ 在《理查三世》第一幕中，理查向被他杀死的爱德华的遗孀求爱而居然得逞。

④ “敬上风尚是人间守护神”是莎剧《辛白林》剧中人语，此人据此理论主张国王继子虽作恶多端，死后仍需厚葬。

外。他的《李尔王》,为什么偏要从锡德尼的《阿卡迪亚》[①]中偷来埃德蒙的故事,穿插在一个远古的凯尔特传说之中?

——那正是威尔的作风,约翰·埃格林顿辩护道。我们现在倒不该把一则斯堪的纳维亚的古代传奇和一段从乔治·梅瑞狄斯的小说摘来的话结合起来。Que voulez-vous?[②] 穆尔会说。他把波希米亚放在海边,[③]还让尤利西斯引用亚里士多德的话[④]。

——为什么呢?斯蒂汾自问自答道。因为莎士比亚对于背信弃义、篡权夺位、叔嫂通奸,或者三者兼而有之的题材是永记在怀的,与对穷人不同。遭人驱逐,被逐出家园,感情上被抛弃,这股弦音从《维洛那二绅士》之后,始终没有间断过,直到普洛斯彼罗折断法杖埋入地下若干寻,将书沉入海底为止。[⑤] 到他的中年时期,这股弦音加强了一倍,并且还通过另一种弦音获得反映,又重复出现,有引子、有展开、有高潮、有结局。当他已经走近坟墓的时候,这弦音又一次重现,那是他的已婚的女儿苏珊,一脉相传的,被人指控通奸。然而蒙蔽其理解力、削弱其意志、使之具有强烈的邪恶倾向的乃是原罪。这些是梅努斯的主教大人们的原话[⑥]。是原罪,并且正因为是原罪,虽是别人的罪他也有份。它,藏在他最后写下的字里行间,镌刻在他那不容她的尸骨埋入的墓前石碑上[⑦]。年岁虽久,它却并未衰退。美与安宁并未把它挤走。它以无穷的变化,出现在他所创造的那个世界的每一个角落里:在《无事生非》中,两次在《皆大欢喜》中,在《暴风雨》中,在《哈姆雷特》中,在《一报还一报》中——以及所有我尚未读过的其他剧本中。

---

① 锡德尼(Sir Philip Sidney,1554—1586)为英国文艺复兴代表人物,其《阿卡迪亚》为英国十六世纪重要散文小说。

② 法语:你想要什么?

③ 波希米亚在捷克西部内陆,但莎剧《冬天的故事》剧中有人说船舶到达该地。

④ 莎剧《特洛伊罗斯与克瑞西达》以尤利西斯参加的特洛伊战争为背景,此战争比亚里士多德早若干世纪,但剧中人赫克托耳竟引用亚里士多德的言论。

⑤ 普洛斯彼罗为莎剧《暴风雨》中被篡夺权位的公爵,于运用法术取得胜利后宣称将“折断法杖埋入地下若干寻”及“将书沉入海底”。

⑥ 梅努斯为都柏林附近宗教中心,斯蒂汾上述关于原罪的词语引自《梅努斯教理问答》。

⑦ 莎墓碑上诗句反复嘱人勿动墓土、勿惊尸骨,被后人解释为拒绝其妻死后合葬。

他哈哈一笑,借以使自己的心情摆脱心情的束缚。

法官埃格林顿作了总结。

——真理在中间,他肯定道。他是阴魂,又是王子。他是一切的一切。

——是这样,斯蒂汾说。第一幕的少年,就是第五幕的成熟汉子。一切的一切。在《辛白林》中,在《奥瑟罗》中,他既是拉皮条的,又是戴绿帽的。他行动,又接受人家的行动。他追求着一个理想或是一个怪僻,像何赛那样杀死了真正的卡门①。他的不饶人的才智就是那妒忌得发疯的伊阿古,一心只愿自己身上的摩尔人受罪。②

——咕咕!咕咕!咕咕的马利根淫荡地发出咕咕声。多让人心惊胆战的声音呀!③

幽暗的圆屋顶接受了,回荡着。

——伊阿古这个人物,写得多妙啊!百折不挠的约翰·埃格林顿赞叹道。归根到底,是小仲马(还是大仲马?)说得对。除了上帝以外,数莎士比亚的创造最多。

——男人引不起他的兴趣,女人也引不起他的兴趣,④斯蒂汾说。他在外面过了一辈子,又回到他生于斯长于斯的地点,他曾在这里作一个沉默的观察者,而在他走完生命的历程之后,又在这块地上种下他的一棵桑树。然后死去。运动结束了。掘墓人埋葬了大哈姆雷特,小哈姆雷特。一位国王和一位王子终于死亡,在配乐声中。尽管是被谋杀了,被出卖了,还是承受到一些心肠温柔而脆弱的人的眼泪,因为,丹麦人也好,都柏林人也好,悼念死者的悲伤是她们惟一拒绝离异的丈夫。如果你喜欢收场戏的话,你可看仔细了:颇乐斯颇乐的普洛斯彼罗,好

---

① 卡门为十九世纪法国歌剧《卡门》中性格奔放的吉卜赛女郎,唐·何塞一见倾心,但在她的感情倾向别人时将她杀死。

② 摩尔人指莎剧《奥瑟罗》中主人公奥瑟罗,本性正直豁达,由于伊阿古的挑拨离间而开始怀疑妻子不忠。

③ 典出莎剧《爱的徒劳》中歌曲,该曲利用杜鹃鸟性喜易偶的说法表现男人担心妻子不忠的心情。

④ 哈姆雷特曾以此语对其友表示对人类不感兴趣。

人得好报；外公的宝贝疙瘩丽西①；还有那名坏蛋小叔里奇，就是剧中伸张正义打发到坏黑鬼去处的那家伙。扣人心弦的收场白。他发现，那些有可能在他那内部世界中出现的现象，外部世界中已经实际存在了。梅特林克②曾说：**如果苏格拉底今天离家，他会发现哲人就坐在他门前的台阶上。如果犹大今晚出去，他的脚步也会走向犹大。**每一个生命，都是许多日子组成的，一日又一日。我们通过自身往前走，一路遇到强盗、鬼魂、巨人、老人、年轻人、媳妇、寡妇、慈爱兄弟，但永远都会遇到的是我们自己。那位编写这个世界的大剧的作家，那位马马虎虎的戏剧家（他先给我们光，两天以后才给太阳③），那位掌管当今一切现状的主子，被天下最主要的天主教人称为 dio boia④，即刽子手上帝的，无疑就是我们所有人的一切的一切，既是马夫又是屠夫，甚至可以既拉皮条又戴绿帽子，只是按照哈姆雷特所预言的节省天力办法，婚姻已不复存在⑤，光荣的男人是一个阴阳体的天使，自己任自己的妻子。

——Eureka！⑥ 壮鹿马利根大叫。Eureka！

突然高兴起来的他，跳起身一大步跨到约翰·埃格林顿的办公桌前。

——可以吗？他说。主对玛拉基说话了。

他抓住一张纸条涂写起来。

出去的时候要拿几张柜台上的纸条。

——已经结了婚的，庄严的预言者贝斯特先生说，除了一人以外都可以活下去。其余的一律保持现状⑦。

---

① 丽西即伊丽莎白，莎士比亚的外孙女。

② 梅特林克（Maurice Maeterlinck，1862—1949），比利时诗人、戏剧家。

③ 《圣经·旧约·创世记》记载上帝创造世界日程，其中第一天创造光和昼夜，第四天创造日月。

④ 意文：刽子手上帝。

⑤ 哈决定装疯以后，为了使奥菲利娅死心，对她说："我们再也不要婚姻了……你上尼姑庵吧。"

⑥ 原希腊语："发现了！"据传阿基米德人澡盆时忽然想到可利用各种金属不同比重检测金子纯度而发此惊叹。

⑦ 贝斯特所言全部引自本页注⑤所提哈姆雷特关于废除婚姻的言论。

未婚的他，对着单身汉的文学士埃格林顿家约翰哈哈大笑。

他们，未婚，非心上人，提心吊胆怕上当，每夜各人用指头鉴赏各人的集注本《驯悍记》。

——你令人失望，约翰·埃格林顿直言不讳地对斯蒂汾说。你带我们绕了半天，结果就是让我们看一个法国式的三角关系。你相信你自己的理论吗？

——不相信，斯蒂汾毫不犹豫地说。

——你准备写出来吗？贝斯特先生问。你应该写成对话式的，你不知道吗，像王尔德写的柏拉图对话集那样。

约翰挨个儿聆听露出了双重的微笑。

——哦，那样的话，他说，我不明白你怎么还能指望报酬了，既然连你自己都不信。道登认为《哈姆雷特》中是有一些神秘的，但不愿意进一步说什么。派珀在柏林遇见的那位布莱勃特劳先生呢，正在研究拉特兰论[①]，他认为秘密的真相藏在斯特拉特福那块墓碑中。派珀说他准备去见当今的公爵，要向他证明，那些剧本是他的祖先写的。对于公爵大人，那当然是意想不到的事。但是他是相信自己的理论的。

我信，主呵，请帮助我的不信吧。[②] 那是说，帮助我使我相信，还是帮助我使我不信呢？谁能帮助人信？Egomen.[③]谁能帮助人不信？另外那人。

——在给《丹娜》写稿的人中，你是惟一要银子的人。再说，下一期的情况我还不知道呢。弗雷德·瑞安要一篇经济论文的篇幅。

弗莱德赖安。他借给我两块银子。帮你渡过难关。经济。

——给一个畿尼吧，斯蒂汾说，你就可以发表这篇谈话录了。

壮鹿马利根哈哈笑着，写完了他信笔涂鸦的笑话站起身来，然后又严肃地、口蜜腹剑地说；

——我到诗人啃奇在梅克冷堡街[④]的夏季公馆访问，见他正在钻

---

① 即认为莎剧真正作者为贵族拉特兰的说法。

② 据《圣经·马可福音》，耶稣某次驱邪前说，只要有信心就能办到，人即作此祷告。

③ 希腊文：我这方面。

④ 都柏林红灯区的街道。

研 Summa contra Gentiles[1],由两位淋病女士陪同,鲜内莉和煤炭码头窑姐罗莎利。

他转身就走。

——走吧,啃奇。走吧,飘泊的爱鸟的昂葛斯[2]。

走吧,啃奇。你把我们剩下的都吃掉了吧。好。我就用你们的剩菜残羹敬你们。

斯蒂汾站了起来。

生命就是好多个日子。这一日要结束了。

——我们今晚会见到你的,约翰·埃格林顿说。Notre ami[3],穆尔说的,玛拉基·马利根非到不可。

壮鹿马利根挥舞着手中的纸条和巴拿马草帽。

——墨歇穆尔,他说,对爱尔兰青年讲法国文字的先生[4]。我会到的。走吧,啃奇,诗人们非喝一口不可了。你还走得直吗?

哈哈笑着的他……

狂饮至十一点。爱尔兰晚间娱乐。

小丑……

斯蒂汾跟随在小丑后边……

有一天,我们在国立图书馆作了一次讨论。莎士。我跟随着他的丑角背影。我都踩痛了他脚后跟的冻疮[5]。

斯蒂汾打过招呼,垂头丧气地跟随着一个插科打诨的小丑,一颗新近理过发、梳妆整齐的脑袋,走出拱顶馆房,走进一片刺眼而无思想的阳光。

我学到了什么?关于他们的?关于我的?

现在走路的样子像海因斯了。

---

① 拉丁文:《对异教徒论天主教真理》,托马斯·阿奎那的论文。

② 昂葛斯(一译安格斯)为爱尔兰神话中青春、美与爱情之神,永远不断地寻找自己梦中见过的意中人,一说终于发现她是天鹅,遂亦化为天鹅比翼飞去。

③ 法语:我们的朋友。

④ “法国文字”在英语中可指黄色文学,俚语亦指避孕套。

⑤ 《哈姆雷特》剧中哈见掘墓工人(丑角)俏皮话不断,用踩痛冻疮比喻说你的文采赶得上朝廷中的贵人。

长期读者阅览室。在读者签名簿上，卡什尔·博伊尔·奥康纳·菲茨莫里斯·蒂斯德尔·法雷尔留下了他那长串名字的花押。问题：哈姆雷特究竟是不是疯了？贵格会友的脑瓜子，在虔诚地和一位小教士谈书。

——唷，请便，先生……我非常乐于……

壮鹿马利根感到有趣，悠悠然地点着头自言自语：

——乐屁股。

旋转式门档。

那边那人……？帽子上扎着蓝色缎带的……？在缓缓地写着……？写什么？……看了……？

弯弯的栏杆扶手：水流平静的明西乌斯河。

精灵马利根头戴巴拿马盔，一步又一步，抑扬格的，朗朗而诵：

——约翰·埃格林顿，我的约哟，
你为什么不结婚哟？

他对空喷溅唾沫：

——哎，那个没下巴的支那佬！① 挨个儿拎一顿的埃格林顿。我们两人，海因斯和我，到他们那个把戏场去了，管子工会堂。我们的演员们正在为欧洲创造一种新的艺术呢，可以和希腊人和莫梅特林克比一比。修道院剧院！② 我闻到了修道士们的阴毛汗臭。

他吐了一口空白。

忘掉，莫如说他忘掉了挨臭芦西的鞭打③。以及离开了那位 femme de trente ans. ④ 为什么没有再生孩子？而且他的第一个孩子还是女的

---

① Chin Chin Chinaman 是轻歌剧《日本歌伎》中一首取笑华裔买卖人的歌曲，歌中 Chin 一词原系 Chinaman 谐音，但马利根用其“下巴”词义取笑埃格林顿。

② 爱尔兰文艺复兴运动于一九〇四年利用上述管子工会堂原址建立阿比剧院。“阿比”英文词义为修道院，因在修道院街而得名。

③ 芦西(Sir Thomas Lucy)为莎士比亚家乡大地主，莎青年时期曾因偷鹿而遭其鞭打、监禁，此事可能与莎离家去伦敦有关。莎剧中一坏法官可能即影射芦西。“臭芦西”为当时一歌谣中骂芦西的歌词，歌谣据云为莎报复芦西而作。

④ 法文：“三十岁的女人”，法国小说家巴尔扎克曾以此为小说书名。莎士比亚离家时莎妻约三十岁。

呢。

后见之明。再去一趟吧。

那位阴沉沉的隐士仍在那儿(他有饼),还有那位庄重的青年,时代的宠儿,斐多的可供抚弄的秀发①。

呃……我只是呃……想……我刚才忘了……呃……

——朗沃恩和麦柯迪·阿特金森也在那儿……

精灵马利根节奏明快、娓娓动听地吟唱起来:

——我每回走到那脏街旁,
甭听那街上的喊叫和大兵的闹,
首先都不由得想到一个人,
就是那麦柯迪·阿特金森,
伸着他的那一条木头的腿,
还有那长一张没下巴的嘴
唠叨起来没个完的方格裙麦吉,
渴死了也不敢去把渴解一解。
两个人都没胆真去结婚。
只好靠手淫把那日子混。

说你的俏皮话吧。要有自知之明。

站住了,在我下面,嘲弄的目光转向了我。我也站住。

——忧伤的哑剧演员呀,壮鹿马利根用埋怨口气说。辛格已经不穿黑衣服了,为的是符合大自然的本色。只有乌鸦、教士和英国的煤才是黑的。

他的嘴唇间轻轻地流出一阵笑声。

——朗沃思非常不高兴,他说,都是因为你评论了长舌婆子格雷戈里②。哎,你这个不饶人的犹太耶稣会醉修士!她帮你在那家报纸找

---

① 斐多(Phaedo)为古希腊哲学家,原为苏格拉底学生,据柏拉图对话,苏曾抚弄斐多的鬈发而言"你将剪掉你这一头漂亮的头发",以示斐多当时的见解并不成熟。

② 格雷戈里夫人(Lady Gregory,1852—1932),爱尔兰剧作家,为爱尔兰文艺复兴运动主要人物之一。格曾帮助乔伊斯,包括推荐乔为朗沃思主编的《每日快报》写书评。

了一份工作，你倒去攻击起她对耶稣的那些胡诌来了。你怎么不能学学叶芝那一套呢？

他做了一个鬼脸继续往下走，同时姿势优美地挥舞着双臂吟咏起来：

——我国当代最美好的一部书。使人想到荷马。

他在台阶下端站住了。

——我构思了一出哑剧，他严肃地说。

圆柱耸立的摩尔式大厅，荫影交错的。头顶带符号的九子摩利斯已无踪影。

壮鹿马利根用抑扬顿挫的音调宣读他的戏牌：

——人自任妻
另名
手中蜜月
（三高潮非道德民族剧）
玩球·马利根编

他朝斯蒂汾做出一副丑角自鸣得意的怪笑，说：

——伪装恐怕单薄些。但是你听着。

他宣读了，清晰地：

——剧中人：

托贝·一把摔（破产波兰人）

克拉布（丛林逃犯）

医学生狄克
和 } 一箭双雕
医学生戴维

格罗根大娘（送水的）

鲜内莉
和
罗莎莉（煤炭码头窑姐）

他哈哈一笑，懒洋洋地左右摇晃着脑袋继续往前走，后边跟着斯蒂汾。他嘻嘻哈哈地对两个人影即人的灵魂说：

——哎，在坎姆登会堂那一晚，你躺在你自己呕吐的那一大堆桑椹色夹杂色怪物中间，那些爱琳女儿们可是都得撩起她们的裙子，才能从你身上跨过去的啊！

——她们那回撩裙子，斯蒂汾说，可是遇上了爱琳的最纯洁的儿子。

正要通过门道时，他感到后面有人，闪在一边站住了。

分手。现在是时候。然后去什么地方？如果苏格拉底今天离家，如果犹大今晚出去。为什么？那是空间中的一个点，我在时间中的一个点会到达的，无可避免的。

我的心愿：他的心愿与我相对。天南海北。

一个人在他们两人之间走了出去，还鞠躬打着招呼。

——再祝你好，壮鹿马利根说。

门廊。

我曾在这里观察鸟的征兆。爱鸟的昂格斯。鸟儿飞去又飞来。昨夜我飞了。飞得轻快。人们惊讶。然后是娼妓街。他拿一个奶油水果香瓜凑过来。进。你来看。

——飘泊的犹太人，壮鹿马利根做出小丑的惊悚状态，悄悄地说。你注意他的眼神了吗？他望你的样子是居心不正的。我怕你，老水手①。啃奇啊，你危险了。快找个屁股护垫吧。

牛们津的作风。

白昼。拱桥上空是独轮车太阳。

一个黝黑的背影走在他们前面，豹步，下去了，走出了吊闸倒钩下的大门门道。

他们跟在后面。

继续打击我吧。说下去吧。

温和的空气衬托着基尔代尔街上的房顶楼角。没有鸟。楼顶有两

---

① 典出柯尔律治长诗《古舟子咏》，听老水手叙述恐怖经历者作此语，原因之一是老水手眼神可怕。

缕袅袅上升的青烟,像两支长长的翎毛,一股软风袭来,松软地飘散了。

不争了。辛白林的德鲁伊德祭司们的和平:阐释了神意:来自大地的一个祭坛。

我们赞颂天神们
要我们的香烟缭绕上升,直抵神前
从我们的神佑的祭坛上。①

① 莎剧《辛白林》剧终时国王辛白林以此宣告争斗结束,和平到来。

十

耶稣会的会长，十分可敬的[1]约翰·康眉一面走下牧师住宅的台阶，一面把光滑的怀表放回里面的口袋。差五分三点。步行到亚坦时间正合适。那个男孩子姓什么来着？狄格南。对。Vere dignum et iustum est.[2]这事得找斯旺修士[3]。坎宁安先生的来信。是的，得尽可能给他办成才好。这是个讲究实际的好天主教徒：传教活动用得着的人。

一个独腿水手，懒洋洋地拄着双拐，一步一步地往前悠，嘴里还嘟嘟哝哝地哼着几个音符。他悠到仁爱会修女院的门前突然站住，冲着耶稣会的十分可敬的约翰·康眉伸出一个带舌的帽子，求他布道。康眉神父以阳光祝福了他，因为他知道自己的钱包里是一个五先令的银币。

康眉神父横过马路，向蒙乔伊广场走去。有那么一会儿工夫——不长的一会儿——他在想那些被炮弹打断了腿、在贫民救济所里苟延残喘的士兵和水手。他想起了沃尔西红衣主教的话：**我如果对我的上帝也像对国王那样忠心耿耿，他决不会在我年老的时候把我抛弃。**[4]他正沿着树荫，在闪烁着阳光的树叶下走着，迎面来了国会议员戴维·希伊先生的夫人。

——我很好，好得很，神父。您怎么样，神父？

---

① 原文 reverend，是冠于教会中任圣职者姓名前的尊称，一般可译“牧师”，但是这个中文词前难加表示各种不同高级圣职的修饰词，并且失去原文弦外之音，因而征询天主教天津主教意见后采用原文基本词义，译为“可敬的”。

② 拉丁文：“真是恰当又正确”，系天主教弥撒用语，其中第二个词与“狄格南”读音相近。

③ 斯旺修士是亚坦附近的儿童救济院主任。

④ 沃尔西是十六世纪初的英国红衣主教，曾为英王亨利八世心腹，显赫一时，后来企图利用教皇权威干预英王婚事，被英王问罪，临终时有上述感叹。

康眉神父的身体实在是非常地好。他大概要到巴克斯顿[①]去泡泡矿泉水。她的少爷们呢,他们在贝尔弗迪尔[②]上得还不错吧?是吗?康眉神父听到这种情况实在高兴。希伊先生本人怎么样?还在伦敦。国会还在开会呢,可不是吗。这天气多好呵,真是舒服。是的,很可能伯纳德·沃恩神父[③]会再来讲一次道。一点儿也不错,非常成功。确实是个了不起的人物。

康眉神父看到国会议员戴维·希伊先生的夫人这么健康,确实是非常高兴,他请她务必向国会议员希伊先生转达他的问候。好的,他一定会去登门拜访。

——祝您下午好,希伊太太。

康眉神父脱下大礼帽告别,冲着她面纱上那些墨黑锃亮、迎着太阳闪乌光的珠子粲然一笑。走的时候又是莞尔一笑。他的一口牙很干净,他自己知道,是用槟榔果膏刷过的。

康眉神父走着走着,又笑了起来,他想起伯纳德·沃恩神父那滑稽逗笑的眼神和带伦敦土腔的口音。

——彼拉多,你是干吗吃的,人们瞎起哄,你不管?[④]

不过,究竟是一个热诚的人。确实是热诚。而且也确实很有贡献,他那种方式的贡献。毫无疑问。他说他热爱爱尔兰,热爱爱尔兰人民。家世也不错吧,看样子?威尔士的老家吧,是不是?

啊唷,可别忘了。给省会长的信。

在蒙乔伊广场的拐角上,康眉神父挡住了三个小小的学生子。是的,贝尔弗迪尔的学生。低年级的。原来如此。都是好学生吗?哦,那样就很好。那么他叫什么名字呢?杰克·索恩。他叫什么呢?杰·盖莱赫。还有一个小人儿呢。他的名字叫布伦尼·莱纳姆。嘿,这个名字取得真不赖。

---

① 巴克斯顿是英格兰的一个著名的矿泉疗养地。

② 贝尔弗迪尔是耶稣会在都柏林办的一所学校,康眉神父曾任该校教务主任。

③ 沃恩神父是英国耶稣会的教士,是当时有名的布道师。

④ 据《圣经·新约》,罗马总督彼拉多明知耶稣无罪,却按照受煽动群众意见判其死刑。

康眉神父从胸前拿出一封信,交给了布伦尼·莱纳姆小朋友,然后用手指着菲茨吉本大街角上的红色邮筒。

——可是,小人儿啊,你得小心一点,别把你自己也投进邮筒去了呵,他说。

三个孩子六只眼睛都瞅着康眉神父,嘻嘻哈哈地笑起来:

——嘿,您哪。

——好吧,我等着瞧,看你会不会寄信,康眉神父说。

布伦尼·莱纳姆小朋友奔到马路对面,把康眉神父给省会长的信塞进了鲜红色邮箱的口里。康眉神父笑笑,点点头,又笑笑,沿着蒙乔伊广场东街走去了。

舞蹈等科教师丹尼斯·J. 马金尼先生头戴丝质大礼帽,身穿蓝灰色丝面长礼服,打着白领巾的大蝴蝶结,戴着嫩黄色的手套,下身是一条紧箍双腿的淡紫色裤子,一双尖头的漆皮靴,举止庄重地在人行道上走着,在狄格南大院的街角遇见马克斯韦尔夫人,恭恭敬敬地让到了人行道的边缘上。

那不是麦吉尼斯太太吗?

白发苍苍、雍容华贵的麦吉尼斯太太在对面的人行道上姗姗而行,隔着马路向康眉神父鞠躬致意。康眉神父微笑还礼。她近来好吗?

她真是仪态万方。像苏格兰女王玛丽,有那么一点儿意思。可是这个女人却是个当铺老板娘!可真是!这么一个……怎么说好呢?……这样的一派女王风度。

康眉神父沿着大查尔斯街往前走,冲左边关着门的自由教堂①瞥了一眼。可敬的格林文学士将按上帝意愿讲道。他们称之为责任牧师。他感到有责任讲几句。然而,对人应该宽大为怀。不可克服的愚昧②。他们也是按照他们的见识办事罢了。

康眉神父拐过弯,走到北环路上。怪事,这样一条重要的通衢,却没有一条电车路线。毫无疑问应该有。

---

① 这是一个新教教堂,因此引起康眉神父以下的思想活动。

② 这是天主教对新教的一种固定看法。

一群背着书包的小学生，从里奇蒙德街那边穿越马路走过来了，纷纷地举起他们脑袋上那些七歪八斜的帽子。康眉神父慈祥地一再还礼。是公教弟兄会小学的学生们。

康眉神父走着走着，闻到了右边有香烟缭绕的气味。波特兰横街的圣约瑟夫教堂。贞节妇女养老①。康眉神父冲着圣体②举了举帽子。贞节的：但是她们有时候也是脾气暴躁的。

康眉神父走到奥尔伯勒府③附近，想起了那个挥霍无度的贵族。现在改成了办公楼还是什么的。

康眉神父拐进了北滩路，威廉·盖拉格尔先生站在自己的商号门口向他致敬。康眉神父也向威廉·盖拉格尔先生致敬，同时闻到了整条整条的腌猪肉和大桶装的新鲜黄油的气味。他路过格罗根烟草店，看到门前立着一些新闻板报，报导纽约发生的一件惨案。美国总是不断地有这类事件发生。那样毫无准备地死去，太不幸了。然而，彻底悔悟的行动也行④。

康眉神父走过丹尼尔·伯金的酒馆，看到有两个不劳动者懒洋洋地倚在窗前。他们向他致敬，他也还礼。

康眉神父走过 H. J. 奥尼尔殡仪馆，看到考尼·凯莱赫正在对着流水账簿算账，嘴里还嚼着一片干草。一个值勤的警察向康眉神父致敬，康眉神父也向警察致敬。在尤克斯泰特猪肉铺里，康眉神父看见整整齐齐地摆着卷成一盘一盘的白黑红三色猪肉腊肠。在查尔维尔林荫道的树下，康眉神父看见停泊着一条泥炭船，一匹拉纤的马耷拉着脑袋站在船边，船夫戴着一顶肮脏的草帽坐在船中央，抽着烟，凝视着头顶上的一根杨树枝。很有诗情画意。康眉神父思忖着造物主的巧妙安排，

---

① 在圣约瑟夫教堂旁边，有一个"圣约瑟夫贞节妇女养老院"。

② 圣体是天主教用语，指弥撒中分给信徒的面饼，用以象征耶稣为众人而牺牲。此处指神父知道教堂内圣龛中必存的圣体。

③ 奥尔伯勒是一个爱尔兰贵族，在十八世纪末耗费巨资为妻子在当时的都柏林郊外盖了这所豪华的房子，但是始终没有使用。

④ 按照天主教的规矩，人死前必须由神父敷擦"圣油"和诵念祈祷文作为准备，方能赦免罪过。但是一种比较温和的看法认为，在特殊情况下，本人的"彻底悔悟"也可以取得赦免的效果。

让沼泽地里生出泥炭,人们可以挖起泥炭,运到城镇村庄,于是穷人家里也能生上火了。

在纽科门桥上,上加德纳街圣方济各·沙勿略教堂的十分可敬的耶稣会会长约翰·康眉神父,跨上了一辆向外行驶的电车。

一辆向市内行驶的电车也停在纽科门桥上,下来了北威廉街圣阿加莎教堂的可敬的代理牧师尼古拉斯·达德利。

康眉神父在纽科门桥搭乘向外行驶的电车,是因为他不愿徒步走过泥岛那一段脏路。

康眉神父坐在电车的一个角落里,小心地把蓝色的车票塞进肥胖的羊皮手套的扣眼里,又侧过另一只肥胖手套的掌心,把掌心里的四枚先令、一枚六便士、五枚便士滑进钱包。这时电车正开过常春藤教堂,他想起事情往往如此:你刚好随随便便扔掉了车票,查票的就来了。车上的乘客似乎太严肃了一点,使康眉神父感到和这么短的路程、这么点儿车钱不大相称。康眉神父喜欢既彬彬有礼而又高高兴兴。

这是个平静的日子。坐在康眉神父对面那位戴眼镜的绅士这时刚讲完什么,垂下了眼光。是他的妻子吧,康眉神父估量着。

戴眼镜的绅士的妻子张开嘴巴,打了一个小小的哈欠。她只是非常非常轻柔地打了一个哈欠,举起戴着手套的小手,捏成一个小小的手套拳头,轻轻地在张开的小嘴上敲击,同时露出了纤细的、甜丝丝的笑容。

康眉神父觉察到车厢里有她身上发出来的香水味。他也觉察到,坐在她另一边的男人很局促不安,屁股只坐了座位的一点儿边缘。

在祭坛栏杆边,康眉神父好不容易才把圣体放到那个局促不安的老人嘴里,因为老人有摇头病。

电车在安斯利桥停了一下,正要开车的时候,一个老妇人突然从座位上站起来要下车。售票员拉了拉铃绳,叫电车站住让她下。她挽着篮子提着网兜,走出了车厢:康眉神父看见售票员扶着又是篮子又是网兜的她下车。康眉神父想到她的一便士车资几乎已经坐过了头,这就是那种老实巴交的主儿,连*祝福你,孩子*这句说明她们已经获得宽恕的话,都必须对她们说两遍才行,*为我祈祷吧*。[1] 可是这些人也够可怜的,生活中有那么多忧虑,有那么多需要操心的事。

海报上的尤金·斯特拉顿先生咧着厚厚的黑人嘴唇,向康眉神父做鬼脸。

康眉神父想到黑色、棕色、黄色人种的灵魂,想起了自己讲道要谈耶稣会的圣彼得·克拉弗和非洲传道问题。他想到信仰如何传播的问题,想到那千百万没有接受洗礼的黑色、棕色、黄色的人,在大限突然像半夜的小偷一样来到时该怎么办。比利时耶稣会教士写的那本书 Le Nombre des Élus[2] 中的主张,康眉神父感到还是合理的。那千百万由天主按照自己的形象所创造的人还没有获得信仰(这也是神意),但是他们究竟也是天主的人,是由天主创造的。康眉神父感到,这些人的灵魂全都推出不要,似乎很可惜,是不是可以说是一种浪费呢。

车到豪斯路站,康眉神父下了车。售票员向他致敬,他也还了礼。

马拉海德路很宁静。康眉神父喜欢这条路,也喜欢这个名字。欢乐的马拉海德,响起了喜庆的钟声。[3] 马拉海德及其邻近海域世袭领主的直系继承人,马拉海德的塔尔博特勋爵。这时传来了战斗的号召,她一天之内三个身份:是姑娘,是夫人,又是遗孀[4]。那是世风古朴的时代,乡区[5]欢乐、人心淳厚的时代,古老的封建时代。

康眉神父一面走,一面想着自己写的那本小书《古老的封建时代》,又考虑还有另一本书可写,谈耶稣会办的事业,谈莫尔斯沃思勋

---

① “祝福你,孩子……为我祈祷吧。”是天主教神父在接受信徒忏悔时表示忏悔结束所用的公式。

② 法文:《选民的人数》,出版于十九世纪末叶,主张大多数人死后灵魂都可获救,出版后立即受到正统天主教的批判,批判者认为凡是没有接受天主教洗礼的都将永入地狱。

③ 这是十九世纪爱尔兰叙事诗《马拉海德的婚礼》的起首一行。

④ 上注所叙述的婚礼正在进行时,突然有敌军攻来,新郎作战而死,因而新娘当天就成了寡妇。

⑤ “乡区”是爱尔兰教区中的小区。

爵的女儿玛丽·罗奇福特,第一代的贝尔弗迪尔伯爵夫人①。

一位青春已逝、无精打采的夫人,独自在艾乃尔湖畔徘徊②。第一代贝尔弗迪尔伯爵夫人玛丽,无精打采地在苍茫暮色中徘徊,遇上水獭跳水也不感到惊吓。有谁知道事实的真相呢?妒忌的丈夫贝尔弗迪尔爵爷不会知道,接受她忏悔的神父也不会知道,如果她确实没有和丈夫的兄弟构成完全的通奸行为,eiaculatio seminis inter vas naturale mulieris.③假如她没有完全构成妇女的罪行,那么她的忏悔也只能是一半。只有天主知道,她知道,还有他,她丈夫的兄弟知道。

康眉神父思考着,人类在地球上竟需要那样的专横无度,而天主却不是这样的,他的办法和我们的所作所为是大不相同的。

唐·约翰·康眉④走动和生活在往昔的时代中。他很仁慈,很怀念古代。人们在忏悔中吐露的秘密,他都藏在心中;一间涂着蜜蜡的客厅,天花板是丰满的累累果实,他以笑容对待满面笑容的高贵人物。新郎的手和新娘的手,贵族对贵族,通过唐·约翰·康眉而掌心相联了。

这是一个风和日丽的日子。

一个菜园子的栅栏门,迎着康眉神父展现出一畦一畦的圆白菜,抖开了丰满的菜叶向他屈膝行礼。天空为他铺出一群小朵小朵的白云,缓缓地顺风飘过。羊毛云,照法国人的说法。一种确切而又朴实的说法。

康眉神父一面诵读日课⑤,一面眺望着拉思科非上空的一群羊毛

---

① 第一代贝尔弗迪尔伯爵夫人玛丽(1772—?)与都柏林耶稣会贝尔弗迪尔修道院有关,因此康眉有此联想。玛丽曾被控与伯爵之弟私通,被伯爵囚禁在家中数十年,直至伯爵去世。

② 艾乃尔湖在爱尔兰韦斯特米斯郡,囚禁玛丽的伯爵府第即在湖畔。

③ 拉丁文:"在天然的女性器官内排精。"为天主教法规中对性交的定义,主要用于裁定通奸案件。

④ "唐"是西班牙语中的"先生,阁下",而"约翰"相当于西班牙语中的"璜",因此"唐约翰"也就是"唐璜"。唐璜是西班牙文学中有名的风流贵族,他的故事曾在欧洲各国被写成各种文艺形式的作品,包括英国著名诗人拜伦的讽刺史诗《唐璜》。

⑤ 这是天主教神职人员每天必须诵读的祈祷文,共有八种,分在一天从早到晚的八个时间内诵读。

云。他的袜子很薄,脚脖子蹭着克朗高士[1]场地上的草茬有一点发痒。傍晚他在这里散步诵读,听到学生们踢盖尔足球的喊叫声,尖嫩的嗓音刺破了宁静的夜空。他是他们的校长:他的管理是宽厚的。

康眉神父脱掉手套,掏出红边的日课经。一片象牙书签标示着应读的页码。

九时课[2]。他本来应该在午餐以前诵读的,可是马克斯韦尔夫人来了。

康眉神父默诵了天主经和圣母经,在胸前画了十字。Deus in adiutorium. [3]

他安详地走着,默默无声地念着九时课,走着,念着,直到 Beati immaculati 中的 Res:Principium verborum tuorum veritas:in eternum omnia iudicia iustitiæ tuæ. [4]

从路旁树篱下的一个缺口里,钻出了一个满面通红的青年,跟着又钻出来一个年轻女子,手里拿着一束野菊花。男的急匆匆地举了举帽子,女的急匆匆地弯下腰,仔细地从她那轻飘飘的裙子上摘掉一根细小树枝。

康眉神父庄严地祝福了青年男女,翻过薄薄的一页祈祷文。Sin[5]:

——Principes persecuti sunt me gratis:et a verbis tuis formidavit cor meum.

---

① 克朗高士森林学堂在都柏林以西数十英里,康眉神父曾任该校校长。拉思科非为附近村庄。

② 即日出后第九小时的功课。

③ 拉丁祈祷文:“天主呵,请您快来吧。”这是《圣经·赞美诗》第七十首的开端,“九时课”的一部分。

④ 拉丁赞美诗文和希伯来文字母,即“纯洁的人有福了”第二十节:您的话从来都是真理;您的每一个英明判决都永远立于不败之地。

⑤ Sin 是希伯来文,表示下文是上述赞美诗的第二十一节,但与此同形的英文字 Sin 意思是罪过,指逾越教规或道德规范的行为。下文为拉丁赞美诗文:王侯对我无故加以迫害,但是我心中敬畏的是您说的话。

*　　　*　　　*

康尼·凯莱赫合上长形的流水账簿,疲惫的眼光碰上竖立在屋角里的一块松木棺材盖。他一使劲站了起来,走到棺材盖旁边,把它立在地上转了一个个儿,端详起它的形状和上面的铜饰来。他嘴里不断地嚼着一片干草,又放好了棺材盖,向门口走去。他倚在门框上,把帽檐往下一拉,挡住眼睛上的阳光,懒洋洋地望着街上。

约翰·康眉神父在纽科门桥登上了开往多利山的电车。

康尼·凯莱赫交叉着两只穿大皮靴的大脚,帽檐压在脑门上,一面眺望着,一面仍在嚼他那片干草。

丙五十七号警察巡逻值勤,站住了寒暄两句。

——天晴了,凯莱赫先生。

——可不,康尼·凯莱赫说。

——闷得很,警察说。

康尼·凯莱赫吐出一口嚼烂了的干草,一道无声的抛物线从他嘴边射出。与此同时,在埃克尔斯街上的一个窗口,一条乐善好施的白净胳膊一挥,抛出了一枚硬币。

——有什么最佳新闻?他问。

——昨天晚上我看见了那个特别集会,警察压低了声音说。

*　　　*　　　*

一个独腿水手,架着拐杖在麦康内尔药房的路口拐了弯,绕过拉巴约蒂的冰淇淋车,一蹿一蹿地走进了埃克尔斯街。拉里·奥鲁尔克正穿着衬衫站在店铺门口,水手冲着他狠狠地吼叫:

——**为了英国**……①

他猛烈地往前晃了几步,晃过凯蒂和布棣·代达勒斯,才又站下来吼叫:

① “为了英国,为了家园,也为了美”是歌词,出自歌颂英国海军统帅纳尔逊在战斗中牺牲的歌曲《纳尔逊之死》。

——为了家园，也为了美。

忧虑重重、脸色发白的杰. J. 奥莫洛伊被告知，兰伯特先生陪着一位客人在仓库里。

一位壮实的太太站住了，从钱包里取出一枚铜币，投进了水手伸到她面前的帽子里。水手嘟嘟囔囔地道了谢，对街旁那些不理睬他的窗户悻悻地横了一眼，又埋下头去往前晃了四步。

他停了一下，又愤怒地喊叫：

——为了英国……

两个光脚儿童，嘴里嚼着长长的甘草糖在他旁边站住了，嘴边淌着黄兮兮的口水，眼睛都瞪着他的断腿。

他又使劲往前晃了几步才站住，抬起头来冲着一个窗口，瓮声瓮气地吼道：

——为了家园，也为了美。

窗内有小鸟鸣啭似的欢快动听的口哨声，又吹两声后打住了。窗帘拉开了。一张写着无家具房间出租的纸牌子，这时从窗框上滑了下去。窗口一亮，露出一只白白胖胖的乐善好施的手臂，手臂下面是白色的紧身衬裙和绷紧的内衣带。一只女人的手抛出一枚硬币，越过地下室前的栏杆，落在人行道上。

光脚孩子之一奔去拾起硬币，放在唱歌人的帽子里说：

——给您的，先生。

* * *

凯蒂和布棣·代达勒斯推开门，走进水气弥漫的闷热的厨房。

——你把书当掉了吗？布棣问。

站在锅台边的玛吉，用搅锅棍儿捅了两次，把一团灰不溜秋的东西塞进不断冒泡的肥皂水里，才擦了擦脑门上的汗水。

——他们一个子儿也不给，她说。

康眉神父在克朗高士的场地上散步，草茬把他穿着薄袜的脚脖子弄得痒痒的。

——你在哪家问的？布棣问她。

——麦吉尼斯。

布棣跺跺脚,把书包扔在桌子上。

——叫她的大脸长满癞疮！她骂道。

凯蒂走到锅台边,眯起眼睛往锅里瞅。

——锅里是什么？她问。

——衬衫,玛吉说。

布棣生气地大叫：

——老爷呀,咱们什么吃的也没有吗？

凯蒂用自己的脏裙子垫着手,揭起汤锅的盖子问：

——这里头又是什么？

回答她的是扑面而来的一团热气腾腾的烟雾。

——豌豆汤,玛吉说。

——哪儿弄来的？凯蒂问。

——玛丽·派特里克修女,玛吉说。

打杂的摇铃。

——砰唧！

布棣在桌子边坐下,迫不及待地说：

——快给我们吃吧。

玛吉端起汤锅,将黄色的稠汤倒进碗里。凯蒂坐在布棣的对面,一面用指尖把零碎的面包渣送进嘴里,一面安静地说：

——咱们有这个吃就不错了。迪莉到哪儿去了？

——去找父亲了,玛吉说。

布棣把大块的面包掰碎了放进黄色汤里,同时接茬儿说：

——咱们的不在天上的父亲。①

正往凯蒂碗里倒汤的玛吉惊叫起来：

——布棣！太不像话了！

利菲河上漂着一叶小舟,是一张揉皱了的传单**先知以利亚来了**,它轻盈地顺流而下,漂过环线桥下,飞速通过桥墩周围翻滚的湍流,又绕

① 被布棣窜改的祈祷文原是:“我们在天上的父亲,愿您的名被尊为圣……”。

过船体和锚链,在海关旧船坞和乔治码头之间向东漂去了。

*　　　　*　　　　*

桑顿水果鲜花商店的金发女郎窸窸窣窣地在柳条篮子里铺上垫衬。一把火鲍伊岚把那个包着粉色纸的瓶子和一个小罐子递给她。

——把这两样先放进去,好吗?他说。

——好的,先生,金发女郎说。水果放上面。

——行,好活儿,一把火鲍伊岚说。

她把圆鼓鼓的梨子一个接一个地摆得整整齐齐的,然后在空档子里放上羞红了脸的熟透的桃子。

一把火鲍伊岚穿着棕黄色新皮鞋,在果香四溢的店堂里东走走,西瞧瞧,凑近红艳艳、圆滚滚的西红柿摸一摸,拿起一些鲜嫩水灵的带褶果子闻一闻。

威、士、敦、希、利戴着白色高帽子,在他面前鱼贯而过,拖着沉重的脚步,走过坦及尔巷,向他们的目的地游动过去了。

他走到一屉草莓跟前,突然转过身来,从表袋里掏出金怀表,把表链抻直。

——你们可以搭电车送去吗?马上?

在商贾拱廊内,一个背影黑黢黢的人正在浏览书摊上的书。

——没有问题,先生。是在城里吗?

——是,一把火鲍伊岚说。十分钟的路。

金发女郎递给他一张纸条、一支铅笔。

——请您写下地址好吗,先生?

一把火鲍伊岚在柜台上写了纸条,推给女郎。

——马上送去,行不行?他说。是给病人的。

——行,先生。马上就送,先生。

一把火鲍伊岚把裤袋里的钱抖弄出欢快的哐啷哐啷声。

——该多少?他问。

金发女郎的纤纤手指数着水果。

一把火鲍伊岚的目光溜进了她胸前的衬衫敞口处。小雏儿。他从高脚杯里拿起一朵红色的石竹花。

——是给我的吗？他以调情的口气问。

金发女郎斜眼看了他一眼，见他那副穿戴阔绰而领结微歪的样子，脸红了一下。

——是的，先生，她说。

她俏皮地弯下腰去，重新去数那些圆鼓鼓的梨子和羞红的桃子。

一把火鲍伊岚用牙齿叼着那朵红花的花茎，以更大的兴趣盯着她的衬衫敞口处笑了。

——小姐，我可以对你的电话说句话吗？他调皮地问。

* * *

——Ma![1] 阿尔米丹诺·阿蒂凡尼说。

他隔着斯蒂汾的肩头，仰望着哥尔斯密的疙疙瘩瘩的脑袋。[2]

——Anch'io ho avuto di queste idee,[3]阿尔米丹诺·阿蒂凡尼说，quand'ero giovine come Lei. Eppoi mi sono convinto che il mondo è una bestia. È peccato. Perchè la sua voce… sarebbe un cespite di rendita, via. Invece, Lei si sacrifica. [4]

——Sacrifizio incruento,[5]斯蒂汾微笑着说。他托着白蜡手杖的中段，轻轻地、缓缓地左右摆动着。

——Speriamo,[6]圆脸的小胡子和气地说。Ma, dia: retta a me. Ci rifletta. [7]

---

① 意大利文：但是。

② 指爱尔兰出生的作家哥尔斯密（1730—1774）的雕像，在都柏林三一学院大门口。哥尔斯密曾在该院上学。

③ 意文：我像你这么年轻的时候。

④ 意文：也有你那种想法。我那时候就认为这个世界像是一头野兽。太可惜。因为你的嗓子……可以成为你的财源，明白吗？可是你要自我牺牲。

⑤ 意文：不流血的牺牲。

⑥ 意文：希望如此。

⑦ 意文：但是你听我的。想一想吧。

一辆从印契科[1]开来的电车听从了格拉顿石像用严厉的右手[2]发出的停车信号,从车上零零落落地下来了一些苏格兰高原士兵,都是军乐队员。

——Ci rifletterò,[3]斯蒂汾说着,低头看了一眼瓷实的裤腿。

——Ma,sul serio,eh?[4] 阿尔米丹诺·阿蒂凡尼说。

他的沉重的手紧紧抓住了斯蒂汾的手。一对富有人情的眼睛。这对眼睛以一种奇特的神情凝视了一忽儿之后,迅速转向一辆开往道尔盖的电车。

——Eccolo,[5]阿尔米丹诺·阿蒂凡尼匆忙而热情地说。Venga a trovarmi e ci pensi. Addio,caro.[6]

——Arrivederla,maestro,[7]斯蒂汾说。他的手一空,立即伸上去举帽。E grazie.[8]

——Di che?[9] 阿尔米丹诺·阿蒂凡尼说。Scusi,eh? Tante belle cose![10]

阿尔米丹诺·阿蒂凡尼举起指挥棒似的一卷乐谱打着招呼,迈开结实有力的裤腿向道尔盖电车追去。他白跑了,招呼也白打了,因为他刚好遇上那一群穿短裤露膝盖的高原兵,他们正挟着乐器,乱哄哄地拥进三一学院的大门。

---

① 印契科在都柏林西郊,该地有兵营。

② 格拉顿(1746—1820),爱尔兰政治家,爱尔兰独立议会的倡导者,因此议会大厦(后改为爱尔兰银行大厦)前有他的雕像,该像一手指向远方。

③ 意文:我想一想。

④ 意文:但是,当真的,啊?

⑤ 意文:就这样吧。

⑥ 意文:到我那儿去找我去。想一想。再见,好朋友。

⑦ 意文:再见,大师。

⑧ 意文:谢谢您。

⑨ 意文:谢什么?

⑩ 意文:原谅我,啊? 万事如意!

*　　　　*　　　　*

邓恩小姐把那本从卡佩尔大街图书馆借来的《白衣女人》[1]藏入抽屉深处，拿起一张花哨的信纸，卷进打字机。

故弄玄虚，太过分了。他究竟是不是爱上了另外那个人，那个玛莉恩呢？换一本吧，借一本玛丽·塞西尔·海依[2]的。

圆片顺槽而下，摇晃了一忽儿之后才停住，冲他们瞪着大眼：六。

邓恩小姐嘀嘀嗒嗒地敲动了打字机键盘：

——一九〇四年六月十六日。

在莫尼彭尼商号的街角和没有沃尔夫·托恩雕像的石板[3]之间，五个戴着白色高帽的活动广告人，像鳝鱼一样转回了威、士、敦、希、利的行列，又拖着沉重的脚步，按原样回去了。

然后，她瞪着专演俏皮女角的漂亮女演员玛丽·肯德尔的大幅招贴画愣了一忽儿神，无精打采地倚在桌子上，在记事板上随手画一些十六和大写字母S。芥末色的头发，花里胡哨的脸颊。她其实并不好看，是不是？瞧她提着屁股上那条小短裙的德性！不知道那人今天晚上到不到乐队去。要是能设法让裁缝依照苏西·内格尔那种百褶裙，给我也做一条才好呢。飘动起来妙极了。香农和划船俱乐部那些时髦人物，个个都把眼睛盯住了她。但愿老天爷今天别让他把我拴到七点吧。

电话铃粗鲁地在她耳边大响起来。

——喂。对，先生。没有，先生。是的，先生。我五点之后就给他们打电话。只有那两封，先生，一封给贝尔法斯特，一封给利物浦的。好的，先生。那么要是您不回来，我六点以后就可以走了。六点一刻。好吧，先生。二十七先令六。我告诉他。对，一镑七先令六。

她在一个信封上记下了三个数字。

---

① 《白衣女人》是英国作家威尔基·柯林斯写的惊险小说，于一八六〇年出版。

② 海依（1840—1886）是主要写恋爱故事的女小说家。

③ 托恩（1763—1798）是一位爱尔兰革命家，在一七九八年革命失败时牺牲。一百年后都柏林曾准备树立雕像以为纪念，并已在格拉夫顿街对面广场奠基，但雕像始终未建。莫尼彭尼商号和第五节中提到的水果鲜花店均在此街。

——鲍伊岚先生！喂！《体育报》那位先生来找过您。是的，是莱纳汉先生。他说他四点钟到奥蒙德饭店。没有，先生。好的，先生。我五点以后给他们打电话。

*　　　　*　　　　*

一个小小的火把，照着两张红通通的脸庞转进来了。

——谁呀？内德·兰伯特问。是克罗蒂吗？

——林加贝拉和克罗斯黑文，两人之一用脚探着路说。

——唷，杰克，是你来啦？内德·兰伯特说着，在阴影幢幢的拱顶之间举起了手中的柔韧木条表示欢迎。

——来吧，小心脚底下。

牧师擎着的那根涂蜡火柴，这时全烧完了，发出一道柔软的长火焰落到了地上。火柴的暗红斑点在他们的脚边熄灭，带霉味的空气包围了他们。

——多有意思呵！一个口音纯正的声音在幽暗中说。

——可不是吗，先生，内德·兰伯特兴致勃勃地说。咱们现在站着的地方，就是圣玛利亚修道院的会议厅，这是有历史意义的地方，一五三四年绸服托马斯就是在这里宣布造反的①。这是全都柏林最富有历史意义的地点。奥马登·伯克打算不久之后就要写一篇文章专门谈这个问题。联合②之前的老爱尔兰银行就在对面；原来犹太人的圣殿也在这儿，后来才到阿德莱德路去盖自己的会堂的。杰克，你从没有来过这儿，是吧？

——是的，内德。

——他是骑着马经过贵妇道来的，那个口音纯正的声音说，如果我的记忆力还靠得住的话。基尔代尔家的府第是在托马斯大院。

——不错，内德·兰伯特说。一点也不错，先生。

——那么，如果您不嫌麻烦的话，牧师说，下次是不是也许可以允

---

① “绸服托马斯”见65页注⑦。

② 指一八〇〇年爱尔兰议会并入英国议会。嗣后爱尔兰银行即迁至原议会大厦。

许我……

——没有问题，内德·兰伯特说。请您随时带着照相机来，什么时候都行。我可以让人把窗口那些口袋挪开。您可以在这儿照，或是在这儿照。

他在仍很微弱的光线中来回走动，挥舞着他的木片，在这儿拍拍成垛的种子口袋，在那儿指指照相取景的好地点。

一方棋盘，对着它的是一张长脸，脸上的大胡子和凝视的目光都落在棋盘上。

——多谢您的关照，兰伯特先生，牧师说。我不愿侵占您的宝贵时间……

——欢迎您来，先生，内德·兰伯特说。您愿意什么时候来都行。譬如说，下星期吧。看得见吗？

——看得见，看得见。下午好，兰伯特先生。我能认识您很高兴。

——我更高兴，先生，内德·兰伯特回答说。

他把客人送到出口，然后把手中的木片远远地往圆柱那边一扔。他和杰·J. 奥莫洛伊一起，慢慢地走进玛利亚修道院。这里停着几辆大车，韦克斯福德的奥康纳公司的，大车车夫们正在往上装载用麻袋装的角豆面和椰干面。

他站住了读手中的名片。

拉思科非，可敬的休·C. 洛夫。现住址：萨林斯的圣米迦勒教堂。挺不错的年轻人。他正在写一本关于菲茨杰拉德家族①的书，他告诉我的。他对历史很有研究，确实的。

那个年轻女子正在仔细地从自己的轻飘飘的裙子上摘掉一根细小的树枝。

——我还以为你在搞一个新的炸药案件②呢，杰·J. 奥莫洛伊说。

内德·兰伯特举起手，打了一个响榧子。

——天主呀！他失声叫道。我忘了告诉他基尔代尔伯爵放火烧毁

---

① 菲茨杰拉德家族是爱尔兰的望族，基尔代尔伯爵的家系是该族大系之一。

② “炸药案件”指一六〇五年英国天主教徒在英国国会大厦下埋炸药企图炸死英王的事件。

卡舍尔大教堂①之后说的那段话。你知道他那一段吗？**我这件事办的实在是他妈的对不起人，他说，可是天主在上，我真的以为大主教在里头呢**。不过，他听了可能不会喜欢的。怎么样？天主呀，我还是得告诉他。那就是那位大名鼎鼎的伯爵，菲茨杰拉德莫尔②。他们全是烈性子，杰拉尔丁③这一家子。

路旁那些马匹在他走过时有些受惊，不安地抖动着松弛的马具；他伸手拍拍身旁一匹花马的发颤的屁股，喊了一声：

——哗，好小子！

他转脸问杰·J.奥莫洛伊：

——怎么样，杰克。有什么事？出了什么问题？等一下。站住。

他张大嘴巴，脑袋使劲向后仰着，一动也不动地站了一忽儿，然后大声地打了一个喷嚏。

——阿嚏！他说。要命！

——是这些麻袋弄出来的尘土，杰·J.奥莫洛伊有礼貌地说。

——不是，内德·兰伯特喘着气说，我前晚受……一点儿凉……真要命……前天晚上……而且今天……上午……

他举着手帕作好应急的准备……

——我去参加……那个可怜的小……叫什么来着……葛拉斯内文④……阿嚏！……摩西他娘哟！

* * *

穿暗红色坎肩的汤姆·罗奇福德一手托着一摞圆片，顶在胸前，另一只手取了最上面的一片。

——你们瞧，他说，比方说是第六个节目吧。从这里进去，瞧。现演节目。

---

① 第八代基尔代尔伯爵（1477—1513）在当时的爱尔兰声势显赫，飞扬跋扈，于一四九五年与大主教冲突时放火烧毁大教堂。

② “莫尔”是爱尔兰语，在此处意为“大人物”。

③ 杰拉尔丁即菲茨杰拉德。

④ 在都柏林北郊，即前景公墓所在地。

他让他们看他把那一片塞进左边的口子。那片东西顺槽而下，摇晃了一忽儿之后停住，冲他们瞪着大眼：六。

昔日的法律界人士，有的傲视一切，有的慷慨陈词，他们看见里奇·古尔丁挟着古尔丁—考立斯—沃德律师事务所的账目皮包，从统一审计办公室出来，进入民事诉讼法庭。他们又听到一位年长的妇女窸窸窣窣地从高级法院海事庭出来，进了上诉法庭，她穿一条十分宽大的黑色绸裙，脸上挂着半信半疑的微笑，露出一口假牙。

——瞧见了吗？他说。瞧，我刚才放进去的那一片已经到这边来了：已演节目。撞击力。杠杆作用，明白了吗？

他让他们看右边那一摞圆片在增高。

——这主意高，长鼻头弗林吸着鼻子说。这么一来。晚到的人一眼就能看清现在上演哪个节目，已经演过了哪些节目。

——看明白了吧？汤姆·罗奇福德说。

他又塞进去一片，自己看着它滑下，晃动，瞪眼，停住：四。现演节目。

——我现在就到奥蒙德饭店去找他，莱纳汉说，试探试探。好有好报。

——好，汤姆·罗奇福德说。你告诉他，我都鲍不及待了。

——晚安，麦考伊突然说。你们俩说开了头……

长鼻头弗林俯身凑近那个杠杆去闻它。

——可是这地方是怎么一个机关呢，汤米？他问。

——土啦路①，莱纳汉说，回头见。

他跟在麦考伊后面，穿过克兰普顿大院的小小广场。

——他是个英雄，他简单地说。

——我知道，麦考伊说。你指的是排水管的事吧。

——排水管？莱纳汉说，是下了一个地沟口。

他们走过丹·劳里音乐杂耍场，看到专演俏皮女角的漂亮女演员玛丽·肯德尔从海报上对他们做出一副画工拙劣的笑容。

---

① 类似“土啦仑”，此处用作打招呼。

他们走到锡卡莫街上,沿着帝国音乐杂耍场旁边的人行道走着,莱纳汉原原本本地向麦考伊讲述了事情的经过。有一个地沟口,就像那种可怕的煤气管道一样,一个倒霉家伙硬是陷到了里头去,阴沟的臭气已经把他熏得半死不活了。汤姆·罗奇福德不顾死活,他那经纪人坎肩什么的全都顾不上脱,一头就扎了进去,身上绕着绳子。可真行啊,他真把绳子套住了倒霉蛋,两人都给拽了出来。

——真英雄,他说。

他们走到海豚饭店门口站住了,让救护车从他们身边急驰而过,向杰维斯街的方向驶去。

——走这边,他说着靠右边走去。我想到莱纳姆那儿看一眼权杖①的起价。你的金表金链几点了?

麦考伊探头往马库斯·特金斯·摩西的幽暗的办事处内张望了一下,又去看奥尼尔茶叶店的钟。

——三点多了,他说。谁骑权杖?

——奥·马登,莱纳汉说,那是匹敢拼的小牝马。

麦考伊在圣殿街等他的时候,轻轻地用脚尖拨弄人行道上的一块香蕉皮,把它拨进了路沟。谁喝了两杯黑夜里走到这儿,可他妈的太容易摔个鼻青脸肿了。

车道前的大门敞开了,为总督出行的车马开道。

——一赔一,莱纳汉回来说。我在那儿撞见了班塔姆·莱昂斯,他准备押一匹该死的马,别人告诉他的,可是那是一匹根本没有希望的。从这里穿过去。

他们跨上几步台阶,进了商贾拱廊。有个人正在浏览书摊上的书,背影黑黢黢的。

——就是他,莱纳汉说。

——不知道他在买什么,麦考伊回头瞥了一眼说。

——买一本《利奥波尔德,黑麦开花了》②,莱纳汉说。

---

① "权杖"是一匹参加金杯赛的马。

② 《黑麦开花了》是歌曲名,其中"开花"一词(bloom)与"布卢姆"相同。

——买便宜货他可是没有比,麦考伊说。有一天我和他在一起,他在利菲街一个老头儿那里花两先令买了一本书。书里头那些精彩的图片就值这个数的一倍,有星辰,有月亮,还有带长尾巴的彗星。天文学的书。

莱纳汉笑了起来。

——我告诉你一段特别有趣的彗星尾巴故事吧,他说。咱们走太阳地儿。

他们过马路走到铁桥边,沿河堤边的惠灵顿码头走着。

派特里克·阿洛伊修斯·狄格南小朋友从曼根(原费伦巴克)猪肉店出来,手中拿着一磅半猪排。

——那回郊外有个盛会,在格伦克里感化院,莱纳汉兴致勃勃地说。一年一度的盛会,你知道。礼服笔挺的场合。市长出席了,当时是瓦尔·狄龙。查尔斯·卡梅伦爵士和丹·道森都讲了话,还有音乐。巴特尔·达西唱了,本杰明·多拉德……

——我知道,麦考伊插嘴说。我太太也在那儿唱过。

——是吗?莱纳汉说。

一张*无家具房间出租*的纸牌,重新出现在埃克尔斯街七号的窗框上。

他停了一下嘴,发出一阵气喘吁吁的笑声。

——别忙,等我告诉你,他说。坎姆登街的德拉亨特食品店负责供应酒菜,在下是勤杂司令。布卢姆夫妇也参加了。我们摆出来的东西可海了:红葡萄酒、雪利酒、陈皮酒。我们可没辜负那些好酒,喝得又猛又痛快。喝过之后,又来吃的。大片的凉肉管够、百果馅儿的烤饼……

——我知道,麦考伊说。我太太参加的那一年……

莱纳汉热烈地挽住了他的胳膊。

——别忙,等我告诉你,他说。后来玩够之后,我们又吃了一顿夜宵,出来的时候都已经是一夜之后的清早几点了。回家路过羽床山,那冬夜的景色可真是美不胜收。布卢姆和克里斯·卡利南坐在车子的一边,我和他太太坐另一边。我们唱起歌来,四部合唱,二重唱:《瞧吧,黎明的微光》。她的肚带下面灌足了德拉亨特的红葡萄酒,每次那该死的车子一颠，她都撞在我身上。好家伙！她那一对儿可真够意思，天主保佑她。这么大。

他伸出两只手，凹着掌心放在胸前一英尺半的地方，皱着眉头说：

——我不断地帮她把她的坐垫塞好，给她整理身上披的裘皮围巾。明白我的意思吗？

他的两只手塑造着丰满的空气曲线，高兴得两眼紧闭，身体蜷缩，嘴上吹出小鸟欢叫的声音。

——小家伙都立正了，他说着，叹了一口气。那女人是个骚货，没错。布卢姆正对着天上指指点点，给克里斯·卡利南和车夫讲各种各样的星辰和彗星：什么大熊座呀、武仙座呀、天龙座呀，等等云云，不亦乐乎。可是天主哪，我可好比是落在银河里头，不知东南西北了。他全都知道，真格的。最后，她找到了一颗小极了的小星星，老远老远的。**那颗是什么星呢，波尔迪？**她说。天主哪，她可把布卢姆难住了。**那颗吗？**克里斯·卡利南说，**那可以说是个针眼儿，没有错儿**。天主哪，他说的倒真是不太离谱儿。

莱纳汉站住了，倚着河堤笑得喘不过气来。

——我受不了了，他大口地喘着气说。

麦考伊的白脸偶或微微一笑，又露出庄重的神色。莱纳汉又继续往前走。他脱下头上的游艇帽，迅速地搔了几下后脑勺，迎着阳光侧过脸去瞥了麦考伊一眼。

——倒是一个有教养的全面发展的人，布卢姆这个人，他认真地说。他不是那种大路货，你知道……布卢姆老兄倒是有那么一点艺术家气质的。

*　　　*　　　*

布卢姆先生随意翻翻《玛丽亚·蒙克揭露的骇人真相》①，又翻翻亚里士多德的《杰作》②。歪歪扭扭、乱七八糟的印刷。图片：一个个血

---

① 一本揭露加拿大天主教修女院内情的书，一八三六年纽约出版，后被指控为捏造。

② 这是一本谈性的伪科学书，假托亚里士多德之名，十七、十八世纪期间曾在英国流行。

红的子宫，像从新宰的母牛身上取下的肝脏似的，里面是蜷成一团的婴儿。此时此刻，全世界正有许许多多婴儿处于这种状态。都在努力用脑袋往外顶。每分钟都有孩子在某个地方出生。普里福伊太太。

他把两本都放下，目光又落在第三本上：利奥波尔德·封·扎赫尔-马索赫[1]的《犹太人区的故事》。

——这本我看过了，他把书推开说。

书摊老板又在柜台上撂下两本。

——这是两本好书，他说。

他的口腔已经毁坏，隔着柜台可以闻到他呼吸中的洋葱味。他弯腰把另外那些书捆成一捆，顶在敞开纽扣的坎肩前面，抱到灰不溜秋的帷幕后面去了。

在奥康内尔桥上，许多人都对舞蹈等科教师丹尼斯·J. 马金尼仪态庄重而衣着花哨的模样侧目而视。

布卢姆先生独自在书摊上看书名。詹姆斯·洛夫伯奇[2]的《美貌的暴君》。知道是什么性质的书。看过吧？看过。

他打开书。果然。

灰暗的帷幕后面，有女人说话的声音。听：那个男的。

不行：她不会喜欢那么厉害的。有一次给她弄去过。

他看另一本书的名字：《偷情的乐趣》。这还比较对她的胃口。咱们看一看。

他信手翻到一个地方看起来。

——她丈夫给她的钞票，她全都上街花了，买了奇妙的衣裙，还有最昂贵的花饰。为了他！为了拉乌尔！

行。这本吧。这儿。试试。

——她的嘴巴紧紧地贴在他的嘴上，给了他一个甜蜜性感的吻，同时他的双手伸到她的睡衣里面，去摸那丰满的曲线。

行。就要这本。结尾呢。

---

① 扎赫尔-马索赫（1836—1895），德国小说家，以描写受虐狂的变态心理知名。

② “洛夫伯奇”可以理解为“爱（鞭打用的）桦树枝”，因此曾有不止一个描写受虐狂的作者以此为笔名。

——你晚了。他声音嘶哑地说,眼睛盯着她,闪出怀疑的光芒。

美貌的妇人脱掉貂皮镶边的披肩,露出王后般的肩膀和隆起的丰盈体态。她镇定自若地转过身来对着他,鲜花般的嘴唇边游动着一丝难于觉察的微笑。

布卢姆先生再看一遍:美貌的妇人……

他逐渐感到全身灼热,肉体受到一种压力。在压皱了的衣服中间,肉体毫无保留地交了出来;眼珠昏厥似的翻了上去。他的鼻孔像捕捉什么似的拱了起来。胸脯上是酥软的润肤油膏(为了他!为了拉乌尔!)。腋窝下是洋葱味的汗水。鱼胶似的黏液(她的隆起的丰盈体态!)。摸吧!紧挤着吧!压碎了!琉璜狮粪!

青春!青春!

一位青春已逝的年长妇女,从大法院、高级法院、税务法庭和高级民事法院合用的大楼里出来。在大法官的法庭里,她旁听了波特顿精神错乱案;在海事法庭,听了凯恩斯夫人号船主对莫纳号三桅帆船船主一案的传唤和一方当事人的陈诉;在上诉庭,听了法庭关于暂缓审判哈维对海洋事故保险公司一案的决定。

书摊后面一阵带痰的咳嗽,声震屋宇,把灰暗的帷幕都震得鼓起来了。老板那未经梳洗的灰白脑袋钻了出来,胡子拉碴的脸颊咳得通红。他不管不顾地大声吼着痰,往地上吐了一口,伸出脚来,用靴底把痰蹭了一蹭,然后弯下腰去,露出一个皮肤粗糙的头顶,上面只有几根头发。

正好让布卢姆先生看。

他控制住自己的呼吸困难,说:

——我就要这本。

老板抬起一双见风流泪的眼睛。

——《偷情的乐趣》,他轻扣着书说,这是本好书。

* * *

狄龙拍卖行门口的打杂工人又摇了两下手铃,然后对着衣柜门上写着粉笔字的镜子,看了看自己的模样。

在人行道边徘徊的迪莉·代达勒斯听到了铃声,也听到了里面拍卖人的喊叫声。四先令九。多漂亮的帘子呀。五先令。多惬意的帘子。新货卖价整整两畿尼。五先令。有加的吗？五先令卖了。

打杂的又举起铃子，摇了一摇：

——嘭唧！

末圈铃声嘭的一响，半英里自行车赛的运动员冲刺起来。J. A. 杰克森、W. E. 怀利、A. 芒罗、H. T. 盖汉，个个把脖子伸得老长，摇晃着脑袋，拼命地抢过学院图书馆旁的一段弯道。

代达勒斯先生扯着长长的八字胡，从威廉斯横街转过来了，走到他女儿旁边才站住。

——也该来了，她说。

——看在吾主耶稣的面上，把你的身子站直了吧，代达勒斯先生说。你是想学你那个吹短号的约翰舅舅，脑袋紧缩在肩膀上，还是怎么的？伤心的天主呀！

迪莉耸了耸肩膀。代达勒斯先生两手按住她的肩膀向后扳。

——站直了，闺女，他说。你会得脊柱弯曲症的。你知道你是什么样子吗？

他突然把头往下一沉，往前伸了出去，同时拱起肩膀，垂下了下颌。

——算了吧，父亲，迪莉说。人们都在看你呢。

代达勒斯先生站直了身子，又去扯他的八字胡。

——你弄到钱了吗？迪莉问。

——我到哪儿去弄钱去？代达勒斯先生说。都柏林全市没有一个人肯借给我四便士的。

——你弄到了一些钱，迪莉盯住他的眼睛说。

——你怎么知道？代达勒斯先生躲躲闪闪地问。

克南先生对于自己弄到的定货十分高兴，得意洋洋地在詹姆斯大街上走着。

——我知道你弄到了，迪莉回答。刚才你是在苏格兰酒店里吧？

——我就是没有去，代达勒斯先生笑着说。是那些小尼姑教你这么顶撞的吗？给。

他递给她一个先令。

——看这点钱够你们干点儿什么的吧，他说。

——我估计你弄到了五先令，迪莉说。再给我一些。

——等着吧，代达勒斯先生用威胁的口气说。你跟她们那一伙都一样，是不是？打从你们那可怜的妈去世之后，你们都成了一帮蛮横无理的小母狗。可是你们等着瞧吧。早晚我得让你们全都来个干脆利落，叫你们痛快。给我耍无赖！我把你们都扔了。就是我挺了腿儿，你们也不会在乎的。他死了。楼上那家伙死了。

他离开了她，径直往前走去。迪莉快步赶上，拉住了他的上衣。

——咦，怎么回事？他站住了说。

打杂的正在他们背后摇铃。

——嘭啷！

——叫你的大吵大闹的倒霉灵魂不得好下场，代达勒斯先生转过头去骂他。

打杂的知道在说他，铃就摇得没劲了，铃舌无精打采地耷拉下去：

——嘭！

代达勒斯先生瞪着他。

——你瞧这家伙，他说。有一点意思。看他让不让咱们讲话。

——你弄到的钱不止这么点儿，父亲，迪莉说。

——我要给你们变个小小的戏法，代达勒斯先生说。当年耶稣怎么丢下的犹太人①，现在我也要照样丢下你们这一帮子。看吧，我总共就这么多。我从杰克·帕尔那里弄到了两先令，为参加葬礼我花两便士刮了个脸。

他烦躁地掏出一把铜币。

——你不能到什么地方去找点儿钱吗？迪莉问。

代达勒斯先生想了想，点点头。

——我找，他严肃地说。刚才我在奥康内尔大街的街沟里找了一路。现在我再找找这一条街。

---

① 因为犹太人不把耶稣当救世主，甚至要求把他钉死在十字架上，所以按基督教观点，耶稣之死使犹太人永遭天谴。

——你真逗乐,迪莉咧着嘴说。

——给,代达勒斯先生说着,递给她两个便士。你去买一杯牛奶喝,再买个小面包什么的。我一忽儿就回家。

他把剩下的硬币放回口袋,又继续往前走。

总督的车马出了凤凰公园大门,门边站着毕恭毕敬的警察。

——我敢肯定你还有一个先令,迪莉说。

打杂的使劲地摇起铃来。

代达勒斯先生在震耳的铃声中走开了。他噘着嘴,细声细气地自言自语:

——那些小尼姑们!好样儿的小妮子们!她们是肯定不帮忙的了!真的,肯定不帮了!是吧,莫妮卡小姊妹[①]!

* * *

克南先生从日晷台往詹姆斯门走去。他为普尔布鲁克·罗伯岑公司搞到了这笔定货,心里很高兴,得意洋洋地沿着詹姆斯大街,走过了沙克尔顿面粉厂的营业处。到底把他说服了。您好哇,克里明斯先生[②]?再好也没有了,先生。我还以为您也许在品利口您那个分号那儿呢。买卖怎么样?凑合着能活着呗。最近的天气真不错。是的,真是不错,对农村好。那些农民呀,总是发不完的牢骚。您的杜松子酒最好,我来一小杯就行了,克里明斯先生。小小的一杯,先生。真的,先生。斯洛克姆将军号爆炸事件[③],真可怕,太可怕,太可怕了。死伤一千人。惨不忍睹的场面。一些男人把妇女儿童都踩倒了。残酷之极。说是什么原因来着?自燃。暴露出来的情况简直是不像话。救生艇没有一只能浮在水上,水龙带全是破的。我不明白那些检验员怎么能允许这样的一条船……您说的是正理儿,克里明斯先生。您知道这是怎么回事吗?买通了关节。难道不是事实吗?毫无疑问。好吧,请看吧。美国据说还是自由人的国家哩。我原来以为咱们这儿是够糟的了。

---

① 代达勒斯家附近有一圣莫妮卡寡妇救济院。

② 克里明斯为詹姆斯街茶叶和酒类商号老板。

③ 斯洛克姆将军号,即第八章提及的纽约着火惨案邮轮,见 233 页注①。

我对他笑笑。美国吗,我不动声色地说,就是这个样子。怎么回事吗?每一个国家都有垃圾,咱们也不例外。难道不是这样吗?这是事实。

贿赂吗,我的好先生。可不是吗,哪儿有钱,那儿就准有人伸手捞钱,没错。

我看到他注意我的大礼服了。人要衣装。穿戴漂亮最管用。把他们镇住了。

——你好,赛门,考利神父说。情况怎么样?

——你好,鲍勃,老朋友,代达勒斯先生站住了和他打招呼。

克南先生在彼得·肯尼迪理发馆那面倾斜的大镜子前站住,整理了一下衣冠。礼服剪裁入时,毫无疑问。道森街的司各特①,我只付给尼亚里半镑,太值了。新做无论如何三畿尼下不来。我穿着再合身也没有了。原来大概是基尔代尔街俱乐部②哪位时髦绅士的衣服。昨天在卡莱尔桥上,海勃尼亚银行经理约翰·马利根特别注意地看了我一眼,好像有点记得我似的。

呵哈!在这些人面前,穿戴必须符合身份。马路骑士。绅士。好吧,克里明斯先生,希望我们以后继续得到您的光顾,您哪。正如俗话说的,喝了只会助兴,不会醉人的③。

北堤和约翰·罗杰森爵士码头④,正在带着船舶和锚链徐徐向西航行;使它们航行的是一叶扁舟,一张揉皱了的传单,在渡口的波涛上颠簸着,先知以利亚来了。

克南先生对镜中的容貌作了临别的一顾。红光满面,当然的。花白的八字胡。印度服役归来的军官⑤。他挺起胸膛,雄赳赳地端着粗短的身子,迈动戴鞋罩的双脚开步走了。马路那边是内德·兰伯特的

---

① 这是都柏林有名的高级服装店。

② 这是当时都柏林最上等的俱乐部。

③ “只会助兴,不会醉人”是英国一位诗人对茶叶的赞美词。

④ 北堤在利菲河东端入海处北岸,爵士码头与之隔河相对。

⑤ 胡子花白而脸色红黑,是曾在英国驻印度殖民军中长期服役者的特点之一,克南以酒后脸色类似驻印军官为荣。

弟弟萨姆吧？是不是？是的。他就是这么个讨厌鬼。不对，是那边那辆汽车的挡风玻璃在太阳下的反光。就是那样的一闪。活像是他。

呵哈！用杜松子汁提炼的热性子东西下了肚，肠子里暖烘烘的，连呼出来的气儿都是暖的。一口好酒，实在的。礼服后面的燕尾，随着他的肥胖的阔步，一闪一闪地在明亮的阳光中眨眼。

埃米特[①]就是在那地方绞死了又五马分尸的。又黑又腻的绳子。总督夫人坐马车经过，还看到一些狗在舔街上的血哩。

那种时代才糟糕呢。唉呀，唉呀，过去了，结束了。那些人喝酒也喝得凶。四瓶的量。

让我想一想。他是埋葬在圣迈肯教堂[②]的吗？不对不对，葛拉斯内文倒有一次半夜入葬的事。尸首是通过围墙上的一个暗门运进去的。狄格南现在就在那地方。风中之烛，说灭就灭。唉呀，唉呀。最好从这里拐弯。绕一点儿路吧。

克南先生在吉尼斯啤酒厂接待室的街角上转弯，顺着沃特林街的下坡路走去。在都柏林烧酒厂门市部外停着一辆外座车，既没有乘客也没有车夫，缰绳拴在车轮上。这种干法太他妈的危险了。从蒂珀雷里[③]来的什么倒霉蛋，拿都柏林人的性命开玩笑。马跑了怎么办？

丹尼斯·布林抱着他那两部大书，已经在约翰·亨利·门顿的事务所等了一小时，等腻了又带着老婆走过奥康内尔桥，去找考立斯—沃德律师事务所。

克南先生走到了离岛街不远的地方。多事的年代。一定得向内德·兰伯特借乔纳·巴林顿爵士[④]的那一套回忆录来看看。通过一种回顾性的安排，现在可以追溯一下往事。戴利俱乐部[⑤]的赌博。那时

① 爱尔兰爱国志士埃米特（参见149页注③）起义失败后，在离此地不远的教堂前遭难。

② 该教堂地下灵堂内葬有许多爱尔兰革命志士的尸骨，但一年前（1903年）埃米特牺牲一百周年时曾在此寻找遗体，并未找到。

③ 都柏林西南方向的一个郡府。

④ 巴林顿（1760—1834）为爱尔兰国会议员，曾积极参与反对英爱联合议会的斗争，著有两部回忆录，共五卷。

⑤ 这是十九世纪初期都柏林市以吃喝玩乐闻名的俱乐部。

还没有在牌桌上搞骗局的呢。一个家伙还是被人家用匕首把手钉在牌桌上了。爱德华·菲茨杰拉德勋爵①就是在这一带逃脱保安队长塞尔的圈套的。莫伊拉府后的马厩。②

好酒,那一杯杜松子。

好一个生气勃勃的青年贵族。出自名门,当然。出卖他的是那个坏蛋,那个戴紫色手套的冒牌乡绅③。自然他们是站错了边。他们从黑暗和苦难中站起来。一首好诗英格拉姆④。他们是正派的人。本·多拉德唱的那首歌谣,实在是动人心弦。曲尽其妙。

我爹爹牺牲在罗斯攻城战⑤。

彭布罗克码头⑥上有一队车马在轻快地行驶,侍从们骑着马,纵马,纵马奔腾,前呼后拥。一件件大礼服,一把把奶油色的遮阳伞。

克南先生急急忙忙地往前赶,跑得上气不接下气的。

总督阁下!太糟了!刚刚错过。该死!多可惜呀!

* * *

斯蒂汾·代达勒斯透过铁丝网加固的橱窗,看着宝石匠人的手指检验一条陈旧乌暗的链子。窗子上,陈列盘里,到处都是尘土布下的网。勤劳的手指,鹰爪似的指甲,也都灰仆仆的沾满了尘土。一盘盘颜色暗淡的铜丝、银丝、一方方的朱砂,以至红宝石,那些带鳞状白斑的和暗红色的宝石,全都积满了尘土。

这些全都出于阴暗多蛆的泥土,火焰的冷斑,邪物,在黑暗中闪亮

① 爱德华·菲茨杰拉德(1763—1798)是爱尔兰一七九八年起义的领袖。起义失败后被追捕时曾在此地附近逃脱(后仍被捕获并死于狱中)。

② 莫伊拉伯爵是菲茨杰拉德的朋友,菲被追捕期间曾在他府后的马厩中与妻子相会。

③ 据说向保安队告密出卖菲茨杰拉德的人名叫希金士,此人曾冒充乡绅诱骗一个都柏林女人。

④ 英格拉姆(1823—1907)是爱尔兰诗人,前句“他们从黑暗和苦难中站起来”引自英格拉姆纪念一七九八年起义的诗《念死者》。

⑤ 此句出自歌谣《短发的少年》,参见119页注①。

⑥ 彭布罗克码头在利菲河北岸,与克南所在的华特林街隔河相望。

的光点。被逐出天堂的大天使们，把头顶上的星星①扔在那儿了。一些肮脏的猪嘴，一些脏手，在那里挖了又挖，把它们从泥土中抠出来，抓在手中。

她在一片污浊幽暗之中舞蹈。在这里，大蒜辣得牙床生痛。一个留赤褐色大胡子的水手，一边小口小口地啜着缸子里的甘蔗烧酒，一边使劲地盯着她。长期在海上喂养起来的、默默无声的淫欲。她跳着，蹦着，扭着腰，摇摆着母猪似的屁股，粗大的肚皮上扑动着一块鸟卵似的红宝石。

老拉塞尔用一块龌龊的油鞣革，把手里的宝石擦得又露出了光泽，然后把它转动一下，举在摩西式长胡子的尖端处端详。猿猴爷爷欣赏偷来的秘藏财宝。

而你这个从埋藏地挖掘古老形象的人，又怎么样呢？诡辩家的胡言乱语：安提西尼②。无人问津的学识。东方的不朽的小麦长在地里，从永恒到永恒。

两个老婆子刚刚吸够了带咸水味的空气，慢慢地沿着伦敦桥路穿过爱尔兰区，一个拿着一把沾满砂粒的疲惫的雨伞，另一个提着一只接生婆用的皮包，包里滚动着十一枚蛤蜊。

从电力站里传出皮带拍打的呼呼声和发电机的嗡嗡声，促使斯蒂汾往前走。没有生命的生命。打住吧！身外有永远不停的搏动，内部也有永远不停的搏动。你所歌咏的你自己的心。而我就在这二者之间。在什么地方？就在这两个闹哄哄地团团转动的世界之间，我。干脆把它们砸烂，统统砸烂吧。可是一拳下去，把自己也震晕了。你来吧，你做得到的，你把我砸烂了吧。我就说你又是老鸨，又是屠夫。等一等，先别动手。四周看一看再说。

是的，确实如此。很大，很了不起，走得准极了③。您说的不错，先生。一个星期一的上午。一点儿也不错④。

---

① 传说地下的宝石是从天堂逐出的天使仙冠上的星星变的。

② 安提西尼是古希腊哲学家，参见 191 页注②。

③ 斯蒂汾这时正走过一家钟表店。

④ “您说的……一点儿也不错”是莎剧《哈姆雷特》中哈为了愚弄波洛涅斯而向他的朋友说的几句无头无脑的话。

斯蒂汾走进了贝德福德横街，一边走一边用白蜡手杖的把儿磕打着自己的肩胛骨。他的目光落在克洛希赛书店的橱窗里，看到一张褪了色的一八六〇年的照片，希南对塞耶斯的拳击比赛①。拳击场的围绳四周，站满了戴方帽子的助威者，都瞪着大眼。两个重量级拳击手，都穿着绷紧的小裤衩，彼此以球形的拳头相敬。它们也在搏动：壮士们的心脏。

他转过身去，在斜立在街边的书车前站住了。

——两便士一本，摆摊的说。六便士四本。

破烂的书页。《爱尔兰养蜂家》、《亚尔教区牧师生平奇迹》、《基拉尼导游手册》。

说不定可以在这儿找到一本我在学校得的奖品，当掉了的。Stephano Dedalo, alumno optimo, palmam ferenti. ②

康眉神父的九时课已经诵读完毕，现正穿过唐尼卡尼小村，口里在念念有词地做晚祷。

大约是因为装帧太好，不合适。这是什么？摩西经书的第八、第九卷③。秘密中的秘密。大卫王的印章④。书页已经翻脏，多少人阅读过的。我来以前有谁来过？手上龟裂皮肤的软化方法。白葡萄酒醋制造方法。赢得女性爱情秘方。这个我有用。合掌诵念下列咒语三遍：

——Se el yilo nebrakada femininum! Amor me solo! Sanktus! Amen. ⑤

这是谁写的？最圣洁的修道院长彼得·萨兰卡秘藏符咒和祈祷文，专供一切真诚信徒享用。比得上任何其他修道院长的符咒，例如那

---

① 这是英国十九世纪的一次有名的激烈拳击赛，打了两小时之久，也是英国最后一次老式比赛（比现在的更野蛮）。

② 拉丁文：年级奖，奖给优秀学生斯蒂汾·代达勒斯。

③ 《圣经·旧约》中的前五卷常被称为《摩西经书》，因为据犹太人相传，这五章是摩西编写的。然而传说摩西另有数卷秘传经书，因而欧美市场上常有借此名义出版的书籍，一般都登载法术、秘方之类的内容。

④ 大卫是《圣经·旧约》中记载的古以色列国王，所谓"大卫王印章"是犹太教的吉祥图案，是两个三角形组成的六角形。

⑤ 混合西班牙语、中古时期的西班牙阿拉伯语和错别字的咒语：上帝保佑的女性的小天堂呀，请你只爱我一人！神圣的！阿门！

位说话含含糊糊的约阿基姆。下去吧,秃老亮,要不我们拔光你的毛。

——你在这儿干吗,斯蒂汾?

迪莉的高耸的肩膀、破旧的连衣裙。

快合上书。不让看。

——你干什么?斯蒂汾说。

天下无双的查尔斯①似的斯图尔特家面孔,两边披着长长的直发。她蹲在炉子边把破靴子塞进去烧火的时候,脸上泛着红光。我给她讲巴黎。晚上,盖着旧大衣躺在床上,抚摩着丹·凯利送的亚金手镯。Nebrakada femininum. ②

——你手里拿的是什么?斯蒂汾问。

——那边书摊上买的,一便士,迪莉不好意思地笑着说。还行吗?

她的眼睛像我,人们说。我在别人眼里就是这样的吗?敏捷、遥远、大胆。心思也像是我的影子。

他从她手中接过那本没有封面的书。夏登纳尔的《法语入门》。

——你买这个干什么?他问。要学法语吗?

她点点头,红着脸抿紧了嘴。

不要表示惊讶。很自然的事。

——给,斯蒂汾说。还可以。小心别让玛吉给你当掉了。我的书恐怕全完了吧。

——一部分,迪莉说。我们没有办法。

她快淹死了。内疚。救救她吧。内疚。我们无路可走。她会把我也带下水去淹死的,眼睛、头发。松散的海草头发,缠绕着我、我的心、我的灵魂。盐绿的死亡。

我们。

良心的内疚。良心中有内疚。

悲惨!悲惨!

---

① 查尔斯一世(1600—1649)为英国斯图尔特王室第二名国王。

② "上帝保佑的女性。"见318页注⑤。

*　　*　　*

——你好，赛门，考利神父说。情况怎么样？

——你好，鲍勃，老朋友，代达勒斯先生站住了和他打招呼。

两人在雷迪父女公司外面吵吵嚷嚷地握手。考利神父频频伸手，凹着掌心往下捋八字胡。

——有什么最佳消息？代达勒斯先生问。

——那可说不上，考利神父说。我都被人家围困住了，赛门。两个人成天在我家四周围转悠，就想闯进来。

——好家伙，代达勒斯先生说。是谁闹的？

——嘿，考利神父说。一个咱们都认识的放高利贷的家伙。

——断了脊梁骨的，是吧？代达勒斯先生问。

——正是他，赛门，考利神父回答。茹本族的茹本。我正在等本·多拉德。他准备找长约翰说句话，请他撤掉那两个人。我只要求有一点时间。

他顺码头两边张望着，露出一种怀有模糊希望的神情，喉头鼓着一个大包。

——我知道，代达勒斯先生点点头说。可怜的老草包，本！他老是给人办好事。别撒手！

他戴上眼镜，冲着铁桥望了一忽儿。

——来了，真的，他说，不缺屁股不缺腿。

本·多拉德穿着宽大的蓝色晨礼服，戴着一顶方帽子，下边是一条肥大的裤子，迈着大步从铁桥那边穿过码头走来了。他一面轻快地走向他们这边，一面伸手在上衣燕尾后面使劲搔痒。

等他走近了，代达勒斯先生迎着他喊：

——抓住这个穿蹩脚裤子的家伙。

——马上就抓，本·多拉德说。

代达勒斯先生带着冷笑，用嘲弄的眼光上下打量着本·多拉德。然后他转身对考利神父点一下头，讥诮地说：

——这一身儿，倒是满漂亮的夏装，是吧？

——哼,愿天主让你的灵魂永受惩罚,本·多拉德怒吼道。我这辈子扔掉的衣服,比你见过的还多呢。

他满面笑容地站在两人的旁边,望望他们,又望望自己的大而无当的衣服。代达勒斯先生一面帮他从衣服上拂掉一些绒毛,一面说:

——不管怎么说,本,你这身衣服是做给身体强壮的人穿的。

——活该做衣服的犹太佬倒霉,本·多拉德说。感谢天主,他一直到现在还没有拿到衣服钱呢。

——最低音怎么样了,本杰明?考利神父问他。

卡什尔·博伊尔·奥康纳·菲茨莫里斯·蒂斯德尔·法雷尔嘴里嘟哝着,眼睛发直,跨着大步从基尔代尔街俱乐部的门口走过。

本·多拉德皱皱眉头,突然做出吊嗓子的口型,发出了一个深沉的音符。

——噢!他说。

——就是这个风格,代达勒斯先生说着点头赞许这低沉单调的声音。

——这嗓子怎么样?本·多拉德说。不太次吧?怎么样!

他转过去面对他们两人。

——行,考利神父说着也点点头。

可敬的休·C.洛夫从圣玛利亚修道院的老会堂出来,身边伴随着许多身材高大、相貌堂堂的杰拉尔丁家族的人物,过了肯尼迪酒业公司,向篱笆渡口以南的索尔塞尔走去。

本·多拉德歪歪斜斜地带头向商店门面那一边走去,两手高兴地在空中抖弄着指头。

——走,跟我一起到副长官办公处去,他说。我领你们去见识一下罗克新弄来当法警的那个稀罕脚色。那家伙是洛本古拉和林契豪恩①的混合物。请注意,可真是值得一看的人。来吧。刚才我在博德加公司碰见约翰·亨利·门顿,看来我要倒霉,除非我……等一下……咱们

① 洛本古拉是十九世纪非洲的一个土著国王,以顽强抵抗英国殖民侵略而著称;林契豪恩是一个爱尔兰杀人犯,被判刑后逃往美国。

的路子没有错，鲍勃，你相信我吧。

——你跟他说，只要几天工夫，考利神父忧心忡忡地说。

本·多拉德一下子站住了脚，瞪着两眼，张着大嘴，上衣上有一颗纽扣吊着一根线来回晃动，露出亮晶晶的背面。他用手擦了擦堵在眼角上的厚厚的眼屎，好像没有听清。

——什么几天工夫，他声音洪亮地问。你的房东不是扣押了你的东西要房租吗？

——是呀，考利神父说。

——那样的话，咱们那位朋友的那张传票，就还不如印传票的纸头值钱了，本·多拉德说。房东有优先索取权。我已经把细节都告诉他了。温泽大道二十九号。姓洛夫，对吧？

——对，考利神父说。可敬的洛夫先生。他在乡下的什么地方当牧师。可是，那一点你有把握吗？

——你可以去告诉巴拉巴[①]，本·多拉德说，就说是我说的，他可以把那张传票放在猴子藏坚果的地方去了。

他拉着考利神父，雄赳赳地摆着庞然大物的身子往前冲去。

——还是榛子哩，我相信，代达勒斯先生说着，把眼镜坠在上衣胸襟前，也跟着走了。

*　　　*　　　*

——小伙子不会有问题的，马丁·坎宁安说。这时他们正走出城堡[②]大院的大门。

警察举手触额。

——天主保佑你，马丁·坎宁安愉快地说。

他对等着的车夫做一个手势，车夫抖了一下缰绳，向爱德华勋爵街驶去。

古铜伴金色，肯尼迪小姐的脑袋和杜丝小姐的脑袋，在奥蒙德饭店

① 巴拉巴为一剧中一名残忍的犹太财主，参见123页注②。

② 都柏林城堡是总督在城内的官邸，一些政府部门也设于此。

的半截子窗帘上,并排儿地露了出来。

——真的,马丁·坎宁安捻着胡子说。我给康眉神父写了一封信,把全部情况都对他说明了。

——你可以找咱们的朋友试试,帕尔先生回过头去建议说。

——博伊德吗?马丁·坎宁安简短地说。不沾边。

约翰·怀斯·诺兰刚才走在后面看名单,现在顺着科克山的下坡路快步追了下来。

在市政府[①]门前的台阶上,往下走的市政委员南内蒂,和往上走的市参议员考利和市政委员亚伯拉罕·莱昂打招呼。

空的城堡马车驶进了上交易所街。

——瞧这儿,马丁,约翰·怀斯·诺兰说。他在《邮报》报社门口追上了他们。我看到布卢姆也签了名,给五先令。

——一点儿也不错,马丁·坎宁安接过名单说。而且当场掏出了他的五先令。

——没有二话的,帕尔先生说。

——怪事,然而是真事,马丁·坎宁安又说。

约翰·怀斯·诺兰睁大了眼睛。

——我要说,这个犹太人倒还是蛮有善心的[②],他文质彬彬、引经据典地说。

他们顺着国会街下坡。

——那不是吉米·亨利吗,帕尔先生说,正往卡瓦纳公司去呢。

——正是他,马丁·坎宁安说。追!

在克莱尔宫廷服装商店门外,一把火鲍伊岚截住了杰克·穆尼的妹夫,他正驼着背,醉醺醺地往自由区走去。

约翰·怀斯·诺兰和帕尔先生落在后面,马丁·坎宁安追到米基·安德森钟表店琳琅满目的橱窗前,赶上一个整整齐齐穿一身雪花呢套服的人。那人个儿不大,脚步有些不稳,匆匆忙忙的,马丁·坎宁

① 都柏林市政府与都柏林城堡相邻。

② 典出莎剧《威尼斯商人》,安东尼奥在夏洛克答应借钱(以不能按期归还必须割肉为条件)之后作此语。

安伸手挽住了他的胳膊一起走。

——副秘书长①脚上的鸡眼给他找麻烦了，约翰·怀斯·诺兰对帕尔先生说。

他们跟在后面转过街角，走向詹姆斯·卡瓦纳公司的饮酒室。那辆空的城堡马车正在他们面前，停在埃塞克斯门内。马丁·坎宁安不停地讲着，反复地把那张名单拿给吉米·亨利看，可是那一位却根本不看。

——长约翰·范宁也在这儿呢，约翰·怀斯·诺兰说，不折不扣的。

长约翰·范宁站在门洞里，高大魁梧的身子把道儿都堵住了。

——您好，副长官先生，马丁·坎宁安说。人们都站住了打招呼。

长约翰·范宁不给他们让路。他果断地取下嘴边的巨大雪茄，严厉的大眼睛一扫，敏捷地把所有人的脸都看到了。

——元老们是在继续议论他们那些不动刀枪的题目吧？他问副秘书长，声音洪亮而语气辛辣。

吉米·亨利没有好气儿地说，他们简直把地狱都搅翻了一个个儿，就为了他们那该死的爱尔兰语②。他不明白市政典礼官到哪里去了，为什么他不来维持市政委员会会场上的秩序。执权杖的老巴洛偏偏又哮喘病发作，躺倒了，桌子上没有权杖，一切都乱七八糟，连法定人数也不够，哈钦森市长到兰达德诺③去了，由小个子洛肯·舍洛克 locum tenens. ④ 该死的爱尔兰语，咱们老祖宗的语言。

长约翰·范宁喷出长长的一口烟，翎毛似的从嘴边升起。

马丁·坎宁安捻着胡子尖，轮番地对副秘书长和副长官说话，约翰·怀斯·诺兰在旁一言不发。

——哪一个狄格南？长约翰·范宁问。

---

① 即吉米·亨利（都柏林市副秘书长）。

② 自十九世纪以来，爱尔兰人曾反复发动提高爱尔兰语地位的运动，其中包括在议会为此进行斗争。

③ 兰达德诺是威尔士的一个高级疗养地。

④ 拉丁文：代理。

吉米·亨利做出一副苦相,抬起了左脚。

——啊唷,我的鸡眼呀!他痛苦地说。看在老天爷面上,快上楼,让我找个地方坐下吧。呜夫!喔!小心!

他急躁地从长约翰·范宁身旁挤进去,上了楼梯。

——上楼吧,马丁·坎宁安对副长官说。我想您可能不认识他,不过也许您认识。

帕尔先生和约翰·怀斯·诺兰跟在他们后面进了酒店。

——一个挺不错的小个子,帕尔先生对着长约翰·范宁那魁梧的背影说,长约翰正在对着镜子里的长约翰上楼梯。

——个子不大。门顿事务所的那个狄格南,马丁·坎宁安说。

长约翰·范宁记不起来。

空中传来了一片马蹄声。

——什么事儿?马丁·坎宁安说。

人们都站住了转回头去。约翰·怀斯·诺兰返身下了楼梯。他站在门洞荫凉处往外看,只见车马正经过国会街,马具和毛色发亮的马脚在太阳照射下闪闪放光。他目光冷淡而带有敌意,望着车马轻松地、不慌不忙地驶过。骑着前导马,骑着跳跳蹦蹦的马在前开路的是一些侍从。

——是怎么一回事?马丁·坎宁安在一行人又重新上楼的时候问他。

——国王陛下的代表,爱尔兰的总督大人,约翰·怀斯·诺兰从楼梯底部回答说。

* * *

壮鹿马利根正和海恩斯在厚厚的地毯上走着,突然用巴拿马草帽遮挡着对他耳语:

——巴涅尔的兄弟。那儿,角落里。

他们挑选了一张靠近窗口的小桌子,对面是一个大长脸,他那大胡子和凝视的目光都盯着一方棋盘。

——是他吗?海恩斯在座位上扭过身去问。

——是,马利根说。名字叫约翰·霍华德,他的兄弟,是我们的市政典礼官。

约翰·霍华德·巴涅尔静悄悄地移动了一只白主教,灰爪子又伸上去托住了前额。过了一忽儿,他的眼睛闪着鬼火似的光芒,在手指的遮掩下迅速地瞥了对手一眼,然后又全神贯注地去琢磨一个交战的角落了。

——我要奶油什锦水果,海恩斯对女招待说。

——两份奶油什锦水果,壮鹿马利根说。另外,给我们拿点儿甜面包、黄油,还要点儿蛋糕。

女招待走后,他笑着说:

——我们把这地方叫做堵糕店,因为他们的蛋糕糟得堵心。嘿,可惜你没有听到代达勒斯谈《哈姆雷特》。

海恩斯打开了自己新买的书。

——对不起,他说。莎士比亚是一个狩猎场,所有头脑失去平衡的人都乐于来此试一试身手。

独腿水手冲着纳尔逊街十四号前的小天井吼叫:

——英国指望……①

壮鹿马利根快乐地抖动着淡黄色坎肩笑起来。

——你应该看一看他的身体失掉平衡的样子,他说。我把他叫做飘泊的昂葛斯。

——我认为他脑子里肯定有一种 idée fixe②,海恩斯说着,若有所思地用大拇指和食指捏着下巴。现在我在揣摩它究竟是什么内容。这种类型的人总是有这类东西的。

壮鹿马利根严肃地在桌子上俯身过去。

——他们大讲地狱的恐怖景象,把他的神经都吓歪了,他说。他永远也捕捉不到雅典的情调的。斯温伯恩的情调,所有诗人的情调,白森森的死和红通通的生③。这是他的悲剧。他永远也成不了诗人。创造

---

① "英国指望今日人人都来克尽天职"为《纳尔逊之死》中歌词。

② 法文心理学词语:摆脱不掉的意念。

③ "白森森的死和红通通的生"是斯温伯恩诗集《日出前的歌》(1871)中的诗句。

的欢乐……

——永恒的惩罚,海恩斯傲慢地点点头说。我明白了。今天早晨我曾经试探他对信仰的看法。他有心事,我看得出的。这是一个相当有意思的现象,因为维也纳的波科尔尼教授①在这个问题上提出了一个很有意思的看法。

壮鹿马利根眼快,看到女招待已经来到,帮她把托盘上的东西取了下来。

——他在爱尔兰古代神话中找不到地狱的痕迹,海恩斯在欢快的杯盘间说。似乎缺乏道义观念,缺乏命运感,因果报应思想。如果他恰恰是对此念念不忘,事情就有一点儿离奇。他给你们的运动写点东西吗?

在起泡沫的奶油中,他熟练地侧着放下两块方糖。壮鹿马利根把一个热气腾腾的甜面包切成两片,在冒热气的面包心儿上抹上厚厚的黄油,狼吞虎咽地咬了一大口。

——十年,他一面嚼,一面笑着说。他准备十年以后写出点东西来。

——似乎很遥远,海恩斯说着,沉吟地举起调羹。然而,我倒觉得他未始没有可能。

他从杯中圆锥形的奶油中舀了一勺尝尝味道。

——这是真正的爱尔兰奶油,我认为,他以宽容的态度说。我是不要冒牌货的。

先知以利亚小舟,那片轻飘飘的揉皱了的传单,一直在向东航行,过了新瓦平街,过了本森渡口,穿过了海洋船舶群和拖网渔轮群之间的软木塞群岛,又飘过从布里奇沃特运砖来的罗斯维恩号三桅纵帆船。

*　　*　　*

阿尔米丹诺·阿蒂凡尼走过了霍利斯街,走过了休厄尔马场。他

---

① 波科尔尼(Julius Pokorny,1887—1970)主要研究包括爱尔兰民族在内的凯尔特文化。

后面是卡什尔·博伊尔·奥康纳·菲茨莫里斯·蒂斯德尔·法雷尔，手臂上晃晃荡荡地挂着手杖雨伞风衣，避开劳·史密斯先生家门前的路灯，穿过马路，沿着梅里恩广场走起来。在这人后面又隔着相当远的地方，有一个双目失明的少年，正顺着三一学院校园的院墙笃笃笃地敲着路。

卡什尔·博伊尔·奥康纳·菲茨莫里斯·蒂斯德尔·法雷尔走到刘易斯·沃纳先生家的欢快的窗户前，又转回身来，大踏步地沿着梅里恩广场往回走，手臂上晃荡着他的手杖雨伞风衣。

走到王尔德府的街角，他又站住了，对大都市会堂门前张贴的先知以利亚的名字皱了一忽儿眉头，又遥望着公爵草坪上的游乐场皱了一忽儿眉头。他眼镜上的镜片在太阳底下也闪烁着厌恶的光芒。他露出老鼠般的牙齿，嘟嘟哝哝地说：

——Coactus volui. ①

他又大踏步向克莱尔街走去，嘴里还咬牙切齿地嘟哝着。

当他冲过布卢姆先生②的牙科诊所橱窗时，他那晃动的风衣粗鲁地把一根斜拄着敲打路面的细棍子带了起来，同时一阵风似的把一个瘦骨嶙峋的身体撞了一下，接着还继续往前冲。双目失明的少年扭转苍白的面孔，对准了大步走去的背影。

——天主诅咒你，他狠狠地说，你是谁也不行！你比我还瞎吗，你这个狗杂种！

*　　　*　　　*

在拉基·奥多诺霍酒店的马路对面，派特里克·阿洛伊修斯·狄格南小朋友从原叫费伦巴克现叫曼根的猪肉店出来，手里抓着家里派他来买的一磅半猪排，在暖洋洋的威克洛街上走着，磨磨蹭蹭的。在客厅里穷坐着太乏味，陪着斯托尔太太、奎格利太太、麦克道尔太太，窗帘下着。这些女人个个都吸着鼻子，小口小口地抿着巴尼舅舅从滕尼公

① 拉丁文：我是被迫自愿。

② 这是一位与本书主人公布卢姆同姓的牙科医生。

司买来的上好茶褐色雪利酒，一小点儿、一小点儿地吃着家常水果蛋糕，没完没了地穷唠叨，长吁短叹的。

他过了威克洛巷之后，多伊尔夫人宫廷服饰女帽商店的橱窗把他吸引住了。他站在橱窗前，盯着窗内那两个挥舞拳头的赤膊拳师。两侧的镜子里，是两个穿孝服的狄格南小朋友，都默默地张着大嘴。都柏林最红的好汉迈勒·基奥迎战波托贝罗兵营的拳击家贝内特军士长，奖金五十金镑。乖乖，这可是一场好斗，值得看。迈勒·基奥，就是围着绿腰带迎面打来的这一个。门票两先令，军人半票。我可以诳一下妈，很容易的。他转身，左边的狄格南小朋友跟着他转身。这是穿孝服的我。哪天？五月二十二。嘿，这场穷比赛早就完事大吉了。他转向右边，他右面的狄格南小朋友也转了，帽子是歪的，硬领也翘起来了。他抬起下巴扣领子，看见两个拳师旁边还有一个女人像，专演俏皮女角的漂亮女演员玛丽·肯德尔。斯托尔抽的烟卷盒子里就有这种浪娘儿们，那回斯托尔的老头子发现他吸烟卷儿，那一顿好抽可把他抽得死去活来。

狄格南小朋友扣住硬领，又磨磨蹭蹭地往前走。讲力气，菲茨西蒙斯①是天下第一的拳手，要是让那个家伙往你肚子上来那么一拳，乖乖，那你起码得躺上一个星期。但是最懂科学的拳手是杰姆·科贝特②，可惜菲茨西蒙斯一拳把他砸得破了馅儿，躲闪也白搭。

在格拉夫顿街上，狄格南小朋友看见一个花花公子，穿一条漂亮马裤，嘴里衔着一朵红花，正在听一个醉汉说些什么，还不断地咧嘴笑着。

没有去沙丘的电车。

狄格南小朋友把手里的猪排换到另一只手中，走上了纳索街。领子又翘起来了，他使劲把它拉了下去。领子上的穷扣儿太小，衬衫扣眼儿太大，就这么个穷事儿。他遇见一些挎着书包的小学生。明天我还不去呢，一直要歇到星期一。他又遇见了一些小学生。他们是不是注意到我穿的是孝服？巴尼舅舅说，他要今天晚上就见报。一上报，他们

---

① 罗伯特·菲茨西蒙斯（1862—1917），英国重量级拳击家，一八九七年的世界冠军。

② 杰姆·科贝特（1866—1933），美国拳击家，一八九二年重量级世界冠军。

就都知道了。他们会看到报上印着我的名字,爸的名字。

他的脸膛儿全成了灰白,再也不像原来那样红通通的了,有一个苍蝇在他脸上爬,一直爬到眼睛上。棺材上螺丝的时候,吱吱嘎嘎;棺材抬下楼梯的时候,又是磕磕碰碰的。

爸在那里面躺着,妈在客厅里哭,巴尼舅舅在告诉人们怎样才能抬过那个小弯儿。好大的一口棺材,又高,又显得那么沉重。那是怎么一回事儿?爸最后喝醉的那个晚上,站在楼梯顶上大声喊人给他拿皮靴,说是要到滕尼公司去喝个痛快,他穿着衬衫的那样子还是挺粗壮矬短的嘛。再也见不到他了。死,这就是死。爸死了。我父亲死了。他叫我孝顺妈。别的还说些什么我听不清,只见他的舌头在牙齿中间动,想要把话说清楚。可怜的爸。那就是我的父亲狄格南先生。我希望他现在是进了涤罪处,因为星期六晚上他已经找康罗伊神父忏悔过了。

* * *

达德利伯爵威廉·亨波尔和达德利夫人午餐之后,由赫塞尔廷中校伴随,坐车出了总督府。后边随行的那辆马车中,坐的是尊贵的佩吉特夫人、德·库西小姐以及随从副官尊贵的杰拉尔德·沃德。

车马从凤凰公园的南大门出来,门口有毕恭毕敬的警察向他们敬礼。总督一行沿着北岸码头过了国王大桥,浩浩荡荡地穿行全市,一路受到极其真诚的致意。在血腥桥①边,河对面的托马斯·克南先生远远地向他徒然致敬。在王后大桥和惠特沃思桥之间,达德利伯爵的总督府车马路过时遇上了法学学士、文学硕士达德利·怀特先生,怀特先生并未向他致敬,而是站在阿伦西街口 M. E. 怀特夫人当铺门前的阿兰码头上,犹豫不定地伸出一根食指抚摩着鼻子。他要去菲布斯堡,搭电车要换两次车,要不叫一辆马车,或者也可以步行走史密斯菲尔德、宪法山、布罗德斯通终点站,不知道究竟哪个走法快些。在四法院大楼门口,里奇·古尔丁正挟着古尔丁—考立斯—沃德律师事务所的账目皮包站在门洞里,见到总督吃了一惊。路过里奇蒙德桥之后,在爱国保

① “血腥桥”是俗称,十七世纪大桥落成后这里曾因学徒暴动而发生流血事件。

险公司代理人茹本·J.岛德律师事务所门前,一位年长的妇女正要跨上台阶又变了主意,在金氏商店橱窗前转回头去,正好看到国王陛下的代表,对他作出一种轻信不疑的微笑。在伍德码头堤岸边,波德尔河通过汤姆·德万办公楼底下的泄水道,忠心耿耿地伸出一条阴沟水组成的流体舌头。在奥蒙德饭店的半截子窗帘上,古铜配金色,肯尼迪小姐和杜丝小姐的两个脑袋并排儿探了出来,一起观看艳羡。在奥蒙德码头上,赛门·代达勒斯先生正从绿房子出来,他要到副长官办公处去,当街站住了把帽子放在身前低处。总督阁下和蔼地对代达勒斯先生还礼。在卡希尔公司的街角上,可敬的休·C.洛夫硕士鞠了一个躬,可惜总督没有看到;这位可敬的先生心里明白,圣职中的肥缺,自古以来都是掌握在仁厚的封疆大臣手中的。正在格拉顿桥上互相告别的莱纳汉和麦考伊,就站在那儿看车马经过。格蒂·麦克道尔为病倒在床的父亲取来凯茨比公司关于软木地毯的信件,正走过罗杰·格林律师事务所和多拉德印刷厂的大红楼,看到车马的气派,知道是总督大人和夫人,但是她没有看清夫人的穿戴,因为一辆电车和一辆斯普林公司的黄色大型家具车给总督大人让道,正好停在她面前。车马过了伦迪·富特烟草公司,又路过卡瓦纳公司饮酒室的门前,在饮酒室的罩着遮阳篷的门口,约翰·怀斯·诺兰对国王陛下的代表爱尔兰总督大人冷冷一笑,不过其中的冷意并没有被人看见。维多利亚大十字勋章获得者、十分尊贵的达德利伯爵威廉·亨波尔,又经过米基·安德森那些琳琅满目、永不停摆的钟表,经过亨利和詹姆斯①那些服装漂亮、脸色鲜艳的蜡制模特儿,绅士亨利和 dernier cri 詹姆斯②。汤姆·罗奇福德和长鼻头弗林在贵妇门对过观看着越来越近的车马。汤姆·罗奇福德原来把两个拇指插在暗红色坎肩的口袋里,发现达德利夫人的眼光落在他身上,赶紧把手从口袋里抽出,脱帽向她致敬。一个专演俏皮女角的漂亮明星——大名鼎鼎的玛丽·肯德尔,脸上抹得花里胡哨的,两手撩起自

---

① 这是一家服装店,两个老板的名字凑起来正好和下述小说家姓名相同。

② 亨利·詹姆斯(1843—1916),美国(后入英国籍)小说家,文笔纤细,常以绅士、小姐为主人公,并且喜欢在著作中夹杂法文。英国时装界也喜欢用法语。dernier cri(法语)意为"绝顶",在此可理解为时髦绝顶,也可理解为文笔绝妙。

己的裙子,在招贴画上一个劲儿地做出花哨的笑容,是冲着达德利伯爵威廉·亨波尔笑,也冲着 H. C. 赫塞尔廷中校,也冲着尊贵的杰拉尔德·沃德副官。在堵糕店的窗口,一些顾客兴致勃勃地朝下观看总督的行列,站在他们背后张望的是兴高采烈的壮鹿马利根和神情严肃的海恩斯。窗口的人群挡住了棋盘上的光线,然而约翰·霍华德·巴涅尔仍旧目不转睛地盯着棋盘。在福恩斯街上,迪莉·代达勒斯正低头看着手中的夏登纳尔《法语入门》第一册,猛然抬起头来,眼睛一花,只见一些撑开的遮阳伞和一些车轮辐条在耀眼的阳光中打转。约翰·亨利·门顿站在商业大楼门口,把门道都堵死了,直愣愣地瞪着两只用酒撑大的牡蛎眼睛,肥胖的左手举着一只肥胖的金闷表,可是大眼睛不看表,胖手也没有感到表的存在。在比利王①的坐骑凌空扬起前蹄的地方,丹尼斯·布林急匆匆地往骑马侍从的马蹄下钻去,被他的太太一把拽了回来。她对着他的耳朵大声讲明情况,他听懂之后,把他那两部大书挪到左胸前面抱着,冲着第二辆马车敬了一个礼。尊贵的杰拉尔德·沃德副官吃了一惊,高兴地赶紧还礼。在庞森比公司的街角上,疲惫不堪的大白瓶威当街站住,于是后面四个戴高帽子的大白瓶士、敦、希、利都站住了脚,侍卫们耀武扬威地策马护车,风风火火地从他们面前过去了。在皮戈特公司乐器仓库对过徐徐而行的舞蹈等科教师丹尼斯·J. 马金尼先生衣着华丽,步履庄重,可是总督越过时并没有注意到他。沿着三一学院院长住宅的墙边,走来了春风得意的一把火鲍伊岚,穿着棕黄色的皮鞋和绣天蓝色花的袜子,一步步踩着《我的姑娘是约克郡的姑娘》②乐曲的节拍。面对先导马的天蓝色前额羽饰和傲然扬蹄的姿态,一把火鲍伊岚摆出来的是一条天蓝色领结、一顶浪里浪气地歪戴在头上的宽边草帽,以及一身靛蓝色的哔叽套服。他双手插在上衣口袋里忘了敬礼,但是他向三位夫人和小姐献出了大胆爱慕的眼光

① 比利是威廉的昵称,此处街头有英王威廉三世(1650—1702)的骑马塑像,此人曾残酷镇压爱尔兰人民的独立运动。

② 这是一支轻松取乐的曲子,大意说两个男人谈论自己的女友,意外地发现所爱的是同一个姑娘,两人同去她家找她,才发现她已有丈夫。鲍伊岚听到的,是苏格兰军乐队在校园内演奏此曲的声音。

和嘴上叼着的红花。总督车马驶经纳索街的时候,总督夫人正在点头还礼,总督大人却请她注意学院校园里正在演奏的音乐节目。从看不见的地方,铜号嘹亮,鼓声冬冬,苏格兰高原兵的军乐声追随着车马行列传送过来:

姑娘只是个工厂女工
也没有那花哨的披绿穿红。
巴啦嘭。
可我偏有我的约克郡心肠
专爱找约克郡的姑娘
我的小小的约克郡玫瑰花。
巴啦嘭。

院墙里边,参加四分之一英里平路让量赛的 M. C. 格林、H. 思里夫特、T. M. 佩蒂、C. 斯凯夫、J. B. 杰夫斯、G. N. 莫菲、F. 斯蒂文森、C. 阿德利、W. C. 哈葛德开始了追逐。正在大踏步走过芬恩饭店门口的卡什尔·博伊尔·奥康纳·菲茨莫里斯·蒂斯德尔·法雷尔从怒气冲天的眼镜中射出来的视线,越过那些马车,盯住了奥匈帝国副领事馆窗内的 M. E. 所罗门斯先生的脑袋。在莱因斯特街的深处,三一学院后门边,忠于国王的霍恩布洛尔把手举到了猎狐帽帽檐边上。当那些皮毛有光泽的马匹奔驰到梅里恩广场的时候,站在路边的派特里克·阿洛伊修斯·狄格南小朋友看到别人在向那位头戴大礼帽的先生致敬,于是他也用自己那只沾满猪排纸上油腻的手举起了头上的新黑帽,他的领子跟着也跳了起来。总督要去主持为默塞尔医院募捐的迈勒斯义市开幕式,前呼后拥地往下蒙特街的方向驶去。他在布罗德本特水果店对面遇到了一个双目失明的少年。在下蒙特街上,一个穿棕色雨褂的行人一面啃着干面包,一面在总督车马前面快步横穿马路,安然而过。在皇家运河大桥边,海报上的尤金·斯特拉顿先生咧开厚厚的嘴唇,笑迎一切来者光临彭布罗克乡①。在哈丁顿路口,两位身上沾着砂子的妇女

① 这是都柏林东南郊区。

停住脚步,手拿雨伞和提包,提包里滚动着十一个蛤蜊;她们惊叹不已地站在路边瞻仰没挂金链条的市长大人和市长夫人①。在诺森伯兰路上和兰兹当路上,总督大人对所有人的敬礼都一一作答如仪。向他致敬的有稀稀落落的几个男性行路人;有两个小小的学童——先女王在一八四九年携夫君驸马爷访问爱尔兰首府的时候,据说曾经对这里的一幢房子表示赞赏,那两个学童就是站在这幢房子前的花园门边;还有阿尔米丹诺·阿蒂凡尼的壮实的裤腿,可是一扇门关闭拢来,马上把它吞没了。

① 都柏林市长在正式场合挂金链条作为标记。

十一

古铜伴金色，听到马蹄声，钢铁铮铮响。

无礼顶顶，登顶顶顶。

碎屑，剥着灰指甲上的碎屑，碎屑。

太不像样！金发的脸更红了。

一声嘶哑的笛音吹响了。

吹响了。布卢姆黑麦开蓝花。

金色高髻发。

一朵起伏的玫瑰花，缎子胸脯上，缎子的，卡斯蒂尔的玫瑰。

颤音，颤音歌唱：伊桃乐丝。

闷儿闷！谁躲在……那金色角落里藏闷儿呀？

叮零一声，响应古铜怜悯。

又一声呼唤，一声悠长而震颤的纯音。久久方息的呼声。

逗引。轻声细语。但是瞧！明亮的星星消失了。玫瑰呀！清脆的鸟鸣应和了。卡斯蒂尔。黎明来到了。

锵锵锵轻车轻轻地行驶着。

钱币铿锵。时钟喀达。

表心愿。Sonnez. 我舍。吊袜带回弹。不得离开你呀。啪达。La cloche！拍打大腿。表心愿。暖烘烘的。心上的人呀，再见！

锵锵锵。布卢。

和音大声轰鸣。爱情吸住了。战争！战争！耳膜。

一张风帆。在波涛中颠簸的一张风帆。

完了。画眉声声唤。一切全完了。

角。犄角。

当他初次见到。可叹呀！

充分交媾。强烈搏动。

啭鸣。啊,迷人！勾人心魄。

玛莎！回来吧！

呱嗒呱嗒。快嗒呱嗒。呱呱叫呱嗒嗒。

好天主啊他这一辈子从来没有听到过。

聋子秃头派特送来吸墨纸垫刀子收起。

月光下夜晚的呼声:悠远的。

我感到很悲哀。又及。非常寂寞的布卢姆开花。

听呀!

那只冷的螺旋形带尖角的海中号角。你有吗？各自听又互相帮着听,海浪拍击,无声喧哗。

珍珠:当她。李斯特狂想曲。嘶嘶嘶。

你没有?

没有:没,没:相信:莉迪利德。鸡头槌头。

黑色的。

声音低沉的。唱吧,本,唱吧。

伺候你等候。嘻嘻。伺候你嘻。

但是等一下。

低低的,在幽暗的地底下。埋藏的矿石。

Naminedamine.[①]全完了。全倒下了。

细细的,她的轻轻颤动的处女毛蕨类叶片。

阿门！他咬牙切齿地怒吼。

摸过来。摸过去,摸过来。一根把儿,凉爽挺立的。

古铜莉迪亚伴着米娜金色。

走过古铜色的,走过金色的,在海洋绿的阴影中。布卢姆。老布卢姆。

有人叩,有人敲,卡啦一声,鸡头槌头。

为他祈祷吧！祈祷吧,善良的人们!

---

① 拉丁祈祷文 In nomine Domini(以天主的名义)讹体。

他的肿胀的手指头敲鼓似的。

大洪钟的本。大本洪钟。

夏日的最后一朵卡斯蒂尔的玫瑰花，落下的花布卢姆我感到非常悲哀寂寞。

普依！小小风管细微微。

真诚可靠的人们。利、克、考、代、多。不错，不错。像诸位这样的。都会举杯钦钦呛呛。

弗弗弗。喔！

近处的古铜何在？远处的金发何在？马蹄何在？

噜尔尔普尔。卡啦啦。哐啷啷。

到那时，只有到那时我才要。人撰弗尔写。墓呜弗志铭。

完了。

开始！

古铜伴金色，杜丝小姐的脑袋和肯尼迪小姐的脑袋，并排儿地伸在奥蒙德饭店酒吧间那半截子窗帘上，听着总督车队驰过，马蹄铮铮，响亮的钢铁声。

——是她吗？肯尼迪小姐问。

杜丝小姐说是她，坐在大人旁边，珠灰色配 eau de Nil.①

——雅致的对比，肯尼迪小姐说。

杜丝小姐突然激动起来，兴奋地说：

——瞧那个戴大礼帽的。

——谁？哪儿？金发的问，她更兴奋。

——第二辆车，杜丝小姐说，她的嘴唇湿漉漉的迎着太阳笑。他看着呢。等我去看一看。

古铜色的她，快步奔到最里边的屋角，把脸贴在玻璃窗上，压扁了的脸周围镶着急忙中呼出来的一团雾气。

她的湿漉漉的嘴唇间，发出吃吃的笑声：

---

① 法文："尼罗河水。"指一种淡青色。

——他回头看着呢，灵魂勾住了。

她笑着说：

——哭泣了！你说男人是不是蠢得可怕？

悲哀。

肯尼迪小姐悲哀地背着亮光轻挪几步，手指把一根散开的头发捻向耳后。缓缓的步子，悲哀的她，捻着一根头发，已非金色。悲哀地，她缓步捻金发，撩向耳朵曲线的后面。

——享乐的可是他们，她接着悲哀地说。

一个男人。

羊羔布卢从莫郎烟斗店走过，怀藏偷情的乐趣，走过了瓦恩古董店，心中还记着一些偷情的甜言蜜语，走过了卡罗尔那些灰不溜秋的陈旧盘子碟子，说给拉乌尔的。

打杂的对着她们，酒吧内的她们，酒吧女郎们，走过来了。对着没注意他的她们，他把托盘往柜台上砰的一撂，托盘内的杯碟咣当直响。然后

——喏，你们的茶，他说。

肯尼迪小姐斯斯文文地把茶盘挪开，放在一只倒扣在地的锂盐水板条箱上，看不见的低处。

——啥事？打杂的粗里粗气地问，大声的。

——自己看去，杜丝小姐顶他，同时离开了她的侦察点。

——你的相好，是吧？

傲慢的古铜色回答：

——你再说一句你这种无礼顶撞的话，我就向德·玛赛太太告你。

——无礼顶顶登顶，打杂的粗鲁地反唇相讥，同时却在她的威胁下原路退去了。

布卢姆。

杜丝小姐对自己的花皱着眉头说：

——这个臭小子顶讨人嫌。他再不老实，我要把他的耳朵拧出个一码长。

雅致的对比，贵妇风度。

——甭理他，肯尼迪小姐答道。

她斟了一茶杯的茶，又将它折回茶壶里的茶中去。她们蜷缩在她们的柜台礁石下，坐在板条箱倒扣的小凳子上等着，等她们的茶沏开。她们摸着自己的衬衫，都是黑缎子的，两先令九一码的，等着她们的茶沏开，两先令七的。

对，古铜色的近些，金色的远些，听到近处钢铁铿锵，听到远处马蹄嘚嘚，听到钢蹄铿铿锵锵踢踢嗒嗒。

——我的皮肤晒得太黑了吧？

古铜小姐解开衬衫，露出了脖子。

——还没有，肯尼迪小姐说。要过些时候才会发黑的。你有没有试过樱桃月桂硼砂水？

杜丝小姐站起半截儿，斜眼从描着金字的酒吧镜子里看自己的皮肤，镜子前那些闪闪发光的红、白葡萄酒杯之间，还摆着一只海螺壳。

——弄得手上怪味儿的，她说。

——加点甘油试试，肯尼迪小姐给她出主意。

杜丝小姐和自己的脖子、双手告别。

——那些东西只会弄得皮肤过敏，她回答着，又坐下了。我问过博伊德店里那个老顽固，有什么可以搽我的皮肤的。

肯尼迪小姐正在斟沏好了的茶，作了一个鬼脸，祈求地说：

——哎哟，慈悲慈悲吧，可别跟我提他啦！

——可是你等着我告诉你哟，杜丝小姐央求她。

肯尼迪小姐已经斟好茶，加了糖加了奶，伸出两根小指头堵住两只耳朵。

——不，不要，她叫喊着。

——我不听，她叫喊着。

但是，布卢姆呢？

杜丝小姐学着那种脾气暴躁的老顽固的嗓音，嘟嘟哝哝地说：

——擦你的什么？他说。

肯尼迪小姐放开耳朵要听，要说话。可是她又说，又祈求说：

——可千万别让我想到他，要不我得断气儿啦！讨厌的老丑八怪！

那晚上,在安悌恩特音乐堂。

她厌恶地啜了一口她沏的,一口热茶,一小口,一小口甜茶。

——看他那德性,杜丝小姐说着,将古铜色的脑袋向后仰起四分之三,歙动着她的鼻翼。——胡哈!胡哈!

尖细的笑声从肯尼迪小姐的喉间迸了出来。杜丝小姐颤动着鼻孔,哼哼胡胡地发出无礼顶顶声,像拱着嘴搜寻什么似的。

——哎唷!尖声的肯尼迪小姐叫道。还有他那鼓暴眼呢,你忘得了吗?

杜丝小姐添上了她的深沉的古铜笑声,同时大声喊道:

——还有你的那另一只眼呢①!

羊羔布卢的深色眼睛,看着阿伦·菲盖纳的店名。我为什么老想着菲盖塞呢?我是想到采集无花果了②。这普罗斯泼·洛莱是个胡格诺派的姓氏。布卢姆的深色眼睛掠过了巴席的圣母雕像。蓝长袍,白衬裙,来找我吧。他们相信她是神:女神。今天那一些。我没有看到。那人说话了。大学生。后来和代达勒斯的儿子在一起。也许就是马利根。全是窈窕贞女。所以引得那些好色之徒都来了:她的白色的。

他的眼光过去了。偷情的乐趣。乐趣,是有趣的。

偷得的。

格格格一片笑声,年轻的金色古铜嗓音交融在一起,杜丝和肯尼迪你那另一只眼。她俩都把年轻的脑袋仰向后边,古铜格格格金色,放声大笑,尖声叫着,你那另一只,互传讯息,刺耳的高音符。

啊唷,喘着,叹着。叹着,啊唷,精疲力尽了,她们的欢笑逐渐停息了。

肯尼迪小姐又用嘴唇碰一碰杯沿,举起杯子,啜上一口,格格格格。杜丝小姐对着茶盘弯下腰,又一次歙动鼻翼,骨碌碌地转动着滑稽的鼓眼睛。又一次的肯尼格格格,俯下身格格格,盘在头顶的秀发下垂,露出颈背的玳瑁梳子,嘴里喷出了她那一口茶水,喉咙里呛的又是茶又是

---

① 典出十九世纪末叶流行歌曲《当你眨你那另一只眼时》。

② “菲盖塞”原文 Figather 似 fig-gather(无花果采集)。

笑,连呛带咳地喊叫着:

——哎唷,那对油糊糊的眼睛呀! 谁要是嫁了那样一个男人哟! 她喊叫着。还留着那么一小绺胡子呢!

杜丝敞怀大吼,痛痛快快的一嗓子,痛快的女人痛痛快快的一嗓子,欣喜、欢乐、愤慨。

——嫁给那个油糊糊的鼻子哟! 她大声吼叫着说。

尖声的,夹着低沉的笑声,随后古铜在金铃中,她们互相怂恿着,笑了一阵又一阵,一串串的铃声变换着,铜铃金铃,金铃铜铃,尖嗓音低嗓音,笑声接笑声。然后又是一阵笑声。油糊糊的我知道。精疲力竭、有气无力的,她们将摇晃够了的脑袋倚在柜台边沿,编成发辫盘在头顶的伴着梳直发亮的。脸都通红(哎唷!),喘着气,冒着汗(哎唷!),有气无力的。

嫁给布卢姆,嫁给油糊糊蔫兮兮的布卢姆。

——哎唷天上的圣人哟! 杜丝小姐说着叹着,胸口的玫瑰花起伏着。我真不该笑得这么野的。我都湿透了。

——哎唷,杜丝小姐! 肯尼迪小姐责备她说。你太不像样了!

于是脸更红了(你太不像样!),金色更深了。

油糊糊的布卢姆游荡过了坎特韦尔公司,又走过瑟贝公司的神圣童贞女像,油彩鲜艳的。南内蒂的父亲到处兜售这些东西,挨门说好话,跟我一样。宗教有好处。得找他解决钥驰公司那一小段。先吃东西。我需要。还没有到。四点,她说。时间在不断地过去。钟上的针在转。走。在哪儿吃? 克莱伦斯饭店,海豚饭店。走。为了拉乌尔。吃。如果我这几个广告能净赚五个畿尼亚的话。紫罗兰色的丝内裙。暂时还不。偷情的乐趣。

红晕消减,又消减,淡入金色。

她们的酒吧间里,缓步进来了代达勒斯先生。碎屑,剥着他那大拇指的灰指甲上的碎屑。碎屑。他缓步进来了。

——哟,欢迎你回来,杜丝小姐。

他握着她的手。度假开心吗?

——开心极了。

他希望她在罗思特雷弗时天气不错。

——美极了,她说。瞧我这一身怪模样。整天在海滩上躺着。

古铜白。

——你那是太折磨人了,代达勒斯先生一面说她,一面宽厚地按了按她的手。那是叫可怜的老实男性望着眼馋。

一身丝缎的杜丝小姐一努嘴,把手臂抽了回去。

——哎,去你的吧!她说。你很老实吗,我看不见得。

他是老实的。

——说这个么,我真老实,他沉思着说。我在摇篮里的时候是那么一副老实样子,所以他们给我取了这个老实巴交的赛门的名字。

——你准是个小宝贝儿,杜丝小姐回答说。今天大夫吩咐喝什么呢?

——这个么,他沉思着说,你说什么就是什么吧。我想麻烦你,要一点清水,还要半杯威士忌。

锵锵锵。

——欣然从命,杜丝小姐答应。

她以优美的欣然从命姿势,转过身去对着描有坎特雷尔与科克伦金字的镜子。她姿势优美地从她的晶质玻璃桶中,放出一个分量的金黄色威士忌。代达勒斯先生从上衣口袋里掏出了烟袋、烟斗。她欣然送上酒来。他含着管道,吹了两声嘶哑的笛音。

——老天爷,他沉思着说,我常想去看看芒山。那一带的空气一定是非常有益健康的。但是最后要来一个讨厌时期,他们说的。是呀。是呀。

是呀。他捻着一些丝丝,一些美人鱼烟丝,杜丝处女毛丝,装进烟锅儿。碎渣。细丝。沉思。沉默。

无人吱声。是呀。

杜丝小姐高高兴兴地擦着一只玻璃杯,用颤音唱着:

——伊桃乐丝,东海的女王哟!①

---

① 轻歌剧《弗洛拉多拉》中歌词,伊桃乐丝为南洋美女。

——利德威尔先生今天来过吗？

进来了莱纳汉。四下里张望，莱纳汉。布卢姆先生走到了埃塞克斯的桥。哎，布卢姆先生过了爱色克斯的桥。我得给玛莎写信。买纸。戴利公司。那家的姑娘有礼貌。布卢姆。老布卢姆。布卢姆的黑麦开蓝花了。

——他在午餐时间来过，杜丝小姐说。

莱纳汉走上前来了。

——鲍伊岚先生来找过我吗？

他问了。她的回答是：

——肯尼迪小姐，刚才我上楼的时候鲍伊岚先生来过吗？

她问了。肯尼迪的嗓音小姐回答了，手里端着第二杯茶，眼光落在一页书上：

——没有。他没有来过。

肯尼迪的眼光小姐听得见，看不见，继续看书。莱纳汉转动圆身躯转过了三明治圆罩。

——闷儿闷！谁躲在角落里呀？

他没有从肯尼迪获得一瞥的青睐，又继续想办法引她注意。小心断句呀。只看那些黑的，圆的是O，弯的是S。

锵锵锵，敞篷马车，锵锵锵。

姑娘金色，她看书不抬眼。不理睬。他伊伊呀呀地背一则童话寓言，她仍不理睬：

——有那么一头呀狐狸，遇到了一只呀鹳儿。那一头狐狸呀，对那一只鹳儿呀这么说：请你把你的长嘴巴呀，伸进我的喉咙里头去，取出一根骨头来，行不行呀？

他的伊伊呀呀是白费事。杜丝小姐转过脸去喝旁边的茶。

他也转过脸去，叹了一口气：

——哎呀！哎哟！

他和代达勒斯先生打招呼，人家点了点头。

——有人问候了，是有名的父亲生下来的有名儿子。

——说的是谁？代达勒斯先生问。

莱纳汉伸出了极富感情的双臂。谁?

——说的是谁?他问道。你居然会这样问?斯蒂汾呗,青年诗人。干的。

有名的父亲代达勒斯先生,放下了已经装满的干烟斗。

——原来如此。我一时没有想到是他。听说他现在挑了一些好伙伴。你最近见到他了吗?

见到了。

——我就在今天还和他一起痛饮琼浆玉液哩,莱纳汉说。在穆尼酒店 en ville,[①]又在穆尼酒店 sur mer.[②]他拿到了他的文艺创作的酬金。

他面带微笑,瞅一瞅古铜的沾茶的嘴唇,瞅一瞅听他说话的嘴唇和眼睛:

——爱琳的精英们都侧着耳朵听他的。有大权威休·马克休,有都柏林最出色的笔杆子和大主编,还有那位来自稀湿的西部原野的小伙子,雅名奥马登·伯克的行吟诗人。

隔一忽儿,代达勒斯先生举起了酒杯。

——那一定是很有趣的了,他说。我明白了。

他明白了。他喝了一口。眼神中是幽幽如远山的哀思。放下了酒杯。

他向通客厅的门那边望去。

——看来你们把钢琴挪了地方。

——调琴师今天来了,杜丝小姐回答。他是为吸烟音乐会调琴。我从来没有听见过弹得这么优美的。

——真的吗?

——对不对呀,肯尼迪小姐?真正的古典派,你知道。而且还是个瞎子呢,可怜的人。还不到二十呢,我敢说。

——真的吗?代达勒斯先生说。

---

① 法语:在城里的。

② 法语:在海上的。

他喝了一口,缓步走开去了。

——看他的脸,真让人难受,杜丝小姐同情地说。

天主诅咒狗杂种。

叮呤一声应她的怜悯,一位餐客的小铃响了。从餐厅门口出来了秃脑袋的派特,耳背的派特,奥蒙德的侍者派特。餐客要清啤酒。她供了清啤酒,并不欣然。

耐心地,莱纳汉鲍不及待地等伊岚,等着锵锵锵敞篷车的一把火小伙子。

他(谁?)掀起盖子,瞅着棺材(棺材?)里面的斜绷的三重(钢琴!)钢丝。他踩下柔音踏板,按了按(就是宽厚地按了按她的手的那个人)三个一组的音键,看毡的厚度变化,听蒙着毡的音槌敲击的音响效果。

两张奶油色羊皮纸一张备用两只信封我在威士敦·希利公司那时周到的卢布姆在达利公司是亨利·弗腊尔买。你在家里不快乐吗?送花表心意,大头针分爱。有含义,花的语言。是一朵雏菊吧?那是纯真。正派姑娘礼拜后见面。多谢非常之多。周到的卢布姆注意到门上有一张招贴,一位在优美的波浪中摇曳的美人鱼在抽烟。请吸美人鱼牌烟,清凉可口首推它。长发随风飘动:相思病。想男人了。想拉乌尔了。他眼角一动,望见远处埃塞克斯桥上正过来一辆敞篷马车,坐车的戴一顶颜色鲜艳的帽子。是他。第三次了。巧。

锵锵锵,转动着柔软的橡皮轮子,车子从桥边转上了奥蒙德码头。跟过去。冒个险。快走。四点的事。快到了。走。

——两便士,先生,女店员壮着胆子说。

——啊哈……我忘了……对不起……

——加四便士。

四点钟她。她对布卢他谁嫣然一笑。布卢笑快走。下午。你还以为沙滩上只有你这一块卵石吗?对所有人都是这样的。对男人。

在昏昏欲睡的沉静中,金色低垂在她看的书上。

从客厅中传来一声呼唤,久久方息。这是调音师用的音叉,他忘下的,现在他敲响了。又是一声。现在他悬空拿着,让它震颤。你听到了吗?它在震颤,在发出纯音,更纯的音质,柔和,更柔和的音调,它那嗡嗡作响的叉尖。更加经久不息的呼声。

派特为餐客要一瓶现拔塞子的酒,付了钱,走前先隔着酒杯、酒盘、现拔塞子的酒瓶,伸过耳背的秃脑袋去和杜丝小姐说句悄悄话。

——明亮的星星消失了……①

一支无唱音歌曲从里面传来,歌词是:

——……黎明来到了。

一组清脆的鸟啼,从敏感的手指下流出,构成了嘹亮高扬的应和。嘹亮地,那些琴键都闪闪放光,像拨弦古琴似的连成一片,召唤着一个歌喉来歌唱那露重的黎明,歌唱青春,歌唱情人的离别,生命的、爱的黎明。

——露水如珍珠……

莱纳汉噘着嘴,低声对柜台里面丝丝丝地逗引着。

——瞧这边儿呀,他说,卡斯蒂尔的玫瑰。

锵锵锵,轻车驶到马路边,停住了。

她站起身来,合上了书,卡斯蒂尔的玫瑰:心烦意懒,身在梦境似的站起身来了。

——她是自己摔下去的,还是被人推下去的?他问她。

她的回答是一个钉子:

——不想听谎话,就别提问题。

犹如贵妇人,贵妇风度。

一把火鲍伊岚的精致的棕黄色皮鞋,在他大步跨去的酒吧间地板上吱嘎作响。是的,从近处来了金色,伴着从远处来的古铜。莱纳汉听到声音就知道,对他发出了欢呼:

——瞧,战无不胜的英雄到了。

在马车与玻璃窗之间,小心地跨着步子的是布卢姆,未被战胜的英雄。他有可能看见我。他刚坐的座位:温热的。小心翼翼的黑色公猫,

① 此句及以下同字体诸句均出自十九世纪歌曲《再见吧,心上的人,再见》。

向里奇·古尔丁的律师公文包走去,高举着在打招呼呢。

——我和你啊……

——听说你在这里,一把火鲍伊岚说。

他对金发的肯尼迪小姐举手碰一碰斜戴的草帽檐儿。她对他粲然一笑。但是古铜妹子笑得更加粲然,同时为他展示着自己那颜色更加丰富的头发、一个胸脯、还有一朵玫瑰花。

鲍伊岚说饮剂。

——你要什么?来一杯苦的?请来一杯苦的,另外给我一杯黑刺李杜松子。电报来了吗?

还没有。四点钟他。都说四点。

行政长官公署门内,有考利的红耳朵和大喉结。躲开他们。古尔丁也许合适。他在奥蒙德干什么?马车在等着呢。等一等。

哈罗。哪儿去?想吃点什么吧?我也正想。就这里头吧。怎么,奥蒙德吗?都柏林最划得来的地方。是吗?餐厅。那里头的座儿挺安稳。看得见人,人看不见。我想,我和你一起吃吧。来吧。里奇带头走了,布卢姆跟在公文包后面。好饭食可供王侯享用的。

杜丝小姐伸手到高处取瓶子,绷紧了缎子袖臂、胸脯,差点儿绷裂了,那么高。

——哟!哟!莱纳汉一声声地为她长劲,配合着她每次向高处够的动作。哟!

但是她并不太费事就拿到了东西,胜利地放到了低处。

——你为什么不长个儿?一把火鲍伊岚问她。

古铜女,一面从她的瓶子里为他的嘴唇斟出稠如糖浆的酒液,一面瞅了一眼(他的衣襟上插着花:谁给他的?),发出了甜如糖浆的声音:

——精品包装小。

说的是她。干净利落地,她斟着糖浆似的缓缓流出的黑刺李。

——祝你好运道,一把火说。

他扔下一块大钱币。钱币铿锵作响。

——等一下,莱纳汉说,等我……

——好运道,他举起冒着泡沫的麦芽酒祝酒。

——权杖,轻轻松松跑一下就能赢的,他说。

——我小小的下了一注,鲍伊岚说着,又眨眼又举杯喝酒。不是为我自己的,你知道。我的一个朋友一时高兴。

莱纳汉又喝了一口,笑嘻嘻地望着自己杯中倾斜的麦芽酒,望着杜丝小姐的嘴唇,嘴唇并未闭拢,几乎像仍在用颤音哼着。伊桃乐丝。东方的海洋。

钟嗡嗡响。肯尼迪小姐从他们旁边走过(花,不知道是谁给的),她端走了茶盘。钟喀达喀达响。

杜丝小姐拿起鲍伊岚的钱币,利索地按一按现金出纳机。机器哐啷啷啷响。钟喀达喀达响。埃及美女拨弄着、整理着钱柜里的钱币,哼着乐曲递过去应找的零钱。眼看西方。喀啦一声。为我的。

——该几点钟?一把火鲍伊岚问道。四点?

钟。

莱纳汉的小眼睛饥饿地盯住了哼着乐曲的她,哼着乐曲的胸脯。他拉了拉一把火鲍伊岚臂肘处的袖子。

——咱们听一听时钟吧,他说。

古尔丁一考立斯一沃德事务所的公文包在前,布卢姆在后跟着,走过了一张张黑麦布卢姆开花了的餐桌。他茫无目标地,由秃头派特伺候着,精神紧张、目标明确地选择了门边的一张桌子。靠近一些。四点。难道他忘了吗?也许是一种手段吧。不来了:吊吊胃口。我可做不到。等待,等待。侍者派特等待着。

亮晶晶的古铜天蓝色眼睛,瞅着一把火的天蓝色蝶形领结和眼睛。

——来一个吧,莱纳汉怂恿着。没有人。他还没有听见过呢。

——……*匆匆奔向鲜花的嘴唇。*

高音,一声最高音部的高音符袅袅而起,嘹亮的。

古铜杜丝一面和一起一伏的玫瑰花商议,一面打量着一把火鲍伊岚的花朵和眼睛。

——赏个脸,赏个脸吧。

他的央求声，和反复表明心愿的词句相唱和。

——我舍不得离开你呀……

——回头的，杜丝小姐娇滴滴地作了许诺。

——不，就是现在，莱纳汉催促她说。Sonnez la cloche![1] 来吧！没有人。

她看了一眼。要快。肯小姐在听不见的地方。突然弯腰。两张兴奋起来的脸盯住了她，看她弯腰。

颤动的和音，从空气中飘失了，又找了回来，失去的弦音，失而复得，摇摇欲坠。

——来一个吧！来吧！Sonnez!

弯腰的她，将裙子尖端捏住在膝盖之上。停留一下。继续捉弄他们，弯着腰引而不发，眼中透出调皮的神情。

——Sonnez!

叭嗒！她突然一松手，捏在手中的吊袜带，富有弹性地拍打在她暖而可怕的女性的暖烘烘长袜大腿上。

——La cloche! 兴高采烈的莱纳汉欢呼着。老板训练的。不带锯末的。

她投去一个轻蔑的半笑（哭泣了！男人不就那样吗？），但她迎着亮处飘飘然走去时，向鲍伊岚抛去一个柔和的微笑。

——你们是庸俗到家了，她飘飘然走着说道。

鲍伊岚，目光对着目光。将酒盅举向肥唇边，一仰脖子喝光了他那小小的酒盅，咂着肥唇咽下了最后几滴紫罗兰色糖浆似的肥酒。他的眼睛着了迷似的盯住她的后影，看她的脑袋在酒吧的镜子之间，在镀金的姜汁啤酒罐，闪闪放光的红、白葡萄酒杯和一只疙疙瘩瘩的海螺壳之间飘然而去，在镜中留下一片古铜色与更明亮的古铜色交错的景象。

是啊，古铜在近处。

——……心上的人呀，再见！

---

① 法语：敲钟！

——我走了,鲍不及待说。

他轻捷地推开酒盅,伸手抓住了找给他的钱。

——等一眨子,莱纳汉急忙喝着酒求他。我是要告诉你一件事。汤姆·罗奇福德……

——有火就烧吧,一把火鲍伊岚走着说。

莱纳汉一仰脖子把酒喝了,赶紧跟上去。

——犄角劲头儿上来了还是怎么的[①]?他说。等着呀。我来了。

他跟着匆忙吱嘎的皮鞋追去,但是在门槛前敏捷地向旁边一闪,向两个人行礼,一个大汉和一个瘦子。

——您好吗,多拉德先生?

——嗯,你好,你好,本·多拉德把考利神父的苦恼暂放一放,用他的含含糊糊的低音嗓子回答道。他不会来找你的麻烦了,鲍勃。阿尔夫·伯根会找长家伙谈的。这回咱们可以在那个加略人犹大[②]的耳朵里放一根大麦管了。

叹着气的代达勒斯先生,指头揉着眼皮穿过客厅走来了。

——啊啊,咱们准这么办,本·多拉德欢快地用真假嗓子相间的唱法唱着。来吧,赛门。给咱们来一支小曲子吧。我们听到钢琴声音了。

耳背的侍者秃头派特,等待着客人要酒。里奇要帕尔威士忌。布卢姆呢?待我想一想。省得他跑两趟了。他有鸡眼。现在四点了。这身黑的够热的。当然,神经有一点。折射(对不对?)热能。待我想一想。苹果酒。对,要一瓶苹果酒。

——那算什么?代达勒斯先生说。我不过是随手弹几个音罢了,老兄。

——算了吧,算了吧,本·多拉德扬声说。恼人的忧愁过去了。来吧,鲍勃。

他从容不迫地摇摆着他那套宽大的多拉德廉价衣服(捉住那个穿蹩脚衣服的:现在就捉),带头向客厅中走去。他一屁股将多拉德坐上

---

① 英语中有时以"犄角"指勃起的阴茎。

② 《圣经·旧约》中所载出卖耶稣的犹大来自加略。

琴凳,用肿胀的爪子砸起琴键来。砸两下又突然停了。

秃头派特在门道中遇到放掉茶盘回来的金发。耳背的他要帕尔威士忌和苹果酒。古铜在窗边,望着,古铜,在远处。

锵锵锵,叮叮叮轻车。

布卢姆听见一声锵锵,小小的一声。他走了。布卢姆对那些沉默的蓝花轻吁了一口气。锵锵锵。他走了。锵。听。

——《爱情与战争》,本,代达勒斯先生说。往昔的时光,有天主的祝福。

杜丝小姐的勇敢的目光,未受注意,从半截子窗帘前转了回来,阳光刺眼了。走了。若有所思的(谁知道?),受了刺激的(阳光刺眼),她拉动一根滑索放下了遮光帘。她,若有所思的(他为什么这么快就走了,我刚),在她的古铜色周围,在酒吧内,在秃脑袋站在金发姐妹旁边构成不协调对比,对比不协调,不存在协调的地方,蒙上一片缓慢移动的清凉、朦胧的海青色阴影,eau de Nil.

——那一晚是可怜的老古德温弹钢琴,考莱神父提醒他们说。那次他和那架考拉德大钢琴之间有一丁点儿意见不和。

是这样的。

——一场他个人的专题讨论会,代达勒斯先生说。魔鬼都拉不住他的。脾气古怪的老家伙,又进入了初步醺然期。

——天主呀,你们还记得吗?本大个子多拉德从已经砸过的琴键前转回身来说。而且,耶老哥呀,我还没有婚礼穿的服装呢。

他们都哈哈笑了,三位爷们。他没有婚的。三人全哈哈笑。没有婚礼服。

——咱们的朋友布卢姆那晚上可管用了,代达勒斯先生说。咦,我的烟斗哪儿去了?

他晃回酒吧间,去找那失去的弦音烟斗。秃头派特端着两位餐客的饮料,里奇和波尔迪的。考莱神父又笑起来了。

——是我挽救的那个局面,本,我想。

——是你,本·多拉德给他证实。我还记得那条紧裤子呢。你那个主意真是高明,鲍勃。

考莱神父的脸,一直红到他那高明的紫红色耳垂上。他挽救了局。紧裤。主意高。

——我知道他那时候境况不妙,他说。那时候他老婆星期六在咖啡宫弹钢琴,挣非常有限的一点儿收入,是谁给我透的信儿来着,说她还有另外那一档子买卖呢。你记得吗?咱们把整条霍利斯街都找遍了,直到在基奥遇见的那个家伙告诉了咱们,才知道了号码,记得吧?

本记得。他那宽大的脸盘上露出诧异的神色。

——天主啊,她倒还真有几件豪华的歌剧斗篷之类的东西呢。

代达勒斯先生手里拿着烟斗踱回来了。

——梅里恩广场的式样。舞会服装,天主啊,还有宫廷服装呢。他还一个钱也不要,对吧?三角帽、博莱罗装、罩裤,应有尽有。对吧?

——是啊,是啊,代达勒斯先生点点头说。玛利恩·布卢姆太太衣服多,形形色色脱下身。

锵锵锵,轻车沿着码头驰去。一把火懒洋洋地随着富有弹性的胶皮轮子颠着。

肝加咸肉片。牛排和腰子馅儿饼。好的,您哪。对,派特。

玛利恩太太转回来世。有煳味。保罗·德·科克的。名字好。

——她的名字叫什么来着?胸部丰满的姑娘。玛利恩……?

——忒迪。

——对。她还活着吗?

——活得欢着呢。

——她是谁的女儿?

——团队的女儿。

——对了,老天哪。我还记得那个老军乐队呢。

代达勒斯先生嚓的一声,嘶嘶一阵,点着烟斗,喷出一口香喷喷的,又是一口。

——是爱尔兰人吗?我可不知道,真的。她是吗,赛门?

浓浓的烟,一口香味强烈的烟,吱吱响着的。

——颊肌有一点儿……怎么样?……有一点儿不灵活……啊,她呀……我的爱尔兰莫莉呀[1]。

他喷出一口浓烈的烟,笔直地向上升去。

——从直布罗陀的山岩……远道而来。

她们在海洋荫影的深处,金发在啤酒泵前,古铜在黑樱桃酒旁,两人都沉思不语。德鲁姆康德拉的利斯摩平台街四号的米娜·肯尼迪,和伊桃乐丝,一位女王呀,桃乐丝,都默默无言。

派特送上菜来,揭开了菜盘罩。利奥波尔德切着肝片。前已交代,他吃内脏,吃那有嚼头的屯儿,吃油炸的鳕鱼卵都是津津有味的,而里奇·古尔丁—考立斯—沃德呢,他吃着牛排和腰子,先牛排后腰子,一口又一口的馅儿饼,他吃着布卢姆吃着他们吃着。

布卢姆和古尔丁,在沉默中结合了,吃着。可供王侯享用的美餐。

单绅道上锵锵锵,一辆轻车在轻轻地跑,单身汉一把火鲍伊岚,火热的太阳热烘烘,母马颠着它亮晶晶的屁股,鞭子轻轻地抽,胶轮梭梭地转:他懒洋洋地躺在暖烘烘的座位上,鲍不及待的,热切而大胆的。角。你有吗?角。你有吗?犄,犄,角。

在他们的说话声之上,多拉德吼出了巴松管似的强音,盖过了轰轰鸣响的和音:

——爱情吸住了我那炽热的灵魂……[2]

本灵魂本杰明的洪亮嗓音声震屋宇,天花板上的窗玻璃直发颤,爱情的震颤。

——战争!战争!考莱神父高声叫起来。你是战士。

——正是,本战士笑着说。我想到了你的房东[3]。是爱情还是金钱。

他住了嘴,摇晃着大胡子大脸盘笑自己的大谬误。

——没有问题的,老兄,代达勒斯先生在香烟缭绕之中说,你的玩

① 《我的爱尔兰莫莉呀》为一爱尔兰民歌,歌中莫莉正好与布卢姆太太同名。

② 歌词,出自二重唱《爱情与战争》,下同。

③ 该房东姓勒夫(Love),此词英语中主要词义为爱情,该二重唱分高低二部,爱情部分应由高音歌手唱。

意儿这么大,恐怕会把她的耳膜都弄破了。

多拉德的哈哈大笑的大胡子,在键盘上大晃起来。真是的。

——更甭提另外那一层膜了,考莱神父接茬说。中场休息了,本。Amoroso ma non troppo.①让我来吧。

肯尼迪小姐给两位绅士送上两缸子清凉黑啤酒,说了一句寒暄话。是啊,第一位绅士说,天气真是不错。他们喝着清凉的黑啤酒。她知道总督是到哪里去吗?听见了马蹄铮铮的钢铁节奏。不知道,她说不上。报纸上会有的。不啦,甭费她的事儿啦。不费事儿的。她晃一晃手中那张已经展开的《独立报》,找起总督来,她那高耸的发髻缓缓地移动着,总……。太费她的事儿啦,第一位绅士说。哪儿,一点儿也不费事儿的。他那神气是。总督。金发伴古铜听见钢铁声音。

——……我那炽热的灵魂
我不管那明天呀。

布卢姆将浇肝用的肉卤拌着马铃薯泥。《爱情与战争》,有人在。本·多拉德的有名的。那晚上他跑到我们家来借一套参加音乐会用的礼服。裤子穿在他身上绷得紧紧的,像鼓似的。音乐肥猪。他一走,茉莉可笑开了。一仰身子倒在床上,踢着两只脚大笑大叫。一身的玩意儿都让人看得清清楚楚的了。哎唷,天上的圣人呀,我一身都湿透了!哎唷,前排的女人们呀!哎唷,我可从来没有这么笑过。哎,当然喽,他要不是这样,怎么会有他的低音大桶呢。比如拿阉人说吧。不知道是谁在弹琴。韵味不坏。准是考利。有音乐素质。不论你弹什么调他都知道。可惜有口臭,可怜的人。停了。

杜丝小姐,殷勤的莉迪亚·杜丝,向刚进来的温文尔雅的绅士鞠躬,律师乔治·利德威尔。您下午好。她把她的湿润的、贵妇的手伸过去,接受他的有力的握手。下午好。对,她回来了。又来叮叮当当老一套了。

——您的朋友们在里面呢,利德威尔先生。

---

① 意文音乐用语:含情脉脉,但勿过分。

乔治·利德威尔，受到热情欢迎的温文尔雅人，握着一只莉迪亚手。

布卢姆如前所述地吃着肝。这儿至少是干净的。佰顿饭店那个没牙佬对付软骨的样子。这儿没有人：就是古尔丁和我。干净的桌子、花儿、主教冠冕似的立在餐桌上的餐巾。派特来来往往的。秃头派特。没有什么事儿。都城最划得来的地方。

钢琴又响了。是考利。他凑近钢琴那么一坐，样子就像是和它一体天成，彼此的心是相通的。那些烦人的拉锯手们，眼睛盯住弓梢锯着大提琴，刮着小提琴，叫你想起牙疼受的罪。她打鼾了，声音高而时间长。那晚上我们坐的是包厢。幕间休息的时候，下面的长号呼吃呼吃的像一头灰海豚，有的铜号手拧下嘴子甩唾液。乐队指挥的两条腿也露出来了，穿着鼓鼓囊囊的裤子，晃过来晃过去的。把他们挡起来还是好的。

晃呀晃的锵锵锵，轻车轻轻地跑着。

只有竖琴。可爱。闪着金色的光芒。姑娘的手在抚弄。艉楼，秀美挺立的。肉卤味道不错，可供。金色的船。爱琳。竖琴呀，当年，如今。清凉的手。豪斯山峰，杜鹃花丛。我们是她们的竖琴。我。他。年老的。年轻的。

——哎，我不行，老兄，代达勒斯先生无精打采地退缩着说。

强烈地。

——来吧，该死的！本·多拉德咆哮着说。小段小段的来吧。

——M'appari①，赛门，考利神父说。

他向前台跨了几步，神色庄严而痛苦，高大的躯体伸展出两只长臂。他的粗大的喉结在躁动，轻轻地。他对着那里一幅灰尘仆仆的海景轻声唱着：《最后的告别》。伸入海水中的岬角、一艘海船、波涛中的风帆。告别。一位秀美的姑娘站在岬角上，面纱在风中飘扬，风裹着她。

考利唱：

---

① 意文："我面前出现"，为下文歌词之首。

——M'appari tutt'amor:

Il mio sguardo l'incontr……[1]

她听不见考利的歌声，扬着她的面纱送别远去的爱人，招呼着风……爱情……扬帆速归。

——唱吧，赛门。

——哎，实在的，我的欢蹦乱跳的日子已经完了，本……好吧……

代达勒斯先生把烟斗放下，让它陪着音叉休息，坐下来顺手弹了几下琴键。

——不，赛门，考利神父转回身来说。要弹原来的调门。一个降音符号[2]。

音键顺从地升了上去，又听到了话，迟疑了，认错了，困惑了。

考利神父大步走向台后。

——我来，赛门，我来给你伴奏，他说。起。

锵锵锵，轻车驰过了格雷厄姆·莱蒙公司的椰子糖堆，驰过了埃尔夫里的大象牌雨衣店。

牛排、腰子、肝、马铃薯泥，可供王侯享用的菜肴，坐着享用的王侯是布卢姆和古尔丁。两位用餐的王侯，他们举杯喝酒，帕尔威士忌和苹果酒。

歌剧史上最优美的男高音唱段，里奇说：Sonambula.[3]他有一天晚上听约·马斯唱过。啊，好一个麦格金[4]！真的。当然，他也有他的特色。唱诗班童音起家的。马斯正是那童音。唱弥撒圣曲的儿童。那是一种抒情的男高音，可以这样说吧。永远忘不了。永远。

心肠软软地，布卢姆隔着无肝的咸肉盘子，看到他正绷紧了脸在憋劲。腰背疼，他。亮氏的亮眼[5]。节目单上的下一项。自食其果。药

---

① 意文歌词："我面前出现了完美的爱，令我目眩神移……"，为歌剧《玛莎》男主人公唱词。

② 即F调，指五线谱上仅有一个降音符。

③ 意大利歌剧《梦游的女人》。

④ 马斯与麦格金均为从唱诗班出身的著名男高音。

⑤ 肾小球肾炎的发现者姓Bright，该词词义为"亮"，因此可称为"亮氏症"（常音译为"布赖特氏症"），此症往往由过量饮酒引起，其症状常为腰背疼，并可造成眼周围水肿。

片,面包渣,一畿尼一盒。暂时挡一挡。还唱歌呢:**死人堆里**①。倒也恰当。腰子馅儿饼,以腰补腰。收效不大。最划得来的地方。正是他的作风。帕尔威士忌。特别讲究喝的。杯子有毛病,新鲜的瓦特里河水。为了省钱,从柜台上顺手牵羊拿火柴。然后,乱七八糟的,整镑整镑地瞎花。而他实际上一文也不缺。灌足了,坐车不给钱。古怪的类型。

里奇永远忘不了那一晚。他这一辈子:永远。和小佩克一起坐着老皇家剧院的顶层高座。而当第一个音符。

里奇说着说着打住了。

胡说八道起来了。根本没有的事,大唱其狂想曲。编得连他自己也信以为真了。还真信呢。信口开河,煞有介事。可得有一个好记性才行。

——是什么唱段?利奥波尔德·布卢姆问。

——**一切全完了**②。

里奇噘起了嘴唇。幽幽升起的一声啭鸣,报丧女的婉转哀音在喃喃诉说:一切。鸫鸟的啼声。画眉。他吹出了悠扬的鸟鸣,在他很得意的一口好牙之间,申诉着自己的哀怨。全完了。圆润的声音。其中有两个音符结合为一的。我在山楂谷中听见了鸫鸟的啼声。它把我逗它的乐调接过去,加上了曲折变化。一切大多新呼声完了全。回音。多美的回答。是怎么弄出来的?现在全完了。悲哀的音调,他吹的口哨。坠落、放弃、完了。

布卢姆侧起豹耳朵③,同时将花瓶下小垫子上的一根流苏展平。整齐。是的,我记得。唱段很美。她在睡梦中去找他了。月光下的纯洁。仍挺着腰。勇敢。不知道本身的危险。叫名字。摸水④。锵锵锵

---

① "死人堆里"为一劝人喝酒的歌曲,意谓不喝酒不如往死人堆里躺下。

② 歌剧《梦游的女人》中女主人公梦游,因而引起未婚夫怀疑,以为已失去其爱情而唱此曲。

③ 布卢姆的名字"利奥波尔德"原文为 Leopold,接近 leopard 即"豹"。

④ 西方习俗认为梦游惊醒可能有危险,但如轻呼其名或使之摸水,即可安全醒来或回床睡觉。

轻车。来不及了。她一心要去。这是原因。女人。挡住海水还容易些。是呀,全完了。

——是一段优美的唱腔,布卢姆完了的利奥波尔德说。我很熟悉。

里奇·古尔丁一辈子从来没有过。

他也熟悉它。要不然,仅是他感觉如此而已。仍在念叨他的女儿。生来就会认爹的小神童,代达勒斯说的。我呢?

布卢姆的眼光斜过无肝菜盘上。全完了的脸色。一度是欢蹦乱跳的里奇。他爱开的玩笑现在都发馊了。动耳朵。眼睛上有了一道箍。现在派他的儿子送一些求援信了。斜眼的沃尔特,您哪是的您哪。只因我原指望收到一笔款项,否则不敢启齿。请原谅。

钢琴又响了。比上次我听到的声音好。大概调过音了。又停了。

多拉德和考莱还在撺掇不甚积极的歌手。

——唱吧,赛门。

——唱,赛门。

——女士们、先生们,我对你们的盛情邀约甚为感激。

——唱,赛门。

——我没有钱,但你们如愿听取,我将努力为你们唱一支心情沉重的歌。

网状阴影中的三明治罩旁站着莉迪亚,古铜衬玫瑰,贵妇风度,欲授又止:同时在清凉的淡湖色的 eau de Nil 中,米娜的金色高髻向着啤酒缸子两只。

前奏曲的竖琴乐调已结束。一股长长的有所期待的弦音,引出了一腔歌声:

……当我初初见到那令人心爱的身影……①

里奇转过身去。

——是赛·代达勒斯在唱,他说。

脑受触动,脸染火光,他们倾听着,感受到那一股令人心爱的音流

① 此行及以下异体字均为歌剧《玛莎》中 M'appari 唱段。

流在皮肤上、四肢上、心上、灵魂上、脊椎骨上。布卢姆给派特做了个手势，秃头派特是个重听的侍者，要他把酒吧间的门开一点缝。酒吧间的门。就这样。行了。派特，侍者，侍候着，也等候着要听，因为他重听，在门边听。

——……忧愁仿佛一扫而空。

通过静谧的空气，歌声向他们传来，轻轻的，不是雨声，不是树叶的嘁嘁私语，不似弦音或是簧音或是那种叫什么的扬琴音，有唱词触及他们的耳朵，静止的心脏，他们各自记忆中的经历。舒心啊，听着舒心：当他们初初听到，忧愁似乎从他们每人心上一扫而空。当他们，完了的里奇·波尔迪，当他们初初见到那仁慈的美，初初听到一个始料未及的人，她初次说出那一个仁慈的、温存的、深爱的字眼。

爱情在歌唱：爱情的古老颂歌。布卢姆缓缓地松开了他那一扎东西上的弹性羊肠线圈。爱情的古老颂歌 sonnez la 金色。布卢姆将一股羊肠线圈，套在叉开的四个指头上，绷紧、放松，然后将它双股、四股、八股地缠在他的烦恼上，把它们缠绑紧了。

——充满着希望，满心欢喜……

男高音歌手们能赢得成群的妇女。流得更畅。将花掷在他脚前。咱们何时相会？我的脑袋简直。锵锵锵谁都喜欢。他在正式场合唱不了。你的脑袋直打旋儿。为他擦的香水。你妻子用什么香水？我想知道。锵。停。敲。她去应门前总要对镜子看上最后一眼。门厅。谁？你好？我很好。那儿吗？怎么样？要不？她的小袋里，一小瓶口香片，亲吻糖。要吗？手伸过去摸那丰满的。

可叹呀歌声提高了，叹息了，转调了：响亮、饱满、辉煌、骄傲。

——但是可叹呀，全只是一场春梦……

他的嗓音还是很出色的。科克的空气比较柔和，还有他们的方言口音也有关系。愚蠢的人！本来是可以挣大把钱的。唱错了词儿。把他的老婆折磨死了，现在倒唱起来了。不过也难说。只有他们两人自己。如果他不垮下去。上了林荫道，还能跑出个样子来。他的手脚也会唱歌。喝酒。神经负荷过重。要唱歌，就得节制饮食。珍妮·林德汤：①原汁、西米、生鸡蛋、半品脱奶油。这才粘粘糊糊，梦幻似的。

脉脉温情随之而起：缓缓的，上涨了。它涨起了，搏动着。正是那话儿。嘿，给！接受！搏动着，搏动，一个脉动着的傲然挺立物。

歌词？音调？不，重要的是背后的东西。

布卢姆缠上又松开，结上又解开。

布卢姆。音乐之流，一条心惊胆战舔起来严守秘密的热流，流向欲望的暗流，接触入侵的暗流。碰她摸她揉她搂她。交媾。毛孔张开扩大。交媾。欢乐、感觉、暖烘烘。交媾。开闸放流，涌流喷射。激流、喷射、交流、欢涌、媾动。此刻！爱情的语言。

——……一线的希望……

眉开眼笑的。莉迪亚正为利德威尔吱吱尖声，贵妇派头十足，几乎听不见不尖声的缪斯歌唱一线的希忙。

是《玛莎》。巧合。正要写。莱昂内尔的歌②。你的名字很可爱。不能写。请接受我的菲礼。触动她的心弦，也触动钱包。她是一个。我把你叫做淘气孩子。可是名字终究是玛莎。好奇怪！今天。

莱昂内尔的歌声又来了，弱了一些，但并不疲惫。歌声又传至里奇、波尔迪、莉迪亚、利德威尔，也传向派特，张着嘴巴耳朵等候着伺候。他如何初初见到那令人心爱的身影，忧愁如何仿佛一扫而空，一个神态、一个形象、一句话如何地使他古尔·利德威尔陶醉，赢得派特·布卢姆的心。

要是能看到他的脸更好。更加真切。在德拉戈理发的时候，我对着镜子里理发师的脸说话，他却总要直接看我。可是，这里虽然比酒吧间远些，听起来却更好。

——每一个优美的神态……

---

① 珍妮·林德为十九世纪著名瑞典女高音，讲究节制饮食以保歌喉，此汤借其姓名以示特别有利保养身体。

② 莱昂内尔为歌剧《玛莎》中男主人公。

第一天晚上，我在特伦纽儿初初见到她，在马特·狄龙家。她穿的是黄黑两色的网眼料子。音乐椅①。我们两人是最后的。缘分。跟在她后面。缘分。转了又转，缓慢的。转快了。我们俩。人们全看着。停。她坐下了。所有被淘汰的全在看着。哈哈笑的嘴唇。黄色的膝盖。

——使我陶醉……

歌声。她唱的是《等待》。我为她翻乐谱。圆润嗓音芬芳什么香水你的丁香树。胸脯我看见了，两个丰满的，歌喉啭鸣。我初次见到。她谢我。她和我怎么？缘分。西班牙风韵的眼睛。独自在梨树下古老的马德里院子里这时光一边有荫②，桃乐丝，伊，桃乐丝。望着我。迷人的。啊，勾人心魄。

——玛莎！啊，玛莎呀！

莱昂内尔摆脱消沉情绪唱起了悲歌，用激昂的呼声召唤心爱的人儿归来，配着愈益深沉而又愈益高昂的和音。这莱昂内尔的孤寂的呼声，她应该是熟悉的，玛莎必能感觉到的。他就是在等待着她，惟一的人。在哪儿呢？这儿那儿试试那儿这儿到处寻找哪儿。总有个去处的。

——归来吧，我失去的人儿呀！
归来吧，我心爱的人儿呀！

孤独的。惟一的爱人。惟一的希望。我惟一的安慰。玛莎，胸腔音，回来！

——归来吧！……

升上去了，鸟儿高空翱翔，呼声迅捷纯洁，银球翱翔，清脆跃起，持续迅飞，归来吧，可别把气拖得太长了一口长气他长气长命，高空翱翔，

---

① “音乐椅”为一种游戏，参与者随乐声绕椅而行，乐声一停各人就座，椅数比人数少一个，不得就座者即被淘汰，椅数逐渐减少，最后为二人绕一椅。

② 《在古老的马德里》为一爱情歌曲。

高处灿烂如火如荼,加冕的,高处那有象征意义的光辉,高处那太空胸怀,高处那光照四方万物翱翔一切周围一切包容,无穷无尽无尽无尽……

——回到我身边!

赛奥波尔德!

耗尽了。

来吧。唱得好。大家鼓掌。她应该。归来。我身边,他身边,她身边,你也,我,我们。

——妙啊!呱嗒呱嗒。好样儿的,赛门。呱呱叫呱嗒呱嗒。再来一个!呱嗒快嗒呱嗒。嗓音响亮如钟。妙啊,赛门!呱嗒阔嗒呱嗒。再来一个,鼓掌,说话,喊叫,大家鼓掌,本·多拉德、莉迪亚·杜丝、乔治·利德威尔、派特、米娜、两位面前有两缸子啤酒的绅士、考利、第一位要啤酒的绅士和古铜色杜丝小姐和金色米娜小姐。

一把火鲍伊岚的漂亮的棕黄色皮鞋,前已交代在酒吧地板上吱咯作声。锵锵锵驶过一座座雕像,约翰·格雷爵士、霍雷肖·独把儿纳尔逊、可敬的神父西奥博尔德·马修,适才已述轻车轻驶而去。一路小跑,发情,热座。Cloche. Sonnez la. Cloche. Sonnez la. 在拉特兰广场圆房子旁,母马上坡慢了一些。母马颠得慢了,鲍伊岚嫌慢,一把火鲍伊岚,鲍不及待伊岚。

最后的当啷一声,考利的和音结束了,消失了,空气的内容丰满了。

这时里奇·古尔丁啜他的帕尔威士忌,利奥波尔德·布卢姆饮他的苹果酒,利德威尔喝他的吉尼斯啤酒,第二位绅士说,如她不反对,他们再要两缸子。肯尼迪小姐起初对第二位扭着红珊瑚嘴唇笑而不供。她不反对。

——在牢房里蹲上七天,吃面包喝凉水,本·多拉德说。那时节啊,赛门,你唱起来就像花园里的鹪鸟了。

歌手莱昂内尔·赛门笑了。鲍勃·考利神父弹琴。米娜·肯尼迪供酒。第二位绅士付款。汤姆·克南大摇大摆地进来了莉迪亚受了赞美也表示了赞美。但是布卢姆唱的是哑调。

赞美。

里奇赞美那嗓音真是出色。他记得很久以前的一个晚上。那是永远难忘的一晚。赛唱了《地位和荣誉》[1]:是在内德·兰伯特家唱的。好天主啊,他这一辈子也没有听到过那样的乐曲真的从来没有过**因此上你虚伪的人啊分手吧**那么清脆那么天主啊他从来没有听到过**既然你心中没有爱情**是金钟般的嗓音,你去问兰伯特吧,他也会告诉你的。

苍白的古尔丁脸上隐约泛红,向布卢姆先生叙述那一晚上,他里奇听他赛·代达勒斯唱《地位与荣誉》,在他内德·兰伯特家。

姻兄弟:亲戚。我们相遇不说话[2]。诗琴中的裂痕,我想[3]。他看不起他。瞧。他还更加赞美他。那一晚,赛唱的。人的歌喉,两根丝一般的小小声带,奇妙之至,超过其他的一切。

那是一种哀怨的嗓音。现在安静下来了。总是在无声之中你才仿佛感觉自己听到。震颤。现在空气中是没有声音了。

布卢姆放开了交错的双手,用松弛的手指拨弄着细细的羊肠线。拉一下,拨一下。肠线嗡嗡,肠线铮铮。这时古尔丁在谈巴勒克拉夫的运嗓方法,这时汤姆·克南旧话重提,正以一种回顾性的安排对考利神父滔滔不绝,而考利神父则一边弹着一曲即兴自由调,一边听着点着头。这时大洪钟多拉德正在和赛门·代达勒斯说话,而他则正点上烟斗,抽着烟点头,抽着烟。

失去的人儿呀。所有的歌曲都唱这个主题。布卢姆把肠线拉得更长了。似乎有些残酷。让人们互相爱慕:引着他们接近。然后生生拆开。死亡。炸。当头一棒。滚滚滚去地狱。人生。狄格南。哎,那根老鼠尾巴在扭动着呢!我出了五先令。Corpus paradisum.[4]长脚秧鸡似的干嚎:肚皮像药死的小狗。完了。他们唱着歌。忘了。我也是。有朝一日她也会。抛开她:厌倦。那时就痛苦了。哭鼻子。西班牙风

① 轻歌剧《卡斯蒂尔的玫瑰》唱段。

② 《我们相遇不说话》是十九世纪末一首描述离异夫妻的美国歌曲。

③ 《诗琴裂痕》是丁尼生组诗《国王叙事诗》(1859—1885)中的一首,主题为爱情中的猜疑可以造成彻底破裂。

④ 拉丁文:天堂身体(两段祈祷词片断)。

韵的大眼睛,茫茫然地瞪着。她的波纹起伏浓浓密密卷卷曲曲的头发未经,梳,理。

然而快乐过多使人腻。他又抻长些,又抻。你在家里不快乐吗?嘣。断了。

锵锵锵进了多塞特街。

杜丝小姐抽回了她的缎子胳臂,半嗔半喜。

——这么放肆可是绝对不行,她说,还没有这份儿交情呢。

乔治·利德威尔对她说真是这样,一点不假:她就是不信。

第一位绅士告诉米娜真是那样。她问他真是那样吗?第二位啤酒缸子告诉她真是的。事实真是那样。

杜丝小姐,莉迪亚小姐,不信:肯尼迪小姐,米娜,不信:乔治·利德威尔,不:杜小姐不:第一位,第一位:啤酒绅:相信,不,不:不信,肯小姐:利德莉迪亚威尔:啤酒缸子。

在这儿写吧。邮局里的鹅毛笔,常是咬坏、扭坏的。

秃头派特看见他的手势就走了过来。钢笔墨水。他走了。一个吸墨纸垫。他走了。吸干墨迹的垫子。他听见了,聋子派特。

——是,布卢姆先生拨弄着那根弯弯曲曲的羊肠线说。肯定是的。几行就行。我奉送。所有的意大利华丽音乐都是这样的。是谁作的曲?知道了是谁,就比较好理解一些。拿出信纸,信封:不在意似的。非常典型。

——整个歌剧中最精彩的一曲,古尔丁说。

——是的,布卢姆说。

是数字①。其实,所有的音乐都是。二乘以二除以半数得两个一。振动:和音就是这么一回事。一加二加六得七。耍弄数字,可以随心所欲。结果总是这等于那。墓园围墙下的对称。他没有注意我的丧服。漠不关心:只关心他自己的肚子。数字乐理。你还认为你听的是什么虚无缥缈的东西哩。可是,假定你这样说吧:玛莎啊,七乘九减X等于三万五千。满拧。问题是得有那些声音才行。

---

① 一种音乐理论认为一切音乐均可以数字及相对比例关系解释。

拿他这时弹的来说。即兴的。也许正是你喜欢的,要听到歌词才知道。愿意细细听一听。不易。开始还是清楚的:然后,稍过了一回儿,和音来了:就有一些摸不清门路了。绕货包,爬大桶,钻铁丝网,障碍赛跑。曲调决定于时间。问题是你自己的心情如何。不过听起来总是悦耳的。除非是直上直下,小姑娘学弹琴。隔壁邻居两人凑在一起。应该发明一种哑琴,专作那种用途。米莉没有音乐趣味。怪,因为我们两人都,我的意思是。我给她买了 Blumenlied.①这名字。缓缓弹奏,一位姑娘,晚上我回家时,那位姑娘。塞西莉亚街附近那马厩的门。

又秃又聋的派特,送来了平平的吸墨纸垫和墨水。派特把墨水、钢笔、平平的吸墨纸垫一一摆好。派特收盘收碟收刀收叉。派特走。

这是惟一的语言,代达勒斯先生对本说。他小时候在林加贝拉、克罗斯黑文、林加贝拉,就听到人们唱威尼斯船夫曲。女王镇②的港口里,停满了意大利船舶。在月光底下,戴着他们那种地震帽游逛,你知道吗,本。几个人的歌声混成一片。天主啊,那音乐,本!小时候听到的。克罗斯林加贝拉黑文,月光船夫曲。

他挪开带酸味的烟斗,将一只手作为屏障挡在嘴的一边,幽幽地发出一声月夜的呼声,近处清晰,远处响应的呼声。

布卢姆的你那另一个眼沿着他那《自由人报》棍子的边缘往下溜,寻找着那条我在哪儿看到的。卡伦、科尔曼、狄格南,派特里克。嘿啃!嘿啃!福西特。一点儿不错!正是我要找的。

希望他不往这边看,耗子精似的。他展开了他那份《自由人报》拿在手中。现在看不见了。要记得写希腊式的 e 字。布卢姆蘸了蘸墨水,布卢姆模模糊糊嘟哝:敬启者。亲爱的亨利在写:亲爱的玛。收到来信和花。我放哪儿了?不知哪一个口袋吧。今天完全不可能。**不可能**要加重。写。

怪乏味的,这事儿。感到乏味的布卢姆,用我正在思索的手指,在派特送来的平平的吸墨纸垫上轻轻地敲着鼓点。

---

① 德文曲名《花之颂》,其中"花"字与"布卢姆"巧合。

② 女王镇现已改名"科夫",为爱尔兰南部科克郡海湾,林加贝拉与克罗斯黑文均为港口附近地名。

写下去。请了解我的意思。不对,那个 e 得改。请接受我附上的菲薄小礼。不要求她回。打住。狄格五。这儿大约二。海鸥一便士。先知以利亚来。戴维·伯恩酒店七。八是不是。来个半克朗吧。我的菲薄小礼:邮汇二先令六。请给我写长的。你是否看不起?锵锵锵,你有吗?兴奋得很。你为什么说我淘气?你也淘气吗?啊呀呀,玛伊利她丢了她那别针呀。今天到此为止。是的,是的,会告诉你的。想要的。保持下去。叫我另外那个。她写的是另外那个司。等极了。保持下去。请你相信。相信。啤酒缸子。这。是。真话。

我写这个是蠢事吗?结了婚的男人不这样。结婚的作用,他们的妻子。因为我不在。假定。但怎么弄呢?她非要不可。保持青春。如果她发现。我那高级礼巾里的卡片。不,不能全说。白受痛苦。眼不见。女人。设身处地。

一辆出租马车,牌照三百二十四号,车夫是唐尼布鲁克的和睦路一号的巴顿·詹姆斯,坐车的是一位年轻绅士,穿一身时髦的靛蓝哔叽套服,裁制套服的是伊登码头五号的乔治·罗伯特·梅夏士成衣店,戴一顶非常讲究的草帽,购自不伦瑞克大街一号约翰·普拉斯托帽子店。嗯?这就是那辆颠呀颠的锵锵锵轻马车。一匹母马颠着欢快的屁股,在德鲁咖兹猪肉店的颜色鲜艳的 Agendath 香肠前面轻疾地跑过①。

——答复一则广告吧?里奇的机敏的眼睛在问布卢姆。

——对,布卢姆先生说。旅行推销员。没有什么戏的,我估计。

布卢姆嘟哝:有最可靠的证明人。但是亨利在写:将使我感到兴奋。你明白为什么。匆匆。亨利。希腊写法的 e. 最好加一句附言。他现在在弹什么?即兴的。间奏曲。又及。仑一吞一吞。你准备怎样罚?你罚我?歪斜的裙子摆动着,抽打。告诉我。我想。知道。当。然。如果我不想,我就不会问了。啦啦啦哩。那边的琴声变了小音阶,逐渐轻下去了,悲哀地。为什么小音阶就悲哀?签亨。他们总喜欢悲哀的结尾。又又及。啦啦啦哩。我今天感到很悲哀。啦哩。非常寂

① Agendath(希伯来文)为第四章中布卢姆在此猪肉店中所见 Agendath Netaim(移民垦殖公司)传单上字样。

寞。亲。

他迅速地用派特的吸墨纸吸干。信封。地址。照着报纸上的抄写。喃喃自语:卡伦—科尔曼有限公司。亨利在写:

都柏林海豚仓巷
邮局转交
玛莎·克利福德小姐启

用刚吸过墨迹的那一片吸,他就没法辨认了。对。用这主意可以写获奖小品。侦探从吸墨纸上找到线索。稿酬每栏一个畿尼。马察姆常想那爱笑的妖女。可怜的皮尤福依太太。卜一:上。

悲哀的话太像作诗。音乐的效果。音乐有魅力。莎士比亚说的。一年到头,天天有语录。生存还是毁灭①。立等可取的智慧。

在脚镣巷杰勒德的玫瑰园内,他在踱着,金棕色头发已见花白。生命总共只有一次。一个身体。干吧。只管干吧。

不论如何,已经干了。汇票、邮票。这条街上有邮局。可以走了。够了。我答应在巴尼·基尔南酒店和他们会面的。不喜欢那活儿。有丧事的人家。走。派特!没有听见。没有耳朵的甲虫。

车快到了。说话。说话。派特!没用。在摆餐巾。他一天走的路可不少。在他的后面画一张脸,就成两个人了。他们再唱一段才好呢。免得我想心事。

秃头派特耳朵背,正在把餐巾叠成尖顶立好。派特是一个重听的侍者。派特是个要你等候他来侍候你的侍者。嘻嘻嘻嘻。他要你等候他来侍候。嘻嘻。他是侍候者。嘻嘻嘻嘻。他要你等候他来侍候。你愿等候你就等候他要你等候他来侍候。嘻嘻嘻嘻。嗬。等候侍候吧。

杜丝在那儿。杜丝莉迪亚。古铜色加玫瑰花。

她这回玩得美极了,简直美极了。看看她带回来的这只可爱的海螺壳吧。

她将那只螺旋形带尖顶的海中号角,轻盈地送到他坐的酒吧末端,让他乔治·利德威尔律师听一听声音。

---

① 莎剧《哈姆雷特》中最著名的独白词句,曾有许多译法,此为朱生豪译文。

——听呀,她叫他听。

伴奏的琴手听着汤姆·克南的带杜松子酒味的话语,将琴音放慢了。千真万确的。沃尔特·巴普蒂倒嗓子的真相。是这么的,您哪,那位丈夫卡住了他的脖子。**坏蛋,他说,你再也唱不了情歌了**。他真是这么干的,汤姆爵士。鲍勃·考利轻轻弹着。男高音歌手弄女。考利向后倚去。

啊,现在她把海螺壳凑在他耳朵上,他到底听见了。听啊!他听见了。妙极了。她又把它放在自己耳旁。和她深浅相配的金发,也从明暗相间的光线中飘过来了。来听。

嗒。

布卢姆通过酒吧间的门,看到她们把海螺壳按在耳朵边。他仿佛也隐约听见她们各自在听又互相帮着听的,海浪的拍击声,海涛的大声喧哗,无声的喧哗。

古铜色傍着倦怠的金发,从近处,从远处,她们在听。

她的耳朵也是一只贝壳,露出来的外耳那部分。刚到海边玩过。可爱的海滨女郎。皮肤都晒红了。应该事先擦冷霜,叫它成棕色。抹黄油的土司。对了,那美容剂可不能忘。嘴边起了泡。你的脑袋直打旋儿。头发盘起来了:缠了海草的贝壳。她们为什么喜欢用海草头发蒙住耳朵?土耳其人蒙嘴,为什么?她从床单下露出眼睛,像蒙着土耳其面纱。自己找路进来吧。一个洞穴。无事免进。

他们以为听到了海的声音。歌唱。咆哮。其实是血液。耳朵里有时充血。是呀,是一个海。血球的岛屿。

真是妙。那么清楚。再听一听。乔治·利德威尔抓住了它的窃窃私语,听着:然后把它放了下来,温存地。

——狂野的波浪在说什么呢[①]?他笑着问她。

迷人的、含笑如海波而不作回答的莉迪亚,对利德威尔嫣然一笑。

嗒。

在拉里·奥鲁尔克食品店前,在拉里前,在有胆量的拉里·奥前,

---

① 《狂野的波浪在说什么》为十九世纪一首二重唱歌曲。

鲍伊岚晃动着,鲍伊岚拐了弯。

米娜小姐离开现已无人理睬的海螺壳,轻快地走回那等待着她的啤酒缸子。不,她才不孤单呢,杜丝小姐的调皮样子让利德威尔先生明白。月光下海滩上散步。不,不是独自一人。有谁做伴吗?她大大方方地说:一位绅士朋友。

鲍勃·考利的闪动的手指,又在高音部弹起来了。房东优先。一点时间。长约翰。大洪钟。轻快地,他弹起了一种轻快、明亮、清脆的节奏,适合轻盈灵巧的女士,调皮带笑的女士,以及对她们献殷勤的人,她们的绅士朋友们。一:一、一、一:二、一、三、四。

海、风、树叶、雷电、流水、母牛哞哞、牛市、公鸡、母鸡不打鸣儿、蛇嗞嗞叫。到处都有音乐。拉特利奇办公室的门:咿——吱嗝。不对,那是噪音。他现在弹的是《唐·乔凡尼》中的小步舞。城堡大厅里,各式各样的宫廷服装,跳舞。悲惨。外边是农民。饿得发青的脸,吃野菜的。那是好看的。瞧:瞧,瞧,瞧,瞧,瞧:你们瞧我们。

那是欢乐,我能感觉到的。从没有作过曲。为什么?我的欢乐是另一种欢乐。但两种都是欢乐。是的,一定是欢乐。单凭它是音乐,就能说明必然如此。常以为她情绪低落,但是她一开始哼曲子就不同了。那时就知道了。

麦考伊旅行包。我的妻子和你的妻子。猫叫。撕帛一般的。她说话的时候,舌头像风箱舌头。她们没法达到男人的音程。她们的嗓音中还有空档。来给我填满吧。我是热的、黑的、开着的。莫莉唱 quis est homo:墨卡但丁。我将耳朵贴在墙上听。要女人功夫到家。

颠着晃着颠着停了车。花花公子棕黄鞋,时髦鲍伊天蓝袜,亮晶晶,钟落地。

瞧啊,我们多么!室内音乐。这话可以双关。我常在她那个时候觉得是音乐。一种音响效果。叮叮当当。家伙空,声音大。由于音波关系,共振随着水重而变,等于水的降落规律。如像李斯特那些狂想曲①,匈牙利的,有吉卜赛眼睛的。珍珠似的。点点滴滴。雨珠。滴沥

---

① 李斯特(1811—1886)为匈牙利音乐家,谱有一系列《匈牙利狂想曲》。

滴沥析沥析沥胡噜胡噜。嘶嘶嘶。这时候。也许正是这时。作准备。

有人叩门,有人打门,他是不是敲了保罗·德·科克,用的是一根神气活现大声撞击的敲门槌,鸡头卡啦卡啦又卡啦的槌头。鸡头槌头。

嗒。

——Qui sdegno①,本,考莱神父说。

——不,本,汤姆·克南插嘴。唱《短发的少年》。咱们本乡本土的。

——对,本,唱吧,代达勒斯先生说。善良而真诚可靠的人们②。

——唱吧,唱吧,他们一致求他。

我走。这儿,派特,回来。来。他来了,他来了,他没有留。对着我。多少钱?

——哪个调门?六个升半音号?

——F 升半音大调,本·多拉德说。

鲍勃·考利伸出爪子,抓住了那些声音低沉的黑色的和音键。

非走不行了,王子布卢姆对里奇王子说。别走,里奇说。不行,非走不可了。得去一个地方,有笔款子。他是准备大喝一顿然后腰背大疼一阵了。多少?他眼耳并用,听看嘴唇动。一先令九。一便士归你。诺。给他两便士小费吧。聋子,耳朵背。但是,也许他有老婆孩子等着他,等着派梯回家来。嘻嘻嘻嘻。聋子侍候他们等候。

但是等一下。但是听一下。和音,深沉的。忧忧忧伤。低低的。在幽暗的地底洞穴内。埋藏的矿石。块块音乐。

来自黑暗时代的歌声,仇恨之音,大地已乏而脚步沉重痛苦,来自远方,来自皓首高山,来找善良而真诚可靠的人们。他找牧师。他要和他说句话③。

嗒。

本·多拉德的歌声。低音大桶。他是在竭尽全力把它唱好的。一

---

① 意文:“此处义愤”,为莫扎特歌剧《魔笛》中一唱段首句。

② 此句为《短发的少年》开首歌词。

③ 《短发的少年》歌唱一爱尔兰少年找牧师行忏悔礼,忏悔中叙述父兄均已在反英战斗中牺牲而本人亦即将奔赴战场,不料牧师系英军假冒,少年即被杀害。

大片沼泽地,无人、无月、无月中女,只有嘎嘎声。其他方面已经垮下来了。本来是经营大型船舶供应的。还记得:树脂缆绳、船灯。亏了一万镑光景。如今住艾弗收容所了。某某号小房。都是一号烈性麦芽酒造成的。

牧师在家呢。假牧师的仆人对他表示欢迎。进来吧。圣洁的神父。花哨的和音。

毁了他们。叫他们活不下去。然后,给他们盖些收容所,让他们在那些小房里等死。不闹不闹,乖乖睡觉觉。死吧,狗。小狗,死吧。

预示险情的歌声,庄严的预示,向他们叙述少年走进了一个空荡荡的大厅,他的脚步声在那里头显得如何庄严,那间内室是如何阴暗,那名披着圣服的牧师如何坐在那里准备接受忏悔。

心地挺好的。如今有一些糊涂了。还以为自己能猜中《答案》上的诗画谜语获奖呢①。奉赠崭新五镑钞票一张。鸟孵窝。他认为是最后一位吟游诗人之歌。犬背长苗打一家畜。手在水中打一海上人物。他的嗓子还是不错的。到底不是阉人,东西都在。

听着。布卢姆听着。里奇·古尔丁听着。站在门边的是聋子派特,秃头派特,收了小费的派特,也在听。

和音放缓了,像竖琴似的。

悔罪、悲伤的歌声缓缓传来,带着装饰音,轻轻地颤抖着。本的悔过的胡子在倾诉衷情。In nomine Domini②,以天主的名义他跪下了。他以手捶胸而作忏悔:mea culpa.③

又是拉丁文。像粘鸟胶似的,把他们牢牢的粘在一起。那牧师用圣餐的躯体喂那些妇女。停尸房小教堂那家伙,棺材还是关采的,corpusnomine④.那只老鼠现在不知钻到哪里去了。啃。

嗒。

他们都听着。啤酒缸子们和肯尼迪小姐。乔治·利德威尔,表情

---

① 《答案》为一通俗周刊,每周发表一幅画谜,谜底为一诗题,猜中者奖五镑。

② 拉丁文:“以天主的名义”,牧师接受少年忏悔的仪式的一部分。

③ 拉丁文:我有罪。

④ 拉丁祈祷文,二字合而为一:躯体名字。

丰富的眼睑、胸部丰满的缎子。克南。赛。

歌声在悲哀地叹息。他的罪过。自复活节以来,他骂过三次人。你这狗娘养的私。有一次望弥撒时,他却去玩了。有一次他路过教堂墓地时,没有为母亲的安息祈祷。一个少年、一个短发的少年。

古铜在听,站在啤酒泵前凝视着远方。感情深沉地。一点也不知道我正。莫莉最灵,人一看,她就能发觉。

古铜侧身凝视远方。那边有镜子。她的脸是那一面最好看吗?她们总是心中有数的。有人敲门了。精心化妆,最后一下。

鸡头卡拉卡拉。

她们听音乐时在想什么?捉响尾蛇办法。迈克尔·冈恩送给我们包厢票那一晚。乐器调音。波斯国王最爱听那个。叫他想起家呀可爱的家①。还用帘子擦鼻子。也许是他那国家的风俗习惯。那也是音乐。说来似乎不算事儿,其实并不太次。嘟嘟嘟的轻吹声。铜管乐器喇叭向上像驴叫。倍低音乐器可怜巴巴的,侧边划破了口子。木管乐器哞哞的,母牛叫。半大钢琴似鳄鱼张嘴,音乐有嘴巴。木管乐器好像姓古德温②。

她那天很好看。她那藏红花色连衣裙的领口开得低低的,敞着让人欣赏。她在戏院里弯腰问话,呼吸中总带丁香味。我把可怜的爸爸那本书里的斯宾诺莎③说的话告诉了她。受了催眠似的听着。眼睛是那样的神情。她弯着腰。楼座前排那家伙,用望远镜瞄准了她那儿,不要命似的盯着看。音乐之美,必须听两遍才行。大自然、女人,看半眼。天主创造国家,人创造曲子。转回来世。哲学。嗳去你的。

全完了。全倒下了。在罗斯攻城战是他父亲,在戈雷他的几个哥哥又都倒下了。到韦克斯福德去,我们是韦克斯福德的孩儿们④,他也

---

① 《家呀可爱的家》是一首著名歌剧插曲(1823)。波斯国王在十九世纪末访问英国时曾留下许多趣闻。

② 古德温(Goodwin)与木管乐器(Woodwind)读音接近。

③ 斯宾诺莎(1632—1677)为著名荷兰犹太哲学家。

④ 罗斯、戈雷、韦克斯福德均为《推平头的少年》中叙及的十八世纪末叶爱尔兰民族起义战斗地址。“我们是……孩儿们”是歌颂韦克斯福德义士的歌曲。

要去。他家、他族的最后一人。

我也是。我族最后一人。米莉,青年学生。哎,也许是我的过错。没有儿子。茹迪。现在太晚了。可是,如果并不呢?如果还不晚呢?如果还行呢?

他并不怀恨。

恨。爱。这些都是名称。茹迪。我快老了。

大洪钟展开了他的嗓音。好嗓子,惨白泛红的里奇·古尔丁对快老的布卢姆说。但年轻时候呢?

爱尔兰来了。祖国高于国王。她在倾听。谁怕提一九零四①?该挪挪地儿了。看够了。

——**祝福我吧,神父**,多拉德短发的呼喊着。**祝福了我,我就走了**。

嗒。

布卢姆未经祝福就要走,又看了一眼。打扮入时好来迷人:每周十八先令。男人们掏腰包。得小心提防着点儿。那些女郎们,那些可爱的。在悲伤的海浪边②。歌舞队女演员风流韵事。当庭朗诵函件,证明背弃诺言。痴心郎致小贝贝。法庭上的笑声。亨利。我从没有签过这样的字。你的可爱的名字。

音乐低沉下去了,曲调和歌声都低了。然后加快了。假牧师窸窸窣窣法衣一脱,军人出现。是一个英军队长。他们全都非常熟悉。他们所追求的激动人心的场面。英军队长。

嗒。嗒。

她激动地听着,同情地倾身听着。

空白的脸。处女吧,要不也仅是摸过。写上些什么吧:一张白纸。要不,她们会怎么样?憔悴,绝望。能使他们保持青春。甚至她们自己也欣赏。瞧。吹奏她。用嘴唇。白女人的身子,一管活箫。轻轻地吹。音响不小。三个窟窿,所有的女人。女神我没有看到。她们要的。不能太客气。这是他能把她们弄到手的原因。口袋要满,脸皮要厚。眼

---

① 爱尔兰诗人英格拉姆纪念十八世纪末叶起义的诗《念死者》首句为“谁怕提九八年?”

② 《在悲伤的海浪边》是十九世纪歌剧《威尼斯的新娘》中一首歌曲。

神对眼神。无字歌曲。莫莉,那个摇街头风琴的小伙子。她懂得他的意思是说猴子病了。也许因为很像西班牙的。对动物语言的理解也是那样的。所罗门就是如此①。天赋。

腹语。我闭着嘴。我肚里思想。想什么?

愿意吗?你?我。要。你。来。

一声嘶哑粗暴的怒吼,英军队长发了疯的狗娘养的私生子破口大骂。好小子,你来得好。你的寿命还有一个小时,你的最后一小时。

嗒。嗒。

这是激动的时刻。他们感到悲悯。抹一抹眼泪,为了那些愿意去死、渴望去死的义士。为一切濒于死亡的事物,为一切新生的事物。可怜的皮尤福伊太太。希望她已经生了。因为她们的子宫。

宫水女人眼珠,遮着睫毛帘子,安详地凝视着,听着。她不说话,眼睛更现出美。在远处那条河上。② 随着缎子胸脯的徐徐起伏(她的隆起的丰盈),红玫瑰也徐徐地一起一伏。心的搏动:她的呼吸:构成生命的呼吸。同时细小细小的处女毛蕨类叶片③也轻轻颤动着。

但是瞧吧。明亮的星星暗淡了。玫瑰啊!卡斯蒂尔。黎明。

明白了。利德威尔。是为他,不是为。含情脉脉。我喜欢吗?在这儿倒能看到她。一些个开酒瓶扔下的瓶塞、一摊摊啤酒沫、一摞摞空杯子。

莉迪亚的手,轻柔、丰盈,摸着啤酒泵的挺立的把儿,弄得手上怪味儿的。一往情深地悲悼短发的。摸过来,摸过去;摸过去,摸过来:在那个光滑的把儿头上(她知道他的眼光,我的眼光,她的眼光),她的拇指和食指深情地抚弄着:摸了又摸,轻轻地抚弄着,然后又缓缓地顺把儿滑下,一根凉爽而坚硬的白色搪瓷棍儿,从手指的环中伸出。

一个鸡头,一声卡啦。

嗒。嗒。嗒。

我扣了这所房子。阿门。他咬牙切齿地怒吼。叛徒上绞架。

---

① 西方民间传闻古代的所罗门王能懂动物语言。

② “在远处那条河上”是《短发的少年》歌词的一部分,叙述真正牧师已被押送河上残害,此后英军队长即将少年作为“叛逆”处死。

③ 处女毛(Maidenhair)即掌叶铁线蕨。

和音应声随和。非常令人难过。但是无可奈何。

唱完以前出去。谢谢你,太美了。我的帽子呢。从她那边走过。这份《自由人报》可以留下。信装好了。假定她就是呢?不会的。走,走,走。就像卡什尔·博伊罗·康纳柔·考伊罗·蒂斯德尔·莫里斯·蒂森德尔·法雷尔那样。走呵走。

哎,我得。你走吗?是恐没法再见。布卢起。面对黑麦蓝花。布卢姆站了起来。哟。后面的香皂感觉有些发粘。一定是出了一点汗:音乐。美容剂,别忘了。好吧,再见了。高级。卡片在内。对。

布卢姆走出餐厅,从正在门道内竖耳倾听的聋子派特身边走过。

在日内瓦兵营,那年轻人丧了生。派赛基是他的葬身地。悲伤呀!啊,他的悲伤呀!哀悼的歌声,召唤着人们作悲伤的祈祷。

走过玫瑰花,走过缎子胸脯,走过抚弄的手,走过酒渣,走过空杯瓶,走过废瓶塞堆,走着打着招呼,走过了眼光和处女毛、古铜和深海阴影中隐隐约约的金发,布卢姆走了,柔软的布卢姆走了,我非常寂寞的布卢姆走了。

嗒。嗒。嗒。

为他祈祷吧,多拉德的男低音祈祷着。你们安然听唱的人们呀。善良的人呀,善良的人们呀,作一个祈祷吧,洒一滴眼泪吧。他就是短发的少年。

布卢姆走到奥蒙德门厅,把正在偷听的擦皮鞋工人短发的擦皮鞋少年吓了一跳,这时他听到吼叫声、喊好声、拍打肥胖背脊声,以及杂沓的皮鞋声,都是皮鞋而不是擦皮鞋的少年。众口同声,都嚷着得喝它一通助兴。幸好我躲开了。

——来吧,本,赛门·代达勒斯说。天主啊,你是一点也不减当年风采呀。

——更精彩了,汤姆杜松子酒·克南说。是这首民歌的最为犀利的演唱,凭我的良心和人格,真是这样的。

——拉布拉契①,考利神父说。

---

① 拉布拉契(1794—1858)曾被誉为整个欧洲最著名的男低音歌手。

本·多拉德的庞大身躯,踩着卡罗恰舞步走向酒吧间,人们的热烈赞扬使他满脸通红,他脚步沉重,肿胀的手指伸在空中敲着响板。

大洪钟的本·多拉德。大洪钟本。大洪钟本。

噜噜噜。

人人深受感动,赛门·代达勒斯用烟雾喇叭鼻子吹奏着同情,大伙儿都哈哈笑着簇拥着他,本·多拉德的情绪高极了。

——你红光满面,乔治·利德威尔说。

杜丝小姐整理着她的玫瑰花,等待着 。

——本 machree[1],代达勒斯先生拍着本那肥厚的后肩说。健壮没比,只是身上藏的脂肪组织过多。

噜尔尔尔尔尔丝丝丝。

——死亡的肥膘,赛门,本·多拉德恨恨地说。

诗琴裂痕里奇独自坐着:古尔丁—考立斯—沃德事务所。他犹豫不定地等待着。未曾收款的派特也等待着。

嗒。嗒。嗒。嗒。

米娜·肯尼迪小姐将嘴唇凑近一号啤酒缸子的耳边。

——多拉德先生,她的嘴唇在小声地说。

——多拉德,啤酒缸子也小声说。

一号啤酒缸子相信:肯小姐她:他是多:她多:啤酒缸子。

他悄悄地说他知道这名字。这是说,这名字他熟悉。这是说他听到过这人的名字。多拉德,是不是?多拉德,对。

对,她提高了一点声音说,多拉德先生。他这支歌子唱得很美,米娜小声地说。《夏日的最后一朵玫瑰》[2]也是一支很美的歌曲。米娜喜爱那支歌。啤酒缸子也喜爱米娜喜爱的那支歌。

正是多拉德落下的夏日的最后一朵玫瑰花,布卢姆感到肚内回肠荡气。

那苹果酒喝下胀气:绷紧了。等一下。邮局也靠近茹本·J的一

---

① machree 为爱尔兰语:我的心。

② 《夏日的最后一朵玫瑰》为爱尔兰诗人穆尔所作,抒发众花均谢仅剩一支时的孤寂情绪。

先令八便士。躲开它。从希腊街绕过去。我要是没有答应去碰头就好了。户外自由些。音乐。也是精神上的负担。啤酒泵的把儿。是她那摇摇篮的手在统治①。豪斯山峰。统治着世界。

远。远。远。远。

嗒。嗒。嗒。嗒。

莱昂内尔利奥波尔德沿码头走着,淘气的亨利揣着写给玛的信,带着偷情的乐趣为拉乌尔的花饰的转回来世的波尔迪走着。

嗒瞎子嗒嗒地敲击着街沿石,一下又一下,嗒嗒地走着。

考利,他把自己都弄得蒙了头,也是一种陶醉。最好是着迷而不全迷,像男人对姑娘那样。看那些热衷的人。竖起耳朵。怕漏掉一个三十二分音符。眼睛闭着。头点着拍子。发痴了。身子都不敢动一下。严禁思维。谈的尽是行话。三句不离音符。

全都是在设法诉说些什么。打住的时候有些别扭,因为你总不是很有把握的。加德纳街的风琴。老格林每年五十镑。独自呆在那个小顶楼里头,是一种特别的滋味,只有那些音栓、风门、琴键。整天坐在风琴前。磨磨蹭蹭几个小时,自言自语,或是对拉风箱的另外那一位说几句。时而怒气冲冲地吼叫,时而尖声咒骂(要一个垫子或是什么的垫他的那个,不,不行,——她喊叫道②),然后突然之间轻柔缠绵下来,一股细微而又细微的幽幽风管声。

普依!一股细细的风管声依依依依。在布卢姆的小细微中。

——真的吗,他?代达勒斯先生拿着找回来的烟斗说。今天上午我还和他一起参加可怜的小个儿派迪·狄格南的……

——真的,愿天主对他慈悲吧。

——对了,那里头有一把音叉……

嗒。嗒。嗒。嗒。

——他老婆的嗓子挺好。要不然是原来挺好。是不是?利德威尔问。

---

① 典出美国诗人华莱士(1819—1881)诗《谁统治世界?》。

② 典出十九世纪美国匿名小说《男人待姑娘之道》。

——哦，一定是调音师的，莉迪亚对初初见到的赛门莱昂内尔说，他来这里的时候忘下的。

他是瞎子，她告诉二次见到的乔治·利德威尔。弹得优美极了，听着真是享受。优美的对比，古铜莉，米娜金。

——大声吼！本·多拉德一面斟酒一面大声吼。唱出声儿来呀！

——行了！考利神父也喊着说。

噜尔尔尔尔尔。

我感到需要……

嗒。嗒。嗒。嗒。嗒。

——非常，代达勒斯先生盯着一尾无头沙丁鱼说。

在三明治罩下，面包架上卧着一尾最后的，一尾孤独的，夏日的最后一尾沙丁鱼。布卢姆独自一人。

——非常，他盯着说。低音区更合适。

嗒。嗒。嗒。嗒。嗒。嗒。嗒。嗒。

布卢姆走过了巴里服装店。真希望。等一下。只要有奇效通气药就行。那一栋楼里有二十四名律师。诉讼。彼此相爱。成堆的羊皮纸文件。掏腰包公司接受委托。古尔丁—考立斯—沃德事务所。

但是，譬如说那个敲大鼓的吧。他的职业：米基·鲁尼乐队。不知道最初他是怎么个感觉。吃完猪头肉加圆白菜，坐在家里的扶手椅上练。演习他在乐队里的角色。砰。砰啪底。他老婆够痛快的。驴皮。活着鞭子打，死了鼓槌敲。砰。敲打着。这似乎就是你所谓的耶希马克，我的意思是说吉斯梅特①。命。

嗒。嗒。一位青年，盲人，嗒嗒嗒地敲着他的探路竿子，走过了戴俐公司的橱窗，窗内有一条美人鱼，她的长发在随风飘动（但是他看不见），还喷着一口口的美人鱼烟（瞎子看不见），美人鱼，清凉可口首推它。

乐器。一片草茎，她的双手合成壳形，吹。甚至用一把梳子敲薄纸，也能敲出个调子来的。在隆巴德西街那时，莫莉穿着内衣，披着头

① “耶希马克”和“吉斯梅特”均来自阿拉伯语，前者意为面纱，后者意为命运。

发。我想,每一种行当都会造出自己适用的器具来的,你想是不是?猎人用号角。犄角。你有吗?Cloche. sonnez la!牧羊人用风笛。警察用哨子。风门和琴键!扫!四点钟,太平无事!睡觉吧!现在全完了。大鼓?砰啪底。等一下。我知道。公告宣读员,追屁股的法警。长约翰。把死人都能吵醒。砰。狄格南。可怜的小个儿 nominedomine. 砰。这就是音乐。我的意思当然是说,全是砰砰砰,差不多也就是他们所谓的 da capo① 了。可是究竟还是听得出来的。在我们行进,向前进,向前进的时候。砰。

我真的不行了。弗弗弗。要是在宴会场面上来这么一下子呢。也就是一个风俗习惯问题吧,波斯国王。作一个祈祷吧,洒一滴眼泪吧。话得说回来,他一定是有些糊涂,要不怎么看不出帽子是英国军帽呢?蒙起来了。我纳闷,墓地里那个穿棕色雨褂的家伙究竟是谁?唷,那条胡同里的娼妓!

一个邋邋遢遢的妓女,歪戴一顶黑色的水手草帽,沿着码头向布卢姆先生的方向走来。目光在白昼显得有些呆滞。当他初初见到那令人心爱的身影?对,就是她。我感到非常寂寞。胡同里那一个雨夜。犄角。谁有?他呵呵。她见了。这里不是她的路段呀。她在这里干?希望她。嘘!有什么要洗的吗?还认识莫莉呢。弄得我怪难堪的。和你在一起的那位壮实女士,穿棕色服装的。叫你不知所措,那一下子。还约了一个日子呢。明知永远不会,至少是难得再见了。离家呀可爱的家太近,太昂贵。看见我了吗,她?白天这模样简直吓人。脸色像浴羊水。去她的吧。不过,她也和别人一样,不能不生活呀。看一看这里头吧。

对着莱昂内尔·马尔克斯古董店的橱窗,高傲的亨利·莱昂内尔·利奥波尔德,亲爱的亨利·弗腊尔,认真说是利奥波尔德·布卢姆先生察看着烛台、美乐风琴生虫漏气的风袋。特价:六先令。也许可以学一学吧。便宜货。让她过去。当然,不论什么东西,你不需要它就是贵的。这就是好推销员的作用了。能叫你购买他想要出售的东西。那

---

① 意文音乐用语:“从头”,即重复。

人卖给我那把瑞典剃刀，就是先给我刮脸。还想收我的磨刀费呢。她现在正走过去。六先令。

一定是那苹果酒，也许是那勃艮第。

靠近近处的古铜，靠近远处的金色，他们全都叮叮当当地碰着杯，在古铜色的莉迪亚那诱人的最后一朵夏日玫瑰花前，那卡斯蒂尔的玫瑰花前，都是眼睛放光，神情豪勇的。第一是利德、代、考、克、多，第五：利德威尔、赛·代达勒斯、鲍勃·考利、克南、大洪钟多拉德。

嗒。一名青年进入了空寂的奥蒙德门厅。

布卢姆在看莱昂纳尔·马尔克斯橱窗里一幅豪勇英雄像。罗伯特·埃米特的最后遗言①。最后七句话。那是迈耶贝尔的②。

——像诸位这样真诚可靠的人们。

——不错，不错，本。

——就会和我们一起举起杯子来。

他们举起了杯子。

钦。呛。

嘀。一名眼睛看不见的青年站在门内。他看不见古铜色。他看不见金色。看不见本看不见鲍勃看不见汤姆看不见赛看不见乔治看不见啤酒缸子看不见里奇看不见派特。他他他他。他看不见。

蔫兮兮的布卢姆，油糊糊蔫兮兮的布卢姆看着最后遗言。心软软地。**等到我的祖国在世界列国之林**。

噜尔尔普尔尔。

一定是那勃艮。

弗弗弗！啊唷。尔尔普尔。

取得了自己的地位。后面没有人。她已经过去了。**到那时，只有到那时**。电车轰隆轰隆轰隆。好机会。来了。哐啷啷轰隆隆。肯定是

---

① 埃米特一八〇三年起义失败后就义前在法庭上最后宣称：“我不要任何人为我写墓志铭……等到我的祖国在世界列国之林取得了自己的地位，到那时，只有到那时，我才要人为我撰写墓志铭。我的话完了。”

② 《最后七句话》即第五章所提及意大利作曲家墨卡但丁为耶稣最后遗言所谱歌曲，迈耶贝尔为第八章中提及的歌剧《胡格诺们》作者。

那勃艮第。没错。一、二。我才要人撰写墓志。卡啦啦。铭。我的话。

普普尔尔普弗弗尔尔普普弗弗弗弗。

完了。

十二

俺正和首都警署的老特洛伊在凉亭山街角那儿寒暄呢，该死的，冷不丁儿的来了一名扫烟囱的背时家伙，他那长玩意儿差点儿戳进了俺那眼睛里头去。俺转回脑袋，正打算狠狠地训他一顿，没曾想一眼看见石头斜墙街那儿溜过来一个人，道是谁呢，原来是约・哈因斯。

——啰，约，俺说。你怎么样？那个扫烟囱的背时家伙，用他的长把儿刷子差点儿把俺的眼睛捅掉，你看见了吗？

——煤烟到，运气好，约说。你刚才说话的那个老小子是谁？

——老特洛伊呗，俺说，原来是部队的。那家伙又是扫帚又是梯子，把交通都堵塞起来了，俺的主意没拿定，是不是把他逮起来才好。

——你到这片儿来干吗？约问。

——没有什么屁事，俺说。兵营教堂那边，小鸡胡同口上有一个背时的大个子，不要脸的恶棍——老特洛伊就是给我透了那家伙的一点儿底——要了天主知道多少的茶叶和糖，他答应每星期付三先令，说是在唐郡还有个农庄。货主是那边海梯斯堡街附近的一个小矮子，名叫摩西・赫佐格的。

——割包皮的吗①？约说。

——可不吗，俺说。头上去了一点儿。一个姓吉拉蒂的老管子工。我已经钉了他两个星期，可是一个便士也挤不出来。

——你现在就干这勾当？约说。

——可不吗，俺说。大人物落魄到这种地步！收倒账、荒账。可这家伙呀，像他这样臭名远扬的背时土匪，你走上一天的路也难得见到一个，一脸的麻子够接一场阵头雨的。你就告诉他吧，他说，我等着他呢，

---

① 犹太教男人自幼割去包皮。

他说，**我专门儿地等着他再派你来，只要他敢**，他说，**我就让法庭给他发传票，没错儿，告他个无照营业**。他说完这话还鼓足了气，那模样就像要爆炸赛的。耶稣哪，那犹太小子火冒三丈的模样儿可真逗笑！**他喝我的茶。他吃我的糖。他倒因为这个不付我的账？**

兹有都柏林市沃德码头区圣凯文道十三号商人摩西·赫佐格，下称售方，出售耐久食品并送交都柏林市阿伦码头区凉亭山二十九号绅士迈克尔·E. 吉拉蒂先生，下称购方，计开一级茶叶五磅，常衡制，每常衡制磅价三先令零便士，碎晶体白糖常衡制三斯通①，每常衡制磅价三便士，该购方由该售方供应物品后应付该售方英币一镑五先令又六便士，此款应由该购方以每周分偿办法付与售方，即每七历日付英币三先令零便士；该购方对该耐久食品不得典当、抵押、出售或作其他方式转让，该售方拥有并继续拥有全面而不可侵犯之所有权，该售方有权自由任意处理，直至此款由该购方按照此约所定方式向该售方付清为止，此约于本日由该售方与其财产继承人、业务继承人、委托代理人、指定受让人为一方，该购方与其财产继承人、业务继承人、委托代理人、指定受让人为另一方于此议定。

——你是严格的滴酒不入吗？约说。

——除了喝酒的时候，啥也不喝，俺说。

——去拜访一下咱们那位朋友怎么样？约说。

——谁？俺说。他呀，精神错乱上了天主的约翰那儿去了②，可怜的家伙。

——是喝他自己的货色喝的吧？

——可不吗，俺说。威士忌加水，上了脑子。

——走吧，上巴尼·基尔南酒店吧，约说。我想去看看公民。

——就是巴尼宝贝儿吧，俺说。有什么怪事儿或是好事儿吗？

——不值一提，约说。我采访城标饭店那个会议了。

——啥会，约？俺说。

---

① “斯通”为英国重量单位，一般合十四磅。

② “天主的约翰”为都柏林郡一疯人院。

——牧牛贸易业，约说，讨论口蹄疫的。我要给公民透个信儿。

俺们绕过亚麻厂兵营，绕着法院后头，边走边聊。约这位老兄，手头有的时候是挺够朋友的，可他就是老没有。耶稣呀，俺可咽不下背时的狐狸吉拉蒂这口气，白日打劫的土匪。告他个无照营业，他说。

在那美丽的伊尼斯菲尔有那么一片土地，圣迈肯的土地①。一座高塔在此拔地而起，四周远处都能望见。有许多大人物在此安眠，许多大名鼎鼎的英雄王公在此安眠如生。这片土地委实令人赏心悦目，上有潺潺流水，水中群鱼嬉戏，有鲂，有鲽鱼。有拟鲤，有大比目，有尖嘴黑绒鳕，有鲑鱼，有黄盖鲽，有菱鲆，有鲆鲽，有青鳕，还有各种杂鱼，以及其他各类不计其数的水族。在西方和东方，高大的树木在和风吹拂之中，向四面八方摇晃着极其优美的枝叶，有飘飘然的悬铃木，有黎巴嫩雪松，有挺拔的梧桐，有改良桉树，以及树木世界的其它优良品种，这一地区应有尽有。美妙女郎在美妙树木之下倚根而坐，唱着最美妙的歌曲，并以形形色色美妙物品为游戏，诸如金块、银鱼、大筐的鲱、整网的鳗鱼、小鳕鱼、整篓的仔鱼、紫色的海宝、活泼泼的昆虫。四方英雄远道而来向她们求爱。从爱勃兰纳到斯里符玛奇山②，无可匹敌的王子们来自不受奴役的芒斯特省，来自公道的康诺特省，来自光滑、整洁的莱因斯特省，来自克罗阿蝉的地域，来自光辉的阿尔马郡，来自高贵的博伊尔区，是王子们，国王们的子孙。

一座亮晶晶的宫殿耸立在此，驾驶特建的船舶在大海航行的水手们从远处就能望见它的水晶屋顶闪闪放光。当地所有的畜群、肥犊、首批鲜果，纷纷运来此处，由奥康内尔·费茨赛门收费，他是世代相传的酋长③。巨大的货车载来了丰富的农田产物，有长筐装的菜花，有大盘装的菠菜、菠萝段、仰光瓜，有大筐装的番茄，有桶装的无花果，有成堆的瑞典萝卜、球状马铃薯，有成捆的各色甘蓝、约克菜、皱叶菜，有成盘的土中珍珠洋葱头，还有浅盘装的蘑菇、乳蛋菜豆、肥巢菜、比尔、油菜，

① “伊尼斯菲尔”为爱尔兰语，意为“命运之岛”，系对爱尔兰的称呼之一；圣迈肯教堂离说话地点不远，其地下墓穴以尸体保存良好著称。

② 爱勃兰纳为古地名，即今都柏林所在地。

③ 费茨赛门为一九〇四年都柏林食品商场总管，商场在基尔南酒店附近。

以及红的、绿的、黄的、棕的、赤褐色的甜、大、苦、熟、带斑的苹果，还有小篓小篓的草莓、一篮一篮的醋栗，肉鼓鼓毛茸茸的；可供王侯享用的草莓、新摘的紫莓。

——**我等着他呢**，他说，**我专门儿地等着他呢**。你给我滚出来，滚到这儿来吧，吉拉蒂，你这个臭名远扬的拦路抢劫的背时土匪！

同一条路上来的，还有不计其数的牲畜群，有系铃带头的去势公羊、催情补饲的母羊、初剪羊毛的壮羊、羔羊、灰雁、中号菜牛、吼喘母马、截角牛犊、长毛羊、待肥育羊、卡夫公司头等待产牛、等外品、阉母猪、咸肉用猪、各种不同品种高级生猪、安格斯小母牛、最佳纯种去角阉牛，以及获奖的头等奶牛与菜牛；这里不断听到蹄子声、咯咯声、吼叫声、哞哞声、咩咩声、咆哮声、隆隆声、呼噜声、吃料声、咀嚼声，有羊群、有猪群、有蹄子沉重的牛群，来自勒斯克、鲁希、卡里克孟的牧场，来自索孟德那水流丰富的山谷，来自麦吉利喀地那些难于攀登的石堆，来自气势宏大深不可测的香农河，来自基亚族地区那些平缓的山坡，乳房因奶过多而肿胀不堪，还有大桶的黄油、乳酪酶、农家木桶装的羔羊前胸肉、大筐的玉米，还有十打十打的椭圆形禽蛋，各种大小都有，玛瑙色的和暗褐色的。

这么的，俺们拐进了巴尼·基尔南酒店，可不吗，公民正在那角落里头，一边跟他自个儿和那条背时的癞皮杂种狗加里欧文大会谈，一边等着天上掉下什么喝的来呢。

——瞧他守着窝呢，俺说，克露斯金朗不离身①，大事业的文件一大堆。

背时的杂种狗发出一种悻悻的声音，叫人听了毛骨悚然。要是有人把这条恶狗的命结束了，那才是地道的善行呢。俺听说过一件真事，桑特里一名武警来送传票，是执照的事，叫这条狗啃去了大半条裤子。

——站住，交出来，他说。

——没有事儿，公民，约说。自己人。

——自己人放行，他说。

---

① “克露斯金朗”为爱尔兰语歌曲名，即“满满一小坛酒”。

然后他用手揉揉一只眼睛说：

——你们对时局有什么看法？

他搞矛兵和山上罗利那一套呢[1]。可是，老天在上，约对这种局面倒是应付自如的。

——我看是物价要涨，他说着把手顺着裤裆伸了下去。

老天在上，公民把爪子往膝盖上一拍说：

——都是外国的战争造成的。

约在口袋里跷着大拇指说：

——是俄国佬想称霸。

——去你的吧，约，俺说。你那套糊弄人的背时废话算了吧。俺可渴坏了，半个克朗也解不了我的渴。

——你说是什么吧，公民，约说。

——咱本国的酒，他说。

——你呢？约说。

——仿照办理，俺说。

——来三品脱，特里，约说。老伙计怎么样，公民？他说。

——再好也没有，a chara[2]. 他说。怎么样，加里？咱们会胜利的，是吧？

他说着话，一把抓住了那背时老狗的后颈皮，耶稣啊，差不点儿把它勒死。

坐在圆塔前大石墩上的是一条好汉，肩膀宽阔、胸膛厚实、四肢强壮、眼光坦率、头发发红、雀斑斑斓、胡子蓬松、嘴巴宽大、鼻子高耸、脑袋长长、嗓音深沉、膝盖裸露、两手粗壮、两腿多毛、脸色红润、双臂多腱。他两肩之间宽达数厄尔[3]，双膝嶙峋如山岩，膝上和身体其余外露部分相同，都长着厚厚的一层黄褐色刺毛，颜色和硬度都像山荆豆（Ulex Europeus）。两个鼻孔中伸出同样黄褐色的硬毛，鼻孔之大，可容草

---

① “矛兵”为十七世纪起义抗英的爱尔兰游击队；“山上的罗利”为十九世纪民歌中歌颂的反英农民志士。

② 爱尔兰语：我的朋友。

③ “厄尔”为旧时英制长度，合 45 英寸。

地鹨在其洞穴深处筑巢。两只眼睛的尺寸和大头的菜花相仿,眼内常有一滴泪水和一丝微笑在争夺地盘①。从他的口中深处,不时有一股发热的强气流冒出,而他那巨大心脏的搏动,发出响亮有力的节奏,引起强大的共鸣而形成隆隆雷声,将地面、高耸的塔顶和比塔更高的洞壁都震得摇晃颤动不已。

他穿一件无袖长衣,用新剥牛皮制成,下垂及膝如苏格兰短裙,腰间用一根芦苇茅草编成的腰带束住。裙子下面是鹿皮裤子,用肠线粗缝而成。他的下肢套着用地衣紫染过的巴尔布里根裹腿,脚上套着盐渍粗牛皮靴子,靴带是同一牲口的气管。他的腰带上悬挂着一大串海石子,都随着他那奇特的身体的每一个动作发出哐啷哐啷的响声,上面镌刻着粗犷而生动的艺术人像,都是爱尔兰古代部落的男女英雄,有:库丘陵、身经百战的康恩、扣押九个人质的尼尔、金克拉的布莱恩、玛拉基大帝、阿特·麦克墨罗、沙恩、奥尼尔、约翰·墨菲神父、欧文·罗、派特里克·萨斯菲尔德、红色的休·奥唐奈、红色的吉姆·麦克德莫特、尤金·奥格隆尼神父、迈克尔·德怀尔、弗朗西·希金斯、亨利·乔伊·迈克拉肯、歌利亚、霍勒斯·惠特利、托马斯·康乃夫、佩格·沃芬顿、村铁匠、月光队长、杯葛上尉、但丁·阿利吉耶里、克里斯托弗·哥伦布、圣费萨、圣布伦丹、麦克马洪元帅、查理曼、西奥博尔德·沃尔夫·托恩、马加比之母、末代的马希坎人、卡斯蒂尔的玫瑰、戈尔韦汉子、把蒙特卡洛银行弄倒的人、一夫当关者、不肯的女人、本杰明·富兰克林、拿破仑、波拿巴、约翰·L.沙利文、克莉奥佩特拉、永不变心的姑娘、裘力斯·凯撒、帕拉切尔苏斯、托马斯·利普顿爵士、威廉·退尔、米开朗琪罗·海斯、穆罕默德、莱沫摩尔的新娘、隐士彼得、挑三拣四的彼得、黑姑娘罗莎琳、派特里克·威·莎士比亚、布赖恩·孔子、默塔赫·谷登堡、派特里西奥·委拉斯开兹、内穆船长、特里斯丹和绮瑟、第一任威尔士亲王、托马斯·库克父子、勇敢的青年士兵、爱吻的人、迪克·特平、路德维希·贝多芬、美发姑娘、摇摇摆摆的希利、隐士安格斯、多利山、悉尼广场、豪斯峰、瓦伦丁·格雷特雷克斯、亚当和夏娃、阿

---

① 典出穆尔诗《爱琳,你眼中的泪水和微笑》。

瑟·韦尔斯利、大老板克罗克·希罗多德、杀巨人的杰克、释迦牟尼·佛陀、戈黛娃夫人、基拉尼的百合花、毒眼巴洛尔、示巴女王、阿开·内格尔、约·内格尔、亚历山德罗·伏打、杰里迈亚·奥多诺万·罗塞、唐·菲利普·奥沙利文·比尔。他身旁放着一支磨尖的花岗岩长矛备用,脚边卧着一头犬族猛兽,它发出的喘齁声表明它虽已入睡却睡不安稳。足以证明情况确实如此的,是它不时有一些低沉而粗厉的喉音,还有一些抽搐似的动作,都被它的主人用一根旧石器时代石头制成的粗糙棍子敲着镇了下去。

不管怎么的,特里送来了那三品脱,是约请客。老天在上,俺看见他真掏出一镑钱来,差点儿把眼睛都瞪瞎了。嘿,俺说的可是千真万确的。一枚漂亮的元首。

——还有的是呢,他说。

——你抢了教堂里的施舍箱吗,约?俺说。

——我的血汗钱,约说。是那位谨慎会员给我的消息。①

——俺遇见你以前也见到他了,俺说。他在辟尔胡同、希腊街那一带转悠,瞪着他的鳕鱼眼珠子数鱼肠子的数目呢。

是谁穿过迈肯的土地来了,披着黑貂的甲胄?奥布卢姆,罗利的儿子:就是他。罗利的儿子,他不知畏惧为何物:他是生性谨慎的人。

——是为了王子街老太婆,公民说,那份受津贴的机关报②。在议会会场上受誓言约束的那个政党③。还有这份倒霉破报纸,你们看一看吧,他说。看一看吧,他说。《爱尔兰独立报》,请你们注意,还是巴涅尔创办的为劳动者说话的报纸哩④。听一听这份**一切为了爱尔兰的**

① 共济会章程禁止在外人前作有关共济会的"不谨慎的谈话"。

② 《自由人报》(布卢姆与约·哈因斯均为该报工作)在王子街,其立场温和,接近以地方自治为目标的爱尔兰议会党团,因而被要求彻底独立的民族主义者认为受其津贴。

③ 自十九世纪中叶起,英国议会中的爱尔兰议员曾采用起誓联合支持英国两大政党之一的办法,支持条件为该政党采取改善爱尔兰地位的政策,巴涅尔在八十年代即运用此战略与英国自由党建立联合阵线,一八九〇年巴垮台后这一阵线逐渐解体。

④ 《爱尔兰独立报》为巴涅尔垮台后创建,但至一八九一年巴去世后方开始出版,并即转为反巴的保守立场。

爱尔兰独立报上的出生栏和死亡栏消息吧，我得谢谢你们，还有结婚栏。

于是他高声念起来：

——埃克塞特市邦非尔德路戈登①；圣安妮海滨伊弗利的雷德曼，威廉·T. 雷德曼夫人生一儿子。怎么样，嗯？赖特与弗林特；文森特与吉勒特，司多克威尔市克拉彭路 179 号吉勒特府罗莎与已故乔治·艾尔弗雷德之女罗瑟·玛莉恩；普莱伍德与黑兹代尔，由伍斯特教长、十分可敬的福里斯特博士在肯辛顿区圣祖德教堂证婚。嗯？死亡栏。伦敦白厅胡同布里斯托；纽英顿的斯托克，卡尔，死于胃炎及心脏病；切普斯托的城壕府，科克伯恩②……

——我认识那家伙，约说，我亲身受过罪。

——科克伯恩。丁赛，前海军部戴维·丁赛之妻；托顿翰市米勒，终年八十五；利物浦市堪宁街 35 号韦尔什，伊莎贝拉·海伦，六月十二日。这算是咱们的民族报纸，嗯？球！这就是班特里奸商马丁·墨菲的贡献了③，嗯？

——啊，算了吧，约一边传酒一边说。感谢天主，他们抢在咱们前头了。喝吧，公民。

——我喝，他说。好样的人。

——祝你健康，约，俺说。还有在座的各位。

啊！噢！别说话了！俺等那一品脱都等得长青霉了。俺敢对天主起誓，那酒到俺胃里头，俺都听到它落在胃底上那啪嗒一声了。

瞧呀，正当他们在痛饮欢乐之杯时，一位仪表如神的使者，一位光耀如天堂之眼的俊美青年快步走了进来，而他的身后正走过一位面目高贵、步履庄严的长者，手捧神圣的律卷，和他一起的是他的贵妇妻子，其出身盖世无双，其容貌姣好无比。

小阿尔夫·伯根钻进门来，马上躲进了巴尼的小间里头，笑得直不起腰来。角落里还有人坐在那儿呢，俺没有看见，喝醉了人事不知，在

---

① “埃克塞特市”及以下公民所念其他地名均为英国地名。

② “科克伯恩”原文可理解为“鸡疼”，即性病。

③ 《爱尔兰独立报》业主墨菲为爱尔兰班特里人，营造业起家。

那里头打鼾,原来是鲍勃·窦冉。俺不明白是啥事儿,阿尔夫一个劲儿朝门外做手势。老天在上,啥事儿呢原来是背时的老傻瓜丹尼斯·布林,脚上穿一双拖鞋,胳肢窝儿里夹着两本背时的大书,他老婆紧跟在他后头,可怜的倒霉女人,颠得像只小巴儿狗似的。俺看阿尔夫那模样,简直像要爆炸了。

——你们瞅着他,他说。布林。他把都柏林全市都溜遍了,就因为有人寄给他一张明信片,上边写着卜一:上,他要起……

他又笑得弯下了腰。

——起啥?俺问他。

——起诉,他说。索赔一万镑。

——见鬼!俺说。

背时的杂种狗开始发出低沉的吼声,那声音叫你听着毛骨悚然地感到要出事,可是公民对他肚子上踢了一脚。

——Bi i dho husht[1],他说。

——谁?约说。

——布林,阿尔夫说。他先到约翰·亨利·门顿那儿,然后绕到考立斯一沃德事务所,然后汤姆·罗奇福德碰见他,把他支到副长官办公处去找乐子去了。天主哪,我可是笑得肚皮痛了。卜一:上。长家伙狠狠地瞪了他一眼,现在背时的老白痴到格林街找侦探去了。

——长约翰什么时候绞死蒙乔伊监狱里那家伙?乔说。

——伯根,这时醒来的鲍勃·窦冉说。是阿尔夫·伯根吗?

——是,阿尔夫说。绞死吗?等我给你们瞧。喂,特里,给咱们一小杯。那个背时的老笨蛋。一万镑呢。长约翰那个瞪着大眼睛的劲儿,才好看呢。卡一……

他又笑起来了。

——你笑谁?鲍勃·窦冉说。你是伯根吗?

——快点儿,特里小子,阿尔夫说。

特伦斯·奥赖恩听到他的话,立即送来水晶杯一只,杯内满装乌黑

① 爱尔兰语:闭嘴。

起沫的麦芽酒，由两位高贵的孪生兄弟酒老板艾弗和酒老板阿迪朗不停地在他们的仙酒缸中酿造，其干练可比长生不老的勒达的儿子们①。他们善于采集啤酒花鲜美多汁的浆果，将之集堆、筛选、捣碎、酿造，再掺入酸汁，然后将酒汁用圣火加热，日夜不停，这两位干练的弟兄，酿酒的大王。

于是你，生来就侠义的特伦斯，捧出那玉液琼浆，用水晶杯子献给那口渴的人，那俊美如神的侠义人物。

然而他，那奥伯根族的年轻族长，决不容忍别人的慷慨行为超过自己，因而仪态大方地放下一枚以最贵重的青铜铸成的宝币。币面有精致浮雕凸像，是一位尊贵无比的女王，她是不伦瑞克贵族的后裔②，名维多利亚，凭天主之恩宠而为大不列颠、爱尔兰，以及不列颠海外领地联合王国的最优秀的女王陛下，宗教信仰的保护者，印度的女皇帝，她是许多民族的统治者，众人热烈爱戴的胜利者，从太阳升起的地方到太阳落下的地方，浅色的、深色的、红色的、黑色的人，统统都熟悉她、爱戴她。

——那个背时的共济会员在外面溜来溜去干什么？公民说。

——怎么回事？约说。

——给，阿尔夫扔过钱去说。谈到绞刑，我给你们看一些你们从来没有见过的东西。刽子手的书信。看这些。

他从口袋里抽出一扎连封带瓤儿的信件来。

——你糊弄人吧？俺说。

——骗你不是人，阿尔夫说。你们自己看信。

约就拿起了信件来。

——你笑的是谁？鲍勃·窦冉说。

俺估摸要出点子麻烦，鲍勃肚子里的酒泛上来可是个怪角色，所以

---

① 艾弗和阿迪朗即第五章提到的两贵族兄弟（并非孪生），为吉尼斯啤酒厂老板；勒达为希腊神话中仙女，与化作天鹅的大神宙斯相亲而生二儿二女，二儿一善驯马，一善拳击。

② “宝币”指便士，上有维多利亚女王像，女王祖父英王乔治三世为德国不伦瑞克公爵之后。

俺没话找话地说:

——威利·默里近来怎么样,阿尔夫?

——我不知道,阿尔夫说。刚才我还在卡佩尔大街上看见他呢,他和派迪·狄格南在一起。不过我正跟着那个……

——你什么?约扔下信件说。和谁在一起?

——和狄格南呀,阿尔夫说。

——是派迪吗?约说。

——对呀,阿尔夫说。怎么啦?

——你不知道他死了吗?约说。

——派迪·狄格南死了!阿尔夫说。

——对了,约说。

——肯定我刚见到他的,五分钟还不到呢,阿尔夫说。明明白白的。

——谁死了?鲍勃·窦冉说。

——那么你看见了他的鬼魂,约说。求天主保佑我们莫遭灾祸。

——什么?阿尔夫说。好基督呀,刚刚五……什么?……而且威利·默里还和他在一起呢,两个人在靠近那家叫什么的……什么?狄格南死了?

——狄格南怎么了?鲍勃·窦冉说。谁说的……?

——死了!阿尔夫说。他和你们一模一样地活着呢。

——也许这样,约说。可是,人们今天上午可不客气,不管三七二十一的把他埋了。

——派迪?阿尔夫说。

——对了,约说。他还清了他的人生债,天主慈悲他吧。

——好基督呀!阿尔夫说。

老天在上,他可真是你所谓的目瞪口呆了。

在那幽暗之中,可以感觉到幽灵之手在微微颤动,而按照密宗经典所作的祷告送达应达处之后①,逐渐可以见到一股红宝石光隐约出现

---

① “密宗经典”为印度教经典,为欧美通神学等玄理派别所信奉。

并越来越亮。由于头顶和脸部都放射吉瓦光，虚灵体呈现出了格外逼真的形象①。信息交流是通过脑下垂体实现的，也利用骶区与腹腔神经丛所发出的橘黄色与紫红色光线。喊他的地上名字问他现在天上何处，他表示现在正走上 prālāyā，或回归之途②，但仍受超感觉层中较低层次上某些嗜血成分的困扰。问他最初越过人世界线时有何感受，他表示原来所见模糊如在镜中，然而已经超越界线的人，眼前随即展开最广阔的发展阿特曼的机会③。问他那边的生活是否和我们的肉体生活相仿，他表示，他听灵体经验已较丰富者说，他们的住所拥有各种各样现代家庭舒适生活设备，诸如 tālāfānā，ālāvā tār，hātākāldā，wātāklāsāt④应有尽有，而最高级的里手则浸沉于最纯洁的欣心浪潮之中。这时一夸脱的酪乳应其要求送到，显然正解其渴。问他对生者有何嘱咐，他劝告一切尚未摆脱玛耶的人⑤，都应认清正道，因为天道中人都已获得消息，现在火星和木星已出来，在白羊星势力所在的东角捣乱。又问逝世者有无特殊愿望，回答是：**我们向你们仍在肉体中生活的地上朋友们致意。请注意康·凯勿堆垛**。据了解，康·凯即康尼利厄斯·凯莱赫先生，即颇受欢迎的奥尼尔殡仪馆的经理，死者的朋友，此次安葬由此人安排。他临走要求嘱咐他的亲爱的儿子派齐，他找不到的另一只靴子，现在小屋内的马桶箱下，这双靴子应送卡伦皮鞋店换底，后跟尚好不必换。他表示，这事使他在彼域心情异常不安，务请转达他的愿望。他在获得此事一定办到的保证后，表示十分满意。

奥狄格南呀，我们的朝阳，他离开尘俗世界而去了。额角放光的派特里克呀，当初他在蕨丛间奔跑的脚步是何等轻疾！嚎哭吧，班芭⑥，刮起你的风来；嚎哭吧，海洋呀，刮起你的旋风来。

---

① “吉瓦”为印度教用语，指灵魂之活力；“虚灵体”为通灵学用语，与“实密体”相结合而成人，人出生时虚灵体比实密体出现早，人死亡时虚灵体并不立即消灭，因而灵魂有再生之可能。

② prālāyā 为通灵学梵文术语，指人死后灵魂休养生息期。

③ “阿特曼”为通灵学用语，指人的最内在的本质。

④ 仿梵文（因通灵学派崇尚梵文）的英语讹体：电话、电梯、热冷（水）、卫生间。

⑤ “玛耶”为印度教术语，意为虚幻。

⑥ “班芭”为传说中最早开辟爱尔兰的三姐妹之一，常被奉为司死亡女神。

——他又来了,公民瞪着门外说。

——谁? 俺说。

——布卢姆,他说。他在那儿来回站岗放哨足有十分钟了。

可不吗,老天在上。俺瞅见他探头探脑地张望一下,又溜走了。

小阿尔夫可傻了眼。说真格的,傻了眼。

——好基督呀! 他说。我敢起誓,就是他。

鲍勃·窦冉把帽子推在后脑壳上,这家伙灌足了酒,可算得上是都柏林最凶恶的恶棍了。他说:

——谁说基督是好的?

——你说的是什么话,阿尔夫说。

——他把可怜的小个儿威利·狄格南弄走了,鲍勃·窦冉说,还算是个好基督吗?

——哎呀,阿尔夫说着,想把事情对付过去算了。他总算结束了烦恼。

可是鲍勃·窦冉大喊大叫的不答应。

——我说,谁把可怜的小个儿威利·狄格南弄走,谁就是个大混蛋!

特里走过来,给他使了个眼色叫他安静,说他们这里是个有执照的体面酒店,不能容许这样的话语。于是鲍勃·窦冉哭起派迪·狄格南来,一点儿也不假。

——天下最好的人哪,他抽抽噎噎地说,最好最纯洁的人品呀。

背时眼泪说来就来。信口开河。顶好快回家去,去找他娶的那位喜欢梦游的小母狗吧,追屁股法警穆尼的那个女儿,她娘在哈德威克街管一所公寓房子,班塔姆·莱昂斯在那儿住过,他说她清晨两点钟一丝不挂地在楼梯平台上溜达,赤身露体让人看,来者不拒,不偏不倚,一律欢迎。

——最高贵,最真诚可靠的,他说。他就这么的走了,可怜的小个子威利,可怜的小个子派迪·狄格南呀。

他用沉重的心情和悲伤的眼泪,哀悼那上天之光的陨灭。

老狗加里欧文又开始发出低沉的吼声,这回是对门边窥探的布卢姆。

——进来吧,怎么啦,公民说。它不会吃掉你的。

于是布卢姆把鳕鱼眼睛盯住了那条狗,侧着身子踅了进来。他问特里,马丁·坎宁安在不在。

——唷,基督麦基翁!约看着那些信件之一说。你们听一听这个,好不好?

他读起信来。

——呈都柏林

都柏林行政长官

大人在上小人愿为上述痛心案件效力小人曾于一九〇〇年二月十二日布特尔监狱绞死约·盖恩小人又曾……

——让俺们看吧,约,俺说。

——在彭顿维尔监狱绞死残杀洁细·贴尔悉特的列兵阿瑟·蔡斯小人又……

——耶稣呀,俺说。

——……在比林顿处决极恶的杀人犯托德·史密斯时任助手……

公民伸手抢信。

——等着,约说。小人套绞索有妙法套住出不来希望录用小人大人在上小人费用五畿尼。

利物浦亨特街七号剃头师傅

哈·郎博尔德

——一个杀人不眨眼的砍头大师傅,公民说。

——那小子写的什么东西,乱七八糟的,约说。拿走吧,阿尔夫,拿得远远的。哈喽,布卢姆,你要什么?

于是他们俩讨论起这一点来了,布卢姆说不想要什么不能要什么请原谅没有别的意思等等云云,然后他说好吧,他要一支雪茄。老天,他真是个谨慎在会的,没错儿。

——特里,把你那些头等臭货给我们来一支,约说。

阿尔夫这时在给俺们讲,有一个家伙寄来了一张带黑框的报丧卡片。

——都是那黑色国家来的剃头匠，他说。只要付他们五镑现金加旅费，他们连自己的老子也愿意绞死的。

他还告诉俺们，底下还有两个家伙等着，只等他从活板口坠下，马上抓住他的脚后跟往下拽，周到不含糊地叫他断气，完了把绳索剁断，分段卖掉，一个脑袋能卖几个先令。

在那黑暗的国土上，居住着复仇心切的剃刀骑士们。他们手抓致人死命的绳圈：是的，不管是谁有血案，他们都用这圈将他套住送往埃里伯斯①，因为那是我绝不容许的，主这样说。

于是他们开始谈论死刑问题，布卢姆当然就拿出了他那些原因喽、理由喽等等一大套有关的糊弄理论，那条狗是不断地嗅他，有人跟俺念叨过这些犹太佬让狗闻着有一种特殊的气味，还有莫名其妙的一大套，什么起遏制作用啦等等等等的。

——有一样东西是它起不了遏制作用的，阿尔夫说。

——什么东西？约说。

——被绞死的倒霉蛋的家伙，阿尔夫说。

——真的吗？约说。

——一点儿也不假，阿尔夫说。我听基尔曼汉监牢的狱长说的，无敌会的约·布雷迪就是他那时绞死的。他告诉我，他们绞过之后把他放下的时候，那玩意儿冲着他们的脸直挺着，像一根拨火棍儿似的。

——有人说过，热情如炽，至死不休，约说。

——这是可以用科学解释的，布卢姆说。它不过是一种自然现象，你们不明白吗，因为由于……

于是他说起了他那些绕脖子话头儿来了，又是现象又是科学，这个现象啦那个现象的。

杰出科学家卢依波尔德·布卢门德夫特教授先生已提出医学根据阐明，依照医学界最为赞许的科学传统，颈椎骨猝折及其导致的脊髓横断，可被认为必将对人体内生殖器官神经中枢产生强烈的神经节刺激，

① “埃里伯斯”为希腊神话中人世与冥府之间的幽暗世界。

致使 corpora cavernosa[①] 中弹性细孔迅速扩张，血流瞬即畅通，流入人体结构内所谓阴茎即男性器官部分，从而形成医学界所谓 in articulo mortis per diminutionem capitis[②] 病态上升胀大的繁殖性勃起现象。

不消说，公民正等着这话头，马上大扯其无敌会啦、老卫队啦、六七年的好汉们啦、谁怕谈九八年啦等等，约也跟着他大扯那许许多多为了事业受紧急军事审判而被绞死、开膛、流放的人们，大扯其新爱尔兰，新这新那新个没完。谈到新爱尔兰，他倒是该去找一条新狗了，实在应该了。这一条癞皮狗饿极了，在店堂里到处嗅，到处打喷嚏，到处蹭它的疥疮。它转到鲍勃·窦冉面前，摇尾乞怜的想得点什么，窦冉正请了阿尔夫半下子，这时当然干起背时蠢事来了。他说：

——给咱们伸伸爪子！伸爪子，狗狗！好狗狗！把爪子伸过来呀！伸出爪子让咱们握一握呀！

瞎胡闹！别抓背时爪子了，他可要抓你了！阿尔夫还得扶着他点儿，免得他从背时的凳子上翻下来，砸在那只背时的老狗身上，可他还在不停嘴地胡扯，什么用感情训练狗呀，什么纯种狗呀聪明狗呀，真叫你憋气。然后他叫特里拿来雅各布饼干罐头，从底上掏出了几片陈饼干。老天哪，它狼吞虎咽，一口就吃了下去，又把舌头拖出一码长，还要。差点儿连饼干罐头都一股脑儿吞了下去，背时的饿狗！

公民和布卢姆却在那儿争辩不休，希尔斯弟兄啦，沃尔夫·托恩在那头亭子山上啦，罗伯特·埃米特啦，为国牺牲啦，汤米·穆尔写赛拉·柯伦的情调啦，她在那遥远的地方啦[③]。而布卢姆呢，不消说是挥舞着他的雪茄大棒，一副板油面孔，像煞有介事的。现象！他娶的那一堆肥肉才是一个美妙的老现象哩，背脊有滚木球的球道那么宽。尿伯克告诉俺说，他们住城标饭店那阵子，那儿有个老娘们儿有个侄儿子是

---

① 拉丁文：海绵体。

② 拉丁文：死亡时断颈所致。

③ 希尔斯弟兄二人与托恩（见第 301 页注③）均为一七九八年起义志士，失败后在狱中牺牲，一说托恩系在巴尼·基尔南酒店附近亭子山上监狱中自杀而死；埃米特于一八〇三年起义抗英失败（见 149 页注③）后被英国殖民政府杀害，赛拉·柯伦为其情人，十九世纪诗人穆尔在《她在那遥远的地方》中以哀婉缠绵的情调歌颂了埃米特的“为国牺牲”和赛拉对烈士至死不渝的爱情。

个疯疯癫癫的脓包，布卢姆想拍她的马屁，婆婆妈妈地陪她打伯齐克牌，好挤进她的遗嘱里捞上一票；老娘们儿总绷得那么紧，他就星期五不吃肉①；还带那废物出去散步。有一次，他领着他把都柏林的酒店都绕了个遍，嗨，圣父在上，直到他醉成一只水煮猫头鹰才把他带回家，他说是用这办法让他明白喝酒的害处，好老天呀，三个女人差不点儿把他活活烤了，真滑稽，那老娘们儿、布卢姆的老婆，还有旅馆老板娘奥多德太太。耶稣哪，尿伯克学着她们数落他的那劲儿，俺瞧着没法儿不笑。而布卢姆呢，还是他那一套**你们不明白吗？**和**可是另一方面呢**。别忙，这还没完呢，我听说那废物以后就常到柯普街帕尔公司，那家专门兑酒的，把那背时买卖里头所有的样品都喝到，一星期倒有五天连脚都没有，用马车拉回家。这才现象呢！

——怀念死者②，公民端起品脱杯，瞪着布卢姆说。

——可不吗，可不吗，约说。

——你没有抓住我的论点，布卢姆说。我的意思是……

——Sinn Fein！公民说。Sinn Fein amhain！③ 好友站身边，寇仇在面前④。

诀别的场面是极端令人感动的。远近的钟楼，都在不停地鸣着送葬的丧钟，而在那阴暗的场地四周，一百面闷声的鼓发出雷滚似的凶兆，鼓声中还不时加上空炮齐轰的节奏。这时天上一连串震耳欲聋的霹雳，光耀刺眼的闪电照亮了阴森森的场地，为这原已令人毛骨悚然的情景更增加了天炮的神威。愤怒的苍天打开闸门，泻下一场倾盆大雨，这时场上聚集的人数至少已有五十万，全都未戴帽子而听任大雨浇透。都柏林都市警察署的一支队伍，在署长亲自督导下维持这庞大人群的秩序，而约克街铜管簧片乐队则以悬挂黑纱的乐器，吹奏我们自摇篮时期即已在哀怨女诗人斯佩兰莎的熏陶下喜闻心爱的天下无双音乐，其

---

① 虔诚的天主教徒星期五不吃肉（但可吃鱼）。

② 英格拉姆（见第**316**页注④）纪念一七九八年起义的诗即名为《念死者》。

③ 爱尔兰语："我们自己……就靠我们自己。"按 Sinn Fein 二字由二十世纪初爱尔兰独立运动用作名称，常译为"新芬"。

④ 典出托·穆尔爱国主义诗《奴隶何在?》。

精彩表演消磨了等待的时间。从农村也来了大批的老乡，有特快旅派专列和敞篷软座大马车供其舒适享用。都柏林颇为走红的街头演唱家莱-汉和马-根也大力助兴，用他们一贯的滑稽逗笑方式演唱了《拉里上架前夜》[①]。我们这两位滑稽无比的角色所卖的歌篇，在偏爱喜剧艺术的观众间大受欢迎，凡是欣赏地道的爱尔兰脱俗笑料的人，无一吝惜给他们几枚便士，都认为值得。男女弃婴医院的孩子们挤在可以望见现场的窗口，看到这一天的消遣中出现这么一个意想不到的额外节目，都是非常高兴；恤贫小姐妹修女会为这些无父无母的可怜儿童提供这样一项真正有教育意义的娱乐，实在值得赞扬。从总督府招待会上来的客人们，其中包括许多有名望的女士，都由总督大人和夫人陪同，登上了观礼台上的最佳座位，而名为翡翠岛之友的外交使团，则被安置在正对面看台上，五颜六色煞是好看。外交使团全体出席，包括荣誉骑士巴契巴契·贝宁诺贝诺尼[②]（他是使团首席，半身不遂，需用蒸汽起重机送上座位）、墨歇彼埃尔保罗·卑地戴巴当[③]、滑稽大公乌拉亨米尔·波该特亨克契夫[④]、突梯大公利奥波尔德·鲁道尔夫·冯·希汪曾巴德-贺登特哈勒[⑤]、女伯爵玛哈·维拉伽·吉莎斯佐妮·普特拉佩斯特希[⑥]、海拉姆·Y.炸弹鼓劲、伯爵亚萨那托斯·卡拉海洛普洛斯[⑦]、阿里巴巴·拜克西希·拉哈特·罗克姆·埃分栜[⑧]、西尼奥希达尔苟·卡巴莱罗·唐·佩卡递洛·依·派拉勃雷斯·依·派特诺斯特·德拉玛洛拉·德拉玛拉里亚[⑨]、贺科波科·哈拉吉里[⑩]、哈鸿章[⑪]、

---

① 爱尔兰十八世纪民歌，以轻松口气叙述一名拉里者被绞死前后情形。

② 意文姓名，可解为“吻吻·小好大好”。

③ 法文姓，可解为“小而惊人”。

④ 俄文姓，音似英文“小手帕”。

⑤ 奥地利姓名，可解为“浴中阴茎睾丸谷居民”。

⑥ 匈牙利文姓名，音近“布达佩斯”而词义可解为“母牛花腐败瘟疫小姐”。

⑦ 希腊文姓名，可解为“不死的卡拉梅尔糖果之子”。

⑧ 阿里巴巴为《一千零一夜》故事之一主人翁，以下长串名字来自阿拉伯语与土耳其语等，可解为“送礼出行绅士”。

⑨ “西尼奥”为西班牙文尊称，相当于英文“密斯脱”或法文“墨歇”，以下西文姓名可解为“高贵骑士，出自疟疾倒霉时期罪孽府、话语府和吾父（天主）府”。

⑩ 日文姓名，可解为“花招剖腹自杀”。

⑪ 中文姓名，其英文拼法可解为“高悬的章”。

奥拉夫·考柏凯德尔森①、明海尔特立克·范·特隆普斯②、潘波莱克斯·派迪里斯基③、孤世庞德·普尔克尔斯特乐·可拉钦纳布里奇西奇④、鲍里斯·胡平考夫⑤、海尔胡尔所所长主席汉斯·届契利-希多尔利⑥、国立健身馆博物馆疗养馆悬空器官初级讲师通史专家教授博士克里格弗里德·幽卜拉尔格曼⑦。外交使团全体人员异口同声七嘴八舌,用各不相同的最强烈语言,纷纷议论他们被请来观看的这一个不可名状的野蛮残暴场面。翡友们展开了一场激烈论战(人人都参加),争辩爱尔兰的护国圣徒生日究竟是三月八日还是九日。在争论过程中,人们用上了炮弹、弯刀、飞镖、喇叭枪、臭壶、砍肉刀、雨伞、弹弓、指节铜套、沙袋、生铁块,互相动手殴打更是毫无顾忌。专门派人去布特斯敦请来娃娃警察麦克法登警士,才把秩序迅速恢复了,他还以闪电般的敏捷,提出了以那个月的十七日,作为争执双方都能同样光荣接受的解决办法⑧。这位身高九英尺的年轻人的机智的建议,立刻获得各方赞许和全体一致的接受。马克法登警士受到了全体翡友的衷心祝贺,其中若干人仍在流血不止。这时荣誉骑士贝宁诺贝诺尼已被人从主席椅子底下拉出,他的法律顾问帕伽米米大律师申明,藏在他那三十二个口袋中的形形色色物件,都是他在那一场混战过程中从那些资浅同事口袋中掏来的,目的是促使他们恢复理智。这些物件(其中包括数百只女式、男式金表、银表)随即各归原主,于是局势太平,人人相安无

---

① 丹麦文姓名,可解为"笑吧,铜锅儿子"。

② "明海尔"为荷兰文尊称,以下荷兰文姓名可解为"一套王牌"。

③ "潘"为波兰文尊称,以下波兰文人名可解为"波兰人们(或斧头)",姓近似一著名波兰音乐家,"派迪"又为最普通的爱尔兰人名之一,可解为"冒险的派迪"。

④ 仿捷克文姓名,其中"孤世庞德"可理解为"主",亦可按英文解为"鹅池"。

⑤ 俄文姓名,"鲍里斯"为著名十六世纪俄国沙皇名字,而二十世纪初小说家康拉德之子名字亦为"鲍里斯",曾患严重百日咳(whooping cough,音似"胡平考夫")。

⑥ "海尔"为德文或瑞士德文尊称,类似"先生",但常置于官衔之前,而"胡尔所"可解为"妓院"。

⑦ 此头衔采用德文名词组合办法,即多词联合为一词,长串头衔之后的德文姓名可解为"战争和平·超乎一切"。

⑧ 爱尔兰以三月十七日为圣派特里克生日,举国庆祝,但派特里克的实际生辰年代并无可靠记录,人们对此曾有许多争议。

事。

泰然自若的郎博尔德身穿无可挑剔的礼服，胸佩他最喜爱的花朵Gladiolus Cruentus①，不动声色地登上了刑台。他以轻轻的一声郎博尔德式咳嗽，宣告他已到场，这声咳嗽短促而有力，极富于他的独特色彩，许多人都曾试图模仿，但无一成功。这位举世闻名的刽子手一亮相，巨大的广场上立即欢声雷动，总督府女宾们都兴奋不已地挥舞手帕，而更善激动的外国贵宾，则纷纷用不同的欢呼声大喊 hoch、banzai、eljen、zivio、chinchin、polla kronia、hiphip、vive、Allah②，其中听得特别清楚的，是歌咏之邦代表的响亮的 evviva③（一声特高音阶的 F 音，令人想起当年阉人卡塔兰尼的那些尖锐而迷人的歌声，曾使我们的太祖母们听得如醉如痴的）。这时时间是十七点正。扬声筒内立即传出祈祷的信号，顷刻间所有脑袋上的帽子都又脱掉，荣誉骑士的祖传高顶阔边帽（此帽从里昂齐④革命时期以来一直归他家所有），是由他的随身医药顾问皮匹大夫取下的。一位学识渊博的高级教士将自己的长袍托在白发苍苍的头顶之上，以最虔诚的基督徒精神跪在一汪雨水之中，向天恩的宝座作恳切祈求的祷告，为行将接受死刑惩罚的英雄殉难人提供了神圣宗教的最后一次安慰。手扶断头墩子站着的，是形象阴森的刽子手，头上罩一只十加仑大桶，桶上开着两个圆孔，孔内射出两只眼睛的凶光。他利用等待送终信号的时间，将那柄令人恐怖的武器在自己的肌肉突出的前臂上蹭着试刀锋，又一只接一只地砍了一群绵羊的脑袋，一些人仰慕他这残酷而必要的职务，特地提供了这些绵羊。他身边有一只美观的桃花心木桌子，上面整整齐齐地摆着宰割刀、各色优质钢材掏脏工具（由举世闻名的设菲尔德刀具厂约翰·郎德父子公司特制）、一只陶瓷盆子，准备放置掏出来的十二指肠、结肠、盲肠、阑尾等等，还

① 拉丁文：血染宝剑。

② 德语“高”、日语“万岁”、匈语“祝他长寿”、塞尔维亚-克罗地亚语“祝你长寿”、洋泾浜英语“请请”、希腊语“长寿”、美语“嗨、嗨”喝彩声、法语“万寿”、阿拉伯语“上帝”。

③ 意语：他活着。

④ 里昂齐（约 1313—1354），罗马政治鼓动家。

有两个大奶壶,准备接那最珍贵的殉难人的最珍贵的血。联合猫狗收容所的总务员守在一边,只待这些容器装上东西,便将送往那个慈善机关。周到的当局为悲剧中心人物提供了一顿相当精彩的饭菜,有油煎肉片加鸡蛋,有炸得恰到好处的牛排和葱头,还有热气腾腾的美味小面包和提神的热茶;这位人物已做好就义的准备,神采奕奕,对于当前的安排,从头到尾表现了浓厚的兴趣,而这时更以我们今天很难见到的自我克制精神,作出了高尚的反应,表示他的临终愿望(立即受到尊重),是将这饭菜均分若干份,送给贫病单身房客协会的会员,以示他的关怀与敬意。全场的感情高潮,是在待嫁新娘从密密层层的观众中冲出来的时候,她满脸通红,扑向那位即将为了她而杀身成仁的人,伏在他那强健的胸脯上。英雄疼爱地搂抱着她那柳枝般的身子,一往情深地轻唤着喜拉[1],我的人。她听他唤她的本名更感到激动,热烈地吻起他来,凡是犯人服装的规范容许她的嘴唇碰到的地方,她都情不自禁地吻了。他们两人的止不住的眼泪汇成一条咸流,同时她向他发誓,他将永远是她心中的珍宝,她将永远忘不了她的少年英雄,上刑场时嘴里还唱着歌,仿佛是到克朗透克公园去参加一场爱尔兰棒球赛的神情。她和他一起回忆了安娜利菲河畔两小无猜的幸福童年,回想那时玩的幼稚游戏是多么天真无邪,不由得将恐怖的现实忘在一边,两人都开怀大笑,所有的目睹者,包括那德高望重的牧师,都跟着高兴起来。整场的人群哈哈大笑,巨兽似的前仰后合。然而不久他们俩最后一次握手,又悲从中来,滔滔不绝的泪水又从两人的泪腺涌出,周围的庞大人群也深受触动,发出令人心酸的抽泣,连年事已高的专职牧师也不例外。那些治安法庭的彪形大汉,那些皇家爱尔兰警察部队的善良的巨人,都毫不掩饰地掏出手帕来用;可以毫不夸张地说,在那人数空前的群众中间,没有一只眼睛不是湿的。最罗曼蒂克的事件发生在一位牛津大学毕业生出现之后。这是一位以对女性富有骑士风度而知名的翩翩少年,他走上前来,呈上名片、银行存折以及家谱图,向遭遇不幸的小姐提出了求婚,请她指定成婚的日期,并且当场获得接受。观众中的每一位女

---

① “喜拉”这一女人名字,曾在十九世纪爱尔兰抒情诗中被用作呼唤爱尔兰的名称。

士，都收到一份纪念这一事件的精致礼品，即一枚骷髅图形的饰针，而这一应时的豪举，又引起了全场的赞叹。当这位牛津大学风流青年（顺便交代一下，他出身于英国历史上最受尊敬的名门望族之一）为他那位满脸羞赧的未婚妻戴上订婚戒指——一枚镶成四个瓣儿的三叶草形状的贵重翡翠戒指——时，场上的情绪简直超过了沸点。不仅如此，主持这一悲壮场面的严厉的指挥官汤姆金-马克斯威尔·弗兰契默兰·汤姆林森中校，他曾经将数目可观的印度雇佣军绑在炮口上轰死而不眨一下眼，现在却也无法控制感情的自然流露了。他举起他那铁甲防护手套，擦掉了一滴偷偷流出来的眼泪，当时有幸站在他身边的一些市民，听到他在上气不接下气地喃喃自语：

——上帝有眼，这要命的妞儿，可真是够意思的。上帝有眼，咱瞧了不知怎么的，就要掉那个要命眼泪，真格儿的，不知怎么的咱就想着咱那位在石灰房路①等着咱的麦芽浆桶了。

这么的，公民开始大谈其爱尔兰语言，谈市政会议等等一大套，谈那些连自己的民族语言都不会说的假绅士们，约也在插嘴，因为他从什么人那里弄来了一镑，布卢姆呢，摆弄着他那支揩约的油弄来的两便士棍子，也说他那蔫蔫乎乎的一套，什么盖尔语协会啦，什么反请客协会啦②，什么酒是爱尔兰的致命伤啦。反请客，这才是要紧的。老天，他是什么酒都会让你灌进他喉咙里去的，一直灌到主召唤他，你也见不到他那品脱酒的沫子。有一天晚上，俺跟一个家伙参加了一次他们那种音乐晚会，唱啊跳的，**干草堆上的姑娘坐起来呀，她是我的毛琳·赖呀，**有一个家伙戴着一枚包列胡里的蓝绶带徽章，咕噜咕噜的满口爱尔兰语，还有好些个金发姑娘送节制饮料，卖纪念章、橘子、柠檬水，还卖一些又陈又干的小面包，老天，酋长式的招待，别提啦。爱尔兰断了酒，爱尔兰才自由③。然后，一个老家伙吹起了风笛，于是所有的骗子们都踩着气死老母牛的乐调蹭起脚来。还有一两位管上天的在周围看着，免

---

① 伦敦贫民区地名。

② 都柏林“圣派特里克反请客协会”建于一九〇二年，企图减少酒馆中互相请客因而越喝越多现象。

③ 这是十九世纪一作家提出的口号，企图扭转爱尔兰人嗜酒的毛病。

得人们和女性耍什么手脚，有什么小动作。

这么的，不管怎么的，俺刚说了，那条老狗看着饼干桶空了，就在约和俺身边来回地嗅个不停。这家伙要是俺的狗，俺可得用感情训练训练它，可得好好儿训一训。时不时地找它踢不瞎的地方，狠狠地踹它一两脚。

——怕它咬你吗？公民嘲笑着说。

——不怕，俺说。可是它兴许把俺的腿当成电杆木了。

这么的，他就唤老狗过去。

——加里，你怎么啦？他说。

于是他把大狗拉过去，又是乱揉又是跟它讲爱尔兰语，老狗也咕噜咕噜低声吼着装回答，好像歌剧里的二重唱一样。他们之间这种对嗥，你是绝对没有听到过的。谁要是闲着没有别的事干，应该给报纸写一封信 pro bono publico①，谈谈这样的狗必须上口络的问题。咕噜咕噜、忿忿不满地低吼着，眼睛渴得发红，嘴边流着狂犬病的毒液。

凡是对人类文化在低级动物中的传播情况有兴趣的人（其数目是巨大的），都应该注意，万勿错过一场奇妙无比的犬人表演，表演者是一头著名爱尔兰塞特型红色老狼狗，过去名叫加里欧文，新近已由其为数众多的朋友熟人改名为欧文·加里。这场表演是多年感情训练和精心设计的膳食制度的结果，除其它精采节目外，其主要内容为诗朗诵。我们当今最伟大的语言专家（绝对秘密我们决不泄漏！）已不遗余力，将它所朗诵的诗加以破译和比较，发现这诗和古凯尔特吟游诗人作品具有**惊人的**相似处（着重点是我们加的）。通过那位以雅致笔名“小鲜枝”隐藏了真面目的作家②，爱读书的人们已经熟悉了一些清新可喜的情歌，我们这里主要不是指那些诗，而是另一种比较粗犷、个人色彩比较浓的格调（正如当时一份晚报上的一位撰稿人 D. O. C 所发表的有趣言论中指出的），著名的赖夫脱里以及唐纳尔·麦克康西丹的讽刺诗

① 拉丁文：为了公众的利益。

② “小鲜枝”为爱尔兰文艺复兴创始人之一海德所用笔名，他曾将爱尔兰诗歌译为英文，包括本书第九章提到的诗集《康诺特情歌》(1895)。

就是如此①,更不必提另一位年代较近而目前颇受众人瞩目的抒情诗人了。我们在这里附录一首作为例子,此诗已由一位杰出学者译为英文,他的姓名我们暂时无权透露,但我们相信,我们的读者根据诗中涉及的内容已经可以获得线索而有余了。犬语原文的韵律体系要复杂得多,有一点像威尔士的安格林体诗中错综复杂的头韵和等音节规律,但是我们相信,读者将会同意原诗的精神是抓住了的。也许应该加上一句,诵读欧文的诗要缓慢一些,模糊一些,用一种暗示怨恨在心的语调,效果可以大大加强。

我的诅咒中的诅咒
每天都有七天
七个干渴的星期四
诅咒你,巴尼·基尔南,
没有一顿水餐
浇一浇我的火气
还有那吃了劳里的肺
烧得乱吼的肠子。

这么的,他叫特里弄点水来给狗喝,老天,你到一英里以外都能听到它舔水的声音。然后,约问他要不要再来一杯。

——要的,他说,a chara,好表示我对你没有意见。

老天,别看他样子土头土脑,他的肠子可不是直的。一个酒馆又一个酒馆地混,让你自己看面子上过得去过不去,带着老吉尔特拉普的狗,让纳税人和市政府选民给吃喝。连人带狗都是客。约说了:

——你能再对付一品脱吗?

——水怕鸭子吗?俺说。

——特里,照样再来一次,约说。你怎么样,真不要来一点液体点心吗?他说。

① 赖、麦均为十八至十九世纪间爱尔兰诗人,以盖尔语写作;赖为海德等人推崇的盲诗人。

——谢谢你,不啦,布卢姆说。实际上我只是来和马丁·坎宁安碰头,你不明白吗,关于可怜的狄格南的保险金问题。马丁要我到狄格南家去。情况是这样的,他,我说的是狄格南,办让与手续的时候没有通知保险公司,这样一来,按照条例,受押人就没有名义去从保险额中收回款项了。

——圣战了,约笑着说。妙,把老夏洛克搁浅了才妙呢①。这么的,他老婆占了上风,是不是?

——这个么,布卢姆说,得看打他老婆主意的人了。

——打谁的主意?约说。

——我是说帮他老婆打主意的人,布卢姆说。

然后他自己也弄糊涂了,胡扯起什么抵押人按条例什么的,装腔作势像大法官坐堂判案似的,什么为了他老婆的利益啦,什么建立一笔托管基金啦,可是另一方面狄格南又确是欠了布律奇曼那一笔债啦,如果他老婆或是遗孀要否定受押人的权利,等等云云,他那一套抵押人按条例简直把俺的脑袋都弄昏了。背时家伙他自己那回倒是逃脱了,没有按条例当流氓坏蛋抓起来,他是朝里有人。出售那个奖券还是叫什么的,匈牙利皇家特权彩票。千真万确的。嗨,以色列人真是不赖!皇家特权的匈牙利绑票。

这时候,鲍勃·窦冉跌跌撞撞地走了过去,要布卢姆转告狄格南太太,他很同情她的不幸,他很遗憾没有参加葬礼,转告她,他说了,每一个认识他的人都说了,天下没有一个比可怜去世了的小个儿威利更真诚可靠、更好的人了,转告她。说那些背时蠢话说得都哽住了。还唱悲剧似的握着布卢姆的手,要他转告她。握手吧,老哥。咱们谁也别嫌谁。

——请容许我放肆利用咱们的交情,他说。咱们相交尽管从时间来说仿佛并不长,然而我希望,我相信,还是以互敬互重的心情为基础的,所以我胆敢请您襄助。但是,如果我已经超越了名份,那么请您姑念我感情上的真诚而谅解我行动上的大胆。

---

① 夏洛克为莎剧《威尼斯商人》中高利贷者。

——不不,那一位答道。我充分理解您采取这一行动的意图,我定将完成您委托我办的事务,并从中获得慰藉,因为这虽是一项哀伤的使命,您在这中间却表现了对我的信任,已在一定程度上将苦杯变甜。

——那么请允许我握一握您的手,他说。我深信,您的善良心肠,将比我的笨嘴拙舌更能向您提供最恰当的词句去表达我的心情,我现在辛酸在胸,即使要加以抒发,亦必将语塞词穷。

他说完就往外走,七歪八倒的想走直了。五点钟,就已经醉了。那天晚上,他差点儿就让逮走了,幸好派迪·伦纳德认识甲 14 号巡警。人事不知的躺在布莱德街一家私酒店里,过了关门时间还不走,跟两个浪女人乱搞,还有一个打手看守着,用茶杯子喝黑啤酒。他对那两个浪女人自称是法国佬约瑟夫·曼谬,大说天主教的坏话,说自己年轻的时候在亚当夏娃教堂的弥撒仪式中服务,是闭着眼睛的,大谈谁写新约,谁写旧约,又是搂又是摸的。两个浪女人一边笑得死去活来,一边掏了他的腰包,背时的蠢货,他把黑啤酒撒得满床都是,两个浪女人嘻嘻哈哈地彼此尖声叫着。**你的约怎么样哟?你有旧的约吗?**幸好派迪路过那里,俺告诉你。然后,到星期天,又看到他和他那个小妾似的老婆,她扭着屁股走在教堂座席间的通道上,穿着她的漆皮靴子,不假,戴着她的紫罗兰,整整齐齐的,摆着她的小夫人派头。杰克·穆尼的妹子。那个老婊子妈妈呢,给街上的野男女找房间。老天,杰克可把他管住了。告诉他说,他要是不老老实实修锅补罐,耶稣呀,他要把他踢个屁滚尿流。

这时特里送来了三品脱的酒。

——喝,约敬酒说。喝,公民。

——Slan leat①,他说。

——祝你好运道,约,俺说。祝你健康,公民。

老天,他的嘴巴已经一半都伸进酒杯里去了。要供他不断喝的,可得要一笔可观的钱才行呐。

——阿尔夫,长家伙在帮谁竞选市长?约说。

---

① 爱尔兰语:祝你安全。

——你的一个朋友,阿尔夫说。

——南南?约说。议员?

——我可不说名字,阿尔夫说。

——我就猜是他,约说。我刚才看到他和国会议员威廉·菲尔德一起在会上,牧牛贸易协会的。

——长头发的伊奥铂斯①,公民说。爆炸过的火山,各国宠爱,本国崇拜。

于是约对公民说起了口蹄疫、牧牛贸易协会,以及打算采取什么行动问题,公民听一样驳斥一样,而布卢姆则出了许多主意,洗疥癣用浴羊水呀,治小牛咳嗽用线虫灌服药呀,治木舌头有特效疗法呀。因为他有一个时期在一家老弱家畜屠宰场干。拿着他的本子和铅笔忙忙碌碌跑跑颠颠,直到他顶撞了一位牧场主,约·卡夫叫他滚蛋为止。万事通。好为人师。尿伯克告诉我,在饭店住的时候,他老婆常哭鼻子,有时候跟奥多德太太一起哭得死去活来,哭她那一身八寸厚的肥膘。解不下她那些屁带子来,老鳕鱼眼绕着她转圈子,给她出主意。你今天是什么节目?对了。人道的办法。因为可怜的牲口在受罪啦,专家们的意见啦,目前已知的最佳疗法啦,可使牲口不受痛苦啦,在疼痛处轻轻敷上啦。老天,母鸡下蛋他都能伸手去接的。

嘎嘎嘎啦。咯打咯打咯打。黑丽兹是我家母鸡。她给我们下蛋。她下蛋的时候很高兴。嘎啦。咯打咯打咯打。这时来了好叔叔列奥。他把手伸到黑丽兹屁股底下,接住了它刚下的蛋。嘎嘎嘎嘎嘎啦。咯打咯打咯打。

——不管怎么说,约说,菲尔德和南内蒂今天晚上要去伦敦,他们准备到下院议席上提这个问题。

——你肯定市政委员也去吗②?布卢姆说。我正有事要找他。

——他呀,约说。坐邮轮走,今天晚上。

——那可太糟了,布卢姆说。我很需要。也许是菲尔德先生一个

---

① 古罗马史诗《埃涅阿斯纪》酒席间吟唱的诗人。

② 南内蒂为英国国会议员兼都柏林市政委员。

人走吧。我没有办法打电话。没有。你肯定吗？

——南南也去的，约说。协会还要他明天质讯警察署长禁止公园内进行爱尔兰体育运动的事。你对那件事有什么看法，公民？Sluagh na h-Eireann.①

考·科纳克尔先生（穆尔体方翰。民。②）：由我尊敬的朋友希来拉赫区议员所提的问题，引出另一问题：我是否可以请问首相阁下，政府是否已下指示，这批牲畜即使并无医学材料证明其确有病态，亦将全部屠宰③？

奥尔弗士先生（塔墨上特。保。）④：各位尊敬的议员们均已获得呈交全院委员会的一份材料。我感到我对该材料不能提供有用的补充。对于尊敬的议员所提问题的回答是肯定的。

奥赖里·奥赖利先生（蒙特诺特。民。）：是否已经发出类似指示，对于胆敢在凤凰公园进行爱尔兰体育运动的人形牲口，也将加以屠宰？

奥尔弗士先生：回答是否定的。

考·科纳克尔先生：财政部当政的绅士们的政策，是否从首相阁下的著名的米切尔士敦电报受到了启发⑤？（喔！喔！）

奥尔弗士先生：关于这个问题，我必须事先获得通知。

斯泰尔微特先生（本刻姆⑥。独。）：格杀勿论。（反对派讥笑欢呼声。）

议长：秩序！秩序！（全场起立。欢呼声。）

---

① 爱尔兰语："爱尔兰军。"系一爱国团体。国会议员南内蒂实际上于一九〇四年六月十四日代表该军在英国下议院提出这一质询。

② 英国议会议事记录格式，括号内标示议员所代表的选区（"穆尔体方翰"为爱尔兰牧牛地区一村庄，实际并非选区）及党派关系（"民"即爱尔兰民族主义党）。

③ 发现口蹄疫后屠宰区内全部牲畜为当时防止疫情扩展的一种办法。

④ 一九〇四年英国实际首相为保守党议员鲍尔弗，苏格兰人，而"塔墨上特"为一种苏格兰帽子。

⑤ 当时英国财政部政策直接影响爱尔兰牧牛贸易业，而一九〇四年财政大臣系由首相鲍尔弗兼任。一八八七年鲍尔弗任爱尔兰事务大臣时，曾在国会引用爱尔兰米切尔士敦警察局电报，证明该地镇压爱尔兰人民的行动是正确的。

⑥ 本刻姆实为美国北卡州地名，因代表该地的议员曾在国会作专为讨好该地选民的发言而出名。

——复兴爱尔兰体育的人就在这儿,约说。他就坐在这儿呢。也就是把詹姆斯·斯蒂芬斯弄走的人。掷十六磅铅球的全爱尔兰冠军。你掷得最远的一次是多少,公民?

——Na bacleis①,公民摆出谦虚姿态说。有那么一个时期,我倒是可以和别人不相上下的。

——那是没有问题的,公民,约说。不相上下,还高出去不少呢。

——真是那样吗?阿尔夫说。

——真是的,布卢姆说。许多人都知道的。你不知道吗?

这么的,他们谈开了爱尔兰体育啦、草地网球之类的假绅士运动啦、爱尔兰棒球啦、掷石头啦、乡土味啦、重建一个国家啦,等等一切。布卢姆当然也有他的话要说,说什么得了划船手的心脏,剧烈运动就不好。我敢当着椅背套宣布,如果你从背时地板上捡起一根麦秸来对布卢姆说:*瞧,布卢姆,你看见这根麦秸了吗?这是一根麦秸*。我敢当着我姑妈宣布,他准会抓住这根麦秸谈上个把钟头,肯定的他会谈,而且会谈个没完没了的。

在 Sraid na Bretaine Bheag 的 Brian O'Ciarnain② 的古老厅堂内,由 Sluagh na h-Eireann 主办,召开了一场饶有趣味的讨论会,研究复兴古盖尔体育运动问题,并研究古希腊、古罗马与古爱尔兰如何将体育作为振兴民族的重要手段。会议由崇高团体众望所归的会长主持,出席人数众多。主席作了发人深省的讲话,措辞精辟而雄辩有力,随后会议进行了饶有趣味而发人深省的讨论,以一如既往的优良水平,研究了复兴我们古代泛凯尔特祖先的古代竞赛、古代体育是何等可取。曾为复兴我们的古老语言出力而备受尊敬的知名人士约瑟夫·麦卡锡·哈因斯作了一个雄辩有力的发言,主张按照芬恩·麦库尔朝夕活动的办法③,恢复古盖尔体育运动与游戏,以便振兴我们自古相传的优良尚武传统。列·布卢姆发表反面意见,获得了赞扬与嘘声相混杂的反应,随后,歌

① 爱尔兰语:不值一提。

② 爱尔兰语,即"小不列颠"的"巴尼·奥基尔南"。

③ 芬恩·麦库尔为爱尔兰传说中三世纪英雄,为十九世纪爱尔兰民族主义组织"芬尼亚协会"所崇拜。

喉响亮的主席应座无虚席的全场人士的反复要求与热烈欢迎，引吭高歌〈重建一个国家〉作为讨论的结束。这位老资格的爱国志士，将不朽的托马斯·奥斯本·戴维斯这首长青不衰的诗歌（所幸早已深入人心，因而此处无需赘述①）唱得十分出色，说是他本人的绝唱，不会有人反对。这位爱尔兰的卡鲁索-加里波第②，意气风发，以其洪亮的歌喉唱这历史悠久的赞歌，正好发挥了它最大的特长，唱出了只有我们的公民能唱的感情。他的高级声乐技巧超群绝伦，其无比的优越性更大大提高了他本已蜚声国际的名望，博得在场人群的高声欢呼，其中除新闻界、法律界以及其他学术界代表外，还有许多知名教会人士。会议至此结束。

出席会议的神职人士中有耶稣会的十分可敬的威廉·德拉尼法学博士、非常可敬的杰拉尔德·莫洛伊神学博士、圣灵会的可敬的 P. J. 卡瓦纳、可敬的托·沃特斯代理牧师、可敬的约翰·迈·艾弗斯司铎、圣方济各会的可敬的 P. J. 克利里、修士传道会的可敬的路·J. 希基、圣方济各卡普秦会的十分可敬的尼古拉斯修士、赤脚卡尔梅勒会的十分可敬的伯·戈尔曼、耶稣会的可敬的 T. 马厄、耶稣会的十分可敬的詹姆斯·墨菲、可敬的约翰·莱弗里代牧、十分可敬的威谦·多尔蒂神学博士、主母会的可敬的彼得·费根、圣奥古斯丁会的托·布兰根、可敬的 J. 弗莱文代理牧师、可敬的马·A. 哈克特代理牧师、可敬的沃·赫尔利代理牧师、非常可敬的麦克马纳斯代理主教阁下、圣洁玛利亚会的可敬的 B. R. 斯莱特里、十分可敬的迈·D. 斯卡利司铎、修士传道会的可敬的 F. T. 珀塞尔、十分可敬的祭司蒂莫西·戈尔曼司铎、可敬的约·弗拉纲根代理牧师③。非圣职人员有 P. 费伊、托·奎克等等、等等。

---

① 戴维斯（Thomas Osborn Davis，1814—1845）为爱尔兰爱国诗人，其诗曾被评论家赞为“长青不衰”。

② 加里波第是意大利革命家，卡鲁索为意大利著名男高音。

③ 以上二十四人除第二十人（斯莱特里）情况不明外，均为都柏林地区天主教当时实际圣职人员，“可敬的”“十分可敬的”“非常可敬的”为对一般圣职人员、教长级人员、主教级人员的固定尊称。

——说到剧烈运动,阿尔夫说,你们看了基奥-贝内特那场比赛吗?

——没有,约说。

——我听说那小子那一场赚了整整一百镑,阿尔夫说。

——谁?一把火吗?约说。

布卢姆却说:

——我说的是,像网球那样的,就要求灵敏和控制视线。

——对,一把火,阿尔夫说。他放出风声,说迈勒酗酒了,这样提高了赔率,可是实际上一直在拼命训练。

——我们知道他,公民说。叛徒的儿子。我们知道他口袋里的英国金币是怎么来的。

——你说的一点也不错,约说。

布卢姆又一次插嘴谈草地网球和血液循环问题,他问阿尔夫:

——你说,是不是这样的,伯根?

——迈勒狠狠地干了他一场,阿尔夫说。希南对塞耶斯跟它比起来①,简直是瞎胡闹。打了他一个落花流水。看那小家伙,还不够他的肚脐眼儿高呢,那大个子是拼命地挥拳。天主呀,他最后落在他肚子上那一拳,昆斯伯里规则不规则的②,叫他把从没吃过的东西都呕吐出来了。

迈勒与珀西戴上手套决一雌雄,奖金五十金镑,这是一场历史性的大决战。都柏林最红的小绵羊吃亏在体重不足,但是倚仗高超的拳艺弥补了缺陷。在最后一个回合的惊险场面中,两位斗士都受到惨重打击。次中量级的军士长在上个回合中是曾经拳头见红的,当时基奥吃够了左拳右拳,炮兵的拳头找准了红人的鼻头,迈勒一时显出了狼狈相。这回当兵的也毫不含糊,开手就是一记左刺拳,爱尔兰勇士立即对准贝内特的下巴尖回敬一记硬拳。英国兵躲过这一拳,可是都柏林人使了个左肘弯,正落在他身上,打了他个仰天倒。接着是近身搏斗。迈

① 英国十九世纪一场著名拳赛,见第318页注①。

② 英国十九世纪在昆斯伯里侯爵支持下采取的拳击比赛规则,包括要戴手套、不许扭打、每个回合限定时间等。

勒很快占了上风，将对手压倒在下，回合结束时是大个子倒在栏索上挨迈勒的拳头。右眼几乎已睁不开的英国人，坐在自己的角里浇了大量的水，铃声响时又已斗志昂扬，勇气百倍，有信心转眼就把爱博兰纳拳击手打倒。这是一场殊死战，台上你死我活，台下激动万分。裁判两次警告拳手珀西犯规，但红人非常巧妙，他的脚步动作准确漂亮。两人互敬快拳，其中军人的一记有力的上手拳，把对手的嘴里打出不少鲜血，但绵羊突然全面进击，一记特猛的左拳落在背水一战的贝内特肚皮上，把他放倒在地。这一下是干净利索的击倒不起。全场尚在紧张屏息，倾听裁判对波托贝罗兵营的拳击家数数计时，贝内特的助手奥利·福兹·韦茨坦已给他盖上了毛巾，于是裁判宣布桑特里的小伙子获胜，全场观众爆发出疯狂似的欢呼声，人们纷纷越过拦索，将他紧紧地围在欢乐之中。

——他是个精明家伙，阿尔夫说。我听说他正在搞一个北方巡回演出。

——是的，约说。他是在搞吧？

——谁？布卢姆说。噢，是的。有这事。对的，一种夏季巡回演出，明白吧。不过是玩一趟而已。

——布太太是主角明星，对吧？约说。

——我妻子吗？布卢姆说。她参加唱的，是的。我也相信这事会成功的。他是组织能力很强的人。很强。

嘀嘀，老天在上，俺可明白了，俺心里说。这就说明了椰子里头为什么有一包汁，牲畜胸口为什么没有毛。一把火吹上了笛子啦。巡回演出。他老子是岛桥那个赖账的癞皮丹，就是他卖马给政府打波尔战争，同一批马卖了两回。老什么什么。我找你是为了济贫捐和水捐，鲍伊岚先生。你什么？水捐，鲍伊岚先生。你什么什么？就是这么一个霸道家伙，他要组织她了，俺的话你听着吧。你知我知，卡达里希。

卡尔普石山的骄傲[1]，忒迪的头发乌黑的女儿。在那琵琶与扁桃飘香的地方，她长成了天下无双的美女。白杨林中的花园熟悉她的脚

① 卡尔普为希腊神话中山名，即直布罗陀山。

步，橄榄丛中的庭院熟悉她，向她弯腰。利奥波尔德的贞洁配偶就是她胸脯丰满的玛莉恩。

瞧吧，进来了一位奥莫洛伊族的，一位模样端正的英雄，脸色发白而微带红晕，他是深通法律的皇家律师，和他同来的是高贵的兰伯特系的王子储君。

——哈啰，内德。

——哈啰，阿尔夫。

——哈啰，杰克。

——哈啰，约。

——天主保佑你，公民说。

——仁慈地保佑你，杰·J说。你要什么，内德？

——半下子，内德说。

于是杰·J要了酒。

——你到法庭去了吗？约说。

——去了，杰·J说。他能解决的，内德，他说。

——希望如此，内德说。

这两位是在闹什么把戏？杰·J帮他从大陪审团名单上除名，他帮他渡过难关。他的名字都上了斯塔布斯①。玩牌，跟一些眼睛里装腔作势塞上单眼镜的时髦人物混在一起，喝香槟，然后是一大堆传票和扣押令，压得喘不过气来。他跑到弗朗西斯街的卡明斯当铺，那儿没有人认识他，到内部的办公室去当他的金表，刚巧俺陪着尿伯克赎他当的靴子。您贵姓，先生？我叫邓埃，他说。不错啊，等着挨揍吧，俺说。老天，他总有一天要走投无路的，俺想。

——你在那边见到那个背时的疯子布林了吗？阿尔夫说。卜一：上。

——见到了，杰·J说。他在找私家侦探呢。

——对，内德说。他本来要不管三七二十一的上法庭告状，还是康尼·凯莱赫劝住了他，让他先把笔迹验一验。

---

① 都柏林《斯塔布斯周报》内有欠债不还者姓名。

——一万镑，阿尔夫笑着说。天主啊，等他见法官和陪审团的时候，我出多少钱都愿去旁听！

——是你干的吧，阿尔夫？约说。要事实，全部的事实，不掺假的事实，让吉米·约翰逊帮助你吧①。

——我？阿尔夫说。你别往我的人格上撒灰。

——不管你说什么话，约说，都将记录下来作为你的材料②。

——当然，起诉是可以成立的，杰·J说。有说他不 compos mentis③ 的意思。卜一：上。

——Compos 你的眼！阿尔夫笑着说。你知道吗，他有神经病？看看他的脑袋吧。你知道吗，他有时候早上戴帽子得用鞋拔才行呢。

——我知道，杰·J说。但是，从法律的观点看，诽谤即使合乎事实，在受到散布谣言的控诉时也不成为抗辩的理由。

——哈哈，阿尔夫，约说。

——可是，布卢姆说，那女人太可怜了，我说的是他妻子。

——可怜她吧，公民说。不论是什么女人，嫁给一个半阴半阳人都是可怜。

——怎么半阴半阳？布卢姆说。你是不是说他……

——我就是说半阴半阳，公民说。非驴非马的脚色。

——非驴非马亦非老黄牛，约说。

——正是这个意思，公民说。遭巫术的，不知你懂不懂。

老天在上，俺看着要出麻烦。而布卢姆呢，还在解释他的意思是说，那妻子不能不跟着那结结巴巴的傻蛋打转，对她太残酷了。本来就是虐待动物，让我背时的穷光蛋布林拖着绊脚的长胡子到草地上去求雨。她刚嫁他那一阵子，鼻子还翘得老高的呢，因为他老头子的一个堂兄弟是在教皇的教堂里引座的。墙上挂着他的照片，斯马肖尔·斯威

---

① 通常在这种情况下说“天主帮助你吧”，吉米·约翰逊为十九世纪一位强调说真话的传教师。

② 这是逮捕或调查开始时向被捕或被调查者提醒其说话需负法律责任的公式。

③ 拉丁文：智能健全。

尼式的八字胡,夏山的西尼奥布林尼①,意太利亚人,教皇的亲兵,已离码头赴莫斯街。而他究竟是什么人呢,请问?不值一提的角色,两层楼梯加过道的后房,七先令一周的房租,他还挂满了胸章耀武扬威呢。

——而且,杰·J说,寄明信片就是一种散布方式。在塞德格罗夫对霍尔判例案件中,明信片就被认为是足以说明怀有恶意的证据的。我的看法是起诉有可能成立。

六先令八便士②,请付吧。谁要你的看法?让俺们安安静静喝俺们的酒吧。老天,连这点清福也不让俺们享。

——嗳,祝你健康,杰克,内德说。

——祝你健康,内德,杰·J说。

——他又来了,约说。

——哪儿呢?阿尔夫说。

可不吗,老天在上,他正从门前走过,腋下夹着那些书,老婆陪在旁边,康尼·凯莱赫也在,走过的时候还用他的斜白眼往里头瞅,正在老子训儿子似的跟他说话呢,想卖给他一口二手货的棺材。

——加拿大诈骗案结果怎么样了?约说。

——发回重审了,杰·J说。

是那酒糟鼻兄弟会③中的一员,名叫詹姆士·沃特,又名萨费罗,又名斯帕克和斯皮罗的,在报上登了一则广告,说他只收二十先令就让你到加拿大。怎么样?你当俺是傻子?当然是一场背时骗局喽。怎么样?把他们全哄上了,女佣啦,米斯郡的乡巴佬啦,还有他的自己人呢。杰·J就告诉俺们,有一个老希伯来,叫做扎莱茨基还是什么的,戴着帽子坐在证人席上哭,凭着圣摩西起誓他被他骗了两镑。

——这案子是谁审的?

——记录官,内德说。

——可怜的老弗雷德里克爵士,阿尔夫说。要诓他是太容易了。

---

① 夏山为都柏林市内一地区;“布林尼”为“布林”姓氏的意大利化,加上意文尊称“西尼奥”(先生),更显得是罗马教廷中人。

② 十八世纪英国律师一般收费标准。

③ 这是一种侮辱犹太人的称呼。

——心胸宽大像狮子,内德说。只消跟他诉诉苦,房租欠着交不起,老婆病了,孩子一大堆,没错,他坐在法官席上准掉眼泪。

——可不吗,阿尔夫说。那天菇本·J告可怜的小个儿格姆利,就是在巴特桥边给市里看石子儿的,没被他反而打成被告还算他狗运亨通呢。

于是他开始学着老记录官的神气,做出喊叫的样子来:

——骇人听闻的事情!这么一个可怜的勤苦工人!有多少个孩子?你是说十个吗?

——是的,大人。我妻子还得了伤寒病。

——妻子还得了伤寒!骇人听闻!你立刻离开法庭,先生。不行,先生,我不下付款指令。你的胆子不小啊,先生,敢到我的法庭上来要求我下指令!一个可怜的勤奋干活的苦工人!我撤销这案件。

在牛眼女神之月①的第十六天,在神圣不可分的三位一体节日②之后的第三周中,当时苍天的女儿月亮处女尚在她的上弦期内,这时那些学问高深的法官们来到了执法大厅之中。在那里,书记官考特内坐在自己的公事房内写他的材料,主审官安德鲁斯坐在遗嘱检验法庭上,不设陪审团,正在仔细估量、考虑第一债权人对财产的要求,涉及新近哀悼去世的酒商雅各·哈利戴的动产与不动产,有关遗嘱已呈交检验,有待最终确定执行办法,而被告为头脑不健全的婴儿利文斯通,以及另一人。格林街那庄严的法院内,来了弗雷德里克·福基纳爵士。时间到了五点钟光景,他就在那里坐堂履行职责,为都柏林市郡的全部地区推行古爱尔兰的法律。和他一起坐堂的,是爱亚十二支族的高参③,派特里克族、休族、欧文族、康恩族、奥斯卡族、弗格斯族、芬族、德莫特族、科马克族、凯文族、考尔特族、莪相族,每族一人,共计十二人,个个善良而真诚可靠。他以在十字架上献身者的名义,吁请他们认真负责地审查案情,在国王陛下和受审犯人之间的诉讼中做出正确判断,根据真凭实

① "牛眼女神"即朱诺,而西方历法中以朱诺命名六月。

② 即"三一主日"或"天主圣三瞻礼",为圣灵降临节之后的星期日,在一九〇四年为五月二十九日。

③ 爱亚为传说中古爱尔兰王族祖先。

据作出正确结论,愿天主帮助他们,请吻圣书。他们爱亚十二人即从座上起立,并以来自永生处者的名义起誓,他们定将按他的正义之道办事。于是,法庭上的仆役立即从地牢之中,拉出一名由侦探根据情报逮获的囚犯。因为那是一个作恶的人,所以他们给他戴上了手铐脚镣,不许他取保释放,而要给他定罪。

——都是这些好东西,公民说。他们来到爱尔兰,就把爱尔兰弄得到处都是臭虫了。

布卢姆装作什么也没有听见,开始和约谈起话来,告诉他不用为那点小事操心,可以到一号再说,但是如果他愿意的话,请他和克劳福德先生说一句话。于是约就赌咒发誓,又指天又指地的,说是不论怎么样也得把事儿办了。

——因为,你知道,布卢姆说,做广告必须重复。这就是全部秘密所在。

——包在我身上了,约说。

——骗农民的钱,公民说。骗爱尔兰穷人的钱。咱们这个家里再也不要外人了。

——哎,那敢情好,哈因斯,布卢姆说。就是那个岳驰的事,你知道。

——你放心吧,约说。

——麻烦你了,布卢姆说。

——那些外来人,公民说。得怪咱们自己。是咱们放他们进来的。是咱们把他们引进来的。那个淫妇和她的姘头,把撒克逊强盗引进来了。

——判决 nisi①,杰·J说。

布卢姆装做特别感兴趣的样子注视着一样不存在的东西,酒桶后面角落里的一张蜘蛛网,公民却是恶狠狠地盯着他的后脑壳,那条老狗在他脚边抬头望着他讨消息,看是该咬谁和什么时候咬。

——一个失去了贞操的妻子,公民说。那就是咱们的一切灾祸的

---

① 拉丁法律用语:除非(有其他情况出现)。

根源。

——她就在这儿呢,阿尔夫说。一身的时髦打扮。

他格格格地笑着,和特里一起在看柜台上的一份《警政周报》。

——让俺们瞅一眼,俺说。

俺一看,原来是特里从康尼·凯莱赫那儿借来的美国色情画报。扩大阴部秘方。交际花丑事。芝加哥财主营造商诺曼·W.塔珀,发现漂亮而不贞的妻子坐在军官泰勒怀中。交际花正穿着短裤不正经,她的心上人正在摸她的痒处,这时诺曼·W.塔珀拿着小手枪跳了进来,就是没赶上她和军官泰勒玩套圈。

——耶哥儿们呀,琴妮,约说。你的衬衣多短呀!

——露着毛呢,约,俺说。这架势,弄了一块怪味老咸肉吃吧,是不是?

不管怎么说,这时进来了约翰·怀斯·诺兰,莱纳汉也一起进来了,脸拖得老长,好像一顿老吃不完的早饭似的。

——怎么样,公民说。有什么最新现场消息吗?市政厅那些补锅匠们,在他们的内部会议上作出什么关于爱尔兰语言的决定来了吗?

奥诺兰披着金光闪闪的甲胄,低头向高贵而威武强大的全爱琳首领行礼,向他报告了所发生的事情,叙述了这个最顺从的城市,这全国第二大城市的尊贵长老们如何在索尔塞尔聚会,并在向居住在冥冥上苍的诸神作过适当祈祷之后,进行了庄严的议论,探讨分居大海两岸的盖尔族[①],如何在条件许可时使其展翅能飞的语言再次登上大雅之堂。

——往前迈步了,公民说。让背时的撒克逊蛮子和他们的蛮话进地狱去吧。

这时杰·J插嘴,绅士派头十足地谈什么一时一个讲法,对事实睁一眼闭一眼,采取纳尔逊的办法,用瞎眼看望远镜[②],还谈草拟控告一个国家的罪状单问题[③],布卢姆也凑热闹,大谈什么节制不节制,麻烦

---

① 爱尔兰人与苏格兰人、威尔士人等均属盖尔族。

② 纳尔逊在一八〇一年英国与丹麦海战中拒绝接受撤退令,当时他用已瞎的那只眼睛对着望远镜宣布:“我确实看不见旗号!”

③ 新芬党曾准备公布这样一份单子揭发英国侵略爱尔兰的罪状。

不麻烦的，大谈他们的殖民地和他们的文明。

——你说的是他们的瘟明吧，公民说。把他们打下地狱去吧！这些背时的婊子养的厚耳朵杂种后代，叫那个没用的天主拦腰给他们一个诅咒吧！没有音乐，没有艺术，没有值得一提的文学。他们仅有的那一点文明，是从咱们这里偷去的。私生子的鬼魂生下来的，舌头不灵的杂种！

——欧洲的人种，杰·J说……

——他们不是欧洲人，公民说。我到过欧洲，我和巴黎的凯文·伊根在一起。在欧洲的不论什么地方，你都见不到他们的痕迹，也见不到他们的语言的痕迹，除了在 cabinet d'aisance① 内。

约翰·怀士说：

——许多朵鲜花，都盛开在无人见到的地方。

懂一点外国话的莱纳汉说：

——Conspuez les Anglais！ Perfide Albion！②

他说完之后，用他那双粗壮有力的大手，捧起那盛着颜色发黑而盖满泡沫的烈性麦芽酒的木碗，嘴里喊了一声部落口号 Lamh Dearg Abu③，然后浮一大白祝愿打倒他的仇敌，那是一个强大好战的民族，海洋的统治者，像不死的神道似的默坐在雪花石膏的宝座上。

——你是怎么回事？俺对莱纳汉说。你的样子活像是一个丢了一先令找回六便士的角色。

——金杯赛，他说。

——莱纳汉先生，谁胜了？特里说。

——扔扔④，他说。二十比一。一匹根本没有希望的马。别的马都没影儿。

---

① 法文：厕所。

② 法文："鄙视英国佬！不讲信用的英国！"其中第二句是法国流传已久的说法，据云拿破仑失败后曾作此语。

③ 爱尔兰语："红手获胜"，按红手为爱尔兰某些部落标志，亦为奥尔索普啤酒商标。

④ "扔扔"为参赛马名，见 112 页注①。

——巴斯那匹母马呢①？特里问。

——还跑着呢，他说。我们全上了一辆老爷车。鲍伊岚根据我的消息，为他自己和一个女朋友下了**权杖**两镑的注。

——我也下了半克朗，特里说。押的是弗林先生给我的津凡德尔。霍华德·德·沃尔登勋爵的马。

——二十比一，莱纳汉说。马厩的生活就是如此。**扔扔**，他说。捧走了饼干，还说脚疼。脆弱呵，你的名字叫**权杖**。

这么的，他走到鲍勃·窦冉放下的饼干盒子那里，去看看有什么可以顺手拿的东西，老狗也跟在他后面，仰着癞皮鼻头希望运气好转。老妈妈赫伯德翻橱柜②。

——那儿没有，我的孩子，他说。

——鼓起你的劲儿来吧，约说。要不是有另外那一匹捣乱的，它也就赢了钱。

这时杰·J和公民正在辩论法律和历史，布卢姆夹在里头也插上一句两句的。

——有的人，布卢姆说，看得见别人眼睛的灰尘，看不见自己眼睛里的房梁。

——Raimeis③，公民说。不愿看的人，才是最大的瞎子，不知你懂不懂我的意思。我们爱尔兰人应该有两千万，可是今天只有四百万，都到哪里去了，我们那些消失了的部落都到哪里去了？还有我们的陶器和纺织品，全世界最好的！还有我们的羊毛，在尤维纳利斯时期就已经在罗马销售的羊毛，还有我们的大麻，还有我们的安特瑞姆郡的织锦机上织出来的锦缎，还有我们的利默里克花边，我们的制革厂，还有我们在包利巴乌那边的白燧石玻璃，还有我们自从里昂的耶伽德发明新织机之后就一直在生产的胡格诺府绸，还有我们的绸缎，还有我们的福克斯福德花呢，还有我们在新罗斯的卡尔梅勒修女院的象牙凸花刺绣，那

---

① 巴斯为“权杖”的马主。

② 英国十九世纪童谣云：老妈妈赫伯德，/翻橱柜找骨头；/橱柜里头啥也没，/可怜小狗没盼头。

③ 爱尔兰语：没有的事。

是全世界绝无仅有的。当年的希腊商人带着黄金和泰尔紫，经过赫丘利山墩，也就是现在已被人类的敌人攫走的直布罗陀，到韦克斯福德的卡尔门集上出售，现在哪里去了？读一读塔西陀、托勒密、甚至吉拉尔德斯·康勃兰西斯吧①。葡萄酒、毛皮、康尼马拉的大理石、蒂珀雷里的谁也比不上的银子、我们的至今远近闻名的马匹，爱尔兰小马；西班牙的国王菲利普为了能到我们的领海捕鱼，还情愿交纳关税呢。英吉利的黄色约翰们毁了我们的贸易，毁了我们的家园，欠下我们多少的债？巴罗河和香农河的河床他们不肯挖深，留下几百万英亩的沼泽和泥塘，好教我们都生痨病死掉！

——我们很快就会像葡萄牙那样的没有树木了，约翰·怀士说。要不然，像那仅有一颗孤树的黑尔戈兰岛，除非能设法重造森林覆盖我们的国土。落叶松、枞树、一切针叶科的树木，都在迅速消失。我看到卡斯尔敦勋爵的一份报告……

——救救树木吧，公民说。戈尔韦的那棵巨形白蜡树、基尔代尔的那棵树干高四十英尺、树叶覆盖一英亩的酋长榆。救救爱尔兰的树木吧，为了未来的爱尔兰人，在 Eire 的清秀山丘上啊②。

——欧洲的眼睛望着你呢，莱纳汉说。

今日下午，爱尔兰全国护林协会高等特级主任护林员约翰·怀士·德·诺朗骑士与松林山谷针叶木府的枞树小姐结婚，来自各国的贵宾全体参加。榆荫府的西尔维斯特夫人、爱桦府的芭芭拉夫人、白蜡府的修剪夫人、榛眼府的冬青夫人、月桂府的瑞香小姐、蔗丛府的桃乐西小姐、十二树府的克莱德夫人、格林府的花楸夫人、游籐府的海伦夫人、攀椽藤府弗吉尼亚小姐、山毛榉府格拉迪丝小姐、庭园府橄榄小姐、白枫小姐、桃花心木府茉德夫人、香桃木府迈拉小姐、接骨木花府普里西拉小姐、忍冬府蜜蜂小姐、白杨府格雷丝小姐、桑府欧含羞草小姐、雪

---

① 塔西陀为一、二世纪间罗马历史家，在其著作中曾提及爱尔兰；托勒密为二世纪希腊天文地理家，曾描述爱尔兰；康勃兰西斯为十二、十三世纪间威尔士历史家，有两部关于爱尔兰的著作，但立场倾向盎格罗·诺曼入侵者。

② “Eire 的清秀山丘上啊”是十八、十九世纪间一首歌颂爱尔兰山林的诗，Eire 为爱尔兰语的“爱尔兰”。

松叶府瑞钗尔小姐、丁香府莉莲小姐和紫萝小姐、颤杨府胆战小姐、露覆苔藓府基蒂夫人、五月山楂小姐、光辉棕榈夫人、森林府莉安娜夫人、黑木府花索沙夫人,以及栎圣栎王的圣栎府诺玛夫人光临了这一盛典。新娘由她的父亲,幽谷的麦克针叶木先生,挽臂送上婚礼,她容光焕发、娇美绝伦,身穿一袭特制丝光绿纱礼服,透出里面穿着银灰衬裙的身段,束着一条宽阔的翠色腰带,裙边饰有色调较深的三层流苏的花边,这一身打扮又有橡实褐色的装饰带和臀围嵌饰作为衬托。主要伴娘是新娘的两位姊妹,针叶木府的落叶松小姐和云杉小姐,穿的也是同一色调的好看服装,裙褶中饰有一串艳丽的羽毛状玫瑰图案,她们的绿玉色帽子上插着的浅珊瑚色鹭羽,又和这图案形成俏皮的呼应。森豪①亨利克·弗腊主持风琴演奏,表现了他的人所共知的技巧,除了演奏规定的婚礼弥撒以外,还在典礼末尾演奏了《伐木人,别砍那棵树吧》的新谱动听曲调。新人在接受教皇祝福后离开圣菲亚克尔花园教堂,这时受到一阵左右夹攻的欢送弹雨,其中有榛子、山毛榉实、月桂叶、柳树花序、常春藤枝、冬青浆果、槲寄生小枝、花楸嫩条等。怀士·针叶木·诺朗夫妇将在黑森林安度一个宁静的蜜月。

——我们的眼睛也望着欧洲呢,公民说。在那些杂种崽子生下来以前,我们就已经和西班牙,和法国人,和佛莱芒人有贸易了,戈尔韦就已经有西班牙麦芽酒,葡萄酒般幽暗的水道上已经有葡萄酒船了。

——而且以后还会有的,约说。

——凭着天主圣母的帮助,我们一定会有的,公民拍着大腿说。我们的港口现在是空荡荡的,到那时一定又都是满满当当的了,女王镇、金塞尔、戈尔韦、黑土湾、凯里王国的文特里、基里贝格斯②,那是全世界第三大港,当年台思孟德伯爵能和查理五世皇帝本人订立条约的时候③,港内拥有戈尔韦的林奇府、卡文的奥赖利府和都柏林的奥肯尼迪府的大批船舶。而且将来还有这么一天的,他说。那时爱尔兰

① 葡萄牙语尊称,相当于英语 Mr.(先生)。

② 凯里为爱尔兰西南部一郡,基里贝格斯为爱尔兰西北岸一小海港。

③ 台思孟德为爱尔兰芒斯特省古地区,十六世纪时该地伯爵势力强大,曾违抗英王命令并与罗马皇帝查理五世议订反英条约。

的第一艘主力舰将乘风破浪，舰首飘着我们自己的旗帜；再也不要你们那亨利·都铎的竖琴①，再也不要了，将飘着水面上最古老的旗帜，台思孟德和索孟德省的旗帜，蓝地上三顶王冠，迈利西斯的三个儿子。

他一仰脖子，把最后一大口酒喝了下去。还真像煞有介事呢。全是胡吹，像鞣革场的猫随便放屁撒尿。康诺特的母牛牛角长。别看他那些高谈阔论，要了他的老命也不敢到香纳戈登去当众发表的；他不敢在那儿露面，因为莫莉·马圭尔们②正在找他，要治他霸占被逐佃户财产的罪，要在他身上捅个大窟窿哩。

——听啊，听听这话，约翰·怀士说。你要什么？

——一杯帝国义勇骑兵，莱纳汉说。庆祝一下吧。

——半下子，特里，约翰·怀士说。还要一杯举手的。特里！你睡着了吗？

——您哪，来了，特里说。一小杯威士忌，一瓶奥尔索普啤酒。就来，您哪。

还和阿尔夫一起瞅着那背时的报纸找有刺激性的玩意儿呢，一点也不关心公众的事。一张顶撞比赛图片，想把两个背时脑袋撞破，低着脑袋互相狠狠瞅着，像壮牛准备撞门一样。另一张：乔州奥马哈焚烧黑牲口。一个黑人伸着舌头吊在树上，脚底下烧着一堆火，好多个帽檐儿压着眉毛的死林狄克还对着他开枪③。老天，他们应该完事之后再把他淹在海里，再上电刑，再钉十字架，那才万无一失呢。

——可是把敌人挡住了的善战的海军呢④，你怎么说呢？内德说。

——我告诉你是怎么回事吧，公民说。是人间地狱。你看看报纸上揭露朴次茅斯训练舰上是怎么鞭打的吧。有一个自称气愤者的人写的。

① 十六世纪英王亨利八世曾将爱尔兰竖琴图案纳入英国王室纹章以示统治爱尔兰。

② “莫莉·马圭尔们”为爱尔兰农民化装为妇女进行抗英战斗及抗租活动使用的名称。

③ 死林为美国地名，“死林狄克”为十九世纪美国惊险小说中亡命徒式人物。

④ “把敌人挡住了”是歌词，出自一首歌颂英国海军的歌曲。

这么的,他给俺们谈起体罚来了,说是舰上官兵们海军少将们全都戴着翘角帽子列队站好,牧师捧着他的新教圣经观刑,这时一个小伙子被带了上来,还大声喊妈呢,他们把他绑在炮座上。

——后臀加一打,公民说。那是老坏蛋约翰·贝里斯福德爵士的说法,可是现代化的上帝的英国人,就把它叫做棒打屁股。

约翰·怀士说:

——这种风俗,不遵守它还更有道理。

接着,他给俺们讲舰队纠察长拿着一根长棍棒走上前,抡起来就打,直打得可怜的小伙子屁股上血肉模糊,大喊一千次要命才罢。

——那就是你们的光荣的称霸全球的英国海军了,公民说。永不为人奴的队伍①,拥有天主的地球上独一无二的世袭议院,国家掌握在十来匹好斗的公猪和装腔作势的贵族手里。那就是他们夸耀的强大帝国,尽是苦工和用鞭子抽打的农奴。

——日不升国,约说。

——而这中间的可悲处,公民说,还在于他们真信,那些倒霉的耶呼们还真信②。

他们信奉棍棒,万能的惩罚者,人间地狱的创造者;他们信赖杰基·塔③,那个在不神圣的吹嘘中孕育而由善战的海军生出来的杂种,受了后臀加一打的刑,皮开肉绽体无完肤,杀猪似的拼命喊叫,第三天又从床上爬起,驾船进港,穷途潦倒地等待分配下一个干活餬口挣钱的地方。

——可是,布卢姆说,纪律不是什么地方都是一样的吗?我的意思是说,只要你用武力对付武力,就是在这儿不也得那样吗?

俺没跟你说吗?就和俺喝的是黑啤酒一样,他就是到了最后一口气,也要死乞白赖地和你辩,说死了和活着是一回事。

——我们就是要用武力对付武力,公民说。我们还有我们的海外的

---

① “永不为人奴”是十八世纪英国夸耀其国威的颂歌《不列颠统治》中歌词。

② “耶呼”为《格利佛游记》中人形禽兽。

③ “杰克”为英国人常用名之一,因而“杰基·塔”或“杰克·塔”泛指英国水手。

大爱尔兰呢①。他们是在黑暗的四七年被逐出家园的。他们的泥土小屋和路旁牧羊小舍,都已经被人用大锤捣毁,《泰晤士报》还拍手称快,告诉那些撒克逊懦夫说,不久以后爱尔兰就不会有多少爱尔兰人了,和美国的红印第安人一样。连土耳其大爷都送来了他的救济款。可是英国佬想把国内留存的整个民族都饿死,满地的庄稼都让那些不列颠豺狼买走,卖到里约热内卢去了。真是的,他们把农民大群大群地赶走了。光是死在那些棺材船里的,就足有两万。但是,到了自由国土上的人,却还记得不自由的国土。他们会回来的,绝对没有错儿,他们不是孬种,他们是格兰妞儿的子孙,是胡里痕的凯瑟琳的斗士们②。

——一点儿也不错,布卢姆说。可是我的论点是……

——我们等那一天可等了不少时候,公民,内德说。自从穷老太婆告诉我们法国人已到海上并且已在基拉拉登陆以来,就一直在等着了。③

——不错,约翰·怀士说。我们为说话不算数的斯图亚特王朝和威廉党徒作战,可是他们背叛了我们。记住利默里克和那块破条约石吧。我们把我们的民族精英都给了法国和西班牙,那就是大雁们④。丰特努瓦,怎么样?萨斯菲尔德,西班牙的得土安公爵奥唐奈,还有坎默斯的尤利西斯·布朗,给玛丽亚·特雷萨当陆军元帅的⑤。可是我们得到过什么好处呢?

——法国佬!公民说。一帮子舞蹈教师!你们知道是怎么一回事

---

① 由于十九世纪中叶的马铃薯大歉收(1846至1847年最严重),爱尔兰人口大量外流,主要是移民美国,移民后形成支援爱尔兰的重要政治力量,因而被称为“海外的大爱尔兰”。

② 格兰妞儿为十六世纪爱尔兰女酋长,著名抗英领袖;胡里痕的凯瑟琳即第九章(见236页注⑤)提及的传说中爱尔兰女王。

③ 十八世纪末叶爱尔兰民谣《穷老太婆》以象征爱尔兰的老妪口吻叙述法国援助爱尔兰起义事迹,其中包括一七九八年法军在爱尔兰西岸基拉拉登陆。

④ 一六八八年英国斯图亚特王朝最后一名国王詹姆士二世被黜时,爱尔兰军支持詹姆士,但一六九〇年爱军被英王威廉三世击败,最后于一六九一年在利默里克签订条约,爱军领袖萨斯菲尔德及其主力官兵万余人流亡欧洲大陆,爱尔兰流亡者称为“大雁”即自此始。

⑤ 丰特努瓦在今比利时,一七四五年法军在此与英、荷等联军作战获胜,法军中的爱尔兰旅作战有功;萨斯菲尔德等均为在大陆军队或政府中服务的著名“大雁”。

吗？他们对于爱尔兰，从来就不值一个臭屁！现在他们不是在托珀的宴会上和不讲信用的英国谈判友好协定了吗？欧洲的祸根子，他们一直就是！

——Conspuez les français①，莱纳汉抓住了啤酒缸子说。

——再说普鲁士人和汉诺威人吧，约说。从选侯乔治算起，直到那德国小子，直到那条死掉了的屁篓子老母狗，我们的王位让那些吃腊肠的杂种占的还不够吗？②

耶稣，他说那个爱眨眼的老婆子那话，俺听了忍不住要笑。维老婆子，天天晚上在她那皇宫里喝她的大杯山露喝得烂醉，由她的马车夫推着车，把她那一身连骨头带肉的送到床上，她还拉着他的胡须，哼哼唧唧地给他唱那些老歌，什么**莱茵河上的埃伦**呀，什么**到白酒便宜的地方来**呀。

——这个么，杰·J说。现在是和平缔造者爱德华了③。

——这话你去说给傻瓜听吧，公民说。那小子缔造的花柳病比和平多得多了。爱德华·圭尔夫——韦廷！④

——还有，你们觉得那些神圣小子们怎么样？约说。他到梅努斯住的房间，爱尔兰的教士们、主教们居然用撒旦陛下自己的赛马旗帜作装饰，挂上了他的骑手们骑过的所有马匹的照片。这是不折不扣的都柏林伯爵。⑤

——他们应该挂上他自己骑过的所有女人的照片才对，小阿尔夫说。

杰·J说：

——教会大人们不能不考虑，可以挂照片的地方有限。

---

① 法语：鄙视法国佬！

② 英王乔治一世（1660—1727）原为汉诺威选侯，维多利亚女王丈夫艾伯特（1819—1861）原为德国王子，维多利亚女王本人亦为德国贵族后裔。

③ 法国于一九〇四年与英国达成上述“友好协定”后，曾赞维多利亚女王之子英王爱德华七世为“和平缔造者”。

④ “圭尔夫”为爱德华七世之母维多利亚女王（汉诺威贵族）原姓，“韦廷”为其父（德国贵族）姓氏。

⑤ 维多利亚女王一八四九年视察都柏林时加封爱德华为都柏林伯爵。

——公民,你愿意再来一杯吗?约说。

——好呀,您哪,他说。愿意。

——你呢,约说。

——俺受惠了,约,俺说。愿你健康长寿。

——照老方子再来一剂,约说。

布卢姆正在对约翰·怀士喋喋不休,他那褐黄褐黄灰不溜秋泥土颜色的脸上,样子激动得很,那一对李子眼睛转来转去的。

——迫害,他说。整部的世界历史,都充满了迫害。要民族之间永远保持民族仇恨。

——可是你知道什么叫民族吗?约翰·怀士说。

——知道,布卢姆说。

——是什么呢?约翰·怀士说。

——民族吗?布卢姆说。民族就是生活在同一个地方的同一群人。

——天主哪,内德笑着说。要是那样的话,我就是一个民族了,因为我已经在同一地方生活了五年了。

这么的,当然人人都笑布卢姆了,而他呢,还在一个劲儿地瞎蒙,他说:

——要不,生活在不同地方的也行。

——那我就可以算了,约说。

——你算是什么民族的呢,我可以问一问吗?公民说。

——爱尔兰,布卢姆说。我是在这儿出生的。爱尔兰。

公民还没说话,先清了清嗓子,把喉咙里的痰吐了出来,老天,他往屋角里吐了一只红岸牡蛎。

他掏出手帕,擦干了嘴巴说:

——你先来,约。

——喏,公民,约说。你用右手拿着,跟着我重复以下的词句。

于是,一方十分宝贵的爱尔兰脸布,被小心翼翼地取了出来。这布据信属于包利莫特集的作者们,德罗马的所罗门和马努斯·托马尔塔刻·奥马克多诺①,上面绣着复杂的图画,受到了人们长时间的赞赏。无需详述四角的绣像是如何传奇般的精美,那是艺术的顶峰,人们在那里可以清楚看到四位福音书作者依次向四位大师分赠各自的福音标帜,一根泥炭栎木的权杖,一头北美山狮(顺便提一下,这是比英国狮子高贵得多的众兽之王),一头凯里牛犊,以及一只卡朗图厄尔山的金鹰。排泄面上绣的图像描绘了我们的古堡、山寨、巨石圈、殿堂、学术场所、诅咒石,全都是形象精美,色彩鲜艳,很久很久以前斯莱戈那些巴密沙地斯时代的书籍装饰家们尽情发挥其想象力而创造的形象丝毫没有减色。双湖谷、秀丽的基拉尼湖泊、克朗麦克诺亚的古代废墟、康修道院、伊纳谷十二山岗、爱尔兰之眼、塔拉特绿山群、克罗阿·派特里克山、阿瑟·吉纳斯父子(有限责任)公司酿酒厂、尼阿湖岸、奥沃科河谷、伊索尔德塔楼、马珀斯方尖塔、派特里克·邓爵士医院、克里尔岬角、阿黑罗河谷、林奇城堡、苏格兰酒店、拉林斯顿的拉思当联合会劳动救济院、塔拉莫尔监狱、卡斯尔康内尔险滩、基尔包利马克熊纳基尔、莫纳斯特鲍斯的十字架、朱里饭店、圣派特里克炼狱、鲑跳门、梅努斯学院餐厅、柯利坑、第一任惠灵顿公爵的三个诞生地、卡舍尔山崖、艾伦沼泽、亨利街仓库、芬戈尔山洞——所有这些名胜,今天都在我们眼前再现了,由于经历忧愁之流的冲洗,由于积累了更多的时间的沉淀,而比往日更美了。

——给俺们指一指酒,俺说。哪个是哪个的?

——这是我的,约说。和魔鬼对死警察说的一样。

——同时,布卢姆说,我也属于一个受人仇视、被人迫害的民族。现在也仍是如此。就在当前。就在此时此刻。

老天,他那根老雪茄屁股差点儿烧了他的指头。

——遭抢劫,他说。遭掠夺。受侮辱。受迫害。把理应属于我们的东西抢走。就在此时此刻,他举起拳头说。被人在摩洛哥当作奴隶或是牲口拍卖。

---

① 包利莫特集为爱尔兰十四世纪选录古籍的集子,其中包括古爱尔兰家族历史与古代帝王传统。

——你是在谈新耶路撒冷吗①？公民说。

——我谈的是不公，布卢姆说。

——对，约翰·怀士说。那就挺身而出，像男子汉样的用武力反抗吧。

看吧，活像一幅历书图片。给软头子弹当靶子。抬着那张板油面孔挺身而出，对着枪口。老天，他配把大扫帚倒挺合适的，真的，只要围上一条保姆围裙就行。然后，他突然垮了下去，全身都扭得反了个儿，像一块湿抹布似的没了筋骨。

——可是，没有用处的，他说。武力、仇恨、历史，一切等等。侮辱与仇恨，那不是人应该过的生活，男人和女人。谁都知道，那是和真正的生活完全相反的。

——什么呢？阿尔夫说。

——爱，布卢姆说。我的意思是说，仇恨的反面。我现在得走了，他对约翰·怀士说。到法院那边去转一下，看看马丁在不在那儿。假如他到这里来，你就说我一忽儿就回来。一下子工夫。

谁不让你走呀？这么的，他就像抹了油的闪电似的溜了。

——一位向非犹太人传道的新使徒！公民说。博爱。

——这个么，约翰·怀士说。不正是人们常说的吗？爱你的邻人。

——这家伙吗？公民说。把邻人弄得一无所有，那才是他的格言呐。爱呢，像煞有介事的。他是刮刮叫的典型的罗密欧与朱丽叶！

爱就爱爱爱。护士爱新来的药剂师。甲十四号警察爱玛丽·凯里。格蒂·麦克道尔爱那个骑自行车的少年。莫·布爱一位肤色白皙的绅士。李记汉爱吻茶步妯。公象强宝爱母象艾丽斯。戴助听喇叭的弗斯科伊尔老先生，爱斗鸡眼的弗斯科伊尔老太太。穿棕色雨褂的男人，爱一位已死的女士。国王陛下爱王后陛下。诺曼·W.塔珀太太爱军官泰勒。你爱某人，而这某人又爱另一个人，因为每个人都爱一个什么人，只有天主爱所有的人。

——好吧，约，俺说。祝你非常健康唱好歌。加把劲儿呀，公民。

---

① 犹太人以耶路撒冷为圣地，因此在复国运动中以建立新耶路撒冷为目标。

——好哇，那边的，约说。

——天主和马利亚和派特里克祝福你们，公民说。

于是他举起啤酒缸子往喉咙里灌。

——我们知道这些满口仁义道德的家伙，他说，他们一面说教一面掏你的口袋。想想那个道貌岸然的克伦威尔和他的铁甲兵吧，他们的大炮口上贴着圣经语录**上帝就是爱**，可是对德罗赫达的妇女儿童却用刀砍①！还《圣经》呢！今天的《统一爱尔兰人报》上，登了一篇关于祖鲁酋长访问英国的小品，你们看了吗？

——是怎么回事？约说。

于是公民从他随身携带的文件中取出一张，开始朗诵起来：

——一个曼彻斯特主要棉纱巨头的代表团，昨日由御前金杖官踩蛋尚前的尚前勋爵引见阿贝库塔的阿拉凯陛下②，就陛下辖区内提供的各种方便向陛下敬表英国贸易界的衷心感谢。代表团与陛下共进午餐后，肤色发黑的君王发表愉快的讲话，由英国司仪牧师可敬的亚拿尼亚·颂神·光骨头转译大意。他在讲话中向尚前老爷致以最真诚的感谢，着重谈及阿贝库塔与英帝国之间的热忱关系，并表示他所最珍贵、最心爱的宝物之一，是一部装饰精美的《圣经》，由白大婆子女首领维多利亚亲切赠送并有其御笔亲书赠言，这书的内容是上帝之道，也就是英国之所以伟大的秘密所在。阿拉凯随即以**黑与白**为祝酒词，以其卡卡恰卡恰克王朝姓四十疣的前任阿拉凯的头颅为杯，饮用一爱杯的头锅威士忌。嗣后阿拉凯参观棉纱城的主要工厂，在宾客签名簿上留下了他的签署，随即表演精彩的阿贝库塔古战舞一通，舞蹈中吞下刀叉数具，博得女工们的热烈喝采欢迎。

——寡妇嘛，内德说。我倒不怀疑她。不知他拿那本《圣经》派上的用场，是不是和我一样。

——一样，还更胜一筹，莱纳汉说。在那以后，宽叶的芒果树在那块肥沃的土地上长得特别茂盛。

---

① 十七世纪四十年代英国内战中，爱尔兰军支持英王，在英王失败后爱尔兰即遭克伦威尔领导的清教徒军队攻击，首先遭难的是爱尔兰军事重镇德罗赫达。

② 阿贝库塔为非洲尼日利亚一省，其首领称“阿拉凯”，类似苏丹。

——是格里菲斯写的吗？约翰·怀士说。

——不是，公民说。署名不是香根纳赫。只有一个姓氏首字母 P.

——还是一个很好的首字母，约说。

——那是规律，公民说。军旗开道，贸易后随。

——这个么，杰·J说，如果他们比刚果自由邦的比利时人还厉害，那他们肯定是坏了。你们看了那个叫什么名字的写的报告了吗？

——凯斯门特①，公民说。他是爱尔兰人。

——对，就是他，杰·J说。强奸妇女、小姑娘，鞭打土人的肚皮，贪得无厌地从他们身上榨取红橡胶。

——我知道他到哪里去了，莱纳汉把指头捏得格格发响地说。

——谁？俺说。

——布卢姆，他说。法院是障眼法。他押了扔扔几个先令，现在去收他的谢克尔②去了。

——那个一辈子都没有发脾气赌过马的白眼卡非尔人吗③？公民说。

——那才是他去的地方，莱纳汉说。我刚才遇见班塔姆·莱昂斯，他正想去押那匹马，是我劝阻了他的，他告诉我是布卢姆给他的消息。我和你们赌什么都行，他准是下了五先令，现在赢了一百。都柏林全市就他一人赢了。一匹黑马。

——他本身就是一匹背时黑马，约说。

——嗳，约，俺说，给俺们指一指出去的入口。

——在那儿呢，特里说。

再见吧爱尔兰，俺可去高特了④。这么的俺转到后院去放水老天在上（五先令赢一百）俺一边儿放（扔扔一比二十）放出俺那憋得慌的

① 凯斯门特（Sir Roger Casement，1864—1916）为英国驻刚果领事，爱尔兰出生，一九○四年初发表一份报告，揭发了当地比利时殖民政府残酷剥削当地橡胶园劳工等情况，引起国际公愤。

② 谢克尔为古希伯来银币。

③ 卡非尔人为南非黑人，当时音乐杂耍场有一演员常涂黑脸画白眼，自称为“白眼卡非尔人”。

④ 高特为爱尔兰西部一小村，“我要去高特”是一种表示不满都柏林城市生活的说法。

老天俺自己寻思俺看他那模样就知道他（喝了约的两品脱还有斯莱特里酒馆谁的一品脱）心里惦着什么只想拔脚就跑（一百先令就是五镑）那阵子他们在那家（黑马）尿伯克告诉俺的牌局假装孩子病了（老天，恐怕有一加仑了）那个大屁股老婆从管道里传下话来说**她好一些了**或是**她现在**（啊哟！）都是计谋好的这么的他若是赢了一大把可以站起来就走要不然（耶稣，俺可真灌足了）无照经营（啊哟！）爱尔兰就是我的民族他说（喔唷！夫索喔！）这些背时的（总算完了）耶路撒冷杜鹃[1]（啊！）谁也比不了他们。

不管怎么的，俺回到里面，他们正在大扯特扯。约翰·怀士说，是布卢姆给格里菲斯出了主意，格里菲斯的报纸上才有那各种各样新芬办法的，捣鼓选区啦、陪审团人选上做手脚啦、欺骗政府偷税漏税啦、派代表到世界各地游说、推广爱尔兰实业啦。抢彼得还保罗。老天，有那邋遢眼老兄在那里头搅浑水，事情可就背时完蛋了。饶了俺们吧。天主保佑爱尔兰，别让这帮鬼头鬼脑的倒霉蛋糟蹋了。布卢姆先生和他那一套因此上阳此上的。还有他的老头子，早就是搞欺诈的了，玛土撒拉·老布卢姆[2]，那个背着包裹销货的强盗，弄得全国都是他那些小摆设和一便士一颗的钻石，才自己喝氢氰酸毒死了自己。通信贷款，条件简易。款数不限，签字即支。远近皆宜，无需抵押。老天，他和兰迪·麦克墨尔的山羊一样，遇上谁都愿意陪着走一段路。

——反正那是事实，约翰·怀士说。好了，来了一个能原原本本告诉你们的人了，马丁·坎宁安。

可不是吗，马丁坐着城堡的车来了，杰克·帕尔也在车上，还有一个姓克罗夫特还是克罗夫顿的家伙，海关总署领退休金的，帮布莱克本办登记的奥伦治份子，薪水照领，啥事不干，要不然是克劳福德，用国王的钱在全国闲游浪荡。

旅人们到达农舍风光客店，即跨下坐骑。

——嘀，小子！状似领头人者叫道。无礼小人！侍候！

---

① 杜鹃占其他鸟窝下蛋。

② 玛土撒拉为《圣经·创世记》中寿命最长的人，活九百六十九岁方死。

说话间并用剑靶大声敲击敞开之格子门。

店主闻声,束上短袖罩衣前来招呼。

——老爷们傍晚安好,店主恭顺弯腰曰。

——竖子速速服侍！敲门人曰。看好吾等战马。吾等亦已饥饿,速将店内最佳饭菜备来。

——遗憾万分,好老爷们,店主曰。小可破店,食品库空空如也,小可不知何以孝敬爷们。

——如何这般,伙计？来客中面目和蔼之第二人曰。此为酒桶掌柜接待国王使者之态度乎？

店主容貌立即完全改观。

——请老爷们饶恕小人,渠谦卑而言。爷们如是国王使者(上帝保佑国王陛下!)爷们将无或缺。小可保证,国王之人(上帝祝福国王陛下!)光临小店决计不愁受饥!

——如此则快上！旅人中尚未开口而状似贪食者高声曰。汝有何物可供吾等？

店主又鞠躬而答:

——爷们请听:雏鸽馅饼一盘、鹿肉片一盘、小牛脊肉一盘、野鸭加脆咸肉片一盘、阿月浑子果仁烧野猪头一盘、可口乳蛋糕一盆、欧楂艾菊布丁一只、陈年莱茵酒一瓶——爷们意下如何？

——天乎！后说话者高声叫曰。甚中吾意。阿月浑子乎!

——善哉,面目和蔼者亦高声曰。此所谓破店与空空如也食品库矣！竟是戏谑取笑之徒也。

于是马丁走了进来,问布卢姆在哪里。

——在哪里？莱纳汉说。骗孤儿寡母们的钱去了呗。

——我刚跟公民谈布卢姆和新芬的事,约翰·怀士说。是事实吧？

——不错,马丁说。至少人们是这么断言的。

——是谁的断言？阿尔夫说。

——我,约说。我缺粮又断盐。

——归根到底,约翰·怀士说,犹太人为什么不能像别人一样爱国呢？

——为什么吗？杰·J说。他先得弄清楚究竟是哪一个国家呀。

——他究竟是犹太人还是非犹太人，是神圣罗马帝国人还是包褓裍的[①]，还是什么别的乱七八糟的玩意儿？内德说。或是说，他究竟是谁？你别多心，克罗夫顿。

——谁是朱尼厄斯[②]？

——我们不要他，奥伦治份子或是长老会教徒的克罗克特说。

——他是一个反常的犹太人，从匈牙利某地来的，马丁说。仿照匈牙利办法的计划就是他起草的[③]。我们城堡里的人知道这情况。

——他是牙医布卢姆的本家吗？杰克·帕尔说。

——根本不是，马丁说。只是同姓而已。他原来姓费拉格，他那服毒自杀的父亲原是那个姓。是他立据改的姓，他父亲。

——这就是爱尔兰的新救世主！公民说。圣徒与贤人之岛！

——这个嘛，马丁说。他们至今还在等待着他们的救赎者呢[④]。其实，我们也是在等待。

——是的，杰·J说。每生一个男的，他们都认为有可能就是救世主。我相信，每一个犹太人，在弄清自己究竟是公还是母之前，都是处在一种高度亢奋的精神状态中的。

——提心吊胆，只等那一刻，莱纳汉说。

——天主啊，内德说。布卢姆在他那夭折的儿子出生以前，那样子才妙呢。有一天我在南市商场遇见他买一听耐夫牌婴儿食物，可是那时离他老婆的产期还有六个星期呢。

——En ventre sa mère[⑤]，杰·J说。

——你们说，这还算是个男子汉吗？公民说。

——我纳闷，他是不是真进去过，约说。

---

① “包褓裍的”是爱尔兰天主教人对新教徒的蔑称。

② “朱尼厄斯”为笔名，十八世纪有人在伦敦报端以此名连续发表攻击英王信件，人们始终不知其真面目。

③ “新芬”领袖格里菲斯曾在报上发表文章，主张爱尔兰应仿效匈牙利从奥地利统治下求独立的办法。

④ 犹太教不承认耶稣为上帝之子，认为真正的救世主尚未到来。

⑤ 法语：在他母亲的肚子里。

——这个么,起码还生了两个孩子呢,杰克·帕尔说。

——他猜疑谁呢?公民说。

老天,戏言中常有真情。他就是那类不三不四的角色。尿伯克告诉我,在饭店住的时候每个月还会头疼躺倒一次,像小妞儿来经一样。你们知道俺说的意思吗?那样的家伙,一把抓住扔在背时的海里才是替天行道哩。有正当理由的杀人,这是。然后,五镑装进腰包就溜了,连一品脱的客也没有请,没有人味儿。给俺们多少来一点祝福呀。掉在眼睛里也挡不住光的那么一点点就行。

——与人为善吧,马丁说。可是他到哪里去了?我们可没有工夫等。

——披着羊皮的狼,公民说。那才是他的真面目。来自匈牙利的费拉格呢!我说他是阿哈雪鲁斯,遭天主诅咒的。

——你有工夫来一小杯吗?马丁?内德说。

——只能一杯,马丁说。我们得快走。约·詹父子①。

——你呢,杰克?克罗夫顿呢?三个半下子,特里。

——圣派特里克得重新到包厘金拉登陆来感化我们了②,公民说。我们的岛已经被这些东西糟蹋得不成样子了。

——好吧,马丁一面用指头敲着桌子接酒一面说。愿天主保佑这里所有的人,我的祈祷是。

——阿门,公民说。

——我肯定主会这样做的,约说。

圣体举扬钟声一起,由持十字架者以及辅祭们、司炉们、捧舟形器者们、读经师们、阍者们、执事们、副执事们等为前导,神佑队伍逐渐走近了,有头戴尖冠的修道会长们、修道长们、主导们、修士们、托钵僧们:斯波莱托的本笃会的修士们、加尔都西会和卡玛尔朵莱会的修士们、西多会和奥里维多会的修士们、奥拉托利会和瓦隆布罗萨会的修士们,还有奥古斯丁会、布里吉特会、普雷蒙特雷修会、圣仆会、圣三一赎奴会、

① 即约翰·詹姆逊父子公司所产威士忌酒。

② 包厘金拉为都柏林以北海湾内一村,该海湾为圣派特里克五世纪来爱尔兰时传说中登陆地点之一。

彼得·诺拉斯柯孩童会的托钵僧们，还有从卡尔梅勒山来的先知以利亚的孩童们，由艾伯特主教和阿维拉的特雷萨带领，穿鞋的和其他的；还有棕色派和灰色派的托钵僧们、穷苦方济各的弟子们、嘉布遣会的、围索派的、小兄弟会的、严格派的托钵僧们、克拉拉的女弟子们；多明尼克的弟子们即布道兄弟们、味增爵的弟子们；圣沃尔斯登的修士们、伊格内修斯的孩童们，还有公教弟兄会的全体成员，由可敬的埃德蒙·伊格内修斯·赖斯修士率领。在他们的后面走的，是全体圣徒们和殉道者们、童贞女们和显修圣者们：圣西尔、圣伊西多·阿拉托、圣小雅谷、锡诺普的圣福卡斯、圣朱利安·霍斯比泰特、圣费利克斯·德·康塔利斯、圣赛门·斯泰莱茨、圣斯蒂芬·首殉道者、天主的圣约翰、圣费雷尔、圣勒加德、圣提阿多图、圣伏尔玛、圣理查德、圣味增爵·德·保罗、托迪的圣马丁、图尔的圣马丁、圣阿尔弗烈德、圣约瑟夫、圣丹尼斯、圣科尼利厄斯、圣利奥波尔德、圣伯尔纳、圣泰伦提乌斯、圣爱德华、圣欧文·坎尼库勒斯、圣无名、圣祖名、圣假名、圣同名、圣同根、圣同义、圣劳伦斯·奥图尔、丁格尔与康普斯泰拉的圣雅各、圣科伦西尔和圣科伦巴、圣切莱斯廷、圣科尔曼、圣凯文、圣布伦丹、圣弗里吉丁、圣瑟南、圣法特纳、圣高隆班、圣高尔、圣福尔西、圣芬坦、圣菲亚克尔、圣约翰·尼波墨克、圣托马斯·阿奎那、布列塔尼的圣艾夫斯、圣迈肯、圣赫尔曼–约瑟夫、主保神圣青春的三位圣人圣阿洛伊修斯·贡扎加、圣斯坦尼斯瓦夫·科斯特加、圣约翰·伯奇曼斯，还有杰维西乌斯、塞维西乌斯、卜尼法西乌斯等圣徒，还有圣布莱德、圣基兰、基尔肯尼的圣肯尼斯、蒂尤厄姆的圣贾赖思、圣芬巴、巴利门的圣派品、阿洛伊修斯·派西非克斯修士、路易斯·贝里可塞斯修士、利马和维泰博两地的两位圣萝丝、贝瑟尼的圣玛莎、埃及的圣玛丽、圣露西、圣布里奇德、圣阿特拉克塔、圣迪姆娜、圣伊塔、圣玛莉恩·卡尔潘西斯、幼童耶稣神圣修女特雷萨、圣巴尔巴拉、圣斯歌拉斯蒂加、圣乌尔苏拉，以及一万一千名童贞女。他们一路走来，都带着祥云、光圈、光轮，捧着棕榈枝、竖琴、宝剑和橄榄花冠，袍子上织着代表职能的神圣标志，如牛角墨水瓶、箭、面包、坛子、镣铐、斧头、树木、桥梁、浴盆中的婴孩、贝壳、钱包、剪刀、钥匙、恶龙、百合花、大号铅弹、胡子、猪、灯、风箱、蜂窝、汤勺、星星、蛇、铁砧、盒装的凡士林、铃子、拐杖、镊子、公鹿角、防水靴子、鹰隼、磨盘、放在盘子上的两只眼珠、蜡烛、洒圣水器、独角兽。他们浩浩荡荡地沿着纳尔逊纪念塔、亨利街、玛利亚街、卡佩尔大街、小不列颠街走来，一路诵唱着主显节弥撒中以 Surge, illuminare① 为首句的开场赞美诗，然后亲切动人地吟唱弥撒升阶圣歌 Omnes de Saba venient②，同时施行各种各样的奇迹，例如逐出魔鬼、叫死人复活、将鱼变多、治好瘸子和瞎子、找到形形色色丢失的东西、解释和实践《圣经》内容、给人祝福和预言。最后，在一顶金布华盖之下，由马拉基和派特里克随从，走来了可敬的奥弗林神父。善良的神父们到达了预定地点，小不列颠街八、九、十号的食品批发、酒类运销、拥有出售啤酒、果酒、烈酒以供店内饮用执照的巴尼·基尔南有限公司的店堂，主礼神父便祝福了店堂，用香熏了店堂的装有幅射窗条的窗户、穹棱、拱顶、尖脊、柱顶、山花、檐口、边缘饰有锯齿形的拱门、尖顶、穹顶，将圣水撒上过梁，并向天主祈祷，求天主像赐福亚伯拉罕、以撒、雅各家族那样赐福这一商家，并令传递他的光辉的天使居住在内。他入室之后，又祝福了室内的食品和饮料，然后神佑者全体回答他的祈祷。

——Adiutorium nostrum in nomine Domini.

——Que fecit coelum et terram.

——Dominus vobiscum.

——Et cum spiritu tuo. ③

然后他将双手放在他所祝福的东西上谢了恩，祷告起来，所有人都跟他一起祷告：

——Deus, cuius verbo sanctificantur omnia, benedictionem tuam effunde super creaturas istas: et præsta ut quisquis eis secundum legem et

---

① 拉丁文：升起来吧，大放光明吧。

② 拉丁文：一切从示巴来的人。

③ 拉丁文：——以主的名给我们帮助。
——是他造的天和地。
——主与你同在。
——与你的灵魂同在。

voluntatem Tuam cum gratiarum actione usus fuerit per invocationem sanctissimi nominis Tui corporis sanitatem et animæ tutelam Te auctore percipiat per Christum Dominum nostrum. ①

——我们大家也都这样说,杰克说。

——一年一千,兰伯特,克罗夫顿或是克罗福德说。

——对,内德拿起自己的约翰·詹姆森威士忌说。吃鱼有黄油。

俺正回头,想看看有没有人走运闯上,凑巧该死的他又进来了,还装出一副忙得了不得的样子。

——我刚到法院那边转了一圈找你,他说。我希望现在不是……

——没有事儿,马丁说。我们可以走了。

法院见鬼去吧,你的口袋里都装满了金银！背时的小气鬼。起码也得请我们喝一杯呀。鬼影也没有！这就是犹太佬！一心只顾天下第一。狡猾得像茅房里的耗子。一百比五。

——谁也别告诉,公民说。

——您说什么？他说。

——走吧,伙计们,马丁看着形势不妙赶紧说。快走吧。

——谁也别告诉,公民大吼一声说。这是一个秘密。

那条背时狗也醒过来,发出了一声嗥叫。

——大伙儿再见！马丁说。

他急忙把他们都弄了出去,杰克·帕尔、克罗夫顿还是什么的,他夹在他们中间,还做出一副莫名其妙的神气,上了那辆背时敞篷马车。

——快走,马丁对车夫说。

乳白色的海豚晃动着鬃毛,金色艉楼中的舵手立起身来,将帆迎风展开,站在从三角帆直至大舷都鼓满了风的帆前。许多位美貌的仙女从右舷、左舷两边靠拢,团团围住了这艘堂皇壮观的船舶,她们的光彩照人的身形联成一圈,正如巧妙的工匠制作车轮,将一条条等长的轮辐如同姊妹一般排在轮心周围,然后用一圈轮辋将她们联成一气,从而使

① 拉丁文:天主啊,您的话语能使一切成为神圣,请您将您的祝福赐给您所创造的这一切:请您允许,无论何人,只要诚心感激您并按照您的律令和意志使用它们,都能呼吁您的圣名,在您的帮助下通过吾主基督,获得身体健康和灵魂安全。

人们有了飞快的脚,可以驶往集合地点或是去争夺淑女的微笑。仙女们就是这样毫不迟疑地围上来,是永生不死的姊妹们。她们欢笑着,在她们自己激起来的一圈泡沫中嬉戏,围着帆船破浪而去。

可是,老天在上,俺刚放下啤酒缸子,一眼瞅见公民站了起来,步履蹒跚地向门口走去,一边呼哧呼哧地喘着水肿病的气儿,一边用爱尔兰语的钟、书、蜡烛,发出克伦威尔式的诅咒①,同时还呸呸啪啪地吐着口水,而约和小阿尔夫两人则像对小魔鬼似的围着他,想叫他安静下来。

——别管我,他说。

老天在上,他一直撞到门边,他们两人抓着他,他大声吼道:

——以色列好!好!好!

瞎胡闹,看基督面上,把屁股坐到国会席上去吧,别当众出丑了。耶稣,总是有那么一个两个背时小丑,什么背时事也没有,偏偏闹个背时的天翻地覆。老天,能把你肚肠里的酒都变酸了,没错。

这时候,全国所有的小瘪三和邋遢女人都围到门边来了,马丁催车夫快驾车,公民还在那里大吼大叫,阿尔夫和约还是在劝阻他,他倒是神气活现地要谈犹太人了,那些闲人喊他发表演讲,车上的杰克·帕尔在设法叫他坐下闭起他的背时嘴吧,有一个眼睛上蒙一块眼罩的闲人唱起了*假如月亮上的人是犹、犹、犹太佬*②,一个邋遢女人大声喊道:

——喂,先生!你的裤子前面敞着呢,先生!

他可是说:

——门德尔松是犹太人,卡尔·马克思、墨卡但丁、斯宾诺莎都是犹太人。救世主也是犹太人,他的父亲就是犹太人。你们的天主。

——他没有父亲,马丁说。够了。快驾车。

——谁的天主?公民说。

——好吧,他叔叔是犹太人。你们的天主是犹太人。基督和我一

---

① 克伦威尔曾对爱尔兰进行残酷镇压,因此爱尔兰人以其名字表示狠毒;"钟、书、蜡烛"表示彻底弃绝,即以教堂钟声发布消息,按书中词句宣判,并熄灭蜡烛以示被弃绝者前途黑暗。

② 由美国二十世纪初年的流行歌曲《假如月亮上的人是个黑鬼》的歌词改成。

样，是犹太人。

老天，公民转回身就往店堂里面冲。

——耶稣啊，他说。这个背时犹太佬敢犯圣名，我得砸开他的脑袋。耶稣啊，我要把他钉死在十字架上，非钉不可。把那只饼干罐头递给咱们。

——打住！打住！约说。

成千上万的友好人士，纷纷从首都各地和大都柏林地区来此举行盛大集会，向曾在陛下御用印刷厂家亚历山大·汤姆公司供职的Nagyaságos uram 利波迪·费拉格①亲切告别，欢送他启程前往遥远的Százharminczbrojúgulyás-Dugulás（流水潺潺的草地）。送别仪式极为壮观，其主要特点为情绪真诚，至为动人。欢送者代表占全社会相当大的一部分人士，向杰出的现象学家献上由爱尔兰艺术家绘制的精美古爱尔兰羊皮纸横幅一帧，并赠以银盒一座，此盒制作雅致，按古克尔特风格装潢，充分显示产家雅各布 agus 雅各布公司的气度不凡②。行将出发的客人受到全场的热烈欢呼，而后精选的爱尔兰风笛乐队奏起人所共知的《回到爱琳来吧》曲调，紧接着又演奏《拉科齐进行曲》③，乐声起处，场上许多人都显然深受感动。四面海洋沿岸都点燃了焦油桶和大篝火，火焰纷纷在各山头升起，包括豪斯山、三岩山、塔糖山、布莱岬角、芒山、戈尔梯山脉、牛山、多尼戈尔郡、斯佩林山岭、内格尔山脉、波格拉山脉、康玛拉山、麦吉利喀地山的石堆、奥地山、伯纳山和布卢姆山。全场欢声雷动，直冲霄汉，远处坎布里亚和喀里多尼亚山上聚集的大批扈从④，也都应声欢呼，巨兽般的游乐船在这四海欢腾的高潮中缓缓离岸，最后表示敬意的是在场欢送的大批妇女派代表献上鲜花，当游乐船在一队帆船的护送下顺河驶去时，港务局和海关都向它点旗致敬，

① 匈牙利文："大老爷利波迪·费拉格"，按"费拉格"为匈文"花"，与"布卢姆"或"弗腊尔"同义。

② 雅各布公司为都柏林一饼干厂，agus 为爱尔兰语"和"，表示厂名中两个雅各布均为厂主。

③ 拉科齐为十九世纪匈牙利一地区领袖，此进行曲由其军队首先接受而后成为全匈国歌。

④ 坎布里亚与喀里多尼亚即威尔士与苏格兰，与爱尔兰隔海相望。

鸽子楼的电力站和普尔贝格灯塔也都致敬如仪。Visszontlátásra, kedvés barátom! Visszontlátásra![1] 别了,忘不了。

老天,魔鬼都没法挡住他,他到底抓住了背时罐头盒子,又奔到外边,小阿尔夫仍拉着他的胳臂,他还像挨了刀子的猪似的大吼大叫,热闹得活像女王御前剧院里唱的背时戏:

——他在哪儿哪,我要宰了他!

内德和杰·J笑得直不起腰来。

——血战一场,俺说。俺要到场听最后福音。

可是刚巧这时候车夫已经把马调过头去,驾着车走了。

——住手,公民,约说。打住了!

老天在上,他转身回臂,使劲一扔,掷了出去。天主慈悲,太阳光正晃着他的眼,要不他真要了他的命。老天,他差点儿把它一直掷到了朗福德郡。背时的驽马受了惊,那条杂种老狗着了魔似的追着背时马车,全城的人都在又喊又笑,那只铁皮盒子落在马路上咣当咣当直滚。

这场灾祸来势惊天动地,并且立见后果。邓辛克天文台录到了共计十一次的震动,每次强度均达麦加利震级的第五级,我岛自一五三四年即绸服托玛斯叛乱之年的大地震以来,还从无如此规模的地震活动记录可查。震中位置似为首都法学会码头区和圣迈肯教区境内一方土地,面积四十一英亩二路德零一方杆或佩契[2]。执法大堂附近全部豪华住宅均遭摧毁,大堂本身亦顿时化为一片废墟。灾情发生时堂内正在举行重要法律辩论,咸恐堂内人员业已全部活埋在下。据目击者报告,地震波到达时,随同出现旋风性质的剧烈大气紊乱现象。灾后搜索队发现的一顶帽子,现已查明属于深受尊敬的都柏林法院书记官乔治·福特雷尔先生,一柄金把绸伞,把上镌有姓名简写字母、家族徽记、纹章和住宅号码,证明属于博学而受人崇敬的季审法院院长、都柏林记录官弗雷德里克·福基纳爵士,发现地点都在岛国边远地区,前者在巨人堤上第三玄武岩埂上,后者埋在老金塞尔角附近霍尔喷湾沙滩的沙

① 匈牙利语:再见,亲爱的朋友!再见!

② “路德”“方杆”“佩契”均为英制丈量单位,“路德”为四分之一英亩,“杆”与“佩契”相同,均为五码半。

下,深达一英尺三英寸。另一些目击者证实,当时他们观察到一件白炽放光的巨大物体,以骇人的速度循一道西南偏西方向的轨迹飞越空中。每小时都有吊唁和慰问函电纷纷来自各大洲各地;教皇体恤民情颁发谕旨,凡属圣座教权统辖下的主教辖区,所有大教堂内一律由教区长主礼,在同一时间内举行一次特殊的 missa pro defunctis①,为这批猝然被召离我们而去的忠实信徒的灵魂祈祷。清理瓦砾、死人残骸等善后工作,已委托不伦瑞克大街 159 号迈克尔·梅德父子公司及北堤 77、78、79、80 号的 T 和 C 马丁公司办理,由康沃尔公爵轻步兵团官兵协助,由尊贵的海军少将、嘉德勋位爵士、圣派特里克勋位爵士、圣殿骑士、枢密院参事、巴斯高级骑士、国会议员、治安法官、医学学士、优异服务勋章获得者、服勋优、猎狐犬主、皇家爱尔兰学会院士、法学士、音乐博士、济贫会委员、都柏林三一学院院士、皇家爱尔兰大学院士、皇家爱尔兰内科医师学会会员、皇家爱尔兰外科医师学会会员赫丘利·汉尼巴尔·哈比厄斯·科颇斯·安德森爵士殿下统一领导。

你这一辈子也没有遇到过这么一档子事儿。老天,要是这彩票砸在他的脑袋上,他可就忘不了金杯了,没错,可是老天在上,公民可得坐班房了,暴力伤人罪,约是协同犯。车夫驾车狂奔,才救了他的一条命,天主造摩西,真是那么回事。怎么样?耶稣呀,真是那么回事。他还朝着他走的方向甩过去一串的咒骂。

——我砸死了他没有?他说。没有吗?

他又对背时狗喊叫:

——追他,加里!追他,小子!

俺们最后看到的场面,就是那辆背时马车正在拐弯,老羊脸在车上还指手划脚的,那背时的杂种狗放倒了耳朵拼着背时命追马车,要把他撕个四分五裂。一百比五!耶稣,它可把他中的彩都冲掉了,俺告诉你。

这时节,瞧吧,众人周围出现了一片耀眼的金光,人们只见他站的战车腾空而起。人们见到,战车中的他全身披金光,服装似太阳,容貌

① 拉丁文:为死者举行的弥撒。

如月亮，而威仪骇人，使人们都不敢正视。这时一个声音自天而降，呼唤着：以利亚！以利亚①！他的回答是一声有力的叫喊：阿爸！上主！他们见到他，正身的他，儿子布卢姆·以利亚，由大群大群的天使簇拥着升向金光圈中，以四十五度的斜角，飞越小格林街的多诺霍酒店上空，像一块用铁锹甩起来的坷垃。

① 《圣经·旧约》结束时，上帝宣称将在世界末日之前派先知以利亚来拯救世人。

尤利西斯

Ulysses

【下】

〔爱尔兰〕詹姆斯·乔伊斯／著

金隄／译

名著名译丛书

人民文学出版社
PEOPLE'S LITERATURE PUBLISHING HOUSE

十三

夏日的黄昏已经展开她的神秘的怀抱，要将世界搂在其中。在那遥远的西方，太阳已开始向天际落下，一个去得匆匆的白昼，只留下了最后的红晕，恋恋不舍地流连在海面上、在岸滩上、在那一如既往地傲然守卫湾内波涛的亲爱的老豪斯山岬上、在沙丘海滩那些野草丛生的岩石上，最后但并非最差的红光还落在那宁静的教堂上，那里时时有祈祷的声音穿过静寂的空间，投向光辉纯洁如灯塔的她，海洋之星马利亚①，是她的光永远地给暴风雨中颠簸的人心指引着方向。

三位姑娘正坐在岩石上欣赏黄昏美景，享受那清新而并不太凉的空气。她们常常结伴来到这里，在这心爱的僻静去处，在泛亮闪光的波浪旁边谈点知心话，议论一些女性的事情，凯弗里妹子，伊榇·博德曼带着坐小推车的婴孩，还有凯弗里家的两个鬈发小男孩汤米和杰基，穿水手服，戴配套的帽子，两顶帽子上都印着皇家海军美岛号舰名。汤米和杰基是孪生子，还不到四岁，一对宠坏了的小家伙，有时吵闹得很，但又是令人心爱的小家伙，一对明朗高兴的脸庞，常有一些逗人喜欢的举动。他们正在沙滩上玩他们的小铲子、小桶，一忽儿建造儿童都爱造的沙中保垒，一忽儿玩他们的彩色大球，尽情享受着长昼的快乐。伊榇·博德曼在来回摇晃那小推车，把车内那胖嘟嘟的小人儿逗得格格格笑个不停。他的年龄只有十一个月零九天，虽然只是个不大会走的小不点儿，却已经开始咿咿呀呀地说一些婴儿话。凯弗里妹子在他车前弯着腰，逗弄着他的小胖脸蛋儿和下巴上可爱的小酒窝儿。

——听着，娃娃，凯弗里妹子说。大、大地说：我要喝水。

娃娃学着她呀呀地说：

---

① “海洋之星”是圣母的称号之一，海滩附近天主教教堂即名“海洋之星马利亚教堂”。

——娃娃哈苏。

凯弗里妹子亲亲热热地搂着小不点儿，因为她特别爱儿童，对小受苦人最有耐心，汤米·凯弗里喝蓖麻油，非得要凯弗里妹子捏着他的鼻子，答应给他烤得发脆的面包头，或是浇上金色糖浆的棕色面包才行。这姑娘是多么会哄孩子呀！但是说实在的，娃娃真是金子一般的可爱，围着他那新的花围嘴儿，真是一个人人疼爱的小宝宝。凯弗里妹子，她可不是弗洛拉·马克弗林赛那号娇生惯养的美女①。心地比她善良的少女人间难找，她那吉卜赛风韵的眼睛里常带着笑，熟透了的樱桃般的红嘴唇间，常有逗人开心的话，这是一个极端可爱的姑娘。伊棣·博德曼听了小弟弟的古怪话，也笑了起来。

但是这时，汤米小朋友和杰基小朋友之间发生了一点小小争执。男孩子终究是男孩子，我们这两个孪生兄弟也不例外。引起争端的金苹果，是杰基小朋友造了一座沙堡，汤米小朋友却死乞白赖，硬说要加一个马泰楼式的前门才好。可是汤米小朋友固然不由分说，杰基小朋友也任性固执，因此正如格言说的，每个小爱尔兰人的家就是他的堡垒，他以灭此朝食之势扑向对方，于是意图侵略者立即遭难，而受其觊觎的堡垒（说来可惜之至！）也成为池鱼了。毋庸赘言，汤米小朋友受挫的哭声，引起了姑娘们的注意。

——过来，汤米，他姐姐对他命令道。马上！你呢，杰基，你把可怜的汤米推倒在脏沙堆里，可耻！你等着我来教训你。

汤米小朋友听到她的喊声，泪汪汪地走过来了，因为在这两位孪生兄弟眼里，大姐姐的话就是法律。这位小朋友的劫后模样可是狼狈不堪的了。他的小小军舰制服上衣和不可明言物②，都已沾满沙子。但是妹子对于生活中各种小麻烦，向来应付自如，驾轻就熟，转眼之间，他那套漂亮的小军服上已经一尘不染。不过小朋友的蓝眼睛里仍旧闪着泪花，热泪似乎随时可以夺眶而出，所以妹子亲他一亲，消消他心里的委屈，而对未决犯杰基小朋友扬眉瞪眼，摇着手警告说她离他不远，他

---

① 美国讽刺诗《没有可穿的》（1857）中描写的美国纽约小姐，讲究打扮，挑剔衣着。

② 维多利亚时期尚“雅”，认为裤子及内衣等为不雅之物，不可明言。

要小心点儿。

——大胆的坏蛋杰基！她喊道。

她伸出一只手臂搂着小水手,甜甜地哄着他:

——你叫什么名字？叫黄油,叫奶油？

——告诉我们,你的心上人是谁？伊棣·博德曼说。妹子是你的心上人吧？

——不啊,眼泪汪汪的汤米说。

——伊棣·博德曼是你的心上人吧？妹子问他。

——不啊,汤米说。

——我知道了,伊棣·博德曼的近视眼流露出狡黠的眼色,用并不与人为善的神气说。我知道谁是汤米的心上人了。格蒂是汤米的心上人。

——不啊,汤米说着已经要哭出来了。

妹子天资灵敏,猜到了是怎么一回事,悄悄地叫伊棣·博德曼领他到小推车后面人看不见的地方,还要她小心他别弄湿了新皮鞋。

可是,谁是格蒂呢？

坐在离女伴们不远处独自凝眸望着远处出神的格蒂·麦克道尔,丝毫不差是迷人的爱尔兰妙龄女郎中最美好的典型,比她更美的无处可觅。凡是认识她的人,没有不夸她是美女的,不过有些人常说她不完全像是麦克道尔家的人,倒是吉尔特拉普家的成分更多。她的身段纤巧苗条,甚至有一些近于纤弱,然而她近来服用的铁质胶丸,对她起了其好无比的作用,比韦尔奇寡妇的妇女药片效果强得多,过去常流的东西现在就好得多了,那种疲乏感也轻得多了。她的脸庞白净如蜡,透出象牙般的纯洁,产生一种几乎是超越尘世的神态,然而她的玫瑰花苞般的小嘴,却又是地道的爱神之弓,是完美的希腊式嘴唇。她的纤细纹理的雪花石膏似的手,十指尖尖,用柠檬汁和油膏女王擦得白而又白,不过说她戴着小山羊皮的手套睡觉或是用牛奶浴脚都不符合事实。那是贝瑟·萨普尔有一次告诉伊棣·博德曼的,那时节她和格蒂闹翻,势不两立(女友们当然也和其他凡夫俗子一样,免不了口角生气),完全是凭空捏造,她还告诉她无论如何不能泄漏是她告诉她的,否则她永远不再和她说话。没有的事。荣誉攸关,不能马虎。格蒂身上,有那么一种天生的高雅气质,有那么一种无精打采、高贵如女王的风采,从她那双娇小的手和高高弓起的脚背上可以明确无误地看出。如果仁慈的命运另作安排,让她出生就自有大家闺秀身份,使她能受上等教育之益,格蒂·麦克道尔轻而易举地能和国内的任何一位女士相比而毫不逊色,身穿精美衣袍,头戴珍珠宝石,脚边是显贵的求婚者争先恐后地向她献殷勤。也许,正是这种本来有可能出现的爱情,使她那眉目娇柔的脸上,有时露出一种凝重而有所压抑的表情,在那双明媚眼睛中平添了一种奇妙的有所向往的神色,见到的人很少不为之倾倒。女人的眼睛,为什么能有这样的魅力?格蒂的眼睛,是爱尔兰蓝中最蓝的颜色,配着亮晶晶的睫毛和富有表情的深色眉毛。以前这一对眉毛并没有发出这么诱惑人的丝光,这是《公主小说周刊》美容页主编薇拉·维里蒂夫人最先给她出的主意,教她试用眉笔,这样她的眼睛就会有一种时髦女郎特有的令人难忘的神采,她对此从未感到后悔。还有脸红的科学治法,如何长高,增加身量,你的脸好看,但是鼻子如何?这一条狄格南太太适用,因为她是个蒜头鼻。但是格蒂最足以自傲的,是她那一头好极了的秀发。颜色深棕而有天然的波纹。因为今天是新月,她早上刚剪了剪,一簇簇地围在她那秀丽的头上显得特别浓密好看,她还修了指甲,星期四财气好。刚才她听见伊棣的话,面颊上泛起了一片红晕,鲜艳如同一朵最淡雅的玫瑰花,她那天真无邪的少女羞涩真是可爱极了,完全可以肯定,在天主的爱尔兰这整片美好国土上,没有一个人能比得上她。

一时之间,她低垂着略显忧郁的眼睛沉默不语。她原想反唇相讥,但是话到嘴边没有说出来。她的本性是要开口,她的尊严却使她闭口。那对娇美的嘴唇噘了片刻,但是她抬头看了一眼之后,却发出了一声鲜亮如五月的清晨的欢笑。她非常清楚,没有人知道得更清楚,伊棣为什么说那话,都是因为他对她冷淡了一些,其实不过是情人的口角而已。有人看到那个有自行车的少年在她的窗前骑来骑去,照例就会把鼻子气歪了的。现在不过是他父亲晚上把他关在家里用功,准备参加快要到来的中级考试得奖,他打算高中毕业之后上三一学院学医当大夫,和他哥哥 W. E. 怀利一样,他哥哥还参加了三一学院的大学自行车赛哩。

他也许并不十分注意她的心情,她心里有时有一种沉重痛苦的空虚感,一直刺到最深处。然而他年纪还轻,也许到时候他就会懂得爱她了。他家里人是新教徒,格蒂当然知道谁是第一个,在他之后才是圣母马利亚,然后才是圣约瑟夫①。可是他实在是无可否认地英俊,鼻子那么端正,从头到脚不折不扣的青年绅士,头形也是,他不戴帽子的时候她从后面一看就知道不论在哪里都显得不寻常还有他骑自行车双脱手绕过电灯杆那劲儿还有那些上等香烟味道多好闻而且他们俩正好个子也一样所以所以伊棣·博德曼认为她特别特别有办法因为他就不到她家那一小片花园前去来回骑车。

格蒂的穿着并不花哨,但是有一种时尚追随者凭直觉而来的风度,因为她意识到他可能出来,有那么一点可能性。一件整洁的衬衫,她自己用摩登染料染成铜青色的(因为《女士画报》上预计铜青色要流行),漂亮的尖领口一直开到胸前凹处,带一只小手帕口袋(她在口袋里总是放一块棉花,洒上她喜爱的那种香水,因为装手帕不挺括),下身是一条海军蓝的开衩半长裙,把她的苗条娉婷的身材衬托得恰到妙处。她戴一顶俏皮可人意的宽叶黑人草帽,帽檐下面镶蛋青色的雪尼尔绳绒纱,边上配着一个色调相称的蝴蝶结。上星期二,她花了一整个下午要找一个和那雪尼尔配上颜色的,终于在克列利公司夏季廉价部找到,再合适没有,稍稍有一些陈列中沾脏的地方,根本看不出来的,七指宽两先令一便士。她自己把它缝上试戴一下,看着镜子里那个笑眯眯的可爱模样,喜欢得简直不用提了。为了帽子形状不走样,她把它扣在水壶上面,同时心想这回可要叫她认识的某些人黯然失色了。她的皮鞋又是鞋类中的最新式样(伊棣·博德曼自夸小巧,其实她从来就没有格蒂·麦克道尔这样的脚,五号的,而且永远永远也不会的),鞋头是漆皮的,一根漂亮的单襻儿搭在她那高高弓起的脚背上。她的裙子下面,露出了模样非常周正的脚髁,也把她那线条优美的肢体露出了恰如其分的一段儿,不多不少恰到好处,蒙着织工精致、后跟接茬很高、上边吊带很宽的长统袜子。关于内衣,那是格蒂最上心的,凡是理解甜蜜的

---

① 天主教徒习惯于在为家庭幸福祈祷或赌咒时连呼“耶稣、马利亚、约瑟夫”。

十七岁时期(虽然格蒂已经永远不会再有十七岁)那种扑动着希望而又忐忑不安的心理的人,谁会忍心去责备她?她有四套,都很考究,针线特别细密,每套三件外加睡衣,那些内衣每套都串有不同颜色的缎带,淡粉红的、淡蓝的、紫红的、嫩绿的。洗过之后,她总是自己晾,自己加洗涤蓝,自己熨,她有一块专门放烙铁的砖头,因为她对那些洗衣女人就是亲眼看着也不放心,怕她们熨坏东西。今天她抱一线希望穿蓝的,这是她的颜色,也是吉祥色,新娘身上的衣服总要配一点蓝色,上星期那一天就是因为穿绿的倒了霉因为他爸爸把他关在家里准备中级考试了因为她想也许他今天会出来因为她早上穿衣服的时候差点把那条旧的反着穿上了那是吉利的穿反了情人会面只要不是星期五。①

然而一然而!她脸上有心情压抑的神色!烦恼一直在啮咬着她的心。从她的眼睛里可以看到她的灵魂,她愿付出任何代价,只要能回到自己那间熟悉的房间内,没有别人打搅,再也不用忍住眼泪,痛痛快快地哭一场,发泄一下憋在胸内的感情,不过也不能过分,因为她知道对着镜子该怎么哭才好看。你可爱,格蒂,镜子说。苍茫暮色中的脸庞,现出了无穷的悲伤和向往。格蒂·麦克道尔的热烈愿望落空了。是的,她从一开始就明白,她那白日梦——婚事办成了,教堂里为都柏林三一学院雷吉·怀利太太敲响了婚钟(因为嫁给大哥的才能称怀利太太),社交新闻中报道格特鲁德·怀利太太穿一袭镶有贵重蓝狐狸皮的特制豪华灰色礼服——是不会成为事实的。他还太年轻,还不理解。他对爱情没有信念,而爱情是女人与生俱来的权利。很久以前在斯托尔家的晚会上(那时候他还穿着短裤呢),有一个机会他们俩单独在一起,他偷偷地伸手搂住了她的腰,她一下子连嘴唇都发白了。他用一种古怪的沙哑声音叫她小人儿,抢着接了半个吻(初吻!),但是实际上只碰到了她的鼻子尖,然后匆匆忙忙说着吃点儿什么的话走出房间去了。莽撞的家伙!意志坚强从来就不是雷吉·怀利的长处,而追求并且赢得格蒂·麦克道尔的,必须是男人中的男人。但是,等待,永远是等待

---

① 西俗迷信,认为无意穿反衣服会有好运,又认为星期五是最不吉利的日子。

人来求,今年是闰年①,但是也快过去了。她的最美好的理想,并不是一个迷人的王子拜倒在她的脚下,献上一份希罕奇妙的爱情,而是一个有男子汉气概的男子,脸上镇静而有力量,也许头发已略见花白,但是还没有找到理想中的心上人,他会理解她,将她搂在他的怀抱之中庇护她,以出自他那深沉热情的性格的全部力度搂紧了她,用一个长长的热吻安慰她。那就是天堂一样了。在这和煦的夏夜,她热切盼望的就是这样的一个人。她的全部心愿,就是要被他占有,归他独占,成为他的订了婚约的新娘,或富或贫,或病或健,相守至死,从今以后,直至今后②。

她在伊栐·博德曼陪小汤米去小推车后面期间,就正是在想不知究竟有没有那么一天,她可以自称是他未来的小妻子。到了那一天,就让她们去议论吧,议论得脸都发青吧,包括贝瑟·萨普尔在内,还有伊栐这张快嘴,因为她到十一月就二十二了。她也会照料他的生活享受,因为格蒂有女性的智慧,懂得一个真正的男人喜欢那种家庭感。她的烙饼,烙得焦黄焦黄的,她做的安妮王后布丁,又柔软又匀和妙极了,人人赞不绝口的,都是因为她手巧,点火点得好,撒下自行发酵的细面粉,总是往一个方向搅,然后把牛奶和糖搅成乳油状,把蛋白打匀,不过她做完之后不喜欢陪人一起吃,她不好意思,她寻思人们为什么不能吃一些有诗意的东西,譬如紫罗兰或是玫瑰花之类多好,他们的客厅里要摆得很美,有画,有雕刻,还有外公吉尔特拉普那条可爱的狗的照片,那条几乎像人一样会说话的加里欧文,椅子上都套着印花布的套子,还有克利列公司夏季大廉价杂货堆中那个银制烤面包架子,那是阔绰人家才有的东西。他将是肩膀宽阔、个子高大的(她一直羡慕个子高大的丈夫),牙齿白得闪光,两边垂下修得整整齐齐的八字胡,他们将去大陆度蜜月(奇妙的三星期!),然后在一栋小巧玲珑、舒适温暖的家庭住宅里安居下来,每天早晨两人一起吃早餐,简简单单的,可是十分周到,就他们两人自己享受,然后他就出去办他的事务,走以前先给他的小妻子一个亲亲热热的拥抱,

① 西俗逢闰年女方可向男方求婚。

② 天主教婚礼誓词为:从今以后,或好或坏,或富或贫,或病或健,相守至死。

还要对着她的眼睛,深深地往里面凝视一会儿。

伊棣·博德曼问汤米·凯弗里完事了没有,他说完了,于是她帮着把他的小小的短灯笼裤扣上扣子,叫他跑过去和杰基玩,这会儿要乖乖的,别打架。可是汤米说他要皮球,伊棣告诉他不行,娃娃正在玩球,他要是拿,就会打架,可是汤米说球是他的,他要自己的球 ,并且马上跳着脚撒起野来,可不客气。这脾气!嘿,他可已经是个男子汉了,汤米·凯里弗这小家伙,一脱下围嘴儿就是个人了。伊棣对他说不行,不行,快走他的,她还告诉凯弗里妹子不要对他让步。

——你不是我的姐姐,淘气的汤米说。是我的球。

可是凯弗里妹子逗博德曼娃娃抬头,她把手指举在高处让他看,同时一把抢过球往沙滩上扔了过去,汤米马上紧追着奔了过去,他胜利了。

——只要能眼前清静,怎么都行,妹子笑着说。

然后她轻轻地逗着小不点儿的两个小脸蛋儿让他忘掉,和他玩**这儿是市长大人,这儿是他的两匹马,这儿是他的华丽大马车,这儿是他走进来,下巴咬,下巴咬,下巴咬下巴**。可是伊棣可气坏了,他这样要怎么就是怎么,人人宠着他,怎么行呢。

——我真想给他点儿什么,她说。我真想,可是给在哪儿我可不说。

——屁屁上呗,妹子嘻嘻哈哈笑着说。

格蒂·麦克道尔听到妹子大声说这么一句不成体统的话,她可是要她的命也不好意思说出口的,马上低下头涨红了脸,比玫瑰还红,伊棣·博德曼也说肯定对面那位先生听到了她的话,可是妹子满不在乎。

——让他听去!她傲慢地把头一甩,淘气地翘着鼻子说。等我瞧他一眼,马上给他也来一下子,也在那地方。

疯丫头妹子,一头高力华格式的鬈发。有时候简直没法不笑她。譬如说,她会问你要不要再来一点中国茶和酱子莓,再譬如她用红墨水在自己的指甲上画乳房和男人的脸,引得你笑破肚皮,再譬如她要到那个你知道的地方去吧,她偏说她得跑去见见白小姐。凯妹子就是这德性!哎,还有那晚上谁忘得了,她穿上她父亲的套服,戴上她父亲的帽子,装上烧焦软木的小胡子,抽着烟卷在蹦屯威尔路上大摇大摆。谁也比不上她好玩。但是她又是绝对真诚的人,上天造下的最勇敢、最忠实的姑娘之一,决不是那种油头滑脑、甜言蜜语靠不住的脚色。

这时空中传来了歌咏声和响亮的风琴圣曲声。这是耶稣会教区传教士长可敬的约翰·休斯主持的男人节酒静思会,念玫瑰经、讲道和举行最神圣的圣体降福。他们在经受了这个令人疲倦的世界中的狂风暴雨之后,来到那波涛之畔的简朴殿堂内,不分阶级地相聚一堂(这是最能给人启迪的景象),跪在纯洁无瑕者的脚下,吟诵洛雷托圣母祷文,祈请她为他们说项,那些熟悉的老词,神圣的马利亚,神圣的童贞女中之童贞女。在可怜的格蒂听来,这是何等的可悲!如果她父亲也能用起誓的办法躲开酒魔的毒爪,或是服用《佩尔逊周刊》上的包治酒瘾的药粉,她现在可能就已经有了自己的马车,比谁也差不了。一回又一回的,当她不点灯坐在炉火余烬前(因为她讨厌有两个亮光)出神的时候,或是整小时整小时地望着窗外雨打锈桶茫茫然沉思的时候,她反复对自己说过这话。但是,那毁了多少家庭的可憎饮料,从她的童年时期就已经给生活蒙上了阴影。可不是吗,她甚至在家庭的小圈子内,就亲眼见到了酗酒引起的狂暴行为,见到自己的父亲成了酒精麻醉的奴隶,完全失去了自制,如果说格蒂有一件事情是知道得比什么都清楚的话,那就是一个男人居然能向一个女人举起手来而并非表示友好,这个男人就应该被列为卑劣者中最卑劣的人。

教堂内的歌声,仍在继续向法力无边的童贞女、向救苦救难的童贞女祈求庇护。陷入沉思的格蒂,几乎视而不见,听而不闻,既没有留心两位女伴和那一对嬉戏中的孪生兄弟,也没有注意从沙丘草地上下来沿海滩散步的那位先生,凯弗里妹子却在说这是个谁也不像的特别人。看来他是从来不会醉醺醺的,但尽管如此,她也不愿意要这一个人当爸爸,因为他太老了还是怎么的缘故,也许是因为他的脸相(这是一个明显的费尔博士型的角色①),也许是因为他那尽是疙瘩的长痈的鼻子,

① 费尔博士为十七世纪牛津大学主教,因思想保守、多次迫害自由派思想家而遭人憎恨。

鼻子底下那撮沙土色的八字胡已经有一点发白了。可怜的爸爸！尽管他有缺点，她仍是爱他，听他唱着玛丽呀，你教我怎么才能求得你的爱，或是我在罗谢尔附近的爱人和小屋，他们吃饭的时候还吃焖蛤蜊，吃用拉僧贝的色拉作料拌的生菜，他还和狄格南先生一起唱月亮升起来了，就是那位突然中风去世埋葬了的，天主慈悲他吧。那天是她母亲的生日，查利也放假在家，汤姆，还有狄格南先生和太太、派齐和弗雷迪·狄格南，他们还打算一起照一张相片呢。谁也没有想到，原来马上就要完了。现在，他已经安息了。她母亲对他说，他应该把这件事当做下半辈子的教训才好，他因为痛风连葬礼都不能参加，她不得不为他进城到他的办公室去取他的信件和凯茨比公司软木地毯样品，设计标准，艺术美观，王宫适用，经久耐磨，室内增辉，给人快感，永不减色。

格蒂是个实实在在的好女儿，在家里就像是第二个母亲，一位主事的天使，一颗金子般的心。每当她的母亲头痛发作，脑袋疼得像要开裂的时候，是谁帮她在前额上搽薄荷冰呢，就是格蒂。不过她不喜欢她母亲一撮一撮地吸鼻烟，那是娘儿俩之间惟一有过言语的一件事，吸鼻烟。人人都对她的为人温柔体贴赞不绝口。每天晚上关掉煤气总管道的是格蒂，每隔两个星期都忘不了在那地方撒石灰消毒水的，也是格蒂；她还在那里头的墙上贴了一张滕尼食品公司的圣诞节年历，上面是一幅翠鸟时日图，画的是一位青年绅士，穿着过去人们穿的那种服装，戴一顶三角帽子，正在用老派的骑士风度，向格子窗里的意中人献一束花。可以看得出来，画的后面是有一段故事的。颜色配得相当好看。她穿一身柔软贴身的白色衣服，摆着一种精心设计好的姿势，绅士穿巧克力色衣服，显然是一个地道的贵族。她到那地方去做某一件事情的时候，常常做梦似的望着他们，卷起袖子抚摸着和她一样白嫩的臂膀，幻想着那时期的情形，因为她已经从外祖父吉尔特拉普的那本沃克发音字典里，查出了翠鸟时日是什么意思了①。

那一对双生子现在倒是用最受赞许的兄弟和睦方式在玩了，可是

① 西方传说翠鸟在海浪中筑巢产卵，其时海上风平浪静，因而“翠鸟时日”指平静幸福时期。

最后杰基小朋友他真是天不怕地不怕谁都不能否认故意使出吃奶的力气踢了一脚,把球踢向了盖满海草的岩石那边。吃亏的汤米自不待言,毫不迟疑地立即大声表示不满,幸好独自坐在那边的黑衣绅士殷勤相助,把球截住了。我们的两位斗士都大喊大叫自称球主,凯弗里妹子为了避免麻烦,喊着请绅士将球扔给她。绅士握球瞄了一两次之后,从海滩底下向凯弗里妹子掷了上来,但球落在坡上,滚到岩石边小水坑附近,在格蒂的裙子底下停住了。两兄弟又争着要球,妹子就叫她把它踢开,随他们去抢,于是格蒂缩回一只脚,心里恨这笨球滚到她这里,踢了一脚,可是偏没有踢着,引得伊棣和妹子都笑了。

——再接再厉呀,伊棣·博德曼说。

格蒂微微一笑以示接受,同时咬住了嘴唇。她的漂亮脸蛋上淡淡地泛起了一片娇艳的红色,但是她决心要踢给她们看一看,于是把裙子撩起了一点,刚刚够的那么一点点,看准了球,狠狠地一脚,把球踢得好远好远,两个小家伙也跟着球往卵石滩那边冲了过去。完全是忌妒,当然,没有别的,因为对面那位绅士在看着,就要引他注意。她感到一股热流涌上脸部,这在格蒂·麦克道尔总是一个危险信号,两颊一下子就涨得通红了。在这以前,他们两人还只是交换过最不经意的眼光,但是现在,她从自己那顶新帽子的帽檐底下,向他投去了试探性的视线,而她所见到的神情,在苍茫暮色中是那样的倦怠,那样的憔悴,她觉得从来没有见过这么悲哀的面容。

从教堂的敞着的窗户中,飘出了焚香的芬芳气味,也带来了未受原罪玷污而受孕的她的各种芬芳名称,神灵的载体,为我们祈祷吧,光荣的载体,为我们祈祷吧,专心奉献的载体,为我们祈祷吧,玄妙的玫瑰。那里有忧心忡忡的人们,有胼手胝足挣面包糊口的人们,还有许多误入歧途、飘泊流浪的人,他们的眼中都涌上了悔过的泪水,然而尽管如此,现在都闪烁着希望的光芒,因为可敬的休斯神父告诉他们,大圣徒伯纳德在他那篇著名的祈祷文里,歌颂了最虔诚的童贞马利亚为人祈求的法力,说向她请求保护而被她抛弃是从来没有的事,任何历史时期都没有这样的记载。

两个双生子现在又玩得非常高兴了,因为童年的烦恼像夏天的阵雨,转眼就放晴了。妹子在逗博德曼娃娃玩,直逗得他格格格地笑,伸出两只小手在空中拍着。她躲藏在车兜后面喊一声闷儿,伊棣问他妹子哪里去了,然后妹子伸出头来啊的一声,嘿,小家伙可喜欢咧!然后她教他喊爸爸。

——娃娃,喊爸爸。说爸、爸、爸、爸、爸、爸、爸。

娃娃使出了全身解数来说,因为他非常聪明,才十一个月,人人都夸,个子也不小,标准的健康婴儿,真是爱煞人的小宝贝,将来肯定会出人头地,人人都说。

——哈哇、哇、哇、哈哇啊。

妹子用他的口水兜擦一擦他的小嘴,想要他坐直了再喊爸爸,可是她刚解开带子就喊了起来,神圣的圣丹尼斯呀,他已经湿透了,垫在他底下的小毯子得垒起来翻个面了,婴儿宝座上的人物当然不能容忍这些烦琐的换装手续,大喊大叫地当众宣布:

——哈帕、帕、哈帕、帕。

同时,两颗晶莹可爱的大泪珠,沿着他的小脸蛋儿淌下来了。哄他别哭别哭娃娃别哭,跟他说马马,问他哪里有轰隆隆隆车,都不起作用,但是妹子的主意永远来得快,把奶瓶嘴子往他嘴里一塞,小异教徒很快就安静下去了。

格蒂恨不得她们把这个吱呀乱叫的婴儿送回家去,别在这里闹得她心烦,本来就不是在外边玩的时候了,还有那一对双胞胎小鬼也是一样。她凝眸远眺海面。多么像从前那人在人行道上用各种颜色的粉笔画的,留在地上被人踩掉实在可惜,那黄昏、天上飘起来的那些云彩、豪斯山上的贝利灯塔,还有那音乐声传到耳边,还有教堂里焚香飘来的一阵阵芬芳。而她在凝视之中,心却开始怦怦地跳了。真的,他是在看她,而他的眼神之中是有含义的。他的眼光一直往她的深处射来,仿佛要把她的心底穿透,要把她的灵魂看清。这一对眼睛奇妙得很,极富表情,但是这是可以信赖的表情吗?人是多么奇特呀。她一眼就能看出,从他这深色的眼睛,他这苍白的读书人的脸,就知道他是一个外国人,和她那幅话剧明星马丁·哈维的照片一模一样,不过有八字胡,她更喜欢,因为她不是温妮·里平汉那样的舞台迷,看了一出戏就要两人永远穿一样的衣服,可是她从他坐的地方,看不清他究竟是鹰钩鼻还是有一点儿翘鼻子。他穿着重孝,这是她看得清的,他的面容上有一部忧伤在心缠绕不去的故事。她非常非常愿意知道故事的内容。他抬头凝视着这边的神情,是那么的目不转睛,那么的纹丝不动,他也看到了她踢球,或许她有意识地像这样脚尖向下晃动两只脚,他能看见她鞋上那亮晶晶的钢扣。她高兴自己今天有一种预感,穿上了透明长袜,原是以为雷吉·怀利有可能出来,但现在那是遥远的事了。她多少次梦想的事出现了。他才是最关紧要的人,她的脸上漾开了喜悦,因为她愿意要他,因为她直觉地感到他是独一无二的人。她的女儿妇人心向着他飞去了,他就是她梦想中的丈夫,因为她顿时明白了,他才是她的人。假定他曾经受过折磨,受人的伤害超过了对人的伤害,或者甚至于,哪怕他是一个罪人,一个坏人,她也不在乎。哪怕他是一个新教徒,或是一个卫理公会的,她也容易办到让他改教,只要他真心爱她。有一些创伤,是需要用心药去治的。她是一个女性的女人,不像他过去认识的那些轻狂而缺乏女性的姑娘,那些骑着自行车炫耀自己并没有的东西的人;她渴望着能了解一切,原谅一切,只要她能使他爱上她,使他忘掉过去所留下的记忆。到那时,他兴许就会以一个真正的男子汉本色来温柔地拥抱她,将她的柔软的身体紧紧地搂住,把他的爱情献给她,只献给她一个人,她是最最属他个人所有的小姑娘。

罪人的庇护者。受苦人的知心人。**Ora pro nobis.**①说得不错:不论是谁,只要心诚而又有恒,向她作祈祷决不会迷失方向或是被抛弃,而说她是受苦人的避难处,也恰如其分,因为她自己的心也曾七次被忧伤穿透②。格蒂可以想象教堂里的全部情景,装着彩色玻璃的窗子都已经照亮,有蜡烛,有花朵,有圣母兄弟会的蓝色旗帜,康罗伊神父正在祭坛边协助奥汉隆牧师,低垂着眼睛进进出出拿东西。他的神情简直像一个圣徒,他的告解室是那么安静,那么清洁,那么幽暗,他的手像是白蜡似的,如果她有朝一日成为一个多明我会修女,穿上白色的修女

---

① 拉丁文:“为我们祈祷吧。”为上文所提教堂内颂读的《洛雷托圣母祷文》一部分。

② 基督教艺术常以利剑刺心表现马利亚为耶稣钉十字架殉难等七件大事悲伤。

服,也许他会到修女院来参加圣多明我九日祈祷会的。那一回,她在忏悔中把那件事告诉了他,满脸涨得通红只怕他看见,他嘱咐她不用担心,因为那不过是自然之声,他说我们在人世间都受自然规律的支配,他说那不算罪孽,因为那是在天主制定的女人天性之中的,他说,我们的圣母自己就对大天使加百利说,我愿主的旨意在我身上实现。他是那么和蔼,那么圣洁,她曾多少次多少次想了又想,是否可以做一个绣花的褶裥饰边茶壶保暖套送给他,要不然送一只钟,可是那天她到他们那里去问四十小时礼拜用什么花,她看见他们的壁炉台上有一个座钟,白色描金的,钟内还有一只金丝雀从一间小房子出来报时,真不知道送什么礼物好,也许可以送一册装饰精美的画片,都柏林或是什么地方的风景画片册。

那两个令人心烦的双胞胎小鬼又吵起架来了,杰基把球往海水那边一扔,两人都跟着奔了过去。讨厌得像阴沟水似的小猴子。该有个人来教训教训他们,给他们一顿好揍,叫他们老老实实的才行,两个小家伙。妹子和伊棣大声地喊他们回来,怕潮水涨上来把他们淹死。

——杰基!汤米!

他们可不!他们多有主意!于是妹子说,以后她可再也不带他们来了。她跳起身,喊着他们跑过他身边往下冲去,头发在她脑后甩着,她的头发的颜色是够好的,可惜不多,可是不论她擦上多少什么劳什子,总是不见长长一些,她就是没有这福分,只好白摔帽子生气。她跨着公鹅似的大长步跑着,居然不把她那裹紧身上的裙子从侧面撕开真是奇迹,凯弗里妹子是有不少的假小子性格的,冲劲很足,一有机会就要表现自己,因为她会跑,她这样跑着,就把她的衬裙边缘都飘出来让他看见了,还有她的细细的小腿也露出了一大截儿,能露的都露出来了。要是她不小心绊着点什么,穿着她那双有意拔高自己的法国式弯底高跟鞋,摔个大跟头才活该呢。Tableau①!那倒是一个很妙的亮相,可以供这样一位绅士观赏的。

---

① 法语:“造型!”客厅游戏用语,表演者以此宣告姿势完成,以供他人欣赏或猜其含义。

天使们的女王,大主教们的女王,先知们的女王,一切圣徒们的女王,他们在祈祷着,最神圣的念珠礼拜的女王,然后康罗伊神父将香炉递给奥汉隆牧师,他放进香去,将圣体薰了香,凯弗里妹子也捉住了两个孪生子,她恨不得狠狠地给他们来一记响亮的耳光,但是她没有打,因为她想他可能在看,可是她是大错而特错了,因为格蒂不用看就知道他的眼光从没有离开过她,这时奥汉隆牧师把香炉递回给康罗伊神父,跪下仰望着圣体,唱诗班开始唱 Tantum ergo①,她的脚随着 tantumer gosa cramen tum 的音乐起伏而前后摆动。这双袜子是她在复活节以前的星期二,不对是星期一,在乔治街的斯帕罗公司花三先令十一买的,一点儿跳丝的地方也没有,他现在看的就是它,透明的,而不是看她的那一双没模没样的(她就是厚脸皮!),因为他长眼睛,识货。

妹子带着两个孪生小兄弟拿着球上岸来了,她头上的帽子跑得歪在一边,拽着那两个小家伙的模样儿活像街上的邋遢女人,那件才买了两星期的轻薄衬衫溻在背上像破烂似的,衬裙也拖出了一段,像漫画一样。格蒂脱下帽子整理一下头发,谁家姑娘的肩头上,也没有见过比这更漂亮、更娇美的一头栗色鬈发——她这副叫人眼花缭乱的小模样儿,说真格的,可爱得几乎令人发狂。这样的一头秀发,你走上多少里路也难于再找到一个的。她几乎能看到他眼睛里迅速产生反应,闪出了爱慕的光芒,使她的每一根神经都受到震颤。她又戴上帽子,以便从帽檐底下用眼角瞅着他;她的带钢扣的皮鞋晃动得更快了,因为她接受了他眼中的表情,呼吸紧张起来了。他盯住她看的那种神情,活像是一条蛇在端详它的猎物。女人的本能告诉她,她已经使他的心里大乱,她这么一想,不由得一片红晕从脖子上升起直到前额,把她那娇美的脸庞烧成了一朵大红的玫瑰花。

伊榇·博德曼也觉察到了,因为她乜斜着眼,瞅着格蒂,似笑非笑的,戴着她那副老处女似的眼镜,还假装在喂娃娃。这只神经过敏的小虫豸,她是永远也改不了的了,所以谁也和她合不来,好管闲事。这时

---

① 拉丁文 Tantum ergo sacramentum(圣体是如此伟大),为降福仪式之后赞美天主的颂歌首句,以下各拉丁词为此句按唱法分读。

她对格蒂说:

——你心里在想什么事?

——什么?格蒂露出了白而又白的皓齿笑着说。我不过是在纳闷,天是不是晚了。

因为她恨不得她们把那一对拖鼻涕双胞胎和她们那娃娃快送走拉倒,所以她才婉婉转转地暗示天晚了。于是妹子上来的时候,伊棣就问她是几点钟了,而那位妹子小姐呢,油嘴滑舌没比,顺口就说接吻钟点已经过了半小时,又该接吻了。但是伊棣还要问,因为家里是叫她们早回去的。

——等着,妹子说。我去问问那边的彼得叔叔,看他的大谜语有几点了。

于是她径直走了过去,她见他一看到她走近,就把手从口袋里抽出来,有一点紧张,摆弄了一下他的表链,望了望教堂。格蒂看得出,尽管他是个感情强烈的人,他的自我控制力也是非常大的。一刹那之前,他在那里看一个可爱的形象看得神魂颠倒,眼睛发直,转眼之间他又是安静而神情严肃的绅士了,他那气度不凡的仪态中一举一动都表现出自制力。

妹子说请原谅是不是可以请他告诉她正确的时间,格蒂见他掏出怀表,听了一听,抬起头来清了清嗓子说很对不起他的表停了但是他估计一定有八点多了因为太阳已经下山了。他说话的声音带着一种有教养的腔调,可是虽然有板有眼,语气老成,听来却使人怀疑似乎有一些颤抖。妹子说谢谢您,然后伸着舌头走了回来,说叔叔说他的排水系统出了毛病。

这时他们唱 Tantum ergo 的第二节诗了,奥汉隆牧师又站起来,用香薰了圣体,跪下,对康罗伊神父说有一根蜡烛快烧着花了,康罗伊神父站起来把蜡烛弄好,她可以看到那位绅士在拧表,听机器声音,她更起劲地合着拍子前后晃动小腿。天更暗了,可是他还能看见,而他也一直还在盯着,不论是拧表还是干什么的,然后他把表放回表袋,双手又插进了口袋。她觉得有一种感觉涌上来布满了全身,她从自己头皮上的一种肤觉和紧身胸衣下的不舒适感,知道一定是那事情来了,因为上回她剪头发那次也是那样的，因为有月亮。他的深色的眼睛又定定地盯住了她，如醉如痴地欣赏着她的每一根线条，确确实实是拜倒在她的神座前了。世界上如果有一个男人是毫不掩饰地用热情凝视的眼光表现爱慕心情的话，那就是这个男人了，从他的脸上可以看得清清楚楚的。这是对你的爱慕，格特鲁德·麦克道尔，你是知道的。

伊棣开始准备走了，早该走了，格蒂看出来刚才给她的小小暗示起了作用，因为要在海滩上走好一段路才能到可以把小车推上去的地方；妹子给两个孪生兄弟脱掉帽子整理他们的头发，这当然是为了增加她自己的吸引力，奥汉隆牧师站起来了，法衣在颈子后面顶起了一块，康罗伊神父递给他该念的卡片，于是他念 Panem de cœlo præstitisti eis①，伊棣和妹子一直都在谈钟点，还问她，可是格蒂能学着她的腔调应付自如，后来伊棣问她，她的最好的男友把她扔了，她是不是心碎，她也能用冷冰冰的礼貌对付她。格蒂的心头不由得一阵紧缩。她眼中冒出一股冷火，狠狠地射出无限的鄙视。她受到了刺伤——真的，深深地受了刺伤，因为伊棣自有一套手法，能若无其事地说出一些明知可以刺伤人的话来，她就是这样该死的小长舌头。格蒂很快地张开嘴唇，形成了说话的口形，但是她把已经升上来的抽噎控制住了，没有让它逸出喉咙，那么纤细、那么周正、造形那么秀美的喉咙，简直是艺术家梦境中的东西。她对他的爱，不是他能理解的。没有良心的小骗子，跟所有的男人一样容易变心，他永远也理解不了她心里给他多大分量，一瞬间她的蓝眼睛里感到了眼泪突然而至的叮蜇。她们的眼睛正在无情地探察她，但是她勇敢地强忍住泪水，向她新征服的对象投去会意响应的眼光，让她们看着。

——嘿，格蒂敏捷如闪电地笑着回答，还把骄傲的脑袋猛的一抬。我的帽子愿扔给谁就扔给谁，因为这是闰年。

她的话音清朗如水晶，比环鸽的咕咕声还要悦耳，但是又干脆利索，毫不含糊。她那娇嫩的嗓音中有一种含义，让你明白她是不容随意戏弄的。至于那位装模作样有一点臭钱的雷吉先生，她可以把他像粪

① 拉丁祈祷文：您从天上给了他们面包。

土一样扔掉，以后再也没有半点想他的念头，还要把他的愚蠢的明信片撕个粉碎。从今以后，他要是敢认为她还会看他一眼，她的眼光准会射给他足量的鄙视，够叫他当场就缩成一团的。小心眼小姐伊棣的脸色变了不少，格蒂从她那阴沉沉的模样看出来她是冒火了，不过她还掩饰着，这条小母狗，那一箭是射中了她的小肚鸡肠的忌妒心，她们两人都明白了她是曲高和寡、与众不同的，她和她们不是一路，永远不，另外有一个人也明白了这一点，所以她们可以用用她们的脑筋，认真琢磨琢磨。

伊棣把博德曼娃娃扶正了准备走，妹子也把球、小铲子、小桶都收好，早该走了，因为小博德曼小朋友已经快到撑不开眼睛的时候了。妹子也告诉他，眨眼睛的比利快到了，娃娃该睡觉觉了，娃娃听着眯眯笑，样子实在逗人极了，妹子捅着他的胖嘟嘟的小肚肚逗他玩，娃娃却毫不客气，连一声对不起都没有，一下子就往他那崭新的围嘴儿上吐了一大堆恭维全场的东西。

——啊哟哟！布丁加馅饼！妹子叫了起来。他可把他的围嘴儿毁了。

这场小小的 contretemps① 吸引了她的注意力，可是她三下五除二就把这小事儿办妥了。

格蒂忍住了已到嘴边的闷声惊叫，只是局促不安地咳了一下，伊棣问怎么回事，她本想叫她自己去琢磨，但是她的举止永远是闺秀派头的，所以她随机应变，说是降福了，因为这时宁静的海滩上正好传来了教堂尖塔的钟声，奥汉隆牧师披着康罗伊神父给他罩上的肩衣，手执神佑的圣餐，登上祭坛施行降福了。

这暮色渐浓的风景是何等动人呀，这是爱琳的最后一瞥，那些晚钟发出了动听的谐音，同时从常春藤覆盖的钟楼内飞出了一只蝙蝠，它来回往返地翻飞着，发出小小的迷失方向的叫声。她可以看到远处灯塔的灯光，那风光是何等旖旎，她要是带着一盒颜料多好呀，因为那比男人容易，不久之后点街灯的人就要来了，转过长老会教堂，走上林荫浓

① 法文：意外事件。

密、情侣双双的踹屯威尔大路，就要点亮她窗前不远处的街灯，雷吉·怀利常爱在那里骑在车上滑行，她在卡明斯女士那部《点灯人》中就看到过同样的场面，卡明斯女士还写过《梅贝尔·沃恩》和另一些小说。因为格蒂是有一些无人知道的梦的。她爱读诗，贝瑟·萨普尔送给她一本浅珊瑚红面的精致忏悔簿作为纪念品，给她作随感录，她就收藏在梳妆台的抽屉里了。她那梳妆台虽然并不失于过分奢华，却是收拾得极其整洁的。这是她存她的少女宝藏的地方，她那些玳瑁梳子、她那马利亚儿童纪念章、白玫瑰香水、眉笔，她那雪花石膏制的香匣子、等衣服洗完送回来换上去的缎带。那里头写着一些顶美的思想，用她在贵妇街希利公司买的紫墨水写的，因为她感到自己也能写诗，有一天晚上她在花盆边找到一张报纸，上面有一首诗使她深受感动，她抄了下来，叫做《我理想中的人，你是真有其人吗?》，只要她也能那样表达自己的情意，那就行了。是马盖拉费尔特的路易斯·J.沃尔什写的，后来还有**夕阳呀，你什么时候**。诗的美，在虚无缥缈之中是那样可爱，那样悲哀，常常使她被默默涌上的泪水模糊了双眼，想那岁月已在她身旁悄悄溜过，一年又一年，想自己要不是有那一个缺陷，自信决不害怕竞争，那是一次从道尔盖山上下来时的意外事故，她总是设法掩盖的。但是，总要到头的，她心里有这感觉。她已经在他眼中看到那种有神奇吸引力的光芒，她已经是阻挡不住的了。爱情是锁不住的①。她要做出那重大的牺牲。她要想方设法做到和他心曲相通。她对于他，将比整个世界更为宝贵，她将使他的生活放射幸福的金光。一个最最重要的问题，她渴望知道的问题，是他是不是已婚，或者是丧妻鳏居，或者是有一个什么悲剧，就像歌咏之邦那位名字带外国味的贵族那样，不能不把她送进疯人院，残酷只是为她好。但是，即使——又怎么样呢？会有很大的区别吗？她性情很娇嫩，不论遇到什么，只要有一点点粗俗，她都不由自主地要退避三舍。她憎恶那一类人，那些在道铎河畔的招待街上陪大兵的堕落女人，那些不尊重姑娘的荣誉、侮辱女性、被送到警察局去的粗男人。不，不：那可不能要。他们只要做一对好朋友，像大哥哥

---

① 《锁不住的爱情》(1803)为乔治·科尔曼所著戏剧。

小妹妹那样,完全不要另外那一种关系,不管所谓的上流社会有什么样的惯例。说不定他穿丧服是为一个老情人,老早老早以前的。她认为自己能理解。她会努力去理解他的,因为男人是那么不同。老情人还在等着,伸出小小的白手,睁着令人动心的蓝眼睛等着。我的心!她要追随自己的爱情之梦,服从自己的心的命令,而她的心告诉她,他就是她的一切的一切,全世界独一无二的男人,因为爱情就是最可靠的向导。其他的一切都是无关重要的。不管有什么情况,她要放任自己、不受羁绊、自由自在。

奥汉隆牧师将圣餐放回圣体盒,唱诗班唱起了 Laudate Dominum omnes gentes①,然后他锁上了圣体盒,因为降福仪式已经结束,康罗伊神父将他的帽子递给他戴上,快舌头伊棣问她到底走不走,可是杰基·凯弗里大叫起来:

——唷,看,妹子!

大家都看是不是片状闪电,可是汤米也看见了,在教堂旁边的树丛上,蓝的,然后是绿的和紫的。

——放烟火了,凯弗里妹子说。

于是她们都乱哄哄地冲下海滩,以便越过房屋和教堂看烟火,伊棣推着博德曼娃娃坐的小车,妹子拉着汤米和杰基的手,以防他们跑着摔倒。

——来吧,格蒂,妹子喊他。是义市的烟火。

但是格蒂不为所动。她没有听随她们摆布的意思。她们尽可以像不要脸的女人那么狂奔,她可坐得住,所以她说她这里看得见。那一双盯住了她不放的眼睛,使她的脉搏加快,突突地刺激着她。她看了他一眼,视线相遇时,一下子一道光射进了她的心里。那一张脸盘上,有白炽的强烈感情在燃烧,坟墓般默不作声的强烈感情,它已经使她成了他的人。现在他们终于单独相处,没有旁人来探头探脑七嘴八舌的了,她知道他是可以信赖至死不渝的,一个品格高尚、直到指尖都绝无半点含糊的人。他的双手,他的面部都在动,她也感到全身一阵震颤。她向后

---

① 拉丁文赞美诗首句:列国呵,你们都要赞美上主。

仰起身子去看高处的烟火，双手抱住了膝盖以免仰天摔倒，周围没有人看见，只有他和她，她的姿势使她露出了腿，优美好看的腿，柔软溜圆的腿，她仿佛听到了他心跳的声音，听到了他的粗声呼吸，因为她知道男人的这种强烈感情特别冲动，因为贝瑟·萨普尔有一次告诉她，绝对秘密的，还要她起誓保密，说是她们家住的一个男房客是从人口过密地区委员会来的，他有报纸上剪下来的长裙舞和踢腿舞照片，她说那人有时候在床上做一件不大好的事情你可以想象的。但是现在这事和那样一件事是完全不同的，因为是大不相同的，因为她几乎可以感到他在把她的脸拉过去凑近他的脸，几乎可以感到他那俊美的嘴唇的第一下迅速而炽热的吻。并且，只要你在结婚以前不作那件事，罪孽就是可以赦免的，应当有女的教士才好，不用你说出来她就会理解，凯弗里妹子眼睛里有时候也有那种做梦似的恍恍惚惚的神色，所以她也那样的，亲爱的，还有那么喜欢演员照片的温妮·里平汉，并且也是因为另外那事儿来的时候总是那样的。

这时杰基·凯弗里大喊看呀又来了，她又向后仰，吊袜带是蓝色的因为和透明的配色，他们都看见了都喊看呀看呀在那儿呐，她尽量尽量地将身子向后仰好看烟火，有一样怪东西在空中来回飞，一样软软的东西，飞去又飞来，黑黑的。她看到一根长长的罗马蜡烛式的烟火从树丛后面升向天空，越升越高，人们都紧张屏息地看它越升越高，都兴奋得不敢喘气，高得几乎看不见了，她由于使劲后仰而满脸涨得通红，一片神仙般令人倾倒的红晕，他还能看到她的别的东西，轻柔布的裤衩，这种布能紧贴在皮肤上，比另外那种绿色小幅布的好，四先令十一，因为是白色的，她听任他看，她看到他看到了，这时升得很高很高，有一时都看不见了，她因为向后仰得那么远，四肢都颤抖起来了，他清清楚楚地看到了她膝盖以上很高的地方，那地方从来没有任何人看到过，甚至在荡秋千或是涉水的时候也没人看到过，而她并不害羞，他也不害羞，这么肆无忌惮地盯住了看，因为他实在无法抗拒这样赫然袒露的奇妙眼福，差不多接近那些在绅士们面前那么不要脸皮的跳长裙舞的女人了，而他就这样死死地盯着，盯着。她真想对他发出哽在喉内的呼声，伸出雪白苗条的胳膊迎他过来，尝到他的嘴唇压在她的白皙额角上的感觉，那是一个少女的爱情的呼声，一种受到压抑而发自内心的细小呼声，一种古今历代都曾发出的呼声。这时一支火箭突然凌空而起，砰然一声空弹爆炸，然后喔！罗马蜡烛烟火筒开花了，像是喔的一声惊叹，人人都兴奋若狂地喔喔大叫，然后它喷出一股金发雨丝四散而下，啊，下来的是金丝中夹着露珠般的绿色星星，喔，多么美妙，喔，多么温柔、可爱、温柔啊！

然后，一切都露珠一般融化在灰暗的天空中：万籁俱寂了。啊！她在迅速坐直身子的当儿向他投去一瞥，眼光中有令人怜悯的可怜巴巴的抗议，还流露出羞涩的谴责，使他像姑娘般的红了脸。他是背靠岩石站着的。利奥波尔德·布卢姆（原来是他）默默地站着，在那年轻无邪的眼光前低下了头。他简直是野兽！又来那一套了？一个美好无瑕的灵魂向他发出了呼唤，而他，可鄙的人，是怎样回答她的呢？无耻之尤！偏偏是他，竟是如此卑鄙！但是，那眼光中蕴藏着无穷的慈悲，其中也包含一分对他的宽恕，尽管他曾经犯过错误、有过罪孽、曾经漂泊流浪。姑娘是不是应该说出去？不，一千个不。这是他们的秘密，只有他们知道，隐藏在暮色中的两个人，没有人能知道，没有人能透露出去，除非是那只在晚空中温柔地来回飞翔的小蝙蝠，而小蝙蝠们是不会说出去的。

凯弗里妹子吹了一声口哨，学着足球场上那些男孩子的样子，为的是表现她是何等了不起的人物，然后她大声喊道：

——格蒂！格蒂！我们要走了。来吧。咱们再往上走还能看见的。

格蒂想了一个主意，一个情场小手法。她伸手到手帕口袋里，取出那团棉花晃了一晃作为回答，当然不是对他，然后又塞了进去。不知道他那地方是不是太远。她站起来了。这是分手了吗？不，她不能不走了，但是他们还会重逢的，在这里，她在那时以前，在明天以前，她会梦见重逢的，她会在梦中重温这消失了的夜晚的梦。她将身子站直了。在恋恋不舍的临别对视中，他们的灵魂汇合了，而那对一直向她的心上射去的眼睛，放出了一种奇异的光芒，如痴如醉地不愿离开她那鲜花一般可爱的脸庞。她给他一个黯然的微笑，一个温柔而表示宽恕的微笑，一个近于流泪的微笑，然后他们就分别了。

缓缓地,头也不回的,她沿着不平坦的海滩向下走去,向妹子、伊棣、杰基和汤米·凯弗里、博德曼小娃娃那边走去。夜色更浓了,海滩上有石子木块,还有很滑的海草。她走路的姿势文静而有尊严,很符合她的性格,但是走得很小心很慢,因为——因为格蒂·麦克道尔是……

靴子太紧吗?不对。她是个瘸子!啊哟!

布卢姆先生望着她跛行而去。可怜的姑娘!怪不得别人都奔跑走了,她却留下不动。我看她的神气,就觉得有一些不对头的地方。失恋的美人。一个缺陷落在女人身上,更要严重十倍。可是能使她们对人客气。刚才她展览的时候我还不知道,倒好。不管怎么说,是个感情热烈的小东西。我不会拒绝的。新鲜,跟修女、女黑人、戴眼镜的姑娘差不多。斜眼的那一位挺娇弱。接近经期了,我估计,她们这时特别敏感。我今天脑袋疼得很。我把信放在哪儿了?对了,没有问题。什么古怪的追求都有。舔便士。特兰奎拉修道院里一个姑娘喜欢闻石油味,那位修女告诉我的。处女最后会发疯,我想。修女呢?都柏林今天有多少妇女遇上?玛莎,她。空气中有些特别。是月亮的作用。可是那么所有的妇女为什么不同时来经呢,我是说月亮不都是同一个月亮吗?我想是根据她们出生的时候。要不然,都是从底线起跑,然后拉开了距离。有时候莫莉和米莉同时。不管怎么说,我是得了好处。幸好,今天上午接到她那封无聊的我要罚你的信之后,我在洗澡盆里没有干。弥补了上午那电车司机。骗子麦考伊拦住我说废话。他老婆下乡演出聘约旅行包,丁字镐的嗓子。得些小便宜,领情了。代价也不高。只要你开口就成。因为她们自己需要。她们有自然的欲望。每天晚上,她们成群结队地从办公楼出来。拘谨一点好。你不要,她们还会扔给你呢。接住,活的啊。可惜她们看不见自己的模样。梦见绷着长统袜的大腿。在哪儿来着?啊,对了。卡佩尔大街的连续景片馆:只许男人入内。钥匙孔眼偷看。威利的帽子,姑娘们拿它干了什么。是偷拍下那些姑娘的动作,还是全部做假?Lingerie① 的效果。去摸那睡衣里面的曲线。她们那时自己也感到激动。我全身洁净了,来弄脏我吧。她们

① 法文:女用贴身内衣。

还喜欢彼此帮着打扮,为牺牲作准备。米莉特别喜欢莫莉的新衬衫。起初。一件件穿上,为的是一件件都脱掉。莫莉。我给她买那副紫色的吊袜带,就是这意思。我们也一样:他用的领带、他的好看的袜子、翻边的裤腿。我们初见面的那一晚,他脚上还有鞋罩。他那乌黑的什么底下的衬衫,鲜艳夺目好看得很。人说女人每取下一颗别针就少一分风姿。都是用别针别起来的。啊呀呀,玛伊利丢了她那个的别针呀。打扮得漂漂亮亮,为了某一个人。时装是她们风姿的一部分。你刚摸到一点门道,就已经变了。除了东方:玛莉、玛莎:现在和过去一样。只要出价合理,一概都不拒绝。她倒是不慌不忙的。她们要是匆匆忙忙,准是去会男人。她们是从来不会忘掉约会的。大概总是想碰巧。她们相信碰运气,因为她们自己就是那样的。另外那两位是有和她捣乱的意思。在修道院花园里,女同学们互相勾肩搭背的,十指交叉地拉着手,彼此亲吻,说些悄悄话,交换一些毫无内容的秘密。粉刷面孔的修女们,戴着凉快的修女帽,念珠上上下下的,她们也因为得不到某些东西而怀恨别人。带刺铁丝网。记着,一定给我写信。我也会给你写信的。可是你写不写呢?莫莉和宙细·鲍威尔。直到如意郎君来到,那以后就是十年九不遇了。Tableau!啊唷,天主呀,瞧是谁来了?你还好吗?你这些日子都干什么去啦?吻一吻,真高兴,吻一吻,见到你。彼此打量容貌外相找窟窿。你的气色好极了。亲如姐妹。彼此露出了牙齿。你还剩下多少?彼此借一撮盐也不干。

啊!

她们来那事儿的时候糟糕得很。模样阴森可怕。莫莉告诉我,感到东西有一吨重似的。抓抓我的脚底板儿。哎,靠那一边!噢!好极了!我自己也有那种感觉。隔一个时期休息一下有好处。不知道那时候和她们相处有没有害处。从一个方面来说,倒是安全的。会使牛奶变酸,提琴断弦。还有什么会使花园里的花卉枯萎,我在书里看到过。人们还说,如果女人佩带的花蔫了,她就是打情骂俏的。全都是。我敢说,她感到了我那个。你在有那种感觉的时候,常常真会遇上。是喜欢我,还是怎么的?她们看的是衣着。一个男人在追女人,总是看得出的:领子、袖口。这个么,雄鸡、狮子,都是那样的,还有公鹿。可同时也许更喜欢领带散开还是什么的。裤子？假定我那时我？不会。动作轻柔。不喜欢粗暴乱动。黑暗处亲个嘴，永不说出去。在我身上看到了一些什么。纳闷究竟是什么。情愿要我这本色不加修饰的，而不要什么头发上抹熊脂做发型、右眼挂眼镜、额角上披一绺鬈发的吟诗弄词人物。协助绅士从事文学。我这年纪，应该注意一点外相了。没有让她看我的侧影。尽管如此，事情也难说。漂亮姑娘也有嫁丑汉的。美女与丑八怪。而且，既有莫莉，我也不可能太。她脱下了帽子显示头发。宽帽檐。买它是为了挡脸，遇到可能认识她的人，低一低头，或是捧一束花闻一闻。发情期间头发壮。我们住霍利斯街景况很窘那阵子，我卖莫莉梳下来的头发还得了十先令。有什么不好？假定他给她钱呢。有什么不好？都是偏见。她值十、十五、更多，一镑。怎么样？我认为如此。完全白送。粗壮的笔迹：玛莉恩太太。我那封信是不是忘了写地址，和寄给弗林那张明信片一样？那天我去德里密公司也忘了打领带。是和莫莉闹别扭把我弄糊涂了。没有，我想起来了。里奇·古尔丁，他也是这样。心里有事。怪，我的表在四点半钟停了。油泥。他们用鲨鱼肝油擦洗。我自己也能擦。省点钱。那时刻是不是正好他，她？

哎，他进去了。她的。她受了。完了事了。

啊！

布卢姆先生小心地用手整理了湿衬衫。天主啊，瘸腿的小鬼！开始有冷兮兮黏糊糊的感觉了。后效不是愉快的。然而你终究不能不把它排泄掉呀。她们是不在乎的。说不定还感到受了赞美呢。回家吃鲜美面包加牛奶，和小孩子们一起做晚祷。怎么，难道她们不那样吗？看到她的本来样子就坏了。必须有布景、胭脂口红、装束、姿势、音乐。名气也有关系。女演员艳情。内尔·格温、布雷斯格德尔夫人、莱德·布兰斯科姆。幕起。月光的银辉。月下有女郎，女郎有沉思的胸膛。小爱人，来吻我吧。然而，终究我感到了。它能使男人从中获得力量。这是它的秘密所在。幸好我从狄格南家出来后在墙后排放了。是苹果酒闹的。要不然我不可能。事后使你想要唱歌。Lacaus esant taratara.[①]

---

① 意文歌词："这事业是神圣的，嗒啦嗒啦。"（参见第215页注①）

假定我和她说话呢。说什么呢？你要是不知道怎样结束谈话，那就不是个好主意。你问她们一个问题，她们会问你另一个问题。一时不知说什么的时候，那是个好办法。拖时间。可那是没有办法的办法。当然，如果你说晚上好，你看她也有意，晚上好，那是最妙。嘿，那晚上太黑，我在阿品路上差点儿招呼克林契太太，嘿，把她当作。真险！米斯街那一夜的姑娘。我让她说了多少脏话。当然都是乱说。她把它叫做我的半股。要找到一个那样的可不容易。啊嗬！你不理睬她们的招引，对她们可一定是难堪得很，除非是已经麻木了。我多给她两先令，她还吻我的手。鹦鹉。按一个按钮，鸟就会叫一下。她要不叫我先生还好些。喔，她在黑暗中凑过来的嘴巴！你是一个结了婚的男人，现在找一个单身女人了！她们就是喜欢这个。从另一个女人手中把男人抢过来。甚至听听这样的事也好。我就不这样。愿意躲开别人的妻子。吃他吃剩的菜盘子。伯顿饭店那家伙，把嚼过的软骨吐回盘子里去了。保险套还在我皮夹里呢。问题有一半出在那里。可是会发生吗，我想不见得。进来吧，一切都准备好了。我做的梦。怎样？最难是开头。话不投机，她们就会转变话头。问你喜欢不喜欢蘑菇，因为她曾经认识一位绅士他。要不然，问你要是有人半路改变主意要停，会说什么话。然而如果我不撒手，说我就想要，诸如此类的话。因为我真要。她也。得罪她一下。然后弥补。假装非常想要某件事，然后为了她打退堂鼓。这样的话，她们听着受用。她准是一直在想着另一个人。有什么害处呢？准是自从她开始会思维以来就是这样的了：他，他和他。初吻起的作用。吉利的一瞬间。她们的身体内部有什么东西突然迸开了。多愁善感的样子，你从她们的眼睛里看得出的，不言不语的。初次的思绪是最好的。至死都记在心间。莫莉，在花园旁边的摩尔城墙下吻她的马尔维中尉。十五岁，她告诉我的。但是她的胸脯已经发育了。然后睡着了。那是格伦克里宴会之后乘马车从羽床山回家那次。睡着了还磨牙。市长的眼睛也跟着她转。瓦尔·狄龙。中风了。

她和他们一起在下边，等着看烟火呢。我的烟火。上升如火箭，下落像棍棍。那两个孩子准是双生子吧，在等着看热闹呢。愿意当大人。穿妈妈的衣服。有的是时间，会了解一切人情世故的。还有那个皮肤黑一点、头发蓬松、嘴巴像黑人的。我就知道她会吹口哨。嘴巴的模样就合适。像莫莉。贾米特饭店那个高级妓女,就是因为这个才把面纱只挂到鼻子那儿。是不是可以请你告诉我正确的时间?到一条黑胡同里,我就可以告诉你正确的时间了。每天早上把 prunes 和 prisms 这两个词说上四十遍,就能治好肥嘴唇。还亲那个小男孩呢。旁观者看得清这把戏。当然,她们能理解小鸟、动物、婴儿。她们的特长。

她走下海滩去的时候没有回头。不愿让人多得点享受。那些女郎们,女郎们,那些可爱的海滨女郎们。她的眼睛好看,很清亮。主要是眼白显得亮。瞳人关系不大。她是不是知道我在那个?当然,像一只猫,坐在狗扑不着的地方。女人见不着高中那个威尔金那样的人,画维纳斯的时候一身的玩意儿都让人看得清清楚楚的。那还能算得了无邪吗?可怜的白痴!他老婆可是有得忙的了。你决不可能看到她们坐到写着**油漆未干**的长凳上去。全身都长着眼睛。床底下也要望望,要看有没有不在那里的东西。一心想找可以吓一大跳的事情。灵敏得不得了。我对莫莉说卡夫街角上那个男人不难看,以为她会喜欢,她马上发现他有一只胳膊是假的。果然如此。这本领她们是从哪里得来的?罗杰·格林事务所的女打字员上楼时一步跨两磴,为的是显示她的腿脚。父传,我的意思是母传女。生来就有的,骨子里的东西。米莉,譬如说吧,就会在镜子上晾手帕,省了熨。广告要吸引女人的眼睛,最好的地方是镜子上。那次我派她去普雷斯科特洗染厂取莫莉的配斯利涡旋纹花呢披肩,对了,那个广告不能忘,她就会把找头卷在袜筒里带回家!小机灵鬼!我从来没有教过她。她拿包的样子也显得灵巧。吸引男人的,这类小事。手红的时候把手抬高摇晃,叫血液流回去。你这是从谁那里学来的?谁也没有。保姆教我的。喔,她们有什么不知道的!她才三岁,就站到莫莉的梳妆台前了,我们快离开隆巴德西街那时。**我的脸蛋儿亮亮**。马林加。谁知道?世道常情。青年学生。至少站着是笔直的,不像那一位。然而,她还是挺有劲儿的。主啊,我可湿了。你可够折磨人的。她那腿肚鼓鼓的。透明的丝袜,绷得快裂了。不像今天那位邋遢女士。A.E. 长袜笼笼松松的。还有格拉夫顿街那一位。白色的。喔唷!肉长到脚后跟了。

一支猴谜树形火箭炸开了，噼里啪啦地喷出许多火星向四面八方射去。嗞啦兹、又是嗞啦兹、嗞啦兹、嗞啦兹。妹子领着汤米和杰基跑出去看，伊棣推着小推车跟在后面，格蒂也从岩石背后出现了。她会吗？注意看！注意看！瞧！回头望了。她闻到葱味了。亲爱的，我看到了，你的。我都看到了。

主啊！

不管怎么说，对我是有好处的。刚经历了基尔南酒店、狄格南家，心里正是不得劲儿。你让我轻松了，多谢。《哈姆雷特》里的，这话①。许多事情凑在一起了。激动。她向后仰的时候，我舌根上有一种疼痛的感觉。你的脑袋直打旋儿。他说的对。可是，我不那样可能更会出丑。要是不说些废话。那时我就会把一切都告诉你了。然而，我们之间是有一种语言似的东西的。不可能吗？不，她们叫她格蒂。可是也可能是假名字，像我的，那海豚仓的地址也是个掩盖。

她婚前的姓名是吉米玛·布朗，
爱尔兰镇是她跟娘住的地方。

是这个地点使我想起了这歌词的，我想。都是同样的货色。袜子上擦钢笔。但是，那球好像懂事似的，直向她那边滚过去。每颗子弹，都有其归宿。当然，我本来在学校里就是扔什么都扔不直的。弯弯曲曲像公羊角。可悲的是只有几年工夫，就要围着锅台转，爸爸的裤子很快就可以威利穿，把着娃娃让他啊啊的时候用漂土了。不是轻松的活儿。救了她们。省得她们出事。天性。洗孩子，洗尸体。狄格南。身边总离不开孩子的手。椰子似的脑袋，猴子似的，起初还是没有封住的，襁褓里有发酸的奶和腐坏的凝乳。刚才不应该把空奶头塞给孩子吮。吸一肚子的空气。波福依，皮尤福依太太。一定得上医院探望一下。不知道卡伦护士还在不在那里。莫莉在咖啡宫那阵子，她有时候晚上来照顾。那位年轻的奥黑尔大夫，我看她还帮他刷外衣。布林太太和狄格南太太原来也是那样的，待嫁的时候。最糟是晚上，城标饭店

① 前句系哈剧台词，为站岗者感谢人来接班时所说。

的达根太太告诉我。丈夫烂醉如泥，跌跌撞撞回家来，臭鼬般的一身酒肆臭味。黑暗中闻得清清楚楚，一股馊酒味儿。然后，早上还问：昨天晚上我醉了吗？不过，指责丈夫不是好办法。鸡到晚上都要回窝。它们总是挤在一起，像有胶似的。可能女的也有责任。这是莫莉与众不同的地方。南方的血统。摩尔人。外形也是，体态。伸手去摸那丰满的。譬如说，就和另外那一些人比一比吧。老婆锁在家里，藏在橱柜里的骸骨。请允许我介绍我的。然后他们领出来给你看的，是一位难于形容的，简直不知道该说是什么的女人。男人的弱点，总是表现在他妻子身上。然而，其中还是有个缘分的，才会有恋爱。两人之间，自有一些外人不知道的东西。有一些家伙，要是没有个女人管一管是会不可收拾的。然而有一些毛丫头，只有一先令的铜子儿那么高的，已经嫁了个小男人。天主造了他们，又把他们配了对。有时候孩子倒还出落得挺不错的。两个零，加起来得一。也有七十岁的老富翁娶个娇滴滴的新娘。五月成婚十二月悔。这湿漉漉的很不舒服。黏住了。哎，包皮没有回去。最好拉开一点。

喔唷！

另一方面，六英尺高的汉子和只有他的表袋那么高的老婆。长的短的都有了。大个子配小媳妇。我的表很奇怪。手表总是走不准的。不知道和人是不是有磁性感应作用，因为差不多正是他那个的时候。我想是有的，立刻就有。猫不到，老鼠闹。我还记得在辟尔胡同看了一下。那也是磁性作用。一切东西，背后都有一个磁性作用。地球，譬如说吧，吸引着这个，又受到吸引。这就造成了运动。而时间呢，那就是运动所占的时间。所以，如果一件东西停住，整个场面都会一点一点地停下来的。因为一切都是安排好的。磁针可以告诉你太阳里头、星星里头在发生什么事情。一根小小的钢铁。你伸出一把叉子去试试。过来吧。过来吧。尖儿。女人和男人，说的是。叉子和钢铁。莫莉，他。打扮好，看，暗示，让你见到，再多见到些，试试你见到后有没有男子汉气，然后，和要打喷嚏的劲头一样，大腿，看，看，就瞧你有没有胆量。尖儿。不能不被吸住。

不知道她那个部位是什么样的感觉。羞耻全是在第三者面前才有的。发现自己的长袜上有窟窿,她还更要恼火一些。莫莉在马展会上瞧见那个穿马靴、带马刺的农人,就仰着脑袋抬起了下巴。还有,那些油漆匠到隆巴德西街的时候。那人嗓子不错。鸠格里尼就是那么唱起来的①。我可以闻到味儿。像花。本来也就是。紫罗兰。大概是油漆中的松节油。不论什么东西,她们都能利用上。一边干,一边将拖鞋在地板上擦,叫他们听不见。可是她们有许多人就是蹦不上去,我想。将那事拖上几个小时都完不了。弄得我好像全身蒙上了什么,背上也盖了一半。

等一下。唔。唔。对。这是她的香水。她招手就是为了这个。我给你留下这个,让你在我走后还在枕头上想我。是什么?缬草?不对。风信子?唔。玫瑰,我想是。她应该是喜欢那一类香水的。芳香而便宜:很快就发酸味。所以莫莉喜欢奥帕草。适合她,稍稍掺一点茉莉。她的高音符和她的低音符。她遇见他那一晚的舞会上,时辰之舞。温度高,香味更明显。她穿的是那件黑的,还带着上次的香味。良好导体,是不是?还是不良导体?光也是。想是有些联系的。譬如说,你走进一个黑黢黢的地下室吧。也是神秘的东西。我为什么到现在才闻到香味呢?要花一点时间才能走到的,像她本人一样,慢,但准到。我想它是千百万颗微小颗粒,被风带过来的。对,是这么回事。因为那些香料岛,今天上午的锡兰,多少英里以外都能闻到。告诉你是什么吧。就像一层很细很细的面纱或是蛛网,她们全身皮肤上都蒙着,细得像那叫什么的游丝似的,她们不知不觉地吐出这种丝来,比什么都细,七彩缤纷的。她身上脱下什么来都沾着。长筒袜外面的套袜。带着热气的鞋子。紧身的胸衣。裤衩:脱下来的时候还踢一脚。下次再见。猫还喜欢到床上去嗅她的内衣。在一千个人中也能辨认出她的气味。洗澡水也是。使我想到草莓和奶油。不知道究竟是什么地方。那地方,或是腋窝,或是脖子下面。因为只要是窟窿和角落就会有。风信子香水,用油或是乙醚或是什么的配制的。麝鼠。尾下有袋。一粒就能发几年的

① 鸠格里尼(1827—1865)为意大利著名歌剧演员,出身贫穷,曾到都柏林演唱大受欢迎。

香味。狗互相叮后部。晚上好。好。你闻来怎么样?嗬。嗬。很好,谢谢你。动物就是凭那个。可不是吗?就得那么看。我们也一样。譬如说,有些女人经期中不让你靠近。走近去。就会闻到一股浓得能挂帽子的味道。像什么?罐头鲱鱼放陈了,或是。嘿!请勿踩草地。

说不定,她们闻到我们有男人气味。可那是什么气味呢?长约翰那天办公桌上的手套有雪茄味儿。呼吸呢?那是吃喝的东西造成的。不是。我说的是男人气味。一定跟那个有联系,因为教士按理说是这个的就不一样。妇女围绕着嗡嗡地转,像苍蝇围着糖浆一样。祭坛用栏杆隔开,还要千方百计上去。禁果树①。神父啊,你肯吗?让我头一个来吧。全身都散发,到处弥漫着。生命的泉源。气味非常奇特。芹菜沙司。让我来吧。

布卢姆先生将鼻子。嗬。伸进。嗬。坎肩。嗬。领口里。是杏仁味吗。不对。是柠檬。不对不对,是香皂。

唷,别忘了美容剂。我就知道有点什么事情等着办呢。一直没有回去,香皂钱也没有付。不喜欢拿瓶子,像今天上午那老婆子那样。哈因斯怎么不还我那三先令呢。我可以提一提梅尔酒店,提醒他一下。然而,如果他能弄好那一小段呢。两先令九。他会对我有坏印象的。明天去吧。我该你多少?三先令九?两先令九,先生。噢。也许下回他就不愿赊账了。那可是会丢掉主顾的,酒馆就是那样。有些人在记事板上挂了账,就从后街溜到别家去了。

刚才走过去的那位贵族又来了。海湾的风刮回来的。走一点就转回来了。用餐时间准在家。看样子是撑足了,刚吃了一顿好饭。现在是享受大自然了。餐后谢恩。晚饭后,一哩走。肯定的,他在某处有一小笔银行存款,政府公职。现在跟在他后面走,就会使他感到狼狈,和今天那些报童捉弄我差不多。然而,你也学到点东西。用别人的眼光观察自己。只要没有女人在嘲笑,有什么关系?这正是发现问题的途径。现在你琢磨一下他是什么人吧。《沙滩上的神秘人物》,利奥波尔

① 《圣经·创世记》云上帝允许亚当夏娃食用乐园中各种果实,惟有一棵善恶知识之树上果子绝对不能吃,因此称为"禁果树"。

德·布卢姆先生获奖小品。稿酬每栏一畿尼。还有,今天墓地上穿棕色雨褂的那家伙。可是脚上长鸡眼。也许健康的能吸收所有的。汽笛叫,据说能引来雨。一定是什么地方下了一点吧。奥蒙德饭店的盐有点发潮。身体能感到大气的变化。老贝蒂周身的关节疼得钻心。希普顿老妈妈的预言①,船绕地球,眨眼飞到。不对。说的是雨兆。皇家读物②。远山看来好似靠近了。

豪斯山。贝利灯塔。二、四、六、八、九。必须变动才行,否则人们会把它当做住家灯光了。毁船的。格雷丝·达林③。人们怕黑暗。还有萤火虫、骑自行车的人:点灯时刻到了。宝石、金钢钻的光芒更好看。亮光有一种使人安心的作用。不会伤害你。现在当然比老早以前强了。乡村道路。无端的就可以把你的小肚子捅个窟窿。然而,你也可以撞见两种类型。怒目而视,或是微笑。请你原谅!没有事儿。黄昏之后没有阳光了,给花草浇水也是最好的时间。还有一点亮。红色的光波最长。七色万斯教我们的:红、橙、黄、绿、蓝、靛、紫。我看到了一颗星。金星吗?现在还说不准。两颗。有三颗,就是夜晚了。那些晚云是一直都在那儿的吗?形状像一艘幽灵船。不对。等一下。是树林吧?视觉上的幻想。海市蜃楼。这是落日的国土。自治的太阳,是在东南方落山的。我的祖国,晚安吧。

露水下来了。坐在那岩石上对你不好,亲爱的。会引起白带的。那时就不会有小宝宝了,除非他又大又壮,有力量突破过去。我自己也可能得痔疮。并且也像夏天的感冒一样,拖得很长,嘴上的疮。草或纸拉伤最糟。那位置受摩擦。我愿做她坐的岩石。可爱的小妮子啊,你不知道你那样子多动人。我开始喜欢她们这年龄的人了。青苹果。不论有什么机会都要抓的。估计这是我们架起大腿坐的惟一时间了。今

① 希普顿老妈妈为十五、十六世纪间英国半传闻式预言家,据说曾预言若干重要人物命运,十九世纪又有人借用其名发表更多诗篇,其中预言了电报、汽轮、火车以至航空等当时认为是神奇的现象。

② 《皇家读物》为十九世纪英国出版的著名科普读物。

③ 格雷丝·达林(1815—1842)为英国沿岸岛上灯塔守望员之女,因一八三八年随父抢救沉船人员而成为著名女英雄,去世时诗人华兹华斯曾写诗悼念。

天在图书馆里也是，那些女研究生。她们坐的椅子有福气。但是，是黄昏的作用。她们都感觉到的。像花朵一样开出来了，有一定时辰的，向日葵、菊芋，在舞会上，在枝形吊灯下，在点起了路灯的林荫道上。紫花南芥，在马特·狄龙家花园里，我吻她肩膀的地方。我要是有一张她那时的全身油画像，那才好呢。我求婚的那时，也正是六月。岁月到头又回来。历史会重复出现。巉岩高峰啊，我又回到你们中间来了①。生活，恋爱，都是绕着你自己的小小世界航行。现在呢？为她的瘸腿感到悲哀，当然，但是也要小心，同情不能过了头。她们会利用的。

豪斯山上，现在万籁无声了。远远看去，山丘似乎。我们那地方。杜鹃花丛。我也许是个傻瓜。他吃李子，我得李核。我在其中的作用。古老的山头，目睹了一切。换了名字，如此而已。恋人们：美啊，美啊。

我疲倦了。是不是站起来？等一等吧。把我的元气都抽光了，小东西。她吻了我。我的青春。永不再来了。只来一次。她的也是。明天搭火车到那儿去吧。不。回去就不一样了。像小孩子第二次到一所房子。我要的是那新的。太阳底下无新事。海豚仓邮局转。你在家里不快乐吗？淘气宝贝儿。海豚仓，卢克·多伊尔家里的猜字游戏。马特·狄龙和他那一大群女儿：小不点儿、阿蒂、芙洛伊、梅米、露伊、黑蒂。莫莉也在。那是八七年。我们之前那一年。还有离不开他那杯烧酒的老少校。巧，她是独生，我也是独生。所以还是回来了。你以为你逃脱了，可又碰见了你自己。绕最远的路，偏是回家最近的路。正巧那时他和她。马戏园的马，走圆圈。我们摆了瑞普·凡·温克尔。瑞普：亨尼·多伊尔大衣上一个裂口。凡：面包车送面包。温克尔：蛤蜊和海螺。最后我扮演瑞普·凡·温克尔回家②。她倚在餐具柜上看。摩尔人的眼睛。睡谷中沉睡二十年。一切全变了。全忘了。年轻人都老

---

① 爱尔兰剧作家诺尔斯所著悲剧《威廉·退尔》(1825)中退尔回家乡时的感叹。

② 瑞普·凡·温克尔为美国作家欧文《见闻札记》(1820)中一篇同名小说主人公。猜字游戏中一方摆出造型或做动作供对方猜测，如人名“瑞普”与“裂口”一词在英语中同为 Rip，“凡”与“箱式送货车”均为 Van，一方即可出示大衣裂口，以供对方猜“瑞普”等等。

了。他的枪已经被露水锈坏了[①]。

身魂[②]。什么东西在来回飞?燕子吗?大概是蝙蝠。把我当作一棵树了,眼睛那么瞎。鸟是没有嗅觉的吗?轮回转世。他们相信悲伤可以使你变成一棵树。眼泪汪汪的垂杨柳。身魂。又飞过来了。好玩的小家伙。纳闷它住在什么地方。那上边的钟楼吧。很有可能。用爪子攀悬着,享受圣洁之气。钟声把它吓出来了,我想。弥撒似乎结束了。刚才能听到他们齐声做礼拜的声音。为我们祈祷吧。为我们祈祷吧。为我们祈祷吧。重复是一个好主意。广告也是如此。欢迎光顾。欢迎光顾。是的,牧师房子里有灯光了。吃他们的粗茶淡饭了。还记得我在汤姆公司那次估错了房租。是二十八。他们有两所房子。盖布里埃尔·康罗伊的哥哥是助理牧师。身魂。又来了。纳闷它们为什么夜间出来,像老鼠一样。蝙蝠是一种混合种。鸟,像跳跳蹦蹦的老鼠。它们怕什么,光还是音响?最好坐着不动。全仗本能,比方干渴的鸟会衔小石子扔进水罐,结果从罐口取到了水。它像一个披披风的小人儿,两只小小的手。细细的骨头。几乎能看到骨头微微的闪光了,有一点白中泛蓝的颜色。颜色是决定于你所见到的光线的。譬如说,你要是像鹰那样盯住太阳看一回,再看一只鞋子,你会看到一摊黄兮兮的东西。要在一切东西上都打上他的标记。例如,今天早上楼梯上的猫。褐色泥炭的颜色。据说从来看不到三色的猫。不符事实。城标饭店那只半白条纹的花斑猫,额头上有一个 M 字形的。它身上有五十种颜色。豪斯山刚才是紫晶石色。镜子闪光。那位叫什么名字的哲人,就是那样用镜子引燃的。于是石南就着火了。不可能是游客的火柴。怎么样?也许是干透了的草秆,风吹日晒互相摩擦,要不然,也许是荆豆丛中有破瓶子,阳光一照起了引燃镜的作用。阿基米德。我有了[③]!我的记忆力还不坏。

---

① 温克尔故事类似中国南柯故事,但“睡谷”并非温克尔沉睡地点,而为同书中另一故事发生地点。

② “身魂”为埃及神话中人的灵魂,人首鸟身。

③ 西方传说阿基米德曾以反光镜引燃罗马舰队而挫其攻势。“我有了”即本书第九章马利根所引阿基米德发现金属比重不同时所作惊叹 Eureka(我发现了)。

身魂。谁知道它们为什么老是飞来飞去。昆虫？上星期那只蜜蜂，飞进房间里来和它自己在天花板上的影子逗着玩儿。说不定就是原来叮我的那一只，回来看看。鸟也是如此。总不明白它们在说什么。和我们的闲聊差不多吧。她说一句他说一句。它们可是有胆量，敢飞越大洋又飞回来。风暴起来的时候，一定有不少丧生的，电报线。水手的生活，可也够可怕的。庞然大物的远洋轮船，踉踉跄跄地在黑暗中颠簸，海牛似的哞哞叫着。Faugh a ballagh①！算了吧，你该死的！还有别人也驾船呢，风暴起来的时候，那小手帕似的船帆就像守灵夜的鼻烟那样了，被抛来抛去的。还有结了婚的。有时候一离家就是多少年，天涯海角的。实际上没有涯也没有角，因为地球是圆的。每个港口里都有一个老婆，人们说。她的话儿不错，只要能守到约尼打仗回来②。那也得他回来才行呀。闻港口的屁股。他们怎么会喜欢海的呢？然而他们就是喜欢。起锚了。他出发了，带着教会肩布或是圣牌以求保护。这么的。还有那个经文护符盒，不对，他们叫什么来着，可怜的爸爸的父亲放在门上摸的东西③。带领我们出了埃及的国土，又进入奴役状态。那一切迷信都还是有一点道理的，因为你一出门，就不知道会有什么危险了。抓住一块船板，或是骑在一根梁木上求个死里逃生，身上拴着救生带，嘴里吞着咸水，那就是他老兄被鲨鱼咬住以前的最后场面了。鱼也有晕海的时候吗？

那以后就是天下太平了，风平浪静万里无云，全船人货全已粉碎，存在戴维·琼斯的库里④，月亮静静地俯视着。可不是我的过错，自鸣得意的老家伙。

一支失群的长蜡，从那场为默塞尔医院寻找资金的迈勒斯义市游上了天空，接着迸裂四散，撒下一团紫色的星星，其中只有一颗白色的。星星在空中浮游、下坠，然后消失了。牧羊人的时刻：羊群入栏的时刻：

---

① 爱尔兰语："让路！"原为皇家爱尔兰火枪团战斗口号。

② 《守到约尼打仗回来》是美国南北战争中一支歌曲。

③ 犹太教置于门上柱上的羊皮纸经文，名为"经文楣铭"（mezuzah），进出门时摸或吻之以求祝福。

④ 戴维·琼斯为英国水手对海的拟人称呼，其库即指海底。

约会的时刻。送九点钟邮班的邮递员,正在一家又一家地敲响他那永远受人欢迎的双叩声,他腰带上挂着的萤火虫似的小灯不断地在月桂树篱之间忽隐忽现。在莱希高台街上,一根火绳竿从五棵小树之间升起,点燃了那里的路灯。沿着那些放下了帘子亮起了灯光的窗户前,沿着那些宁静的花园前,一个尖锐的嗓音在边走边喊,在号叫:《电讯晚报》,最后消息版!金杯赛结果!从狄格南家门内跑出来一个男孩子,叫唤着。蝙蝠扑着翅膀飞过来,飞过去。在远处的沙滩上,涌浪在爬进来,灰仆仆的。豪斯山已经倦于长久的白昼,倦于美啊美啊的杜鹃花丛(他老了),准备安眠了,他喜欢让晚风吹起他那一身野蕨的皮毛,轻轻地揉弄着。他躺下了,但是睁着一只不睡的红色眼睛,深沉而缓慢地呼吸着,已有睡意但并未成眠。在远处的基什岸滩边,锚定的灯船在一闪闪地放光,在向布卢姆先生眨眼。

那些地方的人们,过的是什么生活呀,老是固定在一点上不能动。爱尔兰灯塔管委会。赎罪的苦行。海岸警卫队也是。烟火信号、裤形救生器、救生艇。我们坐爱琳之王号出游那天,扔给他们一麻袋过时的报纸。动物园里的熊。肮脏的旅行。一些醉汉,是到海上去清理他们的肝脏。扶着船舷呕吐,喂鲱鱼。晕船。那些妇女,一脸都是对天主的畏惧。米莉可毫无怯色。散披着蓝头巾哈哈笑。在那个年龄,还不知道什么叫死。而且他们的肚子里是干净的。可是他们怕丢失。那回在克伦林,我们藏在一棵树后面了。我不是有意的。妈妈!妈妈!树林里的婴儿。戴假面具也使他们害怕。把他们扔到空中,再接住。我杀了你。仅仅是半开玩笑吧?或是儿童玩打仗。完全认真的。人们怎么能彼此用枪瞄准呢?有时候枪会走火的。可怜的小家伙们!惟一的麻烦是丹毒和荨麻疹。我给她弄了干汞药剂治疗。治好一些之后,和莫莉睡在一起。她那口牙是一个模子脱出来的。她们爱什么?另一个自己?可是那天上午她拿着雨伞追她。也许是为了避免伤她。我摸了她的脉搏。跳动着。那时是小小的手,现在大了。最亲爱的阿爸。你摸着那手,它传过来那么多的话语。喜欢数我坎肩上的纽子。她第一次穿紧身胸衣我还记得。我看着那样子忍不住笑了。本来就是小小的乳房嘛。左边的更敏感,我想。我的也是。靠近心脏吧?在肥胖流行的时候还要垫高呢。发育期疼,晚上叫唤,吵醒了我。第一次来经的时候,她可吓坏了。可怜的孩子!对于母亲,那也是一个不寻常的时刻。使她回忆起自己的少女时代了。直布罗陀。布埃纳维斯塔山顶上看风景①。奥哈拉高塔。海鸟尖声叫着。一头老的叟猴,把自己的一家都吞了。日落,人员过境的炮声②。她眺望着海景告诉我的。也是这样的一个夜晚,但是晴朗无云。我总觉得我会嫁给一个贵族,或是一位有私人游艇的阔老。**Buenas noches, señorita. El hombre ama la muchacha hermosa.** ③为什么嫁给我呢?因为你有一股子外国味,与众不同。

别整夜长在这上头了,像只帽贝。这天气使你发呆。看天色恐怕快九点了。回家吧。看《李娅》是赶不上了。《基拉尼的百合花》。不。可能还没有睡呢。到医院去看看。希望她已经生了。我这一天够长的。玛莎、洗澡、送葬、钥匙府、博物馆那些女神、代达勒斯的歌唱。然后是巴尼·基尔南酒店那个大喊大叫的角色。我在那个地方算是还了手。一些说胡话的醉鬼,我说他天主的话打中了他的要害。反击是错误的。或者?不。该回家去笑他们自己去。总愿意凑在一起灌酒。怕独自一人,像两岁的孩子。假定他打我呢。要反过来想一想。那就不那么严重了。也许他并不想打人。以色列好、好、好。给他的姨妹子喊三声好吧,她嘴里有三颗狼牙。同一类型的美。请来一起喝一杯茶倒是蛮不错的客人。婆罗洲的野人的老婆的妹子进城来了④。设想一清早凑近了是什么样儿吧。正如莫里斯吻牛时候说的,各人心里爱。但是狄格南来了个万事罢休。有丧事的人家,气氛是那么令人沮丧,因为你没法知道。不管怎么说,她是需要那笔钱的。我得去苏格兰寡妇基金会,我答应了的。怪名字。拿准了我们一定会先走的。是星期一吧,在克雷默公司外边望着我的那位寡妇。可怜的丈夫已经去世,可是靠

---

① “布埃纳维斯塔”为直布罗陀最高峰。

② 直布罗陀英军于日落时关闭该岛与西班牙之间地峡,关前放炮为号。

③ 西班牙语:晚上好,小姐。男人爱美丽姑娘。

④ “婆罗洲的野人”为一童谣,以逐渐增字为趣,如“婆罗洲的野人进城来了,婆罗洲的野人的老婆进城来了,婆罗洲的野人的老婆的妹子进城来了……”。

保险金过得不错。她的一文寡妇铜板[1]。怎么样？你还能指望她怎么样呢？她不能不花言巧语地对付下去呀。我不愿见到鳏夫。样子怪孤苦伶仃的。可怜虫奥康纳,老婆和五个孩子都吃这里的贻贝中毒死了。污水。没有希望。一位戴馅饼式帽子的好心的主妇式女人照料他。把他管上了,平板脸,大围裙。一条灰色的棉法兰绒女式灯笼裤,三先令一条,惊人的便宜货。相貌平常而被人疼爱,这疼爱是永久的,人们说。丑:可没有女人认为她丑。爱吧,躺着吧,大大方方的吧,因为明天我们就死了。有时候看见他到处乱走,想弄明白是谁捣的鬼。卜一:上。命中注定的。他,而不是我。还有,常注意到一家商店。仿佛遭到了不能摆脱的诅咒。昨夜的梦？等一下。有一些混淆不清。她穿一双红拖鞋。土耳其的。穿男人的裤子。假定她穿呢？我愿意她穿睡衣吗？真不好回答。南内蒂是走了。邮轮。现在都快到霍利黑德了。岳驰公司的那条广告,务必敲定才好。得找哈因斯和克劳福德下功夫。给莫莉买衬裙。她是有东西装进去的。那是什么？说不定是钞票。

布卢姆先生弯下腰去,翻转了海滩上的一片纸。他拾起来凑近眼前细看了一下。信吗？不是。看不清。最好走吧。最好。我疲倦了,不想动。从旧练习簿上下来的一页。这么多的窟窿,这么多的卵石。谁数得清？永远不知道会发现什么东西。失事船舶上扔出来的一只瓶子,里面藏着一批珍宝的线索。包裹邮递。小孩子总喜欢往海里扔东西。信任？扔在水面上的面包[2]。这是什么？一截木棍。

阿唷！把我累垮了,那雌儿。已经不那么年轻了。她明天会不会来这里？永远等着她吧,在一个什么地方。一定会回来的。杀人的人是会回来的。我呢？

布卢姆先生轻轻地用棍子划着脚边的厚沙。给她留言吧。也许能留下的。写什么呢？

我。

---

① 据《圣经·新约》,耶稣见到别人在圣殿捐很多钱,一位穷寡妇只捐两枚小铜板,他教导门徒说,她捐的比别人都多。

② 《圣经·旧约·传道书》:你将面包扔在水上吧,因为日久你必能找到它。

早上来个平足的，就把它踩了。没有用的。海水冲掉。潮水能到这里的。刚才她脚边就看到有一汪水。弯下腰，往那里头看我自己的脸，一面黑黑的镜子，吹它一口气，会动。所有这些岩石，都有皱纹，有伤疤，有字母。啊，那些透明的！而且，她们不知道。另外那个司是什么意思。我把你叫做淘气孩子，是因为我不喜欢。

是。一。

沙不够了。算了吧。

布卢姆先生的迟缓的脚蹭掉了那几个字。没有希望的东西，沙子。里头什么也不长。一切都消失。不用担心大船到这里。除了吉尼斯的驳船以外。八十天环绕基什一周①。一半是有意安排的。

他把木笔扔了。木棍落到淤沙里头，戳进去立住了。这样一手，你如果故意要去扔，连扔一星期也扔不成这样的。巧。我们再也不会见面了。但是这次真是美。别了，亲爱的。谢谢。你使我感到那么年轻。

假如我现在能睡一小觉的话。一定是快到九点了。去利物浦的船早开了。连它冒的烟都不见了。她可以去干另外那件事。也已经干了。贝尔法斯特。我不去。匆匆赶去，又匆匆赶回恩尼斯。让他去吧。闭一忽儿眼。可是不入睡。似梦非梦境界。从不相同。蝙蝠又来了。不会伤人的。不过几下子。

啊甜妞儿抬起你的少女白我看见脏束腰带使我做爱黏的我俩淘气格雷丝心肝她他四点半床转回来世花饰为了拉乌尔香水你的妻子黑发隆起下面丰盈 señorita 年轻的眼睛马尔维丰满乳房我面包车温克尔红拖鞋她睡不安宁流浪年代梦境回来末尾 Agendath② 心荡神驰宝贝儿让我看她的明年穿裤衩回来下次穿她的下次她的下次。

一只蝙蝠在飞翔。飞这儿。飞那儿。飞这儿。灰蒙蒙的远处，传来了一阵编钟的鸣响。布卢姆先生张着嘴，左脚的靴子侧着插在沙中，倚在岩石上喘着气。只消有几下

---

① 法国科学幻想小说家凡尔纳(1828—1905)名著之一，题为《八十天环游地球》。

② 希伯来文："公司"，为布卢姆早晨所见广告中名称"移民垦殖公司"(Agendath Netaim)首词，参见第 83 页注①。

咕咕
咕咕
咕咕

咕咕叫声来自教士住宅壁炉台上的时钟,奥汉隆牧师、康罗伊神父、可敬的耶稣会修士约翰·修斯正在用餐,有茶、奶油苏打面包、黄油、炸羊排加番茄酱,边吃边谈

咕咕
咕咕
咕咕

因为报时的是小房子里出来的一只小鸟一只小金丝雀这是格蒂·麦克道尔去那儿的时候注意到的因为她对这样的事情比谁的眼睛都尖,格蒂·麦克道尔就有这本领,她立刻注意到坐在岩石上望着的那位外国绅士是

咕咕
咕咕
咕咕

十四

Deshil Holles Eamus. Deshil Holles Eamus. Deshil Holles Eamus. ①

灿灿哉,明亮哉,霍霍恩②,赐予胎动乎,赐予子宫果实乎。灿灿哉,明亮哉,霍霍恩,赐予胎动乎,赐予子宫果实乎。灿灿哉,明亮哉,霍霍恩,赐予胎动乎,赐予子宫果实乎。

啊唷唷,男的呀男的啊唷唷! 啊唷唷,男的呀男的啊唷唷! 啊唷唷,男的呀男的啊唷唷!

民族如不能传宗接代而逐代增殖则为诸恶之源,幸而有之则为万能之大自然所赐纯福,而全民对此是否日益关注,在其他情况均为一致条件下,则较一切辉煌外表更足以表明民族之兴盛,此实为所有学问最渊博因而其高深思想修养最受尊敬者一致公认而经常阐述之理,而不明此理之人,则普遍被视为缺乏见地,无法理解睿智者认为最有研究价值之任何事物矣。盖因对任何稍有意义之事能有所理解之人无不明白,表面辉煌仅为外相,而内里实际可能昏暗浑浊而日益破落;或自反面言之,大自然之恩赐,无一可与繁衍之福比拟,反复繁殖原为所有凡人之崇高职责,神意对此已为不可更改之部署,既为旨令亦即许诺,既预言昌盛亦复指出衰减之危险,一切正直公民,均以教诲同胞为己任,惟恐自祖先相传之美德,由于丑恶习俗逐渐形成而失去其深邃影响,以致需有超人勇气,方能起而伸张正义,谴责任何将神意置于湮没遗忘境地之企图,将使本民族原已造成良好开端之势态无法取得良好后果,实为十恶不赦之罪,岂有颟顸极端以至不明此理之人?

---

① Deshil(爱尔兰语)意为"向右"或"向太阳";Holles(地名)即产院所在的霍利斯街;Eamus(拉丁文)意为"咱们去"。重复三遍为第九章中提到的古罗马"阿尔瓦尔"祭司祈祷格式。

② 霍恩(Horne)为产院院长姓氏,但十一章所提"犄角"亦为 Horn。

因此之故,据最优秀史家记载,克尔特人向不重视任何并不真有内在价值而值得重视之事物,惟对医药之道极为尊重,实无足为怪矣。寄宿处、麻风院、发汗房、瘟疫坟等等均不必提,克尔特最著名良医如奥希尔氏、奥希基氏、奥利氏等均曾制定周到治疗方法,无论病人患何疾,或是战栗,或是萎缩,或是康乃尔儿童稀泻,均能治愈,复发者亦可使复健。大凡属于公众事务而具重要意义者,均须有相应之重大对策,因而渠等早已采取措施(究系经过预先思考而定,或系实际经验自然成熟,尚难断言,后世研究者持有不同意见,至今尚未取得明确共识),对处于一生最艰难时刻中之产妇,豪迈提供所需一切照顾,从而使生育能尽量排除意外事故之可能,而且收费微不足道,故不仅能为富人服务,即令钱财无多甚或难以为生乃至无以为生之妇女,亦能享用。

产妇在此期间及此后期间均可不受任何阻挠,盖因众公民深知,若无多产母亲,繁荣决无可能,而渠等既已受永恒神明一代凡人之嘱照看产妇,俟情况已宜用车将产妇送去时,众人无不热烈希望产妇进入该院。如此民族是何等有见识,竟能预计某妇将成母亲而去探视,使之深感突受爱护,此事不仅实际可见,而且人皆津津乐道,认为值得称颂!

婴儿出生之前,即已有福。身居子宫,已受崇拜。一切与此有关之事,均从丰办理。床前有助产婆守护,食物营养丰富,襁褓极为干净舒适,仿佛分娩已在进行,一切早有预见,准备就绪;然并非即此而已,尚有一切需用药品,分娩可能使用之手术器械,甚至包括全球各地所产形形色色引人注目观赏之物,其中不乏神像人像,产妇临近产期进入产院,于高爽而阳光充足之优良房舍内待产时可欣赏审视,以助扩张而利生产。

夜晚已来临,旅人立门畔。汉兮以色列,浪迹天一方。悲悯赤子心,独来访此院。

此院霍恩主,产床有七十。常有产妇至,卧床待喜讯,育儿健且壮,如神嘱玛利。守护有二姝,白衣无时眠。房内往返巡,止痛复除患:一年将几许?论百需三番。霍恩好助手,精心守产房。

精心守产房,忽闻善人至,起立披头巾,将门为渠开。突见岛西天,闪电刺人眼。深恐人类罪,触怒上天心,神将遣洪水,毁灭全人类。胸前画十字，基督受难像，彼女引彼男，速速进伊房。彼男领盛情，步入霍恩院。

来者恐唐突，持帽厅中立。此人九年前，曾住姝家房，爱妻并娇女，均在屋中居；海陆九年游，港边曾邂逅，彼女一鞠躬，彼男未脱帽。今日渠请罪，缘由叙分明，姝颜殊年轻，瞬间未及辨。此言多恳切，深获彼女心，眼中闪光辉，双颊飞红霞。

伊眼往下垂，见其黑丧服，心中猛一惊，深恐有噩耗，噩耗非事实，伊心甚欣喜。客向伊探询，彼岸欧大夫，有无新消息。彼女长叹息，大夫已升天。来客闻此言，悲往腹中沉。女敬天道正，未愿鸣不平，但云友年轻，早死实可悲。感谢天主恩，大夫得善终，临死有神父，涤罪并圣餐，更依患病礼，四肢敷圣油。来客闻女言，尚欲明就里，大夫辞世早，死因究为何？女云三年前，适逢悼婴节①，大夫患腹癌，病死莫纳岛，祈神降慈悲，收容彼灵魂，可怜善良人，应入不死境。客闻悲悯言，默视手中帽。二人相对立，忧伤通其心。

因此，每人均应明鉴，汝至最终死时，惟有尘土附身，一切由女人所生之人，出娘胎时赤条条，最终去时亦必同样赤条条也。

产院来客继而向护理女人探问，现卧床待产之孕妇情况如何。护理女人答曰，该妇阵痛已足三日，分娩必将痛苦难忍，然现已在望，片刻即可。又云曾目睹偌多妇女临盆，难产如此者得未曾有。此时伊为客计算，伊在此院已有几多年数。来客静听女人言，深感妇女生儿育女苦楚非凡，而观女面容，心诧此女容貌如此年轻，男人皆能见到，何以经历多年而仍为侍女？十二次血潮已九番，伊仍忝在无子女之列。

二人说话间，城堡中堂大门已开，传出堂内多人嘈杂用膳声。此时一位实习骑士名狄克逊者自门内向二人立处走来。旅人利奥波尔德与之相识，因实习骑士曾在慈母之院，而旅人利奥波尔德曾因胸口遭可怖恶龙以矛螫伤往该院求治，实习骑士果然以碳酸铵调圣油为膏，其量足以敷治其伤。此时实习骑士邀旅人入大堂与众人同乐一番。旅人利奥

---

① “悼婴节”为天主教节日（12月28日），纪念《圣经》所载耶稣出生后犹太王希律为除耶稣而杀害的大批婴儿。

波尔德云需去别处,盖彼乃谨慎而精细之人也。女士虽明知旅人精细,所言并非实情,仍赞同旅人而责备骑士。然实习骑士不容分说,对旅人之辩解与女士之责备均拒不理会,但言大堂之内如何美妙。俄而旅人利奥波尔德步入大堂,盖其周游列国而又曾纵欲,实已疲惫而需休憩矣。

中堂内设一大台,系芬兰国桦木制成,由来自该国四倭人顶起,倭人已受法术定身不敢移动。台上陈列刀剑凶器,均由巨穴中服役神人以白火煅制,插入当地极为盛产之水牛、公鹿犄角而成。更有器皿,系按马洪德法术①,由法师呼气吹入如吹气泡而成。台上佳肴满席,丰美绝伦无可比拟。其间有一银槽,用巧妙方法撬开,槽中横卧无首之鱼,奇特之至,虽有疑者云除非亲见决无可能,然无首之鱼赫然在焉,卧于来自葡萄牙国之油状水中,由于该地肥沃,水质如橄榄压榨之液。大堂之内另一奇观为迦勒底茁壮小麦精髓以法术混合成团,掺入某种猛烈物质,借助其力能作神奇变化,涨大如山。该地人民尚能令长蛇拔地而起,附长竿而悬于地面,人取蛇鳞酿制而得饮料如醴。

实习骑士令人为利奥波尔德公子斟酒一觞并欢饮,同时在场诸君人人举杯共饮。利奥波尔德公子亦掀起面甲以示随和,并略作饮酒状以示友好,但公子素来不沾蜜酒,随即将觞搁置,并暗将酒大半倾入邻座杯中,邻座了无察觉。自此公子与堂中诸君同坐,略事休憩。感谢万能天主。

此际善良修女立于门边,请求堂内诸君以人皆崇敬之主耶稣为念,勿再寻欢作乐,因楼上有人临产,一位贵妇即将分娩。利奥波尔德爵士听得楼上高叫,心中纳闷,究为婴儿哭,抑为产妇声,便问是否已经来临。余念时间延宕已过长。此时爵士见台子对面有一乡绅名唤莱纳汉者,此人年岁较余人均大,故二人实为一伙骑士中之长者,而此人尤为年长,故爵士出言十分恭顺。爵士云,延宕时间虽长,所育为天主赏赐,等待奇长更为洪福。乡绅已醉,但曰提心吊胆,只等时刻。乡绅饮酒从来无需邀请更无需劝,即攫座前之杯,兴致勃勃而曰:如今浮一大白,顷

---

① 马洪德(Mahound)系中古英语,指神怪,亦指穆罕默德;按吹制玻璃方法源出东方,但早于穆罕默德时期约七个世纪。

即畅饮一杯以祝二人健康，盖此人痛畅淋漓，无出其右。而利奥波尔德爵士为学士厅内有史以来最为善良之来客，最温顺、最和蔼、母鸡下蛋能伸手接住之好人，全世界最能低声下气侍候贵妇之真正骑士，亦彬彬有礼举杯祝酒。心中默念者，妇人何其苦也。

且说党内相聚诸君，均已立意在此痛饮一番。台子两边各有一溜学士就座，计有圣马利亚慈母院实习生狄克逊、其同学医科生林奇与马登、名唤莱纳汉之乡绅、另一来自阿尔巴·龙伽[①]名唤克罗瑟斯者，以及席首貌似修道士之青年斯蒂汾，尚有科斯特洛，人因其某次出手不凡而称之拳头科斯特洛者（而在座诸君中，除青年斯蒂汾外，惟有此君最醉而仍频频索酒），再即温良爵士利奥波尔德矣。在座诸君尚在等待青年玛拉基，此君曾有诺言将来，然无意宽厚待人者已责其食言矣。利奥波尔德爵士侧身其间，则因对赛门爵士友谊甚厚而爱及其子青年斯蒂汾，再者是日浪迹遍地实已疲惫，正需休憩，而诸君飨以美食，待以至诚。悲悯在胸，爱心驱使，流浪虽成性，暂且不思动。

盖彼等均为才气横溢之士。爵士闻其彼此争论，涉及生育与道义之事。青年马登坚持曰，在此类情况发生时，若令产妇死亡实为残忍（约一年前，霍恩院内一名现已不在人世之爱勃兰纳妇女真有此事，伊死前全体医师、药剂师曾连夜会诊）。众人进而力主应保产妇，因生育之痛苦自始已是妇人分内之事[②]，有此想法者均认为青年马登不同意妇死确有见地，言之有理。然怀疑者亦不乏其人，如青年林寄曰如今世道邪恶，纵有小人持有不同观点，实情为法律无文、法官无权解决。天主自有办法[③]。此言一出，众人齐呼曰否，均以童贞圣母起誓，妻应活而婴可舍 。此事争辩激烈，复加饮酒不断，人均面红耳赤，独乡绅莱纳汉频频为各人添酒，惟恐欢乐稍减也。此时青年马登为在座陈述事实经过，详叙妇人如何死去，其夫君听从游方僧与祈祷人劝告，为神圣宗

---

① 阿尔巴·龙伽为古罗马建国以前城市，建国后已毁，但“阿尔巴”（Alba）在爱尔兰语中亦指苏格兰。

② 据《圣经·创世记》第三章，上帝因夏娃偷吃苹果而罚她生育时应受痛苦。

③ 天主教规定如分娩时产妇与婴儿不能双活时，应首先保婴儿。

教故，为本人对阿伯拉肯之圣乌尔坦①所作誓言故而不阻止其死亡，众闻此言无不悲恸万分。青年斯蒂汾当众作以下言论：诸位，凡夫俗子，怨言甚多。如今婴儿与母均已为其创造者增添荣耀矣，一在地狱边境幽暗处而一在炼狱烈火之中②。然而天乎，吾侪每夜使天主赋予可能性之大量灵魂丧失其可能性，从而对圣灵、对天主本人、对赐予生命之主直接犯下罪孽，又将如何？彼复称诸位而言：盖吾侪性欲甚为短促。吾侪实为手段，体内所藏小小动物方为目的，大自然所图不在吾侪而另有属意也。此时实习生狄克逊问拳头科斯特洛是否知悉目的何在。然彼已醺醺然如在云雾之中，但闻彼云惟求性欲高涨时有幸一泄，有女即可，无论人妇、闺女、外室均愿苟合。此时阿尔巴·龙伽之克罗瑟斯引述青年玛拉基之独角麒麟颂，云该兽长犄角，千年生一回，其余诸人亦各有讥笑之词加以奚落，人人凭圣傅丁纳斯③其动力器作证而言，凡男人分内之事彼均有力办到也。众人于此莫不开怀大笑，惟青年斯蒂汾与利奥波尔德爵士例外，后者向不纵声大笑，盖自觉秉性奇特不愿外露，加之对产妇深感悲悯，固不论其为何人何地也。嗣后青年斯蒂汾高谈阔论，言及教会如母而拟将其斥在怀抱之外，言及教规法治，言及庇护堕胎之厉狸史④，言及风传光种而致妊娠，言及吸血鬼嘴对嘴传种，或如维吉里乌斯所述由西风传种⑤，或由月花气味⑥，或女与妇同卧而妇甫与夫同卧，即 effectu secuto⑦，或按阿威罗伊与摩西·迈蒙尼德意见，女沐浴时可凑巧受孕⑧。继而议论，第二月末已注入人之灵魂，而

---

① 圣乌尔坦为爱尔兰奉为保护病儿孤儿之圣徒。

② 按基督教教义，未受洗礼之婴儿死后入地狱边境（Limbo），已受洗礼而有一般罪孽的死者入炼狱后方能进天堂。

③ 圣傅丁原为法国里昂三世纪主教，被当地居民尊为保佑男性生殖力之圣徒。

④ “厉狸史”（Lilith）亦译“夜妖”，为希伯来传闻中女魔，忌恨孕妇与婴儿。

⑤ 维吉里乌斯即古罗马诗人维吉尔（纪元前 70—19），曾描述母马春天发情时由西风受孕。

⑥ 古罗马作家普林尼（23—79）列举妇女行经时的异常作用，其中之一为能治其他妇女不孕症。

⑦ 拉丁文：后续作用。

⑧ 十二世纪阿拉伯哲学家阿威罗伊曾记一女在河中沐浴时由附近男浴者所泄精虫受孕。

所有人之灵魂均由神圣母亲①拥于怀内，以增天主之荣耀，而凡俗之母仅为生产幼仔之母体，按教规应挺狗腿儿而死，此言出自掌渔夫印玺者之口，即神佑之彼得，神圣教会建立万世大业之磐石②。于是众单身汉问利奥波尔德爵士，如爵士遇此情况，是否愿令妇人置身险境，牺牲性命以救性命。爵士头脑清醒，明白答语应两面见光，故以手托颏，以其惯用之掩饰方法曰，彼对医道虽甚喜爱，终非内行，以其有限经历，认为此类事件甚为罕见，且曾闻言生死二礼一并举行，两项献金一齐收得，对教会母亲或为好事也，言词巧妙，得以躲过众人追问。狄克逊曰此言甚是，窃以为含义甚深。青年斯蒂汾闻此喜形于色，当即断然申明，偷窃穷人钱财者，无异于贷款予主也，盖其醉态甚为狂野，而由此后不久之事态观之，时已入此狂境矣。

然利奥波尔德爵士纵有此言论，心情仍极沉重，因彼仍念及妇女阵痛之可怖尖叫声而悲悯不已，并忆及其贤夫人玛莉恩为其生产独子，不幸仅活十一日而气数已尽，术者均无力挽救矣。夫人遭此厄运悲痛异常，特选上品羔羊毛线，制成精美罩衣为其安葬之用，以免其身卧地受寒毁坏（其时正值仲冬之际）。如今利奥波尔德自身既无子嗣，眼见友人之子，未免为失去之福分深感悲伤，既哀叹无缘获得如此杰出子嗣（盖其才华出众，确实有口皆碑也），亦为青年斯蒂汾痛心其与此辈浪荡子胡闹取乐，以至寻找娼妓而糟蹋其宝贵财富。

当是时也，小斯蒂汾，环顾全桌，殷勤斟酒，惟有慎者，隐匿其杯，酒方未罄；渠仍勤斟，且作祷告，祈求上苍，保佑教皇，举杯表忠，忠于何人，基督牧师，又称此人，实属布莱③。渠邀众人，共饮此杯，杯中之酒，并非吾躯，而实体现，余之灵魂。面饼碎片④，吾等不屑，赖饼而活，另有其人。饼令人馁，酒令人欢，且有佳酿，无虑匮乏。渠言至此，倾囊而

---

① “神圣母亲”即教会。

② 创建罗马教会之彼得为渔夫出身，耶稣认为他坚如磐石，可为建立教会之基础，方命名“彼得”（意义为岩石），见《新约·马太福音》第十六章。

③ “基督牧师”为教皇，指其代表基督；布莱为爱尔兰地名，该地十六世纪一牧师曾多次改教以适应不同国王之宗教信仰，因而“布莱牧师”往往指随风使舵之人。

④ 天主教圣餐仪式中掰碎面饼分食，象征基督圣体。

示,金银贡币,闪闪放光,犹加银券,二镑十九,为其所获,称为稿酬,酬诗一首。睹此财富,人人称羡,彼等囊中,均叹阙如。渠复开言,滔滔如下:凡人在世,均须明白,时间废墟,永世大厦[①]。此语何义?欲望之风,毁坏荆棘,曾几何时,刺树开花,时间流逝,十字架上,赫然玫瑰[②]。请察吾言。妇人腹内,道化为肉[③],肉身虽促,无论何人,皆有灵魂,由造物主,圣灵影响,复化为道,永世不亡。此亦创造,惟系后效。Omnis caro ad te veniet.[④]圣母威力,无可置疑,基督真身,一举而出,拯救苦难,放牧世人。强大女性,至尊之母,诚如前人,伯纳德斯,称颂圣母,omnipotentiam deiparae supplicem[⑤],其义为何?伊作祈求,圣力无边,盖因圣母,夏娃第二,且能救我,与夏不同,奥古斯丁,亦曾论及,夏娃祖婆,虽与吾辈,网络错综,脐带相联,竟将吾侪,祖祖代代,一齐葬送,所为何哉,苹果一枚。然而此中,尚有疑问。试问此母,吾谓第二,究对其子,知抑不知?如其知之,则伊本人,沦为孙辈,vergine madre, figlia di tuo figlio[⑥],如其不知,则为拒认,或属无知,类似彼得,渔夫住房,杰克所建[⑦],亦似其夫,木匠约瑟,有职庇护,不欢婚姻,尽欢而终[⑧],parceque M. Léo Taxil nous a dit que qui l'avait mise dans cette fichue position c'était le sacré pigeon, ventre de Dieu![⑨] Entweder 异体衍变,oder 同体

---

① 布莱克曾言:每一严重损失,均可成为不朽的收获。时间的废墟,将建成永恒的大厦。

② 十二世纪修道院长伯纳德(即下文"伯纳德斯")曾将夏娃比作有毒刺之荆棘,而将马利亚比作玫瑰。

③ 按《新约·约翰福音》第一章,基督为"道"所化成的肉身。

④ 拉丁祈祷文(安灵弥撒):一切肉体都归向您。

⑤ 拉丁文:天主之母的万能祈求力。

⑥ 意文:"童女母亲啊,你儿子的女儿",系但丁《神曲》中圣伯纳德对圣母祷告用语,因耶稣为圣母马利亚之子,而耶稣又与上帝一体,天下众生奉为在天之父。

⑦ 据《圣经·新约》,耶稣大弟子彼得曾在耶稣被捕后拒认耶稣,于耶稣死后方创建罗马教会。"杰克所建"为英国童谣绕口令中词句,但杰克即约翰,而彼得之父名约翰,为耶稣施洗礼之先知亦名约翰。

⑧ 马利亚之夫约瑟夫在天主教内被尊为圣,天主教百科全书列举其庇护多种多样人物及活动,包括家庭。

⑨ 法文:"因为列奥·塔克西先生告诉我们,将她弄得这么狼狈的是神鸽,天主肚肠呀!"塔克西为第三章(见第 59 页)提及的法国《耶稣传》的作者;"狼狈"等语为作品中描绘约瑟夫发现未婚妻马利亚怀孕而产生怀疑时责问马利亚情景。

并存,决无可能,体下有体①。众人惊呼,此语可鄙。渠仍陈言,妊娠无欢,分娩无痛,躯体无瑕,肚皮无肿②。粗鄙之人,无妨礼拜,心诚情热。吾侪意坚,拒之斥之。

拳头科斯特洛闻此,以拳击桌,声称欲唱,淫歌一首,《司大卜乌·司大贝拉》,德国姑娘,遭遇武夫,肚子变大,甫作此言,立即吼叫:**司大卜乌,不适三月**,歌声乍起,护士奎利,奔来门边,忿怒禁声,并加斥责,汝辈如此,何等可耻,继而申言,无妨讲明,伊意所求,院长到时,秩序井然,无聊喧哗,难于容忍,本人职责,荣誉攸关。此系老妪,护士之长,仪态稳重,举步庄严,衣着灰暗,正符忧心,亦宜皱颜,而其告诫,并非无效,鄙夫拳头,立遭围攻,或晓以礼,然甚粗暴,或作奉承,惟带威胁,七嘴八舌,各有其词,浑人该死,鬼迷心窍,汝为村夫,汝为小人,钻豆梗堆,汝为废物,汝为猪肠,叛徒崽子,汝沟中生,汝流产儿。善良爵士,利奥波德,安静温顺,墨角兰花,是其纹章,睹此醉汉,如猿遭咒,呓语不绝,实需制止,因而指出,神圣时刻,此其为最,因其实质,确属神圣。霍恩院内,安宁为要。

简而言之,混乱甫定之际,埃克尔斯街马利亚之狄克逊君,莞尔一笑而问青年斯蒂汾,彼未受戒为僧③,缘由为何,彼答曰,子宫内之听命、坟墓内之贞节、终身被迫贫穷也④。莱纳汉君闻此对曰,彼已从传闻中对其邪行有所知悉,传言者曾详述其所玷污者为天真无邪之女,纯洁如百合,实属腐蚀幼女行为也,众人闻此均哄笑而举杯祝其将为人父。然渠断然宣称,实情与彼等设想全然相反,渠为永恒人子且永葆童身。众人闻言更欢,绘声绘色而叙其奇异婚礼中男女配偶卸衣破身之举,如马达加斯加岛上祭司采用之法,女着纯白、桔黄二色,其郎着白红

---

① Entweder……oder……为德文,义为"非……即……"二者择一;同体异体为一、三、九诸章中涉及教会中关于耶稣与上帝关系的争议,但亦涉及宗教界关于圣餐中面饼与酒和基督关系的争论,主要辩论它们是否由基督的身体与血变成抑系同存;但"体下有体"一词为斯蒂汾杜撰。

② 无欢、无瑕、无痛、无肿等为宗教界加以神化渲染的马利亚受孕、生育基督过程。

③ 斯蒂汾在天主教学校就学时期,该校主任曾邀其入耶稣会修士会,斯未接受,事载《写照》第四章。

④ 天主教入修道院前须发三愿:神贫愿、贞节愿、听命愿。

二色，二人同登新床，周围点燃甘松与蜡烛，执事人等齐颂天主并赞 Ut novetur sexus omnis corporis mysterium①，直至新娘当场失其童贞。渠复当众朗诵一极为纤巧可喜之婚礼小曲，出自雅士约翰·弗莱彻君与弗朗西斯·鲍蒙特君所著之《少女悲剧》②，所颂亦为类似之有情人终相交股一事，颂歌叠句为**上床乎上床**，需用古处女琴和音伴奏。少年男女，相恋相爱，正需此曲，优美悦耳，动人心弦，仙女举炬，熏香护送，登上四足台而成其好事。狄克逊君大喜曰，二人合伙甚妙，然少君且听吾言，其名如能易为鸨蒙头与妇来气，岂非更妙，我信二者共处必大有可观也。青年斯蒂汾对曰，此语不谬，就其所忆而言，此二人确共一女，而该女出自青楼，二人轮番与之交欢，盖其时生活红火，为国内风俗所许可也。渠言男子最大之爱，莫过于为朋友放倒其妻。汝亦应仿效而行之也③。前牛尾大学钦定法国文字讲座教授琐罗亚斯德亦曾作此说，或作大同小异之说，对人类贡献之大无出其右者。引路人入楼为难于忍受之事，然汝可占次好之床。Orate, fratres, pro memetipso.④而众人皆应答阿门。爱琳乎，请记住汝历代人民与昔日业绩⑤，请记住汝对吾何其轻视，对吾言论何其轻视，而将一外人引至吾门，任其当吾之面横行非礼，发胖而桀骜如耶庶如姆⑥。因此汝之罪孽为触犯光明，而将汝之主人即余降为仆役之奴。归来乎归来，米利族：请勿忘吾，米利希人⑦。汝因何故如此辱吾，舍吾而取贾拉普泻药商人，弃吾而任汝女与罗马人，与语言昏暗之印度人共享华衾？如今吾民且放眼观看神授之

---

① 拉丁文："愿男女间性关系之全部秘密真相大白。"按此"赞语"查无出处。

② 弗莱彻（John Fletcher）与鲍蒙特（Francis Beaumont）为十七世纪初英国著名诗人与剧作家，曾合写剧本十余种，《少女悲剧》（1611）为其中之一。

③ 据《圣经·新约》，耶稣教导其门徒曰："最大的爱，莫过于为朋友而放倒其生命。"（《约翰福音》第十五章）。又在讲撒马利亚人热心助人故事后对听者说："你也去仿效而行吧。"（《路加福音》第十章）

④ 拉丁文：弟兄们，请为我本人祈祷吧。

⑤ 爱尔兰诗人穆尔曾写爱国诗《爱琳应记住昔日业绩》，诗中缅怀古代爱尔兰抗击侵略而如今"西方世界的翠绿宝石，已镶入外人王冠之中。"

⑥ "耶庶如姆"为以色列别名，摩西在率领以色列人出埃及后曾谴责其"发胖而桀骜"，事见《圣经·申命记》。

⑦ "米利族"为爱尔兰古代传说中王族，即十二章提及之米利希斯之后人，被认为是爱尔兰王族祖先。

土地，登霍瑞勃山，登尼波山，登比斯迦山，登亥屯山角[1]，瞭望此片奶水畅流、金钱丰富之土地。然汝喂吾以苦奶，并已将吾之日月永远浇灭。汝弃吾一身永陷于孤苦黑暗之中，而以灰烬之唇吻吾之嘴。渠继又诉曰：此内部之阴霾，至今未获七十子圣经智慧之照耀[2]，而自天而降击破地狱之门察访其无边昏暗者，甚至未向东方提及此阴霾[3]。残暴行为，见惯便不以为暴（正如塔利谈及其心爱之斯多葛学派所言[4]），而哈姆雷特其父并未向王子展示烧伤之燎泡[5]。生命正午之浑浊，犹如埃及之瘟疫，于诞生前与死亡后长夜之中，方为其最恰当之 ubi 与 quomodo.[6]天下事物，其终极无不与其始发起源具有某种程度之一致性，万物生而后长，无不顺此多方协调之规律而进行，而此同一规律，亦以逆变之势，日益缩小磨蚀而趋于符合自然规律之终局，吾侪存在于天地之间亦不能例外。老媪将吾侪拽入人世：吾侪嚎哭、争食、游戏、奔波、拥抱、分离、萎缩、死亡：老媪复俯身收拾吾侪死身。始也，救自古老尼罗河蒲草丛间，枝条编织绑以布带之床：终也，山中洞穴为陵，隐匿于山猫与鹗鸟同鸣之野[7]。因而无人知悉其墓之所在，亦不知吾侪至该地后将有何遭遇，不知将被领往托非特抑或伊甸[8]，同样，吾侪如欲回顾吾人究竟来自何处遥远地域，吾等禀性究竟出自何种根源，亦将一无所见也。

---

① 霍瑞勃山，尼波山，比斯迦山，亥屯山角等均为《圣经》中地名，摩西率领以色列人民出埃及后曾登山见上帝并瞭望上帝所赐土地。

② “七十子圣经”为耶稣诞生前二、三世纪间从希伯来文译为希腊文之《旧约》，据云由七十二位译者各自单独译出全文后对比，结果完全相同，可见确有神助；但此文本中包括一些现在西方教会《圣经》中不收的内容。

③ 据公元五世纪出现之福音外传（未收入《圣经》），耶稣曾入地狱破门救人；而“东方”系智者从星象获得耶稣出生消息之地。

④ 塔利即西塞罗（公元前 106—公元前 43），为古罗马著名政治家、学者。

⑤ 《哈》剧中哈父阴魂见哈时自称现在炼狱，但不能透露其中可怖情景。

⑥ 拉丁文：“何处”与“状态”。

⑦ 据《圣经 · 旧约》，摩西出生三月后，其母为躲避埃及国王杀戮以色列男婴命令，以蒲草编舟置于河畔，被埃及公主拾去；摩西率领以色列人民出埃及后去世，其坟墓隐藏山中，至今不知何处。

⑧ 托非特为耶路撒冷以南山谷中古代焚烧人体处，因而传统以此代表地狱；伊甸为通向天堂之乐园。

对此,拳头科斯特洛吼曰 Etienne chanson[①],然彼高呼众人而曰,妙哉,智慧女神已自建大厦,巨大穹顶何等富丽堂皇,造物主之水晶宫殿也,一切井然有序,寻得豆子者赏钱一枚。

巧匠杰克建大厦
许多麻袋装麦芽
杰克约翰营盘内
巍然圆顶穹窿下。[②]

近处街上忽应声而作巨响,呜呼,其猛烈犹如爆炸。左侧掷槌者托尔突然大发雷霆[③]。使之心悸之雷暴到矣。林奇君嘱之曰,讥嘲与耍弄才智需加小心,因天神已怒其邪魔外道之论调矣。众人均能察觉,原先高唱反调如斯气壮之人,竟已脸色苍白而缩成一团,如此高昂之语调竟已突然垮下,其心脏随同隆隆雷声而在胸腔之内震悚不已。于是众人嘲笑与奚落交加,而拳头科斯特洛则再次奋力吼叫,莱纳汉君断言彼随后必将如此,盖此人实属一触即发之类也。然而夸口说大话者大声宣称,一位非人老爹酒醉而已,实属无关紧要,渠将仿效而行,不致落后也。然而此言仅为掩饰其极端惶恐之真情,渠已畏缩在霍恩大堂之内不敢抬头矣。渠确乎浮一大白,聊以壮胆而已,因此时长雷滚滚而来,震天撼地,马登君始终胸有成竹俨然如神,闻浩劫之霹雳时竟敲击其肋部,而布卢姆君则在夸口者之侧以好言抚慰其惊恐,宣称所闻仅为喧闹之声而已,须知此系雷暴云砧释放流质,一切均属自然现象也。

然而,青年吹牛家之恐惧,因抚慰者之言而消失乎?未也,盖其胸中有一巨刺名曰怨恨,非言词所能消除者也。然则彼既非镇定如一人,复非俨然如神似另一人乎?曰,彼固愿如其中之一也,惟力不从心,未能如愿耳。然则彼幼时曾依圣洁之瓶而活,如今胡不设法复获此圣瓶?曰,此道不通也,天不其宠无以获瓶也。然则于此霹雳之中,所闻系上

---

① 法语:斯蒂汾,唱歌。

② 出自打油诗《杰克所建房舍》(1857),该诗模仿童谣《杰克所建》而将其简单朴素词语换为堂皇复杂字样。

③ 托尔为北欧神话中雷电之神,手中握槌,扔出即为闪电。

天生育者之神意，抑系抚慰者所言之自然喧闹现象而已？曰，闻乎？岂能不闻乎？除非堵塞理解之通道也（彼未堵塞）。彼已自该通道获悉，彼所在为现象之域，彼终有一日将死，盖因彼与众人同为过眼云烟也。然则彼不愿随众死去而烟消云散乎？曰，断非所愿，不能不死耳，彼亦不愿再学男人与妻室所作之表演，彼等固因现象之规而按经书权威办事也[①]。然另有一国土其名为信我者，神所许诺之地也，适于如意王统治，永远无死无生，既无所谓夫妻亦无所谓母子，凡信之者均能到此国土，多多益善，彼对此国土竟一无所知乎？知之也，虔诚者曾与之语及此国土，而贞洁者曾为之指引方向，然而其中另有缘故，因其在途中与一娼妓相遇，该女外貌悦目而自称名为一鸟在握[②]，以媚词将其引出正道而入斜途，词曰：啨，汝乃俊美男子，何不转入此处，妾将为子展示美妙场所，于是女依偎其旁而卧，且极其媚态，从而将之纳入其洞窟，名曰二鸟在丛，或如若干博学者所言名曰淫欲。

相聚于母性之院食堂内诸君所欲者，莫过于此物矣；彼等如遇此一鸟在握之妓（此物内部为疫疠丛生，魔怪与一恶鬼聚居之处），彼等均将不遗余力追逐之并与之同房。至于信我者国土，彼等称之无非概念而已，且彼等无从构想，盖其一，女勾引彼等前往之二鸟在丛，实为美轮美奂之洞窟，内有枕头四具，枕上有四片印就以下字样之标志：骑背式、颠倒式、羞答答、脸贴脸；其二，彼等对恶瘟梅毒与各种魔怪无所忧虑，因保健者已授予一牢靠牛肠盾牌；其三，彼等亦无须顾虑子嗣即恶鬼，亦借该盾之力也，盾名即杀婴也。如是，彼等均沉湎于胡思乱想矣，挑剔先生与时或俨然先生、猿猴灌黄肠先生、假乡绅先生、文雅狄克逊先生、青年吹牛家，以及审慎抚慰者先生。呜呼，在座各位何其可悯也，诸君不知该声响实为神口吐真言，神已震怒，即将挥臂毁灭彼等之灵魂，皆因彼等竟敢违背其火热嘱咐生育之旨，胡言乱语而又糟蹋生灵也。

是日六月十六，星期四，派一克·狄格南因患中风而入土。久旱之后天主开恩降雨，一驳船经五十英里左右水道运来泥炭，船夫云种子皆

---

① 《圣经·旧约》中多处记载上帝嘱其子民多生子女繁殖后代。

② 谚曰：一鸟在握，胜于二鸟在丛。

不发芽，田地极干，其状甚惨而发恶臭，沼泽小丘亦然。呼吸困难，幼苗均已枯死，无人忆得曾有如此长久之点滴无雨。鲜红花苞均成褐色，终而萎谢成为乌黑一团，丘陵之上，惟遗干蒲枯柴，见火即燃。人皆断言，去岁二月大风全岛损失惨重，然与此次旱灾相比，实为小事一桩。然今晚终于来到，日落之后风向坐西，夜色渐浓时出现大块彤云，气象行家均仰首注视，初为片状闪电，而于十时之后，一声巨响，随之长雷隆隆，顷刻间冒烟大雨倾盆而至，人人慌忙急奔户内，男人均以手帕或方巾蒙其草帽，妇女则撩起裙袍跳跃而去。自伊莱街、百各特路、公爵草坪、后经梅里恩草地直至霍利斯街，原来全部干透，现已成为流水冲道，不见一辆轻便车辆或大、小出租马车，然霹雳第一次后未再炸响。菲茨吉本法官先生阁下（即将与律师希利先生同任学院地产委员）宅门对面，绅士之绅士[1]玛一基·马利根适自作家穆尔先生（原为天主教徒，据云现已成好威廉党人[2]）家出，不期而遇亚历·班农，留短发（现与肯达尔绿呢舞蹈斗篷一齐流行），甫乘驿车自马林加来城，其堂兄与玛一基·马之弟在马市再住一月，至圣斯威辛节方归。问来此有何事，一云正欲返家，一云拟赴安德鲁·霍恩处，人邀多饮一杯而滞留耳，是为彼言也，然欲与之讲述一欢快小尤物，年岁未足而人已可观，肉多及踵，时雨仍倾泻不止，于是二人齐赴霍恩处。克劳福德报纸之利奥·布卢姆适在该处，与一伙说笑之人闲坐也，似均为摇唇鼓舌、擅生是非之辈，有慈母医院学者小狄克逊、苏格兰后生文·林奇、威·马登、T. 莱纳汉（此人正因属意一参赛马匹而甚悲哀）、斯蒂汾·代。利奥·布卢姆原感倦怠而滞此处，然现已好转，彼今晚曾梦及一奇特景象，见其妻莫夫人趿红拖鞋而穿土耳其短裤，知之者曰此象主变，而皮尤福依太太因腹中之累来此，架脚临盆已二日，状甚可悯，助产妇费尽心计而无力催生，产妇胃部不适，愿食稀粥一碗，有吸干内部之妙，其呼吸甚为沉重，难于承受，人云如此撞击必是小子，惟求天主速赐其分娩。余闻此将为第九成活儿，其前一儿于圣母领报节咬断指甲已一年，另有三婴均于哺母乳时死

---

① 即专门伺候绅士之男仆。

② “威廉”即英王威廉三世（参见第 44 页注①），因而“威廉党人”指亲英之新教徒。

去，以端正字迹书于国王圣经内[1]。其夫已五十余，属卫理公会，然接受圣事，安息日晴朗时常携二子往阉牛港外海湾垂钓，用重型钓丝轮盘或用平底船拖网捕鲆鱼与青鳕，余闻所获甚丰。总之大雨滂沱，万物滋润，大有助于丰收，然知者曰，大风大雨之后必有大火，方符玛拉基历书(余闻拉塞尔先生亦已从印度斯坦为其农民报纸获得大意相同之谶语)事必有三之预言，然此仅为危言耸听，于理无据，蒙骗妇孺之谈，但此等怪诞不经言论居然亦有猜中之时，不知如何解释。

此话一提起，莱纳汉便走向桌端，说此信登在今晚报上，并作势欲在身上寻找(他赌咒发誓，说曾特别注意此事)，但经斯蒂汾一劝，他便放弃搜索，欣然遵命在近处坐下。此君混迹赛马界，以插科打诨或荒唐逗趣为乐，对女人、马匹、谣言、丑闻之类津津乐道。他的家道实甚寒酸，日常徜徉咖啡馆与下等酒馆，结交以诱骗水手为业之徒、马夫、赛马赌博经纪人、游手好闲者、走私贩子、学徒、娼妓、妓院老板娘，以及操此贱业的其他丑类，偶与法警庭丁为伍，常通宵达旦喝生蛋酒，杯盏之间拾人牙慧。他常在一家廉价饭铺吃客饭，如钱包内有一枚六便士硬币，吃上一份碎肉或一盘牛肚，他便能摇唇鼓舌，搬弄他从窑姐儿之类口中听来的淫言秽语，说得人人笑破肚皮。另一人即科斯特洛闻言，问他是诗抑是故事。他说非也，弗兰克(此系其人名字)，说的是凯里郡母牛将因瘟疫而遭屠杀。然而管它们呢，他眨眼说，让它们随公牛肉见鬼去吧，不与我相干。这罐头中的鱼倒确是不赖，他以至为友好态度表示愿吃此处所置小咸鲱鱼，他早已馋眼瞟鱼，垂涎欲滴，找来此处正是为此主要目标也。Mort aux vaches[2]，弗兰克用法语说，因他曾学徒于白兰地酒商，该商于波尔多设有酒库，他学得一口文雅法语。此弗兰克自幼不求上进，其父为一警吏，无法管住他在学校读文学与天文地理，便为他在大学注册学机械，但他如野马上嚼子，桀骜不驯，见司法官员与教区执事比见书本更勤。他一度想当演员，然后想当随军小商贩，或是赛马赌注骗子，然后一心只恋逗熊坑和斗鸡场，然后打算漂洋过海，或随

---

① 英国新教通用国王詹姆斯一世期间所编《圣经》，家庭中常以其空页记录重要事项。

② 法语：处死母牛！

同吉卜赛人到处流浪,借月光绑架乡绅继承人,或是窃取女仆所晾衣物,或是偷窃篱后家禽。他离家已不下猫命之数①,每次均口袋空空而回家找其父警吏,警吏每次见他照例都流泪一品脱。怎么,利奥波尔德先生认真关心此事究竟,交叉双手而问,他们要统统宰割吗?我申明,今日上午我还见到牛群去上利物浦船舶哩,他说。我难于相信事态已如此严重,他说。他有经验,数年前为约瑟夫·卡夫先生当职员时曾经手此类畜群,以及怀犊母牛、多脂育成羊、去势公羊等等,卡夫在普鲁士街的加文·楼氏院内经营牲畜买卖与牧场拍卖,是一位毫不含糊的生意人。我向那一位请教,他说。看来多半是线虫病或是木舌头。斯蒂汾先生略为所动,然即彬彬有礼而告之,实情并非如此,他已收到皇帝陛下首席牛尾刺痒官来文感谢他的盛情,并即将派来牛瘟大夫,是全莫斯科评价最高的逮牛手,将带来一二种牛药片,可以抓住牛角。算了,算了,文森特先生说,明白说吧。他要是敢来招惹爱尔兰公牛,他短不了钻进牛角尖里出不来,他说。爱尔兰的名字,爱尔兰的性子,斯蒂汾先生一面潺潺流水似的传麦芽酒一面说,爱尔兰的公牛闯进了英国的瓷器店②。我明白你的意思,狄克逊先生说。正是牧主尼可拉,那位最出色的饲牛家,送到我们岛上来的那匹公牛,鼻子上还挂有一只翡翠环呢③。你这话不错,文森特先生在桌子对面说,还有牛眼呢,他说,而在三叶草上拉屎的,还从未有过如此肥壮如此魁伟的公牛。这牛的犄角特盛,身披金皮毛,鼻孔冒香气,所以我岛妇女都撇下生面团和擀面杖,跟在牛屁股后面转起来,还给牛身上挂雏菊花环④。那话容或不假,狄克逊先生说,但是在他来前,本是阉人的牧主尼可拉,已经派一批不比他本人强的博士为他去势如仪。好,现在走吧,他说,一切按我亲表弟

---

① 谚云:猫有九条命。

② "爱尔兰公牛"(Irish bull)在英语中可指表面通顺而实际荒谬可笑之语言,类似吴语方言中"死话",如第三章中"坐下来散散步";而"公牛闯入瓷器店"为常用比喻,指鲁莽闯祸行为。

③ 教皇诏书在英语中称为 bull,与"公牛"同字。十二世纪英王亨利二世入侵爱尔兰时获得教皇诏书认可(该教皇原为英国人,名尼可拉),并获教皇授予金戒指一枚,上镶象征爱尔兰的翡翠。

④ 英语中"雏菊花环"可表示牵扯三人以上的淫乱关系。

哈利老爷所说的办[1],你获得了牧主的祝福,说完用劲在他的屁股上拍了一下。但这一拍与这祝福对他很有好处,文森特先生说,因为他又补教他一个足以顶俩的诀窍,所以姑娘、老婆、女修道院长、寡妇等人至今宣称,不论月内何日,她们情愿在黝黑牛房内对他的耳朵说悄悄话,或是受他的长长圣舌在颈背上一舔,胜似和最出色的年轻勾魂壮汉在全爱尔兰的四方田地上一起睡觉。这时另一人又插嘴道:他们给他打扮,穿一条花边衬衫和裙子,配上披肩、腰带和褶裥袖口,剪短他额前的毛发,浑身抹上鲸脑油,每逢道路转角处,都为他修一牛舍,其中各置金食槽一具,满盛市上最佳干草,以便他睡觉拉屎随心所欲。这时,信徒之父(这是他们对他的称呼)已庞大臃肿,走往牧场很不方便。我岛善于哄人的夫人少女设法弥补,用围裙为他兜来饲料,他一吃饱肚皮,便屁股着地立起身来,将秘处展示在各位女士眼前,并用公牛语言大吼大叫,女士们也都随后仿效。不错,另一位说,他已经娇惯到家,全岛土地上不容任何其他作物生长,只许为他长绿草(因为那是他认的惟一颜色),在岛中央小山上立一木牌,上印通知曰:哈利老爷令,地上长草,青绿其色。狄克逊先生接着说,只要他闻到一点气味,得知罗斯康芒郡或是康尼马拉荒野中有一名掠牛贼,或是斯莱戈郡一名农夫种下了一小把芥菜籽,或是一袋油菜籽,他就要冲将出去,将岛上的一半田地狂踩一遍,用他的牛角将地上种的一切庄稼都连根拔起,而且一切都是根据哈利老爷的命令。他们之间起初是互有恶感的,文森特先生说,哈利老爷骂牧主尼可拉是集全世界老尼克之大成[2],说他是妓院大老板,家养七名娼妇,我要管管他的事情,他说。我得用我父亲给我的牛鞭,他说,把那畜生弄臭,臭得像地狱!可是,狄克逊先生说,有一天晚上哈利老爷划船比赛获胜(他自己用铲形大桨,可是竞赛规则第一项就规定别人必须用草叉划),用膳以前洗他那至尊至贵之身躯,发现自己有酷肖公牛之处,翻开他藏在食品间的一本已经翻黑了边的小册子一看,果

---

① “哈利”为“亨利”昵称,同时英语中常以“老哈利”指魔鬼。

② “尼克”为“尼古拉(斯)”昵称,但“老尼克”亦指魔鬼。按英王亨利八世(1509—1547 在位)因教皇不许其离婚而与罗马教会决裂,自任英国教会之首。

然不错，他是罗马人一匹著名冠军公牛之侧出后代，该牛名为 Bos Bovum[①]，这是上等沼地拉丁文说法，说的是场面主宰。此后，文森特先生说，哈利老爷当着全朝臣子，将脑袋伸进母牛饮水槽，从水中抬起头来即向他们宣布了自己的新名称。然后，他水淋淋地钻进一套他祖母的旧衣裙，买来一本牛语语法学了起来[②]，无奈一个字也学不进去，只学到第一人称代词，他用大字抄写出来，熟读于心，若有外出散步之时，就在口袋中装满粉笔，随其兴之所至将它写上，或是岩石之壁，或是茶馆桌面，或是棉花大包，或是软木漂子。总而言之，他和爱尔兰公牛不久之后就如胶如漆，可以合穿一条裤子矣。正是如此，斯蒂汾先生说，其结果是本岛男人眼看无所指望，而忘恩负义的妇女又都是一个心眼，于是扎了一个浅水筏子，连人带财产包裹装上海船，竖起了所有的桅杆，参加了登上帆桁的典礼，启动操纵器，顶风泊定，迎风挂起三张帆，将船首转到迎风方向起锚，向左转舵，扯起骷髅旗，三次欢呼三声，开动牛引擎，驾着小船离了岸，然后渡海去重新发现美洲大陆了。正是这一场合，文森特先生说，使一位水手长写下了这样一首热闹歌子：

——*教皇彼得是个尿床葫芦。*

男人终归是男人，那话就甭提啦。

正当大学生们将寓言说到最后，门口出现了我们的可尊敬的老朋友玛拉基·马利根先生。与他同来的是一位他刚遇到的朋友，一位名叫亚历克·班农的青年绅士，是新近进城来的，意图购买军衔，进国防军当步兵或骑兵掌旗官去打仗。马利根先生本来就有礼貌，对这事自然表示欣赏，何况这和他本人的一项事业互为表里，他那事业正是为对付适才议及的恶劣现象而提出的。说至此，他向在座各位传送一套硬纸卡片，是他今日在奎乃尔印刷厂定制的，上印清秀斜体字样：*授精家培育家玛拉基·马利根先生。地址：兰贝岛*。接着他进而加以阐明，说他计划从无聊享乐的都市生活中退出，那是纨绔府花花公子和口舌

---

① 非正规拉丁文：牛中之牛。

② 教皇谕旨(公牛)均用教会拉丁文。

府造谣大爷之流的园地，而将专门从事我们人身肌体的最崇高的任务。好吧，好朋友，狄克逊先生说，我们愿闻其详。我看这事无疑有玩弄女性之嫌。来吧，请坐下，两位仁兄。坐下不比站着多花钱。马利根先生接受邀请，随即开始详述其设想。他告诉在座各位，他之所以有此构思，起源在不育的原因，无论是由于抑制或是由于禁阻，亦无论抑制的起因为床笫欠欢或是协调不足，更无论禁阻的根源在于先天缺陷或是后天癖性。他说，眼见夫妻之房事被夺去其最宝贵的结晶，他感到极度痛心；想到如此众多可人意的妇人，她们拥有能使最邪恶的和尚垂涎的大笔寡妇指定产，竟自在不宜人居的修道院内销声匿迹，本可以成倍纳入幸福而竟在某种无以名状的三脚猫怀中消耗其女性的鲜花盛开期，明明有一百个健壮汉子近在身边可以爱抚，而偏要荒废其不可估价的女性之宝，这，他向他们强调表示，使他心里不禁流泪。为了遏制这一不幸情况（他归结其根源为潜在情欲受压抑），他向某些值得尊敬的顾问征询意见并做研究后，已决定购置可自由处置的不动产兰贝岛作为永久产业，其原业主为塔尔博特·德·马拉海德勋爵，一位十分支持我们上升派的保守党绅士[①]。他计划在岛上建立一所全国受精园，名称将定为**昂发楼斯**，园中将依照埃及方式凿刻、竖立一座方尖塔[②]，他将在园中为一切妇女提供忠实可靠的造胎服务，不论属何阶层，凡愿履行其天生职能而来找他，来者不拒。金钱并非目标，他说，并且他本人的效劳不要一个便士的报酬。只要身体结构合适，性情也热烈而能促成其申请者，即使是最贫穷的厨房下女，也能和豪华名媛一样从他这里获得满意的男性服务。关于他的营养，他表示将有一套专用饮食，包括美味块茎、鱼类以及当地所产蹄兔，这最后一种啮齿目动物繁殖力特强，其肉配以肉豆蔻干皮一片或是红辣椒一二荚，或烧或烤，都特别有助于他的目的。马利根先生以十分郑重而热烈的语气发表完这一演说之后，即从帽上取下适才盖在上面的围巾。看来他们两位刚才遇上暴雨，尽管加快脚步仍已淋湿，马利根先生所穿的粗灰呢紧身齐膝裤子已成

① “上升派”为爱尔兰当时用语，指社会中信奉新教圣公会（即与英国国教一致）因而政治上占优势的阶层。

② 埃及方尖塔为男性生殖器象征，以之拜太阳神而求繁殖。

黑白斑驳。在这之间,他的计划受到听众的欢迎,获得所有人的热烈赞扬,惟有马利亚医院的狄克逊先生例外,以挑毛拣刺的态度问他是否也不怕往煤都运煤。然而马利根先生作为向博学听众致意,引用古典妙文一段为答,此文他早已熟记于心,认为可以为其理论提供有力而高雅的佐证:Talis ac tanta depravatio hujus seculi, O quirites, ut matresfamiliarum nostræ lascivas cujuslibet semiviri libici titillationes testibus ponderosis atque excelsis erectionibus centurionum Romanorum magnopere anteponunt,[①]而对于趣味比较粗俗者,他又利用更适于他们口味的动物王国中类似情况证明其论点,如林中草地上的公鹿母鹿,农家场院内的公鸭母鸭等。

此饶舌家素来看重仪表,而其相貌也确实不凡,这时已忙于整理身上服装,同时对诡谲多变的大气变化加以相当气愤的谴责,而在座各位则对他提出的事业纷纷加以赞扬。他的青年绅士朋友正为自身一段经历而感兴奋难忍,已在向邻座述说其事。马利根先生至此方注意桌面,便问面包与鱼招待何人,转眼望见生客,便彬彬鞠躬而言,请问阁下,我园技术精湛,阁下是否需用?生客表示敬谢不敏,然言语之间保持适当距离而答曰,彼来此看望一位在霍恩院内住院之女士,可怜因妇女之苦恼而处于某种特殊状态(彼叙述至此不由深深叹息),愿闻女士是否已获喜讯。狄克逊先生扭转话头,取笑马利根先生,问他肚皮见大原因究系前列腺胞囊亦即男性子宫内卵胚孕育成胎,抑系如著名医生奥斯丁·梅尔登先生所言,由于腹中有饿狼所致。马利根先生闻此视其紧裤而大笑,猛击其横膈以下部位,并模拟格罗根大娘(人为女中魁首,惜乎沦为娼妓)之憨态可掬状高声呼曰:此为决不产私生子之肚皮也。语有新意,独出心裁,再次引起阵阵欢娱,室内诸君人人哈哈大笑,乐不可支。此条活泼欢快之响尾蛇本将以同样憨态继续其模拟笑剧,然此时前厅有事发生。

这厢听话人即苏格兰学生,一位头发淡如亚麻色的急性小伙子,以

① 拉丁文:“公民们,如今人心不古以至于此,我们的妇女竟宁要下流阉人的淫荡挑逗,而不要罗马百人长的沉重睾丸与巍然勃起。”按此文文体接近古罗马政治家西塞罗,但据查并无出处。

洋溢热情祝贺了青年绅士，打断正到精彩处的叙述，首先以恭敬手势请对面座位中人施惠传递一瓶助兴饮料，旋即将首略倾以示疑问（如此美妙姿势，非一整个世纪之礼貌教养所能培养者），同时将酒瓶配以斜度相等而方向相反之一倾，向叙述者提出明白无误如同言词之问题，是否可以敬其一杯。Mais bien sûr，高贵的陌生人，他愉快说道，et mille compliments.①不仅可以，且正及时。我正需此杯以庆我洪福。然而仁天乎，我即便囊中仅有面包皮一块，手中仅有井水一杯，天主乎，我亦将受之而心悦诚服，愿下跪于地，感谢上苍赏赐佳物者将此幸福赐我。言毕举杯及唇，喜孜孜饮酒一口，将发捋平，并即解开前襟，打开一只以丝带悬于胸前之小盒，出示其珍藏之照片，上有玉照中人亲手签名。他以无限深情凝视照中面容而道，墨歇请听我言。当时伊身披精致罗纱抵肩，头戴俏美新帽（伊告我系生日礼物），模样如此朴实随便，而神情如此令人心醉，你若如我一般见到，墨歇，平心而言你亦必受豪爽天性驱使，情愿双手将自己奉献此敌，或是从此永离疆场。我宣布，我有生以来从未受过如此深刻之触动。天主乎，我感谢您造我这一生！何人能获如此可爱女性之青睐，实为三倍幸福之人矣。情意绵绵之一声长叹，更为其词语增添分量，而将小盒纳入怀中后又抹眼长叹一声。仁慈天主乎，您普降恩泽于您所创造之一切，您的专政之中最甜蜜的一项，是何等广大，何等无所不包，它能使普天之下人人臣服，自由人与奴隶、村夫俗子与文雅公子、热恋之中不顾一切之情人与进入成熟时期之丈夫，无一例外。然而先生，我忘其所以了。我们人间一切欢乐是何等难求周全。遭殃！天主乎，何不赐我先见之明，记得携带斗篷！思念及此，足以令我哭泣。如有此先见，即令倾七场暴雨，我二人均不致受丝毫损失。我该死，他以手击额而呼，明日将为一新日，千雷万电，我认识一位 marchand de capotes，Monsieur Poyntz②，以里弗赫一枚之代价③，购得最紧身之法国式斗篷一件，可保女士决不淋湿。啧啧！Le Fécondateur④

---

① 法语：当然可以……多谢。

② 法语："斗篷商墨歇波盎兹"，但 capote（斗篷）在俚语中亦指避孕套。

③ "里弗赫"为法国旧时银币，十八世纪后为法郎所取代。

④ 法语：使人怀孕者。

大声插嘴说，我友墨歇摩尔为最有修养之旅行家（我适才 avec lui[①] 分酒半瓶，在座均为本市最佳才子），我由此权威获悉，霍恩角有雨 ventre biche[②]，可以湿透任何斗篷，最坚实者亦不例外。据此权威告我 sans blague[③]，已有不止一位不幸人物，经此猛雨浇透之后即已匆匆奔赴另一世界，决非儿戏。呸！墨歇林奇高声啐之曰，里弗赫一枚！如此粗陋货色，一苏之价已过于昂贵矣。雨伞一柄[④]，即令大小仅如神话中之蘑菇，亦胜过此等顶替货色十件。稍有头脑之妇女，决计不愿穿用。我亲爱之基蒂今日告我，伊宁舞于暴雨中，亦不愿饿毙于如此一艘救命方舟内，伊并提醒我其中缘故（脸色羞红可爱而与我悄悄耳语，实际当时无人可窃听其话语，仅有蝴蝶纷飞），大自然已根据神意在我们心中植下种子，家喻户晓 il y a deux choses[⑤]，其余情况下应视为非礼之天真无邪人身原装，至此反为最恰当以至惟一合适之服装，其一，伊说（此时我正搀此美貌哲学家向其轻便马车走去，伊以舌尖轻触我外耳腔促我注意）其一为入浴——但恰在此时，厅中铃声叮叮，一场看来滔滔不绝本可使我们大长见识之言论就此打住。

这一伙人正是一片空虚无聊的嬉笑欢乐，忽闻一阵铃声，人们纷纷猜测有何事故，这时卡伦小姐进来，向青年狄克逊先生低声片言只语，便向在座诸位深鞠一躬而退。一伙浪荡子中忽然出现一位端庄万分之女士，容貌美丽而态度严肃，即便仅留片刻，已足以使最放肆之人不敢打趣，然而女士一走，粗言秽语立即倾囊而出。将我吓傻了，已经酩酊的鄙夫科斯特洛说。真是一块特等上好母牛肉！我敢起誓她是和你约会。如何，你小子？你对她们有一套手腕呵？天老爷，正是这话，林奇先生说。他们在慈母收容所，用的正是床边亲切态度。该死，奥伽格尔大夫不就是摸那儿的修女们的下巴吗。我是要天主保佑的，我这话从我基蒂那里听来，她这七个月来都在病房当女工。天主慈悲吧，大夫

---

① 法语：和他一起。
② 法语：其势甚旺。
③ 法语：毫不含糊。
④ “雨伞”在俚语中亦指避孕子宫帽。
⑤ 法语：有两件事。

呀，穿浅黄色坎肩的青年绅士叫喊着，脸上做出妇人式的蠢笑，浪里浪气地扭动着身子说，您怎么这般逗弄人呀！要命的家伙！天主保佑我吧，我都软成一团了。您哪，就跟亲爱的小人儿蔻授教义神父一样坏，您真是坏透了！我愿这四分壶把我呛个半死，科斯特洛喊道，要是她不是有肚子了的话。我的眼睛那么一瞟，就能看出一个女的有没有大白肚。可是青年外科医生已经站起身来，请求在座各位原谅他告退，因为刚才护士已经通知他，产房有事要他即去。仁慈的天主已经开恩，那位 enceinte[①] 中坚韧不拔值得赞扬的女士，现在苦痛已告结束，已经生下一名健壮男婴。我对某些人实在难于容忍，他们既无才智供人欣赏，又无学问给人知识，偏要污蔑一种崇高的职业，这种职业在地球上，除了我们所敬畏的神道以外，是为人类造福的最大力量。我确信，如果需要的话，我能找来云彩一般的大批见证，他们都可以证明她的高贵行动是优秀事迹，不仅完全不致流为笑柄，而且是足以鼓舞人类心胸的光辉成就。我不能接受。怎么？诽谤一位和善如卡伦小姐的人吗？她是女性的光辉，男性对之惟有惊叹之份。而且正当一个来自泥土的幼弱婴儿经历其生命中最重大关头的时刻？休作此想！一个民族，如果听任如此恶毒的思想留下种子，如果对于霍恩院中的产妇和护士没有理所当然的尊崇，这个民族的前途将是不堪设想的。他发表这篇谴责之后，顺势向在座诸位致敬，即向门口走去。座中诸君发出一片赞同声，有人进而主张不再多费口舌，马上将这鄙俚酒徒驱逐出去。这一主张本来完全可以实现，也完全是他罪有应得，但是他立即发出骇人的誓言（他的赌咒本来就是顺口就来的），表示决不再犯，并说他死心塌地不作害群之马，决不比别人差。掏我心肺吧，他说，这是老实人弗兰克·科斯特洛的真心话，我从小就有家教，特别孝敬父母，我妈做果酱卷布丁或牛奶麦片糊最拿手，我每想起都疼得慌。

回过头来且说布卢姆先生，自其初入此处，便感某些嘲弄语言十分放肆，仅视之为年龄作怪而加以忍耐而已，盖常人皆指责此年龄中人不

---

① 法语：怀孕。

知怜悯为何物。少年气盛者确实常行迹荒唐如痴长个子之儿童:其议论喧闹杂乱,用语令人费解而难免不雅:其气焰嚣张而打趣肆无忌惮,使他的头脑难于接受:其行为未免常失检点,惟有精神旺盛为其长处。然而科斯特洛先生出言使他尤感恶心而难于下咽,他看此可鄙之人必是畸形驼背佬与人私通而生下之剪耳怪物,坠地必是脚先出而牙已长成之罗锅子,头颅上有外科医生用钳所留凹痕为其增色,从而使他想及已故聪明人达尔文先生认为创造之链中尚缺之一环①。如今他已过我们分内寿命之中段,历经生存中之种种坎坷,性格日益谨慎小心,拥有难得的预见力,内心早已自嘱克制一切怒气上升趋势,以最及时之手段防微杜渐,并在胸中培养宽洪度量,此度量为卑劣者所耻笑,鲁莽者所不屑,而为一切人所容忍,亦仅勉强容忍耳。对于以取笑纤弱女性表现其才智者(这一态度是他从来不能接受的),他既不能承认其有何教养,亦不能认为其有何传统:大凡已失去一切宽容心肠因而已完全无宽容余地之人,惟有依靠经验加以强烈解毒一法可施,即迫使其蛮横无理态度仓皇败阵而作可耻退却。他并非不能体会青年气盛,见老朽者蹙额或遭严峻者之斥责均能无动于衷,而一味(按照圣书作者思想贞洁的说法)愿尝禁果,然无论如何不能猖狂以至见高贵妇女处于其应份状态之中而公然背弃人道也。总之,原先他虽已从修女言中了解分娩在望,如今获悉消息仍不能不承认宽慰不小,经历如此苦难之后终于获得如此吉祥生产之子嗣,再次证明至高无上者不仅宽厚,而且确实慈悲也。

因此之故,他向邻座透露心中所思,说是如要表达他的看法,则他的意见(或许他不应表示意见)认为:如果听到此次产妇临盆成功喜讯而不欢欣鼓舞,必是铁石心肠、冷血鬼怪,因为产妇为此所受痛苦并非因其本人之过。穿着讲究之时髦青年答曰,过在其夫使之处于这一境地,至少按照常理应为其夫,除非此女人为又一以弗所主妇②。我须奉告,克罗瑟斯先生以掌击桌面,借其洪亮声音加强语气而曰,老荣耀哈

① 达尔文曾论述,在从猿至人的进化过程中,应有一过渡物种尚未发现。

② 以弗所为古希腊城市,据古罗马作家佩特罗尼乌斯《萨蒂利孔》记载,该城一寡妇痛悼亡夫之同时即接受另一男人求爱。

利路尤姆[1]今日又曾来过，一位两鬓飘长髯的老汉，哼着鼻音探问威廉米娜消息，称之为我的生命。我请他作好准备，因为事件即将爆出。天，我与你们明言无讳吧。这条老牛居然还能和他女人撞出一个孩子来，我无法不赞扬他的阳气充足。众人各以其不同方式纷纷加以夸奖，然时髦青年仍坚持原说，认为一夫当关者并非其夫，必另有其人，或是教堂执事，或是打火把照明的（君子），或是串户兜售住家所需杂物之小贩。怪哉，客自思量，此等人何以能有如此与众不同之轮回转世能力，身在临产室中与阶梯教室解剖台前，竟敢如此七嘴八舌轻狂议论，而一旦获得学位，如此肆意轻浮之徒摇身一变，即又成为兢兢业业施行仁术者，且是有识之士大多奉为最高尚之仁术。然而他又进而思忖，这一伙人或许是感受相同的压抑，因而同来寻求发泄，我曾不止一次观察，一丘之貉，往往一齐哈哈也。

然而，可以向庇护他的贵人请教，这一蒙仁主恩准而获公民权之异邦人士，有何理由以我国内政总指导自居？若有忠诚之心，应知感恩戴德，如今感戴之情安在？在最近战争期间，每逢敌人凭其手榴弹暂获优势，这一败类莫不抓住时机肆意攻击收容他居住的帝国，然而同时又为其百分之四的安全可靠提心吊胆[2]。莫非他已忘却此事，正如其忘却所受一切恩典？或是他已由欺人而转为欺己，正与他的娱己一致，盖如传闻属实，如今他已是自己的惟一欢娱对象矣。对于一位可敬的女士，一位英勇少校之女，亵渎其卧室决非正道，即使对其贞操加以最含蓄的议论亦在所不容，然而他若执意要引人注意此事（实际上此事不提对他有利多矣），则亦可听便。此妇何其不幸，在他对她横加指责之时，她如何反应本是她的权利，然而这一合法权利竟被无端剥夺，而且剥夺如此之久，她仅能在无可奈何之中嗤之以鼻而已，实为无理之至。他说此话以道德夫子自居，虔诚有如鹈鹕真身[3]，然而正是此人，竟曾不顾

---

① “荣耀，哈利路亚”为新教某些派别做礼拜时常唱的赞美诗词句，皮尤福依信奉新教。

② “百分之四”为布卢姆所持九百镑政府公债年利率（见第十七章），如英国战败将受影响。

③ 鹈鹕翅宽并传说以血哺乳其幼，因此文章中常以之象征耶稣。

自然规则，公然企图与一来自社会最底层之女佣私通！确实，该女如无擦地刷子为其监护天使，她也必遭殃如埃及女夏甲矣①！他对放牧地要求苛刻而脾气乖张，因此而臭名远扬，以致一位牧主愤而于卡夫先生能闻其声处给予痛斥一通，用语既富牧民色彩而又直截了当。他宣讲这套福音，对他实不相宜。他在家中近处，岂非自有一方种子田，因缺犁头而休闲未耕乎？青春期之恶习常成第二天性，至中年即为耻辱之源矣。他若定要将他的治世妙计与趣味未必高雅的格言警句作为基列乳香散布②，借此而令一代羽毛未丰之登徒子恢复健康，他的行动何不与他目前念念不忘的原则稍稍取得一致？他的为人夫君的胸中，藏有识礼者不愿引述的秘密。他容或能由姿色已退之美女获得若干淫言秽语以为安慰，略减家室虽在而备受忽视以致淫乱之苦，然而这位新道德倡导者与治疗者，至多不过是一株异邦树木，如其根基未动而立于东方故土之上，尚能茁壮繁茂而多产乳香，然而移植至气候较为温和之地，其根即失其原有之活力：而所产仅为呆滞、发酸而了无作用之物矣。

第二位女护理人向下级住院医官报告消息，医官又据此向代表团宣告子嗣已生，其庄严慎重不禁令人忆及高门盛典仪式③。而医官旋即去往妇女之室，以便陪同内务大臣及枢密院全体官员参与产后大典如仪，此时由于疲乏与赞赏而沉默无声之诸位代表，早因肃穆守夜已久而焦躁不安，咸望大喜之事已经实现，放纵片刻已有依据，何况女使与官员均已离去，行动更为自由，于是众口竞开，立时喧闹非凡。其中可以听出，惟有布卢姆兜销员先生力主平静克制，然而无济于事。吉辰已至，百家争言正是其时，而个人秉性迥异，惟有争言方是联合之道。各家议论纷纷，前后已议及此事一切阶段之一切情况：同母异父兄弟出生前即相嫌恶现象；剖腹手术；父死后出生与较罕见之母死后出生；兄弟残杀事件，即人所共知的蔡尔兹谋杀案，幸有布希律师先生富有激情之

---

① 夏甲为《圣经·创世记》中女奴，因主妇不孕而成为主人亚伯兰之妾，有孕后与主妇争吵而出走。

② 基列为约旦以东地区，《圣经·耶利米书》中提及该地树木所产乳香能治百病。

③ “高门”为十五世纪土耳其苏丹对其首都君士坦丁堡的美称，土耳其苏丹宣告王位继承的仪式特别隆重。

辩护，方使无辜被告宣告无罪释放而令此案成为名案；长嗣继承权及国王对双胞与三胞胎之奖赏；流产与杀婴行为，佯装的与掩饰的；缺心脏的 foetus in foetu①；由于阻塞而造成之缺脸现象；某些无下巴支那佬之缺颌现象（马利根候补先生提出），其原因为上颌骨骨节中线复合有缺陷，以致（据他说）一耳能听另一耳所言；麻醉或蒙眬入睡法之优点；妊娠后期因血管受压而阵痛延长现象；羊水早破（实际病例即是如此）及其引发子宫脓毒症之危险性；注射器人工受精法；更年期子宫功能衰退现象；妇女由于受犯罪性强奸而怀孕引起的人种延续难题；勃兰登堡人称之为 sturzgeburt② 的痛苦分娩方式；由于经期受孕或父母血缘相近而形成的有案可查的多双胎、双多胎、怪胎现象——总而言之，亚里士多德《杰作》③中分类叙述并加彩色石印插图的各种各样人类出生情况。热烈议论所及，不仅有产科学与法医学中最严重的问题，且亦涉及有关妊娠状态的最流行的观念，例如禁止孕妇跨越农村的阶梯栅栏，惟恐其动作致使脐带窒息胎儿，又如责令孕妇于有强烈欲望而未能有效满足时，应将手置于身上由长期习俗定为惩戒部位之处。有人举出兔唇、胸痣、六指或六趾、黑人织带胎记、莓状痣、深紫胎痣等异常现象作为初步迹象，依此推理说明偶或发生的猪头胎（人们不忘格里丝尔·斯蒂文斯夫人事④）或犬毛胎亦为自然现象。由喀里多尼亚使节提出原生质记忆假设⑤，不负他所代表的国土之玄学传统盛誉，认为此类情况实为胚胎发育受阻于人类之前某一发展阶段之表现。一位外国代表反对上述两种见解，以几乎使人不能不折服之热烈情绪，提出一种妇女与雄性兽类交配之理论，并振振有词，宣称典雅拉丁诗人在其《变形记》天才篇章中传下的弥诺陶洛斯之类传说均属事出有因⑥。这番言论立即引

---

① 拉丁文：胎儿在胎中。

② 德文：突然生产。

③ 参见 308 页注②。

④ 斯蒂文斯夫人（1653—1746）为都柏林慈善家，常戴面纱，谣传其面容如猪。

⑤ 喀里多尼亚即苏格兰；“原生质记忆”为通神学概念，灵魂轮回转化全过程均在此记忆中。

⑥ 古罗马诗人奥维德（公元前 43—公元 17）所著《变形记》中记述，克里特王弥诺斯之妻与牛交，生半人半牛怪物弥诺陶洛斯。

起反应,然甚为短促。甫起即落,原因在马利根候补先生增补一语,口吻之俏皮有趣无人能望其脊背,主张最宜作为欲望对象者,莫过于干净可喜的老头儿一名。与此同时,马登代表先生与林奇候补先生间已展开热烈讨论,研究连体双胞胎中如有一方先死,如何解决其中法学与神学难题,最后一致同意,交请布卢姆兜销员先生立即转交代达勒斯助理执事先生。此君前此一言未发,或者企图用超乎自然的肃穆突出其服装的奇特庄严性质,或是由于遵循内心的一种呼声,现亦仅简单传达教会法令,有人认为实是敷衍了事,该法令但言天主已合而为一者,人不得分而为二。

然而这时玛拉基亚斯叙述一事,令人莫不毛骨悚然。他用法术使人们目睹了一场怪事。烟囱边秘密嵌板移开,壁凹中赫然出现了——海恩斯!我们谁不不寒而栗!他一手持装满凯尔特文学的卷宗一袋,一手握标有毒药字样小瓶一只。惊讶、恐怖、憎恶,这是人人脸上泛起的神色,而他则面带狞笑环顾众人。他先发一声惨笑,然后说道,我已经预料会受到这样的对待,看来这要怪历史。是的,真是如此。我是杀死塞缪尔·蔡尔兹的凶手。而我是受到了何等的惩罚!地狱对我来说已无恐怖可言。这就是我落得的下场。眼泪和伤口呀,他含糊不清地咕噜咕噜道,我这么长的期间都得在都柏林背着我收集的这些诗歌走呀走的,他还老跟着我,像是个 soulth 或是 bullawurrus①,我要怎么样才能得到一点休息啊?我的地狱,爱尔兰的地狱,都成了现世报应。我想方设法试图抹掉自己的罪恶。排解心事的活动、打白嘴鸦、爱尔兰盖尔语(他背了几句)、鸦片酊(他将小瓶举至唇边)、露营。无济于事!他的幽灵紧追着我。麻醉品是我的惟一希望……啊!毁灭!黑豹呀!他大叫一声,突然消失了,嵌板也就合上。转瞬之间,他的脑袋在对面的门口出现并说道:十一点十分,在韦斯特兰横街车站见面。他走了。浪荡主人的眼中涌出了泪水。高人举手指天,喃喃而言:曼纳南的世仇②。哲人重复道:Lex talionis③. 感伤主义者,那是希望享受成果而不

---

① 爱尔兰语:“鬼魂”或是“喷火牛怪”。

② 拉塞尔诗剧中法师曾祈求曼纳南降灾(见 243 页注④)。

③ 拉丁文:“报复性法律”,即以牙还牙的治罪原则。

愿承当其严重责任的人。玛拉基亚斯情绪过激而语塞。谜团解开了。海恩斯就是第三个兄弟。他的真姓名是蔡尔兹。黑豹自己就是他亲生父亲的阴魂。他饮用毒品是为了要忘却。你让我轻松了,多谢。墓地边上的孤房已无人居住。再也没有人会住进去了。蜘蛛在孤寂之中布网。夜间有老鼠从洞穴里窥视。这所房子遭了诅咒。凶宅。凶杀之地。

人的灵魂如何计算年龄?她有变色蜥蜴的本领,每有新的境遇就会改变颜色,遇见高兴的就会欢快,遇见沮丧的就会悲伤,而她的年龄也是随着她的情绪而变化的。坐在这里沉思默想回忆往事的利奥波尔德,已经不是那位庄重的广告经纪人,为数不多的公债券的持有者。他在一种回顾性的安排中,在一面镜中镜里头(嘿,变!),看到自己又是少年利奥波尔德了。见到的是当年的年纪轻轻模样,早熟的男人特征已经出现,冒着刺骨的晨寒,走出克兰勃拉西尔街那所老房子去上中学,身上像子弹带似的斜背着书包,里面有厚厚的一块小麦面包,那是慈母的心。要不,还是同一身影,又过了一年左右,戴着他的第一顶硬质帽子(啊,那可是一个日子!),已经上路了,家庭企业的正式推销员了,携带着定货簿、一条洒了香水的手帕(不仅是为了装样子)、一箱色泽鲜亮的小装饰品(唉,如今这些东西都已过时!),还有满满一箭袋的殷勤微笑,准备奉赠已经动心而仍在扳指头算账的主妇,或是含苞欲放的处女,羞答答接受(但是,心呢?告诉我!)他那训练有素的招呼。那香水味,那微笑,但更重要的是那深色的眼睛和圆润的态度,能在黄昏时分带回家许多订货交给业主,业主也同样辛苦了一天,坐在壁炉边的家长角落里抽着雅各式的烟斗(你可以肯定,火上已经有一锅面条在热着了),戴着角质圆框眼镜,阅读一月以前的欧洲报纸。然而嘿,又变了,镜子上呵了一口气,年轻的游侠退后、收缩、变成雾朦朦的小小一点。现在他自己已是家长,周围的人可能是他的儿子们。谁说得上?有智慧的父亲能认出自己的孩子。他想到哈奇街上一个细雨霏霏的夜晚,在离保税仓库不远处,第一回。他们俩(她是一个可怜的流浪女,耻辱的孩儿,你的、我的、所有人的,仅仅为了一个小小先令加她的一便士吉利钱),他们俩一起听着巡夜人的沉重的脚步声,看着两个披雨披的身影走向皇家大学。布莱棣！布莱棣·凯利！他忘不了这个名字，永远记得这一夜：第一夜，新妇夜。他们俩在底层的黑暗处互相搂抱，有意志的一方和顺从意志的一方，一瞬之间（fiat！①）光即将普照大地。是心心相印吗？不是，亲爱的读者。转眼就完了，但是——打住！回来！这样不行！可怜的姑娘惊恐而奔，在幽暗中逃遁了。她是黑暗的新娘，黑夜的女儿。她不敢生育太阳一般金光闪闪的白昼婴儿。不，利奥波尔德。名字和记忆不能使你获得安慰。你那年轻力壮的幻象已被夺走——而且是徒劳无功。你没有留下你生的儿子。鲁道夫下面有利奥波尔德，而利奥波尔德下面是空白。

嘈杂的说话声汇成一片，融入云雾般的静穆之中：无边无际的静穆，而灵魂是在迅速地、静悄悄地飘越曾有许多代灵魂轮回生活过的区域。在一个区域中，灰蒙蒙的暮色在不断下降，却从不降落到宽阔的灰绿色牧场上，而是将幽暗散去，撒下一片永恒的露珠般的星星。她步履拙笨地跟随在她母亲后面，带领着亲生小牝驹的母马。她们是朦胧的幽灵，然而她们的形态呈现了预示未来的优美结构，有苗条匀称的腰腿、柔韧多腱的颈部、温顺解人意的头颅。她们消失了，悲哀的幽灵：全没有了。Agendath是一片旷野，鸣角枭和半瞎的戴胜鸟的家乡。Netaim②，金黄色的，已经不复存在。在云端的大道上，它们雷鸣似的哼着叛乱的威胁来了，兽群的鬼魂。嚯！听着！嚯！视差在后昂首阔步轰着它们，他额头上放射着蝎尾般刺人的闪电。驼鹿、牦牛、巴珊和巴比伦的牛、猛犸象、乳齿象，它们都成群结队而来，直奔那沉陷的海，Lacus Mortis③. 不祥的黄道带十二宫兽群，蓄意报复！它们呜呜地叫着从云端经过，长尖角的和弯角的、带喇叭的和长獠牙的、披狮鬣的、茸角高耸的、拱嘴的和爬行的、啮齿的、反刍的和厚皮的，一群一群呜呜叫着全都来了，屠杀太阳的家伙们。

蹄声杂沓地，它们奔向死海，奇渴难解地大口大口吞咽那令人昏睡的浩荡盐水。马的朕兆又大了，在空荡荡的天空中放大了许多倍，简直

---

① 拉丁文 Fiat Lux（要有光）为《圣经·创世记》记载上帝开始创造世界所下命令。

② 希伯来文 Agendath（公司），Netaim（移民垦殖者），参见第483页注②。

③ 拉丁文：死池。

和天同等高大，巍巍然悬于室女宫之上。瞧吧，轮回转世的奇迹，是她，永恒的新娘，昼星的先行者，新娘，永恒的童贞女。是她，玛莎，我失去的人儿呀，米莉森特，亲爱的少女，光华照人的。多么宁静安详啊，在这黎明将至未至的时刻，她升起来了，七姐妹星座中的女王，脚穿闪闪放光的金凉鞋，头披那种叫什么的轻薄纱。它轻轻浮起，围着她的星辰所生的肉体飘动，然后飘了起来，飞扬在空中，翡翠色、宝石蓝、木槿紫、缬草红，被星辰之间的凉风气流轻轻托起，转动着，卷着圈，直打旋儿，在空中蜿蜒扭动着写出了神秘的笔迹，经过了千万种符志变幻，终于现出了 Alpha①，金牛星座额上的光彩夺目的三角形红宝石符号。

弗朗西斯曾在康眉时期和斯蒂汾同窗，这时和他谈起了那个年代的情景。他问到格劳孔、亚西比德、皮西斯特拉图斯②。如今均在何处？二人均不了然。你谈的是往事及其幽灵，斯蒂汾道。何必去想他们？如我隔忘川之水而呼唤他们起死回生，可怜的鬼魂岂非都将应声群集而来？谁认为会如此？我，Bous Stephenoumenos③，阉牛之友派诗人，是他们的生命的主宰，是给他们生命的人。他向文森特一笑，用一圈藤叶编成的花冠围住了自己那一头蓬乱的头发。你这个回答和这些藤叶，文森特对他说道，等你的天才生产了超过——远超过一帽子小诗的作品，那时候才是你恰如其分的装饰品。所有愿你好的人，都希望你有这么一天。大家都希望看到你正在思考的作品能出来。我衷心地希望你不要令人失望。不会的，文森特，莱纳汉将手搭在靠近他的人肩上说道。你放心。他不会让他母亲成为孤儿的。年轻人的脸色沉了下去。谁都看得出，提他的前途和他新近的丧事使他多么难受。他几乎想离开这宴乐场面了，幸亏嘈杂的谈话声冲淡了他的痛楚。马登因为权杖骑者的名字而一时兴起，押了它五个德拉克马输了④：莱纳汉更多

---

① 金牛星座在黎明时出现在天边，其顶端为一组三角形星群；Alpha 为希腊文第一个字母，即 A，形似三角而象征开端。

② 三者均为古希腊人名，英国散文家兰多（1775—1864）在其《幻想谈话录》中利用古代人物之口发表议论，即包括其中后二者。按兰多该著作即本段文体模拟对象。

③ 希腊文：斯蒂汾，牛灵魂（见 274 页注⑥）。

④ 权杖骑者姓奥马登，其中“奥”字表示家族，因此实际与马登同姓；“德拉克马”为希腊小银币。

输一倍。他对他们讲赛马情形。旗子往下一挥,嚯!那匹牝马由奥马登骑着精神抖擞地冲了出去。它全场领先。人人都心跳了。甚至菲莉丝都沉不住气了。她挥舞着头巾喊叫:好哇!权杖要胜了!但是跑到终点以前的直道上,那时所有的马都很靠拢,黑马扔扔拉平、赶上、超过了它。一切都完了。菲莉丝一言不发,她的眼睛成了悲哀的银莲花。朱诺呀,她叫道,我完了。但是她的情人安慰她,送她一只鲜亮的金盒子,里面装着一些卵形糖果,她吃了。一颗泪珠落下:仅此一颗。W.莱恩是一杆呱呱叫的好鞭子,莱纳汉说道。昨天胜四场,今天三场。哪有像他这样的骑手?把他放在骆驼背上,或是瞎胡闹的水牛,倒骑着慢慢跑,胜利还是他的。但是,我们就按照古代的习惯,忍一忍吧。对运气不佳的人,慈悲慈悲吧!可怜的权杖,他轻叹一声说。它已经不是当年的小牝马了。我凭这只手起誓,我们再也见不到像那样子的一匹马了。天啊,先生,马中女王啊。文森特,你还记得它的样子吗?你今天要是能见到我的女王才好呢,文森特说。她穿着黄皮鞋,连衣裙是麦斯林纱的,我不知道究竟叫什么纱,是多么年轻,多么容光焕发呀(腊腊琪在她身旁就算不上美女了)。我们在栗树林里,栗子树已经开花,空气中满是诱人的清香,到处都飘着花粉。树荫之间有太阳的地方,完全可以在石头上烤一锅佩里克利波米尼斯在桥头小摊上卖的那种葡萄干小面包。但是她的牙齿没有别的东西可咬,只有我搂着她的胳臂,我一搂紧,她就调皮地咬我。上周她病了,在榻上躺了四天,但是今天她自由自在、轻松愉快了,天不怕地不怕了。她这样更迷人。还有她戴的花。好一个疯丫头,闹够了才一起躺下。我和你说句悄悄话,我的朋友,你想不到我们离开那片树林的时候,是谁撞见了我们。康眉他自己!他正在树篱旁边走过,还在读一本书,我想没有问题是祈祷书,书里当书签夹着的,我相信是葛丽赛拉或是珂璐写来的富有风趣的书信。甜妞儿心慌意乱,脸色变了又变,装作整理衣裙上一点不整齐的地方:一片小树枝缠住在那里,因为树木也爱慕她。康眉走过之后,她用随身小镜子照了照自己的可爱模样。但是康眉是和善的。他走过我们旁边的时候还祝福了我们。天上神道也都总是和善的,莱纳汉说。我押巴斯的马不走运,他的麦牙酒会对我要友好一些吧①。他伸出手去摸一个酒瓶:玛拉基看见,挡住了他的手,指着那位生客和红色瓶签。小心些,玛拉基悄声说道,要保持德鲁伊德式的肃穆。他是灵魂出窍了。被人从梦幻中惊醒,兴许和从娘肚子出生一样痛苦哩。任何事物,只要你对它集中注视,都可以成为通向天神们的不毁伊涌之门②。你是否认为如此,斯蒂汾?通神学大师是这么告诉我的,斯蒂汾答道,他是前世由埃及祭司引入门而通晓因果报应的奥秘的。通神学大师告诉我,月亮的主子们,太阴圈中的第一星体上来的一船橙黄火焰色主子们不愿承受那些虚灵体,因此它们已由第二星座上来的红宝石色个体取得化身。

然而,以实际情况而言,认为他已陷入某种郁闷心情或已中魔之说,仅是荒谬的推测而已,是最肤浅的误会,完全不符合事实。在上述事态进行期间,他的视觉器官已开始显露活动迹象,而此人的锐敏程度较之世上任何人有过之而无不及,凡作相反推测之人,必将迅速发现自己已误入歧途。他在适才的四分钟左右时间内,正在凝视对面许多酒瓶之中相当数量的巴斯一号麦芽酒,由特伦特河畔伯顿的巴斯公司装瓶,其鲜红装璜无疑正是立意招人注目。事后知悉,由于他本人方清楚的原因(有这些原因,事情的性质就完全不同了),他在片刻以前关于童年和跑马场的谈论之后,正在回忆二三私事,其余二人对此均一无所知,有如未出娘胎的婴儿。然而他二人目光终于相遇,他一开始明白那人正在设法获取该物,立即不由自主地决定鼎力相助,于是伸手取得装有那人愿得液体之中型玻璃容器,倾出一大杯子,其量甚丰,然而同时也适当注意,不让其中的啤酒有一点洒出在外。

此后的辩论,其进展及范围诚可谓整个人生的缩影。场所与议事人员均不乏尊严。参与辩论者为全国头脑最锐敏的人物,所论为最崇高最紧要的议题。霍恩院内这间高大厅堂,从未目睹如此富有代表性而又如此各不相同的人群,而屋顶的古老椽木亦从未听到如此百科全书式的语言。这是一个真正壮观的场面。在场的有克罗瑟斯,他坐长

---

① 权杖马主姓巴斯,英国著名麦芽酒酿造者巴斯为其本家。

② “伊涌”为通神学概念,指神涌出之精神力量(参见 239 页注①)。

桌下首，身穿引人注目的高原服装，脸上放出加洛韦海角的咸风吹成的红光[1]。在场的还有林奇，坐在他对面，容貌中已经露出青年堕落的迹象和早熟的心计。坐在苏格兰人旁边的是怪人科斯特洛，而在再过去的一个座位上，则是端坐着矮墩墩的马登。壁炉前面住院医生的椅子空着，但左右两边形成了鲜明的对比，一边是班农，穿一套探险服，粗花呢短裤和盐渍粗牛皮靴，另一边是玛拉基·罗兰·圣约翰·马利根，一身文雅的浅黄色，一派城里人的仪表。最后，桌子上首坐的是青年诗人，他在这苏格拉底式讨论的宴乐气氛中，找到了暂时摆脱教书劳动和玄学钻研的休憩，而在他的两侧，右边是刚从战马竞赛场出来的那位油嘴滑舌的预测家，左边是那位警觉的流浪人，一身沾满旅行和战斗的尘埃，以及一项无法消除的丑行所留下的污迹，但是他的心是忠贞不渝的，不论遇到什么引诱、危险、威胁或是屈辱，都不能从他心上抹掉拉斐特[2]的神来之笔传世之作所描绘的娇媚可爱形象。

此时此地，不妨开宗明义，说明斯·代达勒斯先生（Div. Scep.[3]）所持论点，显然证实他已沉湎于变态的先验论而不能自拔，而这种歪理是完全和公认的科学方法背道而驰的。科学的对象是实际存在的现象，这是不怕重复的真理。科学家和街上的普通人一样，需要面对无法变动、无可回避的事实，需要尽其所能地加以解释。诚然，有些问题——在目前——科学还不能回答，例如利·布卢姆先生（Pubb. Canv.[4]）所提有关预先确定性别的第一项问题。我们是否必须采取特立奈克里亚的恩培多克勒的意见[5]，认为右卵巢（另有人认定为经后时期）为生育男婴的主要因素，抑或认为长时间受忽视的精子即线状精子为决定性因素，抑或遵照大多数胚胎学家如卡尔佩珀、斯帕兰扎尼、布鲁门巴赫、勒斯克、赫特维希、莱奥波尔德、瓦伦蒂[6]等人意见，认为

---

① “加洛韦海角”为苏格兰西岸一小岛。

② 拉斐特为都柏林一摄影师。

③ 仿拉丁文简写学衔：神学怀疑派。

④ 仿拉丁文简写学衔：公众兜销学。

⑤ 特立奈克里亚为意大利西西里岛古名，恩培多克勒为该岛公元前五世纪著名哲学家和生理学家。

⑥ 七人均为欧美十七至二十世纪著名科学家。

是二者兼而有之？这将无异于一种合作方式（这是大自然喜用的方式之一），即以线状精子的 nisus formativus① 为一方，与被动体 succubitus felix② 选择位置得宜为另一方的二者结合。同一提问者的另一疑问，也决非无关紧要：婴儿死亡率。这一问题的有趣处，正如他作的贴切评语所说，我们的出生方式莫不相同，而我们的死亡方式却各有一套。玛·马利根先生（Hyg. et Eug. Doc. ③）认为问题在于我国卫生条件，肺部已成灰色的国人，由于吸收尘埃中隐藏的细菌而罹致腺样增殖体肿胀、肺部疾病等等。这些因素，他声称，以及我国街道上的各种令人恶心的景象，如恶浊的广告招贴、各宗各派的教会执事牧师、四肢不全的士兵水手、坏血病痈疽外露的马车夫、临空悬挂的牲畜尸体、患幻想狂的单身汉，以及不结果实的老姑娘——这一切，他说道，就是民族素质下降的全部祸根。他预言道，审美胎教不久即将普遍采用，生活中的一切美好事物、真正优美的音乐、令人赏心悦目的文学作品、轻松的哲学、有教育意义的图片、古典雕像如维纳斯、阿波罗等的石膏复制品、获奖婴儿的艺术彩照等，所有这一切微妙的影响，将使处于某种状态的女士们能以最愉快的心情度过其间数月的时光。J. 克罗瑟斯先生（Disc. Bacc. ④）认为，这些死亡一部分是由于女工在车间的繁重劳动而致的腹部创伤，一部分是由于家中婚姻生活的要求，然而绝大多数是由于个人或是官方的疏忽，从而发展为弃婴、罪恶性的堕胎、以至灭绝人性的杀戮婴儿。虽然他所提及的前者（我们考虑的是疏忽）毫无疑问确有其事，然而他所举出的护士忘记计算腹膜腔内海绵数目的事件过于罕见，不能视为常态。实际上，如将一切因素估量在内加以全面考虑，尽管人的差错常常阻碍大自然意图的实现，顺利的妊娠和分娩仍如此之多，这才是一个奇迹。文·林奇先生（Bacc. Arith. ⑤）提出一项巧妙的设想，即出生与死亡二者，和宇宙演变的一切其他现象相同，如潮汐运

---

① 拉丁文：成形趋势。
② 拉丁文：下卧受精体。
③ 仿拉丁文：卫生学与优生学博士。
④ 仿拉丁文：谈话学学士。
⑤ 拉丁文：算术学士。

动、月相转换、血液温度变化、各种疾病,总而言之,在大自然的巨大作坊中,从某个遥远的太阳的陨灭,到点缀我们公园的那无数朵鲜花之一的盛开,一切都受一种至今尚未弄清的数字规律的支配。然而,有一个简单明白的问题,却不能不如诗人所言,令我们驻足深思:一个由正常健康的父母生下而本人看来也很健康的孩子,照料也很恰当,何以竟会在童年的早期无故夭折(而同一父母的其他孩子并不如此)?我们大可放心,大自然对其一切作为,都自有其正确有力的理由,这一类的死亡很可能是服从一种预防性的法则,凡是已有致病细菌存在的机体(现代科学已经确证,原生质是惟一可称为不死的物质),都趋于在越来越早的发展阶段消失,这一安排虽会使我们在某些感情(尤其是母性的感情)上受到痛苦,但我们中间有人相信,以长远的观点而言,是有益于种族的总体发展的,因为它实际上保证了适者生存。斯·代达勒斯先生(Div. Scep.)发表意见(或不如称之为打岔更妥?)道,既为无所不食者,诸如由于分娩而生坏疽以致骨瘦如柴的妇女,或是肥硕可观的从业绅士,以至患有黄疸病的政客或是萎黄病贫血的修女,这种种食物均能加以咀嚼、吞咽、消化,而且显然都能不动声色泰然自若地送入正常的通道,则很可能认为来一头脚软站不稳的小牛犊是随意小吃,开开胃口而已,这一论调更将上边提及的倾向表现得无比清晰,听来十分令人不快。这位头脑病态的美学家兼尚未成形的哲学家,自以为科学知识甚广而颇为自负,实际上酸碱不分,但对市内屠宰场情况倒是相当清楚,并且引以为荣,然而对于并不如此熟悉屠宰场情况者而言,或许应当说明,所谓脚软站不稳的牛犊,实是下等有照肉商鄙俗用语,指刚出母肚小牛的可煮、可食的嫩肉。据在场目击者报道,他最近在霍利斯街 29、30、31 号的国立产科医院——众所周知,该院院长为能干而深得人心的安·霍恩大夫(Lic. in Midw, F. K. Q. C. P. I. ①)——与利·布卢姆先生(Pubb. Canv.)进行公开辩论时,曾声言女人一旦容猫入囊(美学比喻,盖指大自然各种过程中最复杂、最奇妙的过程之一——两性相

① 简写头衔:有照助产,前爱尔兰皇家医学会骑士。

交行为)，她就非得放猫出囊不可[1]，按他的说法即她必须给猫以生命方能保住自己的生命。可是她也冒着丧失生命的危险呢——这是对话者一针见血的反驳，尽管说话口气温和有节，其效果毫不减色。

却说那时，由于医生的技术与耐心，一次 accouchement[2] 已经大功告成。对于医生和产妇，这都是疲劳而又疲劳的过程。一切外科技术中可用的办法，全都已经用上，而勇敢的妇人也临危不惧，出力配合。她确实做到了。她出力打了一场漂亮仗，现在她非常、非常快乐。那些已经走过的人，那些过来人，低头看着这动人的景象也发出快乐的微笑，都肃然起敬地望着她躺在那里，眼中放出母性的光辉，露出新生婴儿的母亲渴望摸到小手的神色(多可爱的景象呀)，口中默默地向天上那一位，向那普世丈夫作着感恩的祈祷。而当她的慈爱的眼光落在婴儿身上的时候，她只希望再获得一项祝福，那就是希望她的多迪[3]也能在她身边，和她同享她的欢乐，能将他俩的合法交欢所产生的这块上帝的小小泥土送入他怀中。他现在是上了一点年纪(你我可以说这么一句悄悄话吧)，脊背也稍稍弯了一点，但是，厄尔斯特银行学院草地分行的这位认真负责的副会计师，却随着岁月的转移，现出了一种庄严尊贵的神态。啊，多迪，我的亲爱的老人儿，我的忠实的人生伴侣啊，今后也许再也不会有了，那遥远的玫瑰盛开的往昔时光呀！她摇着好看而已显老态的脑袋，回忆着从前的光景。上帝啊！现在隔着年月的雾霭看去，那一切是多么美啊！但是在她的想象中，他们的孩子们，她的也就是他的孩子们都围在床边呢：查利、玛丽·艾丽斯、弗雷德里克·艾伯特(假如他活着的话)、玛米、布琪(维多利亚·弗朗茜丝)、汤姆、紫萝兰·康斯坦丝·露易莎·小宝贝鲍勃赛(这名字是仿照我们的南非战争著名英雄，沃特福德和坎大哈的勋爵鲍勃斯而取的[4])，以及现在这一个，他俩结合的最新信物，一位名副其实的皮尤福依，长着地道的

---

① “放猫出囊”原为英语中成语，指泄露秘密。

② 法文：分娩。

③ “多迪”为狄更斯名著《大卫·科波菲尔》中大卫的第一个妻子对大卫的爱称。按此段文体仿狄更斯。

④ 按即南非战争中英军总司令。

皮尤福依家的鼻梁。这位前途无限的新人物将取名莫蒂默·爱德华，仿照皮尤福依先生那位在都柏林城堡中的财政部收债处任职的颇有声望的远房堂兄的名字。时间老人就是这样摇摇晃晃地走过去了，可是他老人家路过这里时的手脚是轻柔的。是的，你啊，亲爱的温柔的米娜，你并不需要长吁短叹。还有你多迪，当那灭灯的钟声为你敲响的时候（愿它还在遥远的将来），把你那使用多年而仍然心爱的欧石南根烟斗中的烟灰敲掉，把你诵读圣书所用的灯火熄灭，因为灯油也已经耗去不少，然后，带着宁静的心情上床休息吧。他老人家是知道的，到时候自会来招呼你的。你也打了一场漂亮仗，忠实地尽了你作为男人应尽的义务。先生，我向你伸出我的手。你尽到了你的责任，你是忠心耿耿的好仆人！

有一些罪孽，或是（让我们就用人世间通用的说法称呼它们吧）亏心事，人把它们埋藏在心底最黑暗的去处，但是它们在那里是继续存在的，它们在等待。他可以让它们在记忆中淡漠下去，将它们弄得似乎从未发生过的样子，差不多把自己也说服了，相信这些事情并不存在，或至少不是那样的。然而，一句无意间脱口而出的话语，就会把它们突然召唤回来，在各种意想不到的环境中突然出现，给他来一个措手不及的照面，在一个幻象或是梦境中，或是正当铃鼓或是竖琴使他的心情舒坦下来的时光，或是在傍晚的清凉如银的宁静气氛中，或是正当筵席之间，半夜酒酣耳热之际。这幻象的出现，并非采取盛气凌人姿态将他羞辱一番，并非蓄意报复而欲将其弃绝在生者圈外，而只是披着惹人怜悯的往事装束，默然而至，带来了遥远的谴责。

生客审视面前的脸容，仍觉那脸上有一种虚假的镇定神色正在缓缓消退，这一神色仿佛是习惯形成，或是一种蓄意培养的姿态，借以掩饰其言词中的怨怒之情，因为他这种怨怒情绪十分严重，可以使人感到此人心胸不甚健康，似对生活中的粗暴面有其特殊的敏感。这位旁观者似乎是由于一句十分家常自然的话语的触动，突然有一个场面从记忆中脱颖而出，宛如当年时日及其音容笑貌又在眼前重现一般。这是一个和煦的五月的傍晚，一片修剪整齐的草地，圆镇那片值得怀念的丁香丛，那些紫色的、白色的苗条而芳香的球赛观众，然而她们是真关心那些球,看它们缓缓地在草地上滚过,或是一球与另一球相撞,在短暂的惊吓之后在其近处停住。同时,在另一边,在一个有时为周全灌溉而运送水流的灰色龙头周围,你见到另一群同样芳香的姐妹,芙洛伊、阿蒂、小不点儿,以及她们那位肤色较深的女友,她那举止中有一种我说不清的动人之处,我们的樱桃童贞女,一边耳朵上就垂着一对精致的樱桃,以其凉爽而热情的果实,巧妙地衬出了她那皮肤所散发的异国情调的温暖。水龙头上站着一个穿细绒线衣裤的四五岁的小男孩(这是鲜花时节,然而不久木球收柜之后,人们就将从温暖的壁炉获得快感了),周围扶着他的是那一圈姑娘们的疼爱的手。他微微皱着眉头,正和现在这位年轻人一样,也许是正因为明知危险而内心喜悦,然而又时时情不自禁地拿眼瞟他的母亲,而母亲则在面临花坛的阳台上望着他,仿佛不甚关注,然而神色喜悦而又有谴责之意(alles Vergängliche①)。

请继续注视并记住。结尾来得很突然。试走进专心关照的人们集聚的产房前厅,试看他们的面容。仿佛并没有任何急躁或猛烈的迹象。相反,有的是守护中的宁静气氛,正适合他们在这院内的职责,正如长久以前的牧羊人和天使们在犹太的伯利恒守护一只小床那样兢兢业业②。但是,恰似闪电以前铺天盖地都是密密层层的乌云,云层内厚厚实实全是肿涨不堪形成大团的多余水分,黑压压一大片地压在干裂的田地、瞌睡懵懂的牛群、枯萎受病的灌木丛和草地上空,直至突然之间一道闪电拦腰劈开云层,顿时雷声隆隆,大暴雨倾盆而下,现在也是如此,丝毫不差,一声令下,顷刻之间就完全改观了。

伯克酒店!吾主斯蒂汾振臂一呼,其余的人都一大串尾随而去:好斗的公鸡、自负的猴子、赌马赖账的、开方卖药片的,后面还跟着谨小慎微的布卢姆,七手八脚地抓帽子,拾白蜡手杖,收宝剑,戴巴拿马草帽,找剑鞘,拿瑞士登山杖,等等一切。闹闹哄哄,青年气盛的一群,个个是好样的。厅堂里的护士卡伦吓了一跳,没有能拦住他们;医生面带笑容正下楼梯,他带来了胎盘已下,整重一磅,一毫克也不缺的消息,也没有

---

① 德文:“一切过眼云烟。”系歌德《浮士德》诗句,咏叹凡俗之事皆为幻象。

② “犹太”(Juda)为耶路撒冷以南地区古名,耶稣在此区内伯利恒诞生。

挡住他们。他们招呼他也走。门呢！开着吗？哈！乱成一团出了门，来一场一分钟的竞走，全都精神抖擞往前赶，终极目标是登齐尔街霍利街口的伯克酒店。狄克逊跟上来，狠狠地说了他们一顿，可是一边大声骂人，一边也跟着走了。布卢姆停留片刻和护士说句话，请她传话上去问候喜抱婴儿的母亲。饮食静养二者就是大夫。现在她没有什么异样吧？霍恩院内的看护值班，已经在那退尽颜色的苍白脸上留下痕迹。然后，在那一帮都走了之后，那母性之光一闪启发了他，他临走凑过去耳语一声：您呢，什么时候听您的喜讯？

外边的空气中，饱含着雨露水份，那自天而降的生命要素，在布满星斗的 coelum[①] 下，在都柏林的石头上闪闪放光。天主的空气，众生之父的空气，亮晶晶的、无所不在、百依百顺的空气。深深地吸入你身中去吧。天啊，西奥多·皮尤福依，你的英勇行动取得了成就，毫不含糊！我起誓，在这部喋喋不休、扯天扯地、无所不包的纪事中，你是最出色的生殖者，比谁都强。惊人！她身上蕴藏着一个由天主设造、天主赐予、早已成形的可能性，而你用你的一分男人活计使它结出了果实。守着她！服务吧！努力干下去，像看家狗那样忠心耿耿地干吧，让那些学者们和一切马尔萨斯派理论家们统统见鬼去吧。你是他们所有人的老爹，西奥多。你是不堪重负，在家里愁肉店账单，在账房里折腾金锭银锭（不是你的！）弄得满身污泥，直不起腰来吗？昂起头来吧！你的每一个新生儿，都将使你获得一霍默成熟的麦子[②]。瞧，你的羊毛都湿透了[③]。你是羡慕那儿那位达比·迟钝先生和他的琼吗[④]？他们两人惟一的后代，是一只碎嘴子松鸦和一头见风流泪的杂种狗。啐，我告诉你吧！他是一头骡子，一条死的软体爬虫，暮气沉沉，蔫不唧唧，连一枚带裂的十字币都不值。只要交媾，不要添口！？不行，我说！称之为希律屠杀无辜，还恰当一些。还素食呢，真是的，讲什么不事生育的房事！！

① 拉丁文：天穹。

② “霍默”为古希伯来容量，约合十至十二蒲式耳。

③ 按《旧约·士师记》，基甸求上帝显示神意，将一团羊毛放在地上祷告说，如上帝确有意要他拯救以色列人，就让水集中在羊毛团上，果然周围均干而羊毛全湿。

④ 达比与琼为英国十八世纪诗歌《幸福的老夫妇》中歌颂的一对孤独老人。

让她吃牛排吧,红的、生的、血淋淋的肉!她毛发已白,一身是病:腺体胀大、腮腺炎、扁桃体周脓肿、拇囊炎肿、枯草热、褥疮、癣菌病、浮游肾、德比郡大脖子、肉赘、胆汁病、胆结石、冷足病、静脉曲张。休唱悲歌、悼歌、耶利米哀歌,以及诸如此类生来就是死亡的音乐!已经二十年了,你没有什么可遗憾的。对于你,跟对许多想干、愿干、老是等待而老是不干的人不同——就是干。你见到了你的亚美利加,见到了你的人生事业所在,你就挺身而上,像一头陆桥彼岸的美洲野牛那样,扑上去就干。琐罗亚斯德是怎么说的?**Deine Kuh Trübsal melkest Du. Nun trinkst Du die süsse Milch des Euters.**①瞧!那乳房为你喷出丰盛的乳汁来了。喝吧,老兄,整个乳房的奶!母奶,皮尤福依,人类亲情的乳汁,还有那些在雨后留下的水气中初露光辉的星辰,也有它们的奶水,还有潘趣奶,正是这批纵情欢乐者即将到他们那酒窟去开怀狂饮的,疯狂的奶水,还有迦南圣地的蜜奶。你那母牛的奶头发硬,是吗?不错,但是她的乳汁是热的、甜的、能使你肥胖的。这可不是什么乱七八糟的东西,而是浓浓的、养料丰富的稠奶。向着她,大老爹!啪!**Per deam Partulam et Pertundam nunc est bibendum!**②

闹闹哄哄上了街,胳臂相连一窝蜂,要痛喝一场。正牌儿的。昨儿个你睡哪儿③?砸扁酒杯的蒂莫西。好家伙的!家里有雨伞,有橡胶套鞋吗?魔道镉骨头的和老估衣哪儿去了?鬼知道。喂,那儿的,狄克斯!④ 上来呀,卖缎带的。拳头呢?平安无事。耶,看产院出来了个喝醉酒的牧师!**Benedicat vos omnipotens Deus, Pater et Filius.**⑤来个半便士吧,先生?登齐尔胡同那一伙小子。见鬼,该死的!快走开吧。不错,艾萨克斯⑥,把他们哄下台就得了。你老先生也来吗?嘛事儿也不

---

① 德文:你挤奶的母牛是苦难。现在你喝其乳房的甜奶(据查尼采书中无此语)。

② 拉丁文:“现在我们须凭女神帕透拉和珀通达的名义饮酒了”。二者均为罗马女神,前者主持生育,后者主持妇女破身。

③ 当时爱尔兰法律规定酒店晚十一点关门,但“正牌的”(即真正的)旅客可不受此限制,因此酒店可要求客人说明来处。

④ “狄克斯”为“狄克逊”昵称。

⑤ 拉丁祈祷文(弥撒中祭司用语):愿万能天主,圣父圣子,祝福你。

⑥ “艾萨克斯”为犹太人常用名字。

碍。大大的好人儿。这一拨儿全不离儿。En avant, mes enfants![1] 一号开炮!伯克酒店!伯克酒店!他们推进了五个帕勒桑[2]。斯莱特里的骑马步兵[3]。那名倒霉作家哪去了?斯蒂牧师爷,念你的叛道经吧!不要,不要,马利根!后边儿的!快着点儿!看住钟点儿,别让它溜了!关门时间到了。马利!你是怎么回事儿?Ma mère má mariée.[4]英国式的八福[5]。Retamplan digidi boumboum.[6]表决通过。由德鲁伊德拉姆出版社两位善于设计的女性印刷装订[7]。小牛皮封面,尿青色。艺术色调的顶峰。爱尔兰当代所出的最美的一部书。Silentium[8]!冲锋吧。注意。目标最近处餐厅,入内占领酒库。前进!进,进,进,弟兄们冒渴(求福!)前进。啤酒、牛肉、买卖、圣经、恶狗、战舰、鸡奸、主教[9]。不怕把绞架上。啤酒牛肉、踩倒《圣经》。为了亲爱的爱尔兰。踩倒那些踩我们的家伙。去他们的吧!咱们把倒霉窘人的步子踩齐了。把命丧[10]。主教们的酒柜。站住!顶风停航。橄榄球。密集争球。踢球不许碰人。唷!我的脚尖!踩痛了你?大大的抱歉!

问。这一场谁掏腰包?鄙人腰缠无贯。我宣告赤贫。区区赌马倒霉。个人断粮缺盐。在下整星期赤骨精光。你们要什么?Übermensch[11] 要咱们祖先的蜜酒。我也照办。一号的五杯。你呢,先生?姜汁甜酒。要命,马车夫的鸡蛋麦糊汤。加热。在开他的嘀嗒呢。

---

① 法语:前进,我的孩子们!

② "帕勒桑"为古波斯和希腊长度单位,约合五公里半。希腊历史家色诺芬曾多次以"五个帕勒桑"为希腊军队一日行军速度。

③ "斯莱特里的骑马步兵"为一滑稽歌曲,叙述一群醉汉到处找酒店丑态。

④ 法语:"我妈妈将我嫁了人。"为一淫秽歌曲。

⑤ 《圣经·马太福音》第五章叙述耶稣登山讲道,指出温顺者等八种人受上帝保佑,即基督教所谓"八福"。

⑥ 法语:"鼓声滴奇滴嘭嘭。"为上述法语歌词后加唱叠句。

⑦ "德鲁伊德拉姆"一词中结合三词,即古爱尔兰"德鲁伊德"祭司(Druid)、叶芝姊妹出版叶芝书籍的邓德拉姆村(Dundrum,见16页注①及注②)以及鼓(drum)。

⑧ 拉丁文:肃静!

⑨ 八项均为英国人喜爱或夸耀,而原文(bear, beef, business, bibles, bulldogs, battleships, buggery and bishops)首字母均为B,与"八福"(blessed或beatitudes)首字母同。

⑩ 典出爱尔兰爱国歌曲《天主保佑爱尔兰》(见209页注③)。

⑪ 德文:"超人",参见29页注②。

它再也不走了,爷爷那天①。我要苦艾酒,明白吗?Caramba②!要个蛋奶酒或是醒酒生鸡蛋吧。钟点?大叔拿着我的表哩。差十分。承情得慌。不客气。是胸部创伤吗,狄克斯?没有错。在他那小不点儿花园里打盹儿,让蜂子给螫了一下。窝儿在慈母附近。他是拴住了的。认识他女人吗?认识,错不了。肥实着呢。要看她没穿整齐的模样。脱光了准够意思。美美的美人儿。可不是你们那种瘦母牛儿,没那事儿。拉下窗帘吧,心爱的③。两杯阿迪朗④。我也一样。快当点儿。摔倒了也别耽误。五、七、九。好!一双眼睛滴溜溜,一点儿也不假。还有她胸前那一对和后臀那一堆。不是亲眼见,谁也难相信。你的亮晶晶的眼睛和雪白的脖子呀,你摄走了我的魂,你这胶水罐头呀。您哪?马铃薯管风湿吗⑤?全是胡扯,对不起得很。骗老百姓的。我看你老兄是大冒傻气了。怎么样,大夫?从裙下国回来啦?贵体可OK?婆娘们和小毛毛们怎么样?有女的要上草垫吗?站住了交出来。口令。露出毛来了。我们的是白森森的死和红通通的生⑥。喂,往你自己眼里啐唾沫吧,老大!假面哑剧演员的电报。从梅瑞狄斯那里抄来的。脚上套圈、睾丸炎肿、虫子满身的耶稣会修士!我姑妈要给啃奇老爹写信了。坏了坏了的斯蒂汾,带坏了顶好顶好的好孩子玛拉基!

好哇!接皮的,小伙子。传喝的。喏,高原好汉约克⑦,你的大麦酿。愿你的烟囱常冒烟,肥皂锅常开⑧!我的小酒盅。Merci⑨. 祝咱们自个儿好。怎么回事?脚挡球门。别把酒撒在我崭新的裤子上了。那一位,把胡椒传过来,咱洒一点。接住了。茴蒿籽,夜里有好处。明白

---

① 典出美国歌曲《我爷爷的钟》(1876),全句为"它再也不走了,爷爷去世那天"。

② 西班牙语表示惊讶。

③ 典出自杂耍场表现男女相会歌曲。

④ 阿迪朗勋爵(见105页注①)为吉尼斯啤酒厂老板之一。

⑤ 欧洲民间传说马铃薯可避邪。

⑥ 典出斯温伯恩诗(参见326页注③)。

⑦ 典出苏格兰诗人彭斯的诗《快乐的乞丐们》等。"约克"即苏格兰"约翰"或"杰克",亦泛指苏格兰人。

⑧ 此语为苏格兰常用的祝词。

⑨ 法语:谢谢。

吗？无声的尖叫。每一条汉子，都找自己的贵妇人。Venus Pandemos.[①]Les petites femmes.[②]马林加市的胆大的坏姑娘[③]。告诉她我想她。搂着赛拉的腰肢[④]。在那去往马拉海德的路上。说我吗？如果引诱我的人，让我知道她的名字就好了。九便士的货，还能要什么？Machree，macruiskeen.[⑤]要找淫荡的莫尔跳一场床上快步舞。合着劲儿一齐动。干！

等着吗，老板？那还用问吗？你的靴子都可以押上。傻了，看着怎么不见亮晶晶的掏出来。领悟了吧？他有铜钿 ad lib[⑥].刚刚的我还瞅见，他身上差不离有三镑，说都是他的。兄弟们就是你请了才来的，明白吗？看你的啦，伙计。掏腰包吧。两先加一便。你要学法国派头的骗子们那套办法开溜吗？这儿可根本行不通，怎么也不行。小把戏对不起你们。阿拉是这厢头号好人。这话不假，乔利。我们没醉。我们没那么醉。Au reservoir，mossoo[⑦]，希希你。

真是的，没问题。你说什么？在那好说话酒店里。醉醺醺的了。我见你了，老兄。班塔姆，戒酒两天。除了红葡萄酒，嘛也不喝。去你的吧！瞅一眼吧，你。主啊，真没想到。而且让人剪过头了。灌得话都说不出了。跟一个铁路上的家伙。你怎么会这样的？他喜欢歌剧吗？卡斯蒂尔的玫瑰。一行行的铸钢。警察！有位先生晕倒，给他来一点H_2O。看班塔姆的花。好家伙。他要吼了。美发姑娘。我的美发姑娘[⑧]。嗳，得了吧！手不能软，把他这一片模模糊糊的荷兰炉子嘴巴闭上吧。今天他本来已经找到了赢家，可是我给了他一个

---

① 拉丁与希腊文：“众人的维纳斯”，神话中与纯洁的维纳斯相区别而象征淫荡女性。

② 法文：小女人。

③ 典出美国歌曲《亡命徒》中的“胆大的坏男人”。

④ 典出苏格兰诗人彭斯诗歌。

⑤ 爱尔兰语歌曲唱词：我的心，我的小酒坛。

⑥ 拉丁文：“随意”或“无限”。

⑦ 美国人戏说法语 Au revoir，monsieur（再见，先生），除将 monsieur（先生）读白外，并将 revoir（再见）加一音节变成 reservoir（水库）。

⑧ 歌词，出于爱尔兰话剧《美发姑娘》（1860）改编的歌剧《基拉尼的百合花》（1862）。

内部消息。魔鬼砍脑袋的斯蒂汾·汉德,他给我的那匹蹩脚小马。他截住了一名送电报的,大亨巴斯给兵站的一份马场电报。塞给他一枚四便士,用蒸汽熏开。牝马状态极佳抢手。必胜。电报电报,瞎说瞎报。福音真理,绝对可靠。犯罪的把戏?我认为就是。没有问题。巡捕探出他的勾当,他就要坐班房。马登押马登,马马虎虎瞎蹬蹬。贪欲啊,我们的庇护所和我们的力量①。撒营。你非走不可了吗?回家找妈咪去。在我旁边站一下。谁挡一挡我的红脸。他要是瞅见我,那就手脚一齐上了。回家吧,我们的班塔姆呀。Horryvar, mong vioo.②勿要忘记太太的流星花。说说实情吧。谁透露给你那匹小公马的?自家人讲话。实在的。以及她的配偶约翰·托马斯③。不作假,利奥老头儿。老天救救我吧,说真格儿的。砸了我的船架也想不到的呀。那才是顶呱呱的大贤人呢。咋的你不给我透个信儿?嘿,我说,这要还不算犹太把戏,嘿,我不得好死。凭着我主基基,阿门④。

你要提个提案?斯蒂老弟,你是真上劲了。还要那醉人的玩意儿吗?无限慷慨之至的施惠人,是否可以容许一名极其贫穷而又奇渴无当的受惠者首先结束已经开端的一杯贵重饮料呢?让人喘过气来呀。老板,老板,你有好酒吗,司大卜乌?嘿,老兄,尝一小口。随意请吧,多多益善。掌柜的。统统上苦艾酒。Nos omnes biberimus viridum toxicum, diabolus capiat posterioria nostria.⑤关门时间到了,先生们。嗯?给布卢姆大爷来杯罗马酒。我听你说什么来着?布卢?兜揽广告的。照相她老爹,啊唷唷。别张扬,伙计。溜。Bonsoir la compagnie.⑥以及

---

① 典出祈祷文(参见第109页),但祷文中"天主"被改为"贪欲"。

② 法语 au revoir, mon vieux(再见,老朋友)的讹变。

③ 继续上文(见529页注⑥)开始的祈祷文戏谑,祈祷文中圣母配偶"圣约瑟夫"被篡改为"约翰·托马斯",而此名在俚语中可指阴茎。

④ 上述祈祷文(见本页注①及注③)以此句为结尾,但原祷词"我主基督"已被篡改。

⑤ 拉丁文:我们都喝那绿色毒汁,落后的让魔鬼抓。

⑥ 法语:"晚安,伙伴们。"亦为歌词用语。

梅毒瘟神的诡计[①]。壮鹿和那婆婆妈妈的呢？臭鼬了？开跑了。算了吧，你走你的阳关道。将死了。王走碉堡。善心的基督徒啊[②]，年轻人的屋门钥匙被朋友拿走了，你能帮他找个今晚放脑瓜子的地方吗？格老子，我不离儿了。今儿个要不是顶好顶美的痛快日子，狗咬我腿吧。管事的，加上一项，给这小把戏来两块小面包。什么乱七八糟的玩意儿，嘛也没有！连一口干酪都没有吗？将梅毒投入地狱，并让其余有执照的精灵也跟着一起下地狱吧。时间到了！游荡世间的[③]。大家健康！**A la vôtre**[④]！

嘿，那边那个穿雨褂的是什么鬼家伙呀？灰尘仆仆的罗兹[⑤]。瞧他穿的。天老爷呀！他身上还有肉吗？大庆羊肉[⑥]。得要浓缩牛肉汁，詹姆斯哪。非得有那个才行呢。看见那双破袜子了吗？是里奇蒙德疯人院那个褴褛怪物吗？可不是吗！认为他的阴茎中有铅沉积。短暂性神经失常。我们管他叫巴特尔面包。先生，他原来还是一个富足户哩。破衣烂衫穿一身，娶个姑娘苦伶仃[⑦]。跑了，女的。这就成了眼前这样失魂落魄了。身披雨褂走孤峡。灌足了睡大觉吧。规定时间到了。小心警察。对不起，你说什么？今天在一个葬礼上见到他啦？你的一个老朋友交账了？主发慈悲吧！可怜的小鬼头们！真是你说的那样吗，波尔德吃素的！大人朋友派德尼让人装进黑袋子拖走，也哇啦哇啦哭鼻子吗？黑人满天下，就数派特先生顶顶好。我从哇哇落地，从没有见过这么好的人。Tiens，tiens[⑧]，但是真是伤心，那事，实在的，真是。

---

① 戏谑模仿另一祈祷文，但祷文中“魔鬼”被改为“梅毒瘟神”。

② “基督徒”为英国十七世纪宗教作家班扬（John Bunyan）的寓言式小说《天路历程》主人公，象征追求天国的人。

③ 继续本段前部（见本页注①）戏谑，祷文中“撒旦”被改为“梅毒”，而“其余游荡世间……的魔鬼”中“魔鬼”被改为“有执照的精灵”，按“精灵”与“酒精”或“烧酒”在英文中均为 spirits。

④ 法文：祝你（健康）！

⑤ “灰尘仆仆的罗兹”为二十世纪初美国连环画中流浪汉。

⑥ 都柏林谚语，意为少得可怜。典出一八九七年庆祝维多利亚女王登基六十周年给都柏林穷人分发的羊肉。

⑦ 出自童谣《杰克所建》。

⑧ 法语语气词，表示惊讶、不完全同意等情绪。

嘿,去你的吧,在九分之一的坡度上加速。活轴驱动没戏了。敢赌你个二比一,杰纳齐能打他个落花流水①。日本佬吗?高角度火力,是吗?击沉了,战事特讯说的。他要倒霉的,他说,跟俄国佬一样。时间到了。大伙儿。十一下了。都走吧。走吧,晕晕乎乎跌跌撞撞的!晚安了。晚安了。愿杰出者安拉今晚保护你的灵魂无限美好。

大家注意!我们没有那么醉。利斯警士试了试②。利希鸡希。他吐了,防着点儿鹰犬。他的豆子不大好。呕喀。晚。莫娜,我的诚诚的爱人③。呕喀。莫娜,我心上的爱人。呕喀。

听!收起你们的瞎吵吧。呼啦!呼啦!着火了。看,在那边呢,救火车!倒转航向。蒙特街方向。抄近路!呼啦!台咧嗬!你不来?跑吧,快,冲吧。呼啦啦!

林奇!怎么样?参加我这儿吧。登齐尔胡同这边。从这儿换车上窑子。我们俩,她说,要去找半开门的玛利亚所在的那档子地方④。没有错儿,随时都行。Laetabuntur in cubilibus suis. ⑤你也来么?说句悄悄话,这个一身黑不溜秋的家伙是什么人呀?嘘!戕害光的,现在他来用火审判世界的日子快到了。呼啦!Ut implerentur scripturae. ⑥唱一支歌谣吧。随后那医科生狄克开了口哪,对他的伙伴医科生戴维呀。基督不点儿,梅里恩会堂上这个大粪黄的福音师是谁呀?先知以利亚来了!用羊羔的血洗的。来吧,你们这些葡萄酒不离口、杜松子酒不松手、辣白酒灌个够的芸芸众生!来吧,你们这些该死的公牛脖子、甲虫眉毛、猪仔嘴巴、花生脑子、鼬鼠眼睛的赌棍、骗子、赘物!来吧,你们这些三次提炼的纯粹孬种!亚历山大·约·基督·道伊,这就是我的姓

---

① 杰纳齐为汽车比赛选手,曾于一九〇三年在都柏林举行的戈登·贝内特汽车赛中获胜,因而一九〇四年六月七日德国再赛前获胜呼声最高。(后被击败,情况类似"权杖"。)

② 典出英国绕口令。利斯为英国地名,英国警察命令检查对象复述此绕口令藉以测定是否酒醉。

③ 典出爱情歌曲《莫娜,我心上的爱人》,歌词中有"我的真诚的爱人"。

④ 典出英国诗人罗塞蒂(Dante Gabriel Rossetti,1828—1882)诗,但原诗句为"我们俩,她说,要去找玛利亚夫人所在的树丛"。诗中"她"为天上少女。

⑤ 拉丁文:"愿他们在床上高声歌唱。"出自《圣经·旧约·诗篇》第一四九章。

⑥ 拉丁文:以便应验经上的话。

名,扬名将近半个地球,从旧金山海滨直到海参崴。神可不是一毛钱一场的歌舞戏法。我告诉你们,他老人家可是实实在在的,毫不含糊的一笔好买卖。他老人家是最最了不起的货色,你们可别忘了。要想获解救,就得喊耶稣王。你,那头的罪人哪,你想糊弄全能的上帝,可得赶大早爬起床才行呐!呼啦!可没有那么便宜的事儿。他老人家在后边口袋藏着一瓶给你用的咳嗽药水呢,特别有效的,朋友。你来吧,一试便知。

十五

（夜市区入口之一的迈堡特街，街前有一片未铺石面的电车岔线场，上有骨骼似的轨道、红绿鬼火和危险标志。一排排满是污垢的房屋，门口黑洞洞的。偶或有几盏灯，带着模糊的扇形虹彩。一辆拉芭约蒂售冰船车停在路上，周围围着一些矮小的男女，吵吵嚷嚷的。他们抓了一些夹着珊瑚色、紫铜色冰糕的饼干，一面吮着一面缓缓地散开了，是一些儿童。天鹅冠顶般前低后高的售冰车，又在朦胧夜色之中继续前移，在受到灯塔照射时方显出白蓝颜色。口哨召唤声和回答声响了。）

召唤声

等着我，心爱的，我就来找你。

回答声

绕到马厩后面去。

（一个又聋又哑的白痴，鼓着他的金鱼眼，畸形的嘴边流着口水，身子不断地发出圣维特斯舞蹈病的抽搐，一瘸一拐地走过。儿童们手拉手围住了他。）

儿童们

左撇子！敬礼！

白痴

（举起瘫坏的左臂，含糊地）请乙！

儿童们

大亮光在哪边？

白痴

（嘎嘎如火鸡叫）奇奇奇契衣。

（他们放了他。他继续抽搐着往前走。一个侏儒似的女人，吊住拴在两道栏杆之间的一根绳子来回晃荡，口中还数着数。一只垃圾箱旁，有一个人紧挨着它摊开四肢躺在那里，一只手臂和帽子蒙着脸，先是打鼾，接着是呻吟，又咕噜咕噜地哼着磨牙，然后又打起鼾来。一个在垃圾堆上捡破烂的小矮子，正站在一蹬台阶上弯下腰去，要把一麻袋破布和骨头扛上肩去。一个提着冒烟的油灯站在旁边的老婆子，把自己的最后一个瓶子塞进了他的麻袋口子里。他用力扛起他的战利品，把头上的带舌帽子拉歪，默默无声地蹒跚而去。老婆子晃着油灯准备回窝。一个拿着纸羽球蹲在门前台阶上的罗圈腿孩子，一蹦一蹦地侧爬着追上去，抓住她的裙子站了起来。一个醉得站都站不稳的壮工，双手抓住了一间地下室采光井的栏杆。街角上有两名披雨披的巡夜，手扶着警棍套子，显得身材很高大。有一张盘子打碎了，有女人尖叫、孩子嚎哭的声音。一个男人大声吼叫着骂了起来，又嘟哝一阵才停了。人影幢幢，影影绰绰地从兔窟似的房子内窥视着。有一间房内点着一支插在瓶里的蜡烛，一个邋遢女人正在给一个患瘰疬的女孩梳她头发里的纠结处。从一条胡同里传来了凯弗里妹子的尖尖的、仍是稚嫩的嗓音，她在唱歌。）

凯弗里妹子

我给了莫莉，
因为她笑嘻嘻，
那一条鸭子腿，
那一条鸭子腿。

（列兵卡尔和列兵康普顿，腋下紧夹着军用短手杖，步履不稳地齐步向后转，一齐从嘴里放出一个响屁。胡同里传出男人们的笑声。一个魁伟女人用粗哑的嗓音驳斥他们。）

魁伟女人

你们这些遭谴的毛屁股，卡文的姑娘才更有劲呢。

凯弗里妹子

我的运道更好。卡文、胡特希尔和贝尔透贝特①。（她唱）

---

① 卡文为爱西北部一郡，胡特希尔等为郡内小城镇。

我给了内莉，
插进她的肚子里，
那一条鸭子腿，
那一条鸭子腿。

（列兵卡尔和列兵康普顿转身反驳，他们身上的红军装上衣在灯光下鲜亮如血，头上剪短了的金发，扣着黑窝窝似的帽子。斯蒂汾·代达勒斯和林奇从两个英国兵附近的人群中穿过。）

列兵康普顿

（抖动指头）给牧师让路。

列兵卡尔

（转身呼唤）干吗来啦，牧师！

凯弗里妹子

（更扬高了歌声）

她受了，她拿了，
不知往哪儿放了，
那一条鸭子腿。

（斯蒂汾左手挥舞着白蜡手杖，用欢欣的音调吟诵复活节专用的进阶经。林奇陪着他，头上的赛马帽低压着脑门，脸上露出不满意的冷笑。）

斯蒂汾

Vidi aquam egredientem de templo a latere dextro. Alleluia. ①

（一个上了年纪的鸨母，从一个门洞里伸出饥饿的长龅牙。）

鸨母

（嗓子沙哑地说悄悄话）嘘！到这儿来，待我告诉你。里面有黄花闺女。嘘！

斯蒂汾

（altius aliquantulum）Et omnes ad quos pervenit aqua ista. ②

---

① 拉丁经文：我见圣殿右侧涌出泉水。哈利路亚。

② 拉丁文：（提高一些）凡是那水所达到的人。

鸨母

（照着他们的后影啐一口毒液）三一学院医科生。输卵管。只有小便，没有便士。

（伊棣·博德曼吸着鼻子，和贝瑟·萨普尔蹲在一起，把披肩拉起来蒙住鼻子。）

伊棣·博德曼

（使性子）一个说：我见你上守信小街了①，陪着你那个铁路上加油的浪荡子，他还戴着他那顶没正经的帽子。你见了是吧，我说。这话轮不着你说，我说。你永远也见不着我跟一个有老婆的高原汉子在窑子里鬼混，我说。像她这样的货色！是个不要脸的！固执得像一头骡子！那回她还跟两个男的一起走呢，一个是火车司机基尔勃莱德，一个是一等兵奥利芬特。

斯蒂汾

（triumphaliter）Salvi facti sunt.②

（他抡起白蜡手杖击碎灯影，将光撒向全世界。一头正在觅食的红褐色和白色相间的西班牙长毛狗，喉间发出低沉的吼声向他追来。林奇踢起一脚，把它吓走了。）

林奇

结论是什么呢？

斯蒂汾

（回头张望）结论是，可以成为世界通用语言的是手势，不是音乐，不是气味，它才是天赐的舌头③，它并不显示世俗的意义，而是显露第一生命原理，即结构的韵律。

林奇

---

① “守信小街”在“夜市区”中心。

② 拉丁文：（胜利状）全都获救了。

③ 据《新约·使徒行传》第二章，耶稣升天后的五旬节上，忽有形似火舌之物出现，耶稣的门徒们立即开始能用各种不同语言说话。

娼道神理哲学。梅克冷堡街的形而上学!①

斯蒂汾

我们有受悍妇折磨的莎士比亚,有怕老婆的苏格拉底。就是最有智慧的司塔甲拉人②,也免不了被轻狂女人挂上嚼子、套上笼头、当了座骑。

林奇

去你的吧。

斯蒂汾

不管怎么说,谁需要用两个手势来表示一条面包和一把壶呢?这一个动作,就显示了欧玛尔的面包或酒的一条一壶③。你拿着我的手杖。

林奇

滚你的黄手杖吧。咱们去哪儿?

斯蒂汾

淫荡的林中奇兽,去找 la belle dame sans merci④,乔治娜·约翰逊,ad deam qui laetificat inventutem meam.⑤

(斯蒂汾将白蜡手杖塞给他,头向后仰缓缓地伸出双手,直至两手与胸之间相距一拃,手掌向下,两平面相交,手指作势欲张,左手略高。)

林奇

哪一个是面包瓶呀?看不出名堂。是那个,还是海关大楼。你比划你的吧。拿着你的拐棍走路吧。

(他们走过去了。汤米·凯弗里奔向一个煤气灯座,抱住灯杆,一

---

① 梅克冷堡街为"夜市区"中心,以妓院密集而声名狼藉,在十九世纪末已改名蒂龙街,即斯蒂汾和林奇现去处(今已再改名铁路街)。

② 即亚里士多德,见 265 页注①。

③ 欧玛尔·海亚姆(Omar Khayyam)为十一、十二世纪波斯诗人,其诗接近中国绝句,由十九世纪英国诗人菲茨杰拉德译为英文后风靡一时,其中最著名的诗句有:树荫下放着一卷诗章,/一瓶葡萄美酒,一点干粮,/有你在这荒原中傍我欢歌——/荒原呀,啊,便是天堂!(郭沫若译)

④ 法文:"残酷的美女",英国诗人济慈曾有一诗以此为题。

⑤ 拉丁文:"走向使我的青春获得欢乐的女神",原系天主教弥撒中助祭用语,但有一字之差,即"神"被改为"女神"。

耷一耷地攀登起来，他爬到最高处的横档之后才滑下来。杰基·凯弗里也抱住要爬。壮工踉踉跄跄向灯座扑过来。两个孪生兄弟向黑暗处溜走。壮工晃了一回，伸出食指按住一个鼻翼，从另一鼻孔中射出一股长长的鼻涕。他扛起灯座，跌跌撞撞地穿过人群走了，灯上还冒着火。

河面上缓缓地爬着雾气的长蛇。排水沟中、裂缝里、化粪池上、垃圾堆间，四面八方都冒着沉滞的烟雾。南边，在河流入海处以南的远处，有一片红光在跳动。壮工跌跌撞撞地劈开人群，向电车岔线场蹒跚而去。从对面铁路桥下那一边来了布卢姆，他满面通红，气喘吁吁地将面包和巧克力塞进侧面的口袋里。吉伦美发室的橱窗里，一张合成像在向他展示纳尔逊的雄姿。旁边的一面凹镜中供他观赏的，是失宠失欢、失魂落魄的布——卢——姆。在庄严的格莱斯顿的目光中，他并无异样，布卢姆就是布卢姆。好斗的惠灵顿狠狠地瞪着他，把他吓得赶紧走过去，但是凸镜里的傻笑模样，又叫大大咧咧瓜里瓜气的波尔迪的小猪崽子眼睛亮了，肥腮帮子脸颊子都放开了。

布卢姆在安东尼奥·拉巴约蒂饭馆门口停顿了一下。明晃晃的弧光灯照得他直冒汗。他进去了。没过一会儿又出来了，匆匆朝前走去。）

布卢姆

鱼和马铃薯。不行。啊！

（他从正在放下来的活动门板下边，钻进了奥尔豪森猪肉店内。片刻之后他又从活动门板下钻了出来，噗噗喘气的波尔迪，呼哧呼哧的布卢姆。他两手各拿一个包，一包是一只还有点热的猪脚爪，另一包是一只撒胡椒粒的冷羊蹄。他倒抽一口气，站直了身子。然后他又向一边弯下腰，用一个包压着肋部呻吟起来。）

布卢姆

肋部疼。我跑什么？

（他小心地呼吸着，缓缓地走向亮着灯的岔线场。红光又在跳跃。）

布卢姆

怎么回事？闪光信号？探照灯。

(他站在科马克酒店的街角瞭望。)

布卢姆

是北极光,还是炼铁炉?对了,是救火队,当然。倒是在南边。大火。也许是他的房子。乞丐窝①。我们是安全的。(他愉快地哼起小曲来)伦敦烧起来了,伦敦烧起来了!着火了,着火了!(他瞅见在塔尔博特街对面人群中踉跄的壮工)我要追不上他了。跑吧。快。从这里穿过去好些。

(他快步越过马路。街头顽童们大喊。)

街头顽童们

小心,先生!

(两个骑自行车的,摇晃着点燃的纸灯,急速地打着车铃从他身边擦过。)

车铃

哈尔铁牙尔铁牙尔铁牙尔。

布卢姆

(突然一阵剧痛而站直)啊哟!

(他四面看了一下,又突然往前猛冲。在正开始弥漫的雾中,一辆谨慎行驶的龙头撒沙车沉重地向他逼近,车头的巨大红灯一闪一闪的,车顶上的受电器在电线上发出嗤嗤的声音。司机踩响脚钟。)

脚钟

嘭嘭布拉巴克布拉德卜格布卢。

(车闸发出开裂似的猛烈响声。布卢姆举起一只警察式的戴白手套的手,腿脚僵硬地仓皇跨出路轨。扁鼻头司机的身子被推向前,扑倒在导轮上,一面驾着车子从道岔链子销子上滑行过去,一面大声喊叫。)

司机

喂,屎虫子,你是在玩扣帽子把戏吗②?

---

① 都柏林西南郊区地名。

② 据传有人以帽子扣在粪块上,对警察说帽中有鸟,骗他看住帽子而自己溜走。

（布卢姆玩的是跃上街沿石，然后又站住。他举起一只拿包的手，擦掉脸上一片泥。）

布卢姆

此路不通。真险，可是这一来肋部倒不疼了。一定得恢复桑多健身操。从双手向下开始。还得保街道事故险。天佑保险公司。（他摸一下裤袋）可怜的妈妈的灵丹妙药。脚后跟很容易卡在轨道里，要不然就是靴带绊在一个什么轮齿上。那天在伦纳德公司的街角上，那辆囚车的轮子把我的鞋都挤掉了。三回见灵验。是鞋子把戏。无礼的司机。我应该去告他。他们工作紧张，所以神经紧张。说不定就是上午挡住玩马女人的那个家伙。一样的派头。倒是够敏捷的，他的手脚。腿脚僵硬了。戏言有真情。赖德胡同里那回抽筋真可怕。我吃了什么有毒的东西。运气不好。是什么原因呢？大概是坏牛肉。兽的印记①。（他闭一下眼）头有一点晕。月经。或是另外那事的后果。脑子迷雾衰竭。那种疲乏感。我这一次可是受够了。阿唷！

（奥贝恩公司的墙上，倚着一个双腿交织的可怖人形，一张古怪的脸，用黑水银注射过的②。那人戴一顶西班牙阔边帽子，从帽檐下用恶毒的眼光注视着他。）

布卢姆

Bueñas noches, señorita Blanca. Que calle es esta?③

人形

（漠然不为所动，举起一只标示信号的胳臂）口令。Sraid Mabbot.④

布卢姆

原来如此。Merci.⑤世界语。Slan leath⑥（喃喃自语）盖尔语协会的侦探，那个炮筒子派来的。

---

① 据《圣经·启示录》第十三章，“戾龙”（魔鬼）遣来人间的“兽”，给人打上印记作为受其管辖的标志。

② 二十世纪初曾出现水银制剂“黑药水”，用以治疗梅毒。

③ 西班牙语：晚上好，白小姐。这是什么街？

④ 爱尔兰语：迈堡特街。

⑤ 法语：谢谢。

⑥ 爱尔兰语：保重（告别语）。

（他往前走。一个肩扛麻袋的收破烂人挡住他的路。他向左跨，收破烂人向左。）

布卢姆

对不起。

（他跳向右，收破烂人也向右）

布卢姆

对不起。

（他躲闪开，侧行，跨向一边错开，走过。）

布卢姆

靠右走，右，右，右。旅游俱乐部在跨开镇立了一块路标，这是谁促成的公益？是我迷了路，向《爱尔兰骑车人报》投了一封读者来信。标题叫做《在黑透了的跨开镇》。靠，靠，靠右走。半夜拣破烂，收骨头。买卖贼赃还差不多。杀人犯首先要找的地方。洗掉他在人世间的罪过。

（杰基·凯弗里被汤米·凯弗里追逐着奔跑过来，一头撞在布卢姆身上。）

布卢姆

唷。

（他吓了一跳，腿一软，站住了。汤米和杰基躲这儿，躲那儿，没影儿了。布卢姆用拿着纸包的手拍了拍自己的表袋、票夹兜、钱包兜、偷情的乐趣、马铃薯香皂。）

布卢姆

小心扒手。小偷的老花招。碰撞。趁机掏钱包。

（寻物猎犬走过来了，鼻子贴近地面嗅着。一个躺在地上的人打了一个喷嚏。出现了一个弓腰长须的人影，身穿锡安长老的束腰长袍，戴一顶坠着品红流苏的吸烟帽。一副角质框架的眼镜，低低地架在鼻翼上。消瘦的脸上有一道道的黄色毒药痕迹。）

鲁道夫

今天第二次的半克朗浪费了。我告诉过你的，永远不要和非犹太醉汉混在一起。那样你攒不了钱。

布卢姆

（把猪爪羊蹄藏在背后，垂头丧气摸着热、冷脚肉）Ja，ich weiss，papachi.①

鲁道夫

你在这地方做什么？你没有灵魂吗？（他伸出衰弱的兀鹫爪子，抚摸着布卢姆的沉默的脸庞）你不是我的儿子利奥波尔德吗？你不是利奥波尔德的孙子吗？你不是离开了亲生父亲的家，离开了祖先亚伯拉罕和雅各的神的，我的亲爱儿子利奥波尔德吗？

布卢姆

（有所提防）可以说就是吧，莫森索尔②。不过已经所剩无几了。

鲁道夫

（严厉地）有天晚上，他们送你回家，醉得像死狗，好好的钱，白白花掉。那些赛跑的家伙叫什么？

布卢姆

（身穿青年的漂亮蓝色牛津服，白色坎肩，肩膀窄窄的，头戴棕色登山帽，佩带男用纯银华特伯里无钥匙袋表，悬挂带名章的艾伯特双料表链，身侧沾满已开始干硬的泥浆）越野赛选手，父亲。只有那一回。

鲁道夫

一回！从头到脚都是泥。手还摔破了。嘴都张不开了。他们把你搞垮了。利奥波尔德雷本。你小心着这些家伙。

布卢姆

（软弱地）他们要和我比赛短跑。地上很泥。我滑了一跤。

鲁道夫

（蔑视地）Goim nachez③，让你的可怜母亲看见才好呢！

布卢姆

妈妈！

爱伦·布卢姆

---

① 德语：是，我知道，爸爸。

② 莫森索尔为十九世纪剧作家，其剧本《黛波拉》即《李娅》中描绘犹太家庭中叛逆儿子情节，布卢姆父亲特别欣赏此剧，参见101页注②。

③ 意地绪语（犹太人国际通用语）：非犹太人开心。

（头戴圣诞童话剧老太太的系带式室内女帽，身穿带硬布衬垫加后撑架的特旺基寡妇裙，背后扣扣的羊腿袖女式衬衫，手上戴着灰色连指手套，胸口别着多彩浮雕宝石饰针，编成辫子的头发上罩着绉纱网子，她在楼梯上出现，一手斜拿着一个烛台，扶着栏杆尖声惊叫起来）啊唷，神圣的救世主啊，他们把他弄成什么样子了啊！我的嗅盐呢！？（她掀起一层裙子，在里面那条带条纹的本色衬裙上的兜子里摸索。兜子里翻滚出一个小药瓶、一枚"上帝的羊羔"神像、一枚干瘪皱缩的马铃薯、一个赛璐珞玩偶。）马利亚的圣心呀，你倒是在哪里在哪里呀？

（布卢姆低垂着眼睛含含糊糊地喃喃自语，开始将手中的纸包往已经装满东西的口袋里塞，最后嘟哝着放弃。）

呼声

（厉声）波尔迪！

布卢姆

谁？（他笨拙地弯身躲过一掌）听着您的吩咐呢。

（他抬头望。他面前是一片枣椰树幻景，景旁站一位穿土耳其服装的俊女人。镶有金色衬条的鲜红衣裤隆起，显示出身上的丰满曲线。腰上围着一条黄色的宽腰带。脸上蒙着一方在夜色中发紫的白面纱，只露出一双深色的大眼睛和乌黑的头发。）

布卢姆

莫莉！

玛莉恩

什么莉？从今以后，我的好朋友，跟我说话得称呼玛莉恩太太。（讥笑地）可怜的小相公等了这么久，脚冷了吧？

布卢姆

（不安地左右摆动）没有，没有。一丁点儿也没有。

（他深感激动，大声喘着气，大口吞咽着空气——着迷了，问题、希望、给她晚餐用的猪爪子、要告诉她的事情、借口、欲望。她的额角上有一枚钱币在闪闪发光。她脚上有宝石趾环。她的两踝之间，拴着一条纤细的脚镣。她旁边有一头扎塔楼形头巾的骆驼，在等待着。它的上下颠动的驼轿边垂下一条有无数横档的丝编软梯。它摆动着不耐烦的臀部,慢慢地在近处溜达。她猛烈地拍打它的屁股,手腕子上挂的金链金饰发出了愤怒的响声,同时用摩尔语骂它。)

玛莉恩

Nebrakada! Femininum![1]

(骆驼抬起一支前腿,用它的分趾蹄从树上摘下一个大芒果,眨着眼献给女主人,垂下头去,然后又哼哼一阵抬起头来,笨拙地开始跪下。布卢姆弯下腰去作跳背准备。)

布卢姆

我可以给你……我的意思是作为你的经理兽栏人……玛莉恩太太……如果您……

玛莉恩

这么说,你明白已经有了变化?(她的双手缓缓地抚摸着自己的挂有各种小饰物的肚兜,眼中慢慢地流露出友好的揶揄神色)波尔迪,波尔迪呀,你是一个没出息的老可怜虫!出去见识一下生活吧。去阅历一下广大世界吧。

布卢姆

我都已经要折回去取那美容剂了,白蜡橙花水。星期四店铺关门早。可是明天一早准是第一档子事。(他拍几个口袋)这只到处跑的腰子。在了!

(他指指南方,又指向东方。一块新的干净的柠檬香皂升了上来,放射着光和香气。)

香皂

我和布卢姆是难兄难弟,

我擦天来他抹地。

(在香皂太阳的圆盘中,出现了药房老板斯威尼的满是雀斑的脸。)

斯威尼

三先令一,请付吧。

---

① 混合语言咒词,意义可能为“上帝保佑!女性!”。

布卢姆

好。是我太太要的。玛莉恩太太。特殊配方。

玛莉恩

(温柔地)波尔迪!

布卢姆

喳,夫人?

玛莉恩

Ti trema un poco il cuore?①

(她不屑一顾,哼着唐·吉凡尼的二重唱款款而去,胖臌臌的活像一只喂得过饱的球胸鸽。)

布卢姆

那个 Voglio 你弄清了吗？我说的是发音……

(他跟在她后面走去,他后面是那头到处嗅的猸犬。老鸨母抓住他的袖子。她下巴的痣上有几根闪闪发亮的硬毛。)

鸨母

黄花闺女十个先令。鲜货,从没有人摸过。十五岁。里面没有人,只有她那烂醉的老父亲。

(她伸手指着。在她那黑洞洞的窝里站着的,是布莱棣·凯利,鬼鬼祟祟,被雨淋得湿漉漉的。)

布莱棣

哈奇街。你的脑筋还管用吗?

(她吱嗝一声,扑动身上的蝙蝠披肩跑了。一个粗鲁汉子大步踩着大靴子尾随而去。他在台阶上绊了一下,站稳了,投身进入黑影中。传来了微弱的吱嗝笑声,更微弱了。)

鸨母

(她的狼眼闪着光)他是享乐了。你到花楼上,是找不到童女的。十个先令。你别拖上一整夜,让便衣警察看见了咱们。六十七号是一条恶

① 意大利语:“你的心是不是跳得快了一点?”为莫莉将演唱的《唐·吉凡尼》歌剧词句(见122页注③),但已变为问句。

狗。

(面带淫笑的格蒂·麦克道尔一瘸一拐地走上前来。她挤眉弄眼地从身后抽出沾了血的布片,扭捏作态地给他看。)

格蒂

我的全部尘世财富我你给你[1]。(她喃喃而语)是你干的。我恨你。

布卢姆

我?什么时候?你在做梦。我从来没有见过你。

鸨母

你不要缠这位绅士,你这骗子。给这位绅士写冒名信。街头拉客,勾引男人。你这样的贱货,你妈该把你拴在床柱子上用皮带抽一顿才对。

格蒂

(对布卢姆)你看到了我最下层抽屉里的全部秘密。(她摸着他的衣袖,软绵绵地说)有老婆的肮脏男人!我爱你,我喜欢你对我的所作所为。

(她歪歪斜斜地溜走了。布林太太身穿外缝风箱式口袋的起绒粗呢男大衣站在人行道上,一双调皮的眼睛睁得老大,露出一口食草动物的龅牙笑着。)

布林太太

布卢……

布卢姆

(庄严地咳了一声)夫人,我们近来有幸收悉本月十六日来信……

布林太太

布卢姆先生!你怎么跑到这罪恶之窝来了!我可撞上你了!你坏!

布卢姆

(急急忙忙)别这么大声喊我的名字。你把我看成是什么人啦?别乱说我。隔墙有耳。你好吗?我好久好久没有。你的神气好极了。再好

① 天主教婚礼中新郎赠戒指时应对新娘说:"我赠你这金银,我将全部尘世财富授与你。"

也没有了。我们这阵子的天气正合时宜。黑色能折射热能。从这里回家是抄近路。有意义的地区。拯救失足妇女。妓女收容所。我是干事……

布林太太

(竖起一根指头)好了,别撒大谎了!我知道有一个人会不高兴的。嘿,你就等着我见莫莉吧!(狡黠地)立即交代,要不然你等着倒霉吧!

布卢姆

(回头张望一下)她常说想来看看。见识一下贫民区。是猎奇,你明白吧。她要是有钱,还愿意用穿号衣的黑人伺候她呢。奥瑟罗黑畜生。尤金·斯特拉顿。甚至利弗莫尔演唱团的骨板伴唱人。波希弟兄们①。扫烟囱的也行。

(汤姆和萨姆·波希兄弟一对黑家伙,身穿白帆布套服跳了出来,脚上是鲜红的短袜,脖子上是浆得发硬的黑奴山伯式的领口,扣眼里插着大朵的大红紫菀花。肩上都挂着班卓琴。手也是黑的,但颜色淡一些也小一些,铮铮从从地拨弄着琴弦。他们闪示着他们的卡菲尔白眼睛和白牙齿,穿着笨重的木底舞蹈鞋,喀嗒喀嗒地跳了一场跺脚乡村舞,弹着,唱着,背靠背,脚尖踢脚跟,脚跟撞脚尖,咧着厚厚的黑人嘴唇咂巴咂巴的。)

汤姆和萨姆

黛娜她屋子里有一个人,
她屋子里有人我知道,
黛娜她屋子里有一个人,
用班卓弹起了老曲调。②

(他们掀掉黑面具,露出磨红了的娃娃脸,然后格格笑着,哈哈笑着,弹着唱着,跳跳蹦蹦,蹦蹦跳跳,摆着步态舞姿走了。)

布卢姆

(脸上现出酸溜溜、软绵绵的笑容)轻浮一下,咱们,怎么样,你愿意的

---

① 利弗莫尔演唱团和波希弟兄均曾于十九世纪末年在都柏林演出,常有化装黑人演唱美国南方黑人歌曲的节目。

② 典出美国十九世纪民歌“我在铁路上干活”。

话？也许，让我拥抱你那么一小下子，你要吗？

布林太太

（尖声欢叫）啊唷，你这个坏包！你看看你自己的模样！

布卢姆

旧情难忘嘛。我不过是想来个四方会，咱们这两对各自生活的夫妻来一个混合婚姻联欢。你知道，我心里原来就有你。（沮丧地）那年是我给你送的那首亲爱羚羊的情诗①。

布林太太

了不得的阿丽思，你的样子可真够瞧的！简直叫人受不了。（她伸手表示疑问）你背后藏的是什么东西？告诉咱们，好宝贝儿的。

布卢姆

（腾出一手捉住她的手腕子）当年的宙细·鲍威尔，都柏林最漂亮的待嫁闺女。真是时光飞逝呀！你是不是通过回顾性的安排，还记得那一年的主显节前夕？乔治娜·辛普森庆祝迁入新居，人人玩欧文·毕晓普游戏②，蒙着眼睛找别针和猜人的心思。题：这只鼻烟盒里是什么东西？

布林太太

那天晚上，你的表演既庄严又诙谐，出足了风头，而且非常得体。你那时在女士群中一直都是个大红人呀。

布卢姆

（善获妇女关心者，身穿波纹绸面的小礼服，襟前佩带蓝色共济会徽章，系黑色蝶形领结，袖口是珍珠母的饰钮，手中斜举着一只刻花玻璃的香槟杯）女士们，先生们，我建议：为了爱尔兰、家园和美。

布林太太

可爱的往日已不可追③。爱情的古老颂歌。

布卢姆

---

① 典出穆尔一诗中姑娘自叙驯养而又失去一“亲爱羚羊”的故事。

② 毕晓普为十九世纪美国魔术家，以善于猜人心思闻名，曾到英国等地表演。

③ 此句为《爱情的古老颂歌》中歌词。

(意味深长地降低了声音)我承认,我的好奇心已经茶壶①,想知道某一个人的某物目前是不是有一点茶壶。

布林太太

(大动感情)茶壶得非常猛烈!伦敦茶壶了,我简直全身都茶壶了!(她和他侧面紧挨着身子)玩了客厅解谜游戏,又从树上摘了彩包爆竹之后,咱们坐在楼梯下软座上。在槲寄生枝下②。两人成伴③。

布卢姆

(头戴缀有半月形琥珀色装饰的紫红色拿破仑帽,手缓缓顺着她的手臂往下摸去,摸到她柔软多肉而湿润的手掌,她温顺地接受抚摸)狂巫活动的深更半夜。我给这只手里拔掉了刺,小心地,慢慢地。(将一只红宝石戒指套在她手指上,温柔地)Là ci darem la mano④.

布林太太

(身穿月光蓝的连衣裙式晚礼服,额头戴着金属箔的仙女冠,她的舞会记录卡已坠落在她的月蓝色缎鞋旁边,她柔软地弯起手掌,呼吸急促)Voglio e non……你发热!你热得烫人!左手离心最近。

布卢姆

当你做出现在的选择的时候,人们都说是美女嫁野兽。你这一件事,是我永远不能原谅的。(他握拳举至额边)想一想,造成多大的损失。你那时对我是多么重要。(嘶哑地)女人,把我弄惨了!

(丹尼斯·布林头戴白色高帽子,身上挂着威士敦·希利公司的夹心广告板,趿拉着毡拖鞋窸窸窣窣从他们身边走过。他伸着他那灰暗的大胡子,左右摆着头嘟哝着什么。小个子阿尔夫·伯根披着黑桃A的大罩布,忽左忽右地追在他后面,笑得直不起腰来。)

阿尔夫·伯根

(指着广告板嘲笑)卜一:上。

布林太太

---

① 一种客厅猜字游戏,用一不相干词语代替另一词语,供人根据上下文猜其意义。

② 英俗圣诞节日期间室内悬挂槲寄生枝,姑娘站枝下时,男可摘枝上果并吻她。

③ 英谚:“两人成伴,三人不欢。”或是“两人成伴,三人成群。”

④ 意大利语歌词:咱们那时将携手同行(见87页注①)。

（对布卢姆）楼梯底下耍把戏。（对他用眉目传情）你为什么不吻一吻那地方，好让伤口合起来呀？你是想的。

布卢姆

（震惊）莫莉的最好的朋友！你怎么能？

布林太太

（从嘴唇之间伸出肉臌臌的舌头，要给他一个鸽啄似的吻）哼哼。问得可笑。你那里是藏着一样给我的小小礼物吗？

布卢姆

（不假思索）犹太教食品。晚餐用的小吃。家里缺了罐头肉就不像家。我刚才看《李娅》了，班德曼·帕尔默夫人。她演莎士比亚真传神，是犀利的。可惜把节目单扔了。那里附近有一家卖的猪爪子是顶呱呱的。你摸一摸。

（里奇·古尔丁头上别着三顶女帽出现了，他挟一个黑色提包把他的身子坠得歪向了一边，那是考立斯—沃德律师事务所公文包，上面用白色石灰水刷着一幅骷髅画。他打开提包，显示里面是满满的波伦亚大红肠、干腌鲱鱼、熏制黑斑鳕鱼、包装严实的药片。）

里奇

都柏最划得来的地方。

（秃子派特，耳朵背的甲虫，站在街沿石上一面叠他的餐巾，一面等候着侍候。）

派特

（斜端一碟肉卤走上前来，肉卤不断地往外溢流）牛排和腰子。一瓶清啤酒。嘻嘻嘻。等候着我侍候。

里奇

好天主啊。我这一辈子从没有吃到过……

（他低垂着头，顽强地往前走。壮工跌跌撞撞地从他身边走过，肩上扛的那根冒着火焰的大家伙捅了他一下子。）

里奇

（痛得叫喊起来，手摸背后）阿唷！亮氏的！亮光！

布卢姆

(指着壮工)一个侦探。不要引人注意。我恨愚蠢的人群。我并非追求享乐。我处境严重。

布林太太

骗人、哄人,又是你那一套顺口瞎编。

布卢姆

我要告诉你我是怎么到这里来的,这是一个小小的秘密。可是你一定不要说出去。连莫莉也不能说。我有一个非常特殊的理由。

布林太太

(大感兴趣)行,绝对不说。

布卢姆

咱们往前走吧,好吗?

布林太太

好。

(鸨母做一个手势,未获注意。布卢姆与布林太太往前走去。狸犬呜呜地叫着,跟在后面摇尾乞怜。)

鸨母

犹太杂种!

布卢姆

(穿一套米灰色猎装,前襟翻领上插一枝紫茎忍冬,里面是时髦的米色衬衫,黑白格子的领巾打一个圣安德鲁式斜十字架形的结,脚上是白色鞋罩,褐红色的拷花皮鞋。臂上挽一件浅黄褐色风衣,胸前挂着双筒望远镜,头上戴一顶灰色的圆顶软毡帽)你还记得吗,很久很久,多少年以前,那时候米莉,我们把她叫做小木偶,刚刚断了奶,咱们大伙儿一起到仙女房去看赛马,对不对?

布林太太

(穿一身定做的灰光浅蓝色漂亮女服,戴一顶白色丝绒帽子,蒙着蛛网面纱)豹子镇。

布卢姆

我是想说豹子镇。莫莉押一匹名叫"没法说"的三龄马,还赢了三先令;咱们坐那辆五个座的四轮游览马车,那辆破旧的老爷车,走狐狸岩回来,那时你正当年,戴着那顶有一圈鼹鼠毛皮镶边的白丝绒新帽子,是海斯太太劝你买的,因为价格降到了十九先令十一,一块破棉绒用铁丝缠的,我跟你赌什么都行,她准是故意的……

布林太太

她当然是故意的,那只猫!不用说!她出的好主意!

布卢姆

因为这顶帽子一点也比不上你另外那顶迷人的苏格兰小绒帽,插着极乐鸟翅膀的,你戴那顶小帽子我最爱慕,你那模样儿真正的是太逗人喜欢了,就是那小东西死得有点可怜,你这残酷的淘气鬼,那小可怜,心脏只有一个句号那么大。

布林太太

(捏着他的臂膀傻笑)淘气残酷!我是!

布卢姆

(低声地,神秘地,越说越快)莫莉在吃一个香味牛肉三明治,是约·盖莱赫太太的午餐篮子里带的。坦白说吧,虽然她有那些给她出主意或是打她主意的人,我从来就不怎么欣赏她的作风。她有一点……

布林太太

太……

布卢姆

对。后来咱们路过一家农舍,罗杰斯和马格特·奥顿利正在学鸡叫,引得莫莉哈哈大笑,又遇到茶商马库斯·特舍斯·摩西驾着一辆轻便二轮马车,带着他的女儿名字叫做丹瑟·摩西的,她怀里的卷毛狗扬起了脑袋,于是你问我,我是不是听人说过,或是书上看过,或是知道有过,或是碰巧见过……

布林太太

(热烈地)真的,真的,真的,真的,真的,真的,真的。

(她从他身边消失了。他继续往地狱门走去①,背后跟着那条呜呜叫着的狗。在一处拱道内,有一个妇人弯腰站着,两脚叉开在那里溺

① “地狱门”为夜市区内廉价妓院集中地区。

尿,母牛式的。在一家上了门板的酒馆外,一群游荡者,正在听他们的破嘴鼻的工头用他的粗嗓子说他的粗笑话。一对没有手臂的人正在扑动着摔跤,嗥叫着,是一种失去肢体的湿漉漉的角力游戏。)

工头

(蹲伏下来,声音通过他的嘴鼻扭曲起来)凯恩斯从比弗街的脚手架上下来,猜他要往哪里?一堆刨花上面立着一桶黑啤酒,是给德旺的刷墙工准备的,他就往那里头干了一泡。

游荡者们

(爆发一阵裂腭大笑)喔,耶哥们呀!

(他们的尽是油漆斑点的帽子摇晃着。他们一身溅满工场上的灰浆胶料,在他的周围作无肢体的嬉戏。)

布卢姆

无独有偶。他们还以为是好玩儿。才不呢。青天白日的。走路都困难。幸好没有女人。

游荡者们

耶哥们呀,真有趣。格劳贝尔泻盐。耶哥们呀,渗进了弟兄们的黑啤酒里头。

(布卢姆走过。下等妓女从胡同口、大门口、街角上招呼他,单个儿的、成双的、披围巾的、蓬头散发的。)

妓女们

你要往远处去吗,怪人?

你中间那条腿怎么样?

你带着火柴吗?

喂,来吧,等我把你那玩意儿弄硬了。

(他淌水似的从她们这一片污水坑中间穿过,走向那边有灯亮的街头。一樘窗户中,随风鼓起的窗帘下露出一台留声机,扬着砸坏了的黄铜喇叭筒。灯影下有一个私酒店老板在应付那壮工和那两个英国兵。)

壮工

(打着嗝)那背时酒店在哪儿?

私酒店老板

珀登街。一先令一瓶的烈性黑啤酒。正派的女人。

壮工

（抓住那两个英国兵，跌跌撞撞地拽着他们往前走）来吧，你们英国陆军！

列兵卡尔

（在他背后）他可一点儿也不傻！

列兵康普顿

（笑）干吗呀！

列兵卡尔

（对壮工）波拖贝罗兵营内的士兵俱乐部。你找卡尔。提卡尔就行。

壮工

（大声）我们是韦克斯福德的孩儿们。

列兵康普顿

你说！军士长行吗？

列兵卡尔

贝内特吗？他和我有交情。我爱老贝内特。

壮工

（大声）

磨伤皮肤的铁链。
解放我们的祖国。①

（他拽着他们，踉踉跄跄往前走。布卢姆站住，他迷失了踪迹。狗伸着舌头喘着气跟上来了。）

布卢姆

这可成了追大雁了。杂乱无章的一家家妓院。天知道他们到什么地方去了。醉汉跑得快。好一场混乱。韦斯特兰横街那一场面。然后，拿着三等票跳上头等。然后，坐过头。车头在后的列车。差点儿把我送

---

① 典出爱尔兰民歌《我们是韦克斯福德的孩儿们》歌词“挣断磨伤皮肤的铁链。解放我们的祖国”。

到了马拉海德，要不是送到岔线场过夜，要不也许撞了车。都是喝二道酒造成的。一道正合适。我跟踪着他干什么？不过，在那一群人中他是最好的一个。我要不是听到波福依、皮尤福依太太的事，也不会遇上的。命运。他会把他的现款都丢掉的。这儿有帮人解除负担的地方。漫天要价假装大折大扣的，放高利贷的，最喜欢在这儿做买卖。缺什么吗？来得容易去得快。还差点儿把命送给那司机脚钟轮轨受电器强光庞然大物，幸好头脑清楚。可是头脑清楚也不是总能救命的。那天我路过特鲁洛克的橱窗前，只要晚两分钟就中弹了。身体就糊里糊涂完蛋了。可是假定子弹只打穿我的衣服的话，倒可以得一点受惊赔偿，五百镑。他是干什么的？基尔代尔街的时髦绅士。愿天主帮助他的猎场看守人吧。

（他凝视前方，看到墙上粉笔涂写着“湿梦”二字，还有一个阴茎图像。）怪！在国王镇的马车上，莫莉在起霜的玻璃上画。是什么样儿的？（在亮着灯的门道里，在窗洞里，有艳俗的女人们懒洋洋地躺着，抽着鸟眼烟丝的香烟。甜腻的烟草烟气，形成缓缓旋转的椭圆形烟圈，向他飘来。）

烟圈

甜腻也是甜。偷情的乐趣。

布卢姆

我的脊梁有一点疲软。是去还是回？还有这些吃的呢？吃，弄得到处都粘上猪肉。我真可笑。白扔钱。多付了一先令八便士。（寻物猎犬摇着尾巴，将流着鼻涕的冷嘴鼻凑近他的手。）奇怪，他们怎么都对我感兴趣。连今天那头畜生也那样。最好先和它说说话。它们和女人一样，喜欢 rencontres.①腥臭得像臭鼬。Chacun son goût.②有可能是一条狂犬。犬星时令③。它的动作不大稳定。好样儿的！费多！好样儿的！加里欧文！（狼犬翻身仰天卧倒，伸出长长的黑舌头，怪模怪样地扭动着脚掌表示乞求。）受环境影响。给了它就完了。只要没有人。

---

① 法文：会面，邂逅。

② 法文：各有其好。

③ “犬星”即犬狼星，“犬星时令”大体上与中国夏季伏天相当，据信此期内狂犬多。

(他一面对它说一些鼓励的话，一面用一种偷猎潜行姿态，向一个发出陈旧臭味的角落退去，那头谍犬紧跟着也过去了。他松开一个纸包，准备将猪爪子轻轻放下，但又缩回手去，捏了捏羊蹄。)三便士就不小了。不过我是用左手拿着的。需要多费一些力气。为什么？使用不勤就小。好吧，撒手吧。两先令六。

(他遗憾地松开纸包，让猪爪羊蹄落到地上。大驯犬将纸包胡乱拨弄开，呜呜叫着贪婪地吃起来，把骨头嚼得嘎吱嘎吱的。两个披着雨披的巡逻过来了，沉默而警惕。两人小声咕噜起来。)

巡逻

布卢姆。布卢姆的。为了布卢姆。布卢姆。

(两人各伸一手按住布卢姆一肩。)

巡逻甲

当场捉住。不许随地小便。

布卢姆

(结结巴巴地)我是在做好事。

(一小群海鸥，如海燕一般从利菲河的污水面上饥饿地飞起来，口中衔着班布里饼。)

海鸥们

嘎—给—甘古里—吭。

布卢姆

人类的朋友。用感情训练的。

(他用手一指。鲍伯·窦冉从一只酒吧间高凳子上翻下，对着那条正在嚼骨头的西班牙长毛狗来回晃动。)

鲍伯·窦冉

大狗狗。把爪子伸给咱们。伸伸爪子呀。

(斗牛狗竖起颈背的毛，呜呜地咆哮着，臼齿间还夹着一段猪趾节，滴着带狂犬病的渣滓涎水。鲍伯·窦冉无声地坠入一个地下室采光井。)

巡逻乙

防止虐待动物。

布卢姆

（热心地）高尚的事业！我在哈德路十字桥上，看见一名有轨马车车夫折磨那匹已经被马具磨破皮的可怜牲口，我就责备他。他报答我的只有丑话。当然，那天是有霜冻，而且是末班车。各种各样关于马戏团生活的故事都是非常令人沮丧的。

（西尼奥马菲身穿驯狮服，衬衫前胸佩带着钻石饰扣，脸色激动得煞白，手执一个马戏团纸圈环跨上前来，还挥舞着一根弯曲的赶车鞭子和一支左轮手枪，用枪对准那头正在大口大口吃东西的猎野猪大狗。）

西尼奥马菲

（带着一脸狞笑）女士们、绅士们，这是我的有教养的灵猩狗。那一头倔强的野马埃阿斯①，也是我制伏的，用的是我获专利的带钉降兽鞍具。肚子下面用带结子的皮条捆紧。用一套滑车、一根勒脖子的滑轮索套，就能叫你的狮子老实下来，多暴躁的也不怕，包括那边那头吃人的利比亚野兽利奥菲洛克斯。那一头有思想的鬣狗，阿姆斯特丹的弗里茨，是用烧红的撬棍，又在伤口搽一种涂料训出来的。（眼放凶光）我拥有印度符咒。我的眼光加上胸口这些发亮的东西，就能把事办了。（作迷人的微笑）我现在介绍马戏场的明星红宝小姐。

巡逻甲

说吧。姓名、住址。

布卢姆

我一下子忘了。唷，对了！（他脱下高级礼帽致敬礼）布卢姆大夫，利奥波尔德，牙外科医生。你们听说过冯布鲁姆·帕夏吧②。亿万富翁。Donnerwetter③！半个奥地利都是他的。埃及。堂亲。

巡逻甲

拿证据。

（一张卡片从布卢姆帽子里的皮圈内掉下。）

---

① 古希腊史诗中有两位名叫“埃阿斯”（Ajax）的英雄。

② “冯”为德国贵族姓氏标志，“帕夏”为土耳其及北非军政长官头衔，“布鲁姆”（Blum）为十九至二十世纪间名人，曾在埃及任高官。

③ 德语：雷暴，天哪！

布卢姆

（戴红色土耳其毡帽，穿伊斯兰法官服，挂绿色宽饰带，佩带伪造的法国荣誉勋章，急忙拾起卡片交上）请允许我。我的俱乐部是陆海军青年军官俱乐部。律师是单绅道27号约翰·亨利·门顿事务所。

巡逻甲

（读卡片）亨利·弗腊尔。无定居。非法窥伺攻击。

巡逻乙

拿出不在现场证据来。警告你。

布卢姆

（从胸前口袋中取出一朵压皱的黄花）弗腊尔就是这朵花。是一个我不知道名字的男人给我的。（有板有眼地）你们知道那个老笑话吧，卡斯蒂尔的玫瑰。布卢姆。改换姓名。费拉格。（他压低声音作秘密谈心状）我们是订了婚的，明白吗，警官。涉及一位女士。爱情纠纷。（他用肩膀轻碰巡逻乙）乱七八糟的。这是我们海军风流人物的作风。军装起的作用。（他严肃地转向巡逻甲）当然，也有吃败仗的时候。哪天晚上有空，来喝一杯陈年的勃艮第酒吧。（对巡逻乙欢快地）我可以介绍你认识她，巡官。她很带劲儿。方便得很。

（一张黑黑的水银注射过的脸出现，领着一个蒙面纱的人影。）

黑水银

城堡里正在找他呢。他是被陆军开除的。

玛莎

（蒙着厚面纱，脖子上围着紫红色的领圈，手上拿一份《爱尔兰时报》，以谴责的口气指着他说）亨利！利奥波尔德！莱昂内尔，我失去的人儿呀！你得恢复我的名誉！

巡逻甲

（严厉地）上所里。

布卢姆

（害怕，戴上帽子，退后一步，然后摸心口并将右臂平举胸前，做共济会二级工匠记号并行礼）不，不，尊敬的大师，水性杨花。认错了人。里昂邮车。勒寿尔克和杜鲍斯克①。你们还记得蔡尔兹杀兄案吧。我们医学界的人。用短柄小斧砍死的。对我的指控是一个误会。宁可错放一个罪人,不可冤枉九十九个好人。

玛莎

(蒙着面纱抽泣)背信弃义。我的真实姓名是佩克·格里芬。他写信给我,说他很痛苦。我兄弟是贝格蒂符橄榄球队的后卫,我要把你的事告诉他,你这个没有心肝的玩弄感情的家伙。

布卢姆

(用手捂着脸)她醉了。这女人是酒喝多了。(他含含糊糊地说以法莲口令)示特播罗利斯②。

巡逻乙

(眼中噙泪,对布卢姆说)你真应该感到无地容身的羞耻。

布卢姆

陪审团诸位绅士,请容许我说明情况。完全是张冠李戴。我是受了误解。我是当了替罪羊。我是一个体面的有妇之夫,品德高尚,从无污点。我住在埃克尔斯街。我的妻子,我是一位极其卓越的指挥官的女儿,那是一位勇敢正直的绅士,他是怎么称呼的呢,布赖恩·忒迪少将,英国就是靠他这样的军人才能打胜仗的。在英勇的罗克渡口保卫战获得的少将衔。

巡逻甲

团队番号。

布卢姆

(转向旁听席)皇家都柏林,好样儿的,最精锐的,举世闻名的。我想,旁听席诸位之中,我看就有几位老战友在场。皇家都柏林火枪团,和我们的家园的保卫者—我们自己的警察,都是我们君王麾下最有胆量的

---

① 《里昂邮车》为一法国戏剧(1850),写杜鲍斯克抢劫邮车,勒寿尔克与之酷似,被误认为劫车犯而处死,后方发现错误并处决真犯。

② 据《圣经·士师记》第十二章,"示播列斯"为以色列战争中鉴别以法莲人所用词语,凡说此词不能正确发音者即证明为以法莲人而被杀。共济会第二级入会仪式中以此词象征丰盛。

战士,最精锐的队伍。

一个人声

变节的！支持布尔人！是谁给约·张伯伦喝倒彩的？

布卢姆

（一手搭在巡逻甲肩上）我老爹也是个治安法官。我支持英帝国,和您一样忠诚,您哪。在那场心不在焉的战争中,我忠君报国上了战场,是在公园里的郭富将军手下①,在斯匹翁考普山和布隆方丹战役受了重伤,战报上都提到了。我是尽到了力,凡是一个高尚的人能办到的事我都办了。（镇静而富有感情）吉姆·布勒佐。把住船头,决不离岸②。

巡逻甲

职业或行当。

布卢姆

这个,我做的是文字工作,作家兼新闻记者。实际上,我们正在出版一套获奖小说选,是我的发明,完全是一条新的路子。我和英国和爱尔兰新闻出版界都有联系。如果您打电话……

（迈尔斯·克劳福德牙齿咬着一支鹅毛笔,跨着抽筋似的大步出来了。他的绯红的尖鼻头,像是他那草帽光环中间的一道火焰。他一手提一圈西班牙葱头,一手抓一只电话听筒贴在耳朵上。）

迈尔斯·克劳福德

（晃着他那公鸡似的颏下垂肉）喂,七七八四。喂,这是《自由人尿池和擦屁股周报》。把整个欧洲都吓傻了。你什么？蓝裤子③？谁写？是布卢姆吗？

（脸色苍白的菲利普·波福依先生站在证人席上,穿一套十分得体的常礼服,外衣前胸口袋里露出手帕尖端,折缝笔挺的淡紫色裤子,

---

① “心不在焉的战争”即英国的南非殖民战争（1899—1902,见240页注⑤）,郭富（Hubert de la Poer Gough,1870—1963）为英军指挥官之一；另一郭富（Hugh Gough,1779—1869）系拿破仑战争及侵华、侵印战争中英军指挥官,凤凰公园内有其雕像。

② 布勒佐为美国叙事歌曲中英勇船长,曾扬言万一船只失火,他一定把住船头,保证船上人员统统上岸逃生,后果然实践豪言,本人牺牲性命。

③ “蓝裤子”即警察,为俚语。

脚上是漆皮皮鞋。他拿着一个大公文包,上面标着“马察姆的妙举”。)

波福依

(慢条斯理地)不,你不是。据我所知,差得远呢。我看不出,如此而已。凡是地道的绅士,甚至具有最起码的绅士心态的人,都决计不屑于如此特别可憎的行为的。大人,他就是那一类人。剽窃者。一个阿谀奉承的小偷,冒充 littérateur①. 非常明显,他是使用了最卑劣下流的手段,抄袭了我的一些最受欢迎的作品,一些确实华丽的文字,简直是十全十美的珍品,其中写爱情的段落是无可怀疑的。波福依写爱情、写巨大财富的书籍,大人无疑很熟悉,在整个王国范围内都是家喻户晓的。

布卢姆

(卑躬屈膝,逆来顺受)我不过是对于您写的爱笑的妖女手拉手有一点意见,如果您允许……

波福依

(翘起嘴唇,对法庭作傲慢的微笑)你这头可笑的蠢驴,你!你太没有人味、荒诞可笑,简直无以名状!我认为你在这方面不必过分费心劳神了。有我的出版事务代理人 J. B. 平克尔先生照料着呢。我设想,大人,我们可以获得常规的出席作证费的,是不是?这个连大学都没有上过的吃报纸饭的倒霉蛋,这只里姆斯寒鸦,害得我们的腰包受了数目可观的损失。

布卢姆

(含含糊糊地)生活的大学。粗劣的艺术。

波福依

(大叫)这是该死的恶毒谣言,表现了这人的道德败坏!(他打开公事包)我们这里头有足以定罪的证据,corpus delicti②,大人,我的一件成熟期作品,被涂上了兽性的标志。

旁听席一人声

摩西呀摩西,犹太人的王,

---

① 法语:文人。

② 拉丁文:罪行实体。

擦屁股擦在《每日新闻》上①。

布卢姆

（勇敢地）夸大。

波福依

你这个下流的东西！应该把你扔进洗马池里去，你这个坏蛋！（对法庭）这事情，请看这家伙的私生活吧！他维持的是一种四重存在！在街上是天使，在家里是魔鬼。有妇女在场的时候，连提都不能提的！当代最大的阴谋家！

布卢姆

（对法庭）他呢，一个单身汉，怎么……

巡逻甲

国王对布卢姆起诉。传女人德里斯科尔。

宣读员

厨房女工玛丽·德里斯科尔。

（厨房女工玛丽·德里斯科尔上来，是一个衣衫不整的女佣。她臂弯上挎一只桶，手上拿一把擦洗用的粗刷子。）

巡逻乙

又来一个！你是那种不幸的女人吗？

玛丽·德里斯科尔

（愤慨）我不是坏女人。我的名声是清白的，在上一家人家呆了四个月。我是正式受雇的，每年六镑加补贴，星期五休息，是因为他的举动而不能不走的。

巡逻甲

你告他什么？

玛丽·德里斯科尔

他提出了某种建议，但是我虽穷，还不至于落到那种地步。

布卢姆

（穿波纹呢家常上衣，法兰绒裤子，便鞋，未刮脸，未梳头；婉转地）我对

---

① 戏谑摹拟都柏林歌谣"神圣的摩西，犹太人的王，给他的老婆，鞋子买一双。"

你是正派的。我给了你一些纪念品,远远超过你的身份的漂亮翠色吊袜带。在你被控偷窃的时候,我冒冒失失就为你说话。凡事都有个分寸。人要公正。

玛丽·德里斯科尔

(激动)今晚天主低头看着我呢,我从来也没有碰过一下那些牡蛎!

巡逻甲

指控的罪状呢?有没有发生具体情况?

玛丽·德里斯科尔

老爷,有一天上午太太上街买东西去了,我在后房,他突然到我那里来找一枚别针。他拉住了我,结果我有四处皮肤发青。他还两次弄我的衣服。

布卢姆

她还手。

玛丽·德里斯科尔

(轻蔑地)我还怕损坏那把擦洗刷子呢,一点也不假。我和他论理,您大人,他只说:别声张。

(众笑)

乔治·福特雷尔

(都柏林法院书记官,声音洪亮地)法庭秩序!现由被告发表假声明。

(布卢姆声称无罪,手持一朵盛开的睡莲,开始作模糊不清的长篇发言。他们将听到,律师将对大陪审团发表一个激动人心的演说。他确已潦倒不堪,但是他尽管被人目为败类,如果他可以那么说的话,他还是有意洗心革面,以纯粹的姐妹心情回忆往事,作为纯粹的家庭动物回归自然。他是娘胎七月生出的,堂上细心将他养育带大,但已年迈而缠绵病榻。有可能身为人父而误入歧途,出了些差错,但是他已决心翻开新的一页,现在终于到达鞭笞柱在望的地步,他决心要在家庭的温暖怀抱中,在弥漫着深情的环境中安度晚年。他是一个归化英国的人,就在这一个夏日的夜晚,他还从环线铁路公司的机车司机室踏板上看到,当时雨可以说没有下来挡住都柏林市内和郊区充满着爱的家庭真正的田园幸福景象美好国土多克瑞尔公司墙纸每打一先令九便士,英国出生的天真孩子们正在口齿不清地向圣婴作祷告,年轻的学生子正在为罚做功课费脑筋,或是模范的小姐们在弹钢琴,要不片刻之后大家围着噼啪作响的圣诞节原木同念家庭玫瑰经,而在小巷内和青翠的田园道路上,姑娘们和她们的小伙子们在溜达,那时风琴音质的美乐琴奏出的乐调包着不列颠合金的有四个起作用的音栓和十二褶层的风箱,大牺牲,空前便宜的价格……)

(笑声又起。他语无伦次含糊其词。记者们抱怨说听不清。)

普通记录员与速记员

(眼盯记录本不抬头)解开他的靴带。

马克休教授

(在记者席上,咳嗽,高声说)咳出来,老兄。一点一点说出来。

(盘诘进行至布卢姆与桶子问题。一只大桶。布卢姆独自一人。肚子不好。在比弗街上。肠绞痛,真的。很严重。粉刷匠的桶子。绷直了腿走过去的。难受极了。痛苦得要命。大约是正午时光。爱或是勃艮第。是的,一些菠菜。紧急关头。他没有看桶里面。没有人。相当糟糕。不完全。一份旧的《文萃》。)

(全场哗然,尖叫起哄声。布卢姆身穿撕破而沾有白涂料的礼服大衣,头上歪戴压瘪一块的丝质大礼帽,鼻子上横贴一条橡皮膏,还在用听不清的声音说话。)

杰·J.奥莫洛伊

(头戴灰色律师假发,身穿毛料律师袍,以痛苦抗议的口气发言)这里不是可以对一位酒后失误的普通人轻蔑无礼的场所。我们不是在斗熊场,也不是在玩一场牛津大学捉弄新生的恶作剧,更不是在演一场嘲弄法庭的滑稽戏。我所辩护的人是一名婴儿,一名可怜的外国移民,他是从偷渡之后白手起家开始,现在是努力工作正正当当挣一点钱。人们编造的有失检点处,实是一种遗传性的短暂失常现象,由幻觉引起的,而类似现在被指控为犯罪的随便行动,在被告的故乡法老国土上是人们容许的。Prima facie①,我向诸位说明,并没有性行为的企图。两性

① 拉丁文:显而易见。

关系并未发生,而德里斯科尔所作的控诉,即对其贞操的勾引并未重复发生。我尤其愿意谈一谈返祖现象。被告家族中曾经有过崩溃和梦游现象。如果被告能说话,他可以讲出一大套来——从来还没有一部著作曾经叙述过这样离奇的事迹。大人,他本人就是深受鞋匠弱胸症戕害而身心受残的人。他的申诉是他出身蒙古人种,对于自己的行动不能负责。实际上就是身心不健全。

布卢姆

(光脚,鸡胸,穿东印度水手坎肩与裤子,脚趾向里以示歉意,睁开小小的鼹鼠眼睛,一面昏头昏脑地左顾右盼,一面伸手缓慢地摸自己的前额。然后,他以水手惯用的姿势扯一下裤带,以东方式的缩肩姿势,伸出一个大拇指指向天上,向法庭敬了一个礼。)他老造的很好很好天气晚上。(开始咿咿呀呀作天真无邪的吟唱)

小呀小呀可怜小娃娃
天天晚上卖猪脚
给他两个先令吧……

(人们用吼叫声制止了他。)

杰·J. 奥莫洛伊

(激愤地面对群众)这是一场孤身作战。我凭哈得斯起誓,我不允许我辩护的任何人这样子受一群野狗和狞笑的鬣狗的围攻、堵嘴。摩西律已经取代了丛林法则。我宣布,郑重地宣布——并且这绝不是企图阻挠司法目标的实现——被告并非事前参与预谋,原告并未受到触动。被告对待这位年轻妇女如对亲生女儿。(布卢姆拉杰·J. 奥莫洛伊的手,举到唇边吻它。)我将召唤反证,彻底揭穿那隐蔽的手又在玩弄老一套手法了。凡是有疑问的时候,就对布卢姆下手。我所辩护的人是一位天生腼腆的人,他比全世界的任何人都更不愿采取任何与绅士身份不符的行动,以致端庄正派者感到受损而不能容许,或是对误入歧途的少女投掷石头,而这误入歧途是她受到某个卑鄙的人肆意玩弄的后果。他是要走正道的。我认为他是我所认识的人中最正派的人。目前他时运不佳,因为他在遥远的小亚细亚 Agendath Netaim 的广大产业已经抵押,该地幻灯片即将放映。(对布卢姆)我建议你采取漂亮行动。

布卢姆

每镑一便士。

（墙上映出基内雷特湖畔景象①，银色雾霭中有模糊的牛群在吃草。雪貂眼、白化病的摩西·德鲁咖兹身穿粗蓝布工作服，在旁听席上站起来，一手持一只橙子香橼，一手持一只猪腰。）

德鲁咖兹

（嗓音嘶哑地）柏林西十三区真诚街。

（杰·J. 奥莫洛伊跨上一座低平台，庄严地拉住自己的外衣胸前翻领。他的脸宠变长，发白，长出了大胡子，眼睛下陷，脸上露出约翰·F. 泰勒的痨病斑块和潮红的脸颊骨。他用手帕擦嘴，审视涌潮似的浅玫瑰红的血。）

杰·J. 奥莫洛伊

（声音几乎已全哑）请原谅。我浑身发冷，刚从病床起来。几个精当贴切的字眼。（他现出了西莫·布希的鸟首、狐狸唇髭及其大鼻子的雄辩。）当那部天使书籍打开的时光到来，如果那沉思的胸膛所发端的灵魂超凡或能使灵魂超凡的任何东西是值得永生的话，我说就应该允许在押被告享受神圣的无证据不能定罪的权利。

（有人从法庭外送进来一张字条。）

布卢姆

（穿官廷礼服）可提供最可靠的证明人。卡伦—科尔曼先生。治安法官威士敦·希利先生。我的老上级约·卡夫。前都柏林市长瓦·B. 狄龙。我常在最高级、最严格挑选的社交场所活动……都柏林上流社会中的女王们。（漫不经心地）就在今天下午，在总督府的招待会上，我还和我的老伙伴们闲聊呢，就是皇家天文学家罗伯特·鲍尔爵士和夫人。鲍勃爵士呀，我说……

耶尔弗顿·巴里太太

（身穿乳白色低胸舞会礼服，手戴长及臂肘的象牙色手套，披一件黑貂

---

① 基内雷特湖即太巴列湖，广告中的 Agendath Netaim（移民垦殖公司）所在地，见 82 页注①及 83 页注①。

皮镶边的砖红色纳缝披风式外衣，头发中插一把钻石梳子和鹗羽头饰）逮捕他，警士。他趁我丈夫为了芒斯特巡回审判，到蒂珀雷里北区去了，用拙劣反手书法给我写了一封匿名信，署名詹姆斯·洛夫伯奇①。他说，我在皇家剧院坐包厢看总督专场演出的 La Cigale②，他从顶层高座看到了我的美妙无比的一对球体。我使他欲火上升，他说。他向我作了一个下流的建议，想要我在下星期四的邓辛克时间下午四点半采取不端行动。他表示要邮寄给我一本小说，保罗·德·科克写的《穿三套束胸衣的姑娘》。

贝林汉姆太太

（头戴便帽，身上裹一件海豹兔皮斗篷，一直蒙到鼻子边，她跨下她的布劳汉姆式马车，从她的巨大的负鼠手筒中取出一副带柄玳瑁眼镜，用眼镜细看）对我也一样。对的，我相信就是这个讨厌的人。因为九三年二月寒潮有一天雨夹雪连下水口格栅和我的浴水池内的球形塞都冻住了，他在桑莱·斯多喀爵士诊所外面为我的马车关了一次门。后来他就送来了一枝雪绒花，说是专门为我从高山采的。我交给一个植物专家鉴定才了解到真实情况，原来是从模范农场的暖房偷来的一株本地马铃薯花。

耶尔弗顿·巴里太太

这人可耻！

（一群邋遢女人和小瘪三蜂拥而上。）

邋遢女人们和小瘪三们

（尖叫）抓小偷！好哇，蓝胡子③！艾基·摩西好、好、好④！

巡逻乙

（亮出手铐）这儿有铐子。

贝林汉姆太太

---

① 此姓氏暗含受虐狂变态心理，见 309 页注②。

② 法文：《蝉》，法国十九世纪喜剧与轻歌剧。

③ “蓝胡子”为欧洲童话中连续杀死几个妻子的恶人。

④ “艾基·摩西”为十九世纪伦敦一画报中一喜剧性犹太人，被描画为卑劣可笑的典型。

他用好几种字体,给我写了一些令人作呕的恭维话,说我是一个穿裘皮大衣的维纳斯①,还说什么深刻同情我的受冻的马车夫帕尔默,可是与此同时,他又自称羡慕他的保暖护耳和厚毛羊皮大衣,还羡慕他的运气好,能穿上我家的仆人号衣,上面有黑色花饰金鹿头像的贝林汉姆家族纹章,站在我的椅子后面,离我的身子那么近。他用几乎是过分的语言,赞美我的下身肢体,我那肉臌臌绷紧了长丝袜的腿肚,甚至用热情洋溢的词句歌颂我身上那些贵重花边衣料下隐藏的秘宝。他怂恿我(他公然申言,他的人生使命就在于怂恿我)亵渎我的婚床,尽快找机会实现通奸。

尊贵的默文·滔尔博伊斯夫人

(身穿女武士服,露出朱红色的坎肩,头戴圆顶高帽,脚上是带马刺的长统马靴,手上是火枪手用的小鹿皮防护手套,上面有编织的圆片,身后拎着长拖裙,不断地用手中的猎鞭敲打着自己的靴面沿条。)对我也是。因为那次全爱尔兰队与爱尔兰全国队对抗赛,他在凤凰公园的马球场上看见了我。我自己知道,我特别欣赏音尼斯基令斯龙骑兵击球手邓尼希上尉,看他骑着他的宝贝儿矮脚马肯陶洛斯赢那最后一局,看得我的眼睛都像神仙一般放光。这个下贱的唐璜②躲在一辆出租马车后面看我,用双层信封寄给我一张淫秽照片,就是天黑之后巴黎大道上卖的那种,对任何有身分的女士都是侮辱。现在还在我手里呢。照片上是一个半裸体的 señorita,纤弱而可爱(他庄严地向我申明,那就是他的妻子,由他实地拍摄的),正在和一个肌肉发达的斗牛士私通,那显然是一名歹徒。他撺掇我也照那样子做下贱事,和驻军的军官乱搞。他还求我把他的信件弄上说不出口的脏东西,算是他完全应该接受的惩罚,要我跨在他身上,骑着他,狠狠地用鞭子抽他一顿。

贝林汉姆太太

对我也一样。

耶尔弗顿·巴里太太

对我也一样。

---

① 《穿裘皮大衣的维纳斯》为扎赫尔-马索赫(见309页注①)描写受虐狂变态心理小说。
② 欧洲文学中著名风流贵族。

(若干都柏林名门闺秀举起布卢姆写给她们的下流信件。)

尊贵的默文·滔尔博伊斯夫人

(一阵暴怒蹬脚,把马刺蹬得叮咣乱响)我要,凭在上的天主的名义。我要狠狠地鞭打这条低三下四的野狗,一直打到我站不住为止。我要活剥他的皮。

布卢姆

(闭上眼睛,有所期待地缩成一团)这儿吗?(蠕动身子)又来了!(他发出狗迎主人的喘息声)我爱这危险。

尊贵的默文·滔尔博伊斯夫人

你爱得很!我给你狠狠地上。我让你跳舞,跳个几十里!

贝林汉姆太太

狠狠地抽他的屁股,这个野心勃勃的小子!给他画上星条旗!

耶尔弗顿·巴里太太

不要脸!完全没有理由可讲!还是有妇之夫哩!

布卢姆

这么多人。我的意思只是指打屁股这件事。给皮肤一点发热的刺激,不流血的。斯斯文文地用桦树条来几下,促进血液循环。

尊贵的默文·滔尔博伊斯夫人

(发出讥嘲的笑声)哈,你是这样想的吗,好小子?好吧,凭着活天主的名义,你现在就会大吃一惊的,相信我吧,你将挨一顿从来没有人求到过的痛打。你刺激了我天性中沉睡的老虎,把它激怒了。

贝林汉姆太太

(凶狠地摇晃着手筒和带柄眼镜)叫他的皮肉真吃点苦头,好翰娜。给他塞点老姜。把这个杂种揍个半死不活的。用九尾鞭。把他阉割了。活活宰了他。

布卢姆

(战栗,收缩,合起双手,一副摇尾乞怜相)冷啊!发抖啊!是因为你的仙女般的美貌啊。忘了吧,原谅吧。命啊。放了我这一回吧。(他伸上他的另一边脸颊。)

耶尔弗顿·巴里太太

（严厉地）千万别放了他，滔尔博伊斯夫人！他应当受一顿痛打才行。

尊贵的默文·滔尔博伊斯夫人

（气势汹汹地解开她防护手套的扣子）我才不呢。猪狗，而且从狗娘肚子出来就一直是猪狗！居然敢来对我求爱！我要在大街上用鞭子抽他，把他抽得青一条紫一条的。我要把我的马刺扎进他的肉里头，直扎到刺轮顶住为止。谁都知道他是一只王八。（她恶狠狠地把鞭子在空中抽得唰唰地响）马上把他的裤子剥下。过来，先生！快！准备好了吗？

布卢姆

（战战兢兢地开始照办）天气还是很暖和的。

（一头鬈发的戴维·斯蒂芬斯带着一拨光脚报童走过。）

戴维·斯蒂芬斯

《圣心使者报》、《电讯晚报》附带圣派特里克节增刊。报上有都柏林全体王八的新住址。

（十分可敬的奥汉隆牧师身穿金料子法衣，举起并展示一只大理石时钟，康罗伊神父和耶稣会的可敬的约翰·休斯在他面前低低地鞠躬。）

时钟

（敞门）　　　　咕咕

咕咕

咕咕①

（传来一张床上的铜圈发出的叮当声。）

铜圈

唧夹。唧咯唧咯。唧夹。

（一扇雾门迅速拉开，迅速露出陪审席上的人脸，有戴丝质礼帽的首席马丁·肯宁安，有杰克·帕尔、赛门·代达勒斯、汤姆·克南、内德·兰伯特、约翰·亨利·门顿、迈尔斯·克劳福德、莱纳汉、派迪·伦纳德、长鼻头弗林、麦考伊，以及没有五官的无名氏的脸。）

---

① 关于杜鹃鸟叫声与妻子不忠关系，参见278页注③。

无名氏

骑裸背马。年龄载重量。老天,他可把她组织起来了。

陪审员们

(脑袋一齐循声向他转过去)真的吗?

无名氏

(吼叫)屁股朝天头朝地。一百先令对五。

陪审员们

(全体点头以示同意)我们大多数人也这样想。

巡逻甲

他是一个监视对象。又有一个姑娘被剪了辫子。通缉:杀手杰克①。悬赏一千镑。

巡逻乙

(悚然耳语)还穿黑衣服呢。摩门教吧。无政府主义者吧。

公告宣读员

(大声)据利奥波尔德·布卢姆无固定地址,人所共知为炸药犯、伪造文书犯、重婚犯、乌龟王八,对都柏林全市公民形成公害,据此巡回审判庭最尊贵的……

(都柏林记录官弗雷德里克·福基纳爵士阁下,身穿灰色石头法官服,胸前是石胡子,从法官席上站了起来。他怀抱一个伞形权杖,额角上赫然长着一对摩西式的公羊角。)

记录官

我要制止这种诱人为娼的勾当,为都柏林铲除这可憎的害人精。骇人听闻!(他戴上黑帽子②)副长官先生,派人把他从被告席带走,送往蒙乔伊监狱,按陛下圣意期限羁押后,在狱内绞其颈部至死为止,切切勿误,否则愿主慈悲你的灵魂。把他带走。

(一顶黑色小帽降落在他的头上。副长官长约翰·范宁出现,嘴里叼着一支辛辣的巨大雪茄。)

---

① “杀手杰克”为十九世纪八十年代伦敦对一未破案杀人凶手的称呼,此人专杀妓女并毁其尸体。

② 按英国法庭惯例,法官宣布死刑时戴黑帽。

长约翰·范宁

（怒容满面，以洪亮回荡的嗓音大喊）谁来绞死加略人犹大？

（剃头师傅哈·郎博尔德跨上断头墩子，他穿一件血色紧身上衣，围一条鞣皮工围裙，肩上搭着一大盘绳索。他的腰带上，插着一根护身棒和一根布满钉头的大头棒。他阴森森地搓着两只抓钩似的手，手上疙疙瘩瘩都是铜指节。）

郎博尔德

（对记录官，口气阴森而随便）上绞刑的哈利，陛下，默西河凶神。每根喉管五个畿尼。不断脖子不算数。

（乔治教堂的钟群缓慢地响了起来，响亮而阴沉的铁音。）

钟群

嘿嗬！嘿嗬！

布卢姆

（着急）等一下。住手。海鸥。好心肠。我看见。没有恶意。猴房里的姑娘。动物园。淫荡的黑猩猩。（呼吸急促地）骨盆。我看她那天真的红脸，心里难受。（情绪激动）我就离开了那地方。（转向群众中一人求助）哈因斯，我可以和你说句话吗？你是认识我的。那三先令你可以存着。如果你还需要一点儿的话……

哈因斯

（冷冷地）我和你素不相识。

巡逻乙

（指角落）炸弹在这儿。

巡逻甲

装有定时信管的诡雷。

布卢姆

不对，不对。猪脚。我参加了一个葬礼。

巡逻甲

（抽出警棍）你撒谎！

（小猎犬抬起头来，显出派迪·狄格南那张患坏血病的灰色脸盘。他已经全啃定了。他呼出一股子吞噬尸体的腐臭。他变大，大小和形状都和人一样了。他那一身猎獾狗皮毛,变成了棕色寿衣。他的绿眼睛闪着充血的光芒。半只耳朵、整个儿鼻子和两个拇指都已经被食尸鬼吃掉。)

派迪·狄格南

(声音沉滞)是真的。是我的葬礼。我由于自然原因而一病不起,菲纽肯大夫就宣布了生命终结。

(他抬起色如死灰、残缺不全的面孔,对着月亮哀声吠叫。)

布卢姆

(得意地)你们听见了吧?

派迪·狄格南

布卢姆,我是派迪·狄格南的亡灵。听,听,听哟!

布卢姆

这是以扫的声音。

巡逻乙

(在自己胸前画十字)怎么可能呢?

巡逻甲

教理问答小册子里没有。

派迪·狄格南

这是轮回转世。鬼魂。

一个人的声音

嗳,去你的!

派迪·狄格南

(真诚地)我曾经受雇于单绅道27号的约·亨·门顿先生,律师,宣誓和作证经办人。现在我已经因心壁肥大而去世。流年不利。可怜的妻子伤心已极。她现在怎么应付这局面呢?叫她别碰那瓶雪利酒。(他环顾四周)我要一盏灯。我有一种动物本能的要求必须解决。那乳酪我喝了不舒服。

(身材魁梧的公墓管理员约翰·奥康内尔出现,手执一串用黑纱联起的钥匙站着。他旁边站着公墓附属教堂牧师关采神父,蛤蟆肚皮歪脖子,身穿白色法衣,头蒙扎染印花睡帽,瞌睡懵懂地拿着一根用罂栗花拧成的牧杖。)

关采神父

(打哈欠,然后用沙哑如蛤蟆叫的声音吟颂)Namine. 雅各布。号饼干①。阿门。

约翰·奥康内尔

(用喇叭筒扬声大喊)狄格南,派特里克·T,已故。

派迪·狄格南

(竖起耳朵,畏缩)泛音。(他蠕动向前,将一只耳朵贴在地上)我主人的声音②!

约翰·奥康内尔

入土单据卜一字八万五千号。墓区十七。钥匙府。墓地一百零一号。

(派迪·狄格南尾巴笔直,耳朵竖起,显然在注意听,用心想。)

派迪·狄格南

为他的灵魂安息而祈祷。

(他蠕动着向一个煤炭投入口钻下去,棕色衣服上连着的拴狗绳子,把小石子带得喀啦喀啦地滚动。跟在他后面蹒跚而去的,是一只肥胖的老鼠爷爷,脚是蘑菇式的甲鱼爪子,背上是灰色的甲鱼壳。从地下传来了狄格南的闷声嚎叫:"狄格南死了,到地下去了。"戴骑手帽子、穿马裤的汤姆·罗奇福德,胸脯红如知更鸟,从他的双筒机器上跳了起来。)

汤姆·罗奇福德

(一手扶胸骨,弯腰)菇本·J. 我给他找到一枚两先令银币。(他以坚决神态盯住地沟口。)我的现演节目。随我去卡洛③。

(他跃起在空中,一个勇猛的鲤鱼翻身,跳进了煤炭投入口。双筒

---

① Namine 为拉丁文 nomine 讹变(见 135 页注②);"号饼干"原文 Vobiscuits 可能为拉丁文 Dominus vobiscum("天主与你同在"——见 438 页)讹变,但 biscuits 在英语中为"饼干",而雅各布为都柏林饼干厂家。

② "我主人的声音"为一种著名留声机商标,商标图内绘一狗倾听留声机喇叭中传出的声音。

③ 卡洛为都柏林西南一郡。"随我去卡洛"为一民歌,歌唱十六世纪爱尔兰抗英起义武装斗争。

上两个圆片在摇晃，瞪着零的大眼。一切消退。布卢姆继续在污水坑中穿行。雾罅中有啧啧接吻声。有弹钢琴的声音。他站在一所有灯亮的房屋前听。树荫中飞起了许多吻，围绕着他唧唧喳喳、柔声啭鸣、咕咕啼叫。）

吻们

（柔声啭鸣）利奥！（唧唧喳喳）甜兮兮舔兮兮绵兮兮黏兮兮，给利奥！（咕咕啼叫）咕！咕咕！好吃好吃，美呀美！（柔声啭鸣）大呀，来得大呀！足尖立地旋转！利奥波尔德！（唧唧喳喳）利奥利！（柔声啭鸣）喔，利奥呀！

（她们悉悉嗦嗦地在他的衣服上扑动，停落下来，亮晶晶、晕乎乎的光斑，银色的闪光片。）

布卢姆

男人的指触。哀伤的音乐。教堂音乐。也许在这里。

（年轻的妓女佐伊·希金斯身上穿一条宝石蓝衬裙，用三个铜搭扣住，脖子上围一条细细的黑丝绒带子，向他点点头，快步跑下台阶招呼他。）

佐伊

你是找人吧？他和一个朋友在里面呢。

布卢姆

这是麦克太太家吗？

佐伊

不是，81号。科恩太太的。你要是再往前走，可能还比不上这儿呢。趿拉鞋的老妈妈。（亲热地）今天晚上她亲自出马，接那个给他通风报信的兽医，她赌赛马赢钱全靠他的消息，还出钱供她儿子上牛津。超龄干活呢，不过今天她的运气已经转了。（生疑）你该不是他父亲吧？

布卢姆

我才不是呢。

佐伊

你们两人都穿黑的。小耗子今晚发痒了吗？

（他的皮肤警觉起来，感到她的指尖在凑近过来。一只手摸到他左边的大腿上来了。)

佐伊

坚果怎么样?

布卢姆

错了边儿。怪得很,是在右边。重一些,我想是。百万人中才有一人,我的裁缝梅夏士说的。

佐伊

(突然警惕起来)你有一个硬性下疳。

布卢姆

没有的事。

佐伊

我摸得出来。

(她把手伸进他的裤袋,摸出一个干硬发黑的皱皮马铃薯。她望着马铃薯和布卢姆哑口无言,嘴唇湿漉漉的。)

布卢姆

这是避邪的。祖传的。

佐伊

给佐伊吧?归我啦?我待人好就有好报,是吧?

(她贪婪地将马铃薯塞进一个口袋,挽住了他的胳臂,用软绵绵热烘烘的身子偎着他。他露出了一丝勉强的笑容。缓慢的东方音乐响起来了,一个音符又一个音符地奏着。他凝视着她涂了眼圈的茶褐色水晶般的眼睛。他的笑容软了下来。)

佐伊

下回你就认识我了。

布卢姆

(灰心丧气)只要我喜欢了一只亲爱的羚羊,它就准会……①

(一些羚羊在山上吃草,跳跳蹦蹦的。近处有湖泊,湖岸周围是一层层雪松林浓荫。这里升起了一股芳香,仿佛长出了一片茂密的松脂

---

① 典出穆尔诗(参见 548 页注①)。

毛发。东方的天空燃烧了，宝石蓝的天空，被一群古铜色的飞鹰划成了两半。底下卧着女人城①，赤裸裸的、雪白的、静止的、清凉的、豪华的。在大马士革蔷薇丛中，一股泉水汩汩流出。巨大的蔷薇花在悄悄议论着鲜红的葡萄酒。一种羞耻、淫欲、血液之酒缓缓流出，发出一种奇特的私语声。)

佐伊

(随着音乐轻轻吟唱，她的妖艳的嘴唇上浓浓地涂着猪油蔷薇水油膏)Schorach ani wenowach, benoith Hierushaloim. ②

布卢姆

(大感兴趣)从你的口音听来，我就思想你出身的家庭是好的。

佐伊

你也知道思想有什么用吧？

(她用镶金的小牙齿轻轻地咬他的耳朵，送来一股陈腐难闻的大蒜味。蔷薇花丛分开，露出一座陵墓，里面埋着国王们的黄金和朽骨。)

布卢姆

(退缩，机械地勉强伸出去的手抚摸她的右乳房)你是都柏林的姑娘吗？

佐伊

(灵巧地捉住一根散下来的头发，绕在发卷上)不用瞎操心。我是英国人。你有烟卷吗？

布卢姆

(如前)很少吸烟，亲爱的。偶然抽根雪茄。幼稚的玩意儿。(淫荡地)嘴巴除了衔一卷臭烟草以外，还可以有更好的用途的。

佐伊

说吧。发表一通街头演讲吧。

布卢姆

---

① 布莱克诗(The Four Zoas, 1797)中曾说耶路撒冷“自天而降，既是一座城市，又是一个女人”。

② 希伯来语：我虽黑却秀美，耶路撒冷的妇女们啊。(《旧约·雅歌》第一章)

(穿一身工人的条绒工作服、黑绒衣、随风飘动的红领带、阿伯希帽)人类是无可救药的。沃尔特·罗利爵士从新大陆带来了马铃薯和烟草,其中之一是能吸收而能消灭疫病的,而另一个却是毒品,毒害耳朵、眼睛、心脏、记忆力、意志力、理解力、一切。这就是说,他引进毒品,要比另一位我忘了姓名的人引进食品还早一百年。自杀。骗人的话。我们的一切习惯。不信的话,看看我们公众的生活吧!

(从远处的教堂尖塔,传来了午夜的排钟钟声。)

排钟

回来吧,利奥波尔德!都柏林的市长大人![1]

布卢姆

(穿戴市参议员的礼服和链条)阿伦码头、法学会码头区、圆房子区、蒙乔伊区和北船坞区的选民们,我建议修建一条电车路线,从牛市直达河边。这是未来的时代乐曲。这就是我的施政纲领。Cui bono?[2] 但是我们那些范得德肯式的冒险家们,驾驶着他们的幽灵财政船[3]……

一选民

为我们未来的首席长官三番三次地欢呼!

(火炬游行的北极光跳动了。)

火炬游行队伍

呼啦!

(几位市内知名人物、实业巨头、荣誉市民和布卢姆握手致贺。曾三任都柏林市长大人的蒂莫西·哈林顿,威风凛凛地穿戴着市长的绯红大袍、金链条和白色丝领带,和市政委员洛肯·舍洛克 locum tenens[4] 商议了一下。两人都使劲点头表示意见一致。)

前市长大人哈林顿

---

① 典出英国童话《狄克·惠廷顿》,惠廷顿往伦敦找出路失望而去,听到钟声喊"回来吧,惠廷顿"后回伦敦即交好运。

② 拉丁文:谁得益?

③ 范得德肯为欧洲传说中的荷兰船长,因遭遇风暴时随口赌咒而受神罚,永驾幽灵船在海上漂泊。

④ 拉丁文:代理(市长)。

（身穿绯红袍，手执权杖，挂市长金链子，系丝织大白领巾）建议印发市参议员利奥·布卢姆爵士的演说，费用由纳税人负担。建议为他出生的房屋装饰牌匾以为纪念，并将与科克街相联而迄今被称为母牛客厅的通衢，更名为布卢姆大道。

市政委员洛肯·舍洛克

一致通过。

布卢姆

（义愤填膺地）那些飘泊的荷兰人[①]或是瞎白胡来的人们，躺在他们那舒适华丽的后船楼里掷着骰子，他们在乎什么？机器，那是他们的呼声，他们梦寐以求的东西，他们的万灵药。节省劳力的设备、新产品、吓唬人的玩意儿、互相杀戮用的新式恐怖武器，都是一帮资本主义的贪婪鬼制造出来的魑魅魍魉，压在咱们受欺凌的劳工头上。穷人在挨饿，而他们却在山上狩猎，打他们的皇家大鹿，或是射击山鸡和山人，盲目炫耀他们的财势。但是他们的海盗统治现在是永远完了，永远永远……

（长时间的鼓掌。一时间彩柱、五月杆、节庆牌楼拔地而起。一条横幅悬在街道上空，上书 Cead Mile Failte[②] 和 Mah Ttob Melek Israel[③] 两条标语。所有的窗口都挤满了观众，主要是女士们。沿路全线有皇家都柏林火枪团、国王直属苏格兰边防队、金马伦高原兵团队、威尔斯火枪团等部队立正站岗，阻止群众涌入。灯柱上、电杆木上、窗台上、檐口上、檐槽上、烟囱上、栏杆上、排水口上，到处都是中学的男生，又吹口哨又喝彩的。云柱出现了。远远地听到一支横笛铜鼓乐队在奏 Kol Nidre.[④]一支狩猎先驱队伍逐渐走近，高举着帝雕，打着旗幡，摇晃着东方的棕榈叶。用黄金和象牙制成的教皇旗被高高举起，周围是许多燕尾形的市旗。游行队伍的前端出现了，由身穿象棋盘图案官服外衣的市政典礼官约翰·霍华德·巴涅尔、阿斯隆纹章员、厄尔斯特纹章长官三人领头。随后便是十分尊贵的都柏林市长大人约瑟夫·哈钦森、科

---

① 《飘泊的荷兰人》为德国歌剧家瓦格纳根据上述范得德肯传说所编歌剧(1843)。

② 爱尔兰语：十万个欢迎。

③ 希伯来文：以色列王好。

④ 希伯来文："我们的誓言"，犹太教赎罪祈祷经文。

克市长大人、利默里克、戈尔韦、斯莱戈、沃特福德等城市的市长阁下、爱尔兰的二十八位贵族代表①、酋长们、披着标志地位的华贵饰布的大公们和邦主们、都柏林首都救火队、按财富次序排列的全体金融圣人、唐郡和康纳主教、全爱尔兰首主教兼阿尔马郡大主教迈克尔·洛格红衣主教大人、全爱尔兰首主教兼阿尔马郡大主教最可敬的威廉·亚力山大博士大人②、大拉比③、长老会总干事、以及浸礼会、再洗礼派、卫理公会、摩拉维亚派等各教堂的主持人、公谊会的荣誉干事。他们后面是各同业公会、各行会、各民兵团的队伍,举着五颜六色的旗帜:桶匠们、飞禽饲养手们、水车工匠们、报纸广告兜销员们、法律事务文书们、按摩师们、酒商们、桁架工匠们、扫烟囱的、炼猪油的、织波纹塔夫绸和府绸的、蹄铁工们、开意大利货栈的、装饰教堂的、制造脱靴器的、开殡仪馆的、绸缎商人们、宝石工匠们、拍卖主持人、软木工匠们、火灾损失估价员们、染色工和干洗工们、出口装瓶业主们、皮毛商们、商品标签写字工们、纹章刻制工们、马匹存放处工人们、金银块经纪人们、板球射箭运动用品供应商们、粗筛制作者们、禽蛋马铃薯代购商们、制袜厂和手套厂主们、管道设备承包商们。他们之后的队伍是寝宫侍从们、黑杖侍卫、嘉德勋位主管、金杖官、弼马长、宫廷大臣、王室典礼大臣、以及手捧御剑、圣斯蒂芬铁冠、圣餐杯和圣经的大总管④。四名徒步喇叭手吹响了登场号音。禁卫军仪仗队吹起了欢迎的尖音小号作为回答。布卢姆从一座凯旋门下出来了,他没有戴帽子,身披貂皮镶边的深红天鹅绒斗篷,手执圣爱德华权杖、鸽球权杖以及无尖剑⑤。他骑一匹乳白色大马,有流苏般的深红色长尾巴,披着华丽的马衣,笼着金笼头。群众如痴如狂。阳台上的女士们纷纷撒下玫瑰花瓣。空气中芳香扑鼻。男人们一齐欢呼。布卢姆儿童们手执山楂枝和冬青树枝,在观礼的人群间

① 一八○一年英爱议会合并后,爱尔兰贵族二十八人被选为英国上议院终身议员。

② 亚力山大为新教全爱尔兰首主教,而洛格为天主教全爱尔兰首主教。

③ “拉比”为犹太教主持人。

④ “大总管”(High Constable)为英国历史上官名,辅助国王掌管海、陆军,因而捧剑(代表武力);圣斯蒂芬铁冠为十九世纪末罗马教皇赐给匈牙利国王斯蒂芬一世,象征匈牙利王权;圣餐杯和圣经象征英国国教。

⑤ 这三件都是英国最高权力标志。

穿来穿去。)

布卢姆儿童们

鹪鹩,鹪鹩,
众鸟之王,
圣斯蒂芬日到了,
荆豆丛中亡①。

一铁匠

(喃喃而语)天主光荣! 这就是布卢姆吗? 他这模样简直还不足三十一岁哩!

一铺路石匠

这人现在是大名人布卢姆了,全世界最伟大的改革家。脱帽!

(全体脱帽。妇女们热烈地交头接耳。)

一阔太太

(阔绰地)他简直是妙不可言,对吧?

一贵妇人

(高贵地)人所见到过的一切!

一女权运动者

(男子气)以及所作所为的!

一悬钟人

古典型的相貌! 他的额角是思想家的额角。

(布卢姆天气出现。太阳在西北方大放光芒。)

唐郡与康纳主教

我在此向大家介绍你们的无可置疑的皇帝总统兼国王主席,我国最崇高、最强大、最有势力的统治者。天主保佑利奥波尔德一世!

全体

天主保佑利奥波尔德一世!

布卢姆

(身穿加冕服,外披紫红斗篷,对唐郡与康纳主教,尊严地)谢谢你,你

---

① 爱尔兰童话。儿童于圣斯蒂芬日(12 月 26 日)持冬青枝悬鹪鹩唱此曲以索葬鸟金。

是一位尚属出众的人物。

阿尔马大主教威廉

（围紫红领圈，戴铲形宽边帽）您是否愿意尽您的全力，在爱尔兰及所属领土完全按您的判断实现慈悲为怀的法治？

布卢姆

（右手按自己睾丸宣誓①）愿造物主如此对我。我保证办到这一切。

阿尔马大主教迈克尔

（将一小壶头发油倾注在布卢姆头上）Gaudium magnum annuntio vobis. Habemus carneficem.②利奥波尔德、派特里克、安德鲁、大卫、乔治，你受天命了！

（布卢姆披上金袍，戴上红宝石戒指。他登上命运之石而屹立。贵族代表们同时戴上其二十八顶冠冕。基督教堂、圣派特里克教堂、乔治教堂和欢乐的马拉海德，都响起了喜庆的钟声。迈勒斯义市的烟火，从四面八方升上天空，展示了富有象征意义的阴茎烟火图形。贵族们逐个上前屈膝宣誓效忠。）

贵族们

我誓为陛下臣民，全身全心，竭尽人间忠诚。

（布卢姆举起右手，手上戴着光芒四射的科—依—诺尔钻石③。他的驯马发出一声嘶鸣。周遭立即一片肃静。洲际、星际的无线电台均整机静候讯息。）

布卢姆

臣民们！朕现将朕之忠实坐骑 Gopula Felix④ 命名为世袭大维齐尔⑤，并宣布自即日起废弃朕之原配，另择夜晚明晖之塞勒涅公主为御妻。⑥

（布卢姆的前庶民配偶迅即被装上囚车拉走。塞勒涅公主身穿月

---

① 手按睾丸宣誓为《圣经·旧约》记载的宣誓方式，强调男性生殖能力的神圣性。

② 拉丁文：我向你们宣布大喜事。我们有了刽子手。

③ 世界最大钻石之一，重一百多克拉，十九世纪成为英王王冠御宝。

④ 拉丁文：幸运之结合。

⑤ “维齐尔”为土耳其帝国大臣。

⑥ “塞勒涅”为希腊神话中月亮女神。

光蓝袍，头戴新月形银冠，由两名巨人肩负的轿子上步下。全场一片欢呼。）

约翰·霍华德·巴涅尔

（举起御旗）辉煌的布卢姆！我的著名的兄长的继承人！

布卢姆

（拥抱约翰·霍华德·巴涅尔）约翰，翠绿的爱琳是神所许诺于咱们共同祖先的国土，你为朕来此作出如此确实符合王室尊严的欢迎，朕对你衷心感谢。

（人们献上有正式证书为记的荣誉市民称号，送上一对十字交叉钉在深红垫子上的都柏林城门钥匙。他对所有人显示自己所穿绿色袜子。）

汤姆·克南

这是您应得的荣誉，大人。

布卢姆

二十年前的今天，咱们在莱迪史密斯战胜了咱们的宿敌①。咱们的榴弹炮和骆驼回旋炮把敌军打得落花流水。半个里格的冲锋②！他们真冲！现在全完了！咱们屈服吗？不！咱们把他们追得直逃跑！瞧！咱们冲！咱们的轻骑兵向左展开，横卷普列符纳的高地③，喊叫着他们的战斗口号 Bonafide Sabaoth④，把撒拉森炮手砍得一个不剩。

自由人排字工工会

听着！听着！

约翰·怀斯·诺兰

---

① 莱迪史密斯为南非城市，一九〇〇年英殖民军曾在此进行重要防御战，但“二十年前”即一八八四年，英国主要殖民战争发生在苏丹的喀土穆城。

② 里格为旧长度单位，约合五公里。“半个里格的冲锋”为丁尼生（见72页注④）歌颂英军尚武精神诗《轻骑兵冲锋记》句，但该战斗发生在英俄之间的克里米亚战争中（1854）。

③ 普列符纳为保加利亚北部城市，一八七七年俄土战争中土军为防守此城曾进行长期战斗，英军并未卷入，但布卢姆藏书之一《俄土战争史》（见本书第十七章）对普列符纳之战有重点叙述。

④ 拉丁文与希伯来文：真正的军队。

把詹姆斯·斯蒂芬斯弄走的就是他。

一蓝衣学生①

好啊!

一老年居民

您为国增光,您哪,一点儿也不假。

一卖苹果女人

爱尔兰就是需要像他这样的人。

布卢姆

我的亲爱的臣民们,一个新的时代即将露出曙光。我布卢姆郑重宣告,它已经近在眼前。确实的,按照我布卢姆的诺言,你们在不久之后就要进入一个未来的黄金城市,未来世界的新海勃尼亚的新布卢姆撒冷。

(来自爱尔兰全国各郡的三十二名工人,佩带红花,在营造商德旺的指导下动手建造新布卢姆撒冷。这是一座巨大的水晶屋顶建筑,状似巨型猪腰子,内有四万房间。在扩建过程中,拆毁了数栋楼房和纪念性建筑。一些政府机构被临时迁入铁路棚内。许多住宅被夷为平地。居民被安置在桶内、匣内,桶与匣上均标有红色的列·布字样。数名贫民从梯子上摔下。都柏林城墙有一处因热心的观光者过于拥挤而倒塌。)

观光者们

(垂死)Morituri te salutant②.(死去)

(一穿棕色雨褂男人从一地板门内跃出,伸出长手指指着布卢姆。)

穿雨褂男人

他的话你们一个字也不能相信。这人名叫利奥波尔德·于郭,臭名远扬的纵火犯。他的真名字叫希金斯。

布卢姆

枪毙他!狗基督徒!这就是于郭的下场!

---

① 蓝衣学校是都柏林一所为英国统治阶层子弟而设的学校。

② 拉丁文:赴死者向你致敬(古罗马斗士进入格斗场地时向凯撒致敬用语)。

(一门加农炮发射。穿雨褂男人消失。布卢姆挥动权杖击倒罂粟花株。立即有人报告大批强大政敌纷纷死亡的消息,其中有牧主们、国会议员们、常设委员会的委员们。布卢姆的卫士们散发濯足节银币①、纪念章、面包和鱼、节制饮酒徽章、高级大雪茄、免费的熬汤用的牛骨、金线包扎密封的橡皮避孕用具、黄油球、椰子糖、三角帽形的情书、现成套服、浅碗盛的面拖烤肉、瓶装洁氏消毒水、购货证、四十日赦罪符、伪造钱币、奶品饲养猪肉香肠、戏院入场证、全市电车通行季票、匈牙利皇家特权彩票、特价一便士用餐证、"全球最劣十二书"的廉价版:《法国佬与德国大兵》(政治)、《婴儿保育》(幼儿)、《七先令六吃五十餐》(烹饪)、《耶稣是否即太阳神?》(历史)、《排除疼痛》(医药)、《儿童宇宙知识纵览》(宇宙)、《人人大笑》(滑稽)、《兜销员手册》(报刊)、《修女院院长助理情书》(色情)、《宇宙空间名人录》(星学)、《沁心歌曲选》(音乐)、《节俭致富之道》(俭学)。全场蜂拥骚动。妇女们纷纷挤向前去摸布卢姆的袍边。贵妇冠朵莲·杜必达女士从人群中冲出来,跃上他的马背,吻了他的双颊,博得热烈的喝彩。有人拍摄镁粉闪光照片一张。人们举起了婴儿和乳儿。)

妇女们

小爸爸!小爸爸!②

婴儿和乳儿们

拍手拍手只等波尔迪回家家

袋里有糕只给利奥老人家。

(布卢姆弯下腰去,轻轻地捅了一下博德曼娃娃的肚子。)

博德曼娃娃

(打嗝,凝块的奶从嘴中溢出)哈哇哇哇。

布卢姆

(和一名青年盲人握手)你比我的兄弟还亲!(伸出双臂拥抱一对老年夫妇的肩膀)两位亲爱的老朋友!(他和一些衣衫褴褛的男女儿童玩

① 濯足节又称"圣星期四",纪念耶稣被捕前晚餐时为十二门徒洗脚,天主教等教会均有仪式,英国通常同时发放济贫银币。

② "小爸爸"系俄国农民对沙皇所用尊称。

小猫躲四角游戏)找呀！快找呀！(他推一辆坐一对双胞胎的婴儿车)铁克塔克娃,你愿修鞋吗?(他变戏法。从嘴里抽出红、橙、黄、绿、蓝、靛、紫色的丝手帕)七色。每秒三十二英尺。(他安慰一位寡妇)人不在,心不老。(他跳苏格兰高原舞,做滑稽古怪姿势)跳呀,伙计们！(他吻一名瘫痪老兵的褥疮)光荣的伤口！(他伸脚绊倒一名胖警察)卜一:上。卜一:上。(他凑近一名羞红了脸的女侍者的耳朵说一句悄悄话,发出和善的笑声)啊,淘气,淘气！(他吃农夫莫里斯·巴特利献给他的生萝卜)好吃！好吃极了！(他拒绝记者约瑟夫·哈因斯给他的三个先令)老朋友,根本用不着！(他将他的外衣送给一个乞丐)请你收下。(他和一些年长的男女跛子作肚子贴地爬行赛)快啊,弟兄们！扭啊,姊妹们！

公民

(情绪激动而语塞,用翠绿围巾拭掉一滴眼泪)愿善良的天主保佑他！

(羊角号吹响,号令全场肃静。锡安旗帜升起。)

布卢姆

(威严地解开斗篷,露出肥胖身子,展开一张文告,庄严宣读)Aleph Beth Ghimel Daleth Hagadah Tephilim Kosher Yom Kippur Hanukah Roschaschana Beni Brith Bar Mitzvah Mazzoth Askenazim Meshuggah Talith①.

(市副秘书长吉米·亨利宣读正式译文。)

吉米·亨利

衡平法庭现在开庭。最符天意的皇上现在御驾亲临露天法庭执法。免费提供医药、法律咨询,解决冒名顶替以及其他问题。竭诚欢迎人人参加。天堂纪元元年,于我忠心城市都柏林举行。

派迪·伦纳德

我的各种捐税怎么办?

布卢姆

照交,朋友。

---

① 希伯来文:甲、乙、丙、丁、哈加达书(见159页注①)、经文护符匣、合礼、赎罪日、献殿节、岁首节、圣约之子会、受诫礼、马佐饼、德系犹太人、疯狂、塔里思(犹太男人祈祷用披巾)。

派迪·伦纳德

谢谢您。

长鼻头弗林

我能不能用我的火灾保险作抵押贷款?

布卢姆

(不管不顾地)诸位请注意,按照侵权行为法,由各位本人具结负责,金额五镑,为期六个月。

杰·J. 奥莫洛伊

我说,是一位丹尼尔吧? 不! 是一位彼得·奥布赖恩![1]

长鼻头弗林

我到什么地方去支取那五镑呢?

尿伯克

膀胱有病呢?

布卢姆

Acid. nit. hydrochlor. dil. ,20 minims

Tinct. nux vom. ,5 minims

Extr. taraxel. liq. ,30 minims.

Aq. dis. ter in die. [2]

克里斯·卡利南

毕宿五的日下黄道视差是多少?

布卢姆

很高兴听到你的声音,克里斯。基十一。

约·哈因斯

你为什么不穿制服?

布卢姆

我那位如今已列为圣徒而被人纪念的祖先,曾经身穿奥地利暴君的制

---

① 丹尼尔为《旧约》经外书中著名法官;奥布赖恩为十九至二十世纪间爱尔兰著名法官。

② 拉丁文药方:稀释硝酸盐酸二十滴,混合催吐酊剂五滴,蒲公英精三十滴,蒸馏水,每日三次。

服被关在阴湿的监狱里，那时你的祖先何在？

本·多拉德

三色堇呢[①]？

布卢姆

点缀（美化）郊区花园。

本·多拉德

双胞胎来到时？

布卢姆

父亲（爹、爸）动脑筋[②]。

拉里·奥鲁尔克

我的新店需要一张八日执照[③]。利奥爵士，你记得我吧，你那时候住七号。我已经派人给太太送去一打烈性黑啤酒。

布卢姆

（*冷冷地*）你的记性比我强。布卢姆夫人不接受礼物。

克罗夫顿

这真是一场大喜事。

布卢姆

（*庄严地*）你们称之为喜事。我称之为圣事。

亚历山大·岳驰

我们要到什么时候才能有我们自己的钥匙院呢？

布卢姆

我主张改革全市公共道德，推行明白实在的十诫。旧世界要改为新世界。团结一切人，犹太人、穆斯林、非犹太人。凡是大自然的子女，都有三英亩地一头牛。沙笼式机动灵车。人人都有参加体力劳动的义务。一切公园都昼夜对公众开放。电动洗碟机。结核病、疯狂愚蠢、战争、行乞都必须从此绝迹。普遍实行大赦，每周一次戴上假面具纵情狂欢，人人都有奖金，世界通用世界语，世界大同。再也不许那些在酒店里混

---

① 三色堇在花卉语言中代表“思想”。

② 有人认为双生子各有一父。

③ 当时酒店执照载明每周允许售酒日数，当然最多七日。

酒喝的人和水肿的骗子满口爱国。金钱要无限,房租要免交,恋爱要自由,宗教要自由开放,国家要自由无宗教。

奥马登·伯克

鸡笼要自由开放,狐狸要自由进笼。

戴维·伯恩

(打哈欠)咿咿咿啊啊啊哈!

布卢姆

异族共处,异族通婚。

莱纳汉

异性共浴如何?

(布卢姆向近处人群解释他的社会革新计划。人人都赞成他。基尔代尔街博物馆馆长出场,他拖着一辆平台车,车上颤颤悠悠地立着几座裸体女神雕像,有美臀维纳斯,有众人的维纳斯,有轮回转世的维纳斯,还有一些石膏像,也是裸体的,代表九位新缪斯:商业、歌剧音乐、性爱、宣传、工业制造、言论自由、多重投票制、美食学、个人卫生、海滨文艺表演、无痛分娩、大众天文学。)

法利神父

他是一个主教派、不可知论者、乱七八糟论者,想要破坏咱们的神圣的宗教事业。

赖尔登太太

(撕掉她的遗嘱)我对你失望了!你是个坏人!

格罗根大娘

(脱下一只靴子,准备掷布卢姆)你这个畜生!你这个可憎的家伙!

长鼻头弗林

给咱们来一支曲子,布卢姆。古老颂曲来一首就行。

布卢姆

(情绪欢快幽默)

我发誓决不当负心郎,
没曾想她心狠把我诓。
哼着我的土啦仑、土啦仑、土啦仑。

蹦达汉霍洛汉

老布卢姆真带劲儿！归根到底，谁也比不上他。

派迪·伦纳德

舞台上的爱尔兰人！

布卢姆

什么铁路歌剧像直布罗陀的电车线？卡斯蒂儿的几道道。

（笑声）

莱纳汉

剽窃！打倒布卢姆！

蒙面纱的女预言家

（热烈地）我是布卢姆分子，我以此为荣。不管怎么说，我信仰他。我为了他愿意牺牲我的性命。他是地球上最好玩儿的男人。

布卢姆

（对旁观者眨眼睛）我敢说她准是个漂亮姑娘。

西奥多·皮尤福依

（戴捕鱼帽，穿油布外衣）他用一种机械的办法使大自然的神圣目标不能实现。

蒙面纱的女预言家

（用刀捅自己）我的英雄天神呀！（死去）

（许多特别可爱、特别热烈的女人也相继自杀，有用匕首的，有跳水的，有喝氰氢酸、乌头碱、砒霜的，有切开血管的，有绝食的，有投身在压路机碾子下、吉尼斯啤酒厂大缸中的，有从纳尔逊纪念塔顶跳下的，有将脑袋伸进煤气灶内窒息的，有用时髦吊袜带吊死的，有从各楼层的窗口跳楼的。）

亚力山大·J.道伊

（激烈地）基督徒兄弟们，反布卢姆主义者们，这个名叫布卢姆的人，是从地狱最底层钻出来的，是一切基督徒的耻辱。这一头门德斯的臭山羊①，

① 门德斯在埃及尼罗河流域，埃及神话中以该地一山羊为生殖之神，传说需将美女献上与其相交。

从小就是一个恶魔似的登徒子,幼年就已经现出早熟的淫乱,和一个比他大两辈的放荡女人再现了平原城市的景象①。这个邪恶的伪君子怙恶不悛,正是《启示录》中的白公牛。他是大红女人的崇拜者②。连鼻孔里呼出的气都是阴谋诡计。对于他,最合适的去处是火刑柱、沸油锅。卡里班!

群氓

干掉他!烧死他!他和巴涅尔一样坏。福克斯先生!③

(格罗根大娘将靴子向布卢姆掷去。上、下多塞特街的几个店主扔出各种很少或是没有商业价值的东西,如火腿骨、炼乳罐头、卖不掉的白菜、陈面包、羊尾巴、碎肥肉。)

布卢姆

(激动)这是仲夏夜之疯狂,又一个可怕的恶作剧。我对天起誓,我没有丝毫罪过,纯洁如未见太阳的白雪!实际上是我兄弟亨利干的。他和我是一个模子脱的。他住在海豚仓2号。诽谤如蛇蝎,硬把罪过归到了我身上。同胞们,sguel i mbarr bata/coisde gan capall.④我请我的老朋友,性专家玛拉基·马利根大夫,为我提出医学方面的证据。

马利根大夫

(身穿紧身摩托马甲,额架绿色摩托风镜)布卢姆大夫属于两性畸形型。他是最近从尤斯塔斯大夫的私立男性神经病院逃出来的。他是床外生儿,具有遗传性癫痫,是无节制纵欲的后果。在他的祖先中,发现有象皮病的痕迹。有显著的积习性露阴癖症状。两手同利特征也有潜伏因素。他由于自我糟蹋而过早歇顶,因而形成有悖常情的理想主义,浪子回头,有金属牙。他受一件家庭纠纷的影响,现在暂时失去记忆,我认为他的受害成分大于害人成分。我已经做了一项

---

① "平原城市"为《圣经·创世记》(19)中因道德败坏而被上帝毁灭的几个城镇。

② "大红女人"为《圣经·启示录》(17)中所说"世上一切淫妇与猥亵之母"。

③ "福克斯"为帕内尔与有夫之妇私通时所用假名之一。

④ 爱尔兰语:杆顶的故事,无马的车。

阴道检查，对 5427 根肛毛、腋毛、胸毛和阴毛进行了酸性试验之后，宣布他属于 virgo intacta.[1]

(布卢姆用高级礼帽覆盖生殖器。)

马登大夫

生殖泌尿道残缺现象也是明显的。为了后代的利益，我建议将受影响的器官用酒精在国立畸形博物馆保存起来。

克罗瑟斯大夫

我检查了病人的尿。是含蛋白质的。唾液分泌不足，膝反射有间歇性。

拳头科斯特洛大夫

Fetor judaicus[2] 十分显著。

狄克逊大夫

(宣读一份健康检查报告)布卢姆教授是一位新型女性男人的完整典型[3]。他的品德本质是纯朴可爱的。许多人都感到他是一个可亲的男人，一个可亲的人。以其整体而言，他是一个相当古怪的人物，腼腆而并非医学意义上的弱智。他曾经给归正教士保护协会传教庭写过一封极为优美的信，简直是一首诗，其中澄清了一些问题。他基本上滴酒不入，我还能证明他睡的是草垫，吃的是最斯巴达式的食物，冷的干货豌豆。他冬夏都穿一件纯粹爱尔兰制造的刚毛衬衣，每星期六都自我鞭笞。据我了解，他一度曾是格伦克里感化院的一等轻罪犯。另有一份报告说他是一个长久遗腹子。我以我们的发音器官所能表达的最神圣词语的名义，呼吁对他宽大。他马上要生孩子了。

(全场大骚动，纷纷表示同情。一些妇女晕倒。一位富有的美国人为布卢姆举行街道募捐。迅速收集了许多金银币、空白支票、钞票、珠宝、国库券、到期汇票、借据、结婚戒指、表链、纪念珍品盒、项圈、手镯等物。)

布卢姆

我多么想当母亲呀。

---

① 拉丁文：完整处女(处女膜未破)。

② 拉丁文：犹太臭味。

③ “女性男人”为一九〇三年德国一学者在《性别与性》中提出的犹太男人的特点。

桑顿太太

(身穿护理服)紧紧地搂着我,亲爱的。你很快就好了。紧一些,亲爱的。

(布卢姆紧紧地拥抱她,生下了八个黄皮肤和白皮肤的男孩。他们在一座铺有红地毯、装饰着珍贵花草的楼梯上出现。这一胎八男,个个都有英俊的贵金属面孔,身材匀称,穿着讲究而举止恰当,精通五种现代语言,对各种艺术和科学都感兴趣。每个人的名字,都用明白易认的字样印在衬衫前襟上:Nasodoro, Goldfinger, Chrysostomos, Maindorée, Silversmile, Silberselber, Vifargent, Panargyros.①他们立即受到任命,担任若干不同国家的公共事业高级负责职位,如银行总经理、铁路运输处处长、有限责任公司董事长、饭店辛迪加副董事长等。)

一个人声

布卢姆,你是救世主本·约瑟夫还是本·大卫?②

布卢姆

(阴沉地)你说了。

嗡嗡修士

那就像查尔斯神父那样行一个奇迹吧。

班塔姆·莱昂斯

预言一下,圣莱杰赛将由哪一匹马获胜。

(布卢姆在网上行走,用左耳蒙住左眼,穿过几道墙壁,爬上纳尔逊纪念塔,用眼皮勾住塔顶突出部悬在塔外,吃下十二打牡蛎〔带壳〕,治愈几名瘰疬患者,皱缩面部形成许多历史人物面貌,有比肯斯菲尔德勋爵③、拜伦勋爵、沃特·泰勒④、埃及的摩西、摩西·迈蒙尼德、摩

---

① 意文"金鼻子"、英文"金指头"、希腊文"金口"、法文"金手"、英文"银人"、德文"银人"、法文"水银"、希腊文"全银"。

② "本"在希伯来名字中表示"儿子",犹太教传统认为救世主将出于大卫子孙,但某些典籍认为在此之前将先有约瑟夫子孙为救世主。

③ 即英国著名政治家、小说家迪斯累里(Benjamin Disraeli,1804—1841)。

④ 泰勒为十四世纪英国农民起义领袖。

西·门德尔松[①]、亨利·欧文[②]、瑞普·凡·温克尔[③]、科苏特[④]、约翰—杰克·卢梭、利奥波尔德·罗思柴尔德勋爵[⑤]、鲁滨孙·克鲁索、舍洛克·福尔摩斯、巴斯德[⑥],将两只脚同时各自转向几个不同方向,喝令潮水倒流,伸出小指头挡住太阳。)

教皇使节布林尼

(身穿教皇亲兵制服,披挂钢制胸甲、臂甲、股甲、腿甲,脸上蓄有不符教规的大八字胡,头戴棕色纸制主教冠)Leopoldi autem generatio[⑦]:摩西生诺亚,诺亚生泰监,泰监生奥海罗伦,奥海罗伦生古根海姆,古根海姆生 Agendath,Agendath 生 Netaim,Netaim 生勒·希尔施,勒·希尔施生耶稣如姆,耶稣如姆生麦凯,麦凯生奥斯特罗洛普斯基,奥斯特罗洛普斯基生斯梅尔多士,斯梅尔多士生韦斯,韦斯生施瓦茨,施瓦茨生阿德里安堡里,阿德里安堡里生阿兰胡埃斯,阿兰胡埃斯生芦伊·劳森,芦伊·劳森生伊加勃多诺索,伊加勃多诺索生奥唐奈·马格努斯,奥唐奈·马格努斯生基督树,基督树生本·迈蒙,本·迈蒙生灰尘仆仆的罗兹,灰尘仆仆的罗兹生本阿摩,本阿摩生琼斯—史密斯,琼斯—史密斯生萨沃格南诺维奇,萨沃格南诺维奇生水苍玉,水苍玉生文特丢尼厄姆,文特丢尼厄姆生松博特海伊[⑧],松博特海伊生费拉格,费拉格生布

---

① 门德尔松为十八世纪德国犹太人,哲学家。

② 欧文为十九世纪至二十世纪初英国著名戏剧家、演员。

③ 温克尔为美国作家欧文小说人物。

④ 科苏特为十九世纪匈牙利著名革命家。

⑤ 罗思柴尔德为英国犹太裔贵族,其家族为著名银行家家族。

⑥ 巴斯德(Pasteur)为十九世纪法国著名化学家。

⑦ 拉丁文:"利奥波尔德的出生是这样的",与《马太福音》第一章叙述耶稣家谱所用词句相同。

⑧ 家谱三十代中除第一、二代为《圣经》人名(但在《圣经·旧约》中,诺亚远在摩西之前)外,有四人(第五、八、十二、十九)为历史上互不相干的名人,其余十九人无从查考,但其名字大多可读出意义,如第六、七为布卢姆早晨所见广告"移民垦殖公司",第十三、十四"韦斯"与"施瓦茨"为德文中的白(Weiss)与黑(Schwarz)。第二十二"灰尘仆仆的罗兹"为美国连环画中流浪汉(见 530 页注⑤)。另三个(第十五、十六、二十八)为地名,其中松博特海伊(Szombathely)为匈牙利小城镇,布卢姆父亲费拉格出生于此。

卢姆 et vocabitur nomen eius Emmanuel. ①

一死手②

（在墙上写字）布卢姆是一条鳕鱼③。

克拉布

（穿丛林逃犯服装）你在基尔拜莱克后面的牛道口上干了什么？

一女婴

（摇着一只拨浪鼓）在包利巴乌桥下呢？

一冬青树丛

在魔鬼幽谷呢？

布卢姆

（从前额到臀部涨得通红，左眼掉下三滴眼泪）原谅我的过去吧。

被逐爱尔兰房客们

（穿紧身衣、齐膝短裤，执唐尼布鲁克赶集用的橡树棍）用皮鞭抽他！

（长着驴耳朵的布卢姆坐入颈手枷内，两臂交叉，两脚伸出。他吹口哨奏 Don Giovanni, a cenar teco. ④亚坦救济院的孤儿们手拉着手围着他欢跳。狱门会的姑娘们手拉着手从相反方向欢跳⑤。）

亚坦孤儿们

你这畜生，猪，肮脏的狗！
你还想女士们对你有胃口！

狱门会的姑娘们

你若见她
角边有虫
请你告她

---

① 拉丁文："将给他取名为以马内亚。"《旧约·以赛亚书》第七章十四节先知预言耶稣出生时，云将"取名为以马内亚"，按"以马内亚"在希伯来文中意为"神与我们同在"。

② "死手"（deadhand）一般译为"永久管业"，即不可转移的产业，但《圣经·旧约·但以理书》第五章中，巴比伦王宴会时有一手出现在墙上写字，宣告其末日已到。

③ "鳕鱼"（cod）在俚语中可指人，表示蔑视。

④ 意大利语："唐·乔凡尼，和你晚餐"，见229页注①。

⑤ "狱门会"为都柏林帮助出狱年轻妇女就业的宗教组织。

尸下穴中。

霍恩布洛尔

（穿古犹太祭司法衣，戴猎帽，大声宣布）命他将人民的罪过载往旷野中的精灵阿撒泻勒，载往夜妖厉狸史处①。由他们向他投掷石头，污秽他，是的，Agendath Netaim 所有的人，含的国土麦西内所有的人②。

（所有人都向布卢姆投掷哑剧用的软石块。许多正牌旅客和无主野狗都走过来污秽他。穿粗布长袍的马司田斯基和项缘过来了，耳边都垂着长长的鬈发。他们都对布卢姆摇着大胡子。）

马司田斯基和项缘

恶鬼！伊斯特利亚的莱姆兰，假救世主！阿波拉非亚③！悔过吧！

（布卢姆的裁缝乔治·罗·梅夏士腋下夹着一把鹅颈式熨斗出现，递给他一张账单。）

梅夏士

改裤子一条十一先令。

布卢姆

（愉快地搓着手）又和以前一样了。可怜的布卢姆！

（黑胡子的加略人，坏牧人茹本·J. 岛德肩上扛着他儿子溺死后的尸体，向颈手枷示众处走来。）

茹本·J

（沙哑地耳语）叛徒完了。警察少了一个探子。见车就要。

救火队

嘭啦！

嗡嗡修士

（给布卢姆穿上一件绣有火焰图案的黄色衣服，戴上尖顶高帽。他在他脖子上挂了一袋火药，将他交给民事当局并说）饶恕他的过错吧。

---

① 《圣经·旧约·利未记》十六章记载，赎罪祭内容之一为由祭司将众人的罪过归在公羊头上，将羊放至旷野给“阿撒泻勒”；“厉狸史”为希伯来传闻中夜妖，见 490 页注④。

② “含”为《圣经·创世记》中诺亚三子之一，其国土麦西（Mizraim）即埃及。

③ 莱姆兰（十六世纪）和阿波拉非亚（十三世纪）均为自称救世主的犹太人。

(都柏林救火队的迈尔斯中尉接受人们要求,点火烧着了布卢姆。哀悼声。)

公民

感谢苍天!

布卢姆

(穿标有 I. H. S. 字样的无缝衣服①,在凤凰火焰中挺立。)不要为我哭泣,爱琳的女儿们啊②。(他向都柏林记者们显示火烧痕迹。)

(爱琳的女儿们身穿黑衣,捧着大本的祈祷书和点燃了的长蜡烛,跪下作祈祷。)

爱琳的女儿们

布卢姆的腰子啊,为我们祈祷吧③
澡盆里的花朵啊,为我们祈祷吧
门顿的导师啊,为我们祈祷吧
自由人的兜销员啊,为我们祈祷吧
慈善的共济会员啊,为我们祈祷吧
飘泊的香皂啊,为我们祈祷吧
偷情的乐趣啊,为我们祈祷吧
无字的音乐啊,为我们祈祷吧
公民的谴责者啊,为我们祈祷吧
一切花饰的爱好者啊,为我们祈祷吧
大慈大悲的接生婆啊,为我们祈祷吧
防瘟避灾的保命马铃薯啊,为我们祈祷吧。

(一支由六百人组成的唱诗班,由文森特·奥布赖恩指挥,由约瑟夫·格林用风琴伴奏,唱起了韩德尔《弥赛亚》中的合唱曲"哈利路亚,因为全能的天主统治着一切"。布卢姆变哑,缩小,碳化。)

佐伊

---

① I. H. S. 即"人类救星耶稣"或"我有罪",见 107 页注③。

② 《新约·路加福音》二十三章记载耶稣赴刑场时对追随他的妇女们说:"耶路撒冷的女儿们,不要为我哭泣,要为你们自己和你们的儿女们哭!"

③ 天主教"圣心祷文"中有叠句"耶稣的心啊,为我们祈祷吧"。

说吧，一直说到你脸上发黑才好呢。

布卢姆

（戴一顶旧帽子，帽围里插着一只陶瓷烟斗，脚上一双灰尘仆仆的粗皮靴，手中一个移民用的红手帕包，用一根草绳拉着一头黑色的泥沼橡木猪，眼中带一丝微笑）现在让我走吧，女主人，因为，凭着康尼马拉所有的山羊起誓，我挨揍可实在是挨够了。（眼中带一滴眼泪）全都丧失了理智。爱国、哀悼死者、音乐、民族的未来。生存还是毁灭。人生之梦已经过去。但求结尾是安宁的。他们可以继续生活下去。（他悲哀地凝视远处）我是完了。几颗乌头碱。窗帘都放下了。一封信。然后躺下，休息了。（他缓缓地呼吸）够了。我已经生活过了。别。别了。

佐伊

（僵硬地，手指伸在自己的项圈内）老实话吗？下次再见吧。（她发出一声嗤笑）我想是你起床的时候下错了边儿，要不然是和你的女相好来得太快。哼，我可以看透你的心思！

布卢姆

（辛酸地）男女，性爱，是什么呢？塞子和瓶子而已。我厌恶它。一切撒手吧。

佐伊

（突然绷下脸来）我恨这种没有真话的坏家伙。倒霉窑姐儿也得有条活路呀。

布卢姆

（心软了）我确是很不随和。你是一种无法避免的邪恶。你是从哪里来的？伦敦吗？

佐伊

（不假思索地）猪诺顿①，猪奏风琴的地方。我是约克郡生的人。（她握住他伸过去摸她乳房的手）我说，汤米小耗子②，别来这个，来个狠一点儿的吧。有钱玩个短的吗？有十先令吗？

---

① 猪诺顿为英国莱斯特郡一村落，据说该村曾有一风琴手姓 Piggs（猪）。

② 典出英国童谣：小汤米小耗子，/他住个小房子；/他逮个小鱼虾，/找人家的水沟子……

布卢姆

（微笑，缓缓点头）不止呢，天仙，不止呢。

佐伊

不止更不止。（她顺手用软如天鹅绒的手掌拍他）你进来吧，到音乐室看看我们的新自动钢琴好吗？你进来我就剥掉。

布卢姆

（犹犹疑疑地摸着后脑壳，正如小贩眼看她那一对剥掉皮的白梨，心里受窘丑态百出）有人知道了会大吃其醋的。绿眼的妖魔①。（认真地）你知道有多难。你不用我说。

佐伊

（听了感到受用）眼不见，心不烦。（她轻拍他）进来。

布卢姆

爱笑的妖女！摇摇篮的手②。

佐伊

小宝贝儿！

布卢姆

（身穿亚麻婴儿衣裤、皮毛镶边的披风，大脑袋，一头的深色胎毛，两只大眼盯住她那流动的衬裙，伸出一根胖嘟嘟的指头数衬裙上的铜搭扣，伸着湿漉漉的舌头咿咿呀呀）一、啊、参、参、阿、义。

铜搭扣

爱我。不爱我。爱我③。

佐伊

沉默就是同意。（她张开小小的爪子，抓住了他的手，她的食指伸到他手心里，给了他秘密传递的接触信号，要将他诱入绝境。）手热内脏冷。

（他在芳香、音乐、各种诱惑之前迟疑不前。她带他向台阶走去，引着他的是她腋窝的气味、描了眼圈的妖冶眼神，以及她那衬裙的窸窸窣窣声，在那些波动的裙褶里面，潜藏着所有曾经占有她的雄性野兽的

---

① 典出莎剧《奥瑟罗》，伊阿古说忌妒是绿眼妖魔，会毁掉人的幸福。

② 参见377页注①。

③ 英国的儿童数花瓣或其他物件，认为可以借此断定别人是否爱他。

狮腥。)

雄性野兽们

(在散放圈内张牙舞爪,都伸出中了药性的兽头左右摇晃着,散发出情欲和兽粪的硫磺气味)好的!

(佐伊和布卢姆走近门道,那里坐着两名窑姐儿。她们扬起画过的眉毛,露出好奇的眼光,对他的匆促鞠躬报以微微一笑。他笨拙地绊了一下。)

佐伊

(她的好运道的手立即救了他)啊唷!可别摔上楼呀。

布卢姆

正义的人摔七跤①。(在门槛边站住)请你先走才合礼貌。

佐伊

女士在前,绅士在后。

(她跨进门槛。他迟疑不前。她转身伸出双手将他拉入。他单脚跳进。在前厅内鹿角挂衣架上,挂着一个男人的帽子和雨衣。布卢姆脱帽,看见这些时皱起了眉头,然后又露出心事重重的笑容。厢房平台上的一扇门突然打开。一个穿紫红衬衫、灰裤子、棕袜子的男人跨着猿猴步子出来,仰着他的秃顶脑袋和山羊胡子,怀里抱着一只装满水的大壶,两根尾巴似的黑背带一直拖到脚后跟。布卢姆赶紧扭开面孔,弯下腰去细看厅堂桌面上一只奔跑中的狐狸的猎犬眼睛;然后抬起头来嗅了一嗅,跟佐伊进了音乐室。枝形吊灯上蒙着一个淡紫色的纸灯罩,灯光朦朦胧胧的。有一只飞蛾在不断地绕圈子飞着、碰撞着,最后飞走了。地板上铺一层浅绿、天蓝和朱红三色长菱形拼花的油性地毯。地毯上密密麻麻全是脚印,各种各样的组合都有:脚跟对脚跟、脚跟对脚心、脚尖对脚尖、脚勾脚,一场光有脚在滑来滑去而不带身影的摩利斯舞,群猪乱拱挤成一团。墙上装饰着紫杉大叶和林间空地图案的墙纸。壁炉栅内摆着一座孔雀羽毛的屏风。林奇倒戴着帽子,盘腿坐在壁炉

---

① 《圣经·旧约·箴言》第二十四章十六节:正义的人跌倒七次而仍能起来,恶人跌倒即为祸患。

前的结毛地毯上。他在缓缓挥动一根小棍打拍子。一个苍白消瘦的妓女,基蒂·里基茨,穿一身海军服,臂上的仿鹿皮手套翻卷着,露出腕上的珊瑚镯子,手上还拿着一只带链的手提包,她坐在桌子边上晃着腿,眼瞅着壁炉台上的金边镜子端详自己的模样。她的上衣底下露出一根紧身胸衣带子的头。林奇嘲笑地指指钢琴边的一对。)

基蒂

(用手掩着口咳嗽)她是有一点蠢。(晃动一根食指示意)一锅粥。(林奇用小棍撩起她的裙子和白衬裙,她立即将裙子整理好。)请你自重。(她打嗝,然后迅速地拉下自己的水手帽,露出用指甲红染得颜色鲜亮的头发)唷,对不起!

佐伊

把聚光灯弄亮些,查利。(她走向枝形吊灯,把煤气拧足。)

基蒂

(瞅着煤气灯火焰)今晚它出了什么毛病?

林奇

(深沉地)进了一个幽灵和一些鬼怪。

佐伊

佐伊做了件好事。

(林奇手中的小棍一闪:一根黄铜拨火棍。斯蒂汾站在自动钢琴边,他的帽子和白蜡手杖随便横在琴上。他用两根指头,又弹了一次连续的空五度和音。金发而肥鹅般的虚弱妓女弗洛丽·塔尔博特,身穿一件发霉的草莓颜色的破旧袍子,伸手伸脚地躺在大沙发一头听着,一只前臂软疲疲地搭在枕垫外面。她的瞌睡懵懂的眼皮上有一大块麦粒肿。)

基蒂

(又打嗝,骑马似的脚同时踢了一下)唷,对不起!

佐伊

(敏捷地)你的男朋友想你了。在你的内衣上打个结吧。

(基蒂·里基茨低下了头。她的毛茸茸的长围巾松开滑下,从肩上滑到背上、臂上、椅子上,最后落到了地上。林奇用他的小棍挑起了那条扭曲的毛毛虫似的长东西。她像蛇一般地扭动着脖子找依傍。斯蒂汾回头望着倒戴帽子盘坐在地上的人影。)

斯蒂汾

事实上,本尼迪脱·马尔切罗①究竟是找来的还是自己创造的,这并不重要。仪式是诗人的休息处。有可能是对得墨忒耳②的一首古老赞美诗,要不然是阐释 Coela enarrant gloriam Domini. ③它能适应相距很远的波节或调式,例如超弗里吉亚调式和混合利第亚调式,能适应完全不同的内容,不论是教士们绕着大卫的也就是喀耳刻的我说什么了刻瑞斯④的祭坛打圈子呼呼跳,或是大卫发给他的主要巴松管手⑤歌颂全能者的全面正确性的马厩内部消息。Mais nom de nom⑥,那是弄错了一条裤子。Jetez la gourme. Faut que jeunesse se passe. ⑦(他停住,指着林奇的帽子,先微笑后哈哈大笑)你的知识鼓包在哪一边呀⑧?

帽子

(乖戾挖苦)算了吧!因为如此,所以如此,女人的逻辑。犹太希腊就是希腊犹太。物极必反。死是生的最高形式。算了吧!

斯蒂汾

我的差错、大话、谬误,你都记得相当准确。我还需要有多少时候对不忠行为视而不见呢?磨刀石!

帽子

算了吧!

斯蒂汾

还有一项可以奉告。(他皱眉)理由是,基音与第五音之间,有一个其大无比的间隔,这间隔……

---

① 马尔切罗(1686—1739),意大利作曲家,曾为《旧约》中的《诗篇》谱曲。

② 得墨忒耳为希腊神话中谷物女神。

③ 拉丁文:诸天宣布上帝的荣耀(《诗篇》第十九的首句)。

④ 刻瑞斯为罗马神话中谷物女神,即得墨忒耳。

⑤ 《旧约·诗篇》中有若干(包括上述第十九篇)篇首标明“大卫诗篇,致首席乐师”。

⑥ 法文:“但是,以名字的名义”,相当于“以上帝的名义”。

⑦ 法文:荒唐胡闹吧。青春一去不复返。

⑧ 颅相学认为脑形与功能有关。

帽子

这间隔怎么样哪？说完它呀。你说不了。

斯蒂汾

（费力思索）这间隔。是其大无比的省略。符合于。最终的回归。八度。那八度。

帽子

八度什么呀？

（外边的留声机开始大声放《圣城》。①）

斯蒂汾

（突兀地）走遍天涯，并非通过自我，天主、太阳、莎士比亚、旅行推销员，实际上走完之后是自我变成了自我。等一下。等一秒钟。街上那人的喊叫声真讨厌。自我，正是本来已经准备好条件，无可避免必然要形成的自我。Ecco！②

林奇

（发出一串马鸣似的讥笑声，对布卢姆和佐伊·希金斯作怪样）这演说够有学问的，是吧？

佐伊

（快嘴快舌）天主帮助你的头脑吧，他懂的比你忘的还多。

（弗洛丽·塔尔博特以胖人特有的蠢模样瞅着斯蒂汾。）

弗洛丽

人们说，世界末日今年夏天就到了。

基蒂

不！

佐伊

（爆发出一阵大笑）伟大的不公正的天主！

弗洛丽

（感到不快）这个么，报上就登着伪基督的事③。唷，我的脚痒。

---

① 《圣城》为一首赞美耶路撒冷的英国歌曲。

② 拉丁文：瞧（论证结束用语）。

③ “伪基督”或译“敌基督”或“敌对基督”，为《新约·约翰一书》第二章中提及的魔鬼。

（衣衫褴褛的光脚报童们，拉着一只摇晃着尾巴的风筝啪嗒啪嗒地跑过，嘴里喊叫着。）

报童们

最后消息版。弹簧马赛跑结果。皇家运河出现海蛇怪。伪基督安全到达。

（斯蒂汾回头，看见布卢姆。）

斯蒂汾

一次，多次，半次①。

（飘泊的犹太人茹本·J. 伪基督②张开一只抓东西的手伸在自己背后脊梁上，脚步沉重地走上前来。他腰上缠一条朝圣者的腰包，包口露出许多期票和拒付票据。他肩上高高地扛着一根长船篙，篙头钩子上勾着一团泡得稀湿的东西，是他那个被人从利菲河里捞出来的独生子，勾住裤裆吊在那里。在越来越浓的夜色中，一名鬼怪翻着跟头出来了，模样像拳头科斯特洛，瘸腿、驼背、脑积水、凸颏缩额、阿赖·斯洛泊鼻子③。）

众人

什么？

鬼怪

（他来来回回地跳跳蹦蹦，两颚不住地相磕，翻滚着眼珠子，尖声嚎叫着，一边伸出两臂乱抓，一边像袋鼠那样蹦跳，然后突然将无唇面孔从胯下钻出）Il vient！C'est moi！L'homme qui rit！L'homme primigène！④（他不断地旋转着身子狂叫）Sieurs et dames，faites vos jeux！⑤（他蹲下耍抛球戏法，手上飞起小小的轮盘赌滚珠。）Les jeux sont faits！⑥（滚珠互相碰

---

① 典出詹姆斯王钦定英译《圣经》中《新约·启示录》第十二章十四节，这一似通非通词语意义似为“多次”，但实为误译，现代英译本中已改为“三年半”。

② “飘泊的犹太人”为传说中在耶稣背十字架赴刑场时欺凌耶稣之犹太人，因此被罚永远飘泊直至世界末日。

③ 阿赖·斯洛泊为十九世纪伦敦报刊连环漫画人物，长一个特大的蒜头鼻。

④ 法文：“他来了！就是我！笑面人！原始人！”按《笑面人》为法国雨果小说（1869），描写一面部受伤因而仿佛常在开口笑的男孩。

⑤ 法语：先生们，女士们，下注！

⑥ 法语：注已下定！

撞,发出噼啪开裂声)Rien n'va plus![1] (滚珠成气球,涨大上升飞走。他跃入太空而去。)

弗洛丽

(陷入迟钝状态,暗暗地在自己身上画十字)世界末日!

(她身上漏出一股微温的女性臭气。一片乌暗的阴霾蒙住了空间。室外,在飘游的雾气中,留声机的声音盖过咳嗽声和人脚蹭地声扬了起来。)

留声机

耶路撒冷!
打开你的大门歌唱吧
和散那![2]

(一支烟火拔地而起,在空中开了火花。火花中落下一颗白星,宣布万事告终和以利亚第二次来临。一根无限长而又隐形的钢丝从天顶一直绷到天底,双头章鱼形的世界末日在昏暗之中沿着那钢丝翻滚而来,他穿的是苏格兰狩猎侍从的褶裥短裙、毛皮高顶帽和格子呢小裙,以马恩岛岛徽三曲腿图案形倒栽下来。)

世界末日

(操苏格兰口音)谁来跳苏格兰划船舞、划船舞、划船舞?

(以利亚的长脚秧鸡般粗糙刺耳的声音,盖过涌雾急流和呛气咳嗽声,从高处传了下来。他穿一件袖如漏斗的松宽细麻布法衣,教堂司仪般的脸上淌着大汗站在讲坛上,讲坛周围围着老光荣旗[3]。他用拳头捶击栏杆。)

以利亚

咱这一摊可不许瞎嚷嚷,对不起。介克·克兰、克里奥尔·苏、达夫·坎贝尔,你们咳嗽得闭上嘴。我说,这条干线是完全由我操纵的。弟兄们,现在就来吧。上帝的时间就是十二点二十五。告诉你妈,你会

---

① 法语:不得再下!

② 上述《圣城》歌词。"和散那"为希伯来语对上帝赞语。

③ "老光荣"为美国国旗别名。

去的。[1] 定货下手快,才能打一手漂亮牌。这里就是你上车的地方了。买一张直通永恒站的,中途不停的直达车。我只再说一句话。你是神,还是狗屎堆?如果基督复临在科尼岛[2],咱们准备好了吗?弗洛丽基督、斯蒂汾基督、佐伊基督、布卢姆基督、基蒂基督、林奇基督,你们能不能感受那股宇宙力,完全在你们自己。咱们是不是想到宇宙就心惊胆怕?不。要站在天使们这一边[3]。你们要做透亮的棱体。你们的内心都有那玩意儿,有更崇高的自我。你们可以和耶稣,和释迦牟尼,和英格索尔[4]平起平坐。你们的心都能随同震颤吗?我说你们都能。教友们,你们只要抓住这一点,一块钱上天堂的舒心包车就坐定了。你们有数了吗?这是生命之光,没有错。这么火热的货色,还从来没有过。刚出炉的果馅烤饼,果馅一点儿也不缺的。这是最漂亮、最走俏的新货。这是了不起的超级豪华享受。它能恢复你的元气。它能震颤。我知道,我就是一个震颤源头。不开玩笑,说最根本的,是亚·约·基督·道伊以及谐调论哲学,你们有数了吗?OK。西69街77号。有数了吗?这就对了。给我打太阳电话,什么时候都行。酒鬼们,省省你们的邮票吧。(他大喊)现在唱咱们的荣耀歌吧。大家都来,放开嗓子唱。再来一回!(他唱)耶路……

留声机

(盖过他的歌声)呼耶路撒冷在您高高高高高高……(唱片和唱针发刺耳摩擦声)

三妓女

(掩耳大叫)啊啊嘿!

以利亚

(卷起衬衫袖子,脸色发黑,高举双臂,用最大的嗓门喊叫)上面的老大哥,大总统先生,你听见了我刚才对你说的话了。肯定的,我算是对你

---

① 典出美国歌曲《告诉我妈,我会去的》(1890),大意表示将在天堂相会。

② 科尼岛为纽约郊区海滨游乐地区。

③ 英国政治家迪斯累里于一八六四年演说中反对达尔文进化论时说:“问题在于人究竟是猿猴还是天使?我是站在天使一边的。”

④ 英格索尔(1833—1899)为美国政治家,在宗教问题上持比较符合科学的不可知论。

有强烈信仰的,大总统先生。我肯定是认为希金斯小姐和里基茨小姐内心是有宗教的。肯定的我好像从来没有见过女人像你那么害怕的,弗洛丽小姐,从我刚才瞅你的那模样儿。大总统先生,请你下来,帮我拯救咱们的亲爱姐妹们吧。(他对听众眨眼)咱们的大总统先生他啥都明白,可啥也不说。

基蒂—凯特

我是忘其所以了。一时的意志动摇,我走上错路,做了宪法山上那件事。我领坚振是由主教主持的,并且参加了褐服会①。我的姨还嫁给了蒙特莫伦西家的人。我本来是纯洁的,一个干活的管子工害了我。

佐伊—范妮

我是觉得好玩儿,让他把那玩意儿捅进了我那里头去。

弗洛丽—特里萨

都怨已经喝了三星白兰地又加波尔图葡萄酒饮料。惠阑钻上床来,我和他就犯了事。

斯蒂汾

太初有道,结尾如何,无穷无尽。八福有福了②。

(狄克逊、马登、克罗瑟斯、科斯特洛、莱纳汉、班农、马利根、林奇等八福身穿白色医科生手术服,四人一排跨着正步,急匆匆闹哄哄地蹬蹬蹬走过。)

八福

(语无伦次)啤酒、牛肉、战狗、生精、商部、酒部、鸡鸡、主教。

利斯特

(穿贵格灰的齐膝短裤,戴宽檐帽子,措辞谨慎)他是我们的朋友。我无需提名字。你需要内心之光。

(他踩着宫廷舞步走了。贝斯特上,头发上缠着卷发纸垫,身穿浆洗笔挺的理发师服装。他后面是约翰·埃格林顿,穿一身南京黄布绣有蜥蜴形字样的中国官服,头戴尖塔形高帽。)

---

① “褐服会”为天主教青年妇女组织,穿棕色修女服以示虔信圣母并护其童贞。

② “太初有道”为《约翰福音》开卷语:“无穷无尽”为《小荣耀颂》末句(见40页注③);“八福”见526页注⑤及⑨。

贝斯特

（带着笑容揭开高帽，露出一个周围剃光的脑壳，头顶挺立一根发辫，辫上扎着一个桔红色蝴蝶结）我不过是给他美化一下，你们不知道吗。美的事物，你们不知道吗，是叶芝说的，我的意思是，是济慈说的①。

约翰·埃格林顿

（拿出一盏绿罩的暗灯笼，将灯光射向一个屋角②；用找岔口气）美学和美容术是闺房的事。我要寻找真理。简朴人的简朴真理。坦德拉基需要事实③，也有决心要找到事实。

（煤桶后面，在聚光灯的圆锥体光柱中，一位眉目圣洁的奥拉夫，满脸大胡子的曼纳南·麦克李尔下巴抵在膝盖上沉思着④。他缓缓立起。一阵冷海风从他的德鲁伊德嘴里吹了出来。他的头上蠕动着大大小小的鳗鱼，身上结满了海草和贝类。他的右手握着一只自行车打气筒，左手抓着一只巨大螯虾的两个钳子。）

曼纳南·麦克李尔

（嗓音如波涛）Aum！Hek！Wal！Ak！Lub！Mor！Ma！⑤ 神道们的白衣瑜伽修行者。赫耳墨斯·特利斯墨吉斯忒斯的奥秘帕曼德尔⑥。（声如海风啸叫）Punarjanam patsypunjaub！⑦ 我不容许别人戏弄我。有人说过：小心左边的沙克蒂崇拜。（发海燕预报风暴的叫声）沙克蒂·湿婆⑧，暗处隐藏的父亲！（他用右手的打气筒猛击左手的螯虾。在他的合作表面上闪闪发光的是黄道十二宫。他作出海洋气势的嚎

---

① 英国诗人济慈长诗《恩底弥翁》首句云：一个美的事物，是一种永恒的欢乐。

② 古希腊哲学家狄欧根尼曾白日打灯笼以表示诚实人难找。

③ 坦德拉基为都柏林以北集市。

④ 海神曼纳南·麦克李尔典出拉塞尔（A. E）诗剧，参见 243 页注④。“奥拉夫”见 236 页注③。

⑤ 拉塞尔著作（The Candle of Vision，1918）中提出，某些声音可以表达人生的基本内容（象征人、神、死、热、烧、刺、生、思等概念）。

⑥ 赫耳墨斯为希腊神话中的天神使者（在罗马神话中称“墨丘利”），“特利斯墨吉斯忒斯”意为“三重最伟大”，用以表示该神与埃及神话中智慧之神透特（Thoth）合而为一，相传著有各种奥秘书籍，其中之一即《帕曼德尔》。

⑦ 通神学术语杂凑，可能意义：“新生派齐神性胜利！”

⑧ “沙克蒂”亦作“萨克蒂”，为印度教三派之一性力派所崇奉之女神，而其夫“湿婆”为另一派崇奉之主神，集种种神力于一身，既是生殖者又是毁灭之神。

叫。)Aum! Baum! Pyjaum! 我是家园之光! 我是梦幻似的奶油般的白脱①。

(一只犹大之手的骨骼将光扼住。绿色的灯光暗淡下去,成了淡紫色。煤气喷嘴尖声哀诉着。)

煤气喷嘴

普啊! 普夫乌乌咿咿咿!

(佐伊奔向枝形吊灯,屈起一只腿调整白炽灯罩。)

佐伊

趁着我在这儿,谁有烟卷儿?

林奇

(将一支香烟扔上桌子)给你。

佐伊

(将头一偏装傲慢)这是向女士献殷勤的方式吗?(她抬起手,缓慢地转动着香烟,凑在煤气灯火焰上点烟,腋窝下露出了棕色的毛簇。林奇大胆地用拨火棍挑起她衬裙的一边。她的身子露出来了,原来从吊袜带以上都是光溜溜的,在宝石蓝之下现出一种水妖的绿色。她满不在意地吸着烟。)你看得见我屁股上的美人斑吗?

林奇

我没有看。

佐伊

(做媚眼)没有? 你不少看。你是想啃一只柠檬吧?

(她装出害羞样子,向布卢姆投去传情的一眼,然后把衬裙从拨火棍上拉开,同时向他转过身去。她的肉体上又流动着蓝色的液体了。布卢姆站在那里旋转着两根指头,笑容中流露了欲望。基蒂·里基茨用唾液沾湿中指,对着镜子抹平自己的两道眉毛。宫殿文书利波迪·费拉格迅速地顺着壁炉烟道滑下,踩着粗笨的粉色高跷向左跨出两步。他一层又一层地穿着几件大衣,还披了一件棕色雨褂,雨褂下的手中拿着一卷羊皮纸文书。在他左眼上闪光的,是卡什尔·博伊尔·

---

① 拉塞尔既为奥秘哲学家与诗人,又主编《爱尔兰家园报》,该报对农牧业特别重视。

奥康纳·菲茨莫里斯·蒂斯德尔·法雷尔的单眼镜。他头上戴着埃及的红白双重王冠。他的两只耳朵上伸出两根翮羽。)

费拉格

(脚跟并拢,鞠躬)我是松博特海伊的费拉格·利波迪。(发出一声若有所思的干咳)这地方,两性杂处而赤身露体的现象不少,嗯?她露出来的后身,无意之间显示了一个事实,她里面并没有穿你特别倾心的那种内衣。大腿上有一个注射疤,我希望你注意到了吧?好。

布卢姆

爷爷呀。但是……

费拉格

另一方面,第二号呢,那个涂抹樱桃红,擦了美发师的白粉的女人,头发上用了不少咱们部落的歌斐树精髓,她倒是穿着走路服装,从她的坐姿看来是紧紧地裹着束胸衣的,我判断。背脊都贴到前胸了,可以说。说错了你纠正,但我一直有这样的了解,一些轻佻的人的身子动那么一动,让你瞥见一下贴身内衣,就能投合你的口味,这是因为涉及了一种裸露癖心理状态现象。简而言之。鹰首马身怪物。我说得对吗?

布卢姆

她瘦一点。

费拉格

(并非厌恶)绝对不错!观察正确,裙子上两侧的大口袋和略显上宽下窄的形状,是为了造成髋部隆起的印象。遇上大减价新买的,有个傻瓜被敲了竹杠。俗丽的衣饰,蒙骗眼睛的东西。你看吧,连灰尘大的细节都留心了。今天能穿的,决不留到明天。视差!(脑袋作一神经性抽搐)我的脑子开裂了,你听见了吗?鹦哥儿学舌差!

布卢姆

(一手托肘,一根食指支在面颊上)她似乎是悲哀的。

费拉格

(露出发黄的鼬鼠牙齿嘲笑,用一根指头扒下左眼,嘶声吼叫)骗局!你要提防轻佻的和假悲伤的。胡同里的百合花。都有鲁阿德斯·哥伦布发现的矢车菊①。和她打滚吧。哥伦布她吧。变色龙。(温和了一些)好吧,现在请允许我提醒你注意第三号。这一位,一眼看去就一大堆。看看她头顶上那一蓬氧化植物质。唷嗬,她会撞!② 这是一群中的丑小鸭,腿长屁股大。

布卢姆

(遗憾地)偏偏出来的时候没带猎枪③。

费拉格

我们各种牌号齐全,温和的、中等的、烈性的。只消付款,随意选用。任择其一,保君满意……

布卢姆

哪一个……?

费拉格

(卷起舌头)利奥姆! 瞧。她的臀围很宽。身上蒙着一层可观的厚膘。从胸脯的重量,就可以看出是明显的哺乳类,你观察她的前部有两处尺寸着实不赖的大鼓包,鼓得老远的,可以落进午饭的汤盘里,而在她的后边靠下的地方,又有两处隆起,说明直肠有力,并且圆肿宜触,一切符合理想,只欠小巧。肢体如此肥足,都是着意营养的结果。圈在笼中育肥,她们的肝可以长得像大象那么大。加了葫芦巴和安息香的新鲜面包,小块小块地浸了绿茶吞下去,能使她们在其短暂生存期间拥有自然针插似的厚实脂肪层。这合你的意吧,嗯? 有埃及的火热肉锅可以追求了。到里头去翻滚吧。石松粉。(他的喉咙抽搐一下)乒! 又来了。

布卢姆

我不喜欢那麦粒肿。

费拉格

(拱起眉毛)用金戒指蹭一蹭,人们说的。Argumentum ad feminam④,这

---

① Rualdus Columbus 为十六世纪意大利解剖学家,认为自己第一个发现女人有阴核。

② 《唷嗬,她会撞》为一杂耍场歌曲。

③ 猎人见鸭子表示遗憾的套语。

④ 拉丁文:“按女人办法立论”,套用逻辑学术语 argumentum ad hominem,即“因人立论”的谬误论证法。

是我们在老罗马和古希腊的梁龙鱼龙联合执政期的说法。除此之外，全靠夏娃的治病妙方了。不作出售。只供雇用。胡格诺。（他抽搐一下）这声音很怪。（他咳了一声作为鼓励）不过也许仅仅是一颗肉赘。我设想，你大概会记得我曾经教过你的办法吧？小麦面粉加蜂蜜和肉豆蔻。

布卢姆

（思索）小麦面粉加石松粉加学舌差。这场寻找受的罪呵。这可真是一个不寻常的累人日子，意外事件不断的一章。等一下。我是想说，肉赘的血会传肉赘，你说的……

费拉格

（严厉地，鼻子隆起发硬，眨着一侧的眼睛）你不要再转动你的两根拇指了，让你的脑子好好儿动一动。瞧，你忘了。用用你的记忆术吧。La causa è santa①，塔啦。塔啦。（旁白）他肯定能想起来了。

布卢姆

迷迭香是不是你也说过，要不然是用意志力控制寄生组织。然后，不，不对，我有些想起来了。一只死手的接触有疗效。记忆？

费拉格

（兴奋地）我是这么说的。我是这么说的。真是的。记忆术。（他用力拍了拍手中的羊皮纸文书卷）这卷书会告诉你怎么做，细节都有具体说明。查一查索引吧，找乌头碱恐慌症、盐酸忧郁症、阴茎异常勃起白头翁。费拉格还要谈谈切除。咱们的老朋友腐蚀剂。必须断绝它们的养料。然后在阻截颈口之下用马鬃切断。但是，将场地改到保加利亚人和巴斯克人那里去吧②，你究竟有没有下定决心，是喜欢还是不喜欢穿男装的女人？（冷笑一声）你曾经打算用一整年的时间研究宗教问题，用一八八六年夏季的几个月工夫解决化圆为方问题，获得百万大奖③。石榴！从崇高

---

① 意文歌词："这事业是神圣的"（见215页注①）。

② 保加利亚人、巴斯克人传统女装穿长裤。

③ "化圆为方"为古代传下的几何难题，即要求用直尺加圆规将圆变成面积完全相同的方，德国科学家已于一八八二年以微积分方法证明不可能实现，但仍有人对此热中并传言解题者可获大奖。

到荒谬,只是一步之差。比方说,睡衣睡裤吗?还是松紧衬垫的女用短衬裤呢?要不然,这么说吧,还是那种复杂的组合式的连裤紧身内衣呢?(他发出讥讽的笑声)切——切——里——切!

(布卢姆犹疑不定地打量三个妓女,然后盯住了蒙纱的淡紫色灯光,听着飞个不停的飞蛾。)

布卢姆

我那时想要把现在结束了。睡衣从来没有。所以这样。但明天是新的一天将来。过去那时是今天。现在情况到明天,正如昨日情况过去现在。

费拉格

(以猪嘘般耳语声提示)白昼的昆虫,在它们短促的生存中不断地交配,是受劣等标致雌性气味吸引,雌性背部拥有扩张性性神经。漂亮的鹦鹉!(他的黄色鹦鹉嘴急促地翕动,发出带鼻音的嘎嘎声)在我们的纪元五千五百五十年左右①,喀尔巴阡山区有一条谚语。一汤勺的蜂蜜,要比六大桶的头等麦芽醋更能吸引布伦老朋友②。熊瞎子嘘嘘的吓着了雄蜂。但这事暂且放在一边。以后有机会再提。我们都很高兴,我们别的人。(他咳嗽一声,低下头,若有所思地用弯成匙形的手掌擦着鼻子)你会发现,这些夜晚昆虫是追逐光亮的。这是一种错觉,因为,记着,它们的复杂的眼不能调节③。关于这一切疑难问题,可查阅我的《性学原理》或《爱之激情》,利·布大夫称之为整年最为轰动的书籍。另有一些,举例说吧,其行动是不由自主的。观察吧。这就是他心目中的太阳。夜鸟夜日夜市。追我来吧,查利!(他对布卢姆耳朵吹气)嘘嘘!

布卢姆

蜜蜂或是绿头苍蝇那天也是撞墙上影子撞晕也把我乱钻衬衫幸好我

---

① 犹太教纪元以《圣经》所述上帝创造世界为起点,有三种算法,其中之一比公元早3761年。

② “布伦”为欧洲民间故事《列那狐传奇》中的熊。

③ 某些昆虫视觉不能辨认弱光,在有强光出现时对其他一切均失去视力,因此径直飞向强光。

……

费拉格

（脸上毫无表情，发出圆润而带女性音调的笑声）好极了！西班牙蝇子钻他的裤子，芥末膏子抹他的小鸡子。（他晃动着火鸡肉垂，发出贪馋的咯咯声）火鸡咯咯！火鸡咯咯！说到哪儿啦？芝麻，开门吧！① 出来了！（他迅速展开羊皮纸卷，用爪子指着上面的字，同时他的萤火虫鼻子作逆向移动）打住，好朋友。你要的答案有了。红岸牡蛎快上市了。我是最佳厨师。这些鲜美的双壳海味可以给我们添劲，佩里戈尔的块菌也是，由无所不吃的肥猪先生帮我们挖出来的地下块茎，对于神经衰弱或是泼妇症都有奇效②。臭管臭，倒能揍。（他格格地笑着摇头晃脑逗趣）好笑。眼睛戴眼镜呱呱叫。（打喷嚏）阿门！

布卢姆

（心不在焉）用眼睛看，女人的双壳子口不那么严。总是开门芝麻。分成两瓣的性特征。所以她们怕虫子，怕爬行的东西。然而夏娃和蛇倒并不如此。并非历史事实。显然和我的想法类似。蛇还贪吃女人的奶呢。蜿蜒爬行多少里路，穿过无所不收的森林，去把她的鲜美乳房吸干。和人们在 Elephantuliasis③ 中读到的火鸡咯咯叫的罗马娘儿们一样。

费拉格

（拱着嘴现出发硬的皱纹，双眼紧闭，冷漠失望如石头，用外国腔调吟诵）母牛乳房膨胀，因而这个这个已知……

布卢姆

我忍不住要叫喊了。请你原谅。啊？这样。（他重复）自发地找到蜥形动物的窝，以便将其乳房供他大吸一通。蚂蚁会挤蚜虫的奶。（深刻地）本能支配着世界。在生命中。在死亡中。

费拉格

---

① “芝麻，开门吧”为《一千零一夜》中呼唤山洞开门的暗号。

② 西俗认为牡蛎和块茎能壮阳；块茎在地下生长，采集者常利用猪狗嗅觉寻找。

③ Elephantuliasis 一词在西方语言中不存在，但 Elephantiasis 为橡皮病，Elephantis 为古罗马色情文学作家。

(歪着脑袋,弯着腰拱起翼肩,鼓着视觉模糊的眼珠子盯住飞蛾,伸出一根角质爪子指着叫喊)飞蛾飞蛾它是谁?亲爱的杰拉尔德他是谁?亲爱的杰,是你吗?啊呀,他是杰拉尔德。喔,我很担心他要大大地烧坏了。是不是有人现在不可以煽动头等餐情阻止这场灾祸?(他作猫叫)猫咪猫咪猫咪猫咪!(他叹一口气,缩回身子,垂下下颌,侧眼盯着)唉,唉。他总算快休息了。(他突然扬起脑袋,对空咬拢两颌)

飞蛾

我是一只小不点儿的小不点儿
飞呀飞的喜欢那春天儿
绕呀绕的一圈儿又一圈儿。
好久以前我是一个王
现在的我呀守在灯火旁
飞呀飞的没完没了的忙!
嘭!

(他冲在淡紫色灯罩上,声音嘈杂地扑击翅膀)

花哨花哨花哨花哨花哨花哨的衬裙。

(从左上入口进来了亨利·弗腊尔,滑行两步到达左前方中央。他身上披一件深色斗篷,头戴阔边下垂而缀有羽饰的西班牙帽子。他手里是一只银弦的嵌花扬琴,一支雅各式的竹管长烟斗,女人头形的陶器烟锅。他穿一条深色的天鹅绒紧身裤子,一双银搭扣的浅口舞鞋。他的面貌像浪漫蒂克的救世主,飘拂的鬈发,稀疏的长鬓和唇髭。细长的腿,麻雀脚,和干地亚王子男高音马里奥一模一样。他整理一下起褶的轮状高领,伸出多情的舌头润了润嘴唇。)

亨利

(轻触吉他琴弦,用低柔悦耳的嗓音)鲜花盛开①。

(不饶人的费拉格紧闭嘴巴,盯住灯光。神色庄严的布卢姆望着佐伊的脖子。风流而颌下有垂肉的亨利转向钢琴。)

---

① “鲜花盛开”为十九世纪爱尔兰歌剧《玛丽塔娜》中歌曲,但“花”即“弗腊尔”(Flower),“盛开”即“布卢姆”(Bloom)。

斯蒂汾

(自言自语)闭着眼弹吧。学爸。把我的肚子塞满了喂猪的豆荚①。这可是太过分了。我要起来,去找我的。估计这是。斯蒂,你走上了一条危险的道路。必须去看老戴汐,要不然打个电报。今天上午的谈话给我留下了深刻的印象。虽然两人年龄。明天写信详谈。顺便说一句,我是部分地醉了。(他又击琴键)现在来的是小音阶和音了。是的。可也并不太醉。

(阿尔米丹诺·阿蒂凡尼举起指挥棒似的一卷乐谱,使劲地动着唇髭。)

阿蒂凡尼

Ci rifletta. Lei rovina tutto. ②

弗洛丽

给我们唱点什么吧。爱情的古老颂歌。

斯蒂汾

没有嗓子。我是一名最完美的艺术家。林奇,我给你看过那封关于诗琴的信吗?

弗洛丽

(傻笑)会唱的鸟儿偏不唱。

(窗洞中出现了联体孪生兄弟醉腓力和醒腓力③。两人都是牛津大学学监,都戴马修·阿诺德的面具。)

醒腓力

听听傻瓜的意见吧。并非万事大吉。拿起一只秃头铅笔算一算吧,像个听话的小白痴。你领到了三镑十二,是两张钞票、一枚元首、两个克朗,少壮不晓事嘛。穆尼酒店 en ville④、穆尼酒店 sur mer⑤、莫

---

① 《新约·路加福音》第十五章"浪子回头"故事中,浪子将财产耗尽后曾希望有人给他喂猪的豆荚吃,并说"我要起来,去找我的父亲……"

② 意大利语:想一想吧,你毁了一切。

③ 马其顿国王腓力二世(公元前382—公元前336)酒醉时审案判错,被判刑者待其酒醒后申请重判即获释,因而"从酒醉的腓力到清醒的腓力"成为请求重新考虑用语。

④ 法文:在城里的。

⑤ 法文:在海上的。

伊拉饭店、拉其特酒家、霍利斯街医院、勃克酒店。嗯？我注意着你呢。

醉腓力

（不耐烦）唉，胡扯，老兄。滚蛋吧！我不该不欠。要是我能明白八度和音就好了。个性的重复再现。是谁告诉我他的名字来着？（他的修草机开始呜呜响动）啊哈，对了。Zoe mou sas agapo.①我仿佛来过这地方。是什么时候不是阿特金森我有他的名片放在哪里了。麦克什么人。非麦克我倒是有的。他跟我谈，等一下，斯温博恩，对吧，不对吗？

弗洛丽

你唱的歌呢？

斯蒂汾

心灵是愿意的，肉体却软弱了②。

弗洛丽

你是从梅努斯③出来的吗？你像我从前认识的一个人。

斯蒂汾

出来了，现在。（对自己说）聪明。

醉腓力和醒腓力

（他们的修草机都呜呜响着，草茎纷飞作利戈顿舞）聪明而又聪明。出来了出来了。顺便，你那书，那东西，那白蜡手杖在吗？对，在那儿，对。聪明而又聪明，出来了现在。好好保持。学我们的样儿。

佐伊

前夜来了一个教士，外衣扣得严严的来办他的事。你用不着躲躲藏藏的，我对他说。我知道你是戴罗马领圈的。

费拉格

从他的立场来说，完全合乎逻辑。人的堕落。（粗暴地，瞳孔扩大）教皇下地狱吧！日光之下无新事。我就是揭露《修士与处女性生活秘

---

① 希腊文："我的生命呵，我爱你"，拜伦抒情诗中对"雅典女郎"赞词。

② 典出《马太福音》第二十六章四十节。

③ 梅努斯的皇家圣派特里克学院以培养天主教教士为宗旨。

史》的费拉格。我为何脱离罗马教会。阅读一下《教士、妇女与告解室》①吧。彭罗斯。胡闹的恶鬼。(他扭动一阵)女人羞答答地解开灯草编的腰带,将她的湿漉漉的约尼献给男人的林伽②。略后男人送女人野肉数块。女人喜欢,披上羽毛皮。男人用大林伽硬傢伙猛爱她的约尼。(他喊叫)Coactus volui. ③然后孟浪女人到处奔跑。强壮的男人抓住女人的手腕子。女人尖叫,用嘴咬、啐他。男人这时大怒,打女人的肥胖的雅德甘那④。(他追逐自己的尾巴)噼啪!坏东西!(他停住,打喷嚏)普弃普!(咬自己臀部)普尔尔尔特!

林奇

我希望,你让那位神父补赎了。射主教一次,唱 gloria 九遍⑤。

佐伊

(鼻孔里冒出海象烟)他演不成戏。凑热闹而已,你知道。灯草干蹭蹭。

布卢姆

可怜的人!

佐伊

(满不在乎地)也只有那事他。

布卢姆

怎么?

维拉格

(脸形扭曲,露出魔鬼发黑光的大口,伸长了细脖子。他抬起怪兽嘴巴,嗥叫起来。)Verfluchte Goim!⑥ 他有一个父亲,有四十个父亲。他

---

① 十九世纪加拿大牧师 Chiniquy 著作,批判天主教教士接受妇女忏悔有腐蚀作用,作者原为天主教教士,后曾发表小册子《我为何脱离罗马教会》。

② "约尼"和"林伽"分别为印度教女性、男性生殖器象征。

③ 拉丁文:我是被迫自愿。

④ "雅德甘那"为梵文"屁股"。

⑤ "射主教"在俚语中指女性在上之性交;gloria 为"光荣颂"拉丁颂词 Gloria tibi, Domine(光荣归于您,天主)首词。

⑥ 依地语(意地绪语):遭诅咒的非犹太人!

根本就没有存在过。猪上帝！他长两只左脚①。他是犹大·伊阿科斯②、利比亚阉人、教皇的私生子。（他歪扭着前爪子，肘子弯曲发僵，身子朝前探出，眼睛从扁平的脑袋脖中射出折磨人的光，朝沉默的世界狺狺狂吠。）婊子生的儿子。启示录③。

基蒂

住防治院的玛丽亚·低尤高，她的杨梅疮是从蓝帽子火枪团的吉米·灵飞鸽得的，她跟他生下一个孩子咽不下东西，闷在褥垫中抽风窒息死了，我们都为葬礼捐了钱。

醉腓力

（严肃地）Qui vous a mis dans cette fichue position，Philippe？

醉腓力

（欢快地）C'était le sacré pigeon，Philippe. ④

（基蒂解开帽子，镇静地放下，轻拍自己的染了指甲红的头发。在哪一个妓女的肩头上，也没有见过比这更漂亮、更娇美可爱的一头鬈发。林奇为她戴上帽子。她一把抓掉。）

林奇

（笑）梅奇尼科夫已经为人猿接种⑤，让它们也能享受这种乐趣了。

弗洛丽

（点头）运动性共济失调。

佐伊

（欢快地）唷，我的字典呢。

林奇

---

① 在爱尔兰八世纪手抄《福音》（名《凯尔斯书》）中，一插图将耶稣绘为两足均为左脚，圣母两足均为右脚。

② 公元二世纪一种邪说将耶稣与犹大对换；“伊阿科斯”即酒神巴克斯。

③ 《圣经·新约》末卷《启示录》列举各种魔怪现象，包括“世上一切淫妇与猥亵之母”的“大红女人”（见591页注②）。

④ 法文《耶稣传》叙述马利亚怀耶稣时与其夫约瑟夫对话，马云其怀孕由“鸽子”即圣灵造成，与59页所引相同，仅“约瑟夫”名字改为“腓力”。

⑤ 俄国科学家梅奇尼科夫（1845—1916）研究动物与人类生理类似处，一九〇四年曾用接种办法将梅毒病植入类人猿取得重要数据，一九〇八年获诺贝尔奖。

三位明智的处女。

费拉格

（疟疾发作浑身发抖，羊痫风般抽搐的瘦嘴唇边冒出大量黄色泡沫）她出售春药、白蜡、橙花。罗马百人长潘塞①用生殖器把病传给了她。（他将手按在腿叉间，伸出一根闪闪发磷光的蝎子舌头）救世主！他捅破了她的耳膜②。（他咕噜咕噜地发出狒狒叫声，急骤地扭动髋部以示讥讽）唏！嘿！嗨！啃！嚯嗑！梏！

（本·强宝·多拉德站上前来了，肤色发红、肌肉僵大、鼻孔多毛、胡子满脸、耳如白菜、胸毛粗厚、头发浓密、乳头肥胖，自腰至胯紧紧地扣一条黑色水手游泳裤。）

本·多拉德

（他的巨大而有厚垫的爪子在敲着响板，兴高采烈地用低音大桶唱真假嗓子相间的唱法）爱情吸住了我的炽热的灵魂。

（护士卡伦和护士奎格利两位处女冲过守台的人，跳过围绳，争着张开臂膀拥抱他。）

两位处女

（热情奔放）大本！本啊，我的 Chree③ 啊！

一个人声

抓住这个穿鳖脚裤子的家伙！

本·多拉德

（拍着大腿哈哈大笑）马上就抓。

亨利

（抚摸着胸前一颗女人头颅，喃喃而语）你的心，我的爱人呵。（他拨弄着自己的诗琴弦）当我初初见到……

费拉格

（蜕去外皮，多层羽毛脱落）耗子！（他打一个哈欠，露出了黑如煤炭的

① 公元二世纪罗马哲学家塞尔苏斯作反基督教论述时，曾提出马利亚系由罗马军人受孕而生耶稣。

② 中世纪一种理论认为马利亚受孕系通过耳膜。

③ 爱尔兰语：心。

喉咙,然后将手中的羊皮纸卷往上一捅,合上了自己的嘴巴)说完这话我就告别。保重了。你保重了。Dreck!①

(亨利·弗腊尔用一把随身带的小梳子,迅速地梳一下唇髭和大胡子,并在前额梳出一绺牛舔发。他用长剑开道,向门口滑去,背上挎着自己的野竖琴。费拉格翘着尾巴,跨出怪模怪样踩高跷似的两步就到了门口,熟练地顺手将一张流脓似的黄色传单拍在侧面墙上,还用脑袋顶了一下。)

传单

基十一。不准招贴。严守秘密。海·弗兰克斯医生。

亨利

一切全完了。

(费拉格转眼间拧下自己的脑袋,夹在胁下。)

费拉格的头

庸医!

(分别下场)

斯蒂汾

(转过脸去对佐伊说)建立了新教谬误的那位好斗牧师②,你还会喜欢一些的。但是要提防犬哲安提西尼③,还有异端头子阿里乌的末日④。厕所里的痛苦。

林奇

对于她,全都是同一个天主。

斯蒂汾

(虔诚地)而且是天下万物的主宰。

弗洛丽

(对斯蒂汾)我认为你一定是一名变节神父。或是修士。

林奇

---

① 依地语:废物!

② 创建新教的马丁·路德(1483—1546),曾与天主教罗马教廷统治势力做多年斗争。

③ 安提西尼(见191页注②)被目为犬儒学派创始人。

④ 反对三位一体的阿里乌死于厕所,参见54页注②。

不错。他是枢机主教的儿子。

斯蒂汾

输急了的罪孽主角。拧螺丝修士会①。

（全爱尔兰首主教赛门·斯蒂汾·代达勒斯枢机主教在门道中出现，身穿红色教士服、草鞋、短袜。七名侏儒猿猴裹礼员，即七大罪孽，也穿着红衣服，托着他的长袍后曳，还从下边向外张望。他头上歪戴一顶砸坏了的丝质礼帽，两手的大拇指伸入腋窝，手掌向外张开。他的脖子上挂一串软木念珠，尽头是一个十字形拔瓶塞钻子坠在胸前。他拔出拇指，用大波浪手势向上天祈求降福，装腔作势地宣布：）

枢机主教

康塞尔维奥被逮了
地下深处坐地牢
手铐脚镣加链条
重量何止三吨了。

（他右眼紧闭，左颊鼓出，盯住众人看了一会儿，实在按捺不住心里的高兴，双手叉腰，来回晃着身子，用滑稽可笑的调子唱了起来：）

喔唷唷那可怜的小儿郎
他他他的腿儿可真是黄
他是又肥又胖有分量
却又灵活敏捷像蛇一样
可是有那么一个可恨的蛮子
抓住耐儿·弗莱厄蒂的鸭子
就为了炒他的大白菜
杀死了爱母鸭的公鸭子。

（一大群小蠓子围在他的袍子上，白蒙蒙的一片。他双臂交叉，伸手在两肋抓痒，同时脸上做着怪样叫嚷：）

我受的罪和下地狱一样。这可不是闹着玩儿的，还得谢谢耶稣，这些有

① “拧螺丝修士会”为十八世纪爱尔兰一俱乐部性质组织，讲究吃喝玩乐，而以模仿修士某些活动形式为乐。

趣的小家伙倒还不是众口一致的。要不然,它们就能把我从这背时地球面上轰走了。

(他歪着脑袋,用食指和中指马马虎虎画个十字作了祝福,吻了一个复活节吻,左右摇晃着帽子,用滑稽的双曳步舞步走去,同时身子很快缩成和那些为他托后曳的侏儒们一样大小。那些襄礼的侏儒格格笑着,从后曳下窥看着,互相捅着,作着眉眼,吻着复活节吻,走着之字形跟在他后面也去了。远远地,还能听到他的圆浑的嗓音,宽厚的男声,优美悦耳:)

将把我的心带来给你,
将把我的心带来给你,
那和煦的晚风呀
将把我的心带来给你!

(有毛病的门把儿转动了一下。)

门把儿

你依依!

佐伊

这门里头有鬼。

(一个男人的身影踩着吱嗝作响的楼梯下来,人们还听见他从衣架上取雨衣和帽子的声音。布卢姆不由自主地往前一冲,顺手把门半掩上,从口袋里掏出巧克力,精神紧张地送给佐伊。)

佐伊

(轻快地嗅他的头发)嗯—!谢谢你妈妈送我兔子。我很爱我喜欢的东西。

布卢姆

(听到有一个男人在门前台阶上和妓女们说话的声音,竖起了耳朵)难道是他?完事了?还是因为没有?还是来个双场?

佐伊

(撕开银纸)指头比叉子发明得早。(她掰开糖,自己咬一块,给基蒂·里基茨一块,然后卖弄风情地转向林奇)不反对法国糖果吧?(他点点头。她逗他。)现在吃,还是等弄到手再吃?(他昂起头张开嘴巴。

她绕着圈子把奖品转到左边。他的头跟着转了过去。她又绕回去转到右边。他端详着她。)接住!

(她抛去一块糖。他伶俐地一口咬住,咯的一声咬断。)

基蒂

(嚼着糖)陪我逛义市的工程师,他的巧克力可美咧。里面有最高级的利口酒。总督也带着夫人到场了。我们在托夫特的旋转木马上玩的那个狂呀。我现在还头晕呢。

布卢姆

(身穿斯旺加利的裘皮大衣[1],双臂交叉抱在胸前,额上一绺拿破仑式的鬈发,皱着眉头用腹语念咒,目光如鹰注视门口。然后,左脚僵直地往前跨着,将右臂从左肩放下,作一个迅速而强有力的手势发出大师信号。)走,走,走,我祛逐你,不管你是谁!

(外边雾中传来一声男人咳嗽,并有脚步声走过去。布卢姆的脸色放松了,一手插在坎肩口袋里做出轻松样子。佐伊请他吃巧克力。)

布卢姆

(庄严地)谢谢。

佐伊

叫你干什么,你就干什么。接着!

(楼梯上传来鞋后跟橐橐击地的坚定脚步声。)

布卢姆

(接巧克力)春药? 菊篙和唇萼薄荷。但是是我买的。香草起镇定作用? 记忆。光线混乱,记忆就扰乱了。红色对狼疮起作用。颜色影响女人的性格,不管她们有多少性格吧。这黑色使我悲哀。吃吧,作乐吧,反正明天[2]。(他吃)也影响味觉,淡紫色。可是我已经好久没有。好像从来没有过一样。春。那教士。非来不可。晚来也比不来强。试试安德鲁斯公司的块菌。

---

① 斯旺加利为英国小说《特丽尔贝》(Trilby,1894)中奥地利犹太人,女主人公特丽尔贝受其催眠术控制而成为大歌星。

② 《旧约·以赛亚书》第二十二章中记叙,某些不服从上帝者在面临灾难时声称"反正明天要死了"而大肆吃喝作乐。

(门开了。人高马大的妓院老板娘贝拉·科恩进来。她穿一袭象牙色的中长裙服,沿边镶有流苏织边,学着米妮·霍克在《卡门》中的姿势①,摆弄着一把黑色角质扇子给自己扇风。她的左手戴着结婚戒指和保护戒指。眼睛周围涂着浓浓的黑圈,嘴上长一层唇髭。脸发橄榄色而显得粗重,微微地冒着汗,鼻头饱满,露出橙色的鼻孔。她戴着绿松石的大耳坠子。)

贝拉

哎呀!我可是一身臭汗了。

(她环顾室内成双配对的男女,然后目光停留在布卢姆的身上,作了不容躲闪的审视。她的大扇子给自己的发热的脸颈和丰盈体态扇着风。她的鹰隼眼睛闪着光。)

扇子

(快速调情,随即缓缓而言)有太太的,我看是。

布卢姆

是的。我有一部分是错……

扇子

(半开之后收拢)女主人是当家的。裙钗政府。

布卢姆

(垂下脑袋窘笑)是这样的。

扇子

(完全合拢,靠着左耳坠子)你忘了我吗?

布卢姆

忘不忘的。

扇子

(双手叉腰)我她是你以前梦中的人吗?你是那时认识她他我们的吗?我是她他们都现在还是我吗?

(贝拉走近,以扇子轻叩。)

---

① 霍克为著名美国歌剧女高音,演出歌剧《卡门》时将女主角喜怒无常性格表现得淋漓尽致。

布卢姆

(畏缩)强大的存在。在我的眼中,可以见到女人们喜爱的睡意[①]。

扇子

(轻叩)咱们见过。你是我的。这是命。

布卢姆

(被镇住)热情奔放的女性。我渴求你的控制。我已精疲力尽、被人抛弃、年纪已经不轻。我的样子,可以说,是拿着一封付了特种寄费而没有发出的信,站在人生的邮政总局的迟到邮筒前。门和窗开成直角,便会按照物体下落定律造成每秒三十二英尺的过堂风。我的左臀肌这下子感到了坐骨神经的刺痛。这是我们家传下来的。我那可怜的亲爱的鳏夫爸爸,就是一个典型的坐骨神经气压表。他相信动物的温暖。他冬天穿的坎肩是用斑猫皮衬里的。临到最后,他记得大卫王和书埝人的事[②],就让阿索斯陪他睡觉,死后仍是忠心耿耿的。狗的唾液,你大概……(抽痛)啊呀!

里奇·古尔丁

(拿着重包从门前经过)嘲弄别人,会传上他的毛病。都城最划得来的地方。可供王侯的。肝和腰子。

扇子

(轻叩)一切都有个头。归我吧。现在。

布卢姆

(犹豫不定)一切现在?我不该撒手我的驱邪宝的。雨,下露时分在海边岩石上受寒,我这样的年龄还闹这样的笑话。每一种现象都有自然的根源。

扇子

(缓缓地指向下面)你可以。

布卢姆

---

① "眼中有睡意"为上文提到的小说《穿裘皮大衣的维纳斯》中受虐狂男人常有的神态。

② 据《旧约·列王记上》第一章,大卫王年迈时嫌冷,臣仆们找来书埝(旧译"书念")地方美女陪王睡觉取暖。

（眼光向下，看到她的靴带散了）人家看着我们呢。

扇子

（迅速地指向下面）你必须。

布卢姆

（既有意，又犹疑）我会打结，准保不散。我在凯利特公司学徒和干邮购业务的时候学的。熟手。每一个结子，都有段故事。我来吧。效劳。今天我已经跪过一次了。啊唷！

（贝拉微微将裙服提起一点，站稳了身子，抬起一只穿着半高统靴子的胖墩墩的蹄子，搁在一张椅子的边缘上，腿肚子上鼓鼓地蒙着丝袜。年龄不小、腿脚不灵的布卢姆弯腰就着她的蹄子，手指轻柔地将她的靴带抽出来穿进去。）

布卢姆

（疼爱地喃喃）我青年时期的爱情梦，便是在曼菲尔德鞋庄当店员给人试鞋，把小扣子一个个勾上有多舒心，缎子衬里的漂亮的小山羊皮靴子系上靴带，密密层层地交叉着，一直系到膝盖，克莱德路那些太太小姐买的，小巧而又小巧，简直叫人没法相信。连他们的蜡制模特儿雷梦德，我也天天去看，去欣赏她的蛛网长统袜，她的大黄根似的脚趾，巴黎式样的。

蹄子

闻一闻我的发热的山羊皮吧。掂一掂我的华贵重量吧。

布卢姆

（收紧靴带）太紧吧？

蹄子

你要是笨手笨脚的话，巧手安迪①，我就把你的球踢掉。

布卢姆

可别穿错了眼儿，像我在义市舞会那天晚上那样。运气不好。给她勾错了一个搭扣……你刚提到的那一位。就在那天晚上，她遇见了……好了！

（他系好靴带。贝拉把脚放在地板上。布卢姆抬头。她的粗重的

---

① 安迪为爱尔兰小说《巧手安迪》（1842）主人公，笨拙可笑，最后发现为贵族。

脸,她的眼睛顶到他额间。他的眼神滞重起来,颜色加深,眼下出现了垂包,鼻头变粗。)

布卢姆

(含含糊糊地)敬候下一步吩咐,绅士们,在下……

贝洛

(用蛇怪似的目光狠狠盯住了他,发男中音)追逐耻辱的狗!

布卢姆

(神魂颠倒)女皇!

贝洛

(他那粗重的腮帮子往下坠着)崇拜奸妇屁股的脚色!

布卢姆

(哀怨地)巨大!

贝洛

啃粪便的角色!

布卢姆

(关节肌腱半屈)大大的了不起!

贝洛

趴下!(他用扇子击她的肩膀)脚向前倾身!左脚退一步!你将倒下。你已经在倒下。双手向下趴着!

布卢姆

(她往上翻起眼睛表示爱慕,又闭眼吠叫)块菌!

(她发出一声尖锐刺耳的癫痫性叫喊,四脚着地趴了下去,喉咙里呼噜呼噜,鼻子里吭哧吭哧,在他的脚边拱着;然后她躺了下去,紧闭着眼睛装死,眼皮却是抖动的,以最高级大师的姿态躺在地上。)

贝洛

(头发剪短,两腮发紫,嘴唇周围刮光了的皮肤上显出一圈厚厚的须根,腿上是登山运动员的绑腿,身上是银扣子的绿上衣、猎装短裙、插着苏格兰雷鸟羽毛的阿尔卑斯帽。他的双手深深地插在裤子口袋里,将靴子后跟放在她的脖子上,使劲往肉里拧)脚凳!尝尝我的全部重量吧。奴才,看看你主子的光荣的脚后跟傲然挺立,是多么的辉煌,还不快向宝座鞠躬！

布卢姆

（被征服，发咩咩叫声）我保证绝不违抗。

贝洛

（哈哈大笑）好家伙！你还不知道有什么好事在等着你呢。我就是要来掐你的小命根子、来收拾你的鞑靼人！我愿意打赌请全体在座的肯塔基鸡尾酒，我一定叫你羞愧难当，从此再也不敢，老小子！你有胆量的话，我让你顶撞顶撞试试。你要是敢，想想回头穿运动衣用靴子后跟给你什么样的惩罚，你发抖吧。

（布卢姆钻到长沙发下面，隔着沙发罩边缘向外窥视。）

佐伊

（撑开衬裙挡住她）她不在这儿。

布卢姆

（闭眼）她不在这儿。

弗洛丽

（用自己的袍裙遮住她）她不是有意的，贝洛先生。她以后听话，先生。

基蒂

您对她别太厉害了，贝洛先生。您总不至于吧，太太先生。

贝洛

（甘言诱劝）出来吧，好心肝儿呀，我要和你说一句话，宝贝儿，不过是纠正一下罢了。不过是稍微谈一下心吧，我的心尖儿。（布卢姆怯怯地探出头来）这才是好闺女咯。（贝洛一把抓住她的头发，猛劲儿把她拽出）我不过是要为了你好，找一块又柔软又安全的地方教育教育你。后边那块嫩肉怎么样？呃，轻而又轻的，小宝贝儿。开始准备吧。

布卢姆

（晕厥）别拉我的……

贝洛

（恶狠狠地）我要你听着笛子的演奏，像昔日的努比亚奴隶一样①，乖乖

---

① 努比亚为埃及与苏丹之间地区，曾为奴隶贩卖中心。

地接受鼻环、钳子、棍棒、挂钩、刑鞭。这回你可跑不了啦！我要教你这一辈子也忘不了我。（他前额的青筋鼓了起来，脸上充血）每天早晨，我吃完一顿麦特逊食品店的油煎肥火腿片的特美早餐，喝掉一瓶吉尼斯黑啤酒，我一定坐一坐你的软垫鞍子。（他打一个嗝）我要一边抽着我的上好交易所雪茄，一边看《有照食品供应商报》。很可能我会叫人把你拖进马厩宰了，用烤肉扦子插上，抹上油料像烤小猪那样烤好，就着烤盘里的脆渣儿，配上米饭加柠檬或是醋栗酱，美美地吃一片你的肉。那时你就知道疼了。（他拧她的胳臂。布卢姆尖叫着翻过身去。）

布卢姆

别这么狠，护士！别！

贝洛

（又拧）再来一下！

布卢姆

（大叫）啊唷，简直是下地狱了！我身上的每一根神经都疼得发疯了！

贝洛

（吼叫）好，我的挨了屁股踢的将军！这是我这六个星期来听到的最佳新闻。好了，别叫我老等了，你这混蛋！（他掴她耳光）

布卢姆

（哀诉）你是有意打我。我要告诉……

贝洛

姑娘们，把他按倒，我要坐在他身上。

佐伊

对，在他身上走！我来。

弗洛丽

我来。你别抢。

基蒂

不，让我。把他借给我用用。

（妓院的厨娘基奥太太出现在门口。她满脸皱纹，脸上有灰白胡子，围一条油污的围裙，穿男人的灰色、绿色的短袜和粗皮鞋，身上沾满面粉，皮肤红通通的胳臂和手上抱着一根沾满生面的擀面杖。）

基奥太太

（凶恶地）用得着我吗？

（她们按住布卢姆，捆住他的手。）

贝洛

（喷着雪茄烟哼了一声，一屁股坐在布卢姆朝天仰着的脸上，一面还抚摸着自己的胖腿）嗯，基廷·克莱当选了里奇蒙德疯人院的副董事长，还有，吉尼斯的优先股现价十六又四分之三。我是个大傻瓜，没有买克雷格—加德纳公司告诉我的那份地产。运气坏透了，该咒的。还有那匹该死的冷门扔扔，爆了个一赔二十。（他恨恨地将雪茄塞在布卢姆的耳朵上掐灭）该死的挨咒的烟灰缸子哪儿去了？

布卢姆

（受戳，被屁股压得喘不过气来）啊唷！啊唷！恶魔！狠毒！

贝洛

每隔十分钟来一次吧。求吧。拼你的命祈祷吧。（他伸出一个拇指探头的拳头，一支臭雪茄）喏，你吻吧。两样。都吻吧。（他跨过一腿改为骑马姿势，两膝用力一夹，厉声喝道）驾！起！高头大马骑得好，班布里街逛一遭[1]。我要骑着他去参加日蚀有奖赛马。（他侧身弯腰，粗暴地挤压他跨下坐骑的睾丸，同时吼叫）驾！快走！我会像像样样地照顾你的。（他颠着颠着骑马马，纵马奔腾，奔腾）夫人骑马一步又一步，车夫赶马一跳又一跳，绅士骑马蹦了又蹦，蹦了又蹦，蹦了又蹦[2]。

弗洛丽

（拉贝洛）该让我骑他了。你骑够啦。我说的比你还早呢。

佐伊

（拉住弗洛丽）我。我。你还没有骑完吗，吸血鬼？

布卢姆

（窒息）我不行了。

贝洛

---

① 典出小儿骑大人膝头或木马所唱童谣。

② 典出与上类似童谣“夫人骑马这么骑”。

哼,我还没有完呢。等一下。(他憋住呼吸)该咒的。这儿呢。后门快爆炸了。(他拔掉自己后面的塞子,然后脸上做出怪相,放了一个大屁)给你的!(他重新塞住自己)是呀,这家伙,十六又四分之三。

布卢姆

(出了一身汗)不是男人。(他嗅)女人。

贝洛

(起立)再也不用反复无常了。你的追求已经实现了。从今以后你已失去男性,而真正成了我的所有,已经套上了轭。现在穿上你的受罚裙衫吧。你得脱掉你的男服,红宝·科恩,你懂了吧?穿上那身闪光丝绸,窸窸窣窣多阔气,从头上肩膀上套下去。快着!

布卢姆

(退缩)丝绸,太太说!唷,蹭在身上沙沙响的!我得用指甲尖括它吗?

贝洛

(指着他手下的妓女们)她们的现在,就是你的将来,戴上假发,燎去寒毛,喷上香水,扑上米粉,刮干净腋窝。要用皮尺贴肉量你的尺寸。你身上要用带子狠狠地束紧,好穿上老虎钳一般的软鸽灰帆布紧身胸衣,用鲸骨片连在钻石镶边的骨盆架上,那是绝对的外缘,你那个比不扎东西时显得丰满的身材,就要受紧如网子的裙衫的羁束,配上漂亮的二两重的衬裙,流苏领边等等,当然都印着我这院子的旗帜,专为阿丽思创造的可爱内衣,阿丽思用的好香水。这抽紧的劲儿是阿丽思会感觉到的。玛莎和玛利穿这么精致的下身,开始会有一点凉,但是你露着膝盖,周围那些纤细的花边饰带会使你想起……

布卢姆

(专演俏皮女角的漂亮女演员,脸上花里胡哨,头发是芥末色的,一双男人的大手和大鼻子,嘴边带着淫笑。)我只有两次试穿她的衣服,在霍利斯街的时候,开个小小的玩笑。我们手头紧的时候我给她洗衣服,省洗衣费。我还翻自己的衬衫呢。完全是为了节约。

贝洛

(讥笑)干点小活,讨妈妈的欢心,嗯?你还放下窗帘,戴着你的化装舞会面具,对着镜子露出你的大腿和公山羊奶头卖弄风情,做出各种甘心就范的姿势，嗯？呵！呵！我简直忍不住要笑！谢尔本饭店那位米丽亚姆·丹德雷德太太卖给你的二手货歌剧上衣黑衬裙，还有短裤腿的衬裤，全都是她最后一次强奸的时候炸了线的，嗯？

布卢姆

米丽亚姆。黑的。半开门的。

贝洛

（纵声大笑）万能的基督呀，太逗了，这事儿！你那样子可真是一位标致的米丽亚姆了，剪掉了后门的毛，穿着那玩意儿横躺在床上晕死过去，就像丹德雷德太太遇到斯迈塞一斯迈塞中尉、国会议员菲科普·奥古斯塔斯·布洛克威尔先生、健壮的男高音西尼奥拉西·达莱莫、电梯工人蓝眼睛伯特、戈登·贝内特大赛出了名的亨利·弗腊里、四分之一黑人血统的大富豪谢里登、老三一的大学八人划船队队员、她那头壮极了的纽芬兰狗庞托，以及汉密尔顿庄鲍勃斯公爵未亡人等等快受暴力的样子。（他又大笑）基督呀，这还不会把暹罗猫都逗得发笑吗？

布卢姆

（指手画脚，眼睛鼻子一起动）都是杰拉尔德，他把我弄成了一个紧身胸衣爱好者，我那时在高中演话剧《彼此彼此》，去了女角。都是亲爱的杰拉尔德。他见到姊姊的束胸衣动了心，得了那种怪癖。现在，最亲爱的杰拉尔德就擦粉红色调的油彩，眼皮描成金色。美的崇拜。

贝洛

（不怀好意地狞笑）美！让咱们喘口气吧！当你撩起你那些连片波浪似的裙边，装出女人的小心翼翼模样，坐到那只已经磨光的宝座上去的时候。

布卢姆

科学。比较一下我们各人享受的种种不同快乐。（认真地）而且，那种坐法真是比较好……因为过去我常常弄湿……

贝洛

（严厉地）不许顶撞！屋角里有一堆锯末给你用。我给了你严格的指示没有？要站着来，先生！我得教教你，怎么样才像个有水分的人！要是我发现你的包布上有一点痕迹的话。啊哈！凭着窦冉的驴子①，你会发现我是纪律严明的。你历史上的罪孽，都站出来告你了。好多。好几百。

历史上的种种罪孽

（七嘴八舌）他至少有一次，在黑教堂后边背阴处，和一个女人偷偷摸摸发生了某种形式的婚姻关系。他在电话亭里对着电话大做不堪入目的丑样，给道里尔街的邓恩小姐打假想电话，说了一些不堪入耳的话。他既有言，又有行，公然鼓励一名夜娼到一所空房子外面不卫生的茅房内排泄粪便及其它物质。他在五个公共方便处用铅笔写字，表示愿将他的婚侣提供给一切阳壮的男性。他一夜又一夜地到那个气味难闻的硫酸厂旁边，走近正在幽会的情侣，想去看看能不能看到一些，看到什么，看到多少，有没有这事？一名肮脏的婊子在姜汁蛋糕和一张邮政汇票的影响下，给了他一张用完了的便纸，这头粗野不堪的公猪就躺在床上欣赏那张令人恶心的东西，有没有这事？

贝洛

（大声吹口哨）你说！在你这罪恶的一生，最丑恶可憎的丑行是什么？不要藏头露尾了。全倒出来！总算老实一回吧。

（人模狗样哑口无言的一群怪脸拥上前来，邪笑着，忽隐忽现，做着手势，有布卢呼姆、波尔迪·科克、鞋带一便士、卡西迪酒店老妪、青年盲人、拉里犀牛、女孩、妇人、娼妓、另一个、胡同那。）

布卢姆

你别问我！咱们共同的信仰。愉悦路。我只想到一半……我起誓，神圣的誓言……

贝洛

（不容分辩）回答我。讨人嫌的畜生！我一定要知道。说给我听着开开心，色情的，或是来它个够意思的鬼故事，或是来一行诗，快，快，快！什么地方？什么过程？什么时间？多少人？我只给你三秒钟。一！二！斯……

---

① 《窦冉的驴子》为一爱尔兰民谣，叙述一人酒醉后将驴当爱人。

布卢姆

（顺从，含糊地咕噜）我讨讨讨扁鼻头的讨讨讨讨人嫌……

贝洛

（威严地）嗨，滚蛋，你这臭鼬！闭上你的嘴！等人问你再开口。

布卢姆

（鞠躬）主人！女主人！驯男手！

（他举起双臂。臂上松动的手镯落下。）

贝洛

（讥讽）白天，你要把我们的有臭味的内衣浸湿、捶打，我们女士们身体不舒服的时候也是要，还要刷洗我们的厕所，你要把裙子用别针别起来，尾巴上扎一块洗碗布。那有多妙？（他将一枚红宝石戒指套在她的手指上）这就行了！我给你这枚戒指，你就归我所有了。说谢谢你，女主人。

布卢姆

谢谢你，女主人。

贝洛

你要整理所有的床，准备我的浴缸，把每间房里的尿盆都倒干净，包括厨娘基奥太太那只沙土色的尿盆。对，还得把七个尿盆都冲洗得干干净净的，明白吗，要不叫你用舌头舔光，像舔香槟一样。趁着滚烫，就劲儿喝下去。跳！你得跳舞般地一步不差地伺候，要不我得好好教训你犯的错误，红宝小姐，还得用头发刷子狠狠地揍你的光屁股，小姐。得给你上课，让你懂得你是怎么做错的。到了晚上，你手上抹了香脂，戴上手镯，还要套上四十三个纽扣的长手套，新洒了滑石粉，指尖上带幽香的。为了得到这样的垂青，古代的骑士们可以抛头颅，洒热血。（嘿嘿一笑）我的小伙子们看到你这样华贵，尤其是上校，一定迷得不知天南地北了，他们总是在婚礼前夜到这里来和我的穿镀金高跟鞋的新星亲热的。我自己得先干你一下。我认识一位赛马场上人，名字叫查尔斯·艾伯塔·马什（刚才我还在和他睡觉呢，还有一位大法官秘书处来的绅士），他正想在拍卖场捡便宜，找一个杂活女仆。把胸脯挺出来。面带微笑。肩膀放低。出什么价？（他指着）这一件。由主人训练好的,会衔着篮子运送东西的。(他捋起袖子露出手臂,插进布卢姆的阴户,一直没到肘部)好深,够用的!怎么样,小伙子们?来硬朗的了吧?(他把手臂伸到一个出价人的脸上)喏,弄湿台子,全擦了!

一出价人

两先令。

(狄龙拍卖行打杂工人摇手铃。)

打杂工人

嘭唧!

一人声

多付了一先令八便士。

查尔斯·艾伯塔·马什

一定是处女。嘴里的气味好。干净。

贝洛

(轻叩小木槌)两先令。最低数字,这价钱可是太值了。十四手高①。摸一摸,检查一下她他的尖端部位。试她他一试。这绒毛覆盖的皮,这柔软的肌腱,这嫩肉。我要是带着我的金刺针就好了。而且很容易挤奶。每天三加仑新奶。多产的好牲口,一小时之内就要下仔了。他的父兽的产奶记录是四十个星期一千加仑全脂奶。嚯,我的宝贝!抬起爪子来求!嚯!(他用烙铁在布卢姆的臀部烧上自己的字号"科")好了!保证是正牌的科恩货色!绅士们,两先令有添的吗?

一面色黝黑男人

(用伪装的口音)鸭百银蚌。

众人语声

(压低声音)是为哈里发买的。哈仑·阿尔·拉希德②。

贝洛

(兴高采烈)对。让他们都来吧。小得出奇、短得大胆的裙子,在膝盖边翘起一点,露出那么一点点白女裤,是一种强有力的武器。还有透明

---

① "手"合四英寸,用于量马的高度。

② "哈里发"为中古时期伊斯兰教的政教合一领袖;拉希德(参见67页注①)为一著名哈里发,常微服私访。

的长统袜子,配上翠色的吊袜带,袜子后面笔直的一条长接缝,一直伸到膝部以上,最能触动玩腻了社交场的男人的良好本能。要学会穿路易十五式的四英寸高跟鞋,走细小而平稳的步子,那种突出臀部的希腊式屈身姿势,那种大腿流亮两膝相吻的样子。用出你的全部魅力来对待他们吧。就要迎合他们的蛾摩拉恶习①。

布卢姆

(垂下羞红的脸,藏进自己的腋下,嘴含食指痴笑)唷,现在我知道你在暗示什么了。

贝洛

你这么一个不中用的家伙,除此之外你还有什么本事?(他弯下腰去察看,粗鲁地用手中的扇子捅布卢姆胯下的肥肉褶子)起!起!马恩岛的无尾猫!这是什么玩意儿呀?你的拳曲茶壶到哪儿去了?要不然是谁给你剪掉了头吗,你那小鸡鸡?唱呀,小鸟儿,唱呀。软绵绵的,就和六岁大的小子躲在大车后面溺尿一样。要不买一个桶,要不把你的泵卖了。(大声)你办得了男人的事儿吗?

布卢姆

埃克尔斯街……

贝洛

(讽刺)我说什么也不想刺伤你的感情,可是那儿现在当家的是一条壮汉。局势已经变了,我的快乐的小伙了!他可不含糊,是一个长足了的野男人。你这个笨蛋,你要是也有那么一根布满疖瘤疙瘩和疣子的武器,那就不一样了。他可是插上销子了,我告诉你!脚对脚,膝对膝,肚皮对肚皮,乳房对胸脯!他可不是个阉人。他那后边直挺挺地立着一大堆红毛,像一棵荆豆树!你等九个月看吧,我的小子!神圣的老姜呀,它已经在她肠子里乱踢乱动,喘气咳嗽了!你气疯了,是不是?触到疼处了吧?(他鄙视地啐了一口)痰盂!

布卢姆

① 蛾摩拉为《圣经·创世记》所载被上帝毁灭的城市之一,圣经中仅说该地人民有罪,并未具体说明罪行内容,一般解释为包括鸡奸在内的不正常性行为。

我受了欺凌，我……告警察。一百镑。不堪入耳。我……

贝洛

你要是办得到，你早就办了，你这只跛脚鸭子。我们要的是倾盆大雨，不是你的毛毛雨。

布卢姆

要逼得我发疯！莫尔！我忘了！宽恕吧！莫尔……到底……

贝洛

（毫不留情）不，利奥波尔德·布卢姆，自从你在睡谷横倒，一觉睡了二十年，一切都根据女人的意志改变了。你回去看吧。

（睡谷老人的呼声从荒野传来）

睡谷

瑞普·凡·温克尔！瑞普·凡·温克尔！

布卢姆

（脚穿破烂的印第安鹿皮鞋，手持生锈的猎枪，踮手踮脚地将憔悴消瘦胡子拉碴的脸，凑近钻石形的窗棂子往里窥视，失声叫喊起来。）我看见她了！是她！马特·狄龙家的第一个晚上！但是那条连衣裙，绿的！而且她的头发是染了金色的，还有他……

贝洛

（发出嘲弄的笑声）你这头猫头鹰，这是你的女儿，和她一起的是马林加的大学生。

（金发的米莉·布卢姆身穿绿色马甲，脚蹬灵巧凉鞋，蓝色围巾在海风中直打旋儿，她从情人怀抱中挣脱出来，睁大了惊讶的年轻的眼睛叫起来。）

米莉

我的天呀！是阿爸！可是，阿爸呀，你怎么变得这么老了？

贝洛

变了，嗯？咱们的杂物柜、咱们的从不写字的写字台、赫加蒂姨婆的扶手椅、咱们的那些古典名画的高级复制品。现在是一个男的带着他的男朋友们住在那里过舒心日子了。杜鹃鸟窝！有什么不好？你盯过多少女人，嗯，大平足，在瞎灯死火的街上跟在后面，一面还发出压抑的哼哼声去刺激她们，是不是，你这个男妓？清清白白的太太们，提着食品杂货店采购的包裹。翻个个儿嘛。设身处地想一想，你就明白咯。

布卢姆

她们……我……

贝洛

（尖刻地）他们的鞋跟，将要践踏你在雷恩拍卖行买的小布鲁塞尔地毯。你冒雨为艺术而艺术带回家的小雕像，在他们和莫尔打闹的时候，在他们伸手到她的裤子里头乱翻乱摸找那雄跳蚤的时候，就会把它弄得不成样子了。他们会侵犯你那底层抽屉里头的秘密。他们会从你的天文学笔记簿上撕下纸来，捻纸捻子捅他们的烟斗。他们还会随地吐痰，吐在你花十先令从汉普顿·利德姆公司买来的黄铜炉档上头。

布卢姆

十先令六。一些下流坏蛋的行动。让我走吧。我要回去。我要证明……

一人声

起誓！

（布卢姆紧握双拳，用牙咬着一把单刃猎刀匍匐前进。）

贝洛

是当一位交费的客人，还是当一个被人养的汉子？太晚了。你已经铺好了你那张次好的床，别人必须睡进去了。你的墓志铭已经写好。你已经完蛋了，没戏了，你别忘记，老豆子。

布卢姆

公道呢？全爱尔兰对付一个人！难道没有人……？（他咬大拇指）

贝洛

你要是还要一点点脸皮，还有一点点廉耻，你就去死，去下地狱吧。我可以给你喝一种希罕的老陈酒，可以让你轻轻松松下地狱走一趟来回的。写遗嘱吧，有多少现金就全留给我们！要是你没有，你可绝不能含糊，你得设法去弄，去偷，去抢！我们会把你埋在我们的树丛茅房里，叫你死了还是一身脏，和我嫁的那个前房侄子老古克·科恩一起，那个周身痛风、脖子痛痉的背时老王八、老鸡奸犯，还有我另外那十来个丈夫，管他们叫什么名字的,全都闷死在同一只粪坑里。(他爆发出一阵带痰的大笑)我们会把你沤成肥料的,弗腊尔先生!(他用尖细的嗓音讥笑)拜拜,波尔迪!拜拜,阿爸!

布卢姆

(捧住自己的脑袋)我的意志力呢?记忆力呢?我有罪!我有罪……(他作无泪的哭泣)

贝洛

(嗤笑)哭拉狗!鳄鱼眼泪!

(精疲力尽的布卢姆,脸上严严地蒙着献祭用的面纱,趴在地上抽泣。丧钟响了。哭墙旁边①,站着一些身围黑巾披麻撒灰的割礼过来人:迈·舒洛莫维茨、约瑟夫·戈德华特、摩西·赫佐格、哈里斯·罗森堡、M.莫伊塞尔、J.项缘、米尼·沃契曼、P.马司田斯基、可敬的读经师利奥波尔德·阿布拉莫维茨。他们摇摆着手臂,为走入歧途的布卢姆拖长声音嚎哭。)

割礼过来人

(一边往他身上扔死海果②,不扔花朵,一边用深沉的喉音诵唱)Shema Israel Adonai Elohenu Adonai Echad.③

众语声

(叹息)他就这样走了。唉,是的。真的,真走了。布卢姆吗?从没有听见过。没有听见过这人?一个怪人。那一位是他的遗孀。是吗?是的,没有错。

(殉夫自焚柴堆上,升起了胶性樟脑树木的火焰。香烟缭绕,形成一层覆盖地面的氤氲而后散开。一位仙女从她的橡木镜框里下来,身穿轻柔的茶色艺术彩服,披散着头发走出她的岩洞,穿过树冠交错的紫杉林,在卧地的布卢姆身前站住。)

---

① “哭墙”为耶路撒冷古神殿遗迹,犹太教视为哀悼祈祷圣地,但二十世纪初年耶城仍属土耳其统治,犹太人被禁止在此作宗教集会。

② “死海果”为死海岸边苹果,色艳而味苦。

③ 希伯来语(犹太教日常祈祷词,亦作临终祈祷用):听着,以色列,主——我们的上帝——是惟一的主。

紫杉林木

（树叶窃窃私语）姐妹。咱们的姐妹。嘘！

仙女

（柔声）凡夫！（仁慈地）否，无需哭泣。

布卢姆

（胶冻似的在树下往前爬行，身上覆盖着一道道阳光，庄严地）这地步。我感到这是符合人们对我的估计的。习惯势力。

仙女

凡夫！你找到我的时候，我正受邪气的包围：跳踢腿舞的、上海滨享受野餐的、拳击家、走红的将军们、衣裤紧贴皮肉败坏道德的哑剧演员和标致的扭摆舞女、本世纪最红的音乐剧《曙光与卡里尼》。我被塞在带石油气味的廉价粉红纸张中间。周围尽是俱乐部男人们的陈旧的黄色新闻、一些刺激毛头小伙子的故事、透明衣料广告、精确整形骰子广告、胸垫广告、专利品广告，以及为何使用托带，由患疝气绅士作证。已婚者有用知识点滴。

布卢姆

（甲鱼抬头，望她的裙摆）咱们见过面。在另一星球上。

仙女

（悲哀地）橡胶产品。永不开裂名牌，供应贵族使用。男用束胸衣。包治癫痫，不灵退款。沃尔德曼教授奇效硕胸法受益者自发致谢。葛斯·罗伯林太太报告：我的胸围三星期扩大四英寸，有照片为证。

布卢姆

你说的是《摄影集锦》吗？

仙女

正是。你把我背走　镶上橡木框子金箔边，挂在你们夫妇的床头。有一个夏夜，你趁着没人看见，吻了我的四个地方。你还用脉脉含情的铅笔描黑了我的眼睛、我的胸脯和我的羞处。

布卢姆

（恭顺地吻她的长发）美丽的神仙，你有古典的曲线，我喜欢看你，赞美你,一个美的事物①,几乎要祈祷。

仙女

我在黑夜中听到了你的赞美声。

布卢姆

(迅速地)是的,是的。你是说我……睡眠可以暴露每个人最恶劣的一面,也许儿童是例外。我知道,我曾经从床上摔下来,或者实际上是被人推下来的。据说钢花酒能治打鼾。除此之外,还有英国的那种发明,前些日子我才收到它的小册子,地址写错了。它自称找到一个没有声音,不讨人嫌的排放途径。(他叹气)总是这样的。脆弱呵,你的名字叫婚姻。

仙女

(手指塞住双耳)还有一些话。我的字典里没有的。

布卢姆

你听懂了吗?

紫杉林木

嘘!

仙女

(双手掩面)在那间卧室里,我有什么没有见到呀?我的眼睛不能不看到的,是什么样的景象呀?

布卢姆

(抱歉地)我知道。弄脏了的床单,仔细翻过来用的。铜圈松了。从直布罗陀来的,很久以前,很远的海路。

仙女

(低头)更糟,更糟!

布卢姆

(有所戒备地回忆)那个古老的便盆架。不能怪她的体重。她只称了十一斯通零九磅。断奶之后她增加了九磅。有一个裂缝,并且缺胶。嗯?还有那只可笑的只有一个把儿的器皿,带橘黄色图案的。

---

① 济慈诗句,见608页注①。

（传来了亮晶晶分层下降的瀑布声）

瀑布

波拉伏卡，波拉伏卡

波拉伏卡，波拉伏卡。①

紫杉林木

（树枝相交）听着。悄悄地说。她说得对，咱们的姐妹。咱们是在波拉伏卡瀑布边生长的。在懒洋洋的夏日，咱们供人树荫。

约翰·怀士·诺兰

（在远处，穿爱尔兰全国护林协会制服，取下头上那顶带羽饰的帽子）茁壮生长吧！爱尔兰的树木呀，在懒洋洋的日子里给人树荫吧。

紫杉林木

（喃喃而语）是谁在高中郊游的时候到波拉伏卡来了？是谁离开了采集坚果的同学们，来找我们的树荫了？

布卢姆

（害怕了）波拉高中？记忆？官能不完全起作用。震荡。电车撞着了。

回音

瞎说了！

布卢姆

（鸡胸，垫高了的瓶子肩，穿一套不像样子的灰、黑色条纹少年服，已经太小不合身了，脚上是白网球鞋，镶边翻过来的长袜子，头戴带校徽的红色学生帽）我那时才十几岁，情窦初开。略略有一点什么就足以起作用：颠簸的车子啦，女存衣间和厕所里的混杂气味啦，老皇家剧院楼梯上挤得紧紧的人群啦（因为人们喜欢拥挤，都有随群的天性，那幽暗的充斥着男女混杂气味的剧院正是邪念滋生之地），甚至是一张女袜的价格表。天气也热。那年的夏天有太阳黑子活动。学期末了。还有酒味蛋糕。翠鸟时日。

（翠鸟时日是一批穿蓝白色足球衫和短裤的高中男生，有唐纳德·特恩布尔君、亚伯拉罕·查特顿君、欧文·戈德堡君、杰克·梅瑞

① “波拉伏卡”为都柏林西南利菲河上一风景区瀑布名。

狄斯君、珀西·阿普琼君,都站在林中一块空地上,向利奥波尔德·布卢姆君叫喊。)

翠鸟时日

鲭鱼!再来和我们生活一遍吧。万岁!(他们欢呼)

布卢姆

(笨手笨脚,戴厚手套、妈妈的暖手筒,一身都是挨了雪球留下的星星点点,挣扎着爬起来)再来一遍吧!我感到自己是十六岁!多妙呀!咱们去把蒙塔古街上所有的钟都敲响吧。(他作无力的欢呼)万岁,高中呵!

回音

糊涂虫呵!

紫杉林木

(窸窸窣窣地)她说得对,咱们的姐妹。悄悄的。(树林中到处都听到了悄悄的吻声。树干中、树叶间露出了林木精灵们的脸,绽开了花朵。)是谁玷污了我们的沉静的林荫?

仙女

(娇羞地,隔着逐渐伸开的指缝)在那儿吗?光天化日的?

紫杉林木

(向下摆动)妹妹,是的。而且是在咱们的处女草皮上。

瀑布

波拉伏卡,波拉伏卡
伏卡伏卡,伏卡伏卡。

仙女

(张开手指)啊唷,太不成话!

布卢姆

我早熟。青春。法乌娜①。我向森林之神作了祭献。春天盛开的花朵。正是交配季节。毛细管引力是一种自然现象。洛蒂·克拉克,亚麻色头发的,我用可怜的爸爸的观剧望远镜,透过没有拉严的窗帘看见

---

① 法乌娜为罗马神话中守护农林畜牧的女神。

了她上厕所:心野就乱吃草。她在里亚尔托桥边山坡上翻滚下来,用她的动物活力诱惑了我。她爬上了他们的歪树,我。就是圣徒也没法抵挡这样的诱惑。我着了魔。而且,有谁见着了?

(一头站不稳的白脑袋小牛犊,从树叶丛中伸出它那正在反刍的头部,鼻孔湿漉漉的。)

站不稳的小牛犊

(大眼睛中流着大滴的眼泪,抽着鼻子)我。我见着了。

布卢姆

单纯是满足一种需要,我……(流露真情)我去交女朋友,没有姑娘愿意。太丑。她们不愿意和我……

(豪斯峰的高处,一头母山羊从杜鹃花丛中走过,乳房肥硕,尾巴粗短,一边走一边掉葡萄干粪粒。)

母山羊

(咩咩叫)咩格盖格盖!男男男女!

布卢姆

(没戴帽子,满脸通红,一身都是蓟草冠毛和荆豆刺)正式订婚的。事过境迁。(他往下盯住水面看)每秒倒栽葱三十二。新闻界噩梦。晕头转向的以利亚。自悬崖摔下。政府印刷厂职员悲惨下场。

(在静谧的银色夏空中,布卢姆的模型卷成一个木乃伊,从狮子头悬崖顶上掉下,翻滚坠入山下等待着他的紫色波浪中。)

模型木乃伊

布布布布布卢卢卢卢卢布卢布卢布卢布老布契!

(远处,在海湾水面上,爱琳之王号正在贝利和基什两个灯塔之间航行,烟筒中冒出一股下细上粗的煤烟向陆地飘来。)

市政委员南内蒂

(独自立在甲板上,黄鸢脸,身穿深色羊驼绒,一只手插在坎肩口袋中张着手掌,朗朗而言)等到我的祖国在世界列国之林取得了自己的地位,到那时,只有到那时,我才要人为我写墓志铭。我的话……

布卢姆

完了。普尔弗弗。

仙女

（高傲地）我们当神仙的，你今天自己看到了，身上是没有那么一个地方的，那里也不长毛。我们冷如石头而且纯洁。我们吃的是电灯光。（她将身子弯成挑逗性的曲线，同时将一根食指塞进嘴里）你对我说话了。听见从背后来的。那你怎么还能……？

布卢姆

（低声下气地摸着石南丛）嘿，我简直是不折不扣的一头猪。我还灌了肠呢。三分之一品脱的苦木水，加上一大汤匙的岩盐。从肛门灌上去。汉密尔顿·朗氏公司的注射器，妇女之友。

仙女

就当着我的面。粉扑。（她涨红了脸，行了一个屈膝礼）还有别的呢！

布卢姆

（沮丧）是的。Peccavi①！我在那活祭坛上，在那背脊改变名称的地方，做了礼拜。（突然热烈起来）因为，那娇美芳香佩带宝石的手，那统治着世界的……凭什么……？

（人影憧憧，以缓慢的林地队形绕着树干蜿蜒而行，同时在轻柔交谈。）

基蒂的声音

（在灌木丛中）把软垫子给咱们一个。

弗洛丽的声音

给你。

（林下茂密处有一只松鸡在笨拙地扑翅穿行。）

林奇的声音

（在灌木丛中）嗬！滚烫的！

佐伊的声音

（在灌木丛中）就是滚烫的地方来的。

费拉格的声音

（披盔挂甲的鸟首领身上挂着蓝布条，插着羽毛，手上拿着标枪，踩着

---

① 拉丁文：我有罪！

满地都是吱嘀作响的山毛榉实和橡实的一片藤丛,大步走来)滚烫的!滚烫的!提防坐牛!①

布卢姆

我心乱了。她的暖烘烘的身子,留下一片暖烘烘的压痕。甚至是坐在女人坐过的地方,尤其如果她是叉开两腿仿佛准备给人最后甜头似的,特别是如果她早已撩起她的白缎子的上衣后片的话。多么富有女性呀,丰满的。使我满满的丰满。

瀑布

菲拉富拉,波拉伏卡
波拉伏卡,波拉伏卡。

紫杉林木

嘘!妹妹,说话!

仙女

(无眼,穿修女白衣,戴修女帽加巨翼头巾,目光幽幽,柔声地)特兰奎拉修道院。阿笳沙修女。卡尔梅勒山。诺克和卢尔德显灵。已经没有欲望。(她低头叹息)仅有虚无缥缈。那梦幻似的奶油般的海鸥,招手在波浪浑浊的桥头。

(布卢姆爬起一半身子。他裤子后面的纽扣绷掉了。)

纽扣

绷!

(两个空街的邋遢女人披着披肩飘飘然舞蹈而过,同时以平舌音大声喊叫。)

邋遢女人

啊呀呀,利奥波尔德他裤衩上丢了别针呀,
他没有法子呀,
别住它,
别住它。

布卢姆

① “坐牛”为十九世纪北美抗拒白人占地的著名印第安部落首领。

（冷冷地）你把气氛破坏了。这是最后的一根稻草[1]。如果仅有虚无缥缈，你们候补的和见习的修女又从何而来呢？半推半就的，像驴溺尿。

紫杉林木

（树上银箔叶子纷纷坠落，摇晃着瘦骨嶙峋的衰老胳臂）凋落了！

仙女

（面容变硬，手在衣褶中摸索）亵渎！企图破坏我的贞操！（她的袍子上出现一大片湿迹）玷污我的清白身子！你不配碰一个纯洁女人的衣服。（她又在袍子里抓了一下）等着，撒旦，你再也唱不了情歌了。阿门。阿门。阿门。阿门。（她抽出一把匕首，身穿九骑士团精选骑士的紧身锁子甲[2]，刺向他的生殖器官）Nekum！

布卢姆

（惊起。攫住她的手）嗨！Nebrakada！[3] 九条命的猫！要公平合理，小姐。不能用修枝刀呀。狐狸嫌葡萄酸，是吧？你有了带刺铁丝网，还缺什么呢？十字架像不够粗吗？（他一把抓住她的面纱）你是想要一个圣洁的修道院长，或是跛脚园丁布罗菲，或是运水神的无嘴雕像，或是好庵主阿方萨斯，是吧，列那？[4]

仙女

（发一声惊呼，弃面纱而遁，她的石膏身子绷开裂子，从裂缝中放出大股臭气）警……

布卢姆

（对着她的背影大声喊）难道你们自己没有跑步去找吗？用不着浑身乱扭，就已经遍体各种黏液了。我试过。你们的长处，正是我们的短处。我们得到了什么配种费？你们愿意付多少现金？你们在里维埃拉海滨花钱找舞男，我在报上看见的。（逃遁的仙女发出嚎哭声）嗯？我已经过了十六年奴隶劳动的黑日子。有没有一个陪审团愿意在明天判

---

① 典出谚语：最后一根稻草压断骆驼的背脊。

② “九骑士团”即“圣殿骑士团”，系十字军时期十二世纪初由九名骑士发起保护朝圣者的武装组织。

③ 西班牙阿拉伯语：上帝保佑（参见318页）。

④ 列那为法国十二、十三世纪寓言叙事诗《列那狐的故事》中的狐狸。

给我五先令的赡养费呢,嗯?去骗别人去吧,我可骗不了。(他嗅)发情了。葱头。陈腐的。硫磺。油腻。

(贝拉·科恩的身影站在他面前)

贝拉

下次你就认识我了。

布卢姆

(镇定,审视她)Passée.[①]老羊肉冒充嫩羔羊。牙齿长,毛太多。晚上临睡来一头生葱头,对你的皮肤有好处。还要做一做双下巴锻炼。你两眼无神,和剥制狐狸的玻璃眼睛一样。尺寸和你相貌其余部分相当,如此而已。我不是一支三叶螺旋桨。

贝拉

(轻蔑地)你这人没劲,事实是。(她的母猪阴户发出一声嚎叫)弗布赖赫特!

布卢姆

(轻蔑地)先把你的无指甲中指弄弄干净吧,你那打手的冰凉精液还在你的鸡冠上滴着呢。拿一把干草自己擦一擦吧。

贝拉

我知道你,兜销员!死鳕鱼一条!

布卢姆

我看见他了,窑子掌柜的!梅毒、淋病贩子!

贝拉

(转向钢琴)刚才你们谁在弹《扫罗》的死亡进行曲?

佐伊

我。小心你的鸡眼花。(她奔向钢琴,交叉着两臂猛击出一些和音)猫走炉渣。(回头看一眼)嗯?谁在和我的甜心做爱了?(她奔回桌子边)你的就是我的,我的更是我自己的。

(基蒂不知所措,把银纸沾在牙齿上。布卢姆走近佐伊。)

布卢姆

---

① 法文:盛年已过。

(和气地)把马铃薯还我,好吗?

佐伊

没收了,一样好东西,一样特好的东西。

布卢姆

(带感情)根本不值钱,但是是可怜的妈妈的遗物。

佐伊

给了人东西又想要
天主要问你在哪儿找
你说你根本不知道
天主要你下地牢。

布卢姆

它有纪念意义。我希望能保存。

斯蒂汾

保存还是不保存,那就是问题所在。

佐伊

给。(她揭起一层衬裙,露出大腿肉,把长袜筒上端卷着的马铃薯取下)藏东西的人,才会找东西。

贝拉

(皱眉头)瞧。这儿不是看西洋景的地方。你还别砸坏了钢琴。这儿是谁付款呀?

(她走向自动钢琴。斯蒂汾在口袋里摸了一阵,掏出一张钞票,拎住一角递给她。)

斯蒂汾

(以夸张的礼貌)这个丝钱包,我是用公众的母猪耳朵制成的。① 夫人,请原谅。如果您允许我的话。(他模糊地指指林奇和布卢姆)我们买的是同一档子彩票,啃奇和林奇。Dans ce bordel où tenons nostre état. ②

---

① 典出谚语:母猪的耳朵做不成丝钱包。

② 法文:“这窑子就是我们设朝廷的地方”,典出十五世纪法国诗人维永(F. Villon)诗《胖玛阁特之歌》。

林奇

（从壁炉边喊叫）代达勒斯！请你为我给她祝福。

斯蒂汾

（给贝拉一枚硬币）金的。她有了。

贝拉

（看看钱，看看斯蒂汾，然后看看佐伊、弗洛丽和基蒂）你们是要三位姑娘吗？这儿可是十先令的。

斯蒂汾

（喜欢）十万分抱歉。（他又摸索一阵，取出两枚克朗交给她）请准许我，brevi manu①，我的眼力有些不济。

（贝拉走到桌子边去数钱，斯蒂汾继续自言自语说一些单音节字眼。佐伊弯腰看桌面。基蒂侧身越过佐伊的脖子望着。林奇爬起来，拉正帽子，搂着基蒂的腰肢，也把脑袋凑过去。）

弗洛丽

（动作笨重地挣扎着坐起身来）啊唷！我的脚麻了！（她瘸着走向桌子。布卢姆也走过去。）

贝拉、佐伊、基蒂、林奇、布卢姆

（叽叽喳喳，互相插嘴）那位绅士……十先令……付三位的钱……对不起，等一下……这位绅士单付……谁动钱？……啊唷！……你看你挤着谁了……你们是过夜还是玩短的？……谁？……你是瞎说，对不起……那位绅士付钱痛快，就是绅士派头……喝酒……十一点早过了。

斯蒂汾

（站在自动钢琴边，作厌恶手势）不给酒！什么，十一点？有个谜语！

佐伊

（撩起衬裙，将一枚半镑金币卷进袜筒上端）靠我仰天干活，好不容易挣的。

林奇

（把基蒂从桌上抱起来）来吧！

---

① 意大利语："人手不足"或"少给钱"。

基蒂

等一下。(她伸手抓住那两枚克朗)

弗洛丽

我的呢?

林奇

呼啦!

(他把她举起来,抱到长沙发那儿,往沙发上一扔。)

斯蒂汾

狐狸打鸣儿,公鸡飞天儿,
天上有钟儿
敲响了十一点儿。
她那可怜的灵魂儿
该出天堂了。

布卢姆

(安静地将一枚半镑金币放在桌上贝拉和弗洛丽之间的地方)这样。请允许我。(他拾起那张一镑的钞票)三乘十。咱们的账清了。

贝拉

(表示佩服)你真不含糊,老公鸡。我简直想吻你。

佐伊

(指了一指)他吗?深得像一口井。

(林奇把基蒂拉过去仰在长沙发上吻她。布卢姆拿那张一镑的钞票走到斯蒂汾面前。)

布卢姆

这是你的。

斯蒂汾

怎么一回事?Le distrait① 或是心不在焉的乞讨者。(他又在口袋里摸索,掏出一把钱币。一物件落下。)那东西掉了。

---

① Le distrait(苦恼的人)为法国演出莎剧《哈姆雷特》时广告中词语,即指哈姆雷特,见241页注⑤。

布卢姆

(俯身拾起一盒火柴交给他)是这个。

斯蒂汾

路济弗尔①。谢谢。

布卢姆

(安静地)你最好把那些现款交给我保管。何必多付呢?

斯蒂汾

(把所有硬币一古脑儿都交给他)先讲公正,才能讲慷慨。

布卢姆

可以,但是是否明智呢?(他数钱)一、七、十一,还有五。六。十一。你如果已经丢失一些,我就不能负责了。

斯蒂汾

为什么敲响十一点呢? Proparoxyton②. 莱辛说的到达另一片刻之前的片刻③。狐狸渴了。(他纵声大笑)埋葬它的奶奶。也许就是他杀的。

布卢姆

共计一镑六先令零十一。就说是一镑七吧。

斯蒂汾

没有一点儿胡扯的屁关系。

布卢姆

没有,可是……

斯蒂汾

(走到桌子边)香烟,请给一支。(林奇从沙发上扔到桌子上一支香烟)这么说,乔治娜·约翰逊还是死了,嫁人了。(桌上出现一支香烟。斯蒂汾看它。)奇迹。客厅里的戏法。嫁人了。嗯。(他擦了一根火柴,以令人不解的忧郁情绪点烟)

---

① “路济弗尔”(Lucifer)在拉丁文中原义为带来光明,因而指晨星与从天上坠落之魔鬼(见72页注②),也因同一原因可指火柴。

② 希腊语词,重音在倒数第三音节。

③ 莱辛(见52页注③)论美学,曾以不同的“片刻”关系阐释诗与绘画等艺术的区别。

林奇

（观察着他）你要是把火柴拿近一点，点着的机会就会多一些。

斯蒂汾

（把火柴凑近眼睛）目光犀利。眼镜非配不可。昨天打碎了。十六年前。距离。眼看着全是平的。（他把火柴移开。火柴熄灭。）头脑在想。近:远。可见现象的无可避免的形态。（他神秘地皱皱眉头）嗯。斯芬克司①。半夜里会长出两个背脊的禽兽。出嫁了。

佐伊

是一个旅行推销员和她结了婚，把她带走了。

弗洛丽

（点头）伦敦来的高杨先生。

斯蒂汾

伦敦的羔羊，带走了我们世界上的罪孽②。

林奇

（抱着基蒂坐在沙发上，深沉地吟诵）Dona nobis pacem. ③

（斯蒂汾的香烟从手指间滑下。布卢姆拾起投入壁炉。）

布卢姆

别抽烟。你应该吃东西。该死的狗。我遇见的那条。（对佐伊）你们什么也没有吗？

佐伊

他饿了？

斯蒂汾

（微笑地对她伸手，按照《神之暮》中血盟插曲的调子唱起来。）

Hangende Hunger,
Fragende Frau,

---

① 王尔德在其诗《斯芬克司》（1894）中，将此狮身人面物称为“半女半兽”并说她是“罪孽的鬼魂”。

② 据《新约·约翰福音》第一章，约翰看见耶稣就说：“这是天主的羔羊，他带走世上的罪孽。”按其中后半句中文《圣经》一般译为“他除掉世人的罪”。

③ 拉丁文：“给我们和平”，系弥撒中颂唱的“天主的羔羊”结尾。

Macht uns alle kaputt. ①

佐伊

(用悲剧腔调)哈姆雷特,我是你父亲的钻头!(她拿起他的一只手)蓝眼睛大美人儿,我来看看你的手相。(她指他的前额)没有智慧,没有皱纹。(她数着)二、三、玛斯②,那是胆量。(斯蒂汾摇头)不骗你。

林奇

片状闪电的胆量。这是不会胆战心惊不会发抖的青年③。(对佐伊)谁教你的手相术?

佐伊

(转身)去问我那不存在的卵泡吧。(对斯蒂汾)我从你脸上看得出。眼神,这样的。(她低头皱起眉头)

林奇

(哈哈笑着拍两下基蒂的屁股)就像这样,戒尺。

(两声响亮的戒尺击掌声,自动钢琴的匣子突然飞起,多兰神父④的弹簧玩偶式小小秃顶圆脑袋蹦了出来。)

多兰神父

有孩子欠打吗?眼镜摔破了?游惰偷懒的小坏蛋。从你眼睛里看得出。

(自动钢琴匣子里升出了唐约翰·康眉神父的头,和蔼、慈祥、认真负责、语带谴责。)

唐约翰·康眉

行了,多兰神父!行了。我肯定斯蒂汾是个很好的小孩子。

---

① 德文:"未能满足的饥饿(欲望),爱打听的太太,将我们每个人都毁掉。"按《神之暮》为德国作曲家瓦格纳(Richard Wagner,1813—1883)四联歌剧《尼贝龙根的指环》最后一联。

② 玛斯为罗马神话中战神,西方即以此命名火星,手相术中亦以此命名掌丘之一,并认为此掌丘突出标志此人勇敢坚决。

③ 片状闪电不伤人,因而"片状闪电的胆量"即明知无危险方显大胆。德国《格林童话》内有一个"不会胆战心惊不会发抖的男孩",结婚后妻子将一盆金鱼砸在他身上,方使他吓得发抖。

④ 多兰神父为斯蒂汾幼年上学时受其责打的监学神父,见175页注②。

佐伊

（细看斯蒂汾的手掌）女人的手。

斯蒂汾

（喃喃而语）说下去。编吧。拉着我。抚摸我。我从来不能辨认主的手迹，除了他在黑线鳕身上留下的罪恶的拇指纹印①。

佐伊

你是星期几生的？

斯蒂汾

星期四。今天。

佐伊

星期四的孩子前途远大。（她顺着他的手纹画线）命运之线。有人撑腰。

弗洛丽

（指着）有想象力。

佐伊

月亮掌丘。你将要遇见一个……（突然细看他的双手）对你不好的事，我不告诉你。不过也许你想知道？

布卢姆

（拉开她的手指，伸出自己的手掌）坏处多，好处少。喏，看我的。

贝拉

伸手。（她把布卢姆的手翻过来）不出所料。指关节突出，对女人好。

佐伊

（细看布卢姆的手掌）网络形。海外旅行。和有钱人结婚。

布卢姆

不对。

佐伊

（迅速地）唔，我明白了。小指短。怕老婆。不对吗？

---

① 欧洲传闻黑线鳕嘴边黑线为耶稣的门徒彼得所留指纹，因据《新约·马太福音》第十七章，他曾按耶稣命令去海边钓鱼，从鱼口中取得钱币纳贡。

（巨大的公鸡黑丽兹伏在一个粉笔圈内孵蛋，然后站起来伸展翅膀咯咯叫。）

黑丽兹

嘎啦。咯打。咯打。咯打。（她侧身离开她新下的蛋，摇摇摆摆地走了。）

布卢姆

（指自己的手）这个伤疤是一次事故留下的。二十二年前摔一跤摔破的。我那时十六岁。

佐伊

瞎子说看见了。谈点新鲜事吧。

斯蒂汾

看见了吗？都向着一个大目标。我是二十二。他在十六年前也是二十二。我十六年前翻滚二十二次。他二十二年前十六，坐旋转木马摔了下来。（他肌肉抽搐一下）手不知在什么地方碰着了。非找牙医看不可了。钱呢？

（佐伊对弗洛丽耳语。两人格格地笑。布卢姆抽出手来，无聊地在桌子上慢慢地用铅笔画着曲线写反向字。）

弗洛丽

什么？

（一辆出租马车，牌照三百二十四号，由一匹颠着欢快屁股的母马拉着，由唐尼布鲁克的和睦路的詹姆斯·巴顿驾着轻疾地驶过。一把火鲍伊岚和莱纳汉躺在侧座上晃着。奥蒙德饭店的擦皮鞋工人弯腰站在后面车轴上。悲哀地，莉迪亚·杜丝和米娜·肯尼迪在半截子窗帘上端张望。）

擦皮鞋工人

（一边颠着晃着，一边伸出拇指和虫子般蠕动的四指嘲笑她们）犄，犄，你们有犄角吗？

（古铜伴金色，她们在悄声耳语。）

佐伊

（对弗洛丽）悄悄地说。（她又耳语）

（一把火鲍伊岚倚在马车架子上，平顶硬草帽放在一边，嘴里叼着一朵红花。戴着游艇帽，穿着白皮鞋的莱纳汉殷勤地从一把火鲍伊岚的外衣肩上取下一根长头发。）

莱纳汉

嘿！我在这里见到的是什么呀？你刚才是给几个娘儿们的下边打扫蜘蛛网吗？

鲍伊岚

（沾沾自喜地笑着）给一只火鸡摘毛。

莱纳汉

干了一夜的活吧。

鲍伊岚

（举起四根粗壮秃蹄的手指，眨着眼）一把火烧凯特！不符规格，保证退款。（他伸出食指）你闻一闻气味。

莱纳汉

（兴高采烈地嗅）啊！龙虾味、蛋黄酱味。啊！

佐伊和弗洛丽

（一起大笑）哈哈哈哈。

鲍伊岚

（大模大样地从车上一跃而下，提高声音让所有人都听到）哈喽，布卢姆！布卢姆太太穿衣服了吗？

布卢姆

（穿男仆人的深紫色长毛绒上衣和过膝短裤、米色长袜、撒粉的假发）恐怕还没有，您哪。还有几件……

鲍伊岚

（扔给他一枚六便士）喏，去买一杯杜松子酒加汽水。（他洒脱地把帽子往布卢姆头上的鹿角枝杈上一挂）领我进去。我和你的妻子有一点小小的私事要办，懂吗？

布卢姆

谢谢您，您哪。我懂，您哪。忒迪夫人在洗澡，您哪。

玛莉恩

他应当感到非常荣幸才对。(她大声溅泼着水出了澡盆)拉乌尔心肝，你来给我擦干身子吧。我一身都光着呢。只戴着我的新帽子，还有一块特别海绵。

鲍伊岚

(眼中闪动欢乐的光芒)交配！

贝拉

什么？是什么事？

(佐伊对她耳语。)

玛莉恩

让他看去，遭巫术的！王八！让他折磨他自己去！我要写信给一个强壮有力的妓女，或是那个长胡子的女人巴索罗蒙娜，叫她在他身上打出一条条的伤疤，要有一英寸高的，然后让他带回签字盖章的收据交给我。

鲍伊岚

(握住自己)瞧，我这小家伙可是坚持不了多久了。(他挪着硬绷绷的骑兵式腿脚走了)

贝拉

(大笑)嗬嗬嗬嗬。

鲍伊岚

(转回头来嘱咐布卢姆)你可以把眼睛凑在锁眼上，看我给她抽送几下。这时间你可以自己玩玩自己。

布卢姆

谢谢您，您哪。我照办，您哪。我是否可以找两位知己朋友来作见证，并且拍一张快照？(他举起一瓶油膏)要凡士林吗，您哪？橙花……？温水……？

基蒂

(从沙发那边)告诉我们吧，弗洛丽。告诉我们。什么事……

(弗洛丽对她耳语。唧唧喳喳，卿卿我我，啧啧赞叹，咂嘴咂舌，吧嗒吧嗒。)

米娜·肯尼迪

（眼睛仰天）唷，一定是和天竺葵花和可爱的桃花一样的香味！唷，他简直把她身上的每一块地方都当成了崇拜对象！粘在一起了！全身都吻遍了！

莉迪亚·杜丝

（张大了嘴）美呀美呀。唷，他抱着她在房间里走着干！骑马马。在巴黎，在纽约都能听见他们俩的声音。就像是在大口大口吃奶油拌草莓。

基蒂

（笑）嘻嘻嘻。

鲍伊岚的声音

（甜蜜而嘶哑，发自腹腔）啊！天主一把火嘣鲁克勃鲁克大嘿砸开了它！

玛莉恩的声音

（嘶哑而甜蜜，上升至喉咙）喔！微细洗洗亲亲奶铺意思奶铺喝克！

布卢姆

（眼睛狂睁，紧握自己）出来！进去！出来！给她！再给！射吧！

贝拉、佐伊、弗洛丽、基蒂

嗬嗬！哈哈！嘻嘻！

林奇

（指着）是反映自然的镜子①。（笑）呼呼呼呼呼！

（斯蒂汾和布卢姆都凝视镜子，镜中出现威廉·莎士比亚的脸，脸上没有胡子，由于面部瘫痪而麻木僵硬，头顶上是前厅鹿角帽架投入镜中的映影。）

莎士比亚

（用庄严的腹语）响亮的笑声，标志着空荡荡的头脑②。（对布卢姆）你寻思着你是隐身的人。细看吧。（他发出黑色阉鸡啼叫似的笑声）伊阿古古！我的老头子掐死了他的星期四蒙嫩。伊阿古古古③。

---

① 哈姆雷特在《哈》剧第三幕第二场中对优伶作指示时说，戏剧是"反映自然的镜子"。

② 典出哥尔德史密斯长诗《荒林》（1770），但哥诗中此语系赞美"空空荡荡的头脑"。

③ 由于伊阿古（莎剧《奥瑟罗》中坏蛋，见42页注②）的挑唆，奥瑟罗掐死了心爱的妻子苔丝狄蒙娜。

布卢姆

（怯怯地笑问三个妓女）什么时候把笑话也说给我听听呀？

佐伊

不用等你两次结婚一次丧妻。

布卢姆

缺点，人们是原谅的。甚至是伟人拿破仑，在他死后光身子量尺寸的时候①……

（寡妇狄格南太太身穿丧服匆匆走过，帽子歪斜，扁鼻头和双颊都因谈死亡、流眼泪、喝滕尼公司的茶褐色雪利酒而弄得通红，她一边在面颊、鼻子和嘴唇上扑粉搽口红，一边像母天鹅似的赶着自己的一窝小天鹅。她的裙子下边，露出了她的亡夫家常穿的裤子和翻边靴子，大八号的。她手中拿着一份苏格兰寡妇基金会保险单，撑着一把天篷似的大伞，她那一窝都跟她一起在伞下跑着：派齐用一只穿鞋的脚蹦着，领子是敞开的，身边悬荡着一串猪排，弗雷迪是抽抽搭搭的，苏细张着鳕鱼似的嘴在哭，阿丽思则是在费尽力气对付婴儿。女人帽上的飘带飘得高高的，一个劲儿地驱赶着孩子们走。）

弗雷迪

妈呀，你都是拽着我走了。

苏细

妈妈，牛肉汁溢出来了！

莎士比亚

（麻痹中一阵盛怒）杀了头一个才嫁第二个②。

（莎士比亚的没有胡须的脸，变形为马丁·坎宁安的大胡子脸。天篷式大伞醉醺醺地摇晃，孩子们都跑开。伞下露出了戴风流寡妇帽③、穿和服的坎宁安太太。她侧着身子一边滑行一边鞠躬，还做着日本式的扭身姿势。）

坎宁安太太

---

① 拿破仑去世后，英国医生详细测量其身体后曾说其体型如女性，乳房异常发达。

② 典出莎剧《哈姆雷特》，参见263页注①。

③ 《风流寡妇》（1905）为一著名匈牙利轻歌剧，其中女主人公戴一顶宽边帽子。

（唱）

他们管我叫亚洲的瑰宝①。

马丁·坎宁安

（凝视着她，无动于衷）了不得！不要脸的女人，完全不成体统！

斯蒂汾

Et exaltabuntur cornua iusti②. 王后与大壮牛睡觉。你们要记着帕西淮，为了那位王后的淫欲，我的老祖宗老爷爷制造了第一个告解亭③。别忘了格里丝尔·斯蒂文斯夫人④，也别忘了兰伯特家族的豕性后代。诺亚喝醉了。他的方舟是敞着的⑤。

贝拉

这儿可不要这一套。你找错了商号。

林奇

别理他。他是从巴黎回来的。

佐伊

（跑到斯蒂汾身边，挽住他的臂膀）唷，说下去吧！给咱们来点儿法国调调吧。

（斯蒂汾把帽子拍上脑袋，一步跳到壁炉边，缩起肩膀站着，伸出一双鱼鳍似的手，面带画上去的微笑。）

林奇

（用拳捶打沙发）伦伦伦如如如如恩恩恩恩。

斯蒂汾

（乱说一气，手脚扯动如牵线木偶）上千个娱乐场所晚上随便去玩找可心美女出售手套等等也许她的心啤酒排骨特别高级堂子非常古怪好多姑娘花枝招展谈天说地公主派头大跳其康康舞走来走去巴黎式小丑模

---

① 出自歌剧《日本歌伎》（参见126页注①）。

② 拉丁文："义人的角必被高举。"（《圣经·诗篇》第75篇）。按此语中"角"词实系古《圣经》误译，现代译本已改为"力量"。

③ 帕西淮为希腊神话中克里特王妻子，因受海神施法而欲与白毛公牛相交（参见511页注⑥），巧匠代达罗斯为她建造木母牛一头，她方能唤起公牛性欲而达目的。

④ 谣传此人面容如猪（参见511页注④）。

⑤ 据《圣经·创世记》第九章，诺亚酒醉而卧，其子含见其赤裸身子，因而受诅咒。

样加倍蠢相招待单身汉外国佬也是一样说的英国话尽管蹩脚她们谈情说爱多么拿手放荡痛快感。先生们非常精英因为享乐非要不可看点着殡仪蜡烛表演天堂地狱他们眼泪银子每天晚上如此。宗教事情完全骇人听闻全宇宙世界看笑话。所有的时髦妇女到时端庄稳重然后脱衣然后大喊大叫看吸血鬼男人诱奸修女非常年轻娇嫩穿的 dessous troublants①.（他大声弹着舌头说）啧，Là Là! Ce pif qu'il a!②

林奇

Vive le vampire!③

妓女们

好啊！法国调调！

斯蒂汾

（仰头大笑，做着鬼脸自己鼓掌）笑得非常成功。天使很像妓女，圣洁的使徒大流氓大坏蛋。Demimondaines④ 漂漂亮亮珠光宝气装扮非常可亲。要不你是否更喜欢他们现代人享乐老头儿堕落？（他做出怪模怪样的姿势四面指着，林奇和娼妓们都随着呼应）橡皮女人像可以翻出来或是真人大小偷看处女裸体同性恋非常亲吻五次十次。请进来，先生，来看镜子中各种姿势的高空吊杠那儿那部机器而且还有如果欲望行动非常兽性屠夫徒工玷污热牛肝或是肚皮上煎蛋卷 pièce de Shakespeare⑤.

贝拉

（拍着自己的肚皮，坐在沙发上向后一倚，纵声大笑）这儿煎蛋卷……嗬！嗬！嗬！嗬！……煎蛋卷……

斯蒂汾

（细声细气地）我爱你，先生宝贝儿。讲你的英国话，好 double enten

---

① 法语：内衣乱七八糟。

② 法语：瞧瞧，他做的鼻子（怪样）！

③ 法语：吸血鬼万岁！

④ 法文："暧昧世界女人"，指富人外室或暗娼。

⑤ 法文：莎士比亚戏剧（参见 240 页注④）。

te cordiale[1]。真的，mon loup[2]. 价钱多少？滑铁卢[3]。滑进了大铁炉。（他突然打住，竖起一根食指）

贝拉

（哈哈笑）煎蛋卷……

妓女们

（哈哈笑）再来一个！再来一个！

斯蒂汾

听我说。我梦见一个西瓜。

佐伊

出国去爱洋女士吧。

林奇

走遍全世界，找一个老婆。

弗洛丽

梦都是相反的。

斯蒂汾

（伸出两臂）就在这儿。娼妓的马路。在盘陀道上，巴力西卜[4]把她指给我看了，是一个矮胖寡妇。什么地方铺着红地毯呢？

布卢姆

（走近斯蒂汾）你看……

斯蒂汾

不，我飞了。我的对头都在我脚底下。永将如此。无穷无尽。（他叫喊）Pater！[5] 自由了！

布卢姆

我说，你看……

---

① 法语："双重真诚理解"。按法语中"双重理解"即双重语义（或双关语），但"真诚理解"与"友好协定"词语相同，而英法两国正于一九〇四年订立重新组合欧洲力量的友好协定。

② 法语：我的狼。

③ 滑铁卢为拿破仑最后战败之地。

④ 巴力西卜为《圣经·列王记下》第一章中提到的魔鬼。

⑤ 拉丁文："父亲"，按神话中巧匠代达罗斯之子随父飞行而坠海时曾喊叫 Pater，参见275页注⑤、⑥。

斯蒂汾

是要把我的精神制服下去吗,他? O merde alors![1] (他的鹫爪尖了;他呼叫)Holà![2] 咳哩嚯!

(呼应他的是赛门·代达勒斯的叫声,带一点睡意,却有所准备。)

赛门

这样行。(他鼓动着强大有力、嗡嗡作响的翅膀,变着方向在空中左右飞扑又盘旋飞翔,同时发出鼓劲的叫声)嚯! 孩子! 你能胜利吗? 啲! 喳! 跟那些杂种拴在一个厩里? 离他们远远的,驴叫都听不见才行。抬起头来! 把咱们的旗子打得高高的! 银地一头展翅红鹰[3]。厄尔斯特纹章长官! 嗨啲! (他发出猎兔小狗发现猎物的狂叫声)叭儿叭儿! 啵叭叭啵叭叭! 嗨,孩子!

(墙纸上的大叶和林间空地迅速地顺序越野移过。一头刚埋了奶奶的强壮狐狸从隐蔽处被逼出,笔直地伸着大尾巴迅速奔向开阔地,眼睛放着亮光寻找树叶下的獾洞。跟踪而来的是猎鹿犬群,一边把鼻头凑近地面嗅着猎物踪迹,一边汪汪汪狂叫,叭叭叭的急着尝血。沃德联合会的男女猎人们和它们气息相通,迫不及待要见血。接着是从六哩岬、平房子、九哩石一带来的徒步人群,手中拿着多节的大木棍、干草叉子、大鱼叉、套马索,有执短把长鞭的牧群管理人、背手鼓的逗熊手、佩牛刀的斗牛士、执火把的灰色黑人。在人群中叫嚷的有摆骰子摊的、摆皇冠锚摊的、摆扣碗摊的、耍牌局的。还有给扒手望风的、探听马情的、戴巫师高帽的赌注经纪人,都在震耳欲聋地大喊大叫,把嗓子都喊哑了。)

人群

赛马节目单。赛马单!

冷门票,一赔十!

这里好,现金到手! 现金到手!

---

① 法语:臭屎一堆!

② 法语呼唤停止声。

③ 家族纹章图案。据查乔伊斯家族曾拥有这一纹章,并在"厄尔斯特纹章长官"处备案。

除去一匹,统统一赔十！除去一匹,统统一赔十！

转马盘,来试试你的运气！

除去一匹,统统一赔十！

卖猴子,伙计们！卖猴子！①

我这里一赔十！

除去一匹,统统一赔十！

（一匹无人骑坐的黑马,幽灵似的冲过终点,鬃毛在月光下喷着沫,眼珠子像星星。其余的马都跟在后边,一群乱蹦乱跳的坐骑。是一些仅有骨骼的马:权杖、最高极限第二、津凡德尔、威斯敏斯特公爵的飞越、御敌、博福特公爵的锡兰,巴黎大奖。骑马的全是侏儒,披着生锈的甲胄,骑着马,纵马,纵马奔腾。最后,在霏霏细雨中,来了这场比赛中众望所归的那匹名叫北方雄鸡的,一匹气喘吁吁的灰黄色老马,骑者是戴蜜色帽子、穿橙黄袖子绿上衣的加勒特·戴汐,他一手紧握缰绳,一手举着曲棍球棒备用。他这匹老马的脚上套着白色鞋罩,沿着崎岖山路跌跌撞撞地慢步跑着。）

奥伦治协会会员们

（嘲笑）下马推吧,先生。最后一圈了！晚上能到家的！

加勒特·戴汐

（直挺挺地骑着,指甲刮过的脸上贴满了邮票,他不断地挥舞着手中的曲棍球棒,一双蓝眼睛不断地在枝形吊灯的灯架棱柱中闪烁着光芒,而他的坐骑则以训练中的奔驰速度跨着大步缓缓跑着）Per vias rectas！②

（一担子挑的两桶羊肉汤,倾盆大雨似的扣在他和他那直立起来的老马身上,洒了他们一身跳动的金币,都是胡萝卜、大麦、洋葱、萝卜、马铃薯。）

绿色协会会员们

有点小雨啊,约翰爵士！有点小雨啊,阁下！

（列兵卡尔、列兵康普顿和凯弗里妹子从窗下走过,唱着互不协调

---

① “卖猴子”为赛马术语,即接收高达五百镑的赌注。

② 拉丁文:走直路（见44页注⑦）。

的歌子。)

斯蒂汾

听着！我们的朋友:街上的叫喊声。

佐伊

(举起一只手)停住！

列兵卡尔、列兵康普顿和凯弗里妹子

可是我偏有

我的约克郡心肠……

佐伊

那就是我。(她拍手)跳舞！跳舞！(她跑到自动钢琴边)谁有两便士？

布卢姆

谁要……？

林奇

(递给她铜板)给。

斯蒂汾

(不耐烦地用指头打着响榧子)快！快！我的占卜杖在哪儿？

(他跑到钢琴边,拿起他的白蜡手杖,同时开始用脚打起三拍子来。)

佐伊

(转摇把)来了。

(她往口子里塞进两枚便士。金色、粉色、紫色的灯亮了起来。音箱转动起来,呜呜地发出了低沉而迟疑的华尔兹旋律。老迈不堪、弓腰驼背的古德温教授头戴有蝴蝶结的假发,身穿宫廷服装,披一件因弗内斯披风,扑动着两手哆哆嗦嗦地从房间那头走来。他的小小身子坐上钢琴凳子,举起无手棍棒似的双臂敲打琴键,同时以优美的少女姿势点着头,头上的蝴蝶结一上一下的。)

佐伊

(自己磕打着脚后跟旋转)跳舞呀。这儿有人上那儿吗？谁愿意跳舞？把桌子搬开。

(自动钢琴变换着灯光,奏起了《我的姑娘是约克郡的姑娘》前奏的华尔兹旋律。斯蒂汾把白蜡手杖扔在桌上,搂住了佐伊的腰肢。弗洛丽和贝拉把桌子推向壁炉边。斯蒂汾以夸张的仪态拥扶着佐伊,开始和她在房内转着圈跳起了华尔兹舞。布卢姆站在旁边。她的衣袖从互示恩宠的手臂上滑下,露出了一朵白色的疫苗接种的肉花。马金尼教授从帷幔之间伸出一条腿来,脚尖上飞转着一顶丝质大礼帽。他巧妙地飞脚一踢,正好把旋转着的帽子送到头顶,然后俏皮地歪戴着帽子溜冰似的进了房间。他穿一件石板色的礼服大衣,暗红色的丝质翻领,围一条奶油色绢网围巾,里面是一件领口开得很低的绿坎肩,配着护脖高领和白领巾、紧身的淡紫色裤子、漆皮舞鞋、淡黄色的手套。他的扣眼里插着一枝巨大的大丽花。他左右旋转着一根云斑手杖,然后将它紧夹在腋窝底下,轻轻地右手按胸,一鞠躬,抚弄着胸前的花朵和纽扣。)

马金尼

人体动态的诗,健美体操的艺术。和莱格特·伯恩夫人或是莱文斯顿舞蹈学校均无瓜葛。操办化装舞会。姿态。凯蒂·兰纳的舞步。这样。注意看我!我的舞姿造型。(他踩着轻快的蜜蜂腿脚,用小步舞法向前走出三步)Tout le monde en avant! Révérence! Tout le monde en place!①

(前奏终止。古温德教授挥舞着形象模糊的手臂,人渐渐缩小下沉,他的活动的披风坠落在琴凳周围。更鲜明的华尔兹乐调响了起来。斯蒂汾和佐伊悠然旋转。灯光变换着,金色玫瑰色紫色此明彼暗,交错有致。)

自动钢琴

两个小伙子在谈姑娘,
姑娘,姑娘,姑娘,
他们的心上人在自己家乡……

(从一个屋角,晨时们奔跑着出来了,都是金色的头发、秀气的凉鞋、蓝色的少女舞服、蜂腰、天真无邪的手。她们挥动跳绳,踩着轻盈的

---

① 法语:人人向前!鞠躬!人人就位!

舞步。随后是穿琥珀黄的午时们。她们欢笑着,手挽着手举起胳臂,头发上那些高高的梳子闪着光,她们用嘲弄的镜子反射着太阳。)

马金尼

(拍击着因戴手套而没有声音的双手)Carré! Avant deux![1] 呼吸要匀! Balancé![2]

(晨时们和午时们各在原地跳着华尔兹,然后转身各自形成弧线,彼此走近,相对鞠躬。骑士们在她们背后弯腰展臂,手向她们的臂膀伸下去,接触到,又抬起来。)

时辰们

你可以碰我的。

骑士们

我可以碰你的吗?

时辰们

哎,可是要轻轻的!

骑士们

哎,一定是轻轻的!

自动钢琴

我的羞答答的小妮子腰身好。

(佐伊和斯蒂汾转得大胆起来,舞姿也随便起来了。夕时们从长长的陆地阴影中跑出来,又慢慢分散,眼睛懒散无神,脸上淡淡地擦着指甲红,一种暗淡的假花。她们穿的是灰色的纱衣,深色的蝙蝠袖在陆地微风中不断地扑动。)

马金尼

Avant huit! Traversé! Salut Cours de mains! Croisé![3]

(夜时们一个接一个地潜行到最后位置。晨时、午时、夕时们从她们面前退去。她们戴着假面具,头发中插着匕首,手镯上串着声音沉浊的铃子。她们疲惫地蒙着脸屈膝又屈膝。)

---

① 法语:方队! 成对前进!

② 法语:左右摇摆!

③ 法语:八位上前! 错开! 致意! 换手! 换边!

手镯们

嘿啮！嘿啮！

佐伊

（一边转一边用手扶额）唷！

马金尼

Les tiroirs！Chaîne de dames！La corbeille！Dos à dos！①

（她们疲惫地用阿拉贝斯克芭蕾舞姿在地板上编织图案，编了又拆，拆了又编，屈膝行礼，转身又转身的直打旋儿）。

佐伊

我头晕了！

（她脱身出来，倒在一张椅子上。斯蒂汾抓住弗洛丽，又和她转起来。）

马金尼

Boulangère！Les ronds！Les ponts！Chevaux de bois！Escargots！②

（交缠、后退、交换，手臂相联形成拱形的夜时们，组成一幅幅动的图案。斯蒂汾和弗洛丽笨重地转动着。）

马金尼

Dansez avec vos dames！Changez de dames！Donnez le petit bouquet à votre dame！Remerciez！③

自动钢琴

最好，最最好，

巴啦砰！

基蒂

（跳起来）哎，迈勒斯义市的旋转木马场上，也是吹奏这个曲子！

（她向斯蒂汾跑去。他不管不顾地放开弗洛丽，搂住了基蒂。一支尖啼麻鸻鸟发出了刺耳的高声啸叫。托夫特的笨重的旋转木马，慢吞吞地转动着，哼哼哈哈咕咕噜噜地就在房内旋转，整个房间都在转

---

① 法语：抽屉形！女士们联手！围圈！背对背！

② 法语：揉面！圆圈！桥梁！木马！旋转！

③ 法语：和女伴共舞！换舞伴！向女伴献小花束！互相致谢！

动。)

自动钢琴

我的姑娘是约克郡的姑娘。

佐伊

彻头彻尾的约克郡。大家都来吧!

(她搂住弗洛丽,和她转起了华尔兹。)

斯蒂汾

Pas seul![1]

(他将旋转着的基蒂送入林奇怀中,从桌上抓起白蜡手杖,又回到舞场内。屋子里全都在旋转,华尔兹式旋转又旋转,布卢姆贝拉、基蒂林奇、弗洛丽佐伊、糖锭女人们。斯蒂汾戴着帽子拿着手杖在中间作青蛙叉腿、大踢腿、朝天踢腿,嘴紧闭手握拳大腿分叉。哐啷啷叮呤呤轰隆隆猎狐号手蓝绿黄灯光闪亮托夫特笨家伙转了又转,木马骑手们吊在金蛇下,内脏跳方丹戈舞,跃起踢泥脚又落下。)

姑娘只是个工厂女工

也没有那花哨的披绿穿红。

(他们紧搂着迅滑,瞪眼耀眼刺眼,越滑越快乱乱哄哄转了过去。巴拉砰!)

全体

再来一个!重来一遍!好极了!再来一个!

赛门

想想你母亲娘家的人!

斯蒂汾

死亡之舞[2]。

(嘭,又一声巴啷嘭打杂的摇铃,赛马、驽马、骏马、小猪群、康眉骑基督驴[3]、瘸子水手独腿加拐坐小船两臂交叠背拉纤绳又踹又蹬角笛

---

① 法语:单人舞!

② “死亡之舞”以骷髅带领各种人走向坟墓的形象,表现人不分贵贱均不能免于死亡的主题,自十四世纪以来出现于欧洲各种艺术形式。

③ 据《圣经·新约》,基督进耶路撒冷受人群夹道欢迎时骑一小驴。

舞彻头彻尾。巴拉砰！骑驽马、猪猡、铃马、加大拉猪群①、康尼棺材钢材鲨鱼石头、独把儿纳尔逊两妖婆 Frauenzimmer② 李汁儿斑斑从婴儿车掉下放声大哭。天，他真棒。导火索蓝光、酒桶贵族、可敬的晚祷勒夫、出租马车一把火、瞎子鳕鱼躬身自行车骑手们、迪莉棒白雪蛋糕、没有花哨的披绿穿红。最后一程之字形来回折，乱乱哄哄麦芽浆桶轰隆轰隆撞击过去，偏有总督夫妇心肠桶内乱哄撞击郡玫瑰花。巴拉砰！）

（成对的舞伴散开。斯蒂汾晕头转向地急转。房间反着旋转。他闭上眼睛踉跄了几步。一根根红色的杠杠直往太空飞窜。一团团的太阳，周围群星乱转。四面墙上有许多发亮的小虫在飞舞。他一下子站住了。）

斯蒂汾

够了！

（斯蒂汾的母亲僵直地从地底下升起。她瘦骨嶙峋，身穿麻风病人的灰色衣裙，头戴枯萎的橙花花环，蒙着一块已经撕破的新娘面纱。她形容枯槁，脸上没有鼻子，由于在坟墓里发霉而呈绿色，头发稀少而发直。她睁着眼圈儿发蓝色的空眼窝，直勾勾地盯住斯蒂汾，张开没有牙齿的嘴喊了一下，但是没有声音。一个由童女和圣徒们组成的唱诗班，唱着无声的颂歌。）

唱诗班

Liliata rutilantium te confessorum……

Iubilantium te virginum……③

（壮鹿马利根站在一个塔楼顶上，身穿一套紫褐淡黄相间的小丑服，头戴一顶弯挂小铃铛的小丑帽，手里拿着一个切开涂了黄油的甜面包，热气腾腾的。他张着大嘴巴望着她。）

壮鹿马利根

---

① 据《新约·马太福音》第八章，耶稣行至加大拉，见两人被鬼附身，耶稣将鬼驱入猪群，猪群即狂奔入海淹死。

② 德文（见 53 页注②）。

③ 拉丁祈祷文片段：愿光辉如百合花的圣徒们……愿童女们高唱赞歌……（见 13 页注①）

这女人挺了狗腿儿啦。可怜虫！马利根会见这位受苦受难的母亲。(他举目望天。)墨丘利式的玛拉基①。

母亲

(露出不可捉摸的笑容，使人想到死的疯狂。)我原是美貌的梅·古尔丁。现在我死了。

斯蒂汾

(大惊失色)游魂！你是谁？不对！这是什么唬人的把戏？

壮鹿马利根

(摇晃着脑袋上弯挂的小铃铛)绝大的讽刺！小狗子啃奇害死了老母狗。她挺了狗腿儿。(溶化了的黄油泪从他眼中流下，滴在面包上)我们的伟大的好母亲！Epi oinopa ponton.②

母亲

(走近一些，她那带有湿灰气味的呼吸轻轻地吹拂到他脸上)人人难逃这一关呀，斯蒂汾。世界上的女人比男人多。你也一样。这一天总要来到的。

斯蒂汾

(恐惧、悔恨、厌恶交集，语为之塞。)母亲，他们说我害死了您。他侮辱了您的亡灵。害死您的是癌症，不是我。命呵。

母亲

(嘴边流出一股绿色胆汁)你还为我唱了那一支歌。爱的奥秘叫人心酸。③

斯蒂汾

(热切地)母亲，那个字你现在知道了吧，请你告诉我。那个人人都认识的字。

母亲

你和帕迪·李在道尔盖跳上火车的那天晚上，是谁救了你的？你漂泊

---

① “玛拉基”在希伯来文中意为“使者”，因此马利根自比为希腊神话中的天神使者墨丘利(见22页注②)。

② 古希腊文：在葡萄酒般幽暗的海面上(见第6页注②)。

③ 歌词，出自《谁与弗格斯同去》(见11页注②)。

异乡心情忧伤的时候，是谁同情你的？祈祷是万能的。按照乌尔苏拉修女会手册为受苦受难的灵魂作的祈祷，赦罪四十天。忏悔吧，斯蒂汾。

斯蒂汾

食尸鬼！鬣狗！

母亲

我在我们阴间为你祈祷呢。你用脑多，每天晚上让迪莉给你煮那种大米吃。我的儿子呀，你是我的头胎，自从我肚子里怀着你的时候起，多少年来我一直都疼着你。

佐伊

（用壁炉上的扇形挡子扇着自己）我简直要化了！

弗洛丽

（指着斯蒂汾）瞧！他的脸色发白！

布卢姆

（走到窗前，把窗开大一些）头晕了。

母亲

（眼中冒烟）忏悔吧！想一想地狱里的火吧！

斯蒂汾

（气喘吁吁地）他的无腐蚀力的升汞！啃尸体的角色！骷髅加骸骨。

母亲

（她的脸越凑越近，发出带灰烬味的呼吸）小心！（她举起枯萎发黑的右臂，伸出一根指头，缓缓地逼近斯蒂汾的胸膛）小心天主的手！

（一只绿色的螃蟹①瞪着恶狠狠的赤红眼睛，张牙舞爪地伸出两个大钳插入斯蒂汾的心脏深处。）

斯蒂汾

（气得说不出话来，面容扭曲，脸色灰白苍老）屁！

布卢姆

---

① 螃蟹为欧洲星占学中“巨蟹座”象征，而“巨蟹座”名称 Cancer 在英语中即表示癌症。

(在窗边)什么?

斯蒂汾

Ah non,par example![1] 出自头脑的想象!我决不半推半就折衷妥协。Non serviam![2]

弗洛丽

给他点凉水。等着。(她急忙走出。)

母亲

(慢慢地搓拧双手,发出苦恼绝望的呻吟)耶稣的圣心呀,请您对他大发慈悲吧!请您救救他,让他别下地狱吧,神明的圣心呀!

斯蒂汾

不!不!不!你们全都上来吧,看你们能不能压倒我的精神!我要把你们统统制服!

母亲

(发出痛苦的临终呻吟)主啊,请您看在我的面上,对斯蒂汾大发慈悲吧!我在髑髅岗断气,内心充满怜爱、忧伤和焦虑,痛苦无以名状。[3]

斯蒂汾

Nothung[4]!

(他双手高举白蜡手杖,打碎了枝形吊灯。时间的最后一道火焰,惨淡无光地扑闪了一下。随之而来的是黑暗,一切空间归于毁灭,玻璃唏哩哗啦地砸碎,砖瓦纷纷倒塌。)

煤气灯头

扑落!

布卢姆

住手!

林奇

(奔向前去,抓住斯蒂汾的手)行了!稳住了,别胡闹了!

---

① 法语:我不信有这等事!

② 拉丁文:“我不侍候!”系《圣经》中魔鬼拒绝服从上帝用语。

③ 髑髅岗为耶稣被钉十字架处死地点。此语全都为宗教文学用语,但出处不详。

④ 德文,神剑名,典出瓦格纳歌剧《尼贝龙根的指环》(参见655页注①)。

贝拉

叫警察!

(斯蒂汾扔掉手杖,向后仰着头,两条手臂也直伸在后边,噔噔噔地冲过房门边的妓女们,跑到外面去了。)

贝拉

(尖叫)追他!

(两个妓女向前厅大门追去。林奇、基蒂、佐伊都乱哄哄地一拥而出,一边走一边激动地议论纷纷。布卢姆跟出,随即又折回。)

妓女们

(挤在门口指指点点)在那边儿呢。

佐伊

(指着)那儿呢。出事儿了。

贝拉

谁赔灯钱?(她抓住布卢姆上衣的后摆)你。你跟他是一事儿的。灯破了。

布卢姆

(跑到前厅又跑回来)婆娘,什么灯?

一妓女

他的上衣撕破了。

贝拉

(眼里冒出恼怒加贪婪的冷光,指着)谁赔这个?十先令。你亲眼看见的。

布卢姆

(拾起斯蒂汾的手杖)我?十先令?你在他身上还没有捞够吗?难道他没有……?

贝拉

(大声)行了,收起你的废话吧。这可不是下等窑子,这是十先令的户家。

布卢姆

(仰头看灯,拉灯链。煤气灯头发出一阵吱吱声,着了,火光下现出一个打坏了的紫红色灯罩。他举起手杖。)光打坏了灯罩。他不过是这样……

贝拉

(缩回身子尖叫起来)耶稣啊!别!

布卢姆

(虚击一下)让你看看他是怎么打的纸罩。顶多造成了六便士的损失。十先令呢!

弗洛丽

(拿着一杯水进来)他在哪儿?

贝拉

你是想要我喊警察吗?

布卢姆

哼,我知道。养着看家狗。可是他是三一学院的大学生。他们都是你这买卖的好主顾。付房租的少爷们。(他做了一个共济会的手势)明白我的意思吗?是大学副校长的侄子呢。你可别把事儿闹大了。

贝拉

(恼怒)三一学院!赛完了船到这儿瞎起哄,一个钱也不给。我这儿难道是你当家还是怎么的?他到哪儿去了?我要他付钱!我要他的好看!你等着瞧吧!(叫喊)佐伊!佐伊!

布卢姆

(急迫地)要是是你自己的那个在牛津上学的儿子呢?(警告口气)我可知道。

贝拉

(几乎说不出话)你是……隐瞒身份的!

佐伊

(在门道里)打起来了。

布卢姆

什么?在哪儿?(他往桌上扔了一个先令,拔腿就走)这是灯罩钱。在哪儿呢?我需要山上的空气。

(他匆匆奔出前厅。妓女们指点着。弗洛丽跟在他后面,手中的玻璃杯倾斜了,一路洒着水。在大门前的台阶上,所有的妓女都挤成一团,七嘴八舌地议论着,指点着右边,那里雾气已经消散。左边锵锵锵来了一辆出租马车,驶到门前放慢速度站住了。走到前厅门口的布卢姆,看到康尼·凯莱赫陪着两个沉默的色鬼正要下车。他转开了脸。贝拉在前厅里给她的妓女们鼓劲。妓女们咂嘴咂舌美不滋滋地飞吻。康尼·凯莱赫报以一副狰狞的淫笑。两个沉默的色鬼回身付车钱给车夫。佐伊和基蒂仍指着右方。布卢姆迅速地从她们两人中间穿过。他蒙上哈里发的头罩和斗篷,把脸转向一边,急匆匆地走下台阶。他是隐瞒身份的哈仑·阿尔·拉希德,快步在那两个沉默的色鬼身后走过,迅速地顺着栏干往前走,脚步敏捷如豹,一路留下豹子的气味,一些撕成了碎片的茴香浸过的信封。白蜡手杖给他的脚步打着拍子。远处的一队大猎犬嗅到了气味;三一学院的霍恩布洛尔①头戴猎狐帽,下边穿一条灰色的旧裤子,挥舞着赶狗鞭子指挥狗群追来了,狗群越追越近,喘着气围着猎物汪汪乱叫,有的丢失了嗅迹,掉头走开,伸出了舌头,有的咬他的脚后跟,有的跳起来咬他的尾巴。他走着走着跑起来,左冲右突的,放倒耳朵奔腾开了,一路受到各种武器的投击:碎石块、白菜疙瘩、饼干盒子、鸡蛋、马铃薯、死鳕鱼、女便鞋。紧追不放的,是跟着左冲右突飞奔而来的一大批,他们发现新目标,群起而攻之,一人带头人人照办:夜班巡逻丙六十五号和丙六十六号、约翰·亨利·门顿、威士敦·希利、瓦·B.狄尤、市政委员南内蒂、亚历山大·岳驰、拉里·奥鲁尔克、约·卡夫、奥多德太太、尿伯克、无名氏、赖尔登太太、公民、加里欧文、叫什么的、陌生脸、真有点儿像的、见过一面的、自作主张的、克里斯·卡里南、查尔斯·卡梅伦爵士、本杰明·多拉德、莱纳汉、巴特尔·达西·约·哈因斯、红脸默里、布雷登主编、蒂·迈·希利、菲茨吉本法官先生、约翰·霍华德、巴涅尔、可敬的罐头三文鱼、乔利教授、布林太太、丹尼斯·布林、西奥多·皮尤福依、米娜·皮尤福依、韦斯特兰横街邮局女局长、查·P.麦考伊、莱昂斯的朋友、蹦达汉霍洛汉、普通人、又一普通人、穿足球鞋的、扁鼻头司机、阔绰的新教太太、戴维·伯

---

① 霍恩布洛尔(Hornblower)可以理解为“吹号角的人”。

恩、爱伦·麦吉尼斯太太、约·盖莱赫太太、乔治·利德威尔、鸡眼痛的吉米·亨利、拉腊西督导、考利神父、海关总署出来的克罗夫顿、丹·道森、手拿小钳子的牙科大夫布卢姆、鲍勃·窦冉太太、肯尼菲克太太、怀斯·诺兰太太、约翰·怀斯·诺兰、克朗斯基电车里大屁股挤过来的漂亮太太、出租《偷情的乐趣》的书摊老板、杜必达而她也真的肚皮大了小姐、罗巴克的杰拉尔德·莫兰太太和斯丹尼斯拉斯·莫兰太太、德里密公司的办公室主任、韦瑟勒普、海斯上校、马司田斯基、项缘、彭罗斯、阿伦·菲加特纳、摩西·赫佐格、迈克尔·E. 杰拉蒂、特洛伊巡官、加尔布雷思太太、埃克尔斯街角的警察、带着听诊器的布雷迪老大夫、海滨的神秘人物、一条寻物猎犬、米丽亚姆·丹德雷德太太和她的所有的情人。)

追捕群众

(纷纷乱乱,一窝蜂似的)他就是布卢姆!抓布卢姆!抓住他布卢姆!抓强盗!喂!喂!堵住那个街口,抓住他!

(在比弗街口的脚手架下,气喘吁吁的布卢姆在一堆人的外围站住了。那一群人正在乱乱哄哄七嘴八舌怎么回事喂喂听着谁也不知谁和谁干闹些什么吵成一团。)

斯蒂汾

(做着繁缛的手势,呼吸深沉而缓慢)你们是我的客人。不速之客。沾乔治五世和爱德华七世①之光。要怪历史。是记忆的母亲们编造的寓言。

列兵卡尔

(对凯弗里妹子)他侮辱你了吗?

斯蒂汾

我招呼她用的是呼格,阴性。很可能是中性。非生格。

众人声音

没有,他没有。我瞅见他了。那一位姑娘。他是在科恩太太家的。怎

---

① 爱德华七世为当时(1904 年)英王,乔治为太子,一九一〇年爱德华去世后接任为乔治五世。

么回事？当兵的和老百姓。

凯弗里妹子

我陪着两位老总，他们走开一忽儿去那个——明白吗，这时候这个年轻人从后面追上来了。别看我不过是个一先令的窑姐儿，我可不是那种三心二意的人。

众人声音

这姑娘不三心二意。

斯蒂汾

（望见林奇和基蒂的头）好啊，西绪福斯①。（他指自己和旁人）有诗意。小水的湿意。

凯弗里妹子

对呀，要我和他去。可是我陪着老总朋友呢。

列兵康普顿

他就是欠揍，这家伙。给他一下子，哈里。

列兵卡尔

（对凯弗里妹子）刚才我和他去尿尿，他侮辱你了吗？

丁尼生勋爵

（绅士风度十足的诗人，上身穿英国国旗上装，下身是法兰绒的板球裤，头上没有戴帽子，长胡子随风飘动）他们的职责不是把道理讲清。②

列兵康普顿

给他一下子，哈里。

斯蒂汾

（对列兵康普顿）我不知道你的尊姓大名，但是你的话很有道理。斯威夫特博士说过，一个身披铠甲的人，可以战胜十个只穿衬衣的人。衬衣是举隅法。以局部表整体。

凯弗里妹子

---

① 西绪福斯为希腊神话中暴君，死后被罚在阴间推巨石上山。巨石至山顶又滚回山下，反复劳动永无休止。

② 丁尼生诗《轻骑兵旅冲锋记》中名句有：他们的任务不是回嘴争论，/他们的职责不是把道理讲清，/他们的本分就是流汗牺牲。

（对群众）不是，我是跟老总一起的。

斯蒂汾

（和蔼可亲地）怎么不行？余勇可贾的武夫嘛。以我之见，每一位女士比方说……

列兵卡尔

（歪戴着帽子，向斯蒂汾逼近）你说说，老哥儿们，我把你的下巴一拳打烂怎么样？

斯蒂汾

（抬头望天）怎么样？很不愉快呗。高尚的自欺之道①。以我个人而言，我讨厌动手。（他摇摇手）手有一点疼。Enfin ce sont vos oignons.②（对凯弗里妹子）这里是出了一点问题。究竟是什么问题呢？

多丽·格雷③

（站在阳台上挥动手帕，做耶利哥女侠记号）喇合④。厨师的儿子⑤，再见吧。祝你平安回家来找多丽。梦中别忘了你家乡的姑娘，她也会梦见你。

（士兵们眼泪汪汪地望着她。）

布卢姆

（从人群中挤进去，使劲拉斯蒂汾的袖子）来吧，教授，车夫等着呢。

斯蒂汾

（转身）嗯？（摆脱他的手）我为什么不可以和他谈谈呢？不论是谁，只要是能在这个扁圆桔形球上直立走路的人类，都可以谈。（用手指着）不论和谁谈，我只要能看到他的眼睛，我就不怕。保持垂直的。（他踉跄倒退一步。）

布卢姆

---

① 十九世纪中叶英国重新开始拳击运动时，有人称之为“高尚的自卫之道”。

② 法语：归根到底，是你的葱头（不是我的事）。

③ 多丽·格雷是一首英国歌曲中的人物，歌中军人将去南非打殖民战争，向多丽告别。

④ 喇合为《圣经·旧约·约书亚记》中妓女，于犹太人进攻耶利哥城时帮助犹太探子，因而获得犹太人许诺，在窗口绑红绳子为记，城破时即可全家免遭杀害。

⑤ 典出英国“帝国主义诗人”吉卜林为支援在南非作战而写的《心不在焉的乞讨者》（见240页注⑤）诗句“厨师的儿子、公爵的儿子……今天都一样”。

(扶他)保持你自己的垂直吧。

斯蒂汾

(发出空洞的笑声)我的重心有所偏离。我已经忘了诀窍。咱们找个地方,坐下来讨论吧。为生存而斗争,这本是存在的法则,但是但是人类中的和平爱好者,其中著名的是沙皇和英国国王①,他们却发明了仲裁。(以手轻扣前额)但是我必须在这里头把祭司和国王一齐杀死②。

花柳碧蒂

你听见教授说的话了吗?他是大学出来的教授。

孔底凯特

听见了,我听见了。

花柳碧蒂

他说出话来是那么文质彬彬,与众不同。

孔底凯特

敢情是。可是同时又那么词语恰当,一针见血。

列兵卡尔

(挣脱身子,走上前来)你说我的国王什么话来着?

(爱德华七世在一个牌楼下出现。他穿一件白色紧身上衣,胸前绣着圣心图像,还有嘉德勋章、蓟花勋章、金羊毛勋章、丹麦白象勋章、斯金纳和普罗宾骑兵团徽、林肯法学会常务委员徽章,以及马萨诸塞州荣誉老炮兵队队徽。他正在嘬一块红色的枣味糖锭。他披着共济会遴选至高无上大师的长袍,拿着泥刀,围着围裙,上有“德国制”字样。他的左手提着灰浆桶,桶上印有 Défense d'uriner③ 字样。人们对他发出一片热烈欢迎的呼声。)

爱德华七世

---

① 俄国沙皇尼古拉二世倡导“和平”,促成了一八九九年的海牙国际和平会议,国际仲裁制度从此开始。但从实际效果看,沙皇的行动为一九〇四年的日俄战争作了准备。英王爱德华七世也素以和平倡导者自居(参见 427 页注③),并曾于一九〇八至一九〇九年间与尼古拉二世两次会谈和平,但其实际意义显然是联合俄国,加强英国与德国争夺殖民地的力量。

② 英国诗人布莱克常把祭司和国王联在一起代表压迫。

③ 法文:禁止小便。

（缓慢、庄严、然而含糊不清地）和平：完美的和平。我手提浆桶，作为标识。回头见，孩儿们。（转向臣民）朕来此观战，为双方诚实无欺作见证，朕真诚祝愿双方都取得最大胜利。Mahak makar a bak.①（他和列兵卡尔、列兵康普顿、斯蒂汾、布卢姆、林奇一一握手。）

（群众纷纷鼓掌。爱德华七世仁厚地举桶致意。）

列兵卡尔

（对斯蒂汾）你再说一遍。

斯蒂汾

（精神紧张而态度友好，控制着自己）我理解你的观点，虽然我本人目前并没有国王。如今是成药的时代。在这地方进行讨论是不容易的，但是要点可以说一下。你为你的国家而死，这是假设。（他伸手摸列兵卡尔的衣袖）我并不希望你如此。但是我却说：让我的国家为我而死吧。这是它迄今为止的实际行动。我并不要它死。打倒死亡。生命万岁！

爱德华七世

（在成堆的被杀者尸体上空冉冉升起，身上和头上是逗乐儿的耶稣的装束和光环，磷光闪闪的脸上有一块白色枣味糖锭似的菱形。）

　　我的手法是新颖而又惊人，
　　治瞎子我把沙土往他们眼睛里头扔。

斯蒂汾

国王们和独角麒麟们！（他退后一步）咱们来找个地方，好……那位姑娘说什么？

列兵康普顿

嗨，哈里，给他小肚子底下来一脚。照着小便那儿狠狠地踢。

布卢姆

（对那两个兵，温和地）他自己也不知道他说的是什么。多喝了几口。苦艾酒。绿眼魔鬼。我认识他。他是一位绅士，诗人。没有问题的。

斯蒂汾

---

① 此句可能是共济会利用阿拉伯语编成的暗号，用以试验有关人是否狡诈。

(点头微笑,又哈哈大笑)绅士,爱国者,学者,审判骗子的法官。

列兵卡尔

他是谁关我的屁事!

列兵康普顿

他是谁关我们屁事!

斯蒂汾

看来,我叫他们不高兴。绿布逗牛①。

(巴黎的凯文·伊根身穿带有流苏的西班牙黑衬衫,头戴一顶破晓出击帽,向斯蒂汾打招呼。)

凯文·伊根

阿啰! Bonjour! 那个 dents jaunes 的 vieille ogresse.②

(帕特里斯·伊根从后面窥视,露出一张兔子脸,正在小口小口地咬一片温桲叶子。)

帕特里斯

Socialiste!③

唐·埃米尔·帕特里齐奥·弗朗
兹·鲁珀特·波普·亨尼西④

(身穿中古锁子甲,头戴饰有两只飞雁的头盔,伸出一只披甲的手,义愤填膺地指着那两个列兵)Werf those eykes to footboden, big grand porcos of johnyellows todos covered of gravy!⑤

布卢姆

(对斯蒂汾)咱们回家吧。你会惹出麻烦来的。

---

① 逗牛应该用红布,绿布起不了作用。同时,绿色是爱尔兰国色,而牛又使人想起英国人,因为英国人常被称为“约翰牛”。

② 句中夹杂法语:“阿啰”为法国式“哈啰”,bonjour 为“日安”,dents jaunes 即“黄牙”,vieille ogresse 即“丑老婆子”,指维多利亚女王(参见 62 页)。

③ 法文:社会主义者!

④ 波普·亨尼西为十九世纪爱尔兰保守派政治家,但前面四个人名似可代表爱尔兰流亡欧洲各地的“大雁”,因此开头用西班牙尊称“唐”。

⑤ 混杂德语、西班牙语、爱尔兰语、英语的词句,大意为“把这两个可憎东西打倒在地,这两头满身油汤的英国大肥猪!”

斯蒂汾

（摇摇晃晃地）我不躲避麻烦。他能使我的思维活跃起来。

花柳碧蒂

一看就知道，他是名门之后。

魁伟女人

他说的是绿胜于红。沃尔夫·托恩①。

鸨母

红色不比绿色差。还更强。当兵的上！爱德华国王上！

一鲁夫

（笑）没错！上去向德威特②投降。

公民

（披一条巨大的翠绿围巾，执栎树棍子，大声叫喊）

愿天上的天主
派来一只飞鸽
牙齿锋利如同剃刀
把那些英国恶狗
那些杀我们爱尔兰首领的恶狗
统统咬断喉咙。

短发的少年

（颈上套着绞索套，双手抓住涌出的肚肠往里塞）

我与人从来是无冤无仇，
爱祖国不能怕国王杀头。

剃头鬼朗博尔德

（手提旅行提包，由两个戴黑色面罩的助手陪同走上前来，打开提包）女士们，先生们。这是皮尔西太太买去杀莫格的菜刀。这是伏亚桑作案用的刀子，他把同乡的老婆大卸八块，用床单裹着藏在地下室里，不幸的女人脑袋都搬了家。这一小瓶砒霜，是从巴伦小姐尸体上回收得

---

① 绿色象征爱尔兰，红色象征英国；《绿胜于红》为一爱尔兰歌曲，歌颂爱尔兰人奋起抵抗英国侵略者。托恩（见 301 页注③）为最能代表此精神的爱国志士之一。

② 德威特为南非战争中抗击英军的著名布尔将领，参见 208 页注⑤。

来的,塞登就是为它上了断头台。①

(他抽动绞索,两个助手跳起来抓住受刑人的腿往下拽。短发少年喉咙里发出哼哼声,舌头伸出老远。)

短发的少年

忘奥为喔因呃安咿而咦坳。②

(他断气了。被绞死者忽有剧烈的勃起,射出一股股精液,透过尸衣落在大卵石路面上。贝林汉姆太太、耶尔弗顿·巴里太太、尊贵的默文·滔尔博伊斯夫人一拥而上,掏出手绢去汲取精液。)

朗博尔德

我自己也快了。(他解下绞索套)这是绞死叛贼的绳索。十先令一次。已向殿下登记。(他把脑袋伸进绞死者的洞开的肚子内,然后又抽出脑袋,上面缠满一圈圈冒热气的肚肠)我的痛苦的任务已经完成。上帝保佑吾王!

爱德华七世

(缓慢而庄严地一边敲击灰桶,一边以心满意足的神色轻歌曼舞)

加冕日来加冕日,
普天同呀同庆祝,
白酒、啤酒、葡萄酒!

列兵卡尔

喂!你说我的国王怎么来着?

斯蒂汾

(扬起双手)唉,这可是太单调了!没说什么。他要我的钱,要我的命,虽然他也是不要不行,为了他的某种野蛮的帝国。钱我是没有的。(茫然地搜索自己的口袋)给了什么人了。

列兵卡尔

谁要你的臭钱?

斯蒂汾

---

① 本段所提人物均为轰动一时的谋杀案中的凶手与被害者。

② 《短发的少年》歌词:“忘了为母亲的安息而祈祷”,为少年向假牧师忏悔内容之一。

(企图走开)谁能告诉我,到什么地方少能少遇见这类无法避免的倒霉事? Ça se voit aussi à Paris. ①……但是,圣派特里克在上……

(妇女们都将头聚在一起。没牙老太坐在一株大蘑菇上出场,头戴一顶宝塔糖帽子,胸口佩带马铃薯枯萎症的死亡之花。②)

斯蒂汾

啊哈!我认识你,老婆子!哈姆雷特,报仇呀③!吃掉自己下的猪崽子的老母猪④!

没牙老太

(前后摇晃着)是爱尔兰的心上人,西班牙国王的女儿⑤,我的孩子。那些闯进家里来的外人,没有好下场!(发出报丧女妖的哀号)呜呼!呜呼!牛中魁首!(恸哭)你不是遇见了可怜的老爱尔兰吗,她怎么样啦⑥?

斯蒂汾

我看你怎么样?扣帽子的哄人把戏!神圣的三位一体中的第三位何在? Soggarth Aroon⑦何在?可敬的腐肉鸦⑧。

凯弗里妹子

(尖声喊叫)拉住他们,让他们别打。

一鲁夫

咱们的人退了。

列兵卡尔

---

① 法文:巴黎也是如此。

② 穷老太婆象征爱尔兰(参见17页注③、18页注①与236页注⑤),而由马铃薯枯萎症造成的马铃薯普遍欠收,是爱尔兰十九世纪大饥荒的直接起因。

③ 典出莎士比亚《哈姆雷特》,为哈父阴魂显灵要哈为其报仇用语。

④ 斯蒂汾在《写照》中曾以此语描述爱尔兰。

⑤ 典出童谣《我有一棵小小的核果树》,其中提到西班牙国王女儿因为要看这小树而来作客。

⑥ 典出爱尔兰民谣《穿绿装》,民谣诉说爱尔兰的国色绿色已经被禁,凡是穿绿装的都要被绞死,爱尔兰已成苦难最深的国家。

⑦ 爱尔兰语:"我敬爱的牧师"。爱尔兰小说家巴尼姆(Banim)曾以此为题写农民对爱国牧师的感情。

⑧ 腐肉鸦专吃动物死尸。法国小说家福楼拜所著《包法利夫人》中一人物将牧师比做腐肉鸦,因人死他必到场。

（扯自己的腰带）哪个操蛋家伙敢说我那操蛋国王半个不字，我就拧断他的脖子。

布卢姆

（大惊）他什么也没有说。半句也没有说。纯粹是误会。

列兵康普顿

动手，哈里。照着他的眼睛给他一拳。他是个亲布尔分子。

斯蒂汾

我？什么时候？

布卢姆

（对两个英国兵）我们在南非是给你们打仗的。爱尔兰飞弹部队。这难道不是历史吗？皇家都柏林火枪团。还受了皇上的嘉奖呢。

壮工

（蹒跚而过）可不是吗！天主呀，可不是吗！嗨，让得儿开得儿呀！嗨！呸！

（一队穿戴盔甲的持戟手一齐举起武器，天棚似的一大片，矛尖都挑着肚肠。忒迪少校亮相，他嘴上是恐怖大王特寇式的八字胡，头上戴着饰有羽毛等物的熊皮高帽子，肩章、金臂章、马刀佩囊一应俱全，胸前亮晶晶的挂着好些军功章。他做圣殿骑士①的朝圣战斗姿势。）

忒迪少校

（粗声吼叫）罗克渡口②！卫士们上，跟他们干！Mahar shalal hashbaz.③

公民

Erin go bragh！④

（忒迪少校和公民互相显示军功章、勋章、战利品、伤疤。两人恶

---

① 圣殿骑士原是中古时期基督徒去中东朝圣的武装组织，后被近代共济会奉为祖先，共济会高级大师即被称为圣殿骑士。

② 罗克渡口是英国殖民军一八七九年在南非侵略祖卢族时的一个据点，防守该据点的英军曾在此以少胜多而立战功。

③ 希伯来语："赶紧下手夺取战利品"，典出《圣经·以赛亚书》第八章，在共济会中用作圣殿骑士信号。

④ 爱尔兰语：爱琳直至世界末日！（爱尔兰万岁！）

狠狠地互致敬礼。)

列兵卡尔

我来收拾他!

列兵康普顿

(把群众挡开)让一让,公平合理打一场。把这家伙揍个皮开肉绽的!

(两个军乐队分别大声演奏《加里欧文》①和《上帝保佑国王》。)

凯弗里妹子

他们要打起来了。是为了我!

孔底凯特

英雄与美人。

花柳碧蒂

据我看来,玄服骑士必将获胜。

孔底凯特

(满脸涨红)未必,夫人。我支持红色紧身上衣和快活的圣乔治②。

斯蒂汾

婊子的满街招呼

将织下老爱尔兰的裹尸布。

列兵卡尔

(松开腰带,大声喊叫)哪个操蛋杂种敢说我那倒霉操蛋国王半个不字,我就拧断他的脖子。

布卢姆

(抓住凯弗里妹子的肩膀摇晃)开口呀,你!你哑了吗?你是不同民族之间的桥梁,也是上下两代之间的联系。开口呀,女人,神圣的生命创造者!

凯弗里妹子

(惊恐,拉列兵卡尔的袖子)咱不是陪着你吗?咱不是你的姑娘吗?妹子是你的姑娘。(叫喊)警察!

---

① 加里欧文为爱尔兰利默里克市一郊区,一爱尔兰流行歌曲(饮酒歌)即以此为歌名。

② 红色紧身上衣为英军制服。圣乔治是英国在战争中的守护神。

斯蒂汾

（兴奋异常，对凯弗里妹子）

白白的小手红红的嘴，
你那个身子真叫美。

众人声

警察！

远处嘈杂人声

都柏林着火了！都柏林着火了！起火了！起火了！

（硫磺烈火腾空而起。浓烟滚滚而过。机关炮频频轰鸣。天翻地覆。军队摆开阵势。马蹄疾驰声。大炮声。嘶哑的号令声。当当的钟声。助威者高声呐喊。醉汉们乱吵乱闹。娼妓们发出刺耳的尖叫声。有浓雾号角的鸣叫。有勇敢乱杀的吼声。有被杀者的狂喊。长矛刺在胸甲上铿锵作响。盗贼忙着抢被杀者的财物。大批的猛禽，有的从海面上翱翔而至，有的从沼泽地区展翅飞来，有的从高山巢穴猛扑而下，都啸叫着在上空盘旋：塘鹅、鸬鹚、秃鹫、苍鹰、山鹬、游隼、灰背隼、黑琴鸡、白尾海鹏、海鸥、信天翁、北极黑雁。午夜的太阳成了一片昏暗。大地颤抖了。都柏林的死人都从前景公墓和杰罗姆山的坟墓里钻出来，有的穿白绵羊皮大衣，有的披黑山羊皮斗篷，向许多人显了灵。地面无声无息地裂开一个大口，露出了一个深渊。全国让量跳栏冠军汤姆·罗奇福特穿着运动员的背心裤衩，领先跑到深渊边上，一纵而下。跟在他后面纵身下去的有一大串田径运动员。他们做出各种各样稀奇古怪的姿势在深渊边上凌空而起，然后一直坠落下去。工厂女工们穿着红红绿绿的花哨衣服，投掷着火红的约克郡巴拉嘭炸弹。上流社会女士们撩起裙子保护脑袋。爱笑的妖女们穿着红色短袄，骑着扫帚柄在空中飞过。贵格会友利斯特图书馆长管涂药膏。天上下起了恶龙牙齿。从一条条垄沟里，迸出了许多手持武器的勇士①。勇士们客客气气地交换了红十字骑士信号，然后捉对儿用马刀厮杀起来：沃尔夫·托恩

① 典出希腊神话：英雄卡德摩斯杀死恶龙后将其牙齿种入地下，地下立即跃出大量武装勇士，凶猛异常，卡德摩斯将石子投入群中，引其互相残杀，方将其剩余五人降伏。

对亨利·格拉顿,史密斯·奥布赖恩对丹尼尔·奥康内尔,迈克尔·达维特对艾萨克·巴特,贾斯廷·麦卡锡对巴涅尔,阿瑟·格里菲斯对约翰·雷德蒙德,约翰·奥利里对利尔·奥约尼,爱德华·菲茨杰拉德勋爵对杰拉德·菲茨爱德华勋爵,格伦族的奥多诺休对奥多诺休族的格伦。在大地中央一块高地上,升起了圣巴巴拉①的野地祭坛。祭坛两侧的兽角上,都插着黑色的蜡烛。两道光线从碉楼高处的两个枪眼射下,落在烟雾弥漫的祭坛石板上。石板上卧着裸体的非理女神米娜·皮尤福依太太,手脚拴住,大肚皮上放着一只圣餐杯。玛拉基·奥弗林神父主持野营弥撒,他穿一条空花衬裙,外面反罩法衣,两只左脚都是脚后跟向前。可敬的休·C.海因斯·洛夫硕士先生身穿黑色教士袍,头戴学位帽,脑袋和衣领都是后面向前,撑着一把伞罩住祭司的头。)

玛拉基·奥弗林神父

Introibo ad altare diaboli.②

可敬的海因斯·洛夫先生

走向使我年轻时过上快乐日子的魔鬼。

玛拉基·奥弗林神父

(从圣餐杯中取出一块滴血的圣饼,举在空中)Corpus meum.③

可敬的海因斯·洛夫先生

(将祭司的衬裙从后面高高撩起,露出毛烘烘的灰色光屁股,屁股里插着一根胡萝卜)我的身体。

全体被打入地狱者的声音

切一着治统猪天的能全为因,亚路利哈!④

(天上传来上主的呼唤声)

上主

---

① 圣巴巴拉为战火中人员的守护神。

② 拉丁文:“我登上魔鬼的祭坛。”按,正规弥撒主持人应说:“我登上天主的祭坛。”而离经叛道者举行“黑色弥撒”则祭魔鬼,一切与正规相反。

③ 拉丁文:“我的身体。”这是正规弥撒用语,引自《圣经》中耶稣最后晚餐分饼用语。

④ 此语为《圣经·启示录》中对上帝赞词的颠倒,原赞词即下文“全体升入天堂者”所说。

猪乎乎乎乎乎乎乎乎乎乎乎乎天!

全体升入天堂者的声音

哈利路亚,因为全能的天主统治着一切!

(天上传来上主的呼唤声)

上主

天嗯嗯嗯嗯嗯嗯嗯嗯嗯嗯嗯主!

(橙派①和绿派的农民和市民各唱各的歌,一方唱《踢教皇》,另一方唱《每天每天歌颂马利亚》,互不相让,嘈杂刺耳。)

列兵卡尔

(语气凶狠)我来收拾他,操蛋基督助我!看我把这操蛋杂种的倒霉操蛋臭气管拧断了!

(寻物猎犬在人群外缘钻来钻去,大声吠叫。)

布卢姆

(跑到林奇面前)你不能想法把他弄走吗?

林奇

他喜欢辩证法,那是世界通用的语言。基蒂!(对布卢姆)你把他弄走吧。他不会听我的。

(他把基蒂拽走了。)

斯蒂汾

(指着说)Exit Judas. Et laqueo se suspendit.②

布卢姆

(跑到斯蒂汾面前)快跟我一起走吧,免得事情闹大了。这是你的手杖。

斯蒂汾

手杖不要。要理性。这是纯理性的筵席。

没牙老太

(拿一把匕首往斯蒂汾的手上塞去)除掉他,宝贝疙瘩。到早晨八点三

---

① “橙派”即“奥伦治协会”,因地名“奥伦治”(Orange)即橙。

② 拉丁文:“犹大出去了。他上吊自尽了。”典出《圣经·马太福音》第二十七章,其中叙述犹大出卖耶稣后悔恨不已,终于自杀。

十五分你就上天了①,爱尔兰就自由了。(她祈祷)仁慈的天主呀,你收了他吧!

凯弗里妹子

(拉列兵卡尔)走吧,你灌多了。他侮辱了我,可是我原谅他。(凑近他的耳朵叫喊)我原谅他对我的侮辱。

布卢姆

(隔着斯蒂汾的肩膀说)对,走吧。你们看,他是不行了。

列兵卡尔

(挣脱身)我要侮辱他。

(他伸出拳头冲向斯蒂汾,一拳打在他的脸上。斯蒂汾踉跄几步,站立不住,倒在地上晕了过去。他脸朝天趴着,帽子滚到墙边。布卢姆跟过去,拾起帽子。)

忒迪少校

(大声喊)马枪入套!停火!敬礼!

寻物猎犬

(狂叫)沃沃沃沃沃沃沃沃。

群众

让他起来!人家倒在地上就别打了!要空气!谁?当兵的打的。是个教授。受伤了吗?别欺负人!他昏过去了。

老妪

红制服有什么理由打这位先生,人家又是喝了几杯的!有本事去打布尔人去!

鸨母

听这话说的!当兵的难道没有权利玩姑娘吗?他打他就是看他敢不敢出头。

(两人互相揪头发,抓脸,啐唾沫。)

寻物猎犬

(吠叫)汪汪汪。

---

① 英国当时处决犯人通常都在早晨八点。

布卢姆

（把她们推开，大声说）走开，站远一些！

列兵康普顿

（拉他的伙伴）注意。开路吧，哈里。马路橛子来了！

（人群中站着两个披雨披的巡逻，个子高高的。）

巡逻甲

这儿出了什么事儿？

列兵康普顿

我们跟这位小姐在一起。他侮辱我们，还对我的伙伴动手动脚的。（寻物猎犬吠叫）这是谁的倒霉狗？

凯弗里妹子

（有所期待）他出血了吗？

男人

（从跪着的姿势站起来）没有。晕过去了。会醒过来的，没有问题。

布卢姆

（注意地瞅了那人一眼）我来照应他。不难……

巡逻乙

你是谁？你认识他吗？

列兵卡尔

（摇摇晃晃地走向巡逻）他侮辱了我的女朋友。

布卢姆

（忿怒地）你无缘无故地动手打了他。我是见证人。巡官，把他的团队番号记下来。

巡逻乙

我怎么执行任务用不着你来发指示。

列兵康普顿

（拉他的伙伴）听着，开路吧，哈里。要不贝内特要关你的禁闭了。

列兵卡尔

（踉踉跄跄地被拉走）上帝操他个老贝内特。他是个白屁股孬种。我才不在乎他呢。

巡逻甲

(取出记事册)你叫什么名字?

布卢姆

(向人群后面张望)我看那儿来了一辆车子。您能不能帮我一下子,巡长……

巡逻甲

姓名,住址。

(康尼·凯莱赫头戴缠黑纱的帽子,手拿丧事花圈,在围观的人群中出现。)

布卢姆

(敏捷地)嗨,来得正好!(耳语)赛门·代达勒斯的儿子。喝多了一点儿。请你让这两位警察把这些闲人赶开一些。

巡逻乙

您好,凯莱赫先生。

康尼·凯莱赫

(眼睛慢吞吞地转动着,对巡逻)没有事儿。我认识他。赛马赢了一票。金杯赛。扔扔。(笑)一赔二十。明白我的意思吗?

巡逻甲

(转向人群)喂,你们都张着嘴看什么?都走,走开!

(人群慢慢散开,嘟哝着进了小巷。)

康尼·凯莱赫

你们交给我吧,巡长。没有问题。(他笑着摇头)咱们自己不也是常出丑吗,有时还更糟呢。怎么样?嗯?怎么样?

巡逻甲

(笑)敢情是。

康尼·凯莱赫

(用胳膊肘碰碰巡逻乙)算了,抹掉名字算了。(他晃着脑袋哼起曲调来)哼着我的土啦仑、土啦仑、土啦仑、土啦仑。怎么样?嗯?明白我的意思吗?

巡逻乙

(和善地)是呀,我们也是过来人。

康尼·凯莱赫

（眨着眼睛）年轻人终归是年轻人。我有一辆车子在那边。

巡逻乙

好吧，凯莱赫先生。晚安。

康尼·凯莱赫

这儿我负责了。

布卢姆

（和两个巡逻一一握手）非常感谢两位。谢谢你们。（机密地低声说）咱们不希望闹成什么丑闻，两位明白。父亲是一个挺受人尊敬的知名人物。不过是年轻人的小小荒唐事儿罢了，两位明白。

巡逻甲

哎，我明白，先生。

巡逻乙

没有问题，先生。

巡逻甲

只有出了人身伤害事故，我才必须向站上报告呢。

布卢姆

（迅速点头）那是自然。完全正确。你们的职责所在嘛。没有别的。

巡逻乙

是我们的职责。

康尼·凯莱赫

晚安，两位。

两巡逻

（一齐敬礼）晚安，两位先生。

（他们踏着缓慢、沉重的步伐走开了。）

布卢姆

（吹一口气）有您来，真是老天保佑。您有车？

康尼·凯莱赫

（笑，翘起拇指向右肩后方脚手架旁边停着的车子）两个旅行推销员，在贾米特饭店请喝香槟。王侯般的，真的。其中有一个赌赛马输了两镑。借酒浇愁。想找快活姑娘开开心。所以我把他们装在贝汉的车上,送到夜市来了。

布卢姆

我是正从加德纳街回家,碰巧遇见……

康尼·凯莱赫

(笑)他们自然想要我跟他们一起玩那些浪女人的。我可不奉陪了,天主在上,我说。像我这样、你这样的识途老马,谁还干那个?(又笑,同时斜着失去了光泽的眼睛作态)谢谢天主,咱们自己家里就有,怎么样,嗯?你明白我的意思吗?哈,哈,哈!

布卢姆

(也勉强笑)嘻,嘻,嘻!可不是吗。实际上我是看望那儿的一个老朋友费拉格,您不认识他(可怜,他都病倒了一个星期了),我们在一起喝了一杯酒,我正要回家……

(马嘶鸣。)

马

吙儿吙儿吙儿吙儿!吙儿吙儿吙儿回儿家!

康尼·凯莱赫

可不是吗。把那两个推销员送到科恩太太家之后,是我们这车夫贝汉告诉我的,我就让他站住一下,下车来瞅一瞅。(笑)灵车的车夫头脑清醒,这是一种特长。要我送他回家吗?他住哪儿?卡勃雷区的什么地方吧,怎么样?

布卢姆

不对。从他的话里,我听着像是在沙湾。

(斯蒂汾趴着,对着天上的星星呼吸。康尼·凯莱赫慢吞吞地斜着眼睛瞅那匹马。布卢姆满脸布愁云,不声不响地俯视着。)

康尼·凯莱赫

(搔着后脑勺子)沙湾!(他弯下腰去叫斯蒂汾)喂!(又叫)喂!他不知怎么的全身都是刨花。小心他们别偷了他的东西。

布卢姆

没有,没有,没有。我拿着他的钱,他的这个帽子,还有手杖。

康尼·凯莱赫

嗯,行,他回头就好了。没有伤着骨头。好吧,我得挪挪地儿了。(笑)早上我还有约会呢。埋死人。一路平安!

马

(嘶鸣)咴儿咴儿咴儿回儿家。

布卢姆

晚安。我等他一下,一忽儿陪他去……

(康尼·凯莱赫回到那辆外座车边,上了车。马具发出一阵铿锵声。)

康尼·凯莱赫

(站在车上)晚安。

布卢姆

晚安。

(车夫抖一下缰绳,扬起了鞭子给马鼓劲。车和马缓缓地、笨重地倒退出去,转过了弯。康尼·凯莱赫坐在侧座上,左右摇晃着脑袋表示对布卢姆的处境感到好玩。车夫坐在另一侧的座位上,也一个劲儿地直颠脑袋,算是参加这一场哑剧式的无声取乐。布卢姆摇摇头,作为无言喜剧式的答复。康尼·凯莱赫用大拇指和手掌做手势,表示不管别的还有什么事,睡是可以继续睡下去的,两个警察不会来干涉。布卢姆缓缓点头表示感激,表示斯蒂汾正是需要睡一睡。马车铿铿锵锵土啦仑地转进了土啦仑巷子。康尼·凯莱赫又一次举手妥啦妥仑致意。布卢姆做手势妥啦妥仑,要康尼·凯莱赫妥啦妥仑妥啦放心。马蹄得得,马具铿锵,土啦土路,土啦路路辘辘越辘越远。布卢姆站在那里,手里拿着斯蒂汾那顶缠着刨花的帽子和手杖,一时之间有些犹豫不定。过了一忽儿,他弯下腰去摇晃他的肩膀。)

布卢姆

喂!喂!(没有回答。他又一次弯腰)代达勒斯先生!(没有回答)要喊名字。梦游人①。(他又弯下腰去,迟疑片刻之后把嘴凑近卧地人的

① 西方有一种说法,对梦游者要亲切地喊他的名字或小名而不是姓,才能使他安全苏醒。

脸)斯蒂汾！(没有回答。他又叫)斯蒂汾！

斯蒂汾

(蹙眉)谁？黑豹。吸血蝠。(他叹一口气，伸了伸手脚，然后拖长了声音，口齿不清地喃喃吟诵起来)

谁愿……弗格斯……驾车
深深……树林……浓荫……？①

(他叹一口气，翻向左侧，把身子蜷缩起来。)

布卢姆

诗，受过高深教育的。可惜。(他又弯腰，给斯蒂汾解开坎肩纽扣)呼吸。(轻轻地用手指拂掉斯蒂汾衣服上的刨花)一镑七。总算没有受伤。(细听)什么？

斯蒂汾

(喃喃吟诵)

……树林……深处
……朦胧海洋……白色酥胸。②

(他伸出胳膊，又叹一口气，把身体蜷成一团，布卢姆拿着帽子和手杖直立在一边。远处有一只狗叫了几声。布卢姆握手杖的手收紧了一下，又放松了。他低头看着斯蒂汾的脸和身体。)

布卢姆

(与黑夜商议)脸像他那可怜的母亲。在树林的浓荫里。深处的白色酥胸。弗格森，我听着他说的好像是。一位姑娘吧。不知哪儿的姑娘。对他是最大的好事。(低声吟诵)……宣誓，我时时注意，永远保密，决不泄漏，任何内容，任何活动③……(低声吟诵)……在海洋的狂暴沙漠上……离岸一锚链……潮汐落……又涨……④

(他陷入沉思，以秘密大师⑤的姿势将手指按在嘴唇边，默默地警

①② 典出《谁与弗格斯同去》(见11页注②)，有关诗句为：谁愿和弗格斯一同驾车，/深深地刺透树林的浓荫？/……/他统治着树林的深处/统治着朦胧海洋的白色酥胸。

③ 典出共济会入会保密誓言。

④ 可能为水手歌曲片断。

⑤ 苏格兰共济会仪式中的一种职务。

惕地守卫着。在黑黢黢的墙前,徐徐出现了一个人影。这是一个十一岁的男孩子,被神仙偷换过的孩子①,身穿一套伊顿服,脚蹬一双玻璃鞋,头上戴一顶小小的青铜盔,手里拿着一本书。他从右到左地看着书,微微笑着,用听不清的声音念着,还吻着书页。)

布卢姆

(惊诧万分,用听不清的声音喊叫起来)茹迪!

茹迪

(直视布卢姆的眼睛而无所见,继续念着书,吻着书页,微笑着。他的脸呈现一种柔嫩的紫红色,衣服上的纽扣是钻石和红宝石做的。他的左手拿着一根细细的象牙棍子,上面系着一个紫色的蝴蝶结。一只白色的小羊羔从他的坎肩口袋里探出头来。)

---

① 按照爱尔兰神话,健康可爱的婴儿有时被神仙偷换。

第　三　部

十六

布卢姆先生在采取任何其他行动之前,第一步是把斯蒂汾身上的刨花大部分都拂掉,把他的帽子和白蜡手杖交给他,然后帮助他好好地振作一下精神,这是正统的助人为乐作风,正符合他的非常迫切的需要。他(斯蒂汾)的神志并不完全是一般所谓的恍惚状态,而是稍微有一点不稳定。他表示要喝一点饮料,布卢姆先生考虑到当时的钟点,近处又没有自来水龙头,想行洗礼都不行,更不必提喝水了,临时想了一个应急的主意,在距离不及一箭之遥而靠近巴特桥处有一个人们称之为车夫茶棚的地方,他们到那里或许有希望找到牛奶掺苏打或是矿泉水之类的饮料,倒还恰当。但是,如何去到那里却是一个问题。一时之间他颇为作难,但是此事既然责无旁贷需由他采取措施,他惟有搜索枯肠,琢磨各种可行办法,其间斯蒂汾只是哈欠连连。据他看来,他的脸色相当苍白,因此最好能找到某种形式的车具方适合他们此时此刻的情况,两人都已精疲力尽,尤其是斯蒂汾,这一切当然是以有车具出现为前提。据此认识,尽管他的手帕在为刮脸事业勤奋服务沾满皂沫之后他忘了拾起,他还是把身上拭拭干净作为准备,然后两人一起沿着比弗街,或者不如说是比弗胡同走去,走到蹄铁店,走到蒙哥马利街角那里有明显的马车服务店的恶浊空气处,然后转向左边,再转过丹·伯金食品公司的街角,走上了埃明斯街。但是不出所料,一路不见一辆待雇的马车,只有北星饭店外面停着一辆四轮马车,大概是在里头寻欢作乐的人雇的,布卢姆先生试图招呼它,它在那里纹丝不动,毫无响应,布卢姆先生本来并非职业口哨家,将两只手臂弯在头顶,发出一种也算类似口哨的声音,连发两次。

这是一个困境,然而加以常识的判断,这一情况显然没有别的出路,惟有泰然处之,安步当车,他们也就这么办了。他们走过马特立公司,到达标志楼,就勉力向埃明斯街的铁路终点站走去,布卢姆先生这时有一个不甚方便之处,是他裤子后边扣子中的一个,套用一句古老谚语稍加变动,已经走上一切扣子必走之道,然而他也情随事迁,安之若素了。由于两人这时都不着急时间,而天气在朱庇特造雨大神的最后一次造访之后已经放晴,气温已经趋于清凉,所以两人溜溜达达,走过了那辆既无乘客又无车夫的空马车仍在等待的地方。凑巧有一辆都柏林联合电车公司的撒沙车回厂驶过,于是年长的一位就此事向同伴叙述了自己适才如何万分侥幸得以脱险的险情。他们经过了大北线火车站的正门,这是往贝尔法斯特去的始发站,当然在这么晚的钟点一切来往车辆都已经暂停;然后经过陈尸所的后门(这不是一个吸引人的场所,即使不说它如何使人毛骨悚然吧,尤其在晚上),最后走到船坞酒店,旋即进入由于警察三署在此而远近闻名的司多尔街。在这一地点到贝里斯福德小街那些高大而目前并无灯亮的仓库之间,斯蒂汾触景生情想起了易卜生,因为易卜生不知怎的在他的思想中和塔尔博特小街的贝亚德石匠作坊联系起来了,那是右手边第一条路,而另外那一位现正扮演他的 fidus Achates① 角色的人,却正闻着詹姆斯·鲁尔克面包房的香味感到十分舒心,那面包房离他们所在地很近,而那香喷喷的气味也正来自我们每日所需的面包,这是公众所需的一切商品中最根本最不可缺的商品。面包呀,生命的支柱,干活才能吃面包,要知面包哪里妙,请来鲁尔克瞧一瞧。

En route②,布卢姆先生的同伴沉默不语,不必转弯抹角实际上就是尚未充分苏醒,而他自己则是神志完全清楚,头脑空前清醒,实际上是令人厌恶地清醒,给他敲了一敲警钟,谈到夜市、坏名声女人和拆白党的危险性,偶尔有一次还勉强可以,习以为常是不行的,对于他这样年龄的青年小伙子简直是不折不扣的死路一条,特别是如果已经染上嗜酒的习惯,一旦有了醉意,除非你有一点柔道能对付各种紧急情况,因为如果你不加提防,已经卧倒在地的家伙还可以狠狠地踢你一脚的。

---

① 拉丁文:“忠实的阿卡忒斯”,罗马史诗《埃涅阿斯记》中埃涅阿斯的友伴。

② 法文:在途中。

刚才斯蒂汾人事不知,不明白处境多险,有康尼·凯莱赫的出现真是万幸,要不是这位正好在最后关头出来一夫当关,finis① 很可能使他有资格上事故病房,要不然就是上拘留所,第二天出庭见托拜厄斯先生,不,他是诉状律师,他想说的是老沃尔或是马奥尼②,这样一来,事情传出去就可以把人弄得身败名裂的。他这么提的原因,是这些警察——他可真不喜欢警察——有许多是人所共知不择手段为皇上服务的,而且,按照布卢姆先生的说法,还举出了克兰勃拉西尔街一署的一两个案件为例,是可以随口起大誓,把十加仑的大桶也能撕个口子的。需要他们的地方,从来找不到他们,可是在安静的地区呢,比如说在彭布罗克路一带吧,这些法律的护卫者倒是随处可见的,显然因为他们挣的就是保护上层阶级的钱。他评论的另一件事,是给兵士配备火器或是其他任何种类随时可以动用的随身武器问题,这无异于纵容他们,稍有一点争端就可以对平民动手。你糟蹋了你的时间,他十分明智地规劝道,也糟蹋了健康和名声,除此之外,这中间形成一种挥霍狂,而 demimonde③ 的放荡女人则可以卷走大量现金现钞,同时,最大的危险是,你和什么人聚饮买醉,虽然,说到人们反复讨论过的刺激品问题,他倒是喜欢在恰当的时候喝一杯上等老葡萄酒的,既有营养能造血,又有轻泻作用(尤其是好勃艮第,他对它最有信心),但也绝不超过某一点,他总是划清这条线,绝无例外,因为那样子无非是造成各方面的麻烦,更不用提实际上已经处于任人摆布的地位了。他以最为不齿的口气评论的事,是斯蒂汾那些酒友,最后除了一位以外都丢下他走了,这是他那些医科弟兄们在这一切情况下最不像话的卑劣行径。

——而那一位却是犹大,斯蒂汾说。他至此为止一直一言未发。

他们一边谈论这事那事,一边取捷径从海关大楼后边穿过,走到环线桥下,有一个岗棚之类的东西前面燃着一盆炭火,吸引了他们的相当迟缓的脚步。斯蒂汾漫无目的地自己停住了脚,看了看那堆光秃秃的大卵石,凭借火盆发出的光,勉强可以看出阴暗的岗棚内市府看守人的

① 法文:结尾。
② 沃、马二人均为警署治安官。
③ 法文:"暧昧世界",统指富人外室与暗娼等人。

更为黝黑的人影。他开始想起，这事过去就发生过，或是有人提到发生过，可是他费了半天劲才想起来，他认识看守，是他父亲往日的一个朋友格姆利。为了避免见面，他向铁路桥墩那边挪过去。

——有人招呼你，布卢姆先生说。

一个中等身材的人影，显然是在桥洞下讨生活的，又招呼他说：

——好！

斯蒂汾自然是晕晕乎乎地吃了一惊，随即站住了还礼。布卢姆先生素来不喜欢干预别人的事，知趣地往一边走了两步，但仍保持着 qui vive①，虽然毫无惊恐之意，倒是有些提心吊胆的。都柏林地区内虽不常见，但他知道，无以为生而公然路劫的亡命之徒决没有绝迹，甚至在市区之外僻静处用手枪指着脑袋威胁和平行人，这地方可能有类似泰晤士河堤岸群氓的饿汉游荡，或者干脆是匪徒，冷不防扑上来，不给钱就要你的命，抢了就跑，让你塞着嘴巴、勒着脖子留在那里作一个教训。

斯蒂汾虽然本人还不是十分清醒，但在那打招呼的人走近时也能闻到科利呼吸中有一大股陈腐难闻的玉米烧酒味。这人被某些人喊做约翰·科利爵爷，家庭出身是这样算的。他是新近去世的七署巡官科利的长子，巡官娶的老婆是劳斯郡农人的女儿凯瑟琳·布罗菲。他祖父是新罗斯的派特里克·迈克尔·科利，娶了当地一位酒店老板的遗孀，而她婚前的名字是凯瑟琳（同名）·塔尔博特。据说（并未证实）她的出身是马拉海德的塔尔博特勋爵府。这一座府第，确实毫无疑问是同类住宅中的佼佼者，非常值得瞻仰一番，而她的母亲或姑母或别的亲戚，传闻是一位绝世佳人，曾经有过在这府第的厨房洗涤间工作的光荣历史。由于这个缘故，这一位和斯蒂汾说话的浪荡子，年纪并不太老，却被某些有诙谐倾向的人称为约翰·科利爵爷。

他把斯蒂汾引到一边之后，给他听的是老一套的悲歌。没有一个法寻②去买一夜的住宿。朋友全都抛弃了他。除此以外，他还和莱纳汉吵了一架，他当着斯蒂汾把他叫作坏透了的卑鄙小人，还夹杂上若干

---

① 法文：警戒。

② 法寻为旧时英国辅币，值四分之一便士。

平白无故的说法。他没有工作,求斯蒂汾告诉他在天主的这个世界上,要到什么地方才能找到事情做,什么事情都行。不,是这样的,洗涤厨房那一位母亲的女儿是府上大少爷的义妹,或者这两位通过那位母亲而有某种关系,或者两种情况兼而有之,要不然这事从头到尾纯属子虚乌有。反正他是精疲力尽了。

——我庄严起誓,他接着说,天主知道我是山穷水尽了,要不然我不会求你的。

——明后天道尔盖有一个男学校会找人,斯蒂汾告诉他。要一个助理教员。加勒特·戴汐先生。去试试吧。你可以提我的名字。

——啊呀,天主,科利答道,我可教不了书,老兄。我从来就不是你们那种聪明学生,他勉强笑着说。我在公教弟兄会小学的初级班留了两次级。

——我自己也没有地方睡觉,斯蒂汾向他奉告。

起初科利倾向于怀疑,也许是斯蒂汾从街上带一个倒霉荡妇进了房间,所以才被房东赶出来的。马尔伯勒街上有一家廉价客栈,马洛尼太太开的,但是只有六便士的床位,而且有好多不三不四的人,但是麦康纳基告诉他,在酒馆街那边有个铜头旅馆(这话使听的人隐隐约约想到了培根修士)①,住宿挺不错,房价一先令。他的肚子也饿极了,虽然他完全没有提到这一点。

尽管这类事三天两头都有,斯蒂汾的感情还是多少受到了触动,虽然他也知道科利这一套全新的胡言乱语和别人的差不多,未必值得如何相信。然而正如拉丁诗人说的,**haud ignarus malorum miseris succurrere disco etcetera**②,尤其是他凑巧每月月中之后十六号发薪,正是这一天,虽然其中不少已经被消灭。但是最有趣的是科利竟认定他生活富裕,伸手就可以拿到需要的东西,毫不费事。实际上他倒是把手伸进了一只口袋,不是在那里找吃的东西,而是以为也许可以借给他一个来先

---

① 培根修士为英国十六世纪戏剧家格林所编剧本中的人物,炼成一颗神奇铜头,因仆人反应错误而毁。

② 拉丁文:“我对苦难并不生疏,因而知道帮助受苦人等等。”典出维吉尔《埃涅阿斯记》,略有改动。

令,这么的他至少可以想想办法吃饱肚子,然而结果却使他懊恼,他的现款没有了,他拿不出钱来。搜索的惟一收获是几片碎饼干。一时之间,他努力回想是否遗失了,很可能的,或是忘在哪里了,因为如果真是那样,前景可不是愉快的,实际恰恰相反。他已经疲劳透顶,无力进行彻底搜索,只能尽力回忆。饼干的事他有一点模糊印象。不知道是谁给他的,什么地方,要不然是他买的。可是他在另一个口袋里摸到了东西,黑暗之中他以为是便士,结果并不是,他错了。

——这些都是半克朗的呢,老兄,科利纠正了他。

仔细一看,果然是半克朗的。斯蒂汾仍然借了一枚给他。

——谢谢,科利答道,你是一位正人君子。我将来会还你的。你那伴儿是谁?我见过他几次,在坎登街的血马酒店,和广告商鲍伊岚一起。你是不是帮咱们说句好话,帮我在那里找一份工作。我想背夹心广告牌,可是办公室的姑娘告诉我,以后三个星期的人都满了,老兄。天主,这还得定座呢,老兄。倒好像是买卡尔·罗莎的歌剧戏票似的。可是我只要能找到工作,我什么也不在乎,哪怕是扫路口的马粪也行。

他在两先令六到手之后,不像原来那么垂头丧气了,就和斯蒂汾说起一个名叫大袋子科米斯基的,他说是斯蒂汾熟识的人,从富拉姆船舶供应商店出来的,原是那儿记账的,常常和奥马拉和一个名叫泰伊的口吃的小个子一起光顾内格尔酒店后间。反正他前天晚上给逮了,罚款十先令,为的是醉酒扰乱治安还不服从巡官。

布卢姆先生这期间在市政看守人岗棚前的炭盆旁的大卵石堆附近转悠,发现那一位显然贪爱工作的人,趁着都柏林沉睡之际自己也已经安安静静打上了瞌睡。同时,他时不时向和斯蒂汾说话的人瞥去一眼,这位贵族的衣着可绝不是无可挑剔的,他觉得似乎在什么地方见过,可是究竟在什么地方,他可说不准确,也丝毫想不起来是什么时候。他是一个头脑清楚的人,说到锐敏观察力他比不少人都略胜一筹,他注意到他的帽子也十分破旧,整个穿戴都很邋遢,说明贫困已非一时。可以看得出,他是那种依赖别人为生的人,但是说到那种人,不过是占隔壁邻人的便宜,全面的,可以说是越陷越深,而且说到那种情况,假使街上的普通人自己上法庭,判个劳役刑不管是否可以改交罚金都完全是真正的 rara avis. [1]不管怎么说，他敢在半夜清晨这个时辰拦住人，真是绝顶的胸有成竹了。实在太过分了一点。

那两人分了手，斯蒂汾又和布卢姆先生走在一起，布卢姆先生阅历丰富，一眼就看出他架不住那寄生虫的花言巧语，已经屈服了。他笑着谈到这一邂逅，说的是斯蒂汾笑着说：

——他时运不佳。他请我请你请一位姓鲍伊岚的广告商，给他一份背夹心广告牌的工作。

布卢姆先生听到这消息似乎兴趣不大，心不在焉地朝一艘桶式挖泥船的方向凝视了半秒钟光景，那船喜得赫赫有名的爱勃兰纳为其称号，泊在海关码头旁边，很可能早已失修。然后他支支吾吾地发表了他的看法：

——人人都有运气好坏，人们说。经你一说，他的脸我是见过的。这话暂且不提，如果你不嫌我好打听的话。你破费了多少？他问道。

——半个克朗，斯蒂汾回答。我敢说，他需要有这点钱才能找个地方睡觉。

——需要！布卢姆先生脱口而出，同时表示这情况完全不出所料。我相信这话不假，我还保证他的需要是永远不会改变的。人人各有所需，或是人人各有所为。但是谈到一般情况的话，他又面带笑容而言，你自己在什么地方睡觉呢？步行去沙湾是不可能的。即使假定你能走到，经过了威斯特兰横街车站上发生的事情之后，你也进不去了。白受一趟累而已。我丝毫没有干涉你的行动的意思，但是你离开你父亲的家是为了什么呢？

——为了找罪受，斯蒂汾答道。

——我最近在一个场合遇见令尊大人了，布卢姆用上了外交词令说。实际上就是今天，严格准确说是昨天。他现在住什么地方？我从谈话中体会，他已经搬家了。

——我相信他住在都柏林某地，斯蒂汾不甚在意地回答。怎么？

——是一位有天赋的人物，布卢姆先生说的是老一辈的代达勒斯

① 拉丁文：罕见事物。

先生。不止一个方面的天赋,而且是天生的 raconteur①,比谁都强。他为你感到骄傲,理所当然的。也许你可以回家吧,他试探着说。他仍在想威斯特兰横街终点站那一个很不愉快的场面,非常明显,那两位,就是马利根和他那位英国来旅游的朋友,终于合起来抬了第三位的轿子,他们公然为所欲为,仿佛整个倒霉车站都是属于他们的,为的是混乱之中甩掉斯蒂汾,而他们也果然把他甩掉了。

然而,这一含含糊糊的建议并没有引起什么反应。斯蒂汾的思路正忙于重温最后一次见到家中壁炉前生活的情景,他妹妹迪莉披着长发坐在炉火前,等待那沾满油污的水壶里的特立尼达带皮可可煮好,她和他准备用燕麦面冲水当牛奶就着喝,他们吃的是一便士两条的周五鲱鱼,玛吉、布棣和凯蒂每人一枚鸡蛋,猫则在红树下啃那一方粗纸片上的一堆蛋壳和烤焦的鱼头和鱼骨头,那天是四时斋,要不然就是四季斋还是什么的,是教会第三戒律规定斋戒的日期。

——不行,布卢姆先生又一次重复说。我要是处在你的地位上,是不会太信任你那位酒肉朋友的,那位马利根大夫,他倒是能幽默助兴,但是他的主意、思想、友情都是靠不住的。他虽然很可能从来没有尝过断顿的滋味,却很知道自己的面包哪一边是抹了黄油的。当然,你不会像我这样注意到某些情况。但是,如果发现有人为了不可告人的目的,在你喝的酒里放了一撮烟草或是什么麻醉剂,我是一点也不会感到意外的。

可是他也理解,从他听到的各种情况判断,马利根大夫是一位多才多艺的全面人物,决不限于医药一个方面,现在已经在迅速地出人头地,如果传言属实,势必在不久的将来成为一位业务兴隆、收入丰厚的名医,除了他在业务方面的地位以外,他在小群岛上,要不然是马拉海德吧?救了那个本来准定要淹死无疑的人,人工呼吸,用了他们所谓的急救手段,他不能不承认是异常勇敢的行动,怎么赞扬也不算过分,所以坦白地说,他简直难于想象这事有可能出于什么样的动机,除非归之于单纯的捣乱,或是忌妒,直截了当就是忌妒。

---

① 法语:善讲故事的人。

——不过，归根到底就是一样，他实际上是人们所说的窃取你的脑力劳动成果，他大胆提出了这样一个设想。

他向斯蒂汾那阴郁的神色，投去关怀与好奇各占一半，既友好又有所戒备的眼光，并未使疑团顿时消散，实际上完全不能弄清，他无精打采说出来的两三句话是否说明他已经大上其当，或是他对其中的勾当已经心中有数，只是自有其不愿说明的原因，听之任之而已……极度的贫困往往会产生这种后果，他已经看出，他尽管拥有高等教育所赋的才能，维持生计却是困难重重的。

在公用男便所附近，他们看到一辆冰激凌车四周围着一群人，看样子都是意大利人，彼此之间有些小小意见，正在情绪激烈地互相争辩，七嘴八舌地甩出他们那生动活泼的语言中的各种泼辣说法

——Puttana madonna，che ci dia i quattrini！Ho ragione？Culo rotto！

——Intendiamoci. Mezzo sovrano più……

——Dice lui，però！

——Mezzo.

——Farabutto！Mortacci sui！

——Ma ascolta！Cinque la testa più……①

布卢姆先生和斯蒂汾走进了车夫茶棚。这是一间不起眼的木房子，过去他还很少来过，也许从来没有来过，进去以前前者先向后者耳语几句，告诉他开这茶棚的就是一度大名鼎鼎的剥羊皮，无敌会的菲茨哈里斯，不过他可不敢担保事实究竟如何，也许完全是谣传。片刻之后，我们这两位夜行人已在茶棚内找到一个比较不招眼的角落安然坐下，茶棚内已有一些人在吃喝夹杂着谈话，这里头有形形色色的流浪汉

① 意大利语：
——圣母婊子，他不给我们钱不行！对吧？烂屁股的！
——把话说清楚了。还要半镑……
——这是他说的。可笑！
——半镑。
——恶棍！他家的死人！
——听我说！每人再来五块……

和无家可归者,以及 homo[1] 属内其他一些难于归类的角色,都对新进来的两人投以相当好奇的眼光。

——现在谈谈咖啡的事吧,布卢姆先生试着提个合情合理的建议作为开场白。我觉得你倒应该尝一点固体食物,譬如说一个面包卷之类。

由此,他采取的第一个行动,便是以其习惯的沉着态度,镇静地要了这两样吃的。那些车夫、装卸工或是不知干什么营生的 hoi polloi[2],在大致观察一番之后也就转过眼去了,显然是不甚欣赏,仅有一个红胡子而头发已见花白的醉汉,大概是水手吧,还继续盯住看了相当一段时间,才垂下眼去专心研究地板。布卢姆先生运用了言论自由权,虽然对争论中的语言仅有一面之交,遇上个 vóglio 还颇费踌躇,这时用勉强可闻的声音,对他的 protégé[3] 议论了街上那一场至今还在激烈进行的混战:

——一种美的语言。我说的是唱起歌来很美。你写诗,何不用那种语言写呢? Bella Poetria[4]! 多么动听,多么丰满。Belladonna. Voglio.[5]

斯蒂汾全身困乏无力,正在一个劲儿地想打一个哈欠,回答说:

——够把母象的耳朵塞满的。他们是在吵钱的事情。

——原来是这样呵?布卢姆先生问。他心想,语言本来就太多了,并非绝对必要,于是又沉吟着加上一句:当然,也许仅是它有一种南国的魅力围绕着它吧。

在这场 tête-à-tête[6] 期间,茶棚老板已经给他们桌上送来一满杯滚烫的上等饮料名叫咖啡,还有一个年代已经不少的小圆面包,至少看来如此。他送完就退回他的柜台边去了,布卢姆先生决定等一会儿再

---

① 拉丁文:人。

② 希腊文:乌合之众。

③ 法文:受保护人。

④ 意文及仿意文:美的诗(按意文"诗"为 Poesià,英文为 Poetry)。

⑤ 意文:美女。要。(参见 88 页注①)

⑥ 法文:两人密谈。

仔细看他，以免显得……因此他用目光鼓励斯蒂汾继续谈，而自己则略尽主人待客之道，悄悄地将那杯暂时定名为咖啡的东西逐渐向他那头推去。

——声音是骗人的，斯蒂汾稍停片刻之后说，和姓名一样。西塞罗，豆荚多。拿破仑，好身子先生。耶稣，多油尔先生①。莎士比亚，就和墨菲一样普通。名字，有什么关系？

——是的，的确，布卢姆先生无所矫饰地表示同意。当然。我们的名字也是改变过的，他一边把所谓的面包卷推过去一边补充说。

刚才把那善于观察气象的眼睛盯住新来客人的红胡子水手，这时选定斯蒂汾作为对象发话了，直截了当地问道：

——那么你叫啥名字？

布卢姆先生不失时机，碰了碰同伴的靴子，但是斯蒂汾并未理会这出乎意外的热压，径自回答道：

——代达勒斯。

水手沉重地瞪了他好一阵，一双瞌睡懵懂的浮肿眼睛，烧酒灌得太多，尤其喜欢荷兰老杜松子酒掺水，都快睁不开了。

——你认识赛门·代达勒斯吗？最后他问道。

——听说过，斯蒂汾说。

一时之间，布卢姆先生颇为不知所措，他注意到别人显然也在听。

——他是爱尔兰人，敢说敢当的海员一边仍以同样的神情瞪着他并且点着头，一边着重地说。不折不扣的爱尔兰人。

——太爱尔兰了，斯蒂汾答道。

至于布卢姆先生呢，他简直不明白究竟是怎么回事，他正在琢磨其中到底可能有什么缘由，水手忽然自己转过身去，对茶棚内其余的人甩过去这样一句话：

——咱见过他从五十码外回头射击，打掉了两只瓶子上的两枚鸡蛋。左撇子神枪手。

---

① “西塞罗”来自拉丁文 cicera，义为“鹰嘴豆”；“拿破仑”之姓“波拿巴”法文 Bonaparte 可理解为“好部位”；“基督”希腊文 Khristos 原义为“受涂圣油（由神选定）者”。

虽然他说话稍有一点口吃,作手势也不大灵便,他还是尽力把事情说清楚了。

——两只瓶子,就说在那地方吧。五十码量好了。鸡蛋立在瓶口上。回过头去扣扳机。瞄准。

他将身子转过一半,闭紧了右眼。然后歪皱起眼鼻,以一种不甚雅观的面容恶狠狠地盯着外面黑处。

——嘭!他大喝了一声。

全体听众都等着再听一声枪响,因为还有一枚鸡蛋呢。

——嘭!他大喝二次。

二号鸡蛋显然已经消灭,他点点头,眨眨眼,然后又杀气腾腾地说:

——水牛比尔他开枪不饶人,
百发百中,枪下不留情。①

全场默然,直至布卢姆先生为了表示友好,感到可以问一问他,那一次是否为比士莱一类的射击比赛。

——你说什么?水手说。

——是很久以前的事吗?布卢姆先生丝毫不畏缩,仍继续问他。

——这个吗,水手回答说,他在对方毫不示弱的魔力下倒是软了一点。也许有十来年工夫了吧。他随着亨格勒的皇家马戏团周游了全世界。咱是在斯德哥尔摩见到他那次表演的。

——奇怪的巧合,布卢姆先生不惹人注意地对斯蒂汾说了心里的看法。

——咱姓墨菲,水手继续说。D. B. 墨菲,卡利盖罗的。知道是啥地方吗?

——女王镇的港口,斯蒂汾回答他。

——不错,水手说。坎姆登要塞和卡莱尔要塞。咱就是从那块儿来的。咱是那块儿的人。咱就是从那块儿来的。咱的家小就在那块儿呢。她在等待着咱,咱知道。**为了英国,为了家园,也为了美**。她是咱忠心的

① 美国歌谣,"水牛比尔"为美国内战后开发西部时的著名神枪手。

好媳妇，咱航海在外，已经七年不见了。

布卢姆先生很容易想象他到达目的地的场面，航海人好歹哄过了戴维·琼斯，在一个月黑的雨夜，回到了路旁的小草棚。走遍全世界，来找媳妇儿。这个艾丽斯·本·博尔特主题[①]，有过许多故事：伊诺克·阿登[②]、瑞普·凡·温克尔，还有这里有人记得凯奥克·奥利里吗[③]，顺便说一下这是一首深受喜爱、特别叫人受不了的朗诵诗，是可怜的约翰·凯西写的[④]，诗虽小而诗意十足。从来就不描写出走又回头的妻子，不管她对离家人是多么忠心。窗口出现的人脸！想一想，当他终于跑到终点，却明白了他老婆对他的感情已经翻船，多么可怕，多么不知所措。你没有想到我还会回来，可是我已经回家了，要安定下来重新生活。她呢，一个活寡妇，安坐在家里的壁炉边。以为我已经死了，躺在大洋的摇篮里摇晃着[⑤]。而脱掉外衣坐在那边大吃臀部牛排加葱头的，是查布大叔或汤姆金大叔，看情形而定吧，王冠与船锚酒店的老板。没有父亲坐的椅子。呜呼呼！风呵！她膝上坐着新添的一口，postmortem 孩子[⑥]。嗨呀喽呀！热热闹闹的喽呀！我的快马加鞭狂奔猛闯的茶色娃呀！无法避免，只能低头接受。带着苦笑，忍气吞声吧。谨此奉达我仍爱你的心情，你的心碎的丈夫 D. B. 墨菲上。

水手看样子不怎么像是都柏林居民，他转向车夫之一问道：

——你身上不会碰巧带着一口富余的口嚼烟草吧？

被问话的车夫身上不巧没有，但是掌柜的从他挂在钉子上的好上衣里取出一小方块压制的烟草，于是这水手心想之物经过许多人的手

---

① 典出英国歌曲《本·博尔特》，曲中水手博尔特深爱艾丽斯，但航海二十年归来艾已去世。

② 典出英国诗人丁尼生长诗《伊诺克·阿登》，阿长期航海归来，其妻已改嫁，阿伤心而死。

③ 典出十九世纪爱尔兰诗人约翰·基根所作《风笛手凯奥克》，叙事者回忆初见凯奥克风华正茂，一别二十年再见时均已衰老。

④ 约翰·基根·凯西为十九世纪另一爱尔兰诗人，因抗英被囚至死。

⑤ 《躺在大洋的摇篮里摇晃着》（1832）为美国一首赞美上帝的歌曲，原意并非指死在海中，而是表示深信上帝保佑的神力。

⑥ Postmortem 为已经英语化的拉丁文，意为“死后”，即丈夫死后另外怀孕而生，与 posthumous（遗腹）不同。

传了过去。

——谢谢你，水手说。

他将烟草放进嘴巴里，一边嚼着，一边带一点迟缓的结巴叙述起来：

——咱是今天上午十一点进港的。三桅船罗斯维恩号，从布里奇沃特运砖来。咱上船是为了渡海回来。今天下午结了账。这是咱的离船证，见了吗？D. B. 墨菲。一等水手。

为了证明此言不假，他从里面口袋掏出一张折叠的文件，看样子不甚干净的，递给他旁边的人。

——你见的世面准是不少咯，掌柜的倚在柜台上说。

——可不吗，水手回忆说。自从咱下海以来，可是绕了绕地球。咱到了红海。咱到了中国、北美洲、南美洲。有一次航程中，咱们还遭到了海盗追击呢。咱见的冰山可多了，残碎的。咱到了斯德哥尔摩、黑海，到了达达尼尔海峡，那是在道尔顿船长手下，凿船救货，没有一个有他这么行的，好狠的家伙。咱见了俄国。Gospodi pomilyou.①俄国人作祈祷就是这么说的。

——你可见了一些希奇古怪景物了，没有说的，有一名车夫说。

——可不吗，他挪动着已部分嚼烂的烟草。咱可见了些希奇古怪景物了，前前后后的。咱看到一条鳄鱼咬锚爪，就和咱嚼这烟草一样。

他从嘴里取出那块已成糊状的烟草，放在上下牙齿之间，狠狠地一咬：

——喀嚓！就这样。咱在秘鲁还见着了吃人生番，他们吃尸首，吃马肝。瞧这。就在这块儿呢。是咱的一个朋友寄给咱的。

他里边那口袋看来是一个库，他从中又掏出一张带画的明信片，放在桌面上推了过来。明信片印着的字样是：Choza de Indios. Beni, Bolivia.②

大家都盯着画上的景物看：几间原始的柳条棚屋，屋外蹲坐着一群

---

① 俄国东正教古教会斯拉夫语：上帝慈悲。

② 西班牙文：印第安人茅舍。玻利维亚　贝尼。

生番妇女，围着条纹腰布，有眯着眼的，有喂奶的，有皱着眉头的，有睡觉的，周围是一大堆孩子（足有二十来个）。

——整天的嚼古柯叶，健谈的航海人说。肚皮像面包磨碎机。到了生不了孩子的时候，就把奶头割掉。看他们光着球坐在那里，生吃死马的肝。

有好几分钟，也许还不止，明信片成了众傻眼人的注意中心。

——知道怎么挡住他们吗？他问大伙儿。

没有人提出答案。于是他眨眨眼说：

——镜子。那玩意儿能镇住他们。镜子。

布卢姆先生并不表示惊讶，而是不动声色地翻转明信片，去看已经有些模糊的地址和邮戳。上面的字样是：Tarjeta Postal，Señor A Boudin，Galeria Becche，Santiago，Chile. ①他特别注意到，明信片上显然没有文字内容。

虽然他对他讲的耸人听闻的故事并不绝对相信（说到这方面，打鸡蛋的勾当也是如此，尽管有威廉·退尔②和《玛丽塔娜》中描写的拉扎利罗和唐西泽③，那是前者的子弹穿过后者的帽子），同时因为发现他的姓名（假定他确是他自己所说的人，而不是偷偷地在别处背完罗经之后又用假姓名航海）和邮件上的虚构收件人并不一致，不禁使他对我们这位朋友的 bona fides④ 产生一些怀疑，然而倒也起了某种作用，使他想起了一个琢磨已久的计划，他总想有一天要实现的，找一个星期三或是星期六，走一趟长海路玩一次伦敦，不是说他有过多少广泛旅行经验，但他从爱好而言是一个天生的冒险家，不过由于命运的捉弄，他一直是一只旱鸭子，除非你算上他到过霍利黑德⑤，那就是他最远的旅行了。马丁·坎宁安说了几次要通过伊根弄一张通行证，可是

---

① 西班牙文：明信片　智利　圣地亚哥　贝契陈列馆　A. 布定先生。

② 威廉·退尔为瑞士传说中十四世纪民族英雄，以箭法高超闻名，外国统治者强迫他以儿子头顶苹果为靶射箭，果然射中苹果而儿子无恙。

③ 《玛丽塔娜》即113页注②所提歌剧，其中一场面为少年拉扎利罗被迫对其友唐西泽开枪，结果子弹射穿帽子而未伤人。

④ 拉丁文：诚意。

⑤ 霍利黑德在威尔士沿海，与都柏林隔海相望，距离七十英里。

总有这样那样的鬼打墙的障碍出现，结果总是计划成为泡影。但是即使要付现钞叫博伊德心疼①，只要腰包里有，也并不太贵，充其量几个畿尼而已，譬如，他考虑去一趟的马林加，来回才五先令六。这么旅行一趟，吸吸新鲜空气对身体有益，而且不论从哪方面讲都是愉快的，尤其对于一个肝有问题的人，沿途还可以欣赏普利茅斯、福尔茅斯、南安普敦等等地方的各种不同风光，尤其是压轴的游览大都会名胜，可以大开眼界，那是我们当代的巴比仑，肯定可以见到最大改观的种种景象②，伦敦塔、大教堂、阔绰的花园路③，都要重新认识。除此以外，他还忽然想到一件事，他觉得也绝非无稽之谈，他可以实地考察一番，看看是否可以联系联系，安排一次夏季巡回演出的音乐会，把最精彩的避暑胜地都包括进去，例如有混合浴场、有头等的水疗、矿泉的马盖特、伊斯特本、斯卡伯勒、马盖特等等地方，风光旖旎的伯恩茅斯、海峡群岛，以及类似的雅静去处，也许获利还颇为可观呢。当然，决不能弄一个捡破烂拼凑起来的班子，或是当地拉来应景充数的女士，如 C. P. 麦考伊太太之流，你借给我旅行包，我给你寄借据。不行，要第一流的，全明星的爱尔兰班子，忒迪一弗腊尔大歌剧团，由他自己的合法配偶领衔，可以和埃尔斯特·格兰姆斯和穆迪一曼纳斯④相抗衡，问题非常简单，他完全有把握成功，只要有那么一个能耍几下子的人，打通几个必要的关节，在当地报纸上捧一捧场，那就连事业带玩儿都有了。但是谁呢？这是个难题。

另外，他虽然并不太有把握，也意识到了开辟新路线以适应潮流是一个可以开辟的大方向，人们争议的菲什加德一罗斯莱尔路线⑤，现在

---

① 博伊德(Walter J. Boyd)为十九世纪都柏林破产法庭法官，都柏林人在作大笔开支时常戏言“叫博伊德心疼”。

② 二十世纪初年英王爱德华七世登基前，伦敦曾大事宣传各名胜已大加修缮，大大改观。

③ 花园路在伦敦西部富人居住区中心。

④ 两个著名歌剧团，其中后者在一九〇四年为全世界最大的英语歌剧团。

⑤ 罗斯莱尔在爱尔兰南端，菲什加德在威尔士西南端，隔爱尔兰海相望，当时两地之间无经常性航班。

又一次上了那些专绕弯子的衙门里的 tapis①,照例要经过没完没了的官僚手续、拖拉推委、因循保守,总之是迟钝愚蠢。那里头肯定大有用武之地,只要有魄力有事业心去满足社会上一般的旅行需要,就是普通人的需要,布朗、罗滨逊之流。

这是一件憾事,看起来也是一件荒谬的事,在很大的程度上得归罪于我们这个自命不凡的社会,一个普通人在深感身心需要休整的时候,因为缺少那么不值一提的两镑钱,就没有机会多看一眼自己生活在其中的世界,只能永远没完没了地扣在笼子里,嫁了没出息的老汉,永无出头日子。不管怎么说,他们已经庸庸碌碌十一个月以上,受够了枯燥乏味的城市生活,理应痛痛快快换一下环境,最理想是夏天,大自然正是最显得壮观华丽的时节,不折不扣是享受一期新的生命。就是在本岛,也有同样优良的度假机会,可爱的林中胜地,可以恢复青春,就在都柏林市内和周围也有绰绰有余的去处,既引人入胜而又能振人精神,而其郊外则更风景如画,波拉伏卡有小火车通往,而在远离狂乱人群处还有威克洛,被称为爱尔兰的花园,确实不负盛名,只要不下雨确是老年骑车人的理想居住环境,而在多尼戈尔的旷野中,如果传闻并不失实的话,那 coup d'oeil② 是极其壮观的,不过这最后提到的地方不易到达,因此尽管风景不同凡响,游人并未如潮,至于豪斯,既有历史上又有其他方面的联想,绸服托马斯、格雷丝·奥马利、乔治四世③,海拔数百英尺高的杜鹃花丛是一受人喜爱的去处,形形色色的人,尤其在春天,年轻人的心,不过那里可要了一些人的性命,失足落崖而死,或者是有意的,顺便说吧,往往是一念之差,因为距纪念塔仅三刻钟的路程。当然是因为现代化的旅游事业可以说还刚刚起步,设备还远远不能满足人们的要求。他感到,从单纯好奇而并无其他意义的角度出发,究竟是旅客增多促成新路线出现还是反之,要不然实际上是相辅相成,倒似乎是

---

① 法文:地毯。

② 法文:目光一瞥。

③ 豪斯在都柏林海湾北端,原为都柏林主要海口。绸服托马斯(见 65 页注⑦)曾以此为抗英要塞;奥马利(即 16 世纪爱尔兰女酋长格兰妞儿——见 426 页注②)与乔治四世(19 世纪英国王)均曾访此。

一个有趣而值得研究的问题。他把明信片转回图片面,传下去给了斯蒂汾。

——咱有一回见过一个中国人,那位不屈不挠的叙述者讲道。他有一些像油灰一样的小丸子,放在水里就会开出花来,每颗丸子开出一样不同的东西。有一颗是一只船,有一颗是一所房子,有一颗是一朵花。还用老鼠煮汤,他津津有味地加上,中国佬真那样。

这位全球旅行家可能是觉察到人们脸上有将信将疑的神气,所以又进一步谈他的希奇见闻。

——咱在的里雅斯特见到人被一个意大利家伙杀死。从背后捅了一刀。就是这样的一把刀子。

他一边说话,一边掏出一把阴森可怕颇符合他身分的折叠刀来,以即将刺人的姿势拿在手中。

——是在一个窑子里头,都因为两个走私犯的一场骗局。一个家伙藏在门背后,从他背后上来。就这个样子。准备去见你的上帝吧,他说。咔嚓! 一下子就从他背上插了进去,一直插到刀柄。

他的沉重的目光瞌睡懵懂地四面转悠,意思似乎是看看谁还敢提问题,谁敢提最好先想一想。

——这家伙的钢口不错,他端详着自己那把令人望而生畏的 stiletto① 又说。

经过了这一个足以把胆子最大的人镇住的 dénouement②,他才啪的一声把刀合上,然后将这议论中的武器照旧收进他的恐怖窟亦即口袋。

——他们擅长刀剑,有一个显然不知内幕的人为大伙提供一种解释说。所以人们认为无敌会公园杀人案是外国人干的,因为他们是用刀杀的。

说这话的精神明显属于无知正是幸福③,因此布先生和斯蒂汾各以不同方式,同时不由自主地交换了意味深长的眼色,处于一种严格的

---

① 意文:匕首。

② 法文:结局。

③ 典出 148 页注③所引托马斯·格雷诗。

entre nous[①] 类型的宗教式默契,并望向剥羊皮 alias[②] 掌柜的,那人正从其煮开水设备放出一注注液体。他的神秘莫测的面容是一幅真正的艺术品,不折不扣的一幅无以名状的表情研究画,给人的印象是他对当前事情似乎毫无理解。有趣之至!

此后有一段较长的停歇。有人在断断续续地念一张沾了咖啡斑迹的晚报,另一人在看那张土人 choza de[③] 明信片,另一人在看水手的离船证。布卢姆先生呢,以其本人而言,陷入了沉思情绪的默想。他还清楚地记得刚才有人谈到的事情,宛如就在昨日,约莫二十来年前,正在闹腾土地纠纷期间,事件突然发生,用形象的说法是将整个文明世界吓了一跳,时在八十年代初期,准确地说是八一年,那时他刚满十五岁。

——哎,老板,水手打破沉寂说。把那些证件都还咱们吧。

他的要求被接受,于是他从桌子上一撸,都抓了起来。

——你见过直布罗陀石山吗?布卢姆先生问他。水手嚼着烟草做了一个鬼脸,那意思可以理解为见过,不错,或者没有见过。

——好啊,你也到过那儿,欧罗巴角[④],布卢姆先生说。他想他是见过了,希望这漫游家也许能回忆一番,但是他并未如此,而只是向锯末中喷射一口口水,摇着头显出懒得理睬的神气。

——那大概是哪一年呢?布先生还问。你还能记得那些船舶吗?

我们的 soi-disant[⑤] 水手饥饿地用力嚼了一会儿才回答说:

——咱对海里的那些石山呀,他说,船舶呀舰艇呀什么的统统都厌倦了。没完没了的硬咸肉。

他显出厌倦的样子住了嘴。提问题的人看出,从这位狡猾的老主顾身上是挤不出多少油水来了,于是开始走神儿,想到地球上有那么多的水,只消这么说吧,随便看一眼地图,水就占了足足四分之三的面积,因而他充分理解了统治海洋意味着什么。他曾不止一次,至少有十来

---

① 法文:你我之间(心照不宣)。

② 半英语化拉丁文:亦名。

③ 西班牙文残句:的茅舍。

④ 直布罗陀所在半岛伸入海中的岬角。

⑤ 法文:自称的。

次吧，在多利山的北牛岛附近看到一个退休老海员时常坐在堤岸上，显然是孤苦伶仃，挨近那并不芬芳的海水，相当出神地和它面对面地互相盯着看，梦想着有个什么人在什么地方歌唱过的新鲜树林和新辟牧草地吧①。他看了心里直纳闷。也许他曾经千方百计企图自行发现其中的奥秘②，为此而在地球正反面折腾以及诸如此类的事，上天下地向命运挑战，唔，不完全是下去。而实际上的可能性呢，可以赌个二十比零，根本没有什么奥秘可言。尽管如此，即使不深谈这事的 minutiae③，雄辩的事实仍是，海的壮丽究竟是不可抹杀的，按事物的自然发展规律，总有这个人或那个人要航海，要向天命挑战，然而这不过表现了人们总是将这类苦事推到别人头上，地狱概念就是如此，还有抽彩、保险，这两种东西的原则完全一样，毫无区别，所以正是因此，即使不提其他，救生艇星期日④是一个非常值得赞扬的制度，社会公众对此，不论居住内地或海边，尽管住地不同，对其重要性理解之后，还应扩大其感谢范围，也应包括港务长和海岸警卫队，一旦有事，爱尔兰指望人人⑤等等，就要登船操纵帆索，冒着风浪开船出发，不论是什么季节，在冬天有时候可是惊涛骇浪，别忘了那些爱尔兰灯船，基什还有其他灯船都是随时可以翻掉的，他就曾经带女儿出海绕基什玩过一次，那回不说是风暴吧，也遇上了一点相当可观的风浪。

——有一个和咱一起在漫游者号上航海的家伙已经上岸了，那位本身就是漫游者的老水手又说。干起了软差事，当绅士的贴身仆人，每月六镑。咱身上穿的就是他的裤子，他还给咱一件油布雨衣，还有那把大折叠刀。咱也愿意干那差事，刮刮脸，刷刷衣服，咱恨到处流浪。瞧咱的儿子丹尼自己跑出去航海，他妈可给他在科克一家布店找了个可以挣省心钱的饭碗。

---

① 弥尔顿悼念同窗的《莱西达斯》（参见本书第二章）结尾歌唱“明天去向新鲜的树林和新辟牧草地”。

② 美国诗人朗费罗诗《海的奥秘》（1841）中说，“只有敢于冒险航海的人，才能懂得它的奥秘。”

③ 半英语化拉丁文：细枝末节。

④ “救生艇”为一义务救生组织，每年一度举行救生技术表演并募集捐款。

⑤ 典出歌曲《纳尔逊之死》（参见 326 页注①），曲中“英国”被改为“爱尔兰”。

——他有多大年纪？听者之一问。顺便说一下，这人从侧面看稍有一点像市秘书长亨利·坎贝尔，摆脱了磨人的烦心公务，当然是没有洗过的，衣服也是破破烂烂的，鼻头一带一大片很像酒糟的东西。

——怎么，水手以一种迟缓而迷惘的口气说。咱的儿子丹尼吗？他现在十八了吧，照咱的算法。

说到这里，这位斯基勃林①老爹双手撕开灰色的或者实际上是脏透了的衬衫，搔着胸口，人们可以见到那上面有一个算是代表船锚的文身图形，用蓝色的中国药水染的。

——布里奇沃特号那只铺位上有虱子，他说。没有才怪呢。咱明后天一定得洗一下了。咱就是反对那些小黑家伙。咱恨那些讨厌东西。把你的血都吸干了，那些家伙。

他见人们都盯着他的胸口看，索性把衬衫再敞开一些，在那自古以来象征航海人的希望与休息的标志上方，他们又看清了还有一个数字16，还有一张年轻男人的侧脸，有一点像是皱着眉头不高兴的样子。

——文身，那展示者说明道。咱那时在道尔顿船长手下，到黑海内的敖德萨港口外边遇上了无风可借，停泊在海上的时候刺的花。伙计名叫安东尼奥，他刺的。这就是他本人，希腊人。

——刺花的时候疼吗？一人问水手。

可是那位杰出人物正用手在周围抓捏。不知怎的他那。挤压还是……

——你们瞧，他指着安东尼奥说。他这是在咒骂船上的大副。现在再看他，他又说，还是同一个伙计，他用手指拉着皮肤，显然是一种特殊手法，现在他是听人讲故事笑了。

果然，那位名叫安东尼奥的年轻人的阴沉脸色，看起来真像勉强露出了笑容。这个希奇的效果，博得了每一个人的毫无保留的赞赏，其中包括剥羊皮，他这时也探身过来了。

——是呀，是呀，水手叹了一口气，低头望着自己的壮实胸膛说。

---

① 斯基勃林为水手家乡科克郡地名，而《古老的斯基勃林》为一叙述该地大饥荒时逃荒出走情况的歌谣。

他也去了。后来被鲨鱼吃了。是呀,是呀。

他放掉皮肤,那侧脸又恢复了原来的正常表情。

——这活够利索的,一个装卸工人说。

——那数字是干什么的?闲人第二号问。

——活活吃掉的吗?第三个人又问水手。

——是呀,是呀,后者又叹了一口气,这回比较愉快了一点,短暂间露出了一个似笑非笑的模样,但只是对那提数字问题的人①。吃掉了。是个希腊人。

然后他又加上两句。考虑到他所说的下场,这可有些像是绞刑架上人的幽默了:

——跟老安东尼奥没有两样,
他把我扔下了孤身一人。②

一名戴黑草帽的野鸡,脸色呆滞而憔悴,斜着眼从茶棚门外往里窥视,看样子是独自侦查,以求找补一点外食。布卢姆先生简直不知道把眼光往哪里送,立刻慌慌张张将脸转向一边,但是外表还是镇静的,从桌上捡起了刚才那车夫(如果他是车夫的话)放下的修道院街喉舌的粉红报纸③,捡了起来看起那报纸的粉红颜色来,不知为什么粉红。他这么做的原因是,他立刻认出了门外那张脸,正是今天下午他在奥蒙德码头见过一眼的同一张脸,正是胡同里那个有点痴呆的女人,认识和你一起那位穿棕色衣服女士(布太太)的,还请求有机会给他洗衣服。而且为什么洗衣服呢,是不是倾向于含糊其词?洗您的衣服。他要坦白,倒不能不承认,在霍利斯街那时他洗过他妻子的脏内衣,女人也会而且实际上就洗男人的相似衣服,用比利—德雷珀公司的标记墨水写了首字母的(说的是她的内衣如此),只要她们真爱他,可以说是爱我,就爱我的脏衬衣。然而在当时他的心情是紧张的,实在情愿要她空出场地

① 数字16在此含义不明。有人提出"在欧洲俚语与数字命理学中,16象征同性恋",但此说未获证实。另一说法认为16可能象征艺术,亦需进一步考证。

② 歌词(参见127页注③)中安东尼奥显系抛弃歌者而外出者。

③ 《电讯晚报》报馆在修道院街,每晚最后一版均用粉红色报纸印刷。

来而不要她在场，所以掌柜的对她做一个粗鲁的手势叫她走开，他可真松了一口气。他从《电讯晚报》的纸边溜过去一眼，勉强看到她在门边勉强可见的脸上带着一种精神错乱的痴笑，现出她神志并不完全清楚，而显得对一群人围观墨菲船长的海洋胸膛感到有趣，接着她就不见了。

——炮艇，掌柜的说。

——我不明白，布卢姆先生向斯蒂汾吐露思想。我说的是从卫生的角度看，这么一个从防治院出来的破鞋，一身都是病，怎么能厚颜无耻公然来拉客，而任何头脑没有发昏的男人，只要对自己的健康还有一点点重视，怎么能……不幸的可怜虫！当然，我设想她这种境地归根到底是由某一个男人造成的。可是不管根源是什么……

斯蒂汾并没有注意到她，只是耸耸肩膀说：

——在这个国家里，人们出卖的东西比她出卖的多得多，还买卖兴隆得很呢。不用害怕那些出卖肉体而没有权力收买灵魂的人。她不是一个好商人。她贵买，贱卖。

年长的那一位虽然决说不上是个老处女心理，也并非不苟言笑者流，却仍说这绝对是一种不容忽视的丑事，应该 instanter① 加以制止，决不能说那种类型的女人（完全不是用老处女式的古板拘谨态度谈这问题）是难于避免的坏现象，没有执照，没有适当权威机构的卫生检查，这事，他可以如实声明，他作为一个 paterfamilias②，是从头就坚决支持的。无论是谁，他说，只要能推行这样一种政策，并对此事作彻底公开的讨论，将是一项对一切有关人士均长久有益的贡献。

——你是一个好天主教徒，他评论说。你谈到了身体和灵魂，相信有灵魂。也许你的意思是说灵性，脑力，区别于任何外界事物，譬如说桌子，那只杯子。我自己是信那个的，因为这事有能人解释过，是灰质层的沟回。要不然，我们决不会有 X 光这样的发明了，比方说吧。你信吗？

斯蒂汾被迫无奈，只好作出超人的努力搜索枯肠，集中思想回忆一

---

① 拉丁文法律用语：立即。

② 拉丁文：一家之父。

番，然后才有了话说：

——他们告诉我，据最可靠的权威性意见，它是一种单纯的物质，因此是不可腐蚀的。据我的理解，它本来是可以永生不朽的，可惜有可能被首造主消灭，按我所能了解的情况判断，那一位是完全做得出的，不过是在 corruptio per se 和 corruptio per accidens 都被宫廷规范排除之后①，又在他所耍的恶作剧中再加上一项罢了。

布卢姆先生完全同意这理论的要旨，虽然其中所运用的玄妙论法使他有些摸不着头脑，然而他仍感到有必要就单纯问题提出一些异议，因而随即答道：

——单纯吗？我认为这说法不一定恰当。当然，我可以接受你一部分论点，承认灵魂单纯的人难得也能遇上一个。可是我非常希望谈的是，像伦琴发明 X 光，或是爱迪生发明望远镜，不过我相信是比他早，是伽利略，我的意思是，同样适用于譬如说吧，影响深远的自然规律，例如电那是一回事，而要是说你相信有一个超自然的天主，那就完全是另外一码子事了。

——那呀，斯蒂汾分辩道，那是圣书中的几段最著名的文字已经作了结论，证明属实的，何况还有间接证据。

在这一个棘手的问题上，由于两人在所受教育和其他一切上都截然不同，彼此年龄又有显著的不同，两人的观点发生了冲突。

——已经？二人中的经验较多者坚持原来的论点，提出了异议。我看未必。这个问题是需要每个人自己拿意见的，而我呢，还不用牵扯有关的宗派性纠纷，我要请你允许我和你采取 in toto② 不同的意见。我的看法是，不妨向你吐露真情，这些文字统统都是货真价实的赝品，多半是修士们放进去的，也许是重演我国大诗人的大问题了，究竟是谁写的《哈姆雷特》等等，和培根，你对你的莎士比亚比我熟悉不知多少倍，当然不用我来告诉你。顺便说一下，这咖啡你喝不了吗？我来搅它

---

① 阿奎那（参见 23 页注③）曾在其拉丁文权威神学著作中论述，事物的腐蚀有两种可能的方式，一是 corruptio per se（自行腐蚀），另一是 corruptio per accidens（偶然腐蚀），但腐蚀以矛盾为条件，而灵魂系“单纯”之物，因而不可能腐蚀。

② 拉丁文：完全。

一下。吃一块小面包吧。有一点像是我们的船长运来的砖头改装的。可是柜里没有的东西,谁也没有办法供应的。吃一点试试吧。

——吃不了,斯蒂汾勉强说了出来,他的思维器官这时拒绝发出更多的指令了。

挑错找岔子是常言说的讨人嫌的事,所以布卢姆先生想不如好好搅搅,设法把底上结了块的糖搅起来,同时想到咖啡宫和那无酒(而有利的)业务①,心情有一点近乎气愤。没有问题,目标是正当的,无可否认是大有好处的,如像他们目前坐在里头的茶棚就是采用不供酒原则的,晚上供应流浪汉,音乐会啦、戏剧晚会啦、有益的演讲啦(免费入场),请有资格人士给下层社会讲讲。另一方面,他清清楚楚地痛苦地记得,他的妻子玛莉恩·忒迪夫人一度曾是他们所联系的一位杰出人物,而他们为她弹钢琴所付的报酬却非常菲薄。意思是既要做好事而同时又要赚钱,他十分倾向于这样的认识,因为几乎没有值得一提的竞争者。他记得他曾经阅读到,什么地方的一家廉价饭店里,干豌豆里有硫酸铜毒药 $SO_4$②还是什么东西,可是他记不清是什么时候或什么地方了。不管怎么说,对一切食物作检查,卫生检查,现在他感到比什么时候都更有必要了,这可能就是蒂博尔大夫的维生可可流行的原因了,由于有医学分析数据。

——现在尝一口吧,他搅完后又将咖啡提上了日程。

斯蒂汾被说动,至少得尝一下味道,于是拿起那沉甸甸的缸子来,缸子被他抓住把儿啪嗒一声离开了那褐色的积水,他啜了一口那难以下咽的饮料。

——到底是固体食物,他的好守护神说。我是坚信固体食物的。他的独一无二的理由,完全不是贪嘴,而是因为正常饭食是一切正当工作的 sine qua non③,不论是脑力还是体力。你应该多吃一点固体食物。你的自我感觉会大不相同的。

---

① 布卢姆太太曾任钢琴手的“咖啡宫”为都柏林禁酒协会所办,宫内设有咖啡馆和饭馆。

② 硫酸铜的分子式为 $CuSO_4$。

③ 拉丁文:必要条件。

——我能吃液体食物，斯蒂汾说。但是啊，请你做件好事，把这把刀子拿开吧。我不能看它的刀尖。它使我想到罗马史。

布卢姆先生立即照办，将那受到指控的利器挪开了，其实是一把普通的角质柄的钝刀，在外行人看来一点都没什么特别罗马或是古董的意思，他还注意到它的刀尖是最不起眼的部位。

——我们这位共同的朋友，他说的故事就和他自己一样，布卢姆先生由于刀子，向他的 confidante①sotto voce② 说。你认为是真事吗？这些山海经，他能连扯几个小时，一整夜，随口乱编。你看他。

然而，虽然他的眼神已经灌足海风，昏沉欲睡，生活却是充满了各种各样的事物和性质吓人的巧合的，很有可能并非完全是瞎编，不过乍听起来，要说他肚子里掏出来的那些货色全是分毫不差的福音书，恐怕缺少内在的盖然性。

他在此期间已经把面前的人物作了一番估量，从开初注目这人，就已经在对他作一种福尔摩斯式的观察。此人尽管稍有一点秃顶的倾向，人并不显老，体力着实可以，可是他的神态中有一些不大可信的成分，有一种刚从狱中出来的味道，无需特别强烈的想象力，就可以把这样一位神态诡谲的人物和拆麻絮踩踏车者流联系起来③。他甚至可能就是他自己说的那人，讲的事情就是他自己的事情，有人就是这样说别人的事的，也就是说，他自己杀了他，然后在监狱中度过了四五个美好春秋，且不必提以上述传奇戏剧方式抵偿了自己罪行的人物安东尼奥（与我国大诗人妙笔创造的同名戏剧人物无关④）。另一方面，他也完全可能是胡吹，这是一种可以谅解的弱点，因为这些车夫之流的都柏林居民让人一看就知道都是傻瓜，迫不及待要听海外的新闻，任何曾经远航海洋的古舟子遇上他们都会禁不住扯上一段山海经的，扯上个长庚

---

① 适用女性的外来语：知心人。

② 意大利文：压低声音。

③ 拆麻絮和踩踏车是当时英国监狱中常用的劳役。

④ 莎剧《威尼斯商人》中商人亦名安东尼奥。

星号纵帆船等等云云的[1]。而且,归根到底,一个人不论说了自己多少假话,要是跟别人编造他的大批大批的无稽之谈相比,恐怕只能如俗语说的小巫见大巫了。

——请你注意,我并不是说全是凭空捏造,他接着又说。类似的情况即使不是常有,也是偶或可以遇见的。巨人也是偶然能见到的,当然那是扯得远了,侏儒王后玛赛拉。我在亨利街的蜡像陈列馆见过几个所谓的阿兹特克人盘腿坐着,他们的腿就是你给他们钱也伸不直的,因为这里的肌肉,你瞧,他说着话在同伴的右膝后边比画,大略示意那肌腱还是叫什么的部位,长时间用那个姿势坐着被人当做神道膜拜,都变了形。单纯的灵魂吗,这又算是一例吧。

不论如何,再回过头去谈辛巴德老兄[2]和他那些吓死人的经历吧(这有一点使他想起路德维希,**álias** 莱德威奇[3]在迈克尔·冈恩主持欢乐厅期间占领舞台,唱《飘泊的荷兰人》大红特红,他的大批戏迷成群结队来听他唱,不过不论是什么船,不管是幽灵船还是相反的,搬到台上总是有一点差劲的,火车也是如此),其实倒也有没有什么内在的不合情理处,他承认。相反,背上一刀倒是挺符合那些意大利人作风的,不过他又同样愿意承认,那些卖冰淇淋的和炸鱼的,更不必提空街附近的小意大利那些炸马铃薯片的等等,都是勤俭清醒的人,只是有一点过于热心为了吃肉而打猎,晚上猎取别人的无害而有用的猫类动物,以便第二天悄悄地 **de rigueur**[4] 加上大蒜炖得汁多味浓的大吃一顿。大吃少花钱,他又补充说。

——西班牙人,比方说吧,他又接着说下去,他们的感情就那么强烈,像老尼克[5]一样冲动,他们喜欢自己动手武力解决,用他们带在腰间的那种匕首,快步上来,一下子就叫你解脱了。这都是因为温度高,

---

① 《长庚星号纵帆船沉船记》为十九世纪美国诗人朗费罗诗,而《古舟子咏》(见285页注①)为十八世纪英国长诗。

② 辛巴德为《一千零一夜》中多次航海的传奇式人物,都柏林曾在一八九二至一八九三年间圣诞节日期间演出童话剧《水手辛巴德》。

③ 莱德威奇(1827—1923),艺名路德维希,为都柏林著名男中音。

④ 法文:按照礼节时尚要求。

⑤ "老尼克"为魔鬼俗称。

总的气候如此。我的妻子就可以说是西班牙人,有一半吧。就事论事,她如果愿意的话真可以要求西班牙国籍哩,因为从技术上说她是在西班牙出生的,也就是直布罗陀①。她属于西班牙的类型。颜色相当深,典型的深褐色,黑色。起码我是肯定相信气候是影响性格的。正因为如此,我刚才才问你是不是用意大利文写诗。

——刚才门口那些性格,斯蒂汾插嘴道,是在为十先令而异常热烈。Roberto ruba roba sua. ②

——不错,布卢姆先生表示同意。

——另外,斯蒂汾眼睛发直,继续咕噜咕噜自言自语,或是说给不知什么地方的某个不知什么人听。我们还有但丁的狂热,有他爱上的等腰三角关系波蒂纳里小姐③,有列奥纳多④,有 san Tommaso Mastino. ⑤

——是在血液里面的,布卢姆先生立即赞同。都是用太阳的血洗过的。凑巧,我今天正好到基尔代尔街的博物馆去了,在我们见面以前不久,如果那也可以算见面的话。我正好在那里看那些古代雕像。臀部、胸脯是那么美妙的匀称。那样的女人,在这一带根本就不是能随便撞见的。这里,那里,偶然有那么一个例外。俊俏,有的,某方面的漂亮是能见到的,可是我谈的是女性体型。并且,她们对服装的审美观太差了,她们大多数如此,而那是可以大大提高女人的自然美的,不论你怎么说。皱皱巴巴的长统袜子,也许是,可能是我的一个偏见,可我就是恨见那样子。

然而,这时周围的兴趣都开始下降,别人都谈起海上的事故来了,船舶在雾中失踪啦、与冰山相撞啦,诸如此类。船老大自然有他的话要

---

① 直布罗陀地理上属西班牙南端,但自十八世纪初年即由英国占为基地。

② 意大利语:罗伯特偷了他的东西。

③ 波蒂纳里为但丁(1265—1321)在《新生》与《神曲》中作为理想对象歌颂的美女贝雅特丽齐之姓,此女已嫁,因而为“三角关系”。

④ 意大利艺术家列奥纳多·达·芬奇(1452—1519)所作著名画像《蒙娜 ·丽莎》,有人认为即《神曲》中之贝雅特丽齐。

⑤ 意大利文:“圣托马斯斗牛狗”。圣托马斯(被称为“斗牛狗”原因见 271 页注①)的哲学、宗教学观点对但丁影响至深。

说。他曾经有那么几次绕过海角,曾经在中国海遭遇季风,那是一种大风,而在一切海洋风险之中,他宣称,他始终依靠着一样东西,或是大致如此的话语,他有一枚虔诚的圣牌,它救了他。

然后,在那之后,他们扯到了当特岩海面的沉船,那艘命运不佳的挪威船,一时谁也想不起它叫什么,直到那名很有点像亨利·坎贝尔的车夫想起了是帕姆号,沉在布特斯敦的海滩上。那一年,全城谈的都是它(艾伯特·威廉·奎尔就此事为《爱尔兰时报》写了一首与众不同的新颖好诗①),船上只见浪花飞溅,岸上是大群大群的人,都吓得目瞪口呆乱成一片。然后又有人提到斯旺西的凯恩斯夫人号汽轮被反向抢风的莫娜号撞沉的案件,天气相当闷热,沉船时全体水手都在甲板上。没有营救②。船长,莫娜号的,说他担心他的防撞舱壁要垮。船舱里看样子并未进水。

在这阶段发生了一件事。水手因为有必要解解扣子,离开了他的座位。

——伙计,让咱跨过你的船头吧,他对邻座正要安然入睡的人说。

他步子沉重,慢慢的,用仿佛蹲坐似的姿势走到门边,沉重地跨下茶棚门外那一级台阶,转向了左边。布卢姆先生在他站起身来的时候已经注意到,他有两只小酒瓶,估计是海船甘蔗烧酒,一边口袋里探出一只,专为浇他自己那发烧的内脏的,现在看他一面辨认方向,一面取出一只瓶子,拔掉瓶塞或是拧开了盖子,将瓶口对着自己的嘴痛痛快快地灌了一大口,发出咕咚咕咚的声音。不屈不挠的布卢姆脑子一动,还疑心这老鬼出去实际上是一种花招,是受了女性形态发出的吸引力而产生的反作用,但女性形态现在从一切实际效果而言已无踪影,布卢姆先生伸长脖子只能勉强见到他在提取烧酒存货振作精神成功之后,张

① 一八九六年一月《爱尔兰时报》载奎尔诗《一八九五年圣诞夜风暴》,记叙芬兰(非挪威)船帕姆号于十二月二十四日在都柏林海湾南部布特斯敦海面遭遇风暴触礁事故。当特岩在爱尔兰南部科克港附近,与此事无关。

② 来自斯旺西(威尔士南岸)的凯恩斯夫人号帆船(非汽轮)于一九〇四年三月在爱尔兰海岸被德国帆船莫娜号撞沉,海事法庭根据航海规则判莫娜号船长无罪,但批评他不及时营救失事船上人员。

着大嘴向环线桥的桥墩和桥梁张望,有些茫然失措的样子,当然是因为从他上次来过之后,这里已经完全不同,大为改观了。有一个或几个看不见的人告诉了他哪里有男小便处,卫生委员会为此目的已到处建造这种设备,但是在短时间的万籁无声之后,水手显然决定敬而远之,就在近处方便了,有那么一小段时间他放出的仓底污水打在地上哗啦哗啦的,显然惊醒了出租马车停车处的一匹马。不论如何,有一只马蹄在地面掏了两下子寻找睡眠之后的新立足点,马具铿锵了一阵。躺在岗棚内炭火盆旁的市府石料看守人稍稍受了一点惊动,这人现在虽已衰落并且正在迅速继续衰败,严峻的事实却正是前已提及的格姆利,他现在实际上已经依赖堂区救济生活,是派特·托宾给他找的这份临时工作,按人情常理估计是因为原来认识他,出于人之常情,他在岗棚内动了动身子,挪了挪地方,又将四肢放好投入莫耳甫斯①的怀抱,这是最凶恶形式的厄运所造成的后果,确实惊人,这么一个原来出身很好,生活一向优裕舒适的人,一度拥有每年整整一百镑收入,这位双料蠢家伙当然全都打了水漂。现在,他已经多次一文不名而寻欢作乐之后,终于山穷水尽了。不用说他是嗜酒的,这不过是又一次说明了一条真谛,本来他可以轻而易举地大有作为的,假定——不过这是一个大大的假定——他能设法把他的特殊癖好治好的话。

在这期间,人们都在大声感叹爱尔兰航运业的衰落,沿海的也好外洋的也好,反正是一回事。亚历山德拉船坞有一艘帕尔格雷夫—墨菲公司的船下水,这就是这一年惟一下水的船舶了。目前,港口都在,只是没有船进港。

有的是沉船,有的是,掌柜的说。他显然是 au fait.②

他愿意弄清的是,戈尔韦海湾中仅有一处礁石,为什么偏偏在沃辛顿先生还是什么顿先生的人提出建港计划的时候,那条船正正地找着那块礁石撞去了③,嗯?去找那条船的船长问问,他向他们出主意道,

---

① 希腊神话中睡梦之神。

② 法文:熟悉。

③ 十九世纪中叶的戈尔韦建港计划由于一系列事故而失败(参见46页注③),其中最早一项为一八五八年印度帝国号在港内触礁。

他干那天的活得了英国政府多少好处,利弗航运公司的约翰·利弗船长①。

——我说得对吗,船长?他问水手,这时水手在独酌一番加其余活动之后刚回进来。

那位人物捡到了歌尾巴或是说话余音,自己也用冒充音乐的调子吼起来,倒是劲头十足,用二度音或三度音吼着一种单调的号子。布卢姆先生的耳朵尖,接着听见他好像吐出了口嚼烟(事实果然如此),他刚才喝酒和放水的时候想必是握在手中,在火辣的烈酒下肚之后发现它有一点酸味。不管怎么说,他在奠酒兼饮酒成功之后,摇摇晃晃走了进来,给 soirée② 添上了一股酒味,闹闹哄哄地大唱起来,真是不折不扣的船上厨师的儿子③。

——饼干硬得赛过黄铜板儿,
牛肉咸过罗得老婆的屁股蛋儿。
呀,约尼·利弗!
约尼·利弗呀!④

这位壮汉在如此抒发感情之后,便又入场并重新入座,不是坐下而是沉重地一屁股落到了为他准备的凳子上。剥羊皮,假定他就是他吧,显然有他自己的目的,开始大发牢骚,以一篇强有力而又弱无力的檄文,谈及爱尔兰的自然资源或诸如此类的问题,他在这篇论述中说爱尔兰是天主治下全地球上最最富有的国家,决无例外,远远超过英国,拥有大量的煤炭,每年出口价值六百万镑的猪肉,价值一千万镑的牛油和鸡蛋,而所有的财富都被英国搜刮一空,苛捐杂税把穷苦老百姓压得永远喘不过气来,把市面上最好的肉都吞到肚里,还有好多其他同类的泄愤语言。人们的谈话因而转为普遍议论,人人同意这是事实。爱尔兰的土地上不论什么东西都长,他宣称,纳文那边就有一位埃弗拉德上校

---

① 约翰·利弗为参与该项建港计划试航船只的英国船主。
② 法文:晚会。
③ “船上厨师的儿子”为海员骂人用语。
④ 典出水手歌谣;罗得妻子化为盐人传说见 198 页注③。

在种烟草。你到什么地方能找到像爱尔兰这样的咸猪肉？但是总有一天，他以 crescendo① 而毫不含糊的声音宣称，这时他已彻底独占了全场谈话，要和强大的英国算清这笔账，尽管它仗着它的罪恶行径拥有强大的财势。倒台的一天会到来的，而且是有史以来最大的倒台。德国人和日本人会占一点小便宜的，他断言。布尔人就是结局的开始了。假宝石英国已经在垮下来了。而要它命的就是爱尔兰，这就是它的阿喀硫斯脚踵，他马上向他们解释，那就是希腊英雄阿喀硫斯的致命弱点②，而且指着自己的靴子，绘声绘色地讲那肌腱，使他的听众立即明白了是怎么回事。他给每个爱尔兰人的忠告是：不要离开你出生的国土，要为爱尔兰工作，为爱尔兰而活着。巴涅尔说过，爱尔兰需要她的每一个儿子，一个也不能少。

全场的静默成了他的 finale③ 结束的标志。不透水的航海家听了这些惊人消息并不惊恐。

——还是要费一点手脚的，老板，这位粗钻石反驳道，显然是对上述老生常谈不大高兴。

这冷水泼在垮台等等的话题上，掌柜的倒也接受，但仍坚持他的主要论点。

——谁是军队里最好的士兵？这位头发花白的老战士忿忿地问道。谁是最好的跳高跳远的和赛跑的运动员？我们的最好的海军、陆军将帅是谁？你们告诉我。

——要挑好的，就数爱尔兰人，那位除了脸上那些疤以外都像坎贝尔的车夫答道。

——不错，老海员也支持道。爱尔兰的信天主教的农民。他是咱们的帝国的脊梁骨。你们知道杰姆·马林斯吗④？

---

① 意大利音乐用语：渐强。

② 希腊神话：英雄阿喀硫斯出生后由其母倒提在冥河中浸过，因此全身刀枪不入，仅有其母所握脚踵未浸到水而成为其致命弱点。萧伯纳曾说爱尔兰是英国的阿喀硫斯脚踵。

③ 意文音乐用语：末乐章。

④ 马林斯（1846—1920）为穷苦农民出身的著名爱尔兰医生、爱国者。

掌柜的一方面承认他和每个人一样可以有他自己的意见，另一方面又说他可不要什么帝国，不管是咱们的还是他的帝国，而且认为凡是为帝国服务的爱尔兰人都不是玩意儿。这以后，两人都说了一些带火气的话，火气上升之后不用说两人都向听众呼吁，而听众则饶有兴趣地看他两人交锋，只要他两人不发展到互相咒骂以至动拳头就行。

布卢姆先生根据多年来的内部消息，比较倾向于把这种说法斥之为完全无稽的瞎说八道，因为，在人们真诚希望或是真诚不希望实现的结局尚未实现之前，他充分了解的事实却是他们海峡对面的邻人实际上是在隐藏其实力，而不是相反，除非他们比他所想象的还蠢得多。这和某些人的吉诃德式的空想如出一辙，那些人想的是姊妹岛①上的煤层在一亿年之后会开采殆尽，而如果随着时间的推移事情果真如此发展，他对这事的个人看法是，在那以前还有许许多多同样有关的事件可能发生，所以在这期间还是把两个国家都充分利用起来为好，即使远在两极也罢。另一个有意思的小问题是，用通俗的话说吧，娼妓和帮闲的爱情使他想到，爱尔兰军人为英国打仗的时候并不少于对英国打仗，事实上还更多些。这就要问，为什么？同样，这一对，一个是茶棚的有照经营者，据说就是或曾经是著名的无敌会分子菲茨哈里斯，一个是明显的冒牌货，他们上演的这一出使他感到非常像骗人上当的把戏，那就是说，假定都是事先安排好的话，因为这旁观者要说喜欢研究什么的话，就是研究人的灵魂，而其他人对于其中的把戏则极少看到。至于那承租人或是掌柜的（他大概根本不是另外那个人），他（布）不禁感到，而且这个感觉是很恰当的，对于这样的人，除非你是一名蠢不可及的白痴，最好是少沾边，拒绝和他们发生任何牵扯，把这当做个人生活中一条准则，得防着点他们的圈套，难得不出来个奸诈家伙，像丹尼斯或是彼得·锴里那样在法庭上出卖你②，那是他深恶痛绝的。除此以外，他从原则上就不喜欢那种作恶犯罪的生涯。然而，尽管他心中从未出现过任何形式的这一类犯罪倾向，他确实感到，而且不必否认（在内心始

① 爱尔兰爱国歌曲《竖琴还是狮子》中讽刺英国用语。

② “凤凰公园杀人案”中无敌会叛徒实为詹姆斯·锴里，参见107页注④。

终不变的同时),如果一个人真有勇气为了自己的政治信念拿起刀来,真刀真枪的,那还是值得钦佩的(虽然他本人决不参与这样的事情),和南方那些情杀案如出一辙,占不了她就为她而死,做丈夫的(事先派人监视了妻子和情夫)常是在和她说了几句,盘问了她和另外那个幸运儿的关系之后,把刀子插进了自己酷爱的人身上,以她的致命伤结束一场婚后婚外的 liaison①,然而这时他想起这一位费兹,外号剥某某的,仅仅是给那些实际犯案凶手赶了赶车,因此如果他所了解的情况靠得住的话,他并未实际参与伏击,事实上这正是一位法律界杰出人士所提出的使他免于一死的理由。不管怎么说,那事现在已经是陈年老账,要说到我们这位拟称剥某某的朋友,他显而易见是把命拖得过长,已经不受欢迎了。他早该寿终正寝,或是把那高高的绞架上②。像那些女演员一样,总是告别演出,肯定的最后一场,然后又是笑吟吟登上台来了。当然是过分热心贡献,天生的气质决定的,没有节制之类的念头,总是见骨头就张嘴咬影子③。同样地,他脑子一转,疑心约尼·利弗先生在船坞附近转悠的时候,已经在老爱尔兰酒馆的宜人气氛中散掉了一些金镑、先令、便士,回到爱琳来了呀等等。至于那另一位呢,他在不久以前就曾听到过完全相同的论调,他告诉斯蒂汾他是如何简单而有效地制止了向他进攻的人。

——我不小心说了一句什么话,这位备受欺凌而总的说来还是性情平和的人宣告,他就大发脾气了。他叫我犹太人,并且火气很大,恶狠狠的。所以我就告诉他,我的话丝毫没有偏离明明白白的事实,他的天主,我指的是基督,也是犹太人,而且他的一家子都和我一样,虽然实际上我倒不是。那一下子对他正合适。软话挡火气。他无话可说,人人都看到的。我说得对不对?

他向斯蒂汾投去一种长长的你错了眼光,以怯怯的却又深沉的自尊心抵挡微妙的质疑,同时带着一种请求的神色,因为他似乎有一点意

---

① 法语:私通。

② 典出爱尔兰歌曲《天主保佑爱尔兰》首句:“不怕把高高的绞架上”。(参见 209 页注③。)

③ 《伊索寓言》:狗嘴叼骨头立在水边,见水中映影以为有骨头而张口去咬。

识到并非完全……

——Ex quibus,斯蒂汾在两人眼光或四眼相对时,以态度不明朗的语调,含含糊糊地说,Christus 或是布卢姆吧,他的名字,或是任何名字,其实,secundum carnem. ①

——当然,布先生又提出,看问题得从两方面看。究竟孰是孰非,很难找出硬性的规则,但是改善的余地肯定是到处都有的,虽然人们说每一个国家都拥有自己分内应得的政府,我们的忧患重重的国家也不例外。但是,如果大家都有一点善意。吹嘘彼此的优越性当然很好,但是彼此的平等性呢? 我厌恶任何形式、任何模样的暴力和偏激。它从来就达不到任何目的,也阻止不了任何事情。革命必须用分期付款的方式实现。因为人家住在相邻的街上而讲另一种方言就恨人家,可以那么说吧,一看就知道这是不折不扣的荒谬。

——难忘的血腥桥战役,斯蒂汾同意道。还有斯金纳胡同和奥蒙德市场之间的七分钟战争②。

是的,布卢姆先生极其同意,完全支持这话,无可争辩的正确。整个世界都是充满了这类的事。

——你的话正是我想要说的,他说。一套欺骗糊弄,实情完全相反的,坦白说你简直一点都不能……

所有这一些可厌的争吵,挑起人们的恶感,好斗性格或是某种腺体,被人错误地认为是维护尊严和一面旗帜,按他的浅薄意见大多是一个金钱问题,这是一切问题的根源,贪婪和嫉妒,人们总是不懂得适可而止。

——他们指责,他以人们听得见的声音说。

他把头转过一些,躲开其他那些人,他们大概……凑近一些说话,以免那些人……万一他们……

——犹太人,他对着斯蒂汾的耳朵悄悄诉说道,他们指责犹太人起

---

① 句中拉丁文:“出身那种族……基督……以肉体而言”,出自《新约 · 罗马书》第九章,意谓基督肉体上为以色列人。

② 血腥桥(参见 330 页注①)等均为十七、十八世纪都柏林发生学徒或工匠暴动、械斗地点。

破坏作用。没有一丝一毫的事实根据,我可以有把握地说。也许你会感到惊讶,历史完完全全可以证明,西班牙是在宗教法庭把犹太人驱逐出境之后才衰败下去的,而英国的兴隆呢,是起源于克伦威尔引入了犹太人,那是一个能干非凡的坏蛋,他在其他方面是造成了好多问题的①。为什么原因呢? 因为他们身上有正确的精神。他们讲究实际,而且事实证明他们确是如此。我不想细谈任何……因为你知道讨论这个题目的权威著作,而且像你这样正统的……但是,且不谈宗教吧,以经济领域而言,教士就意味着贫困。又是以西班牙为例吧,在战争中你见到了,和往前冲的美国比吧②。土耳其人。那是在教条中规定的③。因为如果他们不信死后可以直接上天,他们就会设法活得更好些,至少我是这样想的。这也正是教区司铎托词敛款的花招。我是个地道的爱尔兰人,他又以有力的戏剧语气强调道,比我开始时告诉你的那个无礼家伙一点也不差,而且我愿意,他提出结论道,要每一个人,不论是什么信仰和什么阶级,pro rata④ 都有一个舒适像样的收入,还不是小里小气的,大约每年三百镑左右吧。这才是要害,是问题的关键,而这是可以做到的,而且可以促使人与人之间产生更为友好的交往。至少这是我认为有价值的目标。我认为这就是爱国。Ubi patria, vita bene⑤,这是我们在 Alma Mater⑥ 求学时期学到的一点皮毛。在你能生活得好的地方,意思是说只要你劳动。

斯蒂汾面对那一杯称为咖啡而不堪入口的东西,耳听这一套广泛涉及各种事物的高谈阔论,只是茫然瞪眼,视而不见。当然,他能听到各式各样的词语在那里变换颜色,正如早上陵森德附近那些螃蟹,匆匆

① 克伦威尔政府军曾镇压爱尔兰人民(参见 431 页注①),但克伦威尔在英国执行的宗教自由政策,有利于犹太人进入英国,若干犹太银行集团因而获得特许以英国为基地,对英国十七世纪内战后经济恢复起重大作用。

② 西班牙在一八九八年争夺美洲殖民地的西美战争中大败。

③ 伊斯兰教认为战死疆场可立即入天堂。

④ 拉丁文:按比例。

⑤ 拉丁文:“国家所在地,生活得好”。按拉丁文有谚语云:Ubi bene, ibi patria(我过好生活的地方,就是我的国家)。

⑥ 拉丁文(已英语化):母校。

忙忙地往同一片沙滩上各种各样不同颜色的沙子中间钻下去，它们在那下面的某个地方有一个家，或是仿佛有一个家似的。然后，他抬一下眼皮，看到了那一双眼睛在说或是没有说他听那声音说的那词语，只要你劳动。

——别把我算进去，他插进去发表意见说，指的是劳动。

那双眼睛对这意见表现出惊讶的神色，因为如他也就是这双眼睛的临时主人说的，或不如讲是他的声音说的，人人都必须劳动，非劳动不可，共同的。

——当然，对方赶紧声明，我指的是意义尽可能广泛的劳动。也包括文学工作，不仅是为了其中的荣誉。为报纸写作，那是当今最方便的渠道。那也是劳动。重要的劳动。归根到底，根据我了解你的那一点情况，因为你的教育已经花了那么多钱，你有权利获得补偿，提出你要求的价格。你和农民享有完全相同的权利，可以用你的笔谋生，从事你的哲学研究。怎么样？你们都属于爱尔兰，脑力和体力。二者同样重要。

——你大概认为，斯蒂汾似笑非笑地反驳道，我之所以重要，是因为我属于这个简称爱尔兰的 faubourg Saint Patrice 吧①。

——我还愿意更进一步呢，布卢姆先生若有所指地说。

——可是我认为，斯蒂汾打断他的话说道，爱尔兰之所以重要，是因为它属于我。

——什么属于呀，布卢姆先生以为自己听错了，弯下身子去问道。对不起。可惜后半句我没有听清。你说的是……？

斯蒂汾显然心烦了，重说一遍之后，不甚礼貌地把他那缸子咖啡还是什么东西的往旁边一推，又说：

——咱们没有办法换个国家。换个话题吧。

这个切中要害的建议一提出，布卢姆先生就低下头去想改换话题，可是感到有些为难，因为他不很明白属于是什么意思，似乎有些文不对题。是一种反驳，这一点比其他的要清楚一些。不用说，由于他刚才的

① 法文：圣派特里克郊区。

纵乐场面所造成的狂乱情绪，说话有些粗暴，一种奇怪的气愤不平的情绪，这是他清醒时所没有的。大概，布先生认为极端重要的家庭生活并不那么能够满足需要，或者是他没有熟悉恰当的人。他有一些为身边这位年轻人担心，用一种提心吊胆的神情偷偷地观察他，想起了他刚从巴黎回来，感到他的眼睛特别像父亲和妹妹，可是也没有看出什么线索，倒记起了一些事例，一些有教养、很有辉煌前途的人，却在含苞未放的时节就过早凋谢了，都只能怪他们自己。例如，奥卡拉汉就是一个，那个追求时装的半疯子，虽然并不富裕，却是体面家庭出身，偏偏异想天开，喝得烂醉的出尽洋相，弄得人人讨厌，其中之一是常常公然当众穿一身用包装纸做的套服（事实如此）。然后，在昏天黑地热闹一阵之后，就来了照例的 dénouement①，他倒霉了，在挨了下城堡场的约翰·马伦②用对付瞎马的手段教训一顿之后，由几个朋友偷偷送走，才算免掉了按刑法补充条例第二款治罪③，当时接到传票的人中有一些名字是交了进去的，但是没有透露，其中原因凡是有一点头脑的人都会明白。简而言之，综合各种情况看来，六、十六他是突出地不予理睬的，安东尼奥等等、骑手们、唯美主义者们，还有那文身，七十年代左右可是风行一时，甚至在上议院里也是，都因为当今占王位的人早年，那时还是太子呢④，于是最高层的其他成员和其他高级人物都跟着国家元首亦步亦趋，他的思路转到社会名流和戴王冠者违反道德的错误，例如若干年前的康沃尔案件⑤，表里不一，与大自然的本意相去甚远，这是善良的格伦迪太太⑥按照现行法律要狠狠说一顿的，虽然原因大概不是他们认为他们挨说的原因，不管他们以为是什么，妇女们是主要的例外，她们总是互相拨拨弄弄的，大多是服装之类的事。喜欢别致内衣的

---

① 法文：结局。

② 下城堡场为都柏林警署所在地，马伦为助理署长。

③ 该款禁止勾引妇女私通。同一条例第十一款禁止同性恋，王尔德即按此款治罪。

④ 十九世纪时欧洲贵族社会曾盛行文身，其中包括英国国王。

⑤ 一八七〇年，当时的康沃尔公爵（即后来的英王爱德华七世）曾因牵涉一离婚案件而被召出庭。

⑥ 格伦迪太太为十八世纪英国剧作家莫克斯顿的《加快耕耘》（1798）中不出场人物，剧中人经常引用其名作为维护道德风化代表。

女士们应该,每一个讲究衣着的男人都必须,一方面试图用暗示方法扩大二者之间的距离,实际更刺激二者之间的不正当动作,她解开他的扣子,然后他松开她的带子,小心大头针,而生番岛上的野人呢,譬如说吧,树荫下还达到九十度,谁还管那个？不过,回头说原来的,也有另外一些人硬是拉着自己的靴襻子,从最底下一级一直爬到顶上的。纯粹靠得天独厚的天才,这。要有头脑,您哪。

为了这方面以及其他原因,他感到应付和利用这意想不到的局面是符合他的利益的,甚至是他的义务,虽然他也说不清究竟为什么,因为事实上他自己陷入其中以后,至今已经搭进去几个先令。可是,结识一位才能出众的人,他能给你提供值得思索的精神食粮,这可以充分补偿任何小小不言的……他感到,头脑不时受一点刺激,活跃活跃思想,这是对它最好的滋补品。与此同时,还有许多伴随发生的事情,会面、讨论、跳舞、吵架、今天来明天走类型的老海员、夜游人,这么一大串事情,加在一起就是一个微型浮雕宝石似的现实生活世界大观图,特别是近来那沉沦的百分之十①即煤炭工人、潜水员、清道夫等等人的生活受到了十分细密的观察。为了利用那光辉的时辰②,他琢磨会不会能遇上点儿什么,写下来也有接近菲利普·波福伊先生那么好的运道,写出一点不同凡响的东西(他完全有这意图),稿费每栏一畿尼。譬如说吧,就叫做《我在一个车夫茶棚中的经历》。

他正在又一次琢磨一个国家怎么属于他而仍莫名其妙,还有刚才那画谜,船来自布里奇沃特,而明信片上收件人是 A. 布定,猜船长年龄,碰巧胳臂肘边就摆着《电讯报》没点儿真心报的粉红色体育特讯版。他的目光漫无目标地溜过那些属于他的特殊范围的各项标题,也就是包罗万象的今天赐给我们每天所需的报纸③。首先他吃了一惊,

---

① “沉沦的百分之十”为救世军创始人布思(William Booth)在其著作《在最黑暗的英国》(1890)中提出的说法,指当时有百分之十的人口生活在极端贫困之中。

② 典出艾萨克·沃茨(1674—1748)诗《戒惰》,诗中云:“看那勤奋的小蜜蜂/能利用每一个光辉的时辰……”。

③ 典出基督教《主祷文》(天主经)中,“求祢今天赐给我们每天所需的面包。”(《马太福音》第 6 章第 11 节)。

但原来只是一条关于名叫 H. 杜・鲍伊斯的东西,经销打字机或是诸如此类的货物。东京重大战役。爱尔兰语调情,赔偿二百镑。戈登・贝内特大赛。移民骗局。大主教来函。威廉✠[①]。阿斯科特金杯赛。大冷门扔扔获奖,类似九二年德比大赛马歇尔上尉黑马雨果爵士大胜获蓝缎奖。纽约惨案。一千人丧生。口蹄疫。已故派特里克・狄格南先生葬礼。

这样的,为了换个题目,他看起狄格南 R. I. P[②] 的消息来了,他回想起来,那可是一个毫无欢乐可言的送别场面。

——今日上午(当然是哈因斯的稿子),已故派特里克・狄格南先生遗体自其沙丘新桥路 9 号住宅移往葛拉斯内文安葬。作古绅士生前为人和蔼可亲,在本市深得人心,其猝然病故对各阶层市民均为重大噩耗,人人深感哀悼。葬礼有众多死者亲友参加,由(哈因斯写此肯定受了康尼的暗示)北滩路 164 号 H. J. 奥尼尔父子公司安排。送葬人士包括:派特・狄格南(子)、伯纳德・科里根(妻弟)、约・亨利・门顿律师、马丁・坎宁安、约翰・帕尔、)依顿府 1/8 阿多多拉多都拉多拉(这一定是他喊日班组长蒙克斯谈岳驰广告的地方)托马斯・克南、赛门・代达勒斯、斯蒂汾・代达勒斯文学士、爱德・J. 兰伯特、康尼利厄斯・T. 凯莱赫、约瑟夫・麦克・哈因斯、利・布姆、查・P. 麦考伊、——于郭以及其他若干人。

对于利・布姆(按照错误报导写法)和那一行排乱的字,利・布姆很有一点恼火,但同时却又对查・P. 麦考伊和斯蒂汾・代达勒斯感到好笑得要命,因为这二人的突出点无需赘言就是根本不在场(更不必提于郭)。利・布姆指给同伴文学士看,而文学士正在费劲忍住自己的另一个哈欠,有一点不自在,并没有忘掉报上常出现莫名其妙的可笑排印错误。

——致希伯来人的第一封信[③]登上了吗?他一获得下巴的允许便

---

① 四端扁平十字架为天主教教皇与大主教署名专用标志。

② 拉丁文简写,等于 requiescat in pace(愿灵安息)。

③ 《希伯来书》为《新约》中一章,主旨为劝导希伯来人坚信耶稣。

问道。经文内容:张开口来,将自己的蹄子放入。①

——登了。真的,布卢姆先生说(虽然起初他以为他问的是大主教,但他又加上了蹄子和口就不可能有联系了)。他非常高兴能使他放心,同时对于迈尔斯·克劳福德,有些惊讶他居然仍在那儿呢。

那一位看第二版上那一篇的时候,布姆(姑且用他的新误称)随意消遣,把登在他这边的第三版上那篇关于阿斯科特第三届大赛的报导,断断续续地浏览了几段。奖值一千镑,另加三千镑硬币。限未经阉割的公、母马驹;第一名 F. 亚历山大先生的扔扔,由快捷一思瑞尔所生,五岁,9 斯通 4 磅(W. 莱恩);第二名,霍华德·德·沃尔登勋爵的津凡德尔(莫·坎农);第三名 W. 巴斯先生的权仗。下注,津凡德尔 5 比 4。扔扔 20 比 1(场外)。扔扔与津凡德尔相距甚近。胜负难定,然后大冷门马逐渐跑前拉开距离,击败了霍华德·德·沃尔登勋爵的栗色小公马和 W. 巴斯先生的枣红色小牝马权仗,赛程二又二分之一英里。获胜马驯马师布雷姆,可见莱纳汉所说的情况全是夸夸其谈。巧获胜券,占先一马身,一千镑加三千镑硬币。参赛马匹尚有 J. 德·布热芒的最高极限第二(班塔姆·莱昂斯急着探听的法国马,还没有进来,但估计随时可到)。取得成功,各有不同的途径。调情赔偿。虽然笨蛋莱昂斯急着去输,抓住一点就急忙跑了。当然,赌博就很容易引起那一类的事,虽然从这一次事件的实际情况看,那可怜的傻瓜对于自己挑选的孤注一掷没有多少可以自我庆祝的余地。归根到底,不过是瞎猜。

——一切迹象,都说明他们会得出那个结论来的,他布卢姆说。

——谁们? 那一位(顺便说一下,他的手疼)说。

有一天早上你会打开报纸,车夫振振有词道,一看:**巴涅尔归来**。他愿意和他们打赌,他们愿赌什么都行。一名都柏林火枪团的,有一天晚上就在这茶棚里,说他在南非见到他了。是自尊心要了他的命。他在十五号会议室事件之后②,应该把自己除掉,或是沉默一个时

---

① “张开口来便将自己的脚放入”为爱尔兰谚语,谓此人说话常有荒唐谬误。

② 一八九〇年巴涅尔在议会党团会议上受到指控,爱尔兰党自此开始分裂,此会会址在英国国会十五号会议室内。

期，直到他又恢复了老样子，谁也不敢指他的鼻子。那时候，他的神志清醒，他们都会服服帖帖跪在地上求他回来的。死他是决没有死。跑到什么地方去了，没有别的。他们运回来的棺材里尽是石头。他把名字改成了德威特，布尔人的将军。他和教士们斗是失策。等等云云。

尽管如此，布卢姆（用他的正确名字吧）对他们的记忆力相当惊讶，因为这事十成中有九成要动焦油桶①，而且不是一桶两桶，而是成千的，然后就是完全的遗忘，因为已经有二十多年了。至于石头，其中当然连一丁点儿的事实根据也不会有的，而且即使假定有，他也认为，全面考虑一下，回来是不明智的。他的死，显然有一种使他们感到恼火的什么因素。也许是那时候他的各种不同的政治上的安排正已经快完成，他却得了急性肺炎垮了，他们嫌他太驯服了，要不然也许是他们是不是听说了他的死是由于淋湿之后没有换靴子换衣服，结果受凉又不去看专科大夫②，以致卧床将近两周，终于死于此病，引起普遍的惋惜，要不然他们说不定是认为他们原来自己想干的事现在不用他们动手了，不高兴。当然，原来就根本没有人了解他的行动，他的踪迹绝对没有露出任何线索，肯定在他使用福克斯、斯图尔特之类的化名以前，就已经是属于《艾丽斯，你在哪里》类型了③，所以车夫老兄提出的说法，也可能不是完全不可能的。那样的话，他心中自然会感到一种来自天生领袖人物的压力，因为他无疑是这样的人物，而且体格魁伟，身高六英尺或至少五英尺十英寸或十一英寸，穿袜不穿鞋子量，而那些在他之后当家的主儿某某先生们，跟他比起来连一块补丁都算不上，绝少值得称道之处。这确实说明了一条道理，偶像泥足，于是他的七十二心腹部下便群起而攻之并互相摔泥。杀人犯也完全一样。必须回来。仿佛有一种摆脱不掉的感觉在拉着你。候补演员上台挑大梁，需要你来指点指点。他有一次看到他，就是在他们捣毁报馆里排的版那个吉利的日

---

① 焦油桶用以举火焚烧离经叛道者或其模拟像。

② 巴涅尔病后拒绝请本来为他治病的专科大夫看病，曾引起议论。

③ 巴涅尔与情妇通信曾用若干假名，包括福克斯、斯图尔特。《艾丽斯，你在哪里》为流行的思念情人歌曲。

子,是《不怕压制报》还是《爱尔兰统一报》①,他能有这机会十分荣幸,事实上他的丝质礼帽被打掉之后还是他送回给他的,他还说了一声**谢谢你**,尽管他的心情无疑是非常激动的,当时他虽有那功败垂成的小小事故,外表仍是冷冰冰的,这是他生成的本性了。然而,说到回来吧。他们没有一见你回来马上放狗咬你,你就是万幸了。然后照例是一大套模棱两可不好说的事情随之而来,汤姆赞成,狄克和哈利反对等等。然后,首先第一条,你得面对当前的占有者,得拿出你的身分证明来,就像铁奇伯恩案中的申诉人一样,罗杰·查尔斯·铁奇伯恩,那嗣子出事坐的船据他记忆所及是叫贝拉号,这是案情证据中有的,还有一个用印度墨汁染的文身图案,是贝柳勋爵吧②,他很容易从同船伙伴探听到当时情节,然后在需要印证情况的时候,就说一声:**对不起,我的名字就是某某**,或者诸如此类的普通话就算是自我介绍了。比较慎重的办法,布卢姆对身边这位不太热情,实际上有些像谈论中的著名人物的人说,是首先把形势摸一摸清楚再说。

——是那条母狗,那个英国婊子害了他,黑店的老板发表意见说。他棺材上的第一颗钉子是她钉的。

——那女人可是够味儿的一大块,那 soi-disant③ 市秘书长亨利·坎贝尔说,而且不是一点儿半点儿。她可叫不少男人的大腿发软了。我在一家理发店见过她的照片。男人是一名船长或是军官。

——不错,剥羊皮逗乐说,是的,而且是个棉花球做的。

这一点无偿贡献的幽默,在他的 entourage④ 中引起了一阵不小的笑声。至于布卢姆呢,他完全没有一点儿笑模样,眼睛发直地望着门的

---

① 《爱尔兰统一报》为巴涅尔党机关报,一八九〇年党内分裂后两派曾反复抢夺报馆,后造反一派另建《不怕压制报》。

② 铁奇伯恩案为英国十九世纪著名案件。罗杰为铁奇伯恩准男爵嗣子,一八五四年乘贝拉号船失事后其母登报征询消息,十一年后澳洲人奥顿自称罗杰,并向法庭申诉要求继承准男爵家产,因罗杰生前同学贝柳勋爵出庭作证曾亲自为罗杰文身,而奥顿无此文身,方肯定奥顿为冒充。

③ 法文:自称的、冒充的。

④ 法文:随身人员。

方向，回想当时引起那么特大兴趣的那一件公案，更糟的是真相大白时，他们之间那些照例充满了甜蜜的空话的情书也公诸于众了。起初是严格的柏拉图式的，后来天性起了作用，二人之间发生了爱慕之情，一步一步发展下去，一直达到顶点，事情成了全城话题，以致最后来了那一下打得人站不稳的打击，可是对于不少本无善意、一心只想把他拉下台的人是个好消息，不过这事本来早已是公开的秘密，只是没有后来发展的那么轰动一时而已。不过，既然他们两人的名字已经联在一起，既然他已经是她公开宣布的意中人，还有什么必要跑到房顶上去当众广播他曾经和她同房的事实呢。这事是有人在法庭上宣誓作证时说出来的，顿时将座无虚席的法庭整个激动起来，人人都像过了电一样，几个证人宣誓亲眼见他在某某日期身穿夜间服装用梯子从楼上房间爬下，而原来爬上去也用的同一方式，这事被那些对色情有瘾的周刊利用，赚了大堆大堆的钱。而这事的简简单单的事实，就是丈夫简简单单的不顶事，两人除了同一个姓氏以外没有共同处，这时出现了一个真正的男人，强得简直过了头，被她的赛壬魅力征服，忘掉了家里的亲人①，按照通常的发展，在情人的微笑中陶醉了。毋庸赘言，这里就出现了婚姻生活中的永恒的问题。假定这中间出现了另一个人，这一对夫妻之间还能有真正的爱情吗？难题。不过，他如果一时荒唐，对她产生了爱慕之心，这和他们是绝对不相干的。他确实是一个仪表非凡的大丈夫，又加上明显的才能出众，这是说和另外那位编外军人相比（那一位仅仅是那种日常可见的**别了，我的英勇的队长**②型角色，轻骑兵，准确说是第十八轻骑兵团③），而且性情无疑是特别奔放的（这是说遭难的领袖，而不是另外那位），也是与众不同的，她当然，女人，很快就观察到他是大有作为的，很可能要成为赫赫有名的人物，他也果然差不多已经做到，直到原来的坚定追随者们都因他的婚姻问题拆了他的台，这些追

① 实际巴涅尔一八八一年认识奥谢夫人时单身未婚，其后十年间与之成为实际上的夫妇，直至一八九〇年奥谢离婚后二人方正式结婚。

② 典出歌剧《玛丽塔娜》，男主人公唐西泽向凶恶队长挑战要求决斗时唱。

③ 奥谢为该团退役上尉。

随者既包括教士们和福音布道师们群起而攻之,也包括亲爱的佃农们,①过去他们在农村的田地被夺时他仗义执言出了大力,使他们获得了原来梦想不到的大好处,现在他们竟将炭火堆在他头上②,很像寓言中的驴子反踢一脚③。如今通过回顾性的编排,回头一看统统像是一场梦。而回来将是你最差的一步棋,因为不言而喻你会感到格格不入的,因为事物总是时过境迁的。可不是吗,他想到爱尔兰镇的海滩,自从他情况变化搬到北边去住之后,有不少年头儿没有到这地方,模样不知怎么就不大相同了。不过北边也好,南边也好,总而言之是人所共知的,狂热就会出事,就会大乱,就那么简单明了,正好证实了他说的话,因为她也是西班牙人,或是有一半西班牙血统,这种类型就是从不半半拉拉的,南方的热情奔放,把一切规矩礼遇统统抛到九霄云外去了。

——正好证实我刚才说血液和阳光的话,他以发热的心情对斯蒂汾说道。而且,如果我没有太弄错的话,她也是西班牙人。

——西班牙国王的女儿④,斯蒂汾答道,又有点稀里糊涂地东一句西一句添上了什么别了再见吧你们西班牙葱头以及第一块陆地叫做死人以及从公羊头到锡利是多少多少⑤……

——她是吗?布卢姆失声问,他是感到意外而决非惊讶。我还从来没有听到过这个说法。可能的,尤其是那里,她原来就住在那里⑥。好吧,西班牙。

他小心地躲开口袋里那本《乐趣》(这同时也使他想起了卡佩尔大街图书馆那本已经过期的书),取出了皮夹子,迅速地翻了一下皮夹里装的各种东西,最后他……

---

① 巴涅尔支持爱尔兰土地改革运动,并曾于一八八六年在英国国会内提出“佃农救济法案”。

② “炭火堆头”为《新约·罗马书》(第12章)教导对待仇人应以德报怨时所说,现已发现为英文(从希腊文)误译,现代英文《圣经》中已改译为“使他羞愧交加”。

③ 典出《伊索寓言》:狼要吃驴,驴要它先拔脚上刺,狼去拔刺挨了驴踢。

④ 典出童谣《我有一棵小小的核果树》(参见687页注⑤)。

⑤ 典出航海歌谣《西班牙的女士们》,歌谣以“别了,再见吧,西班牙的女士们”开始,涉及航海所经“死人”、公羊头、锡利等地点。

⑥ 奥谢夫人为英国人,但一八六七年在英国结婚后曾与其夫在西班牙居住一年左右。

——顺便,你看这,他仔细地挑出一张已经褪色的照片,放在桌上说。你认为这是西班牙型吗?

显然被问的斯蒂汾低头看照片,照片上是一位硕大的夫人,以一种开放的姿态显示着丰腴的美,因为她正在女性之花盛开的年华,身上的晚礼服胸口开得惹人注目地低,将胸脯作了毫不吝啬的展示,让人见到的不仅是乳房的形象而已,她的丰满的双唇分开,露出一些完美的牙齿,以显示庄重的姿态站在钢琴边,琴架上摆的是《古老的马德里》,一首当时非常流行的情歌,自有一种优美的情调。她的(这位夫人的)深色的大眼睛望着斯蒂汾,似乎正要微笑,仿佛看到了什么可以赞赏的东西,这美术摄影是都柏林首屈一指的摄影艺术家,威斯特摩兰街的拉斐特的手法。

——布卢姆太太,我的妻子,也就是 prima donna[①] 玛莉恩·忒迪夫人,布卢姆指点着说。几年前照的。九六年或是前后差不多的时间。她那时候就是这样子。

他陪在年轻人的旁边,一起欣赏着如今是他发妻的这位女士的照片。他透露,她是布赖恩·忒迪少校的才德兼备的女儿,幼年即已表现出不凡的歌唱才能,甚至二八芳龄未到[②],已经登台献艺了。脸上表情是惟妙惟肖的,可惜体态风姿没有照好,她这方面通常是最引人注意的,可是这里的安排没有把优点突出出来。她轻而易举地就可以拍裸体艺术照,且不必多谈某些丰盈的曲线……由于他在业余时间也算有一点艺术家的意思,他谈得多一些的倒是一般的女性体型的发展问题,因为凑巧他今天下午刚刚看过国立博物馆里那些希腊雕像,作为艺术品来说那就是发展到完美阶段了。大理石可以表现原来的人,肩膀、背、一切对称。其他的一切,是的,puritanisme,可还是,有圣约瑟夫的主权窃取行为 alors(Bandez!)Figne toi trop.[③]而照相就办不到,因为它简而言之不是艺术,一句话。

---

① 英语化意大利文:首席女歌手。

② 典出流行歌曲《当你芳龄二八时》(1898)。

③ 法语粗话:清教主义……好吧(硬吧!)操你的去吧。

他的情绪上来了,很想学杰克·塔[1]的好榜样,把照片在那里稍稍放几分钟,让它自己说话去,他可以推说自己……以便对方能自己充分体味她的美,坦白说来她的舞台风姿本身就是一种享受,摄影机是无论如何不能充分表现出来的。但是这样不大符合行业礼节。今晚虽说是一个暖和舒适的夜晚,然而在这季节要算是奇特的凉快天气了,暴雨之后出了太阳……他确感到一种需要,似乎有一个内在的声音在叫他仿效办理,提议去满足一种可能的需要。尽管如此,他仍静坐不动,眼睛望着那稍稍有些弄脏了的照片,顺着丰满的曲线略有一些皱痕,可是仍然毫不减色,然后又周到地移开了目光,为的是对方可能在打量她那隆起的丰盈体态如何匀称,不要进一步使他感到不好意思。实际上,稍稍弄脏一些更是增加了妩媚,正如稍稍弄脏的亚麻制品,完全和新的一样好,去了浆布的淀粉更好得多。假定他那时她已经不在了呢……?他脑中出现了我寻找那盏灯她告诉我的[2],但仅是一闪而过的胡思乱想,因为他随即想起了早晨那零乱的床铺等等,还有那本有转回来世(原文如此)的关于红宝的书,那本书还掉得够恰当的,在便盆旁边,对不起林德利·默里[3]。

他很喜欢有这年轻人在身边,他有文化,distingué[4],还容易冲动,在那群人中是远远地出类拔萃的,虽然你不会认为他有那样的……然而你会……而且,他说了这张照片漂亮,本来不论你怎么讲就是漂亮,虽然那一下子她是明显地发胖。又有什么不好?那一类事情,总是有一大套的真真假假,弄成一辈子洗不清的污点,不是老老实实地把整个情况摊在桌面上,而是照例在黄色报刊上将那千篇一律的婚姻纠纷来一个轰动性版面,渲染人家如何和职业高尔夫球手或是舞台新星有暧

---

① 即水手,参见425页注③。

② 典出穆尔诗《布雷夫尼王爷奥鲁尔克之歌》,涉及王爷归来时发现妻子已被拐走(参见49页注③),有关二行诗为:“我寻找那盏灯,她告诉我的,/朝圣者归来时灯会亮的。”

③ 默里(Lindley Murray,1745—1826)为英国语法权威,其著作中常指出人们词语中各种不恰当处。

④ 法文:与众不同,高贵。

昧关系。他们如何命中注定要相会，两人如何心心相印，名字如何已在公众心目中联成一对，这些情况都在法庭上透露出来，还有信件，上面总有那些惯用的软绵绵留下把柄的话语，没有漏洞地证明他们每星期有两三次在某海滨著名旅馆公开双飞双宿，两人已按通常规律发展了亲密关系。然后是中间裁定，而王室讼监则设法找理由，但他未能撤销裁定，于是中间裁定转为绝对判决。但是两位犯事人，却因为两人互相裹得紧紧的，却还觉得没有问题，可以不予理睬，而他们大多也这么办了，直到事情落到诉状律师手中，到时候为受害一方提出诉状。他（布）深感荣幸，在历史性大打出手场面上发生那事的时候，正站在靠近爱琳无冕之王亲临现场处，当时这位沦落的领袖虽然已经蒙上通奸的阴影，仍然在众目睽睽之下坚持立场寸步不让，而他的（领袖的）心腹部下之中有十一二人之多甚至数目还不止于此闯入报馆印刷厂，是《不怕压制报》或是，不对，是《爱尔兰统一报》（顺便说一下，这名称可一点也不恰当），用槌子或是诸如此类的东西把铅字盘都砸散了，都是因为奥布赖恩派那些耍弄笔杆的①，使用他们习以为常的造谣诽谤惯技，散布了某些中伤昔日保民官私人道德的污言秽语。尽管人们可以感到他已经与前大不相同，但他的风度仍是令人肃然起敬的，虽然他照例是穿戴随意，神态依然坚定果断，这一神态对于犹豫不定者流曾起很大作用，但他们将心中偶像供上高台之后，大失所望地发现偶像竟是泥足，然而她还是第一个对此有所觉察的。当时一片混乱，十分激烈，布卢姆挤在自然形成的人群之中，胸窝被人以肘猛戳一下，所幸受伤不重。他的（巴涅尔的）帽子被人碰掉，这时严格的历史事实是布卢姆而并非别人挤在人群中目睹此事便拾起帽子，准备归还本人（而且确是毫不耽误地归还了本人），而那位失去了帽子的气喘吁吁但心思完全不在帽子上，然而他终究不失绅士风度，生来即与国家利害一致，投身其中主要是为了其中的荣誉而非其他，天生的品质自小在母亲的膝前即已注入心中，因而深谙礼貌规矩，这时立即表现出来，因为他当即转

---

① 奥布赖恩（William O'Brien）原为《爱尔兰统一报》主编，党内分裂后成为反巴主要人物之一。

过身来面对送帽人,以完善的 aplomb① 表示了感谢,说:**谢谢您,先生,**语气和那位法律界泰斗完全不同,那一位的帽子今天也曾经由布卢姆帮助整理,历史重复而有所不同,那是在一位共同朋友的葬礼之后,他们完成了将遗体送入墓中的沉重事务,将他留在那里独享天国的荣耀②。

另一方面,更使他内心气愤的是车夫等人的公然取笑,嘻嘻哈哈肆无忌惮,把这事说成笑料一件,做出什么都知道的样子,源源本本,而其实连他们自己的心思都不知道,事情原本是那两人之间的事,除非合法的丈夫也参与其事,往往是由于照例出现的小伙子琼斯③,凑巧在关键时刻撞见两人搂在一起难舍难分,写来一封匿名信揭发了他们的私通活动,从而引起一场家庭纠纷,走上歧路的美人跪在地上求她夫君的饶恕,答应切断关系,再也不接见那人,只要受到损害的丈夫放过这次,既往不咎,她眼睛里是水汪汪的眼泪,不过小嘴里说的可能是花言巧语,因为很可能还有几个别的人呢④。他本人倾向于持怀疑态度,认为并且毫不含糊地说出来,一位女士总是有那么一位或者几位男士在排队等待的,就说她是全世界最好的妻子,就说他们俩的日子过得相当不错,姑且这样说吧,她一旦玩忽职责,偏要倦于婚姻生活,愿意活动活动,来一点文雅的纵欲享受,他们便会对她献上心怀邪念的殷勤,其结果是她的感情落在另一个人的身上,这正是许多年将四十而风韵犹存的已婚妇女和年龄较轻的男人之间的 Liaisons⑤ 的起因,无疑已有若干著名女性迷恋事件对此作出彻底清楚的证明。

万分可惜的是,一位像他身旁这样一位显然得天独厚头脑出众的

---

① 半英语化法语:镇定自若。

② “将他留在那里独享天国的荣耀”句出于十九世纪初一首描绘将军葬礼的诗。

③ 埃米特起义(参见 149 页注③)时,据传其同学之一实为暗探,并在特务系统中以“琼斯”为名,因而此后常以此称呼告密人。

④ 奥谢上尉在一八八九至一八九〇年的离婚诉讼中宣称他在一八八一年发现妻子与巴涅尔关系后曾从他妻子获得此类保证,但实际上大概是达成和平相处协议,巴与奥妻为事实上夫妇,而奥则从政治上获得巴的帮助。奥妻与巴关系始终如一,与奥离婚后即与巴结婚。

⑤ 法语:私通。

青年,却将宝贵的时间浪费在淫荡女人身上,而这些荡妇还可能会送给他一身一辈子受用不尽的花柳病呢。作为单身可享的洪福,他有一天将会遇到意中人而娶亲成家,然而在此过渡时期,和女人的交往是一种 conditio sine qua non①,不过他极其怀疑,倒完全不是想追问斯蒂汾关于弗格森小姐的事(她很有可能就是一清早就把他引到爱尔兰镇去的引路星斗吧),而是怀疑这么两三星期一回的享受少年男女追求相悦的气氛,和名下没有一个便士的傻笑姑娘们厮混,按照传统的路子来一套预备性的恭维讨好,然后是外出散步,逐渐走上卿卿我我谈情说爱送花送巧克力的阶段,他能从中获得多少满足?想想,他这样无房无家,受房东太太的压榨赛过后娘,对这样年龄的人实在是太糟了。他脱口而出的那些怪话,很吸引年龄大一点的他的注意,他比他年长几岁,可以说有点像他父亲,但是他无论如何应该吃一点实在的东西了,即使仅仅是来一杯蛋奶酒,用不掺水的母体养料调的,要不然,如果那个办不到的话,家常的白煮汉普蒂·邓普蒂②也行。

——你是几点钟吃的晚饭?他问这身材修长、脸上虽无皱纹却有倦意的人。

——昨天的什么时候,斯蒂汾说。

——昨天!布卢姆惊呼道,但接着他想起了现在已是明天星期五。噢,你的意思是现在已经过了十二点!

——前天,斯蒂汾修正自己的话说。

这一情况可是实实在在地使布卢姆大吃一惊了,他沉思起来。虽然他们并非事事观点一致,可是不知怎么的似乎有一种近似关系,仿佛两人的头脑可以说是同乘一趟思想列车旅行似的。他在他的年龄,也就是约莫二十来年以前大号铅沙弹福斯特的时代③,他半心半意地向往着议会的荣誉,曾经掺合过一点政治活动,他回忆起来(回忆本身也是挺有滋味的事),还记得自己心中也曾暗自倾向于同样的一些极端

---

① 拉丁文:不可缺少的条件。

② 汉普蒂·邓普蒂为十八世纪英国童谣中的蛋形矮胖子。

③ 福斯特(Willian E. Foster)为一八八〇至一八八二年英国的爱尔兰事务大臣,他主张爱尔兰警察对付群众时不用一般子弹而用大号铅沙弹,以示人道。

的思想。例如,当时佃农被夺佃问题刚刚出现,人们满脑子都是它,那时不消说他并没有出一个子儿,也没有把信念绝对地钉死在它那些主张上,那些主张有一部分本来也不怎么站得住脚,可是刚开始的时候他至少在原则上是同情耕者有其田的,认为它代表了现代思想的潮流(然而这里头实际上包含着一种偏爱,他后来认识自己弄错之后已经局部纠正过来),甚至还曾受人嘲笑,说他一个时期反复宣讲的归返土地论的惊人主张比迈克尔·达维特还进一步①,正是因为有这一类原因,所以在巴尼·基尔南酒店那帮子的宗族集会上,我们那位朋友用那种公然露骨的话对他含沙射影时,他才气愤不过,虽然他常常受到相当严重的误解,而且需要反复说明,他是最不好斗的人,这回却一反常态,给他(用比喻的话说)来了一点噎脖子的话,不过谈到政治本身,他可太清楚了,宣传鼓动和彼此表示仇恨必然要造成损失,从而使一些优秀青年吃苦受罪是不可避免的后果,简而言之就是适者遭殃。

不论怎么的,因为时间已经快到一点,权衡一下利弊,早该上床休息了。问题的症结是带他回家可能有一点麻烦,因为事情的发展很难预料(家里那一位有时候有一点脾气),那就搅坏了一锅菜了,例如有一晚上他糊里糊涂带回家一条狗(品种不明),一只脚是瘸的(并非说两种情况一致或相反,虽然他的手也疼),那是在安大略高台街,他记得很清楚,可以说是亲身经历的吧。另一方面,要提沙丘或是沙湾又完全太远太晚,所以究竟二者之间如何取舍,他感到有一些棘手……经过通盘考虑之后,他认为不论从哪一方面说都应该充分利用这一个机会。他的初步印象是,他有一点儿冷淡,或者说不十分热情,可是不知怎么的他越来越觉得这主意不错。有一点是清楚的,如果问他,他可能不会所谓的欣然接受,而他觉得最伤脑筋的是不知道怎样才能把话头引上去,或是怎么措辞才恰当,假定他最后确是想提这建议的话,因为如果他允许他帮助他得一些款项或是添一些服装,假定合身的话,那是可以使他感到非常愉快的。不论怎么说,他在左右考虑之后的结论是,暂且

---

① 达维特(Michael Davitt,1846—1906)倡导的爱尔兰土地改革,企图以公款帮助佃农获得土地所有权,而所谓“归返土地论”则主张人人均应参加农业劳动。

避开那褊狭小气的先例不提，来一杯埃普斯牌可可，弄一副地铺对付一夜，垫一两条厚地毯，卷起大衣当枕头，他至少可以高枕无忧，暖暖和和像保暖架上的热吐司似的，他看不出那么办有什么大害处，当然都得以不引起任何纠纷为条件。动是非动不可了，因为那位老快活，也就是议论所及的那位让老婆守活寡的角色，仿佛已经在这里生了根，一点也不像急于回他那心向往之的亲爱的女王镇的样子，很可能今后几天之内要找这可疑人物的下落，最好的线索是下谢里夫街附近有打抽丰人逛的退休美女窑子，时不时刺激一下她们的（美人鱼们的）感情，来两段有意把人吓得寒毛直竖的热带附近掏出六膛左轮手枪的事件，两段故事之间还劲道十足乱翻乱滚地摸弄她们的大型迷魂物，夹杂着大口大口的白薯烧酒和照例的自我吹嘘，至于他究竟是谁，则是 **X** 等于我的真实姓名地址，按照代数先生 passim① 的说法。同时，他想起自己对那位骂骂咧咧的卫道士的反驳，说他的天主是犹太人，忍不住心内好笑。人们挨狼咬没有话说，可是真叫他们受不了的，是让绵羊咬上一口。而且正咬在柔软的阿喀琉斯致命弱点。你们的天主是犹太人。因为他们大多数似乎都想象他是香农河畔的卡里克或斯莱戈郡②什么地方的人。

——我建议，我们的主人公经过深思熟虑，终于一边小心地收起她的照片，一边提出了自己的设想：这里比较闷热，你就跟我一起回家细谈。我的住处就在这一带，很近。这一杯东西你没有办法喝。你喜欢可可吗？等着。我付一付账。

最上策既显然是走，其他就都顺理成章的了。他一面谨慎地把照片装进口袋，一面向小店店主招呼，可是店主似乎不……

——是的，那样最好，他着重地对斯蒂汾说，而斯蒂汾对此，似乎是铜头旅馆也好，他也好，或是任何别的地方也好，多多少少全是……

他的（布的）头脑里却正在忙碌，各种各样的乌托邦式的设想正在纷纷闪过：教育（货真价实的）、文学、新闻事业、获奖小品、新式广告、

① 拉丁文：多处（指典故在书中多处出现）。

② 均为爱尔兰西部边远地区。

水疗胜地和英国海滨名胜的巡回音乐会，到处都是戏院，来钱都推掉，用发音完美自然的意大利语表演二重唱，还有好多别的，当然不必爬到屋顶上去向全世界及其妻子广播，还得有一点儿时运。只要有个机会就行。因为他不仅是猜测而已，估摸他的嗓子准像他父亲，这是可以寄托希望的基础，很明显是他的本钱，所以把谈话冲着那个具体头绪引去也不错，反正是没有害处，只不过是……

车夫拿到报纸，念了一条消息，说是前总督卡多根伯爵在伦敦某处主持了出租马车车夫协会的宴会。伴随这项激动人心的公告的，是一片沉默和一两声哈欠。然后，角落里那位老先生似乎还有一点活力没有用尽，大声念了安东尼·麦克唐奈爵士已离尤斯顿返回事务大臣官邸①，或是诸如此类的话。这一引人入胜的新闻，回音是为什么。

——老爷爷，把那文章给咱们瞅一眼吧，古舟子插嘴说，表现了某些天性的急躁。

——请便吧，被问的老者回答说。

水手从他带着的一个包里掏出一副颜色发绿的眼镜，慢慢地勾上两只耳朵，架在鼻子上。

——你的眼神儿不行吗？像市秘书长的那位好心人问他。

——这个么，咱瞅字儿是要镜子的，那位胡子像苏格兰花呢似的航海人回答道。看来这一位还多少有一点文人雅士的意思呢，他的眼睛从那一对可以说是海绿色舷窗的东西后面定定地盯着。是红海的沙子弄的。从前咱在黑处都能看书呢，不妨这么说吧。《一千零一夜》是咱最爱看的，还有《红似玫瑰的她》②。

他说完之后翻开报纸，瞪着眼睛看起报来，天知道他看的是什么，发现溺水死者，或是柳板王战绩。艾尔芒格③为诺郡取得第二击球时间一百多不出局记录，与此同时（与艾尔完全无关），掌柜的正在全神贯注地脱下一只显然是新买或是二手货靴子，那靴子必是夹脚，他嘟嘟

---

① 麦克唐奈为当时的英国爱尔兰事务大臣，官邸在都柏林凤凰公园。

② 英国女作家布劳顿（Rhoda Broughton，1840—1920）的言情小说。

③ 艾尔芒格为诺丁汉郡板球队最佳击球手，因球板用柳木制成而被称为柳板王。消息涉及英国举行诺丁汉郡与肯特郡板球赛战况。

囔囔地骂那卖给他这双靴子的人，而所有还没有睡死的人，就是说从他们脸上的表情还可以看出点意思的人，都阴沉沉地看着他一言不发，或是随便说一句无痛痒的话。

长话短说，布卢姆抓住机会，首先从凳子上站了起来，以免呆得太久不受欢迎，而在此以前已经言而有信，按照他说的由他付账的诺言，已经采取明智的预备性措施，即向主人做出一个不大惊小怪的姿势作为告别，在别人不注意时以一种几乎难以觉察的手势，表示应付款项即将付清，其总金额为四便士（他以不大惊小怪的方式照付四枚铜子儿，不折不扣的最后几个莫希干人①），他在此以前已经注意到对面有印好的价目单任人前去观看，价格明确无误，咖啡二便士，点心同上，正如韦瑟勒普常说的，偶然之间真能遇上上好货色，能值货价的两倍以上。

——走吧，他提出了结束 sèance② 的建议。

眼见策略生效，途中无障碍，他们便一起离开了茶棚或小店，离开了水手等一伙人的 élite③ 集会，这伙人看来除非有地震，是不会离开他们的 dolce far niente④ 的。斯蒂汾承认仍感到不舒服，疲乏，走到门口的时候停了一下，要……

——有一件事我总是不明白，他为了有点独出心裁的话，脱口而出地说道。咖啡馆里为什么到晚上要把桌子翻过来，我的意思是说把椅子翻过来放在桌子上呢？

对于这个即兴的问题，永不让人失望的布卢姆毫不犹豫地作了回答，立即就说：

——早上好扫地。

他一面说，一面快步绕过去，应该说是够轻捷的，同时坦率地表示歉意，说他的习惯是要到同伴的右边，顺便说到他的右边用古典成语说是他的柔软的阿喀琉斯。夜晚的空气肯定是吸之有益的，虽然斯蒂汾

① 《最后的莫希干人》（1826）为美国小说家库珀（1789—1851）著名小说，描写美洲一印第安部族被消灭过程。

② 法文：降神会（或“学会会议”）。

③ 法文：精英。

④ 意大利文：甜美的无所事事。

的双腿有些软弱。

——这对你有好处的，布卢姆说，指空气，可也指步行。一忽儿就好了。只有走路最好，你会感到大不一样的。不远。我扶着你。

于是，他将左臂伸进斯蒂汾的右臂弯，于是他扶着他走了。

——好吧，斯蒂汾犹豫不定地说，因为他觉得有一种异样的感觉，另一个男人的肉体在接近他，有松软无腱摇摇晃晃之类的感觉。

不管怎么的，他们走过了有石头、火盆等等的岗棚，原名格姆利的市政编外人员从一切迹象看来仍如谚语说的，在墨菲怀中梦见新的田地①和鲜美的牧场哩。至于棺材里装石头，这类比还挺得体，因为事实上就是众人扔石头砸死的，八十多个选区在分裂的时候有七十二个变节②，而且主要是那些受到赞美的农民阶级，大概正是被夺佃后由他帮助夺回田地的那些佃农吧。

这么的，他们臂挽着臂走过贝里斯福德小街的时候，话头转到音乐上头来了。布卢姆对于这种艺术形式纯粹是业余兴趣，却有极大的爱好。瓦格纳的音乐虽然可以承认它有雄伟的一面，可是对于布卢姆有一点过于沉重，而且在开头的时候不大好懂，但是墨卡但丁的《胡格诺们》、迈耶贝尔的《十字架上的最后七句话》③、莫扎特的《第十二弥撒》，他都欣赏得简直着了迷，尤其是其中的 Gloria④，他认为是达到了第一流音乐的顶峰，实事求是的，把其他一切都不折不扣地压下去了。他认为天主教的圣乐和对面铺子里的任何同类货色比，例如穆迪和桑基颂歌⑤，或是**只要你发话，我就当你的新教徒这一生**⑥都不知要强多

① 上文提及的睡神“莫耳甫斯”（Morpheus），在英国俚语中可读成常见姓氏“墨菲”，与水手自报姓氏巧合。“新的田地”由前引弥尔顿诗《莱西达斯》诗句中“新鲜树林”改成。

② 一八九〇年巴涅尔党分裂前，在爱尔兰的一百零三个选区内拥有八十六个选区，参加当年十五号会议室会议者为其中七十二个区的议员，其中多数在分裂时采取反巴立场。

③ 墨卡但丁与迈耶贝尔所作名曲颠倒，参见 108 页注③、215 页注①。

④ 拉丁文：“光荣”，莫扎特乐曲中颂歌。

⑤ 穆迪和桑基为十九世纪美国传教师（新教），曾出版其传教所用颂歌。

⑥ 出于维多利亚时代流行情歌（非宗教颂曲）。

少倍。他也特别喜爱罗西尼的《圣母伫立》①,决不亚于任何人,这一作品简直是充满了不朽的乐曲,他的妻子玛莉恩·忒迪夫人在上加德纳街耶稣会神父们的教堂里唱的时候大受欢迎,真正是轰动了,他可以毫不夸张地说,使她原有的桂冠之上更添桂冠,而使其余一切人统统黯然失色,那神圣的殿堂里直到门边都挤满了来听她唱的鉴赏家们,或者应该说是 virtuosi②。全场一致认为没有人能赶得上她,只要说一点就够了:在一个以神圣的音乐敬神的庄严殿堂中,竟出现了普遍要求再来一个的呼声。整个说来,他虽然比较欣赏《唐·乔凡尼》类型的轻歌剧和《玛莎》,那也是同类音乐中的佼佼者,可是他还有一个 penchant③,尽管只有肤浅的知识,却喜欢门德尔松这样严格的古典派。他谈到这里,心想他理所当然地知道所有的老名曲,他 par excellence④ 提到《玛莎》中莱昂内尔的歌,M' appari⑤,巧得很,他昨天刚听到,或是更准确说是无意间听到斯蒂汾的令尊亲口唱的,唱得十全十美,把那一段简直唱活了,事实上把所有别人都比下去了,他能听到是深感庆幸的。斯蒂汾回答他客客气气提出来的一个问题说,他是不唱的,却随即纵情赞美起莎士比亚的歌曲来,至少是那个时期之内或附近的吧,住在脚镣巷内邻近花卉专家杰勒德处的诗琴家道兰 annos ludendo hausi, Dou-landus⑥ 弹的那种琴,他正考虑从阿诺德·多尔梅奇先生⑦那儿花六十五个畿尼买一把,布先生记不太清,但是这名字肯定像是听说过的,还有法纳比父子那些 dux 和 comes 奇作⑧,还有伯德(威廉)⑨,那是在女王教堂里弹处女琴的,在别的地方找到也照弹不误,还有一个谱写小调或歌曲的

---

① 参见 108 页正文及注②。

② 意大利文:鉴赏家们(用意大利词形变化表示复数)。

③ 法文:偏爱。

④ 法文:突出地。

⑤ 意文歌词:我面前出现(参见 355 页注①和 356 页注①)。

⑥ 拉丁文:“道兰,我毕生都在演奏”,为时人赞美道兰语。道兰(John Douland,1563—1626)为莎士比亚时期音乐家。

⑦ 多尔梅奇(Arnold Dolmetsch)为二十世纪初英国音乐家,善制古乐器。

⑧ 法纳比父子为莎士比亚时代音乐家,以谱写多重唱牧歌式音乐著称,拉丁文 dux 和 comes 即多重唱中的起唱与答唱。

⑨ 伯德为莎士比亚时代音乐家,为伊丽莎白女王(被称为“处女女王”)所重用。

汤姆金①,还有约翰·布尔②。

他们一面说话,一面走近一匹马拖着扫地车,在悬挂链条的栏杆以外的马路上一步步走着,刷起了一长幅的污泥,声音很大,所以布卢姆不十分有把握他听到的六十五畿尼和约翰·布尔是不是听对了。他问,是否即同名政治人物约翰牛,因为他觉得两个名字完全一样,是少见的巧合。

马走到链条边,慢慢转过身来,布卢姆照例是警惕注意的,看到后轻拉一下另外那位的袖子,开玩笑地说:

——咱们今晚有生命危险。小心蒸汽压路机。

于是他们站住了。布卢姆看看那马的脑袋,一点也不像值六十五畿尼的样子,它突然之间从黑暗中出现,那么近,仿佛是什么新东西,一种特别的骨骼以至肌肉的组合,因为它看得出是一头四脚分走、大腿摇晃、臀部发黑、尾巴悬荡、脑袋低垂的品种,正在使出吃奶的力气干活,而它的造物主则静踞高座忙于自己的思绪。这么一头善良的可怜牲口,他很遗憾身边没有一块方糖,然而又明智地考虑到,要为一切可能出现的意外情况作出准备是很难办到的。他不过是一匹庞大而神经质、糊涂而又笨拙的马,不知道世间还有什么别的操心事。但是即使是一条狗,他又寻思,例如巴尼·基尔南酒店里那一条杂种狗,就是那样大小的,也就足以把你吓得够要命的了。但是一只动物生成什么样子,其实它自己并没有什么特殊的责任,譬如沙漠之舟骆驼吧,它的驼峰里头就能把葡萄蒸馏成白酒。它们十之八九是可以笼养或是训练的,没有什么事情是超越人的能耐以外的,除了蜜蜂③。鲸鱼带着鱼叉钩子、鳄鱼搔它的腰背,它就会懂得你的意思,对付公鸡用粉笔画一个圈,对老虎用我的鹰眼④。这些涉及田野兽类而颇合时宜的思考在他的头脑中出现,和斯蒂汾的话有一些相岔,而这时马路之舟仍在挪动位置,斯

---

① 汤姆金父子五人均为莎士比亚时期与稍后的音乐家。

② 布尔(John Bull,1562—1628)亦为英国著名音乐家,但此名与英国人绰号 John Bull(约翰牛)完全相同。

③ 十九世纪有一种理论,认为蜜蜂的社群组织能力超过人类。

④ 搔腰背、画白圈、用目光都是民间传说的制服禽兽的办法。

蒂汾则继续在谈他那些饶有兴趣的古老的……

——我刚才说什么来着？噢，对了！我的妻子，他直接 in medias res① 提示说，她会非常喜欢认识你的，因为她对一切音乐都是极其热中的。

他友好地侧过脸去看斯蒂汾的侧脸。和他母亲一模一样，这就不是那种对她们没有问题通常有一种无可置疑的吸引力的流氓型长相，也许他生来就不是那样的。

然而假定他确如他不仅是猜想而且估摸的那样，拥有和他父亲一样的天赋，他心中可就已经展开了新的前景，例如芬戈尔夫人的爱尔兰实业协会本星期一举行的音乐会②，以至整个的贵族社会。

他现在说起了一支歌曲的优美变奏，阿姆斯特丹（那个出邋遢女人的城市）的荷兰人扬·皮特尔宗·斯韦林克写的歌曲《此处青春有尽时》③。他还更喜欢约翰·杰普的一支德国老曲子，歌唱明亮的海和那些塞壬们的甜美杀人的歌声，布卢姆听了有一点感到难堪：

Von der Sirenen Listigkeit
Tun die Poeten dichten. ④

他唱了这两句开端的歌词，又作了即兴的翻译。布卢姆点头说完全懂，请他务必接着唱下去，于是他接着又唱。

如此惊人地优美动听的男高音嗓子，这是最最难得的天赋，布卢姆听到他唱出来的第一个音符就体会到了。只要有一位像巴勒克拉夫这样公认的运嗓权威适当处理一下，再加上会读谱，在这个男中音一便士十个的地方是可以卖好价钱的，并且可以在不久的将来就为它的幸运

① 拉丁文：直入本题（古典著述用语）。

② “爱尔兰实业协会”为都柏林扶植民间实业慈善组织，由总督夫人和芬戈尔伯爵夫人等主办，间或举行慈善性音乐会，乔伊斯本人曾在当年（1904）五月一次会上演唱。

③ 斯韦林克（1562—1621）为荷兰著名音乐家，其最著名变奏曲之一为《此处青春有尽时》。

④ 德语歌词：“从塞壬们的狡诈中/诗人们写出了诗篇。”杰普（1582—1650）为德国作曲家，此曲以希腊神话中海妖塞壬歌声使航海者船毁人亡为题材。

的主人获得一个 entrée①,使他能够进入那些经管大事业的金融巨头们和有爵位的人们居住的最高级住宅区,在那样的环境中,他的大学毕业文学士的学位(这本身就是一大项有利条件)和绅士风度,更可以进一步给人们一个好印象,毫无问题可以取得卓越的成功,而且他得天独厚还有可资利用的头脑,还有一些别的条件,只要他的服装能加以适当注意,以便更加有利于帮助他取得他们的恩宠,他对于社交场合讲究衣服剪裁的细微末节还是一个年轻的新手,还不大懂得那样的一个小节可以成为你的拦路虎。事实上,他认为不难想象,只要有几个月的工夫,在圣诞期间的节庆活动中,他就会在他们的各种音乐性和艺术性的 conversaziones② 上出现,那样最好,可以在仕女们的鸽子窝中引起一点骚动,追求刺激的女士们一定大为垂青,他碰巧知道这类情况是确有其事的——事实上,他虽然并不打算把底儿兜出来,可是他自己也曾经有过一个时期,只要他愿意,也很容易……除此以外,当然还有钱财方面的收益也决不可小看,将会和他的教课费联手而来。这意思,他补加说明道,并不是说他必需为了几个脏钱而在多长的时期内投身抒情舞台作为生计。但是朝着应走的方向跨出一步,这是无需犹豫不决的,不论从金钱上或是精神上都丝毫不影响他的尊严,而在一个迫切需要的时刻,哪怕有一点点帮助也是好的,能收到一张支票常是特别痛快的事。而且,虽然近来人们的鉴赏力有相当程度的退化,像这样独创一格不落俗套的音乐,很快就会大受欢迎而成为时尚的,对于都柏林的音乐界,在听惯了伊凡·圣奥斯特尔和希尔顿·圣贾斯特及其 genus omne③ 塞给软耳朵听众的那种老一套的通俗男高音独唱之后,肯定会使人们耳目一新的。的确,毫无疑问他能办到的,他手中握着所有的牌,他有头等的机会可以闯出名声,成为市内众望所归的人物,从而可以获得数目可观的收入,而且再往前看,为光顾国王街音乐厅的行家们举行一次大型音乐会,只要有人支持,假如有人肯出头来把他捧上高处,可以这么

① 法文:入门权。

② 意大利文:(文化性)社交晚会。

③ 拉丁文:"诸如此类"。圣奥斯特尔和圣贾斯特为十九世纪末叶歌剧团演员艺名。

说吧,然而这是一个大大的假如,得有一点敢闯不怕困难的冲劲,才能克服难于避免的因循拖延作风,这种作风常能把一个捧得很高的顶顶出色的人物绊倒在地。而且这也未必会分散那一位的一丝一毫力量,因为他是自己的主人,只要他愿意,可以在业余用大量的时间搞文学,不会和他的歌唱事业冲突,或是起任何贬低的作用,因为这完全是他个人的事。事实上,球就在他脚边,而这也正是另外那一位之所以还守着他不撒手的原因,他的鼻子特别灵敏,不论有什么样的耗子他都能闻出来。

那匹马这时正在……他(布卢姆)打算等一个恰当的时机给他出一个主意,根据**天使怕去蠢人到**的原则①完全不探问他的私事,只是劝他和某一位行将开业的新能人分手,他注意到那人常会损害他,甚至趁他不在场的时候以某种逗笑的借口微微把他贬低一些,你以为该怎么叫都行,总之依布卢姆的浅薄的看法,可以给一个人的名声的某一个侧面投上一种讨厌的侧光,这倒不是有意说双关话。

那马可以说已经忍耐到头,停了脚步高高翘起一根像骄傲的羽毛一般颤动的尾巴,为即将用刷子刷起擦净的地面添上了它的份额,落下了三团热气腾腾的粪球。缓缓地,一团接一团地,它从满满的臀部排出了三团污物。而它的驭手则耐心地坐在他那拖着长柄大镰刀的车里,富有人情味儿地等他(或她)排完。

肩并着肩,布卢姆利用这 contretemps②,和斯蒂汾从分隔链条的栏杆立柱空档中通过,跨过一股污泥,穿过马路,向下加德纳街的方向走去,这时斯蒂汾唱了那支歌谣的结尾,唱得更放开了一些,但声音并不太大:

Und alle Schiffe brücken.③

驭手始终没有说一句话,好的、坏的、不好不坏的,而仅是**坐在他那**

---

① 典出蒲柏诗《论批评》(1711):“天使怕去的地方,蠢人蜂拥而至。”

② 法文:窘境。

③ 德文:“而一切船舶均已联接”。按杰普原歌词结尾为 Welches das Schiff in Unglück bringt(而使船舶陷入了灾祸)。

车身低低的马车上望着那两个身影，都是黑色的，一个壮实，一个瘦削，向铁路桥走去，去找马厄神父证婚去。他们走走停停又走走，继续着他们的 tête a tête①（这当然是他不参与的），谈到塞壬们，谈到人的理性之敌，还掺杂着一些类似的其他问题，篡夺者们以及这种性质的历史事件，而扫街车或不如叫它睡觉车中的人反正听不见，因为他们太远，就那么坐在他的座位上，在靠近下加德纳街口的地方，目送他们那车身低低的马车驶去。②

① 法文：两人密谈。

② 本段楷体字句均为爱尔兰十九世纪民歌《车身低低的马车》歌词讹变。

十七

布卢姆与斯蒂汾的归程，采取何种平行路线？

自贝里斯福德里出发，二人挽臂同行，以正常步行速度，按下列顺序，途经下加德纳街、中加德纳街、蒙乔伊广场西路；然后降低速度，二人漫不经心均向左转，沿加德纳里直走至远处的圣殿北街口，然后仍以慢速走走停停，向右拐入圣殿北街，直走至哈德威克里。抵此后二人不再挽臂，以轻松步行速度，同时取直径越过乔治教堂前圆形广场，因为任何圆圈内的弦，长度均小于其所对之弧。

二人政府在途中有何议题？

音乐、文学、爱尔兰、都柏林、巴黎、友谊、女人、卖淫、饮食、煤气照明或弧光灯、电光灯照明对附近的厌光性树木生长之影响、紧急备用市府露天垃圾箱、天主教、神职独身问题、爱尔兰民族、耶稣会教育、事业、学医问题、刚过去的这一天、安息日前夕不吉利问题①，斯蒂汾的晕倒。

布卢姆是否发现，二人对经验的相似与不相似反应中，有某些共同的类似处？

二人对艺术均敏感，对音乐尤甚于雕塑与绘画。二人均喜大陆生活方式甚于岛国生活方式，愿在大西洋此岸而不愿在彼岸居住。二人均由于早年家庭教育的影响已根深蒂固，并已继承一种固执的非正统抗拒心理，因此对宗教、民族、社会、伦理等方面的许多正统观念均表示怀疑。二人均承认异性相吸的力量具有交叉变化特点，时而富于刺激，时而迟钝。

---

① 当时已是午夜以后，因而已是星期五，即安息日（星期六）前夕。

二人是否在某些问题上持有相左的观点？

斯蒂汾明言不同意布卢姆关于饮食与市政自我管理的重要性的观点，布卢姆默然不同意斯蒂汾关于文学对人的精神起永恒性肯定作用的观点。布卢姆暗自同意斯蒂汾纠正爱尔兰民族从德鲁伊德教改奉基督教的年代的观点，一般看法认为在李尔里在位期间的四三二年，由教皇切莱斯廷一世派遣奥德塞斯之子波提比斯之子卡尔波纳斯之子派特里克至爱尔兰方改教，实应为二六〇年左右科马克·麦克阿特（死于公元217年）在位期间，科马克在斯莱底咽食不佳而窒息，葬于罗斯纳里①。关于晕倒一事，布卢姆归因于胃中空虚，以及某些具有不同程度的掺假与各种酒精烈度的化合物的作用，并在用脑之后又在松懈气氛中作急剧圆周形动作而加剧，斯蒂汾则归因于晨间乌云之再现，此云两人曾在两处不同观察点观得，一在沙湾一在都柏林，最初仅有妇人手掌大小。

二人之间是否有一问题观点相同而均为否定？

煤气灯光或电灯光对邻近厌光性树木生长的影响。

过去布卢姆是否亦曾在夜间漫步谈论类似问题？

一八八四年，曾在夜间和欧文·戈德堡、塞西尔·特恩布尔在朗沃德大道与伦纳德公司街角之间、伦纳德公司街角与辛格街之间、辛格街与布卢姆菲尔德大道之间的马路上。一八八五年在上十字区克伦林的直布罗陀别墅和布卢姆菲尔德大道之间，曾在晚上和珀西·阿普琼倚在墙上谈。一八八六年，有时在人家门前台阶上、在前客厅中、在郊区列车的三等车厢内，和偶然结识者、可能购货者谈。一八八八年，在圆镇马修·狄龙家起居室内，常和布赖恩·忒迪少校及其女儿玛莉恩·忒迪小姐，时而共谈，时而分谈。一八九二年一次，一八九三年一次，和尤利乌

---

① 据爱尔兰传闻，德鲁伊德教祭司们因科马克（见216页注②）改信基督教，放出魔鬼使之吃饭时卡住鱼骨致死。

斯(犹太)·马司田斯基谈,两次均在他(布卢姆)龙巴德西街家中客厅。

在他们到达目的地以前,布卢姆对于一八八四、一八八五、一八八六、一八八八、一八九二、一九〇四这一不规则年序有何思考?

他思考,伴随个人发展与经历范围的逐渐扩大,同时有反方向的人际关系谈话范围的逐渐缩小。

例如在何方面?

自不存在至存在,他来到多人前而作为个人被接受;作为存在与存在,他和任何人的关系均如任何人与任何人;自存在至不存在,他将离此而去,将被所有人视为无人。

他们到达目的地后,布卢姆取何行动?

在埃克尔斯街第四个等差单数即7号门前台阶上,他习惯性地将手伸至后边裤袋摸大门钥匙。

钥匙在袋中否?

在他前日所穿裤子的相同位置口袋中。

他为何感到双重不快?

为他的忘记,又因为他记得自己曾两次提醒自己不要忘记。

既然如此,则在一对事先(各自)想到而又疏忽大意以致没有钥匙的人面前,有何抉择余地?

进门,或是不进门。敲门,或是不敲门。

布卢姆如何决定?

用计。他双足立在矮墙上,翻过采光井栏杆,将帽子紧扣在头上,抓住栏杆与立柱下边的连接处两点,逐渐将身子往下垂去。直至将身高五英尺九英寸半全部放下,达到离采光井地面二英尺十英寸之内距离，然后两手放掉栏杆，听任身子自由通过空间，同时蜷曲身子为坠地的撞击作好准备。

他是否坠地？

由他自身的已知重量常衡制十一斯通零四磅，用弗雷德里克北街19号药剂师弗朗西斯·弗罗德曼店内的定期自秤刻度计测定，日期为上一耶稣升天节，即基督纪元一千九百零四年闰年五月十二日（犹太历纪元五千六百六十四年，伊斯兰教历纪元一千三百二十二年），金数5，日龄差数13，太阳周9，主日字母CB，罗马财政年度2，儒略周期6617①，一九〇四年。

他经过碰撞，是否未曾受伤随即起立？

他落地虽有碰撞并未受伤，随即起立获得新的稳定性平衡，采用施力于地下室房门门栓的活动凸缘办法，并利用其支轴加以第一类杠杆作用而撬开门栓，终于克服阻碍而入室内，通过下层的炊具室进入厨房，擦亮一根火柴，转动煤气灯通气口开关放出煤气，点起一根高高的火焰柱，然后加以调节，将火柱降至静止放光状态，最后点燃一支可携蜡烛。

在此期间斯蒂汾见何陆续出现的景象？

他倚在采光井栏杆上，通过厨房窗口的透明玻璃，见一男人调节一支十四烛光的煤气灯焰，一男人点亮一支一烛光的蜡烛，一男人先后脱掉两只靴子，一男人手持蜡烛走出厨房。

这一男人是否在其他地方重新出现？

经过四分钟的间断后，透过前门上端扇形半圆窗的半透明玻璃，已可见到他的烛光闪烁。前门缓缓以绞链为支点而转开。门道开处，这

---

① “金数5，日龄差数13，太阳周9，主日字母CB，罗马财政年度2，儒略周期6617”均为基督教计算复活节日期所用数据，由此计得一九〇四年复活节为四月三日，因此耶稣升天节（复活节后四十天）为五月十二日。

人重新出现，已不戴帽子而手执蜡烛。

斯蒂汾是否遵从他的手势？

是。他轻手轻脚进入门内，帮助关门上链，轻手轻脚跟随那人的背影、倾侧的脚和点亮的蜡烛而向门厅内走去，路过左边一处露出亮光的门道缝隙，小心翼翼地走下一道有五个以上梯级的转向楼梯，进入布卢姆家的厨房。

布卢姆有何行动？

他对准蜡烛的火焰猛吹一口气将它吹灭，拉过两张匙形座的冷杉木椅子放在壁炉前，一张背向采光井窗给斯蒂汾坐，另一张准备自己需要时用，屈一膝跪下，在壁炉内交叉着蘸过树脂的木棍架起一个柴堆，加上各种颜色的纸头，以及以二十一先令一吨的价格购自道里尔街 14 号弗腊尔一麦克唐纳公司货场的不规则多边形最佳艾布拉姆牌煤块，擦亮一根火柴，利用纸头的三个突出点引着了这一堆燃料，从而使它的炭氢两种成分能与空气中的氧气自由结合，开始释放出它内在的潜能。

斯蒂汾想及何等类似景象？

想及其他时期其他地方其他人也曾屈一膝或双膝跪地为他生火，想及耶稣会在基尔代尔郡萨林斯的克朗高士森林办的学堂内，迈克尔修士在医务室生火；想及他父亲赛门·代达勒斯，在他搬到都柏林后的第一个住宅菲茨吉本街 13 号内一间无家具房内；想及他的教母凯特·茅肯小姐，在厄舍岛 15 号她那临危的姐姐朱丽娅·茅肯小姐家中；想及他的舅母赛拉，里奇（理查德）·古尔丁的妻子，在克兰勃拉西尔街 62 号他们寓所的厨房内；想及他的母亲玛丽，赛门·代达勒斯的妻子，在一八九八年的圣方济各·沙勿略节的早晨，在里奇蒙德北街 12 号的厨房内；想及大学学院的教务长巴特神父，在斯蒂汾草地北路 16 号学院内物理阶梯教室中；想及他妹妹迪莉（迪莉亚），在卡勃雷他父亲家中。

斯蒂汾将视线从炉火往上移动一码并转向对面墙上后,见何景象?

在一排五只螺旋形弹簧门铃下,有一根曲线形绳子,用两个销子横拉在烟筒墩子旁的空档前,绳子上搭有四条方形小手帕,折成长方形,并排相邻而不相连接,另有灰色长统女袜一双,莱尔线的吊袜带统子和脚部按习惯位置相连,用直立木夹子三枚固定,两端各一枚,第三枚在连结处。

布卢姆在炉灶上见到何物?

右边(较小的)的炉口上,是一只蓝色搪瓷深底锅;左边(较大)的炉口上,是一把黑色的铁壶。

布卢姆在炉火边有何行动?

他把深底锅挪至左边炉口上,起身将铁壶提到水龙头前,准备拧开水管放水。

水是否流出?

是。从威克洛郡容积二十四亿加仑的圆林水库,通过一个单管、双管地下过滤输水系统,每码长度原始造价五镑,流经达格尔峡谷、拉思当、丘陵地峡谷、卡洛山而至斯蒂尔奥根那二十六英亩的水库,共长二十二法定英里,然后通过一整套分水、贮水系统,下降二百五十英尺,至上利森街尤斯塔斯桥的市区边缘,虽然由于长夏干旱与每日一百二十万五千加仑供水,水量已降至溢流坝基石以下,因此市镇监测员与供水系统工程处长土木工程师斯潘塞·哈蒂先生已经根据水政委员会指示,禁止使用自来水作饮用以外的用途(援 1893 年例,考虑大运河、皇家运河非饮用水可资利用),尤其因为南部都柏林济贫会,虽有通过六英寸水表每日供应每一贫民十五加仑的配额,据市府法律代理人律师伊格内修斯·赖斯先生证实,已由其水表测定每晚确实浪费二万加仑,从而对另一部分公众即有偿付能力、无债务、能自行维持的纳税人造成了损害。

爱水、取水、运水的布卢姆走回炉灶时,对水的何等特点感到欣赏?

它的普遍存在性,它的民主平等性,以及它矢志不渝保持本身水平的天性;它在墨卡托投影的海洋中的巨大性①;它在太平洋巽他海底沟超过八千英寻未经测定的深度②;它的永不停歇性,其波浪与水面颗粒轮番造访沿海一切地点;它的各部分之间的独立性;海洋状态的多变性;它在静止状态下的流体静力学的宁静;它在大小潮汐中的流体动力学的扩张;它在造成毁灭之后的消退;它在北极和南极的地极冰冠中的无菌状态;它在气象上和商业上的重要性;它在地球上对陆地的三比一优势;它在赤道以南的南回归线以下全部地区中占广袤以平方里格计的绝对统治地位;它在原始海盆中延续若干世纪的稳定性;它的橙褐色海底;它能够溶解一切可溶物质,包括千百万吨的最贵重金属,并能使之处于溶解状态的特点;它缓缓侵蚀半岛和岛屿,它不断造成同位相似的岛屿、半岛和走势向下的岬角;它的冲积层;它的重量、容积和密度;它在泻湖和高原冰斗湖中的沉静性;它在热带、温带和寒带的不同层次颜色;它在大陆上纳入湖泊的河川、汇合流向海洋的大江及其支流、越洋潮流、赤道以南以北湾流等等中的错综复杂的联络网;它在海震、海龙卷、自流井、喷发、洪流、涡流、山洪、河水猛涨、海涌、分水线、分水岭、喷泉、瀑布、漩涡、大漩涡、洪水泛滥、暴雨、倾盆大雨中的猛烈性;它那巨大的环绕地球的非水平曲线;它那隐藏在泉洞中与潜在湿度中的隐秘性,需用棍棒占卜或是湿度计方能显示,例如阿什顿门墙洞边的井、空气的饱和、露水的馏出;它的成分的简单明了,两分氢和一分氧;它在死海海水中的浮力;它对小溪、沟壑、构筑欠妥的堤坝、船板漏水处等等的不屈不挠的渗透性;它的去污、止渴、灭火、滋养植物的性能;它的永为典范、楷模的绝对可靠性;它能化为汽、雾、云、雨、霰、雪、雹等状态的变化;它在坚挺的消防龙头中的威力;它的变化多端的形状,如湖泊、大小海湾、河湾、海峡、泻湖、环状珊瑚岛、群岛、海峡湖、峡弯、岛间水道、

---

① 墨卡托投影将圆形的地球用平面直线表示,因此两极洋面在图上的大小远远超过实际。

② 苏门答腊岛附近的巽他海底沟的深度在一九〇四年确未测定,但不可能超过八千英寻。当时所知最大海洋深度在关岛附近,达五千余英寻。

江河入海口、港湾；它在冰川、冰山、冰盘中的坚固性；它推动水车、涡轮、发电机、电力站、漂白车间、鞣皮厂、清棉车间时的驯顺听话；它在运河和通航河流上浮起和清洗干船坞的作用；它在受控的潮汐或逐级下降的水流中潜藏的能量；它的水底动植物（无听觉、忌光），它们即使准确说来并非全球居民，数目已经相当；它的无所不在性，因为人体的百分之九十由它组成；它在湖底的沼泽、滋生瘟疫的湿地、陈腐香精水、月亏期死水池中的难闻的恶臭。

他将半满的水壶放在现已燃烧的煤火上之后，为何又回到仍在流水的水龙头边？

去洗弄脏了的手。他用一块业已用过的巴林顿牌柠檬香皂，上面还沾着纸（十三小时前所购，价款四便士尚未付清），就着清凉永远不变而永远在变的水洗了洗，拉过挂在一根滚动木棍上的一条长形红边荷兰亚麻布擦干，连脸带手。

斯蒂汾以何理由拒绝布卢姆的邀请？

说他有恐水症，恨冷水，不论是局部浸湿或是全部浸没（他最近一次洗澡时间为上一年十月），不喜玻璃、水晶等水质物，不信任思想和语言文字中的水性。

布卢姆何以不向斯蒂汾提供卫生防疫方面的忠告，其中应包括一些建议，即如为海水浴或河水浴，首先应沾湿头部，并往脸部、颈部、胸部、上腹部迅速泼水以便收缩肌肉，因人体对寒冷最为敏感的部分为后颈、胃部、手掌与足心？

水性与天才的古怪独特性不相容。

他以类似原因压抑的其他诤言为何？

饮食方面：关于咸猪肉片、腌鳕鱼，和黄油中蛋白质与卡路里热量的相对比重，最后一项缺乏前者而第一项富有后者。

主人感到客人有何突出的品质?

有自信;有相等而相反的自我放纵力和自我复原力。

由于火力作用,壶中液体产生何种伴随现象?

沸腾现象。由于厨房与烟囱火道之间不断上抽的流动空气的扇动,引火燃料柴堆的燃烧作用即被传至多边形烟煤块堆上,烟煤块中以压缩的矿物形式保存着原始森林的叶状脱落物化石,其植物生存能量来自太阳的原始热源(辐射性),通过无所不在的透光传热的以太传来①。这一燃烧所产生的运动形式即热能(对流型),不断并且愈益增量地从热源传至壶内所容液体中,通过铁金属的未经磨光的不平整表面时部分被折射,部分被吸收,部分被传导,逐渐将水温由常温升至沸点,这一升温可表达为一定的热量消耗后果,即将水一磅从华氏五十度升至二百一十二度需用七十二热量单位。

这一升温以何方式宣告成功?

壶盖两侧同时喷出一柱双镰刀形水汽。

布卢姆煮沸这壶水,本可以作何个人用途?

可刮脸。

晚上刮脸有何好处?

胡子较柔软;刷子如在两次刮脸之间有意浸在胶状皂水中则较柔软;皮肤较柔软,如在不寻常时辰,在远处地点邂逅女性熟人;安静反思当日的过程;睡时较清爽,醒来感觉较干净,而早晨有嘈杂声音,有预感,有心绪不宁,有奶壶磕碰,有邮差的双声叩门,有报纸看,涂皂沫时又看,涂过的地方又涂,一个惊吓,一下疼痛,碰上他想到什么要找什么虽然并非忧虑什么,都可能造成刮快一点刮破个口子,贴上创口贴,剪

① 光、热能量依靠"以太",这是十九世纪科学家提出的一种假设,在二十世纪二三十年代后已被彻底否定。

好润好贴好，只能如此。

缺光对他的妨碍，为何不如嘈杂声音的妨碍大？

因为他那坚定成熟的男性女性被动主动手上，有准确可靠的触觉。

它（他的手）有何特点，又有何起相反作用的力量？

有外科手术式的特点，但他不愿造成人体流血，即令目的有理可以证明手段正确也不愿如此，而宁愿按其自然的先后顺序选择日光疗法、心理生理学治疗术、整骨治疗手术。

布卢姆打开厨房碗柜时，其上、中、下三层搁板上有何物件显露在他面前？

下层搁板上，直立早餐盘子五件、平置早餐茶托上倒扣早餐杯子六套、护须杯一只（未倒扣）及其德比王冠茶碟、金边白色蛋杯四只、敞口麂皮钱包一只（露出硬币若干，大多为铜币）、口香片一小瓶（紫罗兰型）。中层搁板上，装胡椒的有缺口蛋杯一只、餐桌用盐一瓶、用油质纸包成一团的黑枣四颗、李树牌罐头肉空罐头一只、垫有衬里的椭圆形柳条篮子一只（内有泽西梨子一只）、威廉·吉尔比公司病人用波尔多白葡萄酒半瓶（瓶身所裹浅珊瑚红色薄纸已经撕去一半）、埃普斯牌可溶可可一袋、装有每磅二先令的安妮·林奇牌高级茶叶五英两的皱锡纸袋一只，装有最佳结晶方糖的圆罐头一只、葱头两头（其一较大为西班牙葱头，未切开，另一较小为爱尔兰葱头，已切开，面积增大而气味强烈）、爱尔兰模范奶场奶油一瓶、褐色陶质奶壶一只（内盛掺水发酸牛奶四分之一品脱又四分之一，已因受热化为水、酸性乳清与半固体凝块，其量与布卢姆先生、弗莱明太太早餐所用相加正为原来所送总量一英制品脱）、干丁香花苞两朵、半便士一枚、小碟一个内盛新鲜牛排一片。上层放置果酱瓶（空）一批，大小各异，来源不一。

碗柜前沿上有何散置物件引起他的注意？

多边形碎片四片，由两张大红赛马彩票撕成，彩票号码887、886。

有何回忆使他暂时皱起了眉头?

他忆起某些巧合,真事比虚构更为离奇,竟能预示金杯平地让量赛的结果,他在巴特桥头的车夫茶棚内,已在《电讯晚报》的粉红色晚版上看到该赛事的正式权威性结果。

在此以前,他曾在何处获得关于这一结果的消息,包括实际的和预测的?

在小不列颠街8、9、10号伯纳德·基尔南的有照店堂内;在公爵路14号戴维·伯恩的有照店堂内;在奥康内尔下街,在格雷厄姆·莱蒙公司门外,一名脸色发黑的男子塞给他一张顺手扔的传单(后果被扔),宣传复兴锡安教堂的以利亚;在林肯里,在F. W. 斯威尼有限公司药房店堂外,弗雷德里克·M(班塔姆)·莱昂斯迅速地连续借、读、还当天《自由人报与全国新闻》,而此报纸他正要扔掉(后果扔去),随后他即移步莱因斯特街11号土耳其热池的东方大厦,脸上放射灵感的光芒,怀中拥有以预言式的文字铭刻的赛马秘密。

他的心情不宁,由于何种新考虑而获缓解?

解释不易,因为任何事件发生后,其可能产生的影响之变化多端,正如放电之后的音响爆裂效果,而在起初作出正确解释之后,如对其可能产生的各种损失未能加以全面解释,势必遭受实际损失,要正确估计、防止这一损失亦甚不易。

他的情绪如何?

他原来并未冒险,现在并无企盼;他并未失望,他感到满意。

他因何满意?

未遭实质性损失。帮别人取得了实质性收获。非犹太人之光①。

① 《旧约·以赛亚书》第四十九章中曾预言,以色列的救世主将成为"非犹太人之光"(新译为"万国之光")。

布卢姆如何为一非犹太人准备小吃?

他用茶杯两只,注入埃普斯牌可溶可可粉两平匙,共四平匙,然后依照袋上所印用法说明,在浸泡足够时间后,每杯按规定方法与规定分量加入规定配料。

主人对客人有何额外的特别殷勤表示?

他放弃主持人权利,未用独生女米莉森特(米莉)献给他的仿制品德比王冠牌护须杯,改用与客人所用完全相同的杯子,并特别为客人提供而自己则少量使用黏稠奶油,这奶油通常为其妻玛莉恩(莫莉)早餐专用品。

客人是否体会这些殷勤姿态并为此致意?

主人以诙谐方式使客人明白其中含义,客人以庄重态度表示接受其中情意,主客二人在亦庄亦谐的沉默中饮用埃普斯牌大宗产品,可意的可可。

他是否另想到一些殷勤表示,但忍而未作,准备另待时机,以便另一人与他本人完成业已开始的行动?

客人上衣右侧一道长一英寸半裂口可修补。四方女用手帕之一,如经查看确定尚可拿出手去,可赠予客人。

何人饮用较快?

布卢姆,他早开始十秒钟,手持匙柄不断传热的小匙,从其勺面啜饮,与对方速度比为三下对一下,六下对两下,九下对三下。

随同这一频频反复的动作,他脑中有何活动?

观察后得出结论,然而是错误结论,认为对方默默无言是脑中在构思,并因而想到有所教益的作品比消遣作品更能使人获得乐趣,他本人遇到虚构或真实生活中的难题,就曾不止一次从威廉·莎士比亚的作品中寻找答案。

他是否找到答案？

尽管他借助词汇注释表，仔细反复阅读某些经典性段落，他所找到的答案并非从各方面都切合，因而他不能从中获得充分的信心。

一八七七年他十一岁时，《三叶草》周报举行竞赛，提供金额各为十先令、五先令、二先令六便士的三种奖金，他作为潜在的诗人创作诗一首，该诗如何结尾？

满心希望我的诗
能在报上见踪迹
但愿贵报有篇幅。
如我有幸把愿酬，
请勿忘记在诗后
印上贱名布卢姆。

他是否发现，他和今晚临时客人之间有四种分隔力量？

姓氏、年龄、种族、信仰。

他年轻时曾将自己的姓名作何种重新排列？

利奥波尔德·布卢姆
奥尔波卢利布德姆
卢波布德姆尔奥利
布德尔波利奥卢姆
了布德的波利奥卢姆

一八八八年二月十四日，他（动态的诗人）用自己的名字编成离合诗一首赠予玛莉恩（莫莉）·忒迪小姐，是何离合诗？

利用格律加韵脚
奥妙诗歌无尽了

波涛翻滚今胜昔
尔后惟有我诗好
得你就是独占鳌。

大型圣诞童话剧《水手辛巴德》(1892 年 12 月 26 日由 R. 谢尔顿演出,格林利夫·惠蒂尔编剧,乔治·A. 杰克逊与塞西尔·希克斯置景,惠兰夫人与惠兰小姐在迈克尔·冈恩夫人亲自指导下负责服装,洁细·诺尔负责舞蹈,托马斯·奥托演丑角,内莉·布弗里斯特唱主要女童)二期演出(1893 年 1 月 30 日)时①,国王南街 46、47、48、49 号欢乐厅戏院承租人迈克尔·冈恩约编当地主题歌曲一首(R. G. 约翰斯顿作曲),以《布赖恩·博鲁②如能回来,见到今日的老都柏林》为题,描述往年大事或是当年节庆,以便插入第六场钻石谷之中,他何以未能完成?

第一,在皇家大事与当地大事之间举棋不定,因维多利亚女王(1820 年生,1837 年登基)六十大庆在望,而新建市属鱼市场开张在前;第二,担心极端势力将在两项访问上大唱反调,即约克公爵与夫人殿下的访问(实事)与布赖恩·博鲁国王陛下的访问(虚构);第三,同行礼貌与同业竞争之间的冲突,由伯格码头上新建抒情大厅与霍金斯街上新建皇家剧院而引起;第四,同情心分散注意力,引起同情的是内莉·布弗里斯特露出白色非理智、非政治、非主题内衣,当时内衣还穿在她(内莉·布弗里斯特)身上,而内莉·布弗里斯特对此表现非理智、非政治、非主题的态度与情欲;第五,挑选音乐和从《人人笑话集》(共一千页,每页一笑)挑选幽默资料困难;第六,韵脚问题,同音的和并非谐音的,涉及新选市长大人丹尼尔·泰隆、新任行政长官托马斯·派尔、新任检察长邓巴·普伦基特·巴顿这几个姓名。

---

① 圣诞童话剧往往根据某童话故事(例如《水手辛巴德》即取自《一千零一夜》故事),演出时任意增添符合观众兴趣的内容,往往逐日变化,“二期”与“一期”更可有很大不同。

② 博鲁(Brian Boru,926—1014)为爱尔兰国王,以抗击外国入侵著称。

他们的年龄之间关系如何?

十六年前的一八八八年,在布卢姆为斯蒂汾现有年龄时,斯蒂汾为六岁。十六年后的一九二〇年,当斯蒂汾为布卢姆现有年龄时,布卢姆将为五十四岁。至一九三六年,当布卢姆为七十岁而斯蒂汾为五十四岁时,他们二人起初的年龄比率16比0将变成17 ½比13 ½,随着任意性未来年数的增加,比例将增大而差距将缩小,因为如果一八八三年的比例一直保持不变,假定这是可能的话,则于一九〇四年斯蒂汾二十二岁,布卢姆应为三百七十四岁,至一九二〇年斯蒂汾达到布卢姆这时的年龄三十八岁时,布卢姆将为六百四十六岁,而至一九五二年斯蒂汾达到大洪水后最高年龄限度七十岁时①,布卢姆将已活一千一百九十年,出生于七一四年,比大洪水前最高年龄即玛土撒拉的九百六十九岁还大二百二十一岁,而如果斯蒂汾继续活下去,至公元三〇七二年达到那个年龄,则布卢姆应已活八万三千三百年,出生年代不能不是公元前八一三九六年了。

有何事件能使这些计算全部作废?

二人或其中之一停止生存,历史另辟新纪元或新历法,世界毁灭以及随之而不可避免但无法预言的人类消灭。

他们在此以前的交往中,曾相遇若干次?

两次。第一次是一八八七年,在圆镇基梅奇路梅狄纳别墅,马修·狄龙家的丁香花园内,斯蒂汾在母亲身边,他当时五岁,不很愿意伸手致意。第二次是一八九二年一月,一个下雨的星期日,在布雷斯林饭店的咖啡室内,斯蒂汾在父亲和舅公身边,当时他已长了五岁。

布卢姆是否接受小斯蒂汾提出而后由他父亲附议的用餐邀请?

非常感激地,深为领情地,以真诚领情感激的心情,以深为领情而

---

① 按《旧约·创世记》记载,亚当及其后代年龄均为数百岁,但上帝不喜人类罪孽深重,因而发洪水并将人的寿命缩短。

真诚感激而又十分遗憾的心情,他谢绝了。

他们谈及这些往事时,是否发现他们之间尚有第三个联系环节?

赖尔登太太(丹蒂),这是一位拥有独立经济地位的寡妇,她曾自一八八八年九月一日至一八九一年十二月二十九日住在斯蒂汾父母家,又曾在一八九二、一八九三、一八九四年之间住普鲁士街54号伊丽莎白·奥多德所开的城标饭店,而在其中的一八九三年与一八九四年部分时间内,她经常为同住该饭店的布卢姆提供消息,当时布卢姆受雇于史密斯菲尔德5号的约瑟夫·卡夫为职员,管理毗邻的北环路都柏林牛市的销售业务。

他是否曾为她作一些特殊的体力善行?

遇上暖和的夏日傍晚,他有时陪这位年迈体弱、虽不富裕却能独立生活的寡妇,推着她那轮子缓缓转动的康复病人轮椅,走到加文·楼氏先生经销处对面的北环路街角,让她在那里坐一些时候,用他的单镜片双筒望远镜看那些从市内去凤凰公园及从公园返回的电车、装有充气轮胎的马路用脚踏车、出租马车、前后双驾马车、私用及出租活顶四轮马车、双轮轻便马车、小马弹簧车、四轮大马车,眺望车中那些无法辨认的市民。

他那时为何能比较安详地担任这一守护工作?

因为他在青年中期,时常坐在多色玻璃窗前,通过窗上凸起的玻璃球体,观察窗外大街所造成的不断变化的景象,有行人、有四足动物、有脚踏车、有车辆,缓缓地、迅速地、平稳地,绕着一个圆圆的直立的球体边缘,转了又转,转了又转,转了又转。

对现已去世八年的她,二人有何截然不同的回忆?

年长者,她的伯齐克牌与筹码、她那条斯凯㹴狗、她那人们设想的财富、她那时好时坏的反应迟钝现象和卡他性耳聋;年轻人,她那盏点在无沾成胎雕像前的菜油灯、她那两把为查尔斯·斯图尔特·巴涅尔和迈克尔·达维特准备的绿色和褐紫红色刷子、她的薄纸①。

他向一位年轻伙伴透露这些往事,使自己更愿恢复青春,但他是否已无达此目的的手段?

尤金·桑多的《体力锻炼法》专为常坐案头工作的商务人员设计的一套室内运动,他在断断续续做过一阵之后已经荒疏,做这套运动需要对镜集中思想,能将各组肌肉全部调动起来发挥作用,依次产生一种舒畅的坚硬感、一种更舒畅的舒放感、以至一种最舒畅的恢复青春的轻快灵活感。

他在青年早期,是否曾在任何方面有过特殊的轻快灵活?

虽然杠铃举重不在他的能力范围之内,三百六十度旋转不在他的胆量范围之内,然而他在高中学生时期,由于腹肌异常发达,他在双杠上作稳定而持久的双腿平举动作,能胜人一筹。

二人中是否有一人公然提及二人之间的种族区别?

无。

以最为言简意赅的方式,试说明布卢姆关于斯蒂汾关于布卢姆的想法的想法,以及布卢姆关于斯蒂汾关于布卢姆关于斯蒂汾的想法的想法的想法为何?

他想他想他是犹太人,而他知道他知道他知道他不是。

在去除缄默的外封之后,他们各自的父母为何人?

布卢姆为独生男性变体嗣子,其父为松博特海伊、维也纳、布达佩斯、米兰、伦敦及都柏林的鲁道夫·费拉格(后为鲁道夫·布卢姆),其母为尤里乌斯·希金斯(出生姓氏卡罗利)与梵妮·希金斯(出生姓氏赫加蒂)次女爱伦·希金斯。斯蒂汾为最长存活男性同体嗣子,其父为科克

① 据《写照》第一章,赖尔登太太的薄纸常由幼年斯蒂汾给她拿,每次她奖他一块糖。

与都柏林的赛门·代达勒斯,其母为理查德·古尔丁与克丽斯蒂娜·古尔丁(出生姓氏为格里尔)之女玛丽。

布卢姆与斯蒂汾是否曾受洗礼,洗礼地点及施礼人(神职或非神职人员)为何?

布卢姆(三次),由可敬的吉尔默·约翰斯顿硕士先生一人,在空街的城外圣尼古拉斯新教教堂;由詹姆斯·奥康纳、菲利普·古利根、詹姆斯·菲茨派特里克三人共同,在扫兹村一个水龙头下;由天主教的可敬的代理牧师查尔斯·马隆,在拉思加的三圣教堂。斯蒂汾(一次),由天主教的可敬的代理牧师查尔斯·马隆一人,在拉思加的三圣教堂。

二人是否发现二人的学历相似?

如以斯蒂汾代替布卢姆,则斯都姆上的学校依次是幼儿学校与高中。如以布卢姆代替斯蒂汾,则布里汾上的学校依次是预备学校、中学的初、中、高班,然后是皇家大学的新生、第一文科、第二文科、文科学位课程。

布卢姆为何忍而不提自己上生活大学的经历?

因他狐疑不决,记不清这话是否已由他向斯蒂汾说过,或是已由斯蒂汾向他说过。

他们各人代表一种气质,两种气质为何?

科学气质。艺术气质。

布卢姆举出何种证据,说明他的倾向性偏于应用而非理论科学?

他在饱食仰卧以助消化之际,曾经思考若干项可能的发明。他之所以有此思考,是由于他体会到某些现已普遍采用而一度曾是革命性的发明是何等重要,如空中降落伞、反射式望远镜、螺旋式瓶塞起子、安全别针、矿泉水虹吸瓶、用绞车起动闸门的运河船闸、真空水泵等,从中受到了启发。

那些发明是否以改进幼儿园设备为主要目的？

是，将使玩具汽枪、橡皮气球、骰子游戏、弹弓等等均成为过时。包括展示自白羊宫至双鱼宫的黄道十二宫的天文万花筒、微型机械太阳系仪、凝胶数字软糖，与动物饼干相当的几何图形饼干、地球图面皮球、历史服饰玩偶。

除此以外，他的思考尚受何启发？

伊弗雷姆·马刻斯与查尔斯·奥·詹姆斯的财运亨通，前者靠他开设在乔治南街42号的一便士商场，后者靠他在亨利街30号的六便士半商店和世界小精品市场和蜡像陈列馆，门票二便士，儿童一便士；以及现代广告艺术中迄今尚未开发的无穷无尽的可能性，如果能将内容浓缩为一些三字母单概念的符号，垂直面取最大能见度（带猜度），水平面取最大易读性（实际辨认），能有一种催眠效应，能抓住人无意之间的注意力，从而引起兴趣，造成信念，下定决心。

例如？

基11。基诺裤11先令。

钥匙院。亚历山大·J.岳驰。

反例如？

试看这支长蜡烛。请计算此烛燃烧需多长时间，即获免费赠送本公司特制非合成品靴子一双，保证亮度一支烛光。

地址：塔尔博特街18号巴克利一库克公司。

灭菌灵（杀虫药粉）。

顶顶妙（靴油）。

全有了（双叶折叠小刀带瓶塞钻、指甲锉、烟斗通条）。

绝对反例如？

家里缺了李树牌罐头肉,还像个家么?

不像家。有它才是安乐窝。

都柏林商贾码头23号李树公司制,四英两装罐,由哈德威克街19号的圆房子区国会议员市政委员约瑟夫·P.南内蒂植入讣告与忌辰栏下。商标名称为李树。注册商标:肉罐头中长李树。谨防假冒。头罐肉。树李。头子肉。木中李。

他用何实例,以使斯蒂汾使用适当推理,明白创造性虽有创造乐趣,未必一定创造成果?

他本人设计而未获采用的照明展览车计划,车由牲口牵引,车内有两位衣着漂亮的女郎伏案书写。

斯蒂汾随即构思一幅场景提出,是何场景?

山口一孤独旅店。秋。黄昏。炉火已点燃。屋角暗处坐一年轻男人。年轻女人入。忐忑不安。孤独。她坐下。她走向窗口。她站立。她坐下。黄昏。她思索。她用孤独旅店信笺写。她思索。她写。她叹息。车轮马蹄声。她匆匆出去。他从黑暗屋角出来。他攫取孤纸。他执纸就炉火。黄昏。他看字。孤独。

何字?

斜体、正体、反斜体的:王后饭店,王后饭店,王后饭店。王后饭……

布卢姆随即回忆一场景提出,是何场景?

克莱尔郡恩尼斯,王后饭店,鲁道夫·布卢姆(鲁道夫·费拉格)死于一八八六年六月二十七日晚,钟点不详,死因为用药过量,自服修士帽(乌头)坐骨神经痛擦剂,由乌头擦剂两份兑氯仿擦剂一份合成(他于1886年6月27日上午10点20分购自恩尼斯教堂街17号弗朗西斯·邓尼希药堂),服药之前曾经,并非因为,于一八八六年六月二十七日下午三点十五分自恩尼斯主街4号詹姆斯·卡伦服饰商店购置新草帽一顶,硬质平顶,特别漂亮(购帽前已经,但并非因为,于上述时间、地点购买上述毒药)。

二者同名,他认为系由于信息,抑巧合,抑直觉?

巧合。

他是否为客人将当时场景作一口头描述?

他宁愿自己观察对方脸部表情,倾听对方言辞,从而使潜在的叙述得以实现,动态情绪获得缓解。

对方为他叙述的第二场景,叙述者称之为《登比斯迦山望巴勒斯坦》或是《李子的寓言》,他是否认为仅是又一巧合?

他认为,和前一场景一起,以及并未叙述然而可以推想其存在的其他场景,再加学生时代所作的各种题材的文章与箴言(如《我最喜欢的英雄》①或《拖延为偷窃时间之贼》),它本身似乎即已包含,将个人观察误差考虑在内亦仍包含若干在经济、社交、个人前途、性生活诸方面取得成功的潜在可能性,无论是专门成集并选作模范教材(成绩百分之百)以供预备学校或初级学生使用,或是仿照菲利普·波福依或是狄克博士②或是赫博龙的《蓝色研究》③先例印刷成册,向发行有定额而偿债有力量的刊物投稿,或是用作口讲材料,因再隔三日之后即六月二十一日星期二(圣阿洛伊修斯·贡扎加日)为夏至,日出晨三时三十三分,日落晚八时二十九分,此后夜晚日益增长,正可以为热心听众促进脑力活动,他们能默不作声地欣赏引人入胜的叙述,信心十足地预示引入佳境的成就。

有一家庭生活难题经常萦绕在他心头,如不比其他问题更严重至少也同等严重,此难题为何?

---

① 《我最喜欢的英雄》为乔伊斯本人中学时代一篇文章,赞希腊英雄尤利西斯。

② 狄克博士为二十世纪初期都柏林一作家笔名,他时常发表以当地人事为题材的诗歌供杂剧演出使用。

③ 赫博龙为都柏林一律师笔名,其《蓝色研究》(1903)揭露都柏林贫民窟阴暗面。

如何安排我们的妻子们。

他曾设想何等独特解决办法？

客厅游戏(多米诺骨牌、跳棋、挑片、挑棒、杯中球、纳普牌戏、废五、伯齐克牌戏、二十五点、统统要、国际跳棋、国际象棋、十五子戏等)；为警察局长支持的服装协会作刺绣、织补、针织；音乐二重奏，曼陀林和吉他、钢琴和笛子、吉他和钢琴；法律文书誊写或信封书写；隔周看歌舞杂耍；商业活动，如以女主人身份在凉快的奶品店或温暖的烟草店吸烟室出场，雍容大方地指挥一切并接受令人惬意的服从；私访接受国家检查与卫生监督的男妓院，寻求色情刺激的享受；与邻近地区众所周知的体面女性友人之间，在常规性、频繁性、预防性的监视下，以常规性、非频繁、受阻性的间断，作社交访问应酬；专门设计的轻松易学的文科夜校课程。

他的妻子智力发育有所欠缺，方使他倾向于赞成最后一项(第九项)解决办法，有何事例？

她在无所事事时刻，曾不止一次在纸上涂写符号与象形文字，声称为希腊文、爱尔兰文、希伯来文。她曾以长短不等的间距，反复多次提出疑问，加拿大城市魁北克这地名的第一个字母大写应如何写法方算正确。她对国内的复杂政治形势与国际上的力量均势很少理解。在计算账目相加时，常常需要借助指头。在完成简短书信写作后，她将书写工具弃置蜡画颜料中，使之遭受硫酸亚铁、绿矾与没食子的腐蚀作用。不常见的外来难词，她随口读白字或是牵强附会，或是二者兼而有之，如轮回转世(转回来世)，别名(别人瞎说的名字)。

她的这一些和类似的有关人、地、事判断中的谬误，形成智力上的虚假平衡，有何弥补因素？

一切天平的一切垂直臂均为虚假的表面平行，可由图解求证明。她关于一个人的判断十拿九稳可起弥补作用，依靠实践求证明。

他曾试用何法补救这一相对无知状态？

各种方法。将某一书本翻到某页摊开，放置在显目地方；在作解释性引述时，以她有潜在知识为假定；在她面前公开嘲笑某一不在场旁人的无知谬误。

他试用正面教育方法，曾取得多少成功？

她不听全，片言只语，有趣方听，理解而惊，用心背诵，记忆较困难，忘却倒容易，再记便担心，再背又出错。

何法实效较好？

牵涉个人兴趣的间接启发。

例？

她不喜欢下雨打伞，他喜欢女人打伞；她不喜欢下雨戴新帽子，他喜欢女人戴新帽子，他趁雨购置新帽，她戴新帽打雨伞。

依照客人所述寓言中所包含的类比喻意，他举出何等实例说明流放后可以出类拔萃？

三位纯粹真理探索者，即埃及的摩西、More Nebukim①(迷途指津)的作者摩西·迈蒙尼德、摩西·门德尔松②，他们都是真正的出类拔萃，可以说从摩西(埃及的)到摩西(门德尔松)，无人能出摩西(迈蒙尼德)之右③。

斯蒂汾蒙允许而提出第四位纯粹真理探索者，名唤亚里士多德，布卢姆蒙纠正而就此作何发言？

所提探索者曾师从一位犹太教拉比哲学家，姓名不详。

是否提及其他列在次经的杰出法律人物，一个被选或被弃民族的

---

① 希伯来文书名(即《迷途指津》)，此书为迈蒙尼德(见38页注④)主要宗教哲学著作，成于十二世纪后期。

② 摩西·门德尔松(1729—1786)为德国犹太人哲学家。

③ “从摩西到摩西，无人能出摩西之右”为犹太人对迈蒙尼德的格言式赞语。

子孙？

费利克斯·巴托尔第·门德尔松（作曲家）①、巴鲁克·斯宾诺沙（哲学家）、门多萨（拳击家）②、费迪南德·拉萨尔（改革家、决斗家）③。

客对主，主对客彼此以抑扬顿挫的声调朗诵古希伯来语与古爱尔兰语诗歌片段，并将诗意加以翻译，是何片段？

斯蒂汾朗诵：suil，suil，suil arun，suil go siocair agus suil go cuin（走，走，走你的路，安全地走，小心地走）④。

布卢姆朗诵：kifeloch，harimon rakatejch m' baad l' za-matejch（你头发间露出的太阳穴，好像是一片石榴）⑤。

两种语言的语音符号，在经过口语对比之后，又如何以字形对比加以充实？

用并列法。在一本文体拙劣的书（书名《偷情的乐趣》，由布卢姆提供，并在放置桌上时有意将它的封面与桌面相合）的倒数第二页空白页上，使用一支铅笔（由斯蒂汾提供），斯蒂汾写下爱尔兰字母中相当于 G、E、D、M 的字符，简体和变种两种，而布卢姆则写下希伯来文中的 ghimel、aleph、daleth 以及（在缺 mem 的情况下）代用的 qoph 字符⑥，并解释它们作为序数与基数使用的数值，即 3、1、4、100。

这两种语言一已消亡，一正复兴，二人各知其中之一，这知识是理论的抑系实用的？

理论的，因为仅限于某些词形变化与句法规则，几乎完全没有词汇知识。

---

① 费利克斯·门德尔松（1809—1847），德国犹太人音乐家，为上述哲学家门德尔松之孙。

② 门多萨（1763—1836），英国犹太人拳击冠军，号称“以色列之星”。

③ 拉萨尔（1825—1864），德国犹太人，马克思主义改革家，德国工人运动创始人之一，后因恋爱问题决斗而身亡。

④ 典出爱尔兰歌谣《走你的路》。

⑤ 典出《旧约·雅歌》第四章第三节（旧译）。

⑥ ghimel 等五个字代表希伯来文字母中第 3、1、4、13、19 个字母的读音。

这两种语言之间和说这两种语言的人之间有何共同点?

两种语言都有颚音、送气变音、插音与曲折字母;都古老,都是大洪水后二四二年在西奈平原上,在诺亚的后代菲尼叶斯·法赛赫创建的学府中教过的语言,而法赛赫既是以色列的始祖,又是爱尔兰始祖赫伯尔和赫里蒙的祖先;他们在考古、宗谱、圣徒传记、解释经典、讲道、地名学、历史、宗教等方面的文献,其中包括犹太教拉比们和爱尔兰隐士们的著作《托拉》①、《塔木德》(密西拿和革马拉)②、《马所》③、《五经》④、《牛皮书》⑤、《包利莫特集》⑥、《豪斯文集》⑦、《凯尔斯书》⑧;他们的分散、受迫害、残存、复兴;他们在犹太聚居区(圣马利亚修道院街)和弥撒房(亚当夏娃酒馆)⑨中的会堂活动和宗教仪式受到隔离;他们的民族服装受刑法和犹太服装法令的禁绝;在汉娜·大卫重建锡安的企图⑩,爱尔兰获得政治自治或权力下放的可能性。

布卢姆吟唱一段颂歌,预祝这一人种不屈目标的全面实现,是何颂

① 托拉(Torah)为犹太教名词,狭义指《旧约》首五卷,传说为摩西所著而称"摩西五经",或广义指全部希伯来文圣经。

② 《塔木德》常指《圣经·旧约》以外全部犹太教口传法律文献,其中"密西拿"为正文,"革马拉"为注释与阐述。

③ 《马所》即《马所拉本》,为中古时期犹太教学者编纂的《圣经》注音文本。

④ 《五经》即"摩西五经",与上述狭义《托拉》同义。

⑤ 《牛皮书》(The Book of Dun Cow)为爱尔兰文学中最古老的手抄本文集,包括一千余则由十二世纪修士收集的古老手稿和口传故事。

⑥ 《包利莫特集》为爱尔兰古籍选集,见429页注①。

⑦ 《豪斯文集》为豪斯山以北小岛上发现的手抄本拉丁文集,包括《新约》中的四福音书。

⑧ 《凯尔斯书》为八、九世纪间凯尔斯隐修院绘制的手抄本拉丁文福音书,带有精美饰画。

⑨ 十六、十七世纪间,爱尔兰天主教徒曾在"亚当夏娃酒馆"附近建立"地下教堂",借酒馆掩护其宗教活动;"弥撒房"为英国新教徒对天主教堂的称呼。

⑩ 大卫为公元前十一至十世纪古以色列国王,耶路撒冷及其锡安山(参见63页注④)成为圣地主要归功于他;"汉娜·大卫"人名来源不详,可能象征耶路撒冷一带大卫故国地区(即今以色列所在地),近代犹太复国主义者的奋斗目标就是在此重建锡安。

歌？

Kolod balejwaw pnimah

Nefesch, jehudi, homijah.①

吟唱为何在这起首两行之后即告停止？

由于记忆术有缺陷。

吟唱者如何弥补这一欠缺？

以一种叙述诗句意思的文本代之。

两人之间互相有些思路汇合于一共同课题，这些课题为何？

自埃及碑文象形符号至希腊、罗马字母，可以追踪而见一个愈益简化的演变过程，而在楔形文字铭文（闪米特语②）中与细条五肋形欧甘文字（凯尔特语③）中，已蕴有现代速记法与电报代码的先兆。

客人是否接受主人的请求？

双重地，他既用爱尔兰文又用罗马字留下了签名。

斯蒂汾的听觉感受如何？

他听到一种深沉苍老的男性生疏乐调，听出其中积累着过去的历史。

布卢姆的视觉感受如何？

他看到一个敏捷年轻的男性熟悉身影，看出其中预示着未来的命运。

斯蒂汾与布卢姆有何准同时的意愿性的准感受，感到隐藏在后的

---

① 希伯来文："只要在心的深处/犹太的灵魂仍在奔腾"，出于犹太复国主义诗歌《希望》（1878）。此曲现已成为以色列国歌。

② 闪米特语为北非、近东一带通行语族之一，包括希伯来语、阿拉伯语等。

③ 凯尔特语包括爱尔兰语、苏格兰盖尔语等，"欧甘"文字为爱尔兰所发现最早（约公元四世纪）碑刻文字材料。

人物形象?

视觉上,斯蒂汾的:传统的三位一体神格实体,如约翰尼斯·达马西努斯、伦托鲁斯·罗马努斯、埃比凡尼乌斯·莫纳库斯[1]均曾描绘,白肤,极高,葡萄酒般的深色头发。

听觉上,布卢姆的:传统的遭难时极度悲痛之音。

布卢姆过去曾认为有可能的未来事业为何?以何人为榜样?

在教会,罗马天主教、英国圣公会、或是不从国教派:榜样有耶稣会的十分可敬的约翰·康眉、三一学院院长可敬的 T. 萨文神学博士、亚力山大·约·道伊博士。律师业,英国的或是爱尔兰的:榜样有王室法律顾问西莫·布希、王室法律顾问鲁弗斯·艾萨克斯。舞台上,现代的或是莎士比亚戏剧:榜样有高雅喜剧演员查尔斯·温德姆、莎士比亚戏剧表演家奥斯蒙德·特尔(1901 年去世)。

主人是否鼓励客人以抑扬声调吟唱一首主题与此有联系的奇特故事诗?

是,并且请他放心,因他们所在地点僻静,说话无人能听见,其时除去机械性混合物的次固体残留沉淀外,水加糖加奶油加可可调制的饮料已经喝下,人已感到安心。

朗诵此故事诗的第一(大调)部分。

小哈里·休斯和同学一大帮
闹哄哄玩皮球到了街上。
哈里他第一脚就把那皮球,
踢进了犹太佬花园墙里头。
哈里他再踢他的第二脚,
就把那犹太佬的窗子砸破了。

① 达马西努斯(约公元 700—754)、罗马努斯(传闻中基督在世时罗马总督)、莫纳库斯(约公元 315—400)均曾以文字描述基督形象。

鲁道夫之子对此第一部分反应如何?

感情单纯。他身为犹太人并无反感,面带微笑而听之,并见到厨房玻璃未破。

朗诵此故事诗的第二(小调)部分。

这时出来了犹太佬女儿
穿的是一身的绿衣儿。

“回来吧回来吧漂亮的小儿郎，
把皮球再踢踢给我欣赏。”

“我不来，我绝对的不能瞎跑
没有我同学的和我一道，
老师他知道了可不能饶，
我可得吃不了兜着走了。”

“她一把就捉住了他雪白的手，
领着他就往那屋子里头走
直把他带进了深处的房间，
在那里他要喊谁也听不见。

她从她口袋里掏出折叠刀，
把他的小脑袋一刀割掉。
从此后他再不能玩他的皮球
因为他已经把他的小命丢。”①

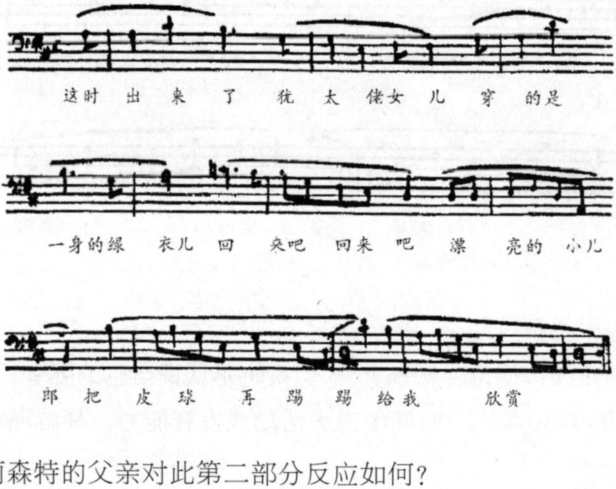

米莉森特的父亲对此第二部分反应如何？

① 歌谣出典为十三世纪关于英国一名儿童遭犹太人杀害的传说；乐谱系乔伊斯友人为《尤利西斯》谱写。

感情复杂。他听之而不带微笑,见那穿一身绿衣的犹太女儿而心感诧异。

试将斯蒂汾的评论作一简要叙述。

各点之一,最小一点,是受害者系命中注定。一次是粗心大意,二次是有意向命运挑战。它在他孤零零时来到,在他迟疑时引他,并以希望与青春的形象捉住了不抗拒的他。它领他去一偏僻住处,一间秘密的异教徒房间,无情地将顺从的他作了牺牲。

主人(命中注定的受害者)为何悲哀?

他感到,一件事情做了是讲出来好,一件并非由他所做的事情,他最好不讲。

主人(迟疑而不抗拒)为何静止不动?

遵照积蓄精力法则。

主人(秘密的异教徒)为何沉默?

他在权衡宗教仪式杀人行为是否事实的正反两方面的迹象:僧侣统治集团的煽动、民众的迷信心理、不断剥蚀事实真相的流言蜚语、对富裕生活的妒羡、复仇心理的影响、返祖性缺陷的断续再现,以及狂热心理、催眠作用及梦游现象等减轻罪责的情节。

此类心理与生理失常现象中,有何种现象(如有)是他也不能完全避免的?

催眠作用的影响:有一次,他醒来时不认识自己的卧室;不止一次,他醒来后,在一段不定时间中丧失活动或发音能力。梦游现象:有一次他在睡眠中起身,伏地向无火壁炉方向爬行,而在爬到目的地之后,就地蜷缩在无火炉前,身穿睡衣而卧,继续睡眠。

这后一现象或类似现象,是否曾在其家庭任一成员中有所表现?

有两次，在霍利斯街和在安大略高台街，他的女儿米莉森特（米莉）六岁与八岁时，曾在睡梦中发出恐怖喊叫，而在两位身穿睡衣的人前来询问时却神色茫然，哑口无言。

他对她的幼时情景，有何其他记忆？

一八八九年六月十五日。一名吵闹的新生女婴在啼哭，既造成而又减轻充血。易名派德尼短袜头的小孩，抓住她的钱罐头，摇了又摇，摇了又摇；数着他的三颗无事充钱币的纽扣，一、啊、参；她扔掉一个玩偶，一个男娃娃，一个水手；父母都是深色头发，而她却是一头金发，她有金发祖先，远的，一次强奸，奥地利陆军的海塔上尉先生，近的，一个幻象，英国海军的马尔维中尉。

有何民族性特征出现？

相反的，鼻子与额角的造型特征，是由直线遗传而来的，虽有间隔，仍将在长久间隔之后再现，以后间隔距离进一步加大，以至达于最大距离。

他对她的少女时期有何记忆？

她将她的铁环与跳绳搁置不用。在公爵草坪上，她不接受一名英国游客的请求，不许他拍摄和带走她的人像（反对理由未说明）。在南环路上，她和埃尔莎·波特结伴而行时，被一模样邪恶的人跟踪，她转进斯塔墨大街，走了一半突然转回身去（转身理由未说明）。在她出生十五周年的前夕，她从西米斯郡的马林加写来一封信，简单提到当地的一名学生（系别和年级未说明）。

首次离别为二次离别的预兆，是否使他难受？

不如他原来想象的严重，比他原来希望的严重些。

与此同时，有何二次外出引起他不同而类似的注意？

他的猫暂时外出。

为何说类似,为何说不同?

类似,因为受一种秘密动机的驱使,即寻求一新的男性(马林加学生),或是寻求药草(缬草)。不同,因为回到居民处或居住处的可能方式不同。

在其他方面,她们的不同处是否类似?

在被动方面,在经济方面,在接受传统的本能方面,在出人意料方面。

例如?

考虑到她耐心地斜依金发,请他给她扎缎带(比较猫仰脖子)。再如,在斯蒂芬草地那空荡荡的湖面上,在树丛的倒影之间,她的不加评论而啐去的唾液画出了一层层同心圆的水圈,由一条平卧沉睡的鱼的永久静止作为标志(比较猫守老鼠)。又如,她为了记住一次著名军事行动的日期、作战人员、结局与后果,拉自己的一根辫子(比较猫洗耳朵)。更有,傻闺女米莉呵,她梦见和一匹马作了并未说话也记不住内容的交谈,那马名叫约瑟夫,她给他(它)一杯柠檬汁,它(他)好像接受了(比较猫在壁炉前做梦)。由此可见,在被动、经济、接受传统的本能、出人意料等方面,她们的不同处是类似的。

他如何利用作为婚礼吉庆送的礼物二件,一是猫头鹰一只,二是钟一只,借以提高她的兴趣和教育她?

作为实物教育,借以说明:一、卵生动物的天性与习惯、空中飞行的可能性、某些视觉不正常现象,以及非宗教的施用香料防腐过程;二、以摆锤、轮齿、调节器为实例的钟摆原理,指针在固定刻度盘面上作顺时钟方向移动的各种位置,如何转化为人或社会活动的调节标志,以及每小时长短指针必有一次指向同一角度的准确性,即每小时之后均在以每小时五又十一分之五分的等差级数递增的角度。

她以何种方式回报?

她记得:在他出生的二十七周年时,她赠给他仿制的德比王冠瓷器早餐杯一只。她提供:在季度日或是前后日期,如他作采购而并非为她,她表现出关心他的需要,事先想到他的心愿。她欣赏:在他向她解释一个自然现象之后,她表示希望不通过逐步掌握而立即获得他的科学知识的一部分,一小半,四分之一,千分之一。

梦游者米莉之父昼游者布卢姆,向夜游者斯蒂汾提何建议?

在厨房之上而与男女主人卧房毗邻的房内,设置临时卧处一方,供其在星期四(理应是)与星期五(正常日)之间数小时休息之用。

这一临时安排如能延长,将产生或可能产生何等不同方面的益处?

对客人:居住有定处,学习有静处。对主人:智力可恢复青春,可获替代性满足。对女主人:迷恋可分散,意语发音可纠正。

客人与女主人之间这些可能发生的临时性安排,并不一定妨碍一位同学与一位犹太人之女之间的一种永久性的调和结合的永久性结果,也并不一定受它的妨碍,何以故?

因为通过母亲可接近女儿,通过女儿可接近母亲。

主人提一措辞啰嗦而离题万里的问题,客人作一简单明了而完全否定的回答,问题为何?

他是否认识于一九〇三年十月十四日悉尼广场火车站事故中身亡的埃米莉·辛尼柯太太?

主人开始作一项有所联系的声明却忍而不发,是何声明?

一项解释缺席原因的声明,一九〇三年六月二十六日玛丽·代达勒斯太太(出生时姓古尔丁)安葬,正是鲁道夫·布卢姆(出生时姓费拉格)逝世周年前夕。

庇护所建议是否被接受?

它受到了毫不犹疑、并无解释、彬彬有礼、深表感激的谢绝。

主客之间有何金钱过手事宜?

前者向后者无利息归还后者交给前者的一笔款项,即英币一镑七先令。

有何等修正建议被交替提出、接受、修改、谢绝、另行措词重新提出、重新接受、批准、再次确定?

开办一门有计划的意大利语言课程,地点在受教者住处。开办一门声乐课程,地点在授课者住处。开办一系列静态的、半静态的和漫步走动的思想性对话,地点在对话双方住处(如对话双方同住一处)、下修道院街6号船舰饭店与酒店(店主 W. E. 康纳里)、基尔代尔街10号爱尔兰国立图书馆、霍利斯街29、30、31号国立产科医院、公园、教堂附近、两条或更多条通衢的汇合处、双方住处之间直线的等分点(如对话双方各住一处)。

布卢姆为何感到实现这些互相排斥的方案有问题?

往事的不可挽回性:一次,在都柏林拉特兰广场的圆房子看艾伯特·亨格勒马戏团表演,一位穿杂彩衣服的小丑灵机一动寻找父亲,从表演场内出来,跑到观众席中布卢姆独坐处,当众宣布他(布卢姆)是他(小丑)的爸爸,引得全场观众开怀大笑。未来的不可预见性:一次,在一八九八年的夏天,他(布卢姆)在一枚二先令银币的轧文边缘上刻了三个缺口,在向大运河沙蒙特商场一号的家庭食品杂货供应商 J 和 T. 戴维付账时,将这银币作为货款付出并被接受了,希望它参与市民金融流通后有朝一日能通过迂回或是直接路线回到他手中。

该小丑是否为布卢姆之子?

否。

布卢姆的银币是否回来？

无影无踪。

一种反复出现的挫折何以使他特别懊丧？

因为人类生存处于关系重大的转折点，他愿意谋求许多社会条件的改进，一些由不平等、贪欲与国际敌对情绪所造成的情况。

这是否说明他相信人类生活可以由消除这些条件而无限改善？

在人类生活的总体中，有一些由自然法则而非人为法律所规定的一般条件，这些是不能改变的组成成分：为获得食物营养所必需的杀生；个人生存的终极功能的痛苦性，生与死都要经历的剧痛；猿猴以及（尤其是）人类的女性，从青春发育期直至绝经期，都要单调反复经历的月经；海上、矿上、工厂内难于避免的事故；某些十分痛苦的疾病及由此而引起的外科手术、天生的精神错乱、与生俱来的犯罪倾向、毁灭性的流行病；灾祸性的巨变，使恐惧感成为人的精神状态中的基本因素；震中位于人口稠密地区的大地震；自婴儿期通过成熟期以至衰老期，经由一系列剧烈变形而实现的生命发展实况。

他为何不愿加以推断？

因为要用另外一些比较理想的现象，去取代那些需要消除的不很理想的现象，这是一项须有更高的智能方能完成的任务。

斯蒂汾是否对他的沮丧情绪有同感？

他肯定了他作为一个自觉的有理性的动物的意义，就是要用演绎推理的办法从已知推向未知，作为一个自觉的有理性的反应体，就要在微观世界与宏观世界之间活动，而这是无可避免地构筑在虚无缥缈的空间之上的。

布卢姆是否理解这一肯定？

词句未理解。实质有理解。

对自己的缺乏理解,他有何安慰?

作为一名无钥匙而有能力的城市居民,他已经奋力通过虚无缥缈的空间,从未知进入了已知。

从奴役之府出去,进入人类居住的旷野,是按何顺序,以何仪式实现的?

插在烛台上点亮的
蜡烛
布卢姆举着
顶在白蜡手杖上的助祭师用的
帽子
斯蒂汾举着

以何种 secreto① 声调,吟颂何首纪念性诗篇?

第一一三首,modus peregrinus:In exitu Israel de Egypto:domus Jacob de populo babaro.②

在出口门边,二人各取何行动?

布卢姆将烛台置于地上。斯蒂汾将帽子戴在头上。

有何物将出口之门用作进口之门?

有猫一只。

二人默默走出房屋后门,主人在前客人在后双重黑影,由门内幽暗处走入花园中朦胧处时,有何景象呈现在面前?

---

① 拉丁文:“分别”,为天主教弥撒书中在主祭应分别吟诵处的指示。

② 拉丁文:“外出方式:以色列人一离开埃及,雅各的子孙一离开异族的土地。”按此诗亦名《逾越节之歌》,在天主教拉丁文《圣经》中为《诗篇》第一一三首,在英文译本及中文译本中为一一四首。

满天星斗一棵天树,坠着湿润的夜蓝色的累累果实。

布卢姆向同伴指点各处星座时,有何伴随而来的思考?

思考内容涉及宇宙扩展越来越巨大;涉及朔望月之初的月亮接近近地点而不可见;涉及天然奶般的银河,格状体内有无数星星在闪烁,白昼可在由地面向地心垂直下挖五千英尺的圆筒底上观察;涉及天狼星(大犬星座中主星),距我们的行星十个光年(57,000,000,000,000英里),体积为其九百倍①;涉及大角星;涉及岁差现象;涉及猎户星座,其腰带、其六太阳椭圆与其星云,大小足以容我们这样的太阳系一百个②;涉及垂死与新生的星辰,类似一九〇一年发现的新星;涉及我们的太阳系正在往武仙星座方向冲去;涉及视差,恒星之间的视差位移,所谓的恒星,实际上是不断移动的飘泊者,从不可记数的遥远的亿万年前飘向无穷无尽的遥远的未来,人的寿命限度七十年与它相比,仅是无限短暂的一个小小插曲而已。

是否也有相反方面的思考,涉及宏大性质越来越少的演变?

涉及地球岩层层理中记录的以十亿年计的地质时期;涉及隐藏在地穴中、可移动的石块下、蜂窝蚁穴内的千千万万昆虫类有机存在体,以及微生物、细菌、病菌、杆菌、精子;涉及依靠分子亲和力而凝聚在一个小小针尖中的不计其数的百千万亿个分子;涉及人血血清的宇宙,其中星罗棋布地排列着红白血球,而这些血球又每一个都是一个拥有空荡荡的空间的宇宙,其中又排列着许多可分裂的组成成分,这些成分又是每一个都可以分裂成可再分裂的组成成分,实际并不分裂的被分割体与分割成分都越来越小,以至最后,如果这一进程一直进行到底的话,一无所有的空空如也也决不会达到。

他为何不将这些计算做得更细,求得更精确的结果?

---

① 根据不列颠百科全书,天狼星距太阳约八点六光年,体积略大于太阳,而太阳体积为地球之一百三十万倍。

② 猎户座大星云实际大小,据十九世纪末年估计已超过布卢姆所说一千倍以上。

因为若干年前，在一八八六年，他在解圆积求方问题过程中，了解到曾有人演算一个数字，例如九的九次方的九次方，在计算到比较精确的程度时竟是这样的长，竟要占这么多的地方，以至演算获得答案之后，要完整地印出运算中的个、十、百、千、万、十万、百万、千万、亿、十亿等等整数，需要用三十三册的书，每册都有印得密密麻麻的一千页，需要动用无数刀、无数令的圣经纸，每一个系列数字中的每一个单位数字的星云体系中的内核，都存有一种压缩的潜能，都可以淋漓尽致地发挥动态，开展其任何次乘方的任何次乘方。

他是否认为另外两个难题还比较容易解决，即其他行星及其卫星是否可以由人类之内一特定种族居住，该种族是否可以由一救赎主获得社会的和道德上的救赎？

困难的范畴不同。他知道人类机体在正常情况下可以承受十九吨的大气压，而在地球大气层中上升到相当的高度之后，就要依照接近对流层与同温层之间的分界线的程度，以按等差级数递增的严重性出现鼻孔流血、呼吸困难和眩晕现象，因此他在提出这一问题求解时，曾设想一个无法证明为不可能存在的工作假说，即在火星、水星、金星、木星、土星、海王星、天王星上的足够的相当条件下，如有一个适应性更强而结构不同的种族，是可以在不同条件下生存的。不过一个离地极远的人种，其外形虽有各种变化，其有限变化的结果终究还是与总体相似并且彼此相似，大概在那里和在这里一样，始终难于改变，难于摆脱对空虚、空虚的空虚，以及一切空虚之物的追求①。

救赎的可能性问题如何？

小前提已由大前提证明。

对于各星座的诸多特征，他逐一考虑的有几许方面？

---

① 《旧约·传道书》第一章第二节载“传道者”感叹，按詹姆斯王钦定本英译为：“空虚的虚荣……空虚的虚荣。一切均为虚荣。”现代英语译本已改为“一切无用，无用……生命无用，一切无用”。

各不相同的色泽,标示着各种程度的活力(白、黄、绯红、朱红、辰砂);各不相同的亮度;星座等级,能见范围达七等,包括第七等①;星座位置;御夫星座;银河;小熊星座;土星环系;螺旋状星云凝聚而成太阳;双太阳的互相依赖的旋转;伽利略、赛门·马里乌斯、皮亚齐、勒威耶、赫歇耳、伽勒等各自独立取得的独立发现②;波得与开普勒设法求得星间距离的立方与周转时间的平方数字之间系统关系所作的努力③;毛发蓬松的彗星的几乎无限的可压缩性质,它们自近日点至远日点之间进出太阳系所循的巨大椭圆轨道;陨石来自恒星的理论;在较年轻的观星者出生期间火星上出现的利比亚洪水④;每年在圣劳伦斯庆礼(8 月 10 日殉道)前后都会出现的陨石雨;每月一现的所谓新月抱残月现象;人们设想的天体对人体的影响;威廉·莎士比亚出生时期前后,在永不降落的卧姿仙后星座中的四等星上空,出现一颗昼夜照耀的超级亮星(一等星,由两颗不发光的废太阳相撞合并时炽热发光形成的新太阳),而在利奥波尔德·布卢姆出生时期前后,也有一颗来源相似而亮度较低的星(二等星),在大熊星座中出现和消失,至斯蒂汾·代达勒斯出生前后,又有(据推测)来源相似的星,在仙女星座中(实际上或是据推测)出现或消失,在小鲁道夫·布卢姆⑤出生和死亡之后数年内,御夫星座中有星出现和消失,在其他人出生和死亡之前或之后数年内,在其他星座中又有其他新星出现和消失;伴随日食和月食而出现的现象,从掩始至复现,有风势减弱、阴影移动、有翼动物噤声、夜间或黄昏出没的动物出现、幽光持续不散、地面水色发乌、人的脸色发白。

---

① 星等依据其亮度而定,越亮等级越小,七等星为人眼能见的最低亮度。

② 意大利天文学家伽利略(1564—1642)与巴伐亚里天文学家马里乌斯(1573—1624)均在一六一〇年前后发现土星的四颗卫星;皮亚齐(1746—1826)、勒威耶(1811—1877)、赫歇耳(1738—1822)、伽勒(1812—1910)为意、法、英、德等国天文学家,均曾各有天文学发现。

③ 波得(1747—1826)与开普勒(1571—1630)均为德国天文学家,均对测定星间距离有贡献。

④ “利比亚”为火星赤道地区,一八九四年(斯蒂汾出生后十二年)美国天文学家发现此区春季出现大片带状阴影,认为系火星南极冰块融化形成的洪水。

⑤ “鲁道夫”为茹迪的大名。

他(布卢姆)在全面考虑此事并对可能发生的差错作了保留之后,逻辑性的结论为何?

结论为这并非天树,并非天洞,并非天兽,并非天人。这是一种乌有之乡,因为事实上没有一种已知的方法可以从已知推到未知;是一种无边无际的存在,借助假想中的一个或更多个大小相同或不相同天体的相对定位,方能获得同样有边际的存在;一些幻影形态,已在空间失去其动态而在空气中再度活动起来而构成的动的事态;一种往事,在很可能观看它的人进入实际的现实存在状态之前可能早已终止其作为现实而存在的过程。

他对此景象的美学价值是否认为尚较可取?

无可置疑,原因在于曾有诗人再三吟咏,或是倾心至极而发疯狂呓语,或因受拒而垂头丧气,呼吁热情星座以求同情,或是咏叹他们所在行星的卫星性寒冰冷。

既如此,他是否认为人间灾祸受天象影响的理论尚可作为信条而接受?

他感到,将其证实的可能性与将其驳倒的可能性不相上下,同时感到其月面图中所用术语,出于可加核实的直觉的成分,与出于谬误类比的成分不相上下:梦湖、雨海、雾湾、多产海洋。

在他看来,月亮与女人之间有何特殊相近关系?

她的古老,比地球上连续相传的世世代代出现在前而消亡在后;她在夜间的优势;她作为卫星的依存地位;她的光辉反射作用;她在一切月相变化下的不变性,定时升落;定时盈缺;她那被迫不变的相对面相;她对含糊不清的提问善作模棱两可的回答;她对潮流涨落的影响;她既能令人倾心,又能使人难堪,既能给人以美,又能使人发疯,挑动和助长越轨行为;她的宁静而深不可测的容貌;她如此接近而又傲然独立,光彩照人而不容侵犯的可怕性;她能预示风暴起落的征兆;她的光亮、她的动静,她的出现对人的兴奋作用;她的环形山,她的枯海,她的缄默所起的告诫作用;她在显露可见时的光彩夺目;她在不显露可见时的神秘魅力。

有何光亮迹象这时显露可见,吸引了布卢姆的视线,从而也吸引了斯蒂汾的视线?

在他的(布卢姆的)房子二楼(后部)一盏斜扣灯罩的煤油灯的映影,投射在滚轴窗帘的屏幕上,昂吉尔街16号弗兰克·奥哈拉窗帘、帘轴、滚动门板厂产品。

他如何阐明一个神秘现象,即一个显露可见的光亮迹象,一盏灯,标示着一个不显露可见而颇具魅力的人,他的妻子玛莉恩(莫莉)·布卢姆?

用间接、直接言词的提示与认可;用表示恩爱与欣赏而有所克制的态度;用描述;用嗫嚅;用暗示。

此后二人均沉默无言?

沉默无言,各人审视对方,他们的他的而不是他的面容互相形成肉镜。

二人是否无限期地无行动?

由斯蒂汾倡议,由布卢姆怂恿,斯蒂汾在先,布卢姆后随,二人均在幽暗处解手,两人侧身相近,两人的小便器官各自用手遮掩而不显露于对方,而两人的目光,布卢姆在先,斯蒂汾后随,均仰视投射在屏幕上的半明半暗映影。

相似否?

两人的小便,起始是一先一后,继而是同时喷射,所描轨迹并不相似。布卢姆的较长而流势较缓,形如分叉的倒数第二个字母而不完整,他在高中的倒数第一年(1880),曾经有能力达到全学府当时合计二百一十名学生人数的最大高度;斯蒂汾的较高而嗞声较大,他在前一日的倒数数小时内,已摄入大量利尿饮料而形成居高不下的膀胱压力。

二人各对对方一侧并不显露可见但是可闻其声的并排器官,产生何种疑问?

布卢姆的:有关其刺激感受性、充血肿胀性、坚硬性、反应性、大小程度、卫生状况、被毛情形等疑问。斯蒂汾的:有关耶稣受割礼的圣职上的完整性(一月一日节日义务,须望弥撒而避免非必要的体力劳动)①,以及神体包皮,即神圣罗马普世纯正教会保存在卡尔喀塔的肉质婚礼指环②,究应享受简单的超级崇敬,抑应与神体脱落物如头发、指甲之类地位相同,享受第四级的天主崇拜③?

这时二人同时见何天象?

一颗星以显然极高的速度横过天空,自天顶之上的天琴星座中的织女星方向,越过后发星座的美发星群,向黄道带内的狮子宫飞去。

作向心运动的留住者,如何为作离心运动的远去者提供出口?

将一把曾经锉过的阳性钥匙,插入一个不甚稳定的阴性锁穴内,在钥匙柄上感到能使上劲后,将钥匙齿口自右向左转动,将门闩从闩套中抽出,以痉挛似的动作向内拉开一扇老式无铰链的门,露出一个可供自由出入的口子。

二人分手时如何彼此告别?

直立在同一门口,分立在门基的两边,两条辞行送行手臂的线条相交于任何一点,形成任何小于两个直角之和的角度。

---

① 耶稣出生后第八日(一月一日)受割礼,因而该日为天主教节日,但耶稣既为神,割其包皮是否有损其神体完整?

② 卡尔喀塔(Calcata)在罗马附近,耶稣受割礼所割包皮在该地教堂内保存。天主教将教会视作耶稣的新娘。

③ "天主崇拜"仅适用于天主,而"超级崇敬"为天主教对圣母的崇敬,意为超过其他一切圣徒,但仍视之为人而非神。

正当两臂切线相合，两只（各自）作离心、向心运动的手相离之际，有何音响出现？

圣乔治教堂的编钟，敲响了鸣报夜时的一串钟声。

二人各自听到钟声有何回音？

斯蒂汾听到的是：

Liliata rutilantium. Turma circumdet.
Iubilantium te virginum. Chorus excipiat. ①

布卢姆听到的是：

嘿嗬！嘿嗬！
嘿嗬！嘿嗬！②

当天，在相同钟声的召唤下，若干人物曾与布卢姆一同从南边的沙丘，去往北边的葛拉斯内文，如今均在何方？

马丁·坎宁安（在床上）、杰克·帕尔（在床上）、赛门·代达勒斯（在床上）、内德·兰伯特（在床上）、汤姆·克南（在床上）、约·哈因斯（在床上）、约翰·亨利·门顿（在床上）、伯纳德·科里根（在床上）、派齐·狄格南（在床上）、派迪·狄格南（在墓中）。

独自一人的布卢姆，耳闻何种音响？

天所生育的地上，有远去脚步声的双重回荡，在回音振荡的胡同内，有犹太人的竖琴弦音的双重颤动。

独自一人的布卢姆，这时有何感受？

星际的寒冷，冰点以下数千度，或是华氏、摄氏、列氏温标的绝对零度：即将来临的破晓给人的初步预示。

---

① 拉丁文送终祈祷文，同第一章结尾等处（参见13页注①和30页注③）。

② “嘿嗬”（同第四章结尾）为英语中惯用的叹息声，一般表示厌倦、失望等情绪（据新版牛津大字典解释）。

钟声、手触、脚步、孤寒使他忆及何事？

忆及故友多人，如今已各在不同地区以各不相同方式去世：珀西·阿普穷（摩德河阵亡）、菲利普·吉利根（杰维斯街医院痨病）、马修·F.凯恩（都柏林海湾意外事故溺死）、菲利普·莫伊塞尔（海梯斯堡街脓毒症）、迈克尔·哈特（慈母医院痨病）、派特里克·狄格南（沙丘中风）。

有何现象的何种前景使他倾向于滞留不动？

最后三颗星的消失、晨曦的开始弥散、一轮新日的露面。

他是否曾经观看这些现象？

曾有一次，在一八八七年，他在基梅奇的卢克·多伊尔家参加一次持续时间较长的字谜游戏后，曾坐在一垛墙上耐心等待白昼现象出现，两眼直盯着米兹腊的方向即东方①。

他是否记得最初的从属现象？

空气增加动态，远处一鸡司晨，若干不同地点教堂响起钟声，鸟乐鸣奏，一个清早上路的人传来踽踽独行的脚步声，一个并不显露可见的发光体开始显露弥散光芒，复活的太阳在天边低低地露出一线金色的边缘。

他是否滞留？

他深有感触，回过头来，回进花园，回入过道。回手关上屋门。他短叹一声，拾回蜡烛，回上楼梯，回上门厅，回向前房，回进房门。

他的回程为何突然受到阻挡？

---

① 米兹腊（Muzrach）为希伯来语“东方”，西方犹太教人作祈祷时面向东方以示向往耶路撒冷。

他的头颅的中空球体的右颞叶,突与一实体木角相撞,撞处在极其短促而仍可辨明的几分之一秒之后,即由于先行感觉的传导与接纳而产生疼痛感。

试描述家具摆设变动情况。

一张深紫红色长毛绒面的长沙发,已由房门对面搬到壁炉边靠近卷紧的联合王国国旗处(这是一项他已多次想作的移动);镶嵌蓝白方格的意大利花瓷面的桌子,已挪至门对面深紫红色长毛绒沙发腾出来的地方;胡桃木餐具柜已由门边原来的地方移至门前,这地位比较方便但也比较危险(刚才短暂地阻止他的回程的正是此柜一突出柜角);两把椅子已由壁炉的左右边,挪至原来放镶嵌蓝白方格意大利花瓷面桌子的地方。

试描述这两把椅子。

其一:一把低矮而填塞软料的沙发椅,扶手坚固而前伸,靠背向后倾斜,在回弹而被推后时曾将一长方形地毯的不规则形状的缘饰翻起,椅上座处丰厚的面料已开始退色,中心最显著而向四周逐渐扩散,逐渐减轻。其二:一张苗条的八字脚藤椅,藤条弯弯曲曲而发亮光,与前者相对而立,椅身从上端到座,从座到下端都涂有深褐色亮漆,椅座为鲜亮的白色蒲草编的圆片。

这两把椅子有何意义?

有类比意义、姿态意义、象征意义、间接证据意义、超常证物意义。

原置餐具柜处,现置何物?

一架立式钢琴(卡德比牌),键盘敞着,关着的琴身上有一双黄色的女用长手套,一只翠色的烟灰缸,缸内有四根燃过的火柴、一支吸掉了一段的香烟、两个染上颜色的烟头,乐谱架上放着用适合歌喉和钢琴的 G 调谱的《爱情的古老颂歌》(G. 克利夫顿 · 宾厄姆编写歌词,J. L. 莫洛伊谱曲,安东妮蒂 · 斯特林夫人唱),翻开在最后一页处,页上的最终指示是 ad libitum①, forte②, 踏板, animato③, 持续踏板, ritirando④, 结束。

布卢姆逐一审视这些物件时心情如何?

举烛台时,心情紧张;摸右侧鬓角上撞伤起包处,觉得疼痛;盯住一个大而色暗的被动体和一个苗条而鲜亮的主动体看时,十分注意;弯腰将翻起来的地毯饰边翻回去时,认真关切;想起玛拉基·马利根大夫对于包括青色色调在内的色品分析,觉得好笑;重复那些话和先行行动,通过内部各种感觉的传递渠道而获得由这行动引起的微温感,一种有趣的逐渐退色扩散的感觉,觉得愉快。

他的下一步行动?

从意大利花瓷面桌子上,他由一只敞着的盒子内取出一个黑色小圆锥形物,一英寸高,圆底朝下立在一只马口铁小盘子内,将手中烛台放在壁炉右角上,从坎肩口袋内取出一张折叠着的开发计划(带插图),题为 Agendath Netaim,展开略看一下,将它卷成一根细长的圆棍,就着烛火点燃,燃起之后凑在锥尖上,直至将锥头燃至发红,方将小纸棍放在烛台底盘内,并将其未燃部分略作安排,以利于全部烧尽。

这一行动有何后继?

微形火山的截头圆锥形火山口,喷出一股垂直上升而呈蛇形的烟,散发出东方焚香的浓郁香味。

壁炉架上,除烛台之外,有何其他同位类似物品?

康尼马拉条纹大理石座钟一台,停在一八九六年三月二十一日凌晨四时四十六分,是马修·狄龙送的结婚礼物;透明钟形罩下的矮小冰

---

① 拉丁文:即兴。

② 意大利音乐术语:强音。

③ 意大利音乐术语:雄壮,有生气。

④ 意大利文(杜撰词):退隐。

川树一棵，是卢克与卡罗琳·多伊尔送的结婚礼物；经过防腐处理的猫头鹰一只，是市参议员约翰·胡珀送的结婚礼物。

这三件物品与布卢姆之间，有何眼色交换？

在壁炉上的镶有金边的大镜子中，矮树的不加装饰的后背，瞅着猫头鹰的挺直的后背。在镜子前方，市参议员约翰·胡珀送的结婚礼物，用一种明净而忧郁，智慧而透亮，静止不动而深表同情的眼光瞅着布卢姆，而布卢姆则以并不明亮的，宁静而深邃的，静止不动而接受同情的眼光，瞅着卢克与卡罗琳·多伊尔送的结婚礼物。

此后，镜中有何不匀称的拼合形象吸引了他的注意力？

一名孤独（自我关系）而变化（异己关系）的男人形象。

为何孤独（自我关系）？

兄弟姐妹他一概全无，
他父亲的父亲是他的祖父。

为何变化（异己关系）？

自婴儿期至成年期，他像他的母性生育者。自成年期至老年期，他将像越来越像他的父性生育者。

何为镜子给他的最后视觉印象？

一个光学映像，显出对面的两层书架上，有几册书颠倒乱放，书名闪光但不符相同字母的顺序。

试编书目。

《汤姆公司都柏林邮局一八八六年姓名住址一览表》。

丹尼斯·弗洛伦斯·麦卡锡《诗集》（第五页处夹有紫铜色山毛榉树叶作为书签）。

莎士比亚《作品集》（深红摩洛哥皮面，烫金）。

《实用计算手册》(棕色布面)。

《查尔斯二世宫廷秘史》(红色布面压印装帧)。

《儿童指南》(蓝色布面)。

《基拉尼美色》(带护封)。

《少年往事》,国会议员威廉·奥布赖恩著(绿色布面,略见褪色,第217页处夹有信封作为书签)。

《斯宾诺莎思想》(褐紫红色皮面)。

《天空的故事》,罗伯特·鲍尔爵士著(蓝色布面)。

埃利斯《三访马达加斯加》(棕色布面,书名已磨去)。

《斯塔克·芒罗书信集》阿·柯南道尔著,卡佩尔大街106号都柏林市立公共图书馆藏书,一九〇四年五月二十一日(圣灵降临节前夕)借出,一九〇四年六月四日到期,逾期十三日(黑色布面装帧,有白色书号标签)。

《中国游记》,“旅行者”著(包有牛皮纸书皮,红墨水书名)。

《塔木德的哲学》(活页装订成册)。

洛克哈特《拿破仑传》(缺封面,页边有评注,贬低主人翁各次胜利而夸大其败绩)。

Soll und Haben①,古斯塔夫·弗赖塔格著(黑色硬面,哥特式字体,第24页处夹有香烟优惠券作为书签)。

霍齐尔《俄土战争史》(棕色布面,两卷集,封底有直布罗陀总督广场驻军图书馆胶粘标签)。

《劳伦斯·布卢姆菲尔德在爱尔兰》,威廉·阿林厄姆著(第二版,绿色布面,金色三叶草图案,扉页正面的前书主名字已涂去)。

《天文学手册》(棕色皮面,封面已脱落,整版插图五页,正文仿古式十点活字,作者注文六点活字,页边索引八点活字,小标题十一点活字)。

《基督的隐秘生活》(黑色硬面)。

《沿着太阳的路线》(黄色布面,书名页已缺,凭重现书名为证)。

---

① 德文书名:《借方与贷方》。

《健壮体格与锻炼方法》,尤金·桑多著(红色封面)。

《简而明几何学原理》,F. 伊格纳·帕第斯著,法文版,约翰·哈里斯(神学博士)译为英文,伦敦主教头为 R. 纳普洛克印,一七一一,献词致益友萨瑟克市国会议员查尔斯·考克斯先生,扉页有墨水书写文字,声明此书为迈克尔·盖拉格尔藏书,书写日期一八二二年五月十日,此书如有遗失或散失,请拾者归还全球最佳胜地威克洛郡恩尼斯科西市杜塞里门木匠迈克尔·盖拉格尔。

在将倒置书籍放正过程中,他有何思绪?

条理是必要的,一切东西都应各有其位,各就其位;妇女缺乏文学欣赏力;苹果塞在玻璃杯内,雨伞斜插在便盆架内,均不协调;在书下、书后、书页之间藏秘密文件均不稳妥。

何书体积最大?

霍齐尔的《俄土战争史》。

该著作第二卷所叙材料中包括何项史实?

一场决定性战斗的名称(已忘),一位决定性的军官布赖恩·库珀·忒迪少校(记得)时常想起的。

他不查该著作,首先为何理由,其次为何理由?

首先,为了锻炼记忆术;其次,在经过一段记忆缺失后,他坐到中央桌子边准备查阅该著作时,已凭记忆术记起该军事行动的名称为普列福纳。

他取此坐姿,因何感到舒心?

桌子中央一座直立雕像,购于单绅道 9 号 P. A. 雷恩拍卖行的那喀索斯①像,坦率、裸体、姿态、宁静、青春、优美、性、知心话。

---

① 那喀索斯为希腊神话中美少年,只知自我欣赏,对水顾影自怜而变成水仙花。

他取此坐姿,因何而感不舒畅?

衣领(十七号)和坎肩(纽扣五个)束缚难受,这是成熟男性服装中的两件赘物,对于身体膨胀变化缺乏弹性。

这不舒畅感如何缓解?

他将领子连同黑领带与可卸领扣从脖子上取下,放在桌上左侧。他将坎肩、裤子、衬衫、背心上的扣子,一一自下至上沿一条黑毛的中线解开,黑毛卷曲而作不规则的蜿蜒,自骨盆区作三角形展开,沿腹部与脐带残留物周缘至骨节隆起的中线汇合,至与第六胸椎相交处向两边作直角分叉,最后在右侧、左侧距离相等处,在乳腺隆起尖顶周围形成两个圆圈。他将裤子吊带纽扣逐一解开,纽扣共六减一颗,成对安排,其中一对残缺。

其后有何非意愿性动作?

他用两根指头,捏住左肋下区隔膜以下一处疤痕周围一块皮肉,疤痕由两星期零三天前(1904 年 5 月 23 日)一只蜜蜂叮蜇留下。他虽无痒处,却用右手漫无目标地在他那局部敞露而全部洗净的皮肤各点各处搔了一回。他将左手伸入坎肩左下侧口袋,摸出后又放回去一枚银币(一先令),是(据推测是)悉尼广场埃米莉·辛尼柯太太安葬时(1903 年 10 月 17 日)放在那里的。

试列一九〇四年六月十六日收支表。

借　方(镑—先令—便士)		贷　方(镑—先令—便士)	
猪腰一只	0—0—3	手头存款	0—4—9
《自由人报》一份	0—0—1	收《自由人报》佣金	1—7—6
洗澡一次加小费	0—1—6	借货(斯蒂汾·代达勒斯)	1—7—0

电车费	0—0—1	
纪念派特里克·狄格南(一份)	0—5—0	
班布里饼二块	0—0—1	
午餐一顿	0—0—7	
书一册续借费	0—1—0	
信纸信封一包	0—0—2	
晚餐一顿加小费	0—2—0	
邮汇一笔加邮票	0—2—8	
电车费	0—0—1	
猪脚一只	0—0—4	
羊蹄一只	0—0—3	
弗赖牌纯巧克力一块	0—0—1	
苏打面包一方	0—0—4	
咖啡加小面包一份	0—0—4	
归还贷款(斯蒂汾·代达勒斯)	1—7—0	
结存	0—17—5	
	2—19—3	2—19—3

脱衣过程是否继续?

他感到脚底有良性而持久的疼痛,因而将脚伸向一边,端详由于脚部反复向数个不同方向行走所加压力而造成的褶皱、隆起、突出点。然后他俯身解开靴带,将靴带从钩眼上松下散开,第二次脱下他的两只靴子,将右脚上有些潮湿的短袜松动一下,那袜子的尖端已又一次被大脚趾头的趾甲顶破,抬起右脚,松开紫红色松紧袜带上的钩眼,脱下那只短袜,将光了的右脚搁在自己坐的椅子边缘上,拨弄一下那大脚趾头的趾甲并轻轻地扯下一小片,将那一小片碎趾甲举到鼻孔前,闻了一下其中深处的气味,然后满意地将趾甲碎片扔掉。

为何满意?

因为他闻到的气味,和当年埃利斯太太幼童学校的学童布卢姆小朋友拨弄和扯下来的其他趾甲碎片的其他气味相当,那时他在小跪片刻作晚祷和遐想未来心愿之际,必耐心拨弄脚趾。

他的种种同时和连续产生的心愿,如今已汇合而成何种终极心愿?

不想望依靠长嗣继承权、无遗嘱死者土地均分惯例、英区幼子继承制等办法继承或永久拥有一大片领地,有足够数目的英亩、路德、佩契的法定土地面积(估价 42 镑)①,有可供放牧的泥炭地围绕的豪华大宅,有自用车道,大门口有门房,另一方面也不想望被人描绘成 Rus in Urbe② 或是 Qui si sana③ 的那种联立房屋或是半独立式的别墅房子,而是想以买卖双方议定价格的契约购买一所产权不受限制的房子,两层楼茅草顶的孟加拉式住宅,坐北朝南,屋顶装有风向标和接地的避雷针,门廊上覆盖着攀附植物(常春藤或是五叶地锦),前厅大门漆橄榄绿,车厢门一般的精致,装着漂亮的黄铜活,拉毛粉饰的正面,屋檐下和山墙上都有金色线条装饰,房子最好建在一个缓坡的坡顶上,从装有石柱石栏杆的阳台上望出去是一片悦目景色,周围隔着无人居住而且不可能有人居住的牧地,房子本身就有五六英亩的地界,距最近处的公共道路应远近适当,晚间在路上应能透过修剪成型的鹅耳枥树篱看到屋内灯光,坐落地点距都市边缘不少于一法定英里,距电车或火车线路不超过十五分钟(例如,南边的邓德拉姆,或是北边的萨顿,这两个地点都有试验报告,认为气候特别宜于身体衰弱者居住,可与地极相比),地基应以世袭地租农场许可证方式租用,租期九百九十九年,住宅应有一间装有凸式窗户(二桃尖拱)并有温度计的客厅、一间起居室、四间卧室、两间仆室,厨房铺有磁砖,有封闭式炉灶与洗涤间,休息厅内陈设壁龛式织物柜、装有《不列颠百科全书》与《新世纪大词典》的组合式熏橡书柜、横陈的中古与东方的古旧武器、就餐锣、条纹大理石灯、吊盆、硬质橡胶自动电话接受器附带号码簿、手工植

---

① “路德”与“佩契”均为面积单位(见 442 页注②);爱尔兰土地估价均以年租表示。

② 拉丁文:“城市中的乡村”,古罗马诗人马提雅尔(Martial)以此描绘城市中有钱人所居安静住宅。

③ 意大利文:“健康人居此”,为都柏林郊区一房屋外题词。

绒的格子花边奶油色阿克斯明斯特地毯、带爪柱墩式桌腿的卢牌桌、配备厚重黄铜炉具的壁炉,上有仿金的炉台座钟,计时保证精确并发大教堂排钟齐鸣的钟声,有附带湿度表的气压计,有红宝石色长毛绒的长沙发和屋角沙发座,弹性好而座心下陷舒服,有三褶的日本屏风配备痰盂(俱乐部式,富丽的葡萄酒色皮革,革面光泽用亚麻籽油与醋略略一擦即可恢复如新),有金字塔式玻璃棱柱的中央大吊灯,有弯木栖架,架上鹦鹉不畏手指(语言净化),有十先令一打的凸花墙纸,图案是横联的胭脂红垂悬花饰和上端的壁缘王冠,有分成三段而各段之间以直角相连的楼梯,其踏步板、竖板、栏杆、扶手、加料护墙板等全部为木纹清晰的橡木,上光并打樟脑蜡;洗澡间有热冷水供应,有盆浴有淋浴;夹层楼面厕所中有单扇的乳浊长窗、可翻起的座面、壁灯、黄铜拉杆与支架、扶手、脚凳,门内侧有艺术性的石印油画;同上,不加修饰;仆人住房另有卫生与保健设备,供厨师、女仆、打杂女工(工资每二年增长非劳力增值二镑,全面的忠实保险,年奖一镑,服务满三十年后有退休金——按 65 制)使用,备膳室、酒类储藏室、肉类储藏室、冷藏室、楼外工作间、煤炭木料地窖附设专为招待贵宾用餐(晚礼服)准备的葡萄酒库(起泡与不起泡酒类),均有一氧化炭气供应。

庭院内尚可增添何等其他引人入胜的设备?

作为附加项目:网球兼墙手球场一个、灌木林一处、配置最佳植物园设备栽培热带植物的玻璃暖房一所、喷泉假山一座、按人道原则构筑的蜂箱一套、长方形草地若干方,上有椭圆形花坛盛开奇花异草,如鲜红色与铬黄色的郁金香、蓝色的绵枣儿、藏红花、多花水仙、美国石竹、香豌豆花、铃兰(鳞茎可由上萨克维尔街 23 号詹姆斯·W.麦基爵士股份有限公司购得,该公司零趸经销种子鳞茎,经营田圃并代销化肥)、果园一片,并有菜园与葡萄园,周围有玻璃顶围墙以防非法闯入,另有木材棚一处,门上有挂锁,内存各种用具均列入清单。

如?

捕鳗笼、龙虾罐、钓鱼杆、短柄斧、提杆秤、磨刀石、碎土器、翻草机、马车袋、缩叠梯、十齿耙、晾衣栓、晾草机、翻滚耙、修枝钩、油漆罐、刷子、锄头等等。

随后尚可引进何等新设施?

兔舍兼家禽棚一处、鸽棚一架、花房一所、吊床两张(女用、男用各一)、用金链花或丁香树遮阳挡光的日晷仪一座、安装在大门左侧门柱能发异国情调和音的日本门铃一具、大雨水桶一只、侧向出草并带草箱的园圃刈草机一台、带水龙的草地喷水器一架。

何种交通工具较为合意?

进城时,火车或电车可在其中途站或终点站上车,均有频繁车次。返乡时可用脚蹬车,一种无链条自由轮自行车,挂上车兜,或是乘坐牲口拉车,小驴拉的二轮轻便柳条车,或是漂亮的四轮轻便车,驾一匹结实肯干的单蹄矮脚马(沙毛骟马、高14掌)。

这所可建或已建之住宅,可取何名称?

布卢姆茅庐。圣利奥波尔德①宅。弗腊尔庄。

埃克尔斯街7号之布卢姆,能否预见弗腊尔庄之布卢姆?

身穿松宽的全羊毛服,头戴海力斯粗花呢便帽,价八先令六,脚蹬实用的松紧衬片口的园林干活靴子,手拿喷壶,栽植成排的小枞树,注射,修剪,加桩,播种草籽,在新割的牧草芳香中推一辆满载杂草的独轮车,已日落西下而仍不觉过分疲劳,改良土壤,增进智慧,延年益寿。

有何智力活动项目可与此同时进行?

快照摄影,比较研究宗教、有关各种恋爱风俗与迷信习惯的民俗,

---

① 圣利奥波尔德(1073—1125)为奥地利圣徒。出身皇族而拒绝接受皇位,献身慈善事业。

琢磨天体星座。

有何较轻松的消遣?

户外:园林与田间劳动,在碎石铺设的长堤平路骑自行车,登平缓山坡,在僻静的清水中游泳,在没有拦河坝与湍水滩的河段划安全的单人双桨小艇或是拉锚移动的小舟(消夏期);夜晚漫步,或是骑马绕圈,视察荒凉景色与相对宜人的村舍中冒烟的泥炭炉火(冬休期)。室内:在温和的安全环境内讨论未获解决的历史问题与犯罪问题;关于未加删节的外国色情名著的学术演讲;家庭木工,工具箱内备有槌子、锥子、钉子、螺丝钉、揿钉、手钻、小钳子、外圆角刨、改锥。

他是否有可能成为一名经营蔬菜水果与牲畜的乡绅?

未始没有可能,养一二头即将停奶的奶牛,备一堆山地干草和必要的农场工具,如首尾搅乳器、萝卜搅泥机等等。

他在郡内居民与地主士绅间可担任何项公民职务,有何社会地位?

按照等级制度中逐步上升次序排列:园丁、场地管理人、栽培人、饲养人,而在其生涯的顶点成为居民治安官或是地区治安官,拥有家族饰章和盾徽,并有恰当的古典铭词(Semper paratus①),在宫廷人名地址簿上有恰当的记录(布卢姆,利奥波尔德·葆,国会议员、枢密院顾问、圣派特里克勋位爵士、法学博士 honoris causa②,邓德拉姆布卢姆庄),并在法院和社交界报道中提到(利奥波尔德·布卢姆先生已偕夫人自国王镇启程赴英格兰)。

他担任这一职务后,准备采取何种行动方针?

一种介乎过宽与过严之间的方针:在五方杂处的社会中,在不断划分阶级又不断变动而造成社会中不平等现象加剧或减轻的情况下,要

① 拉丁文:随时准备着。

② 拉丁文:作为荣誉。

执行不偏不倚、始终如一、无可争辩的公正原则，既要考虑一切可以从宽的减缓条件，又要毫不留情地严格执行，以至将全部财产，动产与不动产直至最后一枚小钱，统统没收归国王。他一心忠于国内最高法定权力，生来喜爱刚正不阿，因此他的目标将是严格维持治安、制止多种弊端（虽不能齐头并进，因每一种改革或紧缩措施，都是求得最终解决的流动过程中的一个预备性步骤）、维护法律（习惯法、制定法、商人法）条文内容而制裁一切共谋不轨者、一切触犯地方法规与各种规定者、一切企图（以闯入他人地界窃取柴火行为）恢复早已废除的古老分维尔权的人①、一切公然煽动国际迫害行为者、一切企图使民族仇视情绪永久化者、一切奴颜婢膝骚扰家庭欢乐气氛者、一切不规不矩破坏家庭婚姻和谐者。

试证明他自小喜爱刚正不阿精神。

一八八〇年他在高中时曾向珀西·阿普琼君透露，他父亲鲁道夫·费拉格（后名鲁道夫·布卢姆）已于一八六五年接受犹太人改信基督教促进会影响，由犹太教信仰与教宗改奉爱尔兰（新教）教会，但他（布卢姆）不信爱尔兰教会的信条，后来他在一八八八年结婚时即为结婚而放弃爱尔兰教会，改奉罗马天主教。一八八二年，他在和丹尼尔·马格雷恩和朗兰西斯·韦德的少年交往（后因前者过早移民出国而中止）期间，曾在夜晚漫步时表示拥护殖民地（如加拿大）扩张的政治理论②，以及查尔斯·达尔文在《人类的由来》和《物种起源》中阐述的进化理论。在一八八五年，他公开表示拥护詹姆斯·芬顿·莱勒、约翰·费希尔·默里、约翰·米切尔、詹·弗·泽·奥布赖恩等人所倡导的集体的民族经济纲领、迈克尔·达维特的农业政策、查尔斯·斯图尔特·巴涅尔（科克市国会议员）的符合宪法的鼓动、威廉·尤尔特·格莱斯顿（北不列颠中洛锡安郡国会议员）的和平、紧缩、改革纲领，并且

---

① “分维尔权”为英国西南部达特穆尔地区特有的一种古习惯法，允许农民利用部分森林资源。

② 加拿大在十九世纪从松散的殖民地地位扩张而成为政治上比较独立的国家，许多爱尔兰人认为可以效法。

言行一致，于一八八八年二月二日两万名火炬手（组成一百二十个行业团体，持两千支火炬）举行火炬游行示威陪送里彭侯爵与（诚实的）约翰·莫利[①]进入首都时，他攀登诺森伯兰路上一棵树木，选择一个安全妥当的树枝间位置观看了游行。

购买这一乡村住宅，他准备付款多少，如何付法？

按照勤劳外国归化入籍人士友好公助建筑协会（1874 年正式成立）计划，最高限额为每年六十镑，此数为一项有保证的年收入的六分之一，得自金边证券，亦即资金一千二百镑（20 年期购房估价）的百分之五单利，地价三分之一在购置时付清，余款即八百镑加此数的百分之二点五利息以年租方式交付，以二十年为期每年付等数年租六十四镑，其中包括头租，可分四季交款，直至购房贷款分期偿还清账为止，房地契由贷款人保留，契中保留条款规定，如应付款项拖延不交，即将强制售产，取消回赎抵押品权利，并执行互相补偿办法，如无此情况，该房产在合同规定年限满期时即成为租赁住户之绝对产业。

有何迅速而并不可靠的办法可以致富，以利立即购房？

一封私人无线电报，可用点划电码将阿斯科特举行的全国让量（平地或障碍）一英里或多英里零若干弗隆马赛结果，下午三时八分（格林威治时间）一匹等外黑马以五十比一赔率获胜消息传来，都柏林下午二时五十九分（邓辛克时间）收到尚可购进赌票[②]。意外发现价值连城物品（宝石、背面涂胶或已盖邮戳的邮票——1866 年汉堡淡紫无齿孔面值七先令、1855 年大不列颠蓝纸玫瑰红有齿孔面值四便士、1878 年卢森堡石青官方有骑缝线对角加盖面值一法郎、古代王朝戒

---

① 里彭侯爵（1827—1909）与莫利（1838—1923）均为比较支持爱尔兰自治的英国政治家。

② 阿斯科特即当天“金杯赛”所在地，在伦敦附近，用格林威治时间，比都柏林所用邓辛克时间早二十五分钟，因而赛马结束时间如为三时八分，相当于都柏林二时四十三分，而都柏林经纪人停止售票时间在下午三时半。“弗隆”为长度单位，合八分之一英里。

指、独一无二的古物),发现地点或途径异乎寻常,或从半空(由飞鹰掷下),或由火取(纵火烧毁大厦后所剩炭化馀烬中),或自海内(在漂浮残骸、投弃物品、沉淀物资与遗弃物件中),或在地面(在可食家禽砂囊中)。一名西班牙囚徒赠送的远地大批宝物或硬币或金条银块①,累计价值五百万英镑,一百年前以复利百分之五存放在有偿付能力的银行集团。与一轻率的订合同人订立合同,送某种特定商品三十二批,货到付款,起价四分之一便士,此后每批按几何级数 2 加价(1/4 便士、1/2 便士、1 便士、2 便士、4 便士、8 便士、1 先令 4 便士、2 先令 8 便士,直至 32 项②)。根据概率论法则计算出一套赌法,将蒙特卡洛的银行弄倒③。求得历代未解决的将圆变方难题解决方法,获政府奖金一百万英镑④。

通过勤劳途径,是否可获致巨大财富?

开垦砂砾荒地若干杜南⑤,按照柏林西十五区真诚街 Agendath Netaim 开发计划,开办柑桔种植场、瓜田、重植树林。设法利用废纸、阴沟啮齿动物皮毛、具有化学性质的人粪,鉴于第一项产量巨大,第二项数目巨大,而第三项更是数量惊人,因每一活动能量与食量均为中常水平的人,每年可产生(除去水类副产品以外)八十镑的总数(动、植物混合食谱),乘以爱尔兰人口(按 1901 年人口普查)总数四百三十八万六千零三十五。

是否有更大规模的设想?

---

① 法国小说家大仲马(1802—1870)名著《基度山伯爵》主人公邓蒂斯打入死牢后,由同狱囚犯提供线索而获荒岛基度山上大批宝藏。

② 古巴比伦人三千余年前已发现几何级数可产生意想不到的结果。四分之一便士按几何级数 2 计算,第 32 项价值将为 2,236,962 镑 2 先令 8 便士。

③ 蒙特卡洛为欧洲著名赌城,据传一八九二年有一名为“蒙特卡洛 · 威尔士”者赌运亨通,曾使该地银行六次破产。

④ “将圆变方”既已被科学家证明为不可能(参见 612 页注③),“政府奖金”更是纯属谣传。

⑤ “杜南”为近东土地丈量单位,见 83 页注②。

一个设想,需要拟定细节提供港口管理委员会批准的,是开发白煤(水力),利用都柏林港口沙洲潮水高峰,或是波拉伏卡瀑布或是鲍尔斯考特瀑布水位差,或是主要河流的汇水盆作水力发电,可开发经济电力五十万匹水马力。一个设想是在多利山围起北公牛的三角洲半岛,将现设高尔夫球场和步枪打靶场的岛面,修建成为一个沥青路面的游览区,有卡西诺赌场、售货亭、射击馆、旅馆、招待所、阅览室、异性共浴设施。一个设想是利用狗拉车和山羊拉车清晨送奶。一个设想是发展爱尔兰旅游交通,都柏林市内及周围的汽轮路线、岛桥与陵森德之间河道路线、大型游览车、窄轨地方铁路、以及沿岸航线上的游乐汽轮(每人每天十先令,三语导游费在内)。一个设想是在清除水草淤塞之后,复兴爱尔兰的内河客、货运交通。一个设想是自牛市(北环路与普鲁士街)铺设电车道通向码头区(下谢里夫街与东堤),与铺设在牛园、利菲枢纽站与北堤43至45号的中部西方大铁路终点之间的连接线铁路(与西南大铁路接轨)相平行,接近以下各处的终点站或都柏林分支:中心大铁路、英格兰中部铁路、都柏林市邮轮公司、兰开夏与约克郡铁路公司、都柏林与格拉斯哥邮轮公司、格拉斯哥—都柏林—伦敦德里邮轮公司(莱尔德线)、不列颠与爱尔兰邮轮公司、都柏林与莫克姆汽轮公司、伦敦与西北铁路公司、都柏林口岸港区管委会码头,以及帕尔格雷夫—墨菲轮船公司(轮船船主并代理地中海、西班牙、葡萄牙、法国、比利时、荷兰等国轮船与利物浦保险业联合会)的转运码头,购置运输牲口的车辆与都柏林联合电车有限公司营运增添里程的经费由牧主费解决。

需有何种假定条件,着手进行此等设想方能成为自然以至必然的结论?

获得与所需数额相等之保证,靠事业成功而已积累六位数字财富之杰出金融家(布鲁姆·帕夏、罗思柴尔德、古根海姆、赫希、蒙蒂菲奥里、摩根、洛克菲勒①)支持,由捐赠者生前签署赠款证书和让与单据,

① 七人均为欧美大财主,其中四人为犹太人。

或是捐赠者无痛而逝之后的遗赠,并有资本与机遇二者的结合,事情方能成功。

出现何种情况,可使他不必依靠此类财产?

不依靠别人而发现矿源永不枯竭的金矿脉一处。

他为何琢磨如此难于实现之事?

他的信条之一,是此类沉思默想,或是无意识地将有关本人的叙述向本人诉说,或是安静回忆往事,晚上睡前习以为常进行,可借以解乏,因而有利获得充分休息,恢复活力。

有何根据?

作为自然哲学学者,他了解人的一生七十年,至少有七分之二即二十年是在睡眠中度过的。作为哲学思想学者,他知道任何人在有生之年告终之时,仅有微不足道的一小部分愿望能在生前获得实现。作为生理学学者,他相信主要在睡眠之中发生作用的恶性力量,可以用人为方法加以抑制。

他有何顾虑?

理性之光,即处于大脑沟回之中的无可比拟的绝对智能,在睡眠过程中或有可能发生错乱而造成杀人或自杀。

他习以为常的最后思索为何?

构思一种单独出现、独一无二的广告,使路人为之驻足惊讶,独出心裁的广告招贴,上面排除一切额外添加物,只保留最简单最有效的词语,不超过偶然掠过的眼光能一目了然的幅度,适合现代生活的快速节奏。

打开锁后,第一只抽屉中有何内容?

维尔·福斯特出版的书法练习簿,米莉(米莉森特)·布卢姆之财产，其中若干页面有示意式线条画，标有阿爸字样，画面可见圆球形脑袋一个，上有直立头发五根、侧面眼睛两只，躯体全身正面，有大纽扣三颗、三角形脚一只；退色照片两张，英国的亚历山德拉王后和女演员、职业美女莱德·布兰斯科姆；圣诞卡片一张，上画寄生植物一株①、节日祝福语 Mizpah②、寄卡片时间一八九二年圣诞节、寄卡片人姓名 M. 科默福德夫妇、小诗：祝你今年圣诞节，欢乐平安加喜悦；封蜡一截，已部分融化，来自贵妇街 89、90、91 号希利公司售货部；已用掉若干的 J 牌镀金笔尖一罗，来自同一公司的同一部门；古老沙漏一个，滚动的玻璃瓶子装着滚动的沙子；封口预言书一封（从未启封），由利奥波尔德·布卢姆写于一八八六年，内容有关一八八六年威廉·尤尔特·格莱斯顿的自治法案如成为法律将会有何后果（从未成为法律）；圣凯文慈善义卖会门票一张，号码 2004，价六便士，有奖品一百种；幼儿书信一件，日期小写的星期一，内容：大写阿爸、逗号、大写你好吗、问号、大写我很好、句号、另起一行、花式签名大写米莉没有标点；多彩浮雕宝石饰针一枚，属于爱伦·布卢姆（原姓希金斯），已故；多彩浮雕宝石领带夹针一枚，属于鲁道夫·布卢姆（原姓费拉格），已故；打字书信三封，收信人韦斯特兰横街邮局转亨利·弗腊尔，发信人海豚仓邮局转玛莎·克利福德；调换体系、颠倒字母、牛耕式转行、增添标点、斜打小道的四行密码（元音隐去）发信人姓名地址 N. IGS. /WI. UU. OX/W. OKS. MH/Y. IM③；剪自英国《现代社会》周刊剪报一份，内容关于一女子学校内的体罚；粉红缎带一条，原为一八九九年扎复活节彩蛋所用；带备用袋的橡皮避孕套两个，已展开一些，邮购自伦敦中西区查林十字路邮局信箱 32 号；一打装的奶油色凸纹纸信封和隐格水印信纸一盒，现已减少三套；奥匈帝国各种硬币若干；匈牙利皇家特权彩票两张；小比率放大镜一个；色情照相卡片两张，显示甲：裸体西班牙女郎（背面，上位）和裸体斗牛士（正面，下位）的口含性交，乙：男宗教人员（全身穿衣，眼下

---

① 槲寄生依附橡树而常绿，象征人对神的依附。

② 希伯来文："米示巴"，意为"瞭望塔"，原在《圣经》中表示监视之意，但已演变为犹太人表示怀念致意的习用语。

③ 自编密码，解开即为"海豚仓邮局转玛莎·克利福德"。

垂)对女宗教人员(半身穿衣,眼直视)作肛门污辱,邮购自伦敦中西区查林十字路邮局32号信箱;棕黄色皮靴整旧如新办法剪报一份;维多利亚女王在位期间一便士带胶邮票一张,淡紫色;利奥波尔德·布卢姆身体尺寸表一份,记载连续两个月使用桑多—怀特利滑车健身器(男用15先令,运动员用20先令)之前、之中、之后尺寸,计胸围二十八英寸和二十九点五英寸、上臂屈肌九英寸和十英寸、前臂八点五英寸和九英寸、大腿十英寸和十二英寸、小腿十一英寸和十二英寸;"奇效"说明书一份,直肠通气世界第一,由伦敦中东区南广场考文垂大厦奇效公司直接寄来,收件人(误写)利·布卢姆太太,简单附言抬头(误写)为夫人。

试引述该说明书声称该奇效药品优越性所用词语。

气胀困难,惟此有效,睡眠之中,疏通治疗,襄助自然,妙力无比,排除秽气,立获舒畅,体内洁净,运行自如,七先令六,费用无几,焕然一新,生活改观。女士对此,尤感奇效,浑身舒服,意想不到,如逢酷暑,清泉一杯。推荐贵友,无论男女,获此奇药,毕生受用。长颈圆头,插入即可。奇效通气。

是否有表扬信?

甚多。有牧师、英国海军军官、著名作家、金融界人士、医院护士、女士、五个孩子的母亲、心不在焉的乞讨者①。

心不在焉的乞讨者的表扬信结尾如何结束表扬?

可惜政府在南非战役中未向我军官兵供应奇效通气!否则,何等轻松!

布卢姆在此屉存物之中,又增添何物?

由玛莎·克利福德(找玛·克)写给亨利·弗腊尔(亨·弗按

① 指英国在南非战争中的军人,参见240页注⑤。

利·布归档)的第四封打字信件。

与此行动同时,他有何愉快回忆?

忆及除该信件以外,在刚过去的一天内,他的富有吸引力的面貌、体态、言谈举止获得了一位人妇(宙瑟芬·布林太太,原名宙细·鲍威尔)、一位护士卡伦小姐(教名不详)、一位姑娘格特鲁德(格蒂,姓氏不详)的好感。

有何可能性呈现在他面前?

在不太接近的将来,或能找一位文雅而姿色美妙、不甚贪财而多才多艺、出身上等人家的高级妓女陪同,首先在一家私人住所享受一顿昂贵的美餐,然后施展强壮的男性魅力。

第二只抽屉中有何物?

单据:利奥波尔德·葆拉·布卢姆的出生证;苏格兰寡妇人寿保险金五百镑人寿保险单,无遗嘱归米莉森特(米莉)·布卢姆,作为二十五年后开始生效的分利保险,分别按照六十岁或死亡、六十五岁或死亡、以及死亡情况获四百三十镑、四百六十二镑十先令、五百镑,或作为分利保险(付清)获二百九十九镑十先令,另有现金付款一百三十三镑十先令,二者任选其一;厄尔斯特银行学院草地分行存折一本,内有一九〇三年十二年三十一日为止的半年活期结算单,存款余额十八镑十四先令六便士英币净动产;持有加拿大百分之四(记名)政府公债(免印花税)九百镑证书;天主教公墓(葛拉斯内文)委员会有关购置一块墓地的单据;有关以单务契约改变姓氏的当地报纸剪报一张。

复述这一启事的文字内容。

我,鲁道夫·费拉格,现居都柏林克兰勃拉西尔街52号,原居匈牙利王国松博特海伊,今已更名为鲁道夫·布卢姆,并决定从今以后在一切场合与一切时期均用此姓名,特此启事。

第二只抽屉中尚有何其他有关鲁道夫·布卢姆(原姓费拉格)的物件?

一张模糊的达盖尔银版法拍摄照片,是鲁道夫·费拉格与其父利奥波尔德·费拉格合影,由他们分别称呼为堂叔与堂弟的匈牙利塞什白堡的斯蒂凡·费拉格一八五二年摄于其摄影室。一本古老的哈加达书,书中有一副角质框架的凸片眼镜,夹在 Pessach(逾越节)①礼仪祈祷词语中表示感恩处;一张图片明信片,图上照片是恩尼斯王后饭店,店主鲁道夫·布卢姆;一封信,信封上写:致亲爱的儿子利奥波尔德。

他看到这一完整词句,脑中便出现何等片段词语?

自从我接到……到明天便是一个星期了……没有用处,利奥波尔德,我……对你的亲爱的母亲……不能再忍受……对她……我的一切都完……利奥波尔德……好好照料阿索斯……我的亲爱的儿子……永远……我的……das Herz……Gott……dein……②

这些物件,使布卢姆回想起一位患有进行性忧郁症的病人的何种情景?

一位老人,鳏夫,头发凌乱,蒙头叹息;一头衰弱的狗,阿索斯;乌头,作为复发性神经痛的缓解药使用的颗粒或滴剂,逐渐增加剂量;一位七旬老人的遗容,服毒自杀。

布卢姆为何感到一种后悔情绪?

因为他曾经由于幼稚急躁,对某些信念和习俗表现不尊重。

例如?

禁止在同一顿饭中用肉食和奶类;七天一次的酒会,净是抽象时毫不协调、具体时热烈过分的商人,同是前教徒而又曾是同国人;男性婴

---

① Pessach 即希伯来文"逾越节";"哈加达书"(见 159 页注①)主要内容即叙述此节日所纪念的出埃及事迹。

② 德文:……心……上帝……你的……

儿的割礼;犹太教经典的超自然性质;四字母词的不容说清性质①;安息日的神圣性。

这些信念和习俗,他现在认为如何?

并不比那时更合理,并不比现在某些其他信念和习俗更不合理。

他对鲁道夫·布卢姆(已故)的最早回忆为何?

鲁道夫·布卢姆(已故)对他的儿子利奥波尔德·布卢姆(六岁)叙述一种回顾性安排,涉及都柏林、伦敦、佛罗伦萨、米兰、维也纳、布达佩斯、松博特海伊各地之中与之间的迁徙与定居,其中夹杂一些得意的陈述(他祖父曾见过奥地利女皇、匈牙利女王玛丽亚·特里西亚),一些商业上的忠言(管好小钱,大钱自己会来)。利奥波尔德·布卢姆(六岁)在听这些叙述的同时,不断地看一张欧洲地图(政治的),并建议在提到的各地设立联营商号。

时间是否已经从叙述者与听讲者的记忆中同样而各不相同地抹去这些迁徙往事?

从叙述者的记忆中,由于年事增长并由于使用麻醉性毒品;从听讲者的记忆中,由于年事增长并由于其他兴趣影响了对于他人经验的间接感受。

叙述者有何特点随同记忆缺失而产生?

他有时吃饭不先脱帽。有时倾侧盘子,狼吞虎咽似的吞食醋栗奶油糖浆。有时嘴上有食物渣子,顺手就用撕破了的信封或是随便什么纸片擦。

两种比较频繁出现的衰老现象为何?

---

① “四字母词”即犹太教用以代表上帝的四个辅音字母(中文中常称为“耶和华”),有数种写法,最常见者为 YHWH,不写元音用意在于避免直呼其名,但因而无法准确读出。

眯着近视眼用指头数硬币;吃饱打嗝。

何物使他能在回忆往事之中获得部分安慰?

人寿保险单、银行存折、公债持有证书。

试用厄运交叉相乘办法,使布卢姆失去现在使他免遭厄运的这些支柱,并将一切正面价值逐一消除,只剩下一个微不足道的、负面的、不合情理的、不真实的数量。

按照逐步下降的奴隶等级:贫困:沿街叫卖假珠宝的小贩、催还倒账、荒账的索债人、济贫捐和总督捐①征收人。乞讨:资产微不足道而每镑债务仅还四分之一便士的诈骗破产者、挂夹心板的活动广告人、散发传单人、夜晚流浪人、谄媚占便宜人、残肢水手、瞎眼青年、衰老无用的法警跑腿、宴会上扫人兴致的、舔盘子的、捣乱的、拍马屁的、撑着人家扔掉的破伞坐在公园长凳上供众人耻笑的怪人。赤贫:进基尔曼汉的老人院(皇家医院),进专收贫寒而痛风致残或失去视力的正派人的辛普森医院。苦难的极点:丧失公权而依赖救济②,老迈衰弱而奄奄一息,神经失常而赤贫如洗。

有何伤害尊严情况将随同出现?

原先和蔼可亲的女性,冷冰冰漠不关心;身强力壮的男性,鄙视;人给面包碎片,接受;交往不多的熟人,假装不认识;非法无照野狗,吠叫;儿童们,掷来腐败蔬菜,几乎或完全没有价值的东西,没有正面或是只有反面价值的东西。

如何方能防止这一情况出现?

一死了之(转变状态);一走了之(转换地方)。

---

① “总督捐”为英国在爱尔兰以供总督府与驻军日常生活费名义征收的捐税。

② 当时都柏林选举制度规定,凡依靠社会救济生活者均失去选举权。

孰者较为可取?

后者,避难就易。

基于何种考虑,他认为后者并非完全不可取?

持久的同居,妨碍彼此对个人缺点的容忍。独自购物习惯,日益成为常规。永久性的居留,有必要以短暂性的旅居作为调剂。

基于何种考虑,他认为出走并非不符理性?

有关双方结合之后已经添口增殖,此后后代已产生并已培养成人,双方如不分离,势将不能不再结合而添口增殖,则甚荒谬,将通过再结合而形成原来结合的一对,则为不可能之事。

基于何种考虑,他认为出走是可取的?

爱尔兰与海外某些地点令人向往,或从一般彩色地图,或从使用比例尺数字与地貌晕线的地形测量局特殊地图均可看出。

爱尔兰地点?

穆黑山崖、康尼马拉的多风原野、尼阿湖及湖下已成化石的城市、巨人堤、坎姆登堡和卡莱尔堡、蒂伯雷里的金色山谷、阿伦群岛、王郡米斯的牧场、基尔代尔郡的圣布里奇德榆树、贝尔法斯特的女王岛船坞、鲑跳门、基拉尼湖泊。

海外地点?

锡兰(有香料园,所产茶叶供应伦敦中东区明兴巷 2 号普尔布鲁克—罗伯逊公司经销店都柏林贵妇街的托马斯·克南)、圣城耶路撒冷(有奥马尔清真寺、有心向往之的大马士革门①)、有直布罗陀海峡(独一无二的玛莉恩·忒迪的出生地)、帕台农神庙②(内有裸体希腊

---

① “大马士革门”为古耶路撒冷的主要城门,因而成为其象征。

② 帕台农为希腊雅典著名建筑,原供奉雅典娜女神,神庙中原有许多雕像已大部毁损,少数雕像现存英国博物馆。

神像）、华尔街金融市场（控制国际金融）、西班牙拉利内阿的托罗斯广场（金马伦团队的奥哈拉在此斗牛杀死了公牛）、尼亚加拉（从无一人能安然越过①）、爱斯基摩人（吃肥皂的人）的地方、禁土西藏（从无旅人从该地生还②）、那不勒斯海湾（见过就可死的③）、死海。

有何引导，看何标志？

海上，靠北斗，晚间北极星，位于大熊星座天璇星至天枢星之间直线延长至星座之外——在奥米伽④分割处，这延长线与大熊星座中天枢与天权间直线形成的直角三角形之弦相交处。在陆地，子午线上，一轮双球面月亮，透过一位肉臌臌而大大咧咧走动的女性那半遮半露的裙子后边的缝隙，露出半隐半现的各种月相，白昼一云柱⑤。

出走者的失踪，将以何广告向公众透露？

悬赏五镑，寻找失踪男士一名，自其埃克尔斯街 7 号住所丢失、被窃或走失，年约四十，自知姓名布卢姆，利奥波尔德（波尔迪），身高五英尺九又二分之一英寸，体格壮实，肤色草黄，可能已满脸胡须，失踪前穿一身黑衣。凡提供消息导致寻获者，当即奉赠上述赏金。

作为实体与非实体，可获得何种通用双名名称？

人皆可用或无人可知。每人⑥或无人⑦。

---

① 尼亚加拉为美国与加拿大之间大瀑布，一九〇一年已有人坐桶漂流成功。

② “从无旅人从该地生还”为莎剧《哈姆雷特》第三幕哈独白中语，其中“该地”指死后“神秘之国”；西藏在二十世纪初英国武装入侵前一直保持对外封闭政策，因而有“神秘之国”名声。

③ 意大利谚语曰：见过那不勒斯湾，虽死无憾。

④ “奥米伽”为希腊文最后一个字母，大熊星座周围并无奥米伽星，据推测即指北极星。

⑤ “云柱”为《圣经》中上帝引以色列人出埃及时所用白昼指路标志。（参见 185 页注①）。

⑥ “每人”为十五世纪英国道德剧《每人》（Everyman 或译《普通人》）中主人公，剧中描写其人生历程，其旅伴中如“友情”“亲属”“知识”“美”等等均先后弃之，惟有“善行”陪同入墓。

⑦ “无人”为奥德修斯遭遇独目巨人时自报的名字，后来刺伤其独目逃出山洞后，巨人狂呼“遭‘无人’攻击”，其他巨人闻声以为无人攻击而均不来救助，奥德修斯方能脱险。

他可获何献礼?

荣誉,陌生人的礼物,他们是每人之友。一位永葆青春的仙女、美女,无人之新娘。

出走者是否将永远无时、无处、无法重新出现?

他将为自己所迫而永远漂泊,直至自己的彗星轨道的顶端,超过各种恒星和各个多变的太阳和用望远镜方能见到的行星,那些天文学上的流浪儿和走失者,直至空间的尽头,经过一片又一片的国土、一个又一个的民族、一件又一件的大事。在某一个地方,在不知不觉之间,他将会听到召唤他回家的呼声,将为太阳所迫而不情不愿地应声归来。他将从那地方的北冕星座①中消失,而不知通过何种途径将在仙后星座中的四等星上空重新出生,重新出现,然后经过无数亿年的漫游,方回归至此,届时将是一个感情疏远了的复仇者,一个向恶人施行正义者,一个颜色黝黑的十字军战士,一个从睡梦中苏醒过来的人,拥有(设想)超过罗思柴尔德或是银王②的资产。

有何情况出现,可使此种回归成为无理性行动?

通过可以逆转的空间而进行时间中的出走与回归,通过不可逆转的时间而进行空间中的出走与回归,将此二者混为一谈。

何等力量可以交错起作用,从而引发惰性,使出走成为不可取?

时间之晚,使人趋于拖延;夜色之黑,使人难于看清;道路情况不明,使人感到危险;需要休息,排除了活动的可能性;一张有人在睡的床就在近处,排除了探索的必要性;预期到温暖(人体的)中有凉爽(床单

① 北冕星座即大熊星座,上文说布卢姆出生时此星座中出现新星。

② 《银王》为英国戏剧(1882),主人公丹佛遭难出走至美国西部内华达州当苦工,发现银矿矿脉而成为巨富。

的)，排除了欲望而使人感到可取；那喀索斯雕像，没有回声的声音[1]，人所欲望的欲望。

有人在睡的床，与无人在睡的床相比，有何优越之处？

夜晚孤独感可消除；人体(成熟女性)的加暖作用，优于非人体(汤壶)的加暖作用；晨间接触的兴奋作用；在家压平裤子可节约，折叠整齐后置于弹簧褥垫(条纹布面)与羊毛褥垫(硬垫部分)之间。

布卢姆起身之前，默默总结起身之前想及过去连续发生以致积累疲劳的事项，共有若干？

准备早餐(燔祭[2])；肠道拥塞与沉思性排泄(至圣所[3])；洗澡(约翰仪式[4])；葬礼(撒母耳典礼[5])；亚力山大·岳驰的广告(乌陵和土明[6])；不丰盛的午餐(麦基洗德仪式[7])；访博物馆与国立图书馆(圣殿[8])；惠灵顿码头商贾拱廊贝德福德横街觅书(庆法节[9])；奥蒙德饭店内的音乐欣赏(Shira Shirim[10])；伯纳德·基尔南酒店内与一名凶狠的穴居人争吵(燔祭[11])；一段空白时间，包括坐一段马车、访问一家丧

① 据希腊神话，因美少年那喀索斯不接受任何人的爱情，仙女厄科(Echo)失恋而憔悴致死，只剩下她的声音，此为"回声"(Echo)的起源。

② "烧祭"为古犹太教晨祷仪式。

③ "至圣所"为古犹太教圣殿中最神圣地点，惟有祭司长可以进入，藏有象征上帝与以色列人关系的约柜。

④ 圣约翰为耶稣施行洗礼的先知。

⑤ 撒母耳为《旧约·撒母耳记》中记载人物，为以色列在伽南建国初期民族英雄之一，该书上部第二十八章中提及他死后全体以色列人为他举哀。

⑥ "乌陵和土明"为《旧约·出埃及记》第三十八章第三十节规定祭司服装中所佩神器，象征"光荣和完善"。

⑦ "麦基洗德"为《旧约·创世记》第十四章中提及的国王和祭司，以饼和酒款待凯旋的亚伯兰。《新约·希伯来书》第六章中说耶稣"按照麦基洗德的祭司制度，永远做大祭司"。

⑧ "圣殿"为犹太教会堂内殿，"至圣所"即在其中。

⑨ "庆法节"为犹太教节日，以一年为周期的诵经活动自此日开始。

⑩ 希伯来文："雅歌"，即《旧约》中的《所罗门之歌》，犹太教在"住棚节"期间诵读之。

⑪ "燔祭"为犹太教纪念耶路撒冷圣殿被罗马军队毁灭的典礼。

事人家、一次告别（旷野[①]）；由女性露阴癖引起的性冲动（俄南仪式[②]）；米娜·皮尤福伊的难产（举祭[③]）；访问下蒂隆街82号贝拉·科恩太太妓院以及随后在比弗街上的打架和一场街头混乱（阿玛吉顿[④]）；夜晚漫步去巴特桥车夫茶棚并漫步归来（赎罪[⑤]）。

布卢姆正待起身以便前去结束以免不事结束，不由自主地注意到一个自行出现的疑团，是何疑团？

一张紧纹木料的桌子，那无知无觉的材料竟发出一声意料之外而听觉之内的尖锐高亢而短暂孤独的开裂声，应有其原因。

布卢姆已经起身，已经敛起多种多样五颜六色的衣服而去，其可以自主的注意力，注意到一个卷成一团而无法解开的疑团为何？

于郭是谁？

有一个不言而喻的疑问，布卢姆三十年来曾断断续续不时纳闷，这时熄灭人工光源达致自然幽暗后突然默然领悟，是何疑问？

蜡烛熄灭时摩西何在？[⑥]

布卢姆满载适才脱下的各项男装衣物而行，默然连续列举这一已完成日子中的未完成事项为何？

暂时未办成一项广告的续登；未从托马斯·克南（都柏林贵妇街5

① “旷野”在《圣经》中多次提及，包括以色列人出埃及后的长期流浪与种种民族灾难。

② “俄南”为《旧约·创世记》第三十八章中人物，奉父命与寡嫂结婚，但同床时泄精在地避免生子，因而遭上帝所杀。

③ “举祭”为《旧约·利未记》第七章三十二节等处规定“平安祭”中应给祭司的献牲右肩，新译已改为“特殊的礼物”。

④ “阿玛吉顿”为巴勒斯坦一山的希伯来文名称，犹太教视为善与恶将在此进行大决战。

⑤ “赎罪日”为犹太教一年一度大节，放“替罪羊”赎免一年罪愆，祭司于此日进入“至圣所”。

⑥ 《蜡烛熄灭时摩西何在？》为二十世纪初年童谣，其中仅向儿童提此问题而不作回答，由儿童自找答案。

号和伦敦中东区明兴巷2号普尔布鲁克—罗伯逊公司经销点)获得若干茶叶;未弄清希腊女神后边究竟有无直肠孔;未获得国王南街46、47、48、49号欢乐戏院班德曼·帕默夫人演出的《李娅》门票(免费或付款)。

站住了的布卢姆,默然回忆起何人的不在眼前的面容?

她的父亲,直布罗陀和海豚仓雷霍博特的已故皇家都柏林火枪团布赖恩·库珀·忒迪少校的面容。

依靠假设,这一面容有可能造成何种反复再现的印象?

在埃明斯街的大北线铁路终点站,沿平行而延伸出去可在无限远处相交的两线,以恒等递加速度后退而去;沿着自无限远处延伸回来的平行线,以恒等递减的速度回至埃明斯街大北线铁路终点站。

有何各色女性个人衣着什物呈现在他眼前?

新的无气味黑色半丝长统女袜一双;新的紫色吊袜带一副;剪裁松宽的超大号印度薄丝绸女衬裤一条,带有奥帕草、茉莉花和穆拉蒂牌土耳其香烟的气味,上面别着一根亮晶晶的钢别针,叠成弯弯曲曲的;镶有薄薄花边的高级细亚麻女背心一件;蓝色仿云纹绸百褶衬裙一条:这些衣物全部随便放置在一只长方形大衣箱上,箱子四周有板条加固,箱角上有包角,箱面有各种颜色的标签,前面有白色的简写姓名布·库·忒(布莱恩·库珀·忒迪)。

有何非个人衣着什物?

一条腿已折坏的便盆架一具,架上蒙一块方形大花装饰布,苹果图案,布上有一顶黑色女用草帽。橘黄色图案的瓷器若干,购自穆尔街21、22、23号的亨利·普赖斯藤、杂、磁、铁器制造商,随便放置在洗脸台和地板上,包括洗脸盆、肥皂碟、刷子盘(一同放在洗脸台上),水壶和夜用盆(分开放在地板上)。

布卢姆有何行动？

他将衣服放在一张椅子上，脱掉身上其余衣服，从床头的大枕头下抽出一件折叠着的白色长衬衫式睡衣，对着睡衣中的三个口子套进脑袋和双臂，将床头的一个枕头挪到床脚，整理一下被单，进了被窝。

如何进法？

谨慎地，这是进入一个住所（自己的或并非自己的）的必然状态，决无例外；小心地，因为床垫下面的蛇形螺旋弹簧已老，铜圈和悬挂的蛇弓已松，受力受压就发颤；审慎地，如进兽穴，须提防淫欲或蝰蛇的伏击；轻轻地，尽量避免惊醒人；虔敬地，这是受孕与生育之床，是完婚与毁婚之床，是睡眠与死亡之床。

他的肢体逐渐伸开时接触何物？

新的干净的床单，另有一些气味，有一个人体，女性，她的，有一个人体压痕，男性，不是他的，有一些饼渣、一些罐头肉碎片，重新烧过的，他抹掉了。

他如微笑，则是为何而微笑？

想到每一人进入时，都认为自己是头一个进入者，而事实上即使他是后续系列的第一名，总只是先行系列的最末一名；每人都认为自己是头一个、末一个、惟一的、独一无二的，而实际上他既非第一，亦非最后，既非惟一，亦非独一无二，而是从无限处开始，重复至无限处的系列之中的一个。

先行系列为何？

假定马尔维为系列之首，有彭罗斯、巴特尔·达西、古德温教授、尤里乌斯·马司田斯基、约翰·亨利·门顿、伯纳德·科里根神父、皇家都柏林协会马展上一名农人、马格特·奥赖列、马修·狄龙、瓦伦丁·布莱克·狄龙（都柏林市长大人）、克里斯托弗·卡利南、莱纳汉、一名摇手风琴的意大利佬、欢乐戏院内一位陌生绅士、本杰明·多拉德、塞门·代达勒斯、安德鲁·(尿)伯克、约瑟夫·卡夫、威士敦·希利、市参议员约翰·胡珀、弗朗西斯·布雷迪大夫、阿尔格斯山的塞巴斯蒂安神父、邮政总局一名擦鞋工人、休·E(一把火)鲍伊岚,如此等等一个又一个直至并非最后的一个。

他对这一系列的末一名即最近上床者,有何思绪?

思及他的旺盛精力(闯客)、肉体大小(贴招贴的)、商业能力(招摇撞骗的)、敏感性(自吹自擂的)。

观察者为何在旺盛精力、肉体大小、商业能力之外又加上敏感性?

因为他以越来越高的频率观察到,这同一系列的前列成员中,都有相同的声色之欲,一触即发而传向对方,先是惊愕,继而领悟,继而有欲,终于疲惫,两性之间则既有理解又有猜疑,两种迹象交替呈现。

他随后而来的思绪,受到何种互不相容心情的影响?

羡慕、忌妒、忍让、泰然处之。

羡慕?

羡慕一样肉体上和精神上的男性肌体,其设计性能特别适合采取上覆卧姿,从事强烈的人类性交活动中的强烈的活塞和汽缸动作,方能使女性肉体上和精神上那被动而并不迟钝的肌体中经常存在而并不尖锐的性欲得到完全满足。

忌妒?

因为一个成熟而其挥发性不受约束的个体,在吸引作用中是交替起主动与被动作用的。因为主动者与被动者之间的吸引作用,随着连续不停的环形扩张和经向回返动作,是不断地以反比例增长或降低的。因为对于吸引作用的起伏变化作有控制的沉思默想,如果愿意的话,是可以产生起伏变化的快感的。

忍让？

由于(甲)一九〇三年九月间在伊登码头5号乔治·梅夏士成衣及服装商店店堂内开始结识；(乙)已有实物款待实物享受，已作亲身报答亲身接受；(丙)相对年轻，易于一时野心冲动，一时宽宏大量，同事间的利他主义和情欲上的利己主义；(丁)异族相吸，同族相抑，超族特权；(戊)即将举行外省巡回音乐演出，共负活动开支，分享净得收益。

泰然处之？

因为这是自然想象，凡是自然的动物，都要按照他、她、他们的不同的相同天性，在自然的大自然中采取自然的行动，其性质是人所共知或不言自明的。因为它并非如像地球和一个黑太阳相撞以至造成天地毁灭那样的巨灾。因为其恶劣程度不如偷窃、路劫、虐待儿童或动物、弄虚作假骗取钱财、伪造钱币、贪污、挪用公款、假公济私、装病旷职、重伤致残、腐蚀未成年人、诽谤、敲诈勒索、蔑视法庭、纵火、叛国、其他重罪、海上哗变、非法侵入、破门盗窃、越狱、兽奸、临阵逃脱、作伪证、偷猎、放高利贷、为国王之敌提供情报、冒名顶替、刑事暴行、杀人、蓄意谋杀。因为其不正常程度，并不超过其他一切由于生存条件发生变化而产生的类似调整过程，人身机体通过这类过程方能和周围环境、食物、饮料、新获习惯、新起爱好、重大疾病等形成相互之间的平衡。因为它不仅是不可避免，不可挽回的。

为何忍让多于忌妒，而羡慕少于泰然心情？

自粗暴(婚姻)至粗暴(通奸)，其间惟有粗暴(性交)，然而以婚姻向受暴者施暴者，并未感受以通奸向受暴者施暴者的粗暴。

有何对策可以考虑？

暗杀，绝不，因两错相加并不等于对。决斗一场，否。离婚，目前不考虑。以机械装置(自动床)或人证(隐藏见证人)揭露，暂且不用。依靠法律力量或是模拟殴打提供受伤证据(自伤造成)提出诉讼索赔，并非不可能。依靠道义力量获得缄口钱,有可能。如要积极对策,默许、引入竞争(物质方面,找一个业务发达可以匹敌的公关人;精神方面,找一个善于接近可以匹敌的私交人)、贬低、疏远、羞辱、分隔,而在分隔过程中既保护被分隔的一方不受其他一方之伤害,又保护分隔者不受被分隔两方之伤害。

他既是有意识地小心对待虚无缥缈的空间之人,思想中如何说明自己的心情并非没有根据?

处女膜的预先注定的脆弱易破性;自在之物①预先假定的不可捉摸性;拟作之事趋于自行延长其紧张性,已作之事趋于自行缩短其松弛性,二者之间的不协调与不均衡;人们错误推断的女性之纤弱;男性之肌肉发达;道德规范之变动;一句不定过去时陈述句(语法分析为阳性主语、单音节拟声及物动词、阴性直接宾语),颠倒次序而从主动语态变成其关联的被动语态不定过去时陈述句(语法分析为阴性主语、助动词、单音节拟声过去分词、阳性施事补语②)为符合自然的语法转换,并不改变内容;撒精者由于生殖过程而继续产生;精子由于提炼作用而不断生产;胜利、抗议、复仇的无聊性;歌颂贞操的空洞性;无知物的呆滞性;星辰的冷漠性。

这些互不相容的心情和思绪,在归纳为最简约的形式之后,如何终于汇合而形成最终的快意?

快意的是无论东半球还是西半球,无论已经探察的还是尚未探察的,在一切可供居住的土地与岛屿(午夜见太阳之地、神佑之岛、希腊诸岛、神许的国土③),无处不有脂肪丰富的前后女性半球体,散发着奶和

---

① “自在之物”为康德哲学中与“现象”对立的事物本身,超越人的观察而存在。

② “单音节”“拟声”“及物动词”等均为英语语法术语,英语中符合这三项条件的动词中包括 fuck,此词通常认为粗俗不可随便使用,其词义相当于中文北方方言中“操”或南方方言中“触”,习惯指男性在性交中的行动,因此一般以阳性词为主语,转为被动语态时,原主语即成为“阳性施事补语”。

③ “午夜见太阳”为地球南北极地带现象;“神佑之岛”为古典神话中受神保佑者死后去处;“希腊诸岛”为拜伦长诗《唐璜》第三章《哀希腊》中赞美的拥有灿烂古文化之地;“神许的国土”为《圣经》中上帝指引摩西带领以色列人民出埃及后许诺的国土,现常指理想乐土。

蜜的芳香,分泌、流血与精液的温暖,令人想到标示长期波动幅度类型的曲线,既不受心情变化的影响,又不理对立表情的出现,表现出一种无声息、无变化的成熟的动物本能。

有何明显的先兆快意迹象?

一次近似勃起;一个关注转向;一下缓慢抬身;一点试探掀开;一阵默然审视。

然后?

他吻了她那胖冬冬、圆墩墩、黄兮兮、香喷喷的熟瓜似的臀部,在带着熟透了的黄色深沟的胖瓜似的两个半球体上,一边一下子意义模糊、时间不短、具有挑动性而瓜味十足的大吻。

有何明显的事后快意迹象?

一阵默然审视;一点试探掩盖;一下缓慢放平;一个关注转身;一次不远勃起。

这一默然行动之后发生何事?

瞌睡懵懂的叫唤,略醒一些的认清,微现一点兴奋,提出一串盘问。

叙述者回答盘问时作何修改?

负面的:他不提玛莎·克利福德和亨利·弗腊尔之间的秘密通信、在小不列颠街8、9、10号伯纳德·基尔南有限公司有照店堂内外的当众争吵、由格特鲁特(格蒂,姓氏不详)的露阴行为所引起的色情挑逗与反应。正面的:他提到的包括国王南街46、47、48、49号欢乐戏院班德曼·帕默夫人演出的《李娅》;有人邀请在下修道院35、36、37号的温氏(默菲)饭店晚餐;一部罪孽深重具有诲淫倾向的作品《偷情的乐趣》,作者为一位社交界匿名绅士;一次由于晚餐后体操表演动作失误而造成的短暂性脑震荡,受伤者(现已完全恢复)为斯蒂汾·代达勒斯,教授兼作家,为无固定职业的赛门·代达勒斯的存活长子;一次由他(叙述者)本人演出的特技,动作机敏果断,富有体操运动的弹性,当场目击者为前述教授兼作家。

叙述中再无其他修饰改动?

绝无其他。

叙述中有何事件或人物成为突出点?

教授兼作家斯蒂汾·代达勒斯。

在断断续续而愈来愈简短的叙述过程中,听者与述者意识到二人婚姻状况有何活动不足与受抑处?

听者意识到繁殖不足,因婚礼举行在她出生(1870 年 9 月 8 日)十八周年之后一整月,即十月八日,同日同房完婚,而女性后嗣出生于一八八九年六月十五日,因同年九月十日已先期同房,而最后一次在天然女性器官内排精的完全性交,发生在第二名(同时为惟一男性)后嗣于一八九三年十二月二十九日出生前五星期,即一八九三年十一月二十七日。该男性后代已于一八九四年一月九日去世,成活十一日。因此已有一个长达十年五个月十八天的时期性交不完全,没有在天然女性器官内的排精。叙述者意识到精神与肉体两方面的不足,因为他本人和听者之间已有一个时期缺乏完全的精神交流,这时期起于述者与听者双方的女性后嗣于一九〇三年九月十五日以经血出现为标志的青春发育完成,此后九个月零一天期间,由于两位成熟女性(听者与后嗣)间的互不理解中有一种已成定规的天然理解,完全的身体活动的自由受到了限制。

如何受限制?

每逢男方短暂外出,在将行或已成行之时,必受女方各式各样反反复复的盘问,所去何地,何时到达,停留多久,有何目的。

在听者与述者的无形思绪上空,有何有形活动形象?

一盏灯与其灯罩自下而上的投影,一圈圈距离无定而浓淡层次多变的光线与阴影的同心圆圈。

听者与述者卧床方向如何?

听者东南偏东;述者西北偏西;北纬五十三度,西经六度;与地球赤道成四十五度角。

取何静态或动态?

相对于各人本身及二人彼此,均为静态。由于地球自身在永远不变的空间顺着永变不停的轨迹作永远不停的运动,二人均处于被运向西的动态,一人头向前,一人脚向前。

取何姿势?

听者向左半侧身而卧,左手垫在头下,右腿伸直在上,左腿屈曲在下,取该亚一忒路斯姿势①,身子充实而躺卧,孕育着种子。述者向左侧卧,左、右腿均屈曲,右手的食指和大拇指放在鼻梁上,正是珀西·阿普琼所摄快照中描绘的姿势,疲惫的童汉,子宫内的汉童。

子宫? 疲惫?

他休息了。他旅行过了。

与何人?

水手辛巴德、裁缝钦巴德、监守人简巴德、会捕鲸鱼的惠巴德、拧螺丝的宁巴德、废物蛋费巴德、秉公保释的宾巴德、拼合木桶的品巴德、天明送信的明巴德、哼唱颂歌的亨巴德、领头嘲笑的林巴德、光吃蔬菜的丁巴德、胆怯退缩的温巴德、啤酒灌饱的蔺巴德、邻苯二甲酸的柯辛巴德。

---

① 该亚为希腊神话中大地女神,为混沌初开后第一个女神,最早的天神和许多魔怪均由她生出。忒路斯为罗马神话中大地女神,往往被视为与该亚同。该亚在艺术中常被表现为侧卧抱二子女。

何时？

正去幽暗床上有一枚方圆水手辛巴德大鹏鸟的海雀蛋①，晚上床上所有大鹏海雀鸟，白昼亮亮的黑床巴德。

何往？

① “大鹏”为《一千零一夜》中巨鸟，能叼起大象作食物，水手辛巴德曾依附着大鹏鸟的腿飞离孤岛。大海雀为一八四四年已经灭绝的鸟类，一次仅能下大蛋一枚。

十八

真的因为他自从离开城标饭店以后还从来没有这样过要在床上吃早饭还要两只鸡蛋那阵子他常躺在床上装病说起话来都是病恹恹的贵人腔调都是为了哄那个一捆干柴似的赖尔登老太太他自以为已经把她笼络住了谁知她一文小钱也没有给我们把她的钱统统交给人家为她自己和她的灵魂做了弥撒了天下最抠门儿的守财奴连自己喝的搀甲醇假酒都舍不得花那四便士老跟我叨叨她的各种各样的病她太喜欢翻腾她的那套政治什么地震啦世界末日啦还是让我们先痛快痛快吧要是所有的女人都像她一样这个世界可就没救了老数落泳装和袒胸衣当然没有人会去要她穿那种衣服的我想她那么虔诚就是因为没有男人愿意多看她一眼我希望我永远不会变成她那种模样万幸她还没有要求我们把脸蒙上不过她到底还是有教养的人就是没完没了地唠叨赖尔登先生这个赖尔登先生那个的我想他摆脱了她是他求之不得的还有她那条狗老来嗅我的裘皮衣服还老想往我衬裙底下钻尤其碰上那种时候不过我倒是喜欢他这样对老太太彬彬有礼的甚至对跑堂的和要饭的都不端架子并不总是那样要是他真有什么要紧的病痛不如住进医院里去好得多什么都是干干净净的可是我想得磨破了嘴皮子才行真的可要是真那样的话又会跑出一个医院护士的问题来了他会赖着不出院直到人家轰他走要不然是个修女也许像他那张色情照片上的她要是也算修女那我也可以算了真的因为他们一生病就娇气了哼哼唧唧的他们要有个女人才能好起来他要是流点鼻血你准得以为出了悲剧那回参加唱诗班在塔糖山的野餐会他在南环路附近扭伤了脚那一副快要断气了的神气就是我穿那一套衣服那天斯塔克小姐还给他送花最次的发蔫的那种花她从筐底上翻出来的她只要能进男人卧室的门干什么都愿意老处女嗓音愿意想象他是为了她才快死的今后再也见不着你的面啦不过他躺在床上长出了

一点胡子来倒是更多了一点男子汉气父亲也是那样的而且我讨厌给人缠绷带喂药那回他用剃刀修鸡眼把脚趾修破了直担心会得败血症可是假定我病了咱们等着瞧有什么照料吧不过当然女人有病总是瞒着的不会像他们那样给人添那么多的麻烦真的他肯定是到什么地方去过了从他吃饭的胃口看反正不像是恋爱要不然心里想着她他会吃不下饭的要是他真到了那一带也许那种晚上活动的女人他编的那一套饭店什么的全是胡说八道全是鬼话什么哈因斯把我留住了啦我碰见谁来着啊对了我碰见了你还记得吗门顿还有谁呢谁呢我想一想那个娃娃脸的大个子我见着他了他结婚还没有多久呢今天却在普尔斯的万景画展览会上和一个年轻姑娘调情我看他要溜走的样子怪不自在的我就掉转身把背冲着他这有什么可是他有一回胆敢打起我的主意来了他是活该嘴巴比谁都响眼睛发死像煮过的一样我见过的大笨蛋也算多了这也叫作律师呢要不是我不愿在床上没完没了地争辩的话要不然他在什么地方勾搭了一条小母狗偷偷地弄上了手她们要是也和我一样了解他的话真的因为前天我拿报纸给他看狄格南去世的消息时好像神差鬼使一样我走进前屋他正在涂写什么东西是封信我一进去他就用吸墨纸把它盖住了假装在考虑什么正经事很可能就是那么一档子事儿写给一个女人的那女人自以抓住了他这个软骨头因为所有的男人到了他这年纪都有一点这样的尤其是他这样接近四十岁的时候可以随心所欲地哄他掏钱天下傻瓜尽管多谁也比不上老傻瓜接着就是照例来吻我的屁股那是掩盖那档子事儿的他究竟是勾上了谁或是原来就有那种关系我才不在乎呢虽然也想知道底细只要不是他们两人都成天在我鼻子底下像我们在安大略高台街那时雇的那个贱货玛丽把假屁股垫得老高的刺激他我从他身上闻出那些涂脂抹粉的女人气味就已经够糟的了有一回两回我起了疑心叫他靠近过来发现他上衣上有根长头发再加上那一个我走进厨房他假装喝水他们只有一个女人是不够的当然全怪他把佣人都惯坏了居然建议圣诞日可以让她上咱们的桌子吃饭您哪嘿谢谢你那可不行在我家里办不到偷我的马铃薯还有那些牡蛎两先令六便士一打的她要去看她姑妈您哪这简直是不折不扣的抢劫了一点也不错可是我敢肯定他跟那娘们儿有事儿这样的事只有我才能发现他说你没有证据就是她的证据哼我

就有她姑妈最馋牡蛎可是我把我对她的想法告诉了她居然建议我出去一下好单独和她谈谈我才不会降低身份去偷偷监视他们呢那一回她星期五休息不在家我在她房里找到那副吊袜带就足够了真有点儿太不像话了我辞退了她给她一星期的期限她气得脸都肿起来了我不能手软情愿干脆不要人侍候自己收拾房间还更快当些就是倒霉的做饭扔垃圾讨厌反正我给他撂下了话她不走我走我只要想到他和这么一个睁着眼睛说瞎话的不要脸的邋遢女人摽在一起我就连碰都不愿意碰他了公然当面抵赖还在家里唱歌在厕所里也唱因为她心里明白自己的日子过得太美了真的因为他不可能那么长久没有那事儿他非得在什么地方来一下不可的他最近一次在我屁股上来劲是什么时候来着是在托尔卡河畔散步那一晚鲍伊岚使劲捏了捏我的手有一只手哪悄悄地伸进了我的手里我唱着五月的年轻的月亮熠熠生辉爱人哪①只用大拇指按了一下他的手背因为他心里对他和我有一点数他并不傻他说了我要在外边吃晚饭还要去欢乐厅不过我是反正不会和他去争辩的天主知道他也算换换口味省得一顶旧帽子戴到老除非我花钱找个好看的少年来办这事我自己是办不了的年轻小伙子会喜欢我的单独相处我会把他弄得有些迷迷糊糊的只要没有旁人我可以露出我的吊袜带给他看那副新的弄得他满脸通红我的眼睛望着他引诱他我知道那些脸上长细绒毛的男孩子心里是怎么回事把那玩意儿拽出来整小时地摩弄问答式的你愿意这样那样另一样吗和送煤工人吗愿意的和主教吗愿意的我愿意因为我告诉过他我在犹太庙堂花园里织那件毛活的时候有一个教长或是主教坐在我旁边从外地来都柏林的净问那些纪念性建筑物这是什么地方呀等等的他问雕像都把我问烦了越是答理他他越起劲你心里有个什么人呀你告诉我你心里在想谁呀是谁呀你告诉我他叫什么名字吧是谁你告诉我是谁吧是德国皇帝吗是的你就想象我就是他吧你想他吧你能感到就是他吗他想把我变成个婊子这是他永远办不到的他现在已经活到这年纪就应该放弃了简直是叫任何女人都受不了的而且一点痛快劲儿也没有的假装喜欢直到他来过我才好歹自己对付过去弄得你嘴唇都发白了现在反正

---

① 歌词，参见 215 页注①。

是干下了干了也就完了人们爱怎么说就怎么说吧就是第一脚难踢这以后成了家常便饭也就无所谓了为什么你非得先莫名其妙和一个男人结了婚才能和他亲嘴呢因为你有时候就是想要想得发狂全身有那么一种美滋滋的感觉不由自主的我希望有一天有那么一个男人当着他的面就搂住我亲嘴什么也比不上一次又长又热的亲吻一直热到你灵魂深处简直能使你麻醉过去我恨那次忏悔那时我是找科里根神父告罪的他摸我了神父他摸了我一下有什么害处呢在什么地方我就傻乎乎地说在运河河岸上可是在你身上的什么地方我的孩子在腿后边是在靠近上身的地方吗是的是挺靠近的是你坐座的地方吗是的主啊他怎么就不能痛痛快快说一声屁股不就完了吗那有什么关系呢那么你有没有怎么怎么的我忘了他用的词儿我没有呀神父我总是想到真的父亲我已经向天主忏悔过了他还要问这问那有什么用呢他的手胖乎乎的挺好掌心总是湿润的我倒愿意摸摸他的手我敢说他也会愿意的从他那套着马颈圈的公牛脖子可以看得出来我纳闷他是不是认识我我在告解亭里能看见他的脸他当然是看不见我的他决不会转头或是露出感情的然而他父亲去世的时候他的眼睛还是红了他们对女人是有渴难解当然男人哭鼻子必是伤透了心的他们就更甭提了我倒愿意有一个像他这样穿法衣的人来拥抱我他身上带着一股祭祀焚香的味道和教皇一样而且如果你是有夫之妇和祭司最安全他对自己特别小心不会出事儿的然后给教皇圣座献上些什么赎罪我纳闷他和我之后是不是感到满足他有一件事我不喜欢临走在门廊里那么随随便便地拍了一下我的屁股虽然我笑了一声我可不是一匹马一头驴呀是不是我琢磨他是想到他父亲了我纳闷他是不是还醒着是在想我吗还是在做梦呢梦见我了吗是谁给他的花呢他说是买的他带着一种什么酒的气味不是威士忌或是黑啤酒或是也许是他们贴招贴用的那种浆糊的甜味吧是一种利口甜酒我愿意品一品那些戴着歌剧帽上后台捧女演员的人爱喝的名贵的酒颜色是绿的和黄的看上去味道很浓我有一次用指头沾了一点尝过是那个和父亲谈邮票的有松鼠的美国人的他在最后一次之后是困得连眼睛都睁不开了我们喝了波尔图葡萄酒吃了罐头肉那肉咸淡正合适真的因为我感觉挺美也疲倦了立刻上床马上就睡得人事不知直到那阵响雷把我吵醒天主慈悲我们吧我还以为是

天要塌下来来惩罚我们了赶紧画十字念圣母经真像直布罗陀那些可怕的雷电就仿佛世界马上就要毁灭一样于是人们又来告诉你说是根本没有天主那你碰上哗哗直流到处翻滚有什么办法呢什么办法也没有只好念悔罪经吧我那天晚上在白托钵修士街小教堂点了一支五月份的蜡烛瞧它就带来了好运道不过他要是听到准会讥笑因为他从来不到教堂去望弥撒或是参加聚会他说你的灵魂吗你就没有灵魂里头只有灰色物质因为他不知道怎么样才算有灵魂真的我把灯点着了因为他来了恐怕有三回或是四回他那玩意儿大得吓人发红色的我还怕那血管还是叫做什么鬼名堂的东西快胀破了呢他的鼻子倒并不怎么大①我把窗帘放下之后把衣服全脱了花了几个小时打扮哪洒香水哪梳理的老那么直挺挺的好像是一根铁的或是什么粗撬棍似的他准是吃了牡蛎我想他吃了几打吧他唱歌的嗓门儿也上劲真的我这一辈子还没想到过有人会有这么大的玩意儿让你感到都塞得满满的他后来吃了足足一只整羊也不知道是什么意思把我们造成这个样子身子中间有个大窟窿像一匹种马似的直捅进你的身子里面来因为这就是他们希望从你身上获得的一切他眼睛里是那种恶狠狠拼命的神色我都不能不把眼睛闭上一些可是他东西虽然那么大精液并不特别多我让他抽出去弄在我身上这样更好免得留下一点冲不干净最后一次我让他在我那里面来了他们给女人发明的太巧妙了使他可以玩个痛快但是如果有人让他们自己也体味一下他们就明白了我生米莉受了多少罪呀没有人能相信的她出牙的时候也是可还有米娜·皮尤福依她丈夫那样的说出来叫人难以相信每年一回像钟一样准确准往她肚子里塞进去一个或是一对双生的娃娃她身上老带着一股娃娃气味那一个他们叫做小咕啾还是什么的像个黑人那一大蓬头发耶稣杰克的那孩子是黑的②上次我去的时候只见那一大帮子打架打成一团吼声震天把你的耳朵都震聋了据说是健康的他们不把我们弄得身子肿得像大象或是什么我说不上来的东西是不肯罢休的假定我冒个险再生一个怎么样呢可不要他的不过假如他结了婚肯定会有个健壮好看的

① 西方一种说法认为鼻子大标志阴茎大。

② “耶稣杰克的,那孩子是黑的”大概是都柏林歌谣词句。

孩子可是也难说波尔迪的精液更多真的那可就好玩儿极了我琢磨他是因为遇见宙细·鲍威尔和参加葬礼还有想着我和鲍伊岚的事才兴奋起来的好吧他愿意怎么想就怎么想吧只要对他有点好处就行我知道我开始的时候他们已经有一点谈恋爱的意思了在乔治娜·辛普森庆祝迁入新居那天晚上他就陪她跳舞陪她在外面坐他还楞要我相信只是因为不好意思看她冷冷清清当墙上花朵没有别的意思我们那一场政治大顶嘴是他挑起来的不是我都是他说我们的主是个木匠最后把我弄哭了当然女人对什么都是敏感的我后来还生自己的气为什么饶了他呢不过我明白他对我是倾心的他还说主是头一个社会主义者①他真叫我恼火可是我怎么说他也不发火不过他倒是知道好多杂七杂八东西的尤其是关于身体和内部的知识我自己也常想看看那本家庭医生②明白明白我们身体里头到底是怎么一回事儿房间里人多的时候我总能听出他说话的声音观察他的自从那回之后我假装为了他的缘故和她冷淡了因为他那时候有一点爱猜忌每次他问我你去找谁我说去找芙洛伊然后他送给我拜伦勋爵的诗集和那三副手套这么的那一段算是过去了我要叫他跟我和好很容易办到什么时候都行我有办法甚至假定他又和她好了到什么地方去会她了我也有法儿要是他不肯吃葱头我就明白了我有很多办法叫他帮我把衬衫领子弄挺啦戴上面纱手套要出去的时候贴一下脸啦那时亲一下嘴会把他们全都弄得晕头转向的可是好吧咱们试着瞧吧让他去找她吧她当然是求之不得正好假装爱他爱得发疯我可不在乎那个我很简单就去找她问她你是爱他吗同时盯住她的眼睛看着她她瞒不过我的可是他倒可能自以为有了爱情真用他那种蔫蔫乎乎的模样表白起爱情来像他对我那样不过我从他口中掏出那句话来可是费了九牛二虎之力不过我倒是喜欢他这一点的这说明他沉得住气不是那种随便可以弄到手的人其实那天晚上在厨房里他已经要开口了我在擀马铃薯饼子我有件事要和你谈一谈我没有让他说下去装作两手两臂都沾满面糊所以发

---

① 十九世纪西欧社会主义者常说耶稣是第一个社会主义者，理由是据《马太福音》第十九章二十一节，他曾要求一个希望信教的富人先把财产散给穷人。

② 《家庭医生；伦敦各大医院内外科医生合编家庭医药手册》，伦敦一八七九年初版，后曾多次修订再版。

火其实我头天晚上说梦说的太露骨我不愿意他知道得太多了对他没有好处她呀这宙细每逢他在场她都要拥抱我想的当然是他把我的全身都摸到了我说我上上下下尽可能都洗到了她还问我你把可能都洗了吗女人们在他面前总喜欢把话头儿往那上面引过去说得特别起劲她们知道每逢她们说出点什么他就露出狡黠的神色微微眨着眼装作不感兴趣的样子他就是这样的人这才惯坏了他我一点也不感到奇怪因为他那时候是很英俊的我说他是想学拜伦勋爵的风度①我说我喜欢虽然他的模样对一个男人来说是太俊了一点儿在我们订婚之前他真是有一点那样后来她可不大高兴了那天我说到我那一头头发那些发夹一个接一个地掉下来我笑个不停咯咯咯咯不由自主的她就说你倒总是兴高采烈的真的因为她眼馋因为她明白这是怎么一回事儿因为我那时候常把我们两人之间的许多事情都告诉她不是全部但是够叫她淌口水的但是那不能怪我呀我们结婚之后她很少登门我纳闷她现在的日子过得怎么样了她跟她那位疯疯癫癫的丈夫一起生活之后她的脸色就憔悴了疲惫了我最近一次看见她的时候她一定刚和他吵过一架因为我看出来她就是想把话头往议论丈夫的方向拉过去好说他的事儿出他的丑她告诉我什么来着对了说他有时候鬼迷心窍穿着他那双泥靴子就上床了嗨想一想吧跟这么一个角色同床睡觉说不定什么时候就把你杀了这么一个男人幸好不是人人都是这么样疯法的波尔迪反正不管他干什么进屋的时候总是先在门口垫子上擦脚的不论天晴下雨也总是自己擦靴子的他在街上遇见人也总是像那时候一样脱帽的现在他又穿着拖鞋到处跑了想凭一张卜一上的明信片弄它个一万镑哎唷我的心上人梅啊②这样的事可不太腻味人了吗谁受得了呀居然蠢到连靴子都不知道脱你要是遇上这么一个男人可怎么办呢我是情愿死二十回也不愿再嫁一个男人的当然他也绝对找不到另一个女人能像我这样就合着他的若要了解我就得和我睡觉

① 拜伦(1788—1824)虽早已去世,但他的英俊潇洒,他的深获妇女欢心的罗曼蒂克风度仍为人们津津乐道。

② 《心上人梅》为一杂耍场歌曲(1895),说八岁小姑娘梅要求歌者答应将来娶她,但歌者回来找她时她已与别人订婚。

真的而且他内心深处也明白譬如说那个毒死丈夫的梅布里克太太吧①我纳闷她是为了什么是爱上了另一个男人吧是的查出来了她居然能做出这样一件事来她的心是黑透了当然有的男人确是非常惹人生气的逼得你发疯而且总是用世界上最坏的字眼儿如果我们竟糟到这种地步那他们为什么还要求我们和他们结婚呢真的因为他们没有我们就活不下去她是在他的茶里放了从捕蝇纸上刮下来的白砒霜对不对我纳闷为什么叫做砒霜要是问他他会说是从希腊文来的等于白问她对另外那个家伙一定是爱得发狂了所以才甘心冒着被绞死的危险唉她的天性如此也就不在乎了她有什么办法呢而且他们总不至于狠到把一个女人绞死吧是不是

他们全都各有一套鲍伊岚喜欢谈我的脚的形状他还没有结识我的时候就已经立刻注意到了那天我和波尔迪在都糕点里我又是笑又是要听他说的话不断地扭动着我的脚我们俩要了两份茶和白面包加黄油我站起来问那姑娘那地方在哪儿我看见他在看了和他那两个老处女姊妹在一起我才不管呢都已经在滴出来了他要我买的那条黑色的不开口的齐膝裤子要花上半个小时才能退得下来把我弄得一身都湿了总是来什么全新花样每隔两个星期就来一个我弄了好长时间把我的仿鹿皮手套忘在后面座上了后来始终没有找回来有女贼他要我在《爱尔兰时报》登一条遗失在贵妇街都糕点女厕所拾者请交玛莉恩·布卢姆太太我从旋转门出来的时候看见他的眼睛还盯着我的脚我回头看时他还在看我两天后又去喝茶想着说不定可是他没有在我不明白那怎么会使他感到兴奋的因为我们起初在那间房里的时候我是架着腿的他说的是那双穿着走路太紧的鞋子我的手像这样就挺不错要是有一枚镶着漂亮的海蓝宝石的戒指多好呀是我的月份的宝石②我得怂恿他给我买一枚还要一只金手镯我并不太喜欢我的脚不过有一次我用脚引得他射精了那天晚上古德温那场胡乱拼凑的音乐会之后天是那么冷风是那么大幸好家里

---

① 梅布里克为英国利物浦商人，一八八九年因砒霜中毒而死，其妻被控因有外遇而杀夫，当年即被判死刑，后改判无期徒刑。

② 西方传统（自16世纪开始）指定不同宝石代表不同月份；莫莉的生日在九月份，而据不列颠百科全书，该月代表为蓝宝石。

有糖蜜酒可以调制点热饮料壁炉里的火也没有全灭他要我躺在壁炉前的地毯上给我脱长袜那是在隆巴德西街另一次是我的泥靴子他要我找马粪堆去踩当然他不是正常人和世界上其他人不一样他说是怎么说的来着他说我可以在十分之中让给凯蒂·兰纳九分而仍旧胜过她①我问他这是什么意思我忘记他说什么了因为那时街上正好有叫卖最后消息版的跑过而且卢肯奶品店里那个鬈发的男人是那么礼貌周到我觉得以前在什么地方见过这人我在尝黄油的时候就注意到了他所以我不急着走还有他常取笑的巴特尔·达西那天我唱古诺的《圣母颂》之后他开始在唱诗班后面的楼梯上吻我了我们在等待什么呀我的心呀吻我的前额分手吧②和你的钱额分手吧他的嗓音虽细小他的吻倒是火热的他总是瞎吹捧我唱的低音符要是他的话能相信的话我喜欢他唱歌运用的口型他说在这样一个地方干这事儿是不是不像话我看不出有什么不像话的将来有一天我得告诉他这事现在还不到时候得给他一个意外真的我要带他到那儿把我们当时干这事的具体地点也指给他看好啦就是这么一回事儿你满意也好不满意也好他自以为不论什么事情都瞒不过他可是他在我们订婚以前对我的母亲就一无所知要不然他不会那么轻易得到我的反正他自己更要糟十倍央求我从衬裤上剪一点点给他那天晚上从凯尼尔沃恩广场走过他凑在我手套的开口处吻我我不能不把它脱下他问起问题来了是不是可以问问你的卧室是什么样的形状所以我就让他拿着仿佛我忘了似的好想着我我看见他把手套塞进他自己的口袋里去了当然他对衬裤是如痴如狂的谁都看得出的总是斜眼瞅着那些不要脸的骑自行车的丫头们裙子都被风刮到肚脐眼上边去了甚至那次米莉和我跟他一起参加露天游乐会遇上那个穿奶油色麦斯林纱的正好戗着阳光站着她身上穿的什么他都能看得一丝不漏那回下着雨他看见我就跟过来了其实是我在他见我之前就先看到他了站在哈罗兹十字路的路口身上穿一件新雨衣围着那条衬托他肤色的吉卜赛色的围巾戴着那顶棕色帽子还是他平时那种不露声色的模样那一带没有他的事儿他来干

① 凯蒂·兰纳(1832—1915)为伦敦著名舞蹈家和芭蕾舞艺术家。
② “我们在等待……分手吧”为歌曲《告别》中歌词。

吗呢他们可以到处跑碰上什么乱七八糟穿裙子的都能随心所欲地要她们的而我们还不许问一问可是他们却要知道你刚才到哪儿去了你准备到哪儿去呢我都能感觉到他在偷偷地跟着我走眼睛老盯住我的脖子那阵子他觉得我家的气氛越来越不友好所以总躲着这么的我站住了侧过身去然后他缠着我要我答应直到我一面望着他一面慢慢地把手套脱下他说我的空花袖子下雨天太冷千方百计找借口把他的手凑过来衬裤衬裤没完没了的直到我答应把我那玩偶穿的衬裤扒给他让他放在坎肩口袋里随身带着才算了结 O Maria Santisima[①] 他那湿淋淋一身雨水的大傻瓜模样真有意思他那一口牙特别好叫我看着尽想吃东西他苦苦地求我撩起我穿的那条橘黄色带日光褶的衬裙他说周围没有人要是我不答应他就在雨地里下跪他是那么胡搅蛮缠他真做得出来的那就把他的新雨衣也给毁了他们和你单独相处的时候真不知道他们会做出什么希奇古怪的事情来的他们为了那个是那么野蛮万一有人路过所以我撩起了一点点隔着他的裤子从外面碰了一下和我后来对加德纳一样用我的戴戒指的手以免他大庭广众的做出更丑的事儿来我心里直好奇想知道他是不是割过包皮的他浑身都在颤抖抖得厉害极了他们干什么都只图快弄得一点意思都没有了父亲还一直在等着吃饭呢他教我说是钱包忘在肉店里不能不回去取真是个撒谎专家然后他给我写了那一封信信上尽是那些话他敢对一个女人这么样没规没矩的怎么还有脸见她这是多别扭啊我们见面的时候他问我你生我的气了吗我当然是垂下了眼睑他可看出了我没有生气他还是有点头脑的不像另外那个傻瓜亨尼·多伊尔那回猜字谜游戏他就是不断地碰坏这个扯破那个的我讨厌笨手笨脚的男人还问我是不是明白什么意思当然我得说不明白才像样我不懂你说什么我说这不是自然的吗当然是这样的直布罗陀那堵墙上就公然写着呢还画着女人的那个呢还有那个我在哪本字典上都找不到的字不过让小孩子看见年纪太小然后每天早晨写一封信有时候一天两封我喜欢他求爱的方式他懂得怎样才能得到一个女人的心我的生日是八号他就送给我八朵大罂粟花那回我给他写信了那天晚上在海豚仓他吻了我的胸

---

① 西班牙文:最神圣的马利亚呀。

口我简直没法形容那种感觉简直是人间没有的但是他从来不会像加德纳那样好的拥抱我希望他星期一按他自己说的来还是四点钟我讨厌人们不管什么时候就找上门来你以为是送蔬菜的结果却是某某人可是你还什么衣裳都没有穿呢要不然就是又乱又脏的厨房的门被风刮开了那天满脸霜雪的老古德温来商议音乐会的事在隆巴德街我刚吃过晚饭满脸通红满身溅的炖肉汁子我只好说教授您别拿眼瞧我我这模样简直要吓死人真的可是他倒是位地道的老绅士自有他的路数谁也比不上他对人的恭敬没有人可以代你说不在家你只好从窗帘后面窥看就像今天那个送东西的起初我还以为要改日子结果是先派人送波尔图葡萄酒和桃子我正开始打哈欠心里忐忑起来寻思也许他要耍弄我这时候听到门上他的嗒嗒啦嗒我一听就知道是他叩门他准是来晚了一些因为我看到代达勒斯家两个姑娘放学回家是三点一刻我总也不知道钟点连他给我的那块表似乎也从来都走不好我得让人修一修我扔那枚便士给那个缺腿水手为了英国家园美也是那时候我正在吹口哨吹有一位迷人的姑娘我爱她①我还连干净内衣都还没有穿上也还没有擦粉什么都没有呢那么下星期今天我们就该去贝尔法斯特了他得去恩尼斯倒也不错他父亲的忌日二十七号要不然可能会不愉快的假定我们在旅馆里的房间是连在一起的他在新床上万一要胡闹我没法阻止他叫他别和我纠缠他就在隔壁房间里呢也说不定有个新教牧师咳嗽一声敲敲墙壁这样的话他第二天决不相信我们并没有那事儿丈夫好说情人可不容易糊弄原先我告诉过他我们从来就没有什么事儿他当然是不信我的话的算了吧还是由他去他的比较好再说他总是出事儿那回我们去参加马洛的音乐会在马里伯勒我们两个人都要了热汤然后铃响了他端着汤就上了月台一边用勺喝着一边到处洒他就做得出这样的事儿那侍者追着他来了弄得我们大出洋相尖声叫喊火车要开一片忙乱可是他不喝完就是不付钱三等车厢里那两位先生还说他做得很对这也有理他有时候想定了一个主意真是拧得要命还算不错他能用小刀把车厢门弄开要不然他们就把我们送到科克去了我想他们是有意报复他的啊我爱乘火车或是马车出去玩车里

---

① “有一位……我爱她”为歌剧《基拉尼的百合花》中插曲。

有逗人喜欢的软垫我纳闷他会不会给我买头等车票说不定他会愿意在火车上那个的多给列车员一点小费就行我想免不了又会有白痴男人张着大嘴瞪着大眼望我们的那些眼光蠢得不能再蠢了那天我们到豪斯山去那位普通工人倒是难得他在车厢里一点也不打搅我们我愿意知道一些他的情况过一两个隧道之后你就一定得往车窗外眺望眺望更加好看了然后是回来假定我永远不回来了人们会说什么呢说跟他私奔了吧那样在舞台上倒是会叫座的我上次唱歌的音乐会是在哪儿来着一年多了是哪阵儿来着是克拉伦登街的圣特雷萨协会礼堂他们现在弄了一帮子黄毛丫头在那儿唱了像凯瑟琳·卡尼之类的角色都因为父亲在陆军而且我唱了心不在焉的乞讨者还佩带罗伯茨勋爵的饰针①虽然我的模样一看就知道是爱尔兰人波尔迪倒是爱尔兰味不够这一回是他鼓捣的吧我想他是办得到的譬如我唱《圣母伫立》就是他弄成的他到处说他正在给《仁慈的光引导》谱曲是我撺掇他的直到那些耶稣会教士发现他是共济会员捶打钢琴的你引导我走②是从一出老歌剧里抄来的真的最近他跟一些新粪党还是什么党的混在一起还是他那一套胡说八道他指给我看一个没有脖子的小个子男人说他非常有头脑是新出的人杰叫做格里菲斯吧是不是哎他这模样儿可看不出我只能这么说了然而看来准定是他了他知道有一场抵制运动我不爱听他们谈战后的政治什么比勒陀利亚啦莱迪史密斯啦布隆方丹啦③就是在那里东兰开夏郡二团八营的斯坦利·G.加德纳中尉得了伤寒他穿一身咔叽制服真漂亮身材比我高正合适而且我肯定打仗也是勇敢的他说我真可爱那晚上我们俩在运河船闸边吻别我的爱尔兰美人儿呀他是因为马上要开拔或是怕路上的人看到我们激动得脸色发白他都站不直了我也是从来没有过得那么火辣辣的他们本来可以一开始就讲和拉倒要不然保尔老大爷和克留格

---

① 罗伯茨勋爵(1832—1914)即十四章提到的“鲍勃斯”,英国在南非殖民战争中的总司令,因而受爱尔兰民族主义者痛恨。

② 《仁慈的光引导》为十九世纪著名教士纽曼(1801—1890)所撰赞美诗,“你引导我走”为其中诗句。

③ 比勒陀利亚、莱迪史密斯、布隆方丹均为南非城市,前者为抵抗英国殖民政策的布尔共和国首府,一九〇〇年被英军占领。后二者亦为一九〇〇年重要战役所在。

尔家另外那些老家伙们自己可以去拼个你死我活①省得拖上几年用他们的高烧病把人家英俊人物都害死了他要是正经炮火打死的也还好一点呀我爱看整团的军队通过检阅台我的第一回是在拉罗克镇看西班牙骑兵真美过后从阿尔赫西拉斯隔着海湾眺望石山上灯火点点像萤火虫似的②还有十五英亩上的模拟战③穿苏格兰褶裥短裙的黑警卫团齐步合着拍子通过威尔士亲王直属的第十轻骑兵或是长矛骑兵啊那些长矛骑兵是多么威武啊或是曾经攻占图盖拉的都柏林火枪团④他父亲就是卖那批马给骑兵发的财他占了我的便宜到了贝尔法斯特可以给我买些精美礼物那儿有精彩的亚麻织品要不然来一件那种漂亮的日本和服式女晨衣我一定得买一点过去用过的那种樟脑丸放在抽屉里好保存那些东西和他一起到一个新的城市去逛街买东西多好玩呀最好把这枚戒指留在家里得转了又转才能过这个关节要不然他们也许会登在报上闹得满城风雨的或是去警察局告我去可是他们会以为我们是结了婚的唉让他们统统把自己闷死吧我才在乎得紧呢他有的是钱又不是那种打算结婚的男人正该有个人给他消一消我愿弄弄清楚他是不是喜欢我当然我用小镜子扑粉的时候仔细看了一下觉得我的脸色有一点发蔫镜子里的神色总是看不准的而且他那么长时间始终趴在我身上他的坐骨那么大人又那么重胸脯上全是毛天气又这么热我们还老得躺着就他们他要是从我后面进还好些马司田斯基太太告诉我她丈夫就要她那样的像狗似的还把她的舌头伸出老远老远的而他却是那么安静柔和的人弹着他那把玎玲玎玲的齐特尔琴这些男人们的事儿你什么时候能琢磨透呀他穿的蓝色套服料子多精致配着时式的领带他的短袜上还有天蓝色的丝玩意儿呢他肯定是有钱的我从他那些衣服的剪裁和他那沉甸甸的挂表就能看出来但是他买了最后消息版回来之后那几分钟却十足的像个恶魔

---

① 保尔·克留格尔(1825—1904)为南非荷裔布尔人领袖,除抗英外亦曾平定国内动乱(并非家族内争斗)。

② "石山"即直布罗陀(莫莉父亲所属英军要塞,因而为莫莉幼年家乡),与西班牙城市阿尔赫西拉斯相距六英里,隔阿尔赫西拉斯海湾相望。

③ "十五英亩"为都柏林凤凰公园内一片空地,常作军事表演用。

④ 南非图盖拉河曾为布尔战争中一九〇〇年一次激战地,英军(包括都柏林火枪团一个营)渡河占领敌阵地后遭受惨重损失而退。

又是撕彩票又是大骂挨火烧的因为他输了二十镑他说都是因为那匹冷门马跑赢了他的注有一半是代我下的全怪莱纳汉的消息他诅咒他该打下地狱最底层去原来是那个吃白食的家伙那回格伦克里宴会之后从羽床山上那条颠个没完的路回来他就对我动手动脚的先还有市长大人也用他的色鬼眼睛瞅着我了瓦尔·狄龙是个大异教徒我在甜食上来之后就已经注意到他了我正在用牙咬核果呢我恨不得把手里的鸡啃得干干净净的真好吃又黄又嫩从没有这么恰到好处的只不过我不愿把盘子里的东西吃得一点都不剩那些餐叉和切鱼刀也都是正牌纯银的我要是也有几把就好了其实我那时拿在手里玩儿的时候很可以顺手塞两把在我的手笼里头的而且在饭馆里不论你吃一点点什么他们都眼巴巴地望着你的钱我们就是喝一杯破茶也得感恩的能被请到就是很大的荣幸了这世界就是这么划分的不管怎么的如果要这样下去我不说别的起码还得要两件好衬衫而且我还不知道他喜欢什么样的衬裤呢我想他是喜欢根本不穿的他不是说了吗对的直布罗陀的姑娘们有一半就从来不穿的光着屁股还是天主造她们时候的模样那个唱曼诺拉的安达卢西亚女人①根本就不隐瞒她少穿什么的事儿真的我那第二双丝棉混纺的长袜才穿一天就抽丝了本来今天上午可以拿回到卢尔斯时装店吵一架让那人给换一双的只是不愿破坏自己的情绪而且也怕凑巧碰见他那就整个儿的砸了锅我还想买一件《仕女杂志》上的广告说是价格便宜的那种巧妙紧身胸衣有松紧的三角接头蒙住髋部的我那件旧的他给留着但是不中用了他们是怎么说的来着这种胸衣能显出优美曲线花上十一先令六即可消除后腰下部一大堆的难看模样可以收紧肥肉我的肚皮是大了一点晚饭那杯黑啤酒看来不能不免了我是不是已经喝惯舍不得了呢他们上回从奥鲁尔克送来的已经完全走气和水差不多了他赚钱也太容易了他们都叫他拉里他在圣诞节送的老破包礼物里面是一块家常蛋糕一瓶喂猪的泔脚是他找不到人喝的玩意儿也充红葡萄酒送来了让天主保佑他连口水都不吐一口吧省得干死要不我下决心做点气功吧我纳闷那种减

① 安达卢西亚为西班牙南部地区名称,包括邻接直布罗陀地区。“曼诺拉”为西班牙通俗歌曲。

肥办法有没有用处也还可能做过头了呢瘦的现在并不行时哩吊袜带我不缺今天我用的这副紫色的是他在一号拿到那张支票之后买的惟一的一件东西了不对不对还有那瓶美容剂昨天用完的我的皮肤搽上它就好像新皮肤一样我对他说了一遍又一遍要在同一个地方配千万别忘了可是天主知道我说了那么多他究竟照办了没有反正看了瓶子就知道了万一没有看来我只好用自己的尿洗了像牛肉汁或是鸡汤还带点那种奥帕草和紫罗兰我觉得皮肤开始有一点显得粗糙或是老化了我这指头烫伤脱皮之后底下那层就细嫩得多可惜不能都像那样还有那四块不值一提的手帕总共大约六先令真的你在这世界上要是不讲究一点儿派头是混不下去的全都花在伙食和房租上头了等我有了我可要撒手花个痛快告诉你说吧大大方方的有个派头我总想抓一把茶叶就往茶壶里扔又是量分量又是细掰细分的即使我买一双老牛皮粗靴子你喜欢这双新鞋吗喜欢花了多少钱呀我什么衣服也没有那套棕色的表演服那套裙子和上衣还有洗衣店里那一套才三套对任何一个女人说来这够什么剪这一顶旧帽子补那一顶男人们都不愿意看你一眼女人们都要把你踩倒因为她们知道你没有男人再加上物价一天比一天高如今我到三十五为止的生命只有四年了不对我今年咦我今年究竟多大了到九月份就三十三岁了吧对不对是吗唉瞧瞧那位加尔布雷思太太吧她比我大多了我上星期上街碰见她了她的容貌就不如从前了那时节她是多好看呀一头好极了的头发长可齐腰那么样地往后一甩跟格兰瑟姆街的基蒂·奥谢一样我每天早晨一起床头一件事就是往街对过瞧欣赏她梳头她那模样真是爱它是充满了感情的可惜我到搬走前一天才和她结识还有那位泽西岛的百合花兰特里太太①威尔士亲王爱上了的我看他也和路上遇到的任何一个男人一样就是名字里多了个王字他们都是一个模子脱出来的只有黑人的我倒愿意试试她这美女当了多久呢她那时多大了呢四十五了人们传说的笑话说那位年老的妒夫怎么来着他用一把撬牡蛎壳的小刀不对他要她围上一件铁皮的东西而威尔士亲王对了是他用牡蛎刀不可能是真

---

① 兰特里太太(1853—1929)为英国著名美女,因出身于英吉利海峡中的泽西岛而有“泽西岛的百合花”之称,威尔士亲王即英国皇太子,和她交往甚密。

的这样一件事情就像他带回来给我看的某些书那位弗朗索瓦什么先生的著作①据说还是位教士哩写一个孩子是从女人的耳朵里生出来的因为她的屁股肠脱出来了一位教士写出这样的话来真是够雅的可是写臀部二字哪个傻瓜不懂它的意思呀我最恨的就是这种绷着老恶棍的脸说瞎话谁都能看出来不是真事还有那本《红宝与美暴君》②那本书他给我借了两次我记得看到五十页那儿有一段讲她把他用绳子捆住吊在钩子上肯定的那里头根本没有女人的事全是胡编乱造的说什么舞会之后他用她的软鞋当杯子喝香槟酒就像印契科的马槽诞生塑像中圣母怀抱的婴儿耶稣一样肯定的没有一个女人能从肚子里生出这么大的一个孩子来的我起初还以为是从侧面生出来的因为要不然她上厕所的时候都没有办法上了当然她是一位阔太太她感到很荣幸殿下嘛我出生那年他到直布罗陀来了我可以打赌他在那儿也找到了一些百合花的也种了树他这一辈子种的树还不止那一些呢要是他到得早一点儿说不定我也是他种下的呢那样的话我就不会像现在这样呆在这里了他应该把《自由人》辞了才对挣那么可怜巴巴的几个先令该找个坐办公室或是什么的工作挣一份固定工资要不然到一家银行去让他们给他一个宝座整天坐着数钱当然他是情愿在家里东摸摸西碰碰的弄得你到哪儿也有他碍手碍脚的你今天是什么节目呀哪怕像父亲那样抽一根烟斗也好一些可以有点男子汉的气味要不然到处磨磨蹭蹭假装忙着广告的事本来要不是他那一回闯的祸他到现在还可以在卡夫先生那儿工作呢他还叫我去设法挽回我本来可以想法让他在那里提升经理的他对我着实来了一两个mirada③起初他僵硬得不得了确是如此一点不假布卢姆太太不过我心里别扭就是嫌那条蹩脚的旧连衣裙裙边的铅坠子丢了没有衩口的不过这一种现在又流行起来了我当时买它仅仅是顺了他的意思我从它的细活看就知道它不行我原说要去托德—伯恩斯公司不去李氏公司的可惜

① 弗朗索瓦·拉伯雷（1493或1494—1553）为著名法国讽刺作家，曾任神职，其名著《巨人传》中云巨人卡冈都亚出生时，因其母“屁股肠”（直肠）脱落而从她左耳生出。

② 《红宝》与《美暴君》实为二书，分别在第四、十章提及，均描写虐待狂现象。

③ 西班牙语：（看人的）眼光、凝视。

改了主意这衣服就和卖它的铺子一个意思清仓甩卖一大堆廉价货色我恨那些阔气的商店弄得你心神不宁我倒是不论怎么样也不至于完全没有主意的就是他自以为很懂妇女服装烹饪什么的我要是听他的他能把搁板上找到的什么乱七八糟的东西都搀和进去不论我戴上哪一顶糟糕帽子这一顶我戴着合适吗行啊要那一顶吧那一顶不错那顶像结婚蛋糕似的在我头顶上竖起好几英里高他还说我戴着合适还有那顶菜盘罩子似的压到我背脊上的那天我倒霉带着他进了格拉夫顿街上那一家去了对那女店员可不知怎么好了她是一脸假笑甭提多傲慢无礼了说什么我们恐怕是太麻烦您了她是干嘛吃的我瞪了她一眼她才老实了真的他僵硬极了也不奇怪但是第二次他就变了他对波尔迪仍是照样蛮不讲理的样子但是他站起来为我开门的时候我看见他的眼睛使劲儿地盯住了我的胸脯反正他送我出来挺殷勤的我非常遗憾布卢姆太太请相信我吧他不能说得太露骨了因为他刚受了侮辱而我又是以他妻子的身份去的我只是似笑非笑的我知道我站在门口他说我非常遗憾的时候我的胸脯是那种鼓鼓的样子我可以肯定你是非常遗憾的

真的我觉得他那么样的嘬奶把奶头都嘬得硬一些了他嘬了那么老半天弄得我都口渴了他把它叫做奶子我忍不住要笑真的至少这一边的硬些这奶头有一点什么就发硬我得让他接着嘬下去我要用马沙拉白葡萄酒调鸡蛋喝把乳房为他养得肥肥的这上面有这许多血管什么的是怎么一回事造型真有意思两个完全一样的有双胞胎正好人们认为它是美的象征摆得高高的像博物馆里那些雕像其中有一个还假装用手遮着真是那么美吗当然啰和男人的模样比起来他是两满袋①加上另外那一件玩意儿耷拉在下边要不然就像挂帽子的木栓似的直挺挺地冲着你立着怪不得他们要用一张菜叶子挡住它肉市场后面那个讨厌的金马伦高原兵还有在原来立鱼雕像的地方②那个红头坏家伙躲在树背后等我走过的时候假装尿尿拉开他的尿布挺立出来给我看这帮子女王直属的真是

① “两满袋”典出英国童谣“咩咩叫的黑绵羊，你有多少毛？我有毛，我有毛，整整三满袋”，莫莉用以指男人阴囊。

② 直布罗陀阿拉梅达花园中原有一座人执鱼叉叉鱼的雕像，象征英国海军一八〇五年海战中俘获西班牙船舰，于一八八四年因严重损毁而拆除。

出色的家伙[1]后来由萨里兵替换了还好些他们总是想方设法要露出来给你看每次我路过哈考特街车站附近的男绿房子我试一下差不多总有人设法吸引我的目光仿佛那是世界七大奇迹之一似的哎唷那些烂地方的臭气更甭提了那天晚上参加科默福德家的聚会和波尔迪之后回家的路上又是橙子又是柠檬水吃的喝的痛快一肚子水我跑进一个那种地方去了天气冷得刺骨我憋不住了那是哪一年呀九三年运河都冻冰了对了那以后几个月的事儿可惜金马伦团队的人没有来两个看看我蹲在男人地方 meadero[2] 内的模样我还试画过它的样子哩马上撕了像根香肠之类的东西我纳闷他们怎么到处跑也不怕人家给那地方踢一脚或是撞一下或是怎么的女人当然就是美这是大家承认的那阵子他丢了希利公司的工作我卖衣服还在咖啡宫弹琴他说我可以裸体给霍利斯街一个有钱人当画画的模特儿我就会放下头发像那幅仙女出浴图那样了吧是的不过她比我年轻要不然我的模样有一点像他那张西班牙照片上那个淫荡的母狗仙女们就是那么乱跑吗我问他那个女人是怎么回事还问他那个什么转回来去什么的词儿他就来了一套讲化身的绕嘴话儿他不论讲什么都没法把话说简单了让人听明白了接着他又弄得把锅底都烧掉就为他的腰子这一只不那么硬还留着他的牙印儿呢那是他要咬奶头的地方我都忍不住叫起来了他们有多可怕哟你说说总想要伤害你我生了米莉之后奶水真好够喂两个的不知是什么原因他说我要是当奶妈每星期可以挣一镑每天早上胀得那么大住在 28 号项缘家的那个模样挺文弱的学生彭罗斯隔着窗子差一点儿看见我洗了幸亏我赶紧抓住毛巾举到脸边那就是他做的功课了给她断奶的时候奶疼得慌后来他找布雷迪大夫开了颠茄药方才好些我只好要他嘬掉奶头硬得很他说比牛奶还甜还稠他要把我的奶挤进茶水里头去哩他这人可真是没比我说应该有人把他的事儿写出来登到报上去我要是能记住一半就好了可以把它写成一部书波尔迪先生集真的现在光滑多了这皮肤他弄了差不多有一个小时我

---

① “金马伦高原兵”全名“第七十九女王直属金马伦高原兵（团队）”，一八七九年起驻防直布罗陀，一八八二年由萨里团队替换。

② 西班牙语：小便处。

敢说有那么长的时间我就好像在奶一个大娃娃似的他们什么都要用嘴这些男人从一个女人身上所获得的全部快乐我到现在都能感到他的嘴巴呢主啊我必须伸展一下身子了我恨不得他在这儿才好呢或是别的什么人也行好让我痛快一场再像那样的来一次我感到身子里面净是火要不然能梦见也行那是他使我第二次来的时候他一面还用手指把我背后弄得痒痒的我把腿盘在他身上来了差不多有五分钟光景完了之后我不能不紧搂着他主啊我只想喊出各种各样的话来触啊巴巴啊什么都行只要不露丑相就行要不那些用力过度的纹路谁知道他会有什么看法你对一个男人得找对路子才行他们并不是人人都像他一样的谢谢天主他们有的人要你在这中间斯斯文文的我注意到了多么不同他就是只干不说话我让我的眼睛放出了那种神情我的头发已经翻滚得有些散乱我的舌头含在两唇中间向他伸过去这匹野蛮的野兽星期四星期五一天星期六两天星期日三天唷主啊我等那星期一都等不及了

弗尔西依依依依依依依依弗隆嗡嗡嗡什么地方有火车鸣笛了那些火车头真是力大无穷像大巨人一样浑身都是哗哗的水上上下下流个不停和《爱情的古老颂歌》结尾一样嘶依依颂嗡嗡嗡歌那些可怜的男人不能不整夜整夜的回不了家见不着老婆孩子闷在那些烤人的车头里面真是闷死人了今天我把那些旧《自由人报》和《摄影集锦》烧了一半很痛快他这样到处乱放东西越来越随便了另外一半我都塞在厕所里了明天我得叫他全给我剪了免得堆在那里堆到明年卖几个便士他还老问一月份的报纸在哪儿还有门廊里那些旧大衣我也一古脑儿抱走了挂在那里怪热的那一场雨可真是美真下得痛快我正好刚睡过我的美容觉①我还以为要和直布罗陀一样了我的天哪那儿在累范特风②的风头刮过来的时候可真是热啊黑沉沉的和晚上一样只有那石山闪着光站在中间像一个大巨人似的跟他们自以为了不起的三岩山③比吧红色的岗楼星星

① “美容觉”为半夜以前能睡好的觉。

② 累范特风为地中海季节风，因其方向来自东部累范特区而得名，一般在春秋季，湿润多雨，风势在地中海西部的直布罗陀海峡最为强烈。

③ 三岩山在都柏林附近，比直布罗陀山略高，但缺乏直布罗陀的奇峰气势。

点点白杨树都是白热的雨水槽里的雨水都有气味成天晒太阳那么毒把父亲的朋友斯坦诺普太太从巴黎好马歇商场寄给我的那条漂亮的连衣裙都晒得褪了色了多可惜啊她在明信片上叫我最亲爱的朵格琳娜她真好她的名字叫什么来着我简单写个明信片告诉你我给你寄了一件小小礼物我刚洗了一个痛快的热水澡现在身上感到特别干净真舒服阿拉伯佬她喊他阿拉伯佬顶顶希望回直布听你唱《古老的马德里》或是《等待》他给我买了一本声乐练习叫做康功的①还有一件那种新式的有一个字我不认识的披肩挺有意思就是一碰就破可是真可爱我觉得你觉得怎么样我忘不了咱们一起吃的那些茶点美味的葡萄干松饼还有我最爱吃的紫莓酥饼好吧最亲爱的朵格琳娜希望你一定不久就回信问她有没有问候你的父亲也向格罗夫上尉致意爱你的荷丝特 XXXXX② 她一点也不像结了婚的样子就像个姑娘他比她大了好几岁她那个阿拉伯佬特别喜欢我那回他用脚踩低铁丝让我跨过去到拉利内阿去看戈梅士得牛耳③的那场斗牛我们穿的这些衣服呀也不知道是谁发明的还指望你走上基林尼山呢例如那一回野餐身上都箍得紧紧的你穿着这种衣服在人群中间简直什么也甭想干跑呀跳呀都没你的份儿所以另外那一回那头凶猛的老公牛开始冲击对着那些腰扎宽带子帽上插两根玩意儿的斗牛士助手猛冲过去我可害怕了那些野兽似的男人还大喊好家伙 toro④ 真的那些披着精致的白披肩头纱的妇女也同样狠把那些可怜的马挑破肚子整个儿内脏都露出来了我这一辈子也没有听说过这样的事真的我学铃子巷那条狗叫他常笑断肚肠那狗病了他们俩后来到底怎么样了恐怕两个人都早就死了吧一切都像是隔着一层雾似的叫你感到自己也很老了那些松饼是我做的当然我做了全是我自己的那阵子是小姑娘荷丝特我们常比头发我的比她的粗些我把头发盘在头上的时候是她教我怎么拢后边头发的另外还有一样什么来着她还教我怎么用一只手打线结我们两人就像表姐妹一样我那时候是多大呢那晚上狂风暴雨我睡在她床

① 康功(G. Concone,1801—1861)为著名意大利声乐教师,曾编声乐练习乐曲集。

② 英文书信末尾,惯例以字母 X 代表吻,每 X 一吻。

③ 奖牛耳为西班牙斗牛中奖励表现突出的斗牛士方式。

④ 西班牙语:公牛。

上她就搂着我后来早上还用枕头打仗呢多好玩啊他一有机会就盯住我看那回阿拉梅达广场上乐队演奏我跟父亲和格罗夫上尉一起去的我先是抬头望着教堂后来看那些窗户然后眼光往下一落正碰上了他的眼光我一下子感到身上就像过电一样眼睛都花了我还记得后来照镜子都变了样儿差点儿不认识自己了他虽然有一点儿秃对姑娘倒是挺有吸引力的显得是个有头脑的人那模样是既有些失意而又挺快活他像《阿希利迪亚特的阴影》①中的托马斯我的皮肤好看极了又是太阳晒的又是心情激动就像一朵玫瑰花一样那晚上我一夜没有合眼这事儿本来因为她的关系不是好事儿可是我本来也能防止的她借那本《月亮宝石》给我看是我看的第一部威尔基·科林斯②的书我还看了《伊斯特·林恩》③和《阿希利迪亚特的阴影》亨利·伍德夫人后来我借给他另一个女人写的《亨利·邓巴》④里面夹着马尔维的照片好让他明白我不是没有的还有利顿勋爵的《尤金·阿拉姆》⑤她还给我亨格福德夫人的《美女莫莉》⑥就是因为那个名字我可不喜欢书里头有个莫莉例如他带回来的那一部里写的那个从佛兰德斯来的⑦是个婊子不断地偷商店里的货物什么都偷布啦毛料啦多少码的偷啊唷我这条毯子太厚了这样还好一些我连一件像样的睡衣都没有这一件东西睡睡都团到下面去了他在旁边又瞎胡闹这样还好一些我那时候一热就泡在汗里我的内衣湿透了都贴在屁股上我从椅子上站起来的时候都塞进两股之间去了我站在沙发垫

---

① 《阿希利迪亚特的阴影》(1863)为英国女作家亨利·伍德夫人所著小说,主人公托马斯为殷实银行家,但遭不幸而破产以至中年夭折。

② 科林斯(1824—1889)为英国著名神秘小说作家,其《月亮宝石》(1868)曾被赞为“最完美的侦探小说”。

③ 《伊斯特·林恩》(1861)为伍德夫人成名作。

④ 《亨利·邓巴》(1864)为英国女作家布雷登(1837—1915)所著小说,写一人假冒已故富豪被揭穿的故事。

⑤ 利顿男爵(1803—1873)为英国外交家兼作家,其小说《尤金·阿拉姆的案件与经历》(1832)写一贫穷教师参与谋财害命而受审判的故事。

⑥ 《美女莫莉》(1878)为爱尔兰女作家亨格福德夫人以笔名“公爵夫人”所写恋爱小说。

⑦ 佛兰德斯为欧洲大陆西部地区,但亦为英国小说家笛福名著《摩尔·弗兰德斯》(1722)女主人公摩尔(与“莫莉”实为同名)之姓氏,摩尔出生监狱,曾为娼妓十二年又行窃十二年。

子上撩起衣服看看只见那么肥厚那么结实到晚上有成吨的虫子放下蚊帐我一行书都看不了主啊这是多久以前的事了啊好像有几个世纪了似的他们当然再也没有回去而且她在明信片上也没有把她自己的地址写对她也许是注意到了她那阿拉伯佬人们总是往外走的可是我们却从来不动我还记得那天风浪很大那些船舶都不断地晃着它们那些高耸的脑袋乱颠海船的气味那些军官都穿着制服上岸休假我看着头都晕了他一句话都不说样子很严肃我穿的是那双用扣子的高鞘靴子我的裙子被风刮得直飘她吻了我六七次我有没有哭呢我相信是哭了就是没有哭也差不多了我和她说再见的时候嘴唇直哆嗦她披着一条华美的披肩是一种特殊的蓝颜色专为这次海上旅行定做的有一边非常别致真是漂亮极了他们走了之后我的日子可乏味得要死我几乎要打疯主意出走了找个什么地方我们不论住在什么地方都不是舒畅的父亲啦姑妈啦婚姻啦等待啦永远地等待啦引引引导着他啊啊回到我的身嗯嗯边等待啊还不加啊啊啊快他那飞行的脚啊啊①他们那些该咒的大炮四面八方都轰隆轰隆响起来尤其是女王生日②你得赶紧把窗子打开要不然什么东西都震得七歪八倒的还有那个尤利西斯·格兰特将军谁知道他是谁到底是干什么的据说是个大人物③坐轮船来了那个自从大洪水时期以来就一直在那儿当领事的老斯普拉格④还穿上了礼服可怜他还为他儿子穿着丧服呢每天早上都是老一套的起床号还敲鼓那些可怜的当兵的倒霉鬼拿着饭盒来回走一大股气味到处都是比那些披着带兜子长袍的长胡子犹太佬和守神殿的利未人还难闻还有集合号音清炮号音还有催士兵回要塞的炮声还有塞门卫兵挂着他那串钥匙大步去锁塞门还有风笛只有格罗夫斯上尉和父亲谈罗克渡口和普列符纳和加尼特·沃尔斯利爵士和喀

① “等待啊啊……飞行的脚啊啊”为莫莉曾经演唱的歌曲《等待》中歌词。

② 直布罗陀英军要塞惯例。每日傍晚封寨之前鸣炮;每年女王诞辰惯例,全山各炮台均开炮志庆。

③ 尤利西斯·格兰特(1822—1885)为美国南北战争中北军将领,战后当选为总统并获连任,一八七七年卸任后曾周游世界,包括一八七八年乘船访问直布罗陀。

④ 斯普拉格任美国驻直布罗陀领事数十年,直至一九〇二年去世,其子曾任副领事,死于一八八六年。

土穆的戈登①每次他们出去都给他们点烟斗老醉鬼捧着他的兑水烈酒坐在窗台上他喝的酒杯里你可休想见到一滴剩的坐在屋角里抠鼻子琢磨总想编个新的肮脏故事讲讲不过他倒是从来不至于忘形看到我在场总要随便找个借口把我支到房间外面去还说些恭维话当然都是带着布什米尔镇威士忌酒味的话但是再来一个女人他还会照样来一遍我估计他那样越灌越多早就送命了度日如年没有一个活人给我写信只有我自己塞一些纸头寄给我自己的那几封乏味透了有时候我真想用指甲打一架听着那个独眼的阿拉伯人弹他那公驴似的乐器唱他的他呀他呀啊他呀我算是领教你那一锅粥的公驴音乐了跟现在一样的糟糕垂手望着窗外要是街对面房子里有个好看的男人也好啊霍利斯街那个护士追的医科生我故意站在窗口戴手套戴帽子表示我要出去他却一点也不明白我的用意他们真迟钝从来就不懂得你话里的意思你都恨不得把你要说的话写成大字贴起来了即使你用左手跟他握两次手他也不会领悟的我在韦斯特兰横街教堂外面对他微微地皱一皱眉头他也没有认出我来他们的伟大智力到底有什么用呢我倒要问一问他们的灰色物质难道全都长到尾巴里头去了吗你要是问我的看法我说城标饭店里那些拿刀子挖肉的乡绅们哪他们的智力还远远比不上他们宰了卖肉的公牛和母牛呢那个摇铃送煤的闹哄哄的家伙从帽子里取出一张别人的账单想骗我他那双爪子可够瞧的今天是锅盆壶罐拿来修破瓶破碗穷人收从来就没有个客人收不到信件除了他的支票还有广告例如人家寄给他的奇效通气收信人还写了夫人只有今天上午收到了他的信和米莉的明信片瞧吧她给他就写了一封信我收到的上一封信是谁写来的呢对了德温太太她不知是中了什么邪隔了那么多年从加拿大写封信来问我那道用西红柿和红辣椒的西班牙菜的烹饪方法芙洛伊·狄龙最后那封信说她嫁了个非常有钱的建筑师谁知道那些话有多少水份说是有一栋别墅有八间房间呢她父亲为人可好了那时候都快七十岁了脾气总是那么随和好呀忒迪小

① 罗克渡口为英国南非殖民战争中一八七九年一次战役所在地；普列符纳为俄土战争中一八七七年一重要战役所在地（参见583页注③）；沃尔斯利（1833—1913）与戈登（1833—1885）均为英殖民军中著名将领，喀土穆为苏丹首都，戈登曾在一八八四至一八八五年战役中指挥该地英军。

姐或是吉莱斯皮小姐小钢琴在那儿呢他还有一套纯银的咖啡用具放在桃花心木的餐具柜上可是死在那么远的地方我恨那种不断地诉说自己的倒霉经历的人每个人都有自己的苦恼那个可怜的南希·布莱克一个月前得了急性肺炎死了其实我和她并不太熟她是芙洛伊的朋友算不上是我的朋友可怜的南希要写回信是个麻烦他教我怎么写总是教错也没有个标点像在发表演讲一样您痛失亲人我深表哀悼我总把悼写成掉侄子的侄也总写成至字我希望他下次写信写长一些要是他真喜欢我的话啊感谢伟大的天主我总算有了一个人能解一解我的渴让我多少能提起一点精神来你在这地方已经没有你老早以前有过的那么多机会了我恨不得有人给我写一封情书才美呢他的信可没劲儿我还对他说了他爱写什么都行呢顺致亲切问候休·鲍伊岚《古老的马德里》那一套一些傻女人才信爱情就是长吁短叹我活不成了但是他若真写出来我想其中多少有一点真情真也好假也好反正把你的日子你的生活都塞满了每时每刻都在惦念着什么看着你周围好像都有它就好像改了一个世界一样我可以躺在床上写回信让他去想象我的模样短短的几个字就行不要阿蒂·狄龙常给四法院大楼里那个有点名堂的家伙写的那种带上叉叉的长信都是从女用尺牍范本上抄来的结果他还是把她甩掉了我就告诉她只要简简单单写几个字就行随便他愿怎么解释就怎么解释去不要轻什么的轻率仿佛听到男人求婚一样毫无保留天大喜欢的就答应了我的天哪别的什么办法都没有对于他们怎么都行可是你生而为一个女人只要年纪一老他们简直就可以把你扔到灰坑里去了。

马尔维的信是第一封那天早上我还在床上呢鲁维欧太太送咖啡来的时候带了进来我叫她递给我她就那么站在那儿我要用一个发夹开信封一时想不起那个字来只好用手指着它们对了 horquilla① 那个不通人情的老东西它明明就在她面前嘿她戴着一头假长发还自以为相貌不一般呢其实难看死了都快八十了要不然快一百了满脸的皱纹一脑子的宗教老想管着人因为她怎么也受不了拥有全世界半数军舰的大西洋舰队

① 西班牙语:发夹。

飘着英国国旗开进来有那么多 Carabineros① 因为四名喝醉酒的英国水手就把整座石山都抢走了②还因为她不喜欢我到圣马利亚教堂去望弥撒太少除了遇上婚礼以外她身上老披着披肩她有那么多的圣徒奇迹还有她那个穿银衣的黑色圣母像还有复活节星期日太阳跳三跳③还有神父给临终的人送梵蒂冈④摇着铃走过时她要在自己身上画十字敬他的 Majestad⑤ 他在信上署名为爱慕者我兴奋得差点儿跳了起来本来我在卡尔赖亚尔街上的商店橱窗里看到他在跟我我就想招呼他可是他对我眯一下眼就走了我绝没有料到他会写信来约会的我把信放在衬裙上面的紧身胸衣里藏了一整天趁父亲到练兵场去练兵的时候躲在角落里反复看信研究字迹和邮票的语言⑥找其中隐藏的意思我还记得我唱我要不要戴一朵白玫瑰⑦我还想把那只老笨钟拨快一些好缩短一点时间他是第一个吻我的人在摩尔墙下⑧我少年时的心上人⑨我从来都没有想到过接吻是这么一回事他把舌头伸到我嘴里我才尝到了滋味他的嘴是甜丝丝的年轻人我用我的膝盖顶了他几次试探试探我为什么告诉他我已经订婚了呢就是为了好玩儿我说未婚夫是一位西班牙贵族的儿子名字叫唐·米圭尔·德·拉·弗洛拉他也相信我还说婚期订在三年之后戏言中常有真情一朵鲜花盛开了⑩我也对他说了一些我自己的真实情况好让他动动脑筋他不喜欢西班牙姑娘我推想他遇上过一个姑娘人家

---

① 西班牙语:挂卡宾枪的兵。

② 四名水手抢走直布罗陀的说法来源不明;英占直布罗陀起自一七〇四年英荷联军一千八百人攻占该地。

③ 爱尔兰民间传统说,复活节太阳出山时要舞蹈三次,以表示欢庆耶稣复活。

④ 梵蒂冈(Vatican——教皇宫廷)音近拉丁文 viaticum 即“临终圣体”,西班牙习俗在神父送临终圣体时有助手摇铃,以便路人向圣体致敬。

⑤ 西班牙文:(天主的)伟大神圣。

⑥ 欧美曾有以邮票的不同贴法表示心意的习俗,如将邮票倒贴在信封左上角表示好感等。

⑦ 《我要不要戴一朵白玫瑰》为一首英国歌曲,以少女口吻诉说会见情人前的心情。

⑧ 直布罗陀在公元八至十五世纪间为非洲摩尔人占领,山上横贯东西的摩尔墙为其遗址。

⑨ 《我少年时的心上人》为爱尔兰作曲家莫洛伊所作歌曲,描述初恋的热烈心情。

⑩ 《一朵鲜花盛开了》为爱尔兰歌剧《玛丽坦娜》中插曲;按西班牙姓氏“弗洛拉”词意为“花”,而“布卢姆”词意亦为“花”或“盛开”。

不愿和他往来我把他引得兴奋起来把我胸前他送给我的花全都压坏了他不会数比塞塔和比拉高达①我教了他他才明白他说他是黑水边上卡普奎恩的人②可是太短促了在他走前一天是五月吧对的是五月是西班牙的婴儿国王出世的那个月③我在春天总是那样的我愿意每年都有一个新人爬到山顶在奥哈拉塔附近的石山炮底下我告诉他那塔是雷电击毁的还告诉他那些没有尾巴的老叟猴的许多事情他们运到克拉珀姆去在展览会上互相驮在背上到处跑④鲁维欧太太说那母猴是一只地道的老石蝎子⑤老偷英斯家农场的小鸡你要是走近了它还拿石头砸你他老看着我我穿的白衬衫是敞胸的好尽量吸引他又不至于太露骨我那时胸脯正开始鼓起来我说我累了我们就在冷杉凹上边躺了下来那里可荒野我想这是天下最高的山岩了暗藏着坑道和炮台有那么险峻可怕的岩石还有圣米迦勒山洞⑥洞里悬挂着好多冰柱还是叫做什么的东西还有梯子好泥泞把我的靴子弄得尽是泥我想猴子死的时候一定是从这条路通过海底到非洲去的远处那些海轮就像小木片一样那一艘是马耳他班轮开过去了真的海阔天空你爱干什么都行可以永远躺在那儿他隔着衣服摸我那儿他们就爱那样就因为那儿是圆鼓鼓的我侧身就着他我戴着白稻草帽太新不舒服我的脸左边最好看我的衬衫敞着这是他的最后一天他穿的是那种透明衬衫我能看见他的胸膛微微发红他要用他那个碰一下我那个我可不答应起初他非常恼火害怕说不定会得结核病要不然落下一个孩子 embarazada⑦ 老女仆伊内兹告诉过我只要有一滴进入到你身子里就够后来我用香蕉试过可是又怕它断在里头的什么地方找不着了因为他们有一回从一个女人身上取出了一样东西在里头已经好多年了都蒙上了钙盐他们都发疯似的要进那里头可是他们本来都是从那里

① 比塞塔为西班牙银币，为基本货币单位，相当于法郎；比拉高达为辅币。

② 黑水河为爱尔兰南部河流。

③ 阿方索十三世（1886—1941）为其父王遗腹子，出生后立即继位。

④ 克拉珀姆为伦敦郊区，曾为展览会会址；叟猴亦名无尾猕猴，为北非与直布罗陀两地特产野猴。

⑤ “石蝎子”为直布罗陀英国驻军对当地土生人民的俚语称呼。

⑥ 圣米迦勒山洞为直布罗陀最大山洞，人们猜测此洞从海底通海峡南岸北非地区。

⑦ 西班牙文：怀孕。

出来的你会觉得他们总嫌进去不够深可是接着他们又凑凑合合完事大吉下回再来了真的因为这里头本来是有一种奇妙的感觉的始终都是柔情蜜意的我们那回最后是怎么结束的呢是啊真的啊我让他弄在我的手帕里头了我装作自己并不激动可是两腿都叉开了我不让他碰我衬裙里头因为我外边穿的裙子是侧边开口的我先逗引了他最后把他折磨得死去活来我喜欢逗饭店里那条狗勒勒勒斯特汪汪啊汪汪他的眼睛闭上了有一只鸟在我们下边飞过然而他究竟还是不好意思的我喜欢他发出呻吟的那种模样在我那么折腾他的时候他的脸有一些红了我解开他的纽扣把他那个拉到外面把那层皮推开里面有一个眼儿似的东西他们那中间一溜儿的都是纽扣就是方向不对他喊我莫莉我的心肝儿①他叫什么名字来着杰克……约……哈里·马尔维对不对我想是对的一名中尉他的肤色挺白说话总像带着笑音似的所以我就到那个叫什么的地方去了一切都是那个叫什么的小胡子他是蓄了吧他说他会回来的主啊就像是昨天的事儿一样还说我要是已经结了婚他要那个我我也答应他真的忠实的我会让他和我来的现在飞快的也许他已经死了或是打死了或是上尉或是舰队司令了已经快二十年了如果我说冷杉凹他会的如果他从背后过来用手蒙住我的眼睛让我猜他是谁我也许能认出他来他的年龄并不大四十光景说不定他已经和一位黑水边的姑娘结了婚大不一样了他们都是那样的他们的性格没有女人的一半坚强她很难想到我和她那心爱的丈夫曾经有过什么样的事儿那时候他连做梦都还没有想到她呢而且是光天化日的可以说是当着全世界的面干下来的《纪事报》上很可以来一篇文章描写一番的后来我就有一点狂野了我把贝纳第兄弟面包房装饼干的纸袋吹足了气拍裂了主啊好大的爆裂声所有的山鹬和鸽子都尖叫起来我们顺着上去的原路下来走中山区绕过老营房和犹太人墓地还不懂装懂读那些希伯来碑文我要放他的手枪他说他没有手枪我都把他弄蒙了不知道我是怎么一回事我戴上了他的带舌军帽他自己戴那帽子总是歪的我刚帮他拉正他又歪了皇家海军卡吕普索号我手里提着自己的帽子晃呀晃的老主教在祭坛下发表了长篇说教大谈女人的高尚

---

① 《莫莉我的心肝儿》为美国作曲家威·莎·海斯(1837—1907)所作流行歌曲。

职责大谈姑娘们骑自行车戴带舌帽子穿新的布卢默式女装①愿天主让他头头是道让我多多发财我推想这种衣服的名称是从他的姓氏来的我决没有想到我也会成了姓布卢姆的人我那时反复试用印刷体写出来看看它印在名片上是什么样子还练习给肉铺写条子请供应莫·布卢姆宙细在我结婚之后常说你现在可真是鲜花盛开了嘿总比叫布林强些要不然叫布里格斯不理狗屎要不然那些带屁股蹲儿的姓氏拉姆斯皮顿或是什么皮顿的我也不特别喜欢马尔维这个姓要不然假定我和他离了婚就成了鲍伊岚太太我的母亲我不管她是什么人天主知道她本来可以给我取一个更好听的名字的她自己的名字多美啊露妮塔·拉雷多我们多好玩哪沿着威利斯跑到欧罗巴角在泽西的另一头那些曲里拐弯的山路上跑我那一对儿在衬衫里又跳又晃的和米莉现在这一对小小的一模一样我喜欢在她跑着上楼梯的时候从楼上低头看她那一对儿我在胡椒树和白杨树下跳起身去摘树叶扔在他身上他到印度去了他打算写游记这些男人们不得不天涯海角的来回奔波趁着还没有在不知什么地方淹死或是遭炮轰的时候找个女人搂在怀里也是合情合理的呀那一个星期天上午我跟后来死了的鲁维欧斯上尉爬到风车山上的平地上去②他的望远镜和哨兵的一样他说可以从舰上拿一两副来我穿着好马歇商场来的那条连衣裙挂着珊瑚项链海峡闪闪发光我可以看到对面的摩洛哥几乎可以看到丹吉尔海湾发白的还有积着白雪的阿特拉斯山那海峡就像是一条河那么清哈里莫莉我的心肝儿我后来不断地想着他在海上在望弥撒举扬时我的衬裙往下掉的时候也想有好多好多个星期我把那条手帕留在枕头底下就因为它带着他的气味在直布罗陀买不着像样的香水只有那种廉价的 peau dEspagne③ 香味淡下去的时候反而会在你身上留下一股难闻的气味我想要送给他一样纪念品他送给我那枚笨重的克拉达赫戒指④作为吉祥物我在加德纳出发去南非的时候给了他那边那些布

---

① “布卢默式女装”为美国女改革家布卢默（A. J. Bloomer，1818—1894）提倡的“合理服装”，其中包括不符传统女服而穿着舒适的女式灯笼裤等。

② 风车山在直布罗陀山南端，其上平地被英国驻军用作练兵场。

③ 法文：西班牙皮肤。

④ 克拉达赫金戒指带有双手托心图案，为爱尔兰西岸戈尔韦市一带的传统结婚戒指。

尔人又是打仗又是发烧病的把他弄死了可是他们到底还是吃了败仗可见它带来的是凶多吉少和蛋白石或是珍珠一样它倒准是十八开罗的纯金因为它沉得很可是在那样一个地方还有什么可以讲究的呢从非洲过来的沙蛙阵雨还有那艘漂进港内的弃船玛丽那艘玛丽什么的①不过他没有小胡子那是加德纳真的我想得起他那脸上没有胡须的样子弗尔西依依依依依依依依依依依弗隆嗡嗡火车又来了是哭泣的音调从前那日子多么的可心呀如今一去不复返我闭上眼睛呼吸我的嘴唇伸向前吻悲伤的神色眼睛睁开轻轻地不等世界上有雾障降我讨厌这障降传来了爱情的颂嗡嗡嗡歌②我下回再登台就这么全唱出来凯瑟琳·卡尼那一群尖着嗓子叫的角色这小姐那小姐又一小姐的全是麻雀放屁叽叽喳喳到处乱转满口是她们一窍不通的政治什么乱七八糟的事儿都要插嘴为的是使人对自己发生兴趣都是爱尔兰土产美人儿我是军人的女儿你们是什么人的女儿呢造皮靴的开酒馆的请您原谅您是大马车吗我还把您当作是手推独轮车呢她们要是也有机会像我那样在乐队演奏的晚上挽着军官的胳膊在阿拉梅达广场上散步的话她们非得倒在地上断气儿不行我的眼睛闪着光我的胸脯哼她们没有热情求天主帮助她们的头脑吧我在十五岁的时候就已经比她们所有人在五十岁的时候更了解男人和生活了她们不会那种唱法加德纳说过任何一个男人看到我的嘴形和牙齿和那样的微笑模样都不由自主要想到那个的我最初还担心他也许会不喜欢我的口音他的英国味儿真足我父亲可就是给了我这个尽管他有邮票我的眼睛和身材可像我母亲他总说那些家伙有一些特别自以为了不起他可一点也不像那样他对我的嘴唇简直是着了迷让她们先找一个中看的丈夫再来说话吧还得生一个像我女儿这样的女儿要不然看看她们能不能打动一个像鲍伊岚这样又有钱又时髦可以随意挑拣女人的头面人物引得他来紧紧搂抱着干个四五回还有嗓子也是呀我本来是可以挂

① “玛丽·莱斯特号”为一八七二至一八七三年间扣在直布罗陀的一艘弃船。该船原由纽约启程,在赴欧洲航程中被弃,数日后被发现时船仍完好无损,弃船原因及船员下落均始终不明,形成海上疑案之一。

② “从前那日子……颂嗡嗡嗡歌”为莫莉演唱的《爱情的古老颂歌》歌词片段,其中夹杂歌词以外词语“闭上眼睛”“嘴唇”“吻”“我讨厌这障降”等。

头牌的就是嫁了他来了那爱情的古老①要运丹田气收进下颚但不能过分了免得出现双下巴《夫人的闺房》太长不宜作为应观众要求加唱的项目唱那周围有壕沟的大花园黄昏时分那些豪华的房间②对了我可以唱他那回在唱诗班后楼梯上的表演之后给我的《风从南方来》我要换一换我那条黑礼服裙上的花边好突出我的奶子我还要真的天主啊我要让人把那把大折扇修理好了馋死她们我一想到他我的窟窿就总发痒我觉得需要我觉得肚子里胀气可得放慢点儿免得吵醒了他又来他那一套口水哩啦的我好容易前前后后都洗干净了我们要是有个洗澡盆就好了要不有我自己的一间房至少他能另睡一张床也好些省得我挨着他的冰冷的脚天主啊给我们一点空档吧起码放一个屁得有地方呀稍微动一动也容易些真的把它侧过去一些轻声地悄悄地嘶依依远处那火车又响了非常轻声地依依依依又一次颂嗡嗡歌

这才松快了不论你在哪有屁总得放谁知道我完事之后就着茶水吃的那块猪排是不是很新鲜的天气那么热我闻不出什么怪味来我敢说猪肉铺里那个怪模怪样的家伙不是个好东西我希望这盏灯现在不冒烟了弄得我鼻孔里尽是煤烟这比他整夜点着煤气灯强一些我在直布罗陀的时候晚上总睡不安稳有时候甚至半夜爬起床来看我不知道为什么老是这么不放心可是到了冬天我就喜欢它了多少是个伴儿主啊那年的冬天可是冷透了我才十岁左右吧是不是真的我有个大洋娃娃穿一身好玩的衣服我给她打扮好了又给她脱掉刺骨的寒风从那些山上刮过来叫什么的 Nevada 来着 sierra nevada③ 我身上只穿那一点点的小内衣站在壁炉前烤火我喜欢只穿这点衣服在房内来回舞蹈然后急忙钻进被窝里去我肯定对面那人一定常常从头到尾在那里看着到夏天把灯都灭了看我光着身子来回蹦达我那时候也爱看自己脱光了衣服站在脸盆架前抹着身上擦乳霜的样子只是使用便盆的时候我也把灯灭了这就成了两个人我

---

① “来了那爱情的古老……”为《爱情的古老颂歌》中片断歌词。

② “那周围……房间”为情歌《夫人的闺房》中片断歌词,但原歌词中“房间”修饰词为“空空的”。

③ Sierra Nevada 为西班牙文“内华达山脉”,为西班牙境内最高山脉,在直布罗陀东北方向。

这一夜的觉就算是到头了可是我反正不希望他和那些医学生混在一起引得他胡思乱想忘了自己有多大年纪了早晨四点钟才回家起码有四点了也许还不止不过他还是挺周到不把我吵醒他们有什么舌头可以嚼个整夜的呢乱花钱越喝越醉怎么就不能喝水呢然后来向咱们开起口来要鸡蛋要茶要熏制黑斑鳕鱼要现烘热涂黄油的面包看样子他快要像一国之主那样坐在床上用调羹把儿挖鸡蛋吃了谁知道他是从哪儿学来的这一套我乐意听他早上端着托盘跌跌撞撞爬上楼梯来的那种杯盘叮当的声音还有逗猫玩儿那猫喜欢往你身上蹭那是它本身的需要我纳闷它是不是长跳蚤了它就和女人一样要命不断地舔不断地尿可是我讨厌它们的爪子我纳闷它们是不是能看见一些我们看不见的东西那么长时间地坐在楼梯上定定地望着听着总和我等待时一样而且多么会抢东西我买的那条多好的新鲜鲽鱼我想明天买一点鱼吃或是今天今天是星期五了吧真的我要像很久以前那样配一点奶冻加黑茶藨子果酱不要伦敦和纽卡斯尔威廉-伍兹糖果公司那种两磅装李子苹果酱罐头经吃一倍只是鱼刺不好我讨厌鳗鱼要鳕鱼吧对了我要买一段好鳕鱼我老是买够三个人吃的老忘不管怎么说我已经吃厌了巴克利肉铺那些老一套的肘条肉啦牛腿肉啦牛排啦羊颈肉啦小牛上水啦光是这名称就够受了要不来一回野餐吧假定我们每人出五先令然后要不然让他出钱得了另外为他请一个女的吧谁呢弗莱明太太吧坐马车去荆豆幽谷或是草莓园他准会先要查看所有的马脚上的趾甲和他查看信件一样不行不那地方不能和鲍伊岚去真的带一些冷的小牛肉火腿片混合三明治山坡下有一些供野餐用的小房子但是他说热得像火烧一样反正不要银行休假日我讨厌那一帮子一帮子的玛丽·安式的合唱队郊游娘们儿圣灵降临节后星期一①也是一个不吉利的日子难怪蜜蜂螫他还是海边好一些但是我这一辈子再也不愿和他划一条船了那回在布莱他就告诉那管船的他会划假定有人问他能不能骑马参加金杯越野赛他也会答能行的然后风浪起来了那破船滴溜溜地乱转直往我这边倾斜喊我拉右边的舵绳一忽儿又喊拉左

---

① "圣灵降临节后星期一"(whit Monday)在英国为银行休假日,一九〇四年该日在五月二十三日,即布卢姆受蜜蜂叮螫日(参见817页)。

边的而那潮水全都哗哗的涌进船底上来了他那把桨又从桨叉里滑出来了还算天主慈悲我们没有统统淹死当然他会游泳我可不行一点危险也没有你要镇静穿着他那条法兰绒长裤我真想当场把它撕成碎条条叫他光着屁股给他一顿那人说的鞭刑打得他又青又紫的那才能叫他明白过来呢都怪那个长鼻头家伙我不知道他是什么人还有城标饭店那个丑八怪伯克也在那儿照例的在码头上到处窥探不论什么地方打架他总是不请自到你要是呕吐一大摊也比他的尊容好看些我和他谁也不喜欢谁都不吃亏这算是惟一值得欣慰的事我纳闷他给我带回来的是一本什么书《偷情的乐趣》作者是一位社交界绅士又一位德·科克先生吧我琢磨人们给他起这个绰号是因为他凭着他的鸡鸡到处找女人①我都没法换衣服了我那双新的白皮鞋全被海水泡毁了我戴的那顶装饰着羽毛的帽子也被风刮得乱翻乱飘真是恼人气死人因为海的气味是使我兴奋的当然的在石山后面的卡塔兰小海湾②里那些沙丁鱼和欧鳊鱼多好啊在打鱼人的鱼笼里头银光闪闪的老鲁伊吉都快一百岁了他们说他是从热那亚来的还有那个戴耳环的大高个子老家伙我可不喜欢那种需要你爬树一般爬上去才够得着的男人我琢磨他们都早就死掉烂掉了而且我也不喜欢晚上独自呆在这所大兵营似的房子里头我琢磨我也只好对付下去了我在搬家的忙乱之中竟完全忘了带一点盐进来的事③他计划在二楼客厅里办音乐学校还要挂上一块铜牌他还建议开布卢姆家庭旅馆自找绝路重蹈他父亲在恩尼斯的覆辙他对父亲说的那许多他要做的事情对我说的都是那样的我是看透他了跟我说了那么许多我们可以去度蜜月的好地方威尼斯月下泛舟啦他从什么报纸上剪下了一张图片来的科莫湖啦曼陀林琴啦灯笼啦啊唷我说那有多美啊凡是我喜欢的他都立刻要去办恨不得比立刻更快些才好呢你愿作我的人吗你愿捧我的罐头吗④

---

① 德·科克(Charles Paul de Kock,1793—1871)为法国流行小说作家,其作品仅有轻微色情倾向,但其姓氏“科克”与英语 Cock(公鸡)同音,而此词在英语俚语中常指男性生殖器,早上莫莉说“这名字好听”(见第 85 页)可能即与此有关。

② 卡塔兰为直布罗陀东岸小渔村。

③ 古罗马等地区神话以盐为神圣之物,迁入新居时对神献盐可保平安。

④ “你愿作……罐头吗”为爱尔兰儿童游戏中互相提问用语。

他想出了那么多主意真该得一枚油灰镶边的皮奖章了结果可是把咱们整天儿地晾在这儿谁知道门口会来个什么样的老乞丐哩编出一长套故事来要一片面包皮兴许是个流浪汉伸进一只脚来不让我关门就像《劳埃德新闻周刊》的图片上那样说是惯犯坐了二十年的牢出来又杀了一位老太太抢她的钱试想想他的可怜的妻子吧或是母亲或是不论什么关系的女人吧他的长相让你只想躲开几哩路才放心我总是提心吊胆要把所有的门窗都关紧上闩才行但是这更糟锁在里头像关监牢或是疯人院一样那些人应该统统枪毙或是用九尾鞭这么一个庞然大物的家伙居然对一位可怜的老太太下手把她杀死在床上要是我我就把他身上的东西割掉真的他在也没有多大用处可总比没有强些那天晚上我肯定是听到厨房里进了贼他就穿上衬衫下楼去一手拿蜡烛一手拿拨火棍倒像是找耗子似的脸色煞白都吓糊涂了尽量的弄出声音来给贼听其实没有什么东西可偷天主知道可就是有那种感觉尤其是现在米莉不在家他这主意可真叫绝因为他祖父的关系把姑娘送到外地去学照相而不让她上斯凯利职业学校学本领不像我在学校里尽得一分只有他才会办这样一件事儿的可是他其实是为了我和鲍伊岚的缘故那才是他这么办的原因我肯定这一点他总是这样一切都有计划有目的的近来她在家的时候我都不能转个身了除非先把门拴上总是不敲门就进来弄得我心惊肉跳的那回我正拿椅子顶着门戴上手套洗下身叫人心烦然后又是整天像木头人儿似的把她装进玻璃盒子两个人同时看着她吧他还不知道呢她走以前粗心大意把那个小摆设雕像的手弄断了还是我找那个意大利小伙子修好的花了两先令你都看不出接头的地方连你煮好的马铃薯帮你空一空水也不愿意当然她小心不把手弄粗糙是对的最近我注意到他在饭桌上总是和她说话给她讲报纸上的事情她也假装都听得懂的样子狡猾当然这是他传给她的他总不能说我这个人狡猾吧对不对我事实上是过分诚实了还帮她穿外衣但是她要是有什么不对头的却都是告诉我而不是他我琢磨他以为我已经完事儿了没用了哼哼我才不是呢不是绝没有那意思咱们等着瞧吧咱们等着瞧吧现在她已经开始跟人调情了和汤姆·德万的两个儿子学我吹口哨还有默里家那一帮闹哄哄的女孩子们来叫她请问米莉可以出来吗要她一起玩的人可不少各人都能从她这里找到自己

要的东西晚上在纳尔逊街那一带骑哈里·德万的自行车真的他把她送走了也好她已经有些管不住了要上溜冰场还抽他们的香烟鼻子里冒烟我给她钉上衣下边的纽扣之后咬断线头的时候就闻到了她衣服上的气味她想要瞒我什么事情可不那么容易我告诉你吧不过我不该在她穿在身上的时候缝它这会造成离别的[1]而且最后那次烤李子布丁也裂成了两半儿[2]可见不管人们怎么说还是灵验的她的舌头太长了一点我不太喜欢她对我说你的衬衫领口开得太低了这是五十步笑一百步我可不能不教她别那样跷着腿坐在窗台上向过往行人展览人们都看她就和我在她这年龄的时候看我一样当然在那年龄身上穿什么破旧衣服都是好看的然后在皇家剧院看《惟一道路》那回她也摆出了一种谁也碰不得的高贵架势把你的脚挪开躲远一些我讨厌人来碰我她怕得要命惟恐我挤坏了她的百褶裙在戏院里黑咕隆咚人挤人的地方磕磕碰碰是少不了的那些人总是想方设法挤到你身边来那回在欢乐厅买池座后边站票看比尔博姆·特里演《特丽尔贝》[3]那个家伙老挤过来我可再也不去那儿挨挤了管它是特丽尔贝也好特里尔屁儿也好每隔两分钟就要往我这地方碰一下子还故意转过头去看别处我想他是有一点儿痴狂后来我看到他在斯威策公司橱窗外面对两位打扮得很讲究的女士又在耍同样的花招挤到她们身边去我立刻就认出了他他那脸相等等一切但是他不记得我了真的她甚至在布罗德斯通车站启程的时候都不要我吻她唉呀我希望她将来能找到一个像我那样尽心地侍候她的人那回她得流行性腮腺炎病倒了腮帮子肿得老高这在哪儿那在哪儿的当然她现在还不可能有什么深刻的感受的我自己就一直没有能充分地来过直到多大呀二十二岁左右吧总是碰不到地方不过是通常的姑娘式胡闹吱吱咯咯而已那个康妮·康诺利给她写黑纸白字的信还用火漆封好不过落幕的时候她是鼓掌了因为他是那么英俊然后我们就是早中晚餐都是马丁·哈维了我后来自己寻思如果一个男人能够为了她这样不顾一切舍弃自己的生命这

---

[1] 这是一种迷信，起因在于替人缝补穿在身上的衣服往往发生在即将出行之际。

[2] 烤蛋糕出炉时开裂预示分离，这是又一爱尔兰传统迷信。

[3] 比尔博姆·特里（1853—1917）为著名英国演员，曾在一八九五年都柏林欢乐厅演出的《特丽尔贝》（参见624页注①）中担任男主角斯旺加利。

可一定是真正的爱情了[1]我琢磨如今这样的男人还会有几个的可是除非我自己遇上这事很难信以为真他们大多数是生性没有一点儿爱情的现在要找两个人这样的舍命相恋感情完全相同他们的头脑常有一些发傻他的父亲就一定是有一点不正常所以在她之后居然就服毒了老头儿可也是可怜我琢磨他是有一种失落感她还老和我的东西套近乎要用我那几根旧布头扎她的头发才十五岁就要用我的粉会把她的皮肤毁了的她这一辈子今后还有的是机会呢当然她知道自己漂亮而心里浮动嘴唇那么红可惜不会老这么红我那时也是这样的可是这种事闹腾一番也是没有用处的我叫她去买半斯通的马铃薯她就跟我回嘴像卖鱼婆似的那天我们在看小马赛的时候遇见约·盖莱赫太太她和律师弗顿尔利坐着她那辆双轮轻便马车假装没有看见我们嫌我们的气派不够大我气得给了她两记响亮的耳光叫你这样跟我回嘴叫你这样顶撞当然那都是她那么和我作对惹得我实在恼火也怪我脾气不好是怎么一回事呢茶里头有一根草要不然是我头天晚上没有睡好是不是我吃的干酪而且我已经再三告诉过她餐刀不能那样交叉放的照她自己的说法是因为没有人指挥她好吧假如他不管她我可真得管一管那是她最后一次拧开她的泪水管子我自己那时也是这样的他们也不敢派我这个那个的当然这都是他的过错让我们两个人在这里当牛做马他早就应该雇一个女人在家里了我究竟要等到什么时候才能再有一个像样的仆人呢当然那时候她就会看见他来了我得让她知道否则她会报复的你说这些人麻烦不麻烦吧这位弗莱明老太太你得跟在她后面打转把东西递到她手上才行又打喷嚏又坐在盆上放屁唉当然她是年纪大了没有办法幸亏我在碗橱后面找到了那条丢失了的破洗碗布都发臭了我知道那里头有东西才打开采光井窗子放放臭气还把他的朋友带回家来招待像那天晚上他还带了一条狗回来呢想一想吧说不定还是条疯的呢尤其是赛门·代达勒斯的儿子他父亲最爱说三道四看板球赛戴着大礼帽举着望远镜可是他穿的短袜上有一个老么大的窟窿这样的人还笑别人可是他的儿子在中级考试得了那

---

① 马丁·哈维为著名英国演员,曾在都柏林主演《惟一道路》,此剧系根据狄更斯《双城记》改编,男主角卡顿甘心为所爱贵妇而代其丈夫上断头台。

么多的奖也不知是什么科目的想想吧居然爬栏杆进来要是有认识我们的人看见他呢不知道他那条葬礼穿的礼服裤子是不是撕了一个大窟窿仿佛人人天生的一个窟窿还不够用似的把他引进了那个破旧龌龊的厨房里去我倒要问问他是不是脑瓜子里有毛病了可惜不是洗衣服的日子我那条旧衬裤可能还晾在绳子上展览呢他是根本不在乎的上面还有那个笨老婆子烙煳了留下的铁印他也许会以为是什么别的东西呢甚至我叫她炼的油也没有炼现在就她这德性也要走了因为她那瘫痪丈夫越来越严重了她们总是不断地出事儿生病啦开刀啦要不然就是酗酒啦他打她啦我又不能不到处跑设法找一个人了每天我爬起床来总是有什么新的事儿发生好天主呀好天主呀唉呀我琢磨哪天我死了在坟墓里躺倒才能不用操心了我想要起来一下行不行啊等一下唷耶稣啊等一下真的我那玩意儿来了真的这不是折磨人吗当然啦都是他那么的在我身子里乱捅乱翻乱耕闹腾的现在可怎么办呢星期五六日那不是叫人心烦透了吗除非他正好喜欢那样儿的有些男人就是喜欢的天主知道我们总是不断地出问题每隔三四个星期就要来五天每月一次的例行大拍卖这不简直是烦死人吗那天晚上我们好容易坐上包厢绝无仅有的一回是迈克尔·冈恩因为他在德里密公司保险的事儿上帮了他的忙才给我们在欢乐厅买的票看肯德尔夫人和她丈夫的演出偏偏我那事儿就来了我简直气晕了可是我不愿放弃这时楼上那位时髦绅士正用望远镜盯住了我看而他呢还在我的另一边大谈斯宾诺莎和他的灵魂我琢磨他那灵魂早就死了几百万年了我一身都是水淋淋的了还尽量微微笑着往前倾着身子做出很有兴趣的样子不能不硬坐下去一直坐到最后一句台词那个斯卡利的妻子①我可一时半时忘不了的那出戏是被人看作描写通奸的淫荡戏的吧顶层楼座里那个白痴对女角大发嘘声大喊淫妇我琢磨他散戏之后准上旁边小巷走遍所有的背静小道找女人解馋去了要是那时我能把我身上的东西给他就好了让他嘘去吧我敢说连那猫还比我们强些我们身上是不是血太多了还是怎么的啊呀天上的耐心呀它就像海一样的从

---

① 《斯卡利的妻子》为一八九七年都柏林上演的英国戏剧，由意大利剧本改编，表现律师斯卡利夫妻不谐调，妻子与斯卡利一位同事相好，但最终放弃爱情仍与丈夫和好。

我身子里往外冒呀不过他反正是没有让我怀上孕尽管他有那么大我不希望把我刚铺上的干净床单毁了我琢磨也是我穿的干净内衣裤引起来的讨厌讨厌他们还总要在床上看到血迹好知道他们的女人是个处女他们就关心这个可他们都是些傻瓜你即使是个寡妇或者离了四十次婚的只消涂点红墨水就行了要不然用黑刺莓果不行那颜色太紫了啊詹姆西啊把我从这糟心的偷情乐趣中放出去了吧不知是谁出的主意给女人派了这么个买卖怎么又是衣服又是烹饪又是孩子的这张该死的老床也是的叮叮当当像有鬼似的我琢磨人们隔着公园都能听见我们了后来我出主意把被子铺在地板上把枕头垫在我的屁股底下我纳闷白天是不是比晚上强些我想是的悠着点儿我想要把我这些毛都剪掉了烧得慌我那模样可能会像一个小姑娘下次他撩起我的衣服来的时候可让他大吃一惊了我可真愿意见到他那时脸上是什么模样儿便盆哪儿去了呢悠着点儿自从那个老便盆架坏了以后我直提心吊胆怕把它也坐坏了我担心我坐在他腿上是不是太重了我故意让他坐在那张沙发椅上我才去隔壁房里我先脱掉外面衬衫和裙子他太着急不该这么急的他根本没有摸我我含过那些口香片希望呼吸是好闻的悠着点儿天主啊我记得从前有一个时期我能嗖嗖地直射出去几乎像男人一样悠着点儿啊主啊声音多大呀我希望它起泡会有人送一大叠钞票来①明天早上得给它喷一点香水可别忘了我敢打赌他从来没有见过比这更好看的一双大腿瞧有多白最光滑的地方是在这儿在这一块中间多嫩软呀像桃子一样好悠着点儿天主啊我想做个男人爬在一个可爱的女人身上主啊你怎么弄出这么大的声音来啊像泽西百合一样悠着点儿悠着点儿啊拉合尔的波涛这样滔滔而降②

谁知道我的身子里头是不是有什么毛病了要不然是不是我里面长什么东西了每个星期都来那玩意儿我上一次是什么时候来着是圣灵降临节后的星期一吧真的才三个来星期呢我应该去找一找医生可又会像

---

① 一种迷信认为斟茶或冲咖啡(一般不涉及解溲)起泡多预兆发财。

② 拉合尔(Lahore)为当时印度西部(今巴基斯坦)大都市;英国有一瀑布所在地名为洛多尔(Lodore),英国诗人骚塞(Robert Southey,1774—1843)曾有一童谣式诗歌赞洛多尔的瀑布,其最后一行为“洛多尔的水就是这样滔滔而降”。

我和他结婚以前那样了那回我流那白玩意儿弗洛伊教我去找彭布罗克路那个专看妇女病的干瘪老头子科林斯大夫你的阴道呀他就这么说我琢磨他就是用这样的词儿糊弄斯蒂芬斯草地一带的阔太太们才弄到他那些金框镜子和地毯的有一点鸡毛蒜皮就去找他她的阴道啦她的交趾鸡啦她们反正有钱不在乎我可不愿嫁给他这样的人呢即使他是全世界最后一个男人我也不要他而且她们的孩子们也有一点古怪老是在那些脏母狗身上各处闻来闻去的问我我的那个是不是有恶臭他想要我的哪个呀不就一样东西吗也许是黄金吧亏他问得出来我琢磨要是把它都抹在他那张布满皱纹的老脸皮上算是对他的敬意他大概就明白了还说你通过容易吗我心想他在说什么呀照他的说法是通过直布罗陀海峡还差不多那倒是一项很妙的发明我喜欢事后深深地坐进盆儿里头①尽量将身子挤下去然后拉链条冲干净清爽凉快酥酥的话说回来我琢磨其中还是有点名堂的我在米莉小时候总能从她拉的看出她有没有虫子可是无论如何得给他钱呀大夫该多少钱哪请付一个畿尼吧还问我是不是常常有遗失这些老家伙们从哪里弄来这么些词儿的他们才遗失呢拿他的那双近视眼斜斜地瞅着我我可不太敢信任他对我施用氯仿麻醉或是天主知道的别的什么可是他坐下来写那玩意儿的样子我倒是喜欢的皱着眉头那么严厉鼻子那神气显得什么都知道的样子你这坏蛋你这个不老实的轻佻妞儿唉呀什么都行不论是谁只要不是白痴他还是够聪明的能看出来当然那都是想他想的还有他那些疯狂发痴的信我的心爱的人哪你那光彩照人的身体上的一切都是一切加了着重记号它的一切都是一种美的事物一种永恒的欢乐②那是他从一本胡诌的书上抄来的他闹得我总弄我自己有时候一天四五回可我说我没有过你肯定吗真的我说我完全肯定我的口气说的他闭起了嘴我知道接着来的必然是什么这不过是天然的弱点罢了我也不知道我们第一次见面那晚上他怎么的会使我激动起来的那时候我们住在雷霍博特我们两人都站住了互相看着都愣住了足有十分钟光景好像曾经在什么地方见过面似的我琢磨是因为我的

---

① 估计指法国式抽水坐浴盆。

② “一个美的事物，是一种永恒的欢乐”为英国诗人济慈诗句（参见608页注①）。

长相随我母亲有些像犹太人他带着他那黏黏糊糊的笑容说的那些话也使我觉得好玩而且多伊尔家的人都说他要竞选国会议员的唉呀我怎么那么傻不愣登的把他哄人的那些什么自治啦什么土地同盟啦都信以为真呢他还给我那首从《胡格诺们》①选来的歌子长而无当的还要用法语唱显得有气派 O beau pays de la Touraine② 我可连一回也没有唱啰哩啰嗦地大讲宗教啦迫害啦反正他是不让你自自然然地享受什么的那样他就可以好像是赐给你一个大恩惠似的了他在布赖顿广场找到了第一个机会跑进我的卧室里去假装手上染了墨水要用我那时常用的阿尔比恩乳剂和琉璜肥皂洗手可是那上头还蒙着明胶呢那天他可把我笑痛了肚皮我可不能整夜坐在这劳什子上头了他们做便盆应该做合适的尺寸让女人能坐好才行呀他跪下去办事我琢磨天主创造的所有男人中间没有第二个人有他这些习惯的瞧瞧他躺在床脚头的这副睡相也不用个硬垫枕幸好他还不踢要不然他会把我的牙齿都踢掉了手蒙着鼻子呼吸跟他在那个下雨的星期天陪我去基尔代尔街博物馆看的印度神道一样全身披一条黄围裙侧身枕着自己的手卧着十根脚趾头都挺立着他说那是一个大宗教比犹太人的和我们主的两个加在一起还大整个亚洲都模仿他而他总是在模仿每一个人我琢磨他也总是睡床脚头的吧把他的方形的大脚丫了伸在他老婆的嘴里头这倒霉的臭玩意儿不管怎么说这个那些带子在哪儿呢喔对了我知道了我希望这个旧衣柜不要吱嗝响喔我就知道它会响的他倒是睡熟了他是在什么地方痛痛快快玩了一场她准是收了他的钱给了他不少好处当然他得花钱才能买她的唷这讨厌的玩意儿我希望到了那另一个世界里他们能让我们舒服一点儿吧把我们自己捆绑起来天主帮助我们吧今晚就这么行了这张叮当乱响的老破床总让我想起老科恩来我琢磨他没少在这床上挠痒痒可他以为是父亲从内皮尔勋爵③那儿买来的这都是我告诉他的我小时候就是崇拜他悠着点儿轻轻的啊呀我还是喜欢我这张床的天主啊我们都过了十六年了还是这德性我们搬了多少回家呀雷蒙德高台街然后安大略高台街然后隆巴德

① 《胡格诺们》为描述法国新教派受迫害的歌剧，参见215页注①。

② 法语歌词：啊，美丽的都兰田野。

③ 内皮尔勋爵(1810—1890)在一八七六至一八八三年期间任直布罗陀总督。

街然后霍利斯街每次搬家他来来往往的都吹着口哨不是他的胡格诺们就是青蛙进行曲装作帮那些工人搬我们那四件破家具然后就是城标饭店了越来越糟管理人戴利说的楼梯口那个迷人的地方老有人在里头作祈祷作完之后总留下他们那一身臭味你总能知道前一个进那里头的人是谁我们每次刚弄得顺当一些就要出事儿要不然就是他自己去闯个祸汤姆公司啦希利公司啦卡夫先生啦德里密公司啦要不是他去鼓捣他那些馊彩票说是可以使我们从此一步登天的结果他倒差点儿蹲了监狱便是他态度恶劣得罪人不用多久《自由人报》也快跟其他地方一样要叫他卷铺盖回家了都因为闹腾那个新粪党或是共济会到那时候咱们倒要看一看他在科迪斯巷那边指给我看的那位蔫不唧唧独自在雨中走路的小个子能对他有什么安慰吧他说他能干得很呢是个真诚的爱尔兰人我看他真是这么回事从他身上那条裤子的真诚劲儿就看得出的等一下乔治教堂的钟响了等一下是三刻吗是正点了一点等一下两点了①好哇半夜这钟点他才回家来谁也受不了呀爬下采光井万一有人看见他呢明天我可得敲打他一下别又成了他的小毛病首先我得看一看他的衬衫是不是要不然我可以看看他皮夹里那个避孕套还在不在我琢磨他以为我不知道他那些勾当男人就是不老实他们的二十个口袋都不够装他们编的那些瞎话既然这样我们又何必把实情告诉他们呢即使说真话他们也不信你然后就蜷起身子睡在床上好像他那回带来的那本鸭梨士多德性《杰作》②里的那些婴儿似的仿佛他嫌我们的真实生活里头见的还不够多还要加上个老多德性还是少德性的弄出那么些糟糕图片来恶心人什么两个脑袋没有腿的娃娃啦他们就净胡思乱想这一类乱七八糟的事儿他们的空壳子脑袋里除了这些别的什么也没有他们该服慢性毒药才对哩他们中的半数吧然后要给他准备茶和烘好的面包片两面涂上黄油还要新下的鸡蛋我琢磨我已经不值一提了那晚上在霍利斯街我不让他舔我男人啊男人永远是暴君就为这一件事他在地板上睡了半夜光着身子

---

① 乔治教堂报时钟声与英国伦敦威斯敏斯特“大本钟”相似，每个四乐音短句表示一刻，四短句表示正点，其后每一下低沉钟声代表一小时。

② 《杰作》句系假古希腊哲学家托亚里士多德之名出版的伪科学书籍，参见 308 页注②。

以前犹太人有亲人死的时候就是那样的①不吃早饭不说话就是要人家捧着他所以我想我这次已经顶够了就让他干吧他可干得满拧他光想着他自己的享乐他的舌头太死板要不然是我也不知道的什么原因他忘掉了那事儿我可忘不了假如他自己愿意我要叫他再来一遍然后把他锁到下边煤窖里去和蟑螂一起睡觉去我纳闷是不是她呢宙细和我扔下的疯上了吗他可是个天生的瞎话篓子不对他决不会有胆量和有夫之妇搞的所以他才要我和鲍伊岚搞不过要说她那个可怜巴巴的角色她还叫他丹尼斯呢他可算不上一个丈夫真的他是勾搭上一条什么小母狗了那回我还跟他在一起呢带着米莉看学院运动会是脑袋瓜子上扣一顶小孩儿帽子的霍恩布洛尔放我们从后门进去的他就公然和两名来回卖弄裙子的眉来眼去了我对他使眼色起初当然也是白费事他的钱就是这么花掉的这回是沾了派迪·狄格南先生的光真的他们在鲍伊岚带来的那份报纸上登的那场大葬礼上的派头不小呢他们要是能见到一场真正的军官葬礼那才开眼呢倒挂着枪蒙着军鼓那匹可怜的马披着黑纱跟在后边利·布姆还有汤姆·克南那是个酒桶般的小个子酒鬼有一回喝醉了摔倒在什么地方的男厕所里咬断了自己的舌头还有马丁·坎宁安还有代达勒斯家那两位还有范妮·麦考伊的丈夫圆白菜似的白脑瓜子斜眼睛皮包骨的还想唱我的歌子呢除非重新投生才行还有她那条绿色旧连衣裙领口开得低低的因为她没有别的办法吸引他们像下雨天劈劈啪啪踩水一样我现在看得可清楚了这就是他们所谓的友情先是互相帮着把命送掉然后是互相帮着送进坟墓他们各人家里都还有老婆和家属的呢尤其是杰克·帕尔他还养着那个酒吧女招待当然他的妻子老是生病不是快病倒便是刚好一些而他还是长得挺好看的不过两鬓有些花白了他们这一帮子全都是好样儿的好吧只要我有办法他们就休想再把我的丈夫抓过去在他背后还取笑他办的蠢事我清楚得很都是因为他还有点打算不愿把他挣的每一枚便士都灌黄汤浪费掉还知道照顾家小这一帮子不办好事的家伙可是话说回来我还是有一点可怜派迪·狄格南他的老婆

① 按犹太风俗，亲属逝世下葬后最初七日期间应摒除装饰（无需脱光衣服）睡地以示悼念。

和五个孩子可怎么办呢除非他有保险还好些模样滑稽的小陀螺似的小个子成天赖在酒店角落里不走老婆或是儿子等着他比尔·贝利请你回家来吧[①]她穿上寡妇丧服并不能增加她的姿色你得自己好看穿上才特别显得俊俏呢什么样的男人他去了吗去了他参加格伦克里的宴会了还有本·多拉德那个低音大桶那晚上他到霍利斯街来借燕尾服作演出用拼了命地硬塞才塞进去他那张大娃娃脸咧着大嘴笑活像打得通红的娃娃屁屁他那天是不是出足了蠢球怪相一点也不错他那台上的形象才好看呢想一想吧你花上五个先令预定座位结果就是看他穿了那捞鱼裤子狼狈地跑下台去的模样还有赛门·代达勒斯也是他出场总是灌得半醉的先唱第二段歌词他爱唱旧恋新欢还有山楂树杈上那姑娘的歌声真甜美还总短不了调一点儿情那回我和他在弗雷迪·迈耶斯的私人歌剧音乐会上唱《玛丽塔娜》他的嗓子真好听真响亮菲比我最亲爱的再见吧心上的人他总是唱心上的不像巴特尔·达西唱心伤的再见当然他是天生的好嗓子一点也不拿腔拿调就像是热水淋浴一样将你全身都笼罩在里头了玛丽塔娜呀山林鲜花呀我们唱得很精彩可惜对我的音区来说太高了一点就是变调也还是高那时节他已经和梅·古尔丁结婚了可是他言语之间或是行动之中总是有些丧气的意思现今他成了鳏夫我纳闷他的儿子是什么样的一个人他说他是作家将要当大学教授教意大利文还让他教我哩他打的是什么主意呀还把我的照片拿给他看呢那一张可没有照好我应该穿那种什么时候看也不过时的服装照才好不过我在那张照片上还显得年轻我纳闷他是不是干脆把照片送给他了连我也饶上了那也行啊那年我见到他跟他父母坐马车到国王大桥车站去那是十一年前的事了我穿着丧服真的他现在该十一岁了不过为一个还没有长成一定形状的小不点儿服丧不知有什么用照我说哭完一场就够了当然啰我也听到了报死甲虫在墙壁里的嗒嗒声[②]可是他偏坚持他呀连猫死了也会服丧的我琢磨他这时已经长成一条汉子了那时候他还是个天真的儿

---

① 《比尔……家来吧》为一美国通俗歌曲，内容为丈夫出走后妻子自责而望丈夫回家。

② 西方一种迷信，认为甲虫在墙内发出类似时钟的滴答声预兆死亡。

童可是个逗人喜欢的小家伙穿一套方特勒罗伊小爵爷式的套服①一头的鬈发我在马特·狄龙家见到他的时候像个舞台上小王子的模样我记得他也喜欢我的他们都喜欢我的等一下天主哟真的等一下真的别忙今天早晨我摆出来的那一副牌上有他哩和一个年轻的陌生人结合②肤色不深不浅过去见过的我当时以为是他但是他不是小雏鸡儿也不是陌生人而且我的脸还转向了另一边呢在那以后的第七张牌是什么呢黑桃十那是陆地旅行另外有一封信要来而且有一些丑闻那三张皇后和那张方块儿表示社会地位上升真的等一下全都应验了还有两张红八要有新衣服你瞧瞧我不是还做了一个梦吗真的梦里出现了一点诗的情节我希望他不是那种油乎乎的长头发一直披到眼睛上要不然像红印第安人那么直立着③他们那么样的到处跑有什么好处呢不过是落个连人带诗都遭人讥笑罢了我小时候一直是喜欢诗的起初我还以为他是一位拜伦勋爵那样的诗人呢可他写出来的东西没有一丁点儿诗的味道我认为他完全不是那样的我纳闷他是不是太年轻了一些他现在大约是等一下八八年我是八八年结的婚米莉昨天满十五岁八九年狄龙家那回他多大呢大约五六岁八八年我琢磨他该有二十或是出头了如果他有二十三四岁我配他不算太老我希望他不是那种自命不凡的大学生类型他不是那样的否则他不会和他一起坐在破厨房里喝埃普斯牌可可聊天儿的当然啰他是装作什么都懂的样子大概还会自称是三一学院出来的吧他要是个教授可太年轻了我希望他不是像古德温那样的教授一名专利教约翰·詹姆森的教授④他们写诗全都要写女人的这个么我琢磨他要找我这样的女人可还不容易呢那里有爱的轻叹和吉他悠扬⑤那里的空气中都洋溢着

---

① 《方特勒罗伊小爵爷》为英国出生的美国女作家伯内特所著小说与同名剧本，剧中小主人公为美国儿童而在英国继承爵位。

② “和一个年轻的陌生人结合”等等直至下文“两张红八要有新衣服”，均为用纸牌占卜时对纸牌出现的排列方式所作解释。

③ 某些印第安人（如莫霍克部落）喜蓄直立式头发。

④ 约翰·詹姆森父子公司为都柏林一家酿酒厂。

⑤ “那里有爱的轻叹和吉他悠扬”以及下文“两只窥视的（原歌词为‘放光的’）眼睛在格子窗后隐匿”“两颗乌黑的眸子明亮如爱神的星星”，均为《在古老的马德里》中歌词。

诗意蓝色的海洋月亮的清辉是那样的美坐晚班轮船从塔里法①回来那欧罗巴角的灯塔那人弹的吉他是多么情意绵绵我还会不会再回去呢都是新面孔了两只窥视的眼睛在格子窗后隐匿我就为他唱这一首那对眼睛就是我的眼睛只要他有一点诗人气质两颗乌黑的眸子明亮如爱神的星星这些词儿多美啊如爱神的年轻的星可以换一换样了天主知道可以和一个有灵性的人谈谈你自己而不是老听他那一套比利·普雷斯科特的广告啦岳驰的广告啦魔鬼汤姆的广告啦然后他们的买卖出一点事我们就要倒霉我想他一定是个出类拔萃的人物我愿意结识这样一个男人天主啊不是其他那种庸庸碌碌的人而且他是这么年纪轻轻的我在马盖特海滩②的岩石后面可以看到那些讨人喜欢的后生赤条条地站在太阳光下像天神还是什么的然后纵身跳下海去带着那个为什么不能叫所有的男人都像那样呢那才让女人舒心呢像他买来的那个可爱的小雕像我可以整天地看也看不厌的一头的鬈发还有他的肩膀还举着一根指头叫你听呢那才真叫美真叫诗意呢我常感到自己想吻他的全身也吻一吻他那儿那根逗人爱的小鸡儿是那么的纯洁要是没有人看见我真愿把它含在嘴里它那样子仿佛就是在等你去吮它似的那么干净那么白他的模样儿他的脸还带着孩子气呢我真愿意马上就那样即使咽下一点儿也可以怎么呢和稀粥或是露水差不多没有什么危险的而且他一定很干净和那些猪男人大不一样我琢磨他们大多数人一年到头都从来想不到洗一洗的所以才害得女人们嘴唇上长小胡子我敢说我这年龄要是能交上一个英俊的青年诗人那一定是妙极了明天早晨我第一件事就是要摆一副牌看看那张吉利牌出来不出来要不然我设法给王后配对看看他是不是出来我要尽量多找一些诗来看一看学一学还要背一些才行不知道他喜欢谁免得他认为我没有脑子假定他以为所有的女人都是一样的我还要教教他另外那一门我要让他全身都发酥把他弄得神魂颠倒他将会写诗写我的情人情妇而且是公开地等他出了名之后所有的报纸都会登我们两

---

① 塔里法在西班牙半岛最南端，距直布罗陀二十八英里，在晴朗的夜晚来自塔里法的轮船半途即可见到直布罗陀的灯塔。

② 马盖特海滩在直布罗陀与西班牙联接处，上有男人专用海滨浴场。

人的照片嘿可有一件那时候我对他怎么才好呢

不行对他可决不能那样他是怎么回事呢不懂规矩没有教养他的天生禀性就是什么也没有因为我不喊他休①就那样伸手到后面打咱们的屁股什么都不懂的连诗和白菜都分不清的角色这都怨你自己没有端着点儿他们才这样放肆的居然当着我的面就坐在那只椅子上脱鞋扒裤子了连问一声可不可以的客气话都没有真不要脸皮脱剩半件他们那种衬衣那么庸俗地挺在那里让人欣赏像个教士或是屠宰手或者是裘力斯·凯撒时期的那些老伪君子们当然按照他们的看法他自有他的道理反正什么都是开玩笑一样的随随便便真的你跟他睡觉就和什么差不多就和跟狮子睡觉差不多天主哪我敢说那家伙还比他强一点呢一头老家伙的狮子唉呀我琢磨都是因为我穿着短衬裙鼓鼓的那么丰满那么诱惑人他实在按捺不住了我有时候自己看着都动心难怪男人们从女人的身体上获得那么多的享受我们永远是这么圆这么白等着他们我曾经希望自己也换一换花样变成一个男人尝一尝他们那玩意儿胀大起来往你身上戳过来的滋味那么硬可是你摸它一摸又那么柔软我走过髓骨巷巷口的时候听见那些街头小子们在说我叔叔约翰有根玩意儿长又长我婶子玛丽有个玩意儿毛烘烘都因为天已经黑了他们知道有个姑娘走过我听了可没有脸红有什么可脸红的呢不就是自然的事吗接下去他把他的长玩意儿塞进我婶子玛丽那毛烘烘的等等原来是将把儿插进擦地的板刷又是十足的男人事儿他们可以挑挑拣拣随他们的兴致有夫之妇咧风流寡妇咧黄花闺女咧都按他们各自的不同口味找就像爱尔兰街后面那些房子一样不行可是我们却让人永远用链条拴住不能动弹他们可休想把我拴住了没有那个门儿一旦我开了头之后我告诉你吧他们那种愚蠢的吃醋丈夫派头哼为什么我们对这件事不能大家都和和气气非要吵架不可呢她的丈夫发现了他们俩在一起干了什么勾当唉呀自然而然的可是他发现生米已成熟饭还能再把它变成生米吗不管他怎么办反正他已经是 Coronado② 定了还有一种是《美貌的暴君》里的丈夫又走到另一个

① “休”为鲍伊岚教名。

② 西班牙语：“（修道士式）削发”。学者认为莫莉可能指 Cornudo（妻子与人私通）。

疯狂的极端当然那个男人根本没有为当丈夫的想一想甚至也没有为那妻子着想他要的是女人把女人弄到手就算达到目的了我倒要问问要不然为什么要让我们生来就有这么旺盛的情欲呢我还年轻这是情不由己的事我有什么办法呢我没有未老先衰变成一个干瘪老太婆算是一个奇迹和他一起生活这么冷冰冰的从来不拥抱我只有他睡觉了倒有时候抱我的另外那一头我琢磨他是不知道自己抱的是谁天下有吻女人屁股的男人吗我算是服了他了他既然能吻那地方就什么乱七八糟的东西都可以吻了那是我们一丁点儿什么表情也没有的地方我们人人都一样的两大团脂肪若要我对一个男人那样呸那些肮脏的畜生们我光是想到那事儿就够了 Senorita 我吻你的脚①那里头还有一点意思他有没有吻我们家厅堂的门呢吻了他吻了②简直是个疯子他那些希奇古怪的主意除了我以外谁也不理解的可是当然啰一个女人每天差不多需要人拥抱她二十次才能保持青春容貌不论是谁的拥抱只要是你爱的人或是他爱你就行如果你想要的人不在有时候我的天主呀我都想是不是哪个晚上趁着天黑绕到码头上那儿碰不到认识我的人我可以找个刚从海上回来的水手那种人迫不及待根本不管我是谁的人只要有门可入就进去发泄掉完事要不然在拉思梵汉那些野性模样的吉卜赛人中找一个他们把帐篷扎在布卢姆菲尔德洗衣房附近为的是找机会设法偷我们的东西我看它名字叫模范洗衣房就送去过几回老是送回来一些旧衣服单只的袜子那个模样像恶棍似的眼睛倒不难看正在剥一根嫩枝的树皮在黑地里向我扑过来一句话也不说就把我按在墙上干要不然来个杀人犯什么人都行他们自己干的又是什么勾当呢那些神气活现戴着丝质大礼帽的绅士们那名住在这一带什么地方的王室法律顾问那天晚上就从哈德威克巷出来了正好他为庆祝拳击赛胜利③请我们吃鱼当然是为了我才请的我是从他的鞋罩和走路姿势认出他来的过了一分钟我回头看一眼就发现有一个女人也从巷子里出来了是一个脏婊子他是完事之后才回家去找他老婆的不过我琢磨那些水手恐怕有一半都是一身的病吧哎呀看迈克的面

---

① 西班牙男人对小姐表示敬意的套语，但 Senorita 为西班牙语 Señorita（小姐）讹读。

② 犹太教信徒进出门时吻或摸门上的“经文楣铭”（见 479 页注③），而非吻门。

③ 鲍伊岚曾组织基奥-贝内特拳赛并用计提高赔率，事见 412—413 页。

上把你的臭皮囊往那边挪一挪吧听听他这声音风啊把我的叹息往你耳边送①这位伟大的主意专家唐·德·拉·弗洛拉②你看他倒睡得香叹息叹得痛快呐要是他知道今天早上他在我那副牌上出现是什么情形那才真有他叹息的呢一个黑色的男人夹在两张七的中间不知所措坐了监牢天主知道他是犯了什么事我可不知道而我倒要下楼在厨房里忙活为大老爷准备早餐他却像木乃伊似的弓着身子我干不干呢真的你有没有看见过我跑来跑去的我倒是愿意看看我怎么乖乖地侍候他们而他们却根本不把你当一回事我不管别人怎么说这个世界要是能由女人统治一定会好得多女人们绝对不会平白无故互相残杀的决不会搞大屠杀的你什么时候见过女人像他们那样灌得烂醉满地打滚的要不然倾家荡产地赌博把钱都输在赛马场上真的因为一个女人不论干什么都知道适可而止实在的要不是有我们他们根本来不了这个世界上他们不懂得作一个女人作一个母亲是怎么一回事他们怎么懂得了呢他们全都是靠母亲养育大的就是我没有他们要是没有母亲养育的话统统都不知道会在哪儿呢我琢磨他现在在外面瞎跑就是这个缘故晚上也不看书不做功课在外边游荡而且不住在家里我琢磨是因为家里照例是不断地吵架唉呀事情就是那么不如意他们有那样一个好儿子还不知足而我却一个也没有是不是怨他没有本事呢反正不是我的过失我们那次的交合是我看到光秃秃的街上有两条狗一条爬在另一条背上从后面进去唉我真是伤透了心我琢磨我不该用我流着眼泪织的那件小毛衣给他下葬的应该送给一个穷孩子但是我很明白自己以后不会再生了那也是我们家里第一次死人我们从那以后就不一样了哎呀我可不愿再想那件事把自己弄得灰心丧气的了我纳闷他为什么不愿意过夜呢我一直觉得他是带了一个生人到家里来了干吗要去满城流浪呢天主知道会遇上什么样的人野鸡啦扒手啦他的可怜的母亲要是活着决不会高兴的也许会把他自己这一辈子都毁了可是这个钟点可真是可爱这么安静我总是喜欢舞会之后回家路上那夜晚的空气他们有朋友可以谈天我们可没有那样的朋友要不是他想

---

① 《风啊……耳边送》为一首情歌。

② 莫莉在直布罗陀时曾戏言与“西班牙贵族的儿子唐·米圭尔·德·拉·弗洛拉”订婚，参见 868 页。

要他得不着的东西便是有个女人要来捅你一刀子这是女人们最叫我恨的地方难怪他们会这样对待我们我们简直是一窝子不成话的母狗我琢磨这都是因为我们烦心的事儿太多所以那么没有好气儿我可不是那样的他完全可以睡在另外那间房里那张长沙发上我琢磨他还这么年轻还不到二十吧对我准会像个小男孩儿似的害羞我坐便盆他在隔壁房里都会听得见的算了吧有什么关系呢代达勒斯我纳闷这姓有点像直布罗陀那些姓氏什么代拉帕兹啦代拉格拉西亚啦他们那里就是有这些莫名其妙的怪姓圣马利亚教堂那位给了我一串念珠的是维拉普拉纳神父还有Calle las Siete Revueltas① 的罗萨利斯伊·奥赖利还有皮辛姆波还有总督街的奥皮索太太哎唷这样一个姓②我要是也有她这样的姓呀我见到第一条河就往下跳我的天哪还有那各种各样的小小街道,什么天堂坡啦疯人坡啦罗杰斯坡啦克罗彻兹坡啦还有魔鬼豁口台阶嘿怪不得我这么冒冒失失的我知道我是有一点儿我当着天主的面宣布我自己并不觉得现在比那时候老了一天我纳闷我的舌头还能不能转那些西班牙调调como esta usted muy biengracias y usted③瞧瞧我还没有完全忘掉我还以为我忘了呢只剩点语法了名词就是任何人地方或事物的名称可惜我没有读一读倔脾气的鲁维欧太太借给我的那本巴莱拉④的小说书里的问号两头写都是颠倒的⑤我一直都知道我们最后会离开的我可以教他西班牙语他可以教我意大利语这样他就明白了我不是那么无知的人真可惜他不肯留下来这可怜的人肯定是疲乏已极了特别需要睡一个好觉我可以把早餐送到他床上要一点烘面包只要我不用刀子带来坏运气就行要不然假如那个送货上门的女人有水田芥和什么清甜可口的东西也好厨房里还有一些橄榄他也许会喜欢我可受不了阿布林家铺子里摆的那些我不爱看那样子我可以当 criada⑥ 那房间经我挪动了之后现在的样

---

① 西班牙文:“转七道弯的街”,为直布罗陀一街的西班牙语称呼。

② “奥皮索”音似英语“噢,尿吧”。

③ 西班牙语:你好吗? 很好,谢谢你,你好吗?

④ 巴莱拉(Juan Valera Y Alcalá Galiano,1824—1905)为西班牙作家、政治家。

⑤ 按西班牙文格式,问句前加颠倒问号,句后另有问号。

⑥ 西班牙文:女仆。

子还是过得去的你瞧瞧我一直就有一种预感的呢我可不得不自我介绍了他根本不知道我是老几好玩得很呢对吧我是他的妻子要不然假装我们是在西班牙他还半睡不醒的迷迷糊糊不知道自己在什么地方 dos huevos estrellados senor① 主啊我脑子里的念头有时候真是希奇古怪有趣得很假定他住在我们家里吧没有什么不可以嘛楼上那间房本来就空着的后房还有米莉那张床呢他可以用那里头那张桌子写字做功课尽管他老用那张桌子瞎写些东西要是他早上也像我一样想躺在床上看些什么那么他反正要给一个人做早饭就给两个人做得了只要他租的房子是这么个格局我是肯定不愿意给他从街上随便招房客来住的我很希望和一位有头脑受过很好教育的人长谈一番我得买一双漂亮的红拖鞋就是那些戴圆筒非斯帽的土耳其人卖的那一种要不然黄的还要一件半透明的漂亮晨袍那是非常需要的要不然来一件桃红色的梳妆衣就是沃波尔公司老早以前卖过的那种才八先令六或是十八先令六我要再给他一次机会我要早早地起床反正我已经腻味这张科恩的老床了我也许要到市场上去看看各种各样的蔬菜那些圆白菜西红柿胡萝卜形形色色的水果都进来了鲜灵灵多可爱谁知道我第一个遇见的男人会是谁呢他们在早上都是存心找这个的梅米·犹龙常说他们是那样的晚上也是那是她望弥撒的时候我希望现在能有一个水灵灵入口就化的大梨子像我闹喜害口那阵子吃的那种然后我去弄他的鸡蛋用她送给他的护须杯沏茶叫他把嘴张大些我琢磨他也会喜欢我的好奶油吧我知道该怎么办我要高高兴兴的可不能太过分了有时候唱一两句 mi fa pieta Masetto② 然后开始换衣服准备出去 presto non son piu forte③ 我要换上最好的内衣内裤让他饱一饱眼福叫他的小麻雀挺立起来我要让他知道假如他想知道的话他的老婆让人操过了而且是狠狠地操了快顶到脖子这儿了这人可不是他足有五六回之多一回接一回的这干净床单上还留着他的精液痕迹呢我也懒得弄掉它这一下他应该有数了要是你还不信你摸摸我的肚皮吧除非我使他立了起来自己伸进我那里头去我真想把每一个小动作都告

① 西班牙语:两只煎蛋,先生。

②③ 意大利语(莫扎特歌剧《唐·乔凡尼》歌词):我为马塞托难过……快,我支持不了。

诉他叫他当我的面照样做一做这是他活该假如我成了顶层楼座里那家伙说的那种淫妇的话这完全得怪他自己哎呀我们在这个眼泪之谷里干下了这一点坏事可没有少大惊小怪的天主知道也不过如此而已还不是人人都一样不过他们隐瞒着罢了我琢磨这就是女人本来的用处要不然天主不会把我们造成这样对男人有这么大的吸引力的好吧要是他要吻我的屁股我就拉开我的内裤没遮没拦的凸出在他的鼻子跟前他可以把他的舌头伸进我那窟窿里头去伸它七英里深吧那他就占领了我的褐色部了然后我就告诉他我要一镑要不也许三十先令我告诉他我要买内衣然后如果他照给的话他还不算太糟我并不要像别的女人那样把他榨干了我本来常常可以自己动手痛痛快快开一张支票的把他的名字写上就能弄上两镑有几次他就忘了锁起来反正他不会花掉的我就允许他从后面在我身上发泄只要他不把我的好内裤都弄脏了就行哎呀我琢磨那是无法避免的事儿我会装作满不在意的样子随便问一两个问题从他的回答就能知道他什么时候到那份儿上了他什么都瞒不过我无论他有什么动静我都一清二楚我要夹紧我的屁股甩两句脏话闻我的屁股吧舔我的巴巴吧不论想到什么疯话都行然后我就要出主意了真的嘿等一下小伙子现在轮到我来劲儿了我要做得很高兴很随和哎呀我可忘了我这血淋淋的倒霉事儿了呸你简直不知道是哭好还是笑好了我们就是李子苹果一锅搅的不行我只能穿那些旧的了这样更好还更突出些他决计弄不清究竟是不是他搞的行了反正对你也就够好的了什么旧衣服都行然后我把他擦掉完事就跟擦掉一项账目一样他的遗失吧然后我就走我的让他去望着天花板她又去哪儿了哟使他找我这是惟一的办法一刻了什么缺德钟点哟我琢磨中国那边人们现在正起床梳辫子准备开始一天的生活了吧我们这里修女们快敲晨祷钟了她们睡觉倒没有人进去打扰除非偶然有一两个教士去做夜课要不鸡叫时候隔壁的闹钟当啷啷啷的简直要把它自己的脑袋都震破了我来试一试看是不是还能睡一会儿一二三四五他们发明的这些像星星的东西算是什么花哟隆巴德街的壁纸好看多了他给我的围裙也是那种花样只是我不过我只用了两次最好把灯弄低一些再试一试好早点起床我要到芬勒特食品店旁边的兰姆花店去一下叫他们送些花来好把屋子布置布置要是他明天带他来呢不是明天是今

天不好不好星期五不吉利首先我要把屋子收拾好灰尘不知道怎么回事自己就长出来了大约是在我睡觉的时候长的吧然后我们可以来点音乐抽抽香烟我可以给他伴奏先得用牛奶擦洗钢琴的键盘我穿什么衣服好呢要不要佩带一朵白玫瑰不然的话来点儿利普顿公司那种神仙蛋糕吧我喜欢货色齐全的大商店里那种香味七个半便士一磅的要不然另外那种带樱桃和粉色糖层的十一便士的来两磅桌子中央得来一盆好花哪儿的盆花便宜些呢别着急我不久前在哪儿看见来着我爱花恨不得这屋子整个儿都漂在玫瑰花海里才痛快呢天上的天主呀大自然真是没有比的崇山峻岭还有海洋白浪翻滚还有田野真美一片片的燕麦小麦各种各样的东西一群群肥牛悠然自得你看着只觉得心里舒畅河流呀湖泊呀鲜花呀各种各样的形状香味颜色连小沟里也冒出了报春花和紫罗兰这就是大自然要说那些人说什么天主不存在别看他们学问大我说还不值我两个手指打的一个响榧子呢他们为什么不自己试试创造出点什么东西来呢我常和他说那些无神论者还是什么论者的还是先把自己身上那些疙疙瘩瘩的洗净了再说吧再说他们临死他们鬼哭神嚎地找牧师又是为什么呢为什么呢因为他们怕地狱他们做了亏心事可不是吗我可知道这号人谁是宇宙中间比别人都早的第一个人呢谁是开天辟地的人呢究竟是谁呢他们可说不上来我也说不上来这不就结了吗他们还不如去试试挡住太阳让它明天别升起来呢他说太阳是为你放光的那是我们在豪思山头上躺在杜鹃花丛中的那一天他穿的是灰色花呢套服戴着那顶草帽我就是那天弄到他求婚的真的我先还嘴对嘴给了他一点儿茴蒿籽蛋糕那是一个闰年和今年一样真的十六年过去了我的天主呀那一吻可真是长差点儿把我憋死过去真的他说我是一朵山花真的我们就是花朵女人的身体全都是花朵真的他这辈子总算说出了一个真理还有太阳今天是为你放光真的我就是因为这个才喜欢他的因为我看得出他理解或是感觉到女人是怎么一回事儿而且我知道我总能让他听我的那天我尽给他甜头引他开口求我答应可是我先还不马上回答一个劲儿地眺望海面仰望天空心里想到许许多多他不知道的事情想到马尔维想到斯坦厄普先生想到荷丝特想到父亲想到老格罗夫斯上尉想到那些水手在码头上玩鸟儿飞我说弯腰还有他们叫做洗碟子的游戏总督府门前站岗的头上戴个

白色头盔有一道箍可怜的家伙晒得半死不活的还有西班牙姑娘们披着披肩头上插着高高的梳子嘻嘻哈哈的还有清早赶集拍卖什么人都来了有希腊人有犹太人有阿拉伯人整个欧洲还加一条公爵大街什么犄角旮旯儿里的稀奇古怪的人都来了还有家禽市场在拉比沙伦外面一片嘈杂鸡鸭乱叫驴子可怜瞌睡懵懂的尽打滑阴暗处影影绰绰常有人裹着斗篷躺在台阶上睡觉还有运公牛的大车轮子真大还有几千年的古堡真的还有英俊的摩尔人穿一身白衣服脑袋上缠着头巾国王似的气派小不点儿的铺子还请你坐下还有朗达①西班牙客栈古老的窗户两只窥视的眼睛在格子窗后隐匿情人只好吻铁条②夜间酒店都是半开门的还有响板那天晚上我们在阿尔赫西拉斯没有赶上渡轮打更的提着灯笼转悠平安无事哎唷深处的潜流可怕哎唷还有海洋深红的海洋有时候真像火一样的红夕阳西下太壮观了还有阿拉梅达那些花园里的无花果树真的那些别致的小街还有一幢幢桃红的蓝的黄的房子还有一座座玫瑰花园还有茉莉花天竺葵仙人掌少女时代的直布罗陀我在那儿确是一朵山花真的我常像安达卢西亚姑娘们那样在头上插一朵玫瑰花要不我佩带一朵红的吧好的还想到他在摩尔墙下吻我的情形我想好吧他比别人也不差呀于是我用眼神叫他再求一次真的于是他又问我愿意不愿意真的你就说愿意吧我的山花我呢先伸出两手搂住了他真的我把他搂得紧紧的让他的胸膛贴住我的乳房芳香扑鼻真的他的心在狂跳然后真的我才开口答应愿意我愿意真的。

的里雅斯特-苏黎世-巴黎

一九一四——一九二一

---

① 朗达为西班牙城市,在直布罗陀东北方向四十余英里处。

② “两只窥视的眼睛在格子窗后隐匿”为上文(见886页注⑤)所提歌词,而西班牙房屋格子窗外往往另有铁栅。

附 录

乔伊斯年谱

1882 二月二日,出生于都柏林南郊。

1888 在天主教耶稣会在都柏林以西二十英里处所办寄宿学校克朗高士森林学堂入学。

1891 因家道衰落而辍学;乔父所拥护之爱尔兰民族领袖巴涅尔去世,乔写诗谴责背叛巴者,由乔父自费印发。

1893 家境继续恶化,乔获得原森林学堂校长帮助而入市内耶稣会所办贝尔弗迪尔学堂继续学习。

1897 获全爱尔兰全年级最佳英文作文奖(自1894年开始多次获学习奖)。

1898 贝尔弗迪尔毕业,入都柏林大学学院。

1900 开始发表学术论文,在学院"文史学会"宣读《戏剧与人生》,在英国重要刊物《双周评论》发表《易卜生的新剧》。

1902 大学学院毕业,获现代语学位,企图入医学院,因经济困难而未成,去巴黎。

1903 四月因母病而返都柏林,八月母故。

1904 离家在外生活,一段时间住《尤》书第一章所描写的沙湾海滩"马泰楼"碉堡,并曾在第二章所写道尔盖郊区学校教书。写作若干诗歌与短篇小说,部分在杂志发表(后收入《室内音乐》诗集与《都柏林人》短篇小说集)。写以本人经历为题材的文章《艺术家写照》,投稿被退后即以同一题材改写长篇小说《英雄斯蒂汾》。六月结识娜拉·巴纳克尔,六月十六日和她约会(十余年后写《尤》书即以1904年6月16日为故事发生日,现文学界每年以此日为"布卢姆日")。十月偕娜拉离爱尔兰赴欧洲大陆,在当时属于奥地利统治的泊拉市外语学校找到教英语工作。

1905 在意大利的里雅斯特外语学校教英语。儿子出生。向伦敦出版商投《室内音乐》与《都柏林人》。

1906 迁罗马,任银行职员。

1907 返的里雅斯特。女儿出生。《室内音乐》在伦敦出版。为《都柏林人》增写短篇小说完成。教英语(家庭教师)、作演讲、写文章。放弃已写二十六章的《英雄斯蒂汾》(残稿在乔逝世后于1944年出版),开始以其题材改写为《艺术家青年时期写照》。

1909 返都柏林小住,接洽《都柏林人》出版事宜无结果,筹建电影院(开业后不久即失败)。

1912 最后一次返爱尔兰小住,接洽《都柏林人》出版事宜,出版商与印刷厂要求修改其中文字,乔拒绝,印刷厂销毁此书印张。

1913 诗人庞德(Ezra Pound)开始为乔伊斯的生活与发表作品出力。

1914 《写照》在伦敦刊物《惟我主义者》连载。《都柏林人》在伦敦出版。乔开始创作《尤利西斯》。第一次世界大战爆发。

1915 剧本《流亡者》写成。乔全家迁瑞士苏黎世。

1916 《写照》在纽约出版。

1917 写完《尤》书前三章。乔因青光眼而动手术(此后反复动手术共十一次)。英国韦弗小姐(Harriet Shaw Weaver)开始匿名资助乔伊斯。

1918 《流亡者》在伦敦出版。《尤利西斯》开始在美国刊物《小评论》连载。

1919 迁返的里雅斯特(战争于1918年结束)。

1920 全家迁巴黎。美国《小评论》连载《尤利西斯》受控"有伤风化",被迫停止连载。

1922 《尤利西斯》在巴黎由莎士比亚书店出版。

1923 开始写《芬尼根后事》,当时暂称"进行中作品"。

1927 诗集 Pomes Penneyeach 在巴黎出版。"进行中作品"片段开始在刊物发表(此后在全书出版前继续发表片段,共十七次)。

1930 乔伊斯与娜拉于伦敦正式结婚。

1932 美国法庭判定《尤利西斯》并非诲淫，可以在美国出版。

1934 纽约兰登书屋出版《尤利西斯》。

1939 伦敦、纽约两地同时出版《芬尼根后事》。第二次大战爆发，乔全家迁法国南部。

1940 迁瑞士苏黎世。

1941 一月十三日胃穿孔治疗无效去世。安葬于苏黎世公墓。

译后记

（一）冷风和热风

《尤利西斯》从它在全书出版前一年的一九二一年二月在纽约专案法庭受到"诲淫"判决和禁令起，到一九三三年十二月在纽约的美国地区法院获得伍尔西法官宣告此书并非诲淫可以进口的著名判决为止，以十二年又十个月的时间，经历并且促成了西方社会文化思潮的一次重大变革。同样值得深思的是，这部如今已确立为二十世纪最重要的英语文学著作的小说，从它一九二二年二月在巴黎正式出版起，到一九八六年二月在北京第一次发表包括较多完整篇章的中文选译为止，用了整整的六十四年，这过程反映了一个更复杂、更有重大意义的社会文化变革。

中国人并非不能欣赏这一名著。早在出书的一九二二年，诗人徐志摩在英国读到此书，立即就赞它是一部独一无二的不朽贡献，并以诗人特有的热情奔放的语言，歌颂《尤》书最后一整章无标点的文字"那真是纯粹的'prose'，像牛酪一样润滑，像教堂里石坛一样光澄……一大股清丽浩瀚的文章排傲而前，像一大匹白罗披泻，一大卷瀑布倒挂，丝毫不露痕迹，真大手笔！"①

然而，诗人枉自热情，中西文化交流的气候远远没有成熟到引进这样一部著作的程度。原文文字艰深是一个原因，但现在看来并非惟一的——甚至并非首要的原因。最主要的原因是这部书在中国似乎尚未出现已被打入冷宫，正如王家湘教授在欢迎《世界文学》一九八六年初

---

① 徐志摩《康桥西野暮色》前言，发表于1923年7月6日上海《时事新报》，见广西民族出版社《徐志摩全集》（1991）第一卷358页。

发表拙译时谈及过去情况所说的:"不知何处吹来的'颓废'、'虚无'、'色情'、'毒草'等冷风,使人望而却步。"①

我在《〈尤利西斯〉来到中国》一文②中,列举了周立波一九三五年全面否定(1984年重新发表)和一九六四年袁可嘉批判否定《尤》书的情况。其实这类反面意见本身不足为奇,在《尤》书发表之初的西方也曾经有过。特别值得注意的是在长达半个多世纪的历史时期中,尽管乔伊斯这部小说已成举世公认的名著,占世界人口五分之一的中国语文使用者(以我们的绝大多数而言)始终不能亲眼看一看这书,能看到的只有一条条将书禁斥在门外的"理由",实质上和一九二一年西方的英语使用者听到纽约专案法庭的判决一样。其实就是发出这种禁斥声的人自己,也决非冷风之源,而是冷风的受害者,否则很难想象像周立波这样一位很有才华的作家,何以会连《尤》书都没有看到(因为他在提到主人公姓氏原文写法时,不写正确的Bloom,而把它写作Blum,这是原书中没有的写法,大概是从俄文写法转来的,而我们知道当时此书并没有俄文译本,他的根据很可能是苏联的评论文章),就能如此深恶痛绝,将它说得一无是处,根本没有任何文学价值可言呢?

所以,现在的中文译本的出现,绝不是一本书的问题。这一从无到有过程中的许多事,从七十年代以前的打入冷宫状态,其中包括五十和六十年代中国有计划地大规模翻译世界各国名著而惟独将它排除在外,到七十年代之后的逐渐改观:多年不见的老同学袁可嘉来天津竭力劝我译书、八十年代中期《世界文学》积极刊载译文、八十年代后期天津百花文艺出版社出单行本、同时中国大陆文学出版界首屈一指的人民文学出版社决定出内容更多的选译,凡此种种都说明中国的气氛已经发生一个根本的变化,它的重要性远远超过任何法官的判决。这是一个大气候的变化,正因为有了它,才能有海峡两岸文化界共同关心这一名著的中文译本的盛事,才能使广大中文读者亲眼看一看这部包括"像一大匹白罗披泻,一大卷瀑布倒挂"的"清丽浩瀚"文字在内的奇

① 王家湘:《喜读〈尤利西斯〉的选译及论文》,《世界文学》(北京)1986年第8期。
② 载1994年12月17日《光明日报》。

书，究竟是怎么一回事。

我从事这一译事前后十六年，前十年以研究为主，具体发表三整章加两个片段的译文和若干论文，其中包括荣获天津社会科学优秀研究成果一等奖的论文《西方文学的一部奇书》，后六年全力以赴，现在虽称杀青，仍觉并未达到十分满意的程度，恨不能再有一二年时间作一次全面而又细致的整理工作，可惜出版业务强调时机，尤其在最近两年来出现了竞争的情况下，不允许慢慢地精雕细作。

不同译文的出现，正是上述文化交流新气象成熟的一个标志，对于读者和翻译界是一件大好事。特别有意义的是，读者将会发现，同一著作的两种译本，竟能有这么大的差异，有的地方甚至连实质内容也大不相同。这就为读者提供了更广阔的视界。

对于一个以翻译艺术为毕生事业的人来说，这更是考验、提高的难得机会。我在前言中提出，我的目标是“尽可能忠实、尽可能全面地在中文中重现原著，要使中文读者获得尽可能接近英文读者所获得的效果”，我愿意再次强调，我认为这是文艺翻译者应有的目标。我的话实际上是我在翻译理论研究中获得的结论，在拙著《论翻译》①和《等效翻译探索》②中都作过详细的论述。我承认这是一个难以实现的目标，甚至是一个永远不能完全实现的目标，但是有这个目标和没有这个目标是大不相同的。文艺翻译本是一项既有趣而又艰苦的事业，投入其中是既需要有浓厚强烈的兴趣而又必须有苦苦追求的决心的，我愿和一切有这样的兴趣和决心的人一起，共同向这个方向努力。现在有幸在这样春风化雨的大好气氛中，让体现我的主张的作品和体现另一种主张的作品摆在一起供人比较，我认为这是一个从理论到实践都获得提高的极好机会，热烈欢迎读者和各方面专家批评指导。

---

① 金隄、奈达：《论翻译》（On Translation），英文论著，中国对外翻译出版公司，北京，1984。

② 金隄：《等效翻译探索》，中国对外翻译出版公司，北京，1989。

（二）版本问题种种

《尤利西斯》原著版本问题的错综复杂，是现代名著中少见的。我在拙文《〈尤利西斯〉的真面目》①中介绍了一九二二年初版以来种种曲折，并重点介绍了一九八四年的加兰版（The Garland Edition）如何受到乔学界普遍赞扬而轰动一时的情况，似乎曲折终于告一段落。不料一波未平，一波又起：我虽然提到新版出后不久又受到挑战，未能预见乔学界在拙文写作的一九八六年之后，还要深入展开一场关于《尤》书版本的大论战。

某些争论激烈的焦点，跟咱们基本上没有牵扯。例如，焦点之一是小说中提到一次的一个姓氏，其中的字母究竟是Sh还是Th，人们为此争得不亦乐乎，可是咱们的汉字语音中根本没有Th这个音，可以隔岸看火。然而有的问题就关系重大了。

最突出的是拙文中提到的一段文字。如果加兰版是正确的，这段文字应在第九章，紧接在贝斯特引述法文书名片段L'art d'être grandp……（《作（外）祖父的艺术》）②之后，原文共五行，其中主要内容是回答了斯蒂汾在第三章内自问之后又在第十五章内问母亲亡灵的一个问题："那个人人都认识的字"是什么字？③

在一九八四年以前，所有的版本都没有这一段文字，因此斯蒂汾提的问题就成了一个谜，学者纷纷根据个人的分析提出答案，谁也不服谁。加兰版根据一九七五年费城罗森巴赫基金会出版的《〈尤利西斯〉手稿影印集》补充了这五行，其中以斯蒂汾本人的意识流正面回答了他自己的问题："那个人人都认识的字"是"爱"。这正是艾尔曼提出的分析，他当然很高兴，在他发表在报纸上的文章和为加兰版写的序中都重点提到这一校勘成果。

一九八六年以后的论战中逐渐占上风的意见，认为乔伊斯手稿中

---

① 载《〈尤利西斯〉选译》，天津百花文艺出版社，1987，第198至206页。

② 拙译《尤利西斯》253页。

③ 见673页。

的写法,未必是他最后的定稿,需要根据他在各阶段的修改材料判断。艾尔曼也同意,乔伊斯很可能是自己决定删除这一段的。试想:这里涉及的三段文字都是斯蒂汾的意识流,他在第三章内作为内心深处的痛苦问题自问之后,在第九章内已经自己作出明确答复,可是到了第十五章又去问母亲的亡灵(实际仍在他的意识流中),好像仍是压在胸中的郁结,岂非有失乔伊斯伏笔的巧妙?

这一些深入开展的争论使我认识到,在当前没有一个一致公认的标准版本的情况下,最好的办法是几种公认为比较好的版本都看,在有分歧的地方根据自己的研究,选择其中之一作为依据。这也是我一九九二年在都柏林参加国际乔学大会的版本讨论会所得的结论。

我依据的是以下三种版本加一种参考书:

(1)一九二二年巴黎莎士比亚书店版;

(2)一九六一年美国兰登书屋版(这是 1984 年以前公认的标准版,1984 年后曾停止发行,现又重新发行);

(3)一九八六年美国兰登书屋和英国企鹅丛书版(与 1984 年加兰版基本相同,并共同采用加兰版的章、行编码,这编码至今仍为多数乔学家使用);

(4)一九八九年的《〈尤利西斯〉三种版本的校勘表》(Philip Gaskell & Clive Hart: Ulysses, A Review of Three Texts, Barnes and Noble Books, New Jersey; Phototypeset by Black Bear Press, Ltd., Cambridge, Great Britain, 1989).

最后一种的作者之一哈特是世界知名的英国乔学家,原为加兰版聘请的顾问之一,在编纂中途因不同意主编的校勘原则而退出。此书本身虽无全书文本,却提供了对前三种版本的逐行校勘意见,很有参考价值。

我相信,这样综合确定的文本,是目前情况下能获得的最好文本。

(三) 加注的原则

《尤》书尽管难懂,仍是小说而不是学术著作。艾尔曼在《利菲河上的尤利西斯》(1972)中说它是“所有有趣味的小说中最难懂的一部,同时也是难懂的小说中最有趣味的一部”。他所说的难懂,相当大的一部分和乔伊斯的写作方法有关,如果加注很可能是我下面第二、三、五条提到的那几种,加注不仅未必解决问题,还有可能大大损害小说的艺术性和趣味性。有些难处,主要是有关背景知识的,加注可以对读者有帮助,但是也会使人产生学术著作的印象,有损读者在某些方面的期待。我在国外见到的数十种《尤》书译本都没有注释,大概就是这个原因。

但是对于中文读者而言,由于中西文化背景迥异,这第二种难处必然要多得多,所以我认为我在七十年代末开始这一译事采用的适当加注的办法还是对的,只是必须克制。我在初步摸索之后已经发现,《尤利西斯》研究在西方既已成为最大的热门,要找注释并不太难,例如下面提到的《〈尤利西斯〉注释》这部书里头就有九千条,难的是恰到好处,要既解决问题而又尽可能减少读者的负担。根据这个想法,我加注大体上遵循以下几条原则:

(一)尽可能作到少而精,并且坚持用脚注形式,即将注文排在正文同页之末,以便读者一眼就能看到,避免阅读学术著作式的来回翻找。对出版社来说,编排脚注比尾注麻烦得多,一千多页的折腾不是小事,这种方便的页面内蕴藏着出版者的认真负责精神和许多人任劳任怨的细心工作。

(二)注释内容尽可能限于必要的背景知识,尽可能避免对理解小说内容和欣赏其艺术无关的考证。例如,乔伊斯写人物大多有生活中的原型,研究者早已一一找来对号入座,包括偶然提到而从未露面的人物。但是我认为小说不是传记,对于一般读者来说,只要有基本的时代背景就够,人物对号反而会扰乱小说的人物形象欣赏。所以,除了在小说中出现的历史人物姓名外,我不注这种对号资料,只有直接影响对上下文理解的才作为例外加注。

(三)尽量避免主观阐释性的注释。《尤》书的写法在许多地方和传统小说完全不同,不是直接了当说清楚,而是若隐若现,需要读者自己去体会的。这也正是乔伊斯高明处之一,使读者感到后味无穷,加上阐释性的注释显然就会破坏这种艺术效果。

如果要加这种注释,材料几乎是取之不尽的,因为这类文字正是最吸引研究者注意的地方;这些研究工作本身当然是有意义的,但作为小说本文的注释却很可能挂一漏万,甚至误导读者。例如第一章的最后一段在原文是一个单词:Usurper(篡夺者)。这显然是斯蒂汾的意识流,但他心目中的“篡夺”究竟指什么呢?由于这个词的突出地位,研究者早就把它当做重点研究的对象了。

早期的研究者提出,“篡夺”指的是马利根从斯蒂汾手中夺走钥匙,因为钥匙是斯蒂汾的;证明这一点的是前面斯蒂汾意识流中的两句话:**钥匙是我的。我付的房租。**①

但是八十年代中已有其他学者分析,斯蒂汾意识流中的这两句话,实际上是对上一句话“他想要钥匙”的解释。也就是说,这两句是他估计马利根即将索取钥匙之后,琢磨马利根心里有这活动:这是斯蒂汾意识流中的马利根意识流。也有人提出一九〇四年乔本人住的碉楼就是他朋友出房租,以史实为佐证说明斯蒂汾不可能把马利根要钥匙看作篡夺。但是最主要的是小说内部的文字:意识流中的意识流是《尤》书中的常见手法,这分析很有说服力,把再下面一句“他的眼神已经说了”的内涵也带活了。

可是,如果并非指夺取钥匙,“篡夺”究竟指什么呢?我认为,读者这一问正符合乔伊斯的写作目的。我们知道,他对每一章的结尾都是匠心独运、特别巧妙的,往往是寓意深远的画龙点睛一笔。这第一章结尾更是徐志摩所说的“大手笔”:一个单词,可是发自斯蒂汾的内心深处,那么大的力量,像是一记重锤,既总结了第一章内一系列性格鲜明、生动活泼的精彩场面,又预示了以后斯蒂汾精神生活的发展趋势,读者如果体会了这一章文字的力量,这时必然会产生内容丰富的想象活动。任何片面的阐释都会破坏这种艺术效果,更不必说主观猜测了。

(四)关于小说文字中的非英语片段,我在八十年代发表选译时都译成中文,以注说明原文是何种文字,但是乔伊斯使用外文都有其艺术

---

① 见第26页。

目的，绝大多数是表现人物性格的手段，当时我就感到那种处理方法有损艺术效果，只能是权宜之计。现在统统改为在本文内保留原文，加注提供中文翻译，希望这样能多传达原著的风采。

（五）八十年代的选译中，往往对于某些人物或情节加注说明上下文关系。那是因为有关篇章并未译出，需要依靠这些注提供线索。现在全文译出后，读者自会发现前后联系，这一类的注释多数已无必要，大多已取消。乔伊斯写书就是有意将线索散在各处，让读者自己注意，他认为这才符合生活的本色。读者自己发现这些线索，正是读这小说的乐趣之一，我尽可能取消这一类注释，也是避免越俎代庖，保持原著艺术特点的一种手段。

这些加注的原则是在翻译过程中形成的，由于这是一个十多年的漫长过程，有些注释可能不完全符合逐渐明确起来的原则，如果有一个全面复核的机会，我想注释还可以更精炼一些。欢迎读者和各方面的专家就这些原则发表意见，以期再版时有所改进。

注释往往需要通过独立的研究方能写成，根据的资料来源是多种多样的。我最近几年所在的美国弗吉尼亚大学和美国全国人文学科研究中心两处的图书资料服务处都帮了极大的忙，尤其是后者，常通过它遍及全美国的资料网为我找有关各种细节的准确材料。用得最多的参考书是《不列颠百科全书》（The Encyclopaedia Britannica，尤其是其中前十卷简明部已有中国大百科全书出版社在1986年出版的中文译本，特别方便）和《天主教百科全书》（The Catholic Encyclopedia）。参考的乔学书籍、论文无法计数，其中提供背景知识最多的有两部。一部是《〈尤利西斯〉中的典故》（Weldon Thornton，Allusions in Ulysses），作者就是为拙译写序的桑顿教授，这书是这类书中的第一部，一九六八年已正式出版，但至今仍是最可靠的。另一部是《〈尤利西斯〉注释》（Don Gifford with Robert J. Seidman，Ulysses Annotated），内容比上面一部广，一九七四年初版问题较多，一九八八年易今名增补再版有很大改进，但乔学界仍意见纷纷，尽管如此，由于它注释的范围广而内容细致，仍是最重要的参考书，我承蒙作者两次赠书，获得很大帮助。在字典类中，一九八九年出版的二十卷的《牛津大字典》（The Oxford Dictionary，2nd

Edition)提供了最靠得住的解释,往往需要靠它纠正其他材料中的不妥处。

由于小说的性质,注释一般不标出处,仅有个别例外。例如,第四章末尾布卢姆听见的报时钟声(一种乐音短句)是一连串的“嘿唷”。原文的 heigho 是一种感叹语,它的意义和第一章末尾的拉丁祈祷文有联系,但这时不明显,可是到了第十七章,布卢姆和斯蒂汾面对面站着同时听见同一钟声,还是一个听见“嘿唷”而另一个听见拉丁祈祷文①。这时的文字强调他们听见的是回音,也就是说,是同一钟声引起不同的情绪。这样一来,“嘿唷”这种感叹究竟表示什么情绪就成了一个突出的问题,因为它既涉及小说前后如何呼应,又涉及布卢姆和斯蒂汾的情绪之间是否有呼应。可是“嘿唷”在当代英语中并不是一个常用的感叹语,我和几位乔学家研究,发现人们的理解不但模糊而且很不一致,可是《牛津大字典》的定义却非常明确,并无模棱两可的余地,而这定义恰好能显示小说需要刻画的灵魂深处的潜流。显然,这定义的权威性很有关系,它的出处就必须交代了。

(四) 衷心的感谢

从我个人说,我深感今天终于能将这巨著以其不加删节的全貌奉献在中文读者的面前,没有许多热心中外文化交流的朋友和机构的支持是不可想象的。首先,这项译事之所以能提上日程并能避免半途而废,须感谢袁可嘉、李文俊、郑启吟、申慧辉、任吉生、庄信正、蔡文甫等热心人先后的积极促成作用。

翻译这部天才横溢而又以晦涩艰难闻名于世的巨著,采用不同的方针可以造成完全不同的译品。一种对中文读者负责的态度,要求产生一种既完全忠实于原文而又能使读者充分欣赏原著艺术风貌的译本,一个绝对必要的先决条件是不论原文多难,译者不能望文生义,而是首先必须认真负责地弄清其中一切错综复杂的文字和字里行间的含

① 见806至807页。

义，这以后才能谈得上争取在中文中尽可能再现其风采。为了达到这样的目标，一九七九年我开始这一艰巨工作时，费了九牛二虎之力仅完成最短的一章，几乎决定到此为止，是国际上的乔伊斯研究家闻讯后主动而热心地提供帮助，才使我下了决心，坚持下来。其中最积极帮助的是雷诺兹夫人（Prof. Mary T. Reynolds）、威尔登·桑顿教授（Prof. Weldon Thornton）、理查·艾尔曼教授（Prof. Richard Ellmann，已故）、唐·吉福德教授（Prof. Don Gifford）、罗勃特·凯洛格教授（Prof. Robert Kellogg）、保罗·格罗斯教授（Prof. Paul Gross）、约瑟夫·布蒂吉格教授（Prof. Joseph A. Buttigieg）等。这十余年来，还有许多热心地向我提供学术上的帮助的学者和乔伊斯爱好者，这里无法一一提名，但是他们的行动往往在某一个问题上起了重大的以至决定性的作用，给我留下了深刻难忘的印象。

在进行这一艰巨工作的过程中，先后获得了以下学术机构的支持和帮助：国际乔伊斯学会（The International James Joyce Foundation）、牛津大学万灵学院（All Souls College，Oxford）、圣母大学（University of Notre Dame）、美国亚洲基督教高等教育联合基金会（United Board for Christian Higher Education in Asia）、耶鲁大学善本图书馆（Beinecke Library，Yale University）、弗吉尼亚大学高级研究中心（Center for Advanced Studies，University of Virginia）、弗吉尼亚大学维登基金会（Weedon Foundation，University of Virginia）、全国人文学科研究中心（National Humanities Center）。

在一九九三年上卷出版之后，我除了继续受到弗吉尼亚大学和美国全国人文学科研究中心的大力支持，又蒙瑞士的苏黎世乔伊斯基金会（The Zürich James Joyce Foundation）的盛情邀请和费白石先生（Mr. Peter Fritz）的热情支持，得以在乔伊斯的第二故乡苏黎世进行比较深入的研究，尤其是基金会主任弗里茨·森先生（Mr. Fritz Senn）对我当时正在翻译的第十六章特别有心得，我和他细致地讨论了这一章表面平淡而暗礁累累的文字。

第十四章是乔伊斯文体变化最突出的一章，他运用英文文体从古至今的变化象征胎儿在腹中逐渐成形的过程，我在译文中相应使用逐渐演变的中文文体,其中自古文逐渐变为白话的数十页,幸获通晓古文的张充和女士和何文祯先生逐句推敲,并有兼通中英文的夏志清教授核对原文阅读,都提了宝贵意见。

最后,还有一位我不能提名的重要支持者。我这部庞大的译稿,其内容一眼看去往往真是"喋喋不休、扯天扯地"让人摸不着头脑,我的笔迹又是那么拙劣凌乱,更甭提那些绕来绕去找不到头的涂改,总字数从原稿开始的几次反复,少说也有一百多万吧,没有一个字不是通过她的手的,可是一九九三年我写序鸣谢的时候,她竟运用她掌握的这个过程把她自己的名字删除了。我当时对这个似乎有些越权的行动无可奈何,但这回我不提名字了,"名字有什么关系呢?"不论如何,没有她从头到尾的支持,而且是远远超过本身已经是非常繁重的誊写、校对并担任第一读者的支持,我这译事恐怕不是这一辈子能够完成的了。

这一巨著之能和读者见面,当然离不开出版界的大力支持,先后有北京《世界文学》杂志、天津百花文艺出版社、北京人民文学出版社、台湾九歌出版公司。

值此全书出版之际,我谨向以上所有的人和机构,以及在各种情况下给我热情帮助而我在此无法一一提名的朋友们致以衷心的感谢。

金隄

一九九五年六月于美国弗吉

尼亚大学高级研究中心

“名著名译丛书”书目

（按著者生年排序）

第一辑

书名	著者	译者
荷马史诗·伊利亚特	[古希腊]荷马	罗念生 王焕生
荷马史诗·奥德赛	[古希腊]荷马	王焕生
伊索寓言	[古希腊]伊索	王焕生
一千零一夜		纳 训
源氏物语	[日]紫式部	丰子恺
十日谈	[意大利]薄伽丘	王永年
堂吉诃德	[西班牙]塞万提斯	杨 绛
培根随笔集	[英]培根	曹明伦
罗密欧与朱丽叶	[英]莎士比亚	朱生豪
鲁滨孙飘流记	[英]笛福	徐霞村
格列佛游记	[英]斯威夫特	张 健
浮士德	[德]歌德	绿 原
少年维特的烦恼	[德]歌德	杨武能
傲慢与偏见	[英]简·奥斯丁	张 玲 张 扬
红与黑	[法]司汤达	张冠尧
格林童话全集	[德]格林兄弟	魏以新
希腊神话和传说	[德]施瓦布	楚图南

高老头 欧也妮·葛朗台	[法]巴尔扎克	张冠尧
普希金诗选	[俄]普希金	高 莽 等
巴黎圣母院	[法]雨果	陈敬容
悲惨世界	[法]雨果	李 丹 方 于
基度山伯爵	[法]大仲马	蒋学模
三个火枪手	[法]大仲马	李玉民
安徒生童话故事集	[丹麦]安徒生	叶君健
爱伦·坡短篇小说集	[美]爱伦·坡	陈良廷 等
汤姆叔叔的小屋	[美]斯陀夫人	王家湘
大卫·科波菲尔	[英]查尔斯·狄更斯	庄绎传
双城记	[英]查尔斯·狄更斯	石永礼 赵文娟
雾都孤儿	[英]查尔斯·狄更斯	黄雨石
简·爱	[英]夏洛蒂·勃朗特	吴钧燮
瓦尔登湖	[美]亨利·戴维·梭罗	苏福忠
呼啸山庄	[英]爱米丽·勃朗特	张 玲 张 扬
猎人笔记	[俄]屠格涅夫	丰子恺
包法利夫人	[法]福楼拜	李健吾
昆虫记	[法]亨利·法布尔	陈筱卿
茶花女	[法]小仲马	王振孙
安娜·卡列宁娜	[俄]列夫·托尔斯泰	周 扬 谢素台
复活	[俄]列夫·托尔斯泰	汝 龙
战争与和平	[俄]列夫·托尔斯泰	刘辽逸
海底两万里	[法]儒勒·凡尔纳	赵克非
八十天环游地球	[法]儒勒·凡尔纳	赵克非
马克·吐温中短篇小说选	[美]马克·吐温	叶冬心
汤姆·索亚历险记	[美]马克·吐温	张友松
爱的教育	[意大利]埃·德·阿米琪斯	王干卿
莫泊桑短篇小说选	[法]莫泊桑	张英伦
契诃夫短篇小说选	[俄]契诃夫	汝 龙
泰戈尔诗选	[印度]泰戈尔	冰 心 等
欧·亨利短篇小说选	[美]欧·亨利	王永年

名人传	[法]罗曼·罗兰	张冠尧 艾 珉
童年 在人间 我的大学	[苏联]高尔基	刘辽逸 等
绿山墙的安妮	[加拿大]露西·蒙哥马利	马爱农
杰克·伦敦小说选	[美]杰克·伦敦	万 紫 等
卡夫卡中短篇小说全集	[奥地利]卡夫卡	叶廷芳 等
罗生门	[日]芥川龙之介	文洁若 等
了不起的盖茨比	[美]菲茨杰拉德	姚乃强
老人与海	[美]海明威	陈良廷 等
飘	[美]米切尔	戴 侃 等
小王子	[法]圣埃克苏佩里	马振骋
钢铁是怎样炼成的	[苏联]尼·奥斯特洛夫斯基	梅 益
静静的顿河	[苏联]肖洛霍夫	金 人

第二辑

威尼斯商人	[英]莎士比亚	朱生豪
忏悔录	[法]卢梭	范希衡 等
罪与罚	[俄]陀思妥耶夫斯基	朱海观 王 汶
哈克贝利·费恩历险记	[美]马克·吐温	张友松
漂亮朋友	[法]莫泊桑	张冠尧
斯·茨威格中短篇小说选	[奥地利]斯·茨威格	张玉书
海浪 达洛维太太	[英]弗吉尼亚·吴尔夫	吴钧燮 谷启楠
日瓦戈医生	[苏联]帕斯捷尔纳克	张秉衡
大师和玛格丽特	[苏联]布尔加科夫	钱 诚
太阳照常升起	[美]海明威	周 莉

第三辑

神曲	[意大利]但丁	田德望
吉尔·布拉斯	[法]勒萨日	杨 绛
都兰趣话	[法]巴尔扎克	施康强

叶甫盖尼·奥涅金	[俄]普希金	智量
笑面人	[法]雨果	郑永慧
红字 七个尖角顶的宅第	[美]纳撒尼尔·霍桑	胡允桓
死魂灵	[俄]果戈理	满涛 许庆道
南方与北方	[英]盖斯凯尔夫人	主万
莱蒙托夫诗选 当代英雄	[俄]莱蒙托夫	余振等
前夜 父与子	[俄]屠格涅夫	丽尼 巴金
白鲸	[美]赫尔曼·梅尔维尔	成时
米德尔马契	[英]乔治·爱略特	项星耀
小妇人	[美]路易莎·梅·奥尔科特	贾辉丰
娜娜	[法]左拉	郑永慧
一位女士的画像	[美]亨利·詹姆斯	项星耀
十字军骑士	[波兰]亨利克·显克维奇	林洪亮
樱桃园	[俄]契诃夫	汝龙
约翰-克利斯朵夫	[法]罗曼·罗兰	傅雷
我是猫	[日]夏目漱石	阎小妹
嘉莉妹妹	[美]德莱塞	潘庆舲
月亮与六便士	[英]威廉·萨默塞特·毛姆	谷启楠
人性的枷锁	[英]威廉·萨默塞特·毛姆	叶尊
人类群星闪耀时	[奥地利]斯·茨威格	张玉书
尤利西斯	[爱尔兰]詹姆斯·乔伊斯	金隄
好兵帅克历险记	[捷克]雅·哈谢克	星灿
城堡	[奥地利]卡夫卡	高年生
喧哗与骚动	[美]威廉·福克纳	李文俊
老妇还乡	[瑞士]迪伦马特	叶廷芳 韩瑞祥
金阁寺	[日]三岛由纪夫	陈德文
万延元年的 Football	[日]大江健三郎	邱雅芬